2022 올해의 고전시가

엮은이 　 장종주, 정유니, 장종빈, 장석규는 국어국문학을 전공하여 중등학교와 대학교에서 공교육을, 사설학원에서 사교육을 담당한 경력이 도합 50여 년이며, '장박사국어연구소'에서 연구하고 교육하며 출판하는 일을 함께 하고 있다. '우리 고전 거듭 읽기' 시리즈 중 〈춘향전 거듭 읽기〉(도서출판 역락, 2021)를 냈고, 국어국문학 관련 저작물 여럿을 준비하고 있다.

2022 올해의 고전시가

초판 1쇄 인쇄 2022년 7월 11일
초판 1쇄 발행 2022년 7월 15일
엮은이 장종주 정유니 장종빈 장석규
펴낸이 이대현
편집 이태곤 권분옥 문선희 임애정 강윤경
디자인 안혜진 최선주 이경진
마케팅 박태훈 안현진

펴낸곳 도서출판 역락
등록 1999년 4월 19일 제303-2002-000014호
주소 서울시 서초구 동광로46길 6-6 문창빌딩 2층(우06589)
전화 02-3409-2060(편집부), 2058(영업부)
팩스 02-3409-2059
전자우편 youkrack@hanmail.net
홈페이지 www.youkrackbooks.com

ISBN 979-11-6742-365-8 53810

2022

올해의 고전시가

2023학년도 **수능 대비**

45편의 **고전시가 전문** 수록

200문항의 **연습문제** 수록

장박사국어연구소
장종주·정유니·장종빈·장석규
함께 엮음

역락

머리말

우리 문학 중에 고전시, 또는 고전시가라 불리는 장르가 있습니다.
이때 '고전'은 'old'이면서 'classic'이란 뜻입니다.
곧 '고전'은 '오래된 작품'이면서 동시에 '최고의 작품'입니다.
최고여야 오래 전승될 터이므로, 그런 작품을 '고전'이라 합니다.
그 중 시가 작품을 일컬어 '고전시' 또는 '고전시가'라 부릅니다.
'시(詩)'이기도 하고 '가(歌)'이기도 하여 '시가(詩歌)'입니다.
이 책은 이 장르의 작품 45편을 대상으로 만들었습니다.

고전시가를 다들 어려워합니다.
그럴 수밖에 없습니다.
옛말로 이루어져 있으니까 그렇습니다.
그런데 옛말도 말인지라 공부하면 쉬워집니다.
처음 글자 공부를 하듯 하나씩 쌓여 어느 날 불현듯 눈이 번쩍 뜨입니다.
'두어라'로 시작하여 '아희야'로 끝나는 카타르시스를 고전시가 공부에서 만날 수 있습니다.

또한 고전시가 공부는 현대시 공부와는 달라서 끝이 있습니다.
'필독서'처럼 반드시 알아야 할 작품이 정해져 있기 때문입니다.
현전 향가 25수 중 14수만 공부하면 되는 것이 그 예입니다.
하위 장르별로 선정한 작품을 꾸준히 공부하다보면 정상에 오를 수 있을 것입니다.

'올해의 고전시가' 시리즈는 말 그대로 해마다 나올 겁니다.
그 선정 기준은 대학수학능력시험, 곧 '수능'입니다.
이것에 따라 고등학교 3학년이 공부해야 할 고전시가 작품을 뽑습니다.
고3에게는 필독서, 고2나 고1에게는 고3을 준비하는 책이 될 것입니다.
'올해의 고전시가' 시리즈를 만난 일이 여러분의 삶에서 최대 사건이 되길 바랍니다.

2022년 7월
엮은이를 대표하여 정유니 씀

구성과 특징

이 책은 작품과 문제로 이루어져 있습니다.

이 책은 크게 두 부분으로 나뉩니다.
앞부분은 작품 해설이고 뒷부분은 연습 문제입니다.
작품 해설 부분은 원문과 현대어 풀이, 핵심 정리와 해설로 되어 있습니다.
연습 문제 부분은 개별 작품 문제와 관련 작품 문제로 이루어져 있습니다.

이 책은 2023학년도 수학능력시험을 대비하기 위해 만들었습니다.

이 책에서 다룬 작품은 올해 2022년에 나온 EBS 교재, 수능특강과 수능완성에 실린 것입니다.
따라서 이 작품은 2023학년도 수능에 연계됩니다.
지난 수능을 통해 확인했듯이 EBS 교재에 나온 부분만 출제되는 게 아닙니다.
그래서 이 책은 모든 작품의 전문을 실었습니다.
『월곡답가』 같은 시조, 「연행가」・「만언사」・「덴동어미 화전가」 같은 가사도 전문입니다.
가사 작품의 본문에 다른 색으로 되어 있는 것이 위의 두 책에 나오는 부분입니다.

이 책은 이렇게 사용하면 더 좋은 결과를 얻을 수 있습니다.

1단계 : 현대어 풀이를 훑어보기를 하면서 작품 전체의 윤곽을 파악합니다.
2단계 : 원작을 공부하고 현대어로 풀이해 봅니다.
3단계 : 핵심 정리를 보면서 작품의 내용과 연계해 외웁니다.
4단계 : 해설을 읽으면서 앞의 세 단계와 연계시킵니다.
5단계 : 연습 문제를 풀면서 내용을 재확인하고 실전 감각을 키웁니다.

차례

작품 해설

제망매가(祭亡妹歌)

월명사(月明師)

■ 원문

生死路隱
생 사 로 은

此矣有阿米次兮伊遣
차 의 유 아 미 차 혜 이 견

吾隱去內如辭叱都
오 은 거 내 여 사 질 도

毛如云遣去內尼叱古
모 여 운 견 거 내 니 질 고

於內秋察早隱風未
어 내 추 찰 조 은 풍 미

此矣彼矣浮良落尸葉如
차 의 피 의 부 량 락 시 엽 여

一等隱枝良出古
일 등 은 지 량 출 고

去奴隱處毛冬乎丁
거 노 은 처 모 동 호 정

阿也 彌陀刹良逢乎吾
아 야 미 타 찰 량 봉 호 오

道修良待是古如
도 수 량 대 시 고 여

■ 번역 1(양주동)

生死路(생사로)는

예 이샤매1) 저히고2)

나는3) 가ᄂ다 말ㅅ도

몯다4) 닏고5) 가ᄂ닛고

어느 ᄀ술6) 이른7) ᄇᄅ매

이에 뎌에8) 뻐딜9) 닙다이10)

ᄒᄃᆞᆫ 가재11) 나고

가논 곧 모ᄃ온져12)

─────────────

1) 예 이샤매 : 여기에 있음에(있음으로)
2) 저히고 : 저어하고, 두려워하고.
3) 나는 : 나는. '나'는 '죽은 누이'를 가리킴.
4) 몯다 : 못다. 다하지 못함.
5) 닏고 : 이르고, 말하고
6) ᄀ술 : 가을. 'ᄀ술>ᄀᆞ술>ᄀᆞ을>ᄀᆞ을>가을'로 변한 말이다.
7) 이른 : 누이가 젊은 나이에 죽었음을 암시함
8) 이에 뎌에 : 여기에 저기에, 여기저기에.
9) 뻐딜 : 떨어질.
10) 닙다이 : (나뭇)잎처럼
11) ᄒᄃᆞᆫ 가재 : 한 가지. 같은 나뭇가지(어버이를 말함)
12) 모ᄃ온져 : 모르겠구나.

아으 彌陁利(미타찰)13)애 맛보올14) 내

道(도) 닷가 기드리고다.

■ 현대어 풀이

삶과 죽음의 길은
└인간의 숙명, 자연의 섭리

ᄀ이승
이에 있음에 머뭇거리고
└죽음에 대한 두려움, 안타까움

ᄀ죽은 누이
나는 간다는 말도

못 다 이르고 갔는가?
└갑자기 예고도 없이 맞이한 죽음에 대한 탄식, 안타까움, 고통

　ᄀ조락(凋落)의 이미지　　　➡ 1~4행 : 누이의 요절
어느 가을 이른 바람에
　　　└요절 암시, 생사(운명)를 지배하는 자연의 힘(섭리)

　　　　ᄀ화자의 추모 대상인 누이, 유한한 생명
여기저기에 떨어지는 잎처럼
　　└힘이 없는, 변화무쌍한

ᄀ같은 부모
한 가지에 나고서도
　　　└화자와 대상이 동기지간(同氣之間)임을 암시

ᄀ저승, 내세
가는 곳을 모르겠구나.
　└현세와 내세의 거리감, 인간의 한계 인식, 무상감·비애감
　　　　　　➡ 5~8행 : 삶과 죽음의 인식

ᄀ낙구, 차사(감탄사), 감정의 최고조(집약)
아아 미타찰에서 만나 볼 나는
　　└극락, 서방정토　　└화자
　　　　화자가 지향하는 공간
ᄀ불도
도를 닦으며 기다리겠노라.
　└인간적인 고뇌·슬픔·무상감이 종교적으로 승화하여
　　시상의 전환을 이룸. 승려로서의 작자의 면모가 드러남.
　　　　　➡ 9~10행 : 수도를 통한 초극 의지

■ 번역 2(김완진)

生死 길흔

이에 이샤매1) 머뭇그리고2)

─────────────

13) 彌陁利(미타찰) : 아미타불이 있는 서방정토, 극락
14) 맛보올 : 만나 볼
1) 이샤매 : 있으매
2) 머뭇그리고 : 머뭇거리고.

나는 가느다 말ㅅ도

몯다 니르고 가느닛고.

어느 ᄀᆞᅀᆞᆯ 이른 ᄇᆞᄅᆞ매

이에 뎌에 ᄯᅥ러딜 닙ᄀᆞᆫ3)

ᄒᆞᄃᆞᆫ 가지라 나고

가논 곧 모ᄃᆞ론뎌

아야 彌陀刹아 맛보올 나

道 닷가 기드리고다.

■ 현대어 풀이

생사(生死) 길은

예 있으매 머뭇거리고,

나는 간다는 말도

못다 이르고 어찌 갑니까

어느 가을 이른 바람에

이에 저에 떨어질 잎같이

한 가지에 나고

가는 곳 모르온저.

아아, 미타찰(彌陀刹)에서 만날 나

도(道) 닦아 기다리겠노라.

■ 배경 설화

월명(月明)은 또 일찍이 죽은 누이동생을 위해서 재(齋)를 올렸는데 향가를 지어 제사지냈었다. 이때 갑자기 회오리바람이 일어나더니 지전(紙錢)을 불어서 서쪽으로 날려 없어지게 했다. 향가는 이러하다. ……가사 생략……

월명은 항상 사천왕사(四天王寺)에 있으면서 피리를 잘 불었다. 어느 날 달밤에 피리를 불면서 문 앞 큰길을 지나가니 달이 그를 위해서 움직이지 않고 서 있다. 이 때문에 그곳을 월명리(月明里)라고 했다. 월명사(月明師)도 또한 이 일 때문에 이름을 나타냈다. 월명사는 곧 능준대사(能俊大師)의 제자인데 신라 사람들도 향가를 숭상한 자가 많았으니 이것은 대개 시(詩)·송(頌) 같은 것이다. 때문에 이따금 천지와 귀신을 감동시킨 것이 한두 가지가 아니었다.

■ 핵심 정리

* 작자 : 월명사(月明師)
* 연대 : 신라 35대 경덕왕 19년(760)

_____

3) 닙ᄀᆞᆫ : 잎같이.

* 갈래 : 10구체 향가, 서정시, 정형시
* 성격 : 추도적, 애상적, 불교적
* 어조 : 처절하게 호소하는 듯한 어조 → 한탄과 연민의 어조 → 구도자의 의지적인 어조.
* 이칭 : 위망매영재가(爲亡妹營齋歌)
* 사상적 배경 : 불교적 윤회사상(輪廻思想)
* 제재 : 누이의 죽음
* 주제 : 죽은 누이에 대한 추모
　죽음에 대한 성찰과 불교적 득도를 통한 재회의 염원
* 특징 :
　① 배경 설화와 함께 전하고, 10구체 향가의 전형적인 형식을 보여 준다.
　② 의식요(儀式謠)의 성격을 띠고, 비유를 통한 죽음의 성찰이 돋보인다.
　③ 정제되고 세련된 표현 기교를 통해 인간고(人間苦)를 종교적으로 승화하고 있다.
* 구성
　1~4구 : 죽음에 대한 두려움과 망매(亡妹)에 대한 혈육의 정
　5~8구 : 인생의 허무에 대한 불교적 무상감
　9, 10구 : 불교에의 귀의심(歸依心)
* 출전 : 『삼국유사』 권 5, 감통(感通) 편, '월명사(月明師) 도솔가(兜率歌)'

■ 해설

이 작품은 신라 경덕왕(景德王) 때 승려 월명사(月明師)가 지은 10구체 형식의 향가입니다. 지은이 월명사는 사천왕사(四天王寺)에 속해 있던 승려로 향가를 잘 지었다고 합니다. 4구체 향가 '도솔가(兜率歌)'도 그의 작품입니다. 이 작품의 제목 '제망매가(祭亡妹歌)'는 '망매', 곧 '죽은 누이'를 제사지내는 노래라는 뜻이므로 '제∨망매∨가'로 읽어야 합니다. 제목만으로도 이 작품의 창작 목적이나 주제 의식을 짐작할 수 있을 텐데, 자세히 따져 보기로 합시다.

한자의 소리와 뜻을 빌려 표기하는 음훈차표기법(音訓借表記法), 곧 향찰(鄕札)로 되어 있어 이 작품은 학자에 따라 해석이 다를 수 있습니다. 그런데 이 작품은 여느 향가 작품과 달리 이론(異論)의 여지가 거의 없습니다. 첫 구 '生死路隱'의 '路'를을 양주동 선생은 음인 '로'로 읽고 김완진 선생은 뜻인 '길'로 읽었으니, 대동소이(大同小異)하다 할 만합니다. 그 차이가 노래의 의미를 바꿀 정도는 아니기 때문입니다. 그래서 그런지 이 작품은 향가, 특히 10구체 향가의 대표작으로 인정되어 교과서나 참고서에서 끊임없이 다루어지고 있습니다.

두루 아시다시피 10구체 향가는 내용상 처음, 가운데, 끝의

세 부분으로 나뉘고, 끝 부분의 첫머리에 차사, 곧 감탄사가 놓이는 것이 일반적인데 이 작품도 그러한 틀을 잘 지키고 있습니다. 처음 부분에서는 요절(夭折)한 누이에 대한 인간적인 안타까움을 노래하고, 가운데 부분에서는 '죽음'을 '지는 잎', '동기(同氣)'를 '같은 가지에 난 잎'으로 비유하여 애틋한 혈육의 정을 구체화시키고 있습니다. 끝 부분에서는 인간적인 슬픔과 고뇌를 종교적인 숭고함으로 통어(通御)하여 승화시키는 차원 높은 정신 세계가 잘 나타나 있습니다. 이를 좀 더 자세히 살펴보기로 합시다.

처음 부분, '생사(生死) 길은 / 예 있으매 머뭇거리고'는 어린 누이가 죽음을 눈앞에 두고 두려움 때문에 머뭇거리는 모습을 표현한 것으로, 삶과 죽음의 경계에 선 사람이라면 누구나 겪을 안타까움이 담겨 있는 구절입니다. 한번 세상에 태어나면 언젠가 죽을 수밖에 없지만 죽음을 맞이한 사람의 머뭇거림을 불교적(佛敎的) 사생관(死生觀)을 신봉하는 시적 화자라 하더라도 매우 가혹한 상황으로 받아들일 만한 부분이라 하겠습니다. '나는 간다는 말도 / 못다 이르고 어찌 갑니까?'라 한 부분에서 '나'는 죽은 누이를 가리키는데, '나'가 간다는 말도 못다 이르고 간다는 것은 자신의 죽음이 예고도 없이 갑작스럽게 다가온 것임을 드러내고 있습니다. 어린 누이의 죽음을 마주한 시적 화자가 견디기 힘든 괴로움을 의문형 종결 표현을 통해 드러내고 있습니다.

가운데 부분, 곧 '어느 가을 이른 바람에 / 이에 저에 떨어질 잎처럼 / 한 가지에 나고 / 가는 곳 모르온저'에서는 '나'의 삶과 누이의 죽음이 한 가지에서 태어나고 자라난 잎이 가을 바람에 여기저기에 떨어지는 자연 현상에 비유되어 삶과 죽음에 대한 일반적 허무감으로 그 의미가 확산되고 있습니다. 같은 가지에서 태어난 나뭇잎이라도 떨어질 때에는 여기저기에 따로 떨어집니다. 곧 태어난 곳은 같지만, 죽을 때에는 제각기 다른 곳에 떨어지며, 어디에 떨어질지 모르기 때문에 더욱 슬픔은 깊어질 것입니다. 이러한 자연 현상을 '나'와 '누이'에 빗대어, 나와 누이는 같은 부모에서 태어났지만 죽을 때에는 각자 다른 시점에 죽고 또 죽어서는 어디로 가는지 모르겠다는 것을 말하는 것입니다. 누이의 죽음을 통해 삶과 죽음과 내세(來世)의 문제를 성찰하고 있는 뛰어난 비유라 할 만합니다.

끝 부분, 곧 '아아, 미타찰(彌陀刹)에서 만날 나 / 도(道) 닦아 기다리겠노라.'는 '아아'라는 낙구(落句)의 감탄사(차사)로 시작합니다. 이것은 작품의 앞뒤를 잇는 고리이면서 화자가 극한적인 고뇌를 분출하고 종교적 초극이 이루어지는 전환점이 됩니다. 시적 화자는 인간으로 살다 죽으면 아미타불(阿彌陀佛)의 나라인 '미타찰'에서 환생한다고 믿고 있으니, 죽은 누이도 그곳에 가 있으리라 믿겠지요. 그곳에서 다시 만나기 위해 할 수 있는 일은 자신이 신봉하는 불교적 수행에 집중

하는 것이 최선일 터입니다. 죽음의 불가해성과 내세에 대한 미지성은 화자로 하여금 종교적 수행의 길로 인도하고, 이에 화자는 오직 불교적 득도를 통해 누이를 만날 것을 소망하는 것인 셈이지요.

이런 내용으로 이루어진 이 작품의 의미를 다음과 같이 정리할 수도 있습니다. 이 노래는 골육인 누이의 명복(冥福)을 빌기 위해 지은 것이고, 불승(佛僧)인 월명사에게 명부(冥府)는 서방(西方)에 있는 극락정토(極樂淨土), 무량수(無量壽)를 누릴 수 있고 죽음이 없는 영원한 삶의 세계일 것입니다. 즉, 여기가 가야 할 사후의 세계이고, 현세에서의 삶이란 그곳에 가기 위한 준비의 시간일 수밖에 없다는 것이지요. 그러나 막상 죽음에 다다랐을 때, 그것도 골육과의 사별에 임하였을 때 월명은 죽음의 현장성을 느꼈을 것입니다. 인간 세상이란 죽음과 삶이 명확히 분리되어 있는 것이 아니라 혼용되어 있는 것으로, 살아 있는 월명사가 죽어 가는 누이를 보는 것이지요. 그럴 때 살아 있는 자신의 죽음을 누이를 통하여 보게 되고, 죽음에 대한 서정을 비유에 의하여 구체적으로 형상화함으로써 죽음을 절감하게 됩니다. 그러한 형상화는 누이의 죽음으로 더 한층 짙게 인식된 셈이지요. '어느'란 정해진 시간이 있는 게 아니고 언제나 있는 시간으로 시시로 닥쳐오는 죽음을 인식하게 해 줍니다. 죽음 앞에 서 있는 동류의식(同類意識)의 표현인 '한 가지에 나고'는 현상적으로 인식되지만 죽음에 있어서의 그것은 '가는 곳을 모르'는 미지의 세계이지요. 이것은 불교의 윤회사상을 바탕으로 한 인간의 변전(變轉)을 말하는 것 같으나, 오히려 그보다 더 원초적이고 오래된 사후(死後)의 관념이라 할 수도 있을 겁니다. 그래서 가는 곳을 비유하여 '이에 저에'라 표현하였지요. 육도환생(六道還生)이라는 교훈적인 종교의 내세관에서보다는 삶 그 자체가 하나의 나뭇잎에 지나지 않는다는 인생의 허무감에 지배되고 있는 것입니다. 이러한 허무감은 결국 종교적인 귀의를 가지게 합니다. 그래서 인생의 허무감을 아미타불에 귀의함으로써 종교적으로 승화시키는 것이지요. 미타찰에 누구나 갈 수 있는 것이 아니므로, 그곳에 가 있는 누이를 만나기 위해서는 도를 닦으며 기다려야 한다는 것입니다.

한편 이 작품은 제전(祭典)이라는 의식(儀式)을 고려하지 않으면 순수한 서정시로서의 자질을 가지게 됩니다. 죽음과 삶이 혼용된 인간세계에 있어서 죽음과 삶의 갈등을 항상 겪어야만 하는 인간, 언제나 느끼고 있는 삶에 대한 허무감 등은 인간이 넘지 못할 하나의 불가피한 상황으로 이것의 인식과 생각을 시로 표현한 것이 이 작품입니다. 누이의 죽음을 계기로 하여 죽음에 대한 인식과 그것에서 느끼는 정서를 표현한 개성적인 서정시이지요. 적절한 시어의 선택과 표현법으로 죽음에 대한 서정을 담고 있습니다. 집단 감정의 표현이나 어떤 목적의식에 의한 공리적인 노래가 아닌 순수한 서

정시로서의 지평을 열어 주는 노래인 것입니다.

　이 노래의 의미를 다음과 같이 요약할 수 있겠습니다. 이 노래는 누이의 죽음을 직면한 현재, 누이와의 속세의 인연을 그린 과거, 그리고 서방 정토에서의 만남이라는 미래를 노래하고 있어 불교의 삼세(三世) 윤회의 진리를 바탕으로 있습니다. 그 때문에 월명사는 죽은 누이동생을 애도하는 데 머무르지 않고, 그것을 빌려 불교 신앙, 특히 대승의 아미타 신앙에의 귀의를 노래하고 있다. 또한 적절한 비유의 참신성은 그의 높은 정신 세계를 잘 드러내 주고 있으며, 죽음에 직면한 슬픔을 회자정리(會者定離)의 불교 정신을 바탕으로 새로운 만남을 기약하고 있습니다. 이러한 표현법은 한용운의 '님의 침묵'에서도 발견되는 이미지로 인간적인 슬픔을 종교적 정신 세계로 정화하여 초극하려 하는 것입니다.

찬기파랑가(讚耆婆郎歌)

충담사(忠談師)

■ 원문

咽嗚爾處米
열 오 이 처 미

露曉邪隱月羅理
로 효 사 은 월 라 리

白雲音逐于浮去隱安支下
백 운 음 축 우 부 거 은 안 지 하

沙是八陵隱汀理也中
사 시 팔 릉 은 정 리 야 중

耆郎矣貌史是史藪邪
기 랑 의 모 사 시 사 수 사

逸烏川理叱積惡尸
일 오 천 리 질 적 악 시

郎也持以支如賜烏隱
랑 야 지 이 지 여 사 오 은

心未際叱兮逐內良齊
심 미 제 질 혜 축 내 양 제

阿耶栢史叱枝次高支乎
아 야 백 사 질 지 차 고 지 호

雪是毛冬乃乎尸花判也
설 시 모 동 내 호 시 화 판 야

■ 번역 1(양주동)

열치매4)

나토얀5) 드리

흰구름 조초 뻐가는6) 안디하7).

새파론 나리여히8)

耆郎(기랑)이 즈싀9) 이슈라.

일로10) 나리ㅅ 지벽히11)

郎(낭)이 디니다샤온

ᄆᆞᅀᆞ믹 ᄀᆞᇂ홀12) 좃누아져13).

아으 잣ㅅ가지 노파

서리 몯누올14) 花判(화판)15)이여.

_____

4) 열치매 : 열리매. 열어젖히매
5) 나토얀 : 나타난
6) 조초 뻐가는 : 좇아 떠가는
7) 안디하 : 아닌가?
8) 나리여히 : 시내에. 냇물에
9) 즈싀 : 모습이
10) 일로 : 이로. 이로부터
11) 지벽히 : 조약돌에
12) ᄀᆞᇂ홀 : 끝을
13) 좃누아져 : 좇아가고 싶어

■ 현대어 풀이

열치매
└(달이 구름을) 열어젖히며
　(화자가 창문을) 열어젖히니

나타난 달이
　　　└밝음(광명)과 높음(고매) : 기파랑의 인품

흰 구름 좇아 떠감이 아니야?
└색채감
　　└맑음과 깨끗함 : 기파랑의 인품　　　▶ 1~3행 : 달에게 물음
새파란 내[川]에
└색채감
　　└예찬의 대상 직접 제시
기랑(耆郎)의 모양이 있어라!
　　　　　└있구나! 감탄형 종결. 영탄법

이로 냇가 조약에
└이것으로　　└둥긂과 단단함 : 기파랑의 인품
　└이로부터

낭의 지니시던
　　└찬양의 대상이 부재함을 과거회상 시제로 표현

마음의 끝을 좇과저.
└가장자리　└소망의 직접적 노출
　　　└궁극(窮極), 도달점
　　└낙구, 차사　　　▶ 4~8행 : 기파랑을 좇는다고 대답함
아으, 잣[栢]가지 드높아
　　　└늘푸름과 꿋꿋함 : 기파랑의 인품

서리를 모르올 화랑장(花郎長)이여!
└시련, 역경, 유혹, 불의
　　　　　　▶ 9~10행 : 기파랑을 예찬함

■ 번역 2(김완진)

늣겨곰1) ᄇᆞ라매2)

이슬 불간3) 드라리4)

흰 구룸 조초 뻐간 언저레

몰이 가론5) 믈서리여히6)

耆郎의 즈싀올시7) 수프리야.

_____

14) 몯누올 : 모르올
15) 花判(화판) : 화랑의 우두머리
1) 늣겨곰 : 흐느끼며
2) ᄇᆞ라매 : 바라보매
3) 불간 : 밝힌
4) 드라리 : 달이
5) 몰이 가론 : 모래톱 깊숙이 갈라져 들어간
6) 믈서리여히 : 물가에.
7) 즈싀올시 : 모습이올시

逸烏나릿8) 지벼긔9)

郞이여 디니더시온

ᄆᆞᅀᆞ미 ᄀᆞᆺᆞᆯ10) 좃ᄂᆞ라져

아야 자싯가지11) 노포12)

누니 모ᄃᆞᆯ 두폴13) 곳가리여14)

■ 현대어 풀이

흐느끼며 바라보매
└대상의 부재로 슬퍼하는 화자
　대상의 생존시와 달라진 현실에 대한 안타까움

이슬 밝힌 달이
└짧은 생애　└우러러보는 대상
　화자와 같은 약자　└대상에 대한 그리움이 투영된 자연물

흰 구름 따라 떠간 언저리에
└일시성, 유동성　└변두리
　　　　└중심에서 멀어진 공간

모래 가른 물가에
└맑고 깨끗한 모습
└대상의 인품이 훼손되는 공간

기랑(耆郞)의 모습이올시 수풀이여.
└예찬의 대상 직접 제시
└모습 같은　└대상의 모습을 떠올리게 하는 자연물
　　　　　대상을 숨겨 안타까움을 유발하는 소재

일오(逸烏)내 자갈 벌에서
└구체적 지명　└원만하고 강직함 ▶ 1~5행 : 기파랑의 모습을 찾음
　현장감과 사실감 강조

낭(郞)이 지니시던
└찬양의 대상이 부재함을 과거회상 시제로 표현

마음의 갓을 좃고 있노라.
└가장자리, 궁극, 도달점
　└낙구, 차사 ▶ 6~8행 : 기파랑을 추모함

아아, 잣나무 가지가 높아
└고매하고 고결한 절개
└시련, 고난, 외압, 불의, 유혹

눈이라도 덮지 못할 고깔이여.
└기파랑의 신분. 화랑의 우두머리
▶ 9~10행 : 기파랑의 높은 절개를 예찬함

■ 핵심 정리

* 작자 : 충담사(忠談師)
* 연대 : 신라 제35대 경덕왕(742~765)
* 갈래 : 10구체 향가
* 성격 : 예찬적, 추모적, 서정적
* 어조 : 기파랑을 회상하며 찬양하는 어조
* 주제 : 기파랑을 추모하는 마음

---

8) 나릿 : 시내
9) 지벼긔 : 자갈 벌에서
10) ᄆᆞᅀᆞ미 ᄀᆞᆺᆞᆯ : 마음의 끝을
11) 자싯가지 : 잣가지. 잣나무 가지
12) 노포 : 높아
13) 모ᄃᆞᆯ 두폴 : 못다 덮을. 다 덮지 못할
14) 곳가리여 : 고깔이여. '고깔'은 위 끝이 뾰족하게 생긴 모자.

기파랑의 고매한 인품을 찬양함

* 특징 :
　① 대상과의 문답을 통해 예찬의 효과를 극대화한다.
　② 다양한 자연물을 통해 대상의 모습을 제시한다.
* 구성 1(양주동 번역) :
　1~3구 : 기파랑의 고결한 모습(화자가 달에게 묻는 말)
　4~8구 : 기파랑의 원만한 인품(달이 화자에게 답하는 말)
　9~10구 : 기파랑의 높은 절개 예찬(화자가 찬양하는 말)
* 구성 2(김완진 번역) :
　1~5구 : 기파랑의 모습을 찾음
　6~8구 : 기파랑을 추모함
　9~10구 : 기파랑의 높은 절개를 예찬함
* 의의 : ① 현존하는 향가 중 표현 기교가 가장 우수하다.
　　　　② 주술성이나 종교적 색채가 없는 순수 서정시다.

■ 배경 설화

당(唐)나라에서 『도덕경(道德經)』 등을 보내오자 대왕(大王)이 예를 갖추어 이를 받았다. 왕이 나라를 다스린 지 24년 되던 해에 오악(五岳)과 삼산(三山)의 신들이 때때로 나타나서 대궐 뜰에서 왕을 모셨다. 3월 3일, 왕이 귀정문(歸正門) 누각 위에 나가서 좌우 신하들에게 일렀다.

"누가 길거리에서 위의(威儀) 있는 중 한 사람을 데려올 수 있겠느냐?"

이때 마침 위의 있고 깨끗한 고승(高僧) 한 사람이 길에서 이리저리 배회하고 있었다. 좌우 신하들이 이 중을 왕에게로 데리고 오니, 왕이,

"내가 말하는 위의 있는 중이 아니다."

하고 그를 돌려보냈다. 다시 중 한 사람이 있는데 납의(衲衣)를 입고 앵통(櫻筒)을 지고 남쪽에서 오고 있었는데, 왕이 보고 기뻐하여 누각 위로 영접했다. 통 속을 보니 다구(茶具)가 들어 있었다. 왕은 물었다.

"그대는 대체 누구요?"

"소승(小僧)은 충담(忠談)이라고 합니다."

"어디서 오는 길이오?"

"소승은 3월 3일과 9월 9일에는 차를 달여서 남산(南山) 삼화령(三花嶺)의 미륵세존(彌勒世尊)께 드리는데, 지금도 드리고 돌아오는 길입니다."

"나에게도 그 차를 한 잔 나누어 주겠는가?"

중이 이내 차를 달여 드리니 찻맛이 이상하고 찻잔 속에서 이상한 향기가 풍겼다. 왕이 다시 물었다.

"내가 일찍이 들으니 스님이 기파랑(耆婆郞)을 찬미(讚美)한 사뇌가(詞腦歌)가 그 뜻이 무척 고상(高尙)하다고 하니 그 말이 과연 옳은가?"

"그렇습니다."

"그렇다면 나를 위하여 안민가(安民歌)를 지어 주시오."

충담은 이내 왕의 명을 받들어 노래를 지어 바치니 왕은 아름답게 여겼다. 왕은 그를 왕사(王師)로 봉했으나 충담은 두 번 절하고 굳이 사양하여 받지 않았다.

■ 해설

이 작품의 제목은 '기파랑을 찬양하는 노래'이니 '찬∨기파랑∨가'라 읽읍시다. '기파랑'의 '기파'는 성명이고 '랑'은 'Mr.' 또는 'Sir'와 같이 높여 부르는 말입니다. 신라 시대이니 '화랑(花郎)'을 일컫는 말일 터이지요. 그렇다면 이 노래는 '기파'라는 화랑을 찬양하는 노래인 셈입니다.

기파랑은 어떤 인물이어서 찬양의 대상이 되었을까요? 기록이 남아 있지 않아서 그가 누구인지는 알 수 없습니다. 불전(佛典)에 나오는 '기파(耆婆)'라고도 하고, 하늘의 옥황상제와 소통하는 능력을 지녔으나 벌을 받아 힘을 잃게 되었다는 표훈대덕(表訓大德)이라고도 합니다. 특히 이 노래가 『삼국유사』 권2의 기이편(紀異篇) '충담사 표훈대덕'이란 제목으로 실려 있어서 후자의 경우는 꽤 설득력을 지닐 수도 있겠군요. 또 이 작품이 지어질 당시의 시중(侍中)이었던 김기(金耆)라고도 하였지만 다들 설(說)에 지나지 않고, 화랑의 지도자였을 것으로 보는 것만이 지금까지의 통설입니다.

배경 설화를 잠깐 보시죠. 경덕왕은 '찬기파랑가'는 익히 알고 있었으나 충담사와는 초면이었던 같습니다. 충담사가 10구체 향가, 곧 사뇌가(詞腦歌)를 잘 짓는 것 정도는 알았기에 '안민가(安民歌)'를 지어 달라고 하였겠군요. 그 당시는 삼국 통일을 완수한 7세기 중엽부터 100여 년이 지난 뒤인지라 나라의 기강이 꽤나 흔들렸던가 봅니다. 삼국 통일을 이루는 과정에서 큰 힘을 발휘했던 화랑의 성격도 상당히 달라져 있었을 겁니다. 그래서 경덕왕은 노래의 힘을 빌리고 싶었던 것이겠지요. 화랑의 전성기에 대한 향수에서 화랑의 정신과 모습을 다시 한 번 다잡고자 했던 의도로 기파랑을 찬미한 노래 '찬기파랑가'를 떠올렸고, 그 작자인 충담사를 만났던 것입니다.

아시다시피 이 노래는 향찰(鄕札)로 표기되어 있습니다. 향찰은 우리의 문자가 없던 시절에 한자(漢字)의 소리와 뜻을 빌려 우리말을 표기하는, 이른바 음훈차표기법(音訓借表記法)입니다. 지금까지도 향찰을 정확하게 읽어내지 못하고 학자마다 어구의 해독을 조금씩 다르게 하고 있습니다. 양주동 선생과 김완진 선생의 사례를 통해 그런 사정을 확인해 봅시다.

첫 글자 '咽'의 음은 '열'이고 뜻은 '목메다'입니다. 양주동 선생은 음에 따라 '열'이라 읽었습니다. 김완진 선생은 뜻에 따라 '흐느끼'는 것으로 읽었습니다. 이 때문에 '열다'와 '흐느끼다'라는 전혀 다른 해석이 되었습니다. 마지막 행의 첫 두 글자 '雪是'는 음은 '설시'이고 뜻은 '눈'과 '이, 이것'입니다. 양주동 선생은 각각 음과 뜻에 따라 '설이', 곧 '서리'로 읽고, 김완진 선생은 둘 다 뜻에 따라 '눈이'로 읽었습니다. '서리'와 '눈'이 식물의 생장에 부정적 존재라 시련이나 고난의 상징으로 읽을 수 있어 유사하기는 하지만, 별개의 사물인 점에서 향찰 연구는 아직도 진행 중이라 해야겠습니다. 당연히, 어느 것을 텍스트로 삼느냐에 따라 해석은 달라질 수 있습니다.

김완진 선생의 해독에 따르면, "시름에 잠겨 흐느끼는 화자가 신성한 가치가 사라져 가고 세속적인 현실의 논리가 퍼져 가는 것을 안타까워하고 있다. 눈도 덮지 못하는 기파랑의 고결한 인품은 현실에서 찾을 수 없고 수풀만 우거지고 자갈만 가득한, 비속한 정경이 제시되고 있는 데서 화자가 대상을 그리워하는 근본 취지를 엿볼 수 있다."라는 해석이 나옵니다. 양주동 선생의 해독에 따르면, "이 노래는 기파랑이 화랑으로서 평소에 지녔던 인품을 기림에 있어 고고한 인격을 직접 언급하지 않고, 자연물인 달과의 문답 형식으로 은연중에 나타내고 있다. 즉, 이 노래는 달과의 문답을 통해 기파랑의 인품을 찬양한 작품으로 이해된다. 하늘의 달마저 기파랑의 뜻을 따르고 있다고 함으로써 기파랑에 대한 찬양이 효과적으로 이루어지고 있다고 할 수 있다. 작중 화자는 기파랑이 지닌 '마음의 가장 자리'만이라도 따르고 싶어한다. 그가 지향하는 세계는 사람이라면 누구나 따라야 할 이상의 세계이다. 그래서 화자는 마지막 구절에서 기파랑을 더할 수 없는 고매한 인격자로서, 서리조차 모르는 높은 잣나무 가지로 형상화하여 표현하고 있다."라는 해석이 나오는 것입니다. 이와 같은 번역의 차이가 형식의 차이까지 유발합니다.

형식으로 보면 이 노래는 10구체 향가입니다. 10행시라고 해도 되겠군요. 향가는 4구체, 8구체, 10구체로 나눌 수 있는데, 특히 10구체를 사뇌가(詞腦歌)라 하고, 향가의 주류를 이루고 있습니다. 10구체 향가는 처음과 중간, 끝의 세 부분으로 구성되어 있습니다. 이 노래는 끝 부분은 9~10행으로 같지만, 처음 부분과 중간 부분은 번역자에 따라 다릅니다. 양주동 선생의 번역에 따르면 처음은 1~3행, 중간은 4~8행인데, 김완진 성생의 번역에 따르면 처음은 1~5행, 중간은 6~8행으로 나뉩니다. 차사(嗟辭), 곧 감탄사 '아아'로 시작되는 낙구(落句)에서 기파랑에 대한 흠모와 예찬의 정서를 고조시키면서 빼어난 서정성을 잘 보여 주고 있습니다. 이러한 추모와 예찬의 주제 의식이 다양한 자연물을 소재로 삼아 고도의 상징성을 부여함으로써 이루어졌다는 점에서 높이 평가할 만합니다.

가시리

작자 미상

가시리[1] 가시리잇고 나눈
　상투적 어구(투식어). 음악적 효과
　3·3·2조, 3음보
　　a　　　　a
　　　　　　　　　　　　　a-a-b-a 운율 구조
ᄇ리고 가시리잇고 나눈[2]
　　b　　　　a
　　불림 기능
위 증즐가 大平盛代(대평셩ᄃᆡ)[3]
　의성어　　가사의 내용을 군신(君臣) 관계로 볼 근거
　　　　　　민요가 궁중음악(속악)으로 바뀌면서 생김
　　　　　　개인의 선창에 대한 집단의 후창일 가능성

➡ 1연 : 떠나려는 임을 원망함

날러는 엇디 살라 ᄒ고
　나는, 나더러는　　혼자는 살 수 없음을 강조
　일인칭 드러난 화자　화자의 절망감 표출
ᄇ리고 가시리잇고 나눈[4]

위 증즐가 大平盛代(대평셩ᄃᆡ)

➡ 2연 : 떠나지 말기를 애원함

잡ᄉᆞ와 두어리마ᄂᆞᆫ
　주체 : 화자. 잡아 두고 싶지만.

선ᄒᆞ면[5] 아니 올셰라[6]
　주체 : 임. 화자의 추측, 염려. 임을 보내줄 수밖에 없는 이유

위 증즐가 大平盛代(대평셩ᄃᆡ)

➡ 3연 : 감정을 절제하며 체념함

셜온 님 보내ᄋᆞᆸ노니 나눈[7]
　주체 : 임 → 이별을 서러워하는 임
　주체 : 화자 → 나를 서럽게 하는 임

가시ᄂᆞᆫ 듯 도셔 오쇼셔 나눈[8]
　소망의 직설적 표현

위 증즐가 大平盛代(대평셩ᄃᆡ)

➡ 4연 : 재회하기를 소망함

■ 현대어 풀이

가시겠습니까, 가시겠습니까?
(나를) 버리고 가시겠습니까?
나더러는 어찌 살라 하고
(나를) 버리고 가시렵니까?
붙잡아 둘 일이지마는
(임께서) 서운하면 아니 오실까 두렵습니다.
서러운 임을 보내 드리오니
가시자마자(가시는 것처럼) 돌아서서 오소서.

■ 핵심 정리

* 갈래 : 고려가요. 속요
* 성격 : 여성적, 애상적, 자기 희생적
* 연대 : 고려 시대
* 별칭 : 귀호곡(歸乎曲)

---

1) 가시리 : '가시리잇고'의 준말로 '가시렵니까?'의 의미이며, ① 임이 떠나는 것을 차마 믿지 못하겠다는 안타까움이 담긴 말이다. 또한 ② 자신의 곁에서 떠나지 말아 달라는 애원을 담고 있는 표현으로 이해할 수도 있다.

2) 가시리 가시리잇고 나눈 / ᄇ리고 가시리잇고 나눈 : 임이 떠나는 것을 차마 믿지 못하겠다는 듯이 이별의 사실을 거듭 확인하며, 떠나지 말라는 애원을 담고 있다.

3) 위 증즐가 大平盛代(대평셩ᄃᆡ) : 의미를 가지지 않는 여음구(조음구)로서 '위'는 감탄사이며, '증즐가'는 악기 소리의 의성어로서 악률에 맞추기 위해 각 연의 끝에 삽입한 것이다. 여음구는 반복을 통해 노래에 리듬감을 부여하고 신명을 불러일으키는 동시에, 형태적 안정감을 주는 효과를 가진다. 그런데 매 연 뒤에 반복되어 후렴구의 기능을 하는 이 구절은 이 작품 전편에 흐르는 이별의 정한이라는 정서와 잘 어울리지 않는다. 특히 '위 증즐가 대평셩ᄃᆡ'는 의미가 없는 여음구로, '위'는 감탄사, '증즐가'는 악기의 의성어로 악률에 맞추기 위해 삽입한 것이다. 또 '대평셩ᄃᆡ'는 사랑하는 임을 떠나보내는 비극적 정조와 연결되지 않는다. 이렇게 서민 남녀의 애정에 대한 노래에 국가(왕)에 대한 찬양의 내용이 첨가된 것은 고려 시대 서민들의 노래이던 고려 가요가 기록되어 궁중 음악에 편입되는 과정에서 생긴 변화이다.

4) 날러는 엇디 살라 ᄒ고 / ᄇ리고 가시리잇고 나눈 : 사랑하는 임이 떠나면 어찌 살아가겠느냐고 호소하고 있다. 이별에 대한 옛날 우리 여인의 전형적 태도라 할 수 있는 수동적 자세가 나타난다.

5) 선ᄒᆞ면 : 서운하면, 서낙하면. '선하다'는 '서운하다'와 '서낙하다(너무

귀찮게 하다)'의 두 가지 뜻으로 볼 수 있음.

6) 잡ᄉᆞ와 두어리마ᄂᆞᆫ / 선ᄒᆞ면 아니 올셰라 : 떠나는 임을 붙잡고 싶지만, 울고 매달리면 임이 영원히 떠나 버리지 않을까 하는 염려를 담고 있다. 임을 보내는 서러움을 절제하려는 태도가 나타난다.

7) 셜온 님 보내ᄋᆞᆸ노니 나눈 : '서러운 임을 보내드리오니'라는 뜻이다. '셜온'의 주체는 임이 아니고 임과 서러운 이별을 하는 시적 화자이다.

8) 가시ᄂᆞᆫ 듯 도셔 오쇼셔 나눈 : '가시자마자' 돌아오기를 기원하는 표현으로서, 떠난 임을 언제까지라도 기다리겠다는 간절한 기다림의 정서를 드러내고 있다. 주제가 함축적으로 드러나 있는 부분이다.

* 율격 : 3・3・2조, 3음보
* 형식 : 전 4연, 각 연 2구씩의 분연체(分聯體)
* 어조 : 사랑하는 임을 떠나 보내는 애절한 여인의 목소리
* 제재 : 이별
* 주제 : 이별의 정한(情恨)
* 특징 :
　① 형식은 간결하지만 심정의 곡진(曲盡)함을 잘 표현하고 있다.
　② 이별의 정한이 소박하고 함축적인 표현과 빈틈없는 구조 속에 절묘하게 표현어 있다.
　③ 자기 희생적 사랑을 미래 지향적인 것과 연결시켜 표현하고 있다.
　④ 우리 문학사에 나온 이별 노래 중 최고의 수준으로 평가되고 있다.
* 구성 : '기 - 승 - 전 - 결'의 4단 구성
　기(起) : 이별의 확인(뜻밖의 이별에 대한 놀라움과 슬픔)
　승(承) : 허탈함과 슬픔
　전(轉) : 감정의 절제와 체념
　결(結) : 임이 돌아오기를 바라는 소망
* 출전 : 『악장가사(樂章歌詞)』

■ 해설

　이 노래는 오래 전부터 민요로 민간에서 불리던 민요였는데, 고려 시대에 속악(俗樂)으로 궁중 음악으로 채택되고, 조선 시대에 문헌에 기록되어 지금까지 전합니다. 이런 사정은 『시용향악보』에서 「귀호곡(歸乎曲)」이라는 제목과 함께 '속칭 「가시리」라 하였다'라고 표시되어 있는 것에서 짐작할 수 있습니다. 형식은 모두 4연의 연장체(聯章體)로, 매 연은 2행으로, 각 행은 3음보격의 율격을 이루고 있는데, 각 연이 끝날 해마다 '위 증즐가 태평성대(太平聖代)'라는 후렴구가 따르고 있습니다. 또한 각 행의 제3음보가 기준 음절수보다 적은 소음보(少音步)인 경우 의미론적 긴밀성과는 상관없이 '나는'이라는 상투적 어구가 맨 끝에 덧붙어 있습니다. 음악적 기능과 효과를 위한 후렴구와 상투적 어구를 빼고 가사만 보면, 4행을 1연으로 하는 2연의 민요체 가요가 되는데, 이것이 이 노래의 원래 모습이었음을 알 수 있습니다. 즉, 4행 형식을 바탕으로 한 민요가 속악으로 개편되면서 가사의 내용과 별개로 보이는 음악적 요소가 덧붙었던 것으로 보입니다.

　1연에서는 떠나겠다는 임의 말을 믿고 싶지 않은 일말의 기대 같은 것이 남아 있습니다. 그러기에 2연에서와 같이 임을 향해 애절한 하소연을 할 수 있는 것이겠지요. 그러나 3연에서 화자는 부질없는 하소연이 오히려 임의 노여움을 사서 영영 임이 돌아오지 않을 빌미로 작용하지 않을까 불안감

에 휩싸입니다. 그래서 4연에서는 눈물을 애써 삼키면서 임을 보내지 않을 수 없는 것입니다. 이처럼 간결한 형식과 소박한 시어로 이루어져 있는 이 작품에서 화자(話者)의 어조나 정감은 매우 내성적이고 소극적인 것으로 보입니다. 그러나 함축된 의미를 보면, 사랑과 이별을 받아들이는 화자의 자세에는 임이 반드시 돌아올 것을 기다리며 이별의 슬픔을 인고(忍苦)로 극복하려는 성숙한 비장미(悲壯美)가 배어 있습니다.

　이것이 애초의 민요가 담고 있던 주제입니다. 그러나 이 노래를 궁중의 속악가사로 이해할 경우 작품의 주제는 임금님의 총애를 잃지 않으려는 신하의 애틋한 충정의 표출로 바뀝니다. 즉, 여기서 시적 화자는 여염의 여인에서 궁중의 신하로 바뀌고, '임'의 상징적 의미도 여염의 남정네에서 임금으로 전화(轉化)되고 맙니다. 결국 이 노래도 궁중의 속악가사로 수용될 경우 정철(鄭澈)의 「사미인곡(思美人曲)」이나 정서(鄭敍)의 「정과정(鄭瓜亭)」과 다를 바 없는 '충신연주지사(忠臣戀主之詞)'의 주제와 기능을 가지게 된 것이지요. 그리하여 태평성대를 구가하는 후렴구의 반복과 조화되어 작품 자체의 비극적 정조는 소멸되고 궁중의 호화로운 잔치 분위기에서 임금과 그를 둘러싼 간신들의 유락적(遊樂的)이고 퇴폐적인 성조(聲調)로 바뀌면서, 고려 후기의 궁중음악으로 채택된 뒤 조선 중기까지 연행되었던 것으로 보입니다.

　민요로서의 이 작품에 드러나 있는 비극적 정한(情恨)은 고려 후기에 있어서 원(元)나라에 의한 폭정(暴政)의 압제에 따른 비극적 사회상과 연결되어 있습니다. 이러한 비극적 정한은 일제 강점기의 강포(强暴)한 식민지 치하를 배경으로 한 김소월(金素月)의 시 「진달래꽃」에서 가장 섬세한 근대시로 승화되면서 한국적 미의식의 맥락으로 이어져 내려오고 있습니다.

　이 이별의 정한(情恨)이라는 주제가 우리 민족의 보편적 정서라 하는 것은 다소 과장된 면이 없지 않으나, 그 연원이 오래인 것은 분명합니다. 그러나 고구려 유리왕의 「황조가(黃鳥歌)」에서부터 김소월의 「진달래꽃」에까지 이어져 오지만 시적 화자가 보여 주는 정서는 차이가 있습니다. 「가시리」의 경우에는 자기희생과 감정의 절제를 통해 재회를 기약하고 있으며, 이러한 감정의 표출이 자연스럽고 소박하게 표현되어 있습니다만, 「황조가」는 이별의 정한을 '꾀꼬리'라는 매개체로 부각시켰고, 「서경별곡(西京別曲)」은 적극적이고 자기중심적인 여성의 어조로 이별을 거부하는 모습으로도 나타납니다. 그리고 「진달래꽃」은 「가시리」처럼 다시 돌아와 달라는 원망을 토로하지 않고 감정을 절제하면서 자기희생적 자세를 역설적으로 보여 주고 있습니다.

서경별곡(西京別曲)

작자 미상

<제1연>

서경(西京)¹⁾이 아즐가²⁾ 서경(西京)이 셔울히마르는³⁾
└구체적 지명. 화자의 삶의 공간　　└중요한 곳
　현장감과 사실감 강화　　　　　　쉽게 떠날 수 없는 곳

위 두어렁셩 두어렁셩 다링디리⁴⁾
└신호　└악기 소리

닷곤 디⁵⁾ 아즐가 닷곤디 쇼셩경⁶⁾ 고외마른⁷⁾
└(새로) 닦은 데　　　└작은 서울　└괴외마른
　　　　　　　　　　　서경　　　　사랑하지마는

위 두어렁셩 두어렁셩 다링디리

여희므론 아즐가 여희므론 질삼뵈⁸⁾ 브리시고
└이별하기보다는　　　　　　└길쌈베
　화자가 처한 위기 상황　　　여성 화자로 추정하는 근거

위 두어렁셩 두어렁셩 다링디리

괴시란디⁹⁾ 아즐가 괴시란디 우러곰 좃니노이다¹⁰⁾.
└사랑하신다면　　　　　　　└울면서
　사랑하는 임이 가는 곳　　　살던 곳을 떠나는 슬픔

위 두어렁셩 두어렁셩 다링디리

서경(평양)이 서울이지마는
새로 닦은 곳인 소성경(小城京)을 사랑합니다만,
임을 이별하기보다는 길쌈하던 베를 버리고서라도
저를 사랑해 주신다면 울면서 따라가겠습니다.

➡ 제1연 : 이별을 거부하는 마음과 연모의 정

<제2연>

구스리 아즐가 구스리 바회예 디신둘¹¹⁾
└화자의 사랑　　　　　└방해물　└시련을 만남
　가변성, 일시성　　　　장애물　　하강적 이미지

위 두어렁셩 두어렁셩 다링디리

긴히똔 아즐가 긴힛똔 그츠리잇가¹²⁾¹³⁾ 나눈
└믿음　　　　　　　　└끊어지지 않는다
　불변성, 영속성　　　　의문형 종결. 설의적 표현

위 두어렁셩 두어렁셩 다링디리

즈믄 히¹⁴⁾를 아즐가 즈믄 히를 외오곰¹⁵⁾ 녀신둘¹⁶⁾
└천 년, 긴 세월　　　　　　└홀로(외롭게) 지낸들
　대유법　　　　　　　　　　믿음의 강도를 드러내기 위한 표현

위 두어렁셩 두어렁셩 다링디리

신(信)잇둔 아즐가 신(信)잇둔 그츠리잇가 나눈
└믿음. 사랑의 필수 조건
　불변성, 영속성

위 두어렁셩 두어렁셩 다링디리

구슬이 바위에 떨어진들
끈이야 끊어지겠습니까?
천 년을 홀로(외롭게) 살아간들
(임에 대한) 믿음이야 끊어지겠습니까?

➡ 제2연 : 임에 대한 변함없는 사랑과 영원한 믿음

---

1) 서경(西京) : 지금의 평양
2) 아즐가 : 악률을 맞추기 위한 여음
3) 西京이 아즐가 西京이 셔울히 마르는 : 서경은 오늘날의 평양을 가리키며, '아즐가'는 감탄사이다. 이 노래 각 구절의 첫 구는 그 사설의 첫 구를 취한다. 즉 '西京이 아즐가'의 사설 다음에 '西京이 셔울히 마르'으로 노래한다. 노래 전편에 이와 같은 구성을 취하고 있어 정형적인 율격을 느끼게 한다.
4) 위 두어렁셩 두어렁셩 다링디리 : '나눈'과 '아즐가' 외에 반복적으로 표현되고 있는 후렴구이다. '위'는 악사 또는 합창단에게 보내는 신호, 탈춤에서 '불림' 같은 것으로 보이고, '두어렁셩 두어렁셩 다링디리'는 '위'라는 신호에 반응하는 북 같은 악기 소리를 본딴 의성어로서 작품 전체에 경쾌한 리듬 감각을 더해 주는 요소이다.
5) 닷곤 디 : 닦은 데. 중수(重修)한 곳. 신축(新築)한 곳.
6) 쇼셩경 : 작은 서울. '서경(西京)'의 다른 이름.
7) 고외마른 : 사랑하지마는. '괴요마른'의 오기.
8) 질삼뵈 : 길쌈하던 베.
9) 괴시란디 : 사랑하신다면.
10) 우러곰 좃니노이다 : 울면서 따라가겠습니다. '곰'은 강세 접미사.

11) 구스리 바회예 디신둘 : 구슬이 바위에 떨어진들. 임과의 사랑이 깨질 위기에 처한들. 이 '구슬'은 여러 개를 끈에 꿰어 만든 목걸이 따위의 구슬을 가리킨다.
12) 긴힛똔 그츠리잇가 : 끈이야 끊어지겠습니까? '끈'은 여러 개의 구슬을 꿰는 데 쓴 것이다. '끊어지지 않는다'는 의미를 강조하기 위해 의문형 종결 표현, 설의적 표현을 사용하고 있다.
13) 구스리 바회예 디신둘~긴힛똔 그츠리잇가 나눈 : 여러 개의 구슬을 꿰어 만든 목걸이가 바위에 떨어지면 구슬들은 다 깨지지만 그것을 꿰었던 끈은 끊어지지 않는다는 비유를 통해 변함 없는 사랑을 의미하는 구절이다. 1연과 3연의 연관성에 비해 이 2연은 내용 전개상 그 관계가 상대적으로 덜 밀접하다고 할 수 있다. 이 구절은 고려 속요 '정석가'의 6연에도 나오는 것으로 보아 이 구절이 널리 유행했으리라 추측할 수 있다.
14) 즈믄 히 : 천 년. 오랜 세월. 흔히 '천년만년'처럼 쓰여 긴 세월을 의미하는 말로 쓰인다.
15) 외오곰 : '홀로'의 뜻인 '외로'를 강조하는 말. 문맥상 '외롭게'로 볼 수도 있다.
16) 녀신둘 : 지낸들. 살아간들. '녀다'는 '가다'와 '지내다'의 뜻으로 쓰인다.

<제3연>

대동강(大同江)¹⁷⁾ 아즐가 대동강(大同江) 너븐디¹⁸⁾ 몰라셔
└구체적 지명
　 현장감, 사실감 강화　　　　　　　└넓은 줄
　　　　　　　　　　　　　　　　　　 건너기 힘든 줄

위 두어렁셩 두어렁셩 다링디리

└사랑의 방해물, 이별의 도구　　　　└사랑을 방해하는 인물
비 내여¹⁹⁾ 아즐가 비 내여 노흔다²⁰⁾ 샤공아
　　　　　 └대동강을 건널 수 있게 하였느냐?
　　　　　　 화자의 사공에 대한 원망

위 두어렁셩 두어렁셩 다링디리

네 가시²¹⁾ 아즐가 네 가시 럼난디²²⁾ 몰라셔²³⁾
└사공의 아내　　　　 └화자의 사공에 대한 비난(저주)

위 두어렁셩 두어렁셩 다링디리

널 빅예²⁴⁾ 아즐가 널 빅예 연즌다²⁵⁾ 샤공아
　　　　　　└(강을) 건너는 배에 (나의 임을) 태웠느냐?

위 두어렁셩 두어렁셩 다링디리

대동강(大同江) 아즐가 대동강(大同江) 건너편 고즐여²⁶⁾
　　　　　　　　　 └화자의 힘이 미치지 않는 곳 └다른 여자

위 두어렁셩 두어렁셩 다링디리

비 타들면²⁷⁾ 아즐가 비 타들면 것고리이다²⁸⁾²⁹⁾ 나는
　　　　　　　└(꽃을) 꺾을 것이다
　　　　　　　 (다른 여자를) 만날 것이다

위 두어렁셩 두어렁셩 다링디리

대동강이 넓은 줄을 몰라서
배를 내어놓았느냐? 사공아.
네 아내가 음탕한 짓을 하는 줄도 모르고
떠나는 배에 내 임을 태웠느냐? 사공아.
(나의 임은) 대동강 건너편 꽃을
배를 타면 꺾을 것입니다.

▶ 제3연 : 사공에 대한 원망과 임의 변심에 대한 염려

■ 핵심 정리

* 작자 : 미상
* 갈래 : 고려속요. 고려가요. 장가
* 구성 : 전 3연으로 구성되어 있고, 매 연은 4구로 되어 있다.
　　　　 각 구는 3·3·2조가 기조를 이루고 있다.
* 성격 : 이별의 노래. 남녀상열지사(男女相悅之詞)
* 표현 : 반복법. 설의법. 은유법
* 주제 : 이별의 정한(情恨)
* 기타 : 2연이 '정석가'의 6연과 유사하다.
* 표현 : ① 각 구절 앞의 동일어 반복은 운율감을 살리고 있다.
　　　　 ② '동동'이 시간 구조로 짜여 있다면 이 작품은 공간 구조로 짜여 있다.
　　　　 ③ '남녀상열지사'라 하여 산제(刪除)되기도 하였다.
* 의의 : '청산별곡'과 함께 창작성과 문학성이 뛰어나다.
* 출전 : 『악장가사』, 『시용향악보』

---

17) 대동강(大同江) : 평안남도에 있는 강. 동백산, 소백산에서 시작하여 평양을 거쳐 황해로 흘러 들어간다. 길이는 439km.
18) 너븐디 : 넓은 줄을
19) 비 내여 : 배를 내어
20) 노흔다 : 놓았느냐?
21) 네 가시 : 너의 아내가
22) 럼난디 : 음란한 줄을
23) 네 가시 럼난디 몰라셔 : 의미 해석이 난해한 부분으로 '네가 시럼난디 몰라셔'로 읽어서 '네가 시름이 큰 줄을 몰라셔'로 보는 견해가 있다. 또 '네 가시 럼난디 몰라셔'로 읽어서 '네 각시가 음란한지 몰라서' 또는 '네 각시가 과욕한지 몰라서'로 읽기도 한다. 이 밖에도 '네까짓 것이 주제 넘은 줄 몰라서'로 해석하기도 한다.
24) 널 빅예 : 가는 배에. 떠나간 배에
25) 연즌다 : 얹었느냐. 태웠느냐
26) 고즐여 : 꽃을. '새로운 여인'의 비유
27) 비 타 들면 : 배를 타고 들어가면.
28) 것고리이다 : 사귀게 될 것입니다.
29) 비 타 들면 아즐가 비 타 들면 것고리이다 나는 : 배를 타고 강 건너편에 들어가면 그 곳 여인과 사랑을 맺을 것입니다. 2연에서는 비록 사랑을 방해 받더라도 자신은 임을 굳게 믿을 것이라 했던 것과는 대조적인 상상이다.

■ 해설

　이 작품의 배경은 서경(西京)입니다. '서경'은 오늘날의 평양(平壤)으로 고려의 수도인 개경(開京)의 서쪽에 있는 '작은 서울'이었습니다. 서경에는 대동강(大同江)이 있는데, 이 강을 배경으로 한 문학 작품이 적지 않습니다. 정지상(鄭知常)의 시 '송인(送人)'은 '해마다 이별 눈물을 보태'기에 '대동강 물은 언제나 마를까?'라고 노래하였습니다. 이색(李穡)은 대동강가에 지은 '부벽루(浮碧樓)'에서 서경을 돌아보며 맥수지탄(麥秀之嘆)을 노래하였지요. 김시습(金時習)의 '취유부벽정기(醉遊浮碧亭記)'나 작자 미상의 '옥단춘전', '채봉감별곡' 같은 고전소설, 주인공 이수일과 심순애의 비련(悲戀)을 다룬 조중환의 '장한몽(長恨夢)' 같은 신소설 등의 배경이기도 하여 이 대동강은 감성이 넘치는 공간이자 이야기를 생성하는 공간이었나 봅니다.
　이 작품은 크게 3연으로 나눌 수 있습니다. 즉, 이 작품은

'서경'으로 시작되는 1연과, 같은 고려 속요인 '정석가(鄭石歌)'와 사설이 일치하는 2연과, 대동강이 작품의 공간적 배경이 되고 있는 3연으로 되어 있습니다. 특히 2연은 이제현(李齊賢)의 「소악부(小樂府)」에도 한역(漢譯)되어 있어 당대에 널리 유행하였던 민요를 차용한 것으로 보입니다. 이 때문에 1연과 3연의 친연성(親緣性)과 달리 2연은 형태나 의미로 보아 이질적입니다. 그래서 이 작품의 형성 과정을 따지는 작업에서 제1연의 서경 노래, 제2연의 당대의 유행 민요, 제3연의 대동강 노래, 이렇게 세 노래를 새로 유입된 궁중의 속악(俗樂) 악곡에 맞추어 연마다 여음구나 후렴을 붙여 합성·조절한 가요임을 보여주는 방증으로 삼기도 합니다. 이런 논의는 결국 이 작품이 『악장가사(樂章歌詞)』와 『시용향악보(時用鄕樂譜)』에 전하는 까닭과 연결됩니다. 이 작품은 '청산별곡(靑山別曲)'과 더불어 궁중 악장 가운데 대표적인 속악의 하나로 조선 전기까지 궁정에서 애창되었습니다.

각 연의 내용을 좀더 깊이 따져 봅시다. 제1연에서 화자는 여성입니다. '길쌈베'라는 시어가 결정적 근거이지요. '길쌈'은 부녀자들이 가정에서 삼베·모시·명주·무명의 직물을 짜는 모든 과정을 일컫는 말이니까요. 화자의 임이 서경을 떠나려 하는데, 화자는 그 이별을 받아들일 수 없다고 합니다. 임과 사랑을 나누던 곳, 지금 살고 있는 서경, 고구려가 수도를 옮기면서 새로이 닦고 '소성경'이라 했던 곳을 사랑하지만 임이 떠난다면 그곳을 버리고 임을 따라갈 것이라 선언하는, 결코 이별을 용납할 수 없다는 생각을 적극적으로 드러낸 것입니다.

제2연은 느닷없이 '구슬'과 '끈'이 등장합니다. 여기서 '구슬'은 구멍을 뚫고 끈으로 꿰어 만든 목걸이 같은 것을 가리킵니다. 이걸 목걸이라 합시다. 이 목걸이가 바위에 떨어지면 어떻게 될까요? 당연히 구슬은 깨집니다. 그렇다면 끈은 어떨까요? 당연히 끈은 끊어지지 않습니다. 이런 사정을 통해 화자는 임에 대한 자신의 믿음이 끈과 같이 끊어지지 않을 것임을 다짐합니다. 이것을 제1연에서 자기를 따라나서려는 임에게 들려주는 말이라 보고 '싸늘한 이성(理性)의 소리로 된 남성의 사설'이라 해석하기도 합니다. 그렇게 보면 남녀 사이에 서로 주고받는 대화로 이루어진 희곡적 구조라 주장할 근거가 될 수도 있겠군요.

제3연은 대동강이라는 구체적인 공간을 배경으로 하여 이루어집니다. 화자는 대동강을 생활 터전으로 삼고 있는 사공을 향하여 말을 건넵니다. 물론 직접 대화를 주고받는 것은 아닙니다. 사공은 대동강에 배를 띄워 사람들을 건네주는 일로 살아갑니다. 그런데 화자는 그의 임이 강을 건너가 다른 여자를 만날 것이라 상상합니다. 그 일을 막기 위해 그는 임이 강을 못 건너게 해야 한다고 생각합니다. 결국 사공이 강에 배를 띄우지 못하게 하는 방법을 생각하고는, 사공을 향

하여 아내가 바람이 났는데 배나 띄우려 하느냐고 저주에 가까운 험담을 늘어놓습니다. 화자 편에서 보면 비장미(悲壯美)를 발견할 수 있으나 독자의 편에서 보면 골계미(滑稽美)가 함축되어 있습니다.

그러고 보니 이 작품은 동시대의 속요 '가시리'와 견주어 볼 만하겠습니다. 이 두 작품은 이별의 정한(情恨)을 노래하면서 서정적 자아가 여성이라는 공통점을 지니고 있으니까요. '가시리'의 서정적 자아는 전통적으로 나타나는 인고(忍苦)와 순종(順從)을 미덕으로 간직하는 여인의 성격을 지녔습니다. 그래서 임이 간다고 하면 따라가고 싶지만 자신을 못 믿는다고 서운해 하면 돌아오지 않을 것 같다며 그냥 보냅니다. 반면에 이 작품의 화자는 하던 일과 살던 곳을 버리고 임을 따라갈 것이라 합니다. '가시리'의 화자는 자기 희생과 감정의 절제를 통해서 다시 만날 기약을 하고 있지만, 이 작품은 이별을 적극적으로 거부하고 함께 있는 행복과 애정을 강조하고 있는 셈입니다. 하지만 고려 시대 서경에 살던 모든 여인이 이런 성격을 지녔을 것인지 일반화하는 일은 '가시리'의 화자만 보더라도 무리일 것입니다.

한편 이 작품이 평민적 감정의 발현으로서 고려 속요의 가치를 보여 주는 특징적인 면은 제3연에 담겨 있습니다. 임이 대동강을 건너면 그곳의 여인을 만나 사귀게 될 것이고, 그러면 자신은 버림을 받게 될 것이라는 불안감과 질투심을 숨기지 않고 드러냅니다. 이것은 제1연에서처럼 사랑을 잃지 않으려 적극적인 태도와 함께 현실적 생활 현장에서 누구나 가질 법한 감정의 표현입니다. 이처럼 사랑이 깊을수록 이에 비례하여 질투도 강하다는 보통 여인의 본능적 감정이 이 작품에 잘 담겨 있습니다.

정과정(鄭瓜亭)

정서(鄭敍)

(前腔) 내 님믈 그리ᄉᆞ와 우니다니1)

(中腔) 山접동새2) 난 이슷ᄒᆞ요이다3)

(後腔) 아니시며4) 거츠르신 둘5) 아으

(附葉) 殘月曉星이 아ᄅᆞ시리이다

(大葉) 넉시라도 님은 ᄒᆞᆫ디 녀져라6) 아으

(附葉) 벼기더시니7) 뉘러시니잇가

(二葉) 過도 허믈도 千萬 업소이다

(三葉) ᄆᆞᆯ힛마리신뎌8)

(四葉) ᄉᆞᆯ읏븐뎌9) 아으

(附葉) 니미 나ᄅᆞᆯ ᄒᆞ마10) 니즈시니잇가

(五葉) 아소11) 님하12) 도람 드르샤 괴오쇼셔

넋이라도 임과 한데 가고 싶어라. 아!
↳임에 대한 간절한 그리움과 충정
　일편단심(一片丹心)

우기시던 이 누구입니까
↳모함하던, 이간질하던　↳원망과 한탄의 정서
　　　　　　　　　　　의문형 종결 표현으로 정서 강조

과(過)도 허물도 천만 없습니다
↳자신의 결백을 직설적으로 주장함
　부사 '천만'을 통해 주장의 정당성 강조

무리들의 말입니다
↳모함하던 이들의 참소(讒訴)
　모리배(謀利輩)들의 말

슬프구나, 아!
↳정서의 직설적 표출

임이 나를 하마 잊으셨나이까　▶ 5~10행 : 결백함에 대한 해명
↳임에 대한 원망을 의문형 종결 표현으로 강조
↳감탄사, 정서의 집약적 표출. 향가 차사와 유사한 구절

아아 임이시여 도로 들으시어 사랑해 주소서
↳화자의 소망을 직설적으로 드러냄

▶ 11행 : 다시 사랑해 주기를 소망함

■ 현대어 풀이

↳드러난 일인칭 화자
내 임을 그리워하여 울고 지내니
↳임과 떨어져 있는 처지를 비관하고 있는 화자

산 접동새와 나는 비슷합니다
↳객관적 상관물(자연물)
　감정 이입의 대상

아니시며 거짓인 줄을
↳화자가 고난에 처한 원인

잔월효성(殘月曉星)이 아실 것입니다
↳지는 달 새벽 별. 천지신명(天地神明). 화자의 결백을 증명할 존재
　화자가 밤을 새웠을 가능성을 보이는 소재
　　　　　▶ 1~4행 : 고독한 처지와 결백함의 고백

---

1) 그리ᄉᆞ와 우니다니 : 그리워하여 울며 지내더니.
2) 山접동새 : 산에서 우는 접동새. 두견과의 새. 편 날개의 길이는 15~17cm, 꽁지는 12~15cm, 부리는 2cm 정도이다. 등은 회갈색이고 배는 어두운 푸른빛이 나는 흰색에 검은 가로줄 무늬가 있다. 여름새로 스스로 집을 짓지 않고 휘파람새의 둥지에 알을 낳아, 휘파람새가 새끼를 키우게 한다.
3) 이슷ᄒᆞ요이다 : 비슷합니다.
4) 아니시며 : 문맥상 '나에 대한 모함이 사실이'가 생략되었다.
5) 거츠르신 둘 : 거짓인 줄을.
6) ᄒᆞᆫ디 녀져라 : 함께 살아가고 싶구나. 한곳에서 지내고 싶구나.
7) 벼기더시니 : 우기시던 이. 고집하던 사람이. 이간질하던 사람이.
8) ᄆᆞᆯ힛 마리신뎌 : 뭇사람들의 참소입니다. 기막힌 말입니다. 모리배(謀利輩)의 말입니다.
9) ᄉᆞᆯ읏븐뎌 : 사뢰고 싶구나. 슬프구나. 사라지고 싶구나
10) ᄒᆞ마 : 벌써.
11) 아소 : 아서라. 그만 두시라. 아아.
12) 님하 : 님이시여. '하'는 높임의 호격 조사.

■ 핵심 정리

* 연대 : 고려 제18대 의종(毅宗, 재위 1146~1170) 때
* 작자 : 과정(瓜亭) 정서(鄭敍)
* 갈래 : 향가계 고려 가요
* 형식 : 3단 구성
* 주제 : 임금을 그리워하는 정. 충신연주지사
* 별칭 : 삼진작(三眞勺, '진작'은 곡조명)
* 특징 :

① 화자의 정서를 객관적 상관물(자연물)에 투영하여 표현하고 있다.

② 의문형 종결 표현을 통하여 화자의 원망과 한탄의 정서를 드러내고 있다.

③ 화자의 소망을 드러내기 위해 청자인 '임'에게 말을 건네는 형식을 사용하고 있다.

④ 영탄적 어조로 화자의 정서를 직접적으로 표출하고 있다.

* 의의 :

① 10구체 향가의 전통을 잇는 흔적, 3단 구성이나 낙구(落句) 등을 가지고 있다.

② 유배 문학의 효시(嚆矢)이면서 충신연주지사(忠臣戀主之詞)의 원류로 인정된다.

③ 고려 가요 중에서 작가가 밝혀진 유일한 작품이다.

* 출전 : 『악학궤범』, 『시용향악보』

■ 창작 배경

정항(鄭沆)의 아들 정서(鄭敍)는 벼슬이 내시낭중(內侍郎中)에 이르렀으며, 공예태후(恭睿太后)의 매제로 인종으로부터 총애를 받았다. 성품은 경박하였지만 재능과 기예가 있었다. 대령후(大寧侯) 왕경(王璟)과 친분을 맺고서 늘 함께 놀았다. 정함(鄭諴)·김존중(金存中) 등이 정서의 죄를 날조해 무고하자 의종(毅宗)도 그를 의심하던 차에 대간(臺諫)이 정서가 몰래 종실과 결탁하여 밤에 모여서 주연을 벌인다고 탄핵하자 동래(東萊)로 유배하였다. 그 내용은 대령후(大寧侯)의 전(傳)에 기록되어 있다. 정서가 떠나려고 할 때 왕은 "오늘의 일은 조정의 의논에 쫓겨 마지못해 행한 것이니, 그리로 간 후 마땅히 소환하겠다."고 위로했다. 정서가 유배된 지 오랜 시간이 흘렀지만 소환의 명령은 오지 않았다. 그래서 거문고를 타며 노래를 지었는데, 그 가사(歌詞)가 매우 처량하고 슬펐다. 정서는 스스로 호를 과정(瓜亭)이라 했으므로, 후세 사람들이 그 노래를 「정과정곡(鄭瓜亭曲)」이라 이름하였다.   (『고려사(高麗史)』 권 97, 「열전(列傳)」)

■ 참고 : 이제현(李齊賢)의 한역시

임 그려 적신 소매 마를 날 없고	憶君無日不霑衣
봄 산에 우는 접동이 나와 비슷하네.	政似春山蜀子規
옳다 그르다 묻지 말라	爲是爲非人莫問
다만 지는 달 새벽별이 굽어 살피리라.	只應殘月曉星知

(『고려사(高麗史)』 「악지(樂志)」)

■ 해설

이 노래는 고려 의종(毅宗) 때의 문인 정서(鄭敍)가 뭇사람의 모함을 받아 동래(東萊)로 유배를 당하고, 조만간 다시 부르겠다고 약속한 임금의 소환을 기다리다가, 끝내 소식이 없자 지어 불렀다는 작품입니다. 창작 시기는 '오래지 않아 마땅히 부르리라(不久當召還)'는 의종(毅宗)의 다짐과 '오래 되어도 부르는 어명이 이르지 않아서(日久召命不至)' 노래를 짓게 되었다는 창작 배경의 문맥을 고려하면 유배된 지 5년쯤 지난 의종 10년쯤으로 볼 수 있습니다. 그런데 이 노래의 일부분이 이제현(李齊賢)의 「소악부(小樂府)」에 한역되어 있고, 일부가 고려 가요의 하나인 「만전춘 별사(滿殿春別辭)」 제3연에도 있는 점으로 미루어 보아, 당시에 유행되던 민요의 곡이나 노랫말에 자신의 창작을 첨가해서 지은 것이라는 견

해가 유력하게 인정되고 있습니다.

이 작품은 『고려사』 악지(樂志)에 창작 배경과 함께 이제현의 한역시가 실려 있고, 조선 시대 궁중 음악으로 채택되어 노래로 불렸던 터라 『악학궤범』에 악절 단위 명칭으로 구분되어 전하고 있으며, 『대악후보』에는 악보도 함께 전하고 있습니다. 특히 이 작품을 <진작 眞勺>이라고도 하는데, <진작>은 빠르기가 다른 세 가지 곡으로 짜여진 세틀형식(三機曲)을 지칭하는 보통명사이기도 하고, 그런 형식 중 대표작인 <정과정>만을 지칭하는 고유명사로도 사용되기도 하였습니다. 이런 사정은 이 작품을 문학 작품으로서의 의미보다 노래의 가사로서 음악적 의미가 더 중요한 것으로 여기게 만들기도 했습니다.

이 작품은 화자 자신의 결백함을 밝히고 임금의 선처를 청하기 위해 지은 작품으로 알려져 있는데, 사실 이 작품의 문학적 수준은 높다고 보기 어렵습니다. 기껏해야 자연물을 객관적 상관물로 하여 감정을 이입한 정도가 주목될 뿐, 대부분이 직설적으로 자기 고백에 그치고 있기 때문입니다. 게다가 11행으로 되어 형식도 불안합니다. 그런데 이런 격조 낮은 표현과 불안한 형식을 긍정적인 시각으로 보아 표현의 진솔함과 형식의 자유로움으로 이해하기도 합니다. 자유로움과 진솔함은 곧 고려 속요의 특징이기 때문입니다. 이런 시각은 이 작품이 신라의 향가에서 고려의 속요로 넘어가는 과도기에 놓여 있음을 짐작하는 근거가 됩니다.

이 작품이 우리말로 표기되어 있으니 향가(鄕歌)는 아니지만 형식면에서 10구체 향가의 전통을 잇고, 3단 구성이나 11행의 '아소'와 같은 차사는 향가와 맥이 닿아 있음을 증명하는 요소입니다. 이렇게 공통점으로 보면 향가의 끝에 놓이지만, 11행이고 감탄사가 세 군데에나 나타난다는 차이점에 주목하면 새로운 양식과 내용의 출발로 볼 수도 있겠지요. 출발은 대체로 불완전하고 유치할 수밖에 없으니까요. 유배된 신하가 결백함을 거듭 주장하며 억울하다고 하면서 다시금 옛날의 사랑을 돌려주기를 소망하는 충정을, 남성으로부터 버림받은 여성의 목소리를 빌려 노래한 연주지사(戀主之詞)라는 점도 새로이 나타나는 것이니까요. 이와 같은 주제 의식이 임금을 '미인(美人)'으로 설정하고 연모의 정을 표출하는 가사 작품으로나, '온 놈이 온 말을 하여도 임이 짐작'하시라는 시조 작품으로 거듭 생산되었습니다. 또한 유배를 당한 억울함을 하소연하는 가사나 시조 작품이 문학사의 한 갈래를 담당하게 하는 역할 또한 이 작품이 해낸 성과라고 할 수 있습니다.

정읍사(井邑詞)

어느 행상의 아내

기원의 대상, 천지신명
(前　腔)1) 둘 하2) 노피곰3) 도드샤4)
　　　　　　　　　　↘높임 호격조사
　　　　　　　　　강세 접미사
　　　어긔야5) 머리곰6) 비취오시라7)
　　　↘감탄사　　　　　↘소망·기원

　　　어긔야 어강됴리8)
　　　　　　　　┐가락을 맞추기 위한 후렴구
　　　　　　　　┘여음구. 조흥구
　　(小　葉) 아으 다롱디리9)
　　　　　　　➡ 1~4행 : 달에게 남편의 안녕을 기원함
화자의 남편의 신분 암시
(後腔全) 져재10) 녀러신고요11)
　　　　　　　└의문형 종결 표현
　　　　　┌질척한 곳. 부정적인 공간이나 상황
　　어긔야 즌 대룰12) 드디욜셰라13)
　　　　　　　　　　　└디딜까 두렵습니다
　　　　　　　　　　　　의심. 두려움. 염려

　　　어긔야 어강됴리
　　　　　➡ 5~7행 : 남편이 해를 입을까 걱정함

(過　編) 어느이다14) 노코시라15)

(金善調) 어긔야 내16) 가논 대 졈그롤셰라17)
　　　　　　　↘남편이 가는 곳　　↘저물까 두렵습니다
　　　　　　　　사랑이 미치는 곳　　의심, 두려움, 염려

　　　어긔야 어강됴리

(小　葉) 아으 다롱디리
　　　➡ 8~11행 : 남편이 무사히 돌아오기를 기원함

■ 현대어 풀이
(전　강) 달이여 높이높이 돋으시어
　　　　아! 멀리멀리 비추옵소서
　　　　어긔야 어강됴리
(소　엽) 아으 다롱디리
(후강전) 시장에 가 계신가요
　　　　아! 진 곳을 디딜까 두려워라
　　　　어긔야 어강됴리
(과　편) 어느 곳에든 놓고 오십시오
(금선조) 아! 내 님 가는 그 길 저물까 두려워라
　　　　어긔야 어강됴리
(소　엽) 아으 다롱디리

■ 핵심 정리
* 작자 : 어느 행상(行商)의 아내
* 연대 : 백제 때
* 형식 : 전연시(全聯詩), 여음구(餘音句)를 제외하면 3장 6구 (3도막 6행) 형식이 되어 '시조'의 형식과 통함.
* 성격 : 서정적, 기원적, 민요적, 직서적, 망부가
* 주제 : 행상 나간 남편의 안전을 기원.
* 표현 : 의인법, 돈호법
* 짜임 : 제1~4구 : 달님에의 청원
　　　　제5~7구 : 남편에 대한 염려

---

1) (前腔) : 고려가요의 형식에 나오는 강의 하나. 전강은 후강과 함께 「북전(北殿)」,「처용가(處容歌)」,「진작(眞勺)」,「정읍사(井邑詞)」의 가사 전반부(前半部)에 사용됐다고 1493년에 편찬된 『악학궤범(樂學軌範)』 권5에 전한다. 음악적 특징이 무엇인지는 불분명하다.
2) 달하 : 달이시여. 달님이시여. '달'은 천지신명(天地神明)과 같은 존재로 화자가 소망을 비는 대상이다. 세상을 환하게 하는 일과 함께 공명정대하게 하는 일도 하는 존재로 인식되고 있다. '하'는 높임의 호격조사.
3) 노피곰 : 높이높이. 아주 높이. '곰'은 앞의 말의 뜻을 강하게 하는 접미사.
4) 도드샤 : 돋으시어. 주체 높임 선어말 어미 '시'가 앞의 조사 '하'와 대응된다.
5) 어긔야 : 어기야. 아아. 감탄사.
6) 머리곰 : 멀리멀리. 아주 멀리.
7) 비취오시라 : 비추옵소서. 어미 '-오시라', '-시라'는 하십시오할 자리에 쓰여, 직접 청자에게 명령하지 않는 간접 명령이나 불특정 다수에 대한 공손한 명령을 나타내는 종결 어미.
8) 어강됴리 : 흥을 돋우기 위해 쓰인 말.
9) 다롱디리 : 흥을 돋우기 위해 쓰인 말. 악기 소리를 흉내낸 말로 보인다.
10) 져재 : 저자에. 시장에. 화자가 걱정하고 있는 대상이 어떤 신분인지 짐작하게 하는 시어이다. 이에 따라 이 노래를 '어느 행상의 아내'라 부르게 되었다.
11) 녀러신고요 : 가 계십니까? 가셨습니까? '녀다'는 '가다', '지내다'의 뜻으로 쓰인다.
12) 즌 대룰 : 진 데를. 질퍽한 곳을. 질척한 곳을. 표면적으로는 신발을 젖게 하는 곳이지만, 몸을 망치게 하는 곳으로 의미가 확장되어, 도둑을 만나거나 딴 여자를 만나는 것 등으로 해석된다.
13) 드디욜셰라 : 디딜까 두렵습니다. 어미 '-ㄹ셰라'는 혹시 그러할까 염려하거나 두려워하는 의미와 감탄의 의미를 가지고 있다.

14) 어느이다 : 어디에다. 어디에든.
15) 노코시라 : 놓으십시오. 놓아 버리십시오.
16) 내 : 내가. 내 남편이.
17) 졈그롤셰라 : 저물까 두렵습니다. 어두워질까 두렵습니다.

제8~11구 : 남편의 무사함 기원

* 여음구 : 어긔야, 아으 : 감탄사

　　　　　어강됴리 : 조흥구(흥을 돋움)

　　　　　다롱디리 : 악기 소리 흉내

* 의의 : ① 현전하는 유일의 백제 가요.

　　　　② 국문으로 표기된 가장 오래된 노래.

　　　　③ 시조 형식의 원형을 지닌 노래

* 관련 : <고려사> '악지'에는 백제 시대의 가요와 그 배경 설화가 기록되어 있다. '정읍사' '선운산가' '지리산가' '방등산가' '무등산가'의 다섯 편이 그것이다.

* 출전 : 『악학궤범』 권 5

■ 배경 설화

정읍은 전주의 속현이다. 정읍 사람이 행상을 나가서 오래되어도 돌아오지 않으니, 그 아내가 산 위에 있는 돌에 올라가서 바라보았다. 그녀는 남편이 밤길을 가다 해를 입을까 두려워하여 진흙물의 더러움에 부쳐서 이 노래를 불렀다. 세상에 전하기는 고개에 올라가 남편을 바라본 돌이 있다고 한다(井邑 全州 屬縣 縣人爲行商久不至 其妻登山石以望之 思其夫夜行犯害 托泥水之汚以歌之 世傳有登岾望夫石云).

　　　　　　　　　－『고려사(高麗史)』 악지(樂志) 삼국속악 '백제정읍' 조

■ 참고 : 치술령곡(鵄述嶺曲)

작자 미상의 신라 눌지왕 때 지어진 노래. 신라 눌지왕(訥祗王) 때 박제상(朴堤上)이 왜국에 사신으로 가서 돌아오지 않자, 그 처가 슬픔을 이기지 못하고 그리워하다가, 세 딸을 거느리고 치술령에 올라가 왜국을 바라보며 통곡하다가 죽어 치술령 신모(神母) 또는 망부석이 되었다고 한다. 이와 더불어 그녀를 모시는 사당이 있었다고 하는 점에서, <치술령곡>은 후세인들이 앞의 이야기를 소재로 지어 그녀에게 제사를 지낼 때 바친 제의가(祭儀歌)로 추정된다. 자세한 내용과 형식은 파악할 수 없으나, 제의가의 성격으로 보아 찬양이나 위로의 내용이었으리라 추측된다. 후대에 김종직(金宗直)이 이것을 소재로 하여 <치술령곡>이라는 한시를 짓기도 하였다.

■ 해설

이 노래는 『고려사(高麗史)』「악지(樂志)」 '삼국 속악' 조에 백제의 노래로 기록되어 있고, 다시 '고려 속악' 조에도 기록되어 있습니다. 이것은 그 연원은 백제이지만 고려에서도 사용되었다는 것을 의미합니다. 이와 같은 이 노래의 이중성은

'삼국 속악' 조 첫머리의 해설에서, "고려 속악은 여러 악보를 참고하여 실었다. 「동동」 및 「서경」 이하의 24편은 모두 우리말을 사용한다(高麗俗樂 考諸樂譜載之 其動動及西京以下二十四篇皆用俚語)."라고 한 것에서 확인할 수 있습니다. 여기에 '우리말'로 된 「정읍사」는 들어 있지 않는데, 이는 그것이 고려가 아닌 백제의 노래이기 때문입니다. 더구나『악학궤범(樂學軌範)』에 실려 전하는 이 노래가 백제 시대에 불리던 그대로인 것으로 보기는 어렵습니다.

이 노래의 내용에 대해서는 그 제목부터 철저하게 음란한 것으로 보는 견해가 있기는 하지만, 대체로 행상 나간 남편이 밤길에 도둑의 해나 입지 않을까 걱정하면서 무사히 귀가하기를 염원하는, 순박한 부부애를 읊은 것으로 봅니다. 남편을 기다리는 아내의 순박한 마음이 '달'에 의탁되어 나타난 이 노래는 그 아내의 지순한 사랑을 함께 엿볼 수 있다고 본 것이지요. 안녕의 수호자 격인 '달'은 우리의 소원 성취를 기원하던 전통적인 달이기도 하지만, 이 노래에서는 아내의 간절한 애정이 서려 있어 더욱 짙은 함축성이 내포된 소재입니다. 이러한 달이기에, 그것은 남편의 귀가 길과 아내의 마중 길, 나아가 그들의 인생행로의 어둠을 물리치는 광명(光明)의 상징일 수도 있다.

행상(行商) 나간 남편이 밤길에 해를 입는 야행침해(夜行侵害)에 대한 염려를 '즌 디롤 드디욜셰라.'라 함으로써 '이수지오(泥水之汚), 즉 진흙물에 더러워지는 것에 비유하여 우의적으로 노래한 것은 달에 의탁된 아내의 심정을 함축한 절묘한 표현이라 할 수 있습니다. 따라서, 달의 광명은 남편이 무사하기만을 비는 간곡한 여인의 심정을 순박하게 형상화한 것이라 하겠습니다. 이러한 서정적 자아의 목소리는 평민적 삶에서 벌어지는 소박한 감정과 애환(哀歡)을 잘 대변(代辯)해 준다고 하겠습니다.

그러나 『고려사』「악지」에 나오는, '지아비가 밤에 다니다 해로운 짓을 저지를까 걱정되어 (이를) 진흙탕의 더러움에 비겨서 노래했다(恐其夫夜行犯害 托泥水之汚以歌之).'라는 문맥에 의하면, 남편이 몸을 파는 여자들이 있는 홍등가(紅燈街)에나 드나들지 않을까 하는 안타까운 심정을 노래한 것으로 볼 수도 있습니다. 있을지도 모를 지아비의 바람기에 대한 경계심과 불안감, 미지의 여인에 대한 질투심과 같은 정서가 섞여 있는 것인 셈이지요. 조선 중종(中宗) 13년에 이 노래가 음란하다고 하여 「오관산」으로 교체되었던 것도 이 노래가 단순히 순박한 부부애만를 노래한 것이 아니고 그 사이에 불순한 남녀 간의 애정이 끼어들었다고 보았기 때문이었을 것입니다.

이 노래는 여음(餘音)을 제외하면 2음보 3구씩 모두 6구로 되어 있고, 2구를 1장으로 묶으면 3장 6구가 되어 시조 형식의 연원으로 보기도 합니다.

남은 다 자는 밤에

송이(松伊)

남은 다 쟈는 밤에 니 어이 홀로 씨야
〔대조 / 시간적 배경 / 대조적 상황(처지)〕
〔독수공방, 전전반측, 전전불매 / 화자의 처지 직접 제시〕

玉帳(옥장) 깁푼 곳에 쟈는 님 싱각는고
〔임의 처지(상황) / 그리움의 대상 / 의문형 종결 표현〕

千里(천리)에 외로운 꿈만 오락가락ᄒ노라
〔심리적 거리감. 아주 먼 거리 / 혼자 그리워함 / 감탄형 종결 표현〕

■ 시어 및 시구 풀이

* 남은 다 쟈는 밤에 니 어이 홀로 씨야 : '밤'이므로 남들은 자는 시간인데, 화자 '나'는 홀로 깨어 있다고 한다. 임을 그리워하여 잠을 못 이루는 상황으로 볼 수 있는데, 전전반측(輾轉反側), 전전불매(輾轉不寐)와 같은 한자 성어가 어울리는 시구이다.

* 玉帳(옥장) : 옥으로 장식한 장막. 장수가 거처하는 장막을 아름답게 이르는 말.

* 玉帳(옥장) 깁푼 곳에 쟈는 님 싱각는고 : '님'은 '옥장'에서 자고 있고, 화자는 그 '님'을 생각하고 있다. '옥장'은 어떤 뜻으로 보든 그 신분이 화자보다 우위에 있는 것으로 보인다. 특히 '옥장'을 장수가 거처하는 장막으로 보면 화자의 '님'은 장수로서의 임무를 위해 변방에 나가 있는 것으로 해석할 수도 있다. 이 시조의 지은이로 알려진 송이(松伊)가 조선 선조(宣祖) 때 해주의 유생(儒生) 박준한(朴俊漢)을 그리워하며 지었다고도 한다.

* 千里(천리) : 심리적으로 아주 먼 거리를 뜻하는 말로 고전시에서 상투적으로 쓰이는 말이다. '만리(萬里)', '천리만리(千里萬里)'라 쓰더라도 큰 의미 차이가 없다.

* 千里(천리)에 외로운 꿈만 오락가락ᄒ노라 : 임과 내가 서로 천 리 밖에 있어 외롭지만, 꿈을 통해서나마 오락가락하면서 위로를 받는다는 뜻이다. 초장과 중장에서는 잠을 못 이루고 있는데 종장에서 '꿈'을 언급하고 있어 시상의 전개 과정에 모순이 생겼다. 이 장은 계랑(桂娘)의 '이화우 흩날릴 제'로 시작하는 시조의 종장을 차용하고 있는데, 그 때문에 생긴 것으로 볼 수 있다.

■ 현대어 풀이

남은 다 잠을 자는 밤에 나는 어찌 홀로 깨어
옥장 깊은 곳에서 자는 임을 생각하는가?
천 리에 외로운 꿈만 오락가락하는구나.

■ 이본(가람본 『청구영언(靑丘永言)』 소재)

남은 드 즈는 밤에 내 혼즈 니러 안쟈
〔모순 상황. 동시에 일어날 수 없는 행위〕

輾轉反側(전전반측)ᄒ야 님 둔 님 그리는고
〔잠을 못 이루고 누워 뒤척임 / 임의 임 / 화자의 임 / 의문형 종결 표현〕

출ᄒ리 내 몬져 최여서 제 그리게 ᄒ리라
〔절망적 상황으로 인식 / 자기가. 임이 / 의지의 표현〕

■ 시어 및 시구 풀이

* 니러 안쟈 : 일어나 앉아

* 輾轉反側(전전반측) : 누운 채 이리저리 뒤척인다는 뜻으로, 임을 그리워하여 잠을 이루지 못함을 이르는 말. 공자(孔子)가 엮은 『시경(詩經)』에 나오는 '관저(關雎)'라는 시의 한 구절로, 이 작품은 성인(聖人)으로 이름 높은 주(周)나라 문왕(文王)과 그의 비(妃) 태사(太姒)의 덕을 높이 청송한 것이라 한다.

* 니러 안자 / 輾轉反側(전전반측)ᄒ야 : '일어나 앉'는 행위와 '전전반측'은 모순되는 행위이다.

* 님 둔 님 : 이미 (화자가 아닌) 임을 두고 있는 (화자의) 임

* 몬져 : 먼저.

* 최여서 : 싀여서. 죽어서.

■ 현대어 풀이

남은 다 자는 밤에 내 혼자 일어나 앉아
전전반측하여 임 둔 임 그리는가?
차라리 내 먼저 죽어서 제 그리게 하리라.

■ 참고

남은 다 즛는 밤의 닉 어이 홀노 안자
輾轉不寐(전전불매)ᄒ고 님 둔 님을 生覺(생각)ᄂ고
그 님도 님 둔 님이니 生覺(생각)홀 줄이 이시랴
　　　　　　　　　－이정보(李鼎輔), 『병와가곡집(瓶窩歌曲集)』

■ 핵심 정리

* 지은이 : 송이(松伊). 김수장(金壽長)이 엮은 『해동가요(海東歌謠)』, 박효관(朴孝寬)과 안민영(安玟英)이 엮은 『가곡원류(歌曲源流)』에서 '명기(名技)', 곧 이름난 기생이라 한 것이 그에 대한 정보의 전부이다.
* 갈래 : 평시조, 단형시조, 연정가(戀情歌)
* 성격 : 애상적
* 제재 : 임
* 주제 : 임에 대한 그리움
* 특징 :
　① 자문(自問) 형식의 의문형 표현을 활용하여 화자의 정서를 강조하고 있다.
　② '밤'이라는 시간적 배경을 통하여 화자의 정서를 심화시키고 있다.
　③ 다른 작품에도 사용된 종장은 공동 차용(借用)의 관습에 따른 것이라 할 수 있다.
* 구성 :
　초장 : 홀로 깨어 있는 화자
　중장 : 자는 임을 생각함
　종장 : 꿈에서만 만나는 임
* 출전 : 국악원 소장, 『가곡원류(歌曲源流)』

■ 해설

　'남은 다 자는 밤에'로 시작하는 이 작품은 『가람본 청구영언』, 국립국악원 소장 『가곡원류(歌曲源流)』 등에 기녀(妓女) 송이(松伊)의 작품으로 수록되어 있는 시조입니다. 그런데 이형상(李衡祥)의 『병와가곡집(瓶窩歌曲集)』에는 이정보(李鼎輔)의 작품이라 밝히고 있습니다. 그런데 시작은 같으나 부분적으로는 세 작품이 다 다릅니다.
　먼저 『가람본 청구영언』에 실린 것부터 봅시다. 이 책은 가람 이병기(李秉岐) 선생이 소장하던 『청구영언』입니다. 화자는 남들 다 자는 밤에 임에 대한 그리움으로 홀로 잠을 못 이루고 있는데, 더욱 안타까운 사정은 그 임이 이미 다른 사람을 사랑하고 있다는 것입니다. 그러니 임과의 재회(再會)가 불가능할 것이라 여긴 화자는 차라리 자기가 먼저 죽어서 오히려 임이 자신을 그리워하게 만들고 싶다는 생각까지 하게

됩니다. 그런데 그렇게 죽는다고 임이 자기를 그리워할 거란 보장이 있을까요? 오죽하면 죽겠다는 생각까지 했을까마는 죽는다고 다 해결되는 건 아니니 더욱 안타깝군요.
　이것 초장과 중장은 이형상(李衡祥)의 『병와가곡집(瓶窩歌曲集)』에 실린 것과 크게 다르지 않습니다. 다만 종장에서 화자는 '그 임도 임 둔 임이니 생각할 줄 있으랴'라고 하여 더 이상 생각하지 않기로 합니다. 죽어서 어쩌겠다는 것과는 많은 차이가 있습니다. 이 작품을 전하는 책대로 이정보(李鼎輔)의 작품이라 생각해 봅시다. 이정보는 성품이 엄정하고 강직해 바른 말을 잘해 여러 번 파직되었던 분입니다. 그가 임금이 자기 대신 남을 사랑한다고 해서 나는 더 이상 임금을 사랑하지 않겠노라고 생각조차 할 수 없습니다. 「사미인곡(思美人曲)」 계열의 작품에서처럼 죽어서 '범나비'나 '낙월(落月)'이 되어서라도 임을 사랑하겠다고 해야 어울리니까요.
　국립국악원 소장 『가곡원류(歌曲源流)』에 실린 작품은 '임'이 '옥장 깊은 곳에서 자'고 있다고 했습니다. 이 이별은 임이 남을 사랑해서 자기를 떠난 것이 아님을 잘 알고 있습니다. 비록 '천 리' 밖에 가 있지만 이 이별은 일시적인 것이라 언젠가 다시 만날 수 있을 것입니다. 지금은 '외로운 꿈만 오락가락하'지만 언젠가 다시 만날 수 있다면, 그 이별은 사랑을 더욱 깊고 단단하게 만드는 계기가 되기도 하겠지요. 특히 이 작품은 초장과 중장에서는 잠을 못 이루고 있는데 종장에서 '꿈'을 언급하고 있어 시상의 전개 과정에 모순이 생겼습니다. 이런 모순은 이 장이 계랑(桂娘)의 '이화우 흩날릴 제'로 시작하는 시조의 종장을 차용하고 있는데, 그 때문에 생긴 것으로 볼 수 있습니다.

사랑이 거짓말이

김상용(金尙容)

사랑이 <u>거짓말이</u> <u>님 날 스랑</u> <u>거짓말이</u>
　　임의 말, 점층법　　　　　반복과 생략을 통한 강조

<u>꿈에 와 뵈단 말</u>이 긔 더욱 <u>거짓말이</u>

　　꿈을 꾸기 위한 선결 조건　　임을 보기 위한 수단
날갓치 <u>줌</u> 아니 오면 어늬 <u>쑴</u>에 <u>뵈오리</u>.
　　　　　　　　　　　　　뵙겠는가, 만나겠는가
　　　　　　　　　　　　　설의적 표현

■ 현대어 풀이

(임의) 사랑이 거짓말이다 임이 날 사랑한다는 말이 거짓말이다.
(임이) 꿈에 와 보겠단 말이 그 더욱 거짓말이다.
나처럼 잠 아니 오면 어느 꿈에 보겠는가.

■ 시어 및 시구 풀이

* 거짓말이 : '거짓말이다'의 줄임 형태. 서술격 조사 '이다'의 '다'를 생략하여 화자의 간절함이 강조된다.
* 님 날 스랑 : 임이 나를 사랑한다는 말이.
* 뵈단 : 보았다는. 보겠다는.
* 긔 : 그것이. 그게..
* 쑴에 와 뵈단 말이 긔 더욱 거짓말이 : '쑴에 와 뵈던 말'을 어떻게 보느냐에 따라 의미가 달라질 수 있다. '뵈던'을 '보았다'고 하면 그 주체가 임이 되고 객체는 화자가 된다. 임이 꿈속에서 화자를 보았노라고 말했으나 시적 화자는 꿈속에서 임을 만난 적이 없으므로 임의 말은 변명이 되고 화자는 그것을 거짓말이라고 여기고 있다. 한편 '뵈던'을 '보자'라 한다면 화자가 꿈을 꾸어야 임을 볼 수 있고, 꿈을 꾸려면 잠을 자야 하는데 임에 대한 그리움 때문에 잠을 자지 못하는 안타까움을 표현하였다고 할 수 있다. 궁극적으로는 임을 만날 수 없었으니 임의 말은 거짓말이 되는 셈이다.
* 날갓치 : 나와 같이. 나처럼.
* 뵈오리 : 뵙겠는가. 만나겠는가. 보겠는가.
* 날갓치 줌 아니 오면 어늬 쑴에 뵈오리. : 화자는 임을 만나기 위해 꿈을 꾸어야 하지만 잠이 오지 않아 꿈을 못 꾸고 임도 만날 수 없다는 뜻이다. 결국 꿈에서 못 만났으니 임의 말이 거짓말이었다는 것이다. 한편 임과 화자의 태도를 대조하면서 화자 자신의 상태를 효과적으로 드러내고 있다고도 볼 수도 있다. 즉, 임은 잠을 잘 잤을 테지만, 시적 화자는 임이 그리워 전전반측(輾轉反側)하면서 밤을 새웠고, 그래서 꿈도 꾸지 못했다는 것이다. 의문형 종결 어미를 써서 설의적(設疑的)으로 표현하였다.

■ 핵심 정리

* 연대 : 조선 선조(宣祖) 또는 인조(仁祖) 때
* 갈래 : 평시조, 단시조, 정형시, 서정시
* 성격 : 독백적, 반복적, 원망적(怨望的), 연모가(戀慕歌)
* 제재 : 임의 말
* 주제 : 임에 대한 그리움
* 특징 :
  ▪ 화자가 투정을 부리는 듯한 독백적 어조를 사용하고 있다.
  ▪ 점층법, 반복법, 생략법 등을 통해 주제를 부각하고 있다.
* 구성 :
  초장 : 화자를 사랑한다는 임의 거짓말
  중장 : 꿈에 와서 본다는 임의 거짓말
  종장 : 임이 그리워 잠 못 드는 화자
* 출전 : 『청구영언(靑丘永言)』
* 작가 : 김상용(金尙容, 1561~1637) 조선 중기 문신. 인조반정(仁祖反正) 후에 대사헌, 형조판서, 우의정을 지냈다. 그가 남긴 시조 작품으로는 '오륜가(五倫歌)' 5장, '훈계자손가(訓戒子孫歌)' 9편 등이 있고, 그 밖에도 『가곡원류(歌曲源流)』 등에 여러 편이 실려 있다.

■ 해설

이 작품은 조선 중기의 문신(文臣) 김상용이 지은 평시조입니다. 오지 않는 임을 그리워하는 화자는 자신을 사랑한다는 임의 말이 거짓말이라며 임을 탓하고 있습니다. 특히 꿈에 와서 본다는 말은 더욱 심한 거짓말인데, 그 이유는 자신처럼 그리움에 뒤척이노라면 잠을 잘 수 없을 것이므로 꿈에서 만날 수도 없기 때문이라는 것이지요. 이처럼 이 작품은 임의 부재(不在)로 인한 간절한 그리움을 노래한 것이지만, 작가인 김상용이 병자호란 때 왕족을 모시고 강화로 피란했다가 강화성이 함락되자 순절했던 인물임을 고려하여 이 작품을 임금에 대한 충성의 노래로 보기도 합니다.

좀더 깊이 따져 보기로 합시다. 지금 화자는 임과 헤어져 있습니다. 그 헤어짐의 원인이 무엇인지 드러나 있지 않아 모르겠지만, 임에 대한 그리움으로 잠을 못 이루고 있는 것으로 보아 원하지 않은 이별인 게 분명해 보입니다. 그런데 화자는 임을 거짓말쟁이라 원망하고 있습니다. '꿈에 외 뵈던 말'이 '꿈에 보자던 말'인지 '꿈에 보았단 말'인지에 따라 달라질 테지만, 어느 모로 보나 화자가 임을 보지 못하였으니 그 말은 거짓말일 수밖에 없습니다. 그래서 헤어지기 전에 했던 사랑한다는 말까지 다 거짓말이라 생각하게 됩니다.

'꿈에 보자던 말'이라면, 헤어지기 전에 임과 화자는 꿈속에서 만나자는 약속을 하였습니다. 그런데 화자는 임에 대한 그리움 때문에 잠을 이루지 못하고 그에 따라 꿈도 못 꾸었으며 끝내 임을 볼 수 없었습니다. '꿈에 보았단 말'이라면, 둘이 다시 만난 후에 나눈 대화일 텐데, 이렇다면 화자는 잠을 못 이루었는데 임은 잤다는 뜻이 됩니다. 어느 쪽으로 보든 화자에게 임의 말은 거짓말이 되는 셈이지요.

이 작품은 연인의 말을 전제하고 있습니다. 연인은 시적 화자에게 정담(情談)을 전했을 것입니다. "나는 당신이 너무나 그리워서 꿈속에서조차 당신에게 와서 당신을 만났소." 그런데 시적 화자는 임에게 의심의 눈초리를 보냅니다. 자신은 임이 그리워 한숨도 자지 못했는데 임은 어떻게 잘 수 있단 말인가? 이렇게 생각하면 시적 화자가 임을 그리워하여 잠을 자지 못하고 밤을 새우는 동안 임은 쿨쿨 자고 있었다는 말이지 않습니까? 그러나 임이 시적 화자를 사랑하지 않는다고는 단정할 수 없습니다. 오히려 이 작품은 단순히 임의 사랑을 의심하는 것이라기보다는 임에 대한 사랑의 투정으로 해석하는 것도 적절해 보입니다.

임이 혜오시매

송시열(宋時烈)

연인. 임금   일인칭 화자
님이 혜오시매 나는 전혀 미덧드니,

날 스랑흐던 정(情)을 뉘손디 옴기신고.
누구에게   의문형 종결 표현

처음에 믜시던 거시면 이대도록 셜오랴.
이제까지   이처럼   설의적 표현

■ 시어 및 시구 풀이

* 님 : 사랑하는 사람. 임금.
* 혜오시매 : 헤아리시매. 생각하시매. 총애하시매.
* 전혀 : 전적으로. 오로지.
* 님이 혜오시매 나는 전혀 미덧드니 : 임이 나를 헤아리시기에 나는 전적으로 님을 믿었더니. 님과 헤어지게 된 화자가 임에 대한 섭섭함을 토로하는 구절이다.
* 뉘손디 : 누구에게.
* 옴기신고 : 옮기셨는가.
* 날 스랑흐던 정(情)을 뉘손디 옴기신고 : 나를 사랑하던 정을 누구에게로 옮기셨는가? 나 말고 누구를 사랑하시는가?
* 믜시던 : 미워하시던.
* 셜오랴 : 서러우랴.
* 처음에 믜시던 거시면 이대도록 셜오랴 : 이제까지 임이 나를 미워하셨더라면 이만큼 서럽지는 않았을 것이다. 임이 이제까지 나를 사랑하셨기 때문에 서러움이 훨씬 더 심하다는 뜻이다.

■ 이본

님이 혀오시미 나는 전혀 밋덧더니
날 사룡하든 情(정)을 뉘손디 옴기신고
처음에 뮈시든 거시면 이딕도록 셜울가
　　　　　　　　　　『병와가곡집(甁窩歌曲集)』

님이 혜오시미 나는 全(전)혀 밋어더니
날 사랑흐든 情(정)을 뉘 손에 옴기신고
처음에 뮈시던 거시면 이딕도록 셜우랴
　　　　　　　　　　『육당본 청구영언』

■ 현대어 풀이

임(상감)께서 나를 총애하시기 때문에 나는 오로지 님을 믿었더니,
나를 사랑하던 정을 누구에게 옮기신 것일까?
처음부터 님이 나를 미워하시던 것이면 이토록 서러울까?

■ 핵심 정리

* 지은이 : 송시열(宋時烈) 조선 숙종 때의 문신·학자(1607~1689). 아명은 성뢰(聖賚). 자는 영보(英甫). 호는 우암(尤庵)·우재(尤齋). 효종의 장례 때 대왕대비의 복상(服喪) 문제로 남인과 대립하고, 후에는 노론의 영수(領袖)로서 숙종 15년(1689)에 왕세자의 책봉에 반대하다가 사사(賜死)되었다. 저서에 《우암집》, 《송자대전(宋子大全)》 따위가 있다.
* 연대 : 조선 숙종 때
* 갈래 : 평시조, 단형시조. 연군가(戀君歌), 충군가(忠君歌).
* 성격 : 직설적
* 표현 : 설의법
* 제재 : 임금의 신임을 잃은 슬픔
* 주제 : 임금의 마음이 변하였음을 슬퍼함
* 특징 :
① 임을 그리워하는 시적 화자의 마음을 직설적으로 드러내고 있다.
② 드러난 일인칭 화자가 부재중인 '임'을 청자로 삼아 말을 건네고 있다.
③ 임의 사랑을 잃어버린 화자가 현재의 처지와 지난날의 상황을 대비하고 있다.
④ 화자의 내적 갈등이 '임'의 태도 변화에 기인하고 있다고 여기고 있다.
⑤ '사랑'과 '미움'이라는 대립적 정서를 통하여 '서러움'의 정서를 강화하고 있다.
* 구성 :
초장 : 임의 사랑과 화자의 신뢰
중장 : 다른 사람을 사랑하게 된 임
종장 : 임의 변심으로 화자의 더욱 깊어진 서러움
* 출전 : 『진본 청구영언』

■ 해설

이 작품을 지은 이는 송시열(宋時烈)입니다. 그는 송자(宋子)라 일컬어질 만큼 주자학(朱子學)을 공부하고 가르치는 일에 몰두했습니다. 벼슬길에 나아갔다가 물러나는 일이 반복되었는데, 1636년에 일어난 병자호란(丙子胡亂) 같은 국가적 환란이 그렇게 만들었지요.

그는 1668년 우의정에 올랐으나, 좌의정 허적(許積)과의 불화로 사직하였고, 1674년 2월 효종비 인선왕후(仁宣王后)의 복제(服制) 문제로 실각하고 이듬해 강원도(江原道) 덕원(德源)으로 유배되었다가 1680년 경신환국(庚申換局)으로 서인이 재집권하면서 석방되었습니다. 또 그의 나이 83세인 1689년 1월, 숙의(淑儀) 장씨(張氏)가 아들(훗날의 경종)을 낳자 원자의 호칭을 부여하는 문제로 서인이 실각하고 남인이 재집권하고, 왕세자가 책봉되자 그는 시기상조(時機尙早)라며 반대하다가 결국 제주도로 유배되었습니다.

이 시조는 임금의 총애를 받다가 실연(失戀)한 일이 창작의 결정적 계기가 되었을 터이므로, 그가 귀양살이를 했던 두 번의 시기가 곧 이 작품의 창작 시기라 할 수 있습니다. 그런데 과연 송시열이라는 대학자이자 고관대작(高官大爵)이 이 작품을 지었을까 하는 의문은 남습니다.

이 시조에서의 '님'은 물론 임금입니다. 임금의 사랑을 받다가 내침을 받았을 때 느끼는 답답하고 안타까운 심경을 솔직하게 토로한 작품이지요. 임금에게 버림을 받고도 '군은이 망극하다' 하고, '역군은'이라고 생각하는 것이 주자학(朱子學)으로 무장한 조선 시대 사대부들의 의식 구조였는데, 이러한 군자연(君子然)한 자세보다도 원망에 찬 연군의 정이 오히려 소박하고 인간미가 있다고도 할 수 있습니다. 동시에 임금으로 하여금 자기를 버리게 만든 주변의 소인배들을 미워하는 마음도 스며 있음을 볼 때, 정말로 원망하는 것은 임금이 아니라 정적들임도 알아야 할 것입니다. 작가는 벼슬길에 나갔다 자주 사임했고, 때로는 귀양살이를 겪기도 했으니 이 시조는 그런 때의 심경을 나타낸 것일 것입니다.

이 작품을 일상어로 풀어 보면 이렇습니다. "임께서 나를 생각해 주신다기에 나는 그것을 태산같이 믿고 있었는데, 이제 와서는 나를 사랑하던 그 정을 누구에게 옮기시었는고? 처음부터 미워하셨더라면 이렇게까지 서럽지는 않을 것이외다. 이쪽에서는 철석같이 믿고 있었는데, 감쪽같이 나를 버리고 다른 님을 사랑한다니, 하늘이 무너지고 땅이 꺼지는 느낌입니다. 차라리 애당초부터 정을 주지 않았던들 이렇게 서러울 수가 있겠습니까, 참으로 야속합니다."

이 작품이 만약 남녀 사이의 애정 관계를 읊은 것이라면, 그런대로 괜찮은 가작(佳作)이라고 평가될 것입니다. 그러나 지은이의 처지로 보아, 이 작품은 애정 관계가 아닌 정치적인 환경에서 받은 충격을 노래한 것으로 짐작이 되는 만큼,

감상의 각도가 바뀌는 것 같아서 씁쓸합니다. 그러나 옛시조에는 이런 유형의 것이 허다하니 그것을 염두에 두고 음미할 필요가 있습니다. 또 하나 그의 작품으로 이것 역시 유배지에서 지었을 것이라 보이는 노래가 있다. 여기서도 '님'은 임금을 가리키는 것입니다.

늙고 병든 몸이 북향(北向)하여 우니노라.
님 향하는 마음을 뉘 아니 두리마는,
달 밝고 밤 긴 적이면 나뿐인가 하노라.

'님 향하는 마음'을 '두'고 '북향하여 우니'는 사람이 '나'뿐이라는 화자의 독백이 애처롭습니다. 유배지에서 벗어날 수 있으려면 '임'의 변심(?)이 필요한데, 임의 마음이 바뀌게 하려면 서러워하기만 해도 안 되고, 울고만 있어도 안 됩니다. 오로지 임을 사랑하는 일밖에 없습니다. 화자는 그걸 알고 있습니다. 아, 그러나, 사랑은 일방이 아니라 쌍방일 때만 완성됩니다.

짚방석 내지 마라

한호(韓濩)

짚方席(방석) 내지 마라 落葉(낙엽)엔들 못 안즈랴
솔불 혀지 마라 어제 진 달 도다 온다
아희야 薄酒山菜(박주산채)일만정 업다 말고 내여라

■ 시어 및 시구 풀이

* 집방석 : 짚방석. 짚으로 만든 방석.
* 솔불 : 관솔불. 관솔을 이용한 불. '관솔'은 송진이 많이 엉긴, 소나무의 가지나 옹이. 불이 잘 붙으므로 예전에는 여기에 불을 붙여 등불 대신 이용하였다. 송명(松明).
* 혀지 : 켜지. '불현듯'에 그 흔적이 남아 있다.
* 집方席(방석) 내지 마라~달 도다 온다. : '짚방석'과 '솔불'은 인공(인위)적인 것을, '낙엽'과 '달'은 자연적인 것을 대표하는 소재로, 이들을 서로 대조함으로써 시적 화자의 자연 친화적 정서와 안빈낙도(安貧樂道)하는 삶의 태도를 나타낸다.
* 아희야 : 아이야. '아이'를 부르는 말. 작품에 따라서는 감탄사로서 '아아야, 아이고' 정도의 뜻으로 쓰인 것도 있음. 이 작품에서는 심부름을 하는 '아이'를 부른 것이라 하는 게 적절함.
* 박주산채 : 변변치 못한 술과 산나물 안주. 보잘것없는 음식. 대유법
* 아희야 薄酒山菜(박주산채)일만정 업다 말고 내여라. : 보잘것없는 술과 안주, 곧 소박한 음식이라도 마다하지 않는 삶의 모습을 나타낸다.

■ 현대어 풀이

짚으로 만든 방석을 내오지 말아라, 수북이 쌓인 낙엽엔들 못 앉겠느냐.
관솔불도 켜지 말아라, 어제 진 달이 다시 환하게 떠오르고 있구나.
아이야, 막걸리와 산나물도 족하니 없다 말고 내어 오너라.

■ 핵심 정리

* 갈래 : 시조, 평시조, 고시조, 정형시, 강호한정가
* 운율 : 외형률(3장 4음보)
* 성격 : 한정적(閑情的), 풍류적, 전원적, 대화적
* 제재 : 산촌 생활
* 주제 : 자연을 즐기는 풍류의 멋
  산촌 생활 속의 소박한 풍류
  산촌 생활에서의 안빈낙도(安貧樂道)
* 특징 :
  ① 초장과 중장이 대구를 이루는 상황에서 인위적인 것(짚방석, 솔불)과 자연적인 것(낙엽, 달)을 대조하여 자연 그대로를 즐기고 싶은 화자의 마음을 강조한다.
  ② 초장과 중장에 표면화되지 않은 청자('아이')가 종장에서 구체화된다.
  ③ 대조법과 대구법을 써서 화자의 의도를 드러내고 강조하고 있다.
  ④ 화자가 청자에게 일방적으로 말을 건네는 방식으로 이루어져 있으나, 서로 대화가 이루어졌음을 추측할 수 있다.
* 구성 :
  초장 : 짚방석 대신 낙엽을 선택함
  중장 : 솔불 대신 달을 선택함
  종장 : 박주산채로 풍류를 즐김
* 출전 : 『청구영언』, 『해동가요』, 『가곡원류』

■ 해설

이 작품은 낙엽 위에 앉아 돌아오는 새 달을 바라보면서, 보잘것없는 술에 산나물 안주로도 유쾌하게 시간을 보내는 화자의 모습을 그리고 있다. 산촌에서의 풍류 생활이, 안빈낙도(安貧樂道)하는 옛 선비들의 여유 만만한 생활 태도가 독자들로 하여금 흐뭇한 미소를 자아내게 하는 작품입니다.
초장에서는 초장의 '짚방석'은 사람이 직접 만든 인위적인 물건으로, 자연의 '낙엽'과 대조를 이루면서 그의 인품의 소탈함을 보여주고 있습니다. 초장과 대구를 이루고 있는 중장은 '솔불'과 '달'로써 인공의 세계를 떠난 자연의 순수함을 향한

자연 친화적인 자세를 보이고 있습니다. 또 중장에서는 '달'을
풍류의 대상으로서만 국한시키는 종래의 상투적인 수법과는
달리 어둠을 비치는 광명(光明)의 존재로까지 쉽게 끌어들여,
탈속(脫俗)한 선인(仙人)의 세계까지 드러내는 비범함까지 보
여주고 있습니다. 마지막 종장의 '막걸리와 산나물'은 초·중
장의 '짚방석, 솔불'과 함께 소박한 시골의 산물로서 속세를
벗어난 작자의 풍류생활의 멋을 표현하고 있다.

  인공적인 모든 것과 세속 잡사(世俗雜事)에 얽매임이 없이
주객 일체(主客一體)의 심경에서, 산촌의 가을밤을 마음껏 노
래하고 있는 이 작품은 자연과 인간의 화합을, 그리고 다시
인간과 인간의 우애와 화합을 깊고 높은 섭리로 노래한 것이
라 할 수 있습니다. 이 작품을 읽으면 작자 자신의 필체(筆
體)와 흡사한 호방함까지 느낄 수 있습니다. 살아가는 공간에
서 손쉽게 구할 수 있는 소재를 찾아 쉬운 말로 독자에게 가
깝게 다가가도록 쓰는 그 품이 다른 작가와 아주 다른 모습
이라 하겠습니다.

청초 우거진 골에

임제(林悌)

색채 대비를 통한 주제 강화
감각적(시각적) 이미지

의문형 종결 표현으로 정서 심화
현재 시제 사용으로 현장감 제고

시적 공간

青草(청초) 우거진 **골**에 **자는다 누엇는다**

푸른 풀, 변하지 않는 자연   시어의 점층적 반복
의문형 종결 표현

紅顔(홍안)은 어듸 두고 **白骨(백골)**만 **무쳣는이**

붉은 얼굴   흰 뼈
과거(삶)   현재(죽음)
긍정적 인식   대조   부정적 인식

盞(잔) 자바 **勸(권)**ᄒ리 **업스니** 그를 **슬허ᄒ노라**

시적 대상   부재 상황   중심 정서
과거의 좋은 때를 떠올림   슬픔의 원인   감탄형 종결

* 盞(잔) : 잔. 술잔.
* 勸(권)ᄒ리 : 권할 사람이. 여기서는 '황진이'를 가리킨다.
* 슬허ᄒ노라 : 슬퍼하노라.
* 盞(잔) 자바 권ᄒ리 업스니 그를 슬허ᄒ노라 : 중심 정서인 '슬픔'과 그 원인이 드러나 있다. 대상의 부재, 곧 죽음의 상황이 야기한 화자의 슬픔이 직접적으로 드러나 있다. 황진이가 살았을 적에는 그가 기생 신분이었으니 상대에게 잔을 들어 술을 권했을 테고, 반대로 그에게 술을 권하는 사람도 많았겠지만, 죽고 나니 서로 술을 권할 수 없게 되었고, 그것이 슬픔을 유발한다는 것이다.

■ 시어 및 시구 풀이

* 青草(청초) : 푸른 풀. 변하지 않는 '자연'을 대유(代喩)하여 인간사의 무심함을 드러낸다.
* 골 : 골짜기. 여기서는 '무덤'을 의미한다.
* 자는다 : 자느냐? 자는가. 주체는 시적 대상인 '황진이'이다. 자(어간)+ᄂ(현재 시제 선어말 어미)+ᄂ다(의문형 종결 어미).
* 누엇는다 : 누웠느냐? 누웠는가?
* 青草(청초) 우거진 골에 자는다 누엇는다 : 의문문의 형식의 설의적(設疑的) 표현으로, 대상의 죽음에 대한 화자의 정조, 곧 애상감, 허무감을 고조하고 있다. '자는다 누엇는다'는 시어의 점층적 반복을 통하여 삶의 덧없음을 강조한다.
* 紅顔(홍안) : '붉은 얼굴'이라는 뜻으로, 젊어서 혈색이 좋은 얼굴을 이르는 말. 여기서는 시적 대상인 '황진이'를 가리킨다.
* 白骨(백골) : 흰 뼈. 여기서는 황진이의 육신은 없어지고 무덤 속에 흰 뼈만 남았다고 하여 삶의 덧없음을 구체적으로 드러낸 시어이다.
* 무쳣는이 : 묻혔느냐? 묻혔는고. 묻+히+었+나니(의문형 종결 표현).
* 紅顔(홍안)은 어듸 두고 白骨(백골)만 무쳣는이 : 혈색이 좋아 곱던 사람은 어디 가고 무덤 속에 흰 뼈가 되어 있느냐? '홍안'은 과거의 삶[生], '백골'은 현재의 '죽음[死]'을 의미하고, 서로 대조된다. 인간의 삶과 죽음을 숙명으로 받아들이는 화자의 숙연(肅然)한 태도가 드러난다.

■ 이본

青草(청초) 욱어진 곳에 자는다 누엇는다
紅顔(홍안)을 어듸 두고 白骨(백골)만 뭇쳣는다
盞(잔) 줍고 권ᄒ리 업스니 그룰 슬허ᄒ노라
『육당본 청구영언(靑丘永言)』

青草(청초) 욱어진 골에 자는다 누엇는다
紅顔(홍안)을 어듸 두고 白骨(백골)만 뭇쳣는다
盞(잔) 줍아 권ᄒ리 업슨이 글을 슬허ᄒ노라
『해동가요(海東歌謠)』

■ 현대어 풀이

푸른 풀 우거진 골에 자느냐 누웠느냐?
고운 얼굴은 어디 두고 흰 뼈만 묻혔느냐?
잔(盞) 잡아 권할 이 없으니 그를 슬퍼하노라.

■ 핵심 정리

* 작자 : 임제(林悌). 당대 명문장가로 명성을 떨쳤던 조선 중기 시인 겸 문신. 황진이(黃眞伊) 무덤을 지나며 읊은 '청초 우거진 골에……'로 시작되는 시조와 기생 한우(寒雨)와 화답한 시조 <한우가> 등이 유명하다. 본관은 나주. 자(字) 자순(子順). 호(號) 백호(白湖).
* 연대 : 조선 선조 때
* 갈래 : 평시조. 애도가(哀悼歌)
* 제재 : 임의 죽음

* 주제 : 임의 죽음에 대한 애도와 무상감
* 특징 :
    ① '홍안'과 '백골'을 극단적으로 대비시키고 있다.
    ② 색채감을 통한 시각적 이미지가 주로 드러나고 있다.
    ③ 의문의 형식을 통해 애상감과 허무감을 고조시키고 있다.
    ④ 청·백·홍의 강렬한 색채감이 주조를 이루어 주제를 강조하고 있다.
    ⑤ '청초 우거진'이란 인간사와 대비된 무심한 자연의 모습을 나타낸다.
    ⑥ 시어의 점층적 반복을 통하여 삶의 덧없음을 극대화하고 있다.
* 구성 :
    초장 : 대상의 부재에 대한 인식
    중장 : 무덤 앞에서 느끼는 인생무상
    종장 : 대상의 부재로 인한 허무감
* 출전 : 『진본(珍本) 청구영언(靑丘永言)』

■ 해설

백호(白湖) 임제(林悌, 1549~1587)는, 조부가 승지(承旨)를 지낸 임붕(林鵬), 부친이 평안도 병마절도사 임진(林晉)이며, 우의정 허목(許穆)이 그의 외손자입니다. 당시 선비들이 동인(東人)과 서인(西人)으로 나뉘어 서로 다투는 것을 개탄하여 벼슬을 버리고 명산을 유람하였습니다. 사람들은 그를 두고 기인(奇人)이라 하였고 또 법도에 어긋난 사람이라 하여 글은 취하되 사람은 사귀기를 꺼렸습니다. 고향인 회진리에서 39세로 운명하기 전 아들에게 '천하의 여러 나라가 제왕을 일컫지 않은 나라가 없었는데, 오직 우리나라만은 끝내 제왕을 일컫지 못하였으니, 이같이 못난 나라에 태어나서 죽는 것이 무엇이 아깝겠느냐! 너희들은 조금도 슬퍼할 것이 없느니라.'라고 한 뒤 '내가 죽거든 곡을 하지 마라.'라는 유언을 남겼을 정도로 구속을 싫어하고 불의를 용납하지 않았던 기개와 곧은 정신을 가졌던 인물입니다.

그가 이름난 기생 황진이(黃眞伊)와 얽힌 이야기의 주인공이라는 게 흥미롭습니다. 평생 황진이를 못내 그리워하고 동경하던 그가 마침 관서(關西) 도사(都事)가 되어 가는 길에 송도(松都)에 들렀으나 황진이는 이미 이 세상 사람이 아니었습니다. 절망한 그는 그길로 술과 잔을 들고 무덤을 찾아가 눈물을 흘리며 이 시조를 지어 황진이를 애도했다고 합니다.

이 시조에서는 황진이의 죽음을 안타깝게 여긴 지은이가 무덤 앞에서 혼자 잔을 기울이며 인생의 허무를 되씹고 있는 모습이 잘 나타나 있습니다. 초라하고 허무한 황진이의 무덤 앞에서, 황홀했던 그녀의 젊은 날의 얼굴과 그녀의 아름다운 시문과 노래를 추억하는 작자의 애상적 감정을 충분히 짐작하고 남음이 있습니다. 이 일이 즉각 한양(漢陽)에 알려져 그가 임지에 닿기도 전에 파직되어 가던 길을 돌아와야 했답니다. 이 이야기가 기생과 관련되어 『조선왕조실록』에는 나오지 않을까요? 아마도 임제의 성격과 행적을 아는 이가 이 작품을 짓고 배경 설화쯤으로 만들어낸 이야기일 듯합니다.

초장은 의문 형식의 설의적(設疑的) 표현으로, 대상의 죽음에 대한 화자의 정조, 곧 애상감, 허무감을 고조하고 있습니다. '자느냐 누웠느냐'는 시어의 점층적 반복은 삶의 덧없음을 강조하기 위한 것입니다. 혈색이 좋아 곱던 사람은 어디 가고 무덤 속에 흰 뼈가 되어 있느냐고 중장에서 묻습니다. '홍안'은 과거의 삶[生], '백골'은 현재의 '죽음[死]'을 의미하고, 이들은 서로 대조됩니다. 인간의 삶과 죽음을 숙명으로 받아들이는 화자의 숙연(肅然)한 태도가 드러난다고 할 수 있지요. 종장에는 작품의 중심 정서인 '슬픔'과 그 원인이 드러나 있습니다. 대상의 부재, 곧 죽음의 상황이 야기한 화자의 슬픔이 직접적으로 드러나 있지요. 황진이가 살았을 적에는 그가 기생 신분이었으니 상대에게 잔을 들어 술을 권했을 테고, 반대로 그에게 술을 권하는 사람도 많았겠지만, 죽고 나니 서로 술을 권할 수 없게 되었고, 그것이 슬픔을 유발한다는 것입니다. 다만 글쓴이가 황진이를 인간으로서가 아니라 기생으로서 상대하는 것 같아 씁쓸하군요.

이 작품은 황진이와 임제의 이야기가 배경이 되지 않더라도 죽은 임을 애도하는 노래 중에서도 절창(絶唱)이라 할 수 있습니다. 무덤 앞에서 무덤에 묻힌 이에게 말을 건네는 상황을 그려 보세요. 그러면서 아름답던 지난날을 회상한다고 생각해 보세요. 특히 서로 술잔을 나누며 우정을 나누었던 친구이거나, 백년동락을 약속했던 연인이었다면 어떨까요?

곡구롱 우는 소리에

오경화(吳擎華)

음성 상징어(의성어)   한가로움, 평화로움
谷口哢(곡구롱) 우는 소리에 낫잠 찌여 이러 보니
                원인⋯⋯⋯→ 결과

져근아달 글 이르고 며늘아기 뵈 쓰는다 어린
        신분을 암시하는 일   길쌈

식구들이 각자의 할 일을 하며
지내는 모습을 열거함

孫子(손자)는 곳노리 흔다
        꾀꼬리 소리와 함께 계절감을 드러냄

        감정을 고조시키는 매개   관찰자적 화자
마쵸아 지어미 슐 거로며 맛보라고 흐더라
        때마침, 금상첨화(錦上添花)   아내의 말 간접 인용

■ 시어 및 시구 풀이

* 곡구롱(谷口哢) : 꾀꼬리가 우는 소리를 한자로 쓴 것. 의성어.
* 져근아달 : 작은아들. 차남(次男)
* 며늘아기 : 며느리의 애칭.
* 마초아 : 때마침. 시조 종장 첫머리에 감탄의 뜻을 겸하여 흔히 쓰인다.
* 지어미 : 아내.
* 거로며 : 거르며. 찌꺼기나 건더기가 있는 액체를 체로 밭쳐서 술만 받아 내며.

■ 현대어 풀이

곡구롱 우는 소리에 낮잠 깨어 일어나보니
작은아들 글 읽고 며늘아기 베 짜는데 어린 손자는 꽃놀이 한다
마초아 지어미 술 거르며 맛보라고 하더라

■ 핵심 정리

* 갈래 : 고시조. 사설시조(엇시조)
* 성격 : 감각적, 전원적, 한정가(閑靜歌)
* 제재 : 평화롭고 한가로운 가족의 일상

* 주제 : 전원의 한가로움과 가족에게서 느끼는 정겨움
* 특징 :
  ① 음성 상징어(꾀꼬리의 울음소리)를 활용하여 계절감과 현장감을 드러낸다.
  ② 가장인 화자가 식구들이 각자의 일에 충실하고 있는 모습을 묘사한다.
  ③ '~이/가 ~을/를 ~하다'의 통사 구조가 반복되어 운율감을 얻는다.
  ④ 중장이 평시조의 기본 율격보다 길어져 사설시조(엇시조)가 된다.
* 구성
  초장 : 꾀꼬리 소리에 잠을 깨어 일어남.
  중장 : 식구들이 저마다의 일을 하며 지냄.
  종장 : 마침 아내가 술을 걸러 맛보라고 권함.
* 작자 : 오경화(吳擎華), 자는 자형(子衡), 호는 경수. 시조 3수가 전하나 신원은 알려져 있지 않다.

■ 해설

이 작품은 지난날 양반 사대부(士大夫)의 가정에서 일어나는 일상생활의 단면을, 식구들이 저마다의 일을 하면서 지내는 모습을 묘사한 작품입니다. 직접 느낌을 제시하고 있지는 않지만 담담하고 진술하게 묘사한 식구들의 모습에서 한가로움과 행복함을 발견할 수 있습니다.

가장인 화자가 낮잠을 자는데 어디선가 꾀꼬리 우는 소리가 들려옵니다. 그 소리에 깨어 일어나 보니 작은아들은 글을 읽고 며느리는 베를 짜는데, 어린 손자는 꽃놀이 하고 있습니다. 때마침 아내는 술을 거르면서 맛을 보라고 합니다. 초장에서는 낮잠을 즐기는 한가로운 생활을, 중장에서는 단란한 가정의 풍경을, 종장에서는 가정의 단란함 속에서 부부가 해로하며 느끼는 행복을 표현하였습니다.

이렇듯 정겹고 소박한 정경들은 한 가족의 화목한 분위기를 잘 표현해 주고 있고, 꾀꼬리 소리, 글 읽는 소리, 베 짜는 소리, 술 거르는 소리 등 다양한 청각적 심상이 조화를 이루어 한결 평화로움을 더해 주고 있습니다. 대가족 제도의 단란한 가정 분위기가 떠오르고, 오늘날의 핵가족 제도에서는 찾아볼 수 없는 화목한 분위기입니다.

개야미 불개야미

작자 미상

개야미 불개야미 준등 부러진 불개야미,
└반복법, 점층법, a-a-b-a 형 운율

신체적 결함

압발에 정종 나고 뒷발에 종귀 난 불개야미, 廣陵(광
└대구법, 통사 구조의 반복

범. 불개미와 대조적 소재

릉) 쉼재 너머 드러 가람의 허리를 가로물어 추혀 들고
└장애물, 고난   └불가능한 일, 허무맹랑, 거짓말
                    삼인성호(三人成虎), 과장법

北海(북해)를 건너닷 말이 이셔이다, 님아 님아.
└도치법, 돈호법, 반복법

화자에 대한 참언(讒言), 비방(誹謗), 중상모략(中傷謀略)

온 놈이 온 말을 ᄒᆞ여도 님이 짐작ᄒᆞ쇼셔.
└언어 유희   └임, 임금

■ 시어 및 시구 풀이

* 준등 : 등. 허리.
* 불개야미 : 불개미. 붉은색의 작은 개미를 통틀어 이르는
  말.
* 정종(疔腫) : 단단하고 뿌리가 깊으며 형태가 못과 같은 부
  스럼.
* 종기(腫氣) : 피부의 털구멍 따위로 화농성 균이 들어가서
  생기는 염증.
* 광릉(廣陵) : 한성부(漢城府). 조선 시대에, 서울의 행정·
  사법을 맡아보던 관아. 세조(世祖)와 정희왕후(貞熹王后)의
  능은 경기도 남양주시에 있는 '광릉(光陵)'이다.
* 쉼재 : 고개 이름.
* 가람 : 갈범. 칡범. 범을 표범과 구별하여 일컫는 말. '갈
  범>갈범>갈웜>갈왐>갈암>가람'으로 변천한 말이다.
* 가로물어 : 기다란 것이 가로놓이게 물어.
* 추혀 들고 : 추켜 들고.
* 北海(북해) : 북쪽의 바다. '흑룡강(黑龍江)'을 이르는 말이
  기도 하다.
* 온 : 백(百). 온갖. 모든.
* 개야미 불개야미~말이 이셔이다 : 불개미가 성하지 않음
  몸으로 고개를 넘어가 범의 허리를 물고 북해를 건너간다
  는 비현실적이고 황당한 상황을 설정하여 세인들이 자신에
  대해 참소하고 비방하는 말들이 다 이처럼 말도 안 되는
  것임을 말하고 있다.

■ 현대어 풀이

개미, 불개미, 허리가 부러진 불개미.
앞발에 피부병이 나고 뒷발에 종기가 난 불개미가, 광릉 샘
고개를 넘어 들어가서 호랑이의 허리를 가로 물어 추켜 들고,
북해를 건너갔다는 말이 있습니다.
백 사람이 백 가지 말을 한다 해도 임께서 짐작해 주십시오.

■ 핵심 정리

* 지은이 : 미상
* 갈래 : 사설시조
* 성격 : 해학적, 교훈적, 과장적
* 표현 : 과장법, 돈호법, 반복법
* 제재 : 사람들의 모함
* 주제 : 참언(讒言)에 대한 경계.
  자신의 결백함을 주장
* 구성 :
  초장 - 신체적 결함을 반복과 확장을 통해 제시
  중장 - 허무맹랑한 상황을 점층적으로 제시
  종장 - 자신의 결백함을 임에게 호소
* 출전 : 『청구영언(靑丘永言)』

■ 해설 1

이 작품은 사람들의 모함이 얼마나 터무니없고 허황된 것
인지, 그러한 일들이 도저히 불가능하고 말도 안 되는 구체
적 일례를 들어 노래하고 있습니다. 그리고 그것이 근거 없
음을 회화적(戱畵的)으로 비유적으로 그려내고 있습니다.
이 노래의 핵심은 종장에 있습니다. '온 놈이 온 말'은 다른
사람의 참언(讒言)을 뜻하는 것으로, 중장에서 사물을 극단적
으로 과장함으로써 일어나는 허무맹랑함을 통하여 '온 놈이
온 말'을 한다 해도 거짓일 수밖에 없음을 빗대어 나타낸 것
입니다. 초장에서의 '개야미'는 무능하고 보잘것없는 존재를
비유한 것이며, 종장의 '님'은 세상 사람을 가리키고 있습니
다. 그러나 당시 사회상에 비추어 '님'을 임금으로 가정할 수
도 있으며, 종장의 문구(文句)는 사설시조의 전형적인 수법이
라 볼 수 있습니다.

꿈에 다니는 길이

이명한(李明漢)

꿈에 단니는 길이 ᄌ최 곳 나량이면
– 현실의 소망을 이루는 수단 / 꿈길 / 강세 조사 / 발자국 / 불가능한 소망의 가정(조건) / 사랑의 구체적 징표

님의 집 창(窓)밧기 석로(石路)ㅣ라도 무듸리라
– 그리움의 대상 / 돌길이라도 닳았으리라 / 사랑의 깊이를 과장하여 표현

쑴길이 ᄌ최 업스니 그를 슬허ᄒ노라
– 현실의 직시 / 정서의 직설적 표현

■ 현대어 풀이

꿈속에서 다니던 길에 들락거린 흔적이 만일 난다고 한다면

임의 집 창밖의 돌을 깔아놓은 길이라 하더라도 아마도 다 닳았으리라.

꿈속에 다니는 길에 아무런 흔적을 남기지 않으니, 그것을 슬퍼하노라.

■ 시어 및 시구 풀이

* 꿈 : 현실과 대비되는 시간 또는 공간으로, 현실에서 이루지 못하는 소망을 이룰 수 있는 수단이다. 고전시가에서는 흔히 부재하는 임과 일시적으로 소통하는 수단으로 '꿈'을 활용하고 있다.

* ᄌ최곳 : 자취곧. 자취가. 흔적이. '자취'는 화자가 들락거린 발자국이지만, 이것은 화자의 임에 대한 사랑의 구체적 징표라 할 수 있다. '곳'은 '곧'으로, 앞말을 강조하는 뜻을 나타내는 보조사이다.

* 나량이면 : 난다고만 하면. 날 것 같으면. 현실적으로 불가능한 것을 알지만, 가능했으면 좋겠다는 화자의 소망을 가정하고 있다.

* 님의 집 창(窓)밧기 : 임이 살고 있는 집 창문 밖의. 그리움의 대상인 '님'과 떨어져 살고 있는 화자가 임을 보기 위해 들락거렸던 곳이다. 이것으로 보아 화자와 임은 부부(夫婦) 관계는 아님을 알 수 있다.

* 석로(石路)ㅣ라도 : 석로(石路)이라도. 돌길이라 하더라도. 돌로 바닥을 깐 길이라도.

* 무듸리라 : 무뎌지리라. 닳으리라.

* 석로(石路)ㅣ라도 무듸리라 : 돌길이라도 무뎌지리라. 돌길이 무뎌질 만큼 화자는 수도 없이 다녔다는 것으로, 화자의 임에 대한 사랑이 얼마나 깊고 강한지를 드러내기 위해 과장하여 표현한 구절이다.

* 쑴길이 자취 없으니 : 화자가 현실을 직시하고 있는 구절로, 화자가 자신의 소망이 이루어질 수 없음을 이미 알고 있었음을 확인할 수 있다.

* 슬허ᄒ노라 : 슬퍼하노라. 화자의 정서인 '슬픔'을 직설적으로 드러낸 말이다.

■ 핵심 정리

* 지은이 : 이명한(李明漢, 1595~1645) 조선후기 대사헌, 이조판서, 예조판서 등을 역임한 문신. 1643년 이경여(李敬輿)·신익성(申翊聖) 등과 함께 척화파로 지목되어 심양(瀋陽)에 잡혀가 억류되었다가 이듬해 세자이사(世子貳師)가 되어 심양에 가서 볼모로 잡혀간 소현세자(昭顯世子)를 모시고 왔다. 1645년에 명나라와 밀통한 자문(咨文)을 썼다 하여 다시 청나라에 잡혀갔다가 풀려나와 예조판서가 되었다.

* 성격 : 가정적(假定的), 연정적(戀情的), 애상적, 직설적

* 제재 : 꿈

* 주제 : 임에 대한 그리움
  임에 대한 간절한 그리움과 만나지 못하는 안타까움

* 특징 :
  ① 상황을 가정하고 과장된 표현으로 화자의 임에 대한 그리움을 강조하고 있다.
  ② 현실의 소망을 이룰 수 있는 수단으로 '꿈'을 활용하는 관습적 표현으로 이루어졌다.
  ③ 현실적으로 불가능한 상황을 가정하고, 그 가정을 다시 부정함으로써 화자의 정서를 심화하고 있다.
  ④ 화자의 정서를 촉발시킨 원인과 그 결과를 직설적으로 드러내고 있다.

* 구성
  초장 : 꿈에서라도 임을 찾고 싶은 마음
  중장 : 석로(돌길)가 닳을 만큼 임을 찾아가고 싶은 간절한 그리움
  종장 : 임을 그리워하는 마음이 전해지지 않는 슬픔과 안타까움

* 출전 : 『악학습령(樂學拾零)』

■ 이본

쑴에 단니는 길히 자최곳 날쟉시면
님의 집 창(窓) 밧기 석로(石路)라도 달흐리라
꿈길히 자최 업스니 그를 슬허ㅎ노라

■ 한역시

魂夢相尋屐齒輕　　鐵門石路亦應平
原來夢徑無行迹　　伊不知儂恨一生

꿈속의 넋이 서로 찾느라 나막신 굽이 가벼워지고
쇠문과 돌길이라도 또한 응당 평평해졌으리라.
원래 꿈속의 길이 발자취가 없으니
그는 나의 한 맺힌 한평생을 알지 못하리라.
　　　　　　　　　　　　　　-신위(申緯), 『소악부(小樂府)』

■ 해설

이 작품은 '꿈'을 소재로 삼아, 현재 자신과 함께 있지 않은 임을 그리워하는 애틋한 마음을 잘 표현하고 있습니다. 초장에서는 가정적(假定的) 표현을 통해 임에 대한 그리움을 드러내고 있습니다. 가정한다는 것은 부재(不在)요 결핍의 상황입니다. 화자 곁에 임이 없습니다. 그래서 꿈속에서나마 임을 만나려고 합니다. 임을 찾아가는 꿈을 수도 없이 꾸었으니 만약 그 징표인 흔적이 남는다면, 중장에서처럼 '비록 돌길이라도 닳았을' 것입니다. 꿈은 잠을 자여 꾸는 것이니 잠을 안 자는 시간에도 임 생각에 여념이 없었을 것입니다. 그만큼 임에 대한 그리움이 깊고 애틋하였지요. 그런데 종장에서 시적 화자는 그 가정이 현실화하지 않는 것임을 고백합니다. 꿈속에서 한 일은 흔적이 남지 않는다는 것이지요. 그래서 아쉬워하고 슬퍼합니다. 자신이 임을 얼마나 그리워하는지 증명할 길이 없음을 안타까워하고 있는 것입니다.

이 작품은 이옥봉(李玉峯)이 지은 7언절구 한시 「자술(自述)」 또는 「몽혼(夢魂)」이라는 작품과 닮았습니다. 그의 시 전구(轉句)와 결구(結句)는 '만약 꿈속 넋이 오고간 흔적이 남는다면 / 문앞 돌길의 반은 모래가 되었으리라(若使夢魂行有跡 門前石路半成沙).'입니다. 어느 모로 보나 둘 중 하나는 다른 하나를 모방한 것이 분명합니다. 그렇지 않다면 이 둘과 다른 민요 같은 것이 있었을 수도 있어서 하나는 시조로, 하나는 한시로 그 모양을 다르게 하고 남았을 수도 있습니다. 이 작품을 신위(申緯)가 한시 형식으로 바꾼 소악부(小樂府)

도 남아 있습니다. 그것에는 '돌길'에 '쇠문'이 평평해질 거라 하고, 임이 자신의 한(恨)이 맺힌 한평생을 알지 못할 것이라 하고 있습니다.

임과의 사랑을 노래한 작품 중에는 이처럼 '꿈'을 소재로 한 경우가 많습니다. 꿈속이라는 시간과 공간은 현실과 달라서 마음대로 되는 것이라 하는 것도 있고, 꿈속에서조차 마음대로 안 되어 애상감이 극대화되기도 합니다. 사랑하는 마음을 노래하거나 읊기 위해 운율이 있는 글로 썼다면, 때로는 산문으로 된 몽유록(夢遊錄)이나 이른바 '몽자류(夢字類)' 소설도 써서 독서물로 삼기도 하였지요.

이 작품을 썼다는 이명한(李明漢)은 30년의 벼슬길이 화려하기도 했지만, 맑고 깨끗한 성품 탓으로 광해군(光海君) 때는 폐모정청(廢母庭請)에 불참하여 파직되었고, 병자호란(丙子胡亂) 때는 항전(抗戰)을 주장하여 척화파(斥和派)로 몰려 청(淸)나라 심양(瀋陽)에 잡혀갔다가 이듬해 소현세자(昭顯世子)와 귀국하기도 하였습니다. 그의 문집인 『백주집(白州集)』에 이 작품이 실려 있지 않아 그가 짓지 않았을 가능성도 배제하기 어렵지만, 어느 책에서든 그의 작품이라 명기(明記)되어 있다면 따를 수밖에 없습니다. 그렇다면 '임'을 여인(女人)이라 할 수도 있고, 임금이라 할 수도 있습니다. 앞의 경우라면 로맨틱 가이(Romantic Guy)일 테고, 뒤의 경우라면 충성스러운 신하일 터입니다. 앞의 경우라면 부끄러워 드러내지 못했을 터이고, 뒤의 경우라면 이른바 충신연주지사(忠臣戀主之詞)로 애창되었을 터입니다.

나모도 바윗돌도 없는

작자 미상

나모도 바히돌도 업슨 뫼헤 매게 쪼친 가토리 안과,
└숨을 곳이 없는 상황   ↑시적 공간

大川(대천) 바다 한가온디 一千石(일천 석) 시른 비
└시적 공간

에, 노도 일코 닷도 일코 농총도 근코 돗대도 것고 치도
└도사공이 처한 위기 상황. 열거법, 과장법

빠지고, ㅂ람 부러 물결치고 안개 뒤섯계 즈자진 날에,

갈 길은 千里萬里(천리만리) 나믄듸 四面(사면)이 거머

어득 져뭇 天地寂寞(천지적막) 가치노을 쩟는듸, 水賊

(수적) 만난 都沙工(도사공)의 안과,
                           가해자
                           부정적 존재

엇그제 님 여읜 내 안히야 엇다가 ㄱ을ㅎ리오.
└시간적 상황   └설의적 표현

                    피해자
                    비교의 대상
                    동병상련의 처지

■ 시어 및 시구 풀이

* 나모도 바히돌도 업슨 : 나무도 바윗돌도 없는. '가토리'가 처한 위기 상황을 구체적으로 제시한 구절이다. '바히'를 '바이', 곧 '아주 전혀'의 뜻으로 해석하기도 한다.
* 쪼친 : 쫓긴.
* 가토리 : 까투리. 암꿩(꿩의 암컷). '수꿩'은 '장끼'임.
* 안 : 속 마음
* 나모도 바히돌도~쪼친 가토리 안 : 나무도 바윗돌도 없는 산에서 매에게 쫓기는 까투리 마음과. '까투리'는 약자로서 강자인 '매'의 먹잇감인데, 숨을 곳이 전혀 없는 절박한 상황에 놓인 까투리의 마음을 제시하고, 임을 잃은 화자 자신의 마음은 그것에 비교할 수 없을 정도로 더 절박하다고 하고 있다.
* 농총 : 용총(龍驄). 돛대에 맨 굵은 줄
* 치 : 키. 배의 뒤에 달려서 방향을 조절하는 기구
* 나믄듸 : 넘는데. 더 되는데
* 거머어득 : 검고 어둑한 곳

* 가치노을 : 까치놀. 사나운 물결. 사나운 파도 위의 떠도는 흰 거품.
* 도사공(都沙工) : 사공의 우두머리
* 대천 바다 한가온데~가치노을 쩟는듸 수적(水賊) 만난 都沙工(도사공)의 안 : 넓은 바다 한 가운데에서 노와 닻도 잃고, 돛대에 맨 줄도 끊어지고, 키도 빠진 상황에 해적을 만난 도사공의 마음을 노래하고 있다. 화자는 이와 같이 사면초가와 같은 상황에 빠진 도사공의 마음과 자신의 심정을 비교하여 나타내고 있다. 도사공이 점층법과 과장법, 열거법을 써서 극한 상황을 제시함으로써 화자가 비교하고자 하는 자신의 슬픔을 두드러지게 하는 효과를 얻을 수 있다. 이런 상황과 관련이 있는 한자 성어로는, 설상가상(雪上加霜), 사면초가(四面楚歌), 누란지위(累卵之危), 백척간두(百尺竿頭), 풍전등화(風前燈火), 위기일발(危機一髮), 일촉즉발(一觸卽發), 명재경각(命在頃刻), 진퇴유곡(進退維谷), 진퇴양난(進退兩難) 등이 있고, 속담으로는 '엎친 데 덮친 격'이 있다.
* ㄱ을ㅎ리오 : 견주리오. 비교하겠는가
* 엇그제 님 여읜 내 안히야 엇다가 ㄱ을ㅎ리오 : 목숨을 잃을 지경에까지 이른 까투리나 도사공의 심정보다도 임과 이별한, 또는 사별한 '나'의 심정이 더욱 안타깝고 참담하며 절망적임을 설의적 표현으로 제시하고 있다.

■ 현대어 풀이

나무도 바윗돌도 없는 산에서 매한테 쫓기는 까투리의 마음과

대천 바다 한가운데 일 천 석 실은 배에 노도 잃고, 닻도 잃고, 용총(돛대의 줄)도 끊어지고, 돛대도 꺾이고, 키도 빠지고, 바람 불어 물결 치고, 안개 뒤섞여 잦아진 날에 갈 길은 천 리 만 리 남았는데 사면은 검어 어둑하고, 천지 적막 사나운 파도 치는데 해적 만난 도사공의 마음과

엇그제 임 여읜 내 마음이야 어디에다 비교하리요?

■ 핵심 정리

* 지은이 : 미상

* 갈래 : 사설시조

* 성격 : 해학적, 과장적, 수심가. 이별가

* 어조 : 절망적이고 절박한 여인의 목소리

* 표현 : 상징적 암유(暗喩), 열거, 비교, 과장, 점층법

* 제재 : 임과의 이별

* 주제 : 임을 여읜 절망적인 슬픔

* 특징 :

① 열거법, 비교법, 과장법, 점층법, 설의법 등 다양한 표현
법을 사용하여 주제를 드러낸다.

② 화자가 처한 부정적 상황에 대응되는 구체적인 이미지
와 연결하여 제시한다.

③ 수다스럽고 과장된 표현을 통해 해학적(諧謔的) 성격을
드러낸다.

④ 기발한 착상(着想)과 표현의 참신성으로 비장미(悲壯美)
를 구현한다.

⑤ 화자의 내면을 직접적으로 제시하지 않고 간접적·우회
적으로 드러내고 있다.

* 출전 : 『병와가곡집(瓶窩歌曲集)』, 『청구영언(靑丘永言)』,
『해동가요(海東歌謠)』, 가곡원류(歌曲源流)』

■ 해설

이 작품은 지은이가 누구인지 알 수 없는 사설시조입니다.
주지하다시피 사설시조는 조선 후기 등장한 시조 형식으로
평시조에서 두 구 이상 길어진 시조입니다. 대부분의 사설시
조는 누가 지었는지 알려지지 않고 있는데, 솔직하고 발랄한
표현과 일상생활과 관련한 내용이 많아 평민들이 지었으리라
추정하고 있습니다.

사랑하는 사람과 헤어지고 죽어 이별하면 그 슬픔을 감당
하기 어렵습니다. 이 시조는 사랑하는 사람을 잃은 절박한
마음을 까투리나 도사공이 처한 극한의 상황에 견주어 표현
하고 있습니다. 까투리는 나무도 바윗돌도 없는, 곧 전혀 숨
을 곳이 없는 산에서 매에게 쫓기고 있습니다. 뱃사공은 많
은 쌀을 싣고 가다가 태풍을 만나 배가 파손되어 감당할 수
없는 상황에서 해적까지 만나고 맙니다.

까투리나 도사공이 처한 상황은 어찌할 수조차 없는 상황
입니다. 그런데 지은이는 임을 잃은 자신의 마음을 어디에다
비교하겠냐고 하소연하고 있습니다. 이 말은 극한 상황에 처
한 까투리나 도사공의 마음보다 임을 잃은 자신의 마음이 더
절박하다는 의미입니다. 왜냐하면 임을 잃은 슬픔은 그 무엇
과도 비교할 수 없는 슬픔이기 때문입니다.

이 시조는 과장된 극한의 상황을 소재로 하여 임을 잃은

슬픔을 표현하므로 주제는 임을 여읜 슬픔이라 할 수 있습니
다. 극한의 상황을 다소 과장하여 나열하되 점층적으로 표현
함으로 슬픔 속에서도 해학적인 모습을 엿볼 수 있기도 합니
다. 이는 사설시조에서 흔히 발견할 수 있는 표현상의 특징
이기도 합니다. 또 이 시조는 이별 당한 것을 하소연하고 있
는데, 그 비유가 기발합니다. 시련이 겹치는 사회적 상황을
거듭 암시하고 있는 것인데, 모두 시련의 극치라 할 수 있습
니다. 해학적 표현 속에 비장감(悲壯感)마저 감돌고 있습니다.

'삼한(三恨)' 혹은 '삼안[三內]'이라고 널리 알려진 이 작품
은, '안'이라는 말로 마음을 나타내면서, 세 가지 절박하기 그
지없는 마음은 어디나 비할 데도 없다고 하였습니다. 맨 마
지막으로 엊그제 임을 여읜 자기 마음을 말하기 위해 다른
두 가지를 가져 와 놓고서는 비할 데 없다는 것으로 함으로
써 그 둘이 각기 독자적인 의미를 갖도록 개방하여 버렸으니
비유를 사용하는 방법치고 이만큼 기발한 예를 다시 찾기 어
렵다고 하겠습니다. 매에 쫓긴 까투리는 '토끼전'에서 용궁을
탈출한 다음에 다시 시련에 부딪힌 토끼를 연상하게 합니다.
대천 바다에서 배가 부서지고, 날씨는 험악해지는 판국에 수
적까지 만난 도사공의 경우는 시련의 극치로 느껴지도록 온
갖 절박한 상황을 거듭하여 늘어놓고 있습니다.

이 작품을 '비극적 상황의 희극적 형상화'라는 미의식으로
설명할 수도 있겠습니다. 화자의 처지와 청자 또는 독자의
느낌이 언제나 일치하지 않는다는 것이지요. 화자는 스스로
최악의 상황에 놓여 있다고 생각하고 있으니 비극적 상황에
놓여 있다고 하겠습니다. 그런데 이런 상황을 시조창으로 듣
거나 문자로 기록된 것을 읽는 감상의 주체, 곧 향수자는 오
히려 해학적 장면으로 받아들입니다. 이것은 「심청전」에서
'심 봉사'가 목욕을 하다가 옷을 도둑맞은 상황을 대하는 향
수자의 그것과 유사합니다.

이 작품은 『청구영언(靑丘永言)』, 『해동가요(海東歌謠)』, 『가
곡원류(歌曲源流)』, 『병와가곡집(瓶窩歌曲集)』 등 여러 시조
집에 실려 있으며, 시조집마다 표기에 약간의 차이가 있을
뿐 대동소이합니다.

바람도 쉬어 넘는 고개

작자 미상

브롬도 쉬여 넘는 고기 구름이라도 쉬여 넘는 고기
임과의 만남을 방해하는 장애물
대구법, 반복법
화자와 대조적인 자연물

山眞(산진)이 水眞(수진)이 海東靑(해동청) 보로미도
화자와 대조적인 자연물, 열거법

다 쉬여 넘는 高峯(고봉) 長城嶺(장성령) 고기
구체적 지명

그 너머 님이 왔다 ᄒ면 나는 아니 한 번도 쉬여 넘
기다림의 대상 *드러난 일인칭 화자*
가정적(假定的)·원망적(願望的) 상황

어가리라
도치법, 과장법

■ 시어 및 시구 풀이

* 山眞(산진)이 : 산지니. 산에서 자라 여러 해를 묵은 매나 새매.
* 水眞(수진)이 : 수지니. 사람의 손으로 길들인 매나 새매. '수(水)'가 아니라 '수(手)'가 맞은 표기이다.
* 海東靑(해동청) : 맷과의 새를 통틀어 이르는 말. 매, 바다매, 쇠황조롱이, 황조롱이 따위가 있다.
* 보라매 : 난 지 1년이 안 된 새끼를 잡아 길들여 사냥에 사용하는 매.
* 高峯(고봉) : 높은 봉우리.
* 長城嶺(장성령) : 고개 이름. '장성'이 '만리장성(萬里長城)'이라면 간접 체험을 통해 얻은 정보에 따른 막연한 공간이지만, 화자의 거주 공간이거나 직접 체험의 공간이라면 사실성(事實性)과 현장성(現場性)을 확보하여 독자의 공감을 끌어낼 수 있다.
* 브롬도 쉬여 넘는 고기 구름이라도 쉬여 넘는 고기 : 고개가 하도 험해서 '바람'이나 '구름'도 한꺼번에 넘지 못하고 쉰 다음 넘는다는 뜻이다. '바람'이나 '구름'은 화자보다 월등한 힘을 가진 존재를 가리킨다. '쉬여 넘는 고기'를 반복하고 '브롬도'보다 두 음절이 길게 '구름이라도'를 배치하여 점층적 효과를 거두고 있다.
* 山眞(산진)이 水眞(수진)이 海東靑(해동청) 보로미도 다 쉬여 넘는 高峯(고봉) 長城嶺(장성령) 고기 : 새 중에서 가장 높이 난다고 여기는 '매'의 종류를 열거하여 '고기'가 험함을 강조하고 있다. 초장에 이어 점층성을 강화하고 있다.

■ 현대어 풀이

바람도 쉬어 넘는 고개 구름이라도 쉬어 넘는 고개
산지니, 수지니, 송골매, 보라매라도 다 쉬어 넘는 높은 봉우리, 장성령 고개
그 너머에 임이 왔다고 하면 나는 한 번도 안 쉬고 넘어가리라

■ 핵심 정리

* 갈래 : 시조, 고시조, 사설시조
* 성격 : 연정적, 과장적, 대조적, 독백적
* 제재 : 고개
* 주제 : 임에 대한 간절한 사랑
* 특징 :
  ▪ 부재(不在)하는 임에 대한 그리움을 '고개'를 넘는 일에 비유하여 드러내고 있다.
  ▪ 점층법, 열거법, 과장법 등을 써서 화자의 의도를 강조하여 드러내고 있다.
  ▪ 가정의 상황을 설정하여 화자의 정서를 심화하는 효과를 거두고 있다.
* 출전 : 『병와가곡집(甁窩歌曲集)』

■ 해설

이 작품은 지은이를 누구인지 알 수 없는 사설시조로, 임을 향한 마음이 간절하여 어떤 어려움도 이겨낼 수 있다는 의지가 표현하고 있습니다. 고개가 어찌나 높은지 바람도 쉬었다가 가고, 구름도 쉬었다가 가는 고개가 있는데, 그 고개는 산지니(산에서 자란 매), 수지니(사람의 손에서 길들인 매), 해동청(송골매의 다른 이름), 보라매(태어난 지 1년이 안 된 새끼를 잡아 길들여서 사냥에 사용하는 매)라도 쉬어 넘을 정도로 높습니다. 그런데 지은이는 그 높은 고개 너머에 임이 왔다고만 하면 한 번도 쉬지 않고 넘겠다고 다짐을 한 합니다. 바람이나 구름, 새 중에서 가장 날랜 매들조차도 쉬어 넘는 고개를 사람이 한 번도 쉬지 않고 넘는 것은 불가능한 일이 분명합니다. 하지만 화자는 임에 대한 사랑이 깊고 강하여 그 불가능을 가능하게 할 수 있다고 합니다.

사설시조에서는 이처럼 과장하여 표현하는 것을 흔히 발견

할 수 있습니다. 또한 종장의 '아니 한 번도 쉬여 넘으리라'처럼 어순이 도치된 것도 시조에서 종종 발견할 수 있는 표현이기도 합니다. 부재(不在)하는 임에 대한 그리움을 '고개'를 넘는 일에 비유하여 드러내고, 점층법과 열거법을 써서 화자의 의도를 강조하여 드러내고 있습니다. 그리고 가정(假定)의 상황을 설정하여 화자의 정서를 심화하는 효과를 거두고 있습니다.

이 작품의 주제인 임에 대한 사랑의 의지를 표현하기 위해 지은이는 다양한 자연물을 소재로 삼고 있습니다. 특히 '고개'는 이 시조에서 매우 중요한 소재입니다. 이 시조에 등장하는 '고개'는 임과의 사랑을 방해하는 장애물을 의미하는 소재입니다. 하지만 지은이는 임에 대한 사랑으로 고개를 넘겠다고 했으므로 '고개'는 임에 대한 사랑의 의지를 보여주는 소재로서의 역할도 합니다. 장애물이면서 동시에 시험대인 셈이지요. 막은 것을 뛰어넘으면 성취의 기쁨이 훨씬 더 커질 테이니까요.

그런데 문제는, 그 '고개' 너머에 '임'이 오지 않는다는 데에 있습니다. 그래서 화자는 안타깝고, 불쌍하고, 슬프고, 울고 싶은 처지에 놓인 것입니다. '그 너머에 임이 왔다고 하면 나는 한 번도 안 쉬고 넘어가리라'라는 불가능한 발언을 할 수 있다는 것에서 짐작해 볼 수 있습니다. 너무나 절실한데 현실은 그렇지 않으니 그 절실함을 극단적인 해결책을 통해 무마하고 있는 셈이지요.

벽사창이 어른어른커늘

작자 미상

碧紗窓(벽사창)이 어른어른커늘 님만 너겨 펄쩍 쒸여
└화자가 여성임을 짐작하는 소재   └기다림의 대상   └착각 모티프
   └시각적 이미지   └음성 상징어(의태어)

쑥 느셔 보니
└반가움을 과장된 행위로 표현

님은 아니 오고 明月(명월)이 滿庭(만정)훈듸 碧梧桐
└기대감의 좌절   └시간적 배경   └공간적 배경   └시각적 이미지

(벽오동) 져즌 닙희 鳳凰(봉황)이 와셔 긴 목을 휘여다
└촉각적 이미지   └'벽오동'과 관련 있는 가상의 새
   암수(자웅)의 짝으로 화자와 임 관련

가 깃 다듬는 그림지로다
└화자를 착각하게 한 실상

뭇쵸아 밤일셰 만졍 힝혀 낫지런들 남우일 번호괘라
└일시적 위안의 요인   └화자가 다행스러워하는 일
   임이 오지 않은 슬픔을 누그러뜨림

■ 시어 및 시구 풀이

* 碧紗窓(벽사창) : 푸른 빛깔의 비단을 바른 창. '사창'은 일반적으로 여성이 거처하는 방의 창이므로 이 작품의 화자가 여성일 가능성을 짐작하게 하는 시어이다.

* 어른어른커늘 : 어른어른하거늘. 큰 무늬나 그림자 따위가 물결 지어 잇따라 움직이거늘. 창밖에 있는 어떤 사물의 움직임의 결과인데, 화자는 밖의 사물이 기다리던 임이라 여긴 것이다.

* 明月(명월)이 滿庭(만정)한데 : 밝은 달빛이 뜰(마당)에 가득한데. '명월'은 '밤'이라는 시간, '만정'은 '뜰'이라는 공간을 배경으로 하고 있음을 알려 준다. 두 배경이 어울려 시각적 이미지를 구현하고 있다.

* 碧梧桐(벽오동) : 낙엽 활엽 교목. 높이는 15미터 정도이고 껍질은 녹색이며, 잎은 넓고 크며 끝은 손바닥 모양으로 세 갈래 또는 다섯 갈래로 갈라졌다. 예로부터 봉황(鳳凰)이 깃드는 나무로 알려져 있다.

* 鳳凰(봉황) : 예로부터 중국의 전설에 나오는, 상서로움을 상징하는 상상의 새. 기린, 거북, 용과 함께 사령(四靈) 또는 사서(四瑞)로 불린다. 수컷은 '봉(鳳)', 암컷은 '황(黃)'이라고 하는데, 성천자(聖天子) 하강의 징조로 나타난다고 한다. 전반신은 기린, 후반신은 사슴, 목은 뱀, 꼬리는 물고기, 등은 거북, 턱은 제비, 부리는 닭을 닮았다고 한다. 깃털에는 오색 무늬가 있고 소리는 오음에 맞고 우렁차며, 오동나무에 깃들어 대나무 열매를 먹고 영천(靈泉)의 물을 마시며 산다고 한다. 암수가 정답게 노니는 것을 상정(想定)함으로써 화자가 임과 함께 지내고 싶은 소망을 간접적으로 투영하고 있는 소재이다.

* 뭇쵸아 : 마침.

* 밤일셰 만정 : 밤이었기에 망정이지.

* 힝혀 낫지러들 : 행여나 낮이었던들. 혹시라도 낮이었다면.

* 남우일 번호괘라 : 남우세스러울 뻔하였구나. 남에게 놀림과 비웃음을 받을 뻔하였구나.

* 모쳐라 밤일셕 망졍~남우일 번호괘라 : 화자의 독백으로, 우스꽝스러운 행동을 한 자신을 스스로 위로하고 있다. 임의 부재로 인한 화자의 부정적인 정서를 착각 모티프를 통해 유발된 해학성으로 이완시키고 있다. 이 구절을 그대로 공동 차용한 사설시조가 여러 편 존재한다.

■ 현대어 풀이

벽사창이 어른거려 님만 여겨 펄쩍 뛰어 뚝 나서 보니
임은 아니 오고 명월이 만정(滿庭)한데 벽오동 젖은 잎에 봉황이 와서 긴 목을 휘어다가 깃 다듬는 그림자로다
마초아 밤일세 망정 행여 낮이런들 남우일 뻔하여라

■ 핵심 정리

* 지은이 : 미상
* 갈래 : 사설시조
* 성격 : 해학적, 과장적, 연정가(戀情歌)
* 주제 : 임을 애타게 기다리는 마음
* 특징 :
   ① 음성 상징어를 사용하여 화자의 정서를 과장되게 표현하고 있다.
   ② 소재의 상징적 의미를 통하여 화자가 대상에 대한 정서를 간접적으로 드러내고 있다.
   ③ '벽사창'과 '벽오동'의 색채감을 통하여 시각적 이미지를 구현하고 있다.
   ④ 창에 비친 그림자를 임으로 착각한 화자의 행동을 해학

적으로 표현하고 있다.

* 출전 : 육당본 청구영언(六堂本 靑丘永言)

■ 이본

碧紗窓(벽사창)이 어른어른거늘 님만 너겨 나가 보니
님은 아니 오고 碧梧桐(벽오동) 져즌 닙헤 鳳凰(봉황)이
ᄂ려와서 긴 부리 휘여다가 짓 다듬는 그림재로다
모쳐로 밤일싀만졍 힝혀 낫이런들 눔 우일 번ᄒ괘라
　　　　　　　　　　　　　　　-『병와가곡집(甁窩歌曲集)』

碧紗窓(벽사창)이 어른어른커늘 님만 너겨 나가 보니
님은 아니 오고 明月(명월)이 滿庭(만정)ᄒᄃᆡ 碧梧桐(벽
오동) 져즌 닙헤 鳳凰(봉황)이 ᄂ려와 짓 다듬는 그림재로
다
모쳐라 밤일싀만졍 눔 우일 번ᄒ괘라
　　　　　　　　　　　　　　　-『진본 청구영언(珍本 靑丘永言)』

■ 해설

작자 미상의 이 작품은 창밖에 달이 지우는 그림자를 보고
기다리던 임인 줄 알고 뛰쳐나갔다가 스스로 허탈해 웃고 마
는 애틋한 연모의 마음을 담고 있습니다. 그리워하는 임을
어서 만나고 싶어하는 마음을 해학적으로 잘 표현한 작품이
지요.

방 안에 있는 화자가 푸른 빛깔의 비단으로 곱게 바른 창
문을 보니 무엇인가 어른어른합니다. 누군가 왔나 본데, 올
사람이 따로 없으니 기다리던 임일 터입니다. 헐레벌떡 뛰어
나갑니다. 그런데 임은 오지 않았습니다. 밝은 달빛만 뜰에
훤하게 비치고 있고, 그 그림자는 벽오동나무에 앉아 젖은
잎으로 깃을 다듬고 있는 봉황이었습니다. 마침 밤이라 아무
도 이런 상황을 본 사람이 없습니다. 누군가 봤다면 남우세
스러울 뻔하였습니다. 임을 만나지 못한 슬픔이 아무도 없어
서 부끄러운 일을 당하지 않은 기쁨으로 잠시나마 잊을 수
있겠습니다.

임이 온다는 했는지 문면에 드러나 있지는 않으나 화자의
행동으로 보아서는 그런 약속이 있었을 법합니다. 결과적으
로 화자가 처한 상황은 비극적이지만 이 화자의 행동을 지켜
보고 있는 독자에게는 희극적 상황입니다. 임이 돌아오리라
는 기대가 어긋난 후의 심적 고통을 남의 비웃음을 피했다는
유치한 안도감으로 전환하고자 하는 화자의 행위가 오히려
더욱 깊은 연민의 정을 불러일으킵니다. 이런 의미에서, 임의
부재로 인한 화자의 부정적인 정서를 착각 모티프를 통해 유

발된 웃음으로 이완시키지만, 물론 이러한 이완은 온전히 평
온한 상태로 돌아가는 것이 아니라, 그리움에 웃음을 더해서
잠시나마 심적 고통을 누그러뜨리고 있는 것이라 한 해석은
매우 강한 설득력을 가집니다.

산은 적적 월황혼에

작자 미상

산(山)은 적적(寂寂) 월황혼(月黃昏)에 두견(杜鵑)
- 시적 공간
- 두견의 울음소리가 강조되는 분위기

울어도 님 싱각이오 밤은 침침(沈沈) 월스시(月斜時)
- 시적 시간, 시각적 이미지

에 접동이 울어도 님 싱각이라
- 자연물. 객관적 상관물(감정 이입). 청각적 이미지
- 시구 반복

침상편시츈몽즁(枕上片時春夢中)ᄒ여 벼기 우에 빌
- 한시 구절 인용

은 줌을 계명츅시(鷄鳴丑時)에 놀라 씨니 님의 흔젹
- 닭이 우는 시간. 구체적 시간
- 잠깐 든 잠. 잠깐 꾼 꿈. 침상일몽(枕上一夢)
- 제대로 잠을 못 이루고 있음. 전전반측. 전전불매

은 간 곳 업고 다만 등불만이로다 그러미로 식불감미
- 꿈속에서 임을 만났으나 잠을 깨니 없어짐
- 안타까움. 실망감
- 객관적 상관물
- 인과 관계 접속

(食不甘味)ᄒ여 밥 못 먹고 침불안셕(寢不安席)ᄒ여
- 간절한 그리움. 먹고 자는 본능적 삶조차 영위하기 어려움.
- 문맥과 어울리지 않는 상투적 어구
- 통사 구조의 반복. 대구법

줌 못 즈며 쟝쟝지야(長長之夜)를 허송(虛送)이 보니
- 길고 긴 밤
- 심리적·주관적 시간

며 독디등쵹(獨對燈燭)으로 버슬 숨으니 뉘 타슬 숨
- 외로움. 의인화
- '밤'에서 '밤낮'으로 시간의 양적 확장

으랴 셜분(雪憤)을 ᄒ잔 말가
- 자책감
- 분함을 씻잔 말인가.
- 의문형 종결 표현. 설의적 표현

듀야쟝쳔(晝夜長川)에 밋을 곳 업서셔 못 살가고나
- 밤낮으로 연달아
- 신의 없는 임에 대한 원망
- 감탄형 종결 어미. 영탄법

(참으로 님 싱각 그리워 못 살것네)
- 화자의 정서(그리움)를 직접 드러냄
- 종장으로 대체할 수 있도록 병기(倂記)한 것

■ 시어 및 시구 풀이

* 적적(寂寂) : 매우 고요함. 고요하고 쓸쓸함
* 월황혼(月黃昏) : 달이 뜨는 황혼. 해가 지고 달이 떠서 어스름해질 때.
* 두견(杜鵑) : 접동새. 자규(子規). 두견이. 두견새. 귀촉도(歸蜀道). 불여귀(不如歸). 망제혼(望帝魂). 소쩍새. 초혼조(抄魂鳥).

두우(杜宇). 이들 중에는 중국 촉(蜀)나라의 마지막 황제인 망제(望帝)가 죽어서 된 새라는 전설과 관련된 것이 많다.
* 침침(沈沈) : 빛이 약하여 어두컴컴함.
* 월스시(月斜時) : 달이 기울 때. 원문에 '한밤중'이란 뜻의 '夜三更(야삼경)'을 병기해 놓았다.
* 산은 적적 월황혼에 두견 울어도 님 싱각이오 밤은 침침 월스시(夜三更)에 접동이 울어도 님 싱각이라 : 산은 고요하고 달이 뜰 때 두견새가 울어도 임 생각이 나고, 밤이 어두컴컴하게 달이 기울 때 접동새가 울어도 임 생각이 난다는 뜻이니, 밤새도록 부재중인 임을 생각한다는 말이다. 작품의 시·공간적 배경을 제시하고, 매우 정연한 대구(對句) 형식으로 구성하면서, 각 구의 서술부를 반복하고 있다. 자연물인 '두견'과 '접동'을 객관적 상관물로 사용하여 화자의 감정을 이입하고 있다. 달을 통한 시각적 이미지와 두견새(접동새)의 울음을 통한 청각적 이미지가 두드러진다.
* 침상편시츈몽즁(枕上片時春夢中) : 베개 위 잠깐의 봄꿈 속. '봄꿈'은 일반적으로 '봄에 꾸는 꿈'이라는 뜻으로, 덧없는 인생을 비유적으로 이르는 말로 '일장춘몽(一場春夢)'처럼 쓰이지만, 여기서는 '그리워하던 임을 만나는 꿈'을 의미한다. 이 구절은 중국 당(唐)나라 시인 잠삼(岑參)의 시 '춘몽(春夢)'의 전구(轉句)이다. 그 원문은 다음과 같다. '어젯밤 동방에 봄바람 일어, 멀리 상강의 미인을 생각했네. 베개 위 잠깐의 봄꿈 속에서, 강남 수천리를 모조리 갔다 왔다네(昨夜洞房春風起 遙憶美人湘江水 枕上片時春夢中 行盡江南數千里).'
* 빌온 : 빌린. 빌려온.
* 벼기 우에 빌은 줌 : 베개 위에 빌린 잠. 앞에 나온 한시 구절의 일부를 우리말로 바꾼 것으로, 제대로 누워서 자는 잠이 아니고 잠깐 든 잠을 의미하는데, 문맥상으로 보면 침상일몽(枕上一夢), 곧 '잠을 자면서 잠깐 꾼 꿈'을 의미한다. 화자가 잠을 못 이루고 있는 상황으로, 전전반측(輾轉反側), 전전불매(輾轉不寐) 같은 성어와 어울린다.
* 계명츅시(鷄鳴丑時) : '새벽닭이 축시(丑時), 곧 새벽 한 시에서 세 시 사이에 운다.'는 뜻에서, '축시(丑時)'를 일컫는 말이다. '계명', 곧 '닭의 울음'이 화자의 꿈을 깨게 한 원인이라 볼 수도 있다. 정철(鄭澈)이 지은 가사 「속미인곡(續美人曲)」의 '오던된 계성(鷄聲)의 줌은 엇디 씨돗던고'라는 구절을 연상하는 시어이다.

* 님의 혼적은 간 곳 업고 다만 등불만이로다 : 부재중인 임을 그리워하여 잠을 못 이루다가 잠깐 꾼 꿈에 임을 만났는데, 꿈을 깨자 임은 흔적도 없이 사라지고, 눈앞에는 등불만 남아 있다는 뜻이다. 잠을 깼는데 등물이 켜져 있었다는 것은 자신도 모르게 잠이 들었음을 알려 주는 표지이다.
* 그러미로 : 그러므로. 앞뒤를 인과 관계로 잇는 접속 부사이다.
* 식불감미(食不甘味) : 먹어도 맛이 달지 않음. 걱정이 많아 음식을 먹어도 맛을 못 느낌.
* 침불안석(寢不安席) : 걱정이 많아서 편안히 자지 못함.
* 식불감미ᄒ여 밥 못 먹고 침불안석ᄒ여 줌 못 주며 : 직역하면 '먹으나 맛이 달지 않아 밤 못 먹고 자나 잠자리가 편안하지 않아 잠 못 자며'라 같은 의미의 시어가 중복되어 있다. 이런 표현은 통사적으로는 불필요한 구절이 삽입된 것이지만 운율 효과를 위해서 흔히 나타나는 것이다.
* 쟝쟝지야(長長之夜) : 길고 긴 밤. 여기서는 닭이 우는 축시(丑時) 이후의 밤 시간이므로 '길고 길다'는 표현은 주관적이고 심리적인 시간으로 볼 수 있다.
* 허송(虛送)이 보니며 : 헛되이 보내며. '허송(虛送)'이 '헛되이 보냄'의 뜻이므로 '보내다'가 겹쳐 쓰였다.
* 독디등쵹(獨對燈燭) : 홀로 등촉을 대함. '등촉'은 등불과 촛불을 아울러 이르는 말.
* 셜분(雪憤) : 분한 마음을 풂.
* 쟝쟝지야를 허송이 보니며 독디등쵹으로 버슬 숨으니 뉘 타슬 숨으랴 셜분을 ᄒ잔 말가
* 듀야쟝쳔(晝夜長川) : 밤낮으로 쉬지 아니하고 연달아.
* 듀야쟝쳔에 밋을 곳 업서셔 못 살가고나 : 믿을 곳이 없다는 화자의 탄식으로, 임이 돌아오겠다는 약속을 하였는데 지키지 않으니 믿을 수 없다는 것이다.
* 춤으로 님 싱각 그리워 못 살것네 : 화자의 생각을 직설적으로 드러내고 있다. 기존 작품의 종장을 이것으로 대체할 수 있음을 알 수 있다.

■ 현대어 풀이

  산은 적적하고 달이 뜬 황혼(黃昏)에 두견이 울어도 임 생각이요 밤은 침침 야삼경(夜三更)에 접동이 울어도 임 생각이라

  침상편시춘몽중(枕上片時春夢中)하여 베개 위에 빌린 잠은 계명축시(鷄鳴丑時)에 놀라 깨니 임의 흔적은 간곳없고 다만 등불만이로다. 그러매로 식불감미(食不甘味)하여 밥 못 먹고 침불안석(寢不安席)하여 잠 못 자며 장장지야(長長之夜)를 허송하게 보내며 독대(獨對) 등촉(燈燭)으로 벗을 삼으니 뉘 탓을 삼으랴. 설분(雪憤)을 하잔 말가

  주야장천(晝夜長天)에 믿을 곳 없어서 못 살겠구나

■ 핵심 정리
* 갈래 : 시조. 사설시조
* 갈래 : 애상적
* 제재 : 이별
* 주제 : 부재중인 임을 그리워함.
   임의 부재로 인한 고통과 임에 대한 원망(怨望)
* 특징 :
  ① 한자어나 한시구를 자유자재로 구사함으로써 작자층을 짐작하게 하고 있다.
  ② '월황혼', '야삼경', '계명축시' 등의 시어를 통해서 시간의 흐름에 따라 시상을 전개하고 있다.
  ③ '두견'과 '접동'의 울음소리를 통해 청각적 심상을 자아내고 있다.
  ④ 의문형 종결 표현(설의적 표현)으로 화자의 정서를 효과적으로 드러내고 있다.
  ⑤ 시간적 배경과 공간적 배경이 화자의 정서와 적절하게 조응되도록 이루어져 있다.
* 구성 :
  초장 : 밤에 느끼는 임에 대한 그리움
  중장 : 꿈에 잠깐 만난 임으로 인한 고통
  종장 : 돌아오지 않는 임에 대한 원망
* 출전 : 『악부』(고려대 도서관 소장)

■ 해설

  이 작품은 헤어져 있는 임에 대한 그리움이 너무 깊어 밥도 못 먹고 잠도 못 자는 화자의 한탄과, 오지 않는 임에 대한 원망을 노래하고 있는 사설시조입니다. 이 작품은 달이 떠오르는 '월황혼'부터 침침한 한밤중 '야삼경'을 거쳐 잠깐 잠이 들었다가 닭이 우는 축시(丑時), 곧 밤 1시부터 3시 사이에 깨는 시간, 그리고 촛불을 마주하여 밤새도록 지속되는 시간의 흐름을 시상 전개의 축으로 삼아 전개됩니다.

  사랑이 지나치면 고통이 되는 법입니다. 밤새도록 멈추지 않는 그리움과 안타까움에 울고 싶은 심정을 '두견'과 '접동'의 객관적 상관물에 이입하고 있습니다. 잠깐 베개를 베고 잠들었다가 춘몽(春夢)을 꾸었다는 것으로 보아 꿈 속에서 임을 만났는데, 닭의 울음소리에 깨어 보니 등불만 있다는 표현에서 화자의 애절함이 극한으로 치닫습니다. 이러한 화자의 정서가 '적적한 산'이라는 공간적 배경과 '침침한 밤'이라는 시간적 배경과 적절하게 조응하고 있습니다. 결국 '설분(雪憤)'이니 '못 살겠다'는 임에 대한 원망까지 드러나게 되었

습니다.

경기도 민요 '창부타령'에 이런 가사가 나옵니다.

산은 적적 월황혼에 두견접동 슬피 울고 오동 우에 비낀 달은 이내 회포를 돋우는데, 야월공산 깊은 밤에 님 그리워 설이 울 제. 독대등촉 벗을 삼아 전전불매 잠 못 들고 상사일념 애 태우니, 옥장의 깊은 곳에 잠든 님을 생각을 하고 남가일몽 꿈속에라도 잠깐이나마 보고 지고, 짝을 잃고 우는 저 두견아 남의 원통 이 사정을 너는 왜 이다지도 모르느냐.

어떻습니까? 거의 같죠? 이런 사정은 어떤 의미가 있을까요? 민요와 사설시조 중 어느 것이 먼저 이루어졌을까요? 어느 것이 먼저 생겼다면, 다른 장르로 전환된 까닭은 무엇일까요? 답은 간단합니다. 여러 사람이 좋아하기 때문입니다. 감동 받는 사람이 많으니까 여러 방법으로 향수(享受)되는 것이지요.

어이 못 오던가

작자 미상

어이 못 오던다 므슴 일로 못 오던다.
└ 점층법, 반복법
┌ 시적 청자, 그리움의 대상

너 오는 길 우희 무쇠로 城(성)을 ᄡᅡ고 城(성) 안혜

담 ᄡᅡ고 담 안혜란 집을 짓고 집 안혜란 두지 노코 두
└ '성 → 담 → 집 → 두지 → 궤 → 배목 → 자물쇠'라는 일상적인 제재를 연쇄
적으로 열거하여 임을 기다리는 마음을 생동감 있게 표현하고 있다.

지 안혜 櫃(궤)를 노코 櫃(궤) 안혜 너를 結縛(결박)ᄒ

여 노코 雙(쌍)비목 외걸새에 龍(용)거북 ᄌᆞ물쇠로 수기
└ 가둠(구속)의 도구

수기 ᄌᆞᆷ갓더냐 네 어이 그리 아니 오던다.
└ 꼭꼭, 음성 상징어

┌ 드러난 화자 ┌ 짧은 시간
혼 돌이 셜혼 놀이여니 날 보라 올 홀리 업스랴.
└ 여러 날, 긴 시간 └ 설의법

■ 시어 및 시구 풀이

* 오던다 : 오던가. '-ㄴ다'는 의문형 종결 어미임.

* 어이 못 오던다 므스 일로 못 오던다 : 임이 어찌 못 오는지, 무슨 일로 못 오는지를 반복적으로 물어봄으로써 임이 오지 않는 이유에 대한 궁금증을 부각하고 있다.

* 두지 : 뒤주. 쌀 같은 곡식을 담아 두는 세간.

* 雙(쌍)비목 : 걸쇠를 거는 구멍 난 못.

* 외걸새 : 문을 걸어 잠그고 빗장으로 쓰는 'ㄱ'자 모양의 쇠.

* 용(龍)거북 ᄌᆞ물쇠 : 용과 거북의 무늬를 새긴 자물쇠.

* 수기수기 : 깊이깊이. 꼭꼭.

* ᄡᅡ고 : 쌓고. 축조(築造)하고.

* 무쇠로 城(성)을~ 수기수기 ᄌᆞᆷ갓더냐 : 임이 오는 것을 막는 여러 가지 장애물들, 곧 '성 → 담 → 집 → 두지 → 궤 → 배목 → 자물쇠'라는 일상적인 제재를 연쇄적으로 과장하여 나열함으로써 마치 임이 구속된 것 같은 가정적 상황을 설정하고 있다. 이 같은 표현을 통해 오지 않는 임에 대한 안타까운 마음을 강조하고 있다. 임을 기다리는 마음을 생동감 있게 표현하고 있다. 열거법, 연쇄법, 점강법, 과장법 등이 사용되었다.

* 홀리 : 하루가.

* 혼 돌이~ 홀리 업스랴. : '일 년 열두 달 삼백육십 일 중에 단 하루도 시간을 낼 수 없냐.'라고 하며 오지 않는 임에 대한 원망과 임을 보고 싶어 하는 간절한 마음을 강조한다.

■ 현대어 풀이

어찌하여 못 오던가, 무슨 일로 못 오던가?

너 오는 길에 무쇠로 성을 쌓고, 성 안에 담을 쌓고, 담 안에 집을 짓고, 집안에 뒤주를 놓고, 뒤주 안에 궤짝을 짜고, 그 안에 너를 오랏줄로 꽁꽁 묶어 놓고, 쌍배목, 외걸새, 금거북 자물쇠로 꼭꼭 잠가 두었느냐? 너 어째 그렇게 오지 않았느냐?

한 해는 열 두 달이요, 한 달도 서른 날인데, 나를 찾아올 하루의 여유가 없단 말인가?

■ 핵심 정리

* 연대 : 조선 후기
* 갈래 : 시조, 사설시조, 서정시
* 성격 : 해학적, 과장적, 원망적, 연모가(戀慕歌)
* 표현 : 연쇄법, 열거법, 과장법, 설의법
* 제재 : 임
* 주제 : 오지 않은 임에 대한 그리움과 원망
  임을 기다리는 안타까운 마음
  오지 않는 임을 기다리는 간절한 마음과 안타까움
* 특징 :
  ① 사설시조의 표현상 특징인 해학적인 과정과 열거가 드러나 있다.
  ② 임에 대한 그리움을 솔직하고 직설적으로 표현하고 있다.
  ③ 사물을 연쇄적으로 나열함으로써 오지 않는 임에 대한 간절한 마음을 드러내고 있다.
  ④ 임을 기다리는 안타까운 마음을 해학과 과장을 통해 그려 내고 있다.
* 출전 : 『병와가곡집(瓶窩歌曲集)』
* 구성 :

초장 : 임이 못 오는 이유에 대한 궁금함
중장 : 임이 못 오는 이유를 상상함
종장 : 오지 않는 임을 원망함

■ 해설

이 작품은 오랫동안 자신을 찾아오지 않는 임을 기다리는 답답하고 안타까운 마음과 임에 대한 원망의 심정을 '성, 담, 집, 뒤주, 궤, 외걸쇠, 자물쇠'와 같은 장애물들을 나열하여 재치 있게 표현하고 있습니다.

초장에서 시적 화자는 '못 오던다'를 반복하면서 임이 오지 않음을 확인하고 있습니다. 그런 다음 중장에서 임이 오지 못하도록 하는 장애물을 가정하여 열거하고 있습니다. 임이 오는 것을 막는 여러 가지 장애물들, 곧 '성 → 담 → 집 → 두지 → 궤 → 배목 → 자물쇠'라는 일상적인 제재를 연쇄적으로 과장하여 나열함으로써 마치 임이 구속된 것 같은 가정적 상황을 설정하고 있습니다. 이 같은 표현을 통해 오지 않는 임에 대한 안타까운 마음을 강조하고 있지요. '성'에서 시작하여 연쇄적으로 '자물쇠'까지 열거하면서 임이 올 수 없는 이유가 무엇인지 확인합니다. 여기에 열거된 시어들은 서민들의 삶의 주변에 있는 사물들로, 임이 오지 않는 상황에서 시적 화자가 느끼는 안타까움과 답답함을 생동감 있게 표현하고 있습니다. 그리고 종장에서 한 달이 30일인데 그 중에서 하루도 자신을 보러올 수 없느냐며 임에 대한 원망과 간절한 그리움을 토로하고 있습니다.

오지 않는 임을 그리워하고 원망하는 화자는 슬픈 처지에 놓여 있습니다. 그런데 그런 처지를 구경꾼으로 지켜보는 독자에게는 웃음거리로 여겨집니다. 화자의 비극적 상황이 독자에게는 희극적 상황으로 받아들여지게 된 것이지요.

임이 오마 하거늘

작자 미상

님이 오마 ᄒᆞ거늘 저녁밥을 일 지어 먹고
└ 임의 부재 상황   └ 시간적 배경
                    화자의 간절함 드러남

中門(중문) 나서 大門(대문) 나가 地方(지방) 우희 치

ᄃᆞ라 안자 以手(이수)로 加額(가액)ᄒᆞ고 오ᄂᆞᆫ가 가ᄂᆞᆫ가
          └ 한문투의 표현

건넌 山(산) ᄇᆞ라보니 거머횟들 셔 잇거늘 져야 님이로
                     └ 화자를 착각하게 만든 사물

다. 보션 버서 품에 품고 신 버서 손에 쥐고 곰븨님븨
└ 착각에 따른 화자의 오판 └ 해학적 행위

님븨곰븨 천방지방 지방천방 즌 듸 ᄆᆞ른 듸 굴희지 말
└ 반복과 순서 바꿈으로 음성 상징어처럼 사용됨

고 위령충창 건너가셔 情(정)엣말 ᄒᆞ려 ᄒᆞ고 겻눈을 흘
    └ 음성 상징어(의성어)

긋 보니 上年(상년) 七月(칠월) 사흔날 굴가벅긴 주추리
            └ 구체적 시간 제시

삼대 술드리도 날 소겨다.
└ 임으로 착각한 자연물 └ 반어적 표현

모쳐라 밤일싀망정 ᄒᆡᆼ혀 낫이런들 눔우일 번ᄒᆞ괘라.
└ 일시적 위안의 요인   └ 화자가 다행스러워하는 일
                       임이 오지 않은 슬픔을 누그러뜨림

* 보션 버서~위령충창 건너가서 : 임에게 달려가는 화자의 모습을 해학적으로 묘사하고 있다. 의성어와 의태어를 사용한 묘사로 생동감이 느껴지고 운율감이 형성되고, 말을 앞뒤로 바꾸어 반복함으로써 언어 유희의 모습을 보이고 있다.
* 정(情)엣말 : 정이 담긴 말
* 상년(上年) : 작년
* 주추리 삼대 : 씨를 받느라고 그냥 밭머리에 세워 둔 삼[麻]의 줄기
* 상년 칠월~날 소겨다 : '거머횟들'의 실체인 '주추리 삼대'를 확인하는 장면이다. '술드리도 날 소겨다'는 화자의 진심과 반대로 표현된 반어적 표현이다.
* 모쳐라 : 그만 두어라
* 남우일 : 남우세스러울.
* 모쳐라 밤일싀 망정~남우일 번ᄒᆞ괘라 : 화자의 독백으로, 우스꽝스러운 행동을 한 자신을 스스로 위로하고 있다. 임의 부재로 인한 화자의 부정적인 정서를 착각 모티프를 통해 유발된 해학성으로 이완시키고 있다. 이 구절을 그대로 공동 차용한 사설시조가 여러 편 존재한다.

■ 시어 및 시구 풀이

* 일 : 일찍
* 지방(地方) : 문지방
* 이수(以手)로 : 손으로
* 가액(加額)하고 : 이마를 가리고
* 거머횟들 : 검은 빛과 흰 빛이 뒤섞인 모양
* 거머횟들 셔 잇거늘 져야 님이로다 : 화자는 임에 대한 간절한 그리움으로 인해 '거머횟들'을 임으로 착각하고 있다. 여기서 '거머횟들'은 검은 갓을 쓰고 흰 두루마기를 입은 임의 모습을 연상하게 한다.
* 곰븨님븨 : 엎치락뒤치락. 연거푸 계속하여, 앞뒤로 왔다갔다 하는 모양
* 천방지방 : 허둥거리는 모습. 아래위로 뛰는 모습
* 즌 듸 : 진 곳
* 위령충창 : 급히 달리는 발소리.

■ 현대어 풀이

  님이 오겠다고 하기에 저녁밥을 일찍 지어 먹고
  중문을 나와서 대문으로 나가, 문지방 위에 올라가서, 손을 이마에 대고 임이 오는가 하여 건넛산을 바라보니, 거무희뜩한 것이 서 있기에 저것이 틀림없는 임이로구나. 버선을 벗어 품에 품고 신을 벗어 손에 쥐고, 엎치락뒤치락 허둥거리며 진 곳, 마른 곳 가리지 않고 우당탕퉁탕 건너가서, 정이 넘치는 말을 하려고 곁눈으로 흘깃 보니, 작년 7월 3일 날 껍질을 벗긴 주추리 삼대가 알뜰하게도 나를 속였구나.
  마침 밤이기에 망정이지 행여 낮이었다면 남우세할 뻔했구나.

■ 핵심 정리

* 지은이 : 미상
* 갈래 : 사설시조
* 성격 : 해학적, 과장적, 연정가(戀情歌)
* 주제 : 임을 애타게 기다리는 마음
* 특징 :
　① 음성 상징어(의성어와 의태어)를 사용하여 생동감을 조성하고 있다.
　② 화자의 행동을 과장되게 표현하여 화자의 간절한 정서를 잘 드러내고 있다.
　③ 자연물을 임으로 착각한 화자의 행동을 해학적으로 표현하고 있다.
* 출전 : 『진본(珍本) 청구영언(靑丘永言)』

■ 해설

　이 작품은 그리워하는 임을 어서 만나고 싶어하는 화자의 조바심과 적극적이고 구체적인 행동이 장황한 수사를 통해 적나라하게 드러난 사설시조입니다. 초장에서는 밥을 일찍 지어 먹고 임을 기다리는 초조한 마음이 그려져 있으며, 중장에서는 이 초조한 마음이 행동으로 구상화되어 나타났으나, 이에 대한 자신의 경솔한 행동에 대해 겸연쩍어하는 마음을 종장에 그려, 전체적으로 임을 애타게 그리는 여성의 섬세하고 간절한 마음을 느낄 수 있게 하는 작품입니다.

　임이 온다는 소식을 듣고 화자가 잇달아 하는 행동들이 사실적으로 묘사되어 있어 읽는 이로 하여금 미소를 자아내게 합니다. 그런데 화자는 건넛산을 바라보며 임이라 여긴 것이 알고 보니 지난해 껍질을 벗긴 채 그냥 서 있던 주추리 삼대라 착각한 것을 알게 됩니다. 저녁 무렵에 건너편 산을 바라보며 임이 오기를 기다리는 상황은 사물이 흐릿하게 보이는 시간적 공간적 배경과 관련되어 화자가 착각을 일으키기에 적당한 조건을 제공합니다. 그래서 임을 그리는 초조한 마음에서 허둥대던 화자이니 당연히 그럴 수도 있지만, 화자의 태도는 경박하고 범속해 보입니다. 임이 돌아오리라는 기대가 어긋나자 화자 스스로 자기의 행동에 대해 겸연쩍어합니다. 마침 밤이라 아무도 이런 상황을 본 사람이 없습니다. 누군가 봤다면 남우세스러울 뻔하였다고 합니다. 임을 만나지 못한 슬픔이 아무도 없어서 부끄러운 일을 당하지 않은 기쁨으로 잠시나마 잊을 수 있겠습니다. 는 정서를 종장에서 희화화된 상황으로 드러내고 독자에게 웃음거리를 제공하고 있습니다.

　임이 온다는 했으니 화자가 한 행동은 지극히 당연해 보입니다. 그러나 결과적으로 화자가 처한 상황은 비극적이지만 이 화자의 행동을 지켜보고 있는 독자에게는 희극적 상황입니다. 임이 돌아오리라는 기대가 어긋난 후의 심적 고통을 남의 비웃음을 피했다는 유치한 안도감으로 전환하고자 하는 화자의 행위가 오히려 더욱 깊은 연민의 정을 불러일으킵니다. 이런 의미에서, 임의 부재로 인한 화자의 부정적인 정서를 착각 모티프를 통해 유발된 웃음으로 이완시키지만, 물론 이러한 이완은 온전히 평온한 상태로 돌아가는 것이 아니라, 그리움에 웃음을 더해서 잠시나마 심적 고통을 누그러뜨리고 있는 것이라 한 해석은 매우 강한 설득력을 가집니다.

창 내고쟈 창을 내고쟈

작자 미상

답답함을 풀어주는 통로

窓(창) 내고쟈 窓(창)을 내고쟈 이내 가슴에 窓(창)
     aaba형 운율 구조. 반복법. 기발한 발상

내고쟈

고모장지 세살장지 들장지 열장지 암돌져귀 수돌져귀
    장지문의 종류 열거   여닫는 기능

비목걸새 크나큰 쟝도리로 둑닥 바가 이내 가슴에 窓
   잠그는 기능   해학적 언어 사용

(창) 내고쟈
   초장과 동일 시구 반복. 강조와 운율의 효과

잇다감 하 답답홀 제면 여다져 볼가 호노라
        화자의 주된 정서

■ 시어 · 시구 풀이

* 고모장지 : 고무래 들창
* 세살장지 : 가는 살의 장지
* 들장지 : 들어 올려서 매달아 놓게 된 장지
* 열장지 : 좌우로 열어 젖히게 된 장지
* 암돌져귀 : 암톨쩌귀. 문설주에 박는 구멍난 돌쩌귀
* 수돌져귀 : 수톨쩌귀. 문짝에 박는 돌쩌귀
* 비목걸새 : 문고리에 꿰는 쇠
* 장도리 : 한쪽은 뭉뚝하여 못을 박는 데 쓰고, 다른 한쪽은 넓적하고 둘로 갈라져 있어 못을 빼는 데 쓰는 연장.
* 잇다감 : 가끔
* 窓(창) 내고쟈 窓(창)을 내고쟈 이내 가슴에 窓(창) 내고쟈 : 창을 내고 싶다 창을 내고 싶다 이내 가슴에 창을 내고 싶다. 가슴을 열지 않고는 못 뱃길 정도로 답답하고 다급한 상황을 야단스럽게 표현하고 있다. 여기서 '창'은 답답한 마음을 해소해 주는 기능을 하는데, 실제로 마음에 창을 낼 수는 없어 희망사항일 뿐이므로 화자에게는 오히려 답답함을 더욱 부각하는 결과를 가져다 준다. '창'을 '마음'의 보조 관념으로 하는 비유적 표현은 시조나 근대시에서도 두루 사용되었다.
* 고모장지 세살장지~이 내 가슴에 窓(창) 내고쟈. : 초장의 다급한 상황에 대하여 사설을 늘어놓음으로써 해학적인 모습을 보여 준다.

■ 현대어 풀이

창 내고 싶다 창을 내고 싶다 이내 가슴에 창을 내고 싶다.
고모장지 세살장지 들장지 열장지 암톨쩌귀 수톨쩌귀 배목걸새 크나큰 장도리로 뚝딱 박아 이내 가슴에 창을 내고 싶다.
이따금 하 답답할 때면 여닫아 볼까 하노라.

■ 핵심 정리

* 지은이 : 미상
* 갈래 : 사설시조
* 성격 : 해학적
* 표현 : 열거법, 반복법
* 주제 : 마음속에 쌓인 답답함으로부터 벗어나고자 하는 소망
* 특징 :
  ① 추상적 대상을 주관적으로 변용하여 구체화하는 표현을 사용하고 있다.
  ② 동일한 어구의 반복으로 화자의 의도를 강조하고 운율 효과를 얻고 있다.
  ③ 일상생활에서 사용하는 우리말을 자유롭게 구사하여 생동감과 사실감을 얻고 있다.
* 출전 : 『청구영언(靑丘永言)』

■ 해설

이 작품은 평민층 작가에 의한 사설로 추정되는데, 마음속에 쌓인 답답함을 가슴에 창문이라도 내서 시원스럽게 펴고 싶다는 재미있는 착상으로 이루어져 있습니다.
일상적인 사고나 착상으로는 생각할 수 없는 기발한 생각을 기상(奇想)이라 합니다. 세상살이의 고달픔이나 근심에서 오는 답답한 심정을 꽉 막혀 있는 방으로 나타내고 가슴에 창문이라도 내서 시원스럽게 펴고 싶다는 착상으로 재미있게 표현하고 있지요. 구체적인 생활 언어와 친근한 일상적 사물을 다소 수다스럽게 열거함으로써 괴로움을 강조하는 수법은 다분히 해학적(諧謔的)이기도 한데, 비애와 고통을 어둡게만 그리지 않고 이처럼 웃음을 통해 극복하려는 우리나라 평민 문학의 한 특징이 엿보입니다.

강호사시가(江湖四時歌)

맹사성(孟思誠)

<춘사(春詞)>

> ↗강과 호수, 자연(대유법), 은거지
> 강호(江湖)에 봄이 드니 미친 흥(興)이 절로 난다
> ↘넘치는, 솟구치는, 감당하기 어려운

> ↗막걸리　　↗시냇가, 시적 공간
> 탁료(濁醪) 계변(溪邊)[1]에 금린어(金鱗魚)[2] 안쥐로
> 　　　　　　　　　　　　↘쏘가리, 싱싱한 고기
> 다[3]

> ↗화자　　↗벼슬을 하지 않고 있는 처지
> 이 몸이 한가(閒暇)히옴도 역군은(亦君恩)이샷다.[4]
> 　　　　　　　　　　↘충의(忠義), 강호가도(江湖歌道)

강호에 봄이 되니 깊은 흥이 저절로 난다.
막걸리를 마시며 노는 시냇가에 쏘가리가 안주로다.
　이 몸이 (벼슬 없이) 한가롭게 지내는 것도 또한 임금의 은혜로다.

<하사(夏詞)>

> 강호(江湖)에 녀름이 드니 초당(草堂)[5]에 일이 업다[6]
> 　　　　　　　　　　　　↘안채와 떨어져 있는 별채
> 　　　　　　　　　　　　은거지를 낮추어 이르는 말
> 　　　　　　　　　　　　화자의 신분을 짐작하게 하는 말

> 유신(有信)호 강파(江波)는 보내느니 ㅂ람이로다
> 　↘믿음직한　↘강 물결　↘보내는 것이
> 　　　　　　　의인화

> 이 몸이 서늘히옴도 역군은(亦君恩)이샷다.

___

1) 濁醪溪邊(탁료계변) : 막걸리를 마시며 노는 시냇가.
2) 錦鱗魚(금린어) : 쏘가리. 여기에서는 싱싱한 물고기를 뜻함.
3) 濁醪溪邊(탁료 계변)에 錦鱗魚(금린어)ㅣ 안쥐로다. : 시냇가에서 싱싱한 물고기를 잡아 막걸리와 함께 먹는 소박한 모습을 표현한 부분으로, 봄을 맞은 흥겨움과 전원 생활의 풍류를 잘 나타내고 있다.
4) 亦君恩(역군은)이샷다. : '또한 임금의 은혜이시다.'라는 의미이다. 조선 시대의 통치 이념에 따라 사대부들이 가진 유교적 이념, 곧 임금의 은혜를 기리는 충성심이 잘 드러난다. 여기에서 '또한[亦]'이라는 표현은 '이전과 마찬가지로'라는 뜻으로서, 시적 화자가 자연 속에서 유유자적한 삶을 살기 전에는 벼슬살이를 통해 임금의 은혜를 입었음을 알 수 있다.
5) 草堂(초당) : 억새나 짚으로 지붕을 이은 작은 별채.
6) 江湖(강호)에 녀름이 드니 草堂(초당)에 일이 업다. : '일이 업다'라는 표현은 아무런 일 없이 자연에 묻혀 살아가는 시적 화자의 유유자적한 삶을 나타낸 것이다. 풀을 엮어 지붕을 얹은 별채에서 맞는 한가한 여름날의 정취를 느끼게 한다.

강호에 여름이 되니 초당에 일이 없다.
믿음직한 강 물결은 보내는 게 바람이로다.
이 몸이 서늘하게 지냄도 또한 임금의 은혜로다.

<추사(秋詞)>

> 강호(江湖)에 ㄱ올이 드니 고기마다 술져 잇다
> 　　　　　　　　　　　　↘자연의 풍요로움

> ↗작은 배, 화자의 소박함이 드러남
> 소정(小艇)에 그믈 시러 흘리 쯰여 더뎌 두고[7]
> 　　　　　　　　↘실어 (물에) 흘려 띄워 던져 두고,
> 　　　　　　　　여러 동사의 나열, 유유자적한 삶 추구

> 이 몸이 소일(消日)히옴도 역군은(亦君恩)이샷다.
> 　　　　　↘세월을 보내는 것

강호에 가을이 되니 고기마다 살이 쪄 있다.
작은 배에 그물을 실어 (물결에) 흐르게 띄워 던져 두고
이 몸이 세월을 보내는 것도 또한 임금의 은혜로다.

<동사(冬詞)>

> 강호(江湖)에 겨월이 드니 눈 기픠 자히 남다
> 　　　　　　　　　　　　　↘한 재[尺]가 넘는다

> ↗도롱이, 띠[茅]로 엮어 만든 비옷
> 삿갓 빗기 쓰고 누역[8]으로 오슬 삼아 →안빈낙도, 안분지족
> 　↘비스듬히 쓰고

> 이 몸이 칩지 아니히옴도 역군은(亦君恩)이샷다.
> 　　　　　↘춥지

강호에 겨울이 되니 눈의 깊이가 한 자도 넘는다.
삿갓을 비스듬히 쓰고 도롱이로 옷을 삼아
이 몸이 춥지 아니함도 또한 임금의 은혜로다.

___

7) 小艇(소정)에 그믈 시러 흘리 쯰여 더뎌 두고, : 작은 배를 물의 흐름에 따라 흘러가게 띄워 두고 거기에 그물을 걸어 두었다는 표현에서 자연을 있는 그대로 즐기는 시적 화자의 유유자적한 삶의 태도가 드러난다. 또한, '흘리쯰여'라는 표현에서 자연과 합일하고자 하는 물아일체(物我一體)의 자세를 엿볼 수 있다.
8) 누역 : 도롱이. 띠와 같은 풀을 엮어 만든 비옷.

■ 핵심 정리

* 갈래 : 연시조
* 성격 : 풍류적, 낭만적, 강호가, 강호한정가
* 표현 : 열거법, 반복법, 의인법
* 제재 : 춘사 – 천렵(川獵)
　　　　하사 – 초당의 한거(閑居)
　　　　추사 – 고기잡이
　　　　동사 – 소박한 강촌 생활
* 주제 : 강호 한정(江湖閑情)
　　　　강호에서 안빈낙도하며 임금의 은혜를 기림
* 특징 :
　① 계절에 따라 한 수씩 읊고, 대유법, 대구법, 의인법을 구사한다.
　② 각 연마다 형식을 통일하여 안정감을 드러내고 주제를 효과적으로 부각시킨다.
* 의의 :
　① 최초의 연시조로서 이황의 '도산십이곡'과 이이의 '고산구곡가'에 영향을 끼쳤다.
　② 유가(儒家)의 강호가도(江湖歌道) 문학의 선구가 되었다.
* 출전 : 청구영언(靑丘永言), 병와가곡집(瓶窩歌曲集)

■ 해설

　맹사성(孟思誠)의 '강호사시가(江湖四時歌)'는 강호(江湖), 곧 자연에서 자연을 즐기며 한가롭게 지내는 삶을 노래하며 이를 임금의 은혜와 결부시켜 표현한 조선 전기 강호가도(江湖歌道)의 대표적 작품입니다. 시기적으로 보아 이 작품이 연시조로는 최초의 작품이란 문학사적 의의도 지니고 있습니다. 사시한정가(四時閑情歌)라고 하며, '유신(有信)혼 강파(江波)'로 표현되듯 전원으로 물러나 한가한 생활을 누리면서도 임금의 은혜를 잊지 않는 점에서 태평성대에 유유자적하는 사대부의 전형적인 모습을 볼 수 있습니다.

　이 노래가 강호에서 자연을 즐기며 임금의 은혜를 생각하며 사는 생활을 계절에 따라 한 수씩 읊은 연시조로 그 구성을 보면 다음과 같이 분석할 수 있다.

　　　江湖(강호)에 ___①___ 이 드니 _____②_____
　　　　　　　　　　　③
　　　이 몸이 ____④____도 亦君恩(역군은)이샷다.

　①에는 봄·녀름·ᄀᆞ올·겨월 등 계절의 바뀜이 나타나고, ②에는 그에 맞는 계절의 풍치(風致)가 표현되었으며, ③에는 ④의 '한가(閑暇)ᄒᆡ옴, 서늘ᄒᆡ옴, 소일(消日)ᄒᆡ옴, 침지 아니ᄒᆡ

옴' 등의 구체적인 생활 모습이 드러나 있습니다.

　각 수를 요약하면, 춘사(春詞)에서는 흥겹고 한가한 풍류적 생활을, 하사(夏詞)에서는 강바람을 맞으며 초당에서 한가로이 지내는 강호의 생활을, 추사(秋詞)에서는 작은 배를 타고 고기를 잡으며 소일하는 즐거움을, 동사(冬詞)에서는 설경을 완상하며 유유자적하는 삶의 모습을 그리고 있습니다. 이와 같이 이 시는 자연 속에서의 즐거움을 각 계절마다 한 수씩 읊으며 안분지족하는 은사(隱士)의 모습을 보여 주고 있다고 할 수 있습니다.

　춘하추동 계절의 변화에도 불구하고 의연하게 존재하는 조화로움은 구성상 특징에서 기인한다고 하겠으나, '亦'이란 표현에서 더욱 돋보인다고 하겠습니다. '亦'이란 '전과 다름없이'라는 의미를 간직하는 것으로 시적 자아는 강호에서 한가롭게 자연을 즐기기 전에도 임금의 은혜를 입었음을 알 수 있다. 그 은혜는 아마 벼슬살이였을 겁니다.

　한 마디로 이 작품은 안분지족(安分知足)하는 은사(隱士)의 유유자적(悠悠自適)한 생활과, 비록 은둔하여 있으나 임금을 향한 충의의 정신을 잃지 않고 있는 유학자의 모습을 볼 수 있다. 이런 이념을 출처지리(出處之理)라고 합니다. 벼슬길에 나아가면 공직자로서 최선을 다하고, 벼슬을 그만두면 자연으로 돌아가 자연과 하나가 되는 삶을 산다는 뜻이지요. 이와 관련해 『논어(論語)』 「술이(述而)」 편에 나오는, 공자(孔子)가 안연(顔淵)에게 했다는 말, '기용되면 도를 행하고, 내침을 받으면 도를 간직하는 것은 오직 나와 너만이 이렇게 할 수 있다(用之則行 舍之則藏 唯我與爾有是夫).'에 잘 나타나 있습니다.

　그리고 각 연을 마무리하는 구절 '亦君恩(역군은)이샷다'는 상진(尙震)이 지었다는 악장 '감군은(感君恩)'이나 송순(宋純)의 가사 '면앙정가(俛仰亭歌)' 등에도 보입니다. 이것은 임금에 대한 신하의 충(忠) 사상과 태평성대를 구가하는 사대부들의 소망을 반영한 것이라 할 수 있습니다.

도산십이곡(陶山十二曲)

이황(李滉)

<언지(言志) 1>

이런돌 엇다ᄒᆞ며 뎌런돌 엇다 ᄒᆞ료
모든 존재의 삶이 다 의미가 없다는 생각
화자의 자연관과 달관적 태도가 드러남
통사 구조의 반복, 대구법
의문형 종결 표현
설의적 표현
반복법

草野愚生(초야우생)1)이 이러타 엇다 ᄒᆞ료
화자 자신을 겸손하게 지칭함

ᄒᆞ믈며 泉石膏肓(천석고황)2)을 고텨 므슴 ᄒᆞ료
자연(대유법)
연하고질, 연하지벽
자연스럽게 살고 싶은 마음

이런들 어떠하며 저런들 어떠하랴?

시골에 파묻혀 있는 어리석은 사람이 공명이나 시비를 떠나 살아간다고 어떠하랴?

하물며 자연을 너무나 사랑하여 병이 되었는데, 이 병을 고쳐서 무엇하랴?

➡ 제1수 : 자연에서 살기를 원함

<언지(言志) 2>

煙霞(연하)3)로 지블 삼고 風月(풍월)로 버들 사마
통사 구조 반복, 대구법,
안개와 놀, 바람과 달. 자연물. 화자의 친화(親和) 대상, 대유법

太平聖代(태평성대)예 病(병)으로 늘거 가뇌
임금에 대한 간접적 예찬
늙고 병드는 자연스러운 현상
하고 싶은 일 하며 살아가는 삶

이 듕에 ᄇᆞ라ᄂᆞᆫ 이른 허므리나 업고쟈4)
욕심이 아니라 희망
삶의 지향점
서술어의 생략으로 여운 형성

안개와 놀의 멋진 자연 풍치로 집을 삼고, 맑은 바람 밝은 달을 벗으로 삼아,

어진 임금을 만난 좋은 시대에 (하는 일 없이 그저) 노병(老病)으로만 늙어가는구나.

이런 삶 가운데에도 바라는 일은 허물이나 없었으면 좋겠다.

➡ 제2수 : 자연에서 허물 없이 살기를 원함

<언지(言志) 3>

淳風(순풍)5)이 죽다 ᄒᆞ니6) 眞實(진실)로 거즈마리7)
순자(荀子)의 성악설
시어·시구·통사구조 반복
대구법

人性(인성)이 어디다 하니 眞實(진실)로 올ᄒᆞᆫ 마리
맹자(孟子)의 성선설

天下(천하)에 許多(허다) 英才(영재)를 소겨 말솜ᄒᆞᆯ가
의문형 종결 표현
비판의 뜻 강조

예로부터 전해오는 순박한 풍속이 다 사라져 없어졌다고 하는 것은 참으로 거짓말이로다.

인간의 성품이 본래부터 어질다고 하는 말은 참으로 옳은 말이다.

(그런 거짓말로) 이 세상의 많은 슬기로운 사람들을 어찌 속일 수가 있겠느냐.

➡ 제3수 : 인성이 어짊을 깨달음

<언지(言志) 4>

幽蘭(유란)8)이 在谷(재곡)ᄒᆞ니 自然(자연)이 듣디 됴해9)
난초가 골짜기에 있으니
자연스러운 현상
시어·시구·통사구조 반복
대구법

白雲(백운)이 在山(재산)ᄒᆞ니 自然(자연)이 보디 됴해
구름이 산에 있으니
자연스러운 현상

이 듕에 彼美一人(피미일인)10)을 더욱 닛디 못ᄒᆞ얘
저 한 분의 미인
'임금'을 가리킴
충성심도 자연으로 인식함

그윽한 난초가 깊은 골짜기에 자라서 꽃 피우니 그 대자연의 속삭임을 듣는 듯 매우 좋구나.

흰 구름이 산마루에 걸려 있으니 그 자연이 보기 좋구나.

이러한 가운데서도 저 아름다운 한 분, 우리 임금님을 더욱 잊지 못하겠나.

➡ 제4수 : 자연에서 임금을 그리워함

---

1) 草野愚生(초야우생) : 시골에 사는 어리석은 사람. 벼슬하지 않고 초야에 묻혀 지내는 어리석은 사람. 여기서는 글쓴이 자신을 객관적 대상으로 가리키는 말이다.

2) 泉石膏肓(천석고황) : 자연의 아름다운 경치를 몹시 사랑하고 즐기는 성벽(性癖). '천석'은 '샘과 돌'이란 뜻으로 '자연'의 대유(代喩)로 쓰이고, '고황'은 사람의 몸 중 가장 깊은 곳에 걸린 병이라 약이나 침으로 고칠 수 없는 고질(痼疾)이라는 뜻이다. 연하지벽(煙霞之癖). 연하고질(煙霞痼疾).

3) 煙霞(연하) : 연기 같은 안개와 저녁놀.

4) 허므리나 업고쟈 : 허물이나 없었으면 '허물'은 잘못 저지른 실수. 남에게 비웃음을 살 만한 거리.

5) 淳風(순풍) : 순박한 풍속. 순속(淳俗).

6) 淳風(순풍)이 죽다 ᄒᆞ니 : 순자(荀子)의 성악설(性惡說)을 가리키는 구절이다.

7) 거즈마리 : 거짓말이다.

8) 幽蘭(유란) : 깊은 산골짜기에 숨어 자라 그윽한 꽃을 피우는 난초.

9) 듣디 됴해 : 듣기 좋아. '됴다'는 '좋다'의 옛말.

10) 彼美一人(피미일인) : 저 아름다운 한 사람. 저 한 미인. 여기서 '미인'은 충신이 사모하는 '임금'을 상징한다.

<언지(言志) 5>

山前(산전)에 有臺(유대)ᄒ고[11] 臺下(대하)애 有水(유수)
　　↳대(臺)의 앞뒤에 있는 산과 물. 산수를 배경으로 있는 대.
　　　대구법, 연쇄법

ㅣ로다
　↳감탄형 종결 표현. 영탄법

ᄣᅦ 만흔[12]　골며기ᄂᆞᆫ 오명가명[13] ᄒ거든
　　　　　　↳백구(白鷗). 화자의 친화 대상

엇다다[14]　皎皎白駒(교교백구)[15]ᄂᆞᆫ 머리 ᄆᆞ슴 ᄒᄂᆞᆫ고[16]
　　　↳흰 망아지.　　　　　↳의문형 종결 표현
　　　현인이나 성자가 타는 말.　　경계(警戒)의 의미
　　　대유법(환유법)　　　　안타까움의 정서

선경후정

산 앞에는 대(臺)가 있고, 대 밑으로 물이 흐르는구나.
무리를 지은 갈매기들은 오락가락 하는데,
얻다가 저 희고 깨끗한 망아지는 먼 곳에 마음을 두는가?

▶ 제5수 : 자연을 멀리함을 안타까워함

<언지(言志) 6>

春風(춘풍)에 花滿山(화만산)ᄒ고[17] 秋夜(추야)애 月滿
　　↳봄과 가을의 아름다운 경치
　　　통사 구조의 반복. 대구법

臺(월만대)라[18]

四時佳興(사시가흥)ㅣ[19] 사ᄅᆞᆷ과 ᄒᆞᆫ가지라
　↳사철의 아름다운 흥이　↳자연도 사람처럼 철마다 흥겨워한다
　　　　　　　　　사람은 그런 자연과 합일되어야 한다

ᄒᆞ믈며 魚躍鳶飛(어약연비)[20] 雲影天光(운영천광)[21]이
　　　　↳일반적인 자연 현상. 자연스러움의 사례. 대유법

아 어ᄂᆡ 그지 이슬고
　↳의문형 종결 표현. 설의적 표현
　　사람이 자연과 합일되어야 함을 강조함

봄바람에 꽃은 산에 가득 피어 있고, 가을밤에는 달빛이 누대에 가득하니,
춘하추동 사계절이 각기 지닌 멋은 사람의 흥겨워함과도 같구나.
더구나 고기는 물에서 뛰놀고 솔개는 하늘을 날며, 흐르는 구름은 그림자를 남기고, 밝은 햇빛은 온 누리를 비추는 저 대자연의 아름다운 조화야 어찌 한도가 있을 수 있겠는가?

▶ 제6수 : 자연과의 합일을 권함

<언학(言學) 1>

天雲臺(천운대)[22] 도라드러 玩樂齋(완락재)[23] 蕭洒(소
　　　↳도산서원 안팎에 있는 장소. 화자의 현재 위치 암시

쇄)ᄒ듸[24]
　↳맑고 깨끗함
　　학자의 바람직한 심성 암시

萬卷生涯(만권생애)[25]로 樂事(낙사)ㅣ[26] 無窮(무궁)ᄒ얘
　↳학자로서의 삶　　　↳즐거운 일

라
↳감탄형 종결 표현. 영탄법. 자긍심이 강조됨

이 듕에 往來風流(왕래풍류)[27]를 닐어 므슴홀고
　　　↳소요하며 풍류를 누리는 즐거움　↳의문형 종결 표현
　　　미음완보(微吟緩步). 소요음영(逍遙吟詠)　당연함의 강조

천운대를 돌아서 들어가니, 완락재가 아담하고 깨끗한데,
거기서 수많은 책을 읽으며 한평생을 보내는 즐거움이란 무궁무진하구나.
이렇게 지내면서 때때로 바깥을 거니는 재미를 말해 무엇하겠는가?

▶ 제7수 : 독서와 사색의 즐거움을 누림

---

11) 有臺(유대)ᄒ고 : 대(臺)가 있고. '대'는 흙이나 돌 따위로 높이 쌓아 올려 사방을 바라볼 수 있게 만든 곳, 대사(臺榭), 곧 높고 크게 세운 누각이나 정자, 또는 조대(釣臺), 곧 낚시터를 뜻한다.
12) ᄣᅦ 만흔 : 떼를 지어 많은. 여러 떼의.
13) 오명가명 : 오명가면. 오면서가면서. 왔다갔다. 오락가락.
14) 엇다다 : 얻다가. 어따가. 반어적인 의문문에 쓰여, 아주 대단한 어떤 대상에. 화자가 생각하기에 감히 향하지 말아야 할 곳이나 대상에 대해 상대방이 적절하지 못한 말이나 행동을 하는 것을 시비하는 태도로 말할 때 쓴다.
15) 皎皎白駒(교교백구) : 희고 깨끗한 말. 성현(聖賢)이 타는 말.
16) 머리 ᄆᆞ슴 ᄒᄂᆞᆫ고 : 멀리 마음을 두는고. 먼 곳을 생각하는고. 여기서 '먼 곳'은 '지금 여기'의 삶에 만족하지 못하여 찾아갈 공간이나 자리를 의미한다.
17) 花滿山(화만산)ᄒ고 : 꽃이 산에 가득하고. 꽃이 온 산에 피고.
18) 月滿臺(월만대)라 : 달이 누대를 가득 채우는구나. 누대에 달빛이 가득하구나.
19) 四時佳興(사시가흥)ㅣ : 사철의 아름다운 흥이. 철마다 바뀌는 아름다운 흥이.
20) 魚躍鳶飛(어약연비) : 물고기가 펄펄 뛰고 솔개가 하늘 높이 난다는 뜻으로, 매우 박력 있고 활달한 상태를 비유적으로 이르는 말. 물고기는 물에서 뛰고 솔개는 하늘에서 나는 것이 자연의 순리이므로 대자연이 조화로운 상태를 의미하는 것으로 볼 수 있다. 『시경(詩經)』 「대아(大雅)」에 '솔개는 하늘에서 날고 물고기는 못에서 뛴다(鳶飛戾天 魚躍于淵).'라는 구절에서 가져온 구절이다.
21) 雲影天光(운영천광) : 구름의 그림자와 하늘의 빛. 구름이 끼면 그림자가 지고 날이 맑으면 햇빛이 비친다는 뜻으로 자연스러운 상태를 이르는 말. 중국 송(宋)나라 학자 주희(朱熹)의 '관서유감(觀書有感)'에 '반 이랑만 한 네모진 연못이 거울처럼 열리어 하늘의 빛과 구

름의 그림자가 함께 거니네(半畝方塘一鑑 天光雲影共徘徊).'라는 구절이 있다.
22) 天雲臺(천운대) : 도산서원(陶山書院)의 양쪽 산기슭에 있는 절벽을 가리키는 말. 동쪽의 '천연대'와 서쪽의 '운영대'를 함께 부른 말.
23) 玩樂齋(완락재) : 도산서원에 있는 서재. 도산서원에서 가장 오래된 건물인 도산서당 온돌방의 이름. 도산서당은 이 방과 '암서헌(巖栖軒)'이라 부르는 마루, 그리고 부엌 한 칸으로 된 한일자 형태의 남향 건물이다.
24) 蕭洒(소쇄)ᄒ듸 : 소쇄(瀟灑)한데. 기운이 맑고 깨끗한데. 주로 경치를 이르는 말인데, 학자가 지향하는 심성의 상태를 의미하는 것이라 볼 수 있다.
25) 萬卷生涯(만권생애) : 만 권의 책과 함께하는 생애. 많은 책을 읽으며 살아가는 삶.
26) 樂事(낙사)ㅣ : 낙사가. 즐거운 일이.
27) 往來風流(왕래풍류) : 왕래하는 풍류. 여기저기 거니는 풍류. 여기저기 거닐며 풍류를 읊음. '풍류'는 멋스럽고 풍치가 있는 일. 또는 그렇게 노는 일. 정극인(丁克仁)의 '상춘곡(賞春曲)'에 나오는, '미음완보(微吟緩步)', '소요음영(逍遙吟詠)'과 비슷한 의미로 쓰인 말이다.

<언학(言學) 2>

雷霆(뇌정)²⁸⁾이 破山(파산)ᄒᆞ야도²⁹⁾　聾者(농자)³⁰⁾는 몯
　└엄청나게 큰 소리가 나더라도　　　└귀머거리
　　과장법　　　　　　　　　　　　　어리석은 사람

듣ᄂᆞ니　　＞진리. 도(道)　　　　　시구·통사 구조 반복.
　　　　　　　　　　　　　　　　　대구법

白日(백일)이 中天(중천)ᄒᆞ야도　瞽者(고자)³¹⁾는 못 보ᄂᆞ니
　└대낮이 되어도. 매우 밝아도　　└소경. 맹인
　　　　　　　　　　　　　　　　　어리석은 사람

우리ᄂᆞᆫ 耳目聰明(이목총명)³²⁾　男子(남자)로　聾瞽(농
　└화자를 포함한 학자들

고)³³⁾ ᄀᆞᆮ디 마로리
　　　　└말아야 하리라. 경계(警戒).

　　우레 소리가 산을 무너뜨릴 정도로 크더라도 귀머거리는 듣
지 못하며,
　　밝은 해가 하늘 가운데 떠서 밝아도 소경은 보지를 못하는
것이니,
　　우리는 귀와 눈이 밝은 남자로, 귀머거리나 소경 같지는 말
아야 하리라.
　　　　　　　　　➡ 제8수 : 어리석음을 벗어나야 함을 경계함

<언학(言學) 3>

古人(고인)도 날 몯 보고 나도 古人(고인) 몯 뵈
　└성현

古人(고인)를 몯 봐도 녀던³⁴⁾ 길 알ᄑᆡ³⁵⁾ 잇ᄂᆢ　반복법
　　　　　　　　└발자취. 흔적. 행하던 도리.　　　연쇄법
　　　　　　　　　행적이나 가르침을 담은 책

녀던 길 알ᄑᆡ 잇거든 아니 녀고 엇뎔고
　　　　　　└학문 수양에 정진하리라는 다짐
　　　　　　　의문형 종결 표현
　　　　　　　당위성과 다짐의 강조 효과

　　옛 성현도 나를 보지 못하고, 나 역시 옛 성현을 뵙지 못했
네.
　　옛 성현을 뵙지 못했지만 그 분들이 걷던 길이 앞에 있구나.
　　그 행하신 길이 앞에 있는데 아니 행하고 어찌할 것인가?
　　　　　　　　　➡ 제9수 : 성현의 가르침을 따르고자 다짐함

---

28) 雷霆(뇌정) : 천둥과 벼락이 격렬하게 침. 또는 그런 천둥과 벼락.
　　뇌정벽력(雷霆霹靂). 뇌성벽력(雷聲霹靂).
29) 破山(파산)ᄒᆞ야도 : 산을 깨뜨려도. 산을 무너뜨려도.
30) 聾者(농자) : 귀가 어두운 사람. 귀머거리.
31) 瞽者(고자) : 눈이 어두운 사람. 소경. 맹인(盲人).
32) 耳目聰明(이목총명) : 귀와 눈이 밝음. 듣고 보는 것이 매우 밝음.
　　귀가 밝은 것을 '총(聰)'이라 하고 눈이 밝은 것을 '명(明)'이라 한다.
33) 聾瞽(농고) : 농자(聾者)와 고자(瞽者). 귀머거리와 소경. '진리'를
　　터득하지 못한 자, 곧 '속세의 일에만 연연하여 인간의 참된 도리를
　　망각한 자를 가리킨다.
34) 녀던 : 가던. 행하던.
35) 알ᄑᆡ : 앞에. 지금 여기에.

<언학(言學) 4>

當時(당시)³⁶⁾예 녀던 길흘 몃 ᄒᆡ를 ᄇᆞ려 두고
　└벼슬길에 나아갔던 때　└학문의 길　　└다른 길을 찾음

어듸 가 ᄃᆞ니다가 이제ᅀᅡ 도라온고
　└지난 행적에 대한 부정적 평가　　└의문형 종결 표현
　　　　　　　　　　　　　　지난 행적에 대한 성찰

이제나 도라오나니 년듸³⁷⁾ ᄆᆞᅀᆞᆷ 마로리³⁸⁾
　　　　　　　　　└벼슬길　└학문 정진의 의지와 다짐
　　　　　　　　　　학문 수양을 멀리하는 길

　　예전에 걷던 길을 몇 해나 내버려두고,
　　어디로 가서 돌아다니다가 이제야 (예전에 걷던 그 길로)
돌아왔는가?
　　이제나마 돌아왔으니 이제는 딴 곳에 마음 두지 않으리라.
　　　　　　　➡ 제10수 : 지난 삶을 반성하고 학문 정진을 다짐함

<언학(言學) 5>

靑山(청산)ᄂᆞᆫ 엇뎨ᄒᆞ야 萬古(만고)³⁹⁾애 프르르며
　└자연　　　　　　　└만고상청. 불변성, 영원성　반복법
　　　　　　　　　　　'청산'의 속성　　　　　　　대구법

流水(유수)ᄂᆞᆫ 엇뎨ᄒᆞ야 晝夜(주야)애 긋디 아니ᄂᆞᆫ고
　└자연　　　　　　　└'유수'의 속성. 부단성. 불변성

우리도 그치디 마라 萬古常靑(만고상청)ᄒᆞ리라⁴⁰⁾
　　　　　└'유수'의 속성　└'청산'의 속성
　　　　　　　　　└학문과 수양도 자연스럽기를 다짐함

　　푸른 산은 어찌하여 영원히 푸르며
　　흐르는 물은 또 어찌하여 밤낮으로 그치지 않는가.
　　우리도 저 물같이 그치는 일 없이 저 산같이 언제나 푸르게
살리라.
　　　　　　　➡ 제11수 : 학문과 수양에 꾸준하기를 다짐함

<언학(言學) 6>

愚夫(우부)⁴¹⁾도 알며 ᄒᆞ거니 긔 아니 쉬운가　반복법
　　↕　　　　　　　　　　　　　　　　　　　대구법

聖人(성인)도 몯다 ᄒᆞ시니 긔 아니 어려운가
　　　　　　　　　　　　└의문형 종결 표현
　　　　　　　　　　　　　발화 의도의 강조

쉽거나 어렵거낫 듕에 늙는 주를 몰래라
　　└쉽기도 하고 어렵기도 하지만　└일로매진(一路邁進)
　　　　　　　　　　　　　　　각고면려(刻苦勉勵)

　　아무리 어리석은 사람이라도 도(道)를 알려고 하는 것이니
그것이 쉬운 일이 아닌가?

---

36) 當時(당시) : 일이 있었던 바로 그때. 또는 이야기하고 있는 그 시
　　기.
37) 년듸 : 여느 것에. 그 밖의 예사로운 것에. 다른 보통의 것에.
38) ᄆᆞᅀᆞᆷ 마로리 : 마음을 말리라. 마음 두지 않으리. 마음먹지 않으리.
39) 萬古(만고) : 아주 오랜 세월 동안.
40) 萬古常靑(만고상청)ᄒᆞ리라 : 아주 오래도록 늘 푸르리라.
41) 愚夫(우부) : 어리석은 남자.

또 성인(聖人)도 다 하지는 못하는 법이니 얼마나 어려운 일인가?

쉽든 어렵든 간에 학문을 닦는 생활 속에 늙어 가는 줄 모르겠구나.

▶ 제12수 : 학문과 수양에 매진하리라 다짐함

■ 핵심 정리

* 갈래 : 연시조
* 연대 : 명종 20년(1565)
* 성격 : 도학가(道學歌)
* 표현 : 설의법. 대구법
* 내용 : 전 6곡 : 사물에 접하는 감흥을 노래[언지(言志)].
　　　　후 6곡 : 학문 수양에 임하는 심경을 노래[언학(言學)]
* 주제 : 전 6곡 : 자연에 동화된 생활.
　　　　후 6곡 : 학문 수양 및 학문애(學問愛)
* 의의 : 문학적으로 볼 때에는 중국 문학을 차용한 곳이 많고, 생경한 한자어가 남용되어 높이 평가할 수 없으나, 성리학의 대가의 작품이라는 데서 시조의 출발이 유가(儒家)의 손에 있었고 그 성장 발전 역시 그들에 의하여 이룩되었음을 짐작할 수 있다.
* 출전 : 『도산육곡 판본(陶山六曲版本)』

■ 해설 1

12수로 이루어진 연시조로 이 작품은 크게 두 부분으로 나뉜다. 때를 만나고 사물에 접하여 일어나는 감흥을 읊은 전 6곡은 '언지(言志)'이고, 학문과 수덕(修德)의 자세를 노래한 후 6곡은 '언학(言學)'입니다. 전후 각 6수씩으로 이루어져 있기 때문에 '도산 전후 육곡' 또는 '도산 육곡'이라고도 불리는데, 지은이의 친필로 된 목판본이 도산서원에 전해집니다.

제1수는 아름다운 자연에 순응하면서 순리대로 살아가려는 마음, 곧 자연에 대한 깊은 애정(천석고황)을 노래하고 있습니다.

제2수는 아름다운 자연을 벗하여 살며 태평성대 속에 병으로 늙어 가는 작자의 모습, 이는 마치 한 폭의 동양화 속의 신선과 같은 모습으로 연상됩니다. 사실 이 병(病)은 이 작품이 작자의 만년(晩年)에 이루어진 것이므로 노병(老病)으로 풀이할 수도 있겠으나 초장에서의 천석고황(泉石膏肓)의 상태나 제1수로 미루어 보아 자연을 사랑하지 않고는 견디지 못하는 병으로 해석을 하고 보면, 이 작품의 내용과 분위기가 더더욱 운치가 있을 것입니다.

제3수는 순자의 성악설을 반대하고 맹자의 성선설을 지지하는 성리학적 입장이 나타나 있고, 또한 세상의 많은 영재들에게 성선설의 옳음을 말하며, 순박하고 후덕한 풍습을 따라야 한다고 강조하고 있습니다.

제4수는 벼슬자리를 떠나 자연에 흠뻑 빠져 지내면서도 임금을 잊지 못해 그리워하는 정을 노래합니다. 여기에 등장하는 '난초'와 '구름'은 인간의 영욕성쇠(榮辱盛衰)로 점철이 된 속세와는 무관한 것들로 탈속(脫俗)한 이미지를 드러내고 있는 비유어들입니다.

제5수는 산 앞에는 낚시터가 있고 대 아래에는 맑은 물이 있으며 여기에 또한 갈매기들까지 내 벗이 되어 오락가락하는 이 좋은 곳을 놓아 두고 왜 먼지 낀 속세만을 그리워하고 갈망하는가 하고 세속인들을 나무라고 있습니다. '교교백구(皎皎白駒)'는 본래 '현자(賢者)가 타는 말'이지만 여기서는 현자의 뜻으로 새기는 것이 좋을 듯합니다. 결국 종장에서는 글이나 좀 읽고 수양을 쌓았다는 자들이 입신양명에만 눈이 어두워 아름다운 자연을 등지는 안타까운 현실을 개탄하고 있습니다.

제6수는 한마디로 대자연의 웅대함에 완전히 도취된 작자의 모습을 보이고 있습니다. 초장에서 꽃피는 봄, 달뜨는 저녁의 경치를, 그리고 종장에서는 물 속의 고기떼와 하늘의 솔개, 구름이 흐르고 해가 비치는 대자연의 모습을 그려서 한없이 아름답고 끝없이 흥겨운 대자연의 조화를 무척 아름답게 얘기하고 있습니다.

제7수는 일생을 학문의 연구에만 전념한 석학(碩學)인 작자가 독서 면학(勉學)의 즐거움과 그 여가에 산책하는 여유 있는 생활을 그리고 있습니다.

제8수는 진리를 깨닫지 못하는 자가 되어서는 안 된다는 걸 경계하며 반드시 '진리의 길'을 걸어야 하는 인간의 참된 도리를 밝히고 있습니다. 여기서 '우레'나 '해'는 '진리', 곧 도(道)를 지칭하고 '귀머거리'와 '소경'은 '진리'를 터득하지 못한 자, 곧 '속세의 일에만 연연하여 인간의 참된 도리를 망각한 자'를 나타내고 있습니다.

제9수는 옛 성현들의 인륜지도(人倫之道)가 면면히 이어져 내려오고 있으니, 우리도 그 길을 실천하며 살아야 한다는 것을 대구법과 연쇄법을 통해 나타내고 있습니다.

제10수는 학문 수양에 대한 새로운 다짐을 노래합니다. 퇴계 선생이 23세에 등과하여 치사귀향(致仕歸鄕)한 것은 69세 때였다. 젊을 때 학문에 뜻을 두었다가 수양의 정도(正道)를 버리고 벼슬을 지낸 자신을 후회하면서, 이제 깨달음을 가졌으니 늦지 않게 학문 수양에 힘쓰리라는 다짐을 하고 있습니다.

제11수는 '청산'과 '유수'라는 자연의 영원 불변성을 소재로 하여, 그러한 자연을 닮아 변치 않는 지조와 인품으로 살아가겠다는 다짐과 아울러 교훈적인 의미를 전하고 있습니다. 정신적인 학문 수양을 꾸준히 그침 없이 나아가 한결같은 마음으로 '만고상청'하는 우리의 삶을 이루어 보자는 내용입니다.

제12수는 학문에 뜻을 둔다는 것은 어리석은 사람도 쉽게 알며 행하려고 하지만, 막상 그 실천의 과정에서는 성인이라도 끝없는 학문의 길을 못 다 이룬다는 내용입니다. 그리고 학문 수양의 길이 쉽든 어렵든 간에 실천해 나가고 있는 중에는, 몰입하고 있는 자신이 세월이 흘러 늙어가는 것 또한 모를 정도라고 하면서 영원한 학문 수양의 길을 강조하고 있습니다.

■ 해설 2

이황(李滉) 선생이 스스로 이 작품을 이별(李鼈)의 육가(六歌)를 모방해서 지었다고 밝히고, 아울러 전육곡(前六曲) 후육곡(後六曲)으로 나눈 후 전자를 '언지(言志)', 후자를 '언학(言學)'이라고 규정했습니다. 이 작품의 주제가 '지(志)'와 '학(學)'임을 작가 자신이 천명한 것일 뿐, 독자의 입장에서는 달리 파악할 여지도 있습니다. '언지'의 '지(志)'는 성정의 올바름(性情之正)으로서 정감이 아닌 이성(理性)을 의미하고, '언학'의 '학(學)'은 주자학의 심오한 이치이거나 혹은 배움의 자세와 태도를 의미할 수도 있기 때문입니다.

그러므로 이 작품은 현대의 서정시와 동렬에 놓거나, 아니면 그와 같은 시각으로 접근하면 작품의 본질을 훼손시킬 가능성이 높습니다. 퇴계 선생은 「도산십이곡발(陶山十二曲跋)」을 지어 독자에게 그 시세계를 밝히고 있습니다. 그것에 따르면 그는 시를 창작한 것이 아니라 가곡(歌曲)의 노랫말을 지었습니다. 우리나라 가곡(歌曲)의 주제가 대체로 음란하고 건전하지 못한 점을 안타깝게 여겨서, 남녀노소 모든 백성이 함께 불러도 좋을 건전가요를 보급시키고자 하는 의욕을 가졌던 셈입니다. 당시 가곡의 음란성은 물론이고 그 못지않게 당대 현실을 지나치게 폄하하고 비판하는 주제 의식에 대해서도 불만스러워 했습니다.

따라서 퇴계 선생은 당시의 대중가요인 세속의 음악을 듣는 것을 꺼렸습니다. 이 노래를 완성한 후 아이들에게 익히게 하여 조석(朝夕)으로 노래 부르게 했고, 이에 만족하지 않고 아울러 춤까지 추게 했습니다. 이 작품은 이를 노래 부르는 사람과 듣는 사람들 모두가 정서가 순화되고 원만한 심성을 가게 하는 가곡이며, 마음속에 쌓인 찌꺼기를 씻어내어 온유돈후(溫柔敦厚)의 경지로 이끄는 힘이 있다고 퇴계는 생각하였고, 이것은 이 작품에 대한 작자의 자부심을 드러낸 것이라 할 수 있습니다. 그는 우리나라 가곡의 음란성, 「한림별곡(翰林別曲)」류의 교만 방자함, 이별의 「육가」의 세상을 비아냥거리는 따위의 성격을 지닌 당시 속악(俗樂)을 개혁하고자 하는 의도를 가졌던가 봅니다. 우리의 가곡을 속악으로

인식한 것은 중국의 음악인 아악(雅樂)을 염두에 둔 시각에서 나온 것이라 동기(動機)가 다소 불순해 보입니다.

이 작품은 동양의 예악사상(禮樂思想)과 연결된 단가(短歌)의 가사(歌詞)입니다. 퇴계는 조정(朝廷)의 아악이 아닌 향당(鄕黨)의 가곡으로 이 작품이 자리매김하기를 기대했고, 또 그 기대가 십분 충족되었을 뿐 아니라 시대가 진행됨에 따라 영남(嶺南)의 가곡으로 되었으며, 아울러 남인계(南人系) 사인(士人)들의 대표적 가곡으로 발돋움했습니다. 이 작품은 명종(明宗) 20년(1565) 퇴계 선생의 나이 65세에 완성된 만년의 작품입니다. 그래서 원숙의 경지에 이른 대석학의 심오한 학문과 고매한 인격이 고도의 미적 구도 속에 용해되어 있다고 할 수 있습니다.

퇴계는 전육곡(前六曲) 언지(言志) 네 번째 작품에 "유란(幽蘭)이 재곡(在谷)하니 자연(自然)이 듣디 됴해, 백운(白雲)이 재산(在山)하니 자연이 보디 됴해, 이 듕에 피미일인(彼美一人)을 더욱 닛디 못하애"라고 노래했습니다. 퇴계의 은거지(隱居地) 도산은 은둔지(隱遁地)가 아닙니다. 임금님(彼美一人)을 그리워하는 인간(人間)의 연장선상에 있는 공간입니다. 깊은 산 숲 속의 난초는 자기를 보는 사람이 있든 없든 간에 그윽한 향기를 발합니다. 남들이 주변에서 자신을 보아주지 않는다고 해서 향기를 발하지 않은 법은 없습니다. 산마루를 넘나드는 흰 구름 역시 그렇게 존재하는 것입니다. 심림(深林)의 난초와 산정(山頂)의 구름처럼 의연한 자세를 지닐 것을 당부하고 있는 것이지요.

후육곡 여섯째 작품의 "춘풍(春風)에 화만산(花滿山)하고 추야(秋夜)에 월만대(月滿臺)라, 사시가흥(四時佳興)이 사람과 한가지라, 하물며 어약연비(魚躍鳶飛) 운영천광(雲影天光)이야 어느 그지 이슬고"에서 봄날 산을 뒤덮은 흐드러진 꽃들과 정대(亭臺)에 교교하게 비치는 달빛을 묘사하면서 물아일체(物我一體)를 구가했습니다. 사계절의 가흥이 사람과 같다고 노래한 구절은 정호(程顥, 1032-1085)의 시 「추일(秋日)」의 "사계절의 흥취가 사람과 같다(四時佳興與人同)"와 거의 흡사합니다. 물아일체(物我一體)는 흔히 서정적 자아가 강호(江湖)의 미경(美景)에 몰입하는 경지로 이해되고 있는데, 이는 매우 잘못된 것입니다.

강호에 존재하는 갖가지의 자연물 하나하나는 모두가 그들 나름의 흥(興)이 있다는 인식은 고대의 만물유령(萬物有靈)의 사유(思惟)와 관계가 있습니다. 그러나 중세에 들어와서 모든 자연물에 있다고 여겼던 '영혼'을 배제하고, 그 자리에다 성리학적 '이(理)'와 '흥취'를 넣었습니다. 노래에 등장하는 꽃과 고기 등의 자연물도 작품 속에 나오는 사람과 함께 대등하게 이(理)를 가졌거나 또는 흥취를 공유하는 경지가 바로 물아일체입니다. 연못에 뛰노는 고기와 하늘을 나는 솔개 등은 사람의 종속물이 아니고 대등한 독립체로 인식하는 것이지요.

이 같은 외물인식(外物認識)을 바탕으로 한 작품은 서양의 서정시와는 그 성격이 다르므로 우리의 시조를 서양의 서정시와 같은 맥락으로 볼 수 없습니다. 언학(言學)의 후육곡(後六曲) 여섯째 수, "우부(愚夫)도 알며 하니 긔 아니 쉬운가, 성인(聖人)도 몯다 하시니 긔 아니 어려운가, 쉽거나 어렵거낫 듕에 늙난 주를 몰래라"에서 퇴계 선생은 학문의 특성을 극명하게 밝혔습니다. "쉽고도 어려운 것이 학문이다"라는 속설(俗說)을 시로 형상화하여, 스스로 어리석고 재주가 없다고 믿고 있는 사람들도 학문에 뜻을 두게 했던 것입니다.

그러나 범부(凡夫)가 물색없이 학문을 쉽게 생각하고 함부로 나대는 것을 막기 위해 성인(聖人)도 다하지 못할 만큼 광대무변함을 깨우치게 하는 것도 잊지 않았습니다. 아마도 '학문'을 제재로 하여 쓴 시가 작품 중에서 동서고금을 통틀어 이 작품을 따라잡을 작품은 없을 것으로 보입니다. 우리는 근래에 분방한 감성을 노래한 작품들을 무리하게 추켜세우고, 단아(端雅)한 이성(理性)을 형상한 시가들을 지나치게 폄하한 감이 있는데, 그런 의미에서 온유돈후(溫柔敦厚)한 품격(品格)으로 창작된 이 작품은 현대에서도 재평가될 충분한 이유가 있습니다.

이 작품은 한국의 시조, 즉 단가문학사(短歌文學史)에 있어서 큰 획을 그은 작품입니다. 단가를 여흥(餘興) 차원에서 격상시켜 정서 순화는 물론이고 진일보하여 교화의 수단으로 인식하는 계기가 되었기 때문입니다. 율곡(栗谷) 선생의 「고산구곡가(高山九曲歌)」도 같은 맥락으로 이해할 수 있습니다. 예(禮)와 악(樂)으로 백성(百姓)을 교화하고 이끌어 간다는 중세의 예악사상이 깔려 있기 때문입니다. 퇴계 선생은 백성들이 함께 부를 수 있는 건강한 민족가곡(民族歌曲)을 만들어야겠다는 사명감을 지녔고, 이 작품은 이 같은 퇴계 선생의 악무인식(樂舞認識)을 바탕으로 하여 창출되었습니다. 퇴계 선생은 이 작품의 발문(跋文)에서 '아이들로 하여금 스스로 노래하고 춤추게 했다(自歌而自舞)'라고 밝혔습니다. 이 작품을 노래할 때 추었던 춤이 어떤 것인지는 알 수가 없지만 세속에 유행하는 춤과는 거리가 있었을 것입니다.

이 작품의 주제는 '지(志)'와 '학문'입니다. 신바람 나는 정감도 아니고 이른바 남녀상열(男女相說)의 애정도 아닙니다. 이같이 딱딱한 주제를 형상했는데도 불구하고 지금까지 읽히고 있을 뿐 아니라 문학사에 중요한 위치를 점하고 있는 이유는 단순히 퇴계 선생이 창작했기 때문만은 아니고 작품으로서 성공했기 때문입니다. 퇴계 선생은 탁월한 미의식(美意識)을 지녔습니다. 당시 범동양권의 주된 주제의식(主題意識)은 문이재도(文以載道)였고, 문학은 성리학적 도(道)를 형상해야 한다는 풍조는 조선조 사단(詞壇)의 주류였습니다. 이는 자칫 시가를 사변적인 도학의 도구로 전락시킬 위험이 뒤따르게 하였습니다.

퇴계 선생은 이 같은 유가적 문예의식의 약점을 강호(江湖)의 미경(美景)을 매체로 활용하여 생경(生硬)에 흐를 소지를 제거했습니다. 성리학의 경우 퇴계는 주리론자(主理論者)입니다. 그러므로 이 작품 역시 주리적 성정(性情)을 강호를 매개로 하여 형상한 단가로 규정할 수 있으며 조선조 시조문학의 대표작이기도 합니다.

어부단가(漁父短歌)

이현보(李賢輔)

<제1수>

이 듕에1) 시름 업스니 漁父(어부)2)의 生涯(생애)3)이
└세상살이　　　　　　　　　└가어옹(假漁翁)　　└생활, 삶
　　　　　　　　　　　　　　풍류나 소일거리로 고기를 잡는 사람

로다
└감탄형 종결 표현

一葉片舟(일엽편주)4)를 萬頃波(만경파)5)애 띄워 두고
└화자의 현재 위치　　　　　└넓은 바다. '일엽편주'와 대비됨
　소박하고 욕심 없음을 드러내는 소재

人世(인세)6)를 다 니졧거니 날 가눈 주를 알랴
└인생세간. 인간. 세속　　　　└시간. 세월　└의문형 종결 표현
　　　　　　　　　　　　　　　　　　　설의적 표현

이 세상살이 가운데 걱정 없는 것이 어부의 삶이로구나.
조그마한 배 한 척을 끝없이 넓은 바다 위에 띄워 두고
속세를 다 잊었으니 세월 가는 줄을 알겠는가?

➡ 제1수 : 자연에 묻혀 살기를 희망함

<제2수>

구버눈 千尋綠水(천심녹수)7) 도라보니 萬疊靑山(만첩
└배 위에서 물을 굽어보고 세상 쪽으로 돌아보는 화자의 행위
　녹색의 물과 청색의 산으로 색채감을 드러냄
　　'천 길', '만 첩' 등의 수치 표현으로 세속과의 거리감 드러냄

청산)8)　실제의 경치라기보다 상투적이고 관념적인 묘사일 수 있음

十丈紅塵(십장홍진)9)이 언매나 구렷눈고
└의문형 종결로 상황을 과장함

자연. 대유법
江湖(강호)애10) 月白(월백)호거든11) 더옥 無心(무심)
└달이 밝거든
　밤에까지 자연을 즐김을 드러냄

호애라12)
└화자의 정서(세속적 욕망을 버림)를 직접 드러냄

굽어보니 천 길이나 되는 깊고 푸른 물, 돌아보니 첩첩이
둘러 있는 푸른 산
열 길이나 쌓인 속세의 먼지 때문에 얼마나 가렸는고.
강호에 달 밝으니 더욱 인간사에 욕심이 없어라.

➡ 제2수 : 자연에 빠져 유유자적함

<제3수>

靑荷(청하)13)애 바볼 반고14) 綠柳(녹류)15)에 고기 뻬
└자연과 조화로운 먹거리를 통한 소박한 삶의 표현
　색채감. 대구법

여16)

蘆荻花叢(노적화총)17)에 비 미야 두고
└물가로 돌아옴 암시

一般淸意味(일반청의미)18)를 어니 부니 아르실고
└특별하지 않고 자연스러움의 참된 의미　　　　　└의문형 종결 표현
　자연과 하나되어 살아가는 삶의 의미　　　　　　　설의적 표현

푸른 연잎에 밥을 싸고, 푸른 버들가지에 고기 꿰어
갈대꽃 우거진 곳에 배를 매어 두니
이런 맑은 뜻으로 노는 흥을 어느 분이 아시겠는가?

➡ 제3수 : 자연에서 얻는 흥겨움

---

1) 이 듕에 : 이 속에. 이러한 생활 속에. 이 세상에.
2) 漁父(어부) : 물고기 잡는 일을 재미로 하는 사람. 직업적으로 물고기를 잡는 '어부(漁夫)'와 구분하여 쓴다. 이런 부류의 사람을 '가어옹(假漁翁)', 곧 어부가 아니면서 어부처럼 지내는 사람이라 부르는데, 정계(政界) 혹은 세상의 속사(俗事)를 온전히 잊어버리고 산간수변(山間水邊)에 뜻을 붙여 화조월석(花朝月夕)에 낚시나 드리우며 술잔이나 기울이고 시(詩)나 읊으면서 강호(江湖)에서 묻혀 지냈던 양반들로, 이현보(李賢輔), 이황(李滉), 윤선도(尹善道) 등이 대표적인 인물로 꼽힌다.
3) 生涯(생애) : 여기서는 '생활'의 뜻임.
4) 一葉片舟(일엽편주) : 나뭇잎같이 작은 배 한 척.
5) 萬頃波(만경파) : 한없이 넓고 넓은 바다. 만경창파(萬頃蒼波). 바다의 물결을 밭이랑에 비유한 말이다.
6) 人世(인세) : 사람이 살아가는 세상. 인생세간(人生世間). 인간(人間).
7) 千尋綠水(천심녹수) : 천 길이나 되는 깊고 푸른 물. '길'은 길이의 단위로, 한 길은 사람의 키 정도의 길이이다.
8) 萬疊靑山(만첩청산) : 겹겹이 쌓인 푸른 산.
9) 十丈紅塵(십장홍진) : 열 길이나 되는 붉은 먼지. 여기서는 번거롭고 속된 세상을 비유적으로 이르는 말.

10) 江湖(강호)애 : 강호에. '강호'는 '강과 호수'라는 뜻으로 '자연(自然)'의 대유(代喩)로 쓰인 말이다.
11) 月白(월백)호거든 : 달이 밝거든. 달이 훤하거든.
12) 無心(무심)호애라 : 욕심이 없구나. 관심이 없구나.
13) 靑荷(청하) : 푸른 연잎.
14) 바볼 반고 : 밥을 싸고.
15) 綠柳(녹류) : 푸른 버들가지.
16) 뻬여 : 꿰어.
17) 蘆荻花叢(노적화총) : 갈대와 물억새의 꽃떨기. 갈대와 물억새가 모여 자라는 곳.
18) 一般淸意味(일반청의미) : 일반적인 것에서 발견하는 순수한 의미. '일반'적이라는 것은 곧 '자연적'인 것과 통하여 자연의 참된 의미를 뜻하는 말이다. 중국 송(宋)나라 성리학자 소강절(邵康節)의 시 '청야음(淸夜吟)'의 한 구절이다.

<제4수>

山頭(산두)19)에 閑雲(한운)20)이 起(기)ᄒ고21) 水中(수
             └ 화자의 한가로움을 드러내는 자연물

중)에 白鷗(백구)22)이 飛(비)이라23)
       └ 화자의 순수하고 욕심 없음을 드러내는 자연물

無心(무심)코24) 多情(다정)ᄒ니25) 이 두 거시로다26)
└ 화자가 지향하는 삶의 태도

                     └ 구름과 갈매기, 의인화
一生(일생)애 시르믈 닛고 너를 조차27) 노로리라28)
└ 물아일체(物我一體), 자연 친화, 낙천주의(樂天主義)

     산봉우리에는 한가로운 구름이 일고 물 위에는 갈매기가
나는구나.
     아무런 욕심 없이 다정한 것은 이 두 가지뿐이로다.
     한평생의 근심 걱정을 잊어버리고 너희들과 더불어 놀리
라.

                   ➡ 제4수 : 자연에 빠져 즐거움을 추구함

<제5수>

長安(장안)29)을 도라보니 北闕(북궐)30)이 千里(천리)
└ 서울. 한양   └ 궁궐. 임금이 있는 곳
                     벼슬살이를 하던 곳

로다
└ 심리적 거리감
    감탄형 종결 표현

漁舟(어주)31)에 누어신들 니즌 스치32) 이시랴33)
   └ 자연에서 살고 있지만   └ 늘 마음에 두고 있음
      벼슬을 그만두고 있지만   속세에 대해 걱정하고 있음
                       의문형 종결 표현, 설의법
두어라 내 시름 아니라 濟世賢(제세현)34)이 업스랴
└ 감탄사   └ 나 말고도 어진 이가 있다
  시조 종장 첫 구의 상투적 표현   의문형 종결 표현
  당당히 근심과 미련을 떨치고자 함   설의적 표현

     멀리 서울을 돌아보니 경복궁이 천 리나 떨어져 있구나.

---

19) 山頭(산두) : 산봉우리.
20) 閑雲(한운) : 한가로운 구름.
21) 起(기)ᄒ고 : 일어나고. 피어나고.
22) 白鷗(백구) : 갈매기. 흰 갈매기.
23) 飛(비)이라 : 나는구나. 날아다니는구나.
24) 無心(무심)코 : 아무 욕심이 없고.
25) 多情(다정)ᄒ니 : 다정한 이. 다정한 것이.
26) 이 두 거시로다 : 이 두 가지로다.
27) 조차 : 좇아. 따라.
28) 노로리라 : 놀리라.
29) 長安(장안) : 한양(漢陽). 서울. 중국 산시성(陝西省) 시안시(西安市)
    의 옛 이름으로, 한(漢)나라·당나라 때 도읍지였기 때문에 '서울'을
    이르는 말로 쓰인다.
30) 北闕(북궐) : 북쪽의 궁궐(宮闕).
31) 漁舟(어주) : 고기잡이 배.
32) 니즌 스치 : 잊은 적이. '슻'은 '사이, 틈'의 옛말.
33) 이시랴 : 있으랴.
34) 濟世賢(제세현) : 세상을 구제할 현명한 인재.

     고깃배에 누워 있은들 (나랏일을) 잊은 적이 있으랴.
     두어라, 내 걱정할 바 아니로다. 세상을 구할 어진 사람
이 없겠는가?

                   ➡ 제5수 : 세상에 대한 근심

■ 핵심 정리

* 갈래 : 연시조(전 5수)
* 율격 : 3(4)·4조. 4음보
* 성격 : 자연 친화적. 한정가(閑情歌)
* 제재 : 어부의 생활
* 주제 : 강호에 묻혀 사는 어부의 한정(閑情).
       자연을 벗하는 풍류적인 생활
* 의의 : '어부가(漁父歌)'는 일찍이 고려 때부터 12장으로
    된 장가와 10장으로 된 단가로 전해져 왔는데, 이현보(李
    賢輔)가 이를 개작(改作)하여 9장의 장가, 5장의 단가로
    만들었다. 윤선도(尹善道)의 '어부사시사(漁父四時詞)'에 영
    향을 끼쳤다.
* 특징 : 상투적인 표현을 사용하여 정경 묘사가 추상적이
    고 관념적이다.
* 출전 : 『농암집(聾巖集)』

■ 해설 1

   「어부가(漁父歌)」는 자연 속에서 유유자적(悠悠自適)하며 세
속적 가치를 좇지 않는 삶을 노래한 작품을 말합니다. '어부(漁
父)'는 우리가 흔히 알고 있는 '어부(漁夫)'와 달리 어업에 종사
하며 물고기를 잡아 생계를 이어가는 사람이 아니라 세속을 떠
나 자연 속에서 삶을 살아가는 은일지사(隱逸志士)를 가리킵니
다.
   우리나라 「어부가」의 근원을 발견할 수 있는 것은 고려 때의
작자 미상의 가사에서입니다. 충목왕(忠穆王) 이전에 만들어진
듯하며, 어부의 생활을 읊은 속요(俗謠)로서, 『악장가사(樂章歌
詞)』 「가사(歌詞) 상(上)」에 수록된 24편 중에 들어 있습니다.
이 「어부가」는 모두 12장으로 이루어져 있으며, 형식은 각 수가
6절로, 각 절은 4구나 3구 또는 2구로 이루어져 있습니다. 각 연
은 운자(韻字)나 평측(平仄)에 관계없는 한국과 중국의 7언 한
시(七言漢詩) 4구씩을 바탕으로 하고 있으며, 1, 2, 4, 6절은 칠
언에 한글로 토를 달고, 3절과 5절에는 일종의 후렴인 '이어라
이어라' '지국총 지국총 어사와' '닫 드러라 닫 드러라' 등의 조
흥구1)를 넣었습니다.
   이 「어부가」는 고려와 조선시대에 걸쳐 문인들이 즐겨 읊었
는데, 조선 명종(明宗) 때 이현보(李賢輔)가 이를 9수의 장가(長
歌)와 5수의 단가(短歌)로 각각 다듬어 개작하게 됩니다. 이현
보는 『악장가사』의 「어부가」 12장과 다른 「어부가」 10장이 말

이 많고 순서가 정연하지 못하고 중첩이 있는 것을 옮겨 쓰는 과정에서 생긴 오류가 있었으리라 생각했습니다. 그래서 전자는 3장을 제거하여 9장으로 장가(長歌)를 지어 읊을 수 있게 하였고, 후자는 축약하여 단가(短歌) 5결(价 : 곡을 이르는 말)로 짓고 엽(葉)을 하여 창(唱)으로 부를 수 있게 하였습니다. 한글 토를 생략하고 '지곡총 지곡총 어사와 어사와'를 '지곡총 지곡총 어사와'로 축약하였으며, 일부 행의 삭제와 첨가, 장의 배열 순서나 가사의 일부를 바꾸거나 삭제하기도 했습니다.

이 작품은 선인(先人)들의 요산요수(樂山樂水)의 운치 있는 생활과 함께 자연을 벗하며 고기잡이를 하는 한가한 삶에서 당시 양반 계급의 풍류 생활을 엿볼 수 있게 합니다. 시상 전개에 따라 화자의 시선 이동이 나타나고 이를 통해 자연 속에 있으면서 현실을 지향하는 내면 의식을 확인할 수 있습니다. 이것은 문학 작품이 사회와의 관계에서 그 사회의 영향으로부터 벗어날 수 없다는 관점에서 살펴볼 여지가 있습니다. 또한 이 작품은 상대적으로 한자어가 많아 노래를 부르기에 적합하지 않은 결점을 지녔으며, 상투적 한자어를 많이 쓴 정경의 묘사도 관념적이라고 평가됩니다. 「어부사(漁父詞)」로도 일컬어지는 이 작품은 이현보의 문집 『농암집(聾巖集)』에 실려 있습니다.

오우가(五友歌)

윤선도(尹善道)

<제1수 : 서사>

내 버디1) 몃치나 ᄒ니 수석(水石)과 송죽(松竹)2)이라
↳드러난 일인칭 화자

동산(東山)의 ᄃᆞᆯ 오르니 긔3) 더욱 반갑고야
↳감탄형 종결 표현
영탄법

두어라4) 이 다슷 밧긔5) ᄯ 더ᄒᆞ야 머엇ᄒ리6)
↳의문형 종결 표현
설의법

내 벗이 몇이냐 보니 물과 돌과 소나무, 대나무로다.
동산에 달이 떠오르니 그것 더욱 반갑구나.
두어라 이 다섯 외에 또 더하여 무엇하리?

▶ 제1수 : 다섯 벗을 소개함

<제2수 : 물>

구룸 빗치 조타7) ᄒ나 검기를 ᄌ로8) ᄒ다
↳일시성, 가변성   ↳장점   ↳단점
시각적 이미지

ᄇᆞ람 소리 묽다 ᄒ나 그칠 적이 하노매라9)
↳장점   ↳단점
청각적 이미지

조코도 그츨10) 뉘11) 업기는12) 믈쑌인가 ᄒ노라
↳구름의 장점 바람의 극복된 단점   ↳영원성, 불변성

대구법
반복법
(통사 구조)

구름 빛이 깨끗하다 하나 검어지기를 자주 한다.
바람 소리가 맑다 하나, 그칠 적이 많도다.
깨끗하고도 그칠 때 없는 것은 물뿐인가 하노라.

▶ 제2수 : 물의 깨끗함과 영원성을 기림

<제3수 : 바위>

고즌13) 므스14) 일로 픠며셔15) 쉬이 디고16)
↳일시성, 가변성   ↳일시성, 가변성

플은 어이ᄒᆞ야 프르는 듯 누르ᄂᆞ니17)
↳풀의 단점. 색채감, 시각적 이미지

아마도 변티 아닐손18) 바회19)쑌인가 ᄒ노라
↳바위의 장점   ↳불변성, 영원성

꽃은 무슨 일로 피자마자 쉬 지고,
풀은 어찌하여 푸르른 듯 누래지는가?
아마도 영원히 변하지 않는 것은 바위뿐인가 하노라.

▶ 제3수 : 바위의 불변성과 영원성을 기림

<제4수 : 솔>

더우면 곳 픠고 치우면 닙20) 디거늘
↳초목의 생태. 염량세태(炎凉世態), 대구법, 반복법(통사구조)

솔아 너는 얻디21) 눈서리를 모ᄅᆞᆫ다22)
↳의인법, 돈호법   ↳시련, 고난, 역경   ↳의문형 종결 표현

九泉(구천)23)의 불희24) 고ᄃᆞᆫ25) 줄을 글로26) ᄒᆞ야 아
↳솔의 장점. 강직함, 절개

노라

---

1) 버디 : 벗이.
2) 수석(水石)과 송죽(松竹) : 물과 바위와 소나무와 대나무.
3) 긔 : 그것이.
4) 두어라 : 옛 시가에서, 어떤 일이 필요하지 아니하거나 스스로의 마음을 달랠 때 영탄조로 하는 말.
5) 밧긔 : 밖에. 외(外)에.
6) 머엇ᄒ리 : 무엇하리.
7) 조타 : 맑다. 깨끗하다.
8) ᄌ로 : 자주.
9) 하노매라 : 많도다.
10) 그츨 : 그칠. 멈출.
11) 뉘 : 세상이나 때.
12) 업기는 : 없기는. 없는 것은.

13) 고즌 : 꽃은.
14) 므스 : 무슨.
15) 픠며셔 : 피면서. 피자마자.
16) 디고 : 지고.
17) 누르ᄂᆞ니 : 누래지는가?
18) 아닐손 : 아닌 것은.
19) 바회 : 바위.
20) 닙 : 잎.
21) 얻디 : 어찌. 어찌하여.
22) 모ᄅᆞᆫ다 : 모르는가?
23) 九泉(구천) : 땅속 깊은 밑바닥이란 뜻으로, 죽은 뒤에 넋이 돌아가는 곳을 이르는 말.
24) 불희 : 뿌리.
25) 고ᄃᆞᆫ : 곧은.
26) 글로 : 그로. 그것으로.

따뜻하면 꽃 피고, 추우면 잎 지거늘,
솔아, 너는 어찌 눈서리를 모르느냐?
땅 속에 뿌리 곧은 줄을 그로 미루어 알겠노라.

▶ 제4수 : 솔의 절개와 강직함을 기림

<제5수 : 대>

나모도 아닌 거시 플도 아닌 거시
　　ᄂ대구법, 반복법(시구. 통사 구조)

[곳기]ᄂᆞᆫ27) 뉘 시기며28) 속은 어이 뷔연ᄂᆞᆫ다29)
　ᄂ대의 장점 (강직함)　　　　　　ᄂ대의 장점(겸허함)
　　　　　　　　　　　　　　　　의문형 종결 표현

뎌러코30) 四時(사시)31)예 프르니 그를 됴하ᄒᆞ노라32)
　　　　ᄂ대의 장점(절개)

나무도 아닌 것이 풀도 아닌 것이,
곧기는 누가 시켰으며, 속은 어이 비었는가?
저러고 네 철에 푸르니, 그를 좋아하노라.

▶ 제5수 : 대의 강직함과 겸허함고 절개를 기림

<제6수 : 달>

쟈근33) 거시 노피 떠서 만물을 다 비취니
　ᄂ특징을 통한 대상 지시

밤듕의 광명(光明)이 너만 ᄒᆞ니34) ᄯᅩ 잇ᄂᆞ냐
　ᄂ달의 장점(밝음)　　ᄂ의인화　　　ᄂ의문형 종결 표현
　　　　　　　　　　　　　　　　　　　설의법

보고도 말 아니ᄒᆞ니 내 벋인가 ᄒᆞ노라
　ᄂ달의 장점(과묵함)

작은 것이 높이 떠서 만물을 다 비추니,
밤중에 밝은 것이 너만 한 것이 또 있겠느냐?
보고도 말을 아니하니 내 벗인가 하노라

▶ 제6수 : 달의 밝음과 과묵함을 기림

■ 핵심 정리

* 연대 : 조선 인조 때

---

27) 곳기ᄂᆞᆫ : 곧기는.
28) 뉘 시기며 : 누가 시켰으며.
29) 뷔연ᄂᆞᆫ다 : 비었는가?
30) 뎌러코 : 저렇고, 저러하고도.
31) 四時(사시) : 사계절.
32) 됴하ᄒᆞ노라 : 좋아하노라.
33) 쟈근 : 작은.
34) ᄒᆞ니 : 한 이. 한 것이.

* 갈래 : 평시조. 연시조(6수)
* 성격 : 찬미적(讚美的), 관조적(觀照的), 자연 친화적
* 제재 : 물, 바위, 소나무, 대나무, 달
* 주제 : 오우(五友)인 水·石·松·竹·月을 기림
* 특징 :
　① 자연물을 의인화하여 인간 중심의 가치관을 드러내고 있다.
　② 문답법, 대조법, 반복법, 설의법 등 다양한 기교를 사용하여 주제를 강화하고 있다.
　③ 대상의 속성을 예찬(禮讚)과 기림의 근거로 제시하고 있다.
* 출전 : <고산유고(孤山遺稿)>

■ 해설

이 작품은 지은이가 56세 때 유배지에서 돌아와 전라남도 해남(海南) 금쇄동(金鎖洞)에 은거할 무렵에 지은 「산중신곡(山中新曲)」 속에 들어 있는 6수의 시조로, 수(水, 물)·석(石, 돌)·송(松, 솔)·죽(竹, 대)·월(月, 달)을 다섯 벗으로 삼노라고 서사(序詞)에서 소개하고, 다음에 각각 그 자연물들의 특질을 들어 자신의 자연애(自然愛)와 대상에 대한 관조(觀照)를 통해 자신의 삶의 방식을 비유적으로 담아 내고 있습니다.

제1수는 묻고 답하는 방식으로 제2수부터 제6수에 걸쳐 등장할 다섯 '벗'에 대해 소개하는 서시(序詩)의 성격을 지니고 있습니다. 제2수는 가변적이고 일시적인 존재인 '구름', '바람'과는 달리 맑고 깨끗한 물[水]의 불변성과 영원성을, 제3수는 순간적인 '꽃', '풀'과 달리 영원한 바위[石]의 덕성을 예찬하고 있습니다. 꽃이나 풀이 부귀 영화의 상징이라면, 바위는 초연(超然)하고 달관(達觀)한 군자의 모습으로 읽기도 합니다. 제4수는 눈서리를 이겨 내고 뿌리조차 곧은 소나무[松]의 지조를, 제5수는 곧기도 하고 겸허하며 언제나 푸르른 대나무[竹]의 절개와 겸허함을 예찬하였습니다. 예로부터 소나무는 시련과 역경에도 지조(志操)를 바꾸지 않는 충신(忠臣)과 열사(烈士)의 상징으로 여겨 왔는데 여기에서도 작자는 자신의 강직한 고절(高節)을 나타낸 것이라 할 수 있습니다. 주지하다시피 대나무는 사군자(四君子)의 하나로 옛 선비들의 굳은 절개를 상징하는 상징물로서 사랑을 받아온 것이고 작자 또한 그런 사정을 염두에 두었을 것입니다. 제6수에서는 온 세상을 훤하게 하는 존재이면서 과묵함의 미덕을 지닌 달[月]을 예찬하고 있습니다. 작은 존재인 달이지만 장공(長空)에 홀로 떠서 세상만 비출 뿐 인간의 미추(美醜)나 선악(善惡)에 대해 아루먼 말도 하지 않아 좋다고 했습니다. 작자는 병자호란(丙子胡亂) 때 왕을 호종(扈從)치 않았다고 해서 반대파들로부터

논척(論斥)을 받고 영덕에 유배되기까지 당했습니다. 난리를 만난 나라의 신하들 중에 잘잘못을 따지는 일에서 자유로운 이가 어디 있겠습니까? 달은 아무 말도 하지 않으니 작자에게는 진정한 친구가 될 법합니다.

이 작품은 우리말의 어휘와 어미, 문장 등을 잘 다듬는 시인의 언어적 감각에 의해 완벽하게 구현이 되고 있으며, 자연에 대한 우리 선조들의 사상과 정신이 잘 응축되어 있다는 평가를 받습니다. 특히, 자연과 인간이 하나로 어우러진 물아일체(物我一體)의 경지를 잘 그려내고 있어서, 영원불멸의 자연물은 작가에게 있어 심미적 대상이면서 동시에 인간의 덕성을 유추(類推)해 낼 수 있는 유교적 이념을 표방하는 매개물로 이해한 작자 윤선도(尹善道)야말로 우리의 시문학사에서 우뚝 솟아 있는 존재라 할 만합니다.

월곡답가(月谷答歌)

정훈(鄭勳)

<제1수>

녯 사롬 이젯 사롬 耳目口鼻(이목구비) ᄀᆞᆺ것마ᄂᆞᆫ1)
↳비교의 대상   ↳비교의 기준. 외형적 공통점

↳드러난 일인칭 화자
나 혼자 엇디 ᄒᆞ야 녯 사롬을 그리ᄂᆞᆫ고2)
     ↳의문형 종결 표현
     자탄. 안타까움

이제도 녯 사롬 겨시니3) 긔 내 벗인가 ᄒᆞ노라
↳그리워하는 사람이 지금 계시니
  긍정적 평가의 대상이 지금 계시니

옛 사람 이제 사람 이목구비 같건마는
나 혼자 어찌하여 옛 사람을 그리는가?
이제도 옛 사람 계시니 그 내 벗인가 하노라.

▶ 제1수 : '옛 사람'을 그리워하는 마음

<제2수>

내 양ᄌᆞ4) 하5) 험ᄒᆞ니 비노6) 셩젹7) 아니 ᄒᆞ니
   ↳자신에 대한 주관적 평가   ↳씻거나 꾸미지 않음
                   있는 그대로 순수하게 삶

분8) ᄇᆞ른 각시님네 다 웃고 ᄃᆞ니거든
↳화장하여 꾸민 여자들   ↳비웃음. 비소(誹笑).

엇쯔제 지나간 ᄒᆞᆫ 분이 ᄒᆞ자9) 곱다 ᄒᆞ노라
↳남들과 다른 사람
   화자를 알아주는 사람

내 모습 너무 험해 비누 화장 아니 하네
분 바른 각시님네 다 웃도 다니거든
엊그제 지나간 한 분이 혼자 곱다 하노라.

▶ 제2수 : 남과 달리 대해주던 분을 그리워함

<제3수>

게셔10) 有信(유신)11)ᄒᆞ면 내 호자 無信(무신)홀가12)
↳상대방   ↳의문형 종결 표현
                             설의적 표현

百年(백년) 前(전)의란13) 둘이 다 밋사이다14)
↳죽기 전. 생전   ↳청유형 종결 표현

世上(세상) 雲雨人情(운우인정)15)이야 ᄇᆡ홀 주리 이
         ↳구름이나 비처럼 잘 변하는 인정
            염량세태(炎涼世態)

시랴16)
↳의문형 종결 표현
  설의적 표현

거기서 유신(有信)하면 내 혼자 무신(無信)할까
백 년 전일랑 둘이 다 믿사이다.
세상 비구름 인정이야 배울 줄이 있으랴.

▶ 제3수 : 평생 서로가 가졌던 믿음

<제4수>

靑松(청송)으로 울흘17) 삼고 白雲(백운)으로 帳(장)18)
↳자연물. 색채감(시각적 이미지)   ↳세상과 차단하는 수단
     세상과 대비되는 소재   세상에 대한 거부감을 드러냄

두르고

草屋三間(초옥삼간)19)이 숨어 겨신 져 내 벗님
↳벗의 소박하고 검소한 삶의 태도가 드러남   ↳세상과 단절한 삶
                          은일지사(隱逸之士)

胸中(흉중)에 邪念(사념)20)이 업스니 그롤 ᄉᆞ랑ᄒᆞ노
↳화자가 대상을 사랑하는 까닭을 직설적으로 드러냄
  화자의 가치관이 드러남

라
↳대상에 대한 화자의 감정을 직설적으로 드러냄

---

1) 녯 사롬 이젯 사롬 耳目口鼻(이목구비) ᄀᆞᆺ것마ᄂᆞᆫ : 옛날 사람이나 지금의 사람이나 이목구비, 곧 겉모습은 같건마는. '이젯 사롬'인 화자가 '녯 사롬'은 화자가 그리워하는 대상이다.
2) 그리ᄂᆞᆫ고 : 그리워하는가?
3) 이제도 녯 사롬 겨시니 : 지금도 옛날 사람처럼 그리워할 만한 사람이 계시니. 화자가 존경하고 따를 만한 인품을 지닌 사람이 계시니.
4) 양ᄌᆞ : 모습.
5) 하 : 아주. 너무.
6) 비노 : 비누.
7) 셩젹 : 성적(成赤). 혼인날 신부가 얼굴에 분을 바르고 연지를 찍는 일. 화장(化粧).
8) 분 : 얼굴빛을 곱게 하기 위하여 얼굴에 바르는 화장품의 하나.
9) ᄒᆞ자 : 혼자.

10) 게셔 : 거기서. 그쪽에서.
11) 有信(유신) : 신의가 있음. 믿음이 있음. 믿을 만함.
12) 無信(무신)홀가 : 신의가 없을까. 믿음이 없을까.
13) 百年(백년) 前(전)의란 : 백 년이 되기 전에는. 죽기 전까지는. 살아 있는 동안은.
14) 밋사이다 : 믿읍시다.
15) 雲雨人情(운우인정) : 구름이 끼고 비가 내리는 것처럼 쉬 변하는 사람들의 정.
16) ᄇᆡ홀 주리 이시랴 : 배울 줄이 있으랴.
17) 울흘 : 울을. 울타리를.
18) 帳(장) : 장막(帳幕). 휘장(揮帳).
19) 草屋三間(초옥삼간) : 초가삼간(草家三間). 세 칸밖에 안 되는 초가라는 뜻으로, 아주 작은 집을 이르는 말.
20) 邪念(사념) : 올바르지 못한 그릇된 생각.

청송(青松)으로 울을 삼고 백운(白雲)으로 장막 두르고
초가삼간에 숨어 계신 저 내 벗님
흉중(胸中)에 사악한 생각이 없으니 그를 사랑하노라.

➡ 제4수 : 사념 없이 은일하던 그를 사랑함

<제5수>

벗님 사는 짜흘21) 싱각고 브라보니
　↳자연. 이상적 공간.
　　화자도 살고 싶어 하는 곳

龍湫洞(용추동)22) 밧끼오23) 구룸ᄃ리24) 우히로다25)
　↳구체적 지명 사용으로 현장감 살림　↳화자와 대상 간의 거리감
　　화자와 대상 간의 거리감
　　화자의 정서를 직접적으로 드러냄

밤마다 외로운 ᄭᅮᆷ만 호자 ᄃᆞ녀 오노라
　　　↳대상과의 만남을 가능하게 하는 통로
　　　편법일 뿐 근본적 해결책은 아닌 것

벗님 사는 땅을 생각하고 바라보니
용추동 밖이요 구름다리 위로다.
밤마다 외로운 꿈만 혼자 다녀 오노라.

➡ 제5수 : 벗이 살던 곳을 떠올리며 그리워함

<제6수>

↳대상을 떠올리게 하는 자연물

ᄃᆞ리 발근 제ᄂᆞᆫ 잔을 들고 싱각ᄒᆞ고
　↳시간적 배경　　↳술을 마시면서

時節(시절)이 됴ᄒᆞᆫ 제ᄂᆞᆫ 景(경)26)을 보고 그리노라
　↳자연의 풍경이 좋을 때
　　시간적 배경(계절)

샤ᄅᆞᆷ27)이 덜 괴운 타스로28) 니칠 저기 져거라29)
　↳화자의 객관적 대상화　　↳감탄형 종결 표현
　　　　　　　　　늘 생각나는구나

↳통사 구조 반복

달이 밝을 때는 잔을 들고 생각하고
시절이 좋은 때는 경치를 보고 그리노라.
사람이 덜 사랑한 탓으로 잊힐 적이 적구나.

➡ 제6수 : 언제나 잊을 적이 없이 그리워함

<제7수>

ᄆᆡ흔30) 疊疊(첩첩)ᄒᆞ고 구룸은 자자시니31)
　↳화자와 대상을 가로막는 장애물　　↳극복하기 힘든 장애물의 상태

故人(고인)32)의 집 ᄯᅡ히 브라도 볼 셩 업다33)
　↳화자가 지향하는 공간　　↳안타까움

ᄆᆞ음만 길 알아 두고 오락가락ᄒᆞ노라
　↳추상적 개념(그리움)을 구체적 행위로 드러냄

산은 첩첩(疊疊)하고 구름은 잦았으니
고인(故人)의 집 땅이 바라봐도 볼 수 없다.
마음만 길 알아 두고 오락가락하노라.

➡ 제7수 : 고인의 집터를 떠올리며 마음속으로 그리워함

<제8수>

예셔 그리ᄂᆞᆫ 뜻을 제서 아니 모로ᄂᆞᆫ가
↳여기. 화자　　↳거기. 저기. 대상　↳의문형 종결 표현
　　　　　　　　　　　　　　　　설의적 표현

므던히34) 고은 님35) 덧업시 녀희올 덧36)
　↳그리움의 대상　　↳이별의 예감

하로밤 더 새고 간 후에 다시 볼가 ᄒᆞ노라
　↳실제로는 짧지만 심리적으로는 긴 시간　↳화자의 소망

여기서 그리는 뜻을 저기서 아니 모르는가?
무던히 고운 님 덧없이 여의올 듯
하룻밤 더 새고 간 후에 다시 볼까 하노라.

➡ 제8수 : '고운 임'을 다시 못 볼 것 같은 안타까움

<제9수>

商山(상산)37)의 채지(採芝)ᄒᆞ러38) 브더39) 네히 가리
　↳중국의 상산사호(商山四皓)고사를 소재로 씀
　　굳이 네 명이 가야 하는 것은 아니다

런가40)
↳의문형 종결 표현, 설의적 표현

---

21) ᄯᅡ흘 : 땅을.
22) 龍湫洞(용추동) : 전라북도 고창군 신림면에 있는, 지은이가 만년을 보낸 고향.
23) 밧끼오 : 밖이요.
24) 구룸ᄃ리 : 구름다리. 구름이 끼어 다리처럼 보이는 곳. 구체적 공간일 수도 있고, 가상의 공간일 수도 있다.
25) 우히로다 : 위로다. 위로구나.
26) 景(경) : 경치. 풍경.
27) 샤ᄅᆞᆷ : 사람.
28) 괴운 타스로 : 사랑한 탓으로. 사랑한 때문에.
29) 니칠 저기 져거라 : 잊힐 적이 적구나. 늘 기억나는구나. 감탄형 종결 표현으로 화자의 정서를 강화하고 있다.

30) ᄆᆡ흔 : 뫼는. 산은.
31) 자자시니 : 잦았으니. 기운이 깊이 스며들거나 배어들었으니.
32) 故人(고인) : 오래 사귄 벗. 고우(故友).
33) 브라도 볼 셩 업다 : 바라보려고 해도 볼 수 없다.
34) 므던히 : 무던히. 정도가 어지간하게.
35) 고은 님 : 사랑하는 임.
36) 녀희올 덧 : 여읠 듯. 이별할 듯.
37) 商山(상산) : 중국 진시황 때에 동원공(東園公) 중선명(重宣明), 서원공(西園公) 기리계(綺里季), 하황공(夏黃公) 최소통(崔少通), 각리공(角里公) 주술(周術) 등 네 사람이 난리를 피하여 숨어들어간 산시성(陝西省)에 있는 산.
38) 채지(採芝)ᄒᆞ러 : 지초(芝草)를 캐러. 영지(靈芝)를 따러.
39) 브더 : 부디. 굳이. 꼭.
40) 商山(상산)의~네히 가리런가 : 상산에 영지를 따러 굳이 넷이 갈 것인가. 상산에서 사호(四皓)가 붉은 영지를 따 먹으며 살았다는 고

좃츠리 업슨듸[41] 우리 둘이 가옵시다
　　　↳화자와 대상　　↳청유형 종결 표현
　　　　　　　　　　　　대상을 따르려는 화자의 소망

世上(세상)의 어즈러온 일들 듯도 보도 마옵시다
↳세상에서 시시비비(是是非非)를 따지는 일　↳청유형 종결 표현
　세속을 등지게 만든 부정적 일

상산에 영지(靈芝) 따러 부디 넷이 가려는가?
좃을 이 없는데 우리 둘이 가옵시다.
세상의 어지러운 일들 듣도 보도 마옵시다.

　　　➡ 제9수 : 세상 일 잊고 함께하고 싶은 마음

<제10수>

方丈山(방장산)[42] 기슭에서 神仙(신선)님네 만나신다
↳삼신산의 하나　　　　　↳대상의 현재 신분　↳의문형 종결 표현
　신선이 사는 공간

엇부시[43] 보와든 내 말슴 傳(전)호쇼셔
　　　　　↳부탁. 청원

山中(산중)에 투시는 靑鶴(청학)[44]을 나도 투다 엇더
　　　　　　　　　↳신선이 타고 다니는 것

호리
↳나도 신선이 될 수 있을까?
　의문형 종결 표현으로 화자의 소망을 효과적으로 드러냄

방장산 기슭에서 신선님네 만나셨는가?
어렴풋이 보거든 내 말씀 전하소서.
산중에 타시는 청학(靑鶴)을 나도 탄다 어떠하리.

　　　➡ 제10수 : 신선이 되어 다시 만나고 싶은 마음

■ 핵심 정리

* 작자 : 정훈
* 갈래 : 시조, 연시조
* 성격 : 예찬적, 추모적
* 주제 : 월곡에 대한 그리움과 흠모의 정
* 특징 :
　① 자연물을 객관적 상관물로 사용하여 화자의 정서를 효과적으로 드러내고 있다.
　② 화자는 대상에 대한 예찬과 그리움의 정서를 다양한 방법으로 표현하고 있다.
　③ 통사 구조가 유사한 구절을 반복하여 운율감을 느끼게

하고 있다.
　④ 화자가 처한 현실에 대한 부정적 인식을 통해 현실 비판적 태도를 드러내고 있다.
　⑤ 중국의 고사(故事)를 인용하여 화자가 소망하는 일을 간접적으로 표현하고 있다.
　⑥ 문장의 다양한 종결 표현과 영탄법·설의법·대구법 등의 수사법을 활용하여 주제를 효과적으로 표현하고 있다.

* 구성 :
　제1수 : 벗을 그리워하는 마음
　제2수 : 자신을 인정해준 벗을 그리워하는 마음
　제3수 : 서로 믿었던 벗을 그리워함
　제4수 : 사념 없이 은일하던 그를 사랑함
　제5수 : 벗이 살던 곳을 떠올리며 그리워함
　제6수 : 수시로 벗을 그리워함
　제7수 : 고인이 된 벗에 대한 그리움
　제8수 : 나날이 벗을 그리워함
　제9수 : 벗과 함께 어지러운 세상을 잊고 싶은 마음
　제10수 : 신선이 되어 벗과 함께하고 싶은 마음

■ 해설

　이 작품은 '월곡에게 답하는 노래'라는 제목처럼 '월곡'을 떠오르게 하는 다양한 소재들을 활용하여 현재 만날 수 없는 '월곡'에 대한 그리움과 안타까운 마음을 드러내고 있는 작품입니다. 전체 10수의 연시조로, 전체가 정연하지는 않지만 통일성을 갖추고 있어 완성도가 높은 작품이라 할 수 있겠습니다. 비슷한 주제를 다르게 표현한 몇 수가 순서를 뒤바꾸어도 괜찮을 정도로 긴밀하게 짜여 있지는 않지만, 후대의 학자들이 적절하게 명명(命名)하여 부르는 여느 연시조와는 다르게 보이는 점도 있습니다.

　제1수는 벗을 그리워하는 마음, 제2수는 자신을 인정해준 벗을 그리워하는 마음, 제3수는 서로 믿었던 벗을 그리워함, 제4수는 사념 없이 은일하던 그를 사랑함, 제5수는 벗이 살던 곳을 떠올리며 그리워함, 제6수는 수시로 벗을 그리워함, 제7수는 고인이 된 벗에 대한 그리움, 제8수는 나날이 벗을 그리워함, 제9수는 벗과 함께 어지러운 세상을 잊고 싶은 마음, 제10수는 신선이 되어 벗과 함께하고 싶은 마음을 노래합니다. 죽어서까지 함께 있고 싶다고 할 만큼 글쓴이의 대상에 대한 그리움이 지극합니다.

　이런 내용을 이 작품은 자연물을 객관적 상관물로 사용하여 대상에 대한 예찬과 그리움의 정서를 다양한 방법으로 표현하고, 화자가 처한 현실에 대한 부정적 인식을 통해 현실 비판적 태도를 드러내고 있습니다. 중국의 고사(故事)를 인용하여 화자가 소망하는 일을 간접적으로 표현하기도 하고,

---

사에서 온 것임.
41) 좃츠리 업슨듸 : 좃을 이 없는데. 뒤따를 사람이 없는데.
42) 方丈山(방장산) : 지리산(智異山)을 달리 부르는 말. 일반적으로 봉래산(蓬萊山)·영주산(瀛洲山)과 함께 삼신산(三神山)의 하나인데, 이때는 지리산과 무관하다.
43) 엇부시 : 어렴풋이. 어쩌다.
44) 청학(靑鶴) : 신선이 타고 다닌다는 푸른 빛깔의 학(鶴).

통사 구조가 유사한 구절을 반복하여 운율감을 느끼게 하고 있습니다. 문장의 다양한 종결 표현과 영탄법·설의법·대구법 등의 수사법을 활용하여 주제를 효과적으로 표현하고 있기도 합니다.

그런데 글쓴이가 그리워하고 있는 '월곡'이 누구인지에 대해서는 정확하게 밝혀지지 않았습니다. 임진왜란(壬辰倭亂) 당시 의병장이었던 '월곡 우배선(禹拜善, 1569~1621)'이라는 설이 가장 설득력 있게 받아들여지고 있을 따름입니다. 문헌에 따르면 월곡 선생은 자신의 안위만을 우선시했던 당대 지배층과 달리 왜적에 맞서 백성을 보살피고, 전란 후에는 초야에 은둔한 인물로 알려져 있습니다.

저곡전가팔곡(楮谷田家八曲)

이휘일(李徽逸)

<제1수 : 풍년을 바람[願豊]>

世上(세상)의 ᄇᆞ린1) 몸이 畎畝(견무)2)의 늘거가니
↳화자의 처지. 벼슬길에 나아가지 못한 처지   ↳논밭. 시골. 대유법
↳드러난 일인칭 화자

밧겻일3) 내 모ᄅᆞ고 ᄒᆞ는 일 무스 일고
↳세속적인 일   ↳의문형 종결 표현
            하는 일이 무엇인지도 모름을 강조

이 中(중)의 憂國誠心(우국성심)4)은 年豊(연풍)5)을 願
↳시골에서 농삿일로 지내는 일   ↳농부로서 할 수 있는 애국 행위

(원)ᄒᆞ노라
↳선언적이고 단호한 발언

세상에 버린 몸이 견무에 늙어가니
바깥일 내 모르고 하는 일 무슨 일인가?
이 중에 우국성심은 연풍을 원하노라.

➡ 제1수 : 풍년을 기원함

<제2수 : 봄[春]>

農人(농인)이 와 이르ᄃᆡ 봄 왓늬 바틔6) 가세
↳화자의 신분(순수한 농부 아님) 암시   ↳대화의 직접 인용

압집의 쇼보7) 잡고 뒷집의 ᄯᅡ보8) 내늬
↳상부상조하는 공동체적 삶의 모습
   화자는 스스로 농사 짓기 힘든 처지 암시
     대구법, 반복법(통사 구조)

두어라 내 집부터9) ᄒᆞ랴 ᄂᆞᆷ ᄒᆞ니 더욱 됴타10)
↳감탄사   ↳배려심, 이타심.

---

1) ᄇᆞ린 : 버린. 버려진.
2) 畎畝(견무) : 논밭에 씨앗을 뿌리려고 만든, 움푹 파인 고랑과 불쑥 솟은 이랑을 함께 이르는 말. '시골, 초야(草野), 민간(民間)'의 대유(代喩)로 쓰인다.
3) 밧겻일 : 바깥일. 세상 물정.
4) 憂國誠心(우국성심) : 나라를 근심하는 정성스러운 마음. 나라가 잘 되기를 바라는 충성스러운 마음.
5) 年豊(연풍) : 해마다 드는 풍년.
6) 바틔 : 밭에.
7) 쇼보 : 소비. '보습(쟁기, 극젱이, 가래 따위 농기구의 술바닥에 끼우는, 넓적한 삽 모양의 쇳조각)'의 방언(강원, 경북). '쇼 보잡고'로 읽어 '소를 보내고'라 해석하기도 하니 대구(對句)를 이루도록 읽는 게 더 자연스럽다.
8) ᄯᅡ보 : 따비. 풀뿌리를 뽑거나 밭을 가는 데 쓰는 농기구. 쟁기보다 조금 작고 보습이 좁게 생겼다.
9) 내 집부터 : 내 집부터.
10) 됴타 : 좋다.

농부가 와 이르되, "봄 왔네, 밭에 가세."
앞집에 소비 잡고 뒷집에 따비 내네.
두어라, 내 집부터 하랴, 남 하니 더욱 좋다.

➡ 제2수 : 봄이 와서 서로 도와 농사를 시작함

<제3수 : 여름[夏]>

여름날 더운 적의 단 ᄯᅡ히11) 부리로다
↳직설적 표현   ↳비유적 표현(은유)

밧고랑 미쟈12) ᄒᆞ니 ᄯᅡᆷ 흘너 ᄯᅡ희13) 듯네14)
             ↳농사일이 힘듦을 사실적으로 표현함

어ᄉᆞ와15) 粒粒辛苦(입립신고)16) 어늬 분이 알ᄋᆞ실고
↳감탄사   ↳의문형 종결 표현
                 농부만이 알 수 있음 강조

여름날 더울 적에 단 땅이 불이로다.
밭고랑 매자 하니 땀 흘러 땅에 듣네.
아, 입립신고를 어느 분이 아실까?

➡ 제3수 : 여름에 힘들게 농사를 지음

<제4수 : 가을[秋]>

ᄀᆞ을희 곡셕17) 보니 됴흠도 됴흘셰고18)
↳농사일 결과물   ↳감탄형 종결 표현
               만족감의 강조
               반복법(시어), 영탄법

내 힘의 닐운19) 거시 머거도 마시로다20)
↳스스로의 힘으로 얻은 결과물

---

11) 단 ᄯᅡ히 : 단 땅이. 달아오른 땅이.
12) 밧고랑 미쟈 ᄒᆞ니 : 밭고랑에 난 잡풀을 뽑으려 하니.
13) ᄯᅡ희 : 땅에.
14) 듯네 : 듣네. (눈물, 빗물 따위의 액체가) 방울져 떨어지네.
15) 어ᄉᆞ와 : 어사와. '어여차'를 예스럽게 이르는 말. 그런데 여기서는 '여럿이 힘을 합할 때 일제히 내는 소리'인 '어여차(어기여차)'의 뜻이라기보다 '기쁘거나, 슬프거나, 뉘우치거나, 칭찬할 때 가볍게 내는 소리'인 '아'에 가깝다.
16) 粒粒辛苦(입립신고) : 곡식 낟알 하나하나에 담긴 농민들의 심한 고생. '신고(辛苦)'는 '매운 것과 쓴 것'이라는 뜻으로, 심하게 고생함을 이르는 말인데, 감각어로 추상적 의미를 드러내고 있다.
17) 곡셕 : 곡식(穀食).
18) 됴흠도 됴흘셰고 : 좋음도 좋구나. 좋기도 좋구나.
19) 닐운 : 이룬. 이루어 낸.
20) 마시로다 : 맛이로다. 맛이 좋다.

이 밧긔 千駟萬鍾(천사만종)21)을 부러 무슴ᄒ리오22)
↳농사일   ↳세속적 부귀영화   ↳의문형 종결 표현
                                        설의적 표현

가을에 곡식 보니 좋기도 좋구나.
내 힘으로 이룬 것이 먹어도 맛이로다.
이 밖에 천사만종을 부러워하여 무엇하리오?

▶ 제4수 : 가을에 얻은 결과물에 대해 만족함

<제5수 : 겨울[冬]>

밤의란 스츨23) ᄭᅩ고 나죄란24) ᄶᅱ25)를 부여26)
↳반복법(통사 구조), 대구법

草家(초가)집 자바 미고 農器(농기)27) 졈28) ᄎ려스
↳반복법(통사 수조), 대구법

라29)
↳청유형 종결 표현

來年(내년)희 봄 온다 ᄒ거든 결의30) 從事(종사)31)ᄒ

리라

밤에는 새끼를 꼬고 낮에는 띠를 베어
초가집 잡아매고 농기구 좀 차리자꾸나.
내년에 봄 온다 하거든 곧장 종사하리라.

▶ 제5수 : 겨울에 해야 할 일

<제6수 : 새벽[晨]>

새배빗32) 나쟈 나셔33) 百舌(백설)34)이 소리ᄒ다35)
  ↳날이 밝자. 시각적 이미지   ↳청각적 이미지

일거라36) 아히들아 밧 보러 가쟈스라37)
↳명령형 종결 표현   ↳청유형 종결 표현

밤 ᄉ이 이슬 긔운에 언마나38) 기런ᄂ고39) ᄒ노라
                            ↳많이 자랐기를 바라는 마음. 기대감

새벽빛 나자 일어나서 백설이 소리한다.
일어나라 아이들아, 밭 보러 가자꾸나.
밤 사이 이슬 기운에 얼마나 길었는가 하노라.

▶ 제6수 : 새벽에 밭에 나감

<제7수 : 낮[午]>

보리밥 지어 담고 도트랏40) 깅41)을 ᄒ여
    ↳소박한 음식. 반복법(통사 구조), 대구법

비골ᄂ는42) 農夫(농부)들을 趁時(진시)예43) 머겨스라44)
↳들에서 일하는 농부들

아희야 ᄒᆞᆫ 그릇 올녀라 親(친)히 맛바45) 보내리라
    ↳실제로 아이를 부르는 말   ↳화자의 처지 암시
        감탄사. 상투적 표현

보리밥 지어 담고 명아주 국을 끓여
배곯은 농부들을 제때에 먹이자꾸나.
아이야, 한 그릇 올려라. 친히 맛봐 보내리라.

▶ 제7수 : 농부와 마음을 함께함

<제8수 : 저녁[夕]>

西山(서산)에 ᄒᆡ 지고 플 긋테46) 이슬 난다47)
↳시간의 직설적 표현   ↳시간의 간접적 표현

---

21) 千駟萬鍾(천사만종) : 천 대의 마차와 만 종(鍾)의 곡식이란 뜻으로 부귀영화를 이르는 말.
22) 부러 무슴ᄒ리오 : 부러워하여 무엇하리오?
23) 스츨 : 새끼(짚으로 꼬아 줄처럼 만든 것)를. '슻'은 '새끼'의 옛말.
24) 나죄란 : 낮에는. '나조에는'으로 읽어 '저녁에는'으로 볼 수도 있으나 문맥상 앞의 '밤의란(밤에는)'과 대응되게 '낮에는'이 더 적절하다.
25) ᄶᅱ : 띠[茅]. 볏과의 여러해살이풀. 줄기는 높이가 30~80cm이고 원뿔형으로 똑바로 서 있으며, 잎은 뿌리에서 뭉쳐난다. 이것으로 이엉을 엮어 지붕을 인 집이 '모옥(茅屋)'이다.
26) 부여 : 베어.
27) 農器(농기) : 농기구(農器具). 농사를 짓는 데 필요한 도구.
28) 졈 : 좀. 조금. 어느 정도.
29) ᄎ려스라 : 차리자꾸나. 준비하자꾸나. 차려라. 준비해라.
30) 결의 : 얼결에. 얼떨결에. 여기서는 '금방, 곧, 곧장, 즉시'의 뜻으로 쓰였다.
31) 종사(從事) : 농사일을 시작함.
32) 새배빗 : 새벽빛.
33) 나셔 : 일어나서. 주체를 화자로 보아 '일어나니'로 읽을 수도 있다.
34) 百舌(백설) : 지빠귀(지빠귓과의 새를 통틀어 이르는 말). 소만(小滿, 5월 21일경)부터 망종(芒種, 6월 5일경)까지 5일씩 나눈 삼후(三

候) 중 말후(末候)에는 지빠귀가 울음을 멈춘다고 하는 옛말이 있는 것으로 보아, 화자가 이 새들을 농사와 연관된 것으로 이해하고 있음을 짐작할 수 있다.
35) 소리ᄒ다 : 소리한다. 소리를 낸다. 지저귄다.
36) 일거라 : 일어나라.
37) 가쟈스라 : 가자꾸나. 가거라.
38) 언마나 : 얼마나.
39) 기런ᄂ고 : 길었는가. 자랐는가.
40) 도트랏 : 명아주의 경상도 사투리인 '도트라지'를 이르는 말. 한해살이풀로 줄기는 높이가 1미터, 지름이 3cm 정도이며, 녹색 줄이 있다. 어린잎과 씨는 식용하고, 그 줄기로 만든 지팡이가 청려장(靑藜杖)이다.
41) 깅 : 갱(羹). 국.
42) 비골ᄂ는 : 배곯은. 먹는 것이 적어서 배가 차지 아니한. 또는 배가 고파 고통을 받는.
43) 진시(趁時)예 : 진작에. 제때에. 좀 더 일찍이. 주로 기대나 생각대로 잘되지 않은 지나간 사실에 대하여 뉘우침이나 원망의 뜻을 나타내는 문장에 쓴다.
44) 머겨스라 : 먹여라. 먹이자꾸나.
45) 맛바 : 맛봐. 맛보아.
46) 플 긋테 : 풀 끝에.
47) 난다 : 생긴다.

호뮈⁴⁸⁾를 둘너메고 둘 되여⁴⁹⁾ 가쟈스라⁵⁰⁾
　　↘관습적 표현, 상투적 표현. 전고(典故) 인용. 청유형 종결 표현

이 中(중)의 즐거운 뜻을 닐러⁵¹⁾ 무삼ᄒ리오
　↘화자의 정서를 직접 표출　　↘의문형 종결 표현
　　　　　　　　　　　　　　　당연함. 강조함

서산에 해 지고 풀 끝에 이슬 난다.
호미를 둘러메고 달빛 띠고 가자꾸나.
이 중에 즐거운 뜻을 일러 무엇하리오.

▶ 제8수 : 일을 마치고 귀가하는 즐거움

■ 핵심 정리

* 갈래 : 평시조, 연시조
* 성격 : 전원적, 향토적, 낙천적
* 주제 : 향촌(鄕村)에서의 노동의 즐거움
* 특징 : 자연 친화적 삶을 노래한 이전 시가의 강호가도나 농민들의 생활상을 지켜보는 입장에서 그린 작품과는 달리, 직접 농사일을 하고 그 속에서 농촌의 삶을 사실적으로 그려내고 있다.
* 구조 :
제1장(원풍) : 속세를 떠난 사대부의 풍년의 기원
제2장(봄) : 봄을 맞아 상부상조하며 노동할 것을 권유
제3장(여름) : 땀 흘리며 고생한 노동의 결과
제4장(가을) : 스스로 농사지은 곡식을 먹는 만족감
제5장(겨울) : 다음해 농사 준비를 위한 겨우살이
제6장(새벽) : 부지런한 하루 농사 과정
제7장(낮) : 농부들과 어울리는 일상사의 즐거움
제8장(저녁) : 하루 일을 마치고 귀가하는 즐거움
* 출전 : <존재집(存齋集)>

■ 해설

　이 작품은 성리학(性理學) 연구에 몰두하며 벼슬을 하지 않고 향촌에서 평생은 보내면서, 학행(學行)으로 천거된 참봉(參奉)에 임명되었으나 부임하지 않았던 이휘일(李徽逸)이 1664(현종 5)에 지은 연시조입니다. 작자가 45세 때에 지은

48) 호뮈 : 호미. 김을 매거나 감자나 고구마 따위를 캘 때 쓰는 쇠로 만든 농기구. 끝은 뾰족하고 위는 대개 넓적한 삼각형으로 되어 있는데 목을 가늘게 휘어 구부린 뒤 둥근 나무 자루에 박는다.
49) 둘 되여 : 달 띠어. 달빛을 받으며.
50) 호뮈를 둘너메고 둘 되여 가쟈스라 : 호미를 둘러메고 달빛 받으며 가자꾸나. 도연명(陶淵明)의 '귀전원거(歸園田居)'에 나오는 '帶月荷鋤歸(대월하서귀)', 곧 '달빛을 받으며 호미를 메고 돌아온다.'를 가져다 쓴 구절이다.
51) 닐러 : 일러. 말하여.

작품인데, 그 내용은 이렇게 구성됩니다. 첫째 수는 서사(序詞)라 할 수 있는데, 벼슬을 하지 않고 향촌에 머물러 있는 화자가 나라를 걱정하는 마음이 따로 있는 게 아니라 풍년을 기원하는 일임을 나타내고 있습니다. 둘째 수부터 다섯째 수까지의 4수는 각각 춘(春)·하(夏)·추(秋)·동(冬) 사시에 걸쳐서 농민이 해야 할 농사일을 간략히 소개하고 그 노고에 대한 내용을 담았습니다. 그 다음 3수는 는 하루의 시간을 새벽·낮·저녁으로 나누어 새벽 일찍부터 저녁 늦게까지 힘들게 일하지만 그 안에 즐거움이 있음을 노래하였습니다.

　이와 같이 구성된 이 작품은, 닥나무가 많이 나는 저곡(楮谷)의 농촌 마을에서 일어나는 힘들고 즐거움을 잘 그려내고 있습니다. 그래서 이 작품은 마치 『시경(詩經)』 빈풍(豳風)편의 「칠월(七月)」 장(章)을 우리의 형편에 맞추어 바꿔 놓은 느낌마저 들게 합니다. 농사를 짓지 않고도 호의호식하는 벼슬아치들이 농부들의 어려움을 알았으면 좋겠다는 뜻을 담은 것이지요. 또한, 몇몇 한자어, 예컨대 '憂國誠心(우국성심)', '粒粒辛苦(입립신고)', '千駟萬鍾(천사만종)' 같은 것도 있지만 전체적으로는 순수한 우리말을 사용했다는 점에서 작품의 주제와 밀접하게 연관된다고 하겠습니다.

　이런 사정을 그가 이 작품의 저작 동기를 밝혀 놓은 것을 통해 확인할 수 있습니다. 그는 「전가팔곡 뒤에 씀(書田家八曲後)」이란 글에서, "나는 농사짓는 사람은 아니나, 전원에 오래 있어 농사일을 익히 알므로 본 것을 노래에 나타낸다. 비록 그 성향(聲響)의 느리고 빠름이 절주(節奏)와 격조(格調)에 다 맞지는 않지만, 이항(里巷)의 음탕하고 태만한 소리에 비하면 나을 것이다. 그래서 곁에 있는 아이들로 하여금 익혀 노래하게 하고 수시로 들으며 스스로 즐기려 한다(存齋集 권4)"라고 하였습니다. 이황(李滉) 선생께서 「도산십이곡(陶山十二曲)」을 짓고 그 창작 동기를 「도산십이곡발(陶山十二曲跋)」을 통해 밝히신 일과 매우 닮았습니다. 특히나, 두 분이 시조라는 장르가 어떤 속성을 지니는지까지 거의 같은 생각을 가졌음을 확인할 수 있습니다.

　이 작품을 향촌에서의 삶을 사실적으로 묘사했다는 점에서 의의를 찾을 수도 있습니다. 사계절과 하루 시간대의 흐름에 따라 시상을 전개하면서 농촌의 모습을 보여 준 것이 바로 농촌의 삶을 사실적으로 제시하고자 하는 작가 의식의 한 단면입니다. 1연에서는 해마다 풍년 드는 것이 바로 우국성심과 연결되는 것을 말함으로써 지식인으로서의 면모를 보이고 있으나, 2연부터는 농민들과 함께 하는 소박한 농촌의 삶을 제시하고 있기 때문입니다. 특히 농민들과 함께 밭 갈고 김 매는 모습을 보여 준다는 점에서 학문과 현실을 연계시키는 실천적인 지식인의 모습을 잘 형상화한 작품이라 할 수 있다는 것이지요.

배소만처상(配所輓妻喪, 悼亡)

김정희(金正喜)

聊將月老訴冥司　來世夫妻易地爲
료 장 월 로 소 명 사　내 세 부 처 역 지 위

我死君生千里外　使君知有此心悲
아 사 군 생 천 리 외　사 군 지 유 차 심 비

■ 다른 원문

那將月姥訟冥司　來世夫妻易地爲
나 장 월 모 송 명 사　내 세 부 처 역 지 위

我死君生千里外　使君知我此心悲　[두산백과 두피디아]
아 사 군 생 천 리 외　사 군 지 아 차 심 비

월하노인을 통하여 저승에 하소연해
ㄴ기원의 대상　ㄴ아내가 있는 곳

ㄴ드러난 화자　ㄴ그리움·추모의 대상
내세에는 내가 아내 되고 그대가 남편 되어
ㄴ불교적 사고　ㄴ처지를 바꿈

나는 죽고 그대는 천 리 밖에 살아서
　　　　　　　　ㄴ화자와 대상 간의 거리
　　　　　　　　유배지인 제주도

그대에게 이 슬픔 알게 했으면
　　ㄴ나의 슬픔이 매우 큼
　　화자의 소망이 구체적으로 제시됨
　　불완전한 문장을 통한 여운 효과

■ 다른 번역문 1

어찌하면 월하노인 시켜 저승에 호소하여
내세에는 그대와 나 자리 바꿔 태어날까?
나 죽고 그대는 천리 밖에 산다면
이 마음 이 슬픔을 그대가 알 터인데

■ 다른 번역문 2

월하노인 통해서 저승 세계에 하소연해서라도
다음 세상에서는 부부의 지위를 바꾸어 놓으리라.
나는 죽고 그대는 천 리 밖에 살아 있어
그대에게 이 내 비통한 심정을 알게 하리라.

■ 시어 및 시구 풀이

* 배소만처상(配所輓妻喪) : 유배지에서 아내의 초상에 쓰는 만사(輓詞). '만사'는 죽은 이를 슬퍼하여 지은 글. 또는 그 글을 비단이나 종이에 적어 기(旗)처럼 만든 것. 주검을 산소로 옮길 때에 상여 뒤에 들고 따라간다.
* 도망(悼亡) : 죽은 아내를 생각하여 슬퍼함. 죽은 아내를 추모하는 시. 도망시(悼亡詩).
* 월하노인(月下老人) : 부부의 인연을 맺어 준다는 전설상의 늙은이. 월하빙인(月下氷人).
* 월하노인을 통하여 저승에 하소연해 : 화자가 '저승'과 통할 수 없어 매개할 인물로 '월하노인'을 설정하고 있다. 부부의 인연을 맺어준 존재이므로 아내와 남편의 처지를 바꾸는 일에 적격이라 할 수 있다.
* 천 리 밖 : 본문에서는 유배지인 제주도를 말함.
* 나는 죽고 그대는 천 리 밖 살아서 : 실제로 화자인 '나'는 '천 리 밖' 제주도에 살아 있으므로 둘의 처지를 바꾸면 '그대'가 살아 있는 것이 된다.
* 그대에게 이 슬픔 알게 했으면 : '나'의 슬픔이 얼마나 큰지 아내가 알아줬으면 좋겠는 화자의 소망이 담겨 있는 구절이다. 불완전한 문장이 여운의 효과를 가져다 준다.

■ 핵심 정리

* 갈래 : 한시, 근체시. 칠언절구
* 성격 : 애상적. 추모적
* 제재 : 아내의 죽음
* 주제
  ▪ 아내의 죽음을 애통해하며 가 볼 수 없음을 안타까워 함.
  ▪ 죽은 아내에 대한 그리움과 회한
  ▪ 아내와 사별한 슬픔
* 특징 :
  ① 불가능한 상황을 가정하는 과장법을 사용하여 죽은 아내에 대한 그리움과 회한을 효과적으로 표현하고 있다.
  ② 죽은 부인을 위로하기 위해 살아 있는 상황을 설정하는 역설적 발상이 드러나고 있다.
  ③ 삶과 죽음, 저승과 이승, 남편과 아내, '천 리'의 안과 밖 등 상반된 것을 대비하여 표현하고 있다.
* 구성 1 :
  -기 : 월하노인에게 하소연을 하고 싶음.

-승 : 아내와 남편의 처지를 바꾸고 싶어함.

-전 : 아내가 살고 내가 죽은 상황을 가정함.

-결 : 아내가 내 슬픔의 깊이를 알 수 있기를 바람.

* 구성 2 :

1~2행 : 월하노인을 통해 내세에 남편과 아내의 처지가 바뀌기를 소망함

3~4행 : 사별로 인한 자신의 슬픔을 아내가 알아주기를 바람

■ 해설

　이 작품은 추사(秋史) 김정희(金正喜) 선생이 제주도에서 9년(1840~1848년) 동안 유배 생활을 하던 중에 아내가 죽었다는 소식(1842년, 작가 58세)을 듣고 쓴 칠언절구의 한시입니다. 화자는 위리안치(圍籬安置), 곧 가시로 울타리를 치고 그 안에 갇힌 처지이니, 아내의 죽음에도 함께 할 수 없는 슬프고도 안타까운 마음을 표현한 작품입니다. 더구나 부인이 죽었다는 소식이 유배지인 제주도까지 바다를 건너오느라 한 달이나 지나서야 듣게 되었으니 남편으로서의 마음이 어떨지 짐작하기 어렵습니다.

　먼저 제1구 기(起)에서는, 부부의 인연을 관장한다는 '월하노인(月下老人)'에게 부탁하여, 사람이 죽어서 간다는 명부(冥府)에 '나'의 하소연을 전하고자 합니다. '訴'는 '하소연하다', '소송하다' 등의 뜻이 있는데 '소송하다'로 번역했으면 훨씬 더 적극적인 해결책이 될 수 있었겠군요. 이 작품의 다른 이본(version)에는 '訟'이라 써서 이런 느낌이 훨씬 강하게 드러납니다. 어쨌든 스스로 해결할 수 있는 문제가 아닌 것은 분명합니다. 바로 제2구 승(承)에서 화자는 하소연할 내용이 바로 아내와 남편의 처지를 서로 맞바꿔 달라는 것이었습니다. 그래서 월하노인의 힘이 필요했을 터입니다. 제3구 전(轉)에서 그런 소망을 훨씬 구체적으로 설명하고 있습니다. 아내와 남편을 서로 바꿔서, 천 리 밖에서 '나'는 아내가 되어 저승으로 가고, '그대'는 남편으로 살아남아서, 제4구 결(結)에서 밝히듯 살아남은 '나'가 '그대'의 죽음에 얼마나 슬퍼하는지를 알게 하고 싶다고 것입니다.

　이 작품에 가장 두드러지게 쓰인 표현 방법은 상반된 두 가지를 대비(對比)하는 것입니다. 내세(來世)와 현세(現世)를 대비시키고(제1구), 부부의 아내와 남편을 대비시키고(제2구), 삶과 죽음을 대비시키고(제3구), 귀양살이 하는 처지를 대비시키고, 천리로 떨어진 공간적 위치를 대비시켜(제3구) 작가 자신이 당한 슬픔을 먼저 저승에 간 부인에게 알리고 싶다(제4구)는 것이 그것입니다. 이러한 슬픈 마음을 절묘한 대비를 통해서 짧은 글 속에 함축시키고 있는 것이 이 작품입니다.

　이 작품과 함께 읽어 볼 만한 글을 소개합니다. 추사 선생이 아내를 추모하는 글, 곧 제문(祭文)을 남겼습니다. 제목은 '부인 예안 이씨 애서문(夫人禮安李氏哀逝文)'입니다. 신호열 선생께서 번역한 글입니다.

　임인년(壬寅年) 11월 을사삭(乙巳朔) 13일 정사(丁巳)에 부인이 예산(禮山)의 추사(楸舍)에서 일생을 마쳤는데 다음 달 을해삭(乙亥朔) 15일 기축의 저녁에야 비로소 부고가 해상(海上)에 전해 왔다.

　그래서 부(夫) 김정희는 설위(設位)하여 곡을 하고 생리(生離)와 사별(死別)을 비참히 여기며 영영 가서 돌이킬 수 없음을 느끼면서 두어 줄의 글을 엮어 본집에 부치어 이 글이 당도하는 날 그 궤전(饋奠)을 인하여 영궤(靈几)의 앞에 고하게 하는 바이다.

　어허! 어허! 나는 행양(桁楊)이 앞에 있고 영해(嶺海)가 뒤에 따를 적에도 일찍이 내 마음은 흔들리지 않았는데 지금 한 부인의 상을 당해서는 놀라고 울렁거리고 얼이 빠지고 혼이 달아나서 아무리 마음을 붙들어 매자도 길이 없으니 이는 어인 까닭이지요.

　어허! 어허! 무릇 사람이 다 죽어갈망정 유독 부인만은 죽어가서는 안 될 처지가 아니겠소. 죽음이 있어서는 안 될 처지인데도 죽었기 때문에 죽어서도 지극한 슬픔을 머금고 더없는 원한을 품어서 장차 뿜으면 무지개가 되고 맺히면 우박이 되어 족히 부자(夫子)의 마음을 뒤흔들 수 있는 것이 행양보다 영해보다 더욱더 심했던 게 아니겠소.

　어허! 어허! 삼십 년 동안 그 효와 그 덕은 종당(宗黨)이 일컬었을 뿐만 아니라 붕구(朋舊)와 외인(外人)들까지도 다 느껴 칭송하지 않는 자 없었소. 그렇지만 이는 인도상 당연한 일이라 하여 부인은 즐겨 받고자 하지 않았던 것이었소. 그러나 나 자신은 잊을 수 있겠소.

　예전에 나는 희롱조로 말하기를 "부인이 만약 죽는다면 내가 먼저 죽는 것이 도리어 낫지 않겠소."라 했더니, 부인은 이 말이 내 입에서 나오자 크게 놀라 곧장 귀를 가리고 멀리 달아나서 들으려고 하지 않았던 거요. 이는 진실로 세속의 부녀들이 크게 꺼리는 대목이지만 그 실상을 따져보면 이와 같아서 내 말이 다 희롱에서만 나온 것은 아니었소.

　지금 끝내 부인이 먼저 죽고 말았으니 먼저 죽어가는 것이 무엇이 유쾌하고 만족스러워서 나로 하여금 두 눈만 뻔히 뜨고 홀로 살게 한단 말이오. 푸른 바다와 같이 긴 하늘과 같이 나의 한은 다함이 없을 따름이외다.

산민(山民)

김창협(金昌協)

河馬問人居
하 마 문 인 거

婦女出門看
부 녀 출 문 간

坐客茅屋下
좌 객 모 옥 하

爲我具飯餐
위 아 구 반 찬

丈夫亦何在
장 부 역 하 재

扶犁朝山上
부 리 조 산 상

山田苦難耕
산 전 고 난 경

日晚猶未還
일 만 유 미 환

四顧絶無隣
사 고 절 무 린

鷄犬依層巒
계 견 의 층 만

中林多猛虎
중 림 다 맹 호

採藿不盈盤
채 곽 불 영 반

哀此獨何好
애 차 독 하 호

崎嶇山谷間
기 구 산 곡 간

樂哉彼平土
락 재 피 평 토

欲往畏縣官
욕 왕 외 현 관

양반 신분임을 알려주는 소재
말에 내려 인가를 찾아가 보니
↳주체 : '나'

수탈당하는 백성
아낙네 문간에 나와 맞이하네.
↳낮은 신분으로서의 예의

화자를 객관적 대상으로 지칭
띠집 처마 아래 손님을 앉게 하고
↳살기 힘든 처지

드러난 일인칭 화자
나를 위해 밥과 반찬 내어 오네.
↳서민들의 인정을 보여주는 행위

➡ 1~4행 : 아낙네의 인정

수탈당하는 백성
남편은 어디에 나가 있냐 하니
↳대화의 직접 노출

아침에 따비를 메고 산에 올라

산밭을 일구느라 고생을 하며
↳부부의 생계 수단

아낙네의 대답
고통스러운 삶

저물도록 돌아오지 못한다네.
↳고통스러운 삶의 모습

➡ 5~8행 : 남편의 고달픈 삶

사방을 둘러봐도 이웃은 없고
↳외롭고 의지가없는 산골에서의 삶

닭과 개도 산기슭에 기대어 사네.
↳부부의 외딴 살이를 구체적으로 보여 주는 소재

➡ 9~10행 : 외로운 부부의 삶

숲 속에는 사나운 호랑이 많아
↳산에서의 삶을 방해하는 존재

나물도 마음대로 못 뜯는다네.
↳부부의 생계 수단

➡ 11~12행 : 아낙네의 힘든 삶

감정의 직접 표출, 백성에 대한 연민의 정, 영탄법
슬프다 외딴 살이 어찌 좋으리?
↳희망하는 삶의 공간이 아님을 짐작할 수 있음, 설의법

험하고 험한 산골짝에서……
↳시적 공간의 상황 제시. 생략법을 통해 화자의 고조된 감정 표출

➡ 13~14행 : 부부의 삶에 대한 연민

평지에 살면 더없이 좋으련만
↳살고 싶어 하는 공간, 벼슬아치가 사는 공간

가고 싶어도 벼슬아치 두렵다네.
↳호랑이보다 더 무서운 존재, 가정맹어호(苛政猛於虎)
수탈의 주체. 가렴주구(苛斂誅求), 탐관오리(貪官汚吏)

➡ 15~16행 : 관리들의 수탈 고발

■ 시어 및 시구 풀이

* 띠집 : 모옥(茅屋). 초가(草家). 산속에서 자연의 소재를 모아 얼기설기 지은 집.
* 나를 위해 밥과 반찬 내어 오네 : 어렵게 사는 생활이지만 손님을 위한 대접에는 소홀히 하지 않는 순박한 서민의 모습을 그리고 있다.
* 따비 : 풀뿌리를 뽑거나 밭을 가는 데 쓰는 농기구.
* 저물도록 돌아오지 못한다네, : 날이 저물 때까지 일해야 하는, 산속에 사는 농민의 고달픈 생활을 알 수 있는 구절이다.
* 닭과 개만 산기슭을 오르내린다. : 인적이 드문 산골에 사람들이 살고 있음을 말하고 있다.
* 숲 속에는 사나운 호랑이 많고 : 뒤에 이어지는 내용으로 보아 '가정맹어호(苛政猛於虎)'라는 '학정(虐政)의 무서움'을 말한 고사 성어와 상통한다.
* 원님이 무서워 갈 수가 없구나. : 학정(虐政)의 가렴주구(苛

斂誅求)에 시달리는 백성의 처지를 말하고 있다.

■ 다른 번역문

말에서 내려와 사람 부르니
부인이 문을 열고 나와 보고는
초가집 안으로 맞아들이고
나그네 위하여 밥상 내온다
바깥어른은 어디 계시오
아침에 쟁기 들고 산에 갔다오
산밭은 너무나 갈기 어려워
해가 저물도록 못 오신다오
사방을 둘러봐도 이웃은 없고
개와 닭들 비탈에서 서성대누나
숲속에는 무서운 호랑이 많아
뜯은 콩잎 광주리에 반도 안 된다
가련할손 이곳이 뭐가 좋다고
척박한 두메산골 산단 말인가
편안할사 저 너머 평지의 생활
가고파도 고을 관리 너무 무서워

■ 핵심 정리

* 갈래 : 오언 배율
* 성격 : 현실 고발적, 비판적
* 표현 : 직설법 압운 : 看, 餐, 還, 巒, 盤, 間, 官
* 구성 :
* 주제 : 백성들의 힘겨운 삶과 관리들의 횡포
　　　관리들의 횡포와 평민들의 고된 삶
* 특징 :
　① '가파른 산중'과 '평지'를 대비시켜 백성들의 힘겨운 생
　　활상을 나타내고 있다.
　② '가정맹어호(苛政猛於虎)'의 고사성어를 시로 잘 형상화
　　하고 있다.
　③ 고통스러운 삶을 사는 백성들에 대한 연민과 애정의 시
　　선이 느껴진다.
　④ 지배 계층에 대한 비판적 관점이 드러나고 있다.
* 구성 : 수·함·경·미의 4단 구성
　1행~4행 : 산속의 인가를 방문함.
　5행~8행 : 화전민의 고된 삶
　9행~12행 : 산속 생활의 외로움과 두려움
　13행~16행 : 폭정으로 인한 백성의 고달픈 삶

■ 해설

　1678년(숙종 4)에 김창협(金昌協)이 지은 오언배율(五言排律)로, 그의 문집인 『농암집(農巖集)』에 수록되어 있습니다. 한(寒)·산(刪) 운자(韻字)로 압운하였는데, 그의 나이 28세 때 지은 작품입니다.

　이 작품은 글쓴이가 산중을 지나던 중 외딴집에서 그 집 아낙네에게 음식을 대접받고, 산 속에서 사는 까닭에 대해 묻고 답하는 방식으로 전개됩니다. 그 아낙네의 말에 따르면, 그의 남편은 산 위에 있는 밭을 갈러 가서 해가 져도 돌아오지 않고, 닭과 개는 산기슭에서 자유롭게 노는데, 숲 속에는 호랑이가 있어 나물도 마음대로 뜯을 수 없다고 합니다. 그래서 글쓴이가 묻습니다. 그렇다면 무엇이 좋아 이 험한 산골에 사느냐고. 그 아낙네가 다시 대답합니다. 산속이 아닌 평지에서 살기가 좋기야 하겠지만, 가고는 싶어도 원님이 무서워 갈 수가 없어요.

　아낙네의 이 대답은 곧 이 작품의 주제를 압축하여 제시하고 있습니다. 이 작품의 주제 의식은 공간적 대비를 통해 드러나는데, 사방에 이웃도 없고 척박하고 열악한 삶의 조건을 지닌 산속 공간과 더 없이 좋은 삶의 조건을 지닌 평지의 대비는 백성들로 하여금 호랑이보다 더 무서운 벼슬아치로 인해 산속의 삶을 선택하게 하는 모순된 현실을 극명하게 보여주는 것이지요.

　이 작품은 임진왜란과 병자호란 등을 겪은 뒤 나라 재정이 고갈되고, 관리들의 기강이 해이해지는 등의 원인으로 백성들에 대한 가렴주구(苛斂誅求)가 매우 심했고, 그런 당시의 사정을 잘 담아내고 있습니다. 작가는 이를 통해 백성들의 삶을 비탄에 빠뜨리는 가혹한 지배 계층의 횡포를 날카롭게 비판하고 있는 것이다. 가옥과 전답 등을 다 팔아도 세금을 낼 수가 없어 아무도 살지 않는 첩첩산중으로 도피하여, 물질적으로는 곤궁하나 정신적으로 여유 있는 생활을 누리는 산촌 백성의 생활, 그것을 글쓴이는 그들의 말을 그대로 옮겨 사실성을 담보하고 그들에 대한 무한한 연민의 정을 그렸습니다.

　따라서 이 작품은 오늘날 우리가 사회시 또는 참여시 등으로 부르는, 당면한 현실의 온갖 부정적인 것을 비판하는 시와 맥락이 닿아 있습니다. 이런 부류의 시는 백성들의 고통을 시로 읊어 위정자들에게 들리게 하는, 『시경(詩經)』에 그 뿌리를 둘 만큼 오래된 수법입니다. 작품의 표면에 드러나 있지는 않지만 그 문제의 해결책은 너무나 간단합니다. 알면서도 모르는 척하면서 한쪽은 횡포를 부리고, '산민(山民)' 같은 다른 한쪽은 알면서도 어쩔 수 없이 그 횡포에 괴로워합니다.

습수요(拾穗謠)

이달(李達)

田間拾穗村童語　盡日東西不滿筐
전 간 습 수 촌 동 어　진 일 동 서 불 만 광

압운('앙')

今歲刈禾人亦巧　盡收遺穗上官倉
금 세 예 화 인 역 교　진 수 유 수 상 관 창

밭고랑에서 이삭 줍는 시골 아이의 말이
　　중심 제재　　　　중심 내용

하루 종일 동서로 다녀도 바구니가 안 찬다네
노동의 시간
　노동의 공간　　불만스러운 노동의 결과

반복법
음위율(각운)

올해에는 벼 베는 사람들도 교묘해져서
비교의 기준
　　농민. 민중. 피해자　　이삭을 남기지 않음
　　이삭을 거두는 사람들　　악랄한 수탈을 당함

이삭 하나 남기지 않고 관가 창고에 바쳤다네
　　주울 게 없도록 함　　가해자
　　전부 다 수탈당함

■ 시어 및 시구 풀이

* 습수요(拾穗謠) : 이삭줍기 노래. '이삭'은 '벼, 보리 따위 곡식에서, 꽃이 피고 꽃대의 끝에 열매가 더부룩하게 많이 열리는 부분'을 뜻하지만, '곡식이나 과일, 나물 따위를 거둘 때 흘렸거나 빠뜨린 낟알이나 과일, 나물을 이르는 말'로도 쓰인다. '이삭이 패다'일 때는 전자, '이삭을 줍다'일 때는 후자의 뜻이다. 엄격하게 말하면 '떨어진 이삭', 곧 '낙수(落穗)'를 줍는 것을 이른 말이다.

* 밭고랑 : 밭작물이 늘어서 있는 줄과 줄 사이의 고랑을 통틀어 이르는 말로 '전간(田間)'을 번역한 말이다. 뒤의 '벼 베는 사람'과 관련지어 보면, '벼'는 '밭'이 아니라 '논'에 심는 작물이므로 '논밭'의 대유(代喩)로 읽을 수도 있다.

* 밭고랑에서 이삭 줍는 시골 아이의 말이 : 화자가 '시골 아이'와 나눈 대화를 전하는 처지임을 드러내는 구절이다. 화자는 3인칭 관찰자의 시점에서 단순히 '시골 아이'의 말을 인용함으로써 농촌의 상황을 객관적으로 제시하는 태도를 취하고 있다.

* 하루 종일 동서로 다녀도 바구니가 안 찬다네 : '하루 종일'이라는 노동의 시간, '동서'라는 노동의 공간을 통해 이삭을 주워 바구니에 채우는 노동이 힘들지만, 그 결과는 불만스러움을 드러내고 있다.

* 올해 : '예년과는 다른' 시점을 제시하여 상황의 심각성을 강조하고 있다.

* 벼 베는 사람들 : 다 익은 벼를 수확하는 사람들, 곧 농민들을 가리킨다. '관가'의 수탈을 당하는 피해자이면서, '이삭 줍는 시골 아이'에게는 바구니를 채우지 못하게 한 가해자이기도 하다.

* 교묘해져서 : '교묘해'졌다는 것은 표면적으로는 이삭을 남기지 않는 농민들의 솜씨이지만, 이면적으로는 관리들의 횡포가 더욱 심해졌다는 의미이다. 후자의 시각으로 보면 이 말은 반어적 표현이라 할 수 있다.

* 이삭 하나 남기지 않고 : '교묘해'진 솜씨의 구체적인 내용인데, 농민들의 솜씨이면 이삭 줍는 아이들이 피해자이고, 관리의 솜씨라면 관가의 수탈이 심해졌다는 뜻이 되면서 농민이나 이삭 줍는 아이들의 뼈아픈 아픔이 담겨 있다.

* 관가 창고에 바쳤다네 : 농민을 수탈하는 관가(官家)의 가렴주구(苛斂誅求) 행위가 구체적으로 드러나 있다.

* 올해에는 벼 베는 사람들도 교묘해져서~관가 창고에 바쳤다네 : 승구(承句)에서 '이삭 줍는 시골 아이'가 목표치에 도달하지 못한 결과의 원인이 드러나 있다. 예전에는 이삭 줍는 사람들을 위해 어느 정도 이삭을 남겨 두었었는데, 이제는 극심한 수탈로 인해 더 이상 이삭을 남겨 주지 않는다는 내용으로, 농민들의 인심마저 빼앗아 가 버릴 정도로 피폐해진 현실을 담담하게 표현하고 있다.

■ 다른 번역문 1

밭고랑에서 이삭 줍는 시골 아이들이 말하기를
종일토록 동서로 다녀도 광주리가 안 찬다네.
금년에는 벼 베는 사람들의 솜씨도 교묘해져
남은 이삭까지 모두 거두어 관가 창고에 바쳤다네.

■ 다른 번역문 2

논에서 이삭 줍는 어린이 하는 말

온 종일 이리저리 주워야 소쿠리도 안 차요
올해는 벼 베는 이 솜씨 하 좋아
한 톨이라도 흘릴세라 관창에 다 바쳤대요

■ 핵심 정리

* 연대 : 조선 선조
* 갈래 : 한시, 근체시, 칠언절구
* 성격 : 현실 비판적, 인용적, 사실적, 고발적
* 표현 : 인용법, 직설법
* 주제 : 탐관오리들의 농촌의 수탈상을 고발,
    관가의 수탈과 농민들의 피폐한 삶
* 특징 :
　① '이삭 줍는 시골 아이'의 말을 인용하여 사실성을 강조
　　하고 있다.
　② 시골 아이의 순진함과 세태의 부조리를 대비하고 있다.
　③ '교묘하다'는 반어적인 어법으로 풍자의 효과를 강화하
　　고 있다.
　④ 객관적인 자세를 유지하여 폭로의 효과를 높이고 있다.
　⑤ 탐관오리의 수탈로 인한 농촌의 피폐한 현실을 우회적
　　으로 고발하고 있다.
　⑥ 원인('관가 창고에 바쳤다네')과 결과('바구니가 안 찬다
　　네')를 통해 화자의 비판 의식을 논리적으로 제시하고 있
　　다.
* 구성 :
　-기 : 이삭 줍는 아이들을 만나 이야기를 들음
　-승 : 이삭줍기의 어려움에 대한 아이들의 이야기
　-전 : 벼 베는 사람들의 교묘해져서 이삭을 안 남김
　-결 : 관가의 심한 수탈 고발

■ 해설

　이 작품은 1618년경에 간행된 이달(李達)의 문집인 『손곡시집(蓀谷詩集)』 제6권에 실려 있습니다. 시의 형식은 칠언절구(七言絶句)로 분류되는 정형시로서, 당쟁과 임진왜란 등의 전란으로 피폐해진 조선 중기의 농촌 생활상을 사실적으로 노래하였습니다.

　먼저 제1구 기(起)에서 말하고자 하는 시의 내용은 '이삭 줍는 아이들의 말'임을 전제로 하고 있습니다. 제삼자인 아이들의 말을 통한 간접 화법의 묘(妙)는 직접 화법보다 현장감을 살려 신빙성과 설득력을 거둘 수 있다는 점입니다. 제2구 승(承)에서는 이삭 줍는 아이들의 행동을 사실감 있게 묘사하면서 이삭 줍는 어려움을 표현하고 있습니다. 하루 종일 이 밭고랑 저 밭고랑을 뛰어다녀도 광주리를 못 채우는 안타

까운 심정이 간접적으로 제시되고 있습니다.

　제3구 전(轉)과 제4구 결(結)에서는 광주리를 채우지 못하는 원인 두 가지를 밝히고 있습니다. 일차적으로는 벼 베는 사람들의 솜씨가 교묘해져 이삭을 남기지 않았기 때문이라 합니다. 농민들도 그럴 수밖에 없는 또 다른 이차적인 원인이 있는데, 그것은 다름이 아니라 관가에 바쳐야 하는 세금 때문이라고 밝히고 있습니다. 가을이면 일 년 동안 땀 흘려 키운 곡식을 수확하는 농민들의 마음은 수확의 기쁨으로 뿌듯해야 합니다. 그러나 이 작품 속 농민들의 마음은 그렇지 못합니다. 기껏 힘들게 키우고 수확을 하더라도 세금 충당하기에도 모자란다는 것이지요. 그러니 이삭 하나라도 남기지 말아야 합니다. 이런 농민들의 심정을 '올해에는 벼 베는 사람들의 솜씨도 교묘해졌다.'라고 우회적으로 표현하고 있습니다.

　이로 보면 풍년가(豊年歌)가 들려오고 풍요로움을 느낄 수 있는 농촌의 가을 들녘에서 오히려 농민들의 한숨 소리가 들릴 정도로 관리들의 수탈과 핍박이 얼마나 심한가를 짐작할 수 있습니다. 그 원인은 관가에 바쳐야 하는 가혹한 세금 때문임을 알 수 있는, 관리들의 가렴주구(苛斂誅求), 곧 세금을 혹독하게 거두고 재물을 강제로 빼앗는 수탈 현장을 이삭 줍는 아이들의 입을 통해서 간접적으로, 그러나 더 절실하게 표현하고 있습니다. 표현은 간접적 우회적이며, 주제는 가렴주구하는 관리들의 횡포라고 요약할 수 있겠지요.

　이 시를 쓴 이달(李達)은 조선 중기 선조 때의 서얼 출신으로 최경창(崔慶昌)·백광훈(白光勳)과 함께 당시풍(唐詩風)의 시를 잘 지어 삼당파(三唐派)로 불린 시인입니다. 당시의 사회상과 시인 자신의 신분적 불만이 겹쳐 논리적이고 주지적인 송풍(宋風)보다는 정서적인 면을 중시하는 당풍(唐風)을 따라 낭만적이고 풍류적인 시를 많이 남겼습니다. 또 권력지향형이 아니어서 연군시(戀君詩) 대신 주변의 누추한 생활과 고단한 삶을 시재(詩材)로 삼았다. 이 시가 실려 있는 그의 문집 『손곡시집』에 한시 330여 수가 실려 전하는데, 이는 제자 허균(許筠)이 수집한 것으로 알려져 있습니다. 주지하다시피 허균은 서얼(庶孼) 차대(差待)를 문제삼은 「홍길동전」을 지었는데, 그의 스승인 이달을 염두에 두고 지었을 가능성이 제기되곤 하였습니다. 허균의 누나 허난설헌(許蘭雪軒)도 그에게 시를 배웠다고 합니다.

신고산 타령(어랑 타령/원산 아리랑)

작자 미상

신고산(新高山)1) 우루루 함흥차(咸興車)2) 가는 소리에

　구고산(舊高山)3) 큰애기4) 반봇짐5)만 싼다

　　어랑어랑 어허야 어야 디야 내 사랑아

공산야월(空山夜月)6) 두견이7)는 피나게 슬피 울고

강심(江心)8)에 어린 달빛 쓸쓸히 비쳐 있네

　　어랑어랑 어허야 어야 디야 내 사랑아

가을바람 소슬(蕭瑟)하니9) 낙엽이 우수수 지고요

귀뚜라미 슬피 울어 남은 간장(肝腸)10) 다 썩이네

　　어랑어랑 어허야 어야 디야 내 사랑아

백두산 명물은 들쭉11) 열매인데

압록강 굽이굽이 이천 리를 흐르네

　　어랑어랑 어허야 어야 디야 내 사랑아

구부러진 노송(老松) 낡은12) 바람에 건들거리고

허공(虛空) 중천(中天) 뜬 달은 사해(四海)13)를 비춰 주누나

　　어랑어랑 어허야 어야 디야 내 사랑아

휘늘어진 낙락장송(落落長松)14) 휘어 덥석 잡고요

애달픈 이내 진정(眞情)15) 하소연이나 할까나

　　어랑어랑 어허야 어야 디야 내 사랑아

삼수갑산(三水甲山)16) 머루 다래는 얼크러설크러졌는데17)

　나는 언제 임을 만나 얼크러설크러지느니

　　어랑어랑 어허야 어야 디야 내 사랑아

오동나무를 꺾어서 열녀탑(烈女塔)18)이나 짓지요,

심화병(心火病)19) 들은 임을 장단에 풀어나 줄거나20)

　　어랑어랑 어허야 어야 디야 내 사랑아

상갯굴21) 큰애기 정든 임 오기만 기다리고

---

1) 신고산 : 서울과 원산을 잇는 철로인 경원선(京元線)에 있는 역 이름. 이곳에서 약 2km 떨어진 곳에 '고산(高山)'이란 이름의 마을이 있어서 접두사 '신(新)'을 붙여 부르게 되었다.
2) 함흥차(咸興車) : 함흥으로 가는 기차. 이 가사의 일부가 개화기 이후 일본을 거쳐 서양 문명의 산물이 들어온 이후에 생긴 것임을 짐작하게 하는 구절이다.
3) 구고산 : 옛날의 고산. 본래의 고산.
4) 큰애기 : 큰아기. 다 자란 계집아이. 또는 다 큰 처녀.
5) 반봇짐 : 손에 들고 다닐 만한 정도의 자그마한 봇짐.
6) 공산야월(空山夜月) : 텅 빈 산의 밤을 환하게 밝히는 달.
7) 두견이 : 두견(杜鵑). 두견새. 접동새. 귀촉도(歸蜀道). 불여귀(不如歸). 자규(子規).
8) 강심(江心) : 강의 한복판. 또는 그 물 속.
9) 소슬(蕭瑟)하니 : 으스스하고 쓸쓸하니.
10) 간장(肝腸) : 간과 창자. '애'나 '마음'을 비유적으로 이르는 말.
11) 들쭉 : 들쭉나무의 열매. 8~9월에 익고, 그 모양과 맛이 포도와 비슷한데, 자양분이 많다. 빛깔은 진홍색이다. 신맛과 단맛이 있어서 생으로 먹기도 하고 잼과 양주 제조에도 쓴다.

12) 낡은 : 나무는. '나무'가 'ㄱ' 곡용어(曲用語)이어서 사투리로 남아 있는 말.
13) 사해(四海) : 온 세상. 온누리.
14) 낙락장송(落落長松) : 가지가 길게 축축 늘어진 키가 큰 소나무.
15) 진정(眞情) : 참되고 애틋한 정이나 마음.
16) 삼수갑산(三水甲山) : 우리나라에서 가장 험한 산골이라 이르던, 함경도에 있는 삼수와 갑산. 조선 시대에 귀양지의 하나였다.
17) 얼크러설크러졌는데 : 얽히고설켜졌는데. 가느다란 덩굴이 이리저리 뒤엉켜 있는데.
18) 열녀탑(烈女塔) : 열녀(절개가 굳은 여자)의 행적을 기리기 위해 만든 탑.
19) 심화병(心火病) : 심화(心火). 마음속의 울화로 몸과 마음이 답답하고 몸에 열이 높아지는 병.
20) 오동나무를 꺾어서~장단에 풀어나 줄거나 : 오동나무는 거문고나 가야금을 만드는 재료인 것에서 나온 표현이다.

삼천만 우리 동포 통일되기만 기다린다[22]

　어랑어랑 어허야 어야 디야 내 사랑아

물 푸는 소리는 월앙충청[23] 나는데

날 오라는 손짓은 섬섬옥수(纖纖玉手)[24]로다

　어랑어랑 어허야 어야 디야 내 사랑아

후치령(厚峙嶺)[25] 말께다[26] 국사당(國師堂)[27]을 짓고

임 생겨지라고 노구메 드리네[28]

　어랑어랑 어허야 어야 디야 내 사랑아

용왕담(龍王潭)[29] 맑은 물에 진금(塵襟)[30]을 씻고 나니

무겁던 머리가 한결 쇄락(灑落)[31]해지누나

　어랑어랑 어허야 어야 디야 내 사랑아

백두산 천지(天池)[32]에 선녀가 목욕을 했는데

굽이치는 두만강에 뗏목[33]에 몸을 실었네[34]

　어랑어랑 어허야 어야 디야 내 사랑아

불원천리(不遠千里)[35] 허우단심[36] 그대 찾아왔건만

보고도 본체만체 돈담무심(頓淡無心)[37]

　어랑어랑 어허야 어야 디야 내 사랑아

가지 마라 잡은 손 야멸차게[38] 떼치고

갑사댕기[39] 팔라당 후치령 고개를 넘누나

　어랑어랑 어허야 어야 디야 내 사랑아

지저귀는 산새들아, 너는 무삼[40] 회포(懷抱) 있어

밤이 가고 날이 새도 저태도록 우느냐

　어랑어랑 어허야 어야 디야 내 사랑아

허공 중천 뜬 기러기 활개[41] 바람에 돌고

어랑천(漁郎川)[42] 깊은 물은 저절로 펑펑 도누나

　어랑어랑 어허야 어야 디야 내 사랑아

울적한 심회(心懷)를 풀 길이 없어 나왔더니

처량(凄凉)한 산새들은 비비배배 우노나

　어랑어랑 어허야 어야 디야 내 사랑아

간다온단 말도 없이 훌쩍 떠난 그 사랑

야멸진[43] 그 사랑이 죽도록 보고 싶구나

---

21) 상갯굴 : 마을 이름.
22) 삼천만 우리 동포 통일되기만 기다린다 : 이 구절은 남북 분단 이
　　후에 만들어진 것인데, 민요의 구비문학적 성격, 곧 적층성이나 유동
　　성, 집단성 등을 보여 주고 있다. 민요는 여러 사람의 입에서 입으로
　　전해지는 것이라 개인의 소망뿐만 아니라 민족 전체의 소망도 담을
　　수 있게 된 것이다.
23) 월앙충청 : 물을 푸거나 급히 달려가는 소리를 흉내낸 음성 상징어
　　(의성어). '님이 오마 하거늘'로 시작하는 사설시조에는 '위렁충창'이
　　라 표기되어 있다.
24) 섬섬옥수(纖纖玉手) : 여자의 아주 가늘고도 고운 손.
25) 후치령(厚峙嶺) : 함경남도 풍산군과 북청군을 잇는 고개.
26) 말께다 : 마루쯤에다. '마루'는 등성이를 이루는 지붕이나 산 따위
　　의 꼭대기.
27) 국사당(國師堂) : 서낭당. 서낭신(토지와 마을을 지켜 준다는 신)을
　　모신 집.
28) 노구메 드리네 : 노구메(산천의 신령에게 제사 지내기 위하여 놋쇠
　　나 구리로 만든 작은 솥에 지은 메밥)를 마련하여 치성(致誠)을 드리
　　네.
29) 용왕담(龍王潭) : 연못 이름.
30) 진금(塵襟) : 티끌로 더러워진 옷깃이라는 뜻으로, 속된 마음이나
　　세속적인 생각을 이르는 말.
31) 쇄락(灑落) : 기분이나 몸이 상쾌하고 깨끗함.
32) 천지(天池) : 백두산 정상에 있는 못.
33) 뗏목 : 통나무를 떼로 가지런히 엮어서 물에 띄워 사람이나 물건을
　　운반할 수 있도록 만든 것.
34) 백두산 천지에~몸을 실었네 : 두만강은 선녀들이 목욕한 천지의
　　물이 흘러내리는 강이고, 화자는 그 두만강에 뗏목을 띄우고 타고 내

려간다는 뜻이다.
35) 불원천리(不遠千里) : 천 리 길도 멀다고 여기지 않음.
36) 허우단심 : 허위단심. 허우적거리며 무척 애를 씀.
37) 돈담무심(頓淡無心) : 어떤 사물에 대하여 도무지 탐탁하게 여기는
　　마음이 없음. 돈단무심(頓斷無心).
38) 야멸차게 : 자기만 생각하고 남의 사정을 돌볼 마음이 거의 없게.
39) 갑사댕기 : 갑사(甲紗)로 만든 댕기. '갑사'는 품질이 좋은 비단. 얇
　　고 성겨서 여름 옷감으로 많이 쓴다. '댕기'는 게 많은 머리 끝에 드
　　리는 장식용 헝겊이나 끈.
40) 무삼 : 무슨. 어떤.
41) 활개 : 새의 활짝 편 두 날개. 운율상 뒤의 '바람'과 한 덩이가 되
　　는데, 이때 '활개바람'은 '회오리바람'의 뜻이라 할 수 있다.
42) 어랑천(漁郎川) : 함경북도 경성군에서 발원하여 동해로 들어가는
　　시내. 이 노래의 제목 '어랑 타령'과 관련이 있다.
43) 야멸진 : 야멸친. 야멸찬. 자기만 생각하고 남의 사정을 돌볼 마음
　　이 없는.

어랑어랑 어허야 어야 디야 내 사랑아

■ 핵심 정리

* 갈래 : 민요
* 성격 : 원망적, 자탄적
* 주제 : 임에 대한 그리움과 자신의 처지 한탄
* 특징 :
① 4음보로 이루어진 2행과 후렴구의 반복으로 이루어져 있다.
② 두 행을 대구(對句)로 구성하여 주된 정서를 강조하고 있다.
③ 자연물을 소재로 삼아 향토적 정서를 드러내는 데 기여하고 있다.
④ 다양한 감각적 심상을 활용하여 작중 상황을 효과적으로 부각하고 있다.
⑤ 음성 상징어를 활용하여 생동감을, 구어체를 사용하여 현장감을 두드러지게 하고 있다.

■ 해설

「신고산 타령」은 동부 민요 중 함경도 민요로써 일명 「어랑 타령」이라고도 하며 1900년대 초 개화기에 나온 민요입니다. 곡명을 이 노래의 첫머리 가사에 "신고산이 우루루"라고 하는 말을 따서 「신고산 타령」이라 하고, 후렴의 "어랑어랑" 하는 것을 따서 「어랑 타령」이라고도 하며, 주된 전승지에 따라 붙인 「원산 아리랑」도 이 노래의 다른 이름입니다. 이 노래는 관북 지방, 즉 함경도의 대표적인 민요로써 강원도 철원 이북부터 함경도의 남북 어느 곳을 가나 이 노래가 없는 곳이 없을 정도로 널리 불린 민요입니다.

'신고산'은 함경남도 원산에서 약 30km 정도 떨어진 곳에 있는 마을 이름이다. 서양 문물이 밀려 들어오던 1914년 서울과 원산을 잇는 경원선 철도의 역이 마을에 생기자 근처의 '고산'이라는 마을은 '구고산(舊高山)'으로, 역이 들어선 신식 마을은 '신고산'으로 불리게 되었습니다. 하루아침에 달라진 세상 풍경에 놀라움을 금치 못한 사람들은, 신문명에 대한 걱정스러움과 새로운 물결에 대한 들뜸으로 만감이 교차하는 심정을 가락에 담아 부르기 시작했다고 합니다.

이 노래는 구성지고 소박하며 그 지방의 맛과 향토적인 미를 풍기는 민요로써 원망스런 푸념조, 자탄조와 함께 애조를 띠고 있으면서도 후렴에 가서는 경쾌함과 또한 해학적인 사설 내용이 많이 담겨 있습니다. 그리고 함경도 지방에서는 부녀자들이 빨래터에서 바가지를 물 위에 엎어서 띄워놓고 두드리는, 이른바 '바가지 장단'을 맞춰가며 이 노래를 불렀다고 합니다.

이 노래는 추억과 사랑의 계절 가을에 누구나 느낄 수 있는 임을 향한 애틋한 사랑, 임과 함께 하고 싶은 소망 그리고 영원히 변치 말자는 사랑 맹세의 메시지를 담아 자연의 섭리에 빗대어 사랑을 노래하는 함경도 부녀자들의 일편단심이 진하게 느껴지는 곡입니다. 이 노래의 주된 장단은 자진모리이며, 이 노래의 연주 형태는 절마다 가사만 바뀌고 선율은 그대로인 형식인 장절형식입니다. 그래서 독창자가 원마루, 곧 뜻이 통하는 가사를 서로 주고받으며 부르면 여럿이 후렴을 제창으로 부르는 것을 반복합니다.

아리랑 타령(본조 아리랑)

작자 미상

이씨(李氏)[1]의 사촌이 되지 말고
 └조선의 왕족   └친인척. 가까운 친척

민씨(閔氏)[2]의 팔촌이 되려무나.[3]
 └왕비의 집안   └먼 친척
  세도 정치의 권력자

아리랑 아리랑 아라리요

아리랑 배 띄여라 노다 가세
 └아리랑 타령
  은유법
       ➡ 1연 : 외척의 권력에 대한 풍자

남산 밑에다 장충단[4]을 짓고
     └사당. 죽은 사람에 대한 추모의 공간

군악대 장단에 받들어총[5]만 한다.[6]
 └훈련은 하지 않고 의식(儀式)에만 참여하는 군대

아리랑 아리랑 아라리요

아리랑 배 띄여라 노다 가세.
       ➡ 2연 : 신식 군대에 대한 비판

아리랑 고개다 정거장 짓고
 └힘들게 걸어 넘던 고개

전기차 오기만 기다린다.[7]
 └문명의 이기

아리랑 아리랑 아라리요

아리랑 배 띄여라 노다 가세.
     ➡ 3연 : 민중의 삶과 괴리된 문명에 대한 비판

문전(門前)의 옥토(沃土)[8]는 어찌되고
 └집 가까이에 있는 기름진 논밭

쪽박[9]의 신세가 웬 말인가.[10]
 └빌어먹는 신세. 대유법

아리랑 아리랑 아라리요

아리랑 배 띄여라 노다 가세.
   ➡ 4연 : 일제의 수탈로 피폐해진 민중의 원망

밭은 헐려서 신작로[11] 되고
└삶의 터전   └문명개화의 산물 └대구법, 반복법(시어, 통사구조)

집은 헐려서 정거장 되네.[12]
└삶의 터전   └문명개화의 산물

아리랑 아리랑 아라리요

아리랑 배 띄여라 노다 가세.
   ➡ 5연 : 허울뿐인 개화로 삶의 터전을 잃은 안타까움

말깨나 하는 놈 재판소 가고
 └지식인   └정신적 죽음   └대구법
  일제에 저항하는 사람   반복법(시어, 통사구조)

일깨나 하는 놈 공동산[13] 간다.[14]
 └청년. 노동자 └육체적 죽음

---

8) 옥토(沃土) : 기름진 땅.

9) 쪽박 : 작은 바가지. '쪽박을 차다'는 '거지가 되다'의 대유(환유).

10) 문전의 옥토는 어찌 되고 쪽박의 신세가 웬 말인가. : 일제는 1905년부터 토지조사라는 명목으로 농민들로부터 문 앞의 기름진 땅을 모두 빼앗자 동냥을 하는 거지처럼 가난한 신세가 되었음을 한탄하는 부분이다. 민족적으로는 나라를 빼앗기고 식민지 신세가 되었음을 한탄하는 것으로도 볼 수 있다.

11) 신작로(新作路) : 자동차가 다닐 수 있도록 새로 낸 큰 길. '정거장', '전기차', '자동차' 등과 함께 '개화(開化)'를 상징하는 소재로, 이 노래의 향유층에게는 부정적 이미지를 주고 있다.

12) 밭은 헐려서 신작로 되고 집은 헐려서 정거장 되네. : 개화로 인해 큰길이 나는 등 세상이 좋아진 것 같지만, 실제로 백성들은 삶의 터전이 없어져 살기 어려워진 현실을 비판한 것이다. 일제가 새로 도로와 철로를 만든 것은 조선의 산물을 더 신속히 일본으로 빼돌리기 위한 일이었다.

13) 공동산 : 공동묘지가 있는 산.

14) 말깨나 하는 놈 재판소 가고 일깨나 하는 놈 공동산 간다. : 일제가 항일 의식을 가진 사람을 철저하게 통제하고, 조선 민중에게 고된 노역을 부과하는 민족 수난의 현실을 담고 있다. 재주나 능력이 있어도 그것을 발휘할 수 없는 시대 상황을 잘 드러내고 있다. 문맥으로 보아 '재판소'도 '공동산'처럼 삶을 피폐하게 만드는 곳으로 설정된 것이다.

---

1) 이씨(李氏) : '고종'을 가리킴.

2) 민씨(閔氏) : 고종의 비(妃)인 '명성 황후'를 가리킴.

3) 이씨의 사촌이 되지 말고 / 민씨의 팔촌이 되려 무나. : 이씨는 고종 황제의 성씨로 왕실(王室)을, 민씨는 명성 황후의 성씨로 외척(外戚) 세력을 의미한다. 을미사변(1895년) 전까지 명성 황후의 친척들은 권력을 등에 업고 매관매직을 일삼는 등 국정을 문란하게 하던 현실을 비판, 풍자한 것이다.

4) 장충단(奬忠壇) : 1900년 건립하여, 을미사변(乙未事變) 때 전사한 충신, 열사의 영령을 제사 지내던 사당.

5) 받들어총 : 부동자세에서 왼손으로 총을 수직으로 세워 든 후 총목에 오른손을 대어 경의를 표하는 동작. 또는 구령.

6) 군악대 장단에 받들어총만 한다. : 을미사변 이후 군대의 모습은 신식으로 바뀌었지만, 국토방위를 위한 실제 훈련은 하지 않고 의식(儀式) 훈련만 하고 있는 신식 군대를 풍자하고 있다.

7) 아리랑 고개다 정거장 짓고 / 전기차 오기만 기다린다. : 개화파들에 의해 1899년 신식 문명의 상징인 전차가 서울에 생긴 사실이 배경이 되었다.

아리랑 아리랑 아라리요

아리랑 배 띄여라 노다 가세.

➡ 6연 : 생명을 위협받는 현실에 대한 풍자

아깨나 낳을 년 갈보질15)하고
↳젊은 여자

목도16)깨나 메는 놈 부역17)을 간다
↳젊은 남자

〉대구법
반복법(시어. 통사구조)

아리랑 아리랑 아라리요

아리랑 배 띄여라 노다 가세.

➡ 7연 : 피폐한 삶에 대한 비판

신작로 가상다리18) 아까시남근19)
↳민중과 대조적인 자연물
의인화의 대상

자동차 바람에 춤을 춘다.20)
↳민중의 애환을 간접적으로 표현

아리랑 아리랑 아라리요

아리랑 배 띄여라 노다 가세.

➡ 8연 : 흥겨워하는 가로수를 보며 느끼는 애환

먼동이 트네 먼동이 트네
↳밝은 미래에 대한 기대감
반복법

미친 님 꿈에서 깨어났네21)
↳개화론에 빠졌던 사람
현실타개책을 가진 사람

아리랑 아리랑 아라리요

아리랑 배 띄여라 노다 가세.

➡ 9연 : 먼동이 터 꿈에서 깨어남

나를 버리고 가시는 님은

십 리도 못 가서 발병 난다22)
↳대상에 대한 저주

〉널리 알려진 아리랑 차용
작품의 통일성·유기성과 무관
민요의 개방적 속성을 드러냄

아리랑 아리랑 아라리요

아리랑 배 띄여라 노다 가세.

➡ 10연 : 이별한 임에 대한 원망

풍년이 왔다네 풍년이 와요

삼천리강산에 풍년이 와요23)
↳우리나라. 대유법

〉널리 알려진 아리랑 차용
작품의 통일성·유기성과 무관
민요의 개방적 속성을 드러냄
반복법(시어, 시구)
aaba의 운율 구조

아리랑 아리랑 아라리요

아리랑 배 띄여라 노다 가세.

➡ 11연 : 풍요로운 삶에 대한 소망

■ 핵심 정리

* 갈래 : 민요, 서정 민요

* 성격 : 풍자적, 현실 비판적, 적층적

* 형식 : 각 연 본문 2행, 후렴구 2행

* 제재 : 구한말에서 일제 강점하에 처한 민족 현실

* 주제 : 민족의 시대 현실에 대한 비판과 풍자

* 의의 :

• 민요의 형식을 빌려 민중들의 시대 현실에 대한 비판을 노래하고 있다.

• 전통적인 민요 양식이 개화기 시가로까지 이어지고 있음을 보여 준다.

• 구비 문학의 적층성(積層性)과 주제 의식이 잘 드러나 있다.

* 특징 :

• 3음보의 정연한 형식미를 갖추고 있다.

• 대구법, 대유법, 의인법 등을 사용하고 있다.

---

15) 갈보질 : 여자가 남자들에게 몸을 파는 행위를 속되게 이르는 말.

16) 목도 : 두 사람 이상이 짝이 되어, 무거운 물건이나 돌덩이를 얽어 맨 밧줄에 몽둥이를 꿰어 어깨에 메고 나르는 일. 목도를 할 때 짐을 걸어서 어깨에 메는 굵은 막대기.

17) 부역(賦役) : 국가나 공공 단체가 특정한 공익사업을 위하여 보수 없이 국민에게 의무적으로 책임을 지우는 노역.

18) 가상다리 : '가장자리'의 방언.

19) 아까시남근 : 아까시나무는. '아까시나무'는 콩과의 낙엽 교목. 높이는 20미터 정도이며, 잎은 어긋나고 우상 복엽이다. 5~6월에 흰 꽃이 총상(總狀) 화서로 피고 향기가 강하며 열매는 편평한 협과(莢果)로 5~10개의 종자가 들어 있다. 꽃에서 꿀을 채취하며 북미가 원산지이다.

20) 신작로 가상다리 아까시남근 자동차 바람에 춤을 춘다. : 신작로의 가장자리에 가로수로 심어 놓은 아까시나무가 자동차가 지나가며 일으키는 바람에 흔들리고 있는 것을 의인화하여 표현하였다. '아까시나무'도 '자동차'와 함께 도입된, 개화를 상징하는 외래적 사물이라 할 수 있다. 겉으로는 자연물의 흥겨움을 표현한 것이지만, 실제로는 이런 장면을 보고 있는 사람들의 애환을 드러내고자 한 작가 의식의 산물이라 할 수 있다.

21) 먼동이 트네 먼동이 트네 미친 님 꿈에서 깨어났네 : 아무리 부정적 현실이지만 결국 새 아침을 맞이할 것이란 기대감을 표현한 구절이다. '미친 님'은 현실을 직시하고 해결 방안을 제시할 만한 능력을 지닌 존재이지만 일시적으로 문명개화에 빠져 있던 사람으로 볼 수 있다. 이 구절을 반어적으로 해석하여 더욱 절망적 상황으로 빠져감을 노래한 것이라고 할 수도 있다.

22) 나를 버리고 가시는 님은 십 리도 못 가서 발병 난다. : 문명개화와 관련된 내용으로 전개되다가 임과의 이별을 거부하는 내용이 끼어들었다. 이것은 널리 알려진 '아리랑'의 한 절을 그대로 가져온 것이다. 노래를 마무리하는 과정에서 가창자나 청자의 흥을 돋우기 위해 익숙한 가사를 차용한 것이라 보기도 하지만, 이것은 각각의 연이 작품 전체의 유기성이나 통일성과 무관하게 끼어들거나 빠질 수 있는 민요의 개방적 속성을 보여 준다고 할 수 있다.

23) 풍년이 왔다네 풍년이 와요 삼천리 강산에 풍년이 와요. : 온 나라에 풍년이 들기를 바라는 소망을 담은 내용이다. 괴롭고 힘든 시대 상황을 극복하고 희망적인 미래를 바라는 당시의 민중 의식이 담겨 있다고 할 수 있다. 그런데 이 연도 기존의 널리 알려진 것이어서 작품 전체와 무관하게 존재하는 것으로 볼 수도 있다.

- 일상적 용어로 감정을 직설적으로 표현하고 있다.
- 시간의 흐름(역사적 흐름)에 따라 시상을 전개하고 있다.

* 연대 : 대한 제국에서 일제 강점기에 이르는 시기

* 구성 :

- 이씨의~ : 외척의 세도 정치 풍자
- 남산~ : 신식 군대의 유명무실함
- 아리랑~ : 민중의 삶과 유리된 개화
- 문전의~ : 일제의 수탈로 인해 피폐해진 민중의 삶
- 밭은~ : 삶의 터전을 빼앗는 근대화의 허실
- 말깨나~ : 일제의 민족 통제 및 노역(勞役) 부과 비판
- 아깨나~ : 일제의 민족 통제 및 노역(勞役) 부과 비판
- 신작로~ : 가로수의 흥겨움
- 먼동이~ : 먼동이 터 꿈에서 깨어남
- 나를~ : 떠난 임에 대한 원망
- 풍년이~ : 풍년이 오기를 기원함

* 출전 : 『조선의 민요』(장사훈, 성경린 편, 1948년)

■ 해설

이 작품은 우리나라의 전통 민요인 「아리랑」을 근간으로 구한말에 발생하여 일제 강점기까지 적층되어 불리던 신민요입니다. 3음보로 되어 있고 2행 대구 형식의 반복 구조를 취하면서 후렴도 있어서 전통적 가창 민요의 형식을 그대로 잇고 있습니다. 일반적인 구비 문학이 언제 발생되었는지 알 수 없는데 비해 이 작품은 당대의 구체적 사건을 들어 노래하고 있기에 발생과 적층 시기를 대체로 가늠할 수 있다는 점에서 특이성이 있습니다.

이 작품은 전체가 9연이라 하기도 하고 11연이라 하기도 합니다. 이렇게 혼란스러운 것은 실제로 이 작품이 몇 연으로 되어 있다고 할 수 없는 구비 문학이기 때문입니다. 이 작품은 어느 특정인 한 사람이 지은 것이 아니라 민중의 공동작이므로 전체가 동시에 지어졌다기보다는 시대를 내려오면서 하나씩 지어진 것으로 보는 것이 타당합니다. 그것은 이 작품을 전하는 책 『조선의 민요』(장사훈, 성경린 편, 국제음악문화사, 1948)에 전하는 편수와 순서일 뿐입니다. 다만 마지막의 두 연은 「아리랑」을 그대로 수용한 것이니 9연이라 하는 게 적절할 수도 있겠지만, 「서경별곡」과 「정석가」에서 보이듯 전통적으로 이른바 '공동차용(共同借用)'은 자연스럽게 이루어지는 것임을 고려해야 할 것입니다.

'민씨 세도 정치 - 신식 군대의 조직 - 전차 건설 - 경제 수탈' 등 대체로 시대순으로 전개되고 있습니다. 그러나 이처럼 각 연의 내용이 시대를 더해 가며 달라지고 있어서 이 노래의 적층적(積層的) 성격을 말해 준다고 하는 설명 또한 반드시 옳은 것은 아닙니다. 이 작품을 완결된 형식으로 이해

하고자 하는 시각에서 나온 결론이기 때문이지요. 사실상 이 순서는 이 작품을 전하는 책의 편집자 몫일 가능성이 높습니다.

이 노래는 일제의 수탈로 인해 농토를 잃고, 보다 효과적인 수탈 정책을 강화하기 위한 도로 사업으로 인해 삶의 터전마저 빼앗겨 버린 우리 민족의 모습을 다루고 있습니다. 군수 물품의 이동이나 물자의 수송 등에 기동력을 가하기 위해 일제가 벌인 도로 사업 때문에 생업의 터전이던 농토는 물론이고 집도 빼앗겨 생존의 위협을 받아야만 했던 극단적인 상황이 나타나 있습니다. 이와 같은 부정적인 현실 속에서 답답한 실정을 토로하기 위해 우리 민족의 민요인 '아리랑'의 곡조를 빌려 하소연하고 있는 것이지요. 이처럼 민요의 곡조에 붙인 이유는 단순히 개인의 심리적 정황을 반영하는 차원에 그치지 않고 부정적인 현실에 대한 비판적 인식을 보다 널리 퍼질 수 있게 하고, 더 나아가 우리 민족의 독립을 향한 열망을 민족 개개인의 가슴 속에 용이하게 심어 줄 수 있기 때문입니다.

또한 이 노래는 날카로운 풍자성이 두드러집니다. 위기에 처한 민족적 현실을 정확하게 반영한 노래로 민중들의 구체적 삶이 소박하고 직접적인 언어로 표현되어 있습니다. 민씨의 세도 정권에 대한 비판으로부터 시작하여 민중의 삶의 터전을 파괴하는 잘못된 개화 정책에 대한 비판에 이르기까지 우리 민족이 처한 현실을 여실히 보여 주고 있습니다. 이는 민족 개개인의 삶과 직결될 뿐만 아니라 민족사와도 연결되는 것으로 우리 민족의 삶과 정서를 절실하고 진솔하게 담고 있는 우리 근대사의 기록이라 할 수 있을 것입니다.

그러기에 세련된 시어를 사용하기보다 실생활에 쓰이는 일상어를 그대로 사용하였고, 내용도 변용하거나 굴절시키지 않고 직설적으로 표현하고 있습니다. 이러한 구비 문학적 특성상 민요는 시대의 흐름과 변화상을 반영하여 민중들의 체험을 노랫말 속에 축적하게 되는데, 이 노래도 마찬가지로 구한말에서 일제 강점기에 이르기까지의 민족 수난의 현실을 노래에 담고 있으며, 그러한 현실에 대한 민중들의 저항과 비판 의식을 반영하고 있습니다. 이처럼 민중의 절실한 생활 체험을 노래한 것이기 때문에 이러한 언어들은 오히려 우리들의 감동을 자아내는 살아있는 언어가 되었습니다.

잠 노래

작자 미상

↘작중 청자. 말 건네기의 대상. 의인화.
잠아 잠아 짙은 잠아 이내 눈에 쌓인 잠아
↘a-a-b-a

염치불구1) 이내 잠아 **검치두덕**2) 이내 잠아
         ↘대상에 대한 직설적 평가

어제 간밤 오던 잠아 오늘 아침 다시 오네3)
↘'어제'의 의미 중복. 구어체의 특성
                          ➡ 1~3행 : 아침에 다시 오는 잠

잠아 잠아 무슨 잠고4) **가라 가라 멀리 가라**
                       ↘a-a-b-a

시상5) 사람 무수한데 **구테 너난**6) **간 데 없어**7)
↘세상 사람. '나' 이외의 사람

원치 않는 이내 눈에 이렇다시 **자심하뇨**8)
                    ↘의문형 종결 표현
                     원망의 직설적 강조

주야에 한가하여 월명동창(月明東窓)9) 혼자 앉아
↘화자와 대비되는 사람

삼사경(三四更) 깊은 밤을 허도(虛度)이 보내면서10)
↘한밤중

잠 못 들어 한(恨)하는데 **그런 사람** 있건마는
                    ↘잠 못 드는 사람

무상 불청(不請)11) 원망 소래 온 때마다 **듣난고니**12)
                        ↘의문형 종결 표현
                         원망의 강조
                    ➡ 4~10행 : 공평하지 않은 잠

석반(夕飯)을 거두치고 황혼(黃昏)이 대듯 마듯
↘할 일이 많아 서두는 모습

낮에 못한 남은 일을 밤에 할랴 마음먹고
↘힘에 부치는 과중한 일 암시

언하당(言下當)13) 황혼이라 **섬섬옥수(纖纖玉手)**14) 바
↘말이 끝나자마자 바로   ↘화자가 여성임을 암시

삐 들어

등잔 앞에 고개 숙여 실 한 **바람**15) **불어 내어**16)

더문더문17) 질긋 **바늘**18) 두엇 뜸 뜨듯 마듯
↘전승자의 잘못된 발음. 구어체의 특성   ↘아주 짧은 시간

난데없는 이내 잠이 소리 없이 달려드네
                    ➡ 11~16행 : 일을 시작하자마자 오는 잠

눈썹 속에 숨었는가 **눈 알로**19) 솟아온가
             ↘대구법, 반복법(통사 구조)

이 눈 저 눈 왕래하며 **무삼 요수**20) **피우든고**
                        ↘의문형 종결 표현
                         원망의 강조

맑고 맑은 이내 눈이 절로절로 희미하다

                    ➡ 17~19행 : 맑은 눈을 희미하게 하는 잠

---

1) 염치불구 : '염치불고(廉恥不顧)'의 잘못. 염치를 돌아보지 않음.
2) 검치두덕 : 욕심 언덕. 잠의 욕심이 언덕처럼 쌓였다는 뜻.
3) 잠아 잠아 짙은 잠아~오늘 아침 다시 오네 : 아침에 일어났어도 자꾸만 졸린 상태를 재미있고 익살스럽게 표현했다. 자꾸 졸린 것을 자신이 자고 싶어 그런 것이 아니라, 잠이 욕심이 많아서 그렇다며, 잠을 의인화하여 표현하고 있다.
4) 무삼 잠고 : 무슨 잠이냐? 어떻게 된 잠이냐?
5) 시상 : 세상.
6) 구테 너난 : 구태여 너는. 하필이면 너는
7) 간 데 없어 : 문맥상으로는 '갈 데 없어'의 잘못된 표기로 판단됨. 갈 곳이 없어.
8) 잠아 잠아 무삼 잠고~이렇다시 자심하뇨 : 세상에는 다른 사람들도 많은데, 왜 하필이면 원하지도 않는 자신에게만 찾아와서 자꾸 졸립게 만드느냐는 원망이다. 자심(滋甚)하뇨 : 점점 더 심해지느냐? 매우 심하냐?
9) 월명 동창(月明東窓) : 달이 환히 비치는 동쪽으로 난 창.
10) 허도(虛度)이 보내면서 : 헛되이 보내면서. 허송(虛送)하면서. 여기서는 '아무 일도 하지 않고 시간을 보낸다.'는 뜻임
11) 무상 불청 : 청(請)하지 않은. 덧없는
12) 주야에 한가하여~온 때 마다 듣난고니 : 밤낮으로 한가롭게 지내면서, 자려고 해도 잠이 오지 않아 고심하는 사람도 많은데 왜 하필 나에게 찾아와서 원망을 듣느냐는 뜻이다. 세상이 공평하지 못하다는 인식이 일부 담겨 있다.

■ 현대어 풀이
잠아 잠아 짙은 잠아 이 내 눈에 쌓인 잠아
염치불구 이 내 잠아 욕심이 언덕처럼 쌓인 이 내 잠아
어제 간밤 오던 잠아 오늘 아침 다시 오네
잠아 잠아 무슨 잠인가 가라 가라 멀리 가라
세상 사람 무수한데 구태여 너는 갈 데 없어

---

13) 언하당(言下當) : 말이 끝나자마자 바로. 여기서는 '그런 생각을 하자마자 바로'의 뜻임
14) 여자의 가냘프고 고운 손.
15) 실 한 바람 : 한 발 정도 길이의 실. 바느질 실을 말함
16) 불어 내어 : 풀어 내어. 풀어서
17) 더문더문 : 드문드문.
18) 질긋 바늘 : 문맥상으로는 '바늘 하나 길이가 찰 때까지' 정도의 뜻이 아닐까 하나, 무슨 뜻인지 정확히는 알 수 없음.
19) 눈 알로 : 눈 아래에서부터. 눈 아래로부터
20) 무삼 요수 : 무슨 요망한 수

원치 않는 이 내 눈에 이렇듯이 점점 더 심해지느냐?
주야에 한가하여 달 밝은 동창에 혼자 앉아
삼사경 깊은 밤을 헛되이 보내면서
잠 못 들어 한스러워하는데 그런 사람 있건마는
무슨 청(請)하지 않은 원망 소리 온 때마다 듣는 것이
냐?
저녁밥을 거두어 치우고 황혼이 되자마자
낮에 못한 남은 일을 밤에 하리라 마음먹고
생각을 하자마자 바로 황혼이라 섬섬옥수 바삐 들어
등잔 앞에 고개 숙여 실 한 바람 풀어내어
드문드문 질긋 바늘 두어 땀 뜨듯마듯
난데없는 이 내 잠이 소리없이 달려드네
눈썹 속에 숨었는가 눈 아래에서 솟아오는가
이 눈 저 눈 왕래하며 무슨 요망한 수를 피우던고
맑고 맑은 이 내 눈이 절로절로 희미하다

■ 핵심 정리
* 작자 : 미상
* 갈래 : 민요(경북 대구), 부요(婦謠)
* 성격 : 해학적, 서민적, 여성적
* 운율 : 4·4조의 4음보
* 표현 : 반복과 의인법. 대조, 대구법
* 어조 : 익살스러운 여인의 목소리
* 특징 : 잠을 의인화했다. (잠을 작중 청자로 설정하여 원
    망하는 형식).
    익살과 해학으로 풀어내었던 옛사람의 모습이 드러난
    다.
* 구성 : 기·승·전·결의 4단 구성.
  - 기(잠아 잠아~다시 오네) 염치없는 잠
  - 승(잠아 잠아~듣난고니) 불공평한 잠
  - 전(석반을~달려드네) 일과 잠 사이의 갈등
  - 결(눈썹 속에~희미하다) 또 희미해지는 맑았던 눈
* 제재 : 잠
* 주제 : 밤새워 바느질하는 삶의 고달픔
    여성들의 삶의 애환
* 채집지 : 대구 지방

■ 해설
  이 노래는 늦은 밤에 쏟아지는 잠을 참으며 바느질을 하
는 여인이 화자인데, 잠을 의인화하여 작중 청자로 설정하
고, 원망하고 나무라는 형식으로 되어 있습니다. 화자는 밤
낮 한가하게 지내다가 잠이 안 와서 고생한다는 사람들의

처지를 자신의 처지와 대조하면서 그들에게나 찾아가라고
잠에게 부탁하지만, 자신의 신세를 한탄하기보다는 이러한
해학적인 노래를 부르면서 잠을 쫓고 나서 해야 할 일을
마치려는 의지를 나타내 보이고 있습니다.
  이 노래를 전승한 사람들은 비슷한 처지에 있는 사람들
이었을 겁니다. 그들은 아무리 힘들고 절망적인 현실이어
도 그 현실을 비난하거나 원망하지 않습니다. 어차피 자신
들의 일이라고 여겼기 때문에 그렇게 한다고 해서 해결될
문제로 여기지 않았던 것이겠지요. 그래서 그들은 그 부정
적 현실을 긍정적으로 받아들이고, 그 현실을 도피의 대상
이 아니라 수용의 대상으로 여겼습니다. 그러다 보니 슬픈
상황에서도 웃음을 지을 수 있었던 것입니다.
  이 노래는 대구(大邱) 지방에서 입에서 입으로 전해지는
것을 수집한 것으로, '시집살이 노래'의 하나로 옛날 여성
들의 노동 강도가 얼마나 심했는지를 짐작할 수 있는 작품
입니다. 말로 전승되는 노래이므로 의미가 중복되는 말을
쓰거나 전승자의 잘못된 발음, 사투리 등 구어체의 특성이
드러나는 말이 그대로 담겨 있습니다.
  '잠노래'는 옛날 부녀자들이 농사일이나 집안일 등 바쁜
낮의 일과를 보내고 나서도 밤새 쏟아지는 잠을 참고 바느
질을 하며 불렀던 노래입니다. 바느질하며 불렀다는 점에
서는 일종의 노동요로 볼 수 있지만, 시집살이의 힘든 일
상이나 가난으로 인한 고된 노동을 한탄하고 있다는 점에
서 노동요라기보다 서정 민요에 가깝다고 볼 수도 있습니
다. 길쌈이라는 노동이 사라지면서 그 노동의 현장에서 불
리던 노래도 사라진 셈입니다. 그리고 노동의 현장에서는
생명력을 지녔지만, 문자로 기록되면서 본디의 기능이나
목적이 사라져 버렸습니다. 그래서 민요라 하지만 더 이상
노래는 아닌 문학 작품으로만 남았습니다.

유산가(遊山歌)

작자 미상

화란춘성(花爛春城)[1]하고 만화방창(萬化方暢)[2]이라.[3] 때 좋다 벗님네야, 산천(山川)[4] 경개(景槪)[5]를 구경을 가세.

➡ 서사 : 봄 경치 구경을 권유함

죽장망혜(竹杖芒鞋)[6] 단표자(單瓢子)[7]로 천 리(千里) 강산(江山)을 들어를 가니[8], 만산 홍록(滿山紅綠)[9]들은 일년 일도(一年一度)[10] 다시 피어, 춘색(春色)[11]을 자랑노라 색색이 붉었는데, 창송 취죽(蒼松翠竹)[12]은 창창 울울(蒼蒼鬱鬱)[13]한데, 기화 요초(琪花瑤草)[14] 난만 중(爛漫中)[15]에 꽃 속에 잠든 나비 자취 없이 날아난다.[16] 유상 앵비(柳上鶯飛)[17]는 편편금(片片金)[18]이요, 화간 접무(花間蝶舞)[19]는 분분설(紛紛雪)[20]이라.[21] 삼춘 가절(三春佳節)[22]이 좋을씨고. 도화만발 점점홍(桃花滿發點點紅)[23]이로구나.[24] 어주축수 애삼춘(漁舟逐水愛三春)[25]이어든 무릉 도원(武陵桃源)[26]이 예 아니냐.

양류세지 사사록(楊柳細枝絲絲綠)[27]하니 황산곡리 당춘절(黃山谷裏當春節)[28]에 연명 오류(淵明五柳)[29]가 예 아니냐.[30]

➡ 본사 1 : 아름다운 초목의 봄빛을 구경함

---

1) 화란 춘성(花爛春城) : 꽃이 봄의 성에 활짝 핌. 꽃이 활짝 피어 봄이 무르익음. '화란(花爛)'은 꽃이 활짝 피어 아름다운 모양. '춘성'은 '춘성(春城)'이라 써서 '봄의 성, 봄의 산, 봄의 세상' 정도로, '춘성(春盛)'이라 써서 '봄이 무르익음, 봄이 완연함' 정도의 뜻.

2) 만화 방창(萬化方暢) : 온갖 생명체가 바야흐로 나서 자람. '만화(萬和)'로 쓰기도 함.

3) 화란 춘성(花爛春城)하고 만화 방창(萬化方暢)이라. : '꽃이 피고 만물이 소생하는 봄이 되었다.'는 정도의 뜻을 지닌, 상투적인 한문구이다. 이 구절은 '잡가(雜歌)'가 하층 문화이면서도 상층 문화를 지향 또는 모방하는 경향을 보인 흔적이다.

4) 산천(山川) : 산과 시내. '자연'의 대유(代喩)임.

5) 경개(景槪) : 경치(景致). 산이나 들, 강, 바다 따위의 자연이나 지역의 모습.

6) 죽장 망혜(竹杖芒鞋) : 대나무 지팡이와 미투리. '미투리'는 삼·모시·노(실·삼껍질·헝겊·종이 등으로 가늘게 꼰 줄) 등으로 삼은 신. '삼신'이라고도 한다. '마혜(麻鞋)'가 원래 말이다. 여행을 위해 간편하게 차린 복장을 이르는 말임.

7) 단표자(單瓢子) : 한 개의 표주박. '단표자(簞瓢子)'라 쓰면 '도시락과 표주박'의 뜻으로, 청빈하고 소박한 삶을 비유한 말이 된다.

8) 천 리 강산(江山)을 들어를 가니 : '자연 속으로 들어가니'의 뜻이다. 가사(歌詞)라면 '천 리 강산 들어 가니'처럼 되었을 텐데, 잡가(雜歌)의 가창에 맞추기 위해 의미상 없어도 될 '을'이나 '를'을 붙였다.

9) 만산 홍록(滿山紅綠) : 온 산에 가득한 붉고 푸른 것. '붉은 것'은 꽃을, '푸른 것'은 잎을 가리킴.

10) 일년 일도(一年一度) : 일 년에 한 번

11) 춘색(春色) : 봄철의 빛. 또는 봄철을 느끼게 하는 경치나 분위기.

12) 창송 취죽(蒼松翠竹) : 푸른 소나무와 대나무.

13) 창창 울울(蒼蒼鬱鬱) : 울울창창(鬱鬱蒼蒼). 큰 나무들이 아주 빽빽하고 푸르게 우거져 있는 모습.

14) 기화 요초(琪花瑤草) : 선경(仙境)에 있다고 하는 아름다운 꽃과 풀. 기화요초(奇花瑤草).

15) 난만 중(爛漫中) : 꽃이 활짝 많이 피어 화려한 가운데.

16) 자취 없이 날아난다. : 가볍게(사뿐하게) 날아가 버린다.

17) 유상 앵비(柳上鶯飛) : 버드나무 위로 꾀꼬리가 날아다님. 버드나무 위로 날아다니는 꾀꼬리.

18) 편편금(片片金) : 여러 조각의 금덩이.

19) 화간 접무(花間蝶舞) : 꽃 사이로 나비가 춤을 춤. 꽃 사이로 춤추는 나비.

20) 분분설(紛紛雪) : 어지러이 날리는 눈송이.

21) 유상 앵비(柳上鶯飛)는 편편금(片片金)이요, 화간 접무(花間蝶舞)는 분분설(紛紛雪)이라. : 버드나무 위에 날아가는 꾀꼬리와, 꽃 사이에서 춤추는 나비의 모습을 각각 금조각과 눈송이에 비유한 표현이다. 형태와 색채(노란색, 흰색)의 연상에 의해 이루어진 은유로, 한시(漢詩)의 대구 형식을 빌려 표현하였다.

22) 삼춘 가절(三春佳節) : 봄 석 달의 좋은 계절. 음력 정월, 2월, 3월이 이 기간에 해당함.

23) 도화만발 점점홍(桃花滿發點點紅) : 복숭아꽃이 활짝 피어 점점이 붉음. '점점'은 여기저기 흩어져 있는 모양.

24) 도화만발 점점홍(桃花滿發點點紅)이로구나. : 복숭아꽃이 만발하여 여기저기 울긋불긋하게 피어 있는 모습을 한시 구절로 표현한 것이다. '만발한 도화의 연상 작용에 의해 이 곳의 아름다운 경치가 뒤에서 무릉도원(武陵桃源)에까지 연결되고 있다.

25) 어주축수 애삼춘(魚舟逐水愛三春) : 고기잡이 배를 타고 물을 따라가며 무르익은 봄을 사랑한다. 당나라 시인 왕유(王維)의 '도원행(桃源行)'의 첫 구임.

26) 무릉도원(武陵桃源) : 이 세상(世上)을 떠난 별천지(別天地)를 이르는 말. 도연명의 '화도원기(桃花源記)'에 나온 말.

27) 양류세지 사사록(楊柳細枝絲絲綠) : 버드나무의 가느다란 가지가 실처럼 늘어져 푸름.

28) 황산곡리 당춘절(黃山谷裏當春節) : 누렇던 산의 골짜기에서 봄철을 당함. '산곡(山谷)'이 송나라 시인 황정견(黃庭堅)의 아호이므로 그와 연관지어 해석하기도 함.

29) 연명 오류(淵明五柳) : 도연명이 그의 집에 버드나무 다섯 그루를 심어 놓고 스스로를 오류 선생(五柳先生)이라 칭하였다.

30) 양류세지 사사록(楊柳細枝絲絲綠)하니 황산곡리 당춘절(黃山谷裏當春節)에 연명 오류(淵明五柳)가 예 아니냐. : 버드나무 가지가 푸르게 늘어진 아름다운 모습을 예찬한 부분이다. 버드나무의 연상 작용에 의해 이 곳의 아름다운 경치를 '연명오류(淵明五柳)'에 비유하고 있는데, '연명오류(淵明五柳)'는 도연명의 고사와 관련하여 아름다운 경치를 나타내는 말로, '무릉도원(武陵桃源)'과 대구를 이루며 같은 뜻으로 쓰였다.

제비는 물을 차고, 기러기 무리져서 거지중천(居之中天)31)에 높이 떠서 두 나래 훨씬32) 펴고, 펄펄펄 백운간(白雲間)에 높이 떠서 천리 강산 머나먼 길을 어이 갈꼬 슬피 운다.33) 원산(遠山)은 첩첩(疊疊), 태산(泰山)은 주춤하여34), 기암(奇巖)은 층층(層層), 장송(長松)은 낙락(落落)35), 에이구부러져36) 광풍(狂風)37)에 흥을 겨워 우줄우줄38) 춤을 춘다. 층암 절벽상(層岩絶壁上)의 폭포수(瀑布水)는 콸콸, 수정렴(水晶簾)39) 드리운 듯, 이 골 물이 주루루룩, 저 골 물이 쌀쌀, 열에 열 골 물이 한데 합수(合水)하여 천방져 지방져40) 소쿠라지고41) 펑펑 퍼져42), 넌출지고43) 방울져44), 저 건너 병풍석(屏風石)45)으로 으르렁 콸콸 흐르는 물결이 은옥(銀玉)46)같이 흩어지니,47) 소부 허유(巢父許由)48) 문답하던 기산 영수(箕山潁水)가 예 아니냐.49)

주곡제금(奏穀啼禽)50)은 천고절(千古節)51)이요, 적다 정조(積多鼎鳥)52)는 일년풍(一年豊)이라.53)

▣ 본사 2 : 새와 산과 폭포의 아름다움을 구경함

일출 낙조(日出落照)가 눈앞에 벌여나 경개 무궁(景槪無窮) 좋을씨고.54)

▣ 결사 : 끝없이 아름다운 경치를 예찬함

■ 현대어 풀이

(봄이 오니) 꽃이 활짝 피어 성 안에 가득하고 만물이 피어나는구나. 시절이 좋구나, 벗님들이여, 산천의 경치를 구경 가자꾸나.

대나무 지팡이를 짚고 미투리를 신고, 표주박 하나를 들고 머나먼 강산에 들어가니, 온 산 가득 꽃과 잎들은 일 년에 한 번 다시 피어나서 봄빛을 자랑하느라고 색깔마다 붉었는데, 푸른 소나무와 대나무는 울창하고, 아름다운 꽃과 풀이 활짝 핀 가운데, 꽃 속에 자던 나비가 사뿐히 날아든다.

버드나무 위에 날아다니는 꾀꼬리는 하나하나가 금조각이요, 꽃 사이에 춤추는 나비는 펄펄 흩어지는 눈이로구나. 봄 석 달이 아름다운 계절이로구나. 복숭아꽃은 만발하여 점점이 붉어 있고, 고깃배를 띄워놓고 봄을 즐기니 무릉도원이 바로 여기 아니냐?

---

31) 거지중천(居之中天) : 텅 빈 하늘. 텅 빈 공간. 허공(虛空).
32) 훨씬 : ① 정도 이상으로 매우 많거나 적게 ② '훨썩'보다 약간 그 정도가 작은 모양. '훨썩'은 정도 이상으로 넓게 벌어지거나 열린 모양.
33) 제비는 물을 차고, 기러기 무리져서~슬피 운다. : 여름철새인 제비는 돌아와 물을 차고, 겨울철새인 기러기는 무리를 지어 허공에 높이 떠서 멀리 날아갈 일을 걱정하며 슬피 운다는 뜻임. 여기서 기러기의 울음은, 아름다운 봄의 경치를 구성하는 한 요소의 역할을 하고 있을 뿐, 시적 화자의 정조와는 무관하게 쓰였다.
34) 주춤하여 : 달리다가 문득 멈추어 서서
35) 낙락(落落) : 가지가 잘 자라 아래로 축축 늘어진 모양.
36) 에이구부러져 : '에굽다'라는 말을 어감에 살려 늘여 표현한 것. '에굽다'는 조금 휘어져 뒤로 굽다의 뜻
37) 광풍(狂風) : 미친 듯이 사납게 휘몰아치는 거센 바람.
38) 우줄우줄 : 몸이 큰 물체가 가볍게 율동적으로 자꾸 움직이는 모양.
39) 수정렴(水晶簾) : 수정을 꿰어 만든 발.
40) 천방져 지방져 : '천방지방(天方地方)'이라는 말을 어감에 맞게 변형시켜 쓴 말. '천방지방'은 '급하게 허둥지둥 날뛰는 것, 또는 종작없이 덤벙거리는 것'의 뜻.
41) 소쿠라지고 : (아주 빠른 물결이) 굽이쳐 용솟음치고
42) 펑펑 퍼져 : 동그스름하고 펀펀하게 가로퍼져 있는 모양. 여기서는 물이 옆으로 펀펀하게 흐르는 모양
43) 넌출지고 : 넌출이 길게 치렁치렁 늘어진 모양. '넌출'은 다래, 칡 등처럼 길게 뻗어나가 늘어진 줄기를 뜻함, 여기서는 급한 물결이 넘실거리는 모양
44) 방울져 : 물줄기가 서로 부딪쳐 물방울을 이루며 부서져
45) 병풍석(屏風石) : 능(陵)을 보호하기 위하여 능의 위쪽 둘레에 병풍처럼 둘러 세운 긴 네모꼴의 넓적한 돌. 여기서는 병풍처럼 깎아지른 바위 절벽을 뜻함.
46) 은옥(銀玉) : 은빛 구슬.
47) 이 골 물이 주루루룩 ~ 물결이 은옥(銀玉)같이 흩어지니 : 폭포수의 장관(壯觀)을 묘사한 부분으로 음성 상징어(의성어와 의태어)와 순우리말을 적절하게 구사하여 생동감 넘치는 표현으로 이루어졌다.
48) 소부 허유(巢父許由) : 중국 고대 전설상의 성군 요(堯) 시대에 살았다는 사람. 허유는 요임금이 자기에게 보위를 물려주려 하자 귀가 더럽혀졌다고 영천(潁川)에서 귀를 씻은 후 기산(箕山)으로 들어가서

은거하였고, 소부는 허유가 귀를 씻은 영천의 물이 더럽혀졌다 하여 몰고 온 소에게 마시지 못하게 하였다는 고사의 주인공들.
49) 소부 허유(巢父許由) 문답하던 기산 영수(箕山潁水)가 예 아니냐. : 옛날 중국의 은자(隱者)들이었던 소부와 허유가 문답을 하였다는 신선의 세계와 같은 기산의 영수가 바로 여기가 아니겠는가? 폭포수와 계곡 물의 아름다움을 기산 영수에 비유하여 나타낸 구절이다.
50) 주곡제금(奏穀啼禽) : 주걱주걱 우는 새. '주곡'은 의성어 '주걱'의 차음(借音)이고, '제금'은 '우는 새'를 뜻함. 여름에 밤낮으로 처량하게 우는데 중국 촉나라 망제(望帝)의 죽은 넋이 붙어 있다는 전설이 있음.
51) 천고절(千古節) : 천고에 빛나는 곧은 절개. 오래도록 망제(望帝)를 잊지 않는 절개라는 뜻임.
52) 적다정조(積多鼎鳥) : 솥이 적다고 우는 새. 소쩍새. '적다'는 음차(音借)이고 '정(鼎)'은 '솥'의 뜻. 소쩍새 울음소리를 '솥적다'로 들어 결국 '쌀이 많다'는 뜻으로 해석하여 소쩍새가 많이 울면 풍년이 든다고 함.
53) 주곡제금(奏穀啼禽)은 천고절(千古節)이요, 적다정조(積多鼎鳥)는 일년풍(一年豊)이라. : 주걱주걱 우는 새는 천고에 빛나는 절개요, 솥 적다고 우는 소쩍새는 한 해 풍년이다. '주걱새'와 '소쩍새'는 같은 새로, 봄에 소쩍새가 많이 울면 풍년이 든다는 속신(俗信)에 근거한 표현으로 당대인의 소망을 엿볼 수 있다. 이처럼 이 노래에서는 소쩍새가 애상적(哀傷的) 이미지와는 무관하다.
54) 일출 낙조(日出落照)가 눈앞에 벌여나 경개 무궁(景槪無窮) 좋을씨고. : 서사(序詞)에 대응되는 결사(結詞)로, 경치 구경을 마감하는 관용적 표현으로 쓰임. '벌여나'는 이본(異本, version)에 따라 '벌여라', '어려라' 등으로 차이가 있다.

버드나무 가느다란 가지는 가닥가닥 푸르고, 누렇던 산골짜기에 봄철을 맞았으니 도연명이 다섯 그루의 버드나무를 심어 놓고 지냈다는 곳이 여기 아니냐?

제비는 물을 차고, 기러기는 무리를 지어 허공에 높이 떠서 두 날개를 활짝 펴고, 펄펄펄 흰 구름 사이에서 높이 떠서 천 리나 되는 머나먼 강산을 어떻게 갈까 슬피 운다.

먼 산은 겹겹이 펼쳐지고, 높은 산은 우뚝 솟아 있고, 기이한 바위는 층층이 쌓이고, 큰 소나무는 가지를 치렁치렁 들어뜨리고 휘고 구부려져, 거센 바람에 우쭐우쭐 춤을 춘다.

층층이 쌓인 바위 절벽 위의 폭포수는 콸콸 쏟아지는데, 마치 수정으로 만든 발을 드리운 듯, 이 골짜기 저 골짜기 물이 주루루룩, **쌀쌀** 흘러내리고 여러 곳의 물이 한 곳에 합수하여 이러저리 아무데로나 솟구쳤다가 내려앉아 편편하게 흐르며, 건너편 병풍 같은 돌벽으로 콸콸 흐르는 물결이 은빛 구슬같이 흩어지니, 여기가 그 옛날 소부와 허유가 묻고 답하던 기산과 영수가 아니겠는가?

'주걱주걱' 우는 새는 천 년이나 변함없는 절개를 보이고, '솥 적다' 우는 새는 일 년의 풍년을 알리는구나.

아침에 뜬 해가 저녁의 놀이 되어 눈앞에 펼쳐지니, 경치가 끝이 없이 좋구나.

■ 핵심 정리

* 연대 : 조선 후기(18·9세기로 추정)
* 작자 : 미상
* 갈래 : 잡가, 교술 시가, 평민 가사 계통의 잡가
* 운율 : 4·4조 위주 음수율, 4음보 위주의 음수율
* 성격 : 묘사적, 심미적, 감각적, 서경적, 유흥적, 영탄적
* 특징 :
　① 음성 상징어(의성어와 의태어)를 적절히 구사하여 생동감이 넘치도록 표현했다.
　② 우리말을 효과적으로 구사하여 대상을 핍진(逼眞)하게 묘사했다.
　③ 시각적·청각적 심상을 통해 감각적이고 생동감을 드러낸다.
　④ 중국의 고사, 한자 어구, 한시 구절 등을 많이 써서 향유층의 취향을 드러냈다.
　⑤ 대구(對句)를 통하여 발랄한 리듬감(운율감)을 표현했다.
　⑥ 열거법·은유법·직유법을 써서 대상의 화창함과 현란함을 표현했다.
* 구성:
　-서사 : 봄 경치 구경을 권유함
　-본사 1 : 아름다운 초목의 봄빛을 구경함.
　2 : 새와 산과 폭포의 아름다움을 구경함
　-결사 : 끝없이 아름다운 봄 경치를 예찬함
* 전승 : 전문 가객에 의해 전승됨.
* 제재 : 봄의 아름다운 정경
* 주제 : 봄 경치의 완상과 예찬
* 의의 :
　① 가사의 정형이 무너지고 새로운 시가 형식을 모색하는 과정을 보여줌.
　② 조선 후기 유행한 잡가(雜歌) 중 대표작

■ 해설

「유산가」는 잡가입니다. 이 잡가는 조선 후기 서민층에서 불리던 민속악으로, 가사체의 긴 사설을 얹어 부르는 민속적인 성악곡의 하나입니다. 가곡·가사와 같은 노래에 대한 말로 속요(俗謠)라는 뜻에서 잡가라 부르게 되었으며 또 잡가·선소리[立唱]·민요 등을 총칭하기도 합니다.

잡가 「유산가」의 율격은 4음보 격을 바탕으로 하면서도 6음보 격의 파격 행이 3개나 드러나고 있습니다. 또한 음보들의 음량률도 5음절 이상의 음절이 하나의 음보로 존재하는 것에서 알 수 있듯 파격적입니다. 이러한 「유산가」의 심각한 파격은 곧 「유산가」의 노랫말 형식이 그만큼 자유분방한 성격을 지향하고 있음을 의미합니다. 나아가 율격의 자유분방함은 의성어와 의태어, 곧 음성 상징어의 생동하는 사용에 힘입어 강호 자연의 분방하고도 격정적인 세계를 생생하게 부각시켜 줍니다.

율격 및 어휘 형식의 분방함과 격정은 내용 면에서도 그대로 이어집니다. 즉 「유산가」의 자연 예찬은 순수한 서정을 노래할 뿐만 아니라 그 이상의 의미도 지향하고 있기 때문입니다. 「유산가」의 자연 예찬적 서정은 이념은 물론이거니와 현실 생활마저도 배제하는 정서를 지향하고 있기 때문입니다. 이른바 역동적인 풍류 정신은 바로 여기에서 유래한다고 할 수 있습니다. 일체의 생활 현실, 가령 신분 갈등과 생존 경쟁적 일상과 관련되는 하층 서민 특유의 정서와 의식마저도 배제된 채, 오직 현실과 격리된 자연 속의 몰아적 유흥만 토로되는 것입니다. 이러한 내용과 형식을 통해 뒷받침되는 「유산가」의 분방하고 격정적인 유흥이야말로, 유산가를 전통적인 사대부 시가나 서민 시가와 명확하게 구분하는 특징입니다.

그렇다면 이러한 차이점은 어디에서 유래하는 것일까요? 그 이유는 잡가의 존재 기반, 즉 담당층의 신분과 생활 토대, 노래의 유통 과정과 의식 등이 사대부는 물론이거니와 전통적 서민층의 핵심 계층을 구성하는 농민의 경우에 비해서도 색다른 양상을 지니고 있다는 데에 있습니다.

먼저 잡가의 생산 및 소비층은 농업이 아닌 상공업과 임노동 등으로 생활하는 집단이며, 신분적으로 비록 여전히 서민층임에도 불구하고 중세적 토지와 신분 관계 하에 놓인 전통적 농민이 아니라 개인적이고 근대적인 토대와 경제적 인간관계를 지향해가는 도시인입니다. 주거공간도 당연히 지역적으로 폐쇄된 농촌이 아니라 초지역적, 초신분적인 대규모의 인구가 교류, 밀집해가는 도시입니다. 또한 잡가의 가창 목적도 농민들의 노래와 같이 생활상의 필요가 아니라 일종의 상업적 필요에 있습니다. 이른바 가창층인 삼패와 같은 삼류급의 유녀층, 남성 소리패, 사당패 등 유랑 연예 집단 등의 전문적 혹은 반전문적 직업 가수 집단들의 노래가 잡가인 것입니다.

이 노래의 어느 구석에도 삶에 대한 고뇌라든지 우울 같은 것은 나타나 있지 않다. 혹 '천 리 강산 머나먼 길을 어이 갈꼬 슬피 운다' 같은 표현에서 비애의 흔적을 엿볼 수 있다고 할지 모르지만, 그것도 시적 화자의 정서가 아니라 새의 울음을 형상화하는 객관적 태도에 그치고 있으며, 그 또한 아름다운 풍경을 도와주는 조흥의 구실을 한다는 점에서 '새의 울음'은 통상적인 울음의 의미인 비애로 받아들이기 어렵습니다. 이 노래의 전편이 이렇듯이, 비애의 그림자가 없는 화창함과 현란함, 그리고 약동감으로 가득한 것은 즐거움을 추구하는 방식으로서의 문학을 생각하게 합니다. 문학은 갈등을 드러내면서 그것을 해소하는 정서로 나아가기도 하지만, 이 노래가 보여 주듯이 쾌락 지향의 추구로 나아갈 수도 있습니다. 이러한 정서의 모습은 '찬가'류의 노래에서 흔히 보는 것으로서, 이를 가리켜 긍정적 정서로 분류하는 견해도 있습니다.

이 노래는 자연미에 대한 예찬이요, 나아가 자연에의 몰입(귀의)의 정서를 지향하고 있습니다. 이러한 예찬이나 몰입의 태도는 오늘날의 산업화 사회로 들어서기 이전 사람들의 자연관을 대변하는 것입니다. 이러한 자연관은 자연에 대한 무한한 애정으로부터 출발합니다. 자연에 대한 애정, 이것이 바로 예찬류의 노래(문학)를 낳게 하는 원동력입니다. 우리 고전 작품들은 자연 예찬류가 많았습니다. 따라서, 우리 선인들은 자연에 대한 무한한 애정을 갖고 있었던 것입니다.

물론, 인간의 삶은 다양하며, 그에 대한 태도도 다양하다. 삶의 갈등을 괴로움 그 자체로 받아들이면서 비애로 나아가는 경우도 있지만, 한 곳에 가치를 부여하고, 그곳에 자신을 몰입함으로써 정서적 안정을 꾀할 수도 있습니다. 이런 태도는 종교적 몰입에서 흔히 목격하는 바로서, 이런 즐거움 예찬의 태도에서 이 노래가 보여 주는 삶에 대한 태도를 이해할 수 있습니다. 그러나 조선조에 흔히 보게 되는 강호사시가(江湖四時歌)류의 자연 예찬과는 성격이 다소 다르다는 점도 간과해서는 안 됩니다. 강호사시가류의 자연 예찬은 현실

의 반대항으로서의 자연이라는 성격을 내포하고 있고, 그것은 현실에서 퇴각할 수밖에 없었던 사람의 차선책 선택이라는 성향을 보입니다. 그러나 이 노래에서는 자연이 자연 그 자체로 향유되고 있다는 점을 주목할 필요가 있습니다. 이러한 태도는 이 노래의 담당층인 전문 소리패의 신분적 특징과 결부시켜 이해되기도 합니다.

전문 소리패는 상층에 봉사하면서도 하층이라는 신분을 떠날 수 없는 이중적인 양상을 띠기에 상층의 문화를 모방하기도 하면서 자신들의 특성을 내보이기도 하는데, 사대부 문학이나 음악이 정적이고 단아한 격조를 유지하고자 했음에 비하여, 그러한 아름다움은 추구하되, 움직임과 발랄함을 추구함으로써 '광풍에 흥을 겨워 우쭐우쭐 춤을 춘다'든지, '소쿠라져 펑퍼져' 흐르는 물의 동적인 이미지를 추구하고 있음을 보게 됩니다. 이는 그 음악이 상층 음악인 가곡이나 시조창에 비해 변화가 빠르며, 다채로운 선율로 이루어지고 있다는 사실과 결부되기도 하는데, 이는 담당층의 삶에서 그 사회적 조건인 신분의 문제와 연관을 지어 이해되기도 합니다.

고공가(雇工歌)

허전(許墺)

집의 옷 밥을 언고[1] 들먹는[2] 져 雇工(고공)[3]아.[4]

우리 집 긔별[5]을 아는다 모로는다[6].

비 오는 놀 일 업술 지[7] 숫 꼬면셔[8] 니르리라.

처음의 한어버이[9] 사룸스리[10] 호려 홀 지,

仁心(인심)[11]을 만히 쓰니 사룸이 졀노 모다[12],

플 썟고[13] 터을 닷가 큰 집을 지어내고,

셔리[14] 보섭[15] 장기[16] 쇼[17]로 田畓(전답)을 긔경(起耕)[18]호니,

오려논[19] 터밧치[20] 여드레 フ리[21]로다.

子孫(자손)에 傳繼(전계)호야[22] 代代(대대)로 나려오니,

논밧도 죠커니와[23] 雇工(고공)도 勤儉(근검)[24]터라.

저희마다[25] 여름지어[26] 가음여리[27] 사던 것슬,

요스이[28] 雇工(고공)들은 헴[29]이 어이 아조[30] 업서,

밥사발[31] 큰나 쟈그나 동옷시[32] 죠코 즈나[33],

ᄆᆞ옴을 둣호는[34] 둣 호슈[35]을 시오는[36] 둣,

무슴 일 걈 드러[37] 흘긧할긧 호ᄂᆞ순다.[38]

너희니 일 아니코 時節(시절)좃ᄎ ᄉᆞ오나와[39],

フ득의[40] 니 셰간[41]이 플러지게 되야는디[42],

엇그지[43] 火强盜(화강도)[44]에 家産(가산)[45]이 蕩盡(탕진)[46]호니,

집 ᄒᆞ나 불타 붓고[47] 먹을 썻시 전혀 업다.

큰나큰 셰ᄉᆞ(歲事)[48]을 엇지호여 니로려료[49].

▶ 집안의 내력

1) 언고 : 얹어 놓고. 제쳐 놓고
2) 들먹는 : 빌어먹는. 드나들며 먹는, 못생기고 올바르지 못한.
3) 고공(雇工) : 머슴. 여기서는 '현재 조정에서 일하는 신하'를 비유하는 보조 관념으로 쓰였다.
4) 집의 옷 밥을 언고 들먹는 져 雇工(고공)아. : 시적 화자가 '고공'을 시적 청자로 삼아 말을 건네는 방식으로 전개됨을 알 수 있는 구절이다. '들먹는'은 '집의'를 '우리 집에'라 하면 '드나들며 먹는'의 뜻으로, '집에다'로 읽으면 '의식주(衣食住) 모두를 우리 집에 기대어 사는'의 뜻으로 읽을 수 있다.
5) 우리 집 긔별 : 우리 집 소식. 여기서는 '우리나라 조선의 역사(과거)'를 비유한 말로 쓰였다.
6) 아는다 모로는다 : 아느냐 모르느냐. '-ㄴ다'는 의문형 종결 어미이다.
7) 비 오는 놀 일 업술 지 : 비오는 날 일 없을 때. 비가 오면 논밭에서 하는 바깥일을 할 수 없다는 뜻이다.
8) 숫 꼬면셔 : 새끼 꼬면서.
9) 처음의 한어버이 : 조선을 건국한 이성계를 가리킴.
10) 사룸스리 : 살림살이.
11) 仁心(인심) : 어진 마음. '남의 딱한 처지를 헤아려 알아주고 도와주는 마음'은 '인심(人心)'이다.
12) 모다 : 모여서.
13) 썟고 : 깎고. 베고. 뽑고.
14) 셔리 : 써레. 농기구의 하나로 바닥을 고르는 데 씀.
15) 보섭 : 보습. 쟁기, 극젱이, 가래 따위 농기구의 술바닥에 끼우는, 넓적한 삽 모양의 쇳조각.
16) 장기 : 쟁기. 논밭을 가는 농기구의 하나.
17) 쇼 : 소(牛).
18) 기경(起耕) : 묵힌 땅이나 생땅을 일구어 논밭을 만듦. 논밭을 갈고 일굼.
19) 오려논 : 올벼를 심은 논. '올벼'는 제철보다 일찍 여무는 벼.
20) 터밧 : 텃밭. 집터에 딸리거나 집 가까이 있는 밭. 대전(垈田)
21) 여드레 フ리 : 8일 동안 갈 만한 넓은 땅. 여기서는 '조선 팔도'를 의미하는 비유적 표현임.
22) 傳繼(전계)호야 : 전하고 계승하여.
23) 죠커니와 : 좋거니와. 기름져서 생산량이 많거니와. 이 글에서는 이

'좋다'와 '둏다'가 섞여 쓰이고 있음.
24) 勤儉(근검) : 부지런하고 검소함.
25) 저희마다 : 저마다. 각자가.
26) 여름지어 : 농사지어. 중세국어로 '여름'은 '열매', '녀름'은 '여름[夏]'의 뜻임.
27) 가음여리 : 부유하게. 풍요롭게. '재산이나 자원 따위가 넉넉하고 많다'는 뜻의 형용사 '가멸다'의 전단계인 '가음열다'의 부사형.
28) 요스이 : 요새. 서술 시점이 과거에서 현재로 바뀌는 시어임.
29) 헴 : 헤아림. 생각, 사려, 분별.
30) 아조 : 아주. 전혀.
31) 밥사발 : 밥을 담는 사발. 여기서는 나라에서 관리에게 주는 '녹봉(祿俸)'을 비유하는 말로 쓰임.
32) 동옷시 : 동옷이. '동옷'은 남자가 입는 저고리. 여기서는 '벼슬자리'를 비유하는 말로 쓰임.
33) 죠코 즈나 : 좋거나 궂거나. 좋거나 나쁘거나.
34) 둣호는 : 다투는.
35) 호슈 : 호수(戶首). 조선 시대에, 향리에서 세금을 거두어 바치는 책임을 졌던 사람.
36) 시오는 : 시기하는. 시샘하는.
37) 걈 드러 : 감겨 들어. 말려들어. 속임을 당해.
38) 흘긧할긧 호ᄂᆞ순다 : 힐끗할끗하느냐? '흘긧할긧'은 서로 반목(反目)하거나 질시(嫉視)함을 의미하는 음성 상징어임.
39) 시절(時節)좃ᄎ ᄉᆞ오나와 : 시절조차 사나워, 흉년조차 들어서.
40) フ득의 : 가뜩이나.
41) 셰간 : 살림.
42) 플러지게 되야는디 : 줄어들게 되었는데.
43) 엇그지 : 엊그제께. 바로 며칠 전에. 여기서는 선조 25년 임진년(1592)에 일본이 조선을 침략하였다가 잠시 휴전하였던 시기(1595년)를 의미한다.
44) 화강도(火强盜) : 불강도. 날강도. 아주 악독한 강도. 우리말 접두사 '불'의 뜻을 '火'로 이해한 표기임. 여기서는 '왜적(倭賊)'을 일컬음.
45) 家産(가산) : 한 집안의 재산.
46) 蕩盡(탕진) : 재물 따위를 다 써서 없앰.
47) 불타 붓고 : 불에 타 버리고.

金哥(김가) 李哥(이가)50) 雇工(고공)들아 시 ᄆᆞᆷ 먹어슬라51).   ➡ 머슴들의 반목으로 인한 폐해

너희닌 졀머는다52) 혬 혈나53) 아니순다.

ᄒᆞᆫ 소틔 밥 먹으며 매양(每樣)의 회회(恢恢)54)ᄒᆞ랴55)

ᄒᆞᆫ ᄆᆞᆷ ᄒᆞᆫ 뜻으로 티름56)을 지어스라.

ᄒᆞᆫ 집이 가옴열면57) 옷밥을 分別(분별)ᄒᆞ랴.58)59)

누고는 장기 잡고 누고는 쇼을 몰니.60)

밧 갈고 논 살마61) 벼 셰워62) 더져 두고,

눌63) 됴흔 호미로 기음64)을 ᄆᆡ야스라65).

山田(산전)도 것츠럿고66) 무논67)도 기워 간다68).

사립피69) 물목 나셔70) 벗 겨틔 셰올셰라.71)

七夕(칠석)72)의 호미 셋고73) 기음을 다 ᄆᆡᆫ 후의,

숫 쏘기 뉘 잘ᄒᆞ며 셤74)으란 뉘 엿그랴.

너희 지조 셰아려75) 자라자라76) 맛스라77).

ᄀᆞ을 거둔78) 후면 成造(성조)79)를 아니ᄒᆞ랴.

집으란 내 지으게 움80)으란 네 무더라.

너희 지조을 내 斟酌(짐작)ᄒᆞ엿노라.

너희도 머글 일81)을 分別(분별)을 ᄒᆞ려므나.

명셕82)의 벼롤 넌들83) 됴흔 ᄒᆡ 구름 ᄭᅵ여

볏뉘84)을 언지 보랴.85)

방하을 못 ᄶᅵ거든 거츠나 거츤 오려86),

옥(玉) ᄀᆞᄐᆞᆫ 白米(백미) 될 줄 뉘87) 아라 오리스니,88)89)   ➡ 머슴들의 각성을 촉구함

너희닌 ᄃᆞ리고 새 스리90) 사쟈 ᄒᆞ니,

엇그지 왓던 도적 아니 멀리 갓다 ᄒᆞ듸,91)

너희닌 귀눈 업서92) 져런 줄 모르관듸,

화살을 전혀 언고93) 옷밥만 닷토는다.94)

---

48) 셰ᄉᆞ : 일 년 중에 일어나는 일. 또는 일 년 중의 일.
49) 니로려료 : 일으키려는가?
50) 金哥(김가) 李哥(이가) : 여러 성씨(姓氏) 중 일부분으로 전체를 표현하는 대유법이 쓰인 구절이다. 특정 성씨는 아니지만 특정 당파(黨派)를 의미할 수는 있다.
51) 먹어슬라 : 먹어라. 먹으려므나.
52) 졀머는다 : 젊다고. 젊다 하여.
53) 혬 혈나 : 헤아림 하려. 생각하려고.
54) 회회(恢恢) : 서로 아웅다웅하는 모양
55) ᄒᆞᆫ 소틔 밥 먹으며 매양의 恢恢(회회)ᄒᆞ랴. : 직역하면 '한 솥의 밥 먹으며 항상 관대하고 여유 있게 하라?'인데, 이것은 설의적 표현이므로 '한 조정에서 벼슬살이를 하니 항상 남에게 서로서로 관대하라.'라는 뜻으로 읽을 수 있음. '회회(恢恢)하다'는 '넓고 크다'는 뜻임.
56) 티름 : 치름(置廩). 창고. '녀름'을 잘못 표기한 것으로 보면 '농사'로 읽을 수도 있음.
57) 가옴열면 : 가멸면. 부유하게 되면.
58) 分別(분별)ᄒᆞ랴 : 걱정하랴. 인색하게 하랴.
59) ᄒᆞᆫ 집이 가옴열면 옷밥을 分別(분별)ᄒᆞ랴 : 한 집이 잘살게 되면 옷이나 밥을 걱정하겠는가? 설의적 표현임.
60) 누고는 장기 잡고 누고는 쇼을 몰니, : 어떤 이는 쟁기 잡고 어떤 이는 소를 모니. 서로 협동하니. 서로 자신에게 맞는 일을 맡아 하니. 대구법.
61) 살마 : 갈아. '삶다'는 '논밭의 흙을 써레로 썰고 나래로 골라 노글노글하게 만들다.'의 뜻임.
62) 셰워 : 심어.
63) 눌 : 날. 기구의 얇고 날카로운 부분.
64) 기음 : 김. 논밭에 난 잡풀.
65) ᄆᆡ야스라 : 매자꾸나(청유형). 매어라(명령형).
66) 것츠럿고 : 거칠어졌고.
67) 무논 : 물을 대어 놓은 논.
68) 기워 간다 : (잡초가) 무성하여 간다.
69) 사립피 : 도롱이와 삿갓과. 잡초인 '피'의 일종으로 보기도 한다.
70) 물목 나셔 : 말뚝을 놓아서.
71) 사립피 물목 나셔 벗 겨틔 셰올셰라. : 말뚝에 도롱이와 삿갓을 씌워서 벼 곁에 세울지니. 즉, 새와 짐승을 쫓기 위해 허수아비를 세울 것이니. '사립피가 말뚝처럼 자라 벼 곁에 설까 두려워'라 할 수도 있다.
72) 七夕(칠석) : 음력으로 칠월 초이렛날의 밤. 이때에 은하의 서쪽에 있는 직녀와 동쪽에 있는 견우가 오작교에서 일 년에 한 번 만난다는 전설이 있다.
73) 七夕(칠석)의 호미 셋고 : 칠월 칠석에는 (김매기가 거의 끝났으니) 호미를 씻고.

74) 셤 : 섬. 곡식을 담기 위해 짚으로 엮은 것.
75) 셰아려 : 헤아려.
76) 자라자라 : 서로서로, 자주자주.
77) 맛스라 : 맡아라.
78) ᄀᆞ을 거둔 : 추수(秋收)한. 가을걷이한.
79) 成造(성조) : 성주. 가정에서 모시는 신의 하나. 여기서는 지붕을 새로 고치는 일을 뜻함.
80) 움 : 겨울철에 화초나 채소를 넣어 두기 위해 땅을 파고 거적 따위로 덮은 것.
81) 머글 일 : 먹고 살 일
82) 명셕 : 멍석. 짚으로 새끼 날을 만들어 네모지게 걸어 만든 큰 깔개.
83) 벼롤 넌들 : 벼를 넌들. '널다'는 '볕을 쬐거나 바람을 쐬기 위하여 펼쳐 놓다.'의 뜻임.
84) 볏뉘 : 햇볕.
85) 명셕의 벼롤 넌들~볏뉘을 언지 보랴. : 벼를 말리려고 멍석에 널었지만 구름이 끼어 햇볕을 가리고 있어 뜻을 이루기 어렵다는 뜻이다. 부정적 현실 때문에 미래가 암울할 것이라는 시대 상황을 설의적 표현을 통해 드러내고 있다. '구름'은 간신, '해'는 '임금'이라는 관습적 상징으로 볼 수도 있다.
86) 거츠나 거츤 오려 : 거칠고도 거친 올벼.
87) 뉘 : 쌀속에 들어 있는 벼의 알. '누가'로 해석하기도 함.
88) 오리 스니 : 올(兀)히 서니. 오뚝하게 서니. '오리'를 '보리'의 오기로 보기도 하고, '뉘'를 '누가'로 보아 '누가 알아보겠는가'로 해석하기도 함.
89) 방하을 못 ᄶᅵ거든~될 줄 뉘 아라 오리 스니, : 방아를 찧어야 올벼가 백미가 되는데, 방아를 찧으려고 하지 않으니 백미를 얻을 수 없다는 뜻이다. 이것은 말로만 할 것이 아니라 행동으로 실천해야 함을 강조한 것으로 볼 수 있다.
90) 새 스리 : 새 살림
91) 엇그지 왓던 도적 아니 멀리 갓다 ᄒᆞ듸, : 임진년에 조선을 침략했던 '왜적'이 일시적으로 물러나기는 했지만 곧 다시 쳐들어올 것 같다는 상황을 언급하는 부분이다.
92) 귀눈 업서 : 듣고 보지를 못 해서.
93) 전혀 언고 : 온전히 없고. 모두 없어 놓고.
94) 화살을 전혀 언고 옷 밥만 닷토는다. : 왜적의 침범에 대비해서 무력 증강을 해야 할 터인데, 그 일은 제쳐 놓고 탐욕에 사로잡혀 다투기만 하느냐. '화살'과 '옷 밥'은 각각 '무기'와 '현실적 이익'을 비유하는 대유법이다.

너희니 다리고 팁눈가95) 주리눈가.

粥早飯(죽조반)96) 아춤 져녁 더 흐다 먹엿거든,97)

은혜(恩惠)란 싱각 아녀 제 일만 흐려 흐니,

혬 혜눈98) 새 들이리99) 어니 제 어더 이셔,

집 일을 맛치고 시름을 니즈려뇨100).

너희 일 잇드라 흐며셔101) 숫 흔 스리102) 다 꼬괘라103).

➡ 사려 깊은 새 머슴을 기다림

■ 현대어 풀이

제 집 옷과 밥을 두고 빌어먹는 저 머슴아.

우리 집 소식(내력)을 아느냐 모르느냐?

비 오는 날 일 없을 때 새끼 꼬면서 말하리라.

처음에 조부모님께서 살림살이를 시작할 때에,

어진 마음을 베푸시니 사람들이 저절로 모여,

풀을 베고 터를 닦아 큰집을 지어내고,

써레, 보습, 쟁기, 소로 논밭을 기경하니,

올벼논과 텃밭이 여드레 동안 갈 만한 큰 땅이 되었도다.

자손에게 물려주어 대대로 내려오니,

논밭도 좋거니와 머슴들도 근검하였다.

저희들이 각각 농사지어 부유하게 살던 것을,

요새 머슴들은 생각이 아주 없어서,

밥그릇이 크나 작거나 입은 옷이 좋거나 나쁘거나,

마음을 다투는 듯 우두머리를 시기하는 듯,

무슨 일에 반목을 일삼느냐?

너희들 일 아니하고 흉년조차 들어서,

가뜩이나 내 살림이 줄어들게 되었는데,

엊그제 강도를 만나 가산이 탕진하니,

집은 불타 버리고 먹을 것이 전혀 없다.

크나큰 세간살이를 어떻게 해서 일으키려는가?

김가 이가 머슴들아, 새 마음을 먹으려무나.

너희는 젊다 하여 생각하려고 아니하느냐?

한 솥에 밥 먹으면서 항상 다투기만 하면 되겠느냐?

한 마음 한 뜻으로 농사를 짓자꾸나.

한 집이 부유하게 되면 옷과 밥을 인색하게 하랴?

누구는 쟁기를 잡고 누구는 소를 모니,

---

95) 팁눈가 : 추운가.
96) 죽조반(粥早飯) : 조반 전에 먹는 죽.
97) 더 흐다 먹엿거든 : 더 해다 먹였는데, 더 하여서 먹였는데.
98) 혬 혜눈 : 헤아릴 줄 아는.
99) 새 들이리 : 새 머슴. 여기서는 '새로운 신하'를 뜻하고, 이것은 곧 현재의 문제를 야기한 신하들 대신에 새로운 인재를 등용해야 할 것이라는 의견을 드러낸 것이다.
100) 니즈려뇨 : 잊을 수 있겠는가?
101) 잇드라 흐며셔 : 애달파하면서.
102) 스리 : 국수, 새끼, 실 따위의 뭉치를 세는 단위.
103) 꼬괘라 : 꼬도다. 꼬았구나.

밭 갈고 논 갈아서 벼를 심어 던져두고,

날카로운 호미로 김매기를 하자꾸나.

산에 있는 밭도 잡초가 우거지고 무논에도 풀이 무성하다.

도롱이와 삿갓을 말뚝에 씌워서 허수아비를 만들어 벼 곁에 세워라.

칠월 칠석에 호미 씻고 기음을 다 맨 후에,

새끼는 누가 잘 꼬며, 섬은 누가 엮겠는가?

너희들의 재주를 헤아려 서로 서로 맡아라.

추수를 한 후에는 집 짓는 일을 아니하랴?

집은 내가 지을 것이니 움은 네가 묻어라(만들어라).

너희 재주를 내가 짐작하였노라.

너희도 먹고 살 일을 깊이 생각하려무나.

멍석에 벼를 널어 말린들 좋은 해를 구름이 가려 햇볕을 언제 보겠느냐?

방아를 못 찧는데 거칠고도 거친 올벼가,

옥같이 흰쌀이 될 줄을 누가 알아보겠는가?

너희들 데리고 새 살림 살고자 하니,

엊그제 왔던 도적이 멀리 달아나지 않았다고 하는데,

너희들은 귀와 눈이 없어서 그런 사실을 모르는 것인지,

방비할 생각은 전혀 하지 않고 옷과 밥만 가지고 다투느냐?

너희들을 데리고 행여 추운가 굶주리는가 염려하며,

죽조반 아침저녁을 다 해다가 먹였는데,

은혜는 생각지 않고 제 일만 하려 하니,

사려 깊은 새 머슴을 어느 때에 얻어서,

집안 일을 맡기고 걱정을 잊을 수 있겠는가?

너희 일을 애달파하면서 새끼 한 사리를 다 꼬았도다.

■ 핵심 정리

* 갈래 : 조선후기 가사, 경세가(警世歌), 풍자가

* 연대 : 조선 선조 때(임진왜란 직후)

* 성격 : 교훈적, 계도적, 경세적(警世的), 풍자적, 비유적, 현실비판적

* 주제 : 나태하고 이기적인 관리들의 행태 비판
  임진왜란 직후 백관들의 탐욕과 정치적 무능 비판
  분별과 계획이 없는 관리들을 풍자함.
  고공에 대한 충고를 통해 제시하는 현실에 대한 비판

* 특징 :

① 3·4조 4음보의 정형적 율격을 사용하여 음악성을 확보하고 있다.

② 나라의 일을 한 집안의 농사일로, 화자를 주인으로, 탐욕을 추구하는 관리들을 머슴으로 비유하여 표현했다.

③ 구체적이고 일상적인 삶의 현장을 공간적 배경으로 하

여 진행되고 있다.

④ 관리들을 비판하고 설득하는 무거운 내용을 푸념하는 어조로 의도를 효과적으로 드러내고 있다.

⑤ 전쟁 직후의 정치적 혼란상을 바탕으로 유비무환(有備無患)의 태도를 권유하고 있다.

⑥ 유사한 상황을 나열하여 대상의 속성을 부각하고 있다.

⑦ 구체적인 사례를 제시하여 주제를 강조하고 있다.

⑧ '청유형'과 '명령형'을 사용하여, 머슴으로서 해야 할 일들 '농사', '집짓기'를 당부하고 있다.

■ 해설

이 작품은 조선 순조(純祖) 때 필사된 것으로 보이는 『잡가(雜歌)』라는 노래책에 실려 있습니다. 이 작품은 임진왜란 직후에 선조(宣祖)가 지은 것으로 널리 알려져 왔으나, 이수광(李睟光)의 『지봉유설(芝峯類說)』에 의하면 이는 잘못 전해진 것이고, 실제의 작자는 허전(許墺)이라고 합니다.

작자는 고공(雇工), 즉 머슴을 내세워 당시 국록을 먹는 신하들의 부패상을 우의적(寓意的)으로 고발함으로써 이를 개선하려는 충정을 펴고자 하였습니다. 국사(國事)를 한 집안의 농사일에 비유하여, 정사에 힘쓰지 않고 사리사욕만을 추구하는 관리들을 집안의 게으르고 어리석은 머슴에 빗대어 통렬히 비판한 작품입니다. 임진왜란 때 왜적에게 그렇게 무참히 당하고 유교적 이상이 깨어진 비참한 현실에 직면하여, 그러한 현실을 수습하려 들지 않는 신하들의 나태한 모습을 은유적 수법으로 잘 형상화했습니다. 이 작품에서 지은이가 관료 사회를 통렬히 비판하고 있는 것은 그 이면에 유교적인 이상 사회를 재건하려는 숭고한 의지가 내재되어 있다고 할 수 있죠. 따라서, 이 작품에는 교술적 성격이 농후합니다.

작품 전체는 읽기에 따라 102구 또는 110구로 되어 있습니다. 그 내용은 이렇습니다. 처음의 한 어버이가 나라를 연 이래, 여드레 갈이의 살림살이를 차려 놓고 인심을 많이 베풀어 국초(國初)의 머슴들은 모두 부지런하고 검소하나 현재의 머슴들은 밥사발의 크고 작음과 의복의 좋고 나쁨을 다툴 뿐, 얼마 전에 화강도가 쳐들어 와 집안 재물을 모두 망쳐 놓았는데도 합심 협력해서 농사를 지으며 도둑을 막을 생각은 않고, 화살을 방치해 두고 의복과 먹는 것만 다투고 있으니, 이런 현실이 있을 수 있느냐 개탄하다 보니 어느새 새끼 한 사리를 다 꼬았다는 것입니다.

이 작품에 나타난 우의를 살펴보면, '처음의 한어버이'는 조선을 건국한 이성계(李成桂)를 우의한 것이고, '여드레갈이'는 조선의 팔도를, '고공'은 조정의 신하들을, '화강도'는 임진왜란 때 쳐들어 온 왜적을, '여름짓기' 곧 '농사'는 국사(國事)를, '밥 사발'은 나라에서 주는 녹봉을 각각 우의한 것이라 할 수 있습니다. 이처럼 작품 전편이 우의적 수법으로 짜여 있다는 데 이 작품의 가장 큰 특색이 있습니다.

글쓴이는 임진왜란의 참화로 유교적 이상이 깨어진 비참한 현실에 직면하여, 이러한 현실을 성실하게 수습하려 들지 않는 신하들의 나태한 모습을 애달픈 심정으로 표현하였는데, 이러한 비극적 감정의 이면에는 유교적인 이상 사회를 재건하려는 숭고한 의지가 내재되어 있습니다. 이원익(李元翼)은 「고공답주인가(雇工答主人歌)」를 지어 이 노래에 화답하였습니다. 이것은 임진왜란 이후 집권층이 정사(政事)보다는 당파 싸움에 힘쓰자, 작자가 '어른 종(영의정)'의 입장에서, '종(신하)'들을 나무라고 '마나님(임금)'을 경계하려는 의도로 지은 작품입니다.

금루사(金縷辭)

민우룡(閔雨龍)

어와 져 娘子(낭자)ㅣ야 내 말숨 드러보소

烟火(연화)[1]에 뭇쳐신돌 宿緣(숙연)[2]이야 이즐소냐

洛浦仙女(낙포선녀)[3] 보랴 ᄒᆞ면 前生(전생)에 네 아닌다[4]

南關(남관)[5] 布衣(포의)[6] 白面生(백면생)[7]도 仙客(선객)인 줄 뉘 알니오

蟠桃(반도) 春色(춘색) 瑤池宴(요지연)[8]에 도적ᄒᆞᆫ 이[9] 네언마는

與受(여수)를 同罪(동죄)ᄒᆞ니[10] 너와 나와 謫下(적하)[11]로다

蒼茫(창망)[12]ᄒᆞᆫ 九點烟(구점연)[13]에 參商(참상)[14]이 난 호이니

碧海水(벽해수) 洋洋(양양)[15]ᄒᆞ야 一帶銀河(일대은하)[16] 되어 잇다

너도 나를 보랴 ᄒᆞ면 八岑(팔잠)[17]이 疊疊(첩첩)ᄒᆞ고

나도 너를 보랴 ᄒᆞ면 三山(삼산)[18]이 杳杳(묘묘)[19]ᄒᆞ다

平生(평생)에 恨(한)이 되고 寤寐(오매)에[20] 願(원)ᄒᆞ더니

玉皇(옥황)[21]이 感動(감동)ᄒᆞᆫ지 仙官(선관)이 斗護(두호)[22]ᄒᆞᆫ지

太乙(태을)[23]의 蓮葉船(연엽선)[24]에 風帆(풍범)을 놉히 달아

六鰲鬚(육오수)[25]에 비를 믹고 瀛洲山(영주산)[26]에 드러오니

仙區物色(선구물색)[27]은 琪樹(기수)[28]와 瑤花(요화)[29]ㅣ로다

風景(풍경)도 됴커니와 好因緣(호인연)[30]이 더욱 됴타

---

1) 煙火(연화) : 인가에서 불을 때어 나는 연기라는 뜻으로, 사람이 사는 기척 또는 인가를 이르는 말. 사람이 사는 세상.
2) 宿緣(숙연) : 오래 묵은 인연. 전생(前生)에서 맺은 인연.
3) 洛浦仙女(낙포선녀) : 낙수(洛水)를 관장하는 선녀. 복희씨(伏羲氏)의 딸 복비(宓妃)로, 낙수에 빠져 신이 되었다고 한다.
4) 아닌다 : 아니냐?
5) 南關(남관) : 마천령의 남쪽 지방인 함경남도 일대, 또는 죽령 이남의 영남 지방을 이르는 말이다. 을사사화(乙巳士禍) 이후 경북 문경에 내려와 살았고, 『조선왕조실록』에 '문경(聞慶) 유학(幼學) 민우룡(閔雨龍)'이 상소한 기록이 있는 것으로 보아 영남 지방을 가리킨다.
6) 布衣(포의) : 베옷. 벼슬이 없는 선비를 이르는 말.
7) 白面生(백면생) : 얼굴이 하얀 사람. 백면서생(白面書生). 글만 읽고 세상일에는 경험이 없는 사람.
8) 蟠桃(반도) 春色(춘색) 瑤池宴(요지연) : 반도가 춘색으로 익을 때 요지에서 열리는 잔치. '반도'는 삼천 년마다 한 번씩 열린다는 선경에 있는 복숭아인데, 이것이 익을 때 서왕모(西王母)가 그의 거주지인 요지에서 잔치를 열었다고 한다. '춘색'은 젊은 남녀의 사랑을 연상하는 빛깔이다.
9) 도적ᄒᆞᆫ 이 : 도둑질한 사람. 훔친 사람.
10) 與受(여수)를 同罪(동죄)ᄒᆞ니 : 주는 일과 받는 일을 같은 죄로 여기니.
11) 謫下(적하) : 신선이 죄를 지어 지상에 귀양살이하러 내려옴. 적강(謫降).
12) 蒼茫(창망) : 넓고 멀어서 아득함.
13) 九點烟(구점연) : 아홉 가닥의 연기. 중국 당(唐)나라 시인 이하(李賀)의 시 「몽천(夢天)」에, '멀리 제주를 바라보니 아홉 가닥 연기 같고, 큰 바다가 한 잔의 물을 쏟아 놓은 것 같네(遙望齊州九點煙 一泓海水杯中瀉)'라는 시구에서 끌어온 말이다. 이 시의 '제주(齊州)'는 '모든 고을', 곧 세상을 뜻하는 말로, '제주(濟州)'와 동음이의어로 쓰였다.
14) 參商(삼상) : 각각 이십팔수(二十八宿)의 하나인 삼성(參星)과 상성(商星). 삼성은 서남쪽, 상성은 동쪽에 있어서 같은 시간에 뜨는 일이 없고, 또 서로 멀리 떨어져 있으므로, 이별하여 서로 오래도록 만나지 않는 일을 이르는 말로 쓰인다.

15) 洋洋(양양) : 바다가 한없이 넓음.
16) 一帶銀河(일대은하) : 은하수의 한 부분. 바다를 은하수라 한 것은 은하수가 견우와 직녀를 가로막고 있는 것을 연상하게 한다.
17) 八岑(팔잠) : 여덟 봉우리. 여기서는 '나'가 살고 있는 조선 팔도(八道)의 육지를 가리킨다.
18) 三山(삼산) : 삼신산(三神山). 중국 전설에 나오는 봉래산(蓬萊山), 방장산(方丈山), 영주산(瀛洲山)을 통틀어 이르는 말. 여기서는 '너'가 살고 있는 제주도를 가리킨다.
19) 杳杳(묘묘) : 멀어서 아득함.
20) 寤寐(오매)에 : 자나 깨나 언제나.
21) 玉皇(옥황) : 옥황상제(玉皇上帝). 상제(上帝). 하느님.
22) 斗護(두호) : 남을 두둔하여 보호함.
23) 太乙(태을) : 신선의 이름. 태을진인(太乙眞人).
24) 蓮葉船(연엽선) : 연잎으로 만든 배. 연엽주(蓮葉舟). 태을진인이 탔다는 배. 중국 송(宋)나라 시인 한구(韓駒)가 화가 이공린(李公麟)의 그림 '태을진인연엽도(太乙眞人蓮葉圖)'에 붙인 시 '제태을진인연엽도(題太乙眞人蓮葉圖)'에서 '태을진인이 연잎 배를 타고, 두건을 벗어 머리카락을 내놓아 찬바람에 날린다. 가벼운 바람으로 돛을 삼고 물결로 노를 삼아, 누워서 경문(經文)을 읽으며 물결 위에 떠간다(太乙眞人蓮葉舟 脫巾露髮寒颼颼 輕風爲帆浪爲檝 臥看玉字浮中流).'라 하였다.
25) 六鰲鬚(육오수) : 육오의 수염. '육오'는 발해의 동쪽 바다에 산다는 중국 고대 전설상의 여섯 마리 큰 거북.
26) 瀛洲山(영주산) : 삼신산의 하나. 여기서는 제주도를 이른다.
27) 仙區物色(선구물색) : 신선이 사는 구역의 경치.
28) 琪樹(기수) : 선경(仙境)에 있다는 옥같이 아름다운 나무.
29) 瑤花(요화) : 선경에 있다는 옥같이 아름다운 꽃. 기화(琪花).
30) 好因緣(호인연) : 좋은 인연.

芙蓉顏(부용안) 柳葉眉(유엽미)31)는 前生(전생)과 훈빗치오

綠雲鬢(녹운빈) 玉雪肌(옥설기)32)는 塵態(진태)33)가 전혀 업다

定遠樓(정원루)34) 붉은 둘에 月姥絲(월모사)35)를 자아내야

鸎啼燕語(앵제연어)36) 花柳節(화류절)37)에 楚臺雲雨(초대운우)38) 多情(다정)ᄒ니

人間(인간)39)에 四月(사월) 八日(팔일) 天上(천상)에 七日(칠일)일다

사랑도 그지업고 態度(태도)도 가즐시고

娼條冶葉(창조야엽)40)은 王郎(왕랑)의 玉檀(옥단)41)인 둣

舞袖纖腰(무수섬요)42)는 小游(소유)의 鸎鴻(앵홍)43)인 둣

淸楊(청양)44)은 眞眞(진진)45)이오 丹脣(단순)46)은 娉娉(빙빙)47)이라

깁흔 사랑 고은 態度(태도) 比(비)홀 듸 젼혀 업다

綠水春波(녹수춘파)48) 깁흔 곳에 노는 鴛鴦(원앙) 쩌 잇는 둣

紅葩瓊蘂(홍파경예)49) 灼灼(작작)50)흔 듸 나는 胡蝶(호접) 머무는 둣

芙蓉帳(부용장)51) 들리후고52) 合歡夢(합환몽)53)을 일울 적의

羅衫(나삼)54)을 후려잡고 細語(세어)55)로 ᄒ온 말슴

靑山(청산)이 不老(불로)ᄒ고 綠水(녹수)ㅣ 長存(장존)이라

前生此生(전생차생) 굿은56) 연분 百年(백년)으로 긔약ᄒ고

後生(후생)에 갈지라도 쩌나지 마오리라

너는 주거 弄玉(농옥)57)이오 나는 주거 子晉(자진)이라58)

남기59) 되면 連理枝(연리지)60)오 고기 되면 比目魚(비목어)61)라

山盟海誓(산맹해서)62) 깁히 ᄒ고 天定佳緣(천정가연)63) 밋엇더니

新情(신정)64)이 未洽(미흡)ᄒ야 中道改路(중도개로)65) 무슴 일고

山鷄野鶩(산계야목)66) 本情性(본정성)67)이 路柳墻花(노

---

31) 芙蓉顏(부용안) 柳葉眉(유엽미) : 연꽃 같은 얼굴과 버들잎 같은 눈썹.
32) 綠雲鬢(녹운빈) 玉雪肌(옥설기) : 숱 많고 검푸른 귀밑머리와 옥같이 흰 피부.
33) 塵態(진태) : 속태(俗態). 고상하거나 아담스럽지 못한 모습.
34) 定遠樓(정원루) : 제주성의 남문.
35) 月姥絲(월모사) : 월모의 끈. '월모'는 달에 사는 할미 신선. 남녀 간의 인연을 찾아 붉은 끈으로 맺어 준다 한다. 월하노인(月下老人).
36) 鸎啼燕語(앵제연어) : 꾀꼬리가 울고 제비가 지저귐.
37) 花柳節(화류절) : 꽃이 피고 버드나무 잎이 푸른 계절이란 뜻으로 봄을 이르는 말.
38) 楚臺雲雨(초대운우) : 초나라 양대의 구름과 비. 초(楚)나라의 양왕(襄王)이 무산(巫山)의 양대(陽臺)에서 신녀(神女)를 만나 구름이 되고 비가 되어 사랑을 나누었다는 고사.
39) 人間(인간) : 사람이 사는 세상.
40) 娼條冶葉(창조야엽) : 번성한 가지와 요염한 잎. 창가(娼家)의 나뭇가지와 야유원(冶遊園)의 나뭇잎. 누구나 꺾고 딸 수 있어서, 기생이나 창녀를 이르는 말로 쓰인다. 시조 작품 중에 '두어라 창조야엽(娼條冶葉)이 본무정주(本無定主)하고 탕자지탐춘호화정(蕩子之探春好花情)이 피아(彼我)의 일반(一般)이라'라는 작품이 있다. 노류장화(路柳墻花).
41) 王郎(왕랑)의 玉檀(옥단) : 조선 시대 소설 「왕경룡전(王慶龍傳)」의 남자 주인공 '왕랑(왕경룡)'과 기생 '옥단'.
42) 舞袖纖腰(무수섬요) : 춤추는 소매와 가는 허리.
43) 小游(소유)의 鸎鴻(앵홍) : 김만중의 소설 「구운몽(九雲夢)」의 남자 주인공 양소유와 기생 적경홍(狄驚鴻).
44) 淸楊(청양) : '청양(淸揚)'의 오독 또는 오기. 맑은 눈과 넓은 이마. 『시경(詩經)』 정풍(鄭風) 편의 「야우만초(野有蔓草)」에, '맑은 눈 넓은 이마 아름답구나(淸揚婉兮)'라는 구절이 있다.
45) 眞眞(진진) : 중국 소설 「화공전(畫工傳)」의 여자 주인공. 남자 주인공 조안(趙顏)이 백 일 동안 계속 부르자 그림 속에서 나와 그의 아내가 되었다고 한다.
46) 丹脣(단순) : 붉은 입술.
47) 娉娉(빙빙) : 낙선재본 고전소설 「빙빙전(聘聘傳)」의 여자 주인공. 승상 위붕(魏鵬)의 아내이고, 본명은 가운화(賈雲華)이다.

48) 綠水春波(녹수춘파) : 푸른 물에 봄바람이 불어 이는 물결.
49) 紅葩瓊蘂(홍파경예) : 붉은 꽃의 예쁜 수술과 암술.
50) 灼灼(작작) : 꽃이 핀 모양이 몹시 화려하고 찬란함.
51) 芙蓉帳(부용장) : 연꽃을 수놓은 장막(帳幕).
52) 둘리후고 : 드리우고. 늘이고. 치고. 늘어뜨리고.
53) 合歡夢(합환몽) : 남녀가 같이 자며 나누는 꿈.
54) 羅衫(나삼) : 비단 적삼. '적삼'은 윗도리에 입는 홑옷. 모양은 저고리와 같다.
55) 細語(세어) : 소리를 낮추어 하는 말. 속삭이는 말.
56) 굿은 : 굳은. 단단한.
57) 弄玉(농옥) : 중국 춘추시대 진 목공(秦穆公)의 딸. 피리를 잘 부는 소사(簫史)를 좋아하여 그에게 시집 가 피리를 배워, 봉황새를 오도록 한 뒤 부부가 그 봉황을 타고 하늘에 올라 신선이 되었다 한다.
58) 子晉(자진) : 왕자진(王子晉). 주(周)나라 영왕(靈王)의 태자. 이름을 교(喬)라고도 한다. 생황(笙簧)을 잘 불었는데 봉황의 소리를 본떠 '봉황곡(鳳凰曲)'을 만들었다. 도인 부구생(浮丘生)의 인도로 선학(仙學)을 배워 신선이 되었다고 한다.
59) 남기 : 나무가.
60) 連理枝(연리지) : 뿌리가 다른 나뭇가지가 서로 맞닿아서 결이 서로 통한 것. 화목한 부부나 남녀 사이를 비유적으로 이르는 말.
61) 比目魚(비목어) : 눈이 한쪽밖에 없어 두 마리가 붙어 있어야 제대로 살아갈 수 있다는 상상 속의 물고기.
62) 山盟海誓(산맹해서) : 산에 맹세하고 바다에 서약함. 산과 바다에 맹세함.
63) 天定佳緣(천정가연) : 하늘이 맺어준 아리따운 인연.
64) 新情(신정) : 새로 사귄 정.
65) 中道改路(중도개로) : 가던 길을 바꿈. 중도에 길을 바꿈.

류장화)68) 도로 되니

芳盟(방맹)69)도 浮雲(부운)이오 사랑도 春夢(춘몽)70)이라

城中(성중) 一步地(일보지)71)예 三千弱水(삼천약수)72) 茫茫(망망)73)호니

靑山眉(청산미)74) 細柳腰(세류요)75)는 뉘게뉘게 獻態(헌태)76)호여

金步搖(금보요)77) 碧甸環(벽전환)78)은 어듸어듸 노니는고

靑鳥(청조)79)는 아니 오고 杜鵑(두견)이 슬피 울 제

旅館寒燈(여관한등)80) 寂寞(적막)호듸 온 가슴에 불이 난다

이 불을 뉘 쓰리오 님 아니면 홀 씰 업고

이 병을 뉘 곳치리 님이라야 扁鵲(편작)81)이라

밋친 무옴 외사랑82)은 나는 점점 깁건무는

無心(무심)홀손 이 님이야 虛浪(허랑)83)코도 薄情(박정)호다

三更(삼경)84)에 못 든 잠을 四更(사경)에 계오 드러

蝶馬(접마)85)를 놉히 달녀 녯 길흘 추자 가니

月態花容(월태화용)86)을 반가이 만나보고

千愁萬恨(천수만한)87)을 歷歷(역력)히 흐렷더니

窓前碧梧疎雨聲(창전벽오소우성)88)에 三魂(삼혼)89)이 훗터지니

落月(낙월)이 蒼蒼(창창)90)흔듸 三五小星(삼오소성)91)뿐이로다

어와 내 일이야 진실로 可笑(가소)로다

너도 싱각흐면 뉘웃츰92)이 이시리라

皇玉京(황옥경)93)에 올나가셔 上帝(상제)씌 復命(복명)94)홀 제

이 말숨 다 알외면 네 죄가 즁흐리라

다시곰 싱각흐여 回心(회심)95)을 두온 후에

三生宿緣(삼생숙연)96)을 져바리지 말게 흐라

■ 현대어 풀이

어화, 저 낭자야 내 말씀 들어보소.

세상에 묻혔을 들 지난 인연을 잊을쏘냐.

낙포 선녀 보려 하면 전생의 그대 아닌가.

남관에서 베옷 입은 백면서생인 이 몸도 신선인 줄 뉘 알리오.

봄빛 짙은 요지 잔치에서 반도를 도적질 한 것은 너이건만 그 반도를 내 받았으니 두 사람의 죄 같으니 너와 내와 인간 세상 귀양을 옴이로다.

아득한 중화 땅도 아홉 가닥 연기이고 삼성과 상성이 나뉘

---

66) 山鷄野鶩(산계야목) : 꿩과 들오리. 길을 들일 수 없는 짐승이라, 성미가 사납고 제 마음대로만 하려고 해 다잡을 수 없는 사람을 비유적으로 이르는 말.

67) 本情性(본정성) : 타고난 감정과 성질.

68) 路柳墻花(노류장화) : 길가의 버드나무와 담을 넘은 꽃. 누구나 꺾을 수 있는 것이라, 기생 또는 창녀를 이르는 말. 창조야엽(娼條冶葉).

69) 芳盟(방맹) : 꽃다운 맹세. 아름다운 맹세.

70) 春夢(춘몽) : 봄에 꾸는 꿈이라는 뜻으로, 덧없는 인생을 비유적으로 이르는 말. 일장춘몽(一場春夢).

71) 一步地(일보지) : 한 걸음밖에 안 되는 땅.

72) 三千弱水(삼천약수) : 삼천 리나 되는 약수. 중국 서쪽에 있는데, 길이가 삼천 리나 되고, 부력이 매우 약해 기러기의 털도 가라앉았다고 한다.

73) 茫茫(망망) : 넓고 멂.

74) 靑山眉(청산미) : 푸른 산 같은 눈썹.

75) 細柳腰(세류요) : 실버들 같이 가는 허리.

76) 獻態(헌태) : 자태(姿態)를 드러냄. 모양이나 모습을 드러냄.

77) 金步搖(금보요) : 금으로 만든 떨잠. '떨잠'은 걸을 때 떠는 비녀로, 큰머리나 어여머리의 앞 중심과 양옆에 한 개씩 꽂는 머리꾸미개의 하나이다.

78) 碧甸環(벽전환) : 푸른 옥으로 만든 가락지. '碧玉環(벽옥환)'의 오독 또는 오기.

79) 靑鳥(청조) : 푸른 빛깔의 새. 반가운 사자(使者)나 편지를 이르는 말. 푸른 새가 온 것을 보고 동방삭이 서왕모의 사자라고 한 한무(漢武)의 고사에서 유래한다.

80) 旅館寒燈(여관한등) : 여관의 쓸쓸히 비치는 등불.

81) 扁鵲(편작) : 중국 전국 시대의 의사. 성은 진(秦). 이름은 월인(越人). 임상 경험을 바탕으로 치료하였다. 장상군(長桑君)으로부터 의술을 배워 환자의 오장을 투시하는 경지에까지 이르렀다고 전한다.

82) 외사랑 : 남녀 사이에서 한쪽만 상대편을 사랑하는 일. 짝사랑.

83) 虛浪(허랑) : 언행이나 상황 따위가 허황하고 착실하지 못함.

84) 三更(삼경) : 하룻밤을 오경(五更)으로 나눈 셋째 부분. 밤 열한 시에서 새벽 한 시 사이이다.

85) 蝶馬(접마) : 나비 말. 말처럼 타는 나비. 호접몽(胡蝶夢), 곧 중국의 장자(莊子)가 꿈에 호랑나비가 되어 훨훨 날아다니다가 깨서는, 자기가 꿈에 호랑나비가 되었던 것인지 호랑나비가 꿈에 장자가 되었는지 모르겠다고 한 이야기에서 유래한다.

86) 月態花容(월태화용) : 달 같은 태도와 꽃 같은 얼굴. 아름다운 여인의 얼굴과 맵시를 이르는 말.

87) 千愁萬恨(천수만한) : 온갖 근심과 한. 이것저것 슬퍼하고 원망함. 또는 그런 슬픔과 한.

88) 窓前碧梧疎雨聲(창전벽오소우성) : 창 앞의 벽오동 잎에 떨어지는 보슬비 소리.

89) 三魂(삼혼) : 사람의 몸 가운데 있다는 세 가지 영혼. 태광(台光)·상령(爽靈)·유정(幽精).

90) 蒼蒼(창창) : 빛이 어둑함.

91) 三五小星(삼오소성) : 열다섯 개의 작은 별. 보름달이 밝아 희미해져 작게 보이는 별.

92) 뉘웃츰 : 뉘우침.

93) 皇玉京(황옥경) : 하늘 위에 옥황상제가 산다고 하는 가상적인 서울. 백옥경(白玉京).

94) 復命(복명) : 명령을 받고 일을 처리한 사람이 그 결과를 보고함.

95) 回心(회심) : 마음을 돌림. 마음을 돌이켜 먹음.

96) 三生宿緣(삼생숙연) : 전생(前生)·현생(現生)·후생(後生)의 오래 묵은 인연.

었으며

　푸른 바다 한없이 넓고 넓어 일대가 은하수 되었구나.

　너도 나를 보려 하면 여덟 봉우리 첩첩하고

　나도 너를 보려 하면 세 산이 아득하다.

　평생에 한이 되고 자나 깨나 원하더니

　옥황상제 감동했는지 신선들이 보살폈는지

　태을의 연잎배에 돛대를 높이 달아

　자라수염에 배를 매고 영주산에 들어오니

　아름다운 경치가 펼쳐졌으니 나무는 옥과 같고, 꽃은 기이하다.

　풍경도 좋거니와 인연도 더욱 좋다.

　얼굴은 연꽃 같고 눈썹은 버들잎 같아 전생에 보았던 그 모습이고

　귀밑머리 구름 같고 살갗은 흰 눈이니 세속의 모습이 전혀 없다.

　정원루 맑은 달에 월하의 끈을 잡아내어

　앵무새 울고 제비 노래하는 꽃피는 시절 양왕과 무산선녀 사랑하듯 다정하니

　인간 세상 사월 팔일 하늘의 칠일이다.

　사랑도 끝이 없고 태도도 갖추었구나.

　부드러운 가지와 새로 돋은 이파리는 왕경룡의 옥단인 듯

　춤추는 옷소매와 가냘픈 허리는 양소유의 적경홍인 듯

　눈이 맑고 이마가 넓은 것은 진진이요, 붉고도 아름다운 입술은 빙빙이라

　깊은 사랑 고운 태도 비할 데 전혀 없다.

　봄날에 푸른 물결 일어나는 깊은 곳에 노는 원앙 떠 있는 듯

　붉은 꽃잎 옥 꽃수술 눈부시게 빛나는 데 날아가던 벌나비가 머무는 듯

　부용 장막 드리우고 달콤한 꿈 이룰 적에

　비단 적삼 후려잡고 속삭이며 하는 말씀

　청산에서 늙지 말고 녹수에서 장수하세.

　전생 차생 굳은 연분 백 년으로 기약하고

　후생에 갈지라도 떠나지 마오리라.

　너는 죽어 농옥이요, 나는 죽어 자진이라.

　나무라면 연리지요, 고기라면 비목어라.

　산과 바다에 맹세를 깊이 하고 하늘 정한 아름다운 인연을 믿었더니

　새 정이 미흡하여 사랑하다 길 바꿈은 무슨 일인가.

　산꿩과 들오리의 도도한 본래 성질 길가의 버드나무 담장 위 꽃 도로 되니

　아름다웠던 우리 맹세 뜬구름이 되었으며 사랑도 한바탕 봄날의 꿈이로다.

　성안에 한 걸음이면 닿을 수 있으련만 삼천리 약수 되어

멀기만 하니

　청산 같은 눈썹과 버들 같은 가는 허리 뉘게 뉘게 교태를 보여주며

　금보요와 벽전환은 어디 어디 노니는가.

　청조는 아니 오고 두견새 슬피 울 제

　여관방의 차가운 등 적막한데 온 가슴에 불이 난다.

　이 불을 뒤 끄리오. 임 아니면 끝이 없고

　이 병을 뉘 고치리 임이라야 편작이라.

　맺힌 마음 외사랑은 아는 점점 깊건마는

　무심한 이 임이야, 허랑하고 박정하다.

　삼경에 못 든 잠을 사경에 겨우 들어

　나비처럼 말을 달려 옛길을 찾아가서

　달 같고 꽃 같은 이 반가이 만나보고

　온갖 시름 역력히 풀어내려 했더니

　창 앞의 벽오동에 성기게 오는 빗소리에 삼혼이 흩어지니

　지는 달이 아득한데 서너 작은 별뿐이로다

　어화, 내 일이야, 진실로 우습구나.

　너도 생각하면 뉘우침이 있으리라.

　황옥경에 올라가서 옥황상제께 이승의 일 다 아뢸 제

　이 말씀 다 아뢰면 네 죄가 무거우리라.

　다시금 생각하며 마음을 돌린 후에

　삼생의 인연을 저버리지 말게 하라.

■ 해설

　이 작품은 1778년(정조 2) 민우룡(閔雨龍)이 지은 가사입니다. 제주 기생인 애월(愛月)과의 사랑을 읊은 작품으로, 전생의 숙연(宿緣)과 현세의 열애와 원정(怨情)을 다 말하고, 마침내는 내세로 돌아가 안주처를 구하려는 내세동귀(來世同歸)를 서약하는 사랑의 노래로서, 현실의 미진한 정곡(情曲)을 내세의 환상적 세계로 이끌어가서 다시 그것을 시적인 환상미로 승화시킨 작품입니다. 필사본『영주재방일기(瀛洲再訪日記)』에 귀글체 기사(記寫)로 들어 있다죠. 형식은 3·4조와 4·4조를 중심으로 총 60구로 되어 있습니다. 정격 가사가 지닌 척구(隻句)가 탈락해버려 변형 가사에 속하는 작품입니다.

　작자는 1772년(영조 48)에 제주통판(濟州通判)으로 부임하는 전우성(全宇成)을 따라 제주를 탐승(探勝)하였는데, 그곳에서 기생 애월과 깊은 정분을 맺고, 염문을 남긴 채 돌아왔습니다. 그 뒤 1776년에 다시 그곳에 들러 애월과 만나게 되었으나, 그녀는 이미 장사하는 남편을 얻어 살고 있었답니다. 그래도 그는 애월과 자주 만나 정분을 나누고, 마침내 그녀와의 관계를 끊어야 할 상황에 이르러 자신의 애절한 심경을 이 가사로 나타내었던 것입니다.

　이 작품은 시적 화자의 일방적인 자기감정 토로에 초점이

맞추어져 서술되고 있습니다. 작품의 서두와 결말에 청자를 의식한 구절을 배치하고 있으나 실제로는 일인칭 독백체에 가깝습니다. 그리움의 대상인 기녀의 형상화 방식에 있어서 이 작품은 대상 인물을 외모 중심으로 묘사하는데, 특히 관습적인 표현구를 동원하여 화려한 색채 이미지를 부각시킵니다. 또한 신선계를 설정하고 적강(謫降) 모티프를 가미하여 대상을 신비화하기도 합니다. 이를 종합해 보면 이 작품에서 화려한 시각적 이미지로 묘사된 여성은 남성 화자의 시각에 의해 관념화된 것으로 단순한 하나의 사물로 존재할 따름입니다. 즉 대상 인물은 작자의 상상력과 감수성의 테두리 안에서 조직되고 타자화(他者化)되는 셈이지요. 또한 적절한 용사(用事)를 원용하여 봉별(逢別)의 과정에서 일어나는 상사(相思)와 환락(歡樂), 훼절(毁節)과 비련(悲戀)의 주정적 감정을 잘 드러내 보인 순수 서정시로 성공하였다고 할 수 있는 작품입니다.

누항사(陋巷詞)

박인로(朴仁老)

어리고1) 우활(迂闊)2) 홀산 이니3) 우히 더니 업다4).
→1인칭 화자→교술적 성격

길흉 화복(吉凶禍福)을 하날긔 부쳐 두고5),
↳운명론적 세계관

누항(陋巷)6) 깁푼 곳의 초막(草幕)을 지어 두고,

풍조우석(風朝雨夕)7)에 석은 딥히 셥히 되야8),
↳고통스러운 현실

셔 홉 밥 닷 홉 죽(粥)9)에 연기(煙氣)도 하도 할샤10).
↳초라한 음식

설 데인 숙냉(熟冷)11)애 뷘 배12) 쇡일 쑨이로다.

생애 이러ᄒ다 장부(丈夫) ᄠᅳᆺ을 옴길넌가13).
↳설의적 표현

안빈 일념(安貧一念)14)을 젹을망정 품고 이셔,
이상적 삶

수의(隨宜)15)로 살려 ᄒ니 날로조차 저어(齟齬)ᄒ다16).
↳감정의 직접적 표현

ᄀᆞ올히17) 부족(不足)거든 봄이라 유여(有餘)ᄒ며,
↳추수(秋收)   ↳춘경(春耕)

주머니 뷔엿거든18) 병(甁)의라19) 담겨시랴.
↳가까운 곳   ↳먼 곳   ↳설의적 표현

통사구조 반복
대구 · 대조법

빈곤(貧困)ᄒᆫ 인생(人生)이 천지간(天地間)의 나ᄲᅮᆫ이라.

➡ 서사 : 누항에서 안분 일념으로 살고자 함

기한(飢寒)20)이 절신(切身)21)ᄒ다 일단심(一丹心)을 이
↳↔온포(溫飽)   ↳우국지정, 안빈일념

질ᄂᆞᆫ가22).
↳설의적 표현

분의 망신(奮義忘身)23)ᄒ야 죽어야 말녀 너겨24),

우탁 우랑(于橐于囊)25)의 줌줌이 모아 녀코26),

병과(兵戈)27) 오재(五載)28)예 감사심(敢死心)29)을 가져 이
↳병사와 무기, 전쟁. 대유법   ↳우국충정

셔,

참혹한 전쟁, 대유법
이시섭혈(履尸涉血)30)ᄒ야 몃 백전(百戰)을 지닉연고31).
↳과장법

➡ 본사 1 : 임란 때를 돌아봄

일신(一身)이 여가(餘暇) 잇사 일가(一家)를 도라보랴.
↳설의적 표현

일노장수(一奴長鬚)32)ᄂᆞᆫ 노주분(奴主分)33)을 이졋거
↳시대상을 짐작할 수 있는 부분, 몸소 농사를 지어야 하는 이유

든34),

고여춘급(告余春及)35)을 어닉 사이 생각ᄒ리.
↳'노주분'의 구체적 내용

경당문로(耕當問奴)36)인들 눌ᄃᆞ려37) 물롤ᄂᆞᆫ고.
↳이상   ↳현실

궁경가색(躬耕稼穡)38)이 닉 분(分)39)인 줄 알리로다.
↳현실을 인정하고 수용함

신야경수(莘野耕叟)40)와 농상경옹(隴上耕翁)41)을 천(賤)
↳중국 고사의 인용→자존심의 표현

---

1) 어리고 : 어리석고
2) 우활(迂闊) : 세상 물정에 어두움
3) 이니 : '나의'를 강조하여 이르는 말.
4) 우히 더니 업다 : 위에 더한 사람은 없다
5) 부쳐 두고 : 맡겨 두고
6) 누항(陋巷) : 누추한 곳
7) 풍조우석(風朝雨夕) : 바람 부는 아침과 비 오는 저녁
8) 석은 딥히 셥히 되야 : 썩은 짚이 땔감(섶)이 되어
9) 셔 홉 밥 닷 홉 죽(粥) : 세 홉의 밥과 다섯 홉의 죽. 곧, 초라한 음식
10) 하도 할샤 : 많기도 많구나
11) 숙냉(熟冷) : 숭늉
12) 뷘 배 : 텅 빈 배. 고픈 배
13) 옴길넌가 : 옮길 것인가
14) 안빈 일념(安貧一念) : 구차한 삶 속에서도 마음을 편안히 가지겠다는 한 가지 생각
15) 수의(隨宜) : 옳은 일을 좇음
16) 날로조차 저어(齟齬)ᄒ다 : 날이 갈수록 어긋난다. 뜻대로 안 된다.
17) ᄀᆞ올히 : 가을이
18) 뷔엿거든 : 비었는데
19) 병(甁)의라 : 술병이라고

20) 기한(飢寒) : 굶주림과 추위
21) 절신(切身) : 몸에 절실함
22) 이질ᄂᆞᆫ가 : 잊겠는가
23) 분의 망신(奮義忘身) : 의(義)에 분발하여 자기 몸을 잊음
24) 죽어야 말녀 너겨 : 죽어서야 말겠노라고 마음 먹어
25) 우탁 우랑(于橐于囊) : 전대와 망태. 조사 '에'의 뜻인 '우(于)'가 운율 효과를 위해 쓰임.
26) 줌줌이 모아 녀코 : 한 줌 한 줌 모아 넣고
27) 병과(兵戈) : 병정과 창. 곧, 전쟁
28) 오재(五載) : 5년.
29) 감사심(敢死心) : 죽고 말리라는 마음
30) 이시섭혈(履尸涉血) : 주검을 밟고 피를 건넘
31) 지닉연고 : 치루었던가
32) 일노장수(一奴長鬚) : 긴 수염이 난 종. 곧, 늙은 종
33) 노주분(奴主分) : 하인과 주인의 신분
34) 이졋거든 : 잊어버렸거든
35) 고여춘급(告余春及) : 나에게 봄이 왔다고 알려줌
36) 경당문로(耕當問奴) : 밭 가는 일은 마땅히 종에게 물음
37) 눌ᄃᆞ려 : 누구더러
38) 궁경가색(躬耕稼穡) : 몸소 밭을 갈고 씨를 뿌리어 곡식을 거둠
39) 분(分) : 분수
40) 신야경수(莘野耕叟) : 잡초 우거진 들에서 밭을 가는 늙은이. 곧, 은(殷)나라의 재상 이윤과 관련된 고사.

타 흐리 업것마는,

　아므려 갈고젼들42) 어닉 쇼로 갈로손고43).
　　　　　소가 없어 밭을 못 가는 화자의 처지
　　　　　　　　❏ 본사 2 : 몸소 농사를 지으려 함

　한기태심(旱旣太甚)44)ᄒ야 시절(時節)45)이 다 느즌 졔,
　　　　원인　　　　　　　　　　결과

　서주(西疇)46) 놉흔 논애 잠깐 긴 녈비47)예

　도상(道上) 무원수(無源水)48)를 반만깐 디혀49) 두고,
　현실적 한계를 깨닫게 하는 매개체
　쇼 혼 젹 듀마50) ᄒ고 엄섬이51) ᄒ는 말삼

　친절(親切)호라 너긴52) 집의　달 업슨53) 황혼(黃昏)의

　허위허위◀다라 가셔54),
　음성 상징어(의태어), 기대감으로 급히 달려가는 모습

　구디 다둔55) 문(門) 밧긔 어득히56) 혼자 서셔
　　　　장애물

　큰 기춤 아함이를 양구(良久)토록57) 하온 후(後)에,

　어와 긔 뉘신고 염치(廉恥) 업산 닉옵노라58).

　초경(初更)59)도 거읜디60) 긔 엇지 와 겨신고.

　연년(年年)에 이러ᄒ기 구차(苟且)혼 줄 알건마는

　쇼 업손 궁가(窮家)애 혜염 만하61) 왓삽노라.
　　　동정심(연민)에 호소하는 말하기 방식

　공ᄒ니나 갑시나62) 주엄 즉도 ᄒ다마는,

　다만 어제 밤의 거넨 집63) 져 사름이,

---

41) 농상경옹(隴上耕翁) : 밭 두둑 위에서 밭 가는 늙은이. 진나라의 재
　　상 진승과 관련된 고사.
42) 갈고젼들 : 갈고자 한들, 갈고 싶은들.
43) 쇼로 갈로손고 : 소로 갈겠는가
44) 한기태심(旱旣太甚) : 가뭄이 아주 심함.
45) 시절(時節) : 농사를 짓기에 알맞은 때.
46) 서주(西疇) : 서쪽에 있는 두둑
47) 녈비 : 지나가는 비. 여우비.
48) 도상(道上) 무원수(無源水) : 길 위에 흐르는 근원 없는 물
49) 반만깐 디혀 : 반쯤만 대어
50) 쇼 혼 젹 듀마 : 소 한 번 주마
51) 엄섬이 : 엉성히. 탐탁지 않게.
52) 너긴 : 여긴. 생각한
53) 달 업슨 : 달 없는
54) 허위허위 다라 가셔 : 허우적허우적 달려가서
55) 구디 다둔 : 굳게 닫은
56) 어득히 : 우두커니
57) 양구(良久)토록 : 꽤 오래도록
58) 닉옵노라 : 나올시다
59) 초경(初更) : 저녁 7~9시
60) 거읜디 : 거의 지났는데
61) 혜염 만하 : 헤아림(걱정)이 많아
62) 공ᄒ니나 갑시나 : 공것이거나 값을 치르거나
63) 거넨 집 : 건넛집

목 불근 수기치(雉)64)을 옥지읍(玉脂泣)게65) 쑤어 닉고,

간 이근66) 삼해주(三亥酒)67)을 취(醉)토록 권(勸)ᄒ거든,

이러한 은혜(恩惠)을 어이 아니 갑흘넌고.

내일(來日)로 주마 ᄒ고 큰 언약(言約) ᄒ야거든,

실약(失約)이 미편(未便)68)ᄒ니 사셜69)이 어려왜라.
　　우회적으로 거절하는 말하기 방식

실위(實爲)70) 그러ᄒ면 혈마 어이ᄒ고.

헌 먼덕71) 수기72) 스고 측 업슨 집신에 ▶설피설피73) 물
　　　　　　　　　　　실망감으로 힘없이 걸어오는 모습
너 오니,

풍채(風採) 저근 형용(形容)애 기 즈칠74) 쑨이로다.
　　　　　　　화자의 처지를 부각하는 소재
　　　화자의 초라한 모습
　　　　　　　　❏ 본사 3 : 소를 못 빌리고 돌아옴

와실(蝸室)75)에 드러간둘 잠이 와사 누어시랴.
　초라한 집, 은유법　　　　　　　　설의적 표현

북창(北牕)을 비겨 안자 시배76)롤 기다리니,
　화자의 선분을 암시하는 소재　　잠을 이루지 못하는 모습

무정(無情)한 대승(戴勝)77)은 이니 한(恨)을 도우ᄂ다78).
　　　　　　　　화자의 정서(한)를 고조시키는 소재

종조 추창(終朝惆悵)79)ᄒ야 먼 들흘 바라보니,

즐기는 농가(農歌)80)도 흥(興) 업서 들리ᄂ다.
　농부들과 화자의 대비

세정(世情)81) 모론 한숨은 그칠 줄을 모르ᄂ다.

아까온 져 소뷔82)ᄂ 벗보님83)도 됴홀세고.
　　　　　화자의 정서(아쉬움, 슬픔)을 고조시키는 소재

가시 엉권84) 묵은 밧도 용이(容易)케 갈련마는,

---

64) 수기치(雉) : 수꿩, 장끼.
65) 옥지읍(玉脂泣)게 : 구슬 같은 기름이 튀어 오르게
66) 간 이근 : 갓 익은
67) 삼해주(三亥酒) : 정월 셋째 해일(亥日)에 빚은 좋은 술
68) 미편(未便) : 편하지 못함
69) 사셜 : 말씀
70) 실위(實爲) : 진실로, 참으로
71) 먼덕 : 멍덕. 짚으로 만든 모자
72) 수기 : 숙여
73) 설피설피 : 맥없이 어슬렁어슬렁 걷는 모양
74) 기 즈칠 : 개가 짖을
75) 와실(蝸室) : 달팽이 집. 자기 집을 겸손히 이르는 말
76) 시배 : 새벽
77) 대승(戴勝) : 봄에 밭 갈기를 독촉한다는 오디새
78) 도우ᄂ다 : 조장한다
79) 종조 추창(終朝惆悵) : 아침이 마칠 때까지 슬퍼함
80) 농가(農歌) : 농부들이 부르는 노래.
81) 세정(世情) : 세상의 물정(物情). 세상의 인심.
82) 소뷔 : '쟁기'의 사투리
83) 벗보님 : 보습 위에 대한 첫조각과 볏이 움직이지 않게 끼우는 것.
　　쟁기의 날이 선 모양
84) 엉권 : 엉킨

허당반벽(虛堂半壁)85)에 슬디업시86) 걸려고야.

↗화자의 비애감이 드러남

춘경(春耕)87)도 거의거다88) 후리쳐 더뎌89) 두쟈.

▶ 본사 4 : 봄갈이를 포기함

↗자연, 대유법

강호(江湖) 한 꿈을 ᄭ언지도 오리러니,
↘자연과 더불어 살고자 한 꿈→이상

구복(口腹)90)이 위루(爲累)91)ᄒ야 어지버92) 이져쩌다93).
↘꿈을 버린 까닭→현실

첨피기욱(瞻彼淇澳)94)혼디 녹죽(綠竹)도 하도 할샤.
↘중국 고사의 인용

유비군자(有斐君子)95)들아 낙디96) ᄒ나 빌려스라.

노화(蘆花)97) 깁픈 곳애 명월청풍(明月淸風) 벗이 되야,
↘자연, 대유법

님지98) 업산 풍월강산(風月江山)애 절로절로 늘그리라.

무심(無心)99)한 백구(白鷗)야 오라 ᄒ며 말라 ᄒ랴.
↘설의적 표현

다토리 업슬손100) 다문 인가101) 너기로라.

▶ 결사 1 : 자연을 벗삼아 살려 함

무상(無狀)102)한 이 몸애 무슨 지취(志趣)103) 이스리마
↘화자 자신을 겸손하게 이르는 말
는,

두세 이렁104) 밧논를 다 무겨105) 더뎌106) 두고,

이시면107) 죽(粥)이오 업시면 굴물망졍,
↘대구법, 대조법

남의 집 남의 거슨 전혀 부러 말렷노라108).

---

85) 허당반벽(虛堂半壁) : 헛간의 벽 가운데.
86) 슬디업시 : 쓸데없이. 공연히
87) 춘경(春耕) : 봄에 논밭을 가는 일.
88) 거의거다 : 거의 다 지났다
89) 후리쳐 더뎌 : 팽개치어 던져
90) 구복(口腹) : 먹고 사는 것
91) 위루(爲累) : 누가 됨. 거리낌이 됨
92) 어지버 : 아, 슬프구나
93) 이졋더다 : 잊었도다
94) 첨피기욱(瞻彼淇澳) : 저 기수의 물가를 바라봄. 『시경(詩經)』에 나
　　오는 구절.
95) 유비군자(有斐君子) : 교양 있는 선비. 죽림칠현(竹林七賢)을 연상
　　하는 소재.
96) 낙디 : 낚싯대.
97) 노화(蘆花) : 갈대꽃
98) 님지 : 임자
99) 무심(無心) : 아무 생각 없음. 아무 걱정 없음
100) 다토리 업슬손 : 다툴 이가 없는 것
101) 다문 인가 : 다만 이것뿐인가
102) 무상(無狀) : 보잘 것 없는. 못 생긴
103) 지취(志趣) : 뜻과 지향
104) 이렁 : 이랑. 밭 두렁
105) 무겨 : 묵혀
106) 더뎌 : 던져
107) 이시면 : 있으면
108) 부러 말렷노라 : 부러워 말겠노라. 부러워하지 않겠노라.

니 빈천(貧賤) 슬히109) 너겨 손을 헤다110) 물너가며,

남의 부귀(富貴) 불리111) 너겨 손을 치다112) 나아
↗통사 구조 반복 대구·대조법
오랴.
↘설의적 표현

인간(人間) 어늬 일이 명(命) 밧긔 삼겨시리113).
↘운명론적 세계관

빈이무원(貧而無怨)을 어렵다 ᄒ건마는
↘핵심어. 주제 의식이 드러난 시어.

니 생애(生涯) 이러호디 설온 뜻은 업노왜라.

단사표음(簞食瓢飮)114)을 이도 족(足)히 너기로라.

평생(平生) 한 뜻이 온포(溫飽)115)애는 업노왜라.
↘부귀공명, 세속적 삶

태평천하(太平天下)애 충효(忠孝)를 일을 삼아
↘유교적 가치관

화형제(和兄弟) 신붕우(信朋友) 외다116) ᄒ리 뉘 이시리.
↘설의적 표현

그 밧긔 남은 일이야 삼긴 디로117) 살렷노라.

▶ 결사 2 : 유교적 가르침에 따라 살려 함

■ 현대어 풀이
어리석고 세상 물정에 어두운 것은 나보다 더한 이가 없다.
길흉화복(운명)을 하늘에 맡겨두고
누추한 깊은 곳에 초가집을 지어두고
아침저녁 비바람에 섞은 짚(초가를 이었던)이 섶(땔감)이
되어
세 홉 밥 닷 홉 죽에 연기도 많기도 많구나.
설 데운 숭늉에 빈 배속을 속일뿐이로다.
생활이 이러하다고 장부가 품은 뜻을 바꿀 것인가.
가난하지만 편안하여 근심하지 않는 한결같은 마음을 적을
망정 품고 있어
옳은 일을 좇아 살려하니 날이 갈수록 뜻대로 되지 않는다.
가을이 부족하거든 봄이라고 넉넉하며
주머니가 비었거든 술병이라고 술이 담겨 있겠는가.
가난한 인생이 이 세상에 나뿐이로다.
굶주리고 헐벗음이 절실하다고 한 가닥 굳은 마음을 잊을
것인가.

---

109) 슬히 : 싫게
110) 헤다 : 내젓는다고
111) 불리 : 부럽게
112) 손을 치다 : 손짓을 한다고
113) 명(命) 밧긔 삼겨시리 : 운명 밖에 생겼으리
114) 단사표음(簞食瓢飮) : 간소한 음식. 곧, 어려운 생활
115) 온포(溫飽) : 따뜻하게 옷을 입고 배불리 먹음
116) 외다 : 그르다고
117) 삼긴 디로 : 타고난 대로

의에 분발하여 제 몸을 잊고 죽어야 그만 두리라 생각한다.

전대와 망태에(전쟁할 때 쓰는 무기들을) 줌줌이 모아놓고

임진왜란 오 년 동안에 죽고야 말리라는 마음을 가지고 있어

주검을 밟고 피를 건너는 혈전을 몇 백 번이나 지냈던가.

일신이 겨를이 있어서 가족들을 돌볼 수 있을 것인가.

늙은 종은 종과 주인간의 분수를 잊었거든

하물며 나에게 봄이 돌아 왔다고 일러주는 하인이 있기를 기대하겠는가.

밭갈이를 종에게 묻고자 한들 누구에게 물을 것인가.

몸소 농사를 짓는 것이 나의 분수인지를 알겠도다.

신야경수와 농상경옹을 천하다고 할 삶이 없건마는

아무리 갈고자 한들 어느 소로 갈 것인가.

가뭄이 이미 크게 심하여 시절이 다 늦은 때에

서쪽 두둑 위 높은 논에 잠깐 지나가는 비에

길 위에 흘러내리는 근원 없는 물을 반만큼 대어두고

소 한번 빌려 주마고 탐탁찮게 말을 하던 친절하다고 여긴 집에

달도 없는 황혼에 허둥지둥 달려가서

굳게 닫힌 문밖에 멀찍이 혼자 서서

큰기침 아함이(에헴 소리)를 오랫동안 한 뒤에

"아 거기 누구신가", "염치없는 내로다" 대답하니

"초경도 거의 지났는데 그대 어찌하여 와 계신다." 하기에

"해마다 이러하기가 염치없는 줄 알지마는

소 없는 가난한 집에 걱정이 많아 왔습니다." 하니

"공짜로나 값을 치르거나 해서 빌려 줄만도 하다마는

다만 어젯밤에 건너 짐 저 사람이

수꿩 한 마리를 잘 구워내어

갓 익은 삼해주를 취하도록 권하기에

내일로 빌려 주마고 약속을 했으므로 미안하지만 안됐소."

"사실이 그렇다면 설마 어찌할까?"

헌 갓을 숙여 쓰고 측이 없는 짚신에 맥없이 물러나오니

풍채 작은 모습에 개가 짖을 뿐이로다.

작고 누추한 집에 들어간들 잠이 와서 누워있으랴.

북쪽 창문에 기대어 앉아 새벽을 기다리니

무정한 오디새는 이내 원한을 재촉한다.

아침이 마칠 때까지 슬퍼하며 먼 들을 바라보니

즐기는 농부들의 노래도 흥이 없이 들린다.

세상 인정을 모르는 한숨은 그칠 줄을 모른다.

아까운 저 쟁기는 날도 잘 서있어

가시가 엉긴 묵은 밭도 쉽게 갈 수 있겠지마는

텅 빈 집 벽 가운데 쓸데없이 걸려 있구나.

(소가 없어 밭을 갈 수가 없어) 봄갈이도 거의 지났다. (벽

에 걸린 쟁기를) 팽개쳐 던져두자.

자연을 벗삼아 살겠다는 한 꿈을 꾼 지도 오래되더니

먹고사는 것이 거리낌이 되어, 아 슬프게도 잊었다.

저 기수의 물가를 보건대 푸른 대나무도 많기도 많구나.

교양 있는 선비들아. 낚싯대 하나 빌려 다오.

갈대 꽃 깊은 곳에 밝은 달과 맑은 바람이 벗이 되어

임자가 없는 자연 속 풍월 강산에 저절로 늙으리라.

무심한 갈매기야 나더러 오라고 하며 말라고 하겠는가.

다툴 이가 없는 것은 다만 이 자연 뿐인가 하노라.

보잘것없는 이 몸이 무슨 소원이 있으리요마는

두세 이랑 되는 밭과 논을 다 묵혀 던져두고

있으면 죽이요 없으면 굶을망정

남의 집 남의 것은 전혀 부러워하지 않겠노라.

나의 빈천을 싫게 여겨 손을 젓는다고 그 가난이 없어지며

남의 부귀를 부럽게 여겨 손을 친다고 나아지겠는가.

인간 세상에 어느 일이 운명 밖에 생겼는가.

가난하여도 원망하지 않음을 어렵다 하건마는

내 생활이 이러하되 서러운 뜻은 없다.

한 도시락의 밥을 먹고 한 바가지의 물을 마시는 어려운 생활도 만족하게 여긴다.

평생에 한 뜻이 따뜻하고 배부른 데는 없다.

태평스러운 세상에 충성과 효도를 일로 삼아

형제간에 화목하고 벗끼리 신의 있게 사귀는 일을 그르다고 할 사람이 누가 있겠는가.

그 밖의 나머지 일이야 생긴 대로 하리라.

■ 핵심 정리

* 작자 : 박인로(朴仁老, 1561~1642)
* 연대 : 조선 광해군 3년(1611)
* 갈래 : 가사
* 율격 : 3(4).4조 4음보 연속체
* 성격 : 전원적, 사색적, 한정가(閑情歌)
* 표현 : 대구법, 설의법, 과장법, 열거법
* 제재 : 빈이무원(貧而無怨)의 삶
* 주제 :
  • 빈이무원(貧而無怨)하는 선비들의 고절(高節)한 삶을 소망함
  • 누항에 묻혀 안빈낙도하며 충효, 우애, 신의를 바라며 살고 싶어함
* 구성 : 서사, 본사, 결사의 3단 구성
* 특징 :
  ① 임진왜란 직후의 어려운 현실에서 겪은 고통스러운 체험을 솔직하게 고백하고 사실적으로 묘사하고 있다.

② 궁핍한 현실적 삶과 안빈낙도하려는 유교적·이상적 삶
　　사이의 괴리감이 반영되어 있다
③ 지식인들의 고담준론(高談峻論)과 거리가 먼 일상생활
　　의 언어를 구사하여 생동감과 현실감을 주고 있다.
④ 사대부의 삶과 농민의 삶 양쪽에서 소외된 괴로움을 절
　　실하게 그리고 있다.

＊ 출전: 『노계집(蘆溪集)』

■ 해설

　이 작품은 워낙 유명하여 여러 해설이 나와 있습니다. 여
기에서 그 중 몇몇을 소개합니다. 출처는 밝히지 않았습니다.

1.

　'누항사'는 박인로가 광해군 3년 1611년에 한음(漢陰) 이덕
형이 찾아와 누항 생활의 어려움을 묻자 이에 대한 답으로
지은 가사이다. 선비로서 관직이 보장된 것도 아니고, 농민으
로 살아가기에도 역부족인 점에서 양쪽 모두에게 소외당하고
있는 자신을 그리고 있다. 이 작품은 전기 가사와 후기 가사
의 과도기적 작품이라 할 수 있다. 전기 양반 가사는 자연에
묻혀 은일 생활을 하더라도 여유 있는 생활 태도, 자연경관
에 대한 찬미를 주 내용으로 하고 있다. 그러나 이 작품은
자연에 은일하면서도 현실 세계의 어려움을 직시하고 그것을
사실적으로 그려냈다는 차이점을 찾을 수 있다. 즉, 사대부와
의 관계에는 어려운 한문 어구를 상징적으로 쓰면서도 농민
에게 끼이지 못하는 형편을 감안, 일상 언어를 대폭 사용하
여 구체적이고도 절실하게 묘사함으로써 가사 문학에 현실
인식의 새로운 장을 열었다고 평가된다.

2.

　지은이가 51세 때 관직을 사임하고 고향인 경기도 용진에
돌아가 생활하던 중, 한음 이덕형이 그에게 두메 살림의 어
려운 형편을 묻자 이에 대한 답으로 지은 작품이다. 내용은
임진왜란을 겪고 난 뒤 곤궁한 생활을 하고 있지만, 가난을
원망하지 않고 도(道)를 즐기는 장부의 뜻은 변함 없다는 것
이다. 자신의 궁핍한 생활을 구체적이고도 사실적으로 형상
화함으로써 가사의 역사적 흐름에서 새로운 경지를 개척한
작품이라 할 수 있다. 특히 그때까지 나타나지 않았던 일상
생활의 언어를 대폭 등장시켜 생동감과 구체성을 배가한 점
이 돋보인다.
　이 작품이 유자(儒者)로서의 당위와 궁핍한 현실 사이에서
오는 갈등을 노래하고 있는 것은 조선 후기 가사의 특성 중
하나로서, 그 때문에 이 작품을 조선 전기 가사와 후기 가사
의 과도기적 작품으로 보는 견해가 설득력을 가지게 되는 것

이다.

3.

　이 작품은 1611년(광해군 3년)에 작자의 나이 51세 되던
해에 이덕형이 지금의 경기도 고양군에 있는 용진리에 은거
하고 있을 때 그의 빈객이 되어 지은 것이다. 이덕형이 노계
의 곤궁한 생활에 대해 물은 답례로 지은 것이라고 하는 이
작품은 4음보를 한 행으로 볼 때 약 77행으로 이루어져 있다.
인간의 길흉화복을 하늘에 맡기고 안빈낙도하며 삶을 살겠다
는 심정을 담담하게 읊은 것을 시작으로 하여, 가난한 생활
로 어려움을 겪으면서도 민족의 아픔이었던 임진왜란의 7년
간을 회상하는 것으로 노래를 이어나가고 있다. 다음 단락에
서는 사대부의 몸으로 농사일을 하려 하지만 농우(農牛)가
없어서 고생하는 것을 아주 사실적으로 노래하고 있다.
　그러다가 집으로 돌아와서는 세상의 인심을 한탄하며 자포
자기하는 심정으로 봄갈이 할 생각을 포기하는 것을 노래하
고 있다. 이 부분은 농사일을 하는 작가의 상황과 심정을 아
주 잘 묘사한 것으로 노래하고 있다. 마지막 단락에서는 세
상의 어지러운 일에 매달리지 않고 청풍명월을 벗으로 삼아
자연 속에서 저절로 늙어 가기를 염원하면서 가난하지만 원
망하지 않고 충효에 힘쓰고, 형제간에 화목하며 벗에게 신의
가 있을 것을 다짐하는 것으로 되어 있다.
　조선 후기 사대부의 가사에는 임진왜란과 병자호란에 대한
언급이 전혀 없는데, 노계의 작품만은 전란 후의 현실이 매
우 사실적으로 그려져 있다는 데 중요한 의미가 있다. 이 점
은 관념적이고 사변적이기만 했던 사대부 가사에 활력을 불
어넣는 요인으로 작용하기에 충분한 것이기도 하다. '태평사'
와 '선상탄'에서 보여 주었던 남아다운 패기와 호방한 기상이
이 작품에 와서는 세속적인 삶에 적응하지 못하는 무기력한
모습으로 나타나고 있는 것이다.

4.

　박인로가 광해군 3년에 이덕형이 은거하던 경기도 용진강
별서촌 사제를 찾았을 때 그곳에서 지은 것이니 사제곡과 아
울러 그의 나이 51세 때 지은 작품이다.
　노계가 한음을 따르면서 노닐 때에 한음이 노계에게 두메
살림의 어려움을 물으니 작자가 이 노래를 지었다고 한다.
내용은 두메 살림에 기한(飢寒)과 수모가 많지만 빈이무원하
고 자연을 벗 삼아 충효와 형제간의 우애와 벗들과의 신의를
바라면서 안빈낙도할 뿐이라는 탈속한 심정을 노래한 것이다.
　서사에서는 누항에서 안빈낙도하려는 심정을 적고 있다.
그러나 이러한 생각대로 살아간다는 것마저도 용이한 일이
아닐 것이라는 점을 예측하고 있다. 본사에서 작자는 곤궁한
생활상을 전개하는 빌미로서 대의를 위해 발분 망신했던 것

을 들고 있다. 그렇게 함으로써 다음에 서술되는 가난한 생활상에 대한 공감과 동의 요구를 강하게 하는 표현상의 효과를 얻고 있다. 이 작품을 노계의 가사 중 가장 뛰어난 작품으로 보는 이유는 아마도 표현기교에 있는 것 같다. 소빌이를 하러 가서 주인과 객이 대화하는 장면을 본문에 삽입하여 자연스럽게 처리한 점이나 '봄의 유여와 가을의 부족' 그리고 '빈 주머니와 담겨진 병'의 인과성을 대조적으로 노래한 점은 음미할수록 묘미가 있다. 이와 같이 가사 속에 대화를 삽입하여 성공한 작품은 송강의 관동별곡과 사미인곡 등이 있다.

5.
　이 작품은 한음(漢陰) 이덕형(李德馨)이 찾아와 누항 생활의 어려움을 묻자, 이에 답한 작품이라 전한다.

　한음이 노계의 고생스런 생활상을 물었을 때, 가난하지만 원망하지 않으며 안빈낙도하는 심회와 생활상을 읊은 작품이다. 내용은 임진왜란을 겪고 난 뒤 곤궁한 생활을 하고 있지만, 가난을 원망하지 않고 도(道)를 즐기는 장부의 뜻은 변함이 없다는 것이다. 이웃집에 농우를 얻으러 갔다가 뜻대로 되지 못하고 돌아와 세상일에 대한 체념적 심회를 읊기도 하고, 속세의 물욕을 떠나 청풍명월과 벗하여 대자연과 더불어 한가롭게 살아 보자는 초월적 모습을 드러내기도 하였다.

　이런 작품의 내용은 사대부의 소외되고 어려운 처지를 직시하고 현실 생활의 빈궁함을 생생하게 묘사하고 있어, 조선 전기의 가사가 보여 주었던 자연 완상의 세계와 다른 면모를 보이고 있다.

　'누항'이란 '논어'에 나오는 말로, 가난한 삶 가운데도 학문을 닦으며 도를 추구하는 즐거움을 즐기는 공간을 말할 때 자주 사용된다. 이 시는 제목에서부터 가난하나 원망하지 않는 '빈이무원(貧而無怨)'의 경지나 자연을 벗 삼아 '안빈낙도(安貧落島)'함을 알게 해준다. 바로 이 점에서 이 작품은 당대의 산림에 묻힌 선비들의 고절한 삶과 현실의 부조화를 직설적으로 드러내고 있다.

뎬동어미 화전가(花煎歌)

작자 미상

가세 가세 화전(花煎)1)을 가세 꽃 지기 전에 화전 가세

이때가 어느 땐가 때마침 삼월이라

동군(東君)2)이 포덕택(布德澤)3)하니 춘화일난(春和日暖)4) 때가 맞고

화신풍(花信風)5)이 화공(畵工)6) 되어 만화방창(萬化方暢)7) 단청(丹靑)8) 되네

이런 때를 잃지 말고 화전놀음 하여 보세

불출문외(不出門外)9)하다가서 소풍도 하려니와

우리 비록 여자라도 흥체10) 있게 놀아 보세

어떤 부인은 맘이 커서 가루 한 말 퍼내 놓고

어떤 부인은 맘이 적어 가루 반 되 떠내 주고

그렁저렁 주워 모으니 가루가 닷 말가웃11) 지네12)

어떤 부인은 참기름 내고 어떤 부인은 들기름 내고

어떤 부인은 많이 내고 어떤 부인은 적게 내니

그렁저렁 주워 모으니 기름 반 동이 실하구나13)

놋소래14)가 두세 채라 짐꾼 없어 어이할꼬

상단아 널랑 기름 여라 삼월이 불러 가루 여라

취단일랑 가루 이고 향난이는 놋소래 여라

열여섯 열일곱 신부녀(新婦女)는 갖은 단장(丹粧) 옳게 한다

청홍사(靑紅絲) 감아 들고 눈썹을 지워 내니15)

세붓16)으로 그린 듯이 아미(蛾眉)17) 팔자(八字) 어여쁘다

양색단(兩色緞)18) 겹저고리19) 길상사(吉祥紗)20) 고장바지21)

잔줄누비22) 겹허리띠 맵시 있게 잘근23) 매고

광월사(光月紗)24) 치마에 분홍 단기25) 툭툭 털어 들쳐입고

머리고개26) 곱게 빗어 잣기름 발라 손질하고

공단(貢緞) 댕기 갑사(甲紗) 댕기 수부귀다남자(壽富貴多男子)27) 딱딱 박아

청진주(靑眞珠) 홍진주(紅眞珠)28) 곱게 붙여 착착 접어 곱게 매고

금죽절(金竹節) 은죽절(銀竹節)29) 좋은 비녀 뒷머리에 살짝 꽂고

은장도(銀粧刀) 금장도(金粧刀)30) 갖은 장도 속고름에

---

1) 화전(花煎) : 꽃지짐. 찹쌀가루를 반죽하여 대추나 쑥갓 잎, 꽃잎 따위를 펴 놓고 지져 만든 전병, 저냐, 누름적 따위의 음식.
2) 동군(東君) : 봄의 신. 또는 태양의 신. 음양오행에서, 동(東)을 '봄'에 대응시켜 봄을 맡고 있는 신을 나타낸 데서 유래한다.
3) 포덕택(布德澤) : 덕과 은혜를 베풂.
4) 춘화일난(春和日暖) : 봄이 되어 날씨가 따뜻해짐.
5) 화신풍(花信風) : 꽃소식을 전하는 바람. 꽃필 무렵에 부는 바람.
6) 화공(畵工). 화가.
7) 만화방창(萬化方暢). 온갖 생물이 나서 자라 흐드러짐.
8) 단청(丹靑). 붉고 푸름. 사찰이나 궁궐 등의 건물을 아름답게 꾸밈. 여기서는 여러 가지 꽃이 핌을 이르는 말이다.
9) 불출문외(不出門外) : 문 밖을 나가지 않음.
10) 흥체 : 흥취(興趣). 좋은 멋이나 취미.
11) 말가웃 : 말가웃. '가웃'은 앞말이 가리키는 단위에 그 절반 정도를 더 보태는 뜻을 더하는 접미사.
12) 지네 : 되네. 원문이 '질늬'인데, 이것이 서술격 조사 '이다'의 활용형일 수도 있다.
13) 실하구나 : (수량이나 거리가) 일정한 범위에 거의 도달하거나 들어찰 정도이구나.
14) 놋소래 : 놋소래기. 놋쇠로 만든 소래기. '소래기'는 운두가 조금 높고 굽이 없는 접시 모양으로 생긴 넓은 질그릇. 독의 뚜껑이나 그릇으로 쓴다.

15) 청홍사(靑紅絲) 감아 들고 눈썹을 지워 내니 : 붉은 실과 푸른 실을 꼬아 들고 눈썹 주변의 잔털을 뽑아 없애니.
16) 세붓 : 가는 붓. 세필(細筆).
17) 아미(蛾眉) : 누에나방의 눈썹이라는 뜻으로, 가늘고 길게 굽어진 아름다운 눈썹을 이르는 말. 미인의 눈썹을 이른다.
18) 양색단(兩色緞) : 빛깔이 서로 다른 씨실과 날실로 짠 비단.
19) 겹저고리 : 솜을 두지 않고 거죽과 안을 맞추어 지은 저고리.
20) 길상사(吉祥紗) : 중국에서 나는 생사로 짠 성글고 얇은 비단. 길하고 상서로운 옷감이라는 뜻에서 붙여진 이름이다.
21) 고장바지 : 고쟁이. 속속곳 위, 단속곳 밑에 입는 여자 속옷의 하나. 홑겹으로 만든 여름용 바지로 가랑이 통은 넓고 끝부분은 좁으며 밑은 터져 있다.
22) 잔줄누비 : 두 겹의 천 사이에 솜을 넣고 줄이 자잘하게 박는 바느질. 또는 그렇게 만든 물건.
23) 잘근 : 조금 단단히 졸라매거나 동이는 모양.
24) 광월사(光月紗) : 옷감의 한 가지.
25) 단기 : 옷의 밑단.
26) 머리고개 : 문맥상 '머리카락'의 뜻인 '머리오리'의 오기 또는 오독.
27) 수부귀다남자(壽富貴多男子) : 오래 살고, 살림이 넉넉하고, 신분이 귀하고, 아들이 많음. 여기서는 댕기에 수놓은 글자를 가리킨다.
28) 청진주(靑眞珠) 홍진주(紅眞珠) : 푸르고 붉은 진주. 여기서는 댕기에 붙인, 진주로 만든 장식.
29) 금죽절(金竹節) 은죽절(銀竹節) : 금이나 은으로 대나무 마디처럼 만든 비녀.
30) 은장도(銀粧刀) 금장도(金粧刀) : 칼집과 자루를 은이나 금으로 장식한 장도. '장도'는 주머니 속에 넣거나 옷고름에 늘 차고 다니는 칼집이 있는 작은 칼.

단단히 차고

　은조롱 금조롱[31] 갖은 패물 겉고름에 비껴 차고

　일광단(日光緞) 월광단(月光緞)[32] 머리보[33]는 섬섬옥수
(纖纖玉手)[34] 감아 들고

　삼승(三升)[35] 버선 수당혜(繡唐鞋)[36]를 날 출(出)자로 신
었구나[37]

　반만 웃고 썩 나서니 일행 중에 제일일세

　광한전(廣寒殿)[38] 선녀가 강림(降臨)했나 월궁항아(月宮
姮娥)[39]가 하강했나

　있는 부인은 그렇거니와 없는 부인은 그대로 하지

　양대포(洋大布)[40] 겹저고리 수품(手品)[41]만 있게 지어
입고

　칠승포(七星布)[42]에다 갈매물[43] 들여 일곱 폭 치마 떨쳐
입고

　칠성포 삼베 허리띠를 제모(制模)[44]만 있게 둘러 띠고

　굵은 무명 겹버선을 술술하게[45] 빨아 신고

　돈 반짜리[46] 짚세기[47]라 그도 또한 탈속(脫俗)[48]하다

열일곱 살 청춘 과녀(寡女)[49] 나도 같이 놀러 가지

나도 인물 좋건마는 단장(丹粧)할 마음 전혀 없어

때나 없이 세수하고 거친 머리 대강 만져

놋비녀[50]를 슬쩍 꽂아 눈썹 지워 무엇하리

광당목(廣唐木)[51] 반물[52]치마 끝동[53] 없는 흰 저고리

흰 고름을 달아 입고 전에 입던 고장바지

대강대강 수습(收拾)하니 어련무던[54] 관계찮네

건넌집[55]에 덴동 어미 엿 한 고리[56] 이고 가서

가지 가지 가고 말고 낸들 어찌 안 가리까

늙은 부녀 젊은 부녀 늙은 과부 젊은 과부

앞서거니 뒤서거니 일자(一字) 행차 장관이라

순흥(順興)[57]이라 비봉산(飛鳳山)[58]은 이름 좋고 놀기
좋아

골골마다 꽃빛이요 등등마다 꽃이로세

호랑나비 범나비[59]야 우리와 같이 화전하나

두 나래를 툭툭 치며 꽃송이마다 종구(從求)[60]하니

사람 간 곳에 나비 가고 나비 간 곳에 사람 가니

이리 가나 저리로 가나 간 곳마다 동행하네

꽃아 꽃아 두견화꽃[61]아 네가 진실로 꽃이다

산으로 일러 두견산은 귀촉도(歸蜀道)[62] 귀촉도 관중(關
中)[63]이요

새로 일러 두견새는 불여귀(不如歸)[64] 불여귀 산중(山
中)이요

꽃으로 일러 두견화는 불긋불긋 만산(滿山)이라

---

31) 금조롱 은조롱 : 금빛이나 은빛을 칠한 조롱. '조롱'은 어린아이들
　이 액막이로 주머니 끈이나 옷끈에 차는 물건. 나무로 밤톨만 하게
　호리병 모양을 만들어 붉은 물을 들이고 그 허리에 끈을 매어 끝에
　엽전을 단 것으로, 동짓날부터 차고 다니다가 이듬해 음력 정월 열나
　흗날 밤에 제웅을 가지러 다니는 아이들에게 준다.
32) 일광단(日光緞) 월광단(月光緞) : 해나 달의 무늬를 놓은 비단.
33) 머릿보 : 머리처네. 주로 시골 여자가 나들이를 할 때 머리에 쓰던
　쓰개. 두렁이 비슷하게 만들며 장옷보다 짧고 소매가 없다.
34) 섬섬옥수(纖纖玉手) : 가냘프고 고운 여자의 손을 이르는 말.
35) 삼승(三升) : 240올의 날실로 짠 베라는 뜻으로, 성글고 굵은 베를
　이르는 말. 석새, 석새베, 석새삼베
36) 수당혜(繡唐鞋) : 수놓은 비단으로 신울을 만든 당혜. '당혜'는 예전
　에 사용하던 울이 깊고 앞코가 작은 가죽신.
37) 날 출(出)자로 신었구나 : 신을 신은 모양이 날 출(出) 자처럼 되었
　구나.
38) 광한전(廣寒殿) : 달 속에 있다는, 항아(姮娥)가 사는 가상의 궁전.
39) 월궁항아(月宮姮娥) : 전설에서, 달에 있는 궁에 산다는 선녀. 견줄
　만한 사람이 없을 정도로 아름다운 여자를 비유적으로 이르는 말.
40) 양대포(洋大布) : 서양 피륙의 하나. 두 가닥 이상의 가는 실을 되
　게 한 가닥으로 꼰 무명실로 나비가 넓고 발이 곱게 짠 피륙인 양목
　과 비슷하나 더 두껍고 질기다.
41) 수품(手品) : 솜씨.
42) 칠성포(七星布) : 시신을 염습한 다음에 묶는 끈으로 사용하는 삼
　베. 여기서는 매우 거친 삼베를 뜻하는 말이다. 원문이 '칠승포'인데,
　이것을 '칠승포(七升布)'로 읽으면 결이 매우 고운 무명이 되어 문맥
　에 맞지 않는다.
43) 갈매물 : 갈매나무 열매에서 얻은 검은색 물감.
44) 제모(制模) : 정해진 모양. 격식(格式).
45) 술술하게 : 가볍고 부드럽게. 수수하게.
46) 돈 반짜리 : 한 돈 닷 푼짜리. '돈'은 예전에, 엽전을 세던 단위. 한
　돈은 한 냥의 10분의 1이고 한 푼의 열 배이다.
47) 짚세기 : 짚신.
48) 탈속(脫俗) : 부나 명예와 같은 현실적인 이익을 추구하는 마음으
　로부터 벗어남. 여기서는 '예절이나 형식에 얽매이지 아니하고 수수하
　고 털털함'을 뜻하는 '소탈(疏脫)'의 의미로 쓰였다.

49) 과녀(寡女) : 과부(寡婦). 남편이 죽어서 혼자 사는 여자.
50) 놋비녀 : 놋쇠로 만든 비녀.
51) 광당목(廣唐木) : 광목(廣木)과 당목(唐木)을 아울러 이르는 말. '광
　목'은 '무명실로 너비가 넓게 짠 베'이고, '당목'은 '두 가닥 이상의 가
　는 실을 되게 한 가닥으로 꼰 무명실로 나비가 넓고 발이 곱게 짠
　피륙'이다.
52) 반물 : 검은빛을 띤 짙은 남빛.
53) 끝동 : 여자의 저고리 소맷부리에 댄 다른 색의 천.
54) 어련무던 : 별로 흠잡을 데 없이 어지간함.
55) 건넌집 : 이웃하여 있는 집들 가운데 한 집 또는 몇 집 건너서 있
　는 집.
56) 고리 : 키버들의 가지나 대오리 따위로 엮어서 상자같이 만든 물
　건. 고리짝.
57) 순흥(順興) : 경상북도 영주 지역의 옛 지명.
58) 비봉산(飛鳳山) : 경상북도 영주시 순흥면 내죽리에 있는 산.
59) 호랑나비 범나비 : 원문은 '호산나부 병나부'로 되어 있다.
60) 종구(從求) : 좇으며 찾음.
61) 두견화꽃 : 두견화(杜鵑花). 진달래꽃.
62) 귀촉도(歸蜀道) : 두견새의 소리를 촉(蜀)나라 마지막 황제인 망제
　(望帝)의 전설과 연관지어 '촉나라로 돌아가는 길'이란 뜻의 한자어로
　표기한 것으로, 두견새 또는 그 울음소리를 뜻한다.
63) 관중(關中) : 촉나라로 넘어가는 관문(關門)의 안쪽.
64) 불여귀(不如歸) : '돌아감만 못하다'라는 뜻으로, 촉나라 망제의 전
　설과 관련되어 두견새, 또는 그 울음소리를 가리키는 말이다.

곱고 곱다 창꽃[65]이요 사랑하다 창꽃이요

탕탕(蕩蕩)[66]하다 창꽃이요 색색(色色)[67]하다 창꽃이라

치마 앞에도 따 담으며 바구니에도 따 담으니

한 줌 따고 두 줌 따니 춘광(春光)이 근입채롱중(近入彩

籠中)[68]을

그 중에 상놈이[69] 뚝뚝 꺾어 양쪽 손에 갈라 쥐고

잡아 뜯을 맘이 전혀 없어 향기롭고 이상하다

손으로 답삭 쥐어도 보고 몸에도 툭툭 털어 보고

낯에다 살짝 문대[70] 보고 입으로 함빡 물어 보고

저기 저 새댁 이리 오게 고와 고와 꽃도 고와

오리불실[71] 고운 빛은 자네 얼굴 비슷하이

방실방실 웃는 모양 자네 모양 방불(彷彿)[72]하이

앙고부장(仰高俯長)[73] 속수염[74]은 자네 눈썹 똑같으네

아무래도 딸 맘 없어 뒷머리 살짝 꽂아 놓으니

앞으로 보아도 화용(花容)[75]이요 뒤로 보아도 꽃이로다

상단이는 꽃 데치고 삼월이는 가루즙[76] 풀고

취단이는 불을 넣어라 향단이가 떡 굽는다

청계반석(淸溪盤石)[77] 너른 곳에 노소(老少)를 갈라 좌

(座) 차리고

꽃떡을 일변[78] 드리나마 노인부터 먼저 드리어라

엿과 떡과 함께 먹으니 향기에 감미(甘味)가 더욱 좋다

함포고복(含哺鼓腹)[79] 실컷 먹고 서로 보고 하는 말이

일 년 일 차 화전놀음 여자놀음 제일일세

노고지리 쉰 길[80] 떠서 빌빌밸밸 피리 불고

오고 가는 벅궁새[81]는 벅궁벅궁 벅구[82] 치고

봄빛 자는[83] 꾀꼬리는 좋은 노래로 벗 부르고[84]

호랑나비 범나비는 머리 위에 춤을 추고

말 잘하는 앵무새는 잘도 논다고 치하(致賀)하고

천년화표(千年華表) 학두루미[85] 요지연(瑤池宴)[86]인가 의

심하네

어떤 부인은 글 용해서 내칙편(內則篇)[87]을 외워 내고

어떤 부인은 흥이 나서 칠월편(七月篇)[88]을 노래하고

어떤 부인은 목성 좋아 화전가(花煎歌)를 잘도 보네

그중에도 덴동어미 멋나게도 잘도 논다

춤도 추며 노래도 하니 웃음소리 낭자한데

그중에도 청춘 과녀(寡女) 눈물 콧물 구지레하다[89]

한 부인이 이른 말이 좋은 풍경 좋은 놀음에

무슨 근심 대단해서 낙루한심 웬일이오

나건(羅巾)[90]으로 눈물 닦고 내 사정을 들어보소

열네 살에 시집올 때 청실홍실 늘인 인정

원불상리(願不相離)[91] 맹세하고 백 년이나 살겠더니

겨우 삼 년 동거하고 영결종천(永訣終天)[92] 이별하니

임은 겨우 십육이요 나는 겨우 십칠이라

선풍도골(仙風道骨) 우리 낭군 어느 때나 다시 볼꼬

방정맞고 가련하지 애고애고 답답하다

십육 세 요사(夭死) 임뿐이요 십칠 세 과부 나뿐이지

삼사 년을 지냈으나 마음에는 안 죽었네

(버꾸)'와 어울리도록 원문대로 둠.

82) 벅구 : '법고(法鼓)' 또는 '버꾸'의 사투리. 농악기의 하나. 자루가
　달린 작은북으로, 모양은 소고와 비슷한데 그보다는 훨씬 크다.

83) 자는 : 자아내는.

84) 꾀꼬리는 좋은 노래로 벗 부르고 : 꾀꼬리가 우는 소리를 벗을 부
　르는 노래라 표현하고 있다. '버드나무 위에 황금 같은 꾀꼬리가 벗을
　부른다(柳上黃金喚友鶯)'나 '장막 같은 버드나무 가지에서 꾀꼬리가
　벗 부르는 소리(柳幕黃鶯喚友聲)' 같은 시구가 있다.

85) 천년화표(千年華表) 학두루미 : 천 년 만에 돌아와 화표 위의 앉은
　학두루미. '화표'는 궁전이나 성벽·능묘 앞에 장식을 겸하여 세운 거
　대한 기둥이다. 중국 전한(前漢) 사람 정영위(丁令威)가 고향을 떠나
　영허산(靈虛山)에 들어가서 선도(仙道)를 배워 학이 되어 돌아왔는데,
　어떤 소년이 활로 쏘려고 하니 화표주(華表柱)에 앉아 "내가 집을 떠
　난 지 천 년이 되어 돌아왔는데, 성곽은 여전한데 사람들은 변했구
　나."라고 말한 뒤 공중을 배회하다 스스로 정영위라 부르면서 천 년
　뒤에 돌아오겠다는 말을 남기고 떠나갔다고 한다.

86) 요지연(瑤池宴) : 요지에서 열리는 잔치. '요지'는 중국 곤륜산에 있
　다고 하는 못으로, 주나라 목왕이 서왕모를 만난 곳으로 유명한 곳이
　다. 문맥상 '요지연'은 '요지'를 뜻한다.

87) 내칙편(內則篇) : 유교 경전 『예기(禮記)』의 편명. 여성들이 지켜야
　할 유교적 규범을 기록한 글이다.

88) 칠월편(七月篇) : 『시경(詩經)』 「빈풍(豳風)」에 나오는, 주공(周公)
　이 지은 시로서 농업에 관한 일을 노래한 것이다.

89) 구지레하다 : 더럽고 지저분하다.

90) 나건(羅巾) : 비단수건.

91) 원불상리(願不相離) : 서로 헤어지지 않기를 원함.

92) 영결종천(永訣終天) : 죽어서 영원히 이별함.

---

65) 창꽃 : '참꽃'의 경상도 사투리. 향토성을 살리는 의미로 원문대로
　둠. '참꽃'은 먹는 꽃이라는 뜻으로 '진달래'를 이르는 말이다. 먹지 못
　하는 꽃이란 뜻으로 '개꽃'이라 이르는 것은 연달래, 곧 철쭉이다.

66) 탕탕(蕩蕩)하다 : 썩 크고 넓다.

67) 색색(色色)하다 : 매우 다채롭다.

68) 춘광(春光)이 근입채롱중(近入彩籠中) : 봄빛이 고운 바구니 속에까
　지 가까이 들어옴.

69) 상놈이 : 위엣것. 키가 큰 가지.

70) 문대 : 여기저기 마구 문지름.

71) 오리불실 : 미상. 문맥상 진달래의 빛깔이 아주 고운 것을 비유하
　는 보조 관념으로 쓰인 사물을 가리킴.

72) 방불(彷彿) : 거의 비슷함.

73) 앙고부장(仰高俯長) : 쳐다보면 높고 굽어보면 긺.

74) 속수염 : 진달래의 수술과 암술.

75) 화용(花容) : 꽃과 같이 아름다운 여자의 얼굴.

76) 가루즙 : 가루를 묽게 푼 물.

77) 청계반석(淸溪盤石) : 맑은 시냇가의 넓적한 바위.

78) 일변 : 일단. 먼저.

79) 함포고복(含哺鼓腹) : 잔뜩 먹고 배를 두드린다는 뜻으로, 먹을 것
　이 풍족하여 즐겁게 지냄을 이르는 말.

80) 길[丈] : 길이의 단위. 한 길은 사람의 키 정도의 길이이다.

81) 벅궁새 : '뻐꾸기'의 방언. 뒤에 나오는 음성 상징어와 악기 '벅구

이웃사람 지나가도 서방님이 오시는가

새소리만 귀에 우면 서방님이 말하는가

그 얼굴이 눈에 삼삼 그 말소리 귀에 쟁쟁

탐탐하던93) 우리 낭군 자나 깨나 잊을쏜가

잠이나 자주 오면 꿈에나 만나지만

잠이 와야 꿈을 꾸지 꿈을 꿔야 임을 보지

간밤에야 꿈을 꾸니 정든 임을 잠깐 만나

만단정담(萬端情談)94)을 다 하쟀더니 일장설화(一場說話)95)를 채 못하여

꾀꼬리 소리 깨달으니 임은 정녕 간 곳 없고

촛불만 경경불멸(耿耿不滅)96)하니 아까 울던 저놈의 새가

자네는 듣고 좋다 하되 나와 백 년 원수로세

어디 가서 못 울어서 구태여 내 단잠 깨우는고

경경(耿耿)한97) 마음 둘 데 없어 이리저리 재던98) 차에

화전놀음이 좋다 하기 심회(心懷)를 조금 풀까 하고

자네를 따라 참여하니 촉처감창(觸處感愴)99)뿐이로세

보는 것 족족 눈물이요 듣는 것 족족 한숨일세

천하(天下) 만물(萬物)이 짝이 있건만 나는 어찌 짝이 없나

새소리 들어도 회심(悔心)100)하고 꽃 핀 걸 보아도 비창(悲愴)한데

애고 답답 내 팔자야 어찌하여야 좋을 거나

가자 하니 말 아니요 아니 가고는 어찌할꼬

덴동어미 듣다가서 썩 나서며 하는 말이

가지 마오 가지 마오 제발 적선101) 가지 말세

팔자 한탄 없을까마는 간단 말이 웬 말이오

잘 만나도 내 팔자요 못 만나도 내 팔자지

백년해로(百年偕老)도 내 팔자요 십칠 세 청상(青孀)102)도 내 팔자요

팔자가 좋을 양이면 십칠 세에 청상 될까

신명도망(神命逃亡)103) 못 할지라 이내 말을 들어 보소

나도 본디 순흥 읍내 임 이방(吏房)104)의 딸일러니

우리 부모 사랑하사 어리장고리장105) 키우다가

열여섯에 시집가니 예천(醴泉) 읍내 그 중 큰 집에

치행(治行)106) 차려 들어가니 장 이방의 집일러라

서방님을 잠깐 보니 준수(俊秀) 비범(非凡) 풍후(豊厚)107)하고

구고(舅姑)108)님께 현알(見謁)109)하니 사랑한 맘 거룩하데

그 이듬해 처가(妻家) 오니 때마침 단오(端午)러라

삼백 장(丈)110) 높은 가지 추천(鞦韆)111)을 뛰다가서

추천줄이 떨어지며 공중에 메박으니112)

그만에 박살113)이라 이런 일이 또 있는가

신정(新情)114)이 미흡(未洽)한데 십칠 세에 과부 됐네

호천통곡(呼天痛哭)115) 슬피 운들 죽은 낭군 살아올까

한숨 모아 대풍(大風) 되고 눈물 모아 강수(江水) 된다

주야(晝夜) 없이 하116) 슬피 우니 보는 이마다 눈물 내네

시부모님 하신 말씀 친정 가서 잘 있거라

나는 아니 가려 하니 달래면서 개유(開諭)117)하니

할 수 없어 허락하고 친정이라고 돌아오니

삼백 장(丈)이나 높은 나무 나를 보고 느끼는118) 듯

떨어지던 곳 임의 넋이 나를 보고 우니는 듯

너무 답답 못 살겠네 밤낮으로 통곡하니

양(兩) 곳 부모 의논하고 상주(尙州) 읍내 중매(仲媒)하니

---

93) 탐탐하던 : 탐탁하던. 모양이나 태도, 또는 어떤 일 따위가 마음에 들어 만족하던.
94) 만단정담(萬端情談) : 온갖 정다운 이야기. 만단정회(萬端情懷).
95) 일장설화(一場說話) : 한바탕의 이야기.
96) 경경불멸(耿耿不滅) : 깜박깜박하며 꺼지지 않음.
97) 경경(耿耿)한 : 마음에 잊히지 않는.
98) 재던 : 여러모로 따져 보고 헤아리던.
99) 촉처감창(觸處感愴) : 닥치는 것마다 어떤 느낌이 가슴에 사무쳐 슬픔.
100) 회심(悔心) : 잘못을 뉘우침.
101) 제발 적선 : 제발 덕분. 제발. 부디. 간절히 은혜나 도움을 바라건대.
102) 청상(青孀) : 젊어서 남편을 잃고 홀로된 여자. 청상과부, 청상과수, 청춘과부

---

103) 신명도망(神命逃亡) : 자기의 신명(神明), 곧 타고난 운명으로부터 도망침. 팔자에서 벗어남.
104) 이방(吏房) : 조선 시대에, 각 지방 관아의 이방(吏房)에 속하여 인사·비서(祕書) 따위에 관한 일을 맡아보던 구실아치.
105) 어리장고리장 : 미상. 문맥상 '어르기도 하고 골리기도 하면서 애지중지(愛之重之)하다'의 뜻이다.
106) 치행(治行) : 길 떠날 여장을 준비함.
107) 풍후(豊厚) : 얼굴에 살이 쪄서 너그러워 보이는 데가 있음.
108) 구고(舅姑) : 시부모.
109) 현알(見謁) : 지체가 높고 귀한 사람을 찾아가 뵘.
110) 장(丈) : 길. 길이의 단위. 한 길은 사람의 키 정도의 길이이다.
111) 추천(鞦韆) : 그네.
112) 메박으니 : 메어박으니. 어깨 너머로 둘러메어 힘껏 내리박으니.
113) 박살 : 깨져서 산산이 부서짐.
114) 신정(新情) : 새로 사귄 정.
115) 호천통곡(呼天痛哭) : 하늘을 부르며 울부짖음.
116) 하 : 아주. 많이.
117) 개유(開諭) : 사리를 알아듣도록 타이름.
118) 느끼는 : 흐느끼는. 서럽거나 감격에 겨워 우는.

이 상찰[119]의 며느리 되어 이 승발(承發)[120] 후취(後娶)로 들어가니

가세(家勢)도 웅장하고 시부모님도 자록하고[121]

낭군도 출중(出衆)하고 인심도 거룩하되

매양 앉아 하는 말 포(逋)[122]가 많아 걱정하더니

해로(偕老) 삼 년이 못다 가서 성(城) 쌓던 조 등내(等內)[123] 도임하고

엄형(嚴刑) 중장(重杖)[124] 수금(囚禁)[125]하고 수만 냥 이 포를 추어내니

남전북답(南田北畓)[126] 좋은 전지(田地)[127] 추풍낙엽(秋風落葉) 떠나가고

안팎 줄행랑[128] 큰 기와집도 하루아침에 남의 집 되고

앞닫이[129] 동마전[130] 큰 뒤주며 큰 황소 적대마[131] 서산나귀[132]

대양푼 소양푼 세숫대야 큰 솥 작은 솥 단밤가마[133]

놋주걱 술구기[134] 놋쟁반에 옥식기[135] 놋주발 실굽달이[136]

개사다리[137] 옷걸이며 대병풍 소병풍 산수병풍

자개함롱[138] 반닫이에 무쇠두멍[139] 아르쇠[140] 받침

쌍용 그린 빗접고비[141] 걸쇠등경[142] 놋등경에

백통재판[143] 청동화로 요강 타구(唾具)[144] 재떨이 개짐[145]

용두머리[146] 장목비[147] 아울러 아주 훌쩍 다 팔아도

수천 냥 돈이 모자라서 일가 친척에 일족하니[148]

삼백 냥 이백 냥 일백 냥에 하지하(下之下)가 쉰 냥이라

어느 친척이 좋다 하며 어느 일가가 좋다 하리

사오만 냥을 출판(出判)[149]하여 공채필납(公債畢納)[150]을 하고 나니

시아버님은 장독(杖毒)[151]이 나서 일곱 달 만에 상사(喪事) 나고

시어머님이 애병[152] 나서 초종(初終)[153] 후에 또 상사 나니

근(近)[154] 이십 명 남노여비(男奴女婢)[155] 시실새실 다 나가고

시동생 형제 외입가고[156] 다만 우리 내외만 있어

남의 건넌방 빌어 있어 세간살이[157] 하자 하니

콩이나 팥이나 양식 있나 질노구[158] 바가지 그릇이 있나

---

119) 상찰 : 미상. 문맥으로 보아 벼슬 이름인 듯.
120) 승발(承發) : 관아의 이서(吏胥) 밑에서 문서의 수발(受發) 등의 잡무를 맡아보던 하급 관원.
121) 자록하고 : 미상. 문맥상 '자애(慈愛)롭고'의 뜻인 듯.
122) 포(逋) : 이포(吏逋). 아전이 공금을 사사로이 가져다 쓴 빚.
123) 등내(等內) : 벼슬을 살고 있는 동안. 여기서는 새로 부임한 수령을 가리키는 말이다.
124) 중장(重杖) : 곤장으로 몹시 쳐서 엄중하게 다스리던 형벌. 원문에 둘째 음절을 읽을 수 없는데, 뒤에 '장독(杖毒)'으로 죽은 것과 연관지어 '중장'이라 보았다.
125) 수금(囚禁) : 죄인을 잡아 가두어둠.
126) 남전북답(南田北畓) : 밭은 남쪽에 논은 북쪽에 있다는 뜻으로, 가지고 있는 논밭이 여기저기 흩어져 있음을 이르는 말.
127) 전지(田地) : 논과 밭을 아울러 이르는 말.
128) 줄행랑 : 대문의 좌우로 죽 벌여 있는 종의 방.
129) 앞닫이 : '반닫이'의 사투리. 앞의 위쪽 절반이 문짝으로 되어 아래로 젖혀 여닫게 된, 궤 모양의 가구.
130) 동마전 : 미상. 문맥상 가구(家具)의 일종인 듯.
131) 적대마 : 붉은 빛깔의 큰 말. '적토마(赤兔馬)'
132) 서산나귀 : 보통 당나귀보다 조금 더 큰, 중국산 나귀.
133) 단밤가마 : 미상. 가마솥의 일종.
134) 술구기 : 독이나 항아리 따위에서 술을 풀 때에 쓰는 도구. 바닥이 오목하고 자루가 달렸으며 국자보다 작다.
135) 옥식기 : 속을 오목하게 만든 주발. 여자나 아이들의 밥그릇으로 많이 쓰인다.
136) 실굽달이 : 실굽이 달려 있는 그릇. '실굽'은 그릇의 밑바닥에 가늘게 돌려있는 받침.
137) 개사다리 : 상다리 모양이 개의 다리처럼 휜 막치 소반. 개상반. 개다리소반.
138) 자개함롱 : 자개를 박아 꾸미고 옻칠을 한 장롱. '자개'는 금조개 껍데기를 썰어 낸 조각. 빛깔이 아름다워 여러 가지 모양으로 잘게 썰어 가구를 장식하는 데 쓴다.

139) 무쇠두멍 : 무쇠로 만든 두멍. '두멍'은 물을 많이 담아 두고 쓰는 큰 가마나 독.
140) 아르쇠 : '다리쇠'의 방언. 주전자나 냄비 따위를 화로 위에 올려놓을 때 걸치는 기구.
141) 빗접고비 : 빗접을 꽂아 걸어 두는 도구. 가는 나무오리로 네모지게 짜고 앞뒤를 종이로 바른 뒤에 다시 앞쪽에 두꺼운 종이를 틈이 뜨게 붙였는데, 그 틈에 빗접을 꽂는다. '빗접'은 빗, 빗솔, 빗치개와 같이 머리를 빗는 데 쓰는 물건을 넣어 두는 도구. 항상 경대와 함께 머리맡에 두고 사용하며 자개 따위로 아름답게 장식하기도 했다.
142) 걸쇠등경 : 걸쇠가 달린 등경. '걸쇠'는 벽에 걸기 위해 쇠로 만든 것이고, '등경'은 등잔이다.
143) 백통재판 : 구리와 니켈의 합금인 백통으로 만든 재판. '재판'은 방 안에 담배통, 재떨이, 타구, 요강 등을 놓기 위해 깔아두는 판. 보통은 널빤지 또는 두꺼운 종이로 한다.
144) 타구(唾具) : 침이나 가래를 뱉는 그릇.
145) 개짐 : 여성이 월경할 때 샅에 차는 물건. 생리대.
146) 용두머리 : 베틀 앞다리 위 끝에 얹는 나무.
147) 장목비 : 꿩의 꽁지깃을 묶어 만든 비. 혹은 수수의 일종인 장목수수의 이삭으로 맨 비.
148) 일족하니 : 일족을 물리니. '일족 물리다'는 조선 시대에, 군포세(軍布稅)를 내지 못하는 사람이 있는 경우에 그 일가붙이에게 대신 물리던 일을 뜻한다.
149) 출판(出判) : 재산이 탕진되어 아주 결딴이 남.
150) 공채필납(公債畢納) : 관가에 진 빚을 다 갚음.
151) 장독(杖毒) : 예전에, 장형(杖刑)으로 매를 심하게 맞아 생긴 상처의 독.
152) 애병 : 속병. 화병(火病).
153) 초종(初終) : 초상이 난 뒤부터 졸곡까지 치르는 온갖 일이나 예식.
154) 근(近) : 그 수량에 거의 가까움을 나타내는 말.
155) 남노여비(男奴女婢) : 사내종과 계집종. 남녀 노비.
156) 외입(外入)가고 : 집 밖으로 나가고. '오입(誤入)'과는 다른 뜻으로 쓰인 말이다.
157) 세간살이 : 살림살이.

누구가 날 보고 돈 줄쏜가 하는 두수159) 다시 없네

하루 이틀 굶고 보니 생목숨 죽기가 어려워라

이 집에 가 밥을 빌고 저 집에 가 장을 빌어

정(定)한 소혈(巢穴)160)도 없이 그리저리 지내가니

일가친척은 나을까 하고 한 번 가고 두 번 가고 세 번 가니

두 번째는 눈치가 다르고 세 번째는 말을 하네

우리 덕에 살던 사람 그 친구를 찾아가니

그리 여러 번 안 왔건만 안면박대(顔面薄待)161) 바로 하네

무슨 신세를 많이 져서 그저께 오고 또 오는가

우리 서방님 울적하여 이역스러움162)을 못 이겨서

그 방안에 뒹굴면서 가슴을 치며 통곡하네

서방님아 서방님아 울지 말고 우리 둘이 가다 보세

이게 다 없는 탓이로다 어디로 가든지 벌어 보세

전전걸식(轉轉乞食)163) 가노라니 경주 읍내 당도(當到)164)하여

주인 불러 찾아드니 손 군노(軍奴)165)의 집이로다

둘러보니 큰 여각(旅閣)166)에 남래북거(南來北去)167) 분주하다

부엌으로 들이달아 설거지를 걸씬하니168)

모은 밥을 많이 준다 양주(兩主)169) 앉아 실컷 먹고

아궁170)에나 자려 하니 주인마누라171) 후(厚)하기로

아궁에 어찌 자려는가 방에 들어와 자고 가게

중노미172) 불러 당부하되 아까 그 사람 불러들여

봉놋방173) 재우라 당부하네 재삼(再三)174) 절하고 치사(致謝)175)하니

주인마누라 긍측(矜惻)176)하여 곁에 앉히고 하는 말이

그대 양주를 아무리 봐도 걸식할 사람 아니로세

본디 어느 곳 살았으며 어찌하여 저리 됐나

우리는 본디 살기는 청주177) 읍내 살다가서

신명(神明) 팔자 괴이(怪異)하고 가화(家禍)178)가 공참(孔慘)179)해서

다만 두 몸이 살아나서 이렇게 개걸(丐乞)180)하나이다

사람을 보아도 순직(順直)하니 안팎 담살이181) 있어 주면

바깥사람은 일백오십 냥 주고 자네 사전182)은 백 냥 줌세

내외 사전을 합하고 보면 이백쉰 냥 아니 되나

신명(身命)183)은 조금 고되나마 의식(衣食)이야 걱정인가

내 맘대로 어찌 하오리까 가장(家長)과 의논하사이다

이내184) 봉놋방 나가서로185) 서방님을 불러내어

서방님 소매 부여잡고 정다이 일러 하는 말이

주인마누라 하는 말이 안팎 담살이 있고 보면

이백오십 냥 준다 하니 허락하고 있사이다

나는 부엌어미186) 되고 서방님은 중노미 되어

다섯 해 작정만 하고 보면 한 만금(萬金)을 못 벌리까

만 냥 돈만 벌었으면 그런 대로 고향 가서

이전만치는 못 살아도 남에게 천대는 안 받으리

서방님은 허락하고 지성(至誠)으로 버사이다

서방님이 내 말 듣고 둘의 낯을 한데 대고

눈물 뿌려 하는 말이 이 사람아 내 말 듣게

---

158) 질노구 : 흙을 구워 만든 노구솥. '노구솥'은 원래 놋쇠나 구리쇠로 만든 작은 솥을 가리킴. 자유로이 옮겨가며 따로 걸고 사용할 수 있게 만든 솥.

159) 두수 : 이렇게도 하고 저렇게도 할 수 있는 두 가지 방도. 달리 주선하거나 변통할 여지.

160) 소혈(巢穴) : 보금자리와 굴. 거처(居處).

161) 안면박대(顔面薄待) : 잘 아는 사람을 푸대접함.

162) 이역스러움 : 미상. 문맥상 '역겨움'의 뜻인 듯.

163) 전전걸식(轉轉乞食) : 정처 없이 이리저리 돌아다니며 빌어먹음.

164) 당도(當到) : 가까이 다다름. 원문은 '당두(當頭)'로 되어 있다.

165) 군노(軍奴) : 군아(軍衙)에 딸린 종. 원문이 '굴노'인데, 조선 시대에, 군대에서 죄인을 다루는 일을 맡아보던 병졸인 '군뢰(軍牢)'로 볼 수도 있다.

166) 여각(旅閣) : 객줏집.

167) 남래북거(南來北去) : 남쪽에서 오고 북쪽으로 감. 사람들이 여기저기서 왔다가는 떠남.

168) 걸씬하니 : 어떤 일에 얼굴을 잠깐 비치거나 조금 관계하고 마니.

169) 양주(兩主) : 두 주인, 곧 안주인과 바깥주인이란 뜻으로 '부부'를 이르는 말.

170) 아궁 : 아궁이. 방이나 솥 따위에 불을 때기 위하여 만든 구멍.

171) 주인마누라 : 나이가 든 여자 주인이나 주인의 아내를 낮잡아 이르는 말.

172) 중노미 : 음식점, 여관 같은 데서 허드렛일을 하는 남자.

173) 봉놋방 : 여러 나그네가 한데 모여 자는, 주막집의 가장 큰 방.

174) 재삼(再三) : 두세 번. 여러 번.

175) 치사(致謝) : 고맙다는 뜻을 나타냄.

176) 긍측(矜惻) : 불쌍하고 가여움.

177) 청주 : '상주'의 잘못.

178) 가화(家禍) : 집안에 일어난 재앙.

179) 공참(孔慘) : 매우 참혹함.

180) 개걸(丐乞) : 빌어서 먹음. 남에게 빌어먹고 사는 사람.

181) 담살이 : 머슴. 머슴살이.

182) 사전 : '새경' '사경'의 사투리. 한 해 동안 일해 준 대가로 머슴에게 주는 돈이나 물건.

183) 신명(身命) : 몸과 목숨을 아울러 이르는 말.

184) 이내 : 그때에 곧. 또는 지체함이 없이 바로.

185) 나가서로 : 나가서는.

186) 부엌어미 : 부엌어멈. 남의 집에 고용되어 부엌일을 하는, 나이가 지긋한 여자.

임 상찰의 따님이요 이 상찰의 아들로서

돈도 돈도 좋지마는 내사[187] 내사 못 하겠네

그런 대로 다니면서 빌어먹다가 죽고 말지

아무리 신세가 곤궁(困窮)하나 군노 놈의 사환(使喚)[188] 되어

한 수만 까딱 잘못하면 무지한[189] 욕을 어찌 볼꼬

내 심사(心思)도 할 말 없고 자네 심사 어떠할꼬

나도 울며 하는 말이 어찌 생전[190]에 빌어 먹소

사나운 개가 무서워라 누가 밥을 좋아 주나

밥은 빌어 먹으나마 옷은 뉘게 빌어 입쏘

서방님아 그 말 말고 이전 일도 생각하게

궁팔십(窮八十)[191] 강태공(姜太公)[192]도 광장삼천조(廣張三千釣)[193]하다가서

주문왕(周文王)[194]을 만난 후에 달팔십(達八十)[195] 하여 있고

표묘기식(漂母寄食) 한신(韓信)[196]이도 도중(道中) 소년(少年) 욕보다가[197]

한고조(漢高祖)[198]를 만난 후에 한중대장(漢中大將)[199] 되었으니

우리도 이리해서 벌어가지고 고향 가면

이방을 못 하며 호장(戶長)[200]을 못 하오 부러울 게 무엇이오

우리 서방님 하신 말씀 나는 하자면 하지마는

자네는 여인이라 나만치 모르겠네

나는 조금도 염려 말고 그리 작정하사이다

주인 불러 하는 말이 우리 사환 할 것이니

이백 냥은 우선 주고 쉰 냥일랑 갈 때 주오

주인이 웃으며 하는 말이 심부름만 잘하고 보면

칠월(七月) 벌이 잘 된 후에 쉰 냥 돈을 더 주오리

행주치마 떨트리고[201] 부엌으로 들이달아

사발 대접 종지 접시 몇 죽[202] 몇 개 헤아려서

날마다 증구(拯救)하며[203] 솜씨 나게 잘도 한다

우리 서방님 거동 보소 돈 이백 냥 받아놓고

일수(日收) 월수(月收)[204] 체계(遞計)[205] 놀이 내 손으로 서기(書記)하여

낭중(囊中)[206]에다 간수하고 석 자[尺] 수건 골동이고[207]

마죽[208] 쑤기 소죽 쑤기 마당 쓸기 봉당(封堂)[209] 쓸기

상 들이기 상 내기와 오명가명[210] 걷우친다[211]

평생에도 아니 하던 일 눈치 보아 잘도 하네

삼 년을 나고 보니 만여 금 돈 되었구나

우리 내외 마음 좋아 다섯 해까지 갈 것 없이

돈 추심(推尋)[212]을 알뜰히 하여 내년에는 돌아가세

병술년(丙戌年) 괴질(怪疾)[213] 닥쳤구나 안팎 소실[214] 삼십여 명이

함빡[215] 모두 병이 들어 사흘 만에 깨나 보니

삼십 명 소실 다 죽고서 주인 하나 나 하나뿐이라

---

187) 내사 : 나야. 나는. '이사'는 '이야'의 사투리.

188) 사환(使喚) : 심부름꾼.

189) 무지한 : 보통보다 훨씬 정도에 지나친. 매우 심한.

190) 생전 : 살아생전. 이 세상에 살아 있는 동안.

191) 궁팔십(窮八十) : 가난하게 사는 삶을 이르는 말. 강태공(姜太公)이 여든 살에 주나라 무왕의 정승이 될 때까지 가난하게 살았다는 데서 유래한다.

192) 강태공(姜太公) : 중국 주(周)나라 초엽의 정치가 태공망(太公望)을 그의 성(姓)인 강(姜)과 함께 이르는 말. 그에게 봉해진 영지(領地)인 여(呂)와 그의 이름 상(尙)을 합쳐 '여상'이라고도 불린다.

193) 광장삼천조(廣張三千釣) : 삼천 일, 곧 십 년을 낚시질하며 보냄. 강태공이 주 문왕을 만나기 전 십 년간 낚싯대를 드리우고 때가 오길 기다리고 있었다고 함. 중국 당나라 시인 이백의 시 '양보음(梁甫吟)'에 '삼천육백 일을 낚시로 보내다(廣張三千六百釣)'라는 구절이 있다.

194) 주문왕(周文王) : 중국 주(周)나라 무왕(武王)의 아버지. 은(殷)나라 주왕(紂王) 때 서백(西伯)이 되어 선정을 베풀었는데, 폭정을 일삼는 주왕을 내치고 왕으로 추대되었다.

195) 달팔십(達八十) : 호화롭게 삶. 강태공이 나이 팔십이 되어서야 주 문왕을 만나 벼슬을 하고 호사를 누리며 살았던 것에서 유래한 말이다.

196) 표묘기식(漂母寄食) 한신(韓信) : 빨래하는 아낙네에게 밥을 얻어먹고 산 한신. 솜을 빨고 있던 아낙네가 한신이 미천한 신분이라 굶주리는 것을 보고는 수십 일 동안 밥을 먹여 주었다는 고사이다. 표모진식(漂母進食).

197) 도중(道中) 소년(少年) 욕보다가 : 한신이 길을 가다가 시정잡배의 가랑이 사이를 지나가는 치욕을 당한 일을 이른다. 이 일에서 '과하지욕(胯下之辱)'이란 말이 나왔다.

198) 한고조(漢高祖) : 중국 한(漢)나라를 세운 유방(劉邦).

199) 한중대장(漢中大將) : 한(漢)나라 대장군(大將軍).

200) 호장(戶長) : 고을 구실아치의 우두머리. 성종 2년(983)에 당대등을 고친 것이다.

201) 떨트리고 : 젠체하여 위세를 드러내며 뽐내고.

202) 죽 : 옷이나 그릇 따위의 열 벌을 한 단위로 세는 말.

203) 증구(拯救)하며 : 도우며. 건져내어 구하며.

204) 일수(日收) 월수(月收) : 돈을 빌려주고 본전(本錢)과 변리(邊利)를 일정(一定)한 날짜에 나눠 날마다 또는 다달이 거둬들이는 일.

205) 체계(遞計) : 장체계(場遞計). 장에서 비싼 이자로 돈을 꾸어 주고, 장날마다 본전의 일부와 이자를 받아들이는 일.

206) 낭중(囊中) : 주머니 속.

207) 골동이고 : 머리에 동이고.

208) 마죽 : 말죽. 말을 먹이려고 끓이는 죽.

209) 봉당(封堂) : 안방과 건넌방 사이의 마루를 놓을 자리에 마루를 놓지 않고 흙바닥 그대로 있는 곳.

210) 오명가명 : 오며가며.

211) 거두친다 : 거둔다. 거두어 치운다.

212) 추심(推尋) : 찾아내서 가지거나 받아냄.

213) 병술년(丙戌年) 괴질(怪疾) : 병술년에 창궐한 콜레라. 1886년 병술년 음력 6월 초에서 7월초에 걸쳐 콜레라가 성행했다.

214) 소실 : 가솔. 식솔. 식구.

215) 함빡 : 쫄딱. 몽땅.

수천 호(戶)가 다 죽고서 살아난 이 몇 없다네

이 세상 천지간에 이런 일이 또 있는가

서방님 신체(身體) 틀어잡고 기절하여 엎드려져서

아주 죽을 줄 알았더니 겨우 인사를 차리었네

애고 애고 어이할거나 가엾고 불쌍하다

서방님아 서방님아 아주 벌떡 일어나게

천유여(千有餘) 리(里)216) 타관(他官) 객지 다만 내외 왔다가서

나만 하나 이곳 두고 죽단 말이 웬 말인가

죽어도 같이 죽고 살아도 같이 살지

이내 말만 명심하고 삼사 년 근사217) 헛일일세

귀한 몸이 천인(賤人) 되어 만여 금 돈을 벌더니

일수 월수 장변(場邊)218) 체계 돈 쓴 사람이 다 죽었네

죽은 낭군이 돈 달라나 죽은 사람이 돈을 주나

돈 낼 놈도 없거니와 돈 받은들 무엇 할꼬

돈은 같이 벌었으나 서방님 없이 쓸 데 없네

애고 애고 서방님아 살뜰히도 불쌍하다

이럴 줄을 짐작하면 천집사(賤執事)219)를 아니하지

오 년 작정 하올 적에 잘 살자고 한 일이지

울면서 마달 적에 무슨 대수(對酬)220)로 세웠던고221)

군노 놈의 무지 욕설 꿀과 같이 달게 듣고

수화중(水火中)을 가리잖고 일호(一毫)라도 안 어기네

일정지심(一定之心)222) 먹은 마음 한 번 살아 보겠더니

조물(造物)이 시기(猜忌)하여 귀신도 야속하다

전생에 무슨 죄로 이생에 이러한가

금도 돈도 내사 싫네 서방님만 일어나게

아무리 호천통곡(呼天痛哭)한들 사자(死者)는 불가부생(不可復生)이라223)

아무래도 할 수 없이 그렁저렁 장사(葬事)하고

죽으려고 애를 써도 생(生)한 목숨 못 죽을래

억지로 못 죽고서 또 다시 빌어먹네

이 집 가고 저 집 가나 임자 없는 사람이라

울산 읍내 황 도령이 나더러 하는 말이

여보시오 저 마누라 어찌 저리 슬퍼하오

하도 내 신세 곤궁키로 이내 마음 비창하오

아무리 곤궁한들 나와 같이 곤궁할까

우리 집이 자손 귀해 오대독신 우리 부친

오십이 넘도록 자식 없어 일생 한탄 무궁(無窮)타가

쉰다섯에 날 낳으니 육대독자 나 하나라

장중보옥(掌中寶玉)224) 얼음같이 안고 지고 키우더니

세 살 먹어 모친 죽고 네 살 먹어 부친 죽네

강근지족(强近之族)225) 본디 없어 외조모 손에 커났더니

열네 살 먹어 외조모 죽고 열다섯에 외조부 죽고

외사촌형제 같이 있어 삼년초토(三年草土)226)를 지냈더니

남의 빚에 못 견뎌서 외사촌형제 도망하고

의탁할 곳이 전혀 없어 남의 집에 머슴 들어

십여 년을 고생하니 장가 밑천이 되더니만

서울 장사 남는다고 새경돈 말짱 추심하여

참깨 열 통 무역(貿易)하여 대동선(大同船)227)에 부쳐 싣고

큰북을 둥둥 울리면서 닻 감는 소리 신명난다

도사공(都沙工)228)은 키229)만 들고 입사공230)은 춤을 추네

망망대해(茫茫大海)로 떠나가니 신선놀음 이 아닌가

해남 관머리231) 지나다가 바람소리 일어나며

왈칵덜컥 파도 일어 천둥 끝에 벼락 치듯

물결은 출렁 산더미 같고 하늘은 캄캄 안 보이데

수천 석 실은 그 큰 배가 회오리바람에 가랑잎 뜨듯

뱅뱅 돌며 떠나가니 살 가망이 있으련가

만경창파(萬頃蒼波) 큰 바다에 지망(志望)232) 없이 떠나가다

한 곳에다 들이받쳐 수천 석을 실은 배가

편편파쇄(片片破碎) 부숴지고 수십 명 적군233)들이

---

216) 천유여(千有餘) 리(里) : 천 리도 넘게.
217) 근사 : 맡은 일을 힘써 함.
218) 장변(場邊) : 장에서 꾸는 돈의 이자. 한 장 도막, 곧 닷새 동안의 이자를 얼마로 셈함.
219) 천집사(賤執事) : 아주 낮고 더러운 일.
220) 대수(對酬) : 상대편이 한 말이나 행동을 받아서 마주 응함.
221) 세웠던고 : 고집을 세웠던고. 우겼던고.
222) 일정지심(一定之心) : 한 번 먹은 마음.
223) 사자(死者)는 불가부생(不可復生)이라 : 죽은 사람은 다시 살아날 수 없는지라.

224) 장중보옥(掌中寶玉) : 손 안의 보물.
225) 강근지족(强近之族) : 도와 줄만한 매우 가까운 친척.
226) 삼년초토(三年草土) : 부모의 상을 당해 삼 년 동안 거상(居喪)하는 일. '초토'는 거적자리와 흙베개를 뜻한다.
227) 대동선(大同船) : 대동미를 실어 보내는 데에 쓰던 관아의 배.
228) 도사공(都沙工) : 뱃사공의 우두머리.
229) 키 : 배의 방향을 조종하는 장치.
230) 입사공 : 미상. 말로써 노 젓는 사공들의 힘을 모으거나 돋우는 일을 하는 사공인 듯.
231) 관머리 : 관두(關頭). 가장 중요한 지경.
232) 지망(志望) : 가망(可望). 희망(希望).
233) 격군(格軍) : 조선 시대에, 사공(沙工)의 일을 돕던 수부(水夫).

인홀불견(人忽不見)234) 못 볼러라 나도 역시 물에 빠져

파도머리에 밀려가다 마침 눈을 떠서 보니

뱃조각 하나 둥둥 떠서 내 앞으로 들어오니

두 손으로 더위잡아235) 가슴에다가 붙여놓으니

물을 무수히 토하면서 정신을 조금 수습하니

아직 살긴 살았다마는 아니 죽고 어찌 할꼬

오르는 결더미236) 손으로 헤고

내리는 결더미 가만히 있으니

힘은 조금 들지마는 몇 달 며칠 기한(期限) 있나

기한 없는 이 바다에 몇 달 며칠 살 수 있나

밤인지 낮인지 정신없이 기한 없이 떠나간다

풍랑소리 벽력 되고 물거품이 운애(雲靉)237) 되네

물귀신의 울음소리 응열응열 귀 막힌다

어느 때나 되었던지 풍랑소리 없어지고

만경창파 잠을 자고 까마귀 소리 들리거늘

눈을 들어 살펴보니 백사장(白沙場)이 뵈는구나

두 발로 박차며 손으로 헤어 백사장 가에 닿는구나

엉금엉금 기어 나와 정신없이 누웠다가

마음을 단단히 고쳐먹고 다시 일어나 살펴보니

나무도 풀도 돌도 없고 다만 해당화 붉어 있다

몇 날 며칠 굶었으니 밴들 아니 고플쏜가

엉금 설설 기어가서 해당화 꽃을 따 먹으니

정신이 점점 돌아나서 또 그 옆을 살펴보니

절로 죽은 고기 하나 커다란 게 게 있구나

불이 있어 구울 수 있나 생으로 실컷 먹고 나니

본정신이 돌아와서 눈물 웃음도 인제 나네

무인절도(無人絶島)238) 백사장에 혼자 앉아 우노라니

난데없는 어부들이 배를 타고 지나다가

우는 걸 보고 괴이 여겨 배를 대고 나와서

나를 흔들며 하는 말이 어떤 사람이 혼자 우나

울음 그치고 말을 해라 그제야 자세히 돌아보니

육칠팔이 앉았는데 모두다 어부일러라

그대들은 어데 살며 이 섬 중은 어디니까

이 섬은 제주 한라섬이요 우리는 다 정의(旌義)239)에 있
노라

고기 잡으러 지나다가 울음소리 따라왔다

어느 곳에 사람으로 무슨 일로 예 와 우나

나는 본디 울산 살더니 장삿길로 서울 가다가

풍파 만나 파선(破船)하고 물결에 밀려 내쳐놓으니

죽었다가 깨는 사람 어느 곳인 줄 아오릿가

제주도 우리 조선(朝鮮)이라 가는 길을 인도하오

한 사람이 일어서며 손을 들어 가리키되

제주 읍내는 저리 가고 대정240) 정의는 이리 가지

제주 읍내로 가오리까 대정 정의로 가오리까

밥과 고기 많이 주며 자세히 일러 하는 말이

이 곳에서 제주읍 가자 치면 사십 리가 넉넉하다

제주본관 찾아들어 본사정을 발괄241)하면

우선 호구(糊口)242)할 것이요 고향 가기 쉬우리라

신신이 당부하고 배를 타고 떠나간다

가리키던 그곳으로 제주 본관 찾아가니

본관사또 들으시고 불쌍하게 생각하사

돈 오십 냥 처급243)하고 전령 한 장 내주시며

네 이곳에 있다가서 왕래선(往來船)이 있거들랑

사공 불러 전령(傳令)244) 주면 선가(船價)245) 없이 잘 가
거라

그렁저렁 삼 삭(朔)246) 만에 왕래선이 건너와서

고향이라 돌아오니 돈 두 냥이 남았구나

사기점(沙器店)247)에 찾아가서 두 냥어치 사기 지고

촌촌가가(村村家家)248) 도부(到付)249)하며 밥을랑은 빌
어먹고

삼사 삭을 하고 나니 돈 열닷 냥은 되었고만

삼십 넘은 노총각이 장가 밑천 가망 없네

애고 답답 내 팔자야 언제 벌어 장가갈까

머슴 살아 사오백 냥 창해일속(滄海一粟)250) 부쳐두고

두 냥 밑천 다시 번들 언제 벌어 장가갈까

---

234) 인홀불견(人忽不見) : 사람이 갑자기 보이지 않음.
235) 더위잡아 : 거머잡아. 끌어 잡아.
236) 결더미 : 물결더미. 파도더미.
237) 운애(雲靉) : 구름이나 안개가 끼어 흐릿한 기운.
238) 무인절도(無人絶島) : 육지와 멀리 떨어져 있는, 사람이 살지 않는
   외딴섬.
239) 정의(旌義) : 제주도 남제주 지역의 옛 지명.

240) 대정 : 현재 제주도 서귀포시 대정읍.
241) 발괄 : 백성이 억울한 사정을 관가에 글이나 말로 하소연하던 일.
242) 호구(糊口) : 입에 풀칠을 한다는 뜻으로 겨우 먹고 삶을 이르느
   말.
243) 처급 : 처결(處決). 결정하여 조치함.
244) 전령(傳令) : 전하여 보내는 훈령이나 명령.
245) 선가(船價) : 뱃삯.
246) 삭(朔) : 초하루. 달을 세는 단위.
247) 사기점(沙器店) : 사기그릇을 구워 만드는 곳. 사기그릇을 파는 가
   게.
248) 촌촌가가(村村家家) : 마을마다 집집마다.
249) 도부(到付) : 이리저리 떠돌아다니며 물건을 파는 것.
250) 창해일속(滄海一粟) : 푸른 바다의 곡식 한 알. 아주 작아 보잘 것
   없음. 흔적도 없음.

그런 날도 살았는데 슬퍼 마오 우지 마오

마누라도 슬프다 하되 내 설움만 못 하오리

여보시오 말씀 듣소 우리 사정을 논지(論之)컨대[251]

삼십 넘은 노총각과 삼십 넘은 홀과부라

총각의 신세도 가련하고 마누라 신세도 가련하니

가련한 사람 서로 만나 같이 늙으면 어떠하오

가만히 솜솜 생각하니 먼저 얻은 두 낭군은

홍문(紅門)[252] 안에 사대부(士大夫)요 큰 부자의 세간살이

패가망신(敗家亡身)[253] 하였으니 흥진비래(興盡悲來) 그러한가

저 총각의 말 들으니 육대독자 내려오다가

죽을 목숨 살았으니 고진감래(苦盡甘來)할까 보다

마지못해 허락하고 손잡고서 이내 말이

우리 서로 불쌍히 여겨 허물없이 살아보세

영감은 사기 한 짐 지고 골목에서 크게 외고

나는 사기 광주리 이고 가가호호(家家戶戶)[254]에 도부한다

조석(釣石)이면 밥을 빌어 한 그릇에 둘이 먹고

남촌북촌에 다니면서 부지런히 도부하니

돈백이나 될 만하면 둘 중에 하나 병이 난다

병구려[255] 약시세[256] 하다 보면 남의 신세를 지고 나고

다시 다니며 근사[257] 모아 또 돈백이 될 만하면

또 하나가 탈이 나서 한 푼 없이 다 쓰고 나네

도부장사 한 십 년 하니 장바구니[258]에 털이 없고

모가지가 자라목[259] 되고 발가락이 무지러졌네[260]

산 밑에 주막에 주인하고[261] 궂은비 실실 오는 날에

건너 동네 도부 가서 한 집 건너 두 집 가니

천둥소리 볶아치며 소나기 비가 쏟아진다

주막 뒷산이 무너지며 주막터를 빼 가지고

동해수(東海水)로 달아나니 살아날 이 누굴런고

건너다가 바라보니 망망대해뿐이로다

망측하고 기막힌다 이런 팔자 또 있는가

남해수(南海水)에 죽을 목숨 동해수에 죽는구나

그 주막에나 있었더면 같이 따라가 죽을 것을

먼저 괴질에 죽었더면 이런 일을 아니 볼걸

고대[262] 죽을 걸 모르고서 천 년 만 년 살자 하고

도부가 다 무엇인고 도부 광주리 무여박고[263]

하염없이 앉았으니 억장[264]이 무너져 기막힌다

죽었으면 좋겠구만 생한 목숨이 못 죽을래라

아니 먹고 굶어 죽으려 하니 그 집 댁네가 강권(强勸)하니

죽지 말고 밥을 먹게 죽은들사 시원할까

죽으면 쓸 데 있나 살기만은 못 하리라

저승을 누가 가 봤는가 이승만은 못하리라

고생이라도 살고 보지 죽어지면 말이 없네

훌쩍이며 하는 말이 내 팔자를 세 번 고쳐

이런 액운이 또 닥쳐서 신체도 한 번 못 만지고

동해수에 영결종천(永訣終天) 하였으니

애고 애고 어찌 어찌 살아볼꼬

주인댁이 하는 말이 팔자 한 번 또 고치게

세 번 고쳐 곤한 팔자 네 번 고쳐 잘 살는지

세상일은 모르나니 그런대로 살다 보게

다른 말 할 것 없이 저 꽃나무 두고 보지

이삼월에 춘풍 불면 꽃봉오리 고은 빛을

벌은 앵앵 노래하며 나비는 펄펄 춤을 추고

유객(遊客)[265]은 왕왕(往往) 놀다 가고 산조(山鳥)는 앵앵(嚶嚶)[266] 흥락(興樂)[267]이라

오뉴월 더운 날에 꽃은 지고 잎만 남아

녹음(綠陰)이 만지(滿枝)[268]하여 좋은 경(景)이 별로 없다

팔구월에 추풍(秋風) 불어 잎사귀조차 떨어진다

동지섣달 설한풍(雪寒風)에 찬 기운을 못 견디다가

다시 춘풍 들이불면 부귀춘화우후홍(富貴春花雨後紅)[269]

---

251) 논지(論之)컨대 : 논하여 보건대.
252) 홍문(紅門) : '홍살문'의 준말. 충·효·열에 뛰어난 행적을 보인 인물을 표창하기 위해 그 집의 입구에 홍문을 내렸음.
253) 패가망신(敗家亡身) : 집안의 재산을 다 써 없애고 몸을 망침.
254) 가가호호(家家戶戶) : 집집. 한 집 한 집. 집집마다.
255) 병구려 : 병구완. 앓는 사람을 돌보아 주는 일.
256) 약시시 : 앓는 사람을 위하여 약을 쓰는 일.
257) 근사 : 근근이. 겨우.
258) 장바구니 : 장딴지. 종아리의 살이 불룩한 부분.
259) 자라목 : 보통 사람보다 짧고 밭은 목을 비유적으로 이르는 말.
260) 무지러졌네 : 문드러졌네.
261) 주인하고 : 주인을 붙이고. 어떤 집에 묵고.
262) 고대 : 금방.
263) 무여박고 : 땅에 내던지고.
264) 억장 : '가슴'을 속되게 이르는 말.
265) 유객(遊客) : 나그네.
266) 앵앵(嚶嚶) : 새가 서로 사이좋게 우는 모양. 원문은 '영영'.
267) 흥락(興樂) : 흥겨워하며 즐김.
268) 만지(滿枝) : 가지에 가득함.
269) 부귀춘화우후홍(富貴春花雨後紅) : 부귀는 봄꽃처럼 비 내린 뒤에 붉게 핌. '재앙은 가을 나뭇잎 같아 서리 앞에 떨어진다(災殃秋葉霜前墜).'와 대구로, 중국 송(宋)나라 소옹(邵雍)의 칠언율시 '안락와에서

을

자네 신세 생각하면 설한풍을 만남이라

홍진비래(興盡悲來)하온 후에 고진감래(苦盡甘來)할 것이니

팔자 한 번 다시 고쳐 좋은 바람을 기다리게

꽃나무같이 춘풍 만나 가지가지 만발할 제

향기 나고 빛이 난다 꽃 떨어지자 열매 열어

그 열매가 종자되어 천만 년을 전하나니

귀동자(貴童子) 하나 낳았으면 수부귀다자손(壽富貴多子孫)[270]하오리라

여보시오 그 말 마오 이십 삼십에 못 둔 자식

사십 오십에 아들 낳아 뒤본단[271] 말 못 들었네

아들의 뉘[272]를 볼 터이면 이십 삼십에 아들 낳아

사십 오십에 뉘 보지만 내 팔자는 그뿐이요

이 사람아 그 말 말고 이내 말을 자세히 듣게

설한풍에도 꽃 피던가 춘풍이 불어야 꽃이 피지

때 아닐 적에 꽃 피던가 때를 만나야 꽃이 피네

꽃 필 때라야 꽃이 피지 꽃 아니 필 때 꽃 피던가

제가 절로 꽃이 필 때 누가 막아서 못 필는가

고운 꽃이 피고 보면 귀한 열매 또 여나니

이 뒷집에 조 서방이 다만 내외(內外) 있다가서

먼젓달에 상처(喪妻)하고 지금 혼자 살림하니

저 먹기는 태평이나 그도 또한 가련하데

자네 팔자 또 고쳐서 내 말대로 살아보게

이왕사(已往事)[273]를 생각하고 갈까 말까 망설이다

마지못해 허락하니 그 집으로 인도하네

그 집으로 들이달아 우선 영감을 자세히 보니

나이는 비록 많으나마 기상(氣象)이 든든 순후(淳厚)하다

영감 생애(生涯)[274] 무엇이오 내 생애는 엿장사라

마누라는 어찌하여 이 지경에 이르렀나

내 팔자가 무상하여 만고풍상(萬古風霜)[275] 다 겪었소

그날부터 양주(兩主) 되어 영감 할미 살림한다

나는 집에서 살림하고 영감은 다니며 엿장사라

호두약엿[276] 잣박산[277]에 참깨박산 콩박산에

산자[278] 과줄[279] 빈사과[280]를 갖추갖추 하여 주면

상자 고리에 담아 지고 장마다 다니며 매매한다

의성장 안동장 풍산장과 노루골 내성장 풍기장에

한 달 육 장[281] 매장(每場) 보니 엿장사 조 첨지(僉知)[282] 별호(別號) 되네

한 달 두 달 이태[283] 삼 년 사노라니 어찌하다가 태기(胎氣) 있어

열 달 배불러 해복(解腹)[284]하니 참말로 일개(一個) 옥동자(玉童子)라

영감도 오십에 첫아들 보고 나도 오십에 첫아이라

영감 할미 마음 좋아 어리장고리장 사랑하다

젊어서 어찌 아니 나고 늙어서 어찌 생겼는고

홍진비래 겪은 나도 고진감래 하려는가

희한하고 이상하다 둥기둥둥 일이로다

둥기둥기 둥기야 아가 둥기 둥둥기야

금자동(金子童)아 옥자동(玉子童)아 섬마둥기 둥둥기야

부자동(富子童)아 귀자동(貴子童)아 놀아라 둥기 둥둥기야

앉아라 둥기 둥둥기야 서거라 둥기 둥둥기야

궁둥이 툭툭 쳐도 보고 입도 쪽쪽 맞춰 보고

그 자식이 잘도 났네 인제야 한 번 살아 보지

한창 이리 놀리다가 어떤 친구 오더니만

수동별신[285] 큰 별신을 아무 날부터 시작하니

밑천이 적거들랑 뒷돈은 내 대 줌세

호두약엿 많이 고고[286] 갖은 박산 많이 하게

스스로에게 남김(安樂窩中自貽)'에 나온다.

270) 수부귀다자손(壽富貴多子孫) : 부귀하게 장수하며 자손이 번성함.

271) 뒤본단 : 나중에 덕을 본다는.

272) 뉘 : 자손에게 받는 덕.

273) 이왕사(已往事) : 이왕지사(已往之事). 이미 지나간 일.

274) 생애(生涯) : 생업(生業).

275) 만고풍상(萬古風霜) : 아주 오랜 세월 동안 겪어 온 많은 고생.

276) 호두약엿 : 호두를 넣어 고아 만든 엿.

277) 잣박산 : 잣으로 만든 박상. 엿을 중탕으로 녹여 꿀을 섞은 뒤 잣을 깨끗이 손질하여 고르게 섞은 다음, 재빨리 모난 그릇에 담아 반대기를 지어 굳혀 썬 것.

278) 산자 : 요즘 흔히 '유과'라 부르는 것이다.

279) 과줄 : 유밀과의 한 가지. 꿀물과 밀가루를 섞어 반죽한 뒤 과줄판에 박아서 기름에 지져 속까지 검은 빛이 나도록 익힌 것. 강정, 약과, 정과, 다식 등을 통틀어 일컬음.

280) 빈사과 : 찹쌀가루에 술을 넣고 반죽하여 시루에 쪄낸 다음, 그것을 얇게 밀어 강정바탕을 만들어 잘게 썰고 그것을 잘 말린 다음, 기름에 튀겨 조청을 묻힌 과자. '빙사과'라고도 한다.

281) 한 달 육 장 : 한 달의 여섯 장. 닷새마다 장이 서므로 한 달에 여섯 번이 됨. 한 달에 장이 열리는 곳 여섯 군데.

282) 첨지(僉知) : 조선 시대에, 중추원에 속한 정삼품 무관의 벼슬. 태종 때 인진사를 고친 것이다. 나이 많은 남자를 낮잡아 이르는 말.

283) 이태 : 이 년.

284) 해복(解腹) : 해산(解産). 아기를 낳음. 몸을 풂.

285) 수동별신: 수동별신굿(壽洞別神--). 노국공주(魯國公主)의 신위를 받드는 국신당제. 이 굿은 안동지방에서 해마다 정월 보름에 5개 마을 주민들이 진법으로 펼치는 이색적인 굿이라고 한다. 국신당이 경북 안동의 수동촌(지금의 풍산 수곡동)에 있기 때문에 수동별신굿이라 하는 것이다.

286) 고고 : 졸아서 진하게 엉기도록 끓이고.

이번에는 수287)가 나리 영감님이 옳게 듣고
찹쌀 사고 기름 사고 호두 사고 치자288) 사고
참깨 사고 밤도 사고 칠팔십 냥 밑천이라
닷 동이들이289) 큰 솥에다 삼사 일을 고노라니
한밤중에 바람 일자 굴뚝으로 불이 났네
온 집안에 불붙어서 화광(火光)이 충천(衝天)하니
인사불성(人事不省) 정신없어 그 엿물을 다 퍼었고
안방으로 들이달아 아들 안고 나오다가
불더미에 엎어져서 구르면서 나와 보니
영감은 간 곳 없고 불만 자꾸 타는구나
이웃사람 하는 말이 아290) 살리러 들어가더니
상기291)까지 안 나오니 이제 하마292) 죽었구나
한 마룻대293) 떨어지며 기둥조차 다 탔구나
일촌(一村) 사람 달려들어 불 헤치고 찾아보니
포수(砲手)놈이 불고기하듯 아주 함빡 구웠구나
요런 망한 일 또 있는가 나도 같이 죽으려고
불덩이로 달려드니 동네 사람이 붙들어서
아무리 몸부림하나 아주 죽지도 못하고서
온몸이 콩과줄294) 되었구나 요런 년의 팔자 있나
깜짝 사이에 영감 죽어 삼혼구백(三魂九魄)295)이 불꽃
되어
불티296)와 같이 동행하여 아주 펄펄 날아가고
귀한 아들도 불에 데서 죽는다고 소리치네
엄마 엄마 우는 소리 이내 창자가 끊어진다
세상사가 귀찮아 이웃집에 가 누웠으니
덴동이를 안고 와서 가슴을 헤치고 젖 물리며
지성으로 하는 말이 어린 아이 젖 먹이게
이 사람아 정신 차려 어린 아기 젖 먹이게

우는 거동 못 보겠네 일어나서 젖 먹이게
나도 아주 죽을라네 그 어린것이 살겠는가
그 거동을 어찌 보나 아주 죽어 모르려네
덴다 한들 다 죽는가 불에 덴 이 허다(許多)하지
그 어미라야 살려내지 다른 이는 못 살리네
자네 한 번 죽어지면 살지라도 아니 죽나
자네 죽고 아이 죽으면 조 첨지는 아주 죽네
살아날 것이 죽고 보면 그도 또한 할 일인가
조 첨지를 생각거든 일어나서 아이 살리게
어린것만 살고 보면 조 첨지 사뭇 안 죽었네
그 댁네 말을 옳게 듣고 마지못해 일어나 앉아
약시시하며 젖 먹이니 삼사 삭 만에 나았으나
살았다고 할 것 없네 갖은 병신이 되었구나
한 짝 손은 오그라져 조막손297)이 되어 있고
한 짝 다리 뻐드러져서 장채다리298) 되었으니
성한 이도 어렵거든 갖은 병신 어찌 살꼬
수족(手足) 없는 아들 하나 병신 뉘를 볼 수 있나
덴 자식을 젖 물리고 거두어 안고 생각하니
지난 일도 기막히고 이 앞일도 가련하다
건널수록 물도 깊고 넘을수록 산도 높다
어떤 년의 고생팔자 일평생을 고생인고
이내 나이 육십이라 늙어지니 더욱 슬퍼
자식이나 성했으면 저나 믿고 살지마는
나이는 점점 많아가니 몸은 점점 늙어가네
이렇게도 할 수 없고 저렇게도 할 수 없다
덴동이를 들입다 업고 본고향을 돌아오니
이전 강산 의구(依舊)한데 인정물정(人情物情) 다 변했네
우리 집은 터만 남아 쑥대밭299)이 되었구나
아는 이는 하나 없고 모르는 이뿐이로다
그늘 맺던 은행나무 불개청음대아귀(不改淸陰待我歸)300)
라
난데없는 두견새가 머리 위에 둥둥 떠서
불여귀(不如歸) 불여귀 슬피 우니 서방님 죽은 넋이로다

---

287) 수 : 어떤 일을 할 만한 능력이나 어떤 일이 일어날 가능성.
288) 치자(梔子) : 치자나무 열매. 음식에 노란 물을 들이는 데 사용함.
　　원문은 '추자(楸子)'인데, '호두'와 겹쳐 '치자'로 보았다.
289) 닷 동이들이 : 다섯 동이를 담을 만큼의 용량. '-들이'는 '그만큼
　　담을 수 있는 용량'의 뜻을 더하는 접미사.
290) 아 : 아이.
291) 상기 : 아직. 여태.
292) 하마 : 벌써.
293) 마룻대 : 용마루 밑에 서까래가 걸리게 된 도리. 상량(上樑).
294) 콩과줄 : 콩으로 만든 과줄. '과줄'은 강정, 약과, 정과, 다식 등을
　　통틀어 일컫는 말.
295) 삼혼구백(三魂九魄) : 삼혼칠백(三魂七魄). 삼혼과 칠백을 아울러
　　이르는 말. '삼혼'은 사람의 마음에 있는 세 가지 영혼으로 태광(台
　　光), 상령(爽靈), 유정(幽精)을 이른다. '칠백'은 사람의 몸에 있는 일
　　곱 가지 탁한 영혼으로서 시구(尸拘), 복시(伏矢), 작음(雀陰), 탄적(呑
　　賊), 비독(非毒), 제예(除穢), 취폐(臭肺)가 있다.
296) 불티 : 타는 불에서 튀는 작은 불똥.

297) 조막손 : 손가락이 오그라져 펴지 못하는 손.
298) 장채다리 : 벋정다리. 휜 다리. '뻐드러지다'의 뜻, 곧 '끝이 밖으로
　　벌어져 나오다', '굳어서 뻣뻣하게 되다'에 따라 두 가지로 생각할 수
　　있다. '장채'가 '장치기를 할 때 장을 치는 끝이 구부러진 나무 채' 또
　　는 '긴 나무막대기'인 것으로 보아도 그렇다.
299) 쑥대밭 : 쑥이 무성하게 우거져 있는 거친 땅. 매우 어지럽거나
　　못 쓰게 된 모양을 비유적으로 이르는 말.
300) 불개청음대아귀(不改淸陰待我歸) : 맑은 그늘을 바꾸지 않고 내가
　　돌아오기를 기다림. 중국 당(唐)나라 전기(錢起)의 시 '늦봄에 고향의
　　초장에 돌아오다(暮春歸故山草堂)'의 한 구절이다.

새야 새야 두견새야 내가 올 줄 어찌 알고

여기 와서 슬피 울어 내 설움을 불러내나

반가워서 울었던가 서러워서 울었던가

서방님의 넋이거든 내 앞으로 날아오고

임의 넋이 아니거든 아주 멀리 날아가게

두견새가 펄쩍 날아 내 어깨에 앉아 우네

임의 넋이 분명하다 애고 탐탐 반가워라

나는 살아 육신이 왔네 넋이라도 반가워라

근(近) 오십 년 이곳에서 날 오기를 기다렸나

어이할꼬 어이할꼬 후회막급(後悔莫及) 어이할거냐

새야 새야 울지 마라 새 보기도 부끄러워

내 팔자를 새겼더면 새 보기도 부끄럽잖지

첨에 당초에 친정 와서 서방님과 함께 죽어

저 새와 같이 자웅(雌雄) 되어 천만 년이나 살아볼걸

내 팔자를 내가 속아 기어이 한 번 살아 보려고

첫째 낭군은 추천(鞦韆)에 죽고 둘째 낭군은 괴질(怪疾)에 죽고

셋째 낭군은 물에 죽고 넷째 낭군은 불에 죽어

이내 한 번 못 잘살고 내 신명이 그만일세

첫째 낭군 죽을 때에 나도 한가지 죽었거나

살더라도 수절하고 다시 가지나 말았더면

산을 보아도 부끄럽잖고 저 새 보아도 무렴(無廉)찮지301)

살아생전에 못된 사람 죽어서 귀신도 악귀(惡鬼)로다

나도 수절(守節)만 하였다면 열녀각(烈女閣)302)은 못 세워도

남이라도 칭찬하고 불쌍하게나 생각할걸

남이라도 욕할 게요 친정 일가들 반겨할까

잔디밭에 물게303) 앉아 한바탕 실컷 울다 가니

모르는 안노인304) 나오면서 어떤 사람이 설이 우나

울음 그치고 말을 하게 사정이나 들어보세

내 설움을 못 이겨서 이곳에 와서 우나이다

무슨 설움인지 모르거니와 어찌 그리 설워하나

노인일랑 들어가오 내 설움 알아 쓸 데 없소

일분(一分) 인사를 못 차리고 땅을 허비며 자꾸 우니

그 노인이 민망(憫惘)하여 곁에 앉아 하는 말이

간 곳마다 그러한가 이곳 와서 더 설운가

간 곳마다 그러리까 이곳에 오니 더 서럽소

저 터에 살던 임 상찰이 지금에 어찌 사나이까

그 집이 벌써 결단나고 지금 아무도 없나니라

더군다나 통곡하니 그 집을 어찌 알았던가

저 터에 살던 임 상찰이 우리 집과 오촌이라

자세히 본들 알 수 있나 아무 형님이 아니신가

달려들어 두 손 잡고 통곡하며 설워하니

그 노인도 알지 못해 형님이란 말이 웬 말인고

그러나 저러나 들어가세 손목 잡고 들어가니

청삽사리 윙윙 짖어 난 모른다고 소리치고

큰 대문 안에 거위 한 쌍 게욱게욱 달려드네

안방으로 들어가니 늙으나 젊으나 알 수 있나

부끄러이 앉았다가 그 노인과 한데 자며

이전 이야기 대강하고 신명타령 다 못할네

엉송이 밤송이 다 껴 보고305) 세상의 별 고생 다 해 봤네

살기도 억지로 못 하겠고 재물도 억지로 못 하겠네

고약한 신명도 못 고치고 고생할 팔자는 못 고칠네

고약한 신명은 고약하고 고생할 팔자는 고생하지

고생대로 할 지경엔 그른 사람이나 되지 말지

그른 사람 될 지경에는 옳은 사람이나 되지그려

옳은 사람 되어 있어 남에게나 칭찬 듣지

청춘과부 가려 하면 양식 싸고 말리려네

고생팔자 타고 나면 열 번 가도 고생일네

이팔청춘 청상들아 내 말 듣고 가지 말게

아무 동네 화령댁은 스물하나에 혼자되어

단양으로 갔다더니 겨우 다섯 달 살다가서

제가 먼저 죽었으니 그건 오히려 낫지마는

아무 동네 장임댁은 갓 스물에 청상(靑孀) 되어

제가 춘광(春光)306)을 못 이겨서 영춘(永春)307)으로 가더니만308)

---

301) 무렴(無廉)찮지 : 무렴하지 않지. '무렴하다'는 염치가 없음을 느껴 마음에 거북한 것.

302) 열녀각(烈女閣) : 열녀의 행적을 기리기 위하여 세운 누각.

303) 물게 : 물거니. 멀거니.

304) 안노인 : 할머니.

305) 엉송이 밤송이 다 껴 보고 : 밤송이 우엉 송이 다 끼어 보고. 가시가 난 밤송이나 갈퀴 모양으로 굽은 우엉의 꽃송이에도 끼어 보았다는 뜻으로, 별의별 뼈아프고 고생스러운 일은 다 겪어 보았음을 비유적으로 이르는 말. '송이'의 반복으로 언어유희적 성격도 띤다.

306) 춘광(春光) : 봄철의 볕. 또는 봄철의 경치. 젊은 사람의 나이를 문어적으로 이르는 말. 이 말의 뜻을 '춘정(春情)'의 뜻인 '이성을 몹시 그리워하는 마음'이라 풀이한 것은 문맥적 의미로 의역한 오류이다.

307) 영춘(永春) : 충청북도 단양군의 면(面). 충청북도 단양 지역의 옛 지명.

308) 춘광(春光)을 못 이겨서 영춘(永春)으로 가더니만 : 지명인 '영춘

몹쓸 병이 달려들어 앉은뱅이 되었다데

아무 마을의 안동댁도 열아홉에 상부(喪夫)하고
제가 공연히 발광(發狂) 나서 내성으로 간다더니
서방놈에게 매를 맞아 골병이 들어서 죽었다데
아무 집의 월동댁도 스물둘에 과부 되어
제 집 소실을 모함(謀陷)하고 예천으로 가더니만
전처(前妻) 자식을 몹시하다가309) 서방에게 쫓겨나고
아무 곳에 단양이네 갓 스물에 가장(家長) 죽고
남의 첩으로 가더니만 큰어미310)가 사나워서
삼시사시(三時四時)311) 싸우다가 비상(砒霜)312)을 먹고
죽었다데
이 사람네 이리 된 줄 온 세상이 아는 바라
그 사람네 개가(改嫁)할 때 잘 되자고 갔지마는
팔자는 고쳤으나 고생은 못 고치데
고생을 못 고칠 제 그 사람도 후회(後悔) 나리
후회 난들 어찌할까 죽을 고생 많이 하네
큰 고생을 안 할 사람 상부(喪夫)부터 아니하지
상부부터 하는 사람 큰 고생을 하느니라
내 고생을 남 못 주고 남의 고생 안 하나니
제 고생을 제가 하지 내 고생을 뉘를 줄꼬
역력가지(歷歷可知)313) 생각하되 개가해서 잘 되는 이는
뭣에 하나 아니 되네 부디부디 가지 말게
개가 가서 고생보다 수절 고생 호강이니
수절 고생 하는 사람 남이라도 귀(貴)히 보고
개가 고생 하는 사람 남이라도 그르다네
고생 팔자 고생이니 수지장단(壽之長短)314) 상관없지
죽을 고생 하는 사람 칠팔십도 살아 있고
부귀 호강 하는 사람 이팔청춘 요사(夭死)하니
고생 사람 덜 살잖고 호강 사람 더 살잖네
고생이라도 한이 있고 호강이라도 한이 있어
호강살이 제 팔자요 고생살이 제 팔자라
남의 고생 꿔다 하나 한탄한들 무엇 할꼬
내 팔자가 사는 대로 내 고생이 닿는 대로

좋은 일도 그뿐이요 그른 일도 그뿐이라
춘삼월 호시절(好時節)에 화전 놀음 와서들랑
꽃빛일랑 곱게 보고 새 소리는 좋게 듣고
밝은 달은 예사(例事) 보며 맑은 바람 시원하다
좋은 동무 좋은 놀음에 서로 웃고 놀아보소
사람의 눈이 이상하여 제대로 보면 관계하는가
고운 꽃도 새겨 보면 눈이 캄캄 안 보이고
귀도 또한 별일이지 그대로 들으면 괜찮은 걸
새 소리도 고쳐 듣고 슬픈 마음 절로 나네
맘 심(心) 자(字)가 제일이라 단단하게 맘 잡으면
꽃은 절로 피는 거요 새는 예사 우는 거요
달은 매양 밝은 거요 바람은 일상(日常) 부는 거라
마음만 예사 태평하면 예사로 보고 예사로 듣지
보고 듣고 예사하면 고생될 일 별로 없소
앉아 울던 청춘과부 황연대각(晃然大覺)315) 깨달아서
덴동어미 말 들으니 말씀마다 개개(個個) 옳네
이내 수심(愁心) 풀어내어 이리저리 부쳐 보세
이팔청춘 이내 마음 봄 춘(春) 자(字)로 부쳐 두고
화용월태(花容月態)316) 이내 얼굴 꽃 화(花) 자(字)로 부쳐 두고
술술 나는 긴 한숨은 세우춘풍(細雨春風)317) 부쳐 두고
밤이나 낮이나 숱한 수심 우는 새나 가져 가게
일촌간장(一寸肝腸)318) 쌓인 근심 도화유수(桃花流水)319)로 씻어볼까
천만 첩(疊)이나 쌓인 설움 웃음 끝에 하나 없네
구곡간장(九曲肝腸)320) 깊은 설움 그 말 끝에 실실 풀려
삼동(三冬) 설한(雪寒) 쌓인 눈이 봄 춘 자 만나 실실 녹네
자네 말은 봄 춘 자요 내 생각은 꽃 화 자라
봄 춘 자 만난 꽃 화 자요 꽃 화 자 만난 봄 춘 자라
얼씨구나 좋을시고 좋을시고 봄 춘 자
화전놀음 봄 춘 자 봄 춘 자 노래 들어보소
가련하다 이팔청춘 내게 당한 봄 춘 자
노년(老年)에 갱환고원춘(更還故園春) 덴동어미 봄321)

(永春)'을 '봄을 맞이하다'는 뜻의 '영춘(迎春)'으로 본 구절이다. 그러므로 '영춘'을 경상북도 영천(永川)으로 본 것은 잘못이다.
309) 몹시하다가 : 모질게 하다가. 심하게 굴다가.
310) 큰어미 : 본처(本妻).
311) 삼시사시(三時四時) : 늘. 언제나. 하루의 아침, 점심, 저녁과 일년의 봄, 여름, 가을, 겨울.
312) 비상(砒霜) : 비석(砒石)에 열을 가하여 승화시켜 얻은 결정체.
313) 역력가지(歷歷可知) : 분명하게 알 수 있음.
314) 수지장단(壽之長短) : 수명의 길고 짧음.

315) 황연대각(晃然大覺) : 갑자기 환히 깨달음.
316) 화용월태(花容月態) : 꽃 같은 얼굴에 달 같은 모습.
317) 세우춘풍(細雨春風) : 가랑비와 봄바람.
318) 일촌간장(一寸肝腸) : 한 토막의 간과 창자라는 뜻으로, 애달프거나 애가 타는 마음을 이르는 말.
319) 도화유수(桃花流水) : 떨어진 복사꽃이 떠서 흘러가는 물.
320) 구곡간장(九曲肝腸) : 굽이굽이 깊이 든 마음 속.
321) 노년(老年)에 갱환고원춘(更還故園春) 덴동어미 봄 : 늙어서 다시

춘 자

　장생화발만년춘(長生華髮萬年春) 우리 부모님 봄322) 춘
자

　계지난엽일가춘(桂枝蘭葉一家春) 우리 자손의 봄323) 춘
자

　금지옥엽구중춘(金枝玉葉九重春) 이름 금주님 봄324) 춘
자

　조운모우양대춘(朝雲暮雨陽臺春) 서왕모(西王母)의 봄325)
춘 자.

　팔선대몽구운춘(八仙大夢九雲春) 이자선의 봄326) 춘 자

　봉구황곡각래춘(鳳求凰曲各來春) 정경패(鄭瓊貝)의 봄327)
춘 자

　연작비래보희춘(燕雀飛來報喜春) 이소화(李簫和)의 봄328)
춘 자

　삼오성희정재춘(三五星稀正在春) 진채봉(秦彩鳳)의 봄329)
춘 자

　위귀위선보보춘(爲鬼爲仙步步春) 가춘운(賈春雲)의 봄330)

춘 자

　금대문장자유춘(今代文章自由春) 계섬월(桂蟾月)의 봄331)
춘 자

　절색천명하북춘(絶色擅名河北春) 적경홍(狄驚鴻)의 봄332)
춘 자

　옥문관외의회춘(玉門關外依俙春) 심요연(沈裊煙)의 봄333)
춘 자

　청수담(淸水潭)의 음곡춘(陰谷春) 백능파(白凌波)의 봄334)
춘 자

　삼십육궁도시춘(三十六宮都是春) 제일 좋은 봄335) 춘 자

　도중(途中)에 송모춘(送暮春)은 마상객(馬上客)의 봄336)
춘 자

　춘래(春來)에 불사춘(不似春)은 왕소군(王昭君)의 봄337)
춘 자

　송군겸송춘(送君兼送春)은 이별하는 봄338) 춘 자

　낙일만가춘(落日萬家春)은 천리원객(千里遠客) 봄339) 춘

돌아오니 고향 동산의 봄은 덴동어미의 봄.

322) 장생화발만년춘(長生華髮萬年春) 우리 부모님 봄 : 흰 머리로 살
아 만 년의 봄은 우리 부모님의 봄. 부모님이 '만년'이나 오래 살기를
바라는 마음에서 나온 것이다. '화발(華髮)'은 백발(白髮)을 뜻하고,
'노인'을 비유적으로 이르는 말.

323) 계지난엽일가춘(桂枝蘭葉一家春)은 우리 자손의 봄 : 계수나무 가
지와 난초 잎이 일가를 이룬 봄은 우리 자손의 봄.

324) 금지옥엽구중춘(金枝玉葉九重春)은 우리 금주님 봄 : 금 같은 가
지와 옥 같은 잎이 여러 번 겹친 봄은 우리 임금님의 봄. '구중(九重)'
과 궁궐이 연관된 것이다.

325) 조운모우양대춘(朝雲暮雨陽臺春)은 서왕모(西王母)의 봄 : 아침엔
구름이 되고 저녁엔 비가 되어 양대에 맞는 봄은 서왕모의 봄. '양대
(陽臺)'는 초(楚)나라 양왕(襄王)과 무산(武山)의 선녀가 만나 운우지
락(雲雨之樂)을 나눈 곳이다. 곤륜산(崑崙山) 꼭대기에서 반도(蟠桃)
를 먹으며 산다는 서왕모(西王母)가 요지(瑤池)에서 만난 인물은 주
(周)나라 목왕(穆王)이었다.

326) 팔선대몽구운춘(八仙大夢九雲春) : 팔선녀의 큰 꿈이 아홉 구름인
봄은 이자선의 봄은 이자선의 봄. '이자선'은 '구운몽(九雲夢)'의 남자
주인공 성진(性眞) 또는 양소유(楊少游)를 가리키는 듯하다.

327) 봉구황곡각래춘(鳳求凰曲各來春)은 정경패(鄭瓊貝)의 봄 : 봉(鳳)
이 황(凰)을 구하는 노래를 연주하며 각기 오는 봄은 정경패의 봄.
'봉구황곡' 중국의 사마상여(司馬相如)가 탁문군(卓文君)을 유혹하기
위해 연주한 음악인데, 이 곡을 '구운몽'에서 양소유가 정경패의 마음
을 얻기 위해 연주한 것에서 연관이 되었다.

328) 연작비래보희춘(燕雀飛來報喜春) 이소화(李簫和)의 봄 : 제비와 참
새가 날아와 기쁨을 알리는 봄은 이소화의 봄. '구운몽'에서 난양공
주(蘭陽公主) 이소화가 지은 시에 '신령스런 까치가 날아와 기쁜 소
식을 알린다(靈鵲飛來報喜言).'라는 구절이 있는데, '봄'에 맞추어 '제
비'를 등장시키고, '春' 자로 바꾸었다.

329) 삼오성희정재춘(三五星稀正在春) 진채봉(秦彩鳳)의 봄 : 보름날에
드문 별이 정히 있는 봄은 진채봉의 봄. '구운몽'에서 진채봉이 지었
다는, '보름날 희미한 별이 동녘에 있다(三五星稀正在東).'는 구절에서
'동(東)'을 '춘(春)'으로 바꾼 것이다.

330) 위귀위선보보춘(爲鬼爲仙步步春) 가춘운(賈春雲)의 봄 : 귀신도 되
고 선녀도 되어 걸음마다 봄은 가춘운의 봄. '구운몽'에서 정경패가

봄종인 가춘운을 시켜 귀신인 것처럼 하여 양소유를 놀리는 장면을
연관지었다.

331) 금대문장자유춘(今代文章自有春) 계섬월(桂蟾月)의 봄 : 지금 시대
의 문장은 저절로 있는 봄은 계섬월의 봄. '구운몽'에는 '지금 시대의
문장가는 저절로 있는 사람이라(今代文章自有人).'인데, 이것은 양소유
가 계섬월을 보고 지은 시의 한 구절이다.

332) 절색천명하북춘(絶色擅名河北春) 적경홍(狄驚鴻)의 봄 : 절색으로
이름을 날린 하북의 봄은 적경홍의 봄. '구운몽'에 나오는 적경홍은
하북 지방에서 이름을 날리던 미인이었다.

333) 옥문관외의회춘(玉門關外依俙春) 심요연(沈裊煙)의 봄 : 옥문관 밖
에 아른아른한 봄은 심요연의 봄. '옥문관'은 지금의 감숙성(甘肅省)
돈황(敦煌) 서쪽에 있는 관문인데, '구운몽'에서는 출정(出征)한 양소
유가 이곳에서 심요연을 만난 것으로 되어 있다.

334) 청수담(淸水潭)의 음곡춘(陰谷春) 백능파(白凌波)의 봄 : 맑은 물
이 가득한 연못의 그윽한 골짜기의 봄은 백능파의 봄. '구운몽'에 나
오는, 동정호 용왕의 딸 백능파가 살던 곳이 청수담이고, 백능파가 양
소유와의 만남을 '그윽한 골짜기에 돌아온 따뜻한 봄'에 비유하고 있
다.

335) 삼십육궁도시춘(三十六宮都是春) 제일 좋은 봄 : 삼십육궁, 곧 온
세상이 온통 봄은 제일 좋은 봄. 중국 송(宋)나라 소옹(召雍)이 우주
의 원리를 설명한 시에 '천근(天根)과 월굴(月屈)이 한가로이 왕래하
니 온 세상이 온통 봄이라(天根月屈閑來往 三十六宮都是春).'에서 따
온 구절이다.

336) 도중(途中)에 송모춘(送暮春)은 마상객(馬上客)의 봄 : 길 위에서
보내는 늦봄은 말 탄 나그네의 봄. 중국 당(唐)나라 송지문(宋之問)의
시 '도중한식(途中寒食)'에 '말 위에서 한식을 만나니, 도중에 늦봄을
맞네(馬上逢寒食 途中屬暮春).'라는 구절에서 따 왔다.

337) 춘래(春來)에 불사춘(不似春)은 왕소군(王昭君)의 봄 : 봄이 왔지
만 안 온 것 같은 봄은 왕소군의 봄. 중국 당(唐)나라 동방규(東方虯)
의 '왕소군의 원망(昭君怨)'에 '오랑캐 땅에는 꽃도 풀도 없어, 봄이
왔으나 봄 같지 않네(胡地無花草 春來不似春).'이란 구절에서 따왔다.

338) 송군겸송춘(送君兼送春)은 이별하는 봄 : 그대를 보내며 함께 보
내는 봄은 이별하는 봄. 중국 당(唐)나라 유우지(雍裕之)의 '춘회송객
(春晦送客)'에 '들에서 술 따르니 어지러워 순서가 없고, 그대를 보내
면서 겸하여 봄조차 보내네(野酌亂無巡 送君兼送春).'라는 구절에서
따 왔다.

339) 낙일만가춘(落日萬家春)은 천리원객(千里遠客) 봄 : 해가 저물녘의

자

　등루만리고원춘(登樓萬里故園春) 강상객(江上客)의 봄340)
춘 자

　부지오류춘(不知五柳春)은　도연명(陶淵明)의　봄　춘341)
자

　황사백초본무춘(黃沙白草本無春) 관산만리(關山萬里) 봄342)
춘 자

　화광(和光)은　불감악양춘(不減岳陽春)　고국을　생각한
봄343) 춘 자

　낭음비과동정춘(朗吟飛過洞庭春) 여동빈(呂洞賓)의 봄344)
춘 자

　오호편주만재춘(五湖片舟滿載春) 월서시(越西施)의 봄345)
춘 자

　회두일소육궁춘(回頭一笑六宮春) 양귀비(楊貴妃)의 봄346)

춘 자

　용안일선사해춘(龍顔一鮮四海春) 태평천하(太平天下) 봄347)
춘 자

　주사도명삼십춘(酒肆逃名三十春) 이청련(李青蓮)의　봄348)
춘 자

　어주축수애산춘(漁舟逐水愛山春) 불변선원(不變仙園) 봄349)
춘 자

　양자강두양류춘(楊子江頭楊柳春) 문양귀객(汶陽歸客) 봄350)
춘 자

　동원도리편시춘(東園桃李片時春) 창가소부(娼家笑婦) 봄351)
춘 자

　천하(天下)의　태평춘(太平春)은　강구연월(康衢煙月) 봄352)
춘 자

　풍동하화수전춘(風動荷花水殿春)은 고소대하(姑蘇臺下) 봄353)
춘 자

집집마다의 봄은 천 리나 멀리 있는 나그네의 봄. 이 구절은 중국 당(唐)나라 이단(李端)의 시 '송곽양보하제동귀(送郭良甫下第東歸)'에 '한 해가 저무는 때 천 리 밖의 나그네, 날이 저무는 때 집집마다 봄이로다(暮年千里客 落日萬家春).'에서 가져 온 것이다.

340) 등루만리고원춘(登樓萬里故園春) 강상객(江上客)의 봄 : 누각에 올라본 만 리 밖 고향의 봄은 강가에 있는 나그네의 봄. 중국 당(唐)나라 노선(盧僎)의 시 '남루망(南樓望)'에, '서울 떠나 멀리 삼파로 와서 다락에 오르니 만 리가 봄이구나. 마음 아픈 강가 나그네 가운데 고향 사람 하나도 없네(去國三巴遠 登樓萬里春 傷心江上客 不是故鄉人).'와 연관된다.

341) 부지오류춘(不知五柳春)은 도연명(陶淵明)의 봄 : 다섯 그루 버드나무를 알지 못한 봄은 도연명의 봄. 중국 동진(東晉)의 도연명은 벼슬을 그만두고 고향으로 돌아와 집 주위에 버드나무 다섯 그루를 심고 은거했다. 중국 당(唐)나라 시인 이백(李白)의 '정율양에게 재미로 보냄(戲贈鄭溧陽)'에 '도연명은 나날이 취하여 다섯 그루 버드나무에 봄이 온 줄도 모른다(陶令日日醉 不知五柳春).'라는 구절이 있다.

342) 황사백초본무춘(黃沙白草本無春) 관산만리(關山萬里) 봄 : 사막의 백초에게 본래 없는 봄은 만 리 밖 관산의 봄. '관산'은 만 리나 떨어진 변방인데, 그곳이 사막 지역이라서, 또는 북쪽으로 먼 곳이라서 봄이 없다고 한 것으로 보인다. 중국 당(唐)나라 왕창령(王昌齡)의 '변방에 나가(出塞行)'에, '황색 모래 흰 풀도 비파 슬픈 곡조를 듣는 듯하구나(黃沙白草 如聞琵琶哀怨之曲)'라는 구절과 연관이 있어 보인다.

343) 화광(和光)은 불감옥양춘(不減沃陽春) 고국을 생각한 봄 : 온화한 빛이 풍부한 볕에 덜하지 않는 봄은 고국을 생각한 봄.

344) 낭음비과동정춘(朗吟飛過洞庭春) 여동빈(呂洞賓)의 봄 : 낭랑히 읊조리며 동정호를 날아서 지나가는 봄은 여동빈의 봄. 중국 당(唐)나라 여동빈(呂洞賓)의 시에 '악양에서 세 번 취했으나 사람들 알아보지 못하니 낭랑하게 읊조리며 동정호를 날아가네(三醉岳陽人不識 朗吟飛過洞庭湖).'에서 따 왔다.

345) 오호편주만재춘(五湖片舟滿載春) 월서시(越西施)의 봄 : 오호의 조각배에 가득 실은 봄은 월나라 서시의 봄. 이 구절은, 중국 월(越)나라 정승 범려(范蠡)가 오(吳)나라 왕 부차(夫差)에게 미인계(美人計)로 서시(西施)를 바쳐 오나라를 멸한 뒤에 서시를 데리고 오호에 작은 배를 띄워 도망갔다는 이야기를 담고 있다.

346) 회두일소육궁춘(回頭一笑六宮春) 양귀비(楊貴妃)의 봄 : 고개를 돌리고 한 번 웃은 육궁의 봄은 양귀비의 봄. 중국 당(唐)나라 백낙천(白樂天)의 '장한가(長恨歌)'에 나오는, '고개를 돌리고 한 번 웃으니 온갖 교태 생겨나 육궁의 궁녀들 낯빛 없어지네(回頭一笑百媚生, 六宮粉黛無顔色).'라는 구절을 따 왔다. '육궁'은 왕후(王后)나 왕비(王妃)가 거처하는 궁전이다.

347) 용안일선사해춘(龍顔一鮮四海春) 태평천하(太平天下) 봄 : 임금의 얼굴이 고운 세상의 봄은 태평천하의 봄.

348) 주사도명삼십춘(酒肆逃名三十春) 이청련(李青蓮)의 봄 : 주막에서 30년 동안 이름을 감춘 봄은 이청련의 봄. 중국 당(唐)나라 이백(李白)의 '호주의 가섭 사마가 이백이 어떤 사람인가라는 물음에 답함(答湖州加葉司馬問白是何人)'이란 시에 '청련거사는 하늘에서 귀양 온 신선으로, 주막에서 삼십 년 동안 이름을 감추었네(青蓮居士謫仙人 酒肆藏名三十春).'라는 구절에서 따 왔다. '청련거사'는 이백의 호(號)이다.

349) 어주축수애산춘(漁舟逐水愛山春) 불변선원(不變仙園) 봄 : 고깃배를 타고 물을 차고 올라가며 산을 즐기는 봄은 변하지 않는 선원(仙園)의 봄. 중국 당(唐)나라 왕유(王維)의 '도원행(桃源行)'에 '고깃배 타고 물 따라가니 봄 산은 사랑스러운데 옛 나루를 끼고 양 언덕에 복사꽃이 피어 있네(漁舟逐水愛山春 兩岸桃花夾古津).'라고 한 구절과 연관된다.

350) 양자강두양류춘(楊子江頭楊柳春) 문양귀객(汶陽歸客) : 양자강 머리 버드나무의 봄은 문양으로 돌아가는 나그네의 봄. 중국 당(唐)나라 정곡(鄭谷)의 '회수에서 벗과 이별하며(淮上與友人別)'에 '양자강 머리에 버드나무 물오르는 봄날에, 버들꽃이 강 건너는 사람들 시름겹게 하네(楊子江頭楊柳春 楊花愁殺渡江人).'라는 구절과, 당(唐)나라 왕유(王維)의 '한식에 범강에서 짓다(寒食氾上作)'에 '광무성 가까이서 늦봄을 만나니, 문양으로 돌아가는 나그네 눈물로 수건을 적시네(廣武城邊逢暮春 汶陽歸客淚沾巾).'라는 구절이 함께 응용되었다.

351) 동원도리편시춘(東園桃李片時春) 창가소부(娼家笑婦) 봄 : 봄동산의 복사꽃, 자두꽃도 잠깐 피었다 지는 봄은 창가(娼家)에서 웃음 파는 여자의 봄. 인생의 젊음이 무상함을 비유하고 있음. 중국 당(唐)나라 왕발(王勃)의 '높은 대에 올라(臨高臺)'에 나오는 구절이다. 창가에서 웃음 파는 여자들은 나이가 들면 그 가치가 떨어지는 것을 연관 지었다.

352) 천하(天下)의 태평춘(太平春)은 강구연월(康衢煙月) 봄 : 세상이 태평한 봄은 번화한 거리에 은은히 비치는 달빛의 봄.

353) 풍동하화수전춘(風動荷花水殿春) 바람이 연꽃을 흔드는 물가 전각의 봄은 고소대(姑蘇臺) 아래의 봄. 중국 당(唐)나라 이백(李白)의 시 '오왕과 미인이 반쯤 취한 것을 읊다(口號吳王美人半醉)'에 나오는, '바람이 연꽃 흔들어 물가 전각 향기롭고, 고소대 위에서 오왕을 보겠네(吳風動荷花水殿香, 姑蘇臺上見吳王).'라는 구절에서 따 왔다. '고소대(姑蘇臺)'는 중국 강소성 고소산에 있는 이름난 누대로, 이 시에 나오는, 중국 춘추시대 오나라 임금 부차(夫差)가 지었다고 한다.

화기혼여백화춘(花氣渾如百和春) 우과천봉(雨過千峯) 봄354) 춘 자

만리강산무한춘(萬里江山無限春) 유산객(遊山客)의 봄355) 춘 자

산하산중홍자춘(山下山中紅紫春) 홍정골댁 봄356) 춘 자

일천명월몽화춘(一川明月夢花春) 골내댁네 봄357) 춘 자

명사십리해당춘(明沙十里海棠春) 새내댁네 봄358) 춘 자

작작도화만점춘(灼灼桃花萬點春) 도화동백 봄359) 춘 자

목동(牧童)이 요지행화춘(遙指杏花春) 행정댁네 봄360) 춘 자

홍도화발가가춘(紅桃花發家家春) 도지미댁네 봄361) 춘 자

이화만발백동춘(梨花滿發百洞春) 희여골댁네 봄362) 춘 지

연화동구이월춘(煙火洞口二月春) 연동댁네 봄363) 춘 자

홍교우제갱화춘(虹橋雨霽更和春) 홍다리댁네 봄364) 춘 자

수양동구만사춘(垂楊洞口萬絲春) 오양골댁 봄365) 춘 자

융융화기영가춘(融融和氣永嘉春) 안동댁네 봄366) 춘 자

제조앵앵성곡춘(啼鳥嚶嚶聲谷春) 소리실댁 봄367) 춘 자

채련가출옥계춘(彩蓮佳出玉溪春) 놋점댁네 봄368) 춘 자

제월교편금성춘霽月橋邊 金星春) 청다리댁 봄369) 춘 자

강지남천채련춘(江之南天採蓮春) 남동댁네 봄370) 춘 자

영산홍어화영춘(映山紅於花英春) 영출댁네 봄371) 춘 자

만화방창단산춘(萬化方暢丹山春) 질막댁네 봄372) 춘 자

강천막막세우춘(江天漠漠細雨春) 우수골댁 봄373) 춘 자

십리장림화려춘(十里長林華麗春) 단양댁네 봄374) 춘 자

말근 바람 솔솔 불어 청풍댁네 봄375) 춘 자

우로(雨露) 덕에 꽃이 핀다 덕고개댁네 봄376) 춘 자

바람 끝에 봄이 온다 풍기댁네 봄377) 춘 자

비봉산의 봄 춘 자 화전 놀음 흥이 나네

봄 춘 자로 노래하니 좋을시고 봄 춘 자

봄 춘 자가 못 가도록 실버들로 꼭 잡아매게

춘여과객(春如過客)378) 지나간다 앵무새야 만류해라

바람아 불들 마라 만정도화(滿庭桃花)379) 떨어진다

어여쁠사 소낭자(少娘子)가 의복 단장 옳게 하고

방긋 웃고 썩 나서며 좋다좋다 얼씨구 좋다

잘도 하네 잘도 하네 봄 춘 자 노래 잘도 하네

---

354) 화기혼여백화춘(花氣渾如百和春) 우과천봉(雨過千峯) 봄 : 꽃 기운이 온갖 것 다 섞은 것 같은 봄은 비 지나가는 여러 봉우리의 봄. 중국 당(唐)나라 두보(杜甫)의 시 '즉사(卽事)'의 '우레 소리 갑자기 여러 봉우리에 비를 보내니, 꽃 기운은 온갖 것 섞어 놓은 향기 같도다(雷聲忽送千峯雨 花氣渾如百和香).'라는 구절에서 따온 것이다.

355) 만리강산무한춘(萬里江山無限春) 유산객(遊山客)의 봄 : 만 리 강산에 끝없는 봄은 산에 놀러 다니는 사람의 봄.

356) 산하산중홍자춘(山下山中紅紫春) 홍정골댁 봄 : 산 아래 산 속이 울긋불긋한 봄은 붉을 홍(紅) 자 든 홍정골댁의 봄. '홍정골'은 화전 놀이에 참석한 마을 여인네의 택호인데, 여기서부터는 이와 같이 택호와 연관된 시구로 이루어진다.

357) 일천명월몽화춘(一川明月夢花春) 골내댁네 봄 : 시냇물에 뜬 밝은 달이 꿈속의 꽃 같은 봄은 '골짜기와 시내' 이름 든 골내댁의 봄.

358) 명사십리해당춘(明沙十里海棠春) 새내댁네 봄 : 깨끗한 모래가 십 리나 펼쳐진 백사장에 해당화 꽃 핀 봄은 새내댁네 봄. '새'를 '모래'를 뜻하는 '사(沙)'로 본 듯하다.

359) 작작도화만점춘(灼灼桃花萬點春) 도화동백 봄 : 활짝 핀 복사꽃이 수만 개 점 같은 봄은 도화동백 봄.

360) 목동(牧童)이 요지행화춘(遙指杏花春)은 행정댁네 봄 : 목동이 멀리 살구꽃을 가리키는 봄은 '살구 행(杏)' 자가 든 행정댁네 봄. 중국 당(唐)나라 두목(杜牧)의 '청명(淸明)'은 '목동이 멀리 살구꽃 핀 마을을 가리키네(牧童遙指杏花村)'이다.

361) 홍도화발가가춘(紅桃花發家家春) 도지미댁네 봄 : 복숭아꽃이 집집마다 피어 있는 봄은 '복숭아 도(桃)' 자가 든 도지미댁네 봄.

362) 이화만발백동춘(梨花滿發百洞春)은 희여골댁네 봄 : 배꽃이 온 골짜기에 피어난 봄은 '배꽃이 희'니까 희여골댁네의 봄.

363) 연화동구이월춘(煙火洞口二月春) 연동댁네 봄 : 동구 밖에 밥 짓는 연기 피어오르는 이월의 봄은 '연기 연(煙) 자 들어가는 연동댁네 봄.

364) 홍교우제갱화춘(虹橋雨霽更和春) 홍다리댁네 봄 : 무지개다리에 비 개니 다시 화창(和暢)한 봄은 '무지개다리', 곧 '홍(虹)다리'라는 이름을 가진 홍다리댁네 봄. 중국 당(唐)나라 왕발(王勃)의 '등왕각서(騰王閣序)'에 나오는 '무지개 사라지고 비가 개니(虹銷雨霽).'를 '홍다리'에 맞추기 위해 '소(銷)'를 '교(橋)'로 고친 것으로 보인다.

365) 수양동구만사춘(垂楊洞口萬絲春) 오양골댁 봄 : 동구 밖 수양버들 수만 가지 늘어진 봄은 '버들 양(楊) 자'가 든 오양골댁의 봄.

366) 융융화기영가춘(融融和氣永嘉春) 안동댁네 봄 : 융융(融融)한 화기(和氣) 가득한 영가의 봄은 '영가'가 안동(安東)의 옛 이름이나 안동댁네의 봄. '융융하다'는 화목하고 평화스럽다는 뜻이다.

367) 제조앵앵성곡춘(啼鳥嚶嚶聲谷春) 소리실댁 봄 : 우는 새의 앵앵 소리 가득한 골짜기의 봄은 '소리'가 나는 '골'인 소리실댁 봄.

368) 채련가출옥계춘(彩蓮佳出玉溪春) 놋점댁네 봄 : 고운 연꽃이 아름답게 피어나는 맑은 시내의 봄은 '노를 저어야' 하니 놋점댁네 봄.

369) 제월교편금성춘(霽月橋邊金星春) 청다리댁 봄 : 맑은 달이 뜬 다리 가장자리에 샛별이 뜬 봄은 '맑은' 날 달이 뜬 '다리'를 떠올리는 청다리댁 봄.

370) 강지남(江之南)의 채련춘(採蓮春) 남동댁네 봄 : 강의 남쪽에서 연밥을 따는 봄은 '남쪽'의 남동댁네 봄.

371) 영산홍어화영춘(映山紅於花英春) 영출댁네 봄 : 햇빛 비치는 산이 꽃부리보다 더 붉은 봄은 '영산'의 '영' 자가 있는 영출댁네 봄.

372) 만화방창단산춘(萬化方暢丹山春) 질막댁네 봄 : 온갖 생물이 나서 자라 흐드러진 붉은 산의 봄은 '길을 막'으니 질막댁네 봄.

373) 강천막막세우춘(江天漠漠細雨春) : 강 위의 하늘이 아득하게 가랑비 내리는 봄은 '빗물'을 뜻하는 우수골댁 봄.

374) 십리장림화려춘(十里長林華麗春) 단양댁네 봄 : 십 리나 되는 긴 숲에 아름다운 봄은 '단양'의 모습이니 단양댁네 봄.

375) 말근 바람 솔솔 불어 청풍댁네 봄 : '맑은 바람'이 '청풍(淸風)'이므로 연결됨.

376) 우로(雨露) 덕에 꽃이 핀다 덕고개댁네 봄 : 비와 이슬 덕에 꽃이 피는 봄은 '덕' 자가 들어가는 덕고개댁네 봄.

377) 바람 끝에 봄이 온다 풍기댁네 봄 : '바람'과 '풍(風)'이 연결된 것이다.

378) 춘여과객(春如過客) : 나그네 같은 봄.

379) 만정도화(滿庭桃花) : 뜰에 가득한 복숭아꽃.

봄 춘 자 노래 다 했는가 꽃 화 자 타령 내가 함세

　화수동유(花水東流)380) 흐른 물의 만면수심(滿面愁心)381)
세수하고

꽃 화 자 얼굴 단장하고 반만 웃고 돌아서니

　해당스레382) 웃는 모양 해당화(海棠花)와 한가지요

오리볼실 앵두 볼은 홍도화(紅桃花)가 빛이 곱다

앞으로 보나 위로 보나 온 전신이 꽃 화 자라

꽃 화 자 같은 이 사람이 꽃 화 자 타령 하여 보세

좋을시고 좋을시고 꽃 화 자가 좋을시고

　화신풍(花信風)이 다시 불어 만화방창(萬化方暢) 꽃 화
자라

　당상천연장생화(堂上千年長生花)는 우리 부모님 꽃383)
화 자요

　슬하만세무궁화(膝下萬歲無窮花)는 우리 자손의 꽃384)
화 자요

　요지연(瑤池宴)의 벽도화(碧桃花)는 서왕모(西王母)의
꽃385) 화 자요

　천연일개천수화(千年一開千壽花)는 광한전(廣寒殿)의
꽃386) 화 자요

　극락전(極樂殿)의 선비화(禪扉花)는 석가여래(釋迦如來)
꽃387) 화 자요

　천태산(天台山)의 노고화(老姑花)는 마고선녀(麻姑仙女)
꽃388) 화 자요

　춘당대(春塘臺)의 선리화(仙李花)는 우리 금주님389) 꽃
화 자요

　부귀춘화우후홍(富貴春花雨後紅)은 우리 집의 꽃390) 화
자요

　욕망난망상사화(欲忘難忘想思花)는 우리 낭군 꽃391) 화
자요

　천리타향일수화(千里他鄕一樹花)는 소인적객(騷人謫客)
꽃392) 화 자요

　월중월중단계화(月中月中丹桂花)는 월궁항아(月宮姮娥)
꽃393) 화 자요

　황금옥(黃金屋)의 금은화(金銀花)는 석가랑(石佳郞)의
꽃394) 화 자요

　향일(向日)하는 촉규화(蜀葵花)는 등장군(鄧將軍)의 꽃
화395) 자요

　귀촉도(歸蜀道) 귀촉도 두견화(杜鵑花)는 초회왕(楚懷王)
의 꽃396) 화 자요

380) 화수동류(花水東流) : 꽃잎이 물에 떨어져 동쪽으로 흘러감.
381) 만면수심(滿面愁心) : 얼굴에 가득한 근심.
382) 해당스레 : 해사하게. 해맑게. 표정이나 웃음소리 따위가 맑고 깨
　　끗하게.
383) 당상천년장생화(堂上千年長生花)는 우리 부모님 꽃 : 당상에서 천
　　년을 오래 사는 꽃은 우리 부모님 꽃.
384) 슬하만세무궁화(膝下萬歲無窮花)는 우리 자손의 꽃 : 슬하에서 만
　　세 무궁한 꽃은 우리 자손의 꽃.
385) 요지연(瑤池宴)의 벽도화(碧桃花)는 서왕모(西王母)의 꽃 : 요지에
　　서 열리는 잔치에 쓸 벽도화는 요지의 주인인 서왕모의 꽃.
386) 천년일개천수화(千年一開千壽花) : 천 년에 한 번 피는 천수화는
　　달에 있는 가상의 궁전인 광한전(廣寒殿)의 꽃. 불교 경전에 보이
　　는 우담바라(優曇婆羅)는 석가여래(釋迦如來)나 전륜성왕(轉輪聖王)이
　　나타날 때만 핀다는 상상의 꽃이다. 인도 전설에서 이 꽃은 싹이 터
　　서 1천년, 봉오리로 1천년, 피어서 1천년, 합이 3천년 만에 한 번씩
　　꽃이 핀다고 하고 있다.
387) 극락전(極樂殿)의 선비화(禪扉花)는 석가여래(釋迦如來) 꽃 : 아미
　　타불(阿彌陀佛)을 모신 법당인 극락전에 피는 선비화는 석가여래의
　　꽃. '선비화'는 경북 영주의 부석사 조사당 앞에 있는 낙엽관목 골담
　　초(骨擔草)를 일컫는 말인데, 이 나무는 의상대사(義湘大師)가 지팡이
　　를 꽂아 자랐다는 전설, 나무이면서 풀이라 하는 이름, 퇴계(退溪) 이
　　황(李滉)이 예찬한 시(詩) 등으로 유명하다.
388) 천태산(天台山)의 노고화(老姑花)는 마고선녀(麻姑仙女)의 꽃 : 중
　　국 절강성에 있는 산으로 천태종의 성지인 '천태산'의 할미꽃 '노고화'
　　는 새의 발톱같이 긴 손톱을 가졌다는 할머니 신선 '마고선녀'의 꽃.

389) 춘당대(春塘臺)의 선리화(仙李花)는 우리 금주님 꽃 : 서울 창경궁
　　안에 있는 누대 '춘당대'의 자두꽃 '선리화'는 우리 임금님 꽃. 조선이
　　'자두'를 뜻하는 '이(李)' 자 성(姓)의 왕조인 것에서 유추되었다.
390) 부귀춘화우후홍(富貴春花雨後紅)은 우리 집의 꽃 : 부귀(富貴)처럼
　　비 내린 뒤에 붉게 피는 봄꽃은 우리 집의 꽃. 우리 집이 부귀를 누
　　리기를 바라는 뜻에서 나온 표현으로, 앞에 '봄 춘 자 풀이'에도 나오
　　는 구절이다.
391) 욕망난망상사화(欲忘難忘想思花)는 우리 낭군 꽃 : 잊으려 해도
　　잊기 어려운 '상사화'는 우리 낭군 꽃. '상사화'는 수선화과의 여러해
　　살이풀로, '잊으려고' 잎이 졌지만 '잊기 어려워' 다시 꽃대가 올라와
　　꽃을 피우므로 잎과 꽃이 서로 볼 수 없다.
392) 천리타향일수화(千里他鄕一樹花)는 소인적객(騷人謫客) 꽃 : 천리
　　타향에서 보는 한 그루 나무에 핀 꽃은 문사(文士)나 유배객의 꽃.
　　중국 당(唐)나라 사공서(司空曙)의 '꽃구경을 하면서 위상(衛象)과 함
　　께 술에 취하다(玩花與衛象同醉)'에 '늙어가는 귀밑머리 천 줄기의 눈
　　인데 타향의 한 나무에 꽃이 피었네. 오늘 아침 그대와 함께 술에 취
　　하니 장사(長沙)에 있다는 것을 잊어 버렸네(衰鬢千莖雪 他鄕一樹花
　　今朝與君醉 忘却在長沙).'의 일부분으로, 이 시에 나오는 '장사'는 유
　　배지로 유명한 곳이다.
393) 월중월중단계화(月中月中丹桂花)는 월궁항아(月宮姮娥) 꽃 : 달에
　　있는 붉은 계수나무 꽃 '단계화'는 월궁(月宮)에 사는 선녀 항아(姮娥)
　　의 꽃.
394) 황금옥(黃金屋)의 금은화(金銀花)는 석가랑(石佳郞)의 꽃 : 황금으
　　로 지은 집 '황금옥'에 흰색으로 피었다가 노란색으로 바뀌는 '금은화'
　　는 부자 석숭(石崇)의 꽃. '금은화'는 흰색으로 피었다가 노란색으로
　　바뀌는 인동초(忍冬草)의 다른 이름이다. 석숭(石崇)은 중국 서진(西
　　晉) 시대의 문인이자 관리로 항해와 무역으로 큰 부자가 되어 인공으
　　로 산이나 못을 만드는 등 매우 사치스러운 생활을 하여 부자의 대
　　명사로 여겨졌다.
395) 향일(向日)하는 촉규화(蜀葵花)는 등장군(鄧將軍)의 꽃 : 언제나
　　해를 향하는 해바라기 '촉규화'는 등우(鄧禹) 장군의 꽃. '등우'는 중국
　　한나라 때의 정치가. 어려서부터 명석하였고 광무제(光武帝)와 친하
　　여 그의 곁에서 공을 세웠다. 광무제가 즉위하고 나서 여러 지역을
　　다니며 항복을 유도해 사람들로부터 '백방(百方)'이라 불렸다. 명제(明
　　帝) 때 태부(太傅)가 되었다.
396) 귀촉도(歸蜀道) 귀촉도 두견화(杜鵑花)는 초회왕(楚懷王)의 꽃 :
　　'귀촉도 귀촉도' 우는 두견새의 꽃 '두견화'는 중국 전국시대에 진나라

명사십리(明沙十里) 해당화(海棠花)는 해상선인海上仙人
꽃397) 화 자요

석교(石橋) 다리 봉선화(鳳仙花)는 이자선의 꽃398) 화 자
요

숭화산(崇華山)의　이백화(李白花)는　이적선(李謫仙)의
꽃399) 화 자요

용산낙모(龍山落帽) 황국화(黃菊花)는 도연명(陶淵明)의
꽃400) 화 자요

백룡퇴(白龍堆)의　청총화(靑塚花)는　왕소군(王昭君)의
꽃401) 화 자요

마외역(馬嵬驛)의　귀비화(貴妃花)는　당명황(唐明皇)의
꽃402) 화 자요

만첩산중(萬疊山中) 철쭉화는 팔십 노승(老僧)의 꽃403)
화 자요

울긋불긋 질여화는 조카딸네 꽃404) 화 자요

동원도리편시화(東園桃李片時花)는　창가소부(娼家笑婦)
꽃 화405) 자요

목동(牧童)이　요지(遙指)　살구꽃은　차문주가(借問酒家)

꽃406) 화 자요

강지남(江之南)의　홍련화(紅蓮花)는　전당지상(錢塘之上)
의 꽃 화407) 자요

화중왕(花中王)의　목단화(牧丹花)408)는　꽃 중에도 어른
이요

기창지전(綺窓之前) 옥매화(玉梅花)409)는 꽃 화 자 중의
미인(美人)이요

화계상(華階上)의 함박꽃은 꽃 화 자 중의 흠선(欽羨)하
다410)

허다 많은 꽃 화 자가 좋고 좋은 꽃 화 자나

화전하는 꽃 화 자는 참꽃 화 자 제일이라

다른 꽃 화 자 그만두고 참꽃 화 자 화전하세

쌍저협래향만구(雙箸挾來香滿口)하니 이런 꽃 화 자 복
중전(腹中傳)을411)

향기로운 꽃 화 자 전을 우리만 먹어 되겠는가

꽃 화 자 전을 많이 부쳐 꽃가지 꺾어 많이 싸다가

장생화(長生花) 같은 우리 부모 꽃 화 자로 봉친(奉親)해
서

꽃다울사 우리 아들 꽃 화 자로 먹여보세

꽃과 같은 우리 아기 꽃 화 자로 달래보세

꽃 화 자 타령 잘도 하니 노래 속에 향기 난다

나비 펄펄 날아들어 꽃 화 자를 찾아오고

꽃 화 자 타령 들으려고 난봉(鸞鳳) 공작(孔雀)이 날아오
고

뻐꾹새 꾀꼬리 날아와서 꽃 화 자 노래 화답(和答)하고

꽃바람은 실실 불어 쇄옥성(碎玉聲)412)을 가져가고

에 억류되었다가 그 곳에서 죽은 비운의 왕 초회왕의 꽃. '귀촉도'는
두견새의 다른 이름으로, 초(楚)나라 회왕이 아니라 촉(蜀)나라 망제
(望帝)와 연관되는 새이다.
397) 해상선인(海上仙人) : 바닷가의 신선.
398) 석교(石橋) 다리 봉선화(鳳仙花)는 이자선의 꽃 : '봉선화(鳳仙花)'
는 '봉숭아'의 다른 이름이지만, 여기서는 '봉선'을 '봉선(逢仙)'으로 써
서, '돌다리에서 신선을 만남'으로 본 것이다. '구운몽'의 주인공 성진
(性眞)이 돌다리에서 팔선녀를 만나는 이야기를 언급한 것으로 보인
다. '이자선'은 앞의 '봄 춘 자 노래'에도 나오는 인물이다.
399) 숭화산(崇華山)의 이백(李白)는 이적선(李謫仙)의 꽃 : 중국의
숭산과 화산에 핀 자두꽃 '이백화'는 본명이 '이백'인 '이적선'의 꽃.
400) 용산낙모(龍山落帽) 황국화(黃菊花)는 도연명(陶淵明)의 꽃 : '용산
낙모'는 용산에서 황국화(黃菊花)가 피는 중양절(重陽節)에 벌어진 잔
치에서 맹가(孟嘉)가 관모(冠帽)가 떨어진 것을 개의치 않은 일을 가
리킨다. 이렇게 보면 '도연명'은 '맹가'의 잘못으로 볼 수 있는데, 이것
은 도연명도 역시 황국화를 좋아한 것으로 유명하기 때문에 발생한
것이다.
401) 백룡퇴(白龍堆)의 청총화(靑塚花)는 왕소군(王昭君)의 꽃 : 사막
지대인 '백룡퇴'에는 자라면서 말라버리는 백초(白草)뿐인데, 왕소군의
무덤에만 푸른 풀이 자라고 꽃이 피었다고 한다.
402) 마외역(馬嵬驛)의 귀비화(貴妃花)는 당명황(唐明皇)의 꽃 : '마외
역'은 중국 당(唐)나라 명황(明皇, 玄宗)이 안녹산(安祿山)의 난리를
피하여 가다가 양귀비(楊貴妃)를 죽이고 헤어졌던 곳이다. '귀비화'는
양귀비꽃.
403) 만첩산중(萬疊山中) 철쭉화는 팔십 노승의 꽃 : '철쭉'은 '척촉(躑
躅)'으로 적는데, 이것이 '머뭇거리다'는 뜻이 있어 '팔십 노승'과 연결
되었다.
404) 울긋불긋 질여화는 조카 딸네 꽃 : '질여화'는 찔레꽃인데, '찔레'
가 '질(姪)네'나 '질녀(姪女)'처럼 들려 '조카딸'을 끌어들였다.
405) 동원도리편시화(東園桃李片時花)는 창가소부 꽃 : 봉동산에 복숭
아와 자두의 잠시 피었다 지는 꽃은 몸 팔고 웃음 파는 여자의 꽃.
중국 당(唐)나라 왕발(王勃)의 '임고대(臨高臺)'에 나오는 '동원도리편
시춘(東園桃李片時春)'을 바꾼 구절로, '봄 춘 자 노래'에도 나온다.

406) 목동(牧童)이 요지(遙指) 살구꽃은 차문주가(借問酒家) 꽃 : 목동
이 멀리 가리키는 살구꽃은 술집을 묻는 꽃. 중국 당(唐)나라 두목(杜
牧)의 '청명(清明)'에 나오는, '묻노니, 술집이 어디에 있는가? 목동이
멀리 살구꽃 핀 마을을 가리키네(借問酒家何處在 牧童遙指杏花村).'에
서 따왔다.
407) 강지남(江之南)의 홍련화(紅蓮花)는 전당지상(錢塘之上)의 꽃 : 강
남의 붉은 연꽃은 전당 호수에 핀 꽃. '전당'은 '전당호(錢塘湖)'를 의
미하며, 이 호수는 중국 절강성(浙江省) 항주(杭州)의 서쪽에 있어
'서호(西湖)'라고도 한다.
408) 화중왕(花中王) 목단화(牧丹花) : 꽃 중의 왕인 모란.
409) 기창지전(綺窓之前) 옥매화(玉梅花) : 비단으로 꾸민 창 앞에 있는
옥매화.
410) 화계상(華階上)의 함박꽃은 꽃 화 자 중의 흠선(欽羨)하다 : 함박
꽃은 층계 모양으로 한층 높이 꾸며 놓은 꽃밭인 화계(華階)에 있으
므로 우러러보는 꽃이라는 뜻이다.
411) 쌍저협래향만구(雙箸挾來香滿口)하니 이런 꽃 화 자 복중전(腹中
傳)을 : (화전을) 젓가락으로 집어 오자 향이 온 입에 가득하니, 이런
꽃이 뱃속에 전해짐. 임제(林悌)의 시 '전화회(煎花會)'에 나오는,
'젓가락으로 집어 오자 향이 온 입애 가득하니, 한 해의 봄빛이 뱃속
으로 전해지네(雙箸挾來香滿口, 一年春色腹中傳).'를 끌어왔다.
412) 쇄옥성(碎玉聲) : 옥을 부수는 소리. 아름다운 소리를 말함.

청산유수(靑山流水) 물소리는 꽃노래를 어우르고
붉은 노을이 일어나며 꽃노래를 어리우고
오색운(五色雲)413)이 일어나며 머리 위에 둥둥 뜨니
천상(天上) 선관(仙官)414)이 내려와서 꽃노래를 듣는가
봐
여러 부인이 칭찬하네 꽃노래도 잘도 하네
덴동 어미 한 번 만나 자네의 꽃 따며 불러
만난 사람 노래하니 우리 마음 더욱 좋네
화전 놀음 이 좌석(座席)에 꽃노래가 좋을시고
꽃노래도 하자 하니 우리 다시 할 길 없네
궂은 맘이 없어지고 착한 맘이 돌아오고
걱정근심 없어지고 흥취 있게 놀았으니
신선놀음 뉘가 봤나 신선놀음 한 듯하네
신선놀음 다를쏜가 신선놀음 이와 같지
화전 흥이 미진(未盡)하여 해가 하마 석양(夕陽)일세
사월 해가 길다더니 오늘 해는 짧도다
하나님이 감동하사 사흘 해만 겸해 주소
사흘 해를 겸하여도 하루 해는 마찬가지지
해도 해도 길고 보면 실컷 놀고 가지마는
해도 해도 짧을시고 이내 그만 해가 가네
산그늘은 물 건너고 까막까치 자러드네
각귀기가(各歸其家)하리로다 언제 다시 놀아볼꼬
꽃 없이는 재미없어 명년(明年) 삼월 놀아보세

■ 줄거리

덴동어미는 16세에 시집와 남편이 처가에서 그네를 타다 줄이 끊어져 죽어 1년 만에 과부가 되었다. 시부모가 권해서 친정으로 돌아와 슬퍼하니 친정 부모가 재가시키려 했다.

재가한 곳은 이 승발의 후처로 시부모도 자애롭게 낭군도 출중하였으나 나라 빚 수만 냥을 갚고 나자 거지가 되고, 이것저것 다 팔아도 빚 갚기 힘들어 결국 엄형을 받고 수금(囚禁)된다. 시아버지는 장독(杖毒) 나서 일곱 달 만에 죽고 시어머니도 화병 나서 죽는다. 노비, 시동생들 다 나가고 부부만 남았다. 이 집 저 집 다니며 밥을 빌어먹고, 지난날에 도움을 줬던 사람들을 찾아가지만 안면박대당한다. 부부는 걸식으로 전전하여 경주 읍내에 당도하였는데 한 집에서 설거지하니 밥도 많이 주고 아궁이에서 자려 하니 방에서 자게 하는 집주인을 만난다. 걸식할 사람들 같지 않아 보여 집주

413) 오색운(五色雲) : 오색구름. 여러 가지 빛깔로 빛나는 구름.
414) 선관(仙官) : 선경(仙境)에 있다는 관원. '선녀(仙女)'에 대응되는 남자 신선.

인이 묻자, 덴동어미가 답하길 원래는 청주(상주의 잘못) 읍내 살다가 집안에 재앙이 들어 이렇게 빌어먹고 있다며 머슴살이를 시켜 달라 한다. 주인마님은 이 두 부부에게 250냥을 줄 테니 집안일을 도우라 한다. 덴동어미는 남편에게 5년만 일하여 번 돈으로 고향 가서 살자고 말한다. 남편은 눈물 흘리며 나는 양반의 자제로서 노비일은 못 하겠다고 한다. 그러나 마침내 설득하여 둘은 그 집에서 일을 하게 된다. 덴동어미가 이백 냥은 먼저 주고 쉰 냥은 갈 때 달라고 한다. 덴동어미는 부엌일, 남편은 마죽 쑤기, 소죽 쑤기, 마당 쓸기, 봉당 쓸기 등을 한다. 3년 후 만여 금이 되었다. 5년까지 안 가고 다음해에 고향으로 돌아가려 했으나 마을에 괴질이 돌아 주인과 덴동어미만이 살아남았다. 하늘을 통곡한들 서방님은 돌아오지 않으니 장사 지내고 덴동어미는 또다시 빌어먹는다.

덴동어미는 울산 읍내 황 도령을 만나는데 덴동어미가 슬퍼하는 모습을 보자 자기는 6대 독자라, 세 살 때 모친죽고 네 살 때 부친 죽어 외조모 손에 키워졌는데 열네 살 때 외조모 죽고 열다섯 살 때 외조부 죽었다. 외사촌 형제들과 같이 지냈으나 그들 또한 빚에 못 견뎌 도망가고 현재 의탁할 곳 없어 남의 집 머슴으로 들어가 10년을 고생해 돈을 모아 서울 가 장사할 생각으로 참깨 열 통 등을 사서 대동선에 싣고 서울로 가다가 바다에서 배가 부서지고 나도 물에 빠졌다. 눈을 떠보니 백사장이었다. 배고파 해당화를 따먹고 날생선을 먹고 보니 그제야 정신이 차려져 울음만 났다. 그 섬은 제주 한라섬으로 6명의 사람들이 그의 사정을 듣고 밥과 고기를 주며 제주본관 찾아가면 고향 가기는 쉬울 것이라 하여 찾아가니 본관사또 불쌍히 여겨 50냥 주며 왕래선에 실어 보냈다. 석 달 만에 고향에 오니 두 냥 남았다. 두 냥으로 사기그릇을 사서 돌아다니며 판다. 황 도령은 이렇게 산 자신의 인생도 있으니 덴동어미에게 슬퍼하지 말라 한다. 그리고 남자의 청혼으로 둘은 삼십 넘은 노총각, 과부라 같이 살게 된다. 남편은 사기 한 짐 지고 덴동어미는 한 광주리 이고 밥을 빌어먹으며 부지런히 도부하나 돈백이 되려 하면 둘 중 한 명이 병이 난다. 그래서 도부장사 10년 해도 모인 돈은 없다. 그러다 남편은 큰비에 뒷산이 무너지면서 주막에서 죽는다. 또 애통해 하는 덴동어미는 영결종천을 한다.

주인댁은 팔자 네 번 고쳐 잘사는 건 세상모르는 일이라 한다. 그래서 주인댁은 뒷집의 조 서방에게 재가시킨다. 조 서방은 나이는 좀 있으나 기상이 든든하다. 조 서방은 엿장사로, 덴동어미는 살림하며 산다. 그러다 영감도 50세에 첫아들이고 덴동어미도 50세에 첫아이인 옥종자를 얻는다. 그 둘은 아이를 너무나 아끼고 사랑한다. 그러던 어느 날 한밤중에 바람 불자 굴뚝에 불이 났다. 온 집안에 불이 붙어 안방으로 아들 안고 나오다가 불더미에 엎어져 구르며 나와 보니

영감은 간 곳 없고 불만 자꾸 탄다. 불을 끄려고 많은 밑천을 들여 준비하던 엿을 퍼붓는다. 남편은 아들 구하러 들어가 나오지 않고 죽었다. 귀한 아들도 불에 데어 운다. 덴동어미도 같이 죽으려 뛰어들려 했으나 마을 사람들이 붙들었다. 그렇게 아들은 서너 달 만에 나았으나 갖은 병신 다 되었다. 한 손은 오그라져 조막손이 되었고, 한쪽 다리는 장채다리가 되었다. 젖 물리며 생각하니 지난 일도 기막히고 앞일도 가련하다.

덴동이를 뒤에 업고 고향으로 돌아오니 이전 강산은 의구하나 인정물정은 다 변했다. 집터는 쑥대밭이 되었고 모르는 사람들뿐이다. 나무에 앉아 우는 두견새에게 지난 과거의 세 남편을 모두 잃었다며 자신의 신세타령을 한다. 한바탕 실컷 우니 모르는 노인이 나와 무슨 일로 서러워하는지 궁금해 한다. 노인과 대화를 하다가 덴동어미가 누구와 오촌이라 하자 형님이라며 손목잡고 대문 안으로 들어간다. 모르는 사람을 만나 부끄러워하다가 한데 자며 이전 이야기 대강하고 신세타령 다 못한다.

덴동어미는 자신의 이런 과거 이야기를 해주며 고생팔자 타고나면 열 번가도 고생이라며 이팔청춘 과부들에게 재가하지 말라 한다. 그러나 호강살이 제 팔자요, 고생살이도 제 팔자라. 팔자가 사는 대로 내 고생이 닿는 대로 좋은 일도 그 뿐이오 그른 일도 그 뿐이라 하며 화전놀이를 즐긴다.

■ 등장인물

* 덴동 어미 : 서술자이자 주인공. 계속되는 열악한 삶의 환경에서도 삶에 대한 희망을 놓지 않고 꿋꿋이 살아가는 인물이다. 네 번의 상부(喪夫)와 세 번의 개가(改嫁)는 인간으로서 겪어야 하는 최악의 상황이지만 덴동어미의 생활에 대한 억척스러움은 덴동어미의 열악한 삶을 중심으로 하여 당대 하층민들의 삶을 잘 보여 주고 있는 인물이다. 일생이 끊임없는 좌절의 연속이었지만, 덴동어미는 이러한 자신의 인생에 굴하지 않고 억척스럽게 살아가는 능동적인 인물이다. 드난살이의 처지임에도 기죽지 않고, 자신의 과거를 애기하면서 울고 있는 청춘과부를 달래는 모습에서 그녀의 능동적이고 적극적인 성격을 알 수 있다.

* 첫 번째 남편 : 향리의 아들. 덴동어미가 맨 처음 시집가게 되는 첫 번째 남편이다. 하지만 그는 덴동어미와 부부의 연을 맺은 지 며칠 되지 않아 그네를 타다가 떨어져 죽게 되는 비극적 인물이다.

* 두 번째 남편 : 이승발. 글 중에서는 그를 '출중한 낭군' 그리고 '걸식할 사람 같지 않아 보인다.'라고 하였다. 그는 양반의 자제로 부유한 삶을 살았다. 하지만 가세가 몰락하게 되어 군로의 집에서 드난살이를 해야 하는 상황에 직면하

자 이상찰의 따님이요 이상찰의 아들로서 돈도 좋지만 못하겠으니 차라리 빌어먹다가 굶어죽겠다는 체면치레를 하다가 결국은 현실을 받아들이는 인물이다. 뿐더러 생전 해보지 않았던 소죽 쑤고, 마죽 쑤고, 마당 쓸고, 상 들여가고 내가는 일도 눈치껏 하며 돈을 모아 일수 월수까지 놓는 모습을 보인다.

* 세 번째 남편 : 황 도령. 육대 독자이며, 아직 장가들지 못한 노총각이다. 그는 세 살 먹어 모친 죽고, 네 살 먹어 부친 죽어, 외조모손에서 자란 인물이다. 외조모, 외조부 다 죽고 나자 의지할 곳이 없어 남의 집 머슴살이로 십여 년을 고생해서 장가 밑천을 마련했으나, 서울 장사가 남는다는 말을 듣고 장가 밑천을 다 털어서 참깨를 무역하여 대동선에 부처 싣고 가다 풍랑을 만나 모두 빠져 죽고 황 도령만 겨우 살아남아 제주도까지 표류하다 돌아와서 살아가는 인물이다. 그는 덴동 어미와 결혼 한 후에 뒷산이 무너지면서 주막에서 죽게 된다.

* 네 번째 남편 : 조 첨지. 나이는 좀 있으나 기상이 든든하다. 조 첨지는 엿장수이다. 그는 50세에 얻은 아들을 너무나도 아끼고 사랑한다. 조 첨지는 근처에서 '수동별신 큰 별신굿'을 한다는 말을 듣고, 한 밑천 잡으려고 친구의 돈을 빌려서 큰 솥에다 엿을 고다가 큰 불을 낸다. 그런데 갑자기 한밤중에 큰 바람이 불어 큰 불이 나서 집과 함께 불에 타 죽게 된다.

* 16살 먹은 청춘과부 : 백년가약 맺은 남편과 3년 살고 이별하여 밤마다 남편 생각에 잠 못 이루는 어린 과부이다. 그녀는 매우 마음이 여리고 순수를 지니고 있는 인물이다.

■ 핵심 정리

* 갈래 : 가사, 내방 가사, 서사 가사, 서민 가사, 장편 가사
* 연대 : 조선 후기
* 작자 : 미상
* 성격 : 비극적, 풍자적, 의지적
* 배경 : 경상북도 순흥 비봉산
* 표현 : 대화체
* 제재 : 화전놀이, 덴동 어미의 일생
* 주제 : 모진 운명을 극복하려는 여인의 삶과 의지
* 특징 :
  일반 화전가 속에 덴동 어미의 이야기를 담은 액자식 구성이다.
  조선 후기 사회와 하층민의 생활상을 반영했다.

■ 해설

이 작품은 『소백산대관록(小白山大觀錄)』의 뒷부분에 「화전가」라는 이름으로 필사되어 있습니다. 총 45장으로 된 이 작품은 한 장에 2음보 1구를 3단으로 세로쓰기해서 12줄씩 기록하여, 808행에 이르는 장편 가사입니다. 이 작품은 화전놀이에 참석한 덴동 어미가 한 청춘과부의 개가 의사를 듣고 자신의 불행한 인생 역정을 들려주며 이를 만류한다는 내용으로 이루어져 있습니다. 놀이의 즐거움과 향락적인 분위기를 주로 다루는 여타의 '화전가' 작품들과는 달리, 덴동 어미라는 비극적 주인공의 이야기가 실감나게 삽입되어 있어 주목받아 왔습니다.

이 작품에서 특히 주목되는 구조적인 특징으로 덴동 어미의 사연이 전체 '화전가' 속에 일종의 액자 형식으로 들어 있다는 점입니다. 이 덴동 어미의 사연은 청춘과부의 개가를 만류하기 위한 의도에서 시작되며, 이야기가 끝나자 더욱 신명나게 놀게 되는 것으로 보아 작품 전체의 구조 속에서 긴밀한 관계를 맺고 있다. 이러한 액자 형식은 사연의 설득력을 높이고 실감을 주는 데 기여합니다.

<덴동어미화전가>에서는 여느 <화전가>와는 달리 덴동 어미의 기구한 삶의 역정이 담겨 있습니다. 양반 부녀자들이 짓고 부르던 전형적인 규방 가사로서의 '화전가'와는 형식이나 내용의 차이가 엄청납니다. 유흥적 분위기와 삶의 여유로움을 노래하는 양반의 '화전가'와는 달리, 이 작품은 고난에 찬 비극적인 여인의 삶을 사실적으로 형상화하고 있습니다. 이러한 변화가 생기게 된 이유는, 사대부 부녀자들의 규방 가사를 본떠서 변형시키는 수법으로 기존의 관념에 대한 하층민의 반발을 나타내고, 부정하고 모순적인 세계를 고발하려는 욕구라고 할 수 있습니다.

이 작품은 단순한 유흥에 소용되는 것에 그치지 않고, 사실에 가까운 조선 후기 하층민의 삶을 한 여인의 기구한 인생 역정을 통해 형상화함으로써 기존 관념에 반발한 조선 후기 하층민의 의식과 모진 운명 앞에서 굴하지 않고 이를 극복해 나가는 여인의 삶과 의지를 보여 준다는 데 의의가 있습니다.

이 작품의 배경은 경상북도 순흥의 비봉산이고, 시간의 흐름을 따라 전개되는 구조로 이루어져 있습니다. 처음에는 일반적 '화전가' 분위기와 비슷하게 놀이를 준비하는 과정과 놀이의 전개 과정이 그려져 있습니다. 가운데 부분은 한 청춘과부가 개가(改嫁) 여부를 고민하는 심정과 덴동 어미의 인생 역정이 드러납니다. 끝부분에서는 서술자가 '화전놀이'의 의미를 새기며 내년을 기약하는 것으로 마무리됩니다. 특히 가운데 부분의 내용은 여타의 화전가에서 찾아보기 힘든 것으로 일종의 액자 형식을 취하고 있어 설득력과 실감을 풍부히 하는 효과를 가지고 오는 구성상의 특징을 드러냅니다.

'봄 춘 자 노래'와 '꽃 화 자 노래'가 삽입되어 있는데, 이것도 독특한 형식으로 주목받을 만합니다.

덴동 어미는 순흥 읍내 이방의 딸로 네 남편을 맞는데, 이방, 아전, 옹기장수, 엿장수에게 개가하면서 그 역정(歷程)을 보여 줍니다. 이러한 모습은 중인층 신분이 하층민으로 몰락하는 과정을 사실적으로 묘사했다는 점과 고난에 찬 하층민의 생활상이 드러난 점, 절망적 삶에 굴복하지 않고 극복해 가는 민중의 생명력을 보여 주고 있다고 해석할 수 있습니다. 즉 조선말의 사회상을 구체적으로 형상화한 점, 기존의 관념(성리학적 세계관)에 대한 반발을 볼 수 있는 점에서 새롭습니다. 덴동 어미의 개가는 기존 관념과 상관없이 생명력을 위한 행위이고 덴동 어미가 개가를 반대하는 행위는 모순에 찬 세상을 고발하려는 행위인 것입니다. 역사적으로 실재했던 일, 곧 이포를 추심하는 일이나 병술년(1866)에 전국에 콜레라가 만연한 사실, 경북과 충북 일원의 구체적 지명, 둘째 남편 조씨 같은 구체적 사람의 성(姓)을 명시한 점 등은 사실을 바탕으로 한 것일 가능성을 보여주고 있습니다.

덴동 어미는 팔자를 고쳐 걸었던 길은 운명을 거역한 길이었습니다. 마침내 도달한 결론은 운명으로부터 도망갈 수 없다는 인식이었습니다. 그녀는 사실을 사실대로 인식하는 태도와 체념이 아닌 운명의 겸허한 수용을 보이고 있습니다. 일종의 달관의 경지조차 보이는 덴동 어미는 운명에 더 이상 흔들리지 않게 되었던 것이지요. 그녀가 고향에 돌아와 지나간 인생을 돌이켜 보았을 때, 개가가 아닌 수절이라는 그녀는 선택하지 않았던 길이 보였습니다. 그녀가 선택한 길이 결국은 실패로 돌아갔기에 더욱 그녀 자신이 걸어 보지 않았던 길을 새삼 가치 있는 것으로 보인 것입니다. 일견 이 작품은 개가를 반대하는 교훈적인 것으로 보일 수도 있으나 그런 사회적 윤리적 차원보다 운명을 거역할 수 없는 인간의 한계에 더 강하게 초점이 맞춰지는 것으로 보입니다. 요컨대 형식상으로나 내용상으로나 이 두 요소가 덴동 어미의 인생 역정을 중심으로 맞서 있다고 할 수 있습니다.

덴동 어미의 인생 역정 못지않게 이 화전놀이에서의 그녀의 역할도 주목됩니다. 화전놀이를 흥치 있고 신명나게 만든 사람이 바로 그녀이기 때문입니다. 청춘과부는 화전놀이의 규칙을 어기고 일상의 규율을 연장시켰는데, 덴동 어미는 이것을 차단하고 슬픔을 기쁨으로 전환시킨 역할을 하는 것입니다. 이는 깨달음이 곧장 신명으로 이어졌다는 점이 덴동 어미의 역할의 중요한 점이라 할 수 있습니다.

만언사(萬言詞)

안도환(安道煥)

어와 벗님네야 이내 말씀 들어보소
인생(人生) 천지간(天地間)에 그 아니 느꺼운가[1]
평생(平生)을 다 살아도 다만지 백년(百年)이라
하물며 백년(百年)이 반듯기 어려우니
백구지과극(白駒之過隙)[2]이요 창해지일속(滄海之一粟)[3]이라
역려건곤(逆旅乾坤)에 지나가는 손이로다[4]
빌어온 인생(人生)이 꿈의 몸 가지고서[5]
남아(男兒)의 하올 일을 평생(平生)을 다 하여도
풀끝에 이슬이라 오히려 덧없거든
어와 내 일이야 광음(光陰)[6]을 헤어보니
반생(半生)이 채 못 되어 육육(六六)에 둘이 없네
이왕(已往) 일 생각하고 즉금(卽今) 일 헤아리니
번복(翻覆)도 측량(測量) 없고 승침(昇沈)[7]도 하도 할사
남대되[8] 그러한가 나 혼자 이러한가
내 비록 내 일이나 내 역시(亦是) 내 몰라라
장우단탄(長吁短歎)[9] 절로 나니 도중상감(島中傷感)[10]뿐
이로다

부모생아(父母生我)[11]하오실 제 죽은 나를 나으시니
부귀공명(富貴功名)하렸던지 절도(絶島) 고생(苦生)하렸
던지
천명(天命)이 기웁던지[12] 선방(仙方)[13]으로 시험(試驗)한
지
일주야(一晝夜) 죽은 아이 홀연(忽然)히 살아나네
사주팔자(四柱八字) 모아내어 평생길흉(平生吉凶) 점복
(占卜)하니
수부강녕(壽富康寧) 가졌으니 귀양 살성(殺星)[14] 있었으
랴
빛난 채의(彩衣)[15] 몸에 입고 노래자(老萊子)[16]를 효칙
(效則)하여
슬하(膝下)에 어린 채로 시름없이 자라더니
어와 기박(奇薄)하다 나의 명도(命途)[17]가 기박하다
십일 세에 자모상(慈母喪)에 호곡애통(呼哭哀痛) 혼절(昏
絶)하니
그때에나 죽었다면 이때 고생 아니 하리
한 번 세상(世上) 두 번 살아 인간행락(人間行樂)하렸던
지
종천지통(終天之痛)[18] 슬픈 눈물 매봉가절(每逢佳節)[19]
몇 번인고
십 년 양휵(養慉)[20] 외가(外家) 은공(恩功) 호의호식(好
衣好食) 그렸으랴
잊은 일도 많다마는 봉공무가(奉供無暇)[21]함이로다
어진 자당(慈堂)[22] 들어오셔 임사지덕(姙姒之德)[23] 가지

---

1) 느꺼운가 : 벅차지 않은가. 감격스럽지 않은가.
2) 백구지과극(白駒之過隙) : 흰 망아지가 틈새를 지나듯함. 세월이 매
   우 빠름을 이르는 말. 『장자(莊子)』 「지북유(知北遊)」 편에 나오는,
   '사람이 세상에 살고 있는 것은 흰 망아지가 틈새를 지나는 것같이
   문득 끝날 뿐입니다(人生天地之間 若白駒之過隙 忽然而已).'에서 뽑은
   것이다.
3) 창해지일속(滄海之一粟) : '푸른 바다에 좁쌀 하나'라는 뜻이니 매우
   작음 또는 적음을 의미함. 중국 송(宋)나라 시인 소식(蘇軾)의 「적벽
   부(赤壁賦)」에, '세상에 하루살이처럼 빌붙어 살고, 푸른 바다에 좁쌀
   하나같이 아득하다(寄蜉蝣於天地 渺滄海之一粟).'라고 나온다.
4) 역려건곤(逆旅乾坤)에 지나가는 손이로다 : 나그네가 머무는 여관인
   세상에 지나가는 손이로다. 중국 당(唐)나라 시인 이백(李白)의 '봄밤
   에 도리원에서 벌인 잔치에 대하여(春夜宴桃李園序)'에 나오는, '무릇
   세상은 만물의 여관이요, 세월은 백대에 지나가는 손이다(夫天地者
   萬物之逆旅 光陰者 百代之過客).'라는 구절에서 가져 온 말.
5) 빌려온 인생(人生)이 꿈의 몸 : 이 세상에 영원히 사는 것이 아니라
   잠시 머물다 가는 인생이니 꿈을 깨면 사라지는 것 같은 몸이라는
   뜻이다. 이백의 앞의 글에서 '덧없는 인생이 꿈과 같아서(浮生若夢)'라
   는 구절과 관련이 있다.
6) 광음(光陰) : 빛과 그늘, 곧 낮과 밤이라는 뜻으로 '세월'을 이르는 말.
7) 승침(昇沈) : 오르기도 하고 떨어지기도 함.
8) 남대되 : 남들도.
9) 장우단탄(長吁短歎) : 길고 짧은 탄식.
10) 도중상감(島中傷感) : 섬에서의 상감(傷感). '상감'은 하찮은 일에도
    쓸쓸하고 슬퍼져서 마음이 상함. 또는 그런 마음.

11) 부모생아(父母生我) : 부모가 나를 낳음.
12) 기웁던지 : 길던지.
13) 선방(仙方) : 신선이 행하는 술법. 선술(仙術).
14) 살성(殺星) : 사람의 운명과 수명을 맡아 그 사람을 빨리 죽게 한
    다는 흉한 별.
15) 채의(彩衣) : 울긋불긋한 빛깔과 무늬가 있는 옷.
16) 노래자(老萊子) : 중국 춘추 시대 초(楚)나라의 효자 이름. 나이 70
    에 색동옷을 입고 어린이 놀이를 하여 부모를 즐겁게 했다 함.
17) 명도(命途) : 운명과 재수를 아울러 이르는 말. 명수(命數).
18) 종천지통(終天之痛) : 하늘이 무너질 듯이 애통해함.
19) 매봉가절(每逢佳節) : 매번 명절을 맞음.
20) 양휵(養慉) : 양육(養育). 아이를 보살펴 자라게 함.
21) 봉공무가(奉供無暇) : 부모를 받들어 모실 기회가 없음.

시니

맹모(孟母)의 삼천지교(三遷之敎) 일마다 법이로다

증모(曾母)의 투저(投杼)함24)은 날 믿어 아니시리

설리(雪裏)에 읍죽(泣竹)함25)은 지성(至誠)이 감천(感天)이요

백 리(百里)의 부미(負米)함26)은 효자(孝子)의 할 바로다

입신양명(立身揚名)은 문호(門戶)의 광채(光彩)로다

행세(行勢)의 먼저 할 일 글 밖에 또 있는가

동사고문(東史古文) 사서삼경(四書三經) 당음장편(唐音長篇) 송명시(宋明詩)를

권권(卷卷)이 숙독(熟讀)하고 자자(字字)이 외어 내니

읽기도 하려니와 짓긴들 아니하랴

삼월(三月) 춘풍(春風) 화류시(花柳時)27)와 구추(九秋) 황국(黃菊) 등고절(登高節)28)에

소인묵객(騷人墨客)29) 벗이 되어 음풍 영월(吟風詠月) 일삼을 제

당시(唐詩)에는 조격(調格)30)이요 송명시(宋明詩)의 재치런가

문여필(文與筆)31)이 한가지라 쓰옵기도 하려니와

번화갑제(繁華甲第)32) 부벽서(付壁書)33)와 사치(奢侈) 공자(公子)34) 병풍서(屏風書)를

왕우군(王右軍)의 진체(晉體)런가 조맹부(趙孟頫)의 촉체(蜀體)런가35)

여러 가지 잘하기로 일시(一時) 재동(才童) 일컫더니

오매구지(寤寐求之) 요조숙녀(窈窕淑女) 전전반측(輾轉反側) 생각하니36)

동방화촉(洞房華燭)37) 늦어간다 약관(弱冠)38) 전년(前年) 유실(有室)하니39)

유폐정정(幽閉貞靜)40) 법(法)을 받아 삼종지의(三從之義)41) 알았으니

내조(內助)에 어진 처(妻)는 성가(成家)42)할 징조(徵兆)로다

유인유덕(有仁有德) 우리 백부(伯父) 구세동거(九世同居)43) 효칙(效則)하여

일가지내(一家之內) 한데 있어 감고우락(甘苦憂樂)44) 한가지니

세간 분별(分別) 뉘 아더냐 의식(衣食) 구차(苟且) 내 몰래라

입신양명(立身揚名) 길을 찾아 권문귀댁(權門貴宅) 어디어디

장군문하(將軍門下) 막비(幕裨)45)인가 승상부중(丞相府中) 기실(寄室)46)인가

천금준마환소첩(千金駿馬換少妾)47)은 소년(少年) 놀이 더욱 좋다

자긍맥상번화성(自矜陌上繁華聲)48)은 나도 잠깐 하오리

---

22) 자당(慈堂) : 남의 어머니를 높여 이르는 말. 여기서는 화자의 새어머니를 가리킴.

23) 임사지덕(姙姒之德) : 중국 고대 주(周)나라 문왕(文王)의 어머니 태임(太姙)과 무왕(武王)의 어머니 태사(太姒)가 지녔던 덕행.

24) 증모(曾母)의 투저(投杼)함 : 공자의 제자 증삼(曾參), 곧 증자의 어머니가 베를 짜고 있는데 어떤 사람이 와서 증자가 사람을 죽였다고 하자 믿지 않다가 세 번이나 거듭되니 북을 던지고 일어섰다는 고사에서 온 말. 거짓말도 여러 번 하면 참말로 믿게 됨을 이름.

25) 설리(雪裏)에 읍죽(泣竹)함 : 옛날 맹종(孟宗)이라는 효자가 겨울에 어머니가 좋아하는 죽순(竹筍)을 얻으려고 대밭에 나가 울었더니 참 대순이 돋았다는 고사.

26) 백 리(百里)의 부미(負米)함 : 공자의 제자 자로(子路)가 부모를 위해 백 리 밖에서 쌀을 져 왔다는 고사.

27) 화류시(花柳時) : 버드나무에 물이 오르고 꽃이 피는 때.

28) 등고절(登高節) : 음력 9월 9일. 중양절(重陽節). 이날은 수유(茱萸) 열매를 주머니에 담아 차고 높은 산에 올라가 국화주를 마시는 풍습이 있었다.

29) 소인묵객(騷人墨客) : 시문(詩文)과 서화(書畵)를 일삼는 사람.

30) 조격(調格) : 절조(絶調)와 품격(品格).

31) 문여필(文與筆) : 글과 글씨.

32) 번화갑제(繁華甲第) : 아주 호화롭게 지은 크고 넓은 집.

33) 부벽서(付壁書) : 종이 따위에 써서 벽에 붙이는 글이나 글씨.

34) 공자(公子) : 지체가 높은 집안의 아들.

35) 왕우군(王右軍)의 진체(晉體)런가 조맹부(趙孟頫)의 촉체(蜀體)런가 : 명필로 이름이 높은 왕희지(王羲之)와 조맹부의 글씨체이던가.

36) 오매구지(寤寐求之) 요조숙녀(窈窕淑女) 전전반측(輾轉反側) 생각하니 : 자나깨나 아리따운 숙녀를 구하려 잠을 이루지 못하고 생각하니. 『시경(詩經)』 「주남(周南)」 편 '관저(關雎)'에서 따온 구절이다.

37) 동방화촉(洞房華燭) : 동방에 비치는 환한 촛불이라는 뜻으로, 혼례를 치르고 나서 첫날밤에 신랑이 신부 방에서 자는 의식을 이르는 말.

38) 약관(弱冠) : 남자 나이 이십 세를 이르는 말.

39) 유실(有室)하니 : 아내가 있으니. 결혼하니.

40) 유폐정정(幽閉貞靜) : 규방에 갇혀 정숙(貞淑)하고 안정(安靜)한 여자를 일컬음. '유폐'를 '유한((幽閑)'으로 읽어 '그윽하고도 한가롭다'로 풀이할 수도 있음.

41) 삼종지의(三從之義) : 어릴 때에는 아버지를, 결혼해서는 남편을, 늙어서는 아들을 따른다는, 유교 도덕에서 여자가 지켜야 한다고 정한 것.

42) 성가(成家) : 집안이 잘 되어 나감.

43) 구세동거(九世同居) : 아홉 대가 함께 삶을 이름. '아홉'은 '여러, 여럿'의 의미로 볼 수 있음.

44) 감고우락(甘苦憂樂) : 달고 쓰고 근심스럽고 즐거움의 뜻으로 모든 일을 함께 한다는 뜻임.

45) 막비(幕裨) : 조선 시대에, 감사(監司)·유수(留守)·병사(兵使)·수사(水使)·견외 사신(使臣)을 따라다니며 일을 돕던 무관 벼슬.

46) 기실(記室) : 기록에 관한 사무를 맡아보던 벼슬.

47) 천금준마환소첩(千金駿馬換少妾) : 천금의 준마를 소첩과 바꿈. 중국 당(唐)나라 시인 이백(李白)의 '양양가(襄陽歌)'에 나오는 구절이다.

48) 자긍맥상번화성(自矜陌上繁華盛) : 스스로 거리에서 번화하고 성대한 차림을 뽐내고. 중국 당(唐)나라 시인 최호(崔顥)의, '규인을 대신하여 경박한 소년에게 답함(代閨人答輕迫少年)'에 나오는 구절이다.

다

이전 마음 전혀 잊고 호심광흥(豪心狂興)49) 절로 난다

백마(白馬) 황혼(黃昏) 귀(貴)한 벗과 유협경박(遊俠輕薄)50) 다 따른다

무릉(武陵) 장대(章臺) 천진교(天津橋)51)도 명승지(名勝地)라 알려지다

삼청운대(三淸雲臺) 광통교(廣通橋)52)도 놀이처(處)가 아니런가

화조월석(花朝月夕)53) 빈 날 없이 주사청루(酒肆靑樓)54) 다닐 적에

만준향료(滿樽香醪)55) 익취(溺醉)56)하고 절대가인(絶代佳人) 침닉(沈溺)57)하여

취대나군(翠黛羅裙)58) 고운 태도(態度) 청가묘무(淸歌妙舞)59) 희롱(戲弄)할 제

풍류호사(風流豪士)60) 긔 뉘 할꼬 주중선군(酒中仙君)61) 아니런가

만사무심(萬事無心) 잊었나니 입신양명(立身揚名) 생각하랴

소년(少年) 놀이 그만하자 부모(父母) 근심 깊었어라

맥상번화(陌上繁華)62) 자랑하니 규리화조(閨裏花鳥)63) 늦어간다

옛 마음 다시 나서 하던 공부 고쳐 하여

밤을 새워 낮을 이어 일시불철(一時不輟)64)하는구나

부모(父母) 봉양(奉養) 하려던지 제 몸 위한 일일런지

내 할 일 아닐는지 수삼(數三) 년(年)을 채 못하여

차심세사(此心世事) 상위(相違)하여65) 말기지업(末技之業)66) 되다더니

어와 바랐으랴 몽중(夢中)에나 바랐으랴

어약원(御藥院)67) 들어가니 금문옥계(金門玉階)68) 길을 얻어

지미지천(至微至賤)69)하온 몸이 천문근시(天門近侍)70) 바랐으랴

금의(錦衣)를 몸에 감고 옥식(玉食)을 베고 있어

부귀(富貴)에 싸였으며 번화(繁華)에 띄웠으니

일진겸대(一陣兼帶)71) 삼사(三四) 처(處)는 궁임(宮任)뿐이 아니로다

복과재생(福過災生)72)이라 소심봉공(小心奉公)73) 잘못하여

차신(此身) 성의(誠意) 불천(不遷)74)하다 의의(依依) 대상(臺上) 내입(內入)하다

삭관퇴거(削官退去)75)하온 후에 칠일(七日) 옥중(獄中) 지내오니

곱던 의복(衣服) 무색(無色)하고 좋은 음식(飮食) 맛이 없다

초창복망(悄愴伏望)76) 그리면서 주야(晝夜) 유체(流涕)77)하였어라.

묘사수직(卯伺守直)78) 생각 밖에 두료소식(斗料素食)79) 연명(延命)하니

망극(罔極) 천은(天恩) 그지없어 희극환비(喜極還悲)80) 눈물 난다

어와 과분(過分)하다 천은도 과분하다

번화부귀(繁華富貴) 고쳐 하고 금의옥식(錦衣玉食) 다시

---

49) 호심광흥(豪心狂興) : 호방한 마음과 미친 흥.
50) 유협경박(遊俠輕薄) : 호방하고 의협심이 있는 사람과, 행동이나 생각이 경박한 사람.
51) 무릉(武陵) 장대(章臺) 천진교(天津橋) : 중국의 놀기 좋은 곳.
52) 삼청운대(三淸雲臺) 광통교(廣通橋) : 삼청동과 필운대와 광통교. 우리나라의 놀기 좋은 곳.
53) 화조월석(花朝月夕) : '꽃 피는 아침과 달 뜨는 저녁'이란 뜻으로 경치가 좋은 때를 이르는 말이다.
54) 주사청루(酒肆靑樓) : 주막과 기생집.
55) 만준향료(滿樽香醪) : 술동이에 가득찬 향기로운 술.
56) 익취(溺醉) : 빠질 정도로 취함. '술에 몹시 취해 진흙처럼 흐느적거림'의 뜻인 '이취(泥醉)'로 된 이본도 있음.
57) 침닉(沈溺) : 주색(酒色)이나 노름 따위에 빠짐. 탐닉(耽溺).
58) 취대나군(翠黛羅裙) : 검푸른색으로 눈썹을 그리고 비단 치마를 입음.
59) 청가묘무(淸歌妙舞) : 맑은 노래와 묘한 춤.
60) 풍류호사(風流豪士) : 풍류를 즐기는 호방한 선비.
61) 주중선군(酒中仙君) : 술에 취한 신선.
62) 맥상번화(陌上繁華) : 거리가 번성하고 화려한 것.
63) 규리화조(閨裏花鳥) : '규중의 꽃과 새'이니 '아내'이고, 부부간의 사랑을 의미한다.
64) 일시불철(一時不輟) : 잠시도 멈추지 않음.

65) 차심세사(此心世事) 상위(相違)하여 : 이 마음과 세상 일이 서로 어긋나.
66) 말기지업(末技之業) : 변변치 못한 기술이나 재주로 하는 일.
67) 어약원(御藥院) : 궁중에서 약초를 재배하는 곳.
68) 금문옥계(金門玉階) : 금으로 만든 문과 옥으로 만든 섬돌. 부귀 영달의 길.
69) 지미지천(至微至賤) : 지극히 미약하고 천함.
70) 천문근시(天門近侍) : 임금을 가까이서 모심.
71) 일진겸대(一陣兼帶) : 한 번 벌여놓은 일에 여러 임무를 함께 수행함.
72) 복과재생(福過災生) : 복이 넘치면 재앙이 생김.
73) 소심봉공(小心奉公) : 조심하여 공직에 종사함.
74) 불천(不遷) : 옮기지 않음. 바꾸지 않음.
75) 삭관퇴거(削官退去) : 벼슬을 깎아 내리거나 명부에서 없애 버림.
76) 초창복망(悄愴伏望) : 슬퍼하며 윗사람의 처분을 삼가 바람.
77) 유체(流涕) : 눈물을 흘림.
78) 묘사수직(卯伺守直) : 묘시(卯時)에 출근하여 직분을 지킴.
79) 두료소식(斗料素食) : 한 말의 녹봉과 소박한 음식.
80) 희극환비(喜極還悲) : 기쁨은 극진하니 도로 슬퍼짐.

하여
　장안(長安) 도상(途上) 너른 길에 비마경구(肥馬輕裘)[81]
다닐 적에
　소비친척갱위친(疎非親戚更爲親)[82]은 예로부터 일렀느니
　여기 가도 손을 잡고 저기 가도 반겨 하니
　입신(立身)도 되다 하고 양명(揚名)도 하다서라
　만사(萬事)가 여의(如意)하니 막비천은(莫非天恩)[83] 모를
쏘냐
　충즉진명(忠則盡命)[84] 알았으니 쇄신봉공(碎身奉公)[85]하
렸더니
　졸부귀(猝富貴)가 불상(不祥)이라[86] 곤마복중(困馬卜重)[87]
되었어라
　극성(極盛)하면 필패(必敗)하니 흥진즉비래(興盡則悲來)
하였는지[88]
　다 오르면 내려가고 가득하면 찢기나니
　호사(好事)가 다마(多魔)하고 조물(造物)이 시기(猜忌)하
여
　인간(人間)에 일이 많아 화전충화(花田衝火)[89] 되었는지
　청천백일(靑天白日) 맑은 날에 뇌정벽력(雷霆霹靂) 급히
치니
　삼혼칠백(三魂七魄)[90] 날아나니 천지인사(天地人事) 아
올쏘냐
　여불승의(如不勝衣)[91] 약(弱)한 몸에 이십오(二十五) 근
(斤) 칼을 쓰고
　항쇄(項鎖) 족쇄(足鎖) 하온 후(後)에 사옥(司獄)[92] 중
(中)에 갇히오니
　나 지은 죄(罪) 행각하니 여산약해(如山若海)[93] 하겠구
나

아깝다 내 일이야 애달플손 내 일이야
　평생(平生) 일심(一心) 원(願)하기를 충효양전(忠孝兩全)[94]
하자더니
　한 번 일을 그릇하니 불충불효(不忠不孝) 다 되겠다
　회서제이막급(悔噬臍而莫及)[95]이라 뉘우친들 무엇 하리
　등잔(燈盞)불 치는 나비 저 죽을 줄 알았으면
　어디서 식록지신(食祿之臣)[96]이 죄(罪) 짓자 하랴마는
　대액(大厄)이 당전(當前)하고 눈조차 어두우니
　마른 섶 등에 지고 열화(烈火) 중(中) 듦이로다
　나 지은 죄 생각하면 살 가망(可望) 전혀 없다
　일명(一命)을 꾸이오셔[97] 해도(海島)에 보내시니
　어와 성은(聖恩)이야 가지록 망극(罔極)하다
　강두(江頭)에 배를 붙여 부모(父母) 친척(親戚) 이별(離
別)할 제
　슬픈 눈물 한숨조차 막막수운(漠漠愁雲)[98] 머무는 듯
　손잡고 이른 말씀 좋이 가라 당부하니
　가슴이 막히오니 대답(對答)이 나올쏘냐
　여취여광(如醉如狂)[99]하니 눈물이 하직(下直)이라
　강상(江上)에 배 떠나니 이별시(離別時)가 이때로다
　요로(搖櫓)[100] 일성(一聲)에 흐르는 배 살 같으니
　일대장강(一帶長江)이 어느 산이 가리었나
　풍편(風便)에 울음소리 장강(長江)을 건너오니
　행인(行人)도 낙루(落淚)할 제 내 가슴 미어진다
　호부(呼父) 일성(一聲) 엎더지니 애고 소리뿐이로다
　규천고지(叫天告地)[101] 아무런들 아니 갈 길 되올쏜가
　범 같은 관차(官差)들은 수이 가자 재촉하니
　하릴없어 말에 올라 앞길을 바라보니
　청산(靑山)은 몇 겹이요 녹수(綠水)는 몇 구빈고
　넘도록 뫼일러니 건너도록 물이로다
　석양(夕陽)은 재를 넘고 공산(空山)은 적막(寂寞)한데
　녹음(綠陰)은 우거지고 두견(杜鵑)이 제혈(啼血)[102]할 제

---

81) 비마경구(肥馬輕裘) : 살진 말에 가벼운 털옷. 호사스러운 모습.
82) 소비친척갱위친(疎非親戚更爲親) : 먼 친척이 다시 가깝게 되려고 함.
83) 막비천은(莫非天恩) : 임금의 은혜 아닌 것이 없음. 모두가 임금의 은
혜임.
84) 충즉진명(忠則盡命) : 충(忠)은 곧 목숨을 바치는 일임.
85) 쇄신봉공(碎身奉公) : 몸이 부서질 정도로 공무에 봉직함.
86) 졸부귀(猝富貴)가 불상(不祥)이라 : 갑자기 부유하고 고귀해지는 것은
상서롭지 않아.
87) 곤마복중(困馬卜重) : 피곤한 말에 무거운 짐을 실음.
88) 극성(極盛)하면 필패(必敗)하니 흥진즉비래(興盡則悲來)하였는지 :
너무 성하면 반드시 패하고 흥이 다하며 슬픔이 오는 것인지.
89) 화전충화(花田衝火) : 꽃밭에 불을 지른다는 뜻이니, 젊은이의 앞을
막거나 그르침을 이름.
90) 삼혼칠백(三魂七魄) : 사람의 혼백을 통틀어 이르는 말.
91) 여불승의(如不勝衣) : 옷도 이기지 못할 만큼.
92) 사옥(司獄) : 형벌과 감옥을 주관하는 관서.
93) 여산약해(如山若海) : 산 같고 바다 같음.

94) 충효양전(忠孝兩全) : 충성과 효도 둘 다를 온전히 함.
95) 회서제이막급(悔噬臍而莫及) : 배꼽을 물어뜯으며 후회해도 미치지
못함. 사향노루가 자기의 배꼽 때문에 잡혔다고 생각하여 배꼽을 물
어뜯어도 이미 때가 늦었다는 것에서 나온 말이다.
96) 식록지신(食祿之臣) : 나라의 녹을 먹는 신하.
97) 일명(一命)을 꾸이오셔 : 한 목숨을 꾸어서.
98) 막막수운(漠漠愁雲) : 아득히 긴 근심의 구름.
99) 여취여광(如醉如狂) : 미친 듯도 하고 취한 듯도 하다는 뜻으로, 이
성을 잃은 상태를 비유적으로 이르는 말.
100) 요로(搖櫓) : 노를 저음.
101) 규천고지(叫天告地) : 하늘에 부르짖고 땅에 고함.
102) 제혈(啼血) : 피를 토하며 욺. 두견새 울음 같은 구슬픈 울음.

슬프다 저 새소리 불여귀(不如歸)는 무슨 일고
내 일을 웃음이냐 내 말을 이음이냐[103]
가뜩한 허튼 심사(心思) 눈물이 젖었어라
만수(萬水)에 연쇄(煙鎖)하니[104] 내 근심 먹음은 듯
천림(千林)에 노결(露結)하니[105] 내 눈물 뿌리는 듯
뜨던 말 재게 가니[106] 앞 참(站)[107]은 어디메고
높은 영(嶺) 반겨 올라 고향(故鄕)을 바라보니
창망(蒼茫)한 구름 속에 백구비거(白鷗飛去)[108]뿐이로다
경기(京畿) 땅 다 지나고 충청도(忠淸道) 달려드니
계룡산(鷄龍山) 높은 뫼가 눈결에 지나친다
열읍(列邑)의 관문(關文) 받고 골골이 점고(點考)하여
은진(恩津)을 넘어 드니 여산(礪山)은 전라도(全羅道)라
익산(益山) 지나 전주(全州) 들어 성시(城市) 산림(山林)
들어보니
반갑다 남문(南門) 길이 장안(長安)도 의연(依然)하다
백각(百角)도 지나는 듯 종각(鐘閣)도 지나는 듯
한벽당(寒碧堂) 소쇄(瀟灑)한데 조일(朝日)이 높았으니
만학골 너른 뜰에 광천에 높았어라
금구(金溝) 태인(泰仁) 정읍(井邑) 지나 장성(長城) 역마
(驛馬) 갈아 타고
나주(羅州) 지나 영암(靈巖) 지나 월출산(月出山)을 둘러
보니
만학천봉(萬壑千峰) 푸른빛이 반공(半空)에 솟았으니
동석암(動石巖) 방아석에 이 뫼에 다 있다 하데
일국지명산(一國之名山)이라 경개(景槪)도 좋다마는
내 마음 어득하니 어느 결에 살펴보리
천관산(天觀山)을 가리키고 달마산(達磨山)을 지나치니
주야불분(晝夜不分) 몇 날 만에 해변(海邊)에 오단 말가
바다를 바라보니 파도(波濤)도 흉용(洶湧)[109]하다
가이없는 바다요 한(限)없는 물결이라
태극조판(太極肇判)[110] 후(後)에 천지(天地) 광대(廣大)하
다커늘
하늘 아래 생기옴은 땅이런가 하였더니

지금으로 보아하니 온 천하(天下)가 다 물이다
바람도 쉬어 가고 구름도 넘어 가네
가없는 바다요 한없는 파도로다
비조(飛鳥)도 못 지나니 제를[111] 어찌 가잔 말고
때 맞추어 서북풍(西北風)이 내 길을 재촉하니
선두(先頭)에 일 쌍 백기(白旗) 동남(東南)을 가리키니
천석(千石) 싣는 대중선(大中船)에 쌍돛을 높이 달아
건장(健壯)한 도사공(都沙工)이 뱃머리에 나와 서서
지국총 선소리에 어사와로 화답(和答)할 제
마디마디 처량(凄凉)하다 적객(謫客) 심사(心思) 어떠할
꼬
회수(回首) 장안(長安) 돌아보니 부운폐일(浮雲蔽日) 아
니 뵌다[112]
성은을 하직하고 무슨 길로 가는 길인고
불로초(不老草) 구(求)하려 하고 삼신산(三神山) 찾아가
나
동남동녀(童男童女) 아니어든 방사(方士)[113] 서불(徐市)
따라가나
동정호(洞庭湖) 밝은 달에 악양루(岳陽樓) 올라가나
소상강(瀟湘江) 궂은 비에 조상군(弔湘君)[114] 하려는가
전원(田園)이 장무(將蕪)하니 귀거래(歸去來)[115] 하옵는
가
농어회(鱸魚膾) 살쪘으니 강동거(江東去)[116] 하옵는가
오호주(五湖舟) 흘리저어 명철보신(明哲保身)[117] 하려는
가
긴 고래 칩더타고 백일(白日) 승천(昇天)[118] 하려는가

---

111) 제를 : 저기를.
112) 회수(回首) 장안(長安) 돌아보니 부운폐일(浮雲蔽日) 아니 뵌다 :
고개를 돌려 장안을 돌아보니 뜬구름이 해를 가려 아니 보인다. 중국
당나라 시인 이백(李白)의 '금릉의 봉황대에 올라(登金陵鳳凰臺)' 중
미련(尾聯)에서 암인(暗引)함. 鳳凰臺上鳳凰遊 鳳去臺空江自流 吳宮花
草埋幽徑 晉代衣冠成古丘 三山半落靑天外 二水中分白鷺洲 總爲浮雲
能蔽日 長安不見使人愁
113) 방사(方士) : 신선의 술법을 닦는 사람.
114) 조상군(弔湘君) : 상군을 조상(弔喪)함. '상군'은 상강에 빠져 죽은
순(舜)임금의 이비(二妃) 아황과 여영.
115) 전원(田園)이 장무(將蕪)하니 귀거래(歸去來) : 논밭이 묵어 가니
전원으로 돌아가자. 중국 동진(東晉)의 문인 도연명(陶淵明)이 지은
「귀거래사(歸去來辭)」의 한 구절.
116) 농어회(鱸魚膾) 살쪘으니 강동거(江東去) : 장한(張翰)이 농어회
생각이 나서 고향으로 돌아갔다는 고사.
117) 오호주(五湖舟) 흘리저어 명철보신(明哲保身) : 범려(范蠡)가 월
(越)나라 왕을 도와 오(吳)나라를 쳤으나 월왕이 어질지 못함을 알고
는 벼슬을 버리고 오호로 배를 타고 귀향한 고사.
118) 긴 고래 칩더타고 백일(白日) 승천(昇天) : 이태백이 고래를 타고
하늘로 올라갔다는 고사.

---

103) 내 일을 웃음이냐 내 말을 이음이냐 : 어떤 이본에는 '네 일을 울
음이냐 내 말을 이름이냐'로 되어 있다.
104) 만수(萬水)에 연쇄(煙鎖)하니 : 모든 물에 안개가 맺히니.
105) 천림(千林)에 노결(露結)하니 : 모든 숲에 이슬이 맺히니.
106) 뜨던 말 재게 가니 : 행동이 굼뜨던 말을 재빠르게 하니.
107) 참(站) : 역참(驛站). 역말을 갈아타던 곳.
108) 백구비거(白鷗飛去) : 갈매기가 날아감.
109) 흉용(洶湧) : 물결이 몹시 읾.
110) 태극조판(太極肇判) : 하늘과 땅이 처음으로 갈라져 생겨남.

부모(父母) 처자(妻子) 다 버리고 어디로 혼자 가노

우는 눈물 소(沼)이 되어 대해수(大海水)를 보태리라

흑운(黑雲) 일편(一片) 어디에서 홀연(忽然) 광풍(狂風) 무슨 일고

산악(山岳)같이 높은 물결 뱃머리를 둘러치니

크나큰 배 조리(笊籬)119) 되니 오장육부(五臟六腑) 다 나온다

천은(天恩) 입어 남은 목숨 마저 진(盡)케 되겠구나

초한(楚漢) 진중(陣中) 화염(火焰) 중에 장군(將軍) 기신(紀信)120) 되려는가

서풍(西風) 낙일(落日) 멱라수(汨羅水)에 굴삼려(屈三閭)121)를 부러웠던가

차역천명(此亦天命)122) 하릴없다 일생일사(一生一死) 어찌하리

출몰사생(出沒死生)123) 삼(三) 주야(晝夜)에 노 지우고 닻을 주어

수로(水路) 천리(千里) 다 지내고 추자섬이 여기로다

도중(島中)으로 들어가니 적막(寂寞)하기 태심(太甚)하다

동서남북 둘러보니 날 알 이 뉘 있으리

뵈느니 바다이요 들리느니 물소리라

벽해상전(碧海桑田) 생긴 후에 모래 모여 섬이 되니

추자(楸子) 섬이 생길 적에 천작지옥(天作地獄)124)이로다

대해(大海)로 수성(守城)125)하고 운산(雲山)으로 울을 삼아

세상(世上) 음신(音信)126)이 끊쳤으니 인간(人間)127)이 아니로다

풍도(酆都)128) 섬이 어디메뇨 지옥(地獄)이 여기로다

어드메로 가잔 말고 뉘 집에 가 있잔 말고

눈물이 앞을 서니 걸음마다 엎더진다

이 집에 가 주인(主人)하랴129) 가난하다 핑계하고

저 집에 가 주인하자니 연고(緣故) 있다 칭탁(稱託)130)하네

이 집 저 집 아무덴들 적객(謫客) 주인(主人) 뉘 되자리

관력(官力)으로 핍박(逼迫)하여 세부득이(勢不得已)131) 맡았으나

관인(官人) 저허132) 못 한 말을 만만하니 내 다르네

세간 그릇 드던지며 역정 내어 하는 말이

저 나그네 헤어보소 주인(主人) 아니 불쌍한가

이곳에서 잘사는 집 한두 집이 아니거니

관인들은 인정(人情)133) 받고 손님네는 부추김 들어

구태여 내 집으로 연분(緣分) 있어 와 계신가

내 살이134) 담박(澹泊)135)한 줄 보시다 아니 알까

앞뒤에 전답(田畓) 없고 물 속으로 생애(生涯)하여

앞 언덕에 고기 낚아 뒷녘으로 장사 가니

사망136) 일어 보리섬이 믿을 것이 아니로세

신겸처자(身兼妻子)137)도 삼구(三口)도 호구(糊口)138)하기 어렵거든

양식(糧食) 없는 나그네는 무엇 먹고 살잔 말고

집이라니 없을쏜가 기어들고 기어나며

방(房) 한 칸에 주인(主人) 들고 나그네는 잘 데 없네

띳자리139) 한 닢 주어 첨하(簷下)140)에 거처(居處)하니

장기(瘴氣)141) 누습(漏濕)하고 짐승도 하도 많다

발 남는142) 구렁이 뱀 뱀 남는 청지네143)는

좌우(左右)에 벌였으니 무섭고도 징그럽다

서산(西山)에 일락(日落)하고 그믐밤 어두운데

---

119) 조리(笊籬) : 쌀을 이는 데에 쓰는 기구. 가는 대오리나 싸리 따위로 결어서 조그만 삼태기 모양으로 만든다.
120) 초한(楚漢) 진중(陣中) 화염(火焰) 중에 장군(將軍) 기신(紀信) : 한(漢)나라 유방(劉邦)이 초(楚)나라 항우(項羽)에게 포위되었을 때 유방을 대신하여 목숨을 바친 장수.
121) 서풍(西風) 낙일(落日) 멱라수(汨羅水)에 굴삼려(屈三閭) : 초(楚)나라의 삼려대부(三閭大夫) 굴원(屈原)이 참소를 입어 멱라수에 투신한 고사.
122) 차역천명(此亦天命) : 이 또한 천명.
123) 출몰사생(出沒死生) : 솟았다 가라앉았다 사생을 넘나듦.
124) 천작지옥(天作地獄) : 하늘이 만든 지옥.
125) 수성(守城) : 적의 공격이나 침략을 막기 위하여 성을 지킴. 이본에는 '성을 쌓고'로 되어 있다.
126) 음신(音信) : 먼 곳에서 전해오는 소식이나 편지.
127) 인간(人間) : 사람이 사는 곳. 세상.
128) 풍도(酆都) : 지옥(地獄).

129) 주인(主人)하랴 : 묵으랴. 세들어 살랴.
130) 칭탁(稱託) : 어떠하다고 핑계를 댐.
131) 세부득이(勢不得已) : 어쩔 수 없는 상황 때문에 그렇게 할 수밖에 없어.
132) 저허 : 저어하여. 무서워하여.
133) 인정(人情) : 지난 날, 벼슬아치들에게 은근히 주던 선물이나 뇌물 따위를 이르는 말.
134) 살이 : 살림살이.
135) 담박(澹泊) : 욕심이 없고 마음이 깨끗함.
136) 사망 : 장사에서 이익을 많이 얻는 운수.
137) 신겸처자(身兼妻子) : 자신과 아내와 자식.
138) 호구(糊口) : 입에 풀칠을 한다는 뜻으로, 겨우 먹고 삶을 뜻하는 말.
139) 띳자리 : 띠로 엮은 자리. '띠'는 볏과의 여러해살이풀로 억새나 짚처럼 생긴 풀.
140) 첨하(簷下) : 처마의 아래. 처마 밑. 지붕이 도리 밖으로 내민 부분.
141) 장기(瘴氣) : 축축하고 더운 땅에서 생기는 독한 기운.
142) 발 남는 : 한 발을 넘는. '발'은 길이의 단위. 한 발은 두 팔을 양옆으로 펴서 벌렸을 때 한쪽 손끝에서 다른 쪽 손끝까지의 길이이다.
143) 청지네 : 푸른색의 지네. '지네'는 몸은 가늘고 길며, 여러 마디로 이루어져 그 마디마다 한 쌍의 발이 있다.

남북촌(南北村) 두세 집에 관솔불[144]이 희미하다

어디서 슬픈 소리 내 근심 돋우는고

별포(別浦)[145]에 배 떠나니 노(櫓) 젓는 소리로다

눈물로 밤을 새워 아침에 밥을 주니

덜 쓿은[146] 보리밥에 무장덩이[147] 한 종지라

한 술을 떠서 보고 큰 덩이 내어 주니

그도 저도 아주 없어 굶을 적은 없을쏜가

장장하일(長長夏日)[148] 긴긴 날에 배고파 어려웨라

의복(衣服)을 돌아보니 한숨이 절로 난다

남방(南方) 염천(炎天) 찌는 날에 빨지 않은 누비바지

땀이 배고 때 오르니 굴뚝 막은 덕석[149]인가

덥고 검고 다 버리고 내음새를 어찌하리

어와 내 일이야 가련(可憐)히도 되었고나

손잡고 반기는 집 내 아니 가옵더니

등 밀어 내치는 집 구차(苟且)히 빌어 있어

옥식진찬(玉食珍饌)[150] 어디 가고 맥반염장(麥飯鹽醬)[151] 되었으며

금의화복(錦衣華服)[152] 어디 두고 현순백결(懸鶉百結)[153] 되었는고

이 몸이 살았는가 죽어서 귀신(鬼神)인가

말을 하니 살았는가 모양은 귀신이다

한숨 끝에 눈물이요 눈물 끝에 어이없어

도리어 웃음난다 미친 사람 되겠구나

어와 보리가을 맥풍(麥風)[154]이 서늘하다

전산(前山) 후산(後山)에 황금(黃金)을 펼쳤는 듯

남풍(南風)은 때를 좇아 보리 물결 치는구나

지게를 벗어 놓고 전산(前山)에 굽닐면서[155]

한가(閑暇)히 있는 농부 묻노라 저 농부(農夫)야

밥 위에 보리단술[156] 몇 그릇 먹었느니

청풍(淸風)에 취(醉)한 얼굴 깨연들 무엇 하리

연년(年年)이 풍등(豐登)[157]하니 해마다 보리 베어

마당에 두드리고 방아에 찧어 내어

일분(一分)은 밥쌀 하고 일분은 술쌀 하니

밥 먹어 배부르고 술 먹어 취(醉)한 후(後)에

함포고복(含哺鼓腹)[158]하고 격양가(擊壤歌)[159]를 부르리라

농가(農家)의 좋은 흥이 저런 줄 알았으면

공명(功名)을 탐(貪)치 말고 농사(農事)에 힘썼으리

백운(白雲)이 즐긴 줄을 청운(靑雲)이 알 양이면

탐화봉접(探花蜂蝶)[160]이 망라(網羅)[161]에 걸렸으랴

어제는 옳던 말이 오늘이야 왼[162] 줄 알고

뉘우친 내 마음이 없다야 하랴마는

범 물릴 줄 알았으면 만첩산중(萬疊山中) 들어가랴

떨어질 줄 알았으면 높은 나무 올랐으랴

천둥 할 줄 알았으면 잠든 누(樓)에 올랐으랴

파선(破船)할 줄 알았으면 전세대동(田稅大同)[163] 실었으랴

실수(失手)할 줄 알았으면 내기 장기 벌였으랴

죄(罪) 지을 줄 알았으면 공명(功名) 탐심(貪心)하였으랴

산진매 수진매와 해동청(海東靑) 보라매[164]가

심수풍림(深樹豐林)[165] 숨어 내려 산계야목(山鷄野鶩)[166] 차고 날 제

아깝다 걸리었다 두 날개 걸리었다

먹기에 탐이 나니 형극(荊棘)[167]을 몰라보네

어와 민망하다 주인(主人) 박대(薄待) 민망하다

아니 먹은 헛주정[168]에 욕설(辱說)조차 비경(非驚)[169]하

---

144) 관솔불 : 관솔에 붙인 불. '관솔'은 송진이 많이 엉긴, 소나무의 가지나 옹이. 불이 잘 붙으므로 예전에는 여기에 불을 붙여 등불 대신 이용하였다.

145) 별포(別浦) : 다른 포구(浦口).

146) 쓿은 : 거친 쌀, 조, 수수 따위의 곡식을 찧어 속꺼풀을 벗기고 깨끗하게 한.

147) 무장덩이 : 무장덩어리. '무장'은 뜬 메주에 물을 붓고 2, 3일 후에 물이 우러나면 소금으로 간을 맞추어 3, 4일간 익힌 것. 다 익으면 동치미 무, 배, 편육 따위를 납작하게 썰어 섞는다.

148) 장장하일(長長夏日) : 길고 긴 여름날.

149) 덕석 : 추울 때에 소의 등을 덮어 주는 멍석.

150) 옥식진찬(玉食珍饌) : 맛있는 음식. 진수성찬(珍羞盛饌).

151) 맥반염장(麥飯鹽醬) : 보리밥에 소금과 간장.

152) 금의화복(錦衣華服) : 비단 따위로 지은 화려한 의복.

153) 현순백결(懸鶉百結) : 메추리를 걸어놓은 듯이 여러 곳을 기움.

154) 맥풍(麥風) : 보리 위를 스치는 바람이라는 뜻으로, 초여름의 훈훈한 바람을 이르는 말.

155) 굽닐면서 : 구부렸다 폈다 하면서.

156) 보리단술 : 보리쌀을 넣어 빚은 단술.

157) 풍등(豐登) : 농사지은 것이 썩 잘됨.

158) 함포고복(含哺鼓腹) : 잔뜩 먹고 배를 두드린다는 뜻으로, 먹을 것이 풍족하여 즐겁게 지냄을 이르는 말.

159) 격양가(擊壤歌) : 풍년이 들어 농부가 태평한 세월을 즐기는 노래. 중국의 요임금 때에, 태평한 생활을 즐거워하여 불렀다고 한다.

160) 탐화봉접(探花蜂蝶) : 꽃을 찾는 벌과 나비.

161) 망라(網羅) : 그물.

162) 왼 : 잘못된. 그른. 바르지 않은. 옳지 않은.

163) 전세대동(田稅大同) : 전답의 조세로 거둔 대동미(大同米).

164) 산진매 수진매와 해동청(海東靑) 보라매 : 여러 종류의 매. 산에서 자라 여러 해를 묵은 산진매(산지니), 길을 들인 수진매(수지니), 사냥을 하기 위해 기른 해동청과 보라매.

165) 심수풍림(深樹豐林) : 깊은 숲속.

166) 산계야목(山鷄野鶩) : 꿩과 들오리. 즉 길들여지지 않은 짐승.

167) 형극(荊棘) : 나무의 온갖 가시. '고난'을 비유적으로 이르는 말.

168) 헛주정 : 술에 취하지 않고 일부러 취한 것처럼 정신없이 말하거나 행동함. 또는 그런 말이나 행동.

다

혼자 앉아 군말삼아 나 들으라 하는 말이
건넌집 나그네는 정승(政丞)의 아들이요
뒷집의 손님네는 판서(判書)의 아우로서
나라에 득죄(得罪)하고 절도(絶島)에 들어오니
이전 말은 하도 말고 여기 사람 일을 배와
고기 낚기 나무 베기 자리 치기 신 삼기와
보리 동냥 하여다가 주인 양식 보태거늘
한 곳에는 무슨 일로 공한170) 밥을 먹으려노
쓰자 하는 열 손가락 꼼짝도 아니하고
걷자는 두 다리는 움직도 아니하니
썩은 나무에 박은 끌가 전당(典當) 잡은 촛대런가
종 찾으련 상전인가 빚 받으련 채사(債士)런가
동이성(同異姓)의 권당(眷堂)171)인가 풋낯의 친구(親舊)런가
양반(兩班)인가 상인(常人)인가 병인(病人)인가 반편인가
화초(花草)라고 놓고 볼까 괴석(怪石)이라 두고 볼까
은혜(恩惠) 끼친 일가 있어 특명(特命)으로 먹으련가
저 지은 죄(罪) 뉘 탓이며 제 설움을 뉘 아던가
밤낮으로 우는 소리 슬픈 소리 듣기 싫다
듣기에 찌질하고 보기에도 귀치않다
한 번 듣고 두 번 듣고 통분(痛憤)키도 하다마는
풍속(風俗)이 보와 하니 해연(駭然)172)이 막심(莫甚)하다
인의예지(仁義禮智)이 없었으니 부자(父子)의 싸움이요
남녀(男女)를 불분(不分)하니 계집의 등짐이라
풍속이 이러하니 존비(尊卑)를 아올쏘냐
다만 놈이173) 아는 것이 손꼽아 주먹셈174)이
둘 다섯 홑 다섯 못 다섯이 셈이로다
포악탐욕(暴惡貪慾)이 예의염치(禮儀廉恥) 되었으며
푼전승합(分錢升合)175)으로 효제충신(孝悌忠信) 삼았으니
일대공득(一大空得)176)을 지효(至孝)로 알았으며

혼정신성(昏定晨省)은 보리 담은 채독177)이다
출필곡반필면(出必告反必面)은 돈 모으는 벙어리178)라
무지(無知)가 그러하고 막지(莫知)가 그러하니
왕화(王化)179)가 불급(不及)하니 견융(犬戎)180)의 행사(行事)로다
내 귀양 아니더면 이런 일 보았으랴
조그만 실개천에 두 발목 빠진 소경
눈 먼 줄이 한탄이지 개천을 시비(是非)하랴
임자 몰라 짖는 개를 꾸짖으니 무엇 하리
아마도 하릴없다 생애(生涯)181)를 생각하자
고기 낚기 하자 하니 물멀미182)를 어이하며
나무 베기 하자 하니 힘 모자라 어이하리
자리 치기 신 삼기는 모르거든 어찌 하리
어와 고쳐 생각하니 보리 동냥 하여보자
탈망건(脫網巾)183)에 갓 숙이고 홑중치막184) 띠도 두고
육승(六升)185) 짚신 들메이고 세살부채186) 차면(遮面)187)하고
돌담뱃대188) 손에 쥐고 오망자루189) 옆에 끼고
비식비식 걷는 걸음 걸음마다 눈물이다
세상(世上) 인사(人事) 꿈이로다 내 일 더욱 꿈이로다
엊그제는 부귀자(富貴者)요 오늘날은 빈천자(貧賤者)라
부귀자가 꿈이런가 빈천자가 꿈이런가
장주호접(莊周胡蝶) 황홀(恍惚)하니 어느 것이 정(正) 꿈인고190)

---

169) 비경(非驚) : 놀라워하지 않음. 두려워하지 않음.
170) 공한 : 공짜.
171) 동이성(同異姓)의 권당(眷堂) : 성이 다른 집안의 식구.
172) 해연(駭然) : 몹시 이상스러워 놀라움.
173) 놈이 : 원문은 '농니'를 읽은 것이다. '농(農)이', '능(能)히'로도 읽을 수 있다. 이본에는 앞의 '다만'과 함께 '다만지'라 되어 있다.
174) 주먹셈 : 연필이나 계산기 따위를 쓰지 아니하고 머릿속으로 하는 계산. 속셈.
175) 푼전승합(分錢升合) : 푼돈과 됫박 곡식. 아주 적은 돈과 곡식. 분전승량(分錢升量).
176) 일대공득(一大空得) : 한 번 크게 힘을 들이거나 값을 치르지 아니하고 거저 얻음.

177) 채독 : 싸릿개비나 버들가지 따위의 오리를 결어 독 모양으로 만들고 안팎으로 종이를 바른 채그릇. 산간 지방에서 마른 곡식을 갈무리할 때에 많이 쓴다.
178) 벙어리 : 푼돈을 넣어 모으는 데 쓰는 조그만 통. 원래는 질그릇으로 만들었으나, 요즘은 주로 플라스틱으로 만든다.
179) 왕화(王化) : 임금의 교화.
180) 견융(犬戎) : 같은 오랑캐.
181) 생애(生涯) : 생계(生計). 살아나갈 방도.
182) 물멀미 : 움직이는 큰 물결이나 흐름에 어지러워짐. 또는 그런 증세.
183) 탈망건(脫網巾) : 머리에 쓴 망건을 벗음. '망건'은 상투를 튼 사람이 머리카락을 걷어 올려 흘러내리지 아니하도록 머리에 두르는 그물처럼 생긴 물건. 보통 말총, 곱소리 또는 머리카락으로 만든다.
184) 홑중치막 : 위에 껴입는, 소매가 짧고 깃이 없는 홑옷.
185) 육승(六升) : 여섯 새. 날실 여든 올을 한 새로 친다. 여기서는 '총', 곧 짚신이나 미투리 따위의 앞쪽의 양편쪽으로 운두를 이루는 낱낱의 신울이 여섯인 것을 이른다.
186) 세살부채 : 살이 매우 가늘거나 살의 수가 적은 부채. 거의 다 찢어져 살이 몇 개 남지 아니한 부채.
187) 차면(遮面) : 얼굴을 가리어 감춤.
188) 돌담뱃대 : 돌통대. 흙이나 나무로 만든 담뱃대.
189) 오망자루 : 볼품없이 생긴 자그마한 자루.
190) 장주호접(莊周胡蝶) 황홀(恍惚)하니 어느 것이 정(正) 꿈인고 : 장자(莊子)가 나비가 되어 날아다닌 꿈. 장자가 나비가 된 것인지 나비

한단치보(邯鄲稚步)191) 꿈인가 남양초려(南陽草廬) 큰 꿈192)인가

화서몽(華胥夢)193)에 칠원몽(漆園夢)194)에 남가일몽(南柯一夢)195) 깨치고자

몽중(夢中) 흉사(凶事) 이러하니 새벽 대길(大吉) 부르리라

가난한 집 지나치고 가멸한196) 집 몇 집인고

사립문을 들자 할까 마당가에 서자 하랴

철없는 어린 아이 소 같은 젊은 계집

손가락질 가리키며 귀양다리197) 온다 하니

어와 고이하다 다리 칭(稱)198) 고이하다

구름다리 나무다리 징검다리 돌다린가

춘정월(春正月) 십오일에 상원야(上元夜)198) 밟은 다리199)

장안(長安) 시상(市上) 열두 다리 다리마다 밟은 다리

옥호금준(玉壺金樽)200) 가득 부어 다리다리201) 배반(杯盤)202)이다

위쪽으로 밟은 다리 썩은 다리 헌 다리

금천교의 다리 밟아 수교 다리 세경다리

장홍교 앞 밟은 다리 부어 다리 수문다리

마전다리 내리 밟아 군기시 다리

농기전 다리 터럭전 다리 중촌으로 광충 다리

굽은 다리 장차골 다리

수표다리 효경다리 황차문다리

도로 올라 중학다리 다시 내려 마전다리

동대문 안 두 다리 서소문 안 학다리

남대문 안 붕어다리 시구문 안 썩은 다리

아래다리 윗다리에 요동 다리 밟은 다리

이 다리 저 다리에 금시초문(今始初聞) 귀양다리

수종(水腫)다리 습(濕)다리203)에 온양온수 전다린가

아마도 이 다리가 실족(失足)해서 병(病)든 다리

두 손길 늘이치면 다리에 가까우니

사지(四肢)의 손과 다리 그 사이 얼마치리204)

한 층을 조금 높여 손이라나 하려무나

부끄럼이 번져 나니 동냥 말이 나올쏜가

손가락 입에 물고 아니 나는 헛기침에

허리를 굽힐 적에 공손(恭遜)한 의사(意思)로다

내 허리 가엾다 비부(卑夫)에게 절이로다

내 인사(人事) 차서(次序)205) 없다 종에게 존대(尊待)로다

혼잣말 중중 하니 사매(邪魅)206)를 둘렀는가

그 집 사람 눈치 알고 보리 한 말 떠 주면서

불쌍하다 가져 가소 적객(謫客) 동냥 예사(例事)오니

당번(當番)하여 받을 제는 마지못한 치사(致謝)207)로다

그렁저렁 얻은 보리 들고 가기 어려워라

어느 노비(奴婢) 수운(輸運)208)하리 아무려나 저 보리라

갓은 쓰고 지려니와 홑중치막 어찌하리

주변209)이 으뜸이라 변통을 하여 보자

넓은 소매 구겨 질러 품속에 넣고 보니

하 괴이(怪異)치 아니하다 긴 등거리210) 제법이라

아무래도 꿈이로다 일마다 꿈이로다

동냥도 꿈이로다 등짐도 꿈이로다

뒤에서 당기는 듯 앞에서 미웁는 듯

아무리 굽히려도 자빠지니 어찌하리

가 장자가 된 것인지 모르겠다고 하였다. 물아일체(物我一體)의 경지. 인생의 덧없음을 비유하는 말. 원문에 '장원'이라 되어 있는데, 이것은 '周'를 '園'으로 오독한 결과이다.

191) 한단치보(邯鄲稚步) : 연(燕)나라의 한 소년이 조(趙)나라의 서울 한단에 가서 그곳 사람들의 걸음걸이를 본뜨려다 자기의 본래 걸음걸이마저 잊어 버렸다는 고사.

192) 남양초려(南陽草廬) 큰 꿈 : 남양(南陽)의 초려(草廬)에서 제갈공명(諸葛孔明)이 낮잠을 자다가 촉(蜀)나라 유비(劉備)를 만나 큰 꿈을 이루었던 일.

193) 화서몽(華胥夢) : 옛날 황제(黃帝)가 낮잠을 자다가 꿈을 꾸었는데, 꿈속에서 화서라는 나라의 태평함을 보았다는 고사.

194) 칠원몽(漆園夢) : 장주(莊周), 곧 장자(莊子)가 꾼 꿈. 장자는 전국시대 송(宋)나라의 몽현(蒙縣)에 있던 칠원(漆園)이라는 고을의 하급 관리(吏)를 지냈다. '원리몽(園吏夢)'이라고도 한다.

195) 남가일몽(南柯一夢) : 중국 당(唐)나라 순우분(淳于棼)이 자기 집 남쪽에 있는 회나무 밑에서 잠을 자다가 꿈에 대괴안국 남가군을 다스리어 이십 년 동안이나 부귀를 누리다가 깨었다는 고사.

196) 가음연 : 가멸은. 부유한. 넉넉한.

197) 귀양다리 : 귀양살이하는 사람을 낮잡아 이르는 말. '-다리'는 접미사로 '늙다리, 키다리'에서처럼 그러한 속성을 지닌 사물이나 사람을 홀하게 이르는 말.

198) 칭(稱) : 이르기. 부르기.

199) 상원야(上元夜) 밟은 다리 : 정월 보름날 밤에 다리를 밟는 풍속. 이날 다리를 밟으면 일 년간 다릿병을 앓지 아니하며, 열두 다리를 건너면 일 년 열두 달 동안의 액을 면한다고 한다.

200) 옥호금준(玉壺金樽) : 옥으로 만든 병과 금으로 만든 술동이.

201) 다리다리 : 풍성하게 늘어놓은 모양. 죽 이어져 나오는 모양이나 소리. 음성 상징어). 이본에는 '적성가곡(積聲歌曲)은 다리다리 풍류(風流)로다'가 이어서 나온다.

202) 배반(杯盤) : 술을 담은 잔과 안주를 담은 쟁반.

203) 습(濕)다리 : 습증(濕症)에 걸린 다리.

204) 얼마치리 : 얼마아리.

205) 차서(次序) : 차례. 순서.

206) 사매(邪魅) : 요사스러운 귀신. 사악한 도깨비.

207) 치사(致謝) : 고맙다는 뜻을 나타냄.

208) 수운(輸運) : 물건을 운반하는 일.

209) 주변 : 일을 주선하거나 변통함. 또는 그런 재주.

210) 등거리 : 등만 덮을 만하게 걸쳐 입는 홑옷. 베나 무명으로 깃이 없고 소매가 짧거나 없게 만든다.

멀지 않은 주인 집을 천신만고(千辛萬苦)[211] 들어오니

존전(尊前)[212]에 뵈옵는가 한출첨배(汗出沾背)[213] 무슨 일고

저 주인(主人) 거동 보소 코웃음 비웃음에

양반(兩班)도 하릴없네 동냥도 하시는고

귀인(貴人)도 속절없네 등짐도 하시는고

밥 싼[214] 노릇 하오시니 저녁 밥 많이 먹소

네 웃음 보기 싫고 많은 밥도 먹기 싫다

동냥도 한 번이지 빌긴들 매양이랴

평생(平生)에 처음이요 다시 못 할 일이로다

차라리 굶을진정 이 노릇은 못 하겠다

무슨 일을 하잔 말고 신 삼기나 하오리다

짚 한 단 축여[215] 놓고 신날이나 꼬아 보자

종이 노[216]도 못 꼬거든 새끼를 어이 꼬리

다만 한 발 채 못 꼬아 손가락이 다 붙었네[217]

하릴없어 내어 놓고 노 꼬기나 하오리라

긴 삼대 베어 내어 자리 노[218]를 배워 꼬니

한 발 꼬고 두 발 꼬니 거의 익숙하리로다

천수만한(千愁萬恨)[219] 이내 마음 노 꼬기에 부쳤으니

날이 가고 밤이 가니 어느 절(節)[220]이 되었는고

오동(梧桐)은 엽락(葉落)하고 금풍(金風)[221]은 소슬(蕭瑟)[222]한데

만산초목(滿山草木)[223]은 잎마다 추경(秋景)이라

새벽 서리 지는 달에 외기러기 슬피 울 제

잠 없는 내 먼저 듣고 임 생각이 새로워라

보고지고 보고지고 우리 임 보고지고

나래 돋친 학이 되어 날아가서 보고지고

만리장천(萬里長天)[224] 편운(片雲)[225] 되어 떠나 가서 보

고지고

오동추야(梧桐秋夜)[226] 달이 되어 비치어나 보고지고

벽사창전(壁紗窓前)[227] 세우(細雨) 되어 뿌리면서 보고지고

추월춘풍(秋月春風) 몇몇 해를 주야불리(晝夜不離)[228]하옵다가

천산만수(千山萬水)[229] 머나먼데 소식조차 돈절(頓絶)[230]하니

철석간장(鐵石肝腸) 아니어든 그리움을 견딜쏘냐

어와 못 잊을사 임 그려 못 잊을사

용천검(龍天劍) 태아검(太阿劍)[231]에 비수단검(匕首短劍) 손에 쥐고

청산리(靑山裏) 벽계수(碧溪水)[232]를 힘껏 베어도

끊어지지 아니하고 한 데 이어 흘러가니

물 베는 칼도 없고 정(情) 베는 칼도 없네

물 끊기 어려우니 마음 끊기 어려워라

용문지석(龍門之石)[233] 가볍고 옥정지수(玉井之水)[234] 흐리오며

삼천리 벽해(碧海) 되나 임 그린 이내 마음 가실 줄이 있을쏘냐

내 이리 그리는 줄 아오시나 모르시나

모르시고 잊으신가 아오시고 속이신가

내 아니 잊었거니 임이 설마 잊었을까

부운(浮雲)이 흩어져도 모일 때 있었으니

상설(霜雪)이 춥다 하나 우로(雨露)가 아니오랴

울음으로 떠난 천자(賤子)[235] 웃음 웃어 만나고자

이리저리 생각하니 가슴 속에 불이 난다

간장(肝腸)이 타서 오니 무엇으로 끄잔 말고

끄기가 어려울사 오장(五臟)의 불이로다

천상수(天上水)[236]를 얻어오면 끌 법도 있건마는

---

211) 천신만고(千辛萬苦) : 천 가지 매운 것과 만 가지 쓴 것이라는 뜻으로, 온갖 어려운 고비를 다 겪으며 심하게 고생함을 이르는 말.
212) 존전(尊前) : 높은 이의 앞.
213) 한출첨배(汗出沾背) : 땀이 나서 등이 젖음.
214) 싼 : 거두어 마련한.
215) 축여 : 물 따위에 적시어 축축하게 하여.
216) 노 : 실, 삼, 종이 따위를 가늘게 비비거나 꼬아 만든 줄. 노끈.
217) 붙었네 : 부풀었네. 살가죽이 붓거나 부르터 올랐네.
218) 자리 노 : 자리를 짜는 데 쓰는 노.
219) 천수만한(千愁萬恨) : 온갖 근심과 한스러움.
220) 절(節) : 계절. 철.
221) 금풍(金風) : '가을바람'을 달리 이르는 말. 오행에 따르면 가을은 금(金)에 해당한다는 데서 이르는 말이다.
222) 소슬(蕭瑟) : 으스스하고 쓸쓸함.
223) 만산초목(滿山草木) : 온 산의 풀과 나무.
224) 만리장천(萬里長天) : 아득히 높고 먼 하늘.
225) 편운(片雲) : 조각구름.

226) 오동추야(梧桐秋夜) : 오동나무 잎이 지는 가을 밤.
227) 벽사창전(壁紗窓前) : 푸른 비단으로 꾸민 창 앞. '분벽사창(粉壁紗窓)'으로 된 이본도 있다.
228) 주야불리(晝夜不離) : 밤낮으로 떠나지 않음. 언제나 함께 있음.
229) 천산만수(千山萬水) : 여러 산과 물.
230) 돈절(頓絶) : 편지나 소식 따위가 딱 끊어짐.
231) 용천검(龍天劍) 태아검(太阿劍) : 옛날 장수들이 쓰던 이름난 칼.
232) 청산리(靑山裏) 벽계수(碧溪水) : 푸른 산 속에 흐르는 푸른 시냇물.
233) 용문지석(龍門之石) : 용문의 바위. 중국 황허강(黃河江) 중류에 있는 여울목인 용문의 거센 물을 버티고 있는 바위.
234) 옥정지수(玉井之水) : 옥정의 물. '옥정'은 중국 화산(華山) 꼭대기에 있는 연못.
235) 천자(賤子) : 스스로 자기를 낮추어 이르는 말. 미천한 남자.
236) 천상수(天上水) : 하늘 위의 물이란 뜻으로, 빗물을 이르는 말. 여

알고도 못 얻으니 혀 발아[237] 말이 없네

차라리 쾌히 죽어 이 설움 모르고자

포사수변(浦沙水邊)[238] 펼쳐 앉아 종일토록 통곡하니

망해투사(望海投死)[239]하려 함도 한두 번 아니로다

적적(寂寂) 중문(重門) 굳이 닫고 천사만사(千思萬思)[240] 다 버리고

불식아사(不食餓死)[241]하려 함도 몇 번인 동[242] 알았을까

일각삼추(一刻三秋)[243] 더디 가니 이 고생을 어찌할꼬

시비(柴扉)에 개 짖으니 날 놓을 관문(官文)인가

반겨 나가 물어 보니 황아[244] 파는 장사로다

바다에 배가 오니 사문(赦文)[245] 가진 관선(官船)인가

일어서서 바라보니 고기 낚은 어선(漁船)이라

하루도 열두 시에 몇 번을 기다린가

설움 모여 병이 되니 백병(百病)이 한데 난다

배고파 허기증(虛飢症)에 몸 추워 냉증(冷症)이라

잠 못 들어 현증(眩症)[246]이라 조갈증(燥渴症)[247]은 예증(例症)[248]이라

술 먹고 얻은 병은 술 먹고 고치려니

색(色)[249]으로 든 병이면 색을 보아 고치려니

공명(功名)으로 든 병이면 공명(功名)하여 고치잔들

상궁지조(傷弓之鳥)[250] 놀랐으니 살받이[251]에 앉았을까

신농씨(神農氏)[252] 꿈에 뵈고 병(病) 고칠 약(藥)을 배워

소심단(甦心丹) 회심단(回心丹)에 건심탕(健心湯)[253]을 먹었은들

천금준마(千金駿馬) 잃은 후(後)에 외양간 고침이요

갖은 성냥[254] 다 배우자 눈 어두운 일이로다

어와 그 사이에 해 벌써 저물었다

삼추(三秋)가 다 지나고 엄동(嚴冬)이 되단 말가

강촌(江村)에 눈 날리고 북풍(北風)이 선듯 부니

상하산천(上下山川)에 백옥경(白玉京)[255]이 되었어라

십이주(十二州) 오경루(五景樓)[256]를 이 길로 통(通)하도다

저 건너 높은 뫼에 홀로 섰는 저 소나무

오상고절(傲霜孤節)[257]을 알았노라 하거니와

광풍(狂風)이 아무런들 범(犯)할 줄 있을쏘냐

도끼 멘 저 초부(樵夫)[258]야 벌목(伐木)도 하거니와

표난[259] 나무를 먼저 보고 행여나 찍지 마라

동백화(冬栢花) 피운 꽃은 눈 속에 붉었으니

설만장안(雪滿長安)에 학정홍(鶴頂紅)[260]이 의연(毅然)하다[261]

엊그제 그런 바람 간밤의 어린 눈이

높은 절(節) 고운 빛을 고침이 없었으니

춘풍(春風) 도리화(桃李花)는 도리어 부끄럽다

어와 외박(外泊)[262]하다 설풍(雪風)에 어이하리

모말(毛襪) 당혜(唐鞋)[263] 다 없으니 발이 시려 어이하랴

하물며 한데 누워 얼어 죽기 정녕(丁寧)[264]하다

주인(主人)에 울력[265] 빌어 방(房) 반 칸 의지(依持)하니

흙바람[266] 하였은들 종이 맛을 하였을까[267]

벽(壁)이 말라 틈이 버니 틈마다 벌레로다

구렁 배암 겪었으니 약간(若干) 벌레 저어하랴

기서는 임금의 은혜를 상징하는 말로 쓰였다.
237) 발아 : 액체가 바싹 졸아서 말라붙어.
238) 포사수변(浦沙水邊) : 바닷가 모래밭의 물가.
239) 망해투사(望海投死) : 바다에 몸을 던져 죽음.
240) 천사만사(千思萬思) : 온갖 생각. 천사만상(千思萬想).
241) 불식아사(不食餓死) : 먹지 않고 굶어죽음.
242) 동 : '줄'의 옛말.
243) 일각삼추(一刻三秋) : 일각여삼추(一刻如三秋). 일각(一刻)이 삼 년과 같다는 뜻으로, 몹시 기다려지거나 몹시 지루한 느낌을 이르는 말.
244) 황아 : 잡화(雜貨).
245) 사문(赦文) : 용서하는 문서. 귀양이 풀렸다는 문서.
246) 현증(眩症) : 현기증(眩氣症). 어지러운 기운이 나는 증세.
247) 조갈증(燥渴症) : 갈증으로 물을 많이 마시고 음식을 많이 먹으나 몸은 여위고 오줌의 양이 많아지는 병.
248) 예증(例症) : 늘 앓는 병.
249) 색(色) : 색정(色情)이나 여색(女色), 색사(色事) 따위를 뜻하는 말.
250) 상궁지조(傷弓之鳥) : '화살에 맞아서 다친 새'라는 뜻으로, 예전에 일어난 일에 놀라서 작고 하찮은 일에도 매우 두려워하여 경계하는 것을 말한다.
251) 살받이 : 화살이 꽂힐 자리. 과녁 뒤에 화살이 멀리 날아가지 못하게 세워 놓은 것.
252) 신농씨(神農氏) : 중국 고대의 황제. 풀을 직접 먹어보고 약을 지어냈다고 함.
253) 소심단(甦心丹) 회심단(回心丹)에 건심탕(健心湯) : 마음을 되돌리

거나 건강하게 하는 약.
254) 성냥 : 무딘 쇠 연장을 불에 불리어 재생하거나 연장을 만듦.
255) 백옥경(白玉京) : 하늘 위에 옥황상제가 산다고 하는 가상적인 서울.
256) 십이주(十二州) 오경루(五景樓) : 천상의 백옥경에 있다는 십이루(十二樓)와 오성(五城)이 와전(訛傳)된 것이다.
257) 오상고절(傲霜孤節) : 서릿발이 심한 속에서도 굴하지 아니하고 외로이 지키는 절개라는 뜻으로, '국화'를 이르는 말.
258) 초부(樵夫) : 나무꾼.
259) 표난 : 표가 나는. 잘 보이는.
260) 설만장안(雪滿長安)에 학정홍(鶴頂紅) : 눈이 가득한 장안에 학의 이마가 붉음.
261) 의연(毅然)하다 : 의지가 굳세어서 끄떡없다.
262) 외박(外泊) : 밖에서 잠.
263) 모말(毛襪) 당혜(唐鞋) : 털버선과 가죽신.
264) 정녕(丁寧) : 조금도 틀림없이 꼭. 또는 더 이를 데 없이 정말로.
265) 울력 : 떼 지어 으르고 협박함. 울력성당.
266) 흙바람 : 흙벽. 벽에 흙을 바름.
267) 종이 맛을 하였을까 : 종이를 발라 마감을 하였을까.

굵은 벌레 주위 내고 잔 벌레는 던져 두고

대[竹] 얽어 문(門)을 하고 헌 자리 가리오니

약간 바람 가리오던들 대풍(大風)을 막을쏘냐

도중(島中)의 나무 모아 조석(朝夕) 밥 겨우 하니

가난한 손의 방에 불김이 쉬울쏜가

섬거적268) 뜯어 펴니 선단(善緞) 요269) 되겠구나

개가죽 추켜 덮고 비단(緋緞) 이불 되었어라

적무인(寂無人)270) 빈 방(房) 안에 게발 물어 던진 듯이271)

새우잠 곱송그려272) 긴긴밤 새워내니

위로 한기(寒氣) 들고 아래로 냉기(冷氣) 드니

이름이 구들273)이지 한데만도 못하구나

일신(一身)이 빙상(氷霜)되어 한전(寒戰)274)이 절로 난다

송신(送神)275)하는 손대276)런가 과녁 맞은 살대277)런가

살풍세우(殺風細雨) 문풍진가278) 칠보잠(七寶簪)의 금나빈가279)

사랑 호아280) 안고 떠나 겁(怯)난 끝에 놀라 떠나

양생법(養生法)281) 모르거든 고치(叩齒)282)조차 하는구나

눈물 흘려 베개 밑에 얼음조각 버석이니283)

---

268) 섬거적 : 섬을 만들려고 엮은 거적이나 섬을 뜯은 거적. '섬'은 짚으로 날을 촘촘히 결어서 만든 그릇의 하나. 주로 곡식을 담는 데 쓰인다.
269) 선단(善緞) 요 : 좋은 비단으로 만든 요. '요'는 사람이 앉거나 누울 때 바닥에 까는 것.
270) 적무인(寂無人) : 사람 없어 고요한.
271) 게발 물어 던진 듯이 : '지리산(또는 태백산) 갈가마귀 게발 물어 던진 듯이'처럼 쓰여, 할 일은 다 했다고 내버려두고, 아주 외로운 형편이 되었다는 뜻.
272) 곱송그려 : 몸을 잔뜩 움츠려.
273) 구들 : 고래를 켜고 구들장을 덮어 흙을 발라서 방바닥을 만들고 불을 때어 난방을 하는 구조물. 방고래, 방구들, 온돌.
274) 한전(寒戰) : 추워서 떪.
275) 송신(送神) : 제사가 끝난 뒤에 신을 보내는 일.
276) 손대 : 굿할 때나 경문을 읽을 때에 무당이 신을 내리게 하는 데 쓰는 소나무나 대나무 가지. 내림대, 신나무.
277) 살대 : 화살대. 화살의 몸을 이루는 대.
278) 살풍세우(殺風細雨) 문풍진가 : 모진 바람이 불고 가랑비가 내리는 때의 문풍지인가. '문풍지'는 문틈으로 새어 들어오는 바람을 막기 위하여 문짝 주변을 돌아가며 바른 종이. 틈으로 들어오는 바람에 떨면서 소리를 낸다.
279) 칠보잠(七寶簪)의 금나빈가 : 칠보로 꾸민 비녀에 장식한 금나비인가. 비녀에 달아 움직이면 떨리도록 만들어졌다.
280) 호아 : 만나. '호다'는 헝겊을 겹쳐 바늘땀을 성기게 꿰매다는 뜻이다.
281) 양생법(養生法) : 병에 걸리지 아니하도록 건강 관리를 잘하여 오래 살기를 꾀하는 방법.
282) 고치(叩齒) : 양생법의 하나로, 이를 튼튼히 하기 위해 아랫니와 윗니를 마주 찧는 일. 여기서는 추위에 몸이 떨려 이가 부딪히는 것을 이름.
283) 버석이니 : 버석거리니. '버석거리다'는 '가랑잎이나 마른 검불 따위의 잘 마른 물건을 밟는 소리가 잇따라 나다.'의 뜻.

새벽닭이 홰284)를 치니 반갑다 닭의 소리

단봉문(丹鳳門)285) 대루원(待樓院)286)에 대개문(待開門)하던287) 때라

새로이 눈물지고 장탄식(長歎息) 하던 때에

동창(東窓)이 기명(旣明)288)하고 태양(太陽)이 높았으니

게을리 일어 앉아 굽은 다리 펴올 적에

삭다리289)를 쪼개는지 마디마디 소리 난다

돌담뱃대 잎남초290)를 쇠똥불에 붙여 물고

양지(陽地)곁 찾아 앉아 옷에 이291) 주워낼 제

아니 빗은 허튼머리292) 두 귀 밑 덮었으니

슬프게 마른 양자293) 눈코만 남았구나

내 형상(形狀) 가련(可憐)하다 그려내어 보고지고

오색단청(五色丹靑) 짙게 메어294) 그리운 데 보내고자

전전(前前)의 깊은 정(情)을 만(萬)에 하나 옮기시면

오늘날 이 고생이 몽중사(夢中事)가 되련마는

기러기 다 난 후(後)에 척서(尺書)295)를 못 전하니

초수오산(楚水吳山)296) 천만(千萬) 첩(疊)에 내 그림 뉘 전하리

사랑홉다 이 볕이야 얼었던 몸 다 녹인다

백년(百年) 쬐인들 마다야 하련마는

어이한 조각구름 이따금 그늘지니

찬바람 지나칠 제 뼈 시려 애처롭다

오늘도 저물어지니 이 밤을 어찌 새리

이 밤을 지내온들 오는 밤을 어찌하리

잠이 없거든 밤이나 짧거나

밤이 길거들랑 잠이나 오려다나

허구한 밤이 오니 밤마다 잠 못 들어

---

284) 홰 : 새벽에 닭이 올라앉은 나무 막대를 치면서 우는 차례를 세는 단위.
285) 단봉문(丹鳳門) : 궁궐의 문.
286) 대루원(待樓院) : 궁궐에 출근하는 이들이 문이 열리기를 기다리는 곳.
287) 대개문(待開門)하던 : 문 열기를 기다리던.
288) 기명(旣明) : 이미 밝음. 벌써 밝음.
289) 삭다리 : '삭정이'가 사투리. 산 나무에 붙어 있는, 말라 죽은 가지.
290) 잎남초 : 잎담배.
291) 이 : 사람의 몸에 기생하면서 피를 빨아 먹는 곤충.
292) 허튼머리 : 헝클어진 머리.
293) 양자 : 얼굴의 생긴 모양. '樣子'로 쓰기도 한다.
294) 오색단청(五色丹靑) 짙게 메어 : 여러 가지 색으로 진하게 메꾸어.
295) 척서(尺書) : 길게 쓴 편지. 척독(尺牘).
296) 초수오산(楚水吳山) : 초 나라의 강과 오 나라의 산. 중국 당(唐) 나라 시인 백거이(白居易)의 '강남에서 북쪽으로 가는 길손을 통해 서주에 있는 형제들에게 글을 보내며(江南送北客因憑寄徐州兄弟書)'에 '고향 땅 바라보나 막히어 어찌할 수 없나니, 초수오산으로 만 리쯤 떨어져 있네(故園望斷欲何如 楚水吳山萬里餘).'라는 구절이 있다.

그리운 이 생각하고 살뜰히 애 썩히니

목숨이 명완(命頑)[297]하니 밥 먹어 살았으니

인간(人間) 만물(萬物) 생긴 것을 낱낱이 헤어 본들

모질고 단단하기 나 밖에 또 있는가

심산궁곡(深山窮谷) 백액호(白額虎)[298]도 모질기 나만 하며

돌 때리는 철(鐵)몽치[299] 단단하기 나 같으랴

흉복(胸腹)[300]이 터지오니 터지거든 구멍을 뚫어

고모장자 세살장자 가로닫이 세닫이[301]에 완자창[302] 갖춰 내어

이처럼 답답할 제 여닫아나 보고지고[303]

어와 어찌하리 설마 한들 어찌하리

세상 귀양 나뿐이랴 인간 이별 나 혼자랴

소무(蘇武)의 북해(北海) 고생(苦生) 돌아올 때 있었으니[304]

나 혼자 이 고생이 귀불귀(歸不歸)[305] 설마 하랴

무슨 일 마음 붙여 이 시름 잊으리라

작은 낫 손에 쥐고 뒷동산 올라가니

풍상(風霜)이 섞어친 데 만목(萬木)이 소슬(蕭瑟)하다

천고고절(千古孤節)[306] 푸른 대는 봄빛이 머물렀다

곧은 대 베어 내어 가지 쳐 다듬어서

발 남은 낚싯대 좋은 품 되었거다

청올치[307] 가는 줄에 낚시 메어 둘러메고

오늘이 날이 좋다 샛바람[308] 아니 불고

물결이 고요하니 고기가 물 때로다

낚시질 함께 가자 사립(簑笠)[309]을 젖혀 쓰고

---

297) 명완(命頑): 목숨이 모짊.
298) 백액호(白額虎): 이마에 흰 점이 박힌 호랑이.
299) 철(鐵)몽치: 쇠망치.
300) 흉복(胸腹): 가슴과 배.
301) 고모장자 세살장자 가로닫이 세닫이: 장지문의 종류. '장지'는 방과 방 사이, 또는 방과 마루 사이에 칸을 막아 끼우는 문. 미닫이와 비슷하나 운두가 높고 문지방이 낮다.
302) 완자창: 창살이 '卍' 자 모양으로 된 창.
303) 고모장자~보고지고: '창 내고자 창을 내고자'로 시작하는 사설시조를 연상하는 구절이다.
304) 소무(蘇武)의 북해(北海) 고생(苦生) 돌아올 때 있었으니: 중국 한(漢)나라 때 소무가 북쪽에 있는 나라에 사신으로 갔다가 붙잡혀 19년 동안 고생하다 돌아왔다는 고사.
305) 귀불귀(歸不歸): 가서는 돌아오지 않음. 중국 당(唐)나라 시인 왕유(王維)의 '송별(送別)'에, '봄풀은 해마다 다시 푸른데, 왕손은 가서 돌아오지 않는다(春草年年綠 王孫歸不歸).'라는 구절이 있다.
306) 천고고절(千古孤節): 오랜 세월 지켜온 외로운 절개.
307) 청올치: 칡덩굴의 속껍질로 꼰 노끈.
308) 샛바람: 동풍(東風).
309) 사립(簑笠): 도롱이와 삿갓. 짚, 띠 따위로 엮어 허리나 어깨에 걸쳐 두르는 비옷. 예전에 주로 농촌에서 일할 때 비가 오면 사용하

망혜(芒鞋)[310]를 되게[311] 신고 조대(釣臺)[312]로 내려가니

내 놀이 한가(閑暇)하다

원근(遠近) 산천(山川)은 홍일(紅日)[313]을 띠었으니

만경창파(萬頃蒼波)는 모두 다 금빛이라

낚싯대를 드리우고 무심(無心)히 앉았으니

저[314] 다 절로 와 무는구나

구태여 내 마음이 취어(取魚)[315]가 아니로되

지취(志趣)[316]를 함이라 낚싯대를 떨쳐 드니

사면(四面)에 잠든 백구(白鷗)[317] 낚싯대 그림자에

저 잡을 날만 여겨 다 놀라 나는구나

백구야 날지 마라 너 잡을 나 아니다

네 본디 영물(靈物)[318]이라 내 마음 모르느냐

평생(平生)에 곱던 임을 천리(千里)에 이별하고

사랑은커니와 그리움을 못 이기어

수심(愁心)이 첩첩(疊疊)거늘 마음을 둘 데 없어

흥(興) 없는 낚싯대를 실없이 들었은들

고기도 불관(不關)[319]커든 하물며 너 잡으랴

그래도 내 마음을 아마도 못 믿거든

너 가진 긴 부리로 내 가슴 헤어 내어

흉중(胸中)의 밝은 마음 분명히 아오리라

공명(功名)도 다 던지고 성은(聖恩)을 갚으려니

갚을 법도 있거니와 이 사이 일 없으니

성세(盛世)[320]에 한민(閑民)[321] 되어 너 좇아 다니리라

날 보고 날지 마라 네 벗님 되오리라

백구와 수작(酬酌)할 제 낙일(落日)이 창창(蒼蒼)하다

낚싯대의 줄 거두어 낚은 고기 꿰어 들고

강촌(江村)으로 돌아들어 주인 집 찾아오니

문 앞에 지킨 개는 날 반겨 꼬리 친다

난감(難堪)한 내 고생이 오랜 줄 가지(可知)로다[322]

던 것으로 안쪽은 엮고 겉은 줄거리로 드리워 끝이 너털너털하게 만든다.
310) 망혜(芒鞋): 짚신.
311) 되게: 단단하게.
312) 조대(釣臺): 낚시터.
313) 홍일(紅日): 새벽에 막 떠오르는 붉은 해.
314) 저: 저것들. 이본에 따라 이 자리에 '은린옥척(銀鱗玉尺)'이 나온다.
315) 취어(取魚): 고기를 가짐. 고기를 취함.
316) 지취(志趣): 의지와 취향을 아울러 이르는 말.
317) 백구(白鷗): 갈매기.
318) 영물(靈物): 신령스러운 물건이나 짐승. 약고 영리한 짐승을 신통히 여겨 이르는 말.
319) 불관(不關): 관계하지 않음.
320) 성세(盛世): 국운이 번창하고 태평한 시대.
321) 한민(閑民): 한가한 사람.

짖던 개 아니 짖고 임자로 아는구나
반일(半日)을 잊은 시름 자연히 고쳐 나니
아마도 이 시름은 잊자 하기 어려워라
강촌에 월락(月落)하고 은하(銀河)가 기울도록
방등(房燈)323)은 어데 가고 눈 감고 앉았으니
참선(參禪)하는 노승(老僧)인가 송경(誦經)324)하는 맹인
(盲人)인가
팔도(八道) 명산(名山) 어느 절의 중 소경을 두고 본가
누웠은들 잠이 오랴 헤아림도 하고 많다
은금보화(銀金寶華) 보배 중에 밑천 놓고 헴이런가
나 혼자 헴이런가 이다지 많습던고
남경(南京) 장사 북경(北京) 가서 갑절 장사 남겼는가
이 헴 저 헴 아무 헴도 그만 헤면 다 헤었지
낮에도 헴을 헤고 밤에도 헴을 헤니
앉아도 헴을 헤고 누워도 헴을 헤니
헤다가 다 못 헤니 무한(無限)한 헴이로다
오매(寤寐)에 맺힌 설움 누더러 하잔 말고
북벽은 증인 되어 이내 설움 알련마는
알고도 묵묵하니 아는 동 모르는 듯
남초(藍草)가 벗이 되어 내 설움 위로(慰勞)된다
먹고 떨고 담아 부쳐 한 무릎에 사오대을
현증(眩症) 나고 두통(頭痛) 나니 설움 잠깐 잊히인다
잊히인들 잊을쏜가 홀연히 생각하니
어와 무슨 일로 이내 몸이 여기 왔노
번화(繁華) 고향 어디 가고 적막(寂寞) 절도(絕島) 들어
왔노
오량와가(五樑瓦家)325) 어디 가고 두옥(斗屋)326) 반 칸
의지하며
내외(內外) 장원(莊園) 어디 가고 밭고랑의 빈 터인고
세살 장자 어디 가고 죽창문(竹窓門)을 닫았으며
서화(書畫) 도벽(塗壁) 어디 가고 흙바람이 터졌으며
산수(山水) 병풍(屛風) 어디 가고 갈대발327)을 둘렀으며
각장장판(角壯壯版)328) 어디 가고 삿자리329)를 깔았으며

겨울 핫것330) 어디 두고 봄 누비것331) 입었으며
정주(定州) 탕건(宕巾)332) 어디 가고 봉두난발(蓬頭亂
髮)333) 민머리며
안팎 버선 어디 가고 다목다리334) 벌거며
녹비(鹿皮) 화자(靴子)335) 어디 가고 육총 짚신 신었으며
조반(朝飯) 점심(點心) 어디 가고 일중(日中)336)하기 어
려우며
백통[白銅] 연죽(煙竹)337) 어디 두고 돌통대338)를 물었으
며
남경(南京) 선자(扇子)339) 어디 가고 세살부채 쥐었으며
사환(使喚) 노비(奴婢) 어디 두고 고공(雇工)340)이가 되
었으며
아침이면 마당 쓸고 저녁이면 불 때이고
볕이 나면 쇠똥 치기 비가 오면 도랑 트기
들에 가면 집 지키기 보리 멍석 새 날리기
거처 번화(繁華) 의복 사치(奢侈) 나도 전에 하였더니
좋은 음식 맛난 맛을 하마 거의 잊었어라
설움에 휘감기어 날 가는 줄 몰랐더니
셈 없는 아이들은 묻지도 않은 말을
한 밤 자면 설이오니 병탕(餠湯)341) 먹고 윷342) 놀자네
아이 말 신청(信聽)343)하여 여풍과이(如風過耳)344) 들었
더니
남린북촌(南隣北村)345) 인가(人家)에 태병성(笞餠聲)346)

330) 핫것 : 솜을 넣어 만든 것.
331) 누비것 : 두 겹의 천 사이에 솜을 넣고 줄이 죽죽 지게 박은 것.
332) 정주(定州) 탕건(宕巾) : 평안북도 정주에서 만든 탕건. '탕건'은 벼슬아치가 갓 아래 받쳐 쓰던 관(冠)의 하나. 말총을 잘게 세워서 앞쪽은 낮고 뒤쪽은 높게 턱이 지도록 뜬다. 집 안에서는 그대로 쓰고 외출할 때는 그 위에 갓을 썼다.
333) 봉두난발(蓬頭亂髮) : 쑥대머리처럼 머리가 텁수룩함.
334) 다목다리 : 냉기로 살빛이 검붉게 된 발.
335) 녹비(鹿皮) 화자(靴子) : 사슴의 가죽으로 만든 신. '화자'는 예전에, 사모관대를 할 때 신던 신. 바닥은 나무나 가죽으로 만들고 검은빛의 사슴 가죽으로 목을 길게 만드는데 모양은 장화와 비슷하다.
336) 일중(日中) : 일중식(日中食). 아침과 저녁은 굶고 낮에 한 번만 먹음.
337) 백통[白銅] 연죽(煙竹) : 백통으로 만든, 담배를 피우는 데 쓰는 기구. 담배통, 담배설대, 물부리로 이루어져 있다.
338) 돌통대 : 흙이나 나무로 만든 담뱃대.
339) 선자(扇子) : 부채.
340) 고공(雇工) : 머슴.
341) 병탕(餠湯) : 떡국.
342) 윷 : 작고 둥근 통나무 두 개를 반씩 쪼개어 네 쪽으로 만든 것. 도, 개, 걸, 윷, 모의 다섯 등급을 만들어 승부를 겨루는 놀이에 쓴다.
343) 신청(信聽) : 곧이들음.
344) 여풍과이(如風過耳) : 바람처럼 귀에 지나감.
345) 남린북촌(南隣北村) : 남쪽의 이웃과 북쪽의 마을. 여기저기 이웃 마을.
346) 태병성(笞餠聲) : 떡 치는 소리. 타병성(打餠聲).

322) 가지(可知)로다 : 알 수 있구나.
323) 방등(房燈) : 방 안의 등불.
324) 송경(誦經) : 점치는 소경이 경문을 외움.
325) 오량와가(五樑瓦家) : 보를 다섯 줄로 얹어 두 칸 넓이가 되게 짓는 방식으로 이루어진 기와집.
326) 두옥(斗屋) : 말만 한 집. 아주 작고 초라한 집.
327) 갈대발 : 갈대로 엮은 발.
328) 각장장판(角壯壯版) : 각장으로 바른 장판. '각장'은 보통 것보다 폭이 넓고 두꺼운 장판지.
329) 삿자리 : 갈대를 엮어서 만든 자리.

이 들리거늘

손꼽아 날을 헤니 오늘 밤이 제석(除夕)347)이라

타향(他鄕)에 봉가절(逢佳節)348)이 이뿐이 아니로다

상빈명조(霜鬢明朝)에 또 한 해 되단 말가349)

송구영신(送舊迎新)350)이 이 한 밤뿐이로다

어와 상풍(常風)351) 그렇던가 저녁 밥상 들어오니

예 못 보던 나무반352)에 수저 갖춘 장 김치라

나락밥353)이 돈독(敦篤)하고 생선 토막 풍성(豊盛)하다

그리해도 설이라고 배부르니 설이로다

고향을 떠나온 지 어제로 알았더니

내 이별 내 고생이 격년사(隔年事)354)가 되단 말가

어와 섭섭하다 정조(正朝)355) 문안(問安) 섭섭하다

북당쌍친(北堂雙親)356)은 학발(鶴髮)357)이 더 하시리

공규화월(空閨花月)358)은 얼마나 늙었는고359)

오 세에 떠난 자식 육 세에 되단 말가

내 아니라 남이라도 내 설움은 섧다 하리

천리원별(千里遠別)360)이 해 벌써 바뀌도록

일자(一字) 가서(家書)361)를 꿈에나 들었을까

운산(雲山)이 막혔는 듯 하해(河海)가 가렸는 듯

기창(綺窓)362) 전(前) 한매(寒梅)363) 소식 물어볼 이 있었으리

바닷길 일천리(一千里)가 멀다도 하려니와

약수(弱水) 삼천리364)에 청조(靑鳥)가 전신(傳信)365)하고

은하수(銀河水) 수만리(數萬里)에 오작(烏鵲)이 다리 놓고366)

북해상(北海上)에 기러기 상림원(上林苑)에 날았으니367)

내 가신(家信) 어이 하여 은하가 막혔는가

꿈에나 혼(魂)이 가서 고향을 보련마는

원수(怨讐)의 잠이 올 제 꿈이나 아니 꾸랴

흐르나니 눈물이요 짓나니 한숨이라

눈물인들 한(限)이 있고 한숨인들 끝이 있지

내 눈물이 모였으면 추자(楸子)섬이 잠기리라

내 한숨이 피어 내면 한라산(漢拏山)을 덮었으리

강안(江岸)에 낙조(落照)하고 어촌(漁村)에 내368) 생길 제

사공(沙工)은 어디 가고 빈 배만 매였는고

산상(山上)에 구적(口笛)369) 소리 소 모는 아이로다

황독(黃犢)370)은 하산(下山)하여 외양371)을 찾아들고

석조(夕鳥)372)는 투림(投林)373)하여 구소(舊巢)374)로 날아드네

금수(禽獸)도 집이 있어 돌아갈 줄 알았거든

사람은 무슨 일로 돌아갈 줄 모르는고

뵈는 것이 다 섧으며 듣는 것이 다 슬프다

귀 먹고 눈 어두워 듣고 보지 말고 지고

이 설움 오랠 줄을 정녕(丁寧)이 알 양이면

한 일을 결단(決斷)하여 만사(萬事)를 잊으려니

나 죽은 무덤 위에 논을 갈지 밭을 갈지

일도혼백(一道魂魄)375)이 있을는지 없을는지

시비(是非) 분별(分別)이야 들으련들 쉬울쏜가

---

347) 제석(除夕) : 섣달 그믐날 밤. 제야(除夜).

348) 타향(他鄕)에 봉가절(逢佳節) : 타향에서 명절을 만남.

349) 상빈명조(霜鬢明朝)에 또 한 해 되단 말가 : 서리 같은 귀밑머리에 또 한 해가 지난단 말인가. 중국 당(唐)나라 시인 고적(高適)의 '제야음(除夜吟)'에, '천리 밖 고향의 오늘밤을 생각하니, 서리 맞은 귀밑머리에 내일 아침이면 또 한 살이로다(故鄕今夜思千里 霜鬢明朝又一年).'라는 구절에서 가져왔다.

350) 송구영신(送舊迎新) : 묵은해를 보내고 새해를 맞음.

351) 상풍(常風) : 일상의 풍속.

352) 나무반 : 나무로 만든 밥상.

353) 나락밥 : 쌀밥. '나락'은 '벼'를 이르는 말.

354) 격년사(隔年事) : 한 해가 지난 일. 지난해의 일.

355) 정조(正朝) : 정월 초하룻날. 설날.

356) 북당쌍친(北堂雙親) : 집에 계시는 부모님. '북당'은 예전에, 중국에서 집의 북쪽에 있는 당집을 이르던 말. 집안의 주부(主婦)가 거처하는 곳이다.

357) 학발(鶴髮) : 두루미의 깃털처럼 희다는 뜻으로, 하얗게 센 머리 또는 그런 사람을 이르는 말.

358) 공규화월(空閨花月) : 여자 혼자 거처하는 방의 꽃과 달. 여기서 '화월'은 '아내'를 비유한 말이다.

359) 늙었는고 : 문맥상 '늙었는고'의 뜻으로 쓰였다.

360) 천리원별(千里遠別) : 천 리나 되는 먼 곳에 떠난 이별.

361) 가서(家書) : 자기 집에 보내거나 집에서 온 편지. 가신(家信).

362) 기창(綺窓) : 비단으로 바른 창. 사창(紗窓).

363) 한매(寒梅) : 겨울에 피는 매화.

364) 약수(弱水) 삼천리 : 신선이 살았다는 중국 서쪽의 전설 속의 강. 길이가 3,000리나 되며 부력이 매우 약하여 기러기의 털도 가라앉는다고 한다.

365) 전신(傳信) : 편지를 전함.

366) 은하수(銀河水) 수만리(數萬里)에 오작(烏鵲)이 다리 놓고 : 견우와 직녀가 은하수를 사이에 두고 1년 동안 떨어져 지내다가 단오(端午)에 오작, 곧 까마귀와 까치가 놓은 다리를 건너 만나는 전설을 언급한 구절이다.

367) 북해상(北海上)에 기러기 상림원(上林苑)에 날았으니 : 중국 한(漢)나라 때 소무가 북쪽에 있는 나라에 사신으로 갔다가 억류되었는데, 그가 편지를 써서 기러기 발목에 묶어 보낸 것을 상림원에서 사냥을 하던 황제가 발견하게 된 고사와 관련된 구절이다.

368) 내 : 연기처럼 끼는 안개. 물건이 탈 때에 일어나는 부옇고 매운 기운.

369) 구적(口笛) : 휘파람.

370) 황독(黃犢) : 황소. 누렁소.

371) 외양 : 외양간.

372) 석조(夕鳥) : 저녁의 새. '자러드는 새'인 '숙조(宿鳥)'의 오독 또는 오기.

373) 투림(投林) : 숲속으로 날아듦.

374) 구소(舊巢) : 새의 옛 보금자리. 옛집.

375) 일도혼백(一道魂魄) : 한 길의 혼백.

비 올지 눈이 올지 바람 불어 서리 칠지

애애(靉靆)376) 천의(天意)를 알기가 어려우니

험궂은 인생이 살고자 살았으랴

자과(自過)377)를 부지(不知)하고 요행을 바랐으나

촌촌간장(寸寸肝腸)378)이 굽이굽이 썩는구나

간밤에 불던 바람 천산(千山)에 비 지나니

구십동군(九十東軍)379)이 번화를 자랑하니

미쁠손380) 천리심(天理心)381)을 봄 절로 알게 하니

나무나무 잎이 나고 가지가지 꽃이로다

방초처처(芳草萋萋)382)에 춘조성(春鳥聲)383) 들리거늘

오수(午睡)를 일어 앉아 죽창(竹窓)을 열쳐 보니

창전(窓前)에 수지화(數枝花)384)는 웃는 듯 반기는 듯

반갑다 저 꽃이여 예 보던 꽃이로다

낙양(洛陽)385) 성리(城裏)386)에 저 봄빛 한가지로

고향(故鄕) 원리(園裏)387)에 이 꽃이 피었는가

청준(淸樽)388)의 술을 부어 꽃 꺾어 셈을 놓고

장진주(將進酒) 노래하여 무진무진(無盡無盡) 먹자할 제389)

네 번화(繁華) 즐김으로 저 꽃을 보았더니

거년(去年) 금일에 웃음 웃어 보던 꽃이

올해 이 날에 눈물 뿌려 보는 꽃은

아침에 나쁜390) 밥이 낮 못되어 시장하니

박잔391)에 흐린 술이 값없이 쉬울손가

내 고생 슬픔으로 저 꽃을 다시 보니

전년(前年) 꽃 올해 꽃은 꽃빛은 한가지나

전년 사람 올해 사람 인사(人事)는 다르도다

인생 고락(苦樂)이 수유(須臾)392) 잠의 꿈이로다

이렁저렁 허튼 근심 다 후리쳐 던져 두고

의복(衣服) 그려 하는 설움 목전(目前) 설움 난감(難堪)하다

한 번 의복 입은 후에 춘하추동(春夏秋冬) 다 지나니

안팎 없는 솜옷에 내 옷밖에 또 없으니

검음도 검을시고 모양도 부적(不適)393)하다

옻칠에 감칠394)인가 숯장이 먹장인가

아마도 이런 옷은 내 옷밖에 또 없으리

여름에 하 더울 제 겨울을 바랐더니

겨울이 하 추우니 도로 여름 생각난다

씌우신 망건(網巾)인가 입으신 철갑(鐵甲)인가

사시(四時)에 하동(夏冬) 없이 춘추(春秋)만 되었고자

발꿈치 드러나니 그는 족(足)히 견딜러니

바지 밑 떨어지니 이 아니 민망한가

내 손수 깁자 하니 기울 것 바이 없다

애꿎은 실이로다 이리 얽고 저리 얽고

고기 그물 걸어 매듯 꿩의 눈을 얽어매듯

침재(針才)395)도 기절(奇絶)396)하고 수품(手品)397)도 사치(奢侈)롭다

증전(曾前)398)에 작던 식량(食量) 크기는 무슨 일고

한 술에 요기(療飢)하고 두 술에 물리더니

한 그릇 담은 밥은 주린 범의 가재로다399)

조반석죽(朝飯夕粥)400)이면 부가옹(富家翁)401) 부러워하랴

아침은 죽이러니 저녁은 간 데 없네

못 먹어 배고프니 허리띠 탓이로다

허기(虛氣)져 눈 깊으니 뒤꼭지402) 거의로다

정신(精神)이 아득하니 운무(雲霧)에 쌓였는 듯

---

376) 애애(靉靆) : 어렴풋함. 몸이나 마음이 부드럽고 약함.
377) 자과(自過) : 자기의 잘못.
378) 촌촌간장(寸寸肝腸) : 여러 마디의 간과 창자. 간과 창자의 마디마디.
379) 구십동군(九十東君) : 구십 일의 봄. '동군(東君)'은 봄의 신. 또는 태양의 신. 음양오행에서, 동(東)을 '봄'에 대응시켜 봄을 맡고 있는 신을 나타낸 데서 유래한다.
380) 미쁠손 : 미쁜 것은. 믿을 만한 것은.
381) 천리심(天理心) : 하늘의 이치와 뜻.
382) 방초처처(芳草萋萋) : 향기롭고 꽃다운 풀이 무성함.
383) 춘조성(春鳥聲) : 봄새의 소리.
384) 수지화(數枝花) : 나뭇가지에 핀 몇 송이의 꽃.
385) 낙양(洛陽) : 주(周)나라의 무왕(武王)이 상(商)나라의 주왕(紂王)을 주멸(誅滅)하고 구정(九鼎)을 옮겨 두었던 곳이 주나라의 땅인 낙읍(洛邑)인데, 이 낙읍은 뒤에 낙양(洛陽)으로 일컬어진 주나라의 서울 이름. '장안(長安)'과 함께 '서울'의 대명사처럼 쓰인다. 여기서는 '한양(漢陽)'을 의미한다.
386) 성리(城裏) : 성내(城內). 성의 안.
387) 원리(園裏) : 동산 안.
388) 청준(淸樽) : 맑은술을 담은 술동이.
389) 청준(淸樽)~무진무진(無盡無盡) 먹자할 제 : 정철의 사설시조 '장진주사(將進酒辭)'의 일부분이 차용되어 이루어진 구절이다.
390) 나쁜 : 모자란. 부족한.
391) 박잔 : 바가지로 만든 잔.

392) 수유(須臾) : 잠시 동안.
393) 부적(不適) : 적절하지 않음.
394) 감칠 : 감물을 칠함. 감에서 뽑은 물감으로 칠함.
395) 침재(針才) : 바느질 재주. 바느질 솜씨.
396) 기절(奇絶) : 아주 신기하고 기이함.
397) 수품(手品) : 솜씨.
398) 증전(曾前) : 증왕(曾往). 재전(在前). 일찍이 지나간 때.
399) 주린 범의 가재로다 : 보통으로 먹어서는 양에 차지 않는다는 뜻. '가재'는 게와 새우의 중간 모양인데 앞의 큰 발에 집게발톱이 있다.
400) 조반석죽(朝飯夕粥) : 아침에는 밥을 먹고, 저녁에는 죽을 먹는다는 뜻으로, 몹시 가난한 살림을 이르는 말.
401) 부가옹(富家翁) : 부잣집 늙은이.
402) 뒤꼭지 : 꼭뒤. 뒤통수.

한 굽이 넘단 말인가 두통이 자심(滋甚)하니

팔진미(八珍味)403) 무엇인가 봉탕(鳳湯)404)을 내 몰라라

한 되 밥 쾌(快)히 지어 싫도록 먹고지고

이런들 어찌하며 저런들 어찌하리

천고만상(千苦萬傷)405)을 아모련들 어찌하리

의식(衣食)이 족(足)한 후(後)에 예절(禮節)을 알 것이요

기한(飢寒)이 자심(滋甚)하면 염치(廉恥)를 모르나니

궁무소불위(窮無所不爲)406)라 함은 옛사람이 일렀으니

사불관면(死不冠免)407)은 군자(君子)의 예절(禮節)이요

기불탁속(飢不啄粟)408)은 장부(丈夫)의 할 바이로다

질풍(疾風)이 분 연후(然後)에 경초(勁草)를 아옵나니409)

궁차익견(窮且益堅)하여도 청운(靑雲)에 뜻이 없어410)

삼순구식(三旬九食)411)을 먹으나 못 먹으나

십년일관(十年一冠)412)을 쓰거나 못 쓰거나

예절(禮節)을 모를 것가 염치(廉恥)를 모를 것가

내 생애(生涯) 내 벌어 구차(苟且)를 면(免)하리라

처음에 못 하던 일 나중에 다 배우니

자리 치기 먼저 하자 노를 꼬아 날413)을 놓고

바늘대414) 뽑아내면서 바디415)를 들어놓을 제

두 어깨 물러나고 팔의 목이 빠지는 듯

받은 삯 삭이려니416) 젖 먹던 힘 다 쓰인다

멍석 하나 결어 내니 보리 닷 말 수공(手工)417)이요

트레방석418) 하나 트니 돈 오 푼(五分)이 수공이다

약(弱)한 근력(筋力) 강작(强作)하여 부지런 내자 하니

손뿌리419)에 피가 나니 종이 골무420) 열이로다

이러고도 살려 하니 살려 하는 내 그르다

일루잔천(一縷殘喘)421)을 끊음직도 하다마는

모진 목숨이라 한들 내 목숨을 이름이라

인명(人命)이 지중(至重)함을 이제야 알리로다

누구서 이르기를 세월(歲月)이 약(藥)이라도

내 설움 오랠수록 화약(火藥)이나 아니 될까

날이 지나 해가 오고 달이 지나 돌이로다

상년(上年)422)에 베던 보리 올해 고쳐423) 베어 먹고

지난 여름 낚던 고기 이 여름에 또 낚으니

새 보리밥 받아 놓고 가슴 막혀 목이 메네

뛰는 생선 회(膾)를 친들 목에 넘어 들어가랴

설워함도 남에 없고 못 견딤도 별(別)로 한다

내 고생 한 해 함은 남의 고생 십 년(十年)이라

족징기죄(足懲其罪)424) 되올는가 고진감래(苦盡甘來) 언제 할고

하나님께 비나이다 서룬 원정(原情)425) 비나이다

책력(冊曆)426)도 해 묵으면 고쳐 보지 아니하고

노(怒)하옴도 밤이 자면 풀어져서 버리나니

세사(世事)도 묵어지고 인사(人事)도 묵었으니

천사만사(千事萬事)427) 탕척(蕩滌)428)하고 그만 저만 서용(敍用)429)하사

끊어진 군신(君臣) 정의(情誼) 고쳐 잇게 하옵소서

---

403) 팔진미(八珍味) : 중국에서 성대한 음식상에 갖춘다고 하는 진귀한 여덟 가지 음식의 아주 좋은 맛.

404) 봉탕(鳳湯) : '닭국'을 익살스럽게 이르는 말.

405) 천고만상(千苦萬傷) : 온갖 고생.

406) 궁무소불위(窮無所不爲) : '궁(窮)하면 무엇이든지 한다.'는 뜻으로, 사람이 살기 어려우면 예의(禮儀)나 염치(廉恥)를 가리지 않는다는 말.

407) 사불관면(死不冠免) : 죽어도 관을 벗지 않음.

408) 기불탁속(飢不啄粟) : 봉황은 굶주려도 좁쌀을 쪼아 먹지 않음.

409) 질풍(疾風)이 분 연후(然後)에 경초(勁草)를 아옵나니 : 거센 바람이 분 연후에 굳센 풀을 아옵나니. 『후한서(後漢書)』 「왕패전(王霸傳)」에 나오는, 훗날 후한의 광무제가 된 유수(劉秀)가 왕패(王霸)에게 한 말이다.

410) 궁차익견(窮且益堅)하여도 청운(靑雲)에 뜻이 없어 : 궁핍하고 구차하면 더욱 굳어지더라도 청운의 뜻이 없어. 중국 당(唐)나라 시인 왕발(王勃)의 「등왕각서(滕王閣序)」에 나오는, '궁핍하고 구차하면 더욱 굳어진다면 청운의 뜻을 잃지 않을 것이다(窮且益堅 不墜靑雲之志).'를 변형시켜 썼다.

411) 삼순구식(三旬九食) : 서른 날, 곧 한 달에 아홉 끼를 먹음.

412) 십년일관(十年一冠) : 십 년을 관 하나로 지냄.

413) 날 : 천, 돗자리, 짚신 따위를 짤 때 세로로 놓는 실, 노끈, 새끼 따위.

414) 바늘대 : 돗자리나 가마니 따위를 칠 때에, 씨를 한쪽 끝에 걸어서 날 속으로 들여 지르는 가늘고 길쭉한 막대기.

415) 바디 : 베틀, 가마니틀, 방직기 따위에 딸린 기구의 하나. 베틀의 경우는 가늘고 얇은 대오리를 참빗살같이 세워, 두 끝을 앞뒤로 대오리를 대고 단단하게 실로 얽어 만든다. 살의 틈마다 날실을 꿰어서 베의 날을 고르며 북의 통로를 만들어 주고 씨실을 쳐서 베를 짜는 구실을 한다.

416) 삭이려니 : 돈, 시간, 물건, 힘 따위를 소비하려니.

417) 수공(手工) : 손으로 하는 일의 품삯.

418) 트레방석 : 나선 모양으로 틀어서 만든 방석. 주로 짚으로 만들어 김칫독 따위를 덮는 데 쓴다.

419) 손뿌리 : 손가락의 끝을 비유적으로 이르는 말.

420) 골무 : 바느질할 때 바늘귀를 밀기 위하여 손가락에 끼는 도구. 두겁처럼 만든 것은 손가락 끝에 씌워 끼우며 반지처럼 만든 것은 손가락에 끼운다. 헝겊, 가죽, 쇠붙이 따위로 만든다.

421) 일루잔천(一縷殘喘) : 한 오리의 실처럼 아주 끊어지지 아니하고 겨우 붙어 있는 숨.

422) 상년(上年) : 지난 해.

423) 고쳐 : 다시.

424) 족징기죄(足懲其罪) : 그 죄를 징계함에 족함. 충분히 그 죄를 징계하여 다스림.

425) 원정(原情) : 사정을 하소연함.

426) 책력(冊曆) : 일 년 동안의 월일, 해와 달의 운행, 월식과 일식, 절기, 특별한 기상 변동 따위를 날의 순서에 따라 적은 책.

427) 천사만사(千事萬事) : 온갖 일. 천만 가지 일.

428) 탕척(蕩滌) : 씻어 버림.

429) 서용(敍用) : 죄를 지어 면관(免官)되었던 사람을 다시 벼슬자리에 등용함.

■ 핵심 정리

* 지은이 : 조선 정조(正祖) 때의 안도환(安道煥)
* 갈래 : 가사, 유배 가사, 장편 가사. 전편(前篇) 2,916구, 속
  편(續篇) 594구 총 3500여구로 된 장편가사
* 성격 : 고백적, 사실적, 반성적
* 제재 : 유배 생활
* 주제 : 유배 생활의 고통과 잘못을 뉘우치는 심정
  유배 생활의 어려움과 지은 죄의 반성
* 특징 :
  ① 자신의 생애를 밝힘으로써 현재 상황이 일시적인 실수
    로 야기된 것임을 강조하고 있다.
  ② 자신의 과오를 인정하고 용서를 구하는 어조로 전개되
    고 있다.
  ③ 유배지에서 겪은 고생을 구체적이고 담담하게 고백하여
    독자에게 감동을 주고 있다.
* 의의 : 김진형(金鎭衡)이 지은 장편 유배 가사인 '북천가(北
  遷歌)'와 더불어 쌍벽을 이룸.

■ 해설

　이 작품은 조선 정조(正祖) 때 대전별감(大殿別監)이던 안
도환(安道煥)이 지은 가사입니다. 작자가 주색에 빠져서 국고
금을 축낸 죄로 34세 때 추자도(楸子島)에 귀양 가서 굶주림
과 추위에 시달리며 지은 죄를 눈물로 회개하는 내용을 애절
하게 읊고 있습니다. 지은이와 작품 이름이 이본(異本)마다
조금씩 다르게 나옵니다. 가람본은 안조원(됴원·도원)의 「만
언ᄉ」, 국립중앙도서관본은 작자 미상의 「만언ᄉ」, 연세대본은
작자 미상의 「만언사(謾言辭)」, 동양문고본은 안도원의 「만언
사(萬言詞)」, 경도대학본은 작자 미상의 「만언사(萬言詞)」 등
으로 전합니다. 작품명은 가장 널리 쓰인 「만언사(萬言詞)」라
하면 되겠습니다. 지은이를 안조원이니 안조환이니 안도원이
니 비슷한 이름으로 일컬었지만, 정조(正祖) 5년 신축(辛丑.
1781) 4월 6일자 『일성록(日省錄)』에 "형조가 아뢰기를, '죄인
안도환을 추자도로 배소(配所)를 정하였으니, 즉시 압송(押送)
하겠습니다.'라는 기사에 따라 안도환(安道煥)으로 확정하여
야 하겠습니다. 2음보 1구로 계산하여 총 3,500여구에 달하고,
음수율은 3·4조와 4·4조가 주조를 이루며, 2·4조와 2·3조
등도 보입니다.
　작품은 처음 부분은 추자도로 유배당한 신세 한탄과 함께
자신의 과거사를 회상하는 것으로 시작합니다. 죽은 아이로
태어나 1주일 만에 살아나서 11세에 부모를 여의고 10여 년
간 외가에 의탁하였다가 후에 계모를 맞아 효행을 다하였던
일과 혼인하여 여유 있는 생활을 누리면서 행락에 빠지기도
하였던 일을 노래하였습니다. 이어서 벼슬하여 부귀가 번화

하다가 소심봉공(小心奉公)을 제대로 하지 못하여 유배형을
받게 된 일과, 유배 길에 강두에서 부모친척과 이별하고 경
기도, 충청도를 거쳐 다시 전라도의 여주, 익산, 전주, 정읍,
나주, 영암을 거치면서 유배지인 추자도에 이르는 노정과 그
노정에서 느낀 바를 표현하였습니다. 다음에는 유배지에서
괴롭고 힘든 생활을 늘어놓았는데, 이 부분이 이 작품의 핵
심이라 할 수 있습니다. 추자도에 도착해 거처할 집을 구하
려 했으나 문전박대를 당하고 남의 집 처마 밑에서 자고 보
리밥과 소금과 장으로 연명하기도 하고 때론 굶기도 하면서
남쪽지방의 찌는 더위에 고생합니다. 동네 사람이 일하지 않
고 공밥을 먹는다고 타박하자, 고약한 인심을 탓하다가 일을
하려고 하나 경험이 없는 일이라 결국 동냥을 하면서 자신의
신세를 한탄하기도 합니다. 허름한 곳에서 지내며 겨울에는
추위에 떨고, 옷 한 벌로 4계절을 지냈다는 등 궁박한 사정
을 늘어놓기도 합니다. 노를 꼬고 자리를 치며 트레방석을
만들기도 하여 밥벌이를 하면서 유배지에 익숙해져 갑니다.
처음에는 자신을 보고 짖던 개가 지금은 꼬리를 치니 귀양살
이가 오래되었음을 알고, 해가 바뀌면 달력을 바꾸듯, 날이
바뀌면 분노도 사라지듯 지난날의 잘못을 용서해 주기를 거
듭 빕니다.
　이 작품이 서울에 전하여지자 궁녀들이 눈물을 흘리지 않
는 이가 없었고, 이로 인하여 그는 곧 소환되었다는 일화도
있습니다. 그만큼 이 작품이 독자의 마음을 움직였다는 것인
데, 그 감동의 원동력은 아마도 핍진(逼眞) 상황 묘사에 있었
던 것 같습니다. 유배를 누구나 경험할 수 있는 게 아니고
추자도 같은 섬에서의 생활도 일반적인 일이 아니라서 그것
에 대한 실감나는 묘사를 보며 간접 체험을 하게 되고, 그것
에 감정을 이입하게 되었을 것입니다.
　이 작품은 상당히 긴 장편의 유배가사로, 김진형(金鎭衡)이
지은 장편 유배 가사인 「북천가(北遷歌)」와 더불어 쌍벽을
이룬다고 문학사적 위상을 부여하기도 합니다. 두 작품이 사
실적이고 자세하게 각자의 체험담을 늘어놓는다는 점은 같습
니다. 그런데 이 두 작품을 함께 거론할 만한 중요한 특징은
당사자들이 유배지에서 어떻게 지냈는가 하는 점에 있습니다.
이 작품의 주인공은 온갖 고생을 다 하였지만, 김진형의 작
품에서는 죄도 없이 유배당했다고 융숭한 대접을 받으며 지
냅니다. 어떻든 유배는 유배이니 해배(解配)될 날을 기다린다
는 점에서는 다르지 않습니다만.

봉선화가(鳳仙花歌)

작자 미상

香閨(향규)1)의 일이 업셔 百花譜(백화보)2)를 혀쳐3) 보니,

봉선화 이 일홈4)을 뉘라서 지어낸고.

眞游(진유)5)의 玉簫(옥소)6) 소리 紫煙(자연)7)으로 힝혼8) 후에,

閨中(규중)의 나믄 因緣(인연) 一枝花(일지화)9)의 머므르니,

柔弱(유약)혼 푸른 닙은 봉의 꼬리 넘노는 닷10)

自若(자약)히11) 붉은 꼿츤 紫霞裙(자하군)12)을 헤쳣는 닷.

▶ 백화보에서 본 봉선화의 아리따운 모습

白玉(백옥)섬13) 조흔 흘게14) 종종이15) 심어내니,

春三月(춘삼월)이 지난 후에 香氣(향기) 업다 웃지 마소.

醉(취)혼 나븨 미친 벌16)이 꼬르올가 저허ᄒ네.17)

貞靜(정정)혼18) 氣像(기상)을 녀자 밧긔 뉘 벗홀고.

▶ 향기 없는 봉선화는 정숙한 여인의 기상

玉欄干(옥난간) 긴긴 날에 보아도 다 못보아,

紗窓(사창)19)을 半開(반개)ᄒ고 叉鬟(차환)20)을 불너내어,

다 핀 꼿을 키여다가 繡箱子(수상자)21)에 다마노코,

女工(여공)22)을 그친 후의

中堂(중당)23)에 밤이 깁고, 蠟燭(납촉)24)이 발갓을 제 나음나음25) 고초 안자, 흰 구슬26)을 가라마아27)

氷玉(빙옥)28)ᄀ튼 손 가온디 爛漫(난만)이29) 개여 너여,

波斯國(파사국)30) 저 諸侯(제후)의 紅珊宮(홍산궁)31)을 혀쳣는 닷,

深宮風流(심궁 풍류)32) 절고33)에 紅守宮(홍수궁)34)을 마아는 닷,

纖纖(섬섬)한35) 十指上(십지상)에 수실로 가마너니,

조희 우희36) 불근 물이 微微(미미)히 숨의는37) 양,

佳人(가인)의 야튼 쌤38)의 紅露(홍로)를 씌쳣는 닷,

단단히 봉흔 모양

春羅玉字(춘라옥자)39) 一封書(일봉서)40)를 王母(왕모)41)에게 부쳣는 닷.

▶ 손톱에 봉선화 물을 들이는 모습

春眠(춘면)을 느초42) 쌔여 차례로 풀어 노코,

玉鏡臺(옥경대)를 대ᄒ여서 八字眉(팔자미)43)를 그리래니,

난데 업는 불근 꼿44)이 가지에 부텃는 닷.

손으로 우희랴니45) 紛紛(분분)이46) 훗터지고,

---

1) 향규(香閨) : 부녀자의 방의 미칭(美稱)
2) 백화보(百花譜) : 온갖 꽃에 대한 설명을 쓴 책
3) 혀쳐 : 헤치어
4) 일홈 : 이름
5) 진유(眞游) : 신선 놀음
6) 옥소(玉簫) : 옥으로 만든 피리. 옥퉁소.
7) 자연(紫煙) : 자줏빛 안개. 선경(仙境)을 이름.
8) 힝흔 : 가 버린
9) 일지화(一枝花) : 한 가지의 꽃. 여기서는 백화보에 있는 봉선화.
10) 넘노난 닷 : 이리저리 흔들리는 듯.
11) 자약(自若)히 : 침착히
12) 자하군(紫霞裙) : 붉은 안개 같은 치마. 신선의 옷
13) 백옥(白玉) 섬 : 희고 고운 섬돌
14) 조흔 흘게 : 깨끗한 흙에.
15) 종종이 : 촘촘히
16) 취(醉)혼 나븨 미친 벌 : 방탕하고 경박스러운 남자를 비유
17) 저허ᄒ네 : 두려워하네
18) 정정(貞靜)혼 : 정숙하고 조용한
19) 사창(紗窓) : 비단으로 바른 창. 여인 기거하는 방의 창
20) 차환(叉鬟) : 머리를 두 갈래로 땋은 사람이니, 가까이 두는 젊은 여자 종. 차환(丫鬟).
21) 수상자(繡箱子) : 수놓는 도구 일체를 넣어두는 상자
22) 여공(女工) : 여자가 하는 일, 곧 바느질

23) 중당(中堂) : 집 안채
24) 납촉(蠟燭) : 밀초. 밀촛불
25) 나음나음 : 차츰차츰. 점점
26) 흰 구슬 : 흰 구슬, 백반을 말함
27) 가라마아 : 갈아 바수어
28) 빙옥(氷玉) : 여인의 깨끗하고 예쁜 손을 가리킴
29) 난만(爛漫)이 : 흐무러지게
30) 파사국(波斯國) : 페르시아
31) 홍산궁(紅珊宮) : 붉은 산호 궁궐
32) 심궁 풍류(深宮風流) : 깊은 궁궐의 풍류
33) 절고 : 절구
34) 홍수궁(紅守宮) : 붉은 도마뱀. 한나라 무제가 단옷날 도마뱀에게 주사를 먹여 붉은 도마뱀을 만들었다 함
35) 섬섬(纖纖)한 : 가늘고 고운
36) 조희 우희 : 종이 위에
37) 숨의는 : 스며드는
38) 야튼 쌤 : 얕은 뺨
39) 춘라 옥자(春羅玉字) : 비단에 옥으로 박은 글씨
40) 일봉서(一封書) : 한 통의 편지
41) 왕모(王母) : 서왕모. 요지(瑤地)에 산다고 하는 선녀
42) 느초 : 늦게
43) 팔자미(八字眉) : 팔자 모양의 눈썹
44) 불근 꼿 : 손톱에 붉은 물이 든 것을 가리킴

입으로 불랴 ᄒᆞ니 석긴 안개47) 가리왓다.

女伴(여반)48)을 서로 불러 朗朗(낭랑)이49) 자랑ᄒᆞ고,

쪽 압ᄒᆡ 나아가서 두 빗흘 比較(비교)ᄒᆞ니,

쪽닙희 푸른믈이 쪽의여서 푸르단 말50)이 아니 오를손가.

➡ 봉선화 물이 든 손톱의 아리따운 모습

은근이 풀을 매고 돌아와 누엇더니,

綠衣紅裳(녹의 홍상)51) 一女子(일여자)가 飄然(표연)52)이 앞희 와서,

웃는 듯 찡기는 듯53) 謝禮(사례)는 듯 下直(하직)는 듯,

朦朧(몽롱)이54) 잠을 ᄭᅢ여 丁寧(정녕)이55) ᄉᆡᆼ각ᄒᆞ니,

아마도 꼿귀신이 내게 와 下直(하직)ᄒᆞ다.

繡戶(수호)56)를 급히 열고 꼿수풀을 점검ᄒᆞ니57),

ᄯᅡ 우희 불근 꼿이 가득히 수노핫다.

黯黯(암암)58)이 슬허ᄒᆞ고 낫낫티 주어 담아,

꼿다려 말 부치되 그디는 恨(한)티 마소.

歲歲(세세) 年年(연년)59)의 꼿빗은 依舊(의구)60)ᄒᆞ니,

허믈며 그디 자최 내 손에 머믈럿지.

東園(동원)61)의 桃李花(도리화)62)는 片時春(편시춘)63)을 자랑 마소.

二十番(이십번) 꼿ᄇᆞ람64)의 寂寞(적막)히 ᄲᅥ러진들 뉘라서 슬허ᄒᆞᆯ고.

閨中(규중)에 남은 因緣(인연) 그디 ᄒᆞᆫ 몸ᄲᅮᆫ이로세.

鳳仙花(봉선화) 이 일홈을 뉘라서 지어ᄂᆞᆫ고

---

45) 우희랴니 : 움켜 잡으려 하니
46) 분분(紛紛)이 : 어지러이
47) 석긴 안개 : 입김이 거울에 서린 것을 가리킴
48) 여반(女伴) : 여자 친구
49) 낭랑(朗朗)이 : 명랑한 마음으로 즐거이
50) 쪽 닙희 푸른 믈이 쪽의여서 푸르단 말 : 쪽 잎에서 나온 푸른 물이 쪽빛보다 푸르다는 말. '청출어람 청어람(靑出於藍靑於藍)' 제자가 스승보다 나을 때 씀.
51) 녹의 홍상(綠衣紅裳) : 푸른 저고리와 붉은 치마. 곧 봉선화를 가리킴
52) 표연(飄然) : 훌쩍 나타나거나 떠나는 모양
53) 찡기는 둣 : 찡그리는 듯
54) 몽롱(朦朧)이 : 어렴풋이
55) 정녕(丁寧)이 : 곰곰이
56) 수호(繡戶) : 수놓은 방장으로 가린 문
57) 점검ᄒᆞ니 : 살펴보니
58) 암암(黯黯) : 마음이 상함
59) 세세 년년(歲歲年年) : 해마다
60) 의구(依舊) : 옛날과 같음
61) 동원(東園) : 동산
62) 도리화(桃李花) : 복숭아꽃과 오얏꽃
63) 편시춘(片時春) : 잠깐 지나가는 봄. 岑參의 시에 '침상편시춘몽중(枕上片時春夢中)'이란 구절이 있음.
64) 이십번(二十番) 꼿ᄇᆞ람 : '이십사번 화신풍(二十四番花信風 : 소한에서 곡우까지 5일마다 봄바람이 분다하여 꽃 한 가지씩을 배당했음)'을 말함인 듯. 화자의 나이를 20세로 추정할 수 있는 근거이기도 함.

일로 ᄒᆞ야65) 지어서라.

➡ 규중 아녀자와 봉선화의 인연

■ 현대어 풀이

규방에 할 일이 없어 백화보를 펼쳐 보니.

봉선화 이 이름을 누가 지어 냈는가.

신선의 옥피리 소리가 선경으로 사라진 후에,

규방에 남은 인연이 한 가지 꽃에 머물렀으니,

연약한 푸른 잎은 봉의 꼬리가 넘노는 듯하며,

아름다운 붉은 꽃은 신선의 옷을 펼쳐 놓은 듯하다.

고운 섬돌 깨끗한 흙에 촘촘히 심어 내니,

봄 삼월이 지난 후에 향기가 없다고 비웃지 마시오.

취한 나비와 미친 벌들이 따라올까 두려워서라네.

정숙하고 조용한 저 기상을 여자 외에 누가 벗하겠는가?

긴긴 날 옥난간에서 보아도 다 못 보아.

사창을 반쯤 열고 차환을 불러 내어,

다 핀 봉선화꽃을 따서 수상자에 담아 놓고

바느질을 중단한 후 안채에 밤이 깊어 밀촛불이 밝았을 때.

차츰차츰 꼿꼿이 않아 흰 백반을 갈아 바수어.

옥같이 고운 손 가운데 흐무러지게 개어 내니,

페르시아 제후가 좋아하는 붉은 산호를 헤쳐 놓은 듯하며,

깊은 궁궐에서 절구에 붉은 도마뱀을 빻아 놓은 듯하다.

가늘고 고운 열 손가락에 수실로 감아 내니.

종이 위에 붉은 물이 희미하게 스며드는 모양은,

미인의 뺨 위에 홍조가 어리는 듯하며,

단단히 묶은 모양은 비단에 옥으로 쓴 편지를 서왕모에게 부치는 듯하다.

봄잠을 늦게 깨어 열 손가락을 차례로 풀어놓고

거울 앞에서 눈썹을 그리려고 하니.

난데없이 붉은 꽃이 가지에 붙어 있는 듯하여,

그것을 손으로 잡으려 하니 어지럽게 흩어지고

입으로 불려고 하니 입김에 가리워 보이지 않는다.

여자 친구를 불러서 즐겁게 자랑하고

봉선화 앞에 가서 꽃과 손톱을 비교하니.

쪽 잎에서 나온 푸른 물이 쪽빛보다 푸르단 말, 이것이 아니 옳겠는가?

은근히 풀을 매고 돌아와서 누웠더니

푸른 저고리와 붉은 치마를 입은 한 여자 가 홀연히 내 앞에 와서,

웃는 듯, 찡그리는 듯, 사례하는 듯, 하직하는 듯하다.

어렴풋이 잠을 깨어 곰곰이 생각하니,

아마도 꽃귀신이 내게 와서 하직을 고한 것이다.

수호를 급히 열고 꽃수풀을 살펴보니,

땅 위에 붉은 꽃이 떨어져서 가득히 수를 놓았다.

---

65) 일로 ᄒᆞ야 : 이것으로 하여. 이렇게 해서

마음이 상해서 슬퍼하고 낱낱이 주워 담으며
꽃에게 말하기를 그대는 한스러워 마소.
해마다 꽃빛은 옛날과 같으며.
더구나 그대(봉선화) 자취가 내 손톱에 머물러 있지 않은가.
동산의 도리화는 잠깐 지나가는 봄을 자랑하지 마소.
이십사 번 꽃바람에 그대들(도리화)이 적막히 떨어진들, 누가
슬퍼하겠는가?
안방에 남은 인연이 그대 한 몸뿐일세.
봉선화 이 이름을 누가 지었는가?
이렇게 해서 지어진 것이로구나!

■ 핵심 정리
* 지은이 : 미상(정일당 남씨 또는 허난설헌)
* 연대 : 미상
* 갈래 : 내방 가사
* 형식 : 3(4)·4조, 4음보의 연속체(불규칙적인 것도 있음)
* 제재 : 봉선화
* 주제 : 봉선화에 어리비친 여인의 아름다운 정서
* 특징 :
　① 시간의 흐름에 따라 시상을 전개하며 화자의 정서를 드
　　러내고 있다.
　② 유사한 통사 구조를 병치하여 율격을 살리고 있다.
　③ 다양한 색채 이미지를 사용하여 시적 대상을 예찬하고
　　화자의 정서를 고조시키고 있다.
　④ 의문형 종결 표현(설의법)을 통해 시적 대상에 대한 감
　　탄을 표현하고 있다.
　⑤ 다양한 비유를 통하여 대상의 이미지를 부각하고 있다.
　⑥ 대비되는 소재를 이용하여 대상에 대한 화자의 정서를
　　강조하고 있다.
　⑦ 시적 대상의 외양을 심미적으로 묘사하고 그에 대한 정
　　감을 표현하고 있다.
* 구성 : 서사, 본사, 결사
* 출전 : 『정일당잡지(貞一堂雜誌)』

■ 해설
　이 작품은 허난설헌의 한시 <염지봉선화가(染指鳳仙花歌)>
를 비롯한 기타의 다른 작품들과 구절이나 시상이 매우 흡사
하여 허난설헌이 지었다는 전제 아래 <규원가>와 더불어 '규
방가사'의 첫 작품으로 그 중요성이 인정되어 왔다. 다른 한
편으로는 이 작품이 <정일당잡지(貞一堂雜誌)>에 실려 있어,
지은이가 조선 헌종 때의 정일당(貞一堂) 남씨(南氏)라는 설
도 있습니다.
　이 작품은 화자가 봉선화를 대하게 된 연유와 봉선화라는

이름의 유래, 봉선화의 아름다움과 향기 없음, 춘삼월에 봉선
화를 심는 일 등 봉선화라는 제재의 주변적 사실로부터 시작
됩니다. 이어서 긴긴 여름날 여공(女工)을 모두 끝낸 밤에 일
하는 아이와 함께 봉선화로 손톱을 물들이는 모습과 그 과정
을 노래하고 있습니다. 다음날 거울 앞에서 눈썹을 그리려
하니 거울 속에 꽃이 만발한 듯한 아름다움과 꽃 앞에 나아
가 그 아름다운 빛을 비교하는 모습을 그리고 있습니다. 마
지막으로 잠깐 눈을 붙인 사이에 한 여인이 나타나 웃는 듯
찡그리는 듯, 사례하는 듯, 하직하는 듯함을 봅니다. 잠을 깨
어 생각하니 꽃귀신일 것 같아 급히 꽃수풀로 나가봅니다.
땅 위에 붉은 꽃이 가득히 수놓아졌음을 보고 꽃밭에 떨어진
봉선화의 운명을 애석히 여기면서도, 다른 꽃과 달리 여인의
손톱에 오래 남아 그 지조와 절개를 나타냄을 강조하고 있습
니다.
　또한 이 작품이 교술적인 '계녀가' 계통에서 거리가 먼 점,
음수율이 4·4조보다 3·4조가 우세한 점, 시작과 종결의 형
식, 어휘 구사의 방식 등에서, 그리고 대부분의 규방 가사가
여성으로서 지켜야 할 수신 윤리가 아니면, 규방에서의 한을
읊은 것인데 비하여, 이 작품은 비교적 밝은 분위기로 여성
고유의 섬세하고 아름다운 정서를 노래하고 있는 점이 돋보
인다는 점에서 영남 지방을 중심으로 한 규방가사와는 상당
히 다른 것으로 파악하기도 합니다. 이와 같은 입장에서는
단지 꽃을 대상으로 한 언어유희라는 점과 자기 탄식에 그친
노래라는 점에서 양반가사에 귀속시키려고 하였습니다.
　그 밖에 이 가사의 문학적 성격 면에서 차라리 규방가사가
아닌 일반가사에 포함시켜야 한다는 주장도 있습니다. 그러
나 이 노래의 후반부에 여인의 섬세한 감정이 잘 드러나 있
고, 조선시대 여인들의 정서생활을 모티프로 하고 있는 점,
깊은 규중에 갇혀 화초를 벗삼아 꿈을 키우던 여인의 상황을
잘 표현해주고 있다는 점에서 규방가사의 중요한 한 자리를
차지함을 부인할 수 없습니다. 이와는 또 다른 작자 미상의
<봉선화가>와 화가(花歌) 등 많은 꽃노래가 있는데, 이 노래
는 이러한 계통의 가사 중 이 작품이 원형적 작품으로 주목
받고 있습니다.

사제곡(沙堤曲)

박인로(朴仁老)

어리고 拙(졸)흔1) 몸애 榮寵(영총)2)이 已極(이극)ᄒ니3)

鞠躬盡瘁(국궁진췌)ᄒ야 죽어야 말녀 너겨4)

夙夜匪懈(숙야비해)5)ᄒ야 밤을 닛고 思度(사탁)흔둘6)

관솔의 현 불7)로 日月明(일월명)8)을 도올눈가

尸位伴食(시위반식)9)을 몃 ᄒ나 지내연고

늘고 病(병)이 드러 骸骨(해골)를 빌리실시10)

漢水(한수)11) 東(동) 짜흐로12) 訪水尋山(방수심산)13)ᄒ야

龍津江(용진강)14) 디내 올나 莎堤(사제)15) 안 도라 드니

第一江山(제일강산)이 임지 업시 ᄇ려느다16)

平生夢想(평생몽상)17)이 오라ᄒ야18) 그러턴지

水光山色(수광산색)19)이 녯 ᄂᆞᆾ출20) 다시 본 듯

無情(무정)흔 山水(산수)도 有情(유정)ᄒ야 보이느다

白沙汀畔(백사정반)21)의 落霞(낙하)22)을 빗기 씌고23)

三三五五(삼삼오오)히24) 섯기 노는25) 뎌 白鷗(백구)26)야

너ᄃ려 말 뭇쟈 놀ᄂᆡ디 마라스라27)

이 名區勝地(명구승지)28)을 어디라 드러썬다29)

碧波(벽파)ㅣ 洋洋(양양)ᄒ니30) 渭水(위수)31) 伊川(이천)32) 아닌 게오

層巒(층만)이 兀兀(올올)ᄒ니33) 富春(부춘)34) 箕山(기산)35) 아닌 게오

林深路黑(임심노흑)36)ᄒ니 晦翁(회옹) 雲谷(운곡)37) 아

---

1) 어리고 拙(졸)흔 : 어리석고 못난.
2) 榮寵(영총) : 임금의 특별한 사랑.
3) 已極(이극)ᄒ니 : 지극하니. 더할 나위 없으니.
4) 鞠躬盡瘁(국궁진췌)ᄒ야 죽어야 말녀 너겨 : 몸을 굽혀 모든 힘을 다하며 죽은 후에야 그만두겠다 여겨. 제갈량(諸葛亮)의 '후출사표(後出師表)'에 나오는, '鞠躬盡瘁 死而後已'을 그대로 우리말로 바꾼 것이다.
5) 夙夜匪懈(숙야비해) : 이른 아침부터 늦은 밤까지 일을 게을리 하지 않음. 『시경(詩經)』 '대아(大雅) 증민(烝民)' 편에 나오는, '아침부터 밤까지 쉬지 않고 일하여 한 분만을 섬기었네(夙夜匪懈 以事一人).'라는 구절을 가져왔다.
6) 思度(사탁)흔둘 : 생각하고 헤아린들.
7) 관솔의 현 불 : 관솔에 켠 불. 송진이 많이 엉긴, 소나무의 가지나 옹이. 불이 잘 붙으므로 예전에는 여기에 불을 붙여 등불 대신 이용하였다. 여기서는 이 불이 '해와 달'의 밝음에 많이 못 미침을 비유하기 위해 가져온 소재이다.
8) 日月明(일월명) : 해와 달의 밝음. 임금의 덕화(德化)를 비유한 말.
9) 尸位伴食(시위반식) : 제사상의 신위(神位)를 대신해 앉은 아이와 함께 밥을 먹는다는 뜻으로, 별다른 능력도 없는 높은 벼슬아치를 놀림조로 이르는 말. 재덕이나 공로가 없어 직책을 다하지 못하면서 자리만 차지하고 녹(祿)을 받아먹음을 비유적으로 이르는 말. 시위소찬(尸位素餐).
10) 骸骨(해골)을 빌리실시 : '걸해골(乞骸骨)' 곧 '해골을 빌림'이란 말은, 심신은 임금께 바친 것이지만 해골만은 돌려달라는 뜻으로, 늙은 재상이 벼슬을 내놓고 은퇴하기를 임금에게 주청하던 일. 사마천(司馬遷)의 『사기(史記)』 '평진후전(平津侯傳)'에 나오는 말이다.
11) 漢水(한수) : 한강(漢江).
12) 東(동) 짜흐로 : 동쪽 땅으로.
13) 訪水尋山(방수심산) : 물과 산을 찾아감. 산수(山水)를 심방(尋訪)함.
14) 龍津江(용진강) : 경기도 양평(楊平)과 양주(楊州)의 경계에 있는, 남한강(南漢江)과 북한강(北漢江)이 맞닿아 있는 강.
15) 莎堤(사제) : 이 글이 실린 『노계집(蘆溪集)』의 제목 아래에 '사제는 지명으로 용진강 동쪽 5리쯤에 있다. 곧 한음 이 상공의 강정이 있는 곳이다. 공(박인로)이 상공을 대신하여 이 노래를 지었다(莎堤地名 在龍津江東距五里許 即漢陰李相公江亭所在處也 公代相公作此曲).'라 하였다.

16) 임지 업시 ᄇ려느다 : 임자가 없이 버려져 있구나.
17) 平生夢想(평생몽상) : 평생 동안 꿈속에서도 하던 절실한 생각. 평생 동안 꿈꾸어 온 생각.
18) 오라ᄒ야 : 오래되어. '오라 ᄒ야'로 읽으면 '오래 (몽상을) 하여'.
19) 水光山色(수광산색) : 물과 산의 빛깔. 물빛과 산빛.
20) 녯 ᄂᆞᆾ출 : 옛 낯을. 옛날의 모습을. 옛날부터 알고 있던 사이를.
21) 白沙汀畔(백사정반) : 흰 모래가 깔려 있는 물가. 백사장(白沙場).
22) 落霞(낙하) : 낮게 드리운 저녁노을.
23) 빗기 씌고 : 비스듬히 띠고. 비껴 받고.
24) 三三五五(삼삼오오)히 : 떼를 지어. 몇몇씩 끼리끼리 모여. '삼삼오오'는 서너 사람 또는 대여섯 사람이 떼를 지어 다니거나 무슨 일을 함. 또는 그런 모양.
25) 섯기 노는 : 섞여 노는.
26) 白鷗(백구) : 갈매기.
27) 놀ᄂᆡ디 마라스라 : 놀라지 마라. 놀라지 마렴.
28) 名區勝地(명구승지) : 명승지(名勝地). 경치 좋기로 이름난 곳.
29) 어디라 드러썬다 : 어디라 들었느냐? 어디라고 들었더냐?
30) 碧波(벽파)ㅣ 洋洋(양양)ᄒ니 : 푸른 (물결 이는) 바다가 한없이 넓으니. 'ㅣ'는 주격 조사.
31) 渭水(위수) : 중국 황하(黃河)의 한 지류로, 주(周)나라 때 강태공(姜太公)이 낚시를 하다가 문왕(文王)을 만났던 강.
32) 伊川(이천) : 중국 허난성(河南省)에 있는 강으로, 이 강이 흐르는 숭산(嵩山) 아래에 정주학(程朱學)의 창시자로 알려진, 송(宋)나라 유학자 정이(程頤)가 살아 그의 호(號)로 이름을 바꾸었다.
33) 層巒(층만)이 兀兀(올올)ᄒ니 : 높고 낮은 층 같은 산봉우리들이 우뚝우뚝 솟아 있으니.
34) 富春(부춘) : 중국 후한(後漢) 광무제(光武帝)의 친구인, 엄자릉(嚴子陵)으로 잘 알려진 엄광(嚴光)이 숨어 살다 묻힌 곳이다.
35) 箕山(기산) : 중국 요(堯) 임금 때 소부(巢父)와 허유(許由)가 숨어 살던 산.

닌 게오

　世遠人亡(세원인망)38)ᄒ야 千載孤蹤(천재고종)39)이 아득
히 긋쳐시니40)

　泉甘土肥(천감토비)41)ᄒ니 李愿(이원) 盤谷(반곡)42) 아
닌 게오

　徘徊思憶(배회사억)43)ᄒ디 아모던 줄 내 몰내라

　岸芝汀蘭(안지정란)은　淸香(청향)이　郁郁(욱욱)ᄒ야44)
遠近(원근)에 이어 잇고

　南澗東溪(남간동계)45)예 落花(낙화)ㅣ ᄀᆞ득 줌겨거늘

　荊棘(형극)46)을 헤혀 드러 草屋數間(초옥수간)47) 지어
두고

　鶴髮(학발)48)을 뫼지고49) 終孝(종효)50)를 ᄒ려 너겨

　爰居爰處(원거원처)51)ᄒ니 此江山之(차강산지)52) 임재로
다53)

---

36) 林深路黑(임심노흑) : 숲은 깊고 길은 어두움. 이 구절은 주희(朱熹)의 시 「운곡(雲谷雜詠)」에 나오는, '돌아가거든 자주 오지 마오. 깊은 숲속 산길이 어두우니(歸去莫頻來 林深山路黑).'에서 따왔다.

37) 晦翁 雲谷(회옹 운곡) : 회옹은 중국 남송 유학자인 주희(朱熹)의 호, 운곡은 주희가 살았던 곳

38) 世遠人亡(세원인망) : 세대가 멀고 성인이 없음.『소학(小學)』의「제사(題辭)」에 나오는 구절로, '경서(經書)가 이지러지고 가르침이 풀어짐(經殘敎弛)'이 이어진다.『소학』은 중국 송(宋)나라 주자(朱子)의 명에 따라 그의 제자 유자징(劉子澄)이 엮은 책이다.

39) 千載孤蹤(천재고종) : 천 년 전의 외로운 발자취. 앞 구절과 이어져 '오래 전에 남겨 놓은 성인의 자취'의 의미이다.

40) 世遠人亡(세원인망)ᄒ야 千載孤蹤(천재고종)이 아득히 긋쳐시니 : 이 두 구는『노계집』에 나오지 않는다. 문맥상 불필요한 구절이다.

41) 泉甘土肥(천감토비) : 샘은 달고 땅은 기름짐. 중국 당(唐)나라 시인 한유(韓愈)의 글, '반곡(盤谷)으로 돌아가는 이원(李愿)을 보내며(送李愿歸盤谷序)'에 '태행산(太行山) 남쪽에 반곡(盤谷)이라는 곳이 있는데, 그 납작한 골짜기 사이에는 샘물이 달고 땅이 비옥하며 초목이 무성하고 사는 사람이 드물다(太行之陽 有盤谷. 盤谷之閒, 泉甘而土肥, 草木藂茂, 居民鮮少).'라는 부분이 있다.

42) 李愿(이원) 盤谷(반곡) : 이원이 살던 반곡. 이원은 중국 당(唐)나라의 학자이고, 그가 은거했던 곳이 반곡이다.

43) 徘徊思憶(배회사억) : 이리저리 거닐며 생각함. 박인로의「선상탄(船上嘆)」에 '선상(船上)에 배회(徘徊)ᄒ며 고금(古今)을 사억(思憶)ᄒ고'라는 구절이 나온다.

44) 岸芝汀蘭(안지정란)은 淸香(청향)이 郁郁(욱욱)ᄒ야 : 벼랑의 지초와 물가의 난초는 맑은 향기가 짙어. 중국 송(宋)나라 범중엄(范仲淹)의「악양루기(岳陽樓記)」에 나오는, '언덕의 지초와 물가의 난초가 향기롭고 푸르며(岸芷汀蘭 郁郁靑靑).'에서 따온 구절이다.

45) 南澗東溪(남간동계) : 남쪽과 동쪽의 시내.

46) 荊棘(형극) : 나무의 온갖 가시.

47) 草屋數間(초옥수간) : 초가집 몇 칸. 몇 칸밖에 안 되는 초가.

48) 鶴髮(학발) : 학의 깃털. 여기서는 늙은 부모를 이르는 말이다.

49) 뫼지고 : 모시고.

50) 終孝(종효) : 마지막 효도. 어버이의 임종 때에 곁에서 정성을 다함. 또는 그런 효성.

51) 爰居爰處(원거원처) : 여기저기 옮겨 삶.『시경(詩經)』'패풍(邶風) 격고(擊鼓)' 편에, '이곳저곳 돌아다니다 말까지 잃어버렸네. 어디 가서 찾을까, 숲 아래에 있을까(爰居爰處 爰喪其馬 于以求之 于林之下).'라는 구절이 나온다.

52) 此江山之(차강산지) : 이 강산의. '之'는 관형격 조사 '의'의 뜻이다.

　三公不換此江山(삼공불환차강산)54)을 오늘ᄉ 아라고야

　나ᄂᆞᆫ 말업시 수이도 밧고완쟈

　恒産(항산)55)도 보려 ᄒ니 희읍업시 잇노왜라56)

　어즈러온 鷗鷺(구로)57)와 數(수)업슨 麋鹿(미록)58)을

　내 혼자 거ᄂᆞ려 六畜(육축)59)을 삼아거든

　갑업슨 淸風明月(청풍명월)60)은 절로 己物(기물)61) 되야
시니

　ᄂᆞᆷ과 다른 富貴(부귀)는 이 ᄒᆞᆫ 몸애 ᄀᆞ자쏘아62)

　이 富貴(부귀) 가지고 져 富貴(부귀) 부를소냐

　부를 줄 모ᄅᆞ거든 사괼 줄 알리넌가

　紅塵(홍진)63)도 머러 가니 世事(세사)을 듯볼소냐

　花開葉落(화개엽락)64) 아니면 어닌 節(절)65)을 알리런고

　中隱菴(중은암)66) 쇠붑소리67) 谷風(곡풍)68)의 섯거 ᄂᆞ
라 梅牕(매창)69)의 이르거든

　午睡(오수)를 ᄀᆞᆺ 씨야 病目(병목)70)을 여러 보니

　밤비예 ᄀᆞᆺ핀 가지 暗香(암향)71)을 보내여 봄쳘을 알외
ᄂᆞ다

　春服(춘복)을 쳐엄 닙고 麗景(여경)72)이 더딘 져긔

　靑藜杖(청려장)73) 빗기 쥐고 童子(동자) 六七(육칠) 불

---

53) 임재로다 : 임자이로다.

54) 三公不換此江山(삼공불환차강산) : 삼공 같은 높은 벼슬로도 이 강산을 바꾸지 않음. 중국 송(宋)나라 시인 대복고(戴復古)의 시 '조대(釣臺)'에 나오는, '모든 일은 낚싯대 하나로 마음 비우게 되나니, 삼공을 준다 해도 이 강산과 바꾸지 않으리(萬事無心一釣竿 三公不換此江山).'라는 구절을 가져 왔다.

55) 恒産(항산) : 생활을 유지할 수 있는 일정한 재산과 생업(生業).『맹자(孟子)』등문공장(滕文公章)에 나오는 '항산이 있는 자가 항심이 있다(有恒産者有恒心)'에서 유래한 말이다.

56) 나ᄂᆞᆫ 말업시~희읍업시 잇노왜라 : 이 네 구는『노계집』에 나오지 않고, 필사본에만 나온다.

57) 鷗鷺(구로) : 갈매기와 해오라기.

58) 麋鹿(미록) : 고라니와 사슴.

59) 六畜(육축) : 소, 말, 돼지, 양, 개, 닭 등 여섯 종의 가축.

60) 갑업슨 淸風明月(청풍명월) : 값이 없는 청풍명월. 중국 당(唐)나라 시인 이백(李白)의「양양가(襄陽歌)」에 나오는, '맑은 바람과 밝은 달을 사는 데는 돈 한 푼도 들지 않으니 옥산이 절로 무너졌고 사람이 밀치는 것 아니라네(淸風明月 不用一錢買 玉山自倒非人推).'와 연관되는 구절이다.

61) 己物(기물) : 자기의 물건. 나의 물건.

62) ᄀᆞ자쏘아 : 가졌구나.

63) 紅塵(홍진) : 붉은 먼지로 덮인 세상. 번거로운 세상. 속세(俗世), 세속(世俗)

64) 花開葉落(화개엽락) : 꽃이 피고 잎이 짐.

65) 節(절) : 계절. 시절. 사철.

66) 中隱菴(중은암) : 사제에 있는 암자.

67) 쇠붑소리 : 종소리.

68) 谷風(곡풍) : 골바람. 골짜기 바람.

69) 梅窓(매창) : 매화가 피어 있는 창.

70) 病目(병목) : 병든 눈. 아픈 눈.

71) 暗香(암향) : 그윽한 향기.

72) 麗景(여경) : 아름다운 경치.

너내야

　속닙 난 잔쒸74)예 足容重(족용중)75)케 홋거러

　淸江(청강)의 발을 싯고 風乎江畔(풍호강반)76)호야 興
(흥)을 타고 도라오니

　舞雩詠而歸(무우영이귀)룰 져그나 부롤소냐77)

　春興(춘흥)이 이러커든 秋興(추흥)이라 져글넌가

　金風(금풍)78)이 瑟瑟(슬슬)호야 庭畔(정반)79)애 지너 부
니

　머괴입80) 지는 소리 먹은 귀를 놀리느다

　正値秋風(정치추풍)81)을 中心(중심)에 더욱 반겨

　낙디을 둘러메고 紅蓼(홍료)82)을 헤혀 드러

　小艇(소정)83)을 글러 노화84) 風帆浪楫(풍범낭즙)85)으로
가는 디로 더뎌 두니

　流下前灘(유하전탄)86)호야 淺水邊(천수변)87)에 오도고야

　夕陽(석양)이 거읜 적의 江風(강풍)이 짐즉 부러 歸帆
(귀범)88)을 보니는 듯

　아득돈 前山(전산)도 忽後山(홀후산)의 보이느다89)

　須臾羽化(수유우화)호야 蓮葉舟(연엽주)에 올나는 듯90)

　東坡(동파) 赤壁遊(적벽유)ㄴ둘91) 이내 興(흥)에 엇지
더며

　張翰(장한) 江東去(강동거)ㄴ둘 오늘 景(경)에 미출넌가

　居水(거수)에 이러커든 居山(거산)이라 偶然(우연)호랴

　山房(산방)의 秋晩(추만)커늘 幽懷(유회)92)를 둘 디 업
서

　雲吉山(운길산)93) 돌길히 막디 집고 쉬여 올나

　任意逍遙(임의소요)94)호며 猿鶴(원학)95)을 벗을 삼아

　喬松(교송)96)을 비기여 四隅(사우)97)로 도라 보니

　天工(천공)98)이 工巧(공교)99)호야 묏빗출 쭘이눈가

　흰 구룸 말근 니100)는 片片(편편)이 쩌여 나라

　노푸락 나지락 峰峰谷谷(봉봉곡곡)101)이 面面(면면)102)
에 버럿쩌든

　서리 친 신남기103) 봄쯧도곤104) 불거시니

　錦繡屏風(금수병풍)105)을 疊疊(첩첩)이 둘너는 듯

　千態萬狀(천태만상)106)이 僭濫(참람)107)호야 보이느다

　힘세이108) 다토면 내 분에 올가마는

　禁(금)호리 업술시109) 나도 두고 즐기노라

　호믈며 南山(남산) 느린 굿히 五穀(오곡)을 가초 심거

　먹고 못 남아도 긋지나110) 아니 호면

---

73) 靑藜杖(청려장) : 명아줏대로 만든 지팡이.
74) 잔쒸 : 잔디.
75) 足容重(족용중) : 발걸음을 무겁게. 곧 걸음을 점잖게. 『예기(禮記)』
　　에서 군자의 걸음걸이에 대해 언급한 것이다.
76) 風乎江畔(풍호강반) : 강둑에서 바람을 쐼.
77) 春服(춘복)을 처엄 닙고~져그나 부롤소냐 : 『논어(論語)』 「선진(先
　　進)」에 나오는, '늦은 봄에 봄옷을 지어 입은 뒤, 어른 대여섯 명과
　　어린아이 예닐곱 명과 함께 기수(沂水)에서 목욕을 하고 무우대(舞雩
　　臺)에서 바람을 쐬고는 노래를 읊조리며 돌아오겠다(暮春者 春服既成
　　冠者五六人 童子六七人 浴乎沂 風乎舞雩 詠而歸).'를 원용하고 있다.
78) 金風(금풍) : '가을바람'을 달리 이르는 말. 오행에 따르면 가을은
　　금(金)에 해당한다는 데에서 이르는 말이다.
79) 庭畔(정반) : 뜰.
80) 머괴입 : 머귀나무 잎. 오동나무 잎.
81) 正値秋風(정치추풍) : 바로 가을 바람을 만남. 중국 당나리 시인 이
　　백(李白)의 시, 「장 사인을 강동으로 보내며(送張舍人之江東)」에 나오
　　는, '장한이 강동으로 떠나가니 마침 가을바람이 부는 때로구나(張翰
　　江東去 正値秋風時).'의 일부를 가져 왔다. 장한(張翰)은 중국 진(晉)
　　나라 사람으로, 왕이 대사마(大司馬)를 삼았으나 가을바람이 불자 고
　　향의 농어회가 그리워 벼슬을 그만두고 고향으로 돌아갔다고 한다.
82) 紅蓼(홍료) : 붉은 여뀌.
83) 小艇(소정) : 작은 배.
84) 글러 노화 : 끌러 놓아.
85) 風帆浪楫(풍범낭즙) : 바람에 돛을 달고 물결에 노를 저음.
86) 流下前灘(유하전탄) : 앞 여울로 흘러 내림.
87) 淺水邊(천수변) : 얕은 물가.
88) 歸帆(귀범) : 멀리 나갔던 돛단배가 돌아옴. 또는 그 배.
89) 아득돈 前山(전산)도 忽後山(홀후산)의 보이느다 : 아득하던 앞산도
　　문득 뒷산에 보이는구나.
90) 須臾羽化(수유우화)호야 蓮葉舟(연엽주)에 올나는 듯 : 잠깐 사이에
　　날개가 생겨 연잎배에 올랐는 듯. 중국 북송(北宋)의 문인 소동파(蘇
　　東坡)의 「적벽부(赤壁賦)」에 '넓고 넓은 것이 허공을 타고 바람을 모
　　는 듯, 그 머무는 곳을 모르겠고 가벼이 떠올라 속세를 버리고 우뚝
　　서 있는 듯, 날개 돋아 신선이 되어 하늘을 오르는 듯하다(浩浩乎如

馮虛御風 而不知其所止 飄飄乎如遺世獨立 羽化而登仙).'를 염두에 둔
표현이다. '연엽주'는 선관 태을진인(太乙眞人)이 타는 배로 알려져 있
다.
91) 東坡(동파) 赤壁遊(적벽유)ㄴ둘 : 소동파가 적벽강에서 놀던 일인
　　들.
92) 幽懷(유회) : 그윽한 회포. 마음속 깊이 품은 생각.
93) 雲吉山(운길산) : 경기도 남양주에 있는 산.
94) 任意逍遙(임의소요) : 마음대로 이리저리 거닒.
95) 猿鶴(원학) : 원숭이와 학. 관습적 표현으로 '자연'의 대유(代喩)로
　　쓰인 말이다.
96) 喬松(교송) : 큰 소나무.
97) 四隅(사우) : 네 구석이나 네 모퉁이. 사방이나 천하를 비유적으로
　　이르는 말.
98) 天工(천공) : 하늘의 조화로 자연히 이루어진 묘한 재주. 하늘이 백
　　성을 다스리는 조화.
99) 工巧(공교) : 솜씨나 꾀 따위가 재치가 있고 교묘함.
100) 니 : 연기 같은 안개.
101) 峰峰谷谷(봉봉곡곡) : 여러 봉우리와 골짜기.
102) 面面(면면) : 여러 면. 또는 각 방면.
103) 신남기 : 신나무가. 단풍나뭇과의 낙엽 소교목. 높이는 3미터 정도
　　이며, 잎은 마주나고 타원형이다.
104) 봄쯧도곤 : 봄꽃보다. '도곤'은 비교의 부사격 보사이다.
105) 錦繡屏風(금수병풍) : 비단에 수를 놓아 만든 병풍.
106) 千態萬狀(천태만상) : 천 가지 모습과 만 가지 형상이라는 뜻으로,
　　세상 사물이 한결같지 아니하고 각각 모습·모양이 다름을 이르는
　　말.
107) 僭濫(참람) : 분수에 넘쳐 너무 지나침.
108) 힘세이 : 힘세기. 힘이 센 이. 힘센 사람.
109) 禁(금)호리 업술시 : 금할 이가 없을새. 금할 이가 없으므로.
110) 긋지나 : 그치지나. 끝나거나. 끊어지거나.

내 집의 내 밥이 그 맛시 엇도ᄒ뇨

採山釣水(채산조수)111)ᄒ니　水陸品(수륙품)112)도　잠깐
ᄀᆺ다

甘旨奉養(감지봉양)113)을 足(족)다사114) 홀가마는

烏鳥含情(오조함정)115)을 볩고야 말렷노라

私情(사정)116)이 이러ᄒᆞ야 아직 믈러나와신들

罔極(망극)ᄒᆞᆫ 聖恩(성은)을 어니 刻(각)117)애 이질넌고

犬馬微誠(견마미성)118)은 白首(백수)에야 더옥 깁다

時時(시시)로 머리 드러 北辰(북신)119)을 ᄇᆞ라보니120)

늠 모ᄅᆞᄂᆞᆫ 눈물이 두 사ᄆᆡ예 다 졋ᄂᆞ다

이 눈물 보건딘 참아 믈너날까마는

ᄀᆺ독ᄒᆞᆫ 不才(부재)예121) 病(병) ᄒ나 디터122) 가고

萱堂(훤당)123) 老親(노친)은 八旬(팔순)이 거의거든

湯藥(탕약)을 그치며 定省(정성)124)을 뷔울넌가

이지야 어니 ᄉᆞ예 이 山(산) 밧긔 날오소냐

許由(허유)의 시슨 귀예125) 老萊子(노래자)의 오슬 입
고126)

압뫼예 저 솔이 풀은 쇠127) 되도록

鶴髮(학발)을 뫼시고 白髮(백발)애 아뫼 줄 몰오도록128)
함긔 뫼셔 늘그리라

■ 현대어 풀이

어리석고 못났어도 임금 총애 지극하니
힘을 다한 나랏일을 죽어야 그만두려.
새벽부터 게으름 없이 밤을 잊고 생각한들
관솔에 켠 불로 일월을 도울건가.
재주 없이 벼슬하며 몇 해를 지냈는가.
늙고 병이 들어 해골을 빌리려니
한강 동쪽 땅으로 물을 찾고 산을 찾아
니 용진강 거슬러서 사제 안으로 돌아드니
경치 제일 좋은 곳이 임자 없이 버려졌네.
한평생 꿈 꾼 생각 오래여서 그렇던지
물빛과 산 빛깔이 옛 얼굴 다시 본 듯
무정한 산수도 정이 있어 보이누나.
흰 모래 깔린 물가로 저녁노을 비껴지는데
삼삼오오 섞여 노는 저 갈매기야
너에게 말 물어보자. 놀라지 말려무나.
이 경치 좋은 이름난 곳 어디라고 들었느냐.
오 푸른 물결 넘실대니 위수 이천 아니런가.
산이 층층 우뚝하니 부춘 기산 아니런가.
산이 깊어 길 어두우니 회옹 운곡 아니런가.
샘이 달고 땅 기름지니 이원 반곡 아니런가.
그때 세상 멀어져서 사람들은 모두 죽어 천 년 전 외로운
종적 아득히 끊어졌으니
배회하며 생각하되 예 어디인지 나 몰라라.
언덕 위의 지초와 강가의 난초는 맑은 향이 서려 있어 원
근으로 이어 있고
남쪽의 시내와 동쪽의 계곡에는
떨어진 꽃잎들이 가득하게 잠겼거늘
가시덩굴 헤쳐 들어 초가 몇 칸 지어 두고
늙은 부모 모시고 남은 효도 하려 하고
이리저리 자리 찾으니 이 강산의 임자되네.
삼정승과 아니 바꿀 이 강산을 오늘에야 알았구나.
나는 말 없이 쉽게도 바꾸었으니.

---

111) 採山釣水(채산조수) : 산나물을 캐고 물고기를 낚음. '채산채조수
어(採山菜釣水魚)'의 준말.
112) 水陸品(수륙품) : 물과 뭍에서 나는 물건. 여기서는 물과 뭍에서
나는 음식의 뜻으로 쓰였다.
113) 甘旨奉養(감지봉양) : 맛좋은 음식으로 부모를 받들어 모심. 감지
공친(甘旨供親).
114) 足(족)다사 : 충분하다고야. 만족하다고야.
115) 烏鳥含情(오조함정) : 까마귀가 품은 마음. '까마귀'를 반포조(反哺
鳥), 곧 어미 새에게 먹을 것을 물어다 주는 새로 보는 생각에서 나
온 말이다.
116) 私情(사정) : 사사로운 정. 개인적 사정.
117) 刻(각) : 시간의 단위. 1각은 약 15분 동안으로, 본래 시헌력(時憲
曆)을 채택하기 이전에 하루의 100분의 1이 되는 14분 24초 동안을
나타내던 단위였다.
118) 犬馬微誠(견마미성) : 개와 말이 사람을 충성스럽게 섬기듯이 임
금님을 섬기고자 하는 작은 정성.
119) 北辰(북신) : 북극성. 『논어(論語)』, 「위정(爲政)」 편에 나오는, '덕
으로 정치를 하는 것은, 비유하자면 북극성은 제자리에 있고 모든 별
들이 그를 바라보며 따르는 것과 같다(爲政以德 譬如北辰 居其所 而
衆星共之).'에 따라 '임금'을 상징하는 말로 쓰인다.
120) 時時(시시)로 머리 드러 北辰(북신)을 ᄇᆞ라보니 : 박인로의 「선상
탄(船上嘆)」에 이와 같은 구절이 나온다.
121) ᄀᆺ독ᄒᆞᆫ 不才(부재)예 : 가뜩이나 재주 없는 데에.
122) 디터 : 짙어. 심해.
123) 萱堂(훤당) : 남의 어머니에 대한 경칭(敬稱). 자당(慈堂) 어머니
거처인 내당의 뒤뜰에 원추리를 심었던 것에서 연유하는 말이다. 이
말은 이 글의 화자 '나'가 자신의 이야기가 아니라 남의 이야기를 하
고 있음을 알 수 있게 한다.
124) 定省(정성) : '혼정신성(昏定晨省)'의 준말. 저녁에는 부모님의 잠
자리를 보아 드리고, 아침이면 편히 주무셨는가를 문안드리는 일.
125) 許由(허유)의 시슨 귀예 : 허유가 씻은 귀에. 허유는 요(堯)임금이
왕위를 물려주려 하자 더러운 소리를 들었다며 영천(潁川)의 물에 귀
를 씻고 기산(箕山)에 들어가 숨어 살았다고 한다.
126) 老萊子(노래자)의 오술 입고 : 노래자의 옷을 입고. 중국 춘추 시
대 초(楚)나라의 현인인 노래자는 난을 피하여 몽산(蒙山) 남쪽에서

농사를 짓고 살면서, 70세의 나이에도 색동옷을 입고 어린애 장난을
하면서 늙은 부모를 즐겁게 해 주었다고 전해진다.
127) 쇠 : 소(沼)가. 연못이. '상전벽해(桑田碧海)'의 '벽해'를 염두에 두
고 쓴 말이다.
128) 鶴髮(학발)을 뫼시고 白髮(백발)애 아뫼 줄 몰오도록 : 부모를 모
시고 자신이 늙어서 아무인 줄 모르도록. 부모를 모신 자기가 백발이
되어 누군 줄도 모를 때까지.

재산으로 보려 하고 생각 없이 있는구나.
어지러운 갈매기와 수많은 고라니를
내 혼자 거느려 가축으로 삼았으며
값없는 청풍명월은 절로 내 것 되었으니
남과 다른 부귀를 이 한 몸에 가졌구나.
내 부귀 가지고 남의 부귀 부러울 소냐.
부러울 줄 모르거든 사귈 줄 알리런가.
속된 세상 멀어지니 세상일을 듣고 볼 소냐.
꽃이 피고 잎 지지 않으면 어찌 계절 알리런가.
중은암의 종소리 바람결에 섞여 날아
매화 핀 창 이르르니 낮잠을 갓 깨어
앓는 눈을 열어 보니 밤비에 갓 핀 가지
은은한 향내 보내어 봄철을 아뢰누나.
봄옷을 재촉해 입고 봄 경치 끝날 때에
청려장 빗겨 쥐고 동자 예닐곱 불러 내어
속잎 난 잔디에 조심조심 걸어가며
맑은 물에 발을 씻고 강가에서 바람 쐬며
흥을 타고 돌아오니 무우대서 시 읊고 돌아오는 사람들이
조금이나 부러우랴.
봄날 흥이 이렇거든 가을 흥이 적을런가.
가을바람 솔솔 불어 뜰 가에 지나부니
오동잎 지는 소리 어두운 귀 놀라도다.
마침 부는 가을바람 마음으로 더욱 반겨
낚싯대 둘러메고 붉은 여뀌 헤쳐 들고
작은 배를 끌러 놓아
바람으로 돛을 삼고 물결로 노를 삼아 떠 가는 대로 던져 두니
앞 여울로 흘러내려 얕은 물가로 오는구나
석양이 저문 때에 강바람이 절로 불어 집으로 돌아가자 배를 재촉하는 듯,
아득하던 앞산이 홀연 뒷산으로 보이누나.
잠깐 사이 깃이 나서 연잎배에 올랐는 듯
소동파 적벽부인들 이내 흥에 어찌 더하며
장한이 강동에 간들 오늘 경치에 미칠런가.
물가 삶이 이렇거든 산의 삶이 무엇하랴.
산방에 가을이 오니 회포를 둘 데 없어
운길산 돌길을 막대 짚고 쉬며 올라
마음대로 거닐면서 원숭이 학 벗을 삼아
큰 소나무 빗기어 사방을 돌아보니
조물주 솜씨로 교묘하여 산빛을 꾸미는가.
흰 구름 맑은 내를 조각조각 떼어내어
높으락 낮으락 봉우리 골짜기마다
곳곳에 벌려 있거든
서리맞은 단풍나무 꽃보다 붉었으니

수놓은 비단 병풍 겹겹이 둘러친 듯,
천만 모습이 분수 넘어 방자하게 보이누나.
힘센 이와 다툰다면 내 분수에 올까마는
금하는 이 없을 새 나도 두고 즐기노라.
하물며 남산 흘러내린 끝자락에 오곡을 갖춰 심고 먹고 못 남아도
그치지나 아니하면 내 집의 내 밥이 그 맛이 어떠하뇨.
산에서 나물 캐고 물에서 낚시하니
물이나 땅의 음식 잠시나마 갖추어서
맛있는 음식으로 부모님을 받드는 일 만족하다 할까마는
까마귀의 마음을 베풀고야 말겠노라.
내 생각이 이러하여 멀리 물러나 있다 해도
망극한 성은을 어느 때에 잊을런가.
임금 향한 작은 정성 늙어서야 더욱 깊다.
때때로 머리 들어 북극성을 바라보니
남모르는 눈물이 두 소매에 다 젖는다.
이 눈물 보거니 차마 물러나 있을까마는
가뜩이나 재주 없고 병이나 깊어 가며
늙으신 어머님은 팔순이 거의거든
탕약을 그치며 문안 올리기 비울런가.
이제야 어느 사이에 이 산 밖에 나가겠나. 허유가 씻은 귀에 노래자의 옷을 입고
압뫼예 져 솔이 풀은 쇠 되도록 앞산의 저 솔밭이 푸른 연못 되도록
늙은 어버이를 모시고 백발에 누구인지 모르도록 함께 모셔 늙으리라.

■ 핵심 정리

* 작자 : 박인로(朴仁老 : 1561~1642)
* 연대 : 조선 광해군 3년(1611)
* 갈래 : 가사, 은일가사, 양반가사
* 성격 : 유교적, 윤리적, 서경적
* 운율 : 3·4조, 4·4조의 연속체.
* 제재 : 사제의 빼어난 경치
* 주제 : 사제(莎堤)의 승경(勝景)과 이덕형의 유유자적함
* 특징 :
   ① 특정 지역의 경치를 묘사하고 그에 대한 자신의 감상을 덧붙이는 방식으로 전개되고 있다.
   ② 아름다운 경치를 묘사하는 부분에서는 시선의 이동에 따라 시상이 전개되고 있다.
   ③ 중국의 고사(故事)를 원용하여 대상에 대한 인상을 두드러지게 하고 있다.
   ④ 화자가 추구하는 삶을 구체적으로 밝히고 그것을 이루

어 내고자 하는 의지를 드러내고 있다.

* 구성 :
 -서사 : 임금의 은혜를 받아 충성을 다하여 나랏일을 하던
   중 늙고 병이 들어 벼슬에서 물러남
 -본사 : 한양을 떠나 거처할 곳을 찾다 사제를 발견하고
   사제의 아름다운 풍경과 유학자의 거처로 부족함이 없
   음을 예찬함
 -결사 : 어버이를 모시는 효를 다하며 사제에서 살아가기
   로 결심함

* 출전 : 『노계집(蘆溪集)』

■ 해설

이 작품의 제목 '사제가(莎堤歌)'의 '사제'는 지명입니다. 이 작품이 실린 박인로의 문집 『노계집(蘆溪集)』에는 제목 아래에 '사제는 지명으로 용진강 동쪽 5리쯤에 있다. 곧 한음 이 상공의 강정이 있는 곳이다(莎堤地名 在龍津江東距五里許 卽漢陰李相公江亭所在處也).'라 하였습니다. '용진강'은 경기도 광주(廣州)에 있고 북한강의 지류입니다. '한음 이 상공'은 이덕형(李德馨)입니다. '오성과 한음'으로 유명한 바로 그분입니다. 같은 자리에 '공이 상공을 대신하여 이 노래를 지었다(公代相公作此曲).'라도 하였습니다. '공'은 문집의 주인이니 박인로(朴仁老)를 가리킵니다. 이 말대로라면 '이덕형'을 화자로 설정하여 '박인로'가 쓴 작품인 셈입니다.

두 분은 어떤 사이라서 이런 일이 있을 수 있을까요? 이덕형은 1601년에 경상·전라·충청·강원도의 임시 군무총사령관인 4도체찰사로 경상도에 내려옵니다. 임진왜란(1592)과 정유재란(1597)의 피해를 복구하고 왜적의 재침에 대비하기 위해서였지요. 대구를 거쳐 영천에 들러 의병장 정세아(鄭世雅), 조호익(曺好益), 권응수(權應銖) 등과 함께 역참(驛站) 시설 정비와 전란 복구 대책을 세우던 때에 박인로를 만났습니다. 박인로는 그보다 2년 전인 1599년에 무과(武科)에 급제하였는데, 이때 과거 총책임자가 좌의정이었던 이덕형이었습니다. 임진왜란 이후에 본 과거라 무과 위주였고 자기를 뽑아준 데 대한 감사함과 영천 출신 급제자로서 이덕형의 순방길 자리에 함께했던 것입니다.

박인로는 거제도 일운면의 조라포 만호(萬戶)로 근무하던 중 순회어사 최현(崔晛)에게 군장비 관리 소홀로 문책을 받아 10년 벼슬살이를 그만두고 고향으로 돌아갑니다. 최현은 구미 선산 출신으로 김성일(金誠一)의 조카사위이며 한글 가사 「용사음(龍蛇吟)」과 「명월음(明月吟)」을 지은 인물입니다. 고향에 돌아온 박인로는 10여 년 전부터 친교를 맺어 온 이덕형을 찾아 천릿길을 떠납니다. 그때 이덕형은 북인(北人) 세력과 갈등으로 정계에 물러나 경기도 양평 본가에 머물고

있었습니다. 경북 영천에서 한강 두물머리까지는 열흘 이상 걸리는 거리로 당시 교통 사정으로 보아 대단한 시도입니다. 그의 빈객(賓客)이 되어 수개월간 용진에 머물게 되었습니다. 이 정도면 박인로가 이덕형의 역할을 대신할 만합니다.

이 작품에서 글쓴이는 먼저, 이덕형이 임금의 영총을 지극히 받아 성은에 감격하여 진력하다가, 늙고 병이 들어 벼슬을 그만두고 한양을 떠나 광주(廣州) 용진강 동쪽의 사제로 거처를 옮겨 정착하기까지의 과정을 담았습니다. 고향에 돌아와 보니 옛날 보던 제일강산이 임자 없이 버려져 있어 이제야 주인을 만난 듯함을 춘흥(春興)과 추흥(秋興)을 통하여 노래하였습니다. 그 가운데서도 망극한 성은을 잊을 수 없다고 하였으며 임금을 그리는 정과 어버이를 받들고자 하는 심정을 간절히 나타내었습니다.

이러한 과정에는 여러 가지 변화가 담겨 있습니다. 공간의 변화는 공간의 이동뿐만 아니라, 화자가 현실에서 힘써 행하고자 하는 부분도 드러냅니다. 그리고 화자가 옮긴 새로운 공간 및 그곳에서의 삶에 대한 자부심과 더불어 관직을 떠난 후 자연 속에서 소요자적(逍遙自適)하는 삶을 통해 입신양명(立身揚名)이 아닌 안빈낙도(安貧樂道)를 지향하는 모습을 보여 줍니다. 이러한 모습들을 통해 당시 사대부들의 가치관과 삶의 지향을 엿볼 수 있지요.

화자가 이덕형이니 이 작품의 지은이를 이덕형으로 보아야 한다는 주장도 있을 법합니다. 그러나 이상한 일이기는 하지만 기록되어 있는 것은 그것이 거짓임을 밝힐 결정적 근거가 없는 한 부정하기 어렵습니다. 분명히 박인로의 작품이라 하는 기록과 그의 문집에 실려 있는 사실을 부정할 방법은 쉽게 찾을 수 없을 겁니다. 이덕형이 농촌에서의 삶에 대해 묻자 「누항사(陋巷詞)」로 답하고, 이덕형이 보내준 홍시를 보고 '반중(盤中) 조홍(早紅)감이'로 시작하는 시조를 썼습니다. 용진에서 함께 지낸 지 얼마 뒤에 이덕형은 병을 얻어 53세 나이로 세상을 떠나고, 박인로는 그를 그리워하며 「권주가(勸酒歌)」와 「상사곡(相思曲)」을 짓기도 합니다. 또 이 작품처럼 지명을 제목으로 쓴 「노계가(蘆溪歌)」를 쓴 것도 우연만은 아닌 것 같습니다.

상춘곡(賞春曲)

정극인(丁克仁)

紅塵(홍진)1)에 뭇친 분네 이내 生涯(생애) 엇더ᄒ고,

녯 사ᄅᆞᆷ 風流(풍류)ᄅᆞᆯ 미출가 못 미출가2)

天地間(천지간) 男子(남자) 몸이 날만 ᄒᆞᆫ 이 하건마ᄂᆞᆫ3)

山林(산림)에 뭇쳐 이셔 至樂(지락)4)을 ᄆᆞ롤 것가5)

數間茅屋(수간모옥)6)을 碧溪水(벽계수) 앏픠 두고7)

松竹(송죽) 鬱鬱裏(울울리)예8) 風月主人(풍월주인)9) 되어셔라
▶ 서사 : 자연에 묻혀 사는 즐거움

엇그제 겨을 지나 새봄이 도라오니

桃花杏花(도화행화)10)ᄂᆞᆫ 夕陽裏(석양리)예11) 퓌여 잇고

綠楊芳草(녹양방초)12)ᄂᆞᆫ 細雨中(세우중)에13) 프르도다

칼로 ᄆᆞᆯ아 낸가14) 붓으로 그려 낸가

造化神功(조화신공)15)이 物物(물물)마다16) 헌ᄉᆞ롭다17)
▶ 본사 1 : 봄날의 아름다운 경치

수풀에 우는 새는 春氣(춘기)18)ᄅᆞᆯ ᄆᆞᆺ내 계워19)

소ᄅᆡ마다 嬌態(교태)20)로다.

物我一體(물아일체)21)어니, 興(흥)이이22) 다ᄅᆞᆯ소냐.

柴扉(시비)23)예 거러 보고, 亭子(정자)애 안자 보니,

逍遙吟詠(소요음영)24)ᄒᆞ야, 山日(산일)25)이 寂寂(적적)ᄒᆞᆫ디,

閒中眞味(한중진미)26)ᄅᆞᆯ 알 니 업시 호재로다27)
▶ 본사 2 : 봄날의 흥취

이바 니웃드라28) 山水(산수) 구경 가쟈스라.

踏靑(답청)29)으란 오ᄂᆞᆯ ᄒᆞ고, 浴沂(욕기)30)란 來日(내일)ᄒᆞ새

아ᄎᆞᆷ에 採山(채산)31)ᄒᆞ고, 나조ᄒᆡ32) 釣水(조수)33)ᄒᆞ새
▶ 본사 3 : 산구 구경 권유

ᄀᆞᆺ 괴여34) 닉은 술을 葛巾(갈건)35)으로 밧타 노코36)

곳나모 가지 것거 수 노코37) 먹으리라

和風(화풍)이 건듯38) 부러 綠水(녹수)ᄅᆞᆯ 건너오니,

淸香(청향)은 잔에 지고39) 落紅(낙홍)은 옷새 진다40)

樽中(준중)41)이 뷔엿거든 날ᄃᆞ려 알외여라

---

1) 紅塵(홍진) : 붉은 먼지로 덮인 세상. 번거로운 세상. 속세(俗世), 세속(世俗)

2) 미출가 못 미출가 : 미칠까 못 미칠까. 따를까 못 따를까.

3) 날만 ᄒᆞᆫ 이 하건마ᄂᆞᆫ : 나와 같은 사람이 많겠지마는. 나 정도 되는 사람이 많겠지마는. '하다'는 '많다'의 옛말.

4) 至樂(지락) : 지극한 즐거움.

5) ᄆᆞ롤 것가 : 모르는 것인가. 마다겠는가.

6) 數間茅屋(수간모옥) : 몇 칸쯤 되는 초가. 몇 칸 안 되는 초가.

7) 碧溪水(벽계수) 앏픠 두고 : 푸른 시냇물을 앞에 두고, 푸른 시냇물 뒤에다.

8) 松竹(송죽) 鬱鬱裏(울울리)예 : 소나무와 대나무가 빽빽하게 우거진 숲 속에.

9) 風月主人(풍월주인) : 맑은 바람과 밝은 달 따위의 아름다운 자연을 즐기는 사람. 중국 북송(北宋)의 시인 소동파(蘇東坡)가 '강과 산, 바람과 달은 본래 정해진 주인이 없기에 한가한 사람이 바로 주인이라(江山風月 本無常主 閒者便是主人).'이라 한 글에도 쓰였다.

10) 桃花杏花(도화행화) : 복숭아꽃과 살구꽃.

11) 夕陽裏(석양리)예 : 석양 속에. 저녁 햇빛 속에.

12) 綠楊芳草(녹양방초) : 푸른 버들과 향기로운(아름다운) 풀.

13) 細雨中(세우중)에 : 가랑비 속에. 가랑비가 내리는 가운데.

14) ᄆᆞᆯ아 낸가 : 마름질해 냈는가, 재단해 내었는가.

15) 造化神功(조화신공) : 조물주의 신기한 공력. '공력'은 애써서 들이는 정성과 힘.

16) 物物(물물)마다 : 사물(事物)마다. 하나하나의 사물마다.

17) 헌ᄉᆞ롭다 : 야단스럽다.

18) 春氣(춘기) : 봄기운. 문맥상으로는 '춘기(春機)', 곧 '봄의 정취. 또는 봄의 기운. 남녀 사이의 정욕'을 뜻한다.

19) ᄆᆞᆺ내 계워 : 못내 겨워. 끝내 못 이겨.

20) 嬌態(교태) : 아양을 부리는 태도.

21) 物我一體(물아일체) : 자연과 자신이 하나가 됨. 자신이 자연의 일부가 됨.

22) 興(흥)이이 : 흥이야.

23) 柴扉(시비) : 사립문. 나뭇가지를 엮어 만든 사립짝을 달아서 만든 문.

24) 逍遙吟詠(소요음영) : 천천히 거닐며 나직이 읊조림. 미음완보(微吟緩步).

25) 山日(산일) : 산에서 보내는 나날들. 자연에서 지내는 일정들.

26) 閒中眞味(한중진미) : 한가한 가운데 느끼는 참다운 맛.

27) 알 니 업시 호재로다 : 알 이 없이 혼자로구나. 나 혼자만 아는구나.

28) 니웃드라 : 이웃들아. 이웃 사람들아.

29) 踏靑(답청) : 봄에 파란 풀을 밟고 노는 것. 중국에서, 청명절(淸明節)에 교외를 거닐며 자연을 즐기던 일.

30) 浴沂(욕기) : 기수(沂水)에서 목욕한다는 뜻으로, 명리를 잊고 유유자적함을 이르는 말. 공자(孔子)가 몇몇 제자에게 각자가 가진 뜻을 말해 보라고 하자, 증석(曾皙)이 기수에서 목욕하고 무우(舞雩)에 올라가 바람을 쐬고 노래하며 돌아오겠다고 대답한 고사에서 유래함.

31) 採山(채산) : 산나물을 캠. '채산채(採山菜)'의 준말

32) 나조ᄒᆡ : 저녁에.

33) 釣水(조수) : 물고기를 낚음. 낚시질을 함. '조수어(釣水魚)'의 준말

34) ᄀᆞᆺ 괴여 : 갓 괴어. 이제 막 익어(발효하여).

35) 葛巾(갈건) : 칡에서 얻은 실로 짠 수건. 갈포(葛布)로 만든 두건.

36) 밧타 노코 : 받아 놓고, 걸러 놓고. '밭다'는 건더기와 액체가 섞인 것을 체나 거르기 장치에 따라서 액체만을 따로 받아 내다는 뜻이다.

37) 수 노코 : 수효를 계산하고, 술 먹은 잔의 수를 세어가면서.

38) 건듯 : 문득. 잠깐.

39) 淸香(청향)은 잔에 지고 : 맑은 향기는 술잔에 베어들고.

40) 落紅(낙홍)은 옷새 진다 : 바람으로 붉은 꽃잎이 옷에 떨어진다.

小童(소동) 아히드려42) 酒家(주가)에 술을 믈어43)

얼운은 막대 집고44) 아히는 술을 메고

微吟緩步(미음완보)45)ᄒᆞ야 시냇ᄀᆞ의 호자 안자

明沙(명사)46) 조ᄒᆞᆫ47) 믈에 잔 시어48) 부어 들고

淸流(청류)49)ᄅᆞᆯ 굽어보니, ᄯᅥ오ᄂᆞ니 桃花(도화)ㅣ로다

武陵(무릉)50)이 갓갑도다. 져 ᄆᆡ51)이 귄 거인고

▶ 본사 4 : 봄날의 취흥

松間細路(송간세로)52)에 杜鵑花(두견화)ᄅᆞᆯ 부치 들고53)

峰頭(봉두)54)에 급피 올나 구름 소긔 안자 보니

千村萬落(천촌만락)55)이 곳곳이 버러 잇ᄂᆡ56)

煙霞日輝(연하일휘)57)는 錦繡(금수)58)ᄅᆞᆯ 재폇ᄂᆞᆫ 듯59)

엇그제 검은 들이 봄빗도 有餘(유여)홀샤60)

▶ 본사 5 : 산봉우리에서 본 경치

功名(공명)도 날 ᄭᅴ우고61) 富貴(부귀)도 날 ᄭᅴ우니

淸風明月(청풍명월)62) 外(외)예 엇던 벗이 잇ᄉᆞ올고

簞瓢陋巷(단표누항)63)에 흣튼64) 혜음65) 아니 ᄒᆞ니

아모타66) 百年行樂(백년행락)67)이 이만ᄒᆞᆫ들 엇지ᄒᆞ리

▶ 결사 : 안빈낙도의 즐거움

---

41) 樽中(준중) : 술동이 안.
42) 小童(소동) 아히드려 : 어린 아이에게. '소동(小童)'과 '아이'는 의미 중복임.
43) 술을 믈어 : 술이 있는가 물어서
44) 얼운은 막대 집고 : 어른은 지팡이를 짚고.
45) 微吟緩步(미음완보) : 나직이 읊조리며 천천히 걸음. 소요음영(逍遙吟詠).
46) 明沙(명사) : 곱고 깨끗한 모래. 밝게 빛나는 모래.
47) 조ᄒᆞᆫ : 깨끗한. '좋다'는 '깨끗하다'의 옛말.
48) 시어 : 씻어.
49) 淸流(청류) : 맑은 시냇물.
50) 武陵(무릉) : '무릉도원(武陵桃源)' 곧 '이상향(理想鄕)'을 말함.
51) ᄆᆡ : 들[野]. 들판. 뒤에 오는 '봉두(峰頭)'와 관련지어 '뫼[山]'의 오기로 보고 '산'으로 해석할 수도 있을 것임.
52) 松間細路(송간세로) : 소나무 숲의 좁은 길.
53) 杜鵑花(두견화)ᄅᆞᆯ 부치 들고 : 두견화를 붙들어 잡고. '두견화'는 진달래임.
54) 峰頭(봉두) : 산봉우리. 산머리. 손꼭대기.
55) 千村萬落(천촌만락) : 수많은 촌락. 여러 마을들.
56) 버러 잇ᄂᆡ : 벌어 있네. 펼쳐져 있네.
57) 煙霞日輝(연하일휘) : 안개와 놀과 빛나는 햇빛, 곧 아름다운 경치.
58) 錦繡(금수) : 수놓은 비단. 비단에 수놓은 것.
59) 재폇ᄂᆞᆫ 듯 : 펼쳐 놓은 듯.
60) 有餘(유여)홀샤 : 넘치는구나.
61) ᄭᅴ우고 : 꺼리고, 싫어하고, 기피하고.
62) 淸風明月(청풍명월) : 맑은 바람과 밝은 달. 아름다운 자연의 대유(代喩)로 널리 쓰이는 말임.
63) 簞瓢陋巷(단표누항) : 간소한 음식과 누추한 거처. '단표'는 '단사표음(簞食瓢飮)'의 준말. 『논어(論語)』「옹야편(雍也篇)」에, 공자(孔子)가 안자(顔子)를 칭찬한 말, '한 도시락밥과 한 바가지 물로 더러운 골목에 사는 것을 사람들은 그 고생을 견디지 못해 하는데, 회는 그 즐거움을 고치지 않으니 어질도다, 회여(一簞食 一瓢飮 在陋巷 人不堪其憂 回也不改其樂 賢哉, 回也).'라는 말에서 나왔다.
64) 흣튼 : 흩어진. 번잡한, 헛된, 쓸데없는.
65) 혜음 : 생각.
66) 아모타 : 아무튼.

■ 현대어 풀이

속세에 묻혀 사는 분들이여. 이 나의 생활이 어떠한가.
옛 사람들의 운치 있는 생활을 내가 따를까? 못 따를까?
천지간 남자로 태어난 몸으로서 나만한 사람이 많건마는
왜 그들은 자연에 묻혀 사는 지극한 즐거움을 모르는 것인가?
몇 간쯤 되는 초가집을 맑은 시냇물 앞에 지어 놓고
소나무와 대나무가 우거진 속에 자연의 주인이 되었구나.
엊그제 겨울이 지나 새봄이 돌아오니,
복숭아꽃과 살구꽃은 저녁 햇빛 속에 피어 있고
푸른 버들과 아름다운 풀은 가랑비 속에 푸르도다.
칼로 재단해 내었는가? 붓으로 그려내었는가?
조물주의 신비스러운 솜씨가 사물마다 야단스럽구나.
수풀에 우는 새는 봄 기운을 끝내 못 이겨 소리마다 아양을 떠는 모습이로다.
자연과 내가 한 몸이거니 흥겨움이야 다르겠는가?
사립문 주변을 걷기도 하고 정자에 앉아 보기도 하니.
천천히 거닐며 나직이 시를 읊조려 산 속의 하루가 적적한데.
한가로움 속의 참된 즐거움을 아는 사람이 없이 혼자로구나.
여보게 이웃 사람들이여. 산수 구경을 가자꾸나.
산책은 오늘 하고 냇물에서 목욕하는 것은 내일 하세.
아침에 산나물을 캐고 저녁에 낚시질을 하세.
이제 막 익은 술을 갈건으로 걸러 놓고
꽃나무 가지를 꺾어 잔 수를 세면서 먹으리라.
화창한 바람이 문득 불어서 푸른 시냇물을 건너오니,
맑은 향기는 술잔에 가득하고 붉은 꽃잎은 옷에 떨어진다.
술동이 안이 비었으면 나더러 아뢰어라.
조그만 아이를 시켜 술집에서 술을 사 가지고
어른은 지팡이를 짚고 아이는 술을 메고
나직이 읊조리며 천천히 걸어 시냇가에 혼자 앉아,
고운 모래가 비치는 맑은 물에 잔 씻어 술을 부어 들고
맑은 시냇물을 굽어보니 떠내려오는 것이 복숭아꽃이로다.
무릉도원이 가까이 있구나. 저 들이 바로 그것인가?
소나무 사이 좁은 길로 진달래꽃을 손에 들고
산봉우리에 급히 올라 구름 속에 앉아 보니,
수많은 촌락들이 곳곳에 벌여 있고
안개와 놀과 빛나는 햇살은 아름다운 비단을 펼쳐 놓은 듯.
엊그제까지도 거뭇거뭇했던 들판이 이제 봄빛이 넘치는구나.
공명과 부귀가 모두 나를 꺼리니,
아름다운 자연 외에 어떤 벗이 있으리?

---

67) 百年行樂(백년행락) : 평생을 즐겁게 지내는 일.

비록 가난하게 살고 있지만 잡스러운 생각은 아니 하네.
아무튼 한평생 즐겁게 지내는 것이 이만하면 족하지 않겠는가?

■ 핵심 정리
* 연대 : 조선 성종 때
* 갈래 : 서정 가사, 양반 가사, 정격 가사
* 형식 : 3·4(4·4)조, 4음보의 연속체
* 구성 : 서사, 본사, 결사의 3단 구성
* 성격 : 묘사적, 예찬적, 서정적
* 표현 : 설의법, 대구법, 의인법
* 의의 - 조선조 사대부 가사의 효시
     - 강호 한정 가사의 시발(始發)이 됨
* 주제 : 봄의 완상(玩賞)과 안빈 낙도(安貧樂道)

■ 해설
　이 작품은 조선 전기에 정극인(丁克仁, 1401~1481)이 지은 가사로, 작자의 문집 『불우헌집(不憂軒集)』에 전합니다. 작자가 벼슬을 그만 둔 후 전라북도 태인(泰仁)에 돌아와 자연에 묻혀 살 때 지은 것으로, 속세를 떠나 자연에 몰입하여 봄을 완상하고 인생을 즐기는 지극히 낙천적인 노래입니다. 2음보 1구로 계산하여 총 79구이며 3·4조, 4·4조, 2·3조의 음수율이 주조를 이루고 있습니다.
　내용은 서사·본사·결사의 3단 구성으로, 또는 본사를 춘경(春景)과 상춘(賞春)으로 나눠 4단 구성으로 분석할 수 있습니다. 제1단은 산림에 묻혀서 자연을 즐기는 자신을 풍월주인(風月主人)으로 노래하였고, 제2단은 봄 경치를 완상하며 흥취에 젖어든 정황을, 제3단은 산수구경을 하며 술에 취한 즐거움을, 제4단은 자연귀의(自然歸依)와 안빈낙도(安貧樂道)를 노래하였습니다.
　내용 전개에 있어서 자연의 주인이 되었다는 풍월주인(風月主人), 아름다운 봄 경치를 그린 가려춘경(佳麗春景), 이리저리 거닐며 시를 읊조리는 소요음영(逍遙吟咏), 산수 구경, 술을 마시며 속박을 벗어나 마음껏 즐기는 음주자적(飮酒自適), 높은 곳에 올라가 아래를 내려다 보는 등고부감(登高俯瞰), 자신의 분수를 지키며 즐겁게 지낸다는 수분행락(守分行樂)과 같은 장면의 배합이 잘 되어 한결 상춘의 흥취를 고양(高揚)시켜 줍니다. 조사법(措辭法)이 자연스럽고 표현 기교 또한 아려(雅麗)해서 양반가사 중에서도 일품(逸品)으로 꼽고 있습니다.
　이 작품은 그간 사적 고찰은 물론, 작가 연구, 내용 및 형식 분석, 문체 연구 등 다방면에 걸쳐 활발히 연구, 진행되어

왔습니다. 그 결과 이 가사는 몇 가지 문제가 제기되어 학계의 논란을 불러일으켰습니다.
　그것은 우선 이 가사의 사적 위치의 문제이고, 다음은 작자의 문제이다. 전자는 이 가사가 종전의 학설대로 가사문학의 효시(嚆矢)라고 볼 수 없다는 것인데, 그것은 최초의 작품으로서는 그 형식이 너무 정제되어 있다는 점과, 또 어사(語辭)가 15세기의 것이 아니라는 것을 들고 있다. 때문에 이병기(李秉岐)·정병욱(鄭炳昱) 등은 고려 말 나옹화상(懶翁和尙)의 작으로 알려진 「서왕가(西往歌)」를 가사 효시로 추정하기도 하였습니다.
　다음으로 작자에 대하여는, 임진왜란 전후의 문헌적 방증이 없고, 구사된 시어들이 정극인의 다른 시문에서는 찾아볼 수 없으며, 이 작품에 담긴 사상과 정극인의 사상과는 일치하지 않고, 정극인은 이 작품을 창작할 만한 능력이 없으며, 언어적 표현도 조선 초기의 것이 아니고, 음보나 음수율, 또는 감정 표현의 기교도 믿을 수 없다는 점을 들어 정극인 작자 설에 의문을 제기하고 있습니다. 그러나 이에 대하여 신중론을 펴는 견해와 종전의 설을 그대로 고수하려는 견해도 있습니다. 전자는 문헌상으로나 자료면에서 정극인 작이 아니라는 증거가 없는 한, 아직 그 작자나 제작 연대에 대해서 속단을 내리는 것은 삼가야 할 것이라고 하고, 후자의 경우는 이 작품의 내용은 『불우헌집』의 행장(行狀)과 시문(詩文)에 부합되고, 제작 당시 1470년(성종 1), 즉 작자 70세 때 치사환향(致仕還鄕) 때의 귀거래사적(歸去來辭的) 심정과 그 사의(詞意)가 어울리며, 『불우헌집』의 사료적(史料的) 신빙성도 충분하다고 하여 종래 정극인의 제작설을 재확인하고 있습니다. 한편, 위의 사례와 같은 의문을 제기하는 편에서도 3·4조 우세의 음수율과, 『불우헌집』 체재의 신빙성, 기(記)·서(序) 및 그 밖의 시문과의 다소의 조응성(照應性) 등 몇 가지를 들어 정극인 작자설을 전연 배제하지 못하고 있습니다. 이렇게 보면, 위의 의문은 하나의 문제 제기로 끝나는 것이 아닌가라고 생각할 수 있습니다.
　이 작품은 설의법, 의인법, 대구법, 직유법 등의 표현 기교와 고사를 적절히 활용한 구성의 묘라든지 자연 탄미의 선명한 주제, 유연한 율조와 우아한 풍류미, 은일지사(隱逸之士)의 유유자적한 생활의 모습을 효과적으로 그려내고 있습니다. 이 작품은 송순(宋純)의 「면앙정가(俛仰亭歌)」에 영향을 주었고. 그것이 다시 정철(鄭澈)의 「성산별곡(星山別曲)」, 「관동별곡(關東別曲)」으로 이어져 강호한정(江湖閑情)庭 가사의 맥이 형성되도록 후세의 가사 문학에 지대한 영향을 미쳤을 것으로 보아 그 가치는 높이 평가되어야 할 것입니다.

연행가(燕行歌)

홍순학(洪淳學)

어와 천지간(天地間)[1]에 남자 되기 쉽지 않다.
편방(偏邦)[2]의 이내 몸이 중원(中原)[3] 보기 원하더니
병인년(丙寅年)[4] 춘삼월에 가례(嘉禮) 책봉(冊封)[5] 되오시니
국가의 대경(大慶)이요 신민(臣民)의 복록(福祿)이라
상국(上國)[6]에 주청(奏請)[7]할새 삼(三) 사신(使臣)을 내었으니
상사(上使)[8]에 유(柳) 승상(丞相)[9]이요 서(徐) 시랑(侍郎)[10]은 부사(副使)로다
행중어사(行中御使) 서장관(書狀官)[11]은 직책이 중할시고
겸(兼) 집의(執義)에 사복판사(司僕判事) 어영낭청(御營郎廳)[12] 되었으니
시년(時年)[13]이 이십오라 소년공명(少年功名) 장하도다
하사월(夏四月) 초구일에 배표(拜表)[14] 길[15]을 정하였네
성정각(誠正閣)에 입시(入侍)[16]하니 정중(鄭重)할사 왕명(王命)이여

협양문(協陽門)에 하직하고 인정전仁政殿)에 배표하니
장악원(掌樂院) 일등악(一等樂)과 누런 의장(儀仗)[17] 벌여 세워
용정자(龍亭子)[18] 앞세우고 백관(百官)이 뒤따른다
숭례문(崇禮門) 내달아서 모화관(慕華館) 사대(查對)[19]하고
무악재 넘어서서 홍제원(弘濟院) 다다르니
재상(宰相) 어른 명사(名士) 친구 문지기며 청지기며
전별차(餞別次)[20]로 나와 보고 잘 가라고 당부하네
잘 있어라 대답할 제 면면(面面)이 초창(悄愴)[21]하다
좌차(座次)[22]를 올라타니 일산(日傘)[23]이 멀리 떴다
권마성(勸馬聲)[24] 한 소리에 앞길이 몇 천 리냐
집안을 생각하니 심회(心懷)도 창연(愴然)할사[25]
훤당(萱堂)[26]에 백발 노인 생양가(生養家)[27]로 모셔 있고
청춘의 젊은 아내 금슬(琴瑟)이 남다르나
무형제(無兄弟) 혈혈단신(孑孑單身) 외롭도다 이내 몸이
원로(遠路)에 떠나가니 가사(家事) 부탁할 곳 없다
왕명이 지중(至重)하니 무가내하(無可奈何)[28] 하릴없다

---

1) 천지간(天地間) : 하늘과 땅 사이.
2) 편방(偏邦) : 멀리 외따로이 동떨어져 있는 나라. 편국(偏國).
3) 중원(中原) : 중국. 중국 문화의 발원지인 황하(黃河) 중류의 남북 지역.
4) 병인년(丙寅年) : 1866년. 조선 고종(高宗) 3년.
5) 가례(嘉禮) 책봉(冊封) : 혼례를 올리고 왕비의 자리를 내림. 고종이 민치록(閔致祿)의 딸과 인현전과 운현궁에서 혼례를 올리고, 그에게 왕비의 자리를 내린 일을 이른다. 그가 명성황후(明成皇后)이다.
6) 상국(上國) : 당시의 중국(中國), 청나라를 가리킴.
7) 주청(奏請) : 임금의 승인을 청함. 여기서는 청나라 황제의 승인을 요청하는 일.
8) 상사(上使) : 정사(正使). 사신 중의 우두머리.
9) 류(柳) 승상(丞相) : 당시 우의정 류후조(柳厚祚)를 이름.
10) 서(徐) 시랑(侍郎) : 당시 예조시랑(禮朝侍郎) 서당보(徐堂輔)를 이름.
11) 행중어사(行中御使) 서장관(書狀官) : 외국에 가는 사신을 따라 보내던 임시 벼슬. 여기서는 홍순학을 이름.
12) 겸(兼) 집의(執義)에 사복판사(司僕判事)·어영낭청(御營郎廳) : 집의에다가 사복판사와 어영낭청 등의 여러 벼슬을 겸직함.
13) 시년(時年) : 나이.
14) 배표(拜表) : 조선 시대에, 왕이 중국 황제의 표문(表文)을 받던 일. 또는 그런 의식. 여기서는 조선의 사신들이 중국 황제에게 보낼 표문을 왕에게 받던 일을 의미함.
15) 길 : 일정(日程).
16) 입시(入侍) : 대궐에 들어가서 임금을 뵙던 일.

17) 의장(儀仗) : 천자(天子)나 왕공(王公) 등 지위가 높은 사람이 행차할 때에 위엄을 보이기 위하여 격식을 갖추어 세우는 병장기(兵仗器)나 물건. 의(儀)는 위의(威儀)를, 장(仗)은 창이나 칼 같은 병기를 가리킴.
18) 용정자(龍亭子) : 나라의 옥책(玉冊), 금보(金寶) 따위의 보배를 운반할 때 쓰던 가마.
19) 사대(查對) : 중국에 보내는 표(表)와 자문(咨文)을 살펴 그 내용이 틀림없는가를 확인하던 일.
20) 전별차(餞別次) : 전별의 목적. '전별'은 잔치를 베풀어 작별한다는 뜻으로, 보내는 쪽에서 예를 차려 작별함을 이르는 말.
21) 초창(悄愴) : 한탄스러우며 슬픔.
22) 좌차(座次) : 좌석의 차례.
23) 일산(日傘) : 볕을 가리기 위한 양산
24) 권마성(勸馬聲) : 말이나 가마가 지나갈 때 위세를 더하기 위하여 그 앞에서 하졸들이 목청을 길게 빼어 부르는 소리. 임금이 나들이할 때에는 사복(司僕) 하인이, 그 밖의 경우에는 역졸이 불렀다.
25) 창연(愴然)할사 : 몹시 서운하고 섭섭하구나.
26) 훤당(萱堂) : '훤당(萱堂)'은 '남의 어머니를 높여 이르는 말'이라 문맥상 잘못이므로, '헌당(軒堂)'으로 써서 '집'의 뜻으로 보아야 함.
27) 생양가(生養家) : 생가(生家)와 양가(養家).
28) 무가내하(無可奈何) : 달리 어찌할 수 없음.

삼각산(三角山)을 바라보고 몇몇 번 탄식이냐

녹번(碌磻)이며 박석(薄石)이와 구파발(舊擺撥) 창릉(昌陵) 내(內)를

순식간에 지나가니 고양(高陽) 지경 이 아니냐

순시영(巡視營)의 주장(主將) 원장(院將) 전배(前陪)[29]로 벌여 서고

본군수(本郡守)의 지경공양(至敬供養)[30] 삼공형리(三公兄吏)[31] 대령하고

읍내로 들어가니 숙소참(宿所站)이 예로구나

다담상(茶啖床)[32]과 주물상(晝物床)[33]은 잔읍(殘邑)[34] 거행(擧行) 가련하다

늦은 식후(食後) 군령(軍令)으로 파주목(坡州牧) 숙소하니

대소읍(大小邑)이 판이(判異)하여 거행이 초승(稍勝)[35]하다

평명(平明)에 떠나서서 임진강 다다르니

좌우의 험한 산세(山勢) 서로(西路)의 인후(咽喉) 되어

산 틈의 높은 성이 홍예문(虹霓門) 진서루(鎭西樓)라

방포(放砲)하고 문 나서서 일대장강(一帶長江) 둘렀구나

강류(江流)는 의의(依依)[36]하여 가는 손을 부르는 듯

산화(山花)는 작작(灼灼)[37]하여 별회(別懷)를 돕는도다

장단부(長湍府) 중화(中火)[38]하고 송도(松都)로 향해 가니

길가의 장명등(長明燈)은 삼각산을 응(應)한 게요

들 가운데 돌기둥은 배 매었던 곳이라네

남문(南門)을 들어가니 옛 도읍(都邑)이 예로구나

인가(人家)도 즐비(櫛比)하고 물색(物色)도 번화(繁華)하다

삿갓 쓰고 망혜(芒鞋)[39] 멘 건 유한생(有閑生)의 풍도(風度)로다

만월대(滿月臺) 올라 보니 소슬(蕭瑟)하고 처량(凄凉)할사

송악산(松嶽山)이 의구(依舊)하여 반공(半空)에 솟았는데

고려(高麗) 왕의 대궐 터는 월대(月臺)[40]만 층층(層層)하고

고목과 거친 풀은 황락(荒落)하여 못 보겠다

선죽교(善竹橋)가 어드메냐 고적(古蹟)을 구경하세

고려 충신 정(鄭) 포은(圃隱)의 순절(殉節)하던 곳이라네

다리 위에 묻은 혈(血)은 몇 백 년을 지냈는지

풍마우세(風磨雨洗)[41] 지들 않고 지금까지 완연(宛然)하다

후세의 보는 사람 뉘 아니 창감(愴憾)[42]하랴

숙종조(肅宗朝) 어필비(御筆碑)로 충절을 기록하사

다리 위에 난간 쳐서 행인을 금하시다

평명(平明) 군령(軍令) 재촉하여 청석관(靑石關)에 다다르니

산세도 기험(崎險)하여 깎아지른 모양이요

시내는 잔잔하여 굴곡(屈曲)히 흐르는데

길바닥에 깔린 돌은 차(車) 타기 불편하다

성 쌓고 문을 지어 기해교계(畿海交界)[43] 예로구나

금천(金川) 땅을 다다르니 황해도 지경이라

경기(京畿) 역졸 하직하니 청단(靑丹) 역마(役馬) 갈아타고

회한(廻瀾) 석벽(石壁) 바라보니 풍경도 절승(絕勝)하다

층층(層層)하고 기(奇)한 바위 백 척(百尺)이나 높았는데

산 밑에 흐른 물은 박연폭포(朴淵瀑布) 하류(下流)로다

읍내 들어 중화하고 배 타고 건너가니

돌여울 넓은 강에 나무로 놓은 다리

함흥 만세교(萬歲橋)가 이와 거의 같다 하네

평산부(平山府) 숙소하고 곡산부(谷山府) 출참(出站)[44]이라

서로(西路)의 친한 선비 예리(禮吏) 불러 존문(尊問)[45]하니

존문 선비 와서 보고 생색(生色)[46] 된다 치사(致謝)하네

---

29) 전배(前陪) : 벼슬아치의 행차 때 앞을 인도하는 하인
30) 지경공양(至敬供養) : 지극히 공경하여 웃어른을 모시어 음식 이바지를 함.
31) 삼공형리(三公兄吏) : 호장(戶長)·이방(吏房)·수형리(首刑吏)를 이름.
32) 다담상(茶啖床) : 손님을 접대하기 위한 상.
33) 주물상(晝物床) : 귀한 손님을 대접할 때, 간단하게 차려서 먼저 내오는 음식상.
34) 잔읍(殘邑) : 번성하지 못한 작은 고을. 박읍(薄邑).
35) 초승(稍勝) : 수준이나 역량 따위가 조금 나음.
36) 의의(依依) : 헤어지기가 서운함. 기억이 어렴풋함.
37) 작작(灼灼) : 꽃이 핀 모양이 몹시 화려하고 찬란함.
38) 중화(中火) : 길을 가다가 먹는 점심
39) 망혜(芒鞋) : 짚신.

40) 월대(月臺) : 궁궐의 정전(正殿), 묘단, 향교 등 주요 건물 앞에 설치하는 넓은 기단 형식의 대(臺).
41) 풍마우세(風磨雨洗) : 바람에 갈리고 비에 씻김.
42) 창감(愴憾) : 슬퍼함.
43) 기해교계(畿海交界) : 경기도와 황해도의 경계.
44) 출참(出站) : 사신, 감사를 영접하려고 그의 숙역(宿驛) 가까운 역에서 사람을 내보내던 일. 필요한 전곡과 역마를 주기 위하여서였다.
45) 존문(尊問) : 안부를 물음.

다담상을 물려 주고 기생(妓生) 불러 술 권하니

큰상을 받아 놓고 희색(喜色)이 만면(滿面)한 중

어렵고 부끄러워 어찌할 줄 전혀 몰라

좌불안석(坐不安席)47) 하는 모양 그도 또한 장관(壯觀)이라

이른 식후(食後) 떠나가니 태백산성(太白山城) 지나셨다

중화참(中和站)이 어디메냐 총수관(蔥秀關)이 예로구나

산은 높고 물은 깊어 층암절벽(層巖絶壁) 둘렀는데

돌 밑에 맑은 샘 옥류영천(玉流靈泉) 이 아니며

바위 위에 새긴 사람 주지번(朱之蕃)48)의 화상(畫像)이다

능증(崚嶒)49)하고 준급(峻急)50)함이 파촉(巴蜀) 산과 흡사하다

옛적의 어느 때에 잔나비51) 울었다네

서흥부(瑞興府) 숙소하고 검수관(檢水關) 중화하여

봉산군(鳳山郡) 숙소하고 동선령(洞仙嶺) 바라보니

골은 깊고 산은 높아 험준하고 차아(嵯峨)52)할새

좌우의 창송벽수(蒼松碧水) 녹음(綠陰)이 기이하다

높은 석벽(石壁) 두른 곳은 사인암(舍人巖)이 저로구나

산세(山勢)대로 성을 쌓아 관(關)을 짓고 문을 내어

황해도 인후(咽喉) 목이 이렇듯이 험하도다

황주(黃州) 성내(城內) 들어가서 사대(査對)하고 숙소하니

삼오야(三五夜) 둥근 달이 오늘 마침 망일(望日)53)이라

들으니 월파루(月波樓)가 용금(湧金)54) 구경 좋다 하네

성 위에 높은 누각 백 척이나 솟았는데

성외(城外)로 일대장강 누(樓) 아래를 둘렀구나

월출동령(月出東嶺) 달 돋으니 물빛이 금빛 되어

수물수물 끓는 모양 용금이라 이름하네

이렇듯이 밝은 달에 기악(妓樂)인들 없을쏘냐

주안(酒案)을 갖추고 가무(歌舞)를 구경하자

중화부(中和府) 숙소하고 평안도 지경(地境)이라

이천(利川) 대동(大同) 양역(兩驛)으로 좋은 말 골라 타고

평양(平壤) 땅을 다다르니 즐겁기도 그지없다

강산(江山) 누대(樓臺) 좋다 함을 소문으로 들었더니

첫눈에 황홀함이 듣던 말과 같아여라

십리장림(十里長林) 푸른 그늘 좌우로 울밀(鬱密)55)한데

대동강 다다르니 채선(彩船)을 등대(等待)56)하고

명금이하(鳴金二下)57) 대취타(大吹打)에 상선포(上船砲)를 놓았구나

성내(城內)를 바라보니 선경(仙境)이냐 인간(人間)이냐

굽은 성(城) 이층(二層) 문루(門樓) 대동문(大同門)이 저기로다

육인교(六人轎)에 높이 앉아 대전배(大前陪) 앞세우고

천천히 들어가며 좌우를 살펴보니

물색(物色)이 번화함이 서울이나 다름없다

가는 사람 오는 사람 길가에 미만(彌滿)58)하여

우러러 쳐다보지 저희끼리 하는 말이

장(壯)하도다 저 사또여 춘추(春秋)가 얼마신지

저렇듯 소년(少年) 서장(書狀)이 근래에 처음이다

사처59)로 들어가니 준수(俊秀)하다 통인(通引)60)들은

갑사쾌자(甲紗快子) 남전대(藍纏帶)와 갓벙거지 공작우(孔雀羽)로

좌우로 벌여 서서 거행(擧行)이 영리(怜悧)하고

어여쁘다 수청(守廳) 기생 녹의홍상(綠衣紅裳) 단장(丹粧)하고

큰머리 가리마와 도화분(桃花粉)61) 성적(成赤)62)하고

다담(茶啖) 주물(晝物) 진지 거래(去來) 여럿이 병창(幷唱)하니

영본부(營本府) 감사(監司) 아전(衙前) 자하(自下)로 거행하네63)

---

46) 생색(生色) : 활기 있는 기색.

47) 좌불안석(坐不安席) : 앉아도 자리가 편안하지 않다는 뜻으로, 마음이 불안하거나 걱정스러워서 한군데에 가만히 앉아 있지 못하고 안절부절못하는 모양을 이르는 말.

48) 주지번(朱之蕃) : 우리나라에 사신으로 왔던 명(明)나라 사람.

49) 능증(崚嶒) : 울퉁불퉁하고 가팔라 산세가 험함.

50) 준급(峻急) : 높고 험하여 몹시 가파름.

51) 잔나비 : 원숭이.

52) 차아(嵯峨) : 산이 높고 험함.

53) 망일(望日) : 보름날.

54) 용금(湧金) : 끓어오르는 금이란 뜻으로, 달빛이 강물에 비쳐 일렁이는 모양을 비유한 말.

55) 울밀(鬱密) : 나무 따위가 무성하게 우거져 빽빽함.

56) 등대(等待) : 미리 준비하여 기다림.

57) 명금이하(鳴金二下) : 대취타에서, 징을 두 번 치라는 뜻으로 이르는 말. 곡을 시작할 때 하는 말이다.

58) 미만(彌滿) : 널리 가득 차 그들먹함.

59) 사처 : 손님이 길을 가다가 묵음. 또는 묵고 있는 그 집.

60) 통인(通引) : 조선 시대에, 경기·영동 지역에서 수령(守令)의 잔심부름을 하던 구실아치. 이서(吏胥)나 공천(公賤) 출신이었다.

61) 도화분(桃花粉) : 도홍색을 띠어 불그레한 백분.

62) 성적(成赤) : 연지를 찍고 분을 바르는 일. 화장(化粧).

63) 자하(自下)로 거행하네 : 윗사람을 거치지 않고 자기 마음대로 해 나가네.

이때가 어느 때냐 삼사월 좋은 때라

일기(日氣)는 불한불열(不寒不熱)[64] 혜풍(惠風)[65]이 화창(和暢)한데

연광정(練光亭) 찾아가니 제일강산(第一江山) 예로구나

백 척 고루(高樓) 높은 누(樓)가 물 위에 떠 있는 듯

먼 산을 바라보니 높고 낮은 천만봉(千萬峰)이

운무중(雲霧中) 묻힌 모양 벽라장(碧羅帳)을 둘렀는 듯

일대장강 푸른 물결 천광(天光)과 한빛이라

강상(江上)의 일엽선(一葉船)은 고기 잡는 어선(漁船)이요

강가의 선녀(仙女) 미인(美人) 빨래하는 계집이라

부벽루(浮碧樓)가 어디러냐 선유(船遊)하여 올라가자

대동문 돌아나서 강변에 배를 잡아

한 배에는 대취타(大吹打)요 또 한 배에 육각(六角)이라

관선(官船)에 올라앉아 배 치레를 살펴보니

초가(草家)로 이은 집이 사면(四面)으로 간반(間半)이요

완자창(卍字窓) 만살장지(壯紙) 가방(假房)[66]을 지어 놓고

단청(丹靑)이 기이하여 오채(五彩)가 영롱하고

화문(花紋)등모[67] 만화방석(萬花方席) 포진(鋪陳)[68]도 잘하였다

여러 기생 모여 앉아 노래나 하여 보자

일제히 병창(竝唱)하여 곡조도 아름답다

어부사(漁父詞) 한 곡조에 배를 저어 올라가니

풍악(風樂)은 잦아지고 청흥(淸興)은 도도(滔滔)하다

춘수선여천상좌(春水船如天上坐)[69]는 옛 글귀도 읊어보며

추수공장천일색(秋水共長天一色)[70]은 경개(景槪)가 사랑홉다

서편을 바라보니 청류벽(淸流壁) 험한 바위

돌빛이 기증(崎嶒)[71]하여 병풍같이 둘렀으며

동편을 바라보니 능라도(綾羅島) 넓은 섬

중류(中流)에 떠 있으니 이수중분(二水中分)[72] 이 아니냐

일편(一片) 고성(孤城) 높은 곳에 저 누각(樓閣)은 어디메냐

동정여천파시추(洞庭如天波始秋)[73]는 악양루(岳陽樓)[74]를 일렀으며

금삼강이대오호(襟三江而帶五湖)[75]는 등왕각(滕王閣)[76]에 있다 하니

대동강(大同江) 상(上) 좋은 곳에 부벽루(浮碧樓)가 없을쏘냐

전금문(轉錦門) 들어가서 누상(樓上)에 올라 보니

모란봉(牧丹峰)이 주산(主山)이요 앵무주(鸚鵡洲)가 앞에 있다

산빛은 요조(耀照)[77]하고 원경(遠景)이 볼 만하고

강소리는 요란하여 가까운데 여울이라

심수(深邃)[78]하고 그윽함이 별유천지(別有天地)[79] 예로구나

대풍악(大風樂) 들여놓고 가무(歌舞)를 구경하자

아리따운 노랫소리 청천(靑天)에 높이 떴다

춤추는 긴 소매는 바람에 나부낀다

눈앞에 벌인 것이 녹패홍촉(綠牌紅燭)[80] 이 아니냐

울긋불긋 고운 모양 춘심(春心)이 호탕(浩蕩)하고

교언영색(巧言令色)[81] 저 태도는 정신(精神)을 흐리운다

저희끼리 시기(猜忌)하여 누구를 후리려고

---

64) 불한불열(不寒不熱) : 춥지도 덥지도 않음.
65) 혜풍(惠風) : 온화하게 부는 봄바람.
66) 가방(假房) : 겨울에 외풍을 방지하기 위해 방 안에 장지를 들이어 조그맣게 막는 아랫방
67) 화문(花紋)등모 : 꽃무늬로 양쪽 가장자리를 꾸민 돗자리.
68) 포진(鋪陳) : 잔치 따위를 할 때에 앉을 자리를 마련하여 깖.
69) 춘수선여천상좌(春水船如天上坐) : 봄 강물에 뜬 배는 하늘 위에 앉은 듯한데. 중국 당(唐)나라 시인 두보(杜甫)의 시 '소한식 날 배에서 짓다(小寒食舟中作)'의 한 구절이다. 뒷구절 '노년이 보는 꽃은 안개 속에 보이는 듯하다(老年花似霧中看).'와 대구이다.
70) 추수공장천일색(秋水共長天一色) : 가을 강물과 긴 하늘이 한가지로 푸르구나. 중국 당(唐) 나라 시인 왕발(王勃)이 지은 '등왕각서(滕王閣序)'의 한 구절인데, 앞구절 '저녁놀과 한 마리 따오기 함께 날고(落霞與孤鶩齊飛).'와 대구를 이룬다.

71) 기증(崎嶒) : 가파르고 험함.
72) 중류에 떠 있으니 이수중분(二水中分) : 중국 당(唐)나라 시인 이백(李白)의 시 「금릉의 봉황대에 올라(登金陵鳳凰臺)」에 나오는, '두 강은 가운데로 나뉘어 백로주가 되다(二水中分白鷺洲)'에서 따온 구절이다.
73) 동정여천파시추(洞庭如天波始秋) : 동정호는 하늘 같아 물결이 가을을 알리도다. 신광수(申光洙)의 시 '악양루에 올라 관산 융마를 탄식하다(登岳陽樓歎關山戎馬)'에 나오는 구절이다.
74) 악양루(岳陽樓) : 중국 호남성(湖南省) 악주성에 있는 성루(城壘).
75) 금삼강이대오호(襟三江而帶五湖) : 세 강은 옷깃처럼 두르고 다섯 호수는 띠처럼 둘러짐. 왕발(王勃)의 '등왕각서(滕王閣序)'에 나온다.
76) 등왕각(滕王閣) : 중국 당나라 태종의 아우 등왕 이원영이 장시 성 난창 시의 서남쪽에 세운 누각.
77) 요조(耀照) : 조요(照耀). 밝게 비쳐 빛남.
78) 심수(深邃) : 깊숙하고 그윽함.
79) 별유천지(別有天地) : 별천지(別天地). 별세계(別世界). 우리가 살고 있는 이 세상 밖의 다른 세상. 특별히 경치가 좋거나 분위기가 좋은 곳.
80) 녹패홍촉(綠牌紅燭) : 푸른 패옥(佩玉)과 붉은 초.
81) 교언영색(巧言令色) : 아첨하는 말과 알랑거리는 태도.

들으니 색계(色界) 상(上)에 영웅열사(英雄烈士) 없다 하네

어렵도다 이내 몸이 한미(寒微)한 집 사람으로

이십여 년 책상(冊床)물림[82] 졸직(拙直)이[83] 자라나서

강산풍월(江山風月) 좋은 곳에 어디 한번 놀아 보랴

청루주사(靑樓酒肆)[84] 발밭으며[85] 외입물정(外入物情)[86] 알았으랴

처음으로 당해 보니 졸풍류(拙風流)[87]를 면할쏘냐

영명사(永明寺) 구경 가자 죽월루(竹月樓)가 제 있으며

을밀대(乙密臺)를 바라보니 반공(半空)에 솟아 있다

칠성암(七星庵)이 어디더냐 기린굴(麒麟窟)이 있다 하니

옛적의 어느 때에 동명왕(東明王)이 말을 타고

그 굴로 들어가서 강가로 나왔다니

허황(虛荒)한 말 같으나 기이한 일이로다

평양 같은 좋은 강산 소강남(小江南)을 일렀으니

팔도(八道)를 다 보아도 예만 한 데 없다 하데

백사(百事)에 원(願)을 말고 평안감사(平安監司) 원을 하고

어떤 사람 팔자 좋아 신선(神仙)의 연분(緣分)인가

이렇듯 별세계(別世界)에 청복(淸福)을 누리더냐

이 땅을 말하라면 우리나라 근본(根本)이라

주무왕(周武王) 시(時) 기자(箕子)[88]께서 조선(朝鮮)으로 처음 오서

산명(山明)하고 수려(水麗)키로[89] 천년 도읍(都邑) 터이로다

기자의 정전법(井田法)은 옛 밭이 그려 있고

기자의 팔조지교(八條之敎) 끼친 왕화(王化) 그저 있다

함구문(含毬門) 밖 외성(外城) 안에 기자 먹던 우물 있고

칠성문 밖 내달아서 기자묘(箕子墓)가 있다 하니

기자묘 봉심(奉審)[90]하자 감구지회(感舊之懷)[91] 그음 없

다

고목(古木)과 거친 풀은 몇 천 년 된 옛 무덤인가

양마석(羊馬石) 망두석(望頭石)은 쌍쌍이 벌여 있고

한 조각 끊어진 비(碑)요 반쪽만 남았으니

슬프다 임진란(壬辰亂)에 왜놈이 작변(作變)하여

저 모양이 되었다니 더구나 창감(愴憾)하다

평양서 떠나가기 순안현(順安縣) 숙소하고

숙천부(肅川府) 중화하여 안주(安州) 성내 들어가서

안주현 사대(査對)하고 만경루(萬景樓) 올라 본 후

백상루(百祥樓) 구경 가자 경개(景槪)가 어떻더냐

청천강(淸川江) 맑은 물은 푸른빛이 둘려 있고

약산(藥山) 동대(東臺) 높은 봉(峰)은 먼 산빛이 빼어났

다

녹음방초(綠陰芳草) 경(景) 좋은데 큰길에 차일(遮日) 포진(鋪陳)

청천강 진두강(津頭江) 박천(博川) 지경(地境) 언뜻 지나

가산군(嘉山郡) 숙소하니 샛별령(嶺)이 저기로다

위태하고 준급(峻急)할사 간신히 넘어서서

납청정(納淸亭) 말마(秣馬)[92]하여 정주성(定州城) 내(內) 들어가니

북장대(北將臺) 무너진 성 신미년(辛未年) 일 가이없다[93]

길가의 저 비각(碑閣)은 승전비(勝戰碑)를 세웠더라

곽산군(郭山郡) 중화하고 선천부(宣川府) 숙소하니

물색도 번화하며 색향(色鄕)으로 소문 났다

의검정(倚劍亭) 너른 대청(大廳) 대연(大宴)을 배설(排設)하고

여러 기생 불러다가 춤추는 구경 하자

맵시 있다 입춤이며 시원한 북춤이며

공교(工巧)하다 포고락(匏鼓樂)과 처량한 배따라기며

한가한 반도(盤跳)며 우스운 승무(僧舞)로다

지화자 한 소리에 모든 기생 병창(竝唱)할새

항장무(項莊舞)라 하는 춤은 이 고을서 처음 본다

팔년풍진(八年風塵) 초한(楚漢) 시(時)에 홍문연(鴻門宴)[94]을 의방(依倣)[95]하여

---

82) 책상(冊床)물림 : 책상 앞에 앉아 글공부만 하여 세상일을 잘 모르는 사람을 낮잡아 이르는 말.
83) 졸직(拙直)이 : 성격이 고지식하고 주변이 없이.
84) 청루주사(靑樓酒肆) : 술과 몸을 파는 여자들이 있는 가게.
85) 발밭으며 : 그때그때의 사정과 형편을 보아 적절하게 일을 처리하는 재주가 있으며.
86) 외입물정(外入物情) : 외입의 형편. '외입'은 남자가 아내가 아닌 여자와 성관계를 가지는 일. 또는 노는계집과 성관계를 가지는 일.
87) 졸풍류(拙風流) : 옹졸하고 천하여 서투른 풍류. '풍류'는 멋스럽고 풍치가 있는 일. 또는 그렇게 노는 일.
88) 기자(箕子) : 고조선 때에 있었다고 하는 전설상의 기자 조선의 시조(始祖).
89) 산명(山明)하고 수려(水麗)키로 : 산은 맑고 물은 곱기로.
90) 봉심(奉審) : 임금의 명(命)으로 능이나 묘를 보살피던 일. 여기서는 글쓴이가 받드는 마음으로 찾아봄을 뜻함.

91) 감구지회(感舊之懷) : 지난 일을 생각하는 마음.
92) 말마(秣馬) : 말에게 먹이를 주는 일. 또는 말의 먹이.
93) 가이없다 : 가없다.
94) 홍문연(鴻門宴) : 중국 초나라 항우와 한나라 패공이 홍구의 군문에서 가진 잔치.
95) 의방(依倣) : 남의 것을 모방하여 본뜸.

초패왕(楚覇王)과 한패공(漢沛公)은 동서(東西)로 마주앉아

범증(范增)에 세 번 옥결(玉玦)소리 눈 위에 번듯 들어

항장(項莊)의 청이검무(請而劍舞)가 패공(沛公)에게 뜻이 있어

긴 소매를 번뜩이며 검광(劍光)이 섬섬(閃閃)터니

항백(項伯)이 대무(對舞)하며 계교(計巧)를 일렀구나

장자방(張子房)의 획책(劃策)으로 번쾌(樊噲)가 뛰어들어

장검(長劍)을 두르면서 항우(項羽)를 보는 모양

그 아니 장관이냐 우습고 볼 만하다

동림진(東林鎭) 지나서서 차연관(車輦館)은 철산(鐵山)이요

서림진(西林鎭) 지나서니 양책관(良策館) 웅천(雄川)이라

청류암(聽流巖) 좋은 경치 제일계산(第一溪山) 새겨 있다

석계교(石溪橋) 건너서서 소곶관(小串館) 중화하니

예서부터 의주(義州) 지경 우리나라 지진두(地盡頭)96)라

살문이 높은 고개 한 문루(門樓)에 올라서서

피지(彼地)97)를 바라보니 지척(咫尺)에 임하였네

해동(海東)의 제일관(第一關)은 만부(灣府)98)의 남문이라

취승당(聚勝堂)이 어디메냐 옛일이 창감(愴憾)하다

임진란에 선조대왕(宣祖大王) 주필(駐蹕)99)하신 집이로다

시사(時事)100)를 생각하면 분개(憤慨)하기 그지없다

통군정(統軍亭) 높은 정자 압록강(鴨綠江)을 임했으니

기악(妓樂)을 등대(等待)하고 구경차로 올라가자

경개가 절승(絶勝)하나 좋은 줄 모르겠다

풍악(風樂)이 난만(爛漫)하되 좋은 줄 모르겠다

집 떠난 지 며칠이냐 소식이 아득하다

앞길이 멀도 멀사 갈 길이 망연(茫然)하다

강 건너 바라보니 어이 저리 소슬(蕭瑟)하며

황사백초(黃沙白草)101) 너른 들에 서풍(西風)이 들이친다

심사(心事)가 처창(悽愴)102)하여 긴 한숨이 절로 난다

비회(悲懷)를 못 정하여 이내 눈물 누가 알리

내 홀로 위로하며 제 스스로 억제(抑制)하여

십여 명 수청 기생 앞에다 모아 놓고

피리 해금(奚琴) 삼자비103)는 가무를 맞추며

양금(洋琴)이며 거문고는 영산회상(靈山會相) 어울려서

이팔청춘 여자들이 춘풍을 희롱한다

청삼학사(靑衫學士) 소년(少年) 시(時)에 호흥(豪興)104)인들 없을쏘냐

이렇듯 노닐면서 세월을 보내더니

하오월(夏五月) 초칠일에 도강(渡江)105) 날짜 정하였네.

방물(方物)106)을 점검(點檢)하고 행장(行裝)107)을 수습(收拾)108)하여

압록강변 다다르니 송객정(送客亭)109)이 여기로다

의주 부윤(府尹)110) 나와 앉고 다담상을 차려 놓고

삼 사신을 전별할새 처창(悽愴)키도 그지없다.

일배일배부일배(一杯一杯復一杯)111)는 서로 앉아 권고하고,

상사별곡(相思別曲)112) 한 곡조를 차마 듣기 어려워라

장계(狀啓)113)를 봉한 후에 떨뜨리고114) 일어나서,

거국지회(去國之懷)115) 그지없어 억제하기 어려운 중

홍상(紅裳)116)의 꽃눈물이 심회(心懷)를 돕는도다.

육인교(六人轎)를 물려 놓고 장독교(帳獨轎)117)를 등대

---

96) 지진두(地盡頭) : 중앙에서 멀리 떨어져서 바다와 접한 변두리의 땅.
97) 피지(彼地) : 저 땅.
98) 만부(灣府) : 의주(義州)의 옛 이름.
99) 주필(駐蹕) : 임금이 거둥하는 중간에 어가(御駕)를 멈추고 머무르거나 묵던 일.
100) 시사(時事) : 그 당시에 일어난 여러 가지 사회적 사건.
101) 황사백초(黃沙白草) : 사막의 백초. 중국 당(唐)나라 왕창령(王昌齡)의 '변방에 나가(出塞行)'에, '황색 모래 흰 풀도 비파 슬픈 곡조를 듣는 듯하구나(黃沙白草 如聞琵琶哀怨之曲)'라는 구절과 연관이 있어 보인다.
102) 처창(悽愴) : 몹시 구슬픔
103) 삼자비 : 장구, 자바라, 피리를 통틀어 이르는 말.
104) 호흥(豪興) : 씩씩하고 화끈한 흥.
105) 도강(渡江) : 강을 건넘
106) 방물(方物) : 감사나 수령이 임금께 바치던 그 고장의 산물. 여기서는 '청나라 황제에게 바치는 봉물'을 말함
107) 행장(行裝) : 여행 장비. 여행할 때 쓰이는 물건. 행구(行具). 행리(行李).
108) 수습(收拾) : 어수선하게 흩어진 물건들을 거두어 들임. 수쇄(收刷).
109) 송객정(送客亭) : 정자 이름. 손님을 전송하는 곳.
110) 부윤(府尹) : 조선 시대의 지방 관아인 부(府)의 우두머리. 종이품 문관의 외관직으로 영흥부와 평양부, 의주부, 전주부, 경주부의 다섯 곳에 두었다.
111) 일배일배부일배(一杯一杯復一杯) : 한 잔 한 잔 다시 또 한 잔. 중국 당(唐)나라 시인 이백(李白)의 시 '산중여인대작(中與幽人對酌)'에 나오는 시구이다.
112) 상사별곡(相思別曲) : 조선의 12가사 중 하나로 남녀 간의 그리움을 노래한 것
113) 장계(狀啓) : 감사나 출장 관원이 임금에게 보고하는 서면
114) 떨뜨리고 : 거만하게 뽐내고
115) 거국지회(去國之懷) : 나라를 떠나는 감회
116) 홍상(紅裳) : 여인이 입는 붉은 치마. 곧, 아름다운 여인을 말함
117) 장독교(帳獨轎) : 가마의 하나. 뒤는 전체가 벽이고, 양옆에 창을 내었으며, 앞쪽에는 들창처럼 된 문이 있고, 뚜껑은 둥긋하게 마루가 지고 네 귀가 추녀처럼 되어 있다. 바닥은 살을 대었는데 전체가 붙

(等待)하고,

전배(前陪) 통인(通引) 하직하니 일산(日傘) 좌견(左牽)[118]뿐만 잇고,

공형(公兄)[119] 급창(及唱)[120] 물러서니 마두(馬頭)[121] 서자(書者)[122]뿐이로다

일엽소선(一葉小船)션[123] 배을 저어 점점 멀리 떠서 가니,

푸른 봉은 첩첩(疊疊)하여[124] 나를 보고 즐기는 듯,

백운(白雲)은 요요(遙遙)하고[125] 광색(光色)[126]이 참담(慘憺)하다

비(比)치 못할[127] 이내 마음 오늘이 무슨 날인고

출세(出世)[128]한 지 이십오 년 시하(侍下)[129]에 자라나서

평일의 이측(離側)[130]하여 오래 떠나 본 일 없다

반 년이나 어찌할꼬, 이위정사(離闈情思)[131] 어려우며,

경기(京畿) 지경 백 리 밖에 먼 길 다녀 본 일 없다

허박(虛薄)하고 약한 기질(氣質) 만리행역[132] 걱정일세

한 줄기 압록강의 양국(兩國) 나눠 있어

돌아보고 돌아보니 우리나라 다시 보자

구련성(九連城) 다다라서 한 고개를 넘어서니

아까 보던 통군정(統軍亭)이 그림자도 아니 뵈고,

지금 뵈던 백마산(白馬山)이 봉우리도 아니 뵌다

백여 리 무인지경(無人之境) 인적이 고요하다

위험한 만첩 산중 울밀(鬱密)한 수목이며

적막한 새소리는 처처(處處)에 구슬프고,

한가(閑暇)한 들의 꽃은 누룰 위해 피었느냐

아깝도다, 이러한 꽃 양국에 버린 땅에

인가(人家)도 아니 살고 전답(田畓)도 없다 하되,

곳곳이 깊은 골에 계견(鷄犬) 소라 들리는 듯

왕왕(往往)[133]이 험한 산세 호표지환(虎豹之患)[134] 겁이 난다

주방(廚房)으로 상을 차려 점심을 가져오니,

맨땅에 내려 앉아 중화를 하여 보자

아까까지 귀(貴)턴 몸이 어이 졸지(猝地)[135] 천하여서

일등 명창 진지 거래(去來) 수청 기생 어디 가고,

만반진수(滿盤珍羞)[136] 좋은 반찬 곁반[137]도 없으나마,

건량청(乾糧廳)[138] 밥 한 그릇 이렇듯 감식(甘食)[139]하니

가이없이 되었으나 어찌 아니 우스우랴

금석산(金石山) 지나가니 온정평(溫井坪)이 여기로다

일세(日勢)[140]가 황혼(黃昏)하니 한둔[141]하며 숙소하자

삼 사신 자는 데는 군막(軍幕)[142]을 높이 치고

삿자리[143]을 둘러 막아 가방(假房)처럼 하였으되

역관(譯官)[144]이며 비장(裨將)[145] 방장(房掌)[146] 불쌍하여 못 보겠다

사면 외풍 들이부니 밤 지내기 어렵도다

군막이라 명색(名色)[147]함이 무명 한 겹 가렸으니

오히려 이번 길은 오뉴월 염천(炎天)[148]이라

하룻밤 경과(經過)하기 과히 아니 어려우나

동지섣달 긴긴 밤에 풍설이 들이칠 제

그 고생 어떠하랴, 참혹(慘酷)들 하다 하데

처처(處處)의 화툣불[149]은 하인(下人) 등이 둘러앉고

밤새도록 나발 소리 짐승 올까 염려로다

밝기를 기다려서 책문(柵門)[150]으로 향해 가니

목책(木柵)[151]으로 울을 하고 문 하나를 열어 놓고

박이로 되어 있어 다른 가마처럼 떼었다 꾸몄다 하지 못한다.
118) 좌견(左牽) : 의식(儀式)에 쓰는 말의 왼쪽에 다는, 넓고 긴 고삐.
119) 공형(公兄) : '삼공형'의 준말로, 호장·이방·수형리를 말함
120) 급창(及唱) : 관아에서 부리던 사내 종
121) 마두(馬頭) : 역마에 관한 일을 맡아 보던 사람
122) 서자(書者) : 각 역에서 일하던 벼슬아치
123) 일엽소선(一葉小船) : 자그마한 배
124) 첩첩(疊疊)하여 : 겹겹이 쌓여
125) 요요(遙遙)하고 : 멀어 아득하고
126) 광색(光色) : 햇살의 빛깔
127) 비(比)치 못할 : 비하지 못할
128) 출세(出世) : 세상에 태어남
129) 시하(侍下) : 부모나 조부모가 살아 계시어 모시고 있는 사람. 또는, 그 처지
130) 이측(離側) : 부모의 곁을 떠남
131) 이위정사(離闈情思) : 부모님 곁을 떠나는 정
132) 행역(行役) : 여행의 괴로움

133) 왕왕(往往) : 끝없이 넓고 깊음
134) 호표지환(虎豹之患) : 호랑이 같은 맹수에게 당하는 해
135) 졸지(猝地) : 갑자기. 뜻밖에
136) 만반진수(滿盤珍羞) : 상에 가득히 차린 귀하고 맛있는 음식
137) 곁반 : 곁들인 반찬
138) 건량청(乾糧廳) : 중국으로 가는 사신들이 가지고 사던 양식을 관장하는 부서
139) 감식(甘食) : 달게 먹음
140) 일세(日勢) : 날의 형세
141) 한둔 : 노천(露天)
142) 군막 : 진중에 치는 장막
143) 삿자리 : 갈대로 엮어서 만든 자리
144) 역관(譯官) : 통역을 맡은 관리
145) 비장(裨將) : 조선조 지방 장관이나 사신을 수행하는 관원의 하나
146) 방장(房掌) : 관아 육방의 분장(分掌).
147) 명색(名色) : 어떤 부류에 붙여져 불리는 이름.
148) 염천(炎天) : 몹시 더운 날씨
149) 화툣불 : 한 곳에 모아 놓은 장작 등에 질러 놓은 불
150) 책문(柵門) : 만주 봉황성 못 미쳐 구련성 서북에 위치한 곳

봉황성장(鳳凰城長)152) 나와 앉아 인마(人馬)를 점검하며

차례로 들어오니 변문신칙(辨問申飭)153) 엄절(嚴切)하다

녹창주호(綠窓朱戶)154) 여염(閭閻)들은 오색(五色)이 영롱하고,

화사채란(華舍彩欄)155) 시전(市廛)들은 만물이 번화하다

집집이 호인들은 길에 나와 구경하니

의복이 괴려(乖戾)156)하여 처음 보기 놀랍도다

머리는 앞을 깎아 뒤만 땋아 늘이쳐서

당사(唐絲)실157)로 댕기하고 마래기158)를 눌러 쓰며

일 년 삼백육십 일에 양치 한 번 아니하여

이빨은 황금이요 손톱은 다섯 치라

검은빛 저고리는 깃 없이 지었으되

옷고름은 아니 달고 단추 달아 입었으며,

아청(鴉靑)159) 바지 반물160) 속곳 허리띠로 눌러 매고

두 다리의 행전(行纏)161) 모양 타오구라 이름하여

회목162)에서 오금까지 회매163)하게 들이끼고

깃 없는 청두루마기 단추가 여럿이요

좁은 소매 손등 덮어 손이 겨우 드나들고

두루막 위에 배자(褙子)164)이며 무릎 위에 슬갑(膝甲)165)이라.

곰방대 옥(玉)물부리 담배 넣는 주머니에

부시166)까지 껴서 들고 뒷짐지기 버릇이라

사람마다 그 모양이 천만 인이 한빛이라167)

삼대인(三大人)168) 온다 하고 저희끼리 지저귀며169)

무엇이라 인사하나 한 마디도 모르겠다

계집년들 볼 만하다 그 모양은 어떻더냐

머리만 치거슬러 가르마는 아니 타고,

뒤통수에 모아다가 맵시 있게 수식(首飾)170)하고

오색으로 만든 꽃은 사면으로 꽂았으며

도화분(桃花粉)171) 단장하여 반취(半醉) 모양같이

불그레 고운 태도 아미(蛾眉)를 다스리고

살쩍172)을 고이 끼고 붓으로 그렸으며

입술 아래 연지빛은 단순(丹脣)173)이 분명하고

귓방울 뚫은 구멍 귀고리 달았으며,

의복을 볼작시면 사나이 제도(制度)174)로되

다홍빛 바지에다 푸른빛 저고리요

연두색 두루마기 발등까지 길게 지어

목도리며 수구(袖口)175) 끝동176) 화문(花紋)으로 수를 놓고

품 너르고 소매 넓어 풍신 좋게 떨쳐 입고

옥수(玉手)177)에 금지환(金指環)178)은 외짝179)만 넓적하고

손목의 옥(玉)고리는 굵게 사려180) 둥글구나

손톱을 길게 길러 한 치만큼 길렀으며

발 맵시를 볼작시면 수당혜(繡唐鞋)181)를 신었으며

청녀(淸女)182)는 발이 커서 남자의 발 같으나

당녀(唐女)183)는 발이 작아 두 치쯤 되는 것을

비단으로 꼭 동이고 신 뒤축에 굽을 달아

위둑비둑184) 가는 모양 넘어질까 위태하다

그렇다고 웃지 마라 명(明)나라 끼친 제도

저 계집의 발 한 가지 지금까지 볼 것 있다

아이들도 나와 구경 주룽주룽185) 몰려 섰다

---

151) 목책(木柵) : 죽 벌려 박아서 만든 울의 긴 말뚝. 울짱
152) 봉황성장 : 봉황성의 우두머리. 봉황성은 봉천성의 다른 이름
153) 변문신칙(辨問申飭) : 여러 가지를 묻고 단단히 일러서 경계함.
154) 녹창주호(綠窓朱戶) : 푸른 창문과 붉은 지게문. 호화롭게 꾸민 집.
155) 화사채란(華舍彩欄) : 화려한 집과 곱게 채색한 난간.
156) 괴려(乖戾) : 이치에 어그러져 온당치 않음
157) 당사(唐絲)실 : 중국에서 나는 명주실
158) 마래기 : 중국 청나라 때 관리들이 쓰던 모자
159) 아청(鴉靑) : 검푸른 빛
160) 반물 : 짙은 남빛
161) 행전(行纏) : 바지나 고의를 입을 때 정강이에 꿰어 무릎 아래에 매는 물건
162) 회목 : 손목이나 발목의 잘록한 부분
163) 회매 : 입은 옷의 매무새나 무엇을 싸서 묶은 모양이 가뿐함.
164) 배자(褙子) : 저고리 위에 덧입는 옷
165) 슬갑(膝甲) : 추위를 막기 위해 무릎까지 내려오게 입는 옷
166) 부시 : 부싯돌을 쳐서 불이 일어나게 하는 쇳조각. 화도(火刀)
167) 한빛이라 : 한 모습이라
168) 삼대인(三大人) : 세 명의 높은 사람. 셋째로 높은 사람. 원문은 '뿌디인'이다. '고려인'을 가리키는 '까오리' 또는 '모두우리'라 한 이본도 있다.

169) 지저귀며 : 수군대며
170) 수식(首飾) : 여자의 머리에 꽂는 장식물
171) 도화분(桃花粉) : 얼굴에 바르는, 복숭아꽃 빛깔을 딴 불그레한 가루.
172) 살쩍 : 귀밑머리. 뺨 위 귀 옆쪽에 난 머리털
173) 단순(丹脣) : 여자의 붉고 고운 입술
174) 제도(制度) : 제정된 법규. 법칙. 법제
175) 수구(袖口) : 소맷부리.
176) 끝동 : 옷소매 끝에 이어다는 헝겊
177) 옥수(玉手) : 옥 같은 손
178) 금지환(金指環) : 금가락지. 금반지.
179) 외짝 : 한짝으로만 된 것
180) 사려 : 동그랗게 여러 겹으로 포개어 감아
181) 수당혜(繡唐鞋) : 수를 놓은 당혜. '당혜'는 가죽신의 일종
182) 청녀(淸女) : 청나라 여자
183) 당녀(唐女) : 한족(漢族)의 여자.
184) 위둑비둑 : 뒤뚱뒤뚱.
185) 쥬룽쥬룽 : 옹기종기 (의태어)

이삼 세 먹은 아이 어른년이 추켜 안고
오륙 세 되는 것은 앞뒤로 이끈다
머리는 다 깎았다가 좌우로 한 모숨186)씩
빼족하니 땋았으되 붉은 당사(唐絲) 댕기하여
복주감투187) 마래기에 채색(彩色) 비단 수를 놓아
검은 공단(貢緞)188) 선을 둘러 붉은 단추 꼭지하고
바지며 저고리도 오색으로 문(紋)을189) 놓고
배래기190)라 하는 것은 보자기에 끈을 달아
모가지의 걸었으니 배꼽 가린 게로구나.
십여 세 처녀들은 대문 밖에 나와 섰네
머리는 아니 깎고 한 편 옆에 모아다가
새앙머리191) 모양처럼 점첨점첨192) 잡아 매고
꽃가지를 꽂았으니 풍속이 그러하다
소소백발(素素白髮)193) 늙은 년도 머리마다 채화194)로다.
무론(毋論)195) 남녀노소하고 담배들은 즐긴다
팔구 세 이하라도 곰방대196)를 물었으며
하처(下處)197)라고 찾아가니 집 제도가 우습도다
오량각(五樑閣) 이간반(二間半)198)에 벽돌을 곱게 깔고
반 칸씩 캉199)을 지어 좌우로 대캉200)하니
캉 모양 어떻더냐 캉 제도를 못 보거든
우리나라 부뚜막이 그와 거의 흡사하여
그 밑에 구들 놓아 불을 때게 마련하고
그 위에 자리 펴고 밤이면 누워 자며
낮이면 손님 접대 걸터앉기 가장 좋고
채유(菜油)201)하온 완자창(卍字窓)202)과 면회(面灰)203)하

온 벽돌담은
미천한 호인들도 집치레 과람(過濫)204)쿠나
때없이 먹는 밥은 기장205) 좁쌀 수수쌀을
농란(濃爛)하게206) 삶아 내어 냉수에 채워 두고,
진미(眞味)는 다 빠져서 아무 맛도 없는 것을
남녀노소 식구대로 부모 형제 처자 권속(眷屬)207)
한 상에 둘러 앉아 한 그릇씩 밥을 떠서
젓가락으로 긁어 먹고 나쁘면208) 더 떠온다
반찬이라 하는 것은 돝의 기름209) 날파 나물
큰 독에 담은 장은 소금물에 메주 넣고
날마다 가끔가끔 막대로 휘저으니
죽 같은 된장물을 장이라고 떠다 먹데
호인의 풍속들이 짐승치기 숭상하여
준총(駿驄)210) 같은 말들이며 범 같은 큰 노새211)를
굴레도 아니 씌고 재갈212)도 아니 먹여
백여 필씩 앞세우고 한 사람이 몰아가데
구유213)에 들어서서 달라는214) 것 못 보겠고
양이며 도야지를 수백 마리 떼를 지어
조그마한 아이놈이 한둘이 몰아가데
대가리를 한데 모아 헤어지지 아니하고
집채 같은 황소라도 코 안 뚫고 잘 부리며
조그마한 당나귀도 맷돌질을 능히 하고
댓닭215) 장닭 오리 거위 개 괴216)까지 기르며
발발이라 하는 개는 계집년들 품고 자네
심지어 조롱(鳥籠)217) 속에 온갖 새를 넣었으니
앵무새며 백설조(百舌鳥)218)는 사람의 말 능히 한다
어린아이 기른 법은 풍속이 괴상하다
행담(行擔)219)에 줄을 매어 그네 매듯 추켜 달고

---

186) 모숨 : 한 줌 안에 들 만한 수량
187) 복주감투 : 중이나 늙은이들이 추위를 막기 위해 쓰는 모자의 일종
188) 공단(貢緞) : 두껍고 무늬가 없는 비단
189) 문(紋)을 : 무늬를
190) 배래기 : 배래기. 한복판에서 옷소매 아래쪽의 둥그런 부분
191) 새앙머리 : 처녀들이 쪽지는 머리. 땋은 머리로 두 가닥을 땋아 둥글게 사려 머리 뒤로 붙이고 댕기를 그 위에 드림
192) 점첨점첨 : 여러 번 접어서 포갠 모양
193) 소소백발(素素白髮) : 호호백발(晧晧白髮).
194) 채화(菜花) : 비단 조각을 오려 만든 조화
195) 무론(毋論) : 물론. 말할 필요 없이
196) 곰방대 : 짧은 담뱃대
197) 하처(下處) : '사처'의 원말. 고귀한 손님이 길을 가다가 묵는 것. 또는 묵는 집
198) 오량각(五樑閣) 이간반(二間半) : 보를 다섯 줄로 놓아 두 간통이 되게 지은 집
199) 캉[炕] : 중국식 온돌방.
200) 대캉 : 두 개의 캉이 마주함
201) 채유(菜油) : 채소로 짠 기름
202) 완자창(卍字窓) : '卍'자 모양의 살이 있는 창
203) 면회(面灰) : 담이나 벽에 회를 바름

204) 과람(過濫) : 분수에 넘침
205) 기장 : 수수와 비슷한 곡식
206) 농란(濃爛)하게 : 무르익게. 낟알이 풀어지도록 푹 삶는 것을 말함
207) 권속(眷屬) : 한 집안의 식구
208) 나쁘면 : 부족하면
209) 돝의 기름 : 돼지의 기름
210) 준총(駿驄) : 준마(駿馬). 몹시 빠른 말
211) 노새 : 암말과 수나귀 사이에 이루어진 잡종
212) 재갈 : 말의 입에 가로 물리는 쇠로 된 물건
213) 구유 : 소나 말 따위의 가축들에게 먹이를 담아 주는 그릇. 흔히 큰 나무토막이나 큰 돌을 길쭉하게 파내어 만든다.
214) 달라는 : 보채는. 왔다 갔다 하거나 싸우는
215) 댓닭 : 닭의 한 품종. 몸이 크고 뼈대가 튼튼하며, 깃털이 성기고 근육이 매우 발달하였다. 힘이 세어 싸움닭으로 기르며 고기 맛은 좋으나 알을 많이 낳지 못한다.
216) 괴 : 고양이
217) 조롱(鳥籠) : 새장
218) 빅셜죠 : 지바귀. 티티새

우는 아이 젖 먹여서 강보(襁褓)220)의 뭉뚝그려

행담 속에 뉘어 주고 줄을 잡아 흔들며는

아무 소리 아니하고 보채는 일 없다 하데

농사하고 길쌈하기 부지런히 위업(爲業)한다221)

집집이 대문 앞에 쌓은 거름 태산 같고

논은 없고 밭만 있어 온갖 곡식 다 심는다

나귀 말에 쟁기 메여 소 없어도 능히 갈며

호미자루 길게 하여 기음매기222) 서서 한다.

씨아질223)에 물레질224)과 꾸리225) 겯는226) 계집이라

도투마리227) 날을 맬 제 풀칠 않고 잘들 하며

베틀이라 하는 것은 경첩(輕捷)228)하고 재치 있다

쇠꼬리229)가 아니라도 잉아230) 등락(登落) 어렵잖고

북231)을 집어던지면은 바디232)질은 절로 한다

책문(柵門)서 사흘 묵어 치행(治行)하여 떠나가니

봉황산(鳳凰山) 천만(千萬) 봉(峰)은 요란(擾亂)하고 준험(峻險)할사

삼차하(三叉河)233) 넓은 강은 물결이 굽이친다.

백안동(伯顔洞) 다다르니 원(元)나라 적 전장(戰場)이요

송참(松站)이 저기로다 설인귀(薛仁貴)의 진(陣)터이라.

대장령(大將嶺) 소장령(小將嶺)은 높은 고개 여럿이요

옹북동(甕北洞) 팔도하(八渡河)는 험한 물이 몇이더냐.

회령령(會寧嶺) 넘어서니 청석령(靑石嶺)이 어디메요

길바닥 깔린 돌은 톱니같이 일어서고

좌우에 달린 석벽(石壁) 창검(槍劍)같이 둘렀는데

이같이 험한 곳에 접족(接足)하기 어려워라.

병자년(丙子年) 호란시(胡亂時)에 효종대왕(孝宗大王) 입심(入瀋)234)하서

이 고개 넘으실 제 끼친 곡조(曲調)235) 유전(遺傳)하니

호풍(胡風)236)도 차도 찰사 궂은비는 무슨 일고.

산곡간(山谷間) 험한 길에 창감(愴感)하기 그지없다.

낭자산(狼子山) 저문 구름 마천령(摩天嶺) 새벽 바람

산곡간 험한 길에 사오 일을 나오다가

요동(遼東)벌 칠백 리가 호호망망(浩浩茫茫)237) 퍼졌으니

지세(地勢)가 평평하여 산 하나 아니 뵌다.

사면을 바라보니 방향을 모르겠다.

동서남북 묘망(渺茫)238)함이 하늘끝이 저러한가.

만경창파(萬頃蒼波) 바다이냐 육지가 분명하다.

운무중(雲霧中) 구름이냐 청명(淸明)함이 정녕(丁寧)하다.

저렇듯 광활(廣闊) 세계 평생에 처음 보니

대장부 넓은 마음 저렇듯 활여(豁如)239)하고

영웅의 큰 기운은 이렇듯 쾌(快)하도다.

요동성내(遼東城內) 들어가니 굉장하고 번화(繁華)하다.

정령위(丁令威) 화표주(華表柱)240)는 고적(古蹟)이 자세하여

울지경덕(尉遲敬德)241) 쌓은 백탑(白塔) 지금까지 높아 있다.

탑(塔) 모양은 어떻더냐, 벽돌과 회(灰)로 쌓아

열세 층 여덟 모로 삼십여 길 외외(巍巍)한데

층층면면(層層面面) 새긴 것은 부처 형상 분명하다.

관제묘(關帝廟)242) 어디더냐, 정전(正殿)에 들어가니,

황(黃)기와 이층 집의 단청(丹靑)이 휘황(輝煌)하다.

닫집243)을 높이 달고 좌탑(座榻)을 크게 놓아

219) 행담(行擔) : 갈 거는 데 가지고 다니는 작은 상장

220) 강보(襁褓) : 포대기

221) 위업(爲業)한다 : 생업(生業)으로 한다

222) 기음매기 : 김매기. 논밭의 잡초를 뽑아내기.

223) 씨아질 : 씨아질. 씨아로 목화의 씨를 빼는 일

224) 물레질 : 물레질. 솜을 자아 실을 만드는 일

225) 꾸리 : 실꾸리. 둥글게 감아 놓은 실

226) 겯는 : 감는

227) 도투마리 : 베를 짤 때 날을 감아 베틀 위에 얹어 두는 틀

228) 경첩(輕捷) : 가뿐하고 민첩함

229) 쇠꼬리 : 베틀신의 끈.

230) 잉아 : 베틀의 날실을 끌어 올리도록 맨 굵은 줄

231) 북 : 날실 사이를 드나들며 씨실을 보내는 기구

232) 바디 : 베틀에서 날을 꿰어 베의 날을 고르고 북의 통로를 만들어 주는 일을 맡은 기구

233) 삼차하(三叉河) : 세 강, 곧 혼하(渾河), 태자하(太子河), 요하(遼河)가 합류하는 곳. 요녕성 서남쪽에 있음.

234) 입심(入瀋) : 심양(瀋陽)에 들어감.

235) 이 고개 넘으실 제 끼친 곡조(曲調) : 이 고개 넘으실 적에 남긴 곡조. 시조 '청석령 지나거냐 초하구 어디메오 / 호풍(胡風)도 차도 찰사 궂은비는 무슨 일고 / 아무나 내 행색 그려내어 임 계신 데 드리고자'를 이름.

236) 호풍(胡風) : 북쪽의 오랑캐 땅에서 불어오는 바람이라는 뜻으로, 몹시 차게 부는 북풍을 이르는 말.

237) 호호망망(浩浩茫茫) : 바다나 호수 따위가 끝없이 넓고 멀어서 아득함.

238) 묘망(渺茫) : 넓고 멀어서 바라보기에 아득함.

239) 활여(豁如) : 막힘 없이 탁 트여 넓은 모양.

240) 정령위(丁令威) 화표주(華表柱) : 중국 전한(前漢) 요동(遼東)의 전설상의 인물이다. 영허산(靈虛山)에 들어가서 선도(仙道)를 배워 학이 되어 귀향했는데, 어떤 소년이 활로 쏘려고 하여 화표주(華表柱)에 앉아 "내가 집을 떠난 지 천 년이 되어 돌아왔는데, 성곽은 여전한데 사람들은 변했구나."라고 말한 뒤 천 년 뒤에 돌아오겠다는 말을 남기고 떠나갔다고 한다. '화표' 또는 '화표주'는 중국 전통 건축 양식. 고대 궁전이나 왕릉 등 대형 건축물 앞에 세운 장식용 돌기둥. 주신(柱身)에 흔히 용(龍)과 봉황(鳳凰) 등 도안이 조각되어 있고 윗부분에는 조화(彫花) 기법으로 장식한 석판이 꽂혀 있다.

241) 울지경덕(尉遲敬德) : 고구려를 정벌한 당(唐)나라의 장수.

242) 관제묘(關帝廟) : 관우(關羽)의 신령을 모신 사당.

243) 닫집 : 궁전 안의 옥좌 위나 법당의 불좌 위에 만들어 다는 집 모형. 감실(龕室).

봉(鳳)의 눈 삼각수(三角鬚)를 분명히 소상(昭詳)하여

누런 비단 곤룡포(袞龍袍)의 면류관(冕旒冠) 복색(服色)으로

엄연(儼然)히 걸터앉아 위풍(威風)이 늠름(凜凜)하다.

황금장(黃錦帳) 늘인 속에 백옥(白玉) 등잔 여럿이요

와룡(臥龍) 촉대(燭臺) 향로(香爐) 향합(香盒) 제상(祭床) 위에 내려놓고

주창(周倉)이며 관평(關平)이는 제장(諸將)으로 벌여서서

장익덕(張益德)과 조자룡(趙子龍)은 동서무(東西廡)에 배향(配享)이며

삼척(三尺) 보검(寶劍) 청룡도(靑龍刀)는 검광(劍光)이 서리 같고

일등(一等) 준총(駿驄) 적토마(赤兎馬)는 뛰는 듯 우뚝 섰다.

벽상(壁上)에 걸린 그림 삼국(三國) 진중(陣中) 저러하고

뜰 앞에 세운 비(碑)는 사적(史蹟)을 기록하고

좌우 이층 누각(樓閣) 종고(鐘鼓)를 달았으니

서편에는 쇠북244)이요 동편에는 북이로다.

굉장하고 찬란함이 이루 기록 못 할러라.

여기 사람 풍속들이 관제묘를 숭상하여

처처의 동네동네 몇 곳인지 다 모르되

이곳에 배포(排布)245)함이 제일 장관(壯觀)이로구나.

맞은편 희자루(戲子樓)246)에 창희(唱戲)놀음247) 마침 한다.

구경꾼 모여들어 인성만성(人成滿城)248) 요란하고

풍류(風流) 소리 잦아져서 천지가 진동한다.

어떤 사람 얼굴에다 흉괴(凶怪)하게 먹칠하고

검은 사모(紗帽) 누런 관복(冠服) 야대(也帶)249)를 늦게 띠어

두 소매를 높이 들어 번득이며 춤을 추니

어떤 미인 얼굴에다 아름답게 성적(成赤)하고

오색 화관(花冠) 채색 원삼(圓衫) 대대(大帶)를 길게 끌며

수미선(手尾扇)을 손에 들고 마주서서 대무(對舞)하니

대명(大明) 적 의복(衣服) 제도(制度) 저러하다 이르더라.

아국(我國)으로 이르라면 산대도감(山臺都監)250) 모양이라.

저희들은 재미 있어 박장대소(拍掌大笑) 웃거니와

속 모르는 우리들이 무슨 재미 있겠느냐.

태자하(太子河) 물 건널 제 들으니 연(燕) 태자(太子)가

진시황(秦始皇) 죽이려다 도망하여 빠졌더니

빗긴 볕 찬바람에 천고(千古) 고혼(孤魂) 조상(弔喪)하세

야리강(耶利江) 건너서니 심양(瀋陽)이 제로구나

청(淸)나라 처음 도읍(都邑) 봉천부(奉天府) 성경(盛京)이라.

내외(內外) 성(城) 굽은 성(城)에 성문(城門)이 여덟이요

길가의 시정(市井)들은 좌우에 연이어서

전(廛)마다 패(牌)를 세워 푸른 패 붉은 패로

무엇무엇 패라 하고 금자(金字)로 새겼으니

물건이 풍비(豐備)251)하여 없는 것이 없다 하네.

십자가(十字街) 네거리에 이층 집 사문통(四門通)이

거리거리 높이 있어 번화하고 웅위(雄偉)252)하다.

오는 사람 가는 사람 거마(車馬)가 미만(彌滿)하여

정신이 아득하여 방향을 모를레라.

슬프다 서문(西門) 밖에 삼학사(三學士)253) 충혼의백(忠魂義魄)254)

만리(萬里) 밖에 외롭다가 우리 보고 반기는 듯

들으니 남문(南門) 안에 조선관(朝鮮館)이 있다 하니

효종대왕 들어오셔 몇 해 수욕(受辱)255)하셨는가.

병자년(丙子年) 이 원수(怨讐)를 어느 때 갚아 보리.

후세(後世) 인신(人臣) 예 지날 제 분(憤)한 마음 뉘 없으랴.

---

244) 쇠북 : 종(鐘).

245) 배포(排布) : 배치(排置). 벌여 놓음.

246) 희자루(戲子樓) : 연희(演戲)하는 사람들의 누대. 연희의 공간. '희자'는 '광대'의 옛말.

247) 창희(唱戲)놀음 : 경극(京劇). 중국의 대표적인 전통 연극. 베이징[北京]에서 발전하였다 하여 경극이라고 하며, 음악, 노래, 낭송, 대사, 연기, 춤, 무예가 혼합된 중국의 대표적인 전통 종합무대예술이다.

248) 인성만성(人成滿城) : 사람들이 많이 둘러서 있는 모양.

249) 야대(也帶) : 한쪽 끝이 늘어져 야(也) 자 모양으로 된, 새로 급제한 사람이 매는 띠.

250) 산대도감(山臺都監) : 산대놀음을 하는 사람의 단체. '산대놀음'은 탈을 쓰고 큰길가나 빈터에 만든 무대에서 하는 복합적인 구성의 탈놀음. 바가지, 종이, 나무 따위로 만든 탈을 쓰고 소매가 긴 옷을 입은 광대들이 음악에 맞추어 춤을 추며 노래하고 이야기를 한다. 고려 시대에 발생하여 조선 시대까지 궁중에서 성행하였으나 후에 민간에 전파되어 탈놀음 중심의 평민극으로 이어졌다. 현대 산대놀이 계통의 것으로 양주 별산대놀이, 송파 산대놀이, 봉산 탈춤, 강령 탈춤, 오광대놀이 따위가 전하고 있다.

251) 풍비(豐備) : 풍부하게 갖춤.

252) 웅위(雄偉) : 웅장하고 훌륭함.

253) 삼학사(三學士) : 병자호란 때 중국 청나라에 항복하는 것을 반대한 세 사람의 학사. 홍익한(洪翼漢)·윤집(尹集)·오달제(吳達濟)를 이르는데, 모두 청나라에 붙잡혀 갔으나 끝내 굴하지 않고 저항하다가 살해되었다.

254) 충혼의백(忠魂義魄) : 충성스럽고 의로운 혼백.

255) 수욕(受辱) : 남에게 모욕을 당함.

오색기(五色旗)와 고루거각(高樓巨閣) 저기 있는 절 이름은

건륭(乾隆) 황제(皇帝)256) 기도하던 원당사(願堂寺)라 일러 있고,

십여 리 백양목(白楊木)이 푸른 수풀 울밀(鬱密)한데

청(淸) 태조(太祖)의 무덤이니 북릉(北陵)이라 이르더라.

주류하(周流河) 건너서서 북편을 바라보니

구름 밖에 떨어진 산 몽고(蒙古) 지경(地境) 멀지 않다.

신민문(新民門) 다다르니 집 제도들 고이하다.

기와도 아니 덮고 초가(草家)도 아니 이어

회(灰)만 이겨 발랐으되 용마름257)을 없이하여

집 위가 평평하여 물매258)가 아니 싸나

삼루(滲漏)259)가 아니 되니 그 아니 이상하냐.

유하구(柳河溝) 지나가니 길도 너무 이녕(泥濘)260)하고

소흑산(小黑山) 다다르니 물맛도 몹시 쓰다.

평원(平原) 광야(曠野) 넓은 들은 몇며칠 지리(支離)터니

의무여산(醫巫閭山) 한 줄기가 수천 리 뻗쳐 나와

봉만(峰巒)은 첩첩(疊疊)하고 계학(谿壑)은 중중(重重)한데

북진묘(北鎭墓)가 어디더냐 의무산신(醫巫山神) 위(爲)했다네.

문 앞에 세운 패루(牌樓)261) 제일 장관(壯觀) 이게로다.

패루가 어떤 거냐 우리나라 제도로는

연주문(聯柱門) 모양처럼 쌍기둥 한 집으로

연이어 다섯 칸을 이층으로 높이 지어

기둥이며 서까래와 들보며 기와까지

전수(全數)이 옥돌 놓아 굉장히 지었구나

대문 중문 들어가며 차차로 살펴보니

금벽(金壁)은 휘황하고 채와(彩瓦)는 영롱한데

처처에 자각단루(紫閣丹樓)262) 제 어디며 제 어디냐

면류관(冕旒冠) 곤룡포(袞龍袍)로 천자(天子) 위의(威儀) 갖추었고

앞 전(殿)의 붉은 위패(位牌) 금자(金字)로 새겼으되

당금(當今) 황제(皇帝) 만만세(萬萬歲)는 기도하는 축원(祝願)이라

뒷 전의 남녀 노신(老臣) 소소백발(昭昭白髮)263) 흩날리고

느런히264) 앉은 것은 산신(山神)의 부모라네

옥난간 월대(月臺) 위에 이리저리 구경하며

남수전(攬秀殿) 맑은 바람 후원(後苑)에 올라 보고

취운병(翠雲屛) 기이한 돌 뜰 앞에 놓기 좋다

도화동(桃花洞)이 어디메요 여기서 십여 리라

녹음이 무르녹고 간수(澗水)는 잔잔한데

시내를 옆에 끼고 굽이쳐 올라가니

백석(白石)이 찬란하고 백운(白雲)이 은영(隱映)265)한데

고봉(高峰) 절정(絶頂) 높은 곳은 표묘(縹緲)266)한 채색 누각

반공에 떠 있으니 선경(仙境)이 제 아니냐

쟁쟁한 경쇠 소리 풍편에 들려오니

무량대불(無量大佛) 극락세계(極樂世界) 예가 분명 절이로다

깎아지른 높은 석벽(石壁) 긴 폭포가 드리워서

비류직하삼천척(飛流直下三千尺)267)은 수광(水光)이 볼 만하다

폭포 뒤로 깊은 골은 백여 인을 용납(容納)할 만

처처의 바위마다 부처를 새겨 있다

이지러진 바위 틈은 매끄러운 돌 위로

접촉하기 어려운데 곁붙들려 엉기어서

아까 뵈던 높은 누각(樓閣) 관음보살(觀音菩薩) 위한 데요

어떤 사람 공교(工巧)하게 예다 어찌 집을 짓되

이처럼 굉걸(宏傑)268)하게 사치로 지었는고

월대(月臺)에 걸터앉아 아래를 굽어보면

모골(毛骨)이 송연(悚然)하고269) 정신이 어지러워

---

256) 건륭(乾隆) 황제(皇帝) : 중국 청나라 제6대 황제. 조부 강희제에 이어 정치, 경제, 문화적으로 '강희·건륭 시대'라는 청나라 최성기를 이룩하였으며, 이 시기에 중국 문화가 유럽 사회에도 널리 알려졌다.

257) 용마름 : 초가의 지붕마루에 덮는 'ㅅ' 자형으로 엮은 이엉.

258) 물매 : 수평을 기준으로 한 경사도.

259) 삼루(滲漏) : 액체가 새거나 배어 나옴.

260) 이녕(泥濘) : 땅이 질어서 질퍽질퍽하게 된 곳.

261) 패루(牌樓) : 예전에 중국에서, 큰 거리에 길을 가로질러 세우던 시설물이나 무덤, 공원 따위의 어귀에 세우던 문. 도시의 아름다운 풍경과 경축의 뜻을 나타내기 위하여 세웠다.

262) 자각단루(紫閣丹樓) : 울긋불긋하게 꾸민 누각.

263) 소소백발(昭昭白髮) : 온통 하얗게 센 머리. 또는 그 머리를 한 늙은이.

264) 느런히 : 죽 벌여서.

265) 은영(隱映) : 은은하게 비침.

266) 표묘(縹緲) : 끝없이 넓거나 멀어서 있는지 없는지 알 수 없을 만큼 어렴풋함.

267) 비류직하삼천척(飛流直下三千尺) : '나는 듯 떨어져 흘러내리니 그 길이가 삼천 척'이라는 뜻으로, 시원하게 떨어져 내리는 폭포수를 비유하는 말로 사용된다. 중국 당(唐)나라의 시선(詩仙) 이백(李白)의 시, '여산의 폭포를 보며(望廬山瀑布)'의 한 구절이다.

268) 굉걸(宏傑) : 굉장하고 훌륭함.

천 길인지 만 길인지 까마아득 모르겠다

멀리 바다 앞을 보니 안계(眼界)270)도 쾌활(快闊)할사

요동벌 칠백 리와 남해(南海) 천 리 큰 바다에

일점(一點) 진애(塵埃) 가리잖고 안력(眼力)이 부족하다

등태산이소천하(登泰山而小天下)271)는 옛글에 보았으며

화산상(華山上) 낙안봉(落雁峰)은 이백(李白)을 들었더니272)

내 본디 소국(小國) 사람 천만의외(千萬意外) 오늘날에

의무여산(醫巫閭山) 제일봉(第一峰)을 올라볼 줄 뜻했으랴

이렇듯 좋은 곳에 내려갈 뜻 전혀 없네

날이 장차 석양 되니 앞길로 찾아가자

광녕점(廣寧店) 찾아나와 십삼산(十三山) 향해 가니

이상하다 저 산 속에 금우동굴(金牛洞窟) 있어

옛적에 구리쇠가 그 굴서 나왔다네

석산참(石山站) 지나가니 화초색(花草色)이 기이하고

대능하(大淩河) 다다르니 물빛도 적탁(赤濁)273)하며

풍세는 위름(危懍)274)하여 흉흉(洶洶)한 물결이라

슬프다 대명(大明) 적에 유(劉) 장군(將軍) 수십만 명

일시에 함몰(陷沒)하여 이 물에 빠졌다니275)

마침 이리 지낼 적에 어찌 아니 창감(愴憾)하랴

소능하(小淩河) 건너가서 송산(松山) 행산(杏山) 지나가니

오호도(嗚呼島)라 하는 섬은 탑산소(塔山所)서 바라뵌다

제(齊)나라 전횡(田橫)276)이가 한고조(漢高祖)를 피하여

서

저 섬에 산다 함을 옛글로 들었으며

주사하(朱沙河) 건너서서 조리산(罩罹山) 지나서니

구혈대(嘔血臺)라 하는 바위 쌍석성(雙石城)서 쳐다뵌다

대명장(大明將) 원숭환(袁崇煥)이 청병(淸兵)을 대적(對敵)하되

노라치277) 달아나다 피 토하던 곳이라데

영원성(寧遠城) 내(內) 들어가니 조가(祖哥)의 두 위패(位牌)가

외외(巍巍)히278) 마주 있어 저렇듯 장하도다

들으니 대명(大明) 때에 영원백(寧遠伯) 조대수(祖大壽)가

형제(兄弟) 세록지신(世祿之臣)으로 변방에 공(功) 세우매

나라에서 정문(旌門)하사279) 패루(牌樓) 둘을 세우시고

충렬(忠烈)을 표(表)하시니 첨피국은(瞻彼國恩)하였으되280)

무도(無道)한 조가(祖哥) 형제 그 후에 배반하여

청나라에 투항하니 부끄럽다 그 패루여

기교(奇巧)281)한 저 패루는 의연히 남아 있다

한 누(樓)에 삼문(三門)씩을 이층으로 지었으되

옥돌로 잘게 새겨 기둥도리 서까래에

용(龍)틀임282)한 난간이요 완자(卍字) 새긴 교창(交窓)283)이라

나무로 새긴대도 저기서 더 교(巧)하며

흙으로 만든대도 저렇듯 기(奇)할쏘냐

충렬을 표창(表彰)함은 현판(懸板)에 크게 쓰고

공훈(功勳)을 자랑함은 기둥에 새겼더라

십 리 오 리 연대(煙臺)284)들은 벽돌로 높이 쌓아

변방에 일 있으면 불을 피워 보(報)한다285) 하고

---

269) 모골(毛骨)이 송연(悚然)하고 : 아주 끔직한 일을 당(當)하거나 볼 때, 두려워 몸이나 털이 곤두선다는 말.

270) 안계(眼界) : 눈으로 바라볼 수 있는 경계. 시계(視界).

271) 등태산이소천하(登泰山而小天下) : 태산에 올라가면 천하가 조그맣게 보인다. 『맹자(孟子)』「진심(盡心) 상(上)」에 나오는 것으로 공자(孔子)의 호연지기를 이르는 말이다.

272) 화산상(華山上) 낙안봉(落雁峰)은 이백(李白)을 들었더니 : 중국 당(唐)나라 시인 이백(李白)의 시, '화산(華山) 운대봉(雲臺峰)을 노래하고 원단구(元丹丘)를 보내며(西嶽雲臺歌送丹丘子)'를 언급한 것이다.

273) 적탁(赤濁) : 불그스름하게 흐림.

274) 위름(危懍) : 몹시 두려움.

275) 유(劉) 장군(將軍)~이 물에 빠졌다니 : 중국 명(明)나라 장수 유정(劉綎)이 1619년(광해군 11)에 조선·명나라 연합군을 이끌고 후금(後金) 군사와 싸운 부차(富車) 싸움 때 전사한 일을 이른다.

276) 전횡(田橫) : 전국시대 제(齊)나라 왕. 항우(項羽)와 싸워 제 나라 땅을 회복했으나, 한고조 유방(漢高祖劉邦)이 항우를 이겨 천하 통일을 하자, 그는 따르는 사람 5백 명을 데리고 동해의 섬[반양산, 半洋山]에 들어가 있었는데, 한고조가 사람을 보내 이르기를 '오면 왕후(王侯)로 봉할 것이요, 안 오면 군사들을 보내 칠 것이다.' 했음. 전횡은 할 수 없이 나와 한의 서울 낙양(洛陽) 30리 못 미쳐서 말하기를 '내가 한왕(漢王)과 같이 왕이라 칭하다가 이제 그의 신하가 될 수 없다.' 하며 자결하니, 섬 속의 5백 명이 그 소식을 듣고 일시에 자살했음

277) 노라치 : 누루하치[奴兒哈赤]. 청(淸)의 건국자로 초대 황제(재위 1616~1626). 묘호(廟號)는 태조(太祖). 여진(女眞)의 대부분을 통일하여 한(汗)의 지위에 올라 국호를 후금(后金)을 건국하였으나 명(明)과의 싸움 중 병사하였다.

278) 외외(巍巍)히 : 산 따위가 매우 높고 우뚝하게. '아름답고 성하게'의 뜻인 '의의(猗猗)히'로 읽히는 이본도 있다.

279) 정문(旌門)하사 : 정문을 세우시어. '정문'은 충신, 효자, 열녀 들을 표창하기 위하여 그 집 앞에 세우던 붉은 문.

280) 첨피국은(瞻彼國恩)하였으되 : 저렇게 나라의 은혜를 입었으되.

281) 기교(奇巧) : 기술이나 솜씨가 아주 교묘함. 또는 그런 기술이나 솜씨.

282) 용(龍)틀임 : 용의 모양을 틀어 새긴 장식.

283) 교창(交窓) : 주로 대청과 방 사이 또는 대청 앞쪽에 다는 네 쪽 문인 분합(分閤) 위에 가로로 길게 짜서 끼우는 채광창.

284) 연대(煙臺) : 연기를 내어 신호하는 대.

중전중후(中前中後) 요해처(要害處)는 성첩(城堞)을 굳게 쌓아

군병(軍兵) 두어 지키이니 불우방비(不虞防備)286) 저러하다

육도하(六渡河) 양수하(亮水河)를 차례로 건너서니

진시황(秦始皇) 만리장성(萬里長城) 사방으로 둘러 있고

서중산(徐中山)의 오화성(五花城)은 산해관(山海關)이 저기로다

사방성(四方城) 높은 데는 한(漢)의 군사 복병(伏兵)하여

관내(關內)를 엿보던 요망대(瞭望臺)가 저러하고

정녀사(貞女祠) 외로운 집 고적(古蹟)을 물어 보자

만리장성 저러할 제 부역(賦役)하던 범칠랑(范七郎)이

한 번 간 지 수년 되되 돌아오지 아니하니

그 아내 강희맹287)이 세 아들을 이끌고

저 언덕 바위 위에 올라서서 바라보다

범랑(范郎)의 흉음(凶音)288) 오매 통곡하다 혼절(昏絶)하니

후세(後世)에 호사자(好事者)가 그 곳에 사당(祠堂) 짓고

강녀(姜女)의 슬픈 태도 바라보고 우는 모양

유아(幼兒)의 가련지색(可憐之色)289) 층층이 섰는 모양

역력히 소상(昭詳)하여 천고(千古) 혼백(魂魄) 위로하니

구름은 참담(慘憺)하여 우는 비 뿌리는 듯

산색(山色)은 적막하여 목 막힌 물소리가

정녀(貞女)의 굳은 절개(節槪) 저 바위와 같을시고

오르내린 발자취가 지금까지 분명하다

후인(後人)이 이름하여 망부석(望夫石) 이르더라

산해관(山海關) 들어가니 다섯 겹 성문(城門)이요

처처(處處)의 패루각(牌樓閣)이 삼사 층씩 굉장하다

천하의 제일관(第一關)을 뚜렷이 현판(懸板)했네

뒤로 고봉준령(高峰峻嶺) 앞으로 만경창파(萬頃蒼波)

지세(地勢)가 이러하니 요해처(要害處) 중지(重地)니라

하물며 첩첩(疊疊) 지세(地勢) 배포(排布)가 견고하여

일부당관(一夫當關) 만부막개(萬夫莫開)290) 예를 두고

일렀으나

그 형세를 믿들 마라 옛일이 비감(悲感)하다.

만고역적(萬古逆賊) 오삼계(吳三桂)291)가 성(城) 한 편 열어 놓고

한이(汗夷)292)를 불러들여 대명(大明) 운수(運數) 진(盡)했으니

무너진 성(城) 철망(鐵網) 쳐서 저렇듯 우활(迂闊)293)하다

만리장성(萬里長城) 지진두(地盡頭)의 망해정(望海亭) 구경가자

의연(毅然)한 이층 정자(亭子) 바닷가에 임(臨)했구나.

몇 만 리 무변대해(無邊大海) 하늘과 한 빛이라.

풍랑(風浪)은 들이쳐서 성곽(城郭)에 부딪친다.

해무(海霧)는 창천(漲天)하여 향방(向方)을 못 하는데

순풍(順風)에 돛단배는 어디로 향해 가고,

저 배에 올라앉아 동(東)으로 향해 가면,

우리나라 인천(仁川) 부평(富平) 순식간에 닿으려니

천 리가 지척(咫尺)이나 가국(家國)294)이 묘망(渺茫)하다.

난가평(欒家坪) 심하역(深河驛)과 옥관(玉關)을 지나서니

무녕현(撫寧縣) 문필봉(文筆峰)은 한퇴지(韓退之) 살던 데요,

영평부(永平府) 사호석(射虎石)은 이광(李廣)의 고적(古蹟)이라.

청룡하(靑龍河) 건너가서 이제묘(夷齊廟) 찾아가니

수양산(首陽山) 맑은 바람 고죽성(孤竹城)이 저 아니냐.

백이숙제(伯夷叔齊) 형제 소상(塑像) 곤면(袞冕)295)을 갖추어서

외외(巍巍)한 정전(正殿) 위에 엄연(儼然)히 앉아 있고,

읍손당(揖遜堂) 넓은 집과 청풍대(淸風臺) 높은 곳에

경치도 좋거니와 현인(賢人) 고택(古宅) 사랑홉다.

우리 본디 기자(箕子) 유민(遺民) 끼친 왕화(王化)296) 입었더니

은(殷)나라 옛 일월(日月)을 예 와 볼 줄 뜻했으랴.

사하역(沙河驛) 찾아나와 풍윤현(豊潤縣) 지나서고

285) 보(報)한다 : 알린다.
286) 불우방비(不虞防備) : 미처 생각하지 못한 일에 대한 방비.
287) 강희맹 : 맹강(孟姜). 맹강녀(孟姜女). '맹강'이라는 말은 '강(姜)'씨 성을 가진 집안의 맏딸이란 뜻이다.
288) 흉음(凶音) : 흉한 소식. 죽음을 알리는 소식.
289) 가련지색(可憐之色) : 가련한 모습. 불쌍한 모습.
290) 일부당관(一夫當關) 만부막개(萬夫莫開) : 한 사람의 파수병으로도 많은 적병을 막아낸다는 뜻으로, 험준한 지세를 이르는 말. 중국 당(唐)나라 시인 이백(李白)의 악부(樂府) '촉도난(蜀道難)'의 한 구절이다.

291) 오삼계(吳三桂) : 중국 명(明)나라의 무장(武將). 산해관을 지키다가 이자성의 난으로 명나라가 멸망하자 산해관의 문을 열고 청(淸)나라에 투항하여 이자성의 군대를 격파했다.
292) 한이(汗夷) : 돌궐인(突厥人). 여기서는 청인(淸人)을 가리킴.
293) 우활(迂闊) : 세상 물정에 어두움.
294) 가국(家國) : 고국(故國).
295) 곤면(袞冕) : 곤룡포와 면류관.
296) 왕화(王化) : 임금이 덕행으로 교화시킴.

사류하(沙流河) 건너가서 옥전현(玉田縣) 다다르니

무종산(無終山) 저문 구름 연소왕(燕昭王)의 무덤이요

채정교(彩亭橋) 맑은 바람 양(楊) 학사(學士)[297]의 정자(亭子)터라

제자산(梯子山) 지나갈새 과부성(寡婦城)이 있다 하니

옛적에 송(宋) 과부가 누거만재(累巨萬財)[298] 거부(巨富)로서

사사로이 성을 쌓고 삼층 포루(砲壘) 높이 지어

도적을 방비하고 대대로 세거(世居)하니

자손이 번성하여 여러 송씨 명문거족(名門巨族)

자성(子城)[299]을 굳게 지켜 청나라에 불복(不服)하니

한 조각 외로운 성(城) 대명천지(大明天地) 남았구나

강희(康熙) 황제 밉게 여겨 해마다 만금(萬金)씩을

벌전(罰錢)[300]으로 속공(贖貢)[301]하여 지우금(至于今)[302] 바친다네

일류하(一柳河) 건너가니 취병산(翠屏山)이 저기 있고

현교(現橋) 지나서니 북망산(北邙山)이 어디메요

이태백(李太白)의 취한 모양 와불사(臥佛寺)란 절이 있고

안녹산(安祿山)과 양귀비(楊貴妃)의 옛 사당(祠堂)이 있다 하니

당(唐)나라 어양(漁陽) 땅에 형주(荊州)가 분명하다

계문연수(薊門煙樹)[303] 좋은 경개 전설(傳說)로 들었더니

너른 들 저문 나무에 연파(煙波)[304]가 황량(荒凉)하여

나무 끝은 돛대 같고 연애(煙靄)[305]는 물결 되어

만경창파(萬頃蒼波) 물 밀 듯 천태만상(千態萬象)[306] 측량(測量)[307] 없다

백간점(白澗店) 다다르니 향화암(香花庵) 구경 가자

여승(女僧) 있는 승방(僧房)이라 불전(佛殿)도 장(壯)커니와

높은 백탑(白塔) 여섯이요 돌문이 볼 만하다

기둥 들보 서까래며 기와 추녀 문짝까지

전수(全數)이[308] 돌로 지어 그도 또한 장관(壯觀)이라

단가령(段家嶺) 호타하(滹沱河)와 연교진(燕郊鎭) 다다르니

연(燕)나라 옛 저자[309]의 협사(俠士)[310]의 수풀이라

형가(荊軻)의 슬픈 소리[311] 찬바람만 남아 있고

고점리(高漸離)[312]의 울다 죽은 옛빛이 그저 있다

백하수(白河水) 넓은 물은 통주(通州)의 앞 강이라

바다가 지척(咫尺)이요 강남(江南)이 멀지 않다

물가의 십여 척 배 부상대고(富商大賈)[313] 왕래하니

배 안을 구경하면 온갖 비치(備置) 다 해 놓고

여기저기 방을 지어 구들 놓아 솥을 걸고

사면으로 완자창에 능화지(菱花紙)로 도배(塗褙)하여

수십 장(丈) 긴 돛대에 비단 돛을 달았구나

통주성 내(內) 들어가서 야시(夜市)를 구경하자

길가의 시전(市廛)들은 좌우로 열었는데

밤에도 닫지 않고 전(廛)마다 양각등(羊角燈)[314]에

큰 등에 불을 켜서 연긍십리(延亘十里)[315] 하였으니

광채(光彩)의 조요(照耀)함이 낮이나 다름없다

서문(西門)으로 내달으니 북경(北京)이 오십 리라

예서부터 북경까지 탄탄대로(坦坦大路) 넓은 길에

박석(薄石)[316]을 깔았으니 장(壯)하다 천자(天子) 기구(器具)[317]

영통교(永通橋) 건너가서 동악묘(東岳廟)라 하는 절의

대문에 들어갈새 흉녕(凶獰)[318]하다 신장(神將)들은

---

297) 양(楊) 학사(學士) : 중국 금(金)나라 학사 양회(楊繪).

298) 누거만재(累巨萬財) : 아주 많은 재산이나 재물.

299) 자성(子城) : 큰 성에 딸린 작은 성. '자기네 성'이란 뜻의 '자성(自城)'이라 할 수도 있음. '잔성(殘城)'이라 한 이본도 있음.

300) 벌전(罰錢) : 벌금(罰金).

301) 속공(贖貢) : 재물을 바치고 공납을 면제받던 일. 또는 그 재물.

302) 지우금(至于今) : 지금까지.

303) 계문연수(薊門煙樹) : 연도팔경(燕都八景)의 하나로, 계주(薊州) 벌판에 연기 같은 안개가 낀 숲이 마치 신기루(蜃氣樓) 같은 장관을 이룬다고 한다.

304) 연파(煙波) : 내(안개)의 물결. 안개가 끝없이 펼쳐진 모습.

305) 연애(煙靄) : 안개와 아지랑이.

306) 천태만상(千態萬象) : 천 가지 모습과 만 가지 형상이라는 뜻으로, 세상 사물이 한결같지 아니하고 각각 모습·모양이 다름을 이르는 말.

307) 측량(測量) : 사정이나 형편을 생각해 헤아림. 칭량(稱量).

308) 전수(全數)이 : 모두 다.

309) 저자 : 시장.

310) 협사(俠士) : 협객(俠客). 호방하고 의협심이 있는 사람.

311) 형가(荊軻)의 슬픈 소리 : 형가가 진(秦)나라 왕을 죽이러 가며 역수(易水) 근처에서 그를 거둔 연(燕)나라 태자 단(丹)과 헤어지며 불렀던, "바람 쓸쓸하니 역수 또한 차갑구나, 장사 한번 가면 다시 돌아오지 못하리!"라는 시구를 뜻한다. '형가'는 연나라의 태자 단의 식객이 되어 진왕(秦王) 정(政 : 뒷날의 시황제)을 죽이려다 실패하였다.

312) 고점리(高漸離) : 중국 전국 시대 말기 연(燕)나라 사람. 축(筑, 비파와 비슷한 현악기)의 명수였다. 형가(荊軻)의 친구로, 형가와 함께 진시황(秦始皇)을 살해하려다 실패하였다.

313) 부상대고(富商大賈) : 많은 밑천을 가지고 대규모로 장사를 하는 상인.

314) 양각등(羊角燈) : 양의 뿔을 고아서 만든, 투명하고 얇은 껍질을 씌운 등.

315) 연긍십리(延亘十里) : 십 리나 길게 뻗침. '연등십리(煙燈十里)'라 읽고 '등불이 십 리나 뻗쳐 있음'으로 해석하기도 한다.

316) 박석(薄石) : 넓적하고 얇은 돌.

317) 기구(器具) : 예법에 필요한 것이 골고루 갖추어져 있는 형세.

갑주(甲冑) 투구 팔척장신(八尺長身) 창검(槍劍)을 손에 들고

두 눈을 부릅뜨고 아가리를 딱 벌리고

이 편 저 편 갈라서서 위풍(威風)이 늠름하다

중문(中門)에 들어서서 정전(正殿)을 쳐다보니

삼층(三層) 월대(月臺) 이층 집에 누런 기와 푸른 기와

색색으로 덮여 있어 오채(五彩)가 영롱하며

완자 새긴 완살문합 기교(奇巧)도 하온지고

금벽단청(金壁丹靑) 휘황(輝煌)한데 정신이 어지럽다

전내(殿內)에 들어서서 자세히 살펴보니

운문대단(雲紋大緞) 누런 장(帳)319)에 붉은 공단(貢緞) 드림320)하여

순금(純金)고리 옥(玉)갈고리 이 편 저 편 걸어 두고

유리등(琉璃燈)은 몇 쌍이냐 연화(蓮花)꽃은 천연(天然)하고321)

백옥병(白玉瓶)은 몇이러냐 국화(菊花)꽃이 찬란하다

칠등잔(漆燈盞)에 불 켜 놓아 등광(燈光)322)이 만실(滿室)323)하고

금향로(金香爐)의 푸른 연기(煙氣) 향취(香臭)가 촉비(觸鼻)324)한다

면류관(冕旒冠) 곤룡포(袞龍袍)로 좌탑(座榻)에 높이 앉은

엄연(儼然)한 일위선관(一位仙官) 태산동악(泰山東岳) 신령(神靈)이며

천방(天方) 대성인(大聖人) 황제라 존호(尊號)로 이름하고

천자(天子)의 위의(威儀)처럼 엄숙(嚴肅)도 하온지고

좌우로 선관(仙官)들은 금관옥대(金冠玉帶) 홀(笏)을 쥐고

단정(端正)한 모양으로 십여 쌍 벌여 서서

그 앞으로 신장(神將)들은 용봉(龍鳳) 투구 엄신갑(掩身甲)옷

위름(危懍)한 기색(氣色)으로 십여 쌍 시위(侍衛)하여

색(色)등거리 쌍상투는 선동(仙童)도 여럿이요

긴 단장(丹粧) 수(繡)치마는 선녀(仙女)도 많을시고

앞뒤로 쌓은 책은 팔만대장불경(八萬大藏佛經)이요

무수한 비석들은 기도(祈禱)마다 축원(祝願)이라

뒷 전(殿)에 올라 보니 상천세계(上天世界) 예로구나

선풍도골(仙風道骨) 옥황상제(玉皇上帝) 인간(人間)을 제도(濟度)하고

한 전(殿)에 올라 보니 용궁(龍宮)이 저렇던가

선관월태(仙官月態) 사해(四海) 용왕(龍王) 풍운(風雲) 뇌우(雷雨) 맡아 있고

한 전(殿)에 올라 보니 이마 높은 태상노군(太上老君)

또 한 전(殿) 올라 보니 거룩하온 약왕(藥王)이요

한 전에는 오백(五百) 나한(羅漢) 또 한 전은 화덕진군(火德眞君)

석가여래(釋迦如來) 관음보살(觀音菩薩) 아미타불(阿彌陀佛) 위한 데가

이러한 전(殿) 몇 곳인지 곳곳이 올라 보니

뜰 아래로 내려서서 좌우(左右) 월대(月臺) 살펴보니

삼십육만 칠십이 사(司)325) 염라국(閻羅國)이 저렇도다.

전생(前生) 선악(善惡) 가리어서 일일이 보응(報應)하니

어떤 사람 잘 되어서 백일승천(白日昇天)326) 하는 모양,

어떤 사람 못 되어서 지옥(地獄)으로 가는 모양,

어떤 사람 복을 받아 도로 인간(人間) 되는 모양,

어떤 사람 환도(幻道)327)하여 몹쓸 짐승 되는 모양,

어떤 사람 복을 받아 은금(銀金)을 주는 모양,

어떤 사람 형벌(刑罰) 받아 부월(斧鉞)328)로 찍는 모양,

염라대왕(閻羅大王) 위풍(威風)으로 최판관(崔判官)329) 타점(打點)330)하여

일직사자(日直使者) 월직사자(月直使者) 청령(聽令)331) 거행 하는 모양,

어린 아이 몇 만 개를 보(褓)에다 싸서 들고

무자(無子)한 이 기도하면 하나씩 점지(點指)하며,

오색으로 만든 환약(丸藥) 그릇에 담아 들고

병든 사람 축원(祝願)하면 영험(靈驗)이 있다 하데.

이런 모양 저런 모양 역력히 배포(排布)하여

---

318) 흉녕(凶獰) : 성질이 흉악하고 사나움.
319) 장(帳) : 휘장(揮帳). 장막(帳幕).
320) 드림 : 매달아서 길게 늘이는 물건.
321) 천연(天然)하고 : 생긴 그대로 조금도 꾸밈이 없음.
322) 등광(燈光) : 등불의 빛.
323) 만실(滿室) : 방에 가득 참.
324) 촉비(觸鼻) : 냄새가 코를 찌름.

325) 사(司) : 관아(官衙). 벼슬. 벼슬아치.
326) 백일승천(白日昇天) : 도를 극진히 닦아 육신을 가진 채 신선이 되어 대낮에 하늘로 올라가는 일.
327) 환도(幻道) : 환퇴(幻退). 환생(幻生).
328) 부월(斧鉞) : 작은 도끼와 큰 도끼.
329) 최판관(崔判官) : 죽은 사람에게 대하여 살았을 때의 선악(善惡)을 판단한다고 이르는 저승의 벼슬아치.
330) 타점(打點) : 붓으로 점을 찍음.
331) 청령(聽令) : 명령을 들음. 들은 명령.

너무도 굉장하니 대강대강 구경하자.

이곳을 보려 하면 삼사월(三四月) 긴긴 해도

육칠 일 가지고야 자세히 본다 하데.

예서부터 삼(三) 사신(使臣)이 차례로 들어갈새

자문(咨文)332)을 말에 실어 황보(黃褓)333) 덮어 앞세우고

역관(譯官) 군관(軍官) 뒤따르며 태평차(太平車)를 몰아가니

태평차라 하는 것은, 쌍(雙)바퀴 수레 위에 장독교(帳獨轎) 제도(制度)로다.

좌우(左右) 사창(紗窓)334) 익장(翼帳)335) 달고 검은 빛 긴 차양(遮陽)336)을 앞으로 버티이고

앞채를 길게 하여 좋은 노새 매어 놓고

앞에 앉은 간차지337) 놈 긴 채찍을 한 번 던져

유에유에 한 소리에 풍우(風雨)같이 빠르구나.

조양문(朝陽門) 들어가니 북경(北京) 장안(長安) 동문(東門)이라.

곱은성(城) 삼층 문루(門樓)338) 사층 포루(鋪樓)339) 굉장하고

길가의 여염(閭閻)340)들은 단청(丹靑)한 집 즐비(櫛比)하고

네거리의 시전(市廛)341)들은 도금(鍍金)342)한 집 무수하다.

안목(眼目)이 당황(唐惶)하고 정신이 황홀(恍惚)하다.

옥하수(玉河水)343) 다리 건너 해동관(海東館)344) 들어가니

상방(上房)345) 처소(處所) 지나서서 부방(副房) 처소 뒤에 있고,

그 뒤에 삼방(三房) 처소 다 각각 찾아드니

항(炕)346) 앞에 삿자리347)로 둘러막고 문(門)을 내어

방(房)처럼 꾸며 놓고 백능화(白菱花)348)로 도배(塗褙)하여

화문석(花紋席)에 포진(鋪陳)349)하여 거처(居處)하기 정쇄(精灑)350)하다.

하유월(夏六月) 초육일(初六日)에 오늘부터 며칠이냐.

지리(支離)하고351) 심(甚)한 극열(極熱)352)이 고생 어찌하리.

삼천 리 멀고먼 길 몇 달 만에 득달(得達)하여

큰 병(病) 없기 천행(天幸)이나 노독(路毒)인들 없을쏘냐.

사지(四肢)는 날연(茶然)하여353) 백해(百骸)354)가 자통(刺痛)355)이라.

우중지(又重之)356) 통음(痛飮)357)으로 곤비(困憊)358)한 중 괴롭도다.

질통(疾痛)359)에 호부모(呼父母)360)는 인생상(人生常)361)이거늘

만 리 타국(他國) 외로운 몸 집생각도 그음362)없다.

태양산(太行山)363) 흰 구름은 적인걸(狄仁傑)364)의 효성(孝誠)이요,

사가보월청소립(思家步月淸宵立)365)은 두자미(杜子美)의

---

332) 자문(咨文) : 중국과 왕복하던 문서.
333) 황보(黃褓) : 누런 보자기.
334) 사창(紗窓) : 깁으로 바른 창. '쌍창(雙窓)'으로 읽히는 이본도 있다.
335) 익장(翼帳) : 좌우의 양쪽에 둘러치는 휘장.
336) 차양(遮陽) : 햇볕을 가리거나 비가 들이치는 것을 막기 위하여 처마 끝에 덧붙이는 좁은 지붕.
337) 간차지 : '차부(車夫)'를 뜻하는 중국어 '桿車的'.
338) 문루(門樓) : 궁문, 성문 따위의 바깥문 위에 지은 다락집.
339) 포루(鋪樓) : 성가퀴를 앞으로 튀어나오게 쌓고 지붕을 덮은 부분.
340) 여염(閭閻) : 백성의 살림집이 많이 모여 있는 곳.
341) 시전(市廛) : 시장 거리의 가게.
342) 도금(鍍金) : 금속이나 비금속의 겉에 금이나 은 따위의 금속을 얇게 입히는 일. 썩거나 닳는 것을 방지하거나 장식의 효과를 내기 위하여 한다. '금 입히기', '입히기'로 순화.
343) 옥하수(玉河水) : 북경 옥천산에서 흘러내리는 하천.
344) 해동관(海東館) : 조선의 사신이 묵었던 여관.
345) 상방(上房) : 예전에, 관아의 우두머리가 거처하던 방. 여기서는 '우두머리'의 뜻.

346) 항(炕) : 구들. 온돌(溫突).
347) 삿자리 : 갈대를 엮어서 만든 자리.
348) 백능화(白菱花) : 흰색의 마름꽃 무늬가 있는 벽지.
349) 포진(鋪陳) : 잔치 따위를 할 때에 앉을 자리를 마련하여 깖.
350) 정쇄(精灑) : 매우 맑고 깨끗함.
351) 지리(支離)하고 : '지루하고(시간이 오래 걸리거나 같은 상태가 오래 계속되어 따분하고 싫증이 나다)'의 잘못.
352) 극열(極熱) : 몹시 뜨거움. 또는 그런 열기.
353) 날연(茶然)하여 : 나른하여. 피곤하여 기운이 없어.
354) 백해(百骸) : 모든 뼈.
355) 자통(刺痛) : 찌르는 듯한 아픔.
356) 우중지(又重之) : 더욱이. 뿐만 아니라.
357) 통음(痛飮) : 술을 매우 많이 마심.
358) 곤비(困憊) : 아무것도 할 기력이 없을 만큼 지쳐 몹시 고단함.
359) 질통(疾痛) : 병으로 생긴 아픔.
360) 호부모(呼父母) : 부모를 부름. 부모를 불러 찾음.
361) 인생상(人生常) : 인지상정(人之常情). 사람이 살아가면서 누구나 하는 일.
362) 그음 : 끝.
363) 태행산(太行山) : 적인걸이 태행산에 올라 고향 쪽 하늘의 구름을 보며 부모를 그리워했다 하여, '망운지정(望雲之情)'의 성어가 만들어졌다 함.
364) 적인걸(狄仁傑) : 중국의 측천무후(則天武后)가 세운 무주(武周) 시대의 재상(宰相)으로, 중종(中宗)을 다시 태자로 세우도록 하여 당(唐) 왕조의 부활에 공을 세웠으며 수많은 인재들을 천거하여 당(唐)의 중흥에도 크게 기여하였다.
365) 사가보월청소립(思家步月淸宵立) : 집을 생각하며 달을 보고 거닐

회포(懷抱)로다.

옥화관(玉華館)366) 깊은 밤에 잠 없이 홀로 깨어

푸른 하늘 쳐다보니 유유(悠悠)367)한 창천(蒼天)이며

북두칠성(北斗七星) 삼태성(三台星)은 전에 보던 저 별이
요,

명랑(明朗)한 밝은 달은 예 보던 저 달이라.

우리 집 훤당(萱堂) 앞에 저 별 저 달 비치려니

집에서도 바라보고 내 생각 하시리라.

별과 달은 명명(明明)하여 응당(應當) 소식 알리로다.

소식을 물어 보자. 장천(長天)368)이 묘망(渺茫)369)하니

흐린 빛370)을 따라와서 몽혼(夢魂)이 의의(依依)371)하다.

예부(禮部) 지휘(指揮) 드리워서 표자문(表咨文)372) 진정
(進呈)373)할 차(次)

예부(禮部)에 나아가서 대청(大廳) 위에 올라감에

예부상서(禮部尙書) 나와 서니 보석(寶石) 증자(鏳子)374)
일품(一品)이요,

예부시랑(禮部侍郎) 나와 서니 산호(珊瑚) 증자 이품(二
品)이요,

여덟 통관(通官) 갈라서니 사품(四品)은 수정(水晶) 증자,
육품(六品)은 옥(玉) 증자요 팔품(八品)은 금(金) 증자라.

마래기375) 위에다가 둥근 구슬 증자 달아

품수(品數)대로 차렸을새 증자로 표를 하고

공로(功勞) 있는 사람들은 공작우(孔雀羽)376)를 달았으
며

관복(官服)이라 하는 것은 검은 비단 두루마기377)

오색(五色)으로 수(繡)놓은 흉배(胸背)378) 앞뒤로 붙였더

라.

자문(咨文)을 받들어서 상서(尙書)에게 봉전(奉傳)379)하
고

삼(三) 사신(使臣) 꿇어 앉아 아홉 번 고두(叩頭)380)하여
예필(禮畢)381)하고 돌아오니 사신(使臣) 할 일 다하였다.

무엇으로 소견(消遣)382)하리 구경이나 가자스라.

내성(內城) 주위 육십 리에 성문(城門)이 아홉이니

정문(正門)으로 정양문(正陽門)은 사층 문루(門樓) 황(黃)
기와요,

반월성(半月城)을 둘러쌓아 겹문을 지었으되

사층 패루(牌樓) 높이 지어 문루와 마주 있고

숭문문(崇文門)과 선무문(宣武門)은 남성(南城)의 두 문
이며,

조양문(朝陽門)과 동직문(東直門)은 동성(東城)의 두 문
이요,

부성문(阜成門)과 서직문(西直門)은 서성(西城)의 두 문
이요,

안정문(安定門)과 덕승문(德勝門)은 북성(北城)의 두 문
이니,

문(門)마다 굽은 성(城)은 삼층 문루(門樓) 사층 포루(砲
樓)

황(黃)기와 청(靑)기와로 굉장히 지었으며,

내남성(內南城) 연(連)이어서 외성(外城)을 쌓았으니

그도 주위 육십 리에 성문(城門)이 일곱이라.

정남(正南)의 영정문(永定門)은 정양문을 통하였고

좌안문(左安門) 우안문(右安門)은 숭문(崇門) 서문(西門)
통했으며

광거문(廣渠門)은 동문(東門)이요 광녕문(廣寧門)은 서문
이며

동편문(東便門) 서편문(西便門)은 좌우의 소문(小門)이니

문마다 곱은 성(城)의 이층 문루(門樓) 청기와라

내외 성(城)을 합해 보면 날 일(日) 자(字) 형상인데

정양문이 중획(中劃)383)되어 장안(長安)의 복판이라

---

366) 옥화관(玉華館) : 옥하관(玉河館). 사신 일행이 묵는 여관.

367) 유유(悠悠) : 아득하게 멀거나 오래됨.

368) 장천(長天) : 심재완 교주분에는 '창천(蒼天)'으로 되어 있음.

369) 묘망(渺茫) : 넓고 멀어서 바라보기에 아득함.

370) 흐린 빛 : 이본(異本)에 따라 '흐른 빗츨'이나 '그리자(그림자)을'이
라 한 것으로 미루어 '흐른 빛'이나 '흐린 빛'으로 읽을 수 있음.

371) 의의(依依) : 기억이 어렴풋함.

372) 표자문(表咨文) : 표문(表文)과 자문(咨文)을 함께 이르는 말로, 예
전에 사용하던, 외교 문서의 하나.

373) 진정(進呈) : 나아가 올림.

374) 증자(鏳子) : 전립(氈笠) 따위의 위에 꼭지처럼 만들어 달던 꾸밈
새. 품계(品階)에 따라 금, 은, 옥, 석 따위의 구별이 있었다.

375) 마래기 : 중국 청나라 때 관리들이 쓰던 모자의 한 종류. 둘레가
넓고 운두가 낮아 투구와 비슷하다.

376) 공작우(孔雀羽) : 공작의 깃털. 조선 시대에, 무관이 융복을 입을
때 주립(朱笠)을 장식하던 공작의 깃.

377) 두루마기 : 이본에 따라 '거문 비단 소두루막어'와 '거믄빗 두루막
이'가 있어서 '검은 비단 소(小)두루막기'나 '검은빛 두루마기'로 볼 수
있음.

378) 흉배(胸背) : 조선 시대에, 문무관(文武官)이 입는 관복의 가슴과
등에 학이나 범을 수놓아 붙이던 사각형의 표장(表章).

379) 봉전(奉傳) : 받들어 전함.

380) 고두(叩頭) : 공경하는 뜻으로 머리를 땅에 조아림. 삼궤구고두례
(三跪九叩頭禮) 또는 삼배구고두례(三拜九叩頭禮)는 중국 청나라 시
대에 황제나 대신을 만났을 때 머리를 조아려 절하는 예법이다.

381) 예필(禮畢) : 인사를 끝마침.

382) 소견(消遣) : 소일(消日). 시간을 보냄.

383) 중획(中劃) : 가운데로 나눔. 가운데로 구획(區劃)됨.

물색(物色)의 번화함이 천하의 대도회(大都會)라
정양문 맞은편의 대청문(大淸門)이 저기 있어
대궐(大闕)의 남문(南門)이라 삼문(三門)은 뚜렷하고
그 앞에 기반(基盤) 같은 네거리의 한바닥에
광활(廣闊)하게 터를 닦아 석난간(石欄干)을 둘러치고
정월(正月) 망일(望日) 밝은 달에 귀공자 노는 데라
대궐을 살펴보니 그도 또한 안팎 궁장(宮墻)384)
벽돌 쌓아 청기와며 주위는 삼십 리라
대청문 들어서면 천안문(天安門)이 마주 있어
다섯 홍예(虹霓)385) 뚜렷하고 이층 문루 굉장하다
그 앞에 금천교(襟川橋)는 다섯 다리 늘어놓아
다리마다 옥난간이 간간이 격(隔)하였고
좌우의 돌기둥은 경천주(擎天柱) 한 쌍이니
십여 장(丈) 높았는데 용틀임 기절(奇絶)하다
천안문 들어서면 단문(端門)386)이 마주 있어
그도 또한 다섯 홍예 이층 문루 웅장하고
그 앞으로 좌우편에 마주 섰는 저 삼문이
좌편에는 사직(社稷)387)이요 우편에는 태묘(太廟)388)로
다
단문을 들어서면 오문(午門)389)이 마주 있어
자금성(紫禁城) 남문이니 이층 문루 세 홍예라
좌우로 오봉루(五鳳樓)는 성 위에 높이 있어
좌루(左樓)에는 쇠북이요 우루(右樓)에는 북이로다
그 앞에 각사직방(各司直房) 동서(東西)로 나눠 있고
일영(日影)390) 보는 시판(時板)391)이며 비 재는 측우기
(測雨器)는
옥(玉)을 새겨 기이하게 좌우로 벌여 놓고
오문(午門) 안의 태화문(太和門)은 그도 또한 삼문이요
옥난간 두른 것이 볼수록 장하도다
태화문 안 태화전(太和殿) 황극전(皇極殿)이 저렇도다
높기도 큼직하며 웅위(雄偉)도 하온지고
길이 넘는 높은 옥계(玉階) 월대(月臺)가 삼층이요
층층이 옥난간에 겹새김 용틀임과

삼층 전각(殿閣) 높이 지어 구천(九天)이 표묘(縹緲)하니
금벽(金壁)도 휘황(輝煌)하고 단확(丹艧)392)도 찬란(燦爛)
하다
오동(烏銅)393)으로 만든 거북 구리로 지은 학(鶴)은
동서로 쌍을 지어 어찌하여 놓았으며
오동향로(烏銅香爐) 큼도큼사 수십 개 벌여 놓고
순금(純金) 두멍394) 물 길어다 여기저기 몇이러냐
뜰 아래 품석(品石)395)들은 일품(一品) 이품(二品) 새겨
세워
백관(百官)이 조회(朝會)할 제 품수(品數)대로 선다 하네
좌우의 월랑(月廊)396) 지어 의장(儀仗)을 둔다 하고
태인각(泰仁閣) 홍의각(興義閣)은 좌우의 자각(子閣)397)
이요
좌익문(左翼門) 우익문(右翼門)은 동서의 정문(正門)이며
중화문(中華門) 중우문(中右門)은 북편의 협문(夾門)이니
그 안의 중화전(中和殿)은 이층이 높이 있고
그 뒤의 보화전(保化殿)은 그 역시 정전(正殿)이라
태화·보화·중화전이 아울러 삼전(三殿)이니
태화전 섬돌부터 끝 물린 옥난간이
보화전 섬돌까지 세선(細線)을 둘렀구나
그 뒤의 건청전(乾淸殿)은 황제의 편전(便殿)398)이요
그 뒤의 교태전(交泰殿)과 또 그 뒤의 교령전(巧齡殿)은
황후(皇后) 있는 내전(內殿)이니 구중궁궐(九重宮闕) 이
아니냐
궁전이 몇 곳인지 처처에 조첩(稠疊)399)하여
아로새긴 장원(牆垣)400)이며 채색한 바람벽401)과
벽돌 깔아 길을 내고 박석(薄石) 깔아 뜰이로다
울긋불긋 오색 기와 사면에 영롱하니
겉으로 얼른 보아 저렇듯 휘황(輝煌)할 제
안에 들어가 자세(仔細) 보면 오죽이 장할쏘냐

384) 궁장(宮墻) : 궁성(宮城). 궁궐을 둘러싼 성벽.
385) 홍예(虹霓) : 무지개. 문의 윗부분을 무지개 모양으로 둥글게 만든
   문. 아치(arch).
386) 단문(端門) : 궁전의 정전(正殿) 앞에 있는 정문.
387) 사직(社稷) : 고대 중국에서, 새로 나라를 세울 때 천자나 제후가
   제사를 지내던 토지신과 곡신.
388) 태묘(太廟) : 종묘(宗廟). 역대의 신주를 모셔 두는 왕실의 사당.
389) 오문(午門) : 성곽의 남쪽에 있는 문.
390) 일영(日影) : 햇빛이 비쳐서 생기는 그림자.
391) 시판(時板) : 시간을 나타내는 숫자나 기호를 그려 놓은 판.

392) 단확(丹艧) : 붉은색의 흙.
393) 오동(烏銅) : 검붉은 빛이 나는 구리.
394) 두멍 : 물을 많이 담아 두고 쓰는 큰 가마나 독.
395) 품석(品石) : 조선 시대에, 품계를 새겨서 대궐 안의 정전(正殿)
   앞뜰에 세운 돌. 두 줄로 되어 동서 양반이 차례로 늘어서게 되어 있
   다.
396) 월랑(月廊) : 궁궐, 절 따위의 정당(正堂) 앞이나 좌우에 지은 줄
   행랑.
397) 자각(子閣) : 덧붙여 지은 전각(殿閣).
398) 편전(便殿) : 임금이 평상시에 거처하는 궁전.
399) 조첩(稠疊) : 연하여 거듭됨. 빈틈없이 차곡차곡 쌓이거나 포개져
   있음.
400) 장원(牆垣) : 담.
401) 바람벽 : 집의 둘레 또는 방의 칸막이를 하기 위해 흙을 발라 만
   든 것.

동양문(東陽門) 찾아드니 궁성(宮城)의 동문이요

동화문(東華門) 밖 지나가니 자금성 동문이라

성 밑으로 개천(開川) 파서 이 편 저 편 석축(石築) 쌓고

석축 가에 장랑(長廊) 지어 창(倉)과 고(庫)가 벌여 있고

성곽(城郭) 위에 육모집은 포루(砲壘)가 저렇도다

성을 끼고 돌아가며 신무문(神武門) 앞 다다르니

자금성 북문이요 그 마주 부상문(扶桑門)에

그 안에 경산(景山)이니 대궐의 주산(主山)이라

조산(造山)을 높이 모아 세 봉(峰)이 뚜렷하고

기화이초(奇花異草) 많이 심어 수목(樹木)이 울밀(鬱密)한데

봉봉이 이층 정자(亭子) 육모 팔모 지어 놓아

황홀한 단청이며 찬란한 채색 기와

나무 그늘 틈틈이로 다섯 정자(亭子) 비치니

오행정(五行亭)이 저기로다 황제의 피서처(避署處)요

수황전(壽皇殿) 큰 전각(殿閣)과 영사정(永賜亭) 관덕전(觀德殿)

굉장도 하거니와 집상각(集祥閣) 흥경각(興慶閣)은

여기저기 조요(照耀)하니 바라보니 선경(仙境)이라

매산각(煤山閣)이 어디메냐 옛일이 새로워라

갑신(甲申) 삼월 십구일에 숭정(崇禎)402) 황제 순절(殉節)터라

서리지회(黍離之懷)403) 그음없이 다시금 바라보니

창오산(蒼梧山)404) 저문 구름 지금(至今)에 유유(悠悠)하고

상원(上苑)405)에 누운 버들 어느 때 일어나리

산 뒤로 돌아가니 처처에 휘황한 것

자각단루(紫閣丹樓) 첩첩하고 백탑(百塔)이 정정(亭亭)하니

모두 다 절이로다 황제의 기도처(祈禱處)라

태액지(太液池) 넓은 연못 옥동교(玉蝀橋) 건너가자

옥돌로 길게 놓아 무지개 뻗친 듯이

좌우의 옥난간에 간간이 돌사자요

앞뒤의 패루문(牌樓門)은 문문(門門)이 금자(金字) 현판(懸板)

다리 밑을 굽어 보니 홍예(虹霓) 구멍 아홉이요

다리 위에 올라서서 사면으로 바라보니

동편의 경산(景山) 경치 절승(絶勝)하고 장하거니와

남편의 경화도(瓊華島)는 태액지 중(中) 섬이로다

기암괴석(奇巖怪石) 많이 놓아 단악유제(丹堊柳堤)406) 저러하고

서편의 자광각(紫光閣) 어수사(御壽寺)와 홍인사(興仁寺)는

녹음(綠陰)이 울울(鬱鬱)한 중 은영(隱映)하게 내다뵈니

붉은 기와 푸른 기와 색색으로 영롱하다

북으로 바라보니 오룡정(五龍亭)이 제란 말가

그림 속이 아니면 요지경(瑤池鏡)407)이 정녕(丁寧)하다

거리로 구경 가자 양택문(陽宅門) 들이달아

만불사(萬佛寺) 찾아가니 삼 층으로 지은 문루(門樓)

한 층이 오륙 장(丈)씩 세 층을 도합(都合)하면

근(近) 이십 장 되오리니 높기도 외외(巍巍)하다

아래층의 아홉 부처 큰 금불(金佛)을 앉혀 놓고

동서북(東西北) 세 바람벽 돌아가며 가득하게

됫박 같은 감실(龕室)408)에다 동자(童子) 같은 부처 앉혀

네모가 반듯반듯 만벽(滿壁)에 금불(金佛)빛이라

자세히 살펴보니 아로새긴 작은 감실

재치 있고 기묘(奇妙)한데 부처도 앙증하다

옆으로 사닥다리 위이굴곡(逶迤屈曲)409) 세 번 꺾어

중층(中層)에 올라가니 아홉 좌(座) 큰 부처에

세 벽(壁)의 작은 금불 규모가 일반(一般)이요

또 그처럼 사닥다리 상층에 올라가니

대불소불(大佛小佛) 앉은 모양 배포(排布)가 똑같도다

만불(萬佛)이라 일렀으나 어림처 세어 보니

십만(十萬)인지 천만(千萬)인지 수효(數爻)를 모를러라

남창(南窓)을 열뜨리고 옥난간 의지하여

뜰 아래 굽어보니 섬돌 위에 앉은 사람

개미만 하여 뵈고 사면을 둘러보니

만호(萬戶) 장안(長安) 많은 인가(人家) 무릎 아래 꿇었

---

402) 숭정(崇禎) : 중국 명나라의 마지막 황제 의종(毅宗) 때의 연호(1628~1644). 명나라가 망한 뒤에도 조선은 청나라 연호를 쓰는 것을 꺼려 이 연호를 사용하였다.

403) 서리지회(黍離之懷) : 서리지탄(黍離之歎). 나라가 멸망하여 옛 궁궐 터에는 기장만이 무성한 것을 탄식한다는 뜻으로, 세상의 영고성쇠가 무상함을 탄식하며 이르는 말. 『시경(詩經)』 「왕풍(王風)」 편에서 나온 말이다.

404) 창오산(蒼梧山) : 중국 고대의 순(舜)임금이 남쪽으로 순행(巡行)하다 죽은 곳.

405) 상원(上苑) : 천자(天子)의 정원(庭園).

406) 단악유제(丹堊柳堤) : 붉은 칠을 한 벽과 버드나무를 심은 둑.

407) 요지경(瑤池鏡) : 상자 앞면에 확대경을 달고 그 안에 여러 그림을 넣어서 들여다보게 한 장치.

408) 감실(龕室) : 종교에서 신위 및 작은 불상 등을 모셔둔 곳.

409) 위이굴곡(逶迤屈曲) : 구불구불 가거나 에워 두름. 길고도 먼 모양.

구나

채색 기와 영롱(玲瓏)함은 제가 분명 대궐이라
검은 기와 즐비(櫛比)함은 제는 모두 인가이며
홍예 구멍 훤한 길은 제가 정녕 시정(市井)이며
백탑이 우뚝함은 제도 아마 절간이라
처처에 지점(指點)하여 역력히 살펴본 후
천불사(千佛寺) 구경 가자 그도 또한 삼층 문루
만불사와 느런하게 높이가 거의 같네
그 안의 천수불(千手佛)이 부처 하나뿐이건만
한가운데 우뚝함은 영악(獰惡)히[410] 큼도 크다
삼층각(三層閣) 보꾀개에 키는 꼭 닿았으니
길로 치면 근 이십 길 쳐다보면 까마아득
이리 팔 간(間) 저리 팔 간 네모 반듯 넓은 집에
몸피[411]가 얼마만 한지 그 안에 그득하고
머리를 쳐다보니 전후좌우 육면(六面)에다
얼굴이 여섯이요 양미간(兩眉間)에 또 눈 하나
세 눈씩 분명하여 광채가 엄위(嚴威)하고
머리 위의 연(蓮)밥처럼 우툴두툴 수북하게
모두 작은 부처 얼굴 다 각각 이목구비(耳目口鼻)
몇 천인지 모르는 것 오색으로 채색하고
두 손은 늘이어서 감중련(坎中連)[412]을 하였으니
한 손가락 새끼손톱 대부등(大不等)[413]만 하겠구나
어깨 뒤로 일천 팔뚝 좌우로 떡 벌리고
다리를 볼작시면 발 하나가 한 간(間)들이
악귀(惡鬼) 악신(惡神) 구렁 배암 몇 천인지 한데 모아
두 발로 꽉 디디니 질크러진 악귀들과
혀 빼물은 구렁이냐 죽으려고 하는구나
굉걸(宏傑)하고 웅장(雄壯)함은 보다가 처음일세
대문 밖 서편으로 네모집 크게 지어
황와(黃瓦)로 덮었으니 높기도 장하구나.
그 안에 들어서니 나무로 가산(假山)[414] 지어
푸른 봉(峰)은 첩첩(疊疊)하고 붉은 언덕 중중(重重)한데
채운(彩雲)이 둘린 곳에 상상봉(上上峰) 표묘(縹緲)한 집
극락세계(極樂世界) 제라 하니 이윽히 바라보니
심중(心中)에 헤어 보니 이 몸이 출세(出世)[415]한 후

적덕적선(積德積善) 못 했으나 득죄(得罪)한 일 없었노라.
시험(試驗)코 올라 보자 어디가 길일런고.
앞뒤로 바장이며[416] 기웃기웃 방황(彷徨)터니
지로승(指路僧)[417]이 인도하여 깊은 굴(窟)로 들어가니
좌우의 악귀(惡鬼)들이 창검(槍劍)을 겨누면서
들어옴을 금(禁)하는 듯 보기에 무섭더라.
이 봉(峯) 틈 저 봉 틈에 돌쳐서며 굽이쳐서
사면으로 빙빙 돌아 올라서락 내려서락
중로(中路)에 반쯤 가다 바위 앞을 살펴보니
왕왕(往往)이 신장(神將)들이 내달아 꾸짖는 듯
이리저리 길을 찾아 상봉(上峰)에 올라서니
선동선녀(仙童仙女) 쌍(雙)을 지어 마주 나와 영접(迎接)인 듯
조그마한 채색(彩色) 정자(亭子) 아미타불(阿彌陀佛) 앉았구나.
첩첩산중(疊疊山中) 정결(淨潔)한 곳 무량세계(無量世界) 저러하고
하계(下界)를 굽어보니 진애(塵埃)[418]가 저렇도다.
내 무슨 공덕(功德)으로 이곳에 이르렀노.
티끌 인연(人煙) 미진(未盡)하니 후세(後世)에 다시 오마.
길을 찾아 돌아내려 문 밖에 썩 나서니
기와로 쌓은 패루(牌樓) 불긋푸릇 사면(四面) 있어
동서남북 두루 통한 홍예문(虹霓門)이 기절(奇絶)하다.
오룡정(五龍亭) 다섯 정자(亭子) 이층으로 지었으니
자향정(慈香亭)과 징상정(澄祥亭)은 서편으로 두 정자요,
백옥(白屋) 난간 아로새겨 다섯 정자 둘렀으며
벽돌을 정(淨)히 깔아 다니는 길이 되고
이 편 저 편 화류(樺榴) 교의(交椅)[419] 걸터앉기 더욱 좋다.
태액지(太液池) 넓은 연못 섬돌 아래 임(臨)했으니
물 밑을 굽어보니 청청(淸淸)한 맑은 물결
채정(彩亭)에 비치임은 누운 용(龍)이 잠기인 듯
뵈는 데마다 주란화각(朱欄畫閣)[420] 안계(眼界)가 황홀한데
날빛은 서늘하고 바람은 화창(和暢)이라.

---

410) 영악(獰惡)히 : 매우 모질고 사납게.
411) 몸피 : 몸통의 굵기.
412) 감중련(坎中連) : 팔괘 중 6번째 괘. 감괘(坎卦)를 부르는 말로 중간만 연결이 되어 있다고 해서 붙여진 이름이다.
413) 대부등(大不等) : 아름드리의 매우 굵은 나무. 또는 그런 재목.
414) 가산(假山) : 정원 따위에 돌을 모아 쌓아서 조그마하게 만든 산.
415) 출세(出世) : 출생(出生). 태어남.
416) 바장이며 : 마음에 걸리는 것이 있어서 머뭇머뭇하며. 서성대며.
417) 지로승(指路僧) : 길을 안내하는 중.
418) 진애(塵埃) : 티끌과 먼지.
419) 화류(樺榴) 교의(交椅) : 자단(紫檀)으로 만든 의자.
420) 주란화각(朱欄畫閣) : 단청을 곱게 하여 아름답게 꾸민 누각.

무심(無心)히 앉았으면 돌아오기 잊었노라.

경산(景山) 뒤로 돌아나와 진안문(鎭安門) 내달으니

궁성(宮城)의 북문(北門)이라. 동(東)으로 향해 가면

옹정(雍正)421) 황제 기도하던 옹화궁(雍和宮)이 저기로다.

웅위(雄偉)한 여러 전각(殿閣) 절인가 대궐인가

한 전각을 올라보니 어떤 부처 비슥 누워

배를 훨쩍 드러내고 손으로 만지면서

쳐다보고 희희 웃는 저 부처는 무엇이며

또 한 전각 올라 보니 수미산(須彌山) 천만봉(千萬峰)을

침향(沈香)으로 가산(假山) 새겨 단청(丹靑)으로 채색하고

봉봉(峰峰)이 앉은 부처 기괴(奇怪)도 하온지고

또 한 전각 올라 보니 삼층각(三層閣)이 높았는데

그 안에 섰는 금불(金佛) 천수불(千手佛)과 키가 같다

또 한 전각 올라 보니 법륜전(法輪殿)이 예로구나

어떤 몽고(蒙古) 중놈 하나 생불(生佛) 되어 주벽(主壁)422)하여

감중련(坎中連)에 도사리고 눈을 내리깔았으며

그 앞의 옥등잔(玉燈盞)에 인등(引燈)423)하여 불 켜 놓고

좌우의 여러 몽고(蒙古) 책상을 앞에 놓고

불경(佛經)을 늘어놓고 일시(一時)에 송경(誦經)하니

웅왱웅왱 하는 소리 듣기 싫고 보기 싫다

몽고놈들 볼작시면 머리는 다 깎았고

적삼 속것 아니 입어 팔다리는 벌거하니

누런 무명 네 폭 보(褓)를 온몸에 뒤싸감고

목홍(木紅) 삼승(三升) 가사(袈裟) 착복(着服) 어깨 위에 메었으니

송낙424)이라 하는 것은 길이는 한 자 남짓

우리나라 중의 송낙 거꾸로 쓴 것같이

위로 뻗은 것이 기장비425)와 방불(彷彿)하다

사면에 겹겹으로 궁전이 무수하니

어찌 이루 구경하며 이루 기록 못 할러라

태학(太學)을 찾아가서 대성전(大成殿)426) 사배(四拜)하고

전내(殿內)를 봉심(奉審)하니 붉은 위패(位牌) 모셔 놓고

대성지경공자신위(大成祇敬孔子神位) 금자(金字)로 여덟 자(字)요

안중사맹(顔曾思孟) 네 성인은 동서(東西)로 모셨으며

공문(孔門) 칠십이 제자(弟子)와 한당송명(漢唐宋明) 선현(先賢)네도

뜰 아래 좌우 익랑(翼廊) 차례로 배향(配享)이요

뒷전의 계성사(啓聖祠)는 숙량흘(叔梁紇)427)을 모셨더라

중문(中門) 안에 석고(石鼓)428) 있어 좌우에 열낱이라

주선왕(周宣王)이 만든 돌북 지금까지 유전(遺傳)하여

새긴 전자(篆字)429) 박락(剝落)430)함이 고적(古蹟)이 기이(奇異)하다

중문 밖 뜰 가운데 주룽주룽 섰는 비(碑)는

식년(式年)431)마다 과거(過擧) 뵈고 진사방(進士榜)432)을 새긴 비라

몇 식년을 지났더냐 몇 백인지 모르겠다

그 서편에 벽옹(辟雍)433)이니 천자의 학궁(學宮)이라

둥그런 큰 연(蓮)못에 돌아가며 난간 치고

한가운데 섬이 있어 네모 반듯 석축(石築)하고

사면으로 건너가서 동서남북 다리 놓고

그 안에 집을 지어 황와(黃瓦)로 이었으며

사면으로 아홉 간(間)에 서른여섯 분합(分閤)이라

그 속에 어탑(御榻)434) 있어 친림(親臨) 과거 뵌다 하네

동서 월랑(月廊) 길게 짓고 우뚝우뚝 새긴 비는

시전(詩傳) 서전(書傳) 주역(周易)이며 논어(論語) 맹자(孟子) 중용(中庸) 대학(大學)

좌씨춘추(左氏春秋) 예기(禮記) 주례(周禮) 십삼경(十三經)을 새긴 비라

일부러 헤어 보니 이백십팔 도합(都合)일네

---

421) 옹정(雍正) : 중국 청나라 세종 때의 연호(1723~1735).

422) 주벽(主壁) : 사당이나 사원(祠院)에 모신 여러 위패 중에서 주장되는 위패.

423) 인등(引燈) : 부처 앞에 등불을 켬.

424) 송낙 : 예전에 여승이 주로 쓰던, 송라를 우산 모양으로 엮어 만든 모자. '송라'는 안개가 잘 끼는 고산 지대에서 자라는 나무의 줄기와 가지에 실타래처럼 주렁주렁 늘어져 달리는데, 누런 녹색이 돌며 가지가 갈라진다.

425) 기장비 : 기장으로 만든 빗자루. '기장'은 곡식의 일종.

426) 대성전(大成殿) : 공자의 위패를 모신 전각.

427) 숙량흘(叔梁紇) : 공자의 아버지.

428) 석고(石鼓) : 돌북. 북 모양의 돌.

429) 전자(篆字) : 한자 서체의 하나. 대전(大篆)과 소전(小篆)의 두 가지가 있다.

430) 박락(剝落) : 돌이나 쇠붙이에 새긴 그림이나 글씨가 오래 묵어 긁히고 깎이어서 떨어짐.

431) 식년(式年) : 과거를 보이기로 지정한 해.

432) 진사방(進士榜) : 진사에 합격한 사람의 이름을 내붙인 방목.

433) 벽옹(辟雍) : 고대 중국에서, 천자(天子)의 나라에 베푼 대학(大學). 주위의 형상이 둥글며 사면이 물로 둘러 있었다.

434) 어탑(御榻) : 임금이 앉는 자리.

북편의 높은 집은 이륜당(彝倫堂)이 현판이라

아국(我國)으로 이르라면 명륜당(明倫堂)과 일반(一般)이라

그 위에 올라보니 선비 모여 글을 짓고

그 뒷당(堂)에 시관(試官) 있어 글 받아다 끊는다네435)

아국으로 말하려면 승보(陞補)436) 뵈는 일체(一體)로다

신국공(神國公) 문(文) 승상(丞相)437)의 옛 사당이 있다 하니

찾아가 보리로다 시시(柴市)438)가 여기런가

승상의 비석(碑石) 화상(畫像) 참담(慘憺)히 앉았으니

문천상(文天祥)의 경사옥중(剄死獄中)439) 천추(千秋)에 빛이 난다

큰길로 찾아 나와 정양문(正陽門) 내달으니

오는 차(車)며 가는 차가 나가락 들어오락

박석(薄石) 위의 바퀴소리 울룩룩 딱딱 하여

청천백일(靑天白日) 맑은 날에 우레 소리 일어나듯

노새 목의 줄방울은 와랑저렁 소리나고

발목 아래 매단 방울 웽경젱경 하는 소리

대갈440) 박는 망치 소리 또닥또닥 소리나며

솜 타는 큰 활 소리 따랑따랑 소리나고

외어깨 물통 지게 지적버걱 메고 가서

외바퀴에 똥거름차 각색(各色) 소들 몰아가고

머리깎기 장사놈은 팽당동당 소리나며

멜 목판(木板)의 방울장사 따랑따랑 소리나고

떡장수의 경(磬)쇠 소리 기름장수 목탁(木鐸) 소리

두부장수 큰 방울과 방물장수 징[鉦] 소리며

놋접시 둘 맞부딪쳐 땍각땍각 수박장수

서양철(西洋鐵) 여럿 달아 댕강댕강 바늘장수

집비둘기 목방울은 석양천(夕陽天)에 높이 나니

뽀로록 하는 소리 저[笛]도 같고 생(笙)도 같고

소경놈은 비파(琵琶) 들고 길로 가며 타는 소리

여러 거지 향불 들고 돈 한 푼 비는 소리

말똥 줍는 아이놈은 삼태기441) 들고 쏘다니며

사짜 누비는 계집년은 대문 밖에 나와 섰고

자욱한 먼지 속에 사람들은 와글와글

정신이 아득한 중 좌우를 살펴보니

검은 삼승(三升) 차양(遮陽)에다 흰 글자로 덕담(德談) 써서

이 편 저 편 걸어두고 그 밑에 전(廛)집들이

길가로 연(連)이어서 즐비(櫛比)하게 뻗쳤으니

무슨 풀이442) 무슨 풀이 패(牌)를 세워 표(標)했더라

유리창(琉璃廠)443)이 여기러냐 천하(天下) 보배 둘러싸였다

천은(天銀) 정은(正銀) 엽자금(葉紫金)과

진옥(眞玉) 무부(珷玞) 비취옥(翡翠玉)과

수만호(水曼胡) 자만호(紫曼胡) 불호박(琥珀) 명호박(明琥珀)

금패밀화(錦貝蜜花) 산호(珊瑚)가지 수정(水晶) 진주(眞珠) 청강석(靑剛石)과

보석(寶石) 명주(明珠) 석웅황(石雄黃)과 통천서각(通川犀角) 대모(玳瑁)조각

안경(眼鏡) 풀이 볼작시면444) 오수정(烏水晶)과 자수정(紫水晶)과

멀리 보는 천리경(千里鏡)과 노소층경(老少層鏡) 양목경(養目鏡)과

순대모(純玳瑁)테 순양각(純羊角)테 은학슬(銀鶴膝)에 백통[白銅] 장식(裝飾)

돋보기며 맞보기며 보리경(鏡) 대걸이요

---

435) 끊는다네 : 잘잘못을 따져서 평가한다네.

436) 승보(陞補) : 조선 시대에, 매년 음력 10월에 성균관 대사성(大司成)이 사학(四學)의 유생을 모아 12일 동안 시부(詩賦)를 시험 보게 하던 초시(初試). 합격한 사람에게만 생원과(生員科), 진사과(進士科)의 복시(覆試)에 응시할 자격을 주었으며, 개성과 제주는 따로 실시하였다.

437) 신국공(神國公) 문(文) 승상(丞相) : 문천상(文天祥). 중국 남송의 충신(1236~1282). 자는 송서(宋瑞)·이선(履善). 호는 문산(文山). 옥중에서 절개를 읊은 노래인 <정기가(正氣歌)>가 유명하다. 저서에 ≪문산집≫이 있다.

438) 시시(柴市) : 문천상이 순절한 곳.

439) 경사옥중(剄死獄中) : 옥중에서 스스로 목을 찔러 죽음.

440) 대갈 : 말굽에 편자를 박을 때 쓰는 징.

441) 삼태기 : 흙이나 쓰레기, 거름 따위를 담아 나르는 데 쓰는 기구. 가는 싸리나 대오리, 칡, 짚, 새끼 따위로 만드는데 앞은 벌어지고 뒤는 우긋하며 좌우 양편은 울이 지게 엮어서 만든다.

442) 풀이 : 보배·안경·잡화·향·북·먹·종이·책·연대·약·비단·부채·차·기명(器皿)·모물(毛物)·염색·음식·실과·채소·곡식·고기·생선·술·떡·목기(木器)·마안(馬鞍)·철물·옹기·유리·전당(典當) 등 각각의 전(廛)에서 파는 물품의 목록을 죽 나열하여 알려주는 것을 뜻한다.

443) 유리창(琉璃廠) : 유리 기와와 벽돌을 만드는 공장이다. 창에 가까운 길 옆에는 시장이 있어 이것이 시장 이름이 되었다. 시장에는 서적과 비석판, 솥, 골동품 등을 판다.

444) 안경(眼鏡) 풀이 볼작시면 : 안경을 풀어 놓은 것을 보면. 안경의 종류를 보면. 이 작품에서 글쓴이가 '유리창'이라는 시장에서 파는 다양한 상품을 '○○ 풀이 볼작시면'이라 하여 종류별로 분류하여 열거하고 있다. '○○'에 해당하는 것으로, 보배, 안경, 잡화, 향(香), 붓, 먹, 종이, 책, 비단, 부채, 연대(煙臺), 약, 차, 기명(器皿), 모물(毛物), 채풍(采風), 염색(染色), 실과(實果), 채소, 고기, 술, 떡, 목기(木器), 마안(馬鞍), 철물, 옹기, 전당(典當) 등이다. 각각의 상품에 대한 뜻풀이는 생략한다.

잡화(雜貨)445) 풀이 볼작시면 면경(面鏡) 석경(石鏡) 화류(樺榴) 체경(體鏡)

지관(地官) 보는 지남철(指南鐵)과 시(時) 맞추는 시계(時計)들과

절로 우는 자명종(自鳴鐘)과 그림 그린 유리병(琉璃瓶)과

고동 틀면 소리나는 오음(五音) 육률(六律) 자명악(自鳴樂)과

유리(琉璃) 구멍 여어보는 기형(奇形) 괴상(怪狀) 요지경(瑤池鏡)과

백옥등잔(白玉燈盞) 유리등(琉璃燈)은 옥매화(玉梅花)의 금(金)나비며

오색(五色) 유리 술병 술잔 어항(魚缸) 수적(水滴) 화류(樺榴)받침

묵상필통(墨箱筆筒) 천도연적(天桃硯滴) 고석필통(古石筆筒) 옥촉대(玉燭臺)와

화반석(花斑石) 도서(圖署)들과 마간석(馬肝石) 벼룻돌과

화류(樺榴) 새김 벼루갑(匣)과 오색 칠한 성적경대(成赤鏡臺)

채색 유리 기름함(函)과 백옥으로 만든 분통(粉桶)

화각(畵角) 붙인 음양소(陰陽梳)며 면빗 참빗 얼레빗과

빗치개며 족집게며 금접시의 연지합(臙脂盒)과

이쑤시개 귀이개며 치아(齒牙)집에 바늘통(筒)과

진옥(眞玉) 지환(指環) 구리골무 비단 풀솜 가화(假花)꽃과

귀엣고리 팔뚝고리 옥판(玉板)띠 돈단초(獤貚貂) 증자(鏳子)

좁쌀구슬 모감주며 조옥(彫玉) 비녀 납가락지

은(銀)조롱의 금방울과 호로병(葫蘆瓶)과 쌍방울과

금두꺼비 은오리요 진주 푸심 조개부전

당(唐)부싯깃 인주합(印朱盒)과 석류황(石硫黃) 접부차돌

향(香) 풀이를 볼작시면 침향(沈香) 정향(丁香) 백단향(百檀香)과

비취(翡翠) 한충(漢沖) 용주향(龍注香)과 이궁전의 금사향(金麝香)과 백팔염주(百八念珠) 줄향이며 십팔학사(十八學士) 구슬향과

옥난향(玉蘭香)과 강진향(降眞香)의 부용(芙蓉)청은 타래향(香)과

소합향(蘇合香)과 만수향(萬壽香)을 비단갑(緋緞匣)에 넣어 있고

붓 풀이를 볼작시면 토호(兔毫) 장호(獐毫) 순양호(純羊毫)며

대자(大字) 쓰는 종려필(棕櫚筆)과 소자(小字) 쓰는 명월주(明月珠)며

황모(黃毛) 청모(靑毛) 마모수필(馬毛水筆) 쥐나룻에 센 개털붓과

주먹 같은 저모필(豬毛筆)은 액자 쓰기 좋다 하고

묵(墨) 풀이를 볼작시면 사향(麝香) 넣은 당연묵(唐燃墨)과

용틀임한 이금묵(泥金墨)과 글자 새긴 주홍묵(朱紅墨)과

이청 상청 북두청과 삼록울금(三綠鬱金) 석간주(石間硃)와

종이 풀이 볼작시면 분지(粉紙) 죽지(竹紙) 대사지(大砂紙)며

판에 박은 시전지(詩箋紙)며 오색 궁전(宮箋) 백로지(白露紙)와

이금(泥金) 뿌린 앵금전지(鶯金箋紙) 얼쑹덜쑹 능화지(菱花紙)며

분당지(粉唐紙)며 천연지와 모호지(模糊紙)며 문보라지

책(冊) 풀이를 볼작시면 만고서(萬古書)가 다 있는데

경서(經書) 사기(史記) 백가서(百家書)와

소설(小說) 패관(稗官) 운부자전(韻府字典)

주학(周學) 역학(易學) 천문지리(天文地理) 의약(醫藥) 복서(卜筮) 불경(佛經)이며

상서(尚書) 도경(道經) 기문(奇文) 벽서(僻書) 시학(詩學) 율학(律學) 문집(文集)들과

명필(名筆) 필첩(筆帖) 그림첩과 천하 산천 지도(地圖)까지

아청갑(鴉靑匣)의 뼈 메뚜기 붉은 의(衣)에 황지(黃紙) 붙임

제목 써서 높이 쌓아 못 보던 책 태반(太半)이요

비단 풀이 볼작시면 공단(貢緞) 대단(大緞) 운문단(雲紋緞)과

모단공단(毛緞貢緞) 영초단(英硝緞)과 조대장단 소주단(蘇州緞)

도리불수(佛手) 원앙단(鴛鴦緞) 우단(羽緞) 모합(毛合) 승금단과

빙사(氷紗) 수사(水紗) 광월사(光月紗)며 저사(紵紗) 대사(大紗) 수갑사(繡甲紗)와

궁초(宮綃) 영초(英綃) 쌍문초(雙紋綃)며 생초(生綃) 모초(毛綃) 운한초(雲寒綃)며

통견(通絹) 황견(黃絹) 은조사(銀條紗)와 공릉(貢綾) 대릉(大綾) 추라항라(亢羅)

장원주(壯元紬) 통해주(通海紬)와 노방주며 가계주며

저주(紵紬) 수주(水紬) 수화주(水禾紬)며 육량(六兩) 팔량 십량주(十兩紬)며

삼승당(三升唐)베 서양목(西洋木)과 회회포(回回布)와 몽고전(蒙古氈)은

온갖 비단 다 있으니 이루 기록 못 할레

부채 풀이 볼작시면 화류(樺榴)변죽 쇄금(灑金) 당선(唐扇)과

백단향(白檀香)살 종려(棕櫚)살과 자개사북 승두선(僧頭扇)과

죽피(竹皮) 붙인 소단선(小團扇)과 그림 그린 세살부채

두루미털 백우선(白羽扇)과 오목자루 만든 미선(尾扇)

우그러진 파초선(芭蕉扇)과 방석 같은 창포미선(菖蒲尾扇)

연대(煙臺)446) 풀이 볼작시면 서천성(西天省) 백통대며

퉁소 같은 아편(阿片) 연통(煙筒) 물 담아 둔 수연통(水煙筒)과

비취(翡翠) 산호(珊瑚) 옥(玉)물부리 봉안(鳳眼) 노인(老人) 자문죽(自紋竹)과

화류(樺榴) 설대 오목(烏木) 설대 채색 칠한 자점죽(自點竹)과

약(藥) 풀이를 볼작시면 환약(丸藥) 고약(膏藥) 가루약과

당재(唐材) 초재(草材) 금석지재(金石之材) 약줌치서 약저울과

협도(鋏刀) 대연(代鉛) 돌절구와 깁체 풍로(風爐) 막자이며

차(茶) 풀이를 볼작시면 갑(匣)에 넣은 황다봉(黃茶封)과 뭉치뭉치 보의차며 동글동글 만보차(萬寶茶)며

향편차(香片茶)와 작설차(雀舌茶)와 고아 만든 향다고(香茶膏)며

기명(器皿)447) 풀이 볼작시면 사기(砂器) 반상(飯床) 화기(花器) 반상

금테 두른 사발 대접 보아종자(甫兒鐘子) 바라기와

채화(彩畵) 그린 술병 술잔 쟁반 접시 탕기(湯器)로다

항아리며 푼주기와 차종(茶鐘) 차관(茶罐) 사시(沙匙)까지

깨어진 것은 거멀못 쪼개진 것 철사로 깁고

모물(毛物)448) 풀이 볼작시면 총모피(驄毛皮)며 화서피(華犀皮)며

아양피(兒羊皮)며 노양피(老羊皮)와 담비털과 수달피(水獺皮)요

돈피(獤皮)잘 호백구(狐白裘)와 수우피(水牛皮)며 오리털과

표피(豹皮) 호피(虎皮) 산양피(山羊皮)와 개가죽 개잘량과

채풍(采風)449) 풀이 볼작시면 수도 놓고 바느질에

속곳 적삼 두루마기 솜바지 저고리며

버선 수갑(手甲) 타오투와 잉주 요대(腰帶) 창파하며

비단 관복 깁 수건과 공단 목화(木靴) 수당혜(繡唐鞋)며

귓집 코집 마래기며 대님 돌띠 배래기며

마제토수(馬蹄吐手) 등거리며 반팔 배자(褙子) 흉배(胸背)들과

도사(道士) 입는 도포(道袍) 두건(頭巾) 중놈 입는 장삼(長衫)이요

담배 넣은 찰쌈지와 판에 박은 인문보(印紋褓)요

주황(朱黃) 당사(唐絲) 벌매듭은 두로 접는 속주머니

비단 이불 몽고요에 베개보며 수방석과

휘장(揮帳) 방장(房帳) 몰면자와 복주감투 당각호며

대전 자포(紫袍) 전대(纏帶)까지 넝마뜨지 헌옷들과

염색(染色) 풀이 볼작시면 아청(鴉靑) 반물 연옥색(軟玉色)과

갈매 다묵(多墨) 잇다홍과 지치 보라 진자주(津紫朱)며

분홍(粉紅) 토홍(土紅) 주황빛과 두록(豆綠) 초록 연두색과

회색 거망 먹물 들여 줄을 매고 널었으며

우무줄에 겨냥쳐서 틀을 매어 말리이고

실과(實果) 풀이 볼작시면 생실과(生實果)며 당속(糖屬)이라

문배 참배 능금이며 모과 사과 포도 대추

감 연밥 복숭아며 머루 다래 아가위와

흰 수박과 누런 수박 붉은 참외 백사과며

---

446) 연대(煙臺) : 담뱃대.
447) 기명(器皿) : 살림살이에 쓰는 온갖 그릇.
448) 모물(毛物) : 털로 만든 물건.
449) 채풍(采風) : 풍채(風采). 겉으로 드러나는 모양. 여기에서는 '의복'을 가리킨다.

사탕굴병 오화당(五花糖)과 빙당(氷糖) 설당(雪糖) 팔보당(八寶糖)과

용안(龍眼) 여지(荔枝) 당대추며 민강(閩薑) 편강(片薑) 청매당(靑梅糖)과

행인당(杏仁糖)과 당포도며 낙화생(落花生)에 수박씨요

채소(菜蔬) 풀이 볼작시면 홍당무 청당무

향갓 쑥갓 아욱 배추 버섯 죽순 도라지며

고추 당초(唐椒) 마늘 생강 굵은 파와 가는 부추

동그란 검은 가지 가느다란 기단박과

녹두(綠豆) 적두(赤豆) 광적이며 황태(黃太) 청태(靑太) 완두(豌豆)콩과

율무 의이(薏苡) 옥수수며 참깨 들깨 아주까리

고기 풀이 볼작시면 황육(黃肉)은 극귀(極貴)하고

지천(至賤)한 양육(羊肉) 저육(豬肉) 오리 거위 진계(眞鷄)까지

대통 박고 입김 들여 푸한 고기 살쪄 뵈게

생선(生鮮) 풀이 볼작시면 잉어 농어 가물치와

민어 도미 넙치 대구 조기 준치 자가사리

숭어 복어 모쟁이며 병어 상어 메기와

모래무지 꺽저기며 뱀장어 두렁허리

문어 전복 해삼 홍합 조개 낙지 새우 게와

술 풀이 볼작시면 약주(藥酒) 소주(燒酒) 온갖 술이

매우로(梅雨露)며 불수주(佛手酒)와 낙양춘(洛陽春) 이화백(李花白)과

두견주(杜鵑酒) 포도주며 계화주(桂花酒)와 벽향주(碧香酒)며

사국공 방문주(方文酒)와 백화주(百花酒) 연엽주(蓮葉酒)를

나무 궤를 크게 짜서 이 궤 저 궤 부어 두고

떡 풀이를 볼작시면 온갖 떡이 다 있으니

좁쌀떡 지단강노 흑당(黑糖) 넣은 사오병(餅)과

행인병(杏仁餅)과 산자병(橵子餅)과 둥그레한 소월병(素月餅)과

창마호(蒼麻糊) 지진 떡은 새끼처럼 꼬았으며

석사호(碩士糊)라 하는 떡은 인절미 같은 게요

전병(煎餅) 증병(甑餅) 다식(茶食) 떡과 화전(花煎) 수교(水餃) 만두까지

목기(木器) 풀이 볼작시면 장롱 뒤주 궤그릇과

주홍 금칠(金漆) 피상자(皮箱子)며 층찬합(層饌盒) 가께수리

교의(交椅) 탁자 교자상(交子床)과 책상 경대(鏡臺) 벼루상과

조개 박은 반닫이며 백통 장식 옷함이요

마안(馬鞍)[450] 풀이 볼작시면 맹이 등자(鐙子) 전후(前後)걸이

청청 채련 겹다리며 굴레 혁(革)바 담(毯)언치요

철물(鐵物) 풀이 볼작시면 장도(長刀) 환도(還刀) 식칼 접칼

장창(長槍) 도끼 협도(挾刀) 작도(斫刀) 자귀 변탕(邊鐋) 대패 끌과

대톱 소톱 줄환이며 도래송곳 활비비와

보습 가래 삽칼이며 적쇠 곱쇠 어리쇠며

대갈 현자 화젓가락 광주정의 거멀못과

부쇠 열쇠 자물쇠와 인두 가위 저울 바탕

유납 차관(茶罐) 신선로(神仙爐)며 무쇠 가마 옹솥이요

구리 대야 통노구와 오동향로(烏銅香爐) 화로(火爐)까지

옹기(甕器) 풀이 볼작시면 동이 소라 항독아리

오지그릇 뚝배기며 석간주(石間硃) 사파병과

전당(典當)[451] 풀이 볼작시면 돈 바꾸며 은(銀) 바꾼다

원보(元寶) 오십 냥쭝 말굽쇠 이십 냥쭝

닷 냥쭝 종두쇠와 한 냥쭝 바둑쇠를

큰 작도로 찍어 보며 은탕평(銀蕩平) 저울 달고

당십대전(唐十大錢) 넉 돈으론 행용소전(行用小錢) 한 냥 너 돈

한 자 오 리(厘) 하였으니 아국(我國) 돈은 엿 돈일네

또 한 곳 둘러 보니 저긴 무슨 풀이런고

싸리비자 삿자리며 종다래끼 바구니와

채반 상자 채광주리 조리 쪽박 함지박과

삿갓 삼태 맷돌 테며 참바 못줄 피자끈과

등경(燈檠)걸이 잎담배와 수숫대도 묶어 놓고

술도 팔고 회(灰)도 팔고 석회(石灰) 실은 약대[452] 온다

약대 모양 어떻더냐 키는 높아 설멍[453]하고

무릎마디 세 마디요 배는 적어 등에 붙고

잔등 위에 두 봉 있고 길마[454] 실은 모양 같고

450) 마안(馬鞍) : 말, 나귀 따위의 등에 얹어서 사람이 타기에 편리하도록 만든 도구.
451) 전당(典當) : 기한 내에 돈을 갚지 못하면 맡긴 물건 따위를 마음대로 처분하여도 좋다는 조건하에 돈을 빌리는 일.
452) 약대 : 낙타과 낙타속의 짐승을 통틀어 이르는 말. 목과 다리가 길며 등에 지방을 저장하는 혹 모양의 육봉이 있다.
453) 설멍 : 아랫도리가 가늘고 어울리지 아니하게 깊.
454) 길마 : 짐을 싣거나 수레를 끌기 위하여 소나 말 따위의 등에 얹

모가지는 뒤꼬아서 거위 목과 천연(天然)하고
대가리는 별로 적고 상(相)을 보면 말[馬]상 같고
볼기짝은 뼈뿐이요 꼬리는 조그맣고
발을 보면 소 발 같되 굽은 없고 살발455)이요
얇은 가죽 털 벗어서 도랑456) 옮은 개 몸 같고
윗입술 코 밑으로 노457)를 꿰어 잡아 끌면
어깃어깃 걸어가니 열없이 생긴 짐승
어떤 사람 실없는 놈 잔나비를 끌고 가니
잔나비 어떻더냐 천착(穿鑿)이458) 비유(比喩)컨대
사오 세 먹은 아이 꼬리 있고 털 난 것이
회동그란459) 노란 눈에 편편 납작 콧마루요
뾰족한 주둥아리 앙상한 이빨이요
대가리는 동그란데 귓바퀴만 젖혀 붙고
콩 한 줌을 집어 주면 손톱으로 하나 집어
입에 넣고 깨물더니 콩껍질은 뱉는다
또 한 곳 지났더니 상가(喪家)에서 발인(發靷)460)한다
상가라 하는 데는 들 가운데 삿집461) 짓고
문 밖에 초막(草幕) 지어 대취타(大吹打)와 피리적(笛)이
조객(弔客)의 출입마다 풍류(風流)로 영송(迎送)한다
상여(喪輿)를 볼작시면 소방상(小方牀)462) 틀을 짜고
오색 비단 두루 얽어 황홀하고 기이하게
뒤얽어서 무늬 놓아 꽃송이와 천연(天然)하고
아래위 절반 되게 층층이 꾸몄으며
사면 추녀 층(層)도리463)에 누각(樓閣)과 일체(一體)로다
관(棺)치레를 볼작시면 높이는 간(間) 반(半) 되게
주홍으로 칠을 하고 황금으로 그림 그려
모양도 기려(奇麗)464)하고 크기도 굉장하다
대틀465)에 줄을 걸어 간간(間間)이 매었으되
적은 연춧줄466)을 달아 두 놈씩 마주 메니
상여는 달리어서 물 담은 듯 평안하다

사내 상제(喪制) 계집 상제 일가친척 복인(服人)467)들이
차를 타고 뒤따르되 흰 무명옷 입었으니
사나이는 흰 두루마기 흰 수건 머리 동여
계집은 흰 무명을 또아리를 하여 이고
무명 한 끝 뒤로 늘여 발뒤꿈치 치렁치렁
상여 앞에 선동(仙童)들이 색등거리468) 쌍(雙)상투에
쌍을 지어 늘어서니 몇 쌍인지 모르겠고
앞뒤 풍악(風樂) 잦아져서 징 꽹과리 요란한데
명정(銘旌)469) 공포(功布)470) 운아삽(雲亞翣)471)과 일산
(日傘) 색기(色旗) 몇 쌍인지
오색 능화(菱花)472) 당(唐)종이로 차(車)와 말을 만들어
서
혼백(魂魄) 위한 빈 차이라 차 속을 살펴보니
온갖 화로 담뱃대와 이부자리 금침(衾枕)까지
모두 다 색종이로 조작(造作)이나 휘황(輝煌)하다
관(棺)을 갖다 절에 두고 삼 년을 지낸 후에
벌판에 산지(山地) 잡아 밭두둑이 명당(明堂)이라
아무데나 영장(永葬)473)하되 그 뒤에 벽돌 쌓아
회(灰)를 발라 봉분(封墳)474)하여 잔디는 아니 덮고
뒤로 담을 쌓고 앞으로 문을 내어
문 앞에 비석(碑石) 표석(表石) 단청(丹靑)한 패루(牌樓)
들과
수깃대475) 한 쌍 세워 위의(威儀)가 굉장하다
또 한 곳 지났더니 혼인(婚姻) 구경 마침 한다
기구(器具)도 장(壯)커니와 위의가 볼 만하다
기치(旗幟) 창검(槍劍) 숙정패(肅靜牌)476)와 청개(靑蓋)

는 기구.
455) 살발 : 맨살인 발.
456) 도랑 : 도랑. 개의 살가죽에 생기는 옴과 비슷한 피부병.
457) 노 : 실, 삼, 종이 따위를 가늘게 비비거나 꼬아 만든 줄. 노끈.
458) 천착(穿鑿)이 : 억지로 이치에 닿지 아니한 말로써. 굳이.
459) 회동그란 : 놀라거나 두려워서 크게 뜬 눈이 동그란.
460) 발인(發靷) : 장례 때, 상여가 집에서 떠나는 절차.
461) 삿집 : 갈대를 엮어 만든 집.
462) 소방상(小方牀) : 좁은 곳에서 쓰는 상여.
463) 층(層)도리 : 위층과 아래층의 경계에서 기둥머리를 잇는 도리.
'도리'는 서까래를 받치기 위하여 기둥 위에 건너지르는 나무.
464) 기려(奇麗) : 기이하고 고움.
465) 대틀 : 관을 올려 놓는, 상여의 앞뒤로 길게 놓은 틀.
466) 연춧줄 : 연(輦)이나 상여 따위를 멜 때에 멍에에 가로로 묶는 줄.

467) 복인(服人) : 일 년이 안 되게 상복을 입는 사람.
468) 색등거리 : 색깔이 있는 등거리. '등거리'는 등만 덮을 만하게 걸
쳐 입는 홑옷. 베나 무명으로 깃이 없고 소매가 짧거나 없게 만든다.
469) 명정(銘旌) : 죽은 사람의 관직과 성씨 따위를 적은 기. 일정한 크
기의 긴 천에 보통 다홍 바탕에 흰 글씨로 쓰며, 장사 지낼 때 상여
앞에서 들고 간 뒤에 널 위에 펴 묻는다.
470) 공포(功布) : 장례식에서 관을 묻을 때에, 관을 닦는 데 쓰는 삼베
헝겊. 발인할 때 명정(銘旌)과 함께 앞에 세우고 간다.
471) 운아삽(雲亞翣) : 운삽(雲翣)과 불삽(黻翣)을 아울러 이르는 말.
'운삽'은 발인할 때에, 영구(靈柩)의 앞뒤에 세우고 가는 널판. 구름무
늬를 그린 부채 모양의 널판이다. '불삽'은 발인 때에, 상여의 앞뒤에
세우고 가는 제구. '亞' 자 형상을 그린 널조각에 긴 자루가 달려 있
다.
472) 능화(菱花) : 능화지(菱花紙). 마름꽃 무늬가 있는 종이.
473) 영장(永葬) : 안장(安葬).
474) 봉분(封墳) : 흙을 쌓아 올려 무덤을 만듦.
475) 수깃대 : 수기(帥旗)를 건 대. 무덤을 지키는 장수를 상징하는 깃
대.
476) 숙정패(肅靜牌) : 조선 시대에, 군령(軍令)으로 사형을 집행할 때
떠들지 못하게 하기 위하여 세우던 나무패. '肅靜' 두 자를 썼다. 여기
서는 혼례를 올리는 장소에서 엄숙하고 조용하라는 뜻으로 세운 것

홍개(紅蓋)477) 일산(日傘)같이

  쌍쌍이 앞을 세워 몇 쌍인지 모르겠고

  대풍악(大風樂) 앞뒤 삼현(三絃)478) 어울려 요란하고

  팔인교(八人轎)를 높이 메어 천천히 지나가니

  붉은 전(氈)479) 휘장(揮帳)에다 채색 실로 수를 놓고

  검은 공단(貢緞) 뚜껑에다 황금으로 꼭지하고

  전후좌우 향불 피워 향취가 촉비(觸鼻)한데

  좌우 유리(琉璃) 밀창으로 그 속을 엿보니

  응장성식(凝裝盛飾)480)하온 신부 단정히 앉아 있고

  그 뒤에 사인교(四人轎)가 두서넛 따라오니

  하나는 본생모(本生母)요 또 하나는 유모(乳母)라데

  천녕사(天寧寺) 어디메냐 그리고 구경 가자

  삼십 길 높은 탑이 굉걸(宏傑)481)한 옛 절이라

  삼층 문루(門樓) 이층 법당(法堂) 배포(排布)도 장커니와

  후원(後苑) 온갖 화초 기화이초(奇花異草) 많이 있다

  붉은 꽃은 유도화(油桃花)요 푸른 꽃은 취로화(翠露花)며

  줄로 심은 옥잠화(玉簪花)는 향취가 제일이고

  당국화(唐菊花) 석죽화(石竹花)며 모란(牧丹) 작약(芍藥)
추국화(秋菊花)와

  월계(月桂) 사계(四季) 천엽(千葉) 치자(梔子) 옥매(玉梅)
홍매(紅梅) 삼색도화(三色桃花)

  백일홍(百日紅) 영산홍(映山紅)과 왜철쭉 진달래며

  맨드라미 봉선화(鳳仙花)화 화석류(花石榴)에 금전화(金
錢花)며 금사(金莎) 오죽(烏竹) 벽오동(碧梧桐)과 노송(老
松) 분송(盆松) 백간송(白簡松)과

  파초(芭蕉) 난초(蘭蕉) 종려(棕櫚) 소철(蘇鐵) 동백(冬栢)
측백(側柏) 무화과(無花果)와

  처음 보는 저 화초는 이름을 물으리라

  소 혀 같고 우툴두툴 선인장(仙人掌)은 처음 보고

  향취 많고 가느다란 문수란은 처음 보고,

  주먹 같고 털 돋친 것 선인장(仙人掌)은 처음 보고

  송엽(松葉) 같은 술 달리인 용수장(龍鬚掌)을 처음 보고

  긴 회초리 세 잎 핀 것 패왕수(霸王樹) 처음 보고

  긴 잎사귀 가는 가지 사라수(紗羅樹)는 처음 보며

  한삼제는 붉은 꽃에 불수백은 흰 꽃이며

  철죽(鐵竹) 철수(鐵樹) 선백(仙柏)나무 이상한 화초더라

  백운관(白雲館)이 어디메냐 그리로 찾아가니

  이층 패루(牌樓) 삼층루(三層樓)에 황와(黃瓦) 청와(靑瓦)
덮었으며

  겹겹이 채색(彩色)집에 우렷두렷 휘황하다

  정전(正殿) 안에 융건(隆巾) 도복(道服) 구(九) 진인(眞
人)을 위해 놓고

  여러 도사 늘어앉아 도경(道經) 공부 하는구나

  도사 모양 어떻더냐 머리는 아니 깎아

  상투는 틀었으되 망건(網巾)482)도 아니 쓰고

  검은 공단(貢緞) 두건(頭巾) 지어 우리나라 유건(儒
巾)483)같이

  뒤로 젖혀 쓰고 먹물 들인 도복에다

  검은 공단 깃을 달아 너른 소매 길게 떨쳐

  우리나라 장삼(長衫)484)같이 천연(天然)도 하온지고

  들으니 이곳에서 매년 정월 십구일에

  신선(神仙)이 하강하여 뜰 아래서 논다기로

  장안(長安) 사람 남녀노소 그날 모여 기도(祈禱)하데

  장춘사(長椿寺)가 어디메냐 그리로 향해 가자

  첩첩(疊疊)한 여러 불탑(佛塔) 몇 곳인지 휘황찬란(輝煌
燦爛)

  재상가(宰相家) 부녀(婦女)들이 그때 마침 거기 와서

  불공(佛供)을 한다 하며 잡인(雜人)을 금하기로

  깊이는 못 들어가 앞 법당(法堂)에 올라 보니

  큰 부처를 모셨는데 옥등잔(玉燈盞)에 불 켜 놓고

  여러 중놈 합장배례(合掌拜禮) 일시에 인도(引導)하니

  그 중 모양은 어떻더냐 머리는 아주 깎고

  먹물 들인 장삼(長衫)에다 검은 공단(貢緞) 깃을 달아

  백팔염주(百八念珠) 목에 걸고 붉은 가사(袈裟)485) 착복
(着服)이라

  어떤 놈은 쇠북 치고 어떤 놈은 경(磬)쇠486) 치고

이다.

477) 청개(靑蓋) 홍개(紅蓋) : 푸르고 붉은 비단으로 된 의장(儀仗). 무
과(武科)의 장원에게 풍류와 함께 내리어 유가(遊街)할 때에 앞에 세
우게 하였다.

478) 삼현(三絃) : 세 가지 현악기. 거문고과 가야금과 향비파.

479) 붉은 전(氈) : 홍전(紅氈). '전'은 짐승의 털로 아무 무늬가 없이
두껍게 짠 피륙.

480) 응장성식(凝裝盛飾) : 얼굴을 단장하고 옷을 화려하게 차려입음.

481) 굉걸(宏傑) : 굉장하고 훌륭함.

482) 망건(網巾) : 상투를 튼 사람이 머리카락을 걷어 올려 흘러내리지
아니하도록 머리에 두르는 그물처럼 생긴 물건. 보통 말총, 곱소리
또는 머리카락으로 만든다.

483) 유건(儒巾) : 조선 시대 유생들이 쓰던 실내용 두건의 하나.

484) 장삼(長衫) : 승려의 웃옷. 길이가 길고, 품과 소매를 넓게 만든다.

485) 가사(袈裟) : 승려가 장삼 위에, 왼쪽 어깨에서 오른쪽 겨드랑이
밑으로 걸쳐 입는 법의(法衣). 종파에 따라 빛깔과 형식을 엄격히 규
정하고 있다.

486) 경(磬)쇠 : 놋으로 주발과 같이 만들어, 복판에 구멍을 뚫고 자루
를 달아 노루 뿔 따위로 쳐 소리를 내는 불전 기구. 예불할 때 대중

제상(祭床) 위에 벌인 것은 메밀떡과 분탕(粉湯)[487]이라

그 뒤에 이층 문루(門樓) 웅위(雄偉)하고 광활(廣闊)한 속

십삼 층 구리쇠 탑 완만(緩慢)히[488] 쳐다보니

탑 속의 난만(爛漫) 채화(彩畵)[489] 작은 부처 관음(觀音)[490]이요

위층에 모신 화상(畵像) 구련(九蓮) 보살(菩薩) 영정(影幀)이니

대명(大明)[491] 적 신종(神宗) 황제 황태후(皇太后) 유씨(劉氏)로다

우러러 봉심(奉審)하니 새로이 창연(愴然)[492]하다

만수사(萬壽寺)가 어디메냐 게도 또한 구경 처(處)라

단청(丹靑)이 조요(照耀)하고 황(黃)기와 이층 문루

건륭(乾隆) 황제(皇帝) 어머님을 화상(畵像)으로 모신 데요

그 뒤로 후원(後園)에는 천하 괴석(怪石) 모아들여

가산(假山)을 높이 쌓고 층층(層層)하고 괴이(怪異)한 바위

이 돌 틈 저 돌 틈의 길을 찾아 들어가니

깊고깊은 굴(窟) 속에다 금부처도 모셔 놓고

높고높은 바위 위에 터를 닦아 앉기도 좋다

수음(樹陰)[493]이 서늘하니 피서(避暑)하기 마땅하다

진각사(眞覺寺)가 어디메냐 게도 또한 구경 가자

법당(法堂)도 장(壯)커니와 옥탑(玉塔)이 볼 만하다

옥돌로 탑을 쌓아 네모가 반듯하네

높이는 열두어 길 넓이는 십여 간(間)에

사면으로 돌아가며 일천 부처 새겨 놓고

남편(南便)으로 문을 내어 그 속에 들어가면

좌우(左右)로 사닥다리 굽이쳐 올라가서

탑 위로 나서 보니 그 위에 또 다섯 탑

여기저기 쌓았으니 십여 장(丈) 높이더라

각성사(覺醒寺)가 어디메냐 그리로 향해 가자

사면의 채색 법당 이층 삼층 많거니와

맨 뒤의 삼층 누각(樓閣) 높기도 끔찍하다

그 안의 큰 쇠북이 길이 열대엿 길

연두리[494]는 십여 아름 두껍기는 한 자 남짓

안팎으로 돌아가며 불경(佛經)을 잘게 새겨

삼층 보[495]에 걸어 달아 땅바닥에 드리운 것

우리나라 종로(鐘路) 쇠북 세 갑절은 되겠구나

이 쇠북 치는 소리 백 리 밖에 들린다데.

서산(西山)[496]이 좋다 함은 들은 지 오래더니

신유년(辛酉年)[497] 서양국(西洋國) 놈 작변(作變)[498]하여

아까운 해전대궐(廨殿大闕)[499] 몇 천 칸 좋은 집을

모두 다 불을 놓아 일망무제(一望無際)[500] 터뿐이라

보기에 수참(愁慘)[501]하여 광색(光色)이 쓸쓸하다

평지에 조산(造山) 쌓아 괴석(怪石)으로 가산(假山)[502] 쌓아

기암괴석(奇巖怪石) 층층(層層)하고 고봉준령(高峰峻嶺) 중중(重重)하여

아름다운 푸른 봉(峰)은 산기(山氣)가 조요(照耀)[503]하고

그윽한 흰 바위는 동운(彤雲)[504]이 영롱(玲瓏)하여

십여 리 뻗친 산세(山勢) 서산이 저기로다

산골짜기 틈틈이와 언덕 위에 곳곳으로

여기저기 집이 있어 배포(排布)[505]도 장(壯)한지고

화반석(花斑石)[506] 삼층 월대(月臺) 제는 무슨 누각(樓閣) 터며

백옥(白玉)으로 새긴 섬돌 제는 무슨 정자(亭子) 터인가

채색(彩色) 기와 부스러져 와륵[507] 더미 태산(泰山) 같고

보패집물(寶貝什物)[508] 불에 타서 잿더미는 몇 곳이냐

이 일어서고 앉는 것을 인도한다.

487) 분탕(粉湯) : 밀가루를 풀어서 끓인 맑은장국.

488) 완만(緩慢)히 : 움직임이 느릿느릿하게.

489) 채화(彩畵) : 색칠한 그림.

490) 관음(觀音) : 관세음보살(觀世音菩薩). 아미타불(阿彌陀佛)의 왼편에서 중생을 돕는 보살.

491) 대명(大明) : 중국 명(明)나라를 높여 이르는 말.

492) 창연(愴然) : 슬픔. 슬퍼짐.

493) 수음(樹陰) : 나무의 그늘.

494) 연두리 : 둘레.

495) 보 : 들보. 칸과 칸 사이의 두 기둥을 건너질러 도리와는 'ㄴ' 자 모양, 마룻대와는 'ㅓ' 자 모양을 이루는 나무.

496) 서산(西山) : 북경 서쪽에 있는 산.

497) 신유년(辛酉年) : 1861년으로, 이 해에 중국은, 영국과 프랑스의 연합군과 제2차 아편 전쟁을 겪었다.

498) 작변(作變) : 변란을 일으킴.

499) 해전대궐(廨殿大闕) : 궁전과 대궐.

500) 일망무제(一望無際) : 눈을 가리는 것이 없을 만큼 바라보아도 끝이 없이 멀고 먼 모습.

501) 수참(愁慘) : 을씨년스럽고 구슬픔. 또는 몹시 비참함.

502) 가산(假山) : 석가산(石假山). 정원 따위에 돌을 모아 쌓아서 조그마하게 만든 산.

503) 조요(照耀) : 밝게 비쳐서 빛나는 데가 있음.

504) 동운(彤雲) : 붉은 빛을 띤 구름.

505) 배포(排布) : 배치(排置). 일정한 차례나 간격에 따라 벌여 놓음.

506) 화반석(花斑石) : 꽃무늬가 있는 돌.

507) 와륵 : 깨진 기와 조각이라는 뜻으로, 하찮은 물건이나 사람을 비유적으로 이르는 말.

508) 보패집물(寶貝什物) : 보배로운 온갖 물건.

백단(白椴)509) 들보510) 침향(沈香)511) 도리512) 숯등걸이 되었으며

진주(眞珠) 주렴(珠簾)513) 산호(珊瑚) 어탑(御榻)514) 매운재가 되었구나

금(金)부처며 통부처515)는 쇠뭉텅이 동글동글

기와 소상(塑像)516) 돌 미륵(彌勒)은 돌가루가 퍼석퍼석

엎어진 것 젖혀진 것 참혹(慘酷)히도 되었구나

제는 아마 절터이라 부처도 쓸 데 없다

제가 만일 영험(靈驗)517)하면 저 지경에 되었으랴

경림옥수(瓊林玉樹)518) 귀한 나무 고목(枯木) 등걸 성겻성겻

기화요초(琪花瑤草)519) 좋은 수풀 거친 풀이 덮여 있고

여기저기 적막(寂寞)한데 새 소리뿐이로다

산 위에 높은 집이 처처(處處)에 남았으니

이층 집이 의연(依然)한데 온통 구리쇠로 지어

주추520) 기둥 도리 들보 추녀521) 기와 서까래며

분합문짝522) 창살까지 일초일목(一草一木)523) 아니 쓰고

모두 구리쇠로 새겨 용(龍)틀임524)과 봉(鳳)새김과

엽자도금(葉子鍍金)525) 휘황(輝煌)하니 황금옥(黃金屋)이 이 아니냐

구리 철사(鐵絲) 가는 실로 비단 짜듯 망(網)을 떠서

돌아가며 창을 발라 궁사극치(窮奢極侈)526) 저러하다

이 집이 아니 탑을 곡절(曲折)527)을 몰랐더니

상푸동528) 쇠집이니 옥석구분(玉石俱焚)529) 안 하였다

그 뒤로 돌아가니 누런 벽돌 월대(月臺)에다

높이는 수십여 길530) 그 위에 올라보니

오색 벽돌 이층 패루(牌樓)531) 새 홍예문(虹霓門)532) 뚜렷하고

그 안의 삼층 문루(門樓)533) 온통 채색 벽돌로다

아로새긴 서까래며 겹새김534)한 난간(欄干)이라

돌아가며 사면(四面) 벽(壁)에 조그마한 새긴 부처

몇 천(千)이며 몇 만(萬)이냐 울긋불긋 영롱하다

이 집도 아니 탑을 곡절을 모를러니

아마도 벽돌집이 초목(草木)과 같을쏘냐

이 집이 가장 높아 서산의 상봉(上峰)535)이라

안계(眼界)536)가 황홀(恍惚)하고 경치가 절승(絶勝)하다

동편(東便)으로 바라보니 해전대궐(廨殿大闕) 저기로다

회록지재(回祿之災)537) 터뿐이나 배포(排布)한 것 볼 것 있다

녹양(綠楊) 버들 옛 녹음(綠陰)에 화반석(花斑石)은 옛 길이라

노송(老松)나무 옛 취병(翠屛)538)에 백옥 난간 굽이굽이

참대 수풀 옛 죽림(竹林)의 청석(靑石)주추 우뚝우뚝

북편을 바라보니 붉은 벽에 푸른 창과

도금(鍍金) 추녀 초록(草綠) 기와 삼층 사층 몇 곳인지

둥근 층루(層樓)539) 네모 궁전(宮殿) 육모 산정(山亭) 팔

---

509) 백단(白椴) : 자작나무. 백화(白樺).
510) 들보 : 보. 칸과 칸 사이의 두 기둥을 건너질러 도리와는 'ㄴ' 자 모양, 마룻대와는 '十' 자 모양을 이루는 나무.
511) 침향(沈香) : 침향나무. 팥꽃나뭇과의 상록 교목. 높이는 20미터 정도이며, 잎은 어긋나고 긴 타원형인데 두껍고 윤이 난다. 나뭇진은 향료로 쓴다.
512) 도리 : 서까래를 받치기 위하여 기둥 위에 건너지르는 나무.
513) 주렴(珠簾) : 구슬발. 구슬을 꿰어 만든 발.
514) 어탑(御榻) : 임금이 앉거나 눕거나 하는 여러 도구. 용탑(龍榻).
515) 통부처 : 품질이 낮은 놋쇠로 만든 부처.
516) 소상(塑像) : 찰흙으로 만든 인물의 형상.
517) 영험(靈驗) : 사람의 기원대로 되는 신기한 징험이 있음.
518) 경림옥수(瓊林玉樹) : 매우 아름다운 숲과 나무. 매우 정교하고 화려한 집을 이르는 말.
519) 기화요초(琪花瑤草) : 옥같이 고운 풀에 핀 구슬같이 아름다운 꽃.
520) 주추 : 초석(礎石)은 주초(柱礎)라고도 하며 기둥 밑에 놓여 기둥에 전달되는 지면의 습기를 차단해주고 건물 하중을 지면에 효율적으로 전달해주는 역할을 한다.
521) 추녀 : 처마의 네 귀의 기둥 위에 끝이 위로 들린 크고 긴 서까래. 또는 그 부분의 처마.
522) 분합문(分閤門)짝 : 주로 대청과 방 사이 또는 대청 앞쪽에 다는 네 쪽 문짝. 여름에는 둘씩 접어 들어 올려 기둥만 남고 모두 트인 공간이 된다.
523) 일초일목(一草一木) : 하나의 풀이나 나무.
524) 용틀임 : 용의 모양을 틀어 새긴 장식.
525) 엽자도금(葉子鍍金) : 잘 제련한 최상품의 금으로 얇게 입힘.
526) 궁사극치(窮奢極侈) : 사치가 극도에 달함. 또는 아주 심한 사치.

527) 곡절(曲折) : 순조롭지 아니하게 얽힌 이런저런 복잡한 사정이나 까닭.
528) 상푸동 : '내패'의 방언.'내가 괴이하게 여겼더니 과연 그렇구나' 또는 '내 그럴 줄 이미 알았다'라는 뜻으로 하는 말.
529) 옥석구분(玉石俱焚) : 옥이나 돌이 모두 다 불에 탄다는 뜻으로, 옳은 사람이나 그른 사람이 구별 없이 모두 재앙을 받음을 이르는 말.
530) 길 : 길이의 단위. 한 길은 일반적으로 사람의 키 정도의 길이를 뜻하고, 여덟 자 또는 열 자로 약 2.4미터 또는 3미터에 해당하는 길이를 의미하기도 한다. 한자로는 '장(丈)'으로 쓴다.
531) 패루(牌樓) : 예전에 중국에서, 큰 거리에 길을 가로질러 세우던 시설물이나 무덤, 공원 따위의 어귀에 세우던 문. 도시의 아름다운 풍경과 경축의 뜻을 나타내기 위하여 세웠다.
532) 홍예문(虹霓門) : 건설 문의 윗부분을 무지개 모양으로 반쯤 둥글게 만든 문.
533) 문루(門樓) : 궁문, 성문 따위의 바깥문 위에 지은 다락집.
534) 겹새김 : 나무, 돌, 쇠붙이 따위에 깊고 얕게 여러 겹으로 새긴 새김. 또는 음각과 양각을 겸한 새김.
535) 상봉(上峰) : 가장 높은 봉우리.
536) 안계(眼界) : 눈으로 바라볼 수 있는 범위. 시계(視界).
537) 회록지재(回祿之災) : 회록으로 입은 재앙. '회록'은 불이 나는 재앙. 또는 불로 인한 재난.
538) 취병(翠屛) : 꽃나무의 가지를 이리저리 틀어서 문이나 병풍 모양으로 만든 물건.

모 누각(樓閣)

처처(處處)에 오밀조밀 눈부시어 못 보겠다

서편(西便)으로 바라보니 이십여 층 백옥탑(白玉塔)이

표묘(縹渺)540)하다 채운(彩雲)540) 속에 반공(半空)이나 솟아 있고

나무 그늘 요란(搖亂)한 곳 단청(丹靑)541)한 집 몇일러냐

남편(南便)을 바라보니 일망무제(一望無際) 넓은 연못

주회(周回)542)가 삼십여 리(里) 옥난간을 둘러치고

황하수(黃河水) 인도(引導)하여 수파(水波) 잔잔(潺潺) 물결인데

연화(蓮花)가 난만(爛漫)하여 물 위에 가득하니

석양(夕陽)에 숙은 연(蓮)잎 바람결에 맑은 향기(香氣)

채련곡(採蓮曲)543) 노랫소리 옛 곡조(曲調)가 남았더라

연못가에 놓인 배는 옥돌로 만든 배니

그 위에 집을 짓고 온갖 화초 심었구나

곳곳이 섬 있어 주루채정(朱樓彩亭)544) 몇 곳인지

십칠교(十七橋) 긴 다리는 섬으로 건너가자

넓이는 삼 간(間)이요 길이는 칠십여 간

좌우(左右)의 옥난간은 돌사자가 간간 있고

다리 아래 굽어보니 열일곱 홍예(虹霓) 구멍

한 홍예가 얼마만 한지 우리나라 남대문(南大門)만

아무리 큰 배라도 그 구멍으로 다닌다네

연못가에 구리 소는 어찌하여 누웠으며

섬 속의 층층(層層) 월대(月臺) 동정유승(洞庭猶勝)545) 정자(亭子) 터라

남편(南便) 섬에 들어가는 굽은 다리 놓았으니

옥돌로 높이 쌓아 길로 치면 수십여 장(丈)

층층계(層層階) 사십여 층 한 마루에 올라서서

또 층층계 사십여 층 넘어서 내려가면

그 안은 섬이라 다리 구멍 볼작시면

둥그레한 홍예문이 높기도 굉장하다

아무리 긴 돛대도 세운 채 드나들데

좌우로 옥난간도 다리와 같이 굽어

백룡(白龍)이 오르는 듯 멀리 보매 더욱 좋다

서산(西山) 구경 다한 후에 가만히 생각하니

처음 볼 때 당황(唐惶)하여 안광(眼光)이 희미(稀微)터니

자세히 보매 사치(奢侈)함이 심계(心界) 자연(自然) 방탕(放蕩)하여546)

상천옥경(上天玉京)547) 집 좋아도 이러할 수 전혀 없다

왕모요지(王母瑤池)548) 경(景) 좋대도 저러하진 못하리라

아무리 명화(名畵)라도 다 그리진 못하겠고

아무리 구변(口辯)549) 좋아도 말로 형용 다 못 하리

신유년(辛酉年) 회록(回祿) 이후 오히려 저렇거든

그 전(前)의 전성시(全盛時)야 오죽이 장(壯)할쏘냐

천하 재물(財物) 허비(虛費)하고 백성 인력 궁진(窮盡)550)하여

쓸데없는 궁사극치(窮奢極侈) 이것이 무슨 짓인고

진시황(秦始皇)551)의 아방궁(阿房宮)552)은 초인(楚人)553)이 불 지르고

송(宋)나라 옥정궁554)은 천화(天禍)555)로 재앙 나니

전감(前鑑)556)이 소소(昭昭)557)하여 천리(天理)558)가 마땅하다

환희(幻戲)를 구경코자 희자(戲子)559)를 불러오니

---

539) 층루(層樓) : 여러 층으로 높게 지은 누각.
540) 채운(彩雲) : 여러 가지 빛깔로 아롱진 고운 구름.
541) 단청(丹靑) : 옛날식 집의 벽, 기둥, 천장 따위에 여러 가지 빛깔로 그림이나 무늬를 그림. 또는 그 그림이나 무늬.
542) 주회(周回) : 둘레. 사물의 가를 한 바퀴 돈 길이.
543) 채련곡(採蓮曲) : 연밥을 따며 부르는 노래. 원래 중국 남방에서 연밥을 따면서 부르던 민요로서 남녀 간에 상사(相思)의 정을 읊은 노래이다.
544) 주루채정(朱樓彩亭) : 붉게 칠한 누각과 색칠한 정각. 화려하게 꾸민 누각과 정각.
545) 동정유승(洞庭猶勝) : 경치가 동정호(洞庭湖)보다 오히려 더 빼어남.

546) 심계(心界) 자연(自然) 방탕(放蕩)하여 : 마음이 자연스레 방탕해져서.
547) 상천옥경(上天玉京) : 하늘 위에 옥황상제가 산다고 하는 가상적인 서울.
548) 왕모요지(王母瑤池) : 서왕모(西王母)가 사는 곳의 못 이름. '서왕모'는 중국 신화에 나오는 신녀(神女)의 이름. 불사약을 가진 선녀라고 하며, 음양설에서는 일몰(日沒)의 여신이라고도 한다. '요지'는 중국 곤륜산에 있다는 못. 신선이 살았다고 하며, 주나라 목왕이 서왕모를 만났다는 이야기로 유명하다.
549) 구변(口辯) : 언변(言辯). 말솜씨.
550) 궁진(窮盡) : 다하여 없어짐.
551) 진시황(秦始皇) : 중국 진(秦)나라의 제1대 황제. 이름은 정(政). 기원전 221년에 중국을 통일하고 스스로 시황제라 칭하였다. 중앙 집권을 확립하고, 도량형·화폐의 통일, 만리장성의 증축, 아방궁의 축조, 분서갱유 따위로 위세를 떨쳤다. 재위 기간은 기원전 247~기원전 210년이다.
552) 아방궁(阿房宮) : 중국 진(秦)나라 시황제가 기원전 212년에 세운 궁전. 유적은 산시성(陝西省) 시안(西安) 서쪽에 있다.
553) 초인(楚人) : 초나라 사람.
554) 옥정궁 : 송나라의 궁궐에 이런 이름이 없다. 송나라 황궁(皇宮)의 중심 건물인 '용정(龍亭)'에 '궁'을 붙인 것으로 보인다.
555) 천화(天禍) : 하늘이 내리는 재화(災禍).
556) 전감(前鑑) : 거울로 삼을 만한 지난날의 경험이나 사실.
557) 소소(昭昭) : 사리가 밝고 또렷함.
558) 천리(天理) : 천지 자연의 이치. 하늘의 바른 이치.
559) 희자(戲子) : 광대. 재인.

세 놈이 들어와서 요술(妖術)로 진술(眞術)한다560)
앵두 같은 다섯 구슬 정녕(丁寧)히 나눠 놓고
사발(沙鉢)로 덮었다가 열어보면 간 데 없고
빈 사발 엎은 속에 서너 구슬 들어가고
하나가 둘도 되고 있던 것도 없어졌다
빈손 떨고 비비치면 홀연히 생겨난다
큰 쇠고리 여섯 개를 나눠 들고 맞부딪쳐
사슬 고리 만들어서 어긋매껴 이었다가
사발 하나 땅에 엎고 보자기로 덮어 놓고
발꿈치로 내리치니 사발이 간 데 없다
보를 들고 찾아 보니 땅에서 솟아난다
바늘 한 줌 입에 넣고 끼룩끼룩 삼킨 후에
실 한 님을 찾아 삼켜 끝을 잡고 빼어내니
그 바늘 모두 꿰어 주렁주렁 달렸구나
오색실 한 타래를 잘게잘게 썰어서
활활 섞어 비비어서 한 줌이나 잔뜩 쥐고
한 끝을 잡아 빼니 끊어진 실 도로 이어
색색으로 연해 빼면 실 한 타래 도로 된다
상아(象牙) 뼈로 깎아 만든 이쑤시개 같은 것이
두 치 길이 되는 것을 한 개를 코에 넣어
눈구석에 끝이 나와 비주룩하였다가
콧구멍으로 도로 빼니 연하여 재채기에
또 무수히 나오는 것 그와 같은 상아 뼈데
빼는 대로 헤어 보니 칠팔십 개 되는구나
색대자(色帶子)561) 허리띠를 칼로 정녕(丁寧) 끊었다가
두 끝을 한데 대어 손으로 비비치니
예란 듯 도로 이어 흔적(痕迹)도 못 보겠고
빈 사발 엎었다가 열어 보면 가화(假花)꽃과
난데없는 유리 어항(魚缸) 금붕어도 뛰는 것과
창(槍) 끝에 사발 들어 떨어지지 아니함과
물 사발을 내둘러도 엎어지지 아니함과
화기(畵器) 한 죽562) 이고 서서 뜀박질하는 것과
죽방울563) 놀림과 공기 단자(團子)564) 던지는 것
이런 재주 저런 요술(妖術) 이루 기록(記錄) 못 할레라

곰 놀리는 구경하자 큰 개만 한 검은 곰이
이빨은 빼었으니 사람 상(傷)치 못하겠고
쇠사슬로 목을 매어 달아나지 못하리라
미련한 저 짐승을 어떻게 가르쳐서
일어서라 말을 하면 사람처럼 일어서고
춤추라 말을 하면 앞다리를 너풋너풋
창을 들고 쓰라 하면 두 앞발로 받아 들어
머리 위에 올려 놓고 빙빙 돌려 발로 치고
칼을 주고 쓰라 하면 발딱 젖혀 도로 누워
네 발 위에 가로 놓고 번개같이 돌리니
그 아니 이상(異常)하냐 구경 중 우습도다
예부(禮部) 지휘(指揮) 디디어서 태묘친제(太廟親祭)565) 거동(擧動) 시(時)에
삼 사신(使臣)이 지영(祇迎)566)할새 새벽에 예궐(詣闕)567)하여
동장안문(東長安門) 다다르니 만조백관(滿朝百官) 들어간다
각로(閣老)568) 같은 일품관(一品官)도 부액(扶腋)569) 없고 기구(器具) 없이
양각등(羊角燈)에 불 켜 들고 하인(下人) 하나 없이 가니
다 각각 벼슬 이름 양각등에 써 있더라
오문(午門) 밖에 들어가서 예부(禮部) 직방(直房)570) 앉았더니
날이 장차 밝아오매 묘시(卯時)571) 출궁(出宮) 때 되었다.
천자(天子)가 나오시며 위의(威儀)를 정제(整齊)한다
오문 밖 동서편에 황옥차(黃玉車) 세 쌍이니
높기는 두 길이요 몸피는 큰 한 간(間)에
누런 비단 뚜껑에다 순금으로 꼭지하고
누런 융전(絨氈)572) 휘장에다 전후좌우 완자창과
벌매듭573) 붉은 유소(流蘇)574) 네 귀로 드리우고

---

560) 요술(妖術)로 진술(眞術)한다 : 요상한 꾀로 진짜 꾀처럼 한다.
561) 색대자(色帶子) : 오색실로 사이를 걸러서 짠 띠.
562) 죽 : 옷, 그릇 따위의 열 벌을 묶어 이르는 말.
563) 죽방울 : 장난감의 하나. 장구 모양의 작은 나무토막에 실을 걸어 공중으로 던져 올렸다 받았다 하며 논다.
564) 공기 단자(團子) : 공기놀이를 위한 방울. '공기'는 밤톨만 한 돌 다섯 개 또는 여러 개를 땅바닥에 놓고, 일정한 규칙에 따라 집고 받는 아이들의 놀이.

565) 태묘친제(太廟親祭) : 종묘(宗廟)에 나아가 임금이 몸소 제사를 지냄.
566) 지영(祇迎) : 백관이 임금의 환궁(還宮)을 공경하여 맞음.
567) 예궐(詣闕) : 대궐에 들어감. 입궐(入闕).
568) 각로(閣老) : 중국 명나라 때에, '재상'(宰相)을 이르던 말.
569) 부액(扶腋) : 곁부축.
570) 예부(禮部) 직방(直房) : 조정의 신하들이 조회의 시각을 기다리던 방.
571) 묘시(卯時) : 십이시(十二時)의 넷째 시. 오전 다섯 시에서 일곱 시까지이다.
572) 융전(絨氈) : 융과 전. '융'은 면사를 사용하여 평직 또는 능직으로 짠 후 보풀이 일게 한 직물. 촉감이 부드럽다.
573) 벌매듭 : 끈목을 벌 모양으로 매는 매듭.

유리(琉璃) 풍경(風磬) 댕강댕강 수향낭(受香囊)을 주렁주렁

좌우로 익장(翼帳) 달아 누런 주렴(珠簾) 드림하고

그 안에는 닫집 달고 한가운데 좌탑(座榻) 놓고

황보(黃褓) 덮어 위에 놓고 밖으로 돌아가며

붉은 난간 둘러치고 오르내릴 사닥다리

좌우로 쌍바퀴요 붉은 채를 길게 하여

주홍(朱紅) 당사(唐絲) 줄을 걸어 코끼리에 매었다네

황옥교(黃玉橋) 줄 걸어서 서너 쌍 대령하고

누런 우단(羽緞)575) 안장(鞍裝) 지은 어승마(御乘馬)는 수십여 필

길가로 좌우편에 홍두루막 입은 군사

의장(儀仗) 들고 창검(槍劍) 들고 대궐에서 태묘(太廟)까지

한 간(間) 동안 두셋씩이 쌍을 지어 늘어섰고

지영반(祇迎班)에 나와 보니 백관(百官)이 다 모였다

조선(朝鮮) 사신 역관(譯官)들도 여덟 통관(通官) 반(班)을 지어

차례로 땅에 꿇어 기다리고 앉았더니

패(佩)동개한576) 말 탄 관원(官員) 서너 쌍이 앞을 서고

황양산(黃陽繖)이 나온 후에 홍의(紅衣) 입은 여덟 군사

팔인교(八人轎)를 메고 오니 누런 뚜껑 누런 휘장(揮帳)

좌우의 완자 밀창 앞뒤 채를 길게 하고

멜빵이 네 줄인데 둘씩둘씩 달아 메니

우리나라 사인교(四人轎)를 둘을 함께 멘 것 같다

밀창을 반쯤 열고 황제(皇帝)가 내다보니

용봉지자(龍鳳之姿)577) 천일지표(天日之表)578) 어떠하신 천안(天顔)579)인고

춘추(春秋)가 십일 세라 어린 태도 어여쁘다

갸름하온 얼굴 바탕 일월각(日月角)580)이 공골차고581)

자그마한 눈 모양이 안채(眼彩)582)가 돌올(突兀)583)하다

누런 비단 두루마기 마래기도 누렇더라

천하(天下)에 제일인(第一人)이 호복(胡服)하신 거란 말가

지영(祗迎) 앞에 이르더니 팔인교(八人轎)를 머무르고

너희 국왕(國王) 평안(平安)함을 근시(近侍) 불러 물으시니

삼 사신(使臣)이 기복(起伏)584)하여 한 번 고두사례(叩頭謝禮)한다

팔인교 지나간 후 그 뒤를 살펴보니

말 탄 관원 이십여 인 따라갈 뿐일러라

미시(未時)585) 후 오봉루(五鳳樓)의 북소리 그치면서

쇠북소리 뎅뎅하니 환궁(還宮)하는 때로구나

아국(我國)으로 헤아리면 동가(動駕)586)를 하오실 제

요란하고 분주함이 오죽들 하랴마는

출궁(出宮) 시(時)에 북을 치매 지저귐도 뚝 그치고

백관들은 나와 서서 기침들도 아니 하고

하인들은 들어서서 숨도 크게 못 쉬고

창틈으로 엿보면 목을 베는 죄(罪)라 하며

대가(大駕)587) 지척(咫尺) 지껄이면 중(重)한 형벌(刑罰) 당한다네

엄숙(嚴肅)하고 정제(整齊)하여 아무 소리 못 하겠고

박석(薄石) 위에 말굽 소리 저벅저벅 할 뿐이라

이로써 헤아리면 군율(軍律)이 끔찍하다

관소(館所)로 돌아오니 할 일이 전혀 없네.

열람고시(閱覽古時)588) 강개지사(慷慨之士)589) 인걸(人傑)이나 찾으리라

태상소경(太常少卿) 정(鄭)공수는 청수(淸秀)한 골격(骨格)이요

병부낭중(兵部郎中) 황(黃)운곡은 뇌락(磊落)한 자품(資稟)이요

시어사(侍御史)에 왕(王)조계는 아름다운 성품이요

공부(工部) 벼슬 왕(王)현이는 단정하온 태도로다.

모두 다 대명(大明) 적의 명문거족(名門巨族) 후예로서

---

574) 유소(流蘇) : 기(旗)나 승교(乘轎) 따위에 달던 술.
575) 우단(羽緞) : 거죽에 곱고 짧은 털이 촘촘히 돋게 짠 비단.
576) 패(佩)동개한 : 동개를 찬. '동개'는 활과 화살을 꽂아 넣어 등에 지도록 만든 물건. 흔히 가죽으로 만드는데, 활은 반만 들어가고 화살은 아랫부분만 들어가도록 만든다. '통개(筒箇)'가 변한 말이다.
577) 용봉지자(龍鳳之姿) : '용과 봉의 모습'이란 뜻으로 더할 나위 없이 뛰어난 사람의 모습을 가리킴.
578) 천일지표(天日之表) : '하늘의 해의 표상'이란 뜻으로 사해(四海)에 군림할 인상(人相). 곧 임금의 인상을 이르는 말이다.
579) 천안(天顔) : 임금의 얼굴. 용안(龍顔).
580) 일월각(日月角) : 이마 양쪽에 솟은 부분.
581) 공골차고 : 옹골차고. 실속이 있게 속이 꽉 차 있고.
582) 안채(眼彩) : 눈의 정기. 눈빛. 안광(眼光)

583) 돌올(突兀) : 두드러지게 뛰어남.
584) 기복(起伏) : 예전에, 임금께 아뢸 때 먼저 일어났다가 다시 엎드려 절하던 일.
585) 미시(未時) : 십이시(十二時)의 여덟째 시. 오후 한 시부터 세 시까지이다.
586) 동가(動駕) : 임금이 탄 수레가 대궐 밖으로 나감.
587) 대가(大駕) : 임금이 타는 수레. 어가(御駕). 승여(乘輿).
588) 열람고시(閱覽古時) : 옛날 시절을 훑어보거나 살펴봄.
589) 강개지사(慷慨之士) : 세상의 옳지 못한 일에 대하여 의분을 느끼고 탄식하는 사람.

마지못해 삭발(削髮)하고 호인(胡人)에게 벼슬하나
의관(衣冠)의 수통(羞痛)590)하옴 분(憤)한 마음 품었구나.
옛 의관(衣冠) 조선(朝鮮) 사람 형제(兄弟)같이 반겨한다.
정(鄭) 소경(少卿)이 청하기로 그 집에 찾아가서
왔노라 통기(通寄591))하니 주인 나와 영접(迎接)하며
서로 인사(人事) 읍(揖)592)을 하고 외당(外堂)으로 인도할새
선후(先後)를 사양(辭讓)하여 주객지례(主客之禮)593) 분명하다.
들어가서 살펴보니 범백(凡百)594)이 황홀(恍惚)쿠나.
오량각(五樑閣) 기와집에 단청(丹靑)도 휘황(輝煌)하고
아로새긴 벽돌담에 분벽(粉壁)이 청쇄(淸灑)한데,
뜰 가운데 기화요초(琪花瑤草) 채색분(彩色盆)에 심어 놓고
화초(花草) 뒤로 온갖 괴석(怪石) 새긴 돌확595) 받침이요
흰 두루미 한두 쌍(雙)이 뚜룩뚜룩 성큼성큼
유리(琉璃) 어항(魚缸) 오색(五色) 붕어 움실움실 펄떡펄떡
새로 바른 완자창(卍字窓)의 오색 유리 밀창(窓)이며
백능화(白菱花) 도배(塗褙)하고 청능화(靑菱花) 굽도리596)요
둥그런 지게문597)에 푸른 비단 문염자(門簾子)598)요
주련(柱聯)599) 족자(簇子)600) 현판(懸板)들은 명필(名筆) 명화(名畵) 많이 걸고
한 칸들이 화류(樺榴) 거울 여기저기 여럿이요
통 유리 수박등(燈)601)은 몇 쌍이나 걸렸더냐.

좌우(左右)에 탁자(卓子) 놓아 만권서책(萬卷書冊) 쌓아 놓고
자명종(自鳴鐘)과 자명악(自鳴樂)은 절로 울어 소리하며
캉 위에 당점(唐苫)602) 깔고 담방석(毯方席)603)에 백전(白氊)요[褥]604)요
이 편 저 편 화류교의(樺榴交椅) 서로 마주 걸터앉고
거기 사람 처음 인사 차 한 그릇 갖다 준다.
화다종(畵茶鐘)605)에 대(臺)를 받쳐 가득 부어 권하거늘
파르스름 노르스름 향취(香臭)가 만구(滿口)한데
저희들과 우리들이 언어(言語)가 같지 않아
말 한 마디 못 해 보고 덤덤하니 앉았으니
귀머거리 벙어린 듯 물끄러미 서로 본다.
천하(天下)의 글은 같아 필담(筆談)606)이나 하오리라.
당연(唐硯)607)에 먹을 갈아 양호수필(羊毫水筆)608) 듬뿍 찍어
시전지(詩箋紙)609)를 빼어 들고 글씨 써서 말을 하니
묻는 말과 대답(對答)함을 글 구절(句節)로 오락가락
간담(肝膽)을 상응(相應)하여610) 정곡(情曲)611) 상통(相通)하는구나.
제상(祭床) 같은 고족상(高足床)612)에 음식이 대탁(大卓)613)이라
상(床) 가에 교의(交椅) 놓고 주객(主客)이 둘러앉아
다 각기(各其) 잔(盞) 하나와 저(箸) 한 매(枚)씩 차지하고
화(畵)접시 예닐곱에 생실과(生實果)며 당속(糖屬)614)이요
생연근(生蓮根)을 썰어서 얼음 채워 담아 놓고

590) 수통(羞痛) : 부끄럽고 원통함.
591) 통기(通寄) : 기별을 보내어 알게 함.
592) 읍(揖) : 인사하는 예(禮)의 하나. 두 손을 맞잡아 얼굴 앞으로 들어 올리고 허리를 앞으로 공손히 구부렸다가 몸을 펴면서 손을 내린다.
593) 주객지례(主客之禮) : 주인과 손님의 예의.
594) 범백(凡百) : 갖가지의 모든 것.
595) 돌확 : 돌을 우묵하게 파서 절구 모양으로 만든 물건.
596) 굽도리 : 방 안 벽의 밑부분. 방 안 벽의 아랫도리에 바르는 종이.
597) 지게문 : 옛날식 가옥에서, 마루와 방 사이의 문이나 부엌의 바깥문. 흔히 돌쩌귀를 달아 여닫는 문으로 안팎을 두꺼운 종이로 싸서 바른다.
598) 문염자(門簾子) : 추위를 막기 위하여 창문이나 장지문에 치는 휘장. 피륙으로 길고 번듯하게 만든다.
599) 주련족자(柱聯簇子) : 기둥이나 벽 따위에 장식으로 써서 붙이는 글귀. 주로 한시(漢詩)의 연구(聯句)를 쓴다.
600) 족자(簇子) : 그림이나 글씨 따위를 벽에 걸거나 말아 둘 수 있도록 양 끝에 가름대를 대고 표구한 물건.
601) 수박등(燈) : 대쪽이나 나무쪽으로 얽어 수박 모양의 입체형을 만들고 종이를 발라 속에 초를 켜게 한 등.
602) 당점(唐苫) : 중국 자리.
603) 담방석(毯方席) : 털방석. '담(毯)'은 짐승의 털을 물에 빨아 짓이겨 평평하고 두툼하게 만든 조각. 담요 따위의 재료로 쓴다.
604) 백전(白氊)요[褥] : 흰 모직물로 만든 요.
605) 화다종(畵茶鐘) : 그림을 그린 찻종지.
606) 필담(筆談) : 말이 통하지 아니하거나 말을 할 수 없을 때에, 글로 써서 서로 묻고 대답함.
607) 당연(唐硯) : 중국에서 만든 벼루.
608) 양호수필(羊毫水筆) : 양털로 만든 물붓. '수필'은 붓촉을 항상 먹물이나 잉크 따위에 찍거나 하여서 물기를 말리지 않고 쓰는 붓.
609) 시전지(詩箋紙) : 시나 편지 따위를 쓰는 종이.
610) 간담(肝膽)을 상응(相應)하여 : 서로 속마음을 털어놓고 친하게 사귀어. 간담상조(肝膽相照)하여.
611) 정곡(情曲) : 간곡한 정.
612) 고족상(高足床) : 잔치 때 음식을 차리는 데 쓰는, 다리가 높은 상.
613) 대탁(大卓) : 남을 대접하기 위하여 썩 잘 차린 음식상. 또는 그렇게 잘하는 대접.
614) 당속(糖屬) : 설탕에 졸여 만든 음식.

연실(蓮實)615) 행인(杏仁)616) 거피(去皮)617)하여 곁들여서 놓았으며

수박씨를 볶아다가 개암618) 비자(榧子)619) 섞어 놓고

낙화생(落花生)620)이 이상하다 먹어보니 잣맛 같고

토율(土栗)이라 하는 것을 맛을 보니 생률(生栗)621) 같다

작은 접시 대여섯은 온갖 채소(菜蔬) 담았구나

외 생채(生菜)와 무 생채에 파 마늘 부추 양념

무 갓과 채갓버섯 지렁물622)에 데쳐 놓고

미나리 볶은 나물 향기 있고 맛 좋으며

염저육(鹽豬肉)은 너무 짜다 돝623)의 고기 절인 게라

술 붓는 놈 따로 있어 돌아가며 술을 부니

술 먹기를 서로 권해 한 모금씩 쉬엄쉬엄

먹다가 잔 놓으면 곯은624) 잔을 채워 부어

조금씩 마시면서 그 음식 다 먹는다

먹던 음식 물려 내면 새 음식 가져오니

아저(兒豬)찜625) 영계(嬰鷄)찜626)과 오리 거위 탕(湯)이로다

잉어 농어 백숙(白熟)이며 양육(羊肉) 황육(黃肉) 지짐이요

누런 해삼 흰 해삼은 국물 있게 삶았으며

오리알과 거위알은 거피(去皮)하여 썰어 놓고

생새우를 산 채 담아 초를 쳐서 회(膾)로 먹고

붉은 연꽃 녹말 씌워 기름 튀겨 지졌으니

바삭바삭하는 것을 설탕 찍어 먹게 하고

이름 모를 온갖 떡은 몇 가진지 모르겠다

미음(米飮)627) 같은 하얀 물은 찹쌀죽에 설탕 타고

수교(水餃) 만두(饅頭)628) 분탕(粉湯) 국수629) 흰밥 지어

온다 하니

이런 음식 칠팔 기(器)를 연이어 갈아 들여

종일토록 먹고 나니 이루 기록 못 할레라

황(黃) 낭중(郞中)과 황(黃) 학사(學士)도 제 집으로 청해 가니

집치레도 훌륭하고 음식 범절(凡節) 사치하네

장(張) 한림(翰林)과 왕(王) 어사(御使)며 방(方) 낭중과 왕(王) 공부(工部)도

한 턱씩 차려 놓고 우리를 오라 하네

이리저리 몰려다녀 매일 상봉(相逢)하는구나

모두 다 문장재사(文章才士) 문필(文筆)을 좋아하여

만당시(晚唐詩)630) 체격(體格)으로 글 지어 서로 읊고

왕희지(王羲之) 필법으로 글씨 써서 자랑하니

내 아무리 무식(無識)하여 문필이 부족하나

되지 못한 글귀 몇 구(句) 즉시 지어 화답(和答)하고

변변찮은 글씨라도 주련(柱聯)처럼 써서 뵈니

칭찬(稱讚)이 분분(紛紛)하여 겸사(謙辭)631)가 과도(過度)쿠나

그 사람네 음식들을 대거리632)로 한 턱이야

체면에 당연(當然)하니 불가불(不可不) 없을쏘냐

봉래국(蓬萊國)633) 음식 풀이 백여(百餘) 금(金) 값을 주고

거기 사람 음식으로 사치로이 차리고서

어느 날로 기회(期會)하며 어디로 청해 올꼬

들으니 송군암(送君庵)이 정결(淨潔)하고 경(景) 좋다기

여러 사람 오라 하고 먼저 가서 기다리니

대명(大明) 적 양계성(楊繼盛)의 고택(古宅)이 송군암인가

양 선생의 곧은 충절(忠節) 천추(千秋)에 빛이 난다

엄숭(嚴嵩)634)이 물리치던 상소초(上疏草)가 그저 있어

돌에다 새겼으니 한초당(扞抄堂)이 여기로다

집 제도(制度)가 정쇄(精灑)허요 괴석죽림(怪石竹林) 둘렀으며

---

615) 연실(蓮實) : 연밥. 연꽃의 열매.
616) 행인(杏仁) : 살구씨를 한방에서 이르는 말.
617) 거피(去皮) : 껍질을 벗김.
618) 개암 : 개암나무의 열매. 모양은 도토리 비슷하며 껍데기는 노르스름하고 속살은 젖빛이며 맛은 밤 맛과 비슷하나 더 고소하다. '개밤'에서 온 말이다.
619) 비자(榧子) : 비자나무의 익은 열매. 맛이 매우 떫다.
620) 낙화생(落花生) : 땅콩.
621) 생률(生栗) : 날밤. 삶거나 구워 익히지 않은 밤.
622) 지렁물 : 간장물. '지렁'은 '간장'의 사투리.
623) 돝 : 돼지.
624) 곯은 : 담긴 것이 그릇에 가득 차지 아니하고 조금 빈.
625) 아저(兒豬)찜 : 어린 돼지고기 찜.
626) 영계(嬰鷄)찜 : 연계(軟鷄)찜. 병아리보다 조금 큰 어린 닭으로 만든 찜.
627) 미음(米飮) : 입쌀이나 좁쌀에 물을 충분히 붓고 푹 끓여 체에 걸러 낸 걸쭉한 음식. 흔히 환자나 어린아이들이 먹는다.
628) 수교(水餃) 만두(饅頭) : 물만두.
629) 분탕(粉湯) 국수 : 당면(唐麵)으로 만든 국수. 감자나 고구마 따위

에 들어 있는 녹말을 가려 가루로 내어 그것으로 만든 마른국수.
630) 만당시(晚唐詩) : 중국 당(唐)나라 말기의 시.
631) 겸사(謙辭) : 겸손한 말.
632) 대거리 : 서로 상대의 행동이나 말에 응하여 행동이나 말을 주고받음. 또는 그 행동이나 말.
633) 봉래국(蓬萊國) : 신선의 나라. 중국인이 '조선(朝鮮)'을 뜻하는 말로 쓴 것으로 보인다.
634) 엄숭(嚴嵩) : 중국 명(明)나라의 정치가. 높은 벼슬을 역임하였으나 뇌물을 거둬들이고 아들의 불법행위를 방치하여 양계성(楊繼盛) 등의 탄핵을 받아 삭직되었다.

세간 집물(什物) 사치로워 만벽도서(滿壁圖書) 기이하다

이 집 지닌 주인 중놈 거처하는 곳이로다

기다리던 사람들이 차차로 모여 온 후

봉래국 음식 와서 외당(外堂)에 갖다 두고

큰 교자(交子)에 둘러앉아 차례로 들여 먹고

우리나라 주방(廚房)으로 조선(朝鮮) 음식 조금 하여

평양(平壤) 소주(燒酒) 감홍로(甘紅露)는 있던 것이 한 병이요

의주(義州) 약과(藥果) 다식과(茶食菓)는 남은 것이 한 접시며

문어 광어 전복 쌈은 찬합(饌盒) 한 층 떨어놓고

약밥이야 얌전하다 빛은 어이 저리 희며

원소병(圓小餅)은 아름답다 밤톨만큼 빚었구나

생선 사다 어채(魚菜)635)하여 담은 모양 웨넘늘어636)

어만두(魚饅頭)라 하는 것은 맛깔 없이 만들었네

건량마두(乾糧馬頭)637) 의주 놈의 그 솜씨가 오죽하랴

약과(藥果) 약밥 원소병은 단것이라 잘 먹는다

이처럼 노닐면서 담소(談笑)로 종일(終日)하니

아름답고 맑은 취미(趣味) 날 가는 줄 모르겠다.

만 리 밖의 먼 곳 사람 우연히 서로 만나

일면여구(一面如舊)638) 사귄 정이 지기지우(知己之友)639)되었어라.

왕(王) 공부(工部)의 강개지심(慷慨之心) 우리 복색(服色) 부러워서

나 쓴 관(冠)을 벗겨 쓰고 슬픈 기색 현저(顯著)하다.

황(黃) 낭중(郞中)의 필담(筆談)으로 비밀히 이른 말이

근일(近日)에 양귀자(洋鬼子)640) 놈 귀국(貴國)을 침노(侵擄) 운운(云云)

예부상서(禮部尙書) 자문(咨文)으로 먼저 급보(急報) 하였으니

존형(尊兄)641)은 아무쪼록 빨리 돌아갈지어다.

이 말이 어인 말고, 대경실색(大驚失色)642) 놀라운 중

감격(感激)할사 황(黃) 낭중을 무수히 사례하고

인(因)하여 작별하니 차생(此生)에 생별(生別)이라.

돌아오며 생각하니 양귀자 놈 통분(痛憤)쿠나.

황성(皇城) 안을 생각해도 서양관(西洋館)이 여럿이요

처처(處處)에 천주당(天主堂)과 사학(邪學)643) 편만(遍滿)644)하였다며

큰길에 양귀자들 무상(無常)히 왕래하네.

눈깔은 움푹하고 콧마루는 우뚝하며

머리털은 빨간 것이 곱슬곱슬 양피(羊皮) 같고

기골(氣骨)은 팔척장신(八尺長身) 의복도 괴이하다.

쓴 것은 무엇인지 우뚝한 전립(氈笠)645) 같고

입은 것은 어이하여 두 다리가 팽팽하다.

계집년들 볼작시면 더구나 흉측(凶測)하다.

퉁퉁하고 커다란 년 살결은 푸르죽죽

머리처네646) 같은 것을 뒤로 길게 늘여 쓰고

소매 좁은 저고리에 주름 없는 긴 치마를

엉버티어 휘두르고 혜적혜적 가는구나.

새끼놈들 볼 만하다. 사오륙 세 먹은 것이

다팔다팔 빨간 머리 샛노란 둥근 눈깔

원숭이 새끼들과 천연(天然)히도 흡사(恰似)할사.

정녕(丁寧)히 짐승이요 사람 종자(種子) 아니로다.

저렇듯 사류요물(邪類妖物)647) 침노아국(侵擄我國)648) 되단 말가.

책비(冊妃)649) 준청(准請)650) 마침 되어 칙사(勅使)까지 파견(派遣)되니

신민(臣民) 경축(慶祝)하온 연유(緣由) 겸하여 양인(洋人) 소설(騷說)651)

장계(狀啓)652)를 상달(上達)코자 별선래(別先來)653)를 출

---

635) 어채(魚菜) : 생선살과 여러 가지 야채에 녹말을 묻혀 끓는 물에 데친 요리.

636) 웨넘늘어 : 미상. 문맥상 '외람되어'의 뜻으로 쓴 듯하다.

637) 건량마두(乾糧馬頭) : 양식을 관리하는 사람.

638) 일면여구(一面如舊) : 처음 만났으나 안 지 오래된 친구처럼 친밀함.

639) 지기지우(知己之友) : 자기의 속마음을 참되게 알아주는 친구.

640) 양귀자(洋鬼子) : 서양 귀신. 서양인을 낮추어 이른 말.

641) 존형(尊兄) : 같은 또래 사이에서, 상대편을 높여 이르는 이인칭 대명사. 여기서는 황 낭중이 글쓴이를 가리키는 말이다.

642) 대경실색(大驚失色) : 몹시 놀라 얼굴빛이 하얗게 질림.

643) 사학(邪學) : 조선 시대에, 주자학에 반대되거나 위배되는 학문을 이르던 말. 조선 중기에는 양명학을, 후기에는 천주교나 동학을 가리켰다.

644) 편만(遍滿) : 널리 그득 참.

645) 전립(氈笠) : 조선 시대에, 병자호란 이후 무관이나 사대부가 쓰던, 돼지털을 깔아 덮은 모자.

646) 머리처네 : 주로 시골 여자가 나들이를 할 때 머리에 쓰던 쓰개. 두렁이 비슷하게 만들며 장옷보다 짧고 소매가 없다.

647) 사류요물(邪類妖物) : 사악한 종류의 요망한 사람.

648) 침노아국(侵擄我國) : 우리나라를 침노함. '침노'는 남의 나라를 불법으로 쳐들어가거나 쳐들어옴.

649) 책비(冊妃) : 비빈(妃嬪)으로 책봉하던 일.

650) 준청(准請) : 중국 조정에서 이웃 나라의 주청(奏請)을 들어주던 일. 자문(咨文)에 쓰던 말이다.

651) 양인(洋人) 소설(騷說) : 서양인들의 시끄러운 말들.

652) 장계(狀啓) : 왕명을 받고 지방에 나가 있는 신하가 자기 관하(管下)의 중요한 일을 왕에게 보고하던 일. 또는 그런 문서.

653) 별선래(別先來) : 특별한 선래. '선래'는 외국에 갔던 사신이 돌아

송(出送)654)하니

그 익일(翌日) 예궐(詣闕)하여 오문(午門) 밖에 하직하니

황상(皇上)이 상(賞)을 주사 예부상서 거행(擧行)한다.

삼(三) 사신(使臣)과 역관(譯官)이며 마두(馬頭)와 노자(奴子)까지

은자(銀子)며 비단 등속(等屬) 차례로 받아 놓고

삼배(三拜)에 구고두(九叩頭)로 사례(謝禮)코 돌아오니

상마연(上馬宴)655) 잔치한다 예부(禮部)에서 지휘(指揮)키로

삼 사신과 역관들이 예부로 나아가니

대청(大廳) 위에 포진(布陣)하고 상(床)을 차려 놓은 모양

메밀떡 밀다식(蜜茶食)에 겉밤 머루 비자(榧子) 등물(等物)

푸닥거리656) 상 벌이듯 엉정벙정 벌였더라

예부상서 주벽(主壁)하고 좌우의 조선(朝鮮) 사람

다 각기 한 상씩을 앞에다 받아 놓으니

비위(脾胃)가 뒤집혀서 먹을 것이 전혀 없네.

삼배주(三杯酒)를 마시는 듯 연파(宴罷)657)하고 일어서서

뜰에 내려 북향(北向)하여 구고두 사례한 후

관소(官所)로 돌아와서 회환(回還) 일자(日字) 택일(擇日)하니

사람마다 짐 동이랴 각방(各房)은 분운(紛紜)658)하고

홍정 외상 셈하려 줄줄이 지저귄다

장계(狀啓)를 발정(發程)659)하여 선래군관(先來軍官) 전송(餞送)하고

추칠월(秋七月) 십일 일에 회환하여 떠나오니

한 달 닷새 유(留)하다가 시원하고 상연(爽然)660)쿠나.

천일방(天一方)661) 우리 서울 창망(蒼茫)하다 갈 길이여,

풍진(風塵)이 분운(紛紜)한 중 가신(家信)662)이 돈절(頓絶)663)하니

사오 삭(朔) 타국(他國) 객(客)이 귀심(歸心)664)이 살 같구나.

숭문문(崇文門) 내달아서 통주(通州)로 향해 가니

올 적에 심은 곡식 추수(秋收)가 방장(方壯)665)이요,

서풍(西風)이 삽삽(颯颯)666)하여 가을빛이 쾌(快)히 난다.

갈대꽃 물가에로 기러기 떼로 나니

저 기러기 먼저 가서 우리 집 지나거든

나 오늘 떠나온다 소식이나 전해 주렴.

연교점(燕郊店) 별산점(別山店)과 옥전현(玉田縣) 지내서서

풍윤역(豊潤驛) 사하역(沙河驛)과 영평부(永平府) 들어가서

무녕현(撫寧縣) 지나서서 산해관(山海關) 나와 보니

칠월(七月) 염후(念後)667) 찬비 끝에 한기(寒氣)가 쾌히 난다.

호지(胡地)가 일찍 추워 절기(節氣)가 미리 드니

겹바지 삼승(三升) 속것 베적삼 겹저고리

되는 대로 껴입어도 한기가 자심(滋甚)쿠나.

중전소(中前所)와 중후소(中後所)와 영원부(寧遠府) 지나가고

연산역(連山驛) 행산보(杏山堡)와 대릉하(大凌河) 건너갈새

들으니 남경(南京) 땅에 회회국(回回國)668) 놈 작란(作亂)으로

길림(吉林) 군사 오백 명과 흑룡강병(黑龍江兵) 오백 명을

황상(皇上)의 조서(詔書) 있어 출전(出戰)할 차(次) 올라갈새

흉녕(凶獰)하다 장사(壯士)들과 비호(飛虎) 같은 말들이며

감옷 투구 병장기(兵仗器)를 수레에다 많이 싣고

휘몰아서 지나가니 천하 강병(强兵) 저러하다.

길림(吉林)서 남경(南京)까지 수만여 리 먼 길이라

이부모(離父母) 기처자(棄妻子)669)는 황명(皇命)을 받들

올 때, 그보다 앞서 돌아오던 역관.

654) 출송(出送) : 내보냄.

655) 상마연(上馬宴) : 조선 시대에, 우리나라에 와서 일을 마치고 떠나가는 외국 사신들을 위하여 태평관에서 베풀던 잔치.

656) 푸닥거리 : 무당이 하는 굿의 하나. 간단하게 음식을 차려 놓고 부정이나 살 따위를 푼다.

657) 연파(宴罷) : 잔치를 마침.

658) 분운(紛紜) : 떠들썩하여 복잡하고 어지러움.

659) 발정(發程) : 길을 떠남.

660) 상연(爽然) : 매우 시원하고 상쾌함.

661) 천일방(天一方) : 하늘의 한쪽 끝. 중국 당(唐)나라 시인 두보(杜甫)의 시 '성도부(成都府)'에, '내 가는 곳 산천이 다르니, 홀연히 하늘 한쪽 끝에 와 있구나(我行山川異 忽在天一方).'라는 구절이 있다.

662) 가신(家信) : 자기 집에서 온 편지나 소식.

663) 돈절(頓絶) : 편지나 소식 따위가 딱 끊어짐.

664) 귀심(歸心) : 고향으로 돌아가고 싶은 마음.

665) 방장(方壯) : 바야흐로 한창임.

666) 삽삽(颯颯) : 바람이 몸으로 느끼기에 쌀쌀함.

667) 염후(念後) : 어느 한 달의 스무날이 지난 후.

668) 회회국(回回國) : 이슬람 국가. 아라비아.

어서

　전장(戰場)에 한번 감에 사생(死生)을 모르나니

　석양천(夕陽天) 찬 바람에 창검(槍劍)을 빼어들고

　노래하며 가는 모양 보기에 처량하다.

　석산참(石山站) 다다르니 십삼산(十三山)이 저기 있고

　광영점 지나가니 의무여산(醫巫閭山) 반갑도다.

　소흑산(小黑山) 주류하(周流河)로 심양(瀋陽)을 향해 갈새

　길가에 죽(竹)대 세워 무엇을 달았으되

　닭의우리 같은 것을 살창(窓)처럼 엮어 놓고

　그 속에 담은 것은 사람의 머리란다.

　연고(緣故)를 물어 보니 상마적(上馬賊)670) 베인 게라.

　중원(中原) 법(法)은 그러하여 도적놈은 징계(懲戒)한다.

　또 어떤 놈 허리에다 쇠사슬 둘러매고

　한 끝은 길게 늘여 뒤로 끌고 가니

　그것 어떤 일이런고 도적놈 중 죄 적은 자(者)는

　그처럼 표(標)를 하여 빌어먹게 마련이라

　쇠사슬을 끌러 주면 그 죄는 죽는 죄라

　또 어떠한 수레 위에 서너 놈 둘러앉고

　한가운데 어떤 놈을 쇠사슬로 목을 옭아

　목홍(木紅)빛671) 속곳 적삼 시뻘겋게 입혔으니

　도적놈 중 죽일 놈은 그처럼 잡아가니

　이런 일로 볼지라도 법령(法令)이 엄절(嚴切)672)쿠나.

　석문령(石門嶺) 넘어서서 낭자산(狼子山) 들어올 제

　자문색(咨文色)673) 오는 편에 집안 편지 부쳐 오니

　사오 삭(朔) 막힌 소식 도리어 겁이 난다.

　근향(近鄕)의 정갱겁(情更㤼)674)은 옛 글귀가 핍진(逼眞)675)할손

　사오 삭 막힌 소식 무슨 소식 있을는지

　조릿조릿 못 보겠네 단단히 마음먹고

　피봉(皮封)을 언뜻 보니 평할 평(平) 자(字) 좋을씨고

　거룩하다 평할 평(平) 자(字) 천만금(千萬金)이 너무 싸다

　이 한 자(字)만 볼지라도 적이 위회(慰懷)676)되며

　차차로 떼어 보니 온 집안 편지로다.

　반가울사 우리 노친(老親) 안녕(安寧)하신 친필(親筆)이요,

　기쁘도다 우리 병처(病妻)677) 무양(無恙)678)하온 친찰(親札)679)이라.

　이제야 마음 놓여 입이 절로 벌어진다.

　일행(一行)이 서로 물어 치하(致賀)가 분분(紛紛)하다.

　청석령(靑石嶺) 회령령(會寧嶺)과 팔도하(八渡河) 지내서서

　추팔월(秋八月) 초오일(初五日)에 책문(柵門)을 다다르니

　오늘은 노친(老親) 생신(生辰) 이회(離懷)680)가 배(倍)로 난다.

　의려(倚閭)681)하심 오죽하시랴 불효(不孝)하기 그지없다.

　만지장서(滿紙長書)682)하신 하서(下書)683) 권권(眷眷)684)하신 말씀이라.

　근(近) 삼십 세(歲) 되온 자식 유치(幼穉)685)같이 알으시네.

　친재불원유(親在不遠遊)686)는 옛 사람의 교훈(敎訓)이라.

　불효(不孝)하다 만 리 밖에 반년(半年)이나 떠났으니

　부끄럽다 두려운 마음 둘 곳이 전혀 없다

　추산(秋山)이 적막(寂寞)하고 찬 이슬 내린 밤에

　꿈인 듯 자고 깨어 재촉하여 어서 가자

　온정평(溫井坪) 지나서서 구련산(九連山) 넘어서서

　백마산성(白馬山城) 반가우며 통군정(統軍亭)도 의구(依舊)하다.

---

669) 이부모(離父母) 기처자(棄妻子) : 부모와 이별하고 처자를 내버림.

670) 상마적(上馬賊) : 말 탄 도적.

671) 목홍(木紅)빛 : 차나무를 끓여 우려낸 물과 같이 붉은색.

672) 엄절(嚴切) : 태도가 매우 엄격함.

673) 자문색(咨文色) : 자문(咨文)을 담당하는 사무의 한 부서.

674) 근향(近鄕)의 정갱겁(情更㤼) : 고향에 가까워지니 마음이 다시 두려워짐. 중국 당(唐)나라 시인 송지문(宋之問)의 시 '한강을 건너며(渡漢江)'에, '고개 너머 집 편지 끊겼는데, 겨울 지나고 다시 봄이 지나는구나. 고향 가까워지니 마음이 다시 두려워 오는 이들에게 감히 묻지를 못하겠네(嶺外音書斷 經冬復歷春 近鄕情更㤼 不敢問來人).'에서 가져 왔다.

675) 핍진(逼眞) : 참에 아주 가까움.

676) 위회(慰懷) : 마음을 위로함. 위안(慰安).

677) 병처(病妻) : 병든 아내.

678) 무양(無恙) : 몸에 병이나 탈이 없음.

679) 친찰(親札) : 직접 쓴 편지. 친서(親書).

680) 이회(離懷) : 떠나는 회포(懷抱). 이별하는 마음.

681) 의려(倚閭) : 어머니가 마을 어귀에 서서 자식이 돌아오기를 기다림. 또는 그런 어머니의 마음. 의려이망(倚閭而望), 의려지망(倚閭之望), 의문이망(倚門而望).

682) 만지장서(滿紙長書) : 편지지에 가득 쓴 긴 편지.

683) 하서(下書) : 주로 편지글에서, 웃어른이 주신 글월을 높여 이르는 말.

684) 권권(眷眷) : 그리워함. 가엾게 여기는 마음.

685) 유치(幼穉) : 어린아이.

686) 친재불원유(親在不遠遊) : 부모가 계시면 멀리 나가 놀지 않음. 『논어(論語)』「이인(里仁)」편에 나오는, '부모가 계시거든 원유하지 말며, 가게 되면 반드시 있는 곳이 있으니 알려야 한다(父母在 不遠遊 遊必有方).'를 이른다.

초육일(初六日) 도강(渡江)하니 고국에 나왔구나.

아국(我國) 사람 마주 나와 구경꾼도 반겨한다.

구치(驅馳)[687]하며 곤비(困憊)키로 의주(義州)서 수일(數日) 묵어

용천(龍天) 철산(鐵山) 선천(宣川) 지나 곽산(郭山) 정주(定州) 가산(嘉山)이며

박천(博川) 지나 청천강(淸川江)과 안주(安州) 숙천(肅川) 순안(順安) 지나

평양(平壤)서 하루 쉬어 중화(中和) 황주(黃州) 봉산(鳳山)으로

서흥(瑞興) 지나 평산(平山) 금천(金川) 청석관(靑石關)은 송도(松都)로다.

장단(長湍) 지나 숙소(宿所)하고 파주(坡州) 지나 고양(高陽) 오니

갈 적의 녹음방초(綠陰芳草) 낙목(落木)이 소소(蕭蕭)[688]하니

세월도 덧없으며 행역(行役)[689]도 지리(支離)하다.

양류(楊柳) 의의(依依)하던 길이 우설(雨雪)이 가까워라

잘 있더냐 삼각산(三角山)아 우리 집이 어디메냐

홍제원(弘濟院) 모화관(慕華館)의 낙양(洛陽) 친붕(親朋)[690] 서로 묻고,

인정전(仁政殿) 숙배(肅拜)[691] 후에 중희당(重熙堂) 입시(入侍)하니

왕명(王名)을 모신 바이라 무사왕반(無事往返)[692] 복명(復命)[693]하고,

이십삼 일 저문 후에 집으로 돌아오니

노친(老親)이 마주 나와 반기신 듯 느끼신 듯

과념(過念)[694]하신 덕택으로 병 없이 다녀오니

혼실(渾室)[695]이 환희(歡喜)하니 즐겁기도 그지없다.

청계사(淸溪詞)[696] 옛 곡조(曲調)를 의구(依舊)히[697] 노래하니

중원(中原)　　생각하면　　의의(依依)한　　일장춘몽(一場春夢)[698]인가 하노라.

■ 핵심 정리

* 연대 : 조선 고종 3년(1866)
* 갈래 : 장편 기행 가사, 사행(使行) 가사
* 형식 : 3·4(4·4)조의 음수율, 4음보의 연속체
* 성격 : 사실적, 객관적, 서사적, 비판적
* 문체 : 가사체, 운문체
* 주제 : 청나라를 다녀 온 여정(旅程)과 견문(見聞)

■ 해설

　이 작품은 총 3,924구로 된 장편 기행 가사로, 작가 홍순학(洪淳學)이 중국에 파견된 사신으로서 연경(燕京, 지금의 베이징)을 다녀온 체험과 견문을 서술한 작품입니다. 작가는 조선 고종(高宗) 때, 왕비(훗날 명성왕후) 책봉을 청나라에 알리기 위해 파견된 병인가례주청사(丙寅嘉禮奏請使)의 서장관(書狀官)으로 따라가 130여 일간 여행하였습니다. 이 작품에는 이러한 경험을 바탕으로 왕명을 받아 1866년 4월 9일 한양을 출발하여 6월 6일 연경에 도착하고, 약 40여 일 간을 연경에 체류한 뒤 다시 8월 23일 집으로 돌아오기까지의 여정과 견문을 자세하고 객관적으로 담고 있습니다.

　'병인연행가(丙寅燕行歌)', '북원록(北轅錄)', '연행록(燕行錄)', '원힝녹' 등으로도 불리는 이 작품은 노정(路程)이 자세하게 드러나고 서술 내용이 풍부하며, 치밀한 관찰력을 바탕으로 대상을 자세하고도 객관적으로 묘사하여 독자에게 생동감을 준다. 김인겸(金仁謙)의 일본 기행가사인 '일동장유가(日東壯遊歌)'와 함께 조선 후기 사행 가사(使行歌辭)의 대표작으로 일컬어집니다.

　이 작품은 노래를 전제로 한 가사라기보다는 조선 후기 산문 정신에 따르는 서사적(敍事的)인 수필에 가깝다고 할 수 있습니다. 한자 사용을 억제하고 우리말을 주로 사용하여 관리들뿐 아니라 일반 백성들까지도 쉽게 읽도록 하였다는 점에서 조선 후기 가사의 특징을 잘 보여 줍니다. 특히 중국의 발전된 문명과 조선의 형편을 견주는 내용이나, 명(明)나라를 높이고 청(淸)나라를 배척하는, 이른바 존명배청(尊明排淸)의 정신이 곳곳에서 드러나며, 객관적 사실에 대한 정서적 반응을 숨김없이 기술하고 있어서 적잖은 감동을 받을 수 있습니다.

---

687) 구치(驅馳) : 말이나 수레를 몰아 빨리 달림.
688) 소소(蕭蕭) : 바람이나 빗소리 따위가 쓸쓸함.
689) 행역(行役) : 공적 업무로 멀리 감.
690) 낙양(洛陽) 친붕(親朋) : 중국의 친한 벗.
691) 숙배(肅拜) : 서울을 떠나 임지(任地)로 가는 관원(官員)이 임금에게 작별을 아뢰던 일.
692) 무사왕반(無事往返) : 아무 일 없이 돌아옴.
693) 복명(復命) : 명령을 받고 일을 처리한 사람이 그 결과를 보고함.
694) 과념(過念) : 지나치게 염려함. 지나친 염려.
695) 혼실(渾室) : 온 집안.
696) 청계사(淸溪詞) : 옛 노래의 하나. 자세한 내용은 알 수 없다.
697) 의구(依舊)히 : 옛날 그대로 변함이 없이.

698) 일장춘몽(一場春夢) : 한바탕의 봄꿈이라는 뜻으로, 헛된 영화나 덧없는 일을 비유적으로 이르는 말.

용사음(龍蛇吟)

최현(崔晛)

내 타신가 뉘 타신고 天命(천명)[1]인가 時運(시운)[2]인가

져근덧 스이예 아무란 줄 내 몰래라

百戰乾坤(백전건곤)[3]에 治亂(치란)[4]도 靡常(미상)ᄒ고[5]

南蠻北狄(남만북적)[6]도 네브터[7] 잇건마ᄂᆞᆫ

慘目傷心(참목상심)[8]이 이대도록[9] ᄒᆞ돗던가

城彼朔方(성피삭방)ᄒ니[10] 王室(왕실)이 尊嚴(존엄)ᄒ고

雪恥除兇(설치제흉)ᄒ니[11] 胡越(호월)이 一家(일가)러니[12]

皇綱不振(황강부진)ᄒ야[13] 陰盛陽衰(음성양쇠)ᄒ니[14]

劉總(유총)[15]의 물발의 肝腦塗地(간뇌도지)ᄒ고[16]

石勒(석륵)[17]의 ᄑ람 굿티[18] 雲霧四塞(운무사색)ᄒ니[19]

宋齊梁陳(송제양진)[20]에 南北(남북)을 뉘 分(분)ᄒ료[21]

萬里峨嵋(만리아미)[22]예 行次(행차)[23]도 窘迫(군박)홀샤[24][25]

錢塘寒月(전당한월)[26]이 녯 비치 아니로다

中國(중국)도 이러커니 四夷(사이)[27]룰 니룰소냐[28]

一片靑丘(일편청구)[29]에 몃 번을 뒤져겨[30]

九種三韓(구종삼한)[31]이 언제만 디나가뇨[32]

我生之初(아생지초)[33]애 兵革(병혁)[34]을 모르더니

---

1) 天命(천명) : 하늘의 명령. 타고난 운명.
2) 時運(시운) : 시대나 그때의 운수.
3) 百戰乾坤(백전건곤) : 많은 싸움을 치른 세상.
4) 治亂(치란) : 혼란에 빠진 세상을 다스림. 다스려진 세상과 어지러운 세상.
5) 靡常(미상)ᄒ고 : 정상적이지 않고. 평상시와 다르고. 별스럽고.
6) 南蠻北狄(남만북적) : 남쪽과 북쪽의 오랑캐.
7) 네브터 : 예부터. 옛날부터.
8) 慘目傷心(참목상심) : 눈으로 참혹한 상황을 보고 마음을 아파함.
9) 이대도록 : 이처럼. 이 정도로. 이렇게까지.
10) 城彼朔方(성피삭방)ᄒ니 : 저 북쪽에 성을 쌓으니. 『시경(詩經)』 「소아(小雅)」 편, '출차(出車)'에, "천자께서 우리에게 명하시어 북녘 땅에 성을 쌓게 하셨으니, 혁혁한 남중(南仲)은 험윤(獫狁) 오랑캐를 쳐 없애리라(天子命我 城彼朔方, 赫赫南仲 獫狁于襄)."라고 나온다.
11) 雪恥除兇(설치제흉)ᄒ니 : 부끄러움을 씻고 흉악한 무리를 없애니.
12) 胡越(호월)이 一家(일가)러니 : 중국 북쪽의 오랑캐 호(胡)와 남쪽의 오랑캐 월(越)이 한집안이러니. 온 천하가 한집안 같이 되었음을 이르는 말.
13) 皇綱不振(황강부진)ᄒ야 : (명나라) 황제의 기강이 떨치지 못하여.
14) 陰盛陽衰(음성양쇠)ᄒ니 : 음이 번성하여 양이 쇠약해지니. 그늘진 곳은 번성하고 밝은 곳은 쇠약하니. 부정적인 존재가 번성하여 긍정적인 존재가 쇠약해지니. 오랑캐는 강성하고 한족(漢族)은 미약하니.
15) 劉總(유총) : 유(劉) 씨 총수(總帥). 뒤에 나오는 '석륵'으로 미루어 유연(劉淵)으로 보이는데, 그는 중국 오호십육국(五胡十六國)의 하나인 한(漢, 前趙)을 세운 사람으로, 팔왕(八王)의 난에 편승하여 독립 정권을 수립하여 대선우, 곧이어 황제라 칭했다. 그의 활약은 전조(前趙)의 기초를 확립시켰다. '유총(劉聰)'의 오독 또는 오기로 볼 수도 있는데, 유총은 한(漢)나라의 제3대 황제로, 310년에 황위에 올라 311년 진(晉)나라의 낙양을 함락시키고 316년에 서진을 멸망시켰다.
16) 肝腦塗地(간뇌도지)ᄒ고 : 나라를 위하여 목숨을 돌보지 않고 애를 쓰고, 참혹한 죽임을 당하여 간장(肝臟)과 뇌수(腦髓)가 땅에 널려 있다는 뜻에서 나온 말이다.

17) 石勒(석륵) : 중국 5호 16국 때 후조(後趙)의 고조(高祖). 흉노(匈奴) 갈족(羯族) 출신으로 오랫동안 군도(群盜)로 활동하다가 유연(劉淵)의 장수로 활약하다가 나중에 배반, 자립하여 건국하였다.
18) ᄑ람 굿티 : 휘파람 끝에.
19) 雲霧四塞(운무사색)ᄒ니 : 구름과 안개가 끼어 사방을 가로막으니.
20) 宋齊梁陳(송제양진) : 중국의 남북조(南北朝) 시대에 남조(南朝)에 해당하는 네 나라로, 송(宋)나라의 문제(文帝)에서 시작되어 차례대로 바뀐 왕조이다.
21) 뉘 分(분)ᄒ료 : 누가 나누겠는가?
22) 萬里峨嵋(만리아미) : 만 리 밖에 있는 아미산(峨嵋山). 중국 쓰촨성[四川省] 어메이현(縣)의 남서쪽에 있으며 중국 불교의 성지로 알려진 산.
23) 行次(행차) : 웃어른이 차리고 나서서 길을 감. 또는 그때 이루는 대열.
24) 窘迫(군박)홀샤 : 몹시 구차(苟且)하고 군색(窘塞)하여. 어려운 고비에 막혀 일의 형세(形勢)가 급(急)하여.
25) 萬里峨嵋(만리아미)예 行次(행차)도 窘迫(군박)홀샤 : 중국 당(唐)나라 현종(玄宗)이 안녹산(安祿山)의 난을 만나 아미산이 있는 곳까지 피난하면서, 양귀비(楊貴妃)를 죽이는 등 급박했던 사정을 언급한 것으로 보인다.
26) 錢塘寒月(전당한월) : 전당의 차가운 달. '전당'은 중국의 양쯔강 남쪽에 있는 곳으로 경치가 좋기로 유명하다.
27) 四夷(사이) : 중국(中國)에서 한족(漢族) 이외(以外)의 변방(邊方)의 이민족(異民族)을 오랑캐로 일컫던 말로서 동이(東夷), 서융(西戎), 남만(南蠻), 북적(北狄)을 통틀어 이르는 말.
28) 니룰소냐 : 이를쏘냐? 말할 것도 없이 그러함을 뜻함.
29) 一片靑丘(일편청구) : 한 조각의 푸른 언덕. '청구'는 조선(朝鮮)을 뜻하는 말.
30) 뒤져겨 : 뒤적여. 이리저리 들추고 뒤져.
31) 九種三韓(구종삼한) : 구종과 삼한. 우리 민족이 세웠던 나라로, 고조선(古朝鮮)·부여(夫餘)·예맥(濊)·맥(貊)·옥저(沃沮)·고구려(高句麗)·신라(新羅)·백제(百濟)·가야(伽倻) 등 아홉 나라와 마한(馬韓)·진한(辰韓)·변한(弁韓) 등의 삼한을 이르는 말.
32) 언제만 디나가뇨 : 얼마나 지나갔는가.
33) 我生之初(아생지초) : 내가 태어난 처음. 내가 처음 태어났을 때. 1563년에 태어난 글쓴이가 서른 살 때 임진왜란이 일어났다.
34) 兵革(병혁) : '병(兵)'은 병기(兵器), '혁(革)'은 갑옷으로 군사들이 사용하는 무기류를 총칭하여 '전쟁'을 비유함.

그 덧의[35] 고쳐 도야[36] 이 亂離(난리) 만나관디[37]

衣冠文物(의관문물)[38]을 어제 본 듯 ᄒᆞᆯ것마ᄂᆞᆫ[39]

禮樂絃誦(예악현송)[40]을 ᄎᆞ즐 디 전혀 업다

生甫及申(생보급신)[41]을 山岳(산악)도 앗기더니[42]

島夷醜種(도이추종)[43]을 뉘라셔 胚胎(배태)ᄒᆞᆫ고[44]

猛虎長鯨(맹호장경)[45]이 山海(산해)를 흔들거늘

東西南北(동서남북)에 뭇 싸홈[46] 니러나니

밀티며 취티며[47] 말 할시고 일 할셰고[48]

니 됴ᄒᆞᆫ[49] 守令(수령)[50]들 너흐ᄂᆞ니[51] 百姓(백성)이요

톱[52] 됴ᄒᆞᆫ 邊將(변장)[53]들 허위ᄂᆞ니[54] 軍士(군사)로다

財貨(재화)[55]로 城(성)을 ᄊᆞ니[56] 萬丈(만 장)[57]을 뉘 너모며

膏血(고혈)[58]로 ᄒᆡ치[59] ᄑᆞ니 千尺(천 척)[60]을 뉘 건너

료

綺羅筵(기라연) 錦繡帳(금수장)[61]의 秋月春風(추월춘풍)[62]

수이 간다

히도 길것마ᄂᆞᆫ 秉燭遊(병촉유)[63] 긔 엇덜고[64]

主人(주인) 줌든 집의 門(문)은 어이 여럿ᄂᆞ뇨

盜賊(도적)이 엿거든[65] 개ᄂᆞᆫ 어이 즛쟛ᄂᆞᆫ고[66][67]

大洋(대양)을 브라보니 바다히 여위엿다[68]

술이 ᄭᆡ더냐 兵器(병기)[69]를 뉘 가디료[70]

監司(감사)[71]가 兵使(병사)[72]가 牧府使(목부사)[73] 萬戶(만호)[74] 僉使(첨사)[75]

山林(산림)[76]이 븨화던가[77][78] 수이곰 드러갈샤[79]

30.3cm에 해당한다.

35) 그 덧의 : 그 사이에. 그 동안에. '덧'은 얼마 안 되는 퍽 짧은 시간.

36) 고쳐 도야 : 바뀌게 되어. 바뀌어. 변하여.

37) 만나관디 : 만났으니.

38) 衣冠文物(의관문물) : 그 나라의 문화·문물을 이르는 말.

39) 듯ᄒᆞᆯ것마ᄂᆞᆫ : 듯하건마는.

40) 禮樂絃誦(예악현송) : 예악(禮樂)을 연주하고 읊조림. '예악'은 나라의 경조사(慶弔事)에 따른 의식에 사용된 음악을 이름.

41) 生甫及申(생보급신) : 보후(甫侯)와 신백(申伯)을 낳음. 이들은 주(周)나라의 훌륭한 재상이었음. 『시경(詩經)』「대아(大雅)」편에 나오는 '숭고(崧高)'의 한 구절. '높고 큰 산이여, 하늘에 치솟아 있도다. 큰 산의 신령님이 내려와 보후와 신백을 낳으셨도다. 신백과 보후는 주나라의 기둥이로다. 사방 나라들의 울타리 되고, 온 세상의 담이 되도다(崧高維嶽 駿極于天 維嶽降神 生甫及申 維申及甫 維周之翰 四國于蕃 四方于宣).

42) 山岳(산악)도 앗기더니 : 산악도 아끼더니. 사방 산의 신령이 보후와 신백을 태어나게 하고 아끼더니.

43) 島夷醜種(도이추종) : 섬나라 오랑캐의 더러운 종족. 임진왜란(壬辰倭亂)을 일으킨 왜(倭)를 가리키는 말. 박인로(朴仁老)는 '선상탄(船上嘆)'에서는 왜적을 '해추(海醜)'라 하였다.

44) 胚胎(배태)ᄒᆞᆫ고 : 새끼를 배었는가? 태어나게 했는가?

45) 猛虎長鯨(맹호장경) : 사나운 범과 큰 고래.

46) 뭇 싸홈 : 많은 싸움. 여러 싸움. 여러 번의 싸움.

47) 밀티며 취티며 : 밀치며 젖히며. 밀치며 잡으며.

48) 말 할시고 일 할셰고 : 말도 많구나, 일도 많구나.

49) 니 됴ᄒᆞᆫ : 이[齒]가 좋은.

50) 守令(수령) : 고려·조선 시대에, 각 고을을 맡아 다스리던 지방관들을 통틀어 이르는 말. 절도사, 관찰사, 부윤, 목사, 부사, 군수, 현감, 현령 따위를 이른다.

51) 너흐ᄂᆞ니 : (입에) 넣은 이가. 무는 이(사람)가. 짓씹는 이(사람)가.

52) 톱 : 손톱이나 발톱. 모시나 삼을 삼을 때 그 끝을 긁어 훑는 데 쓰는 도구. 나무나 쇠붙이 따위를 자르거나 켜는 데 쓰는 연장.

53) 邊將(변장) : 첨사(僉使), 만호, 권관(權管)을 통틀어 이르는 말.

54) 허위ᄂᆞ니 : 헐게 하는 이(사람)가. 몸을 상하게 하는 이(사람)가.

55) 財貨(재화) : 사람이 바라는 바를 충족시켜 주는 모든 물건.

56) ᄊᆞ니 : 쌓으니.

57) 萬丈(만 장) : 만 길. '길'은 길이의 단위로, 한 길은 여덟 자 또는 열 자로 약 2.4미터 또는 3미터, 또는 사람의 키에 해당한다.

58) 膏血(고혈) : 기름과 피.

59) ᄒᆡ치 : 해자(垓字). 성 밖으로 둘러 판 못.

60) 千尺(천 척) : 천 자. 길이의 단위. 한 자는 한 치의 열 배로 약

61) 綺羅筵(기라연) 錦繡帳(금수장) : '곱고 아름다운 비단으로 만든 자리와 비단에 수를 놓은 장막'이란 뜻으로, 호화롭고 풍성한 잔치판을 대유적(代喩的)으로 표현한 말.

62) 秋月春風(추월춘풍) : '가을의 달과 봄의 바람'이란 뜻으로 놀기 좋은 때, 또는 '춘풍추우(春風秋雨)'와 같이 '지나간 세월'을 의미하는 말.

63) 秉燭遊(병촉유) : 촛불을 잡고 놂.

64) 히도 길것마ᄂᆞᆫ 秉燭遊(병촉유) 긔 엇덜고 : 낮이 길어 충분히 놀았을 법하지마는 밤에까지 촛불을 잡고 노는 것이 어떨까? 중국 당(唐)나라 시인 이백(李白)의 '춘야연도리원서(春夜宴桃李園序)'에서 '옛사람들이 촛불을 잡고 밤에 놀았던 것은 진실로 이유가 있었도다(古人秉燭夜遊 良有以也)'라는 구절이 있다.

65) 엿거든 : 엿보거든. '엿다'는 '엿보다'의 옛말이다.

66) 즛쟛ᄂᆞᆫ고 : 짖지 않는가?

67) 主人(주인) 줌든 집의~개ᄂᆞᆫ 어이 즛쟛ᄂᆞᆫ고 : 주인이 잠든 집에 문이 열려 있고 도적이 엿보지만 개는 짖지도 않는 상황인데, '주인'은 왕, '문'은 국경, '도적'은 왜적, '개'는 조정의 신하나 벼슬아치를 상징적으로 표현한 구절로 글쓴이의 안타까움을 설의적으로 드러내고 있다.

68) 바다히 여위엿다 : 바다가 얕아졌다. 바다가 말랐다. 왜적이 쉽사리 침략해 올 상황, 또는 바다에 적의 배가 가득 차 있는 상황을 드러낸 구절이다.

69) 兵器(병기) : 병장기(兵仗器). 전쟁에 쓰는 기구를 통틀어 이르는 말.

70) 뉘 가디료 : 누가 가지겠는가? 누가 들고 나서겠는가?

71) 監司(감사) : 조선 시대에 둔, 각 도의 으뜸 벼슬. 관찰사(觀察使). 도백(道伯).

72) 兵使(병사) : 병마절도사(兵馬節度使). 조선 시대에, 각 지방의 병마를 지휘하던 종이품의 무관 벼슬.

73) 牧府使(목부사) : 목사(牧使)와 부사(府使). 조선 시대에, 관찰사의 밑에서 지방의 목(牧)이나 부(府)를 다스리던 정삼품 외직 문관.

74) 萬戶(만호) : 조선 시대에, 각 도(道)의 여러 진(鎭)에 배치한 종사품의 무관 벼슬.

75) 僉使(첨사) : 조선 시대 각 진영(鎭營)에 속한 종3품의 무관으로, 첨절제사(僉節制使)의 약칭.

76) 山林(산림) : 산과 숲, 또는 산에 있는 숲. 학식과 덕이 높으나 벼슬을 하지 아니하고 숨어 지내는 선비.

77) 븨화던가 : 비었던가?

78) 山林(산림)이 븨화던가 : '숲속이 비었던가?'로 풀면 나라를 지켜야 할 사람들이 자신의 일을 버리고 빈 숲속으로 들어간다는 뜻이고, '산림을 배웠는가?'로 해석하면 산림들처럼 현실에 무관심해졌다는 뜻이 되는데, 뒤의 구절로 보아 앞의 뜻으로 쓴 것으로 보인다.

79) 수이곰 드러갈샤 : 쉽게도 들어가는구나. '곰'은 강세 접미사.

어릴샤80) 金睟(김수)81)야 뷘 城(성)을 뉘 딕희료82)

　우울샤83) 申砬(신립)84)아 背水陣(배수진)85)은 므스 일고86)

　　兩嶺(양령)87)을 놉다 ᄒ랴 漢江(한강)을 깁다 ᄒ랴

　　人謀不臧(인모부장)88)ᄒ니 하늘히라 엇디ᄒ료

　하나 한89) 百官(백관)도 수 치올 ᄲᅮᆫ이랏다90)

　一夕(일석)91)에 奔竄(분찬)ᄒ니92) 이 시름 뉘 맛들고93)

三京(삼경)94)이 覆沒(복몰)ᄒ고95) 列郡(열군)96)이 瓦解(와해)ᄒ니97)

　　百年宛洛(백년완락)98)애 누릴샤 비릴샤99)

　　關西(관서)100)ᄅ롤 도라보니 鴨綠江(압록강)이 어드메요

日月(일월)이 無光(무광)ᄒ니 갈 길흘 모롤노다

三百二十(삼백이십) 州(주)101)예 一丈夫(일장부) ㅣ102) 업돗던가

　　甘心屈膝(감심굴슬)ᄒ야103) 犬豕(견시)104)예 稱臣(칭신)ᄒ니105)

　　黃金橫帶(황금횡대)ᄒ던106) 녯 宰相(재상)107) 아니런가108)

嶺南(영남)애 스나히109) 鄭仁弘(정인홍)110) 金沔(김면)ᄲᅮᆫ가111)

紅衣(홍의) 郭將軍(곽장군)112)아 膽氣(담기)113)도 壯(장)홀셰고

三道勤王(삼도근왕)114)이 白衣書生(백의서생)115)으로

兵軍勢弱(병군세약)ᄒ야116) 홀 일이 업건마ᄂᆞᆫ

---

80) 어릴샤 : 어리석구나.
81) 金睟(김수) : '김수(金睟)'의 오기. 조선 시대의 문신(1547~1615). 자는 자앙(子昻). 호는 몽촌(夢村). 조선 중기의 문신. 선조 때 여러 관직을 지냈으며, 임진왜란이 일어나자 경상우감사로서 진주에 있다가 동래가 함락되자 밀양·가야를 거쳐 거창으로 도망하였다.
82) 딕희료 : 지키겠는가.
83) 우울샤 : 우습구나.
84) 申砬(신립) : 조선 중기의 무신(1546~1592). 임진왜란이 일어나자 삼도도순변사가 되어 충주 탄금대에서 배수진을 치고 왜군과 싸우다 순국하였다.
85) 背水陣(배수진) : 물을 등지고 진을 친다는 뜻으로 어떤 일에 결사적인 각오로 임한다는 말. 이 전법으로 중국 한(漢)나라 때의 한신(韓信)은 성공했으나 조선의 신립(申砬)은 실패하였다.
86) 므스 일고 : 무슨 일인가? 어찌 된 일인가?
87) 兩嶺(양령) : 두 고개. 경상북도 문경시와 충청북도 괴산군 사이의 조령(鳥嶺)과, 경상북도 영주시와 충청북도 단양군 사이의 죽령(竹嶺)을 이른다.
88) 人謀不臧(인모부장) : 사람이 옳지 못한 일을 꾀함. 사람이 도모하는 일이 올바르지 못함. 사람이 해야 할 도리를 다하지 못함. '부장(不臧)'은 '불선(不善)'의 뜻이다.
89) 하나 한 : 많고 많은.
90) 수치올 ᄲᅮᆫ이랏다 : 수효(數爻)를 채울 뿐이로구나. 수치(羞恥)스러울 뿐이로구나.
91) 一夕(일석) : 하룻밤.
92) 奔竄(분찬)ᄒ니 : 바삐 달아나 숨으니.
93) 뉘 맛들고 : 누가 맡을까?
94) 三京(삼경) : 고려 시대에, 국왕이 순행하던 세 곳의 서울. 중경(개성), 서경(평양), 남경(서울)을 이른다. 여기서는 조선 시대의 서울인 한양(漢陽)을 이르는 말로 쓰였다.
95) 覆沒(복몰)ᄒ고 : (배가 뒤집혀 가라앉듯이) 한 집안이나 나라 또는 군대가 아주 기울어져 망하고.
96) 列郡(열군) : 여러 고을. 열읍(列邑).
97) 瓦解(와해)ᄒ니 : (기와가 깨지듯이) 조직이나 계획 따위가 산산이 무너지고 흩어지니. 또는 조직이나 계획 따위를 산산이 무너뜨리거나 흩어지게 하니.
98) 百年宛洛(백년완락) : 번화하고 경치가 좋던 옛 고을. '완락'은 중국 하남성(河南省) 남쪽의 남양(南陽)과 북쪽의 낙양(洛陽)을 가리키는데, 이곳은 중국의 옛 도시로 아름다운 경치로 유명한 곳이다. 중국 당(唐)나라 시인 이백(李白)의 '남도행(南都行)'에 '완(宛)과 낙(洛)의 땅에서 실컷 노닐고는 고관대작들 바람 따라 돌아오네(遨游盛宛洛 冠蓋隨風還).'라는 구절이 나온다.
99) 누릴샤 비릴샤 : 누리고 비리구나. 누린내가 나고 비린내가 나는구나. 전쟁의 사상자(死傷者)가 많아 처참한 고을의 상황을 감각적(후각적)으로 표현하고 있다.

100) 關西(관서) : '관(關)의 서쪽'이란 뜻인데, 그 관은 강원도 회양군(淮陽郡)과 함경도 안변군과의 경계에 있는 철령(鐵嶺 : 685m)에 있던 관을 말한다.
101) 三百二十(삼백이십) 州(주) : 조선의 모든 고을.
102) 一丈夫(일장부) ㅣ : 한 대장부. 대장부 한 사람. 건장하고 씩씩한 사내 하나가.
103) 甘心屈膝(감심굴슬)ᄒ야 : 무릎 꿇기를 기꺼이 받아들여. 기쁜 마음으로 무릎을 꿇어. 기꺼이 항복하여.
104) 犬豕(견시) : 견돈(犬豚). 개와 돼지. 여기서는 왜적을 비유하고 있다.
105) 稱臣(칭신)ᄒ니 : 스스로 신하라고 자처하니.
106) 黃金橫帶(황금횡대)ᄒ던 : 황금을 띠에 두르던. 황금을 마음대로 가지던.
107) 宰相(재상) : 임금을 돕고 모든 관원을 지휘하고 감독하는 일을 맡아보던 이품 이상의 벼슬. 또는 그 벼슬에 있던 벼슬아치.
108) 黃金橫帶(황금횡대)ᄒ던 녯 宰相(재상) 아니런가 : 『통감절요(通鑑節要)』 1권, 「주기(周紀)」에 나오는, 노중련(魯仲連)이 제(齊)나라의 안평군(安平君) 전단(田單)이 적(狄)을 쉽게 못 이기는 까닭을 '황금을 띠에 두르고 치수(淄水)와 승수(澠水) 사이를 달려서 사는 즐거움이 있고 죽으려는 마음이 없으니, 이 때문에 이기지 못하는 것이다(黃金橫帶 而騁乎淄澠之間 有生之樂 無死之心 所以不勝也).'라 한 것과 연관된다.
109) 스나히 : 사나이.
110) 鄭仁弘(정인홍) : 조선 중기의 문신·학자(1535~1623). 자는 덕원(德遠). 호는 내암(萊庵). 조식(曺植)의 제자로, 임진왜란 때에 합천에서 의병을 모아 활약하여 영남 의병장의 호를 받았다. 대북(大北)의 영수(領袖)로 광해군 즉위 후에 영의정에 올랐다.
111) 金沔(김면)ᄲᅮᆫ가 : 김면뿐인가. '김면'은 조선 중기 학자 겸 의병장. 이황(李滉) 문하에서 성리학을 연마하고, 많은 제자들을 가르쳤다. 임진왜란 때 거창·고령에서 의병을 일으켰다.
112) 紅衣(홍의) 郭將軍(곽장군) : 홍의장군 곽재우(郭再祐). 조선 중기 임진왜란 때의 의병장이다. 조선 중기 임진왜란 때의 의병장으로 본관은 현풍(玄風), 자는 계수(季綏), 호는 망우당(忘憂堂)이다.
113) 膽氣(담기) : 담력(膽力). 겁이 없고 용감한 기운.
114) 三道勤王(삼도근왕) : 경상·전라·충청의 세 도(道)에서 일어난 의병. '근왕(勤王)'은 임금을 위하여 충성을 다한다는 뜻으로, 여기서는 '근왕병(勤王兵)'의 뜻으로 쓰였다.
115) 白衣書生(백의서생) : 글만 읽고 벼슬을 하지 않아 세상일에 서투른 선비를 비유적으로 이르는 말.
116) 兵軍勢弱(병군세약)ᄒ야 : 군병(軍兵)의 세력이 약하여. 군사들의 힘이 약하여.

擧義復讎(거의복수)117)롤 成敗(성패)118)롤 의논ᄒ랴

招諭使(초유사)119) 孤忠(고충)120)을 아ᄂᆞᆫ가 모ᄅᆞᆫᄂᆞᆫ가

魯仲連(노중련)121) 檄書(격서)122)롤 뉘 아니 눈믈 ᄂᆞ리

조초난123) 뎌 손ᄂᆡ124)야 權應銖(권응수)125) 웃디 마라

永川(영천) 賊(적) 아니 티면126) 더옥이 ᄒᆞᆯ 일 업다

면 듸 軍功(군공)127)은 ᄃᆞᆺ기록 귀예 ᄎᆞ디128)

갓기온 賊勢(적세)129)ᄂᆞᆫ 볼ᄉᆞ록 눈의 ᄎᆞ다130)

뒤조쳐131) 굿보더니132) 눔의 덕의　첫 잔 잡고

燋頭爛額(초두난액)133)은 셔도던134) 功(공)이 업다

宋象賢(송상현)135) 金悌甲(김제갑)136) 高敬命(고경명)137)

趙憲(조헌)138) 鄭澹(정담)139)

疾風(질풍)140)이 아니 블면 勁草(경초)141)롤 뉘 아더뇨142)

桃紅李白(도홍이백)ᄒᆞᆯ 제143) 버들조쳐144) 프르더니

一陣西風(일진서풍)145)에 落葉聲(낙엽성)146)ᄲᅮᆫ이로다

金垓(김해)147) 鄭宜藩(정의번)148) 柳宗介(유종개)149) 張士珎(장사진)150)아

죽ᄂᆞ니151) 만커니와 이 죽엄 恨(한)티 마라

金城(김성)152)이 믈허지니 晉城(진성)153)을 뉘 지킈료

雷南(뇌남)154) 壯士(장사)들이 一夕(일석)에 어듸 간고

綠蘋(녹빈)155)을 안듀 삼고 淸水(청수)롤 잔의 브어

忠魂毅魄(충혼의백)156)을 어듸 가 브르려뇨157)

祖宗舊疆(조종구강)158)애 盜賊(도적)이 님재 도여159)

---

117) 擧義復讎(거의복수) : 의병을 일으켜 원수를 갚음.
118) 成敗(성패) : 성공과 실패.
119) 招諭使(초유사) : 난리가 일어났을 때, 백성을 타일러 경계하는 일을 맡아 하던 임시 벼슬.
120) 孤忠(고충) : 혼자서 외로이 바치는 충성.
121) 魯仲連(노중련) : 전국시대 제(齊)나라의 높은 절의(節義)를 가진 은사(隱士)의 한 사람. 그는 무도(無道)한 진(秦)나라가 천하를 차지한다면 "나는 동해로 걸어 들어가 죽겠다.[連有踏東海而死耳]"고 맹세하여 그 절의를 높인 바 있음.
122) 檄書(격서) : 사람들을 선동하거나 의분을 고취하려고 쓴 글. 격(檄) 또는 격문(檄文)이라고도 한다. 적군을 설복하거나 힐책하는 글과 급히 여러 사람들에게 알리려고 각 곳에 보내는 글도 이에 포함된다.
123) 조초난 : 좇는. 뒤따르는. 추종하는.
124) 손ᄂᆡ : 손네. 손님네.
125) 權應銖(권응수) : 조선 선조 때의 의병장(1546~1608). 자는 중평(仲平). 호는 백운재(白雲齋). 조선 중기의 무신. 북변수비에 종사했고 임진왜란 당시 의병을 모집하여 영천성을 탈환했다. 경주성 탈환전, 문경 당교 싸움 등에 참전했다.
126) 永川(영천) 賊(적) 아니 티면 : 영천의 적을 아니 치면. 영천에 있던 적군이 신녕·안동에 있던 적군과 연락하면서 약탈을 일삼고 있었는데, 의병장 권응수가 적군을 물리치고 영천성을 탈환했던 사정을 언급한 것이다. 영천은 경상북도 동남부에 있는 시.
127) 軍功(군공) : 무공(武功). 군인으로서 세운 공적.
128) ᄃᆞᆺ기록 귀예 ᄎᆞ디 : 들을수록 귀에 차더니. 들을수록 듣기 좋더니.
129) 賊勢(적세) : 도적의 세력.
130) 볼ᄉᆞ록 눈의 ᄎᆞ다 : 볼수록 눈에 찬다. 볼수록 더욱 강해 보인다.
131) 뒤조쳐 : 뒤를 좇아. 뒤따라.
132) 굿보더니 : 구경하던 이(사람).
133) 燋頭爛額(초두난액) : 머리를 그슬리고 이마를 데어 가며 위험(危險)을 무릅쓰고 불을 끈다는 뜻으로, 사변(事變)의 소용돌이 속으로 뛰어들어 이리저리 힘겹게 뛰어다님을 이르는 말
134) 셔도던 : 서둘던. 애쓰던.
135) 宋象賢(송상현) : 조선 중기의 문신. 임진왜란 때 동래부사로 재직하였고 왜적을 맞아 싸우다 전사했다.
136) 金悌甲(김제갑) : 조선 전기 정언, 충청도 관찰사, 우승지 등을 역임한 문신. 임진왜란 때 원주목사로 적과 맞서 싸우다 순절하였다.
137) 高敬命(고경명) : 조선 중기 선조 때의 문인·의병장. 임진왜란 때 금산싸움에서 왜군과 싸우다가 전사하였다. 좌찬성에 추증되었다.
138) 趙憲(조헌) : 조선 중기의 문신·의병장. 임진왜란이 일어나자 옥천에서 의병을 일으켜 영규 등 승병과 합세해 청주를 탈환하였다. 이어 전라도로 향하는 왜군을 막기 위해 금산전투에서 분전하다가 의병들과 모두와 전사하였다.
139) 鄭澹(정담) : '鄭湛'의 오기. 조선 중기의 의병. 임진왜란이 일어나자 의병을 모집하여 금산을 거쳐 전주를 공략하려는 왜군을 웅치에서 육탄전으로 방어하다 전사했다.
140) 疾風(질풍) : 몹시 빠르고 거세게 부는 바람.
141) 勁草(경초) : 굳센 풀이라는 뜻으로, 지조(志操)가 꿋꿋한 사람을 비유적으로 이르는 말.
142) 疾風(질풍)이 아니 블면 勁草(경초)롤 뉘 아더뇨 : 거센 바람이 아니 불면 굳센 풀을 누가 알 수 있겠는가. 시련이나 고난을 겪어 봐야 강하고 약한 존재를 확인할 수 있다는 뜻이다. 『후한서(後漢書)』「왕패전(王霸傳)」에 나오는, 훗날 후한의 광무제가 된 유수(劉秀)가 왕패(王霸)에게 한 말이다.
143) 桃紅李白(도홍이백)ᄒᆞᆯ 제 : 복숭아꽃은 붉고 자두꽃은 희게 필 때.
144) 버들조쳐 : 버들조차. 버들마저.
145) 一陣西風(일진서풍) : 한바탕 몰아치거나 몰려오는 서풍. '서풍'은 서쪽에서 불어오는 바람이며 가을에 부는 바람이다.
146) 落葉聲(낙엽성) : 잎이 떨어지는 소리.
147) 金垓(김해) : 조선 전기의 문신이자 의병장으로 임진왜란이 일어나자 예안(禮安)에서 의병을 일으켜 안동·군위 등지에서 분전했다.
148) 鄭宜藩(정의번) : 조선 전기에 사마시에 합격하여 생원이 되었고, 임진왜란이 일어나자 아버지 정세아(鄭世雅)와 함께 의병을 일으켜 영천에서 승리, 이어 경주에 진격하여 싸우다가 좌장군 박진(朴晉)의 패전으로 적에게 포위되어 위기에 빠진 아버지를 구출하기 위하여 혈전을 벌이다가 적에게 사로잡혔으나, 끝내 굴복하지 않고 죽임을 당하였다.
149) 柳宗介(유종개) : 조선시대 임진왜란 때의 의병장. 임진왜란이 일어나자 의병 수백 명을 모집, 의병장이 되어 태백산을 근거지로 왜적을 무찌르다 경상북도 봉화에서 적장 모리 요시나리의 군대와 전투 중 전사하였다.
150) 張士珍(장사진) : 조선 중기의 의병장이다. 군위의 유생으로 1592년 임진왜란이 일어나자 의병을 일으켜 군위·인동 지역의 왜군을 무찔렀고, 그해 적의 유인책에 걸려 전사하였다.
151) 죽ᄂᆞ니 : 죽는 이.
152) 金城(김성) : 김해성(金海城). 임진왜란 때인 1592년 4월에 서예원(徐禮元) 등이 일본군과 벌인 전투인 '김해성 전투'가 유명하다.
153) 晉城(진성) : 진주성(晉州城). '진주성 전투'는 6일간에 걸친 대접전 끝에 조선군은 왜군을 격퇴했으나 전투를 지휘한 김시민은 적의 총탄을 맞고 전사했던, 임진왜란 3대첩의 하나로 꼽힌다.
154) 雷南(뇌남) : 우리나라의 최남단.
155) 綠蘋(녹빈) : 푸른 개구리밥. 푸른 마름풀.
156) 忠魂毅魄(충혼의백) : 충성스럽고 굳센 넋이라는 뜻으로, 충의의 정신을 비유적으로 이르는 말. '忠魂義魄'의 오독 또는 오기일 수도 있다.
157) 브르려뇨 : 부르려는가.

뫼마다 죽기거니 골마다 더듬거니

寃血(원혈)160)이 흘러나려 平陸(평륙)이 成江(성강)ㅎ니161)

乾坤(건곤)162)도 뵈자올샤163) 避(피)홀 뒤 젼혀 업다

先聖(선성)164)을 毁辱(훼욕)ㅎ니165) 陵寢(능침)166)이라 安保(안보)ㅎ며167)

아히룰168) 죽이거니 늘그니라169) 사라시랴

福善禍淫(복선화음)170)을 뉘라셔 올타더뇨

우연이171) 어려야 이 하늘 미들러랴

두어라 엇지ㅎ료 父母(부모)님 머르시랴172)

天王(천왕)173)이 震怒(진노)ㅎ샤 六月(유월)에 興師(흥사)ㅎ니174)

浙江(절강) 長沙(장사)175)룰 소리만 드럿더니

어와 우리 將士(장사) 몃 둘애 나오신고

三都(삼도)176)룰 掃淸(소청)ㅎ니177) 中興(중흥)178)이 거의로다

나가는 窮寇(궁구)179)룰 要擊(요격)180)을 못 홀런가

養虎有患(양호유환)181)을 쏘 엇제 ㅎ돗던고182)

李提督(이제독)183) 雄兵(웅병)184)을 어듸 가 對敵(대적)ㅎ며

劉將軍(유장군)185) 勇略(용략)186)으로 무스 일 못 일울고

ㅎ마ㅎ마 ㅎ니 歲月(세월)도 오라거다187)

하늘이 돕쟈는가 시졀이 머럿는가

다시곰 싱각ㅎ니 人事(인사)188) 아니 그럿던가

國家興亡(국가흥망)이 將相(장상)189)애 미인마리190)

지낸 일 뉘웃지 마오191) 이제나 올케 ㅎ소

兵連不解(병연불해)ㅎ여192) 殺氣干天(살기간천)ㅎ니193)

아야라194) 남은 사룸 癘疾(여질)195)의 다 죽거다

防禦(방어)란 뉘 ㅎ거든 밧트란 뉘 갈려뇨196)

父子(부자)도 相離(상리)ㅎ니197) 兄弟(형제)룰 도라보며

兄弟(형제)룰 브리거든 妻妾(처첩)을 保全(보전)ㅎ랴198)

蓬藁遍野(봉고편야)ㅎ니199) 어드메만200) 내 故鄕(고향)고

白骨成丘(백골성구)ㅎ니201) 어느 거시 내 骨肉(골육)고

昔年繁華(석년번화)202)룰 꿈ㄱ티 싱각ㅎ니

---

158) 祖宗舊疆(조종구강) : 조상의 옛 땅.
159) 님재 도여 : 임자가 되어.
160) 寃血(원혈) : 원통한 피. 원통하게 죽어 흘린 피.
161) 平陸(평륙)이 成江(성강)ㅎ니 : 평평한 육지가 강을 이루니.
162) 乾坤(건곤) : 하늘과 땅. 세상. 천지(天地).
163) 뵈자올샤 : 비좁아서. 비좁구나.
164) 先聖(선성) : 옛날의 성인. 돌아가신 성인.
165) 毁辱(훼욕)ㅎ니 : 헐뜯어 욕하니.
166) 陵寢(능침) : 임금이나 왕후의 무덤.
167) 陵寢(능침)이라 安保(안보)ㅎ며 : 왕릉이라 잘 지키며. 성종(成宗)의 능인 선릉(宣陵)과 중종(中宗)의 능인 정릉(靖陵)을 왜적들이 도굴한 사실을 가리킴.
168) 아히룰 : 아이를.
169) 늘그니라 : 늙은이라.
170) 福善禍淫(복선화음) : 착한 사람에게는 복을 주고 악한 사람에게는 재앙을 줌.
171) 우연이 : 엔간히. 어연간히. 웬만히.
172) 머르시랴 : 뭐라시겠는가? 꾸지람하시겠는가?
173) 天王(천왕) : 황제. 천자. 중국 명(明)나라 신종(神宗).
174) 興師(흥사)ㅎ니 : 군사를 일으키니.
175) 浙江(절강) 長沙(장사) : 중국의 지명.
176) 三都(삼도) : 세 도성(都城). 중경(개성), 서경(평양), 남경(서울)을 일컫는 삼경(三京)과 같은 곳을 이름.
177) 掃淸(소청)ㅎ니 : 소탕(掃蕩)하니. 휩쓸어 죄다 없애 버리니.
178) 中興(중흥) : 쇠퇴하던 것이 중간에 다시 일어남. 또는 다시 일어나게 함.
179) 窮寇(궁구) : 매우 어려운 지경에 빠진 적.
180) 要擊(요격) : 공격해 오는 대상을 기다리고 있다가 도중에서 맞받아침. 요액(要扼).
181) 養虎有患(양호유환) : 범을 길러서 화근을 남긴다는 뜻으로, 화근이 될 것을 길러서 후환을 당하게 됨을 이르는 말.
182) 엇제 ㅎ돗던고 : 어찌 하겠는가?

183) 李提督(이제독) : 명(明)나라 무장(武將) 이여송(李如松)을 이름. 임진왜란 때에 병사 4만을 이끌고 우리나라를 도우러 와서 고니시 유키나가(小西行長)의 군을 무찔렀으나, 벽제관(碧蹄館) 싸움에서 고바야카와 다카카게(小早川隆景)에게 크게 패하였다.
184) 雄兵(웅병) : 용맹스러운 병사.
185) 劉將軍(유장군) : 명(明)나라 무장(武將) 유정(劉綎)을 이름. 임진왜란이 일어나자 원병을 이끌고 참전하고 정유재란 때 남원에서 졌다는 소식이 전해지자 전세를 확인한 뒤 돌아갔다가 대군을 이끌고 와서 도와주었다.
186) 勇略(용략) : 용기(勇氣)와 지략(智略)을 아울러 이르는 말.
187) 오라거다 : 오래로다.
188) 人事(인사) : 사람의 일. 사람으로서 해야 할 일. 세상에서 벌어지는 일.
189) 將相(장상) : 장수(將帥)와 재상(宰相)을 아울러 이르는 말.
190) 미인마리 : 매이니.
191) 뉘웃지 마오 : 뉘우치지 말고. 마음속으로 가책을 느끼지 말고.
192) 兵連不解(병연불해)ㅎ여 : 전쟁이 이어져 해결되지 않아.
193) 殺氣干天(살기간천)ㅎ니 : 남을 해치거나 죽이려는 무시무시한 기운이 하늘에까지 다다르니.
194) 아야라 : 문맥상 '겨우, 아슬아슬하게' 정도의 의미인 듯. 울음소리나 놀라는 소리의 감탄사로 보기도 한다.
195) 癘疾(여질) : 전염성 열병을 통틀어 이르는 말. 역역(癘疫).
196) 밧트란 뉘 갈려뇨 : 밭은 누가 갈려는가?
197) 相離(상리)ㅎ니 : 서로 물러나 떨어짐.
198) 兄弟(형제)룰 브리거든 妻妾(처첩)을 保全(보전)ㅎ랴 : 형제를 버리는데 아내와 첩을 지킬 수 있으랴?
199) 蓬藁遍野(봉고편야)ㅎ니 : 쑥대가 말라 들판에 널려 있으니. 곡식이 자라야 할 들판이 쑥대밭이 되니.
200) 어드메만 : 어디쯤.
201) 白骨成丘(백골성구)ㅎ니 : 죽은 사람의 몸이 썩고 남은 뼈가 언덕을 이루니.
202) 昔年繁華(석년번화) : 지난 시절의 번성하고 화려함.

山川(산천)은 녯 늣티요203) 人物(인물)은 아니로다

周人(주인) 黍離歌(서리가)204)롤 靑史(청사)애 눈물 내고

杜陵(두릉) 哀江頭(애강두)205)롤 오늘 다시 불러 보니

風雲(풍운)이 愁慘(수참)호고206) 草木(초목)이 슬허혼다

男兒(남아) 삼긴 뜻이 이러케 호랴마는

좀호반 석은 션비207) 혼 돈돈 채 못 뽀다208)

靑總馬(청총마)209) 赤兎馬(적토마)210) 울명셔 구르거놀211)

莫耶劍(막야검)212) 龍泉劍(용천검)213) 白虹(백홍)214)이 절노 션다

언졔야 天河(천하)215)롤 헤쳐 이 兵塵(병진)216)을 씨스려뇨217)

■ 현대어 풀이

내 탓인가, 뉘 탓인가, 천명인가, 시운인가.
잠깐 사이 어떠한 줄 내 모르겠구나.
수없이 싸운 세상에 난리 다스리기 별스럽고

---

203) 녯 늣티요 : 옛 낯이요. 옛날의 모습이요.
204) 周人(주인) 黍離歌(서리가) : 주(周)나라 사람이 부른 '서리'의 노래. '서리(黍離)'는 『시경(詩經)』 왕풍(王風)의 편명(篇名). 주(周)나라의 어느 대부(大夫)가 주나라 옛 서울에 갔다가 종묘와 궁전이 폐허가 된 것을 보고 슬퍼 부른 노래로, '(저 옛 종묘에는) 기장이 더부룩 자랐고, (저 궁전은) 피[稷]의 밭이 되었구나(彼黍離離 彼稷之苗)'로 시작한다.
205) 杜陵(두릉) 哀江頭(애강두) : 중국 당(唐)나라 시인 두보(杜甫)의 시 '애강두(哀江頭)'. 이 시는 지은이가 안녹산의 반란군에 연금되어 있던 때에 그들의 눈을 피해 곡강을 거닐며 읊은 작품으로, 지난해에 난을 피해 촉 땅으로 가는 마외(馬嵬)에서 현종이 부득이 양귀비를 죽인 비극을 연상하며 그들의 애틋한 사랑과 인생무상을 슬퍼했다.
206) 愁慘(수참)호고 : 을씨년스럽고 구슬프고. 몹시 비참하고.
207) 좀호반 석은 션비 : 좀스러운 무관(武官)과 썩은 선비.
208) 혼 돈돈 채 못 뽀다 : 한 돈(푼)도 채 못 될 정도로 값싸다. 양반들의 무능을 비판한 말이다.
209) 靑總馬(청총마) : '靑驄馬'의 오기. 갈기와 꼬리가 파르스름한 백마.
210) 赤兎馬(적토마) : 중국 삼국(三國) 시대 관운장(關雲長)이 탔다는 말 이름으로서, 걸음이 몹시 빠른 말을 이르는 말.
211) 울명셔 구르거놀 : 울면서 발을 구르거늘.
212) 莫耶劍(막야검) : 춘추시대 명검의 이름이다. '막야검(鏌鎁劍)'으로 쓴다.
213) 龍泉劍(용천검) : 옛날 장수들이 쓰던 보검(寶劍).
214) 白虹(백홍) : 흰 무지개. 보통은 태양 둘레에 생기는 백색의 호(弧)를 말함. 여기서는 칼의 날에 비치는 빛을 이름.
215) 天河(천하) : 은하수(銀河水). '은하'를 강(江)에 비유하여 일상적으로 이르는 말.
216) 兵塵(병진) : 싸움터에서 일어나는 티끌이라는 뜻으로, 전쟁으로 인하여 어수선하고 어지러운 분위기 또는 그런 전쟁 통을 이르는 말.
217) 天河(천하)롤 헤쳐 이 兵塵(병진)을 씨스려뇨 : '은하수'를 '강물'로 보고 그것을 헤쳐 내어 전쟁으로 인한 티끌을 씻어내겠는가 하는 뜻이다.

남북의 오랑캐도 예부터 있건마는
참혹한 모습에 상심함이 이 정도로 하였던가.
성이 저 북쪽에 있으니 왕실이 존엄하고,
부끄러움 씻고 흉적을 없애려니 남북 오랑캐가 함께 일어나,
황제 기강 못 떨쳐 소인배 성하고 충신은 쇠약하니
유총의 말발굽에 참혹하게 죽게 되고
석늑의 휘파람에 구름이 가득하니,
송제양진에 남북을 뉘 나누리.
만 리 밖 아미산에 행차도 궁색하여
전당의 달빛조차 옛 빛이 아니로다.
중국도 이렇거니, 네 오랑캐야 이르겠나.
한 조각 청구는 몇 번이나 뒤집히어
구종 삼한이 어느새 지나갔나.
이 몸이 태어날 제 난리를 모르더니,
그 동안 세상 변해 이 난리 만났지만,
의관과 문물이야 어제 본 듯 하지마는
예의와 음악을 찾을 데 전혀 없다.
간난아이 자라나서 산악도 아끼더니
섬나라 오랑캐를 뉘라서 낳았던가.
맹호와 큰 고래가 산과 바다 흔들거늘
동서 남북으로 뭇 싸움 일어나니
밀치며 제치며, 말도 많고 일도 많네.
이 좋은 수령들 짓씹는 이 백성이요,
톱 좋은 변장들 헐우는 이 군사로다.
재물로 성 쌓으니, 만 장을 뉘 넘으며,
고혈로 해자 파니, 천 척을 뉘 건너리.
수많은 잔치판에 추월춘풍 빨리 간다.
해도 길건마는 밤까지 즐김은 그 어떨까.
주인 잠든 집에 문은 어이 열었느냐.
도적이 엿보는데, 개는 어이 짖지 않나.
대양을 바라보니, 바다가 얕아졌네.
술이 깨더냐, 병기를 뉘 다룰까.
감사가, 병사가, 목부사 만호 첨사.
산림이 배웠던가. 쉽게도 들어간다.
어리석다 김수야, 빈 성을 뉘 지키리.
우습다 신립아, 배수진은 무슨 일인가.
두 고개 높다 하랴, 한강을 깊다 하랴.
지모가 부족하니 하늘이라 어찌할까.
많고 많은 백관도 수를 채울 뿐이구나.
하루 만에 달아나니 이 근심 뉘 맡을까.
삼경이 옆어지고 여러 고을 무너지니,
백 년의 옛 고을에 누린내에 비린내라.
관서를 돌아보니 압록강이 어디인가.

일월이 빛을 잃어 갈 길을 모르겠다.
삼백이십 주에 대장부가 하나 없나.
기쁘게 무릎 꿇어 개돼지의 신하되니,
황금 허리띠의 옛 재상 아니던가.
영남의 사나이 정인홍 김면뿐인가.
홍의 곽장군아, 담력도 장하구나.
글만 읽던 선비가 삼도 근왕을 이끌어
군대가 세가 약해 어찌할 수 없지마는
의를 세워 복수함에 성패를 의논하랴.
초유사 고충을 아느냐, 모르느냐.
노중련 격서에 뉘 아니 눈물 흘리리.
따르는 저 손님들아. 권응수 웃지 말라.
영천의 적 아니 치면, 더욱 어찌 되었을까.
먼 곳의 승전고는 들을수록 귀에 차나.
가까운 적세는 볼수록 눈에 차다.
뒤따라 구경터니, 남의 덕에 첫잔 잡고,
위험을 무릅쓰고 섞여 들던 공이 없다.
송상현 김제갑 고경명 조헌 정담
질풍이 아니 불면 굳은 기개 뉘 알겠느냐.
복숭아 오얏꽃 피고 버들조차 푸르더니,
한 바탕 서풍에 낙엽 소리뿐이로다.
김해 정의번 유종개 장사진아.
죽는 이 많거니와 이 죽음 한탄 말라.
김해성 무너지니 진주성을 뉘 지키료.
남쪽의 장사들이 하루 만에 어디 갔나.
푸른 마름 안주 삼고, 맑은 물을 잔에 부어
충혼의백을 어디 가 부르려나.
우리의 옛 강토가 도적이 임자 되어
산마다 죽었거나 골마다 더듬거나
피눈물 흘러내려 평지가 강이 되니
천지에 꽉 찼구나, 피할 데 전혀 없다.
선성을 욕보이니 능침이라 보전되며,
아이가 죽었으니 늙은이라 살았으랴.
복선화음을 뉘라서 옳다더뇨?
얼마나 어리석어야 이 하늘 믿을러냐?
두어라 어찌하리, 부모님 뭐라시냐.
천자가 진노하여 유월에 기병하셔
절강 장사를 소리로만 들었더니,
아아, 우리 장사 몇 달 만에 나오신고.
삼도를 소탕하니 다시 일어남이로다.
달아나는 궁한 도적 섬멸을 못할런가.
호랑이를 남겨두면 다시 화가 되리러니
이 제독의 병사들을 어디에서 대적했고,
유 장군 지략으로 무슨 일 못 이루었나.

벌써 벌써 하였더니, 세월이 오래 되다.
하늘이 도왔는가 시절이 멀었는가.
다시금 생각하니 인사 아니 그르던가?
국가 흥망이 장상에 매였으니
지난 일 잊지 말고 이제나 옳게 하소.
전쟁이 멎지 않고 살기가 하늘 닿아
아아, 남은 사람 돌림병에 다 죽겠다.
지키기는 누가 하고 밭들은 뉘 갈려뇨.
부자도 이별하니 형제를 돌아보며,
형제가 버려지니 처첩을 보전하랴.
온 들판에 쑥 가득하니 어디가 내 고향인고.
백골이 언덕이니 어느 것이 내 살붙인고.
지난날 번화로움 꿈처럼 생각하니,
산천은 옛 낯이요 인물은 아니로다.
주인 서리가는 역사에 눈물 흘리고,
두릉 애강두를 오늘 다시 불러 보니.
풍운이 구슬프고 초목이 슬퍼한다.
남아가 생긴 뜻이 이렇게 하랴마는
좀스런 무반 썩은 선비 한 돈도 채 못 된다.
청총마 적토마는 울면서 구르거든
막야검 용천검에 흰 날이 절로 선다.
언제나 은하수 헤쳐 이 티끌을 씻으려뇨.

■ 핵심 정리

* 갈래 : 가사. 전쟁 가사
* 성격 : 우국적, 사실적, 비판적
* 제재 : 임진왜란
* 주제 : 임진왜란의 참상과 이기적인 권력자들에 대한 비판
* 특징 :
　① 전쟁의 참화를 소재로 하여 자신의 생각을 담담하게 그려 내고 있다.
　② 나라를 위해 일어난 의병과 사리사욕을 채우는 관리를 대조하여 주제 의식을 강조하고 있다.
　③ 대구나 대조, 비유와 상징 등의 기법으로 시적 상황을 효과적으로 드러내고 있다.
　④ 중국의 인물이나 역사적 사실을 들어 우리나라의 인물이 시대적 형편을 비교하고 있다.
　⑤ 대상에 대한 평가나 화자의 정서를 직접적이고 직설적으로 드러내고 있다.
* 구성 :
　기 : 중국처럼 우리나라에 닥친 전란을 안타까워함
　승 : 위정자들에 대한 비판하고 의병에 대한 찬양함
　전 : 돌림병으로 인한 참상을 슬퍼함

결 : 위정자들의 각성을 촉구하고 우국충정을 다짐함
* 출전 : 『인재속집(訒齋續集)』 권 8

■ 해설

이 작품은 인재(訒齋) 최현(崔晛, 1563~1640)이 임진왜란(壬辰倭亂)을 당하여 선조(宣祖) 26년(1593)에 지은 일종의 창의가사(倡義歌辭)입니다. 제목의 뜻은 임진(壬辰)의 진(辰, 용을 상징함)과 계사(癸巳)의 사(蛇, 뱀을 상징함)를 취하여 선조 25년과 26년에 있었던 임진왜란을 소재로 노래한다는 뜻으로 붙였습니다. 이동영(李東英)에 의하여 1959년에 「명월음(明月吟)」과 함께 처음으로 학계에 보고되어 관심 있는 학자들의 연구 자료가 되었습니다.

이 작품의 분량은 2율각(律刻) 1구로 헤아려 224구인데, 그 형식은 3·4조가 절대 다수로 주조를 이루나, 다른 가사 작품과 달리 2·3조도 많고 결사(結詞) 마지막 행의 자수율은 단형 시조의 종장과 같은 3·5·4·3체와 같은 것이 이 작품만이 가진 형식적 특징이 됩니다.

내용은 기승전결(起承轉結)의 4단계로 나누어 살필 수 있습니다. 기사(起詞)에서는 중국에도 치란이 어지럽더니 우리나라에도 전란이 일어나 옛날의 예악 문물을 볼 수 없게 되었음을 밝히고, 승사(承詞)에서는 섬 오랑캐 놈들이 무단히 쳐들어와서 나라가 전쟁터가 되었는데, 패주하는 관장들을 나무라기도 하고, 의병장들을 칭찬도 하면서 왜놈들의 적악(積惡)으로 복선화음(福善禍淫)에 따라 천병(天兵), 곧 명(明)나라 군대가 나와 구제해 주었으니, 우리 장수들과 재상들은 어제의 잘못을 뉘우치기보다 이제나 옳게 할 것을 주문합니다. 전사(轉詞)에서는 전쟁이 채 끝나기도 전에 전염병이 돌아 너무 많은 사람들이 죽었음을 애석해 하고, 결사(結詞)에서는 비분강개한 마음이 절로 일어나는데, 언제나 이 전쟁을 끝낼지 모르겠다는 소극적 자세로 노래를 끝맺고 있습니다.

무엇보다 이 작품은 임진왜란 초기에 미처 준비도 하지 않은 상태에서 갑작스럽게 일어난 전란이니 당황스러웠겠지만, 각처에서 의병들이 일어나 왜적에게 짓밟혀 빼앗겼던 땅을 회복함을 기뻐하고, 그 의병들의 이름을 열거하면서 그 충렬을 흠모하는 내용이 핵심입니다. 이것은 임진왜란 당시 의병을 일으켜 공을 세운 작가의 구체적 체험이 잘 녹아 들어가 있어서 더욱 감동적인 작품으로 평가되는 실마리가 됩니다. 또한 이 작품에는 임진왜란 당시의 현실이 잘 나타나 있는데, 특히 백성을 돌보지 않고 사리사욕만 채우는 벼슬아치들의 부정적인 모습이 잘 드러나 있다는 것도 주목할 만한 내용입니다.

작자의 다른 작품 「명월음」이 구름에 가려진 달을 바라보는 안타까운 심정을 노래한 서정적 작품인 데 반하여, 이 작품은 전란의 와중에서 어지러운 현실을 바라보는 비분강개(悲憤慷慨)가 잘 나타나 있습니다. 이 작품과 비슷한 시대적 배경으로 이루어진 박인로(朴仁老)의 가사 「선상탄(船上嘆)」과도 일정한 맥락이 닿아 있는 작품이라 할 수 있습니다.

자도사(自悼詞)

조우인(曹友仁)

임 향한 일편단심(一片丹心) 하늘끠 텨 나시니
삼싱(三生)[1] 결연(結緣)이오 지은 모옴 안녀이다
니 얼골 니 못 보니 보옴즉 홀가마는
밋눗치[2] 곱고 믑고 삼긴 디로 진혀 이셔[3]
연지빅분(臙脂白粉)[4]도 쓸 쥴을 모르거든
호치단순(皓齒丹脣)[5]을 두엇노라 흐리잇가
이 임 만느 뫼와 셤길 일 싱각ㅎ니
홍안(紅顏)[6]을 밋쟈 ㅎ니 셩싁(盛色)[7]이 멋 더지며[8]
됴물(造物)이 다싀(多猜)ㅎ니[9] 괼[10] 쥴 어이 긔필(期必)[11]ㅎ고
방년(芳年)[12] 십오(十五)의 비혼 일 젼혀 업셔
부상(扶桑) 견스(繭絲)[12]롤 은하(銀河)의 씨어 니여
원앙(鴛鴦) 긔상(機上)[13]의 봉황문(鳳凰紋)[14] 노화 짜니
니 손의 나는 지조 뇽타야[15] 홀가마는
말나 지어 니면 졔궁(帝躬)[16]을 쁘리려니[17]
님은 모르셔도 나는 님을 미더 이셔
조만(早晚) 가긔(佳期)[18]롤 손고펴[19] 기드리니

향규(香閨)[20] 셰월(歲月)은 믈 흐르듯 디나간다
인싱(人生)이 언마치며[21] 이내 몸 어이ㅎ고
쥬렴(珠簾)을 손소 것고 옥계(玉階)[22]예 거러 나려
오운심쳐(五雲深處)[23]의 님 계신 디 바라보니
무합운창(霧閤雲窓)[24]이 쳔니만니(千里萬里) ㄱ려셔라
인연(因緣)이 업지 안여 하늘이 아르신가
일쳑(一隻) 쳥눈(靑鸞)[25]으로 광훈궁(廣漢宮)[26] 느라올라
듯고 못 뵈던 님 쳔눗치[27] 즘간 뵈니
니 님이 잇쑨이라 반갑기를 가을홀가[28]
이리 뵈옵고 다시 뵐 일 싱각ㅎ니
삼쳔(三千) 분디(粉黛)[29]는 됴모(朝暮)[30]애 뫼셔시며
뉵궁(六宮)[31] 션연(嬋娟)[32]은 좌우(左右)에 버러시니[33]
슈습(羞澁)[34]흔 잔장(殘粧)[35]을 어디 가 바롤뵈며[36]
셔어(齟齬)[37]흔 티도(態度)을 눌드려 쟈랑홀고

---

1) 삼싱(三生) : 전생(前生), 현생(現生), 내생(來生)인 과거세, 현재세, 미래세를 통틀어 이르는 말.
2) 밋눗치 : 민낯이. 화장을 하지 않은 낯이.
3) 진혀 이셔 : 지녀 있어.
4) 연지빅분(臙脂白粉) : 입술이나 뺨에 찍는 붉은 화장품과 얼굴에 바르는 흰 화장품.
5) 호치단순(皓齒丹脣) : 단순호치(丹脣皓齒). 하얀 이와 붉은 입술. 아름다운 여자를 비유함.
6) 홍안(紅顏) : 붉은 얼굴이라는 뜻으로, 젊어서 혈색이 좋은 얼굴을 이르는 말.
7) 셩싁(盛色) : 미인(美人). 또는 미인의 얼굴.
8) 멋 더지며 : 몇 덧이며. '덧'은 얼마 안 되는 퍽 짧은 시간.
9) 됴물(造物)이 다싀(多猜)ㅎ니 : 조물주가 시기심이 많으니.
10) 괼 : 사랑할.
11) 긔필(期必) : 꼭 이루어지기를 기약함.
12) 부상(扶桑) 견스(繭絲) : 부상의 뽕나무로 키운 누에에서 뽑은 실. '부상'은 중국 전설에서, 해가 뜨는 동쪽 바닷속에 있다고 하는 상상의 나무. 또는 그 나무가 있다는 곳.
13) 원앙(鴛鴦) 긔상(機上) : 원앙(鴛鴦)의 모양으로 꾸민 베틀 위.
14) 봉황문(鳳凰紋) : 봉황을 본뜬 무늬. 상서로운 문양으로 천이나 공예품, 회화 따위의 겉면에 그리거나 새긴다.
15) 뇽타야 : 용하다고야. 재주가 뛰어나고 특이하다고야.
16) 졔궁(帝躬) : 임금의 몸.
17) 쁘리려니 : 가리려니.

---

18) 조만(早晚) 가긔(佳期) : 머잖아 있을 좋은 때.
19) 손고펴 : 손가락을 굽혀. 손꼽아.
20) 향규(香閨) : 부녀자의 방을 아름답게 표현한 말.
21) 언마치며 : 얼마이며. 몇 날이며.
22) 옥계(玉階) : 대궐 안의 섬돌.
23) 오운심쳐(五雲深處) : 오색구름이 덮인 깊은 곳.
24) 무합운창(霧閤雲窓) : 운창무합(雲窓霧閤). 안개와 구름이 서린 창과 문으로 서재나 서재의 창을 멋스럽게 이르는 말
25) 일쳑(一隻) 쳥눈(靑鸞) : 한 마리의 청란(靑鸞). 꿩과에 딸린 새. 여기서는 전설상의 새인 난새를 가리킨다.
26) 광훈궁(廣漢宮) : 광한전(廣寒殿). 廣寒府(광한부). 달나라의 궁전, 임금께서 계시는 궁전.
27) 쳔눗치 : 첫낯에. 초면(初面)에.
28) 가을홀가 : 견줄까. 비교할까. 가늠할까.
29) 분디(粉黛) : '분을 바른 얼굴과 먹으로 그린 눈썹'으로 화장한 아름다운 여자를 뜻함.
30) 됴모(朝暮) : 아침저녁.
31) 뉵궁(六宮) : 옛 중국의 궁중에 있었던 황후의 궁전과 후궁들의 다섯 궁실.
32) 션연(嬋娟) : 얼굴이 곱고 아름다움. 또는 그런 사람.
33) 버러시니 : 벌여 있으니. 늘어서 있으니.
34) 슈습(羞澁) : 몸을 어찌하여야 좋을지 모를 정도로 수줍고 부끄러움.
35) 잔장(殘粧) : 남아 있는 화장. 성장(盛粧)한 화장이 지워지고 남은 화장.
36) 바롤뵈며 : 발보이며. 남에게 자랑하기 위하여 자기가 가진 재주를 일부러 드러내 보이며.

난간(欄干) 홍누(紅淚)38)롤 취슈(翠袖)39)로 베스스며40)

옥경(玉京)41)을 여희옵고42) 하계(下界)예 ᄂᆞ려 오니

인ᄉᆡᆼ(人生) 박명(薄命)43)이 이더도록 삼길시고

공규(空閨)44) 십년(十年)에 척영(隻影)45)을 버들 삼고

아이온46) 뜰에 혼잔 말삼 히온 마리

님은 니 님이라 날을 어이 ᄇᆞ리신고

ᄉᆡᆼ각ᄒᆞ시면 긔 아니 어엿분가

뎡심(貞心)47)을 디킈고 귀신(鬼神)끠 밍셔ᄒᆞ야

됴흔 재 도라오면 보ᄋᆞ올가 혜엿더니

과연 니 님이 전혀 아니 ᄇᆞ리실스

삼천(三千) 약슈(弱水)48)의 청됴ᄉᆞ(靑鳥使)49) 건너오니

님의 소식(消息)을 반가이 듯관졔고

다년(多年) 허튼 머리 트리텨50) 지버 곳고

쌍검졔흔(雙瞼啼痕)51)을 분ᄆᆡᆨ(粉黛)도 아니 미러52)

먼 길 머다 안냐 허위허위 드러오니

그리던 얼굴을 보ᄃᆞᆺ 마ᄃᆞᆺ ᄒᆞ야 이셔

숨쑤즌53) 새옴54)은 어이ᄒᆞ여 흔단 말고

쳐비(萋斐)룰 ᄧᅡ내야 패금(貝錦)을 밍그는 듯55)

옥샹(玉上) 청승(靑蠅)56)이 온갖 허믈 지어 내니

니 몸에 싸힌 죄는 그지 ᄀᆞ이 업거니와

천일(天日)이 지샹(在上)ᄒᆞ니 님이 짐쟉 아니실가

글란 더디고 셜운 뜯 닐오려니

ᄇᆡᆨ년(百年) 인ᄉᆡᆼ(人生)애 이니 님 만나 보아

셔ᄒᆡᆼ밍산(誓海盟山)57)을 첫 말솜 미덧더니

그 더듸58) 므스 일로 이 근원 그처 두고

옥 ᄀᆞᆮ튼 얼구롤 외오 두고 그리는고

ᄉᆞ랑이 슬믜던가59) 명박(命薄)ᄒᆞᆫ 타시런가

니르면 모기 메고 싱각거든 가슴 끔즉

댱문(長門)60) 지척(咫尺)이 언마나 가렷관디

박행(薄行) 뉴랑(劉郎)61)은 꿈의도 아니 뵈며62)

소양(昭陽)63) 가관(歌管)64)은 예 듯던 소리로더

댱신궁(長信宮)65) 문(門)을 닷고 아니 연단 말가66)

풍상(風霜)이 섯거 티고 즁방(衆芳)67)이 ᄠᅥ러지니

수총(數叢)68) 황국(黃菊)은 눌 위ᄒᆞ야 픠여시며

건곤(乾坤)이 응폐(凝閉)ᄒᆞ야69) 삭풍(朔風)이 되오70) 부

있네(營營靑蠅 止于棘)."라는 구절이 나온다. '옥상청승'은 중국 당(唐)나라의 스님 관휴(貫休)의 시 '옛 생각(古意)'에, '하루아침에 고역사(高力士)에게 신을 벗기게 한 뒤로, 옥돌 위에 쉬파리 한 마리가 되었네(一朝力士脫靴後 玉上靑蠅生一箇).'라고 나온다.

37) 서어(齟齬) : 익숙하지 아니하여 서름서름함. 탐탁지 않음.
38) 홍누(紅淚) : 붉은 눈물.
39) 취슈(翠袖) : 푸른 소매. 비췻빛 소매.
40) 베스스며 : 썻으며. 닦으며. 훔치며.
41) 옥경(玉京) : 하늘 위에 옥황상제가 산다고 하는 가상적인 서울.
42) 여희옵고 : 이별하옵고.
43) 박명(薄命) : 운명이 기구함. 팔자가 사나움.
44) 공규(空閨) : 오랫동안 남편이 없이 아내 혼자서 사는 방.
45) 척영(隻影) : 외따로 있는 물건의 그림자. 오직 한 사람을 비유적으로 이르는 말.
46) 아이온 : 아쉬운.
47) 정심(貞心) : 곧은 마음. 정절.
48) 삼천(三千) 약슈(弱水) : 길이가 3,000리나 되고, 부력이 약해 기러기의 털도 가라앉는다는 강으로, 신선이 사는 중국 서쪽에 있었다고 한다.
49) 청됴ᄉᆞ(靑鳥使) : 파랑새 사자(使者). 편지를 가져오는 사람.
50) 트리텨 : 틀어서.
51) 쌍검졔흔(雙瞼啼痕) : 두 눈의 눈물 자국.
52) 분ᄆᆡᆨ(粉黛)도 아니 미러 : 분대도 아니 밀어. '분대밀다'는 '분바르다'의 옛말임.
53) 숨쑤즌 : 심술궂은.
54) 새옴 : 시샘.
55) 쳐비(萋斐)룰 ᄧᅡ내야 패금(貝錦)을 밍그는 듯 : 작디작은 무늬를 짜내어 큰 조개무늬 비단을 만드는 듯. 다른 사람을 모함하여 없는 죄를 엮어 냄. 『시경(詩經)』「소아(小雅)」편 '항백(巷伯)' 장에 "작고도 아름답구나, 이로 조개 무늬 비단을 짜듯, 저 참소하는 사람 또한 너무 심하도다(萋兮斐兮 成是貝錦 彼譖人者 亦已大甚)."라는 구절이 있다.
56) 옥샹(玉上) 청승(靑蠅) : 옥돌 위의 쉬파리. 파리 떼처럼 참소하는 사람들. '청승'은 『시경(詩經)』에 "윙윙대는 파리 떼 가시나무에 앉아

57) 셔ᄒᆡᆼ밍산(誓海盟山) : 바다와 산에 맹세함.
58) 더듸 : 덧에. 사이에.
59) 슬믜던가 : 싫어하고 미워하던가.
60) 댱문(長門) : 장문궁(長門宮). 중국 한(漢)나라 장안의 동북쪽에 있던 궁전으로 무제(武帝) 때, 진 황후(陳皇后), 곧 진아교(陳阿嬌)가 황제의 총애를 잃은 뒤 폐위되어 유폐되었던 궁전이다.
61) 박행(薄行) 뉴랑(劉郎) : 천박하게 행동한 유랑. '유랑'은 '유씨(劉氏)'의 사내, 또는 낭군의 뜻으로, 문맥상 한나라 제7대 황제 무제(武帝)인 유철(劉徹)을 가리킨다.
62) 댱문(長門) 지척(咫尺)이~꿈의도 아니 뵈며 : 장문궁은 지척에 있어서 얼마 가려지지 않았는데 천박하게 행동하던 유랑은 꿈에도 보이지 않으며. 임금의 총애를 잃은 진아교가 자신을 그렇게 만든 무제(武帝) 유철(劉徹)의 행동을 천박하다고 하면서도 꿈에서라도 만나고 싶은 마음을 드러내고 있다.
63) 소양(昭陽) : 소양전(昭陽殿). 본래 중국 한(漢) 나라 무제(武帝)가 지은 궁궐이나 성종(成帝) 때 조비연(趙飛燕) 자매가 거처하던 전각으로, 이후부터 황제의 총애를 받던 비빈이 거처하는 곳의 전각을 소양전이라 부른다.
64) 가관(歌管) : 노래와 악기를 아울러 이르는 말.
65) 댱신궁(長信宮) : 중국 한(漢)나라 때 황후 또는 황태후가 거처하던 전각으로 총애를 잃었거나 허물이 있어 유폐시키던 곳으로 냉궁(冷宮)이라 부르기도 한다.
66) 소양(昭陽) 가관(歌管)은~아니 연단 말가 : 소양궁에서 들려오는 풍악 소리는 옛날에 들던 소리이지만 언제까지 장신궁의 문을 닫아 두고 안 연단 말인가. 중국 한대(漢代)의 궁녀인 반(班) 첩여(婕妤)가 성제(成帝)의 총애를 받아 궁중의 여자 벼슬인 첩여가 되었다가 후에 조비연(趙飛燕)이 총애를 받게 되자 참소당하여 장신궁으로 물러가 태후를 모시게 되었고, 여기 있는 동안 시부(詩賦)를 지어 애절한 심사를 풀었던 사정을 언급한 것이다.
67) 즁방(衆芳) : 많은 꽃.
68) 수총(數叢) : 여러 떨기.

니

홀늘71) 뫼다 혼둘 열흘 치위 어니홀고

은침(銀針)72)을 빠아내야 오식(五色)실 쮜여 노코

님의 짜딘73) 오술 깁고져 흐건마는

텬문구듕(天門九重)74)에 갈 길히 아득흐니

아녀(兒女) 심정(深情)을 님이 언제 술피실고

궁음(窮陰)75)도 거의로다 양복(陽復)76)이면 더디리

동지(冬至) 즈반(子半)77)이 거야(去夜)의 도라 오니

만호쳔문(萬戶千門)78)이 차뎨(次第)79)로 연듯 흐디

어약(魚鑰)80)을 굿게 즘가 동방(洞房)81)을 다다시니

눈 우희 서리는 언마나 노가시며

쁠ᄀᆡ 미화(梅花)는 몃 붕이 퓌연는고

간댱(肝腸)이 다 써거 넉시조차82) 그쳐시니

천항원루(千行寃淚)83)는 피 되야 소소나고

반벽청등(半壁靑燈)84)은 비치조차 어두웨라

황금(黃金)이 만흐면 미부(買賦)나 하련마는85)

빅일(白日)이 무정(無情)흐니 복분(覆盆)86)에 비쵤손가

평싱(平生) 적흔(積舋)87)은 다 내의 타시로더

언어(言語) 공교(工巧)88) 업고 눈칙 몰라 ᄃᆞᆫ닌 일을

플쳐 혀여 보고 다시곰 싱각거든

진지(眞宰)89)의 쳐분(處分)을 눌드려 무르리뇨

사창(紗窓) 민월(梅月)에 셰한숨 다시 딧코

은징(銀箏)90)을 나오혀91) 원곡(怨曲)92)을 슬피 뜨니

쥬현(朱絃)93)이 그쳐녀94) 다시 닛기 어려웨라

출하로 쉬여며95) 즈규(子規)96)의 넉시 되여

야야(夜夜)97) 니화(梨花)의 피눈물 우러내야

오경(五更)98)에 잔월(殘月)을 섯거 님의 줌을 찌오리라

■ 현대어 풀이

임 향한 일편단심 하늘께 타고 났으니

삼생에 맺은 인연이요, 지어낸 마음 아니외다

내 얼굴 내 못 보니 봄직하다 할까마는

민낯이 곱건 밉건 생긴 대로 지녀 있어

연지(臙脂) 백분(白粉)도 쓸 줄을 모르거든

단순호치(丹脣皓齒)를 지녔노라 하오리까

이 임을 만나 뵈어 섬길 일 생각하니

홍안(紅顔)을 믿자 하니 성색(盛色)이 몇 년이며

조물주가 시기하니 사랑할 줄 어이 기약할까

방년 십오 세에 배운 일이 전혀 없어

부상(扶桑)의 명주실을 은하수에 씻어 내어

원앙의 베틀에 봉황 무늬 놓아 짜니

내 손에서 나는 재주 용하다야 할까마는

말라 지어내면 임의 몸을 감싸려니

---

69) 건곤(乾坤)이 응폐(凝閉)흐야 : 하늘과 땅이 엉겨서 닫혀. 세상이 엉겨 폐색(閉塞)하여.

70) 되오 : 되게. 몹시 심하게.

71) 홀늘 : 하루를.

72) 은침(銀針) : 은으로 만든 바늘. 은침(銀鍼).

73) 짜딘 : 따진. 터진. 떨어진.

74) 텬문구듕(天門九重) : 임금이 있는 곳. 궁궐.

75) 궁음(窮陰) : 겨울의 마지막. 음력 섣달을 이른다.

76) 양복(陽復) : 양의 기운이 회복되었다는 뜻으로 봄이 되었음을 이르는 말.

77) 즈반(子半) : 자정(子正).

78) 만호쳔문(萬戶千門) : 여러 집의 문. 집집마다의 대문.

79) 차뎨(次第) : 차례(次例).

80) 어약(魚鑰) : 물고기 모양의 자물쇠.

81) 동방(洞房) : 잠을 자는 방. 침실.

82) 넉시조차 : 넋조차.

83) 천항원루(千行寃淚) : 천 줄기 원통한 눈물.

84) 반벽청등(半壁靑燈) : 벽 가운데 걸려 있는 푸르스름한 등.

85) 황금(黃金)이 만흐면 미부(買賦)나 하련마는 : 황금이 많으면 글 팔기나 하련마는. 중국 한(漢)나라 무제(武帝) 때 총애를 잃은 황후 진아교(陳阿嬌)가 황금 백 근을 가지고 사마상여(司馬相如)에게 글을 지어 주도록 간청하여 다시금 총애를 받게 되었다 고사.

86) 복분(覆盆) : 엎어놓은 동이. 억울함을 씻지 못함. 『명심보감(明心寶鑑)』에 "강태공이 말하기를 해와 달이 아무리 밝아도, 엎어놓은 물동이 밑바닥까지 비추지는 못한다(太公曰 日月雖明, 不照覆盆之下)."라는 구절이 나온다.

87) 적흔(積舋) : 오랫동안 저지른 많은 허물.

88) 공교(工巧) : 솜씨나 꾀 따위가 재치가 있고 교묘함.

89) 진지(眞宰) : 노장지학(老莊之學)에서 도(道)의 본체, 곧 하늘을 이르는 말. 우주의 주재자. 또는 조화의 신. 조물주. 조화옹.

90) 은징(銀箏) : 악기 이름. 은으로 장식하거나 은 글씨로 음조(音調)의 높낮이를 표시한 쟁(箏)이라는 악기이다. '쟁'은 거문고와 비슷하게 생겼으며 13개의 현(絃)이 있는 악기이다. '아쟁(牙箏)'은 7현으로 된 우리나라 현악기의 하나.

91) 나오혀 : 내어. 꺼내어.

92) 원곡(怨曲) : 원망하는 노래.

93) 쥬현(朱絃) : 붉은색의 줄. 슬(瑟)의 25현 한가운데 실제로는 쓰지 아니하는 열셋째 줄. 이를 중심으로 아래의 12현은 탁성 십이율, 위의 12현은 청성 십이율로 조율한다.

94) 쥬현(朱絃)이 그쳐며 : 붉은 줄이 끊어져. 가운뎃줄이 끊어져. '백아절현(伯牙絶絃)'을 떠올릴 수 있는 구절이다. 이 말은 자기를 알아주는 참다운 벗의 죽음을 슬퍼한다는 뜻이다. 중국 춘추 시대에 백아(伯牙)는 거문고를 매우 잘 탔고 그의 벗 종자기(鍾子期)는 그 거문고 소리를 잘 들었는데, 종자기가 죽어 그 거문고 소리를 들을 사람이 없게 되자 백아가 절망하여 거문고 줄을 끊어 버리고 다시는 거문고를 타지 않았다는 데서 유래한다.

95) 출하로 쉬여며 : 차라리 죽어서.

96) 즈규(子規) : 두견(杜鵑). 망제혼(望帝魂). 귀촉도(歸蜀道). 중국 촉(蜀)나라 마지막 황제인 망제(望帝)의 죽은 넋이 두견이 되었다는 데서 유래한다.

97) 야야(夜夜) : 밤마다.

98) 오경(五更) : 하룻밤을 다섯 부분으로 나누었을 때 맨 마지막 부분. 새벽 세 시에서 다섯 시 사이이다.

임은 모르셔도 나는 임을 믿어 있어
조만간 좋은 시절 손꼽아 기다리니
향규(香閨)의 세월은 물 흐르듯 지나간다.
인생이 얼마이며 이내 몸 어이할꼬
주렴(珠簾)을 손수 걷고 옥계(玉階)에 내려가
오색구름 깊은 곳에 임 계신 데 바라보니
안개문 구름창이 천리만리 가렸구나
인연이 없지 않아 하늘이 아셨는가
한 마리 청란(靑鸞)으로 광한궁(廣寒宮) 날아올라
듣고 못 뵙던 임 첫낯에 잠깐 뵈니
내 임이 이뿐이라 반갑기를 가늠할까
이렇게 뵙고 다시 뵐 일 생각하니
삼천 명 화장(化粧)한 이 아침저녁 모셨으며
후궁(後宮)의 고운 이들 좌우에 벌였으니
수줍은 화장 흔적을 어디 가 자랑하며
탐탁잖은 태도를 누구더러 자랑할까
난간에서 피눈물을 푸른 소매로 닦으며
옥경(玉京)을 이별하고 하계(下界)에 내려오니
인생 박명(薄命)이 이토록 생겼던가
빈 규방(閨房) 십 년 세월 외그림자 벗을 삼고
아쉬운 마음에 혼잣말씀 하는 말이
임은 내 임이라 나를 어찌 버리신고
생각하시면 그 아니 불쌍한가
곧은 마음을 지키고 귀신께 맹세하여
좋은 때 돌아오면 뵈올까 헤아렸더니
과연 내 임이 전혀 아니 버리시어
삼천 리 약수(弱水)에 청조사(靑鳥使) 건너오니
임의 소식을 반가이 듣겠구나
여러 해 헝클어진 머리 틀어서 집어 꽂고
두 눈의 눈물 자국을 분대(粉黛)도 아니 밀어
먼 길 멀다 않고 허위허위 들어오니
그리던 얼굴을 본 듯 만 듯 하고 있어
심술궂은 시샘은 어찌하여 한단 말인가
알록달록 무늬 짜서 고운 비단 만들듯이
옥돌 위 쉬파리가 온갖 허물 지어내니
내 몸에 쌓인 죄는 끝도 가도 없거니와
하늘 해가 위에 있으니 임이 짐작 않으실까
그걸랑 던지고 서러운 뜻 이르려니
백 년 인생에 이내 임 만나 보아
바다와 산에 한 맹세를 첫 말씀 믿었더니
그사이 무슨 일로 이 근원 끊어 두고
옥 같은 얼굴을 홀로 두고 그리는가
사랑이 싫증났던가 박명(薄命)한 탓이런가
이르면 목이 메고 생각하면 가슴 끔찍

장문궁 지척(咫尺)이 얼마나 가렸건데
경박한 유랑(劉郎)은 꿈에도 아니 뵈며
소양궁의 풍악 소리 예 듣던 소리로되
장신궁 문을 굳게 닫고 아니 연다는 말인가
풍상(風霜)이 섞어 치고 뭇 꽃이 떨어지니
여러 떨기 국화는 누구 위하여 피었으며
건곤(乾坤)이 엉겨 막혀 삭풍(朔風)이 되게 부니
하루를 쬔다 한들 열흘 추위 어찌할까
은침(銀鍼)을 빼어 내어 오색(五色)실 꿰어 놓고
임의 터진 옷을 깁고자 하건마는
천문구중(天門九重)에 갈 길이 아득하니
아녀자 깊은 정을 임이 언제 살피실까
겨울 끝도 거의로다 봄이 되면 늦으리
동짓날 한밤중이 지난밤에 돌아오니
집집마다 대문을 차례로 연다 하되
자물쇠를 굳게 잠가 침실을 닫았으니
눈 위의 서리는 얼마나 녹았으며
뜰가의 매화는 몇 봉오리 피었는가
간장(肝腸)이 다 썩어 넋조차 그쳤으니
천 줄기 원망 눈물은 피 되어 솟아나고
반벽청등(半壁靑燈)은 빛조차 어두워라
황금이 많으면 매부(買賦)나 하련마는
백일이 무정하니 뒤집힌 동이에 비칠쏘냐
평생토록 쌓은 허물은 다 나의 탓이로되
언어(言語)에 공교(工巧) 없고 눈치 몰라 다닌 일을
풀어서 헤아리고 다시금 생각하니
조물주의 처분을 누구더러 물으리오
사창(紗窓)의 매화 달에 가는 한숨 다시 짓고
아쟁을 내어와 원망 노래 슬피 타니
붉은 줄이 끊어져 다시 잇기 어려워라
차라리 죽어서 자규(子規)의 넋이 되어
밤마다 이화(梨花)에 피눈물 울어 내어
오경(五更)에 잔월(殘月)을 섞어 임의 잠을 깨우리라

■ 핵심 정리

* 갈래 : 가사
* 성격 : 연정적, 비판적, 의지적
* 제재 : 임에 대한 사랑
* 창작 배경 : 광해군이 대비를 폐하고 영창대군을 죽이는
  등 극도로 혼란한 때에 간신들에 대한 증오와 신하로서
  임금에 대한 연모의 정을 노래함.
* 주제 : 임금에 대한 변함없는 충정
* 특징 :

① 화자를 여성으로 설정하여 임에 대한 변함없는 사랑을 애절하게 표현하고 있다.

② 천상계와 지상계의 이분법적 공간이 드러나고 있다.

③ 임을 옥황상제로, 자신을 적강 선녀로 비유하여 표현하고 있다.

④ 임금에 대한 변함없는 충정을 노래하고 있다.

⑤ 중국의 고사를 활용하여 자신의 상황을 드러내고 있다.

■ 해설

이 작품은 조선 중기에 조우인(曺友仁)이 지은 가사로, 모두 182구로 되어 있으며, 3·4조가 주류이나 2·3조 내지 2·2조도 있습니다. 작자의 가사집 『이재영언(頤齋詠言)』과 『간례(簡禮)』에 실려 있습니다. 임금에게 버림을 받아 억울하게 감옥살이를 하는 신하의 애절한 심정을 남녀관계에 의탁하여 읊은 가사로, 작자가 광해군 때 시화(詩禍), 곧 1621년에는 제술관(製述官)으로 있으면서 광해군의 잘못을 풍자했다가 그 글로 말미암아 3년간 옥에 갇혔던 사건과 연관됩니다. 따라서, 제작연대는 1621년(광해군 13)~1623년경으로 추정할 수 있습니다.

내용은 작자가 광해군 때 처음 벼슬한 일, 함경도 경성판관으로 내려간 일, 다시 내직으로 들어왔다가 무고를 입어 감옥살이를 하기까지의 일들을 한 선녀와 옥황상제의 관계에 비유하여 암시적으로 그려내고 있습니다. 서두에서 "임 향흔 일편단심(一片丹心) 하늘끠 틔나시니 삼생결연(三生結緣)이오 지은 마음 안녀이다."라 하여 임에 대한 나의 사랑은 숙명적임을 강조한 뒤, 버림받았을 때나 감옥의 고통 속에서도 이 사랑은 조금도 변함이 없음을 보여주고 있습니다. '자도사'란 스스로를 애도한다는 뜻으로 볼 때, 감옥에서 죽을 것을 예상하고 쓴 작품으로 보입니다. 그래서 지난날의 처세를 회고하고 후회하면서, 마지막으로 죽은 후에라도 결백과 충정을 증명하려 하였던 것입니다.

좀더 자세한 해설은 김혜진의 '이재 조우인 가사의 내면의식과 시가사적 의미(서울대 석사논문, 2018)'에서 「자도사」와 관련된 부분을 발췌한 것으로 대신합니다.

조우인의 가사 이전에 창작된 연군가사의 관습적 특징으로는 크게 두 가지를 꼽을 수 있다. 첫째, 천상과 지상의 이원적인 공간 설정을 통해 임과 이별한 상황이 제시된다. 둘째, 임과 이별한 뒤에 임에 대한 헌신적인 사랑을 드러냄으로써 임과의 재회에 대한 소망을 드러낸다. <자도사> 또한 이와 같은 전대 연군가사의 핵심적 특성을 공유하고 있다.

<자도사>에서도 청란(靑鸞)을 타고 광한궁에 날아올라갔다가 임과 이별하고 하계로 내려오는 대목에서 천상과 지상의 공간이 대립한다. 그러나 임과의 만남이 이루어진다는 점을 보면 소통이 완전히 단절된 공간으로 그려지지는 않는다.

전대 연군가사에서는 이별 이후의 심정 토로에 치중하는 데 반해 <자도사>에서는 임과의 재회가 시도되면서 만남과 이별이 반복되는 과정이 그려진다. 특히 임과 이별하게 된 원인에 대한 서술이 확대되어 있다. 이는 이별의 원인을 두고 <만분가>에서는 '무서리', '회오리바람' 등 갑자기 닥친 재앙이라는 속성을 부각하고, <사미인곡>에서는 "늙거야 므스 일로 외오 두고 그리 논고"라며 불분명하게 서술하고, <속미인곡>에서는 조물의 탓으로 치부되는 것과 대조적이다. 즉, 이별을 맞이하게 되는 상황이 부각된다는 차이가 존재하는 것이다.

또한 <자도사>에서도 임에게 옷을 지어 보내고 싶어 한다. 이때 용한 재주가 없어서 몸을 감쌀 만한 정도의 옷이라고 이야기한다. 이는 <사미인곡>에서 솜씨를 갖추어 지은 옷을 백옥함에 담아 산호수로 만든 지게에 실어 보내고 싶어하는 대목과 비교해 볼만하다. <사미인곡>의 '옷'이 가장 좋은 것을 임에게 드리고자 하는 헌신적 사랑을 표상한다면 <자도사>의 '옷'은 꾸밈 없이 본연의 속성을 지키는 태도에 대한 자부심을 반영하고 있기 때문이다.

요컨대 <자도사>는 임에 대한 사랑과 그리움을 표출하면서도 이별하게 된 과정이 확대되어 있다는 점, 그 속에서 임에 대한 헌신적 태도가 자기 인식과 결부되어 변주된다는 점이 주목을 요한다. <중략>

<사미인곡>의 시적 자아는 임과의 인연을 숙명적인 것으로 여긴다. 임은 자신이 태어난 근원이며, 자신과 임은 불가분한 관계라고 인식한다. "하늘 모롤 일이런가"라며 임과의 천생연분은 하늘도 분명히 알고 있다고 여기는 믿음은 "인연(因緣)이 업지 안여 하늘이 아릇신가"라며 의문을 제기하는 <자도사>와 분명하게 대비된다. 임과의 인연을 필연적, 운명적으로 여기는 <사미인곡>과 달리 <자도사>에서는 경쟁 관계 속에서 선택적으로 맺어진 것으로 본다.

즉 <자도사>의 시적 자아는 임과의 인연이 반드시 이루어질 수 있는 것이 아니라고 여겼기 때문에 그저 임의 뜻을 기다리는 소극적인 태도로 반응하였다고 이해된다. 이는 임과 시적 자아 간의 수직적 위계 차이를 설정한 연군가사의 일반적 특징으로 볼 수 있다. 그러나 임에게 '선택받지' 못한다는 의식이 전제되어 있다는 점은 주목할 만하다. 이것은 단순히 임의 사랑을 잃은 것이 아니라, 임의 사랑을 얻기 위한 경쟁 관계에서 밀려난 처지를 의미하기 때문이다.

요컨대 전대 연군가사에서는 임과 나의 절대적 관계가 중시되는 반면 <자도사>에서는 임의 주변까지 확장하여 인식함으로써 임과 나의 상대적 관계에 대한 인식이 대두된다. 다만 임이 시적 자아를 어떻게 생각하는지에 대한 서술은 구체적으로 나타나지 않으므로, 임의 주변 인물을 의식한 소극적 태도로 인해 첫 번째 이별을 맞이하게 된 것으로 볼 수 있다. 여기에서는 임의 주변 인물들에 대한 외양 묘사에 그친 반면 두 번째 이별 장면에서는 임과의 관계를 훼방하는 행위가 직접적으로 묘사된다.

<중략>

<자도사>의 결사에서는 진 황후(陳 皇后)처럼 부를 사서 지극한 정을 전할 수도 없고 엎어진 동이 밑에 놓인 듯한 막막한 심정을 드러낸다. 이는 임에 대한 사랑이 깊어 병을 얻은 <사미인곡>과 달리 억울한 처지로 인한 울분을 토로한 것이다. 공교하게 말을 꾸미지 않는 본성 때문이라고 여기며 은쟁을 타는것으로 울분을 억누르고자 하지만 이조차 좌절된다. 노래로서 풀 수 없는 깊은 좌절감으로 인해, 결국 접동새가 되어서 매일 밤 피눈물을 울어 임을 깨우겠다는 의지를 표명하게 된다.

이 대목은 <사미인곡>처럼 화신(化身) 모티프를 활용하고 있지만, 화신의 대상이 지닌 성격에 따라 두 작품의 주제 의식은 명확하게 달라져 있다. <사미인곡>에서 '범나비'가 임을 향한 무조건적인 사랑을 상징한다면, <자도사>의 '자규'는 임의 각성을 촉구하는 존재이다. 임과의 관계에 대한 불안이 지속되는 가운데 자신을 버린 임에게 자신의 억울함을 알리고 싶은 처절한 호소이자 다시 자신을 사랑해 주기를 바라는 갈망의 표현이다.

이로 본다면 <자도사>에서 임의 위상이 약화된 것은 아니다. 여전히 시적 자아의 운명을 결정하는 일이 임에게 달려 있다는 점에서 시적 자아는 임에게 종속된 존재이며, 문제를 해결할 수 있는 규범적 존재인 임에게 강렬하게 호소하고 있기 때문이다. 임이 시적 자아의 모든 문제를 해결해 줄 수 있고, 시적 자아의 행동 원리를 제공해 주는 상징적인 존재로 규정된다는 점은 <자도사>가 충신연주지사의 자장 아래에 놓인 작품이라고 판단할 근거가 된다.

연습 문제

01~03 다음 글을 읽고 물음에 답하시오.

(가)

「제망매가」는 월명사가 누이의 죽음을 겪고 그 슬픔을 노래한 작품이다. 이 작품을 지어서 부르니 한 가닥 바람이 어디선가 솟아나 누이의 명복을 빌기 위해 놓아둔 종이돈을 서방 정토가 있는 서쪽으로 날려 보냈다고 한다. 월명사의 예술적 재능과 관련된 신비한 일은 이뿐만이 아니었다. 그의 이름 '월명(月明)'의 유래 자체가 신비하다. 그가 달밤에 피리를 불자 하늘에 걸린 달도 움직이기를 멈추고 피리 소리를 들었다고 한다. 그래서 그의 이름은 월명이 되고, 그 일이 있었던 마을은 월명리가 되었다.

(나)

㉠생사(生死) 길은
예 있으매 머뭇거리고,
나는 간다는 말도
못다 이르고 어찌 갑니까.
┌ 어느 가을 ㉡이른 바람에
[A] │ 이에 저에 떨어질 잎처럼,
│ ㉢한 가지에 나고
└ 가는 곳 모르온저.
아아, ㉣미타찰(彌陀刹)에서 만날 나
㉤도(道) 닦아 기다리겠노라.   -월명사, '제망매가'

1. <보기>는 (가)를 참고하여 (나)의 내용을 이해한 것이다. 적절한 것을 모두 고른 것은?[1]

< 보 기 >

ㄱ. 작가는 달이나 나무와 같은 자연물의 이미지를 활용하는 수법의 작품을 주로 창작했군.

ㄴ. 종이돈이 날아가는 장면은 윗글에서 언급된 죽은 누이의 명복을 빌며 영원히 이별을 고하는 화자의 심리와 관련지어 볼 수 있군.

ㄷ. 달도 멈추게 했던 월명사의 예술이 지닌 신비한 힘으로도 누이의 죽음을 막지는 못했다는 점에서 인생의 무상함을 보여 주는군.

① ㄱ   ② ㄴ   ③ ㄱ, ㄴ   ④ ㄱ, ㄷ   ⑤ ㄴ, ㄷ

2. [A]에 대한 이해로 적절하지 않은 것은?[2]

① 인간과 자연물의 공통적 속성에 바탕을 두고 표현하고 있다.

② 곁에 머물다가도 어느 순간 사라지는 인연의 덧없음을 노래하고 있다.

③ 개별적 존재들이 태어나서 죽기까지의 과정을 비유적으로 표현하고 있다.

④ 시적 대상의 행방을 알고 삶과 죽음에 따른 한계를 극복하려는 시적 화자의 의지를 드러내고 있다.

⑤ 시간적 배경을 제시하여 쓸쓸한 분위기를 형성하고 있다.

3. ㉠~㉤의 의미로 적절하지 않은 것은?[3]

① ㉠ : 대상과 화자 사이에 놓인 삶과 죽음의 갈림길로 볼 수 있다.

② ㉡ : 대상에게 뜻하지 않게 일찍 찾아온 죽음을 암시하고 있다.

③ ㉢ : 시적 대상과 화자 자신이 한 부모에게서 태어났음을 의미하는 것으로 볼 수 있다.

④ ㉣ : 화자가 종교적 구원을 통해 대상과의 재회를 바라는 곳으로 볼 수 있다.

⑤ ㉤ : 대상과 이별한 이후 종교에 귀의하여 속세와 단절되고자 하는 화자의 삶의 태도를 보여준다.

04~06 다음 글을 읽고 물음에 답하시오.

(가)

열치매	咽嗚爾處米
나토얀 드리	露曉邪隱月羅理
흰 구룸 조초 뼈가는 안디하	白雲音逐于浮去隱安支下
새파론 나리여히	沙是八陵隱汀理也中
耆郞(기랑)이 즈싀 이슈라	耆郞矣貌史是史藪邪
일로 나리ㅅ 지벽히	逸烏川理叱磧惡希
郞(낭)이 디니다샤온	郞也持以支如賜烏隱
ᄆᆞᅀᆞᄆᆡ ᄀᆞ홀 좇누아져	心未際叱肣逐內良齊
아으 잣ㅅ가지 노파	阿耶栢史叱枝次高支好
서리 몯누올 花判(화반)이여	雪是毛冬乃乎尸花判也

[현대어 풀이]
열치매
나타난 달이
흰 구름 좇아 떠감이 아니야?
새파란 내[川]에
기랑의 모양이 있어라
이로 냇가 조약에
낭의 지니시던
마음의 끝을 좇고자
아으, 잣[柏] 가지 드높아

서리를 모르올 화랑장(花郞長)이여

          -충담사, <찬기파랑가>, 양주동 해독

(나)

늣겨곰 ᄇᆞ라매	咽嗚爾處米
이슬 볼갼 ᄃᆞ라리⁽¹⁾	露曉邪隱月羅理
힌 구룸 조초 ᄠᅥ간 언저레	白雲音逐干浮去隱安支下
몰이 가론 믈서리여희	沙是八陵隱汀理也中
耆郞(기랑)이 즈싀올시 수프리야.	耆郞矣皃史是史藪邪
逸烏(일오)나릿 ᄌᆞ벼긔	逸烏川理叱磧惡希
郞(낭)이여 디니디시온	郞也持以支如賜烏隱
ᄆᆞᅀᆞ미 ᄀᆞᆺ올 좃ᄂᆞ라져.⁽²⁾	心未際叱肹逐內良齊
아야 자싯가지 노포	阿耶栢史叱枝次高支好
누니 모둘 두폴 곳가리여.	雪是毛冬乃乎尸花判也

[현대어 풀이]
흐느끼며 바라보매
이슬 밝힌 달이
흰 구름 따라 떠간 언저리에
모래 가른 물가에
기랑의 모습과 같은 수풀이여.
일오내 자갈 벌에서
낭이 지니시던
마음의 끝을 좇고 있노라.
아아, 잣나무 가지 높아
눈이라도 덮지 못할 고깔이여.

         – 충담가, <찬기파랑가>, 김완진 해석

[시구 풀이] (1) 이슬 볼갼 ᄃᆞ라리 : '이슬 밝힌 달'이라는 뜻으로 여기서 '달'은 높이 우러러보는 존재로 형상화되어 있다. 즉, '달'은 광명과 영원의 속성을 지닌 것으로 이를 통해 기파랑의 인품을 예찬하는 것이다. (2) ᄆᆞᅀᆞ미 ᄀᆞᆺ올 좃ᄂᆞ라져. : 기파랑이 지니던 원만하면서도 강직한 인품과 기상을 따르고 싶은 화자의 마음을 나타낸 부분이다.

4. (가)와 (나)에 대한 감상으로 가장 적절한 것은?⁴⁾

① 대상의 부재가 강하게 표현되어 애상적인 면이 잘 드러나고 있는 노래야.

② 기파랑의 인물됨을 자연물을 의인화하여 상징적으로 부각한 노래라고 할 수 있어.

③ 상징적인 시어가 많이 사용되어서 배경 설화를 알지 못하면 해석하기 힘든 노래야.

④ 시적 대상에 대한 화자의 회고를 바탕으로 내용을 전개하고 있다.

⑤ 충담사라는 작가를 고려할 때, 이 노래에는 불교적 색채가 강하게 드러나 있다는 것을 알 수 있어.

5. (가)와 (나)에 대한 설명으로 적절하지 않은 것은?⁵⁾

① (가)의 '나리'는 기파랑의 맑은 인품을, (나)의 '물가'는 화

자가 존재하는 공간을 의미한다.

② (가)는 화자의 독백 형식으로 시상이 전개되며, (나)는 화자와 달의 문답 형식으로 시상이 전개된다고 보았다.

③ (가)는 계절을 나타내는 시어를 사용하여 계절감을 드러낸다.

④ (가)의 '지벽히'는 기파랑의 원만한 품성을, (나)의 '자갈 벌'은 화자가 있는 공간을 의미한다.

⑤ (가)의 화자는 달이 구름을 좇아가는 모습을 직접 봤지만, (나)의 화자는 이미 지나간 달을 상상하고 있다.

6. <보기>를 참고하여 (나)를 감상한 내용으로 적절하지 않은 것은?⁶⁾

> ───< 보 기 >───
>
> 이 작품은 신라 경덕왕 때의 승려 충담사가 화랑이었던 기파랑을 추모하여 지은 향가로서, 기파랑의 인물됨을 자연물에 비유하여 찬양하고 있다. 작가는 죽은 기파랑이 평소에 지녔던 고고한 인격과 곧은 절개, 역경에도 굴하지 않는 의연함 등을 여러 상징적인 시어들을 통해 형상화하면서 자신 또한 그의 숭고한 정신을 본받고자 하는 태도를 보여주고 있다.

① '흐느끼며 바라보매'에서 기파랑을 회상하며 슬퍼하는 화자의 심정을 이해할 수 있다.

② '구름'을 따라가는 '달'은 세속적인 유혹과 갈등하며 자신을 지키려는 임을 표현한다.

③ '수풀'은 임이 부재하는 상황을 확인하게 되는 공간으로 제시된다.

④ '일오(逸烏)내 자갈'은 원만하면서 강인한 임의 성격을 형상화하고 있다.

⑤ '잣나무 가지'는 임의 고고한 인격과 곧은 절개를 비유하고 있다.

07~09 다음 글을 읽고 물음에 답하시오.

㉠가시리 가시리잇고 나ᄂᆞᆫ
ᄇᆞ리고 가시리잇고 나ᄂᆞᆫ
   위 증즐가 大平盛代(대평셩디)

㉡날러는 엇디 살라 ᄒᆞ고
ᄇᆞ리고 가시리잇고 나ᄂᆞᆫ
   위 증즐가 大平盛代(대평셩디)

㉢잡ᄉᆞ와 두어리마ᄂᆞᆫᄂᆞᆫ

선ᄒᆞ면* 아니 올셰라
　　위 증즐가 大平盛代(대평셩ᄃᆡ)

ⓔ셜온 님 보내ᄋᆞ노니 나ᄂᆞᆫ
ⓜ가시ᄂᆞᆫ 듯 도셔 오쇼셔 나ᄂᆞᆫ
　　위 증즐가 大平盛代(대평셩ᄃᆡ)

*선ᄒᆞ면: 서운하면, 마음에 거슬리면, 내키지 않으면.

　　　　　　　　　　　　　　- 작자 미상, '가시리'

7. 윗글의 화자에 대한 이해로 가장 적절한 것은?[7]

① 임과 화자 사이의 이별은 타인의 강요에 의한 것임을 명시하고 있다.

② 화자가 임과 소통하지 못하는 아쉬움을 꿈을 통해 호소하고 있다.

③ 임의 변심이 화자로 하여금 다른 사람을 만나도록 하고 있다.

④ 임이 자신을 사랑하지 않음을 알고 분노하고 있다.

⑤ 임이 자신에게 돌아와 주기를 소망하고 있다.

8. 윗글과 <보기>의 화자가 동일 인물이라고 가정한다면 상황이 변화한 데 따른 화자의 반응으로 가장 적절한 것은?[8]

───── < 보 기 > ─────
梨花雨(이화우) 훗ᄲᅳᆯ릴 제 울며 잡고 離別(이별)ᄒᆞᆫ 님,
秋風落葉(추풍 낙엽)에 저도 날 ᄉᆡᆼ각ᄂᆞᆫ가.
千里(천 리)에 외로운 꿈만 오락가락 ᄒᆞ노매. 　-계랑

① 가시자마자 곧 돌아오시라 부탁했건만 떠난 임은 소식도 없고, 임을 그리워하는 마음만 간절하구나.

② 나를 보기 싫다며 떠나신 임인데, 그 임을 잊지 못해 이렇게 외롭게 지내는 내 신세가 처량하구나.

③ 가시지 말라는 청을 뿌리치고 가신 임이 이제는 나를 생각하느라 애태우시는 모습이 안쓰럽구나.

④ 내가 너무 붙잡아서 화가 나신 걸까? 시간이 한참이나 흘렀는데도 떠나간 임은 왜 돌아오시지를 않지?

⑤ 임을 떠나보낼 때는 슬펐던 마음이, 떠난 뒤에 소식이 없는 임을 생각하니 원망하는 마음으로 바뀌는구나.

9. ㉠~㉤에 대한 설명으로 적절하지 않은 것은?[9]

① ㉠ : 화자의 소망과 배치되는 임의 행위를 거듭 확인하고 있다.

② ㉡ : 버림받은 이후의 삶을 두려워하는 화자의 심정이 나타나 있다.

③ ㉢ : 임을 붙잡고 싶지만 그러면 임이 영원히 화자를 떠나지 않을까 하는 걱정을 담고 있다.

④ ㉣ : 임이 떠나는 상황을 마치 화자가 떠나보내는 상황인 것처럼 노래하고 있다.

⑤ ㉤ : 임을 떠나보내지 않으려는 화자의 의지를 부각하고 있다.

10~12 다음 글을 읽고 물음에 답하시오.

서경(西京)이 아즐가 서경(西京)이 서울이지마는
위 두어렁셩 두어렁셩 다링디리
새로 닦은 아즐가 새로 닦은 소셩경* 사랑하지마는
위 두어렁셩 두어렁셩 다링디리
이별한다면 아즐가 이별한다면 ㉠길쌈 베 버리고
위 두어렁셩 두어렁셩 다링디리
사랑해 주신다면 아즐가 사랑해 주신다면 울면서 따르
겠습니다
위 두어렁셩 두어렁셩 다링디리

구슬이 아즐가 구슬이 바위에 떨어진들
위 두어렁셩 두어렁셩 다링디리
㉡끈이야 아즐가 끈이야 끊어지겠습니까 나난
위 두어렁셩 두어렁셩 다링디리
㉢천 년을 아즐가 천 년을 외로이 살아간들
위 두어렁셩 두어렁셩 다링디리
믿음이야 아즐가 믿음이야 끊어지겠습니까 나난
위 두어렁셩 두어렁셩 다링디리

대동강 아즐가 대동강 넓은지 몰라서
위 두어렁셩 두어렁셩 다링디리
배 내여 아즐가 배 내여 놓았느냐 ㉣사공아
위 두어렁셩 두어렁셩 다링디리
네각시아즐가네각시음란한줄몰라서
위 두어렁셩 두어렁셩 다링디리
가는 배에 아즐가 가는 배에 몸을 실었느냐 사공아
위 두어렁셩 두어렁셩 다링디리
대동강 아즐가 대동강 건너편 ㉤꽃을
위 두어렁셩 두어렁셩 다링디리
배 타 들면 아즐가 배 타 들면 꺾을 것입니다 나난
위 두어렁셩 두어렁셩 다링디리

　　　　　　　　　- 작자미상, 「서경별곡(西京別曲)」

● 소성경: 작은 서울을 의미하는 것으로 지금의 평양.

10. 윗글에 대한 설명으로 적절하지 않은 것은?[10]

① 화자가 꿈꾸는 구체적인 이상 세계의 모습이 드러나 있

다.
② 여음을 활용하여 음악적 효과를 거두고 있다.
③ 시구의 반복과 대구를 통해 의미를 강화하고 있다.
④ 화자의 마음을 사물에 빗대어 표현하고 있다.
⑤ 설의적 표현을 통해 화자가 갈망하는 바를 드러내고 있다.

11. 윗글의 화자에 대한 설명으로 가장 적절한 것은?[11]
① 다른 사람과의 새로운 인연에 대한 기대를 드러내고 있다.
② 사랑하는 임에 대한 원망의 감정을 직접적으로 드러내고 있다.
③ 이별을 받아들이고 감내하고자 하는 여성의 모습을 나타내고 있다.
④ 과거의 자신의 행위에 대해서 반성하고 있다.
⑤ 자신의 사랑을 지키고자 하는 의지를 강하게 나타내고 있다.

12. ㉠~㉤에 대한 설명으로 적절하지 않은 것은?[12]
① ㉠: 화자가 중요하게 여기는 대상이다.
② ㉡: 화자의 적극적인 태도를 드러내는 사물이다.
③ ㉢: 임에 대한 화자의 변치 않는 사랑을 나타낸다.
④ ㉣: 임에게 화자의 사랑을 전달하는 존재이다.
⑤ ㉤: 화자가 질투의 감정을 느끼는 대상이다.

13~15 다음 글을 읽고 물음에 답하시오.

㉠돌하 ㉡노피곰 도드샤
어긔야 머리곰 비취오시라.
어긔야 어강됴리
아으 다롱디리.
㉢져재 녀러신고요.
어긔야 ㉣즌ᄃᆡ롤 드ᄃᆡ욜셰라.
어긔야 어강됴리.
어느이다 ㉤노코시라.
어긔야 내 가논 ᄃᆡ 졈그롤셰라.
어긔야 어강됴리
아으 다롱디리.

달님이시여! 높이높이 돋으시어
어긔야 멀리멀리 비추어 주십시오.
어긔야 어강됴리
아으 다롱디리.

시장에 가 계신가요?
어긔야 진 곳을 디딜까 두렵습니다.
어긔야 어강됴리.
어느 곳에나 다 놓고 계십시오.
어긔야 내 가는 곳 날 저물까 두렵습니다.
어긔야 어강됴리
아으 다롱디리.

13. 윗글에 대한 설명으로 적절하지 않은 것은?[13]
① 조흥구와 여음구를 활용하여 리듬감을 만들어 내고 있다.
② 자연물에 인격을 부여함으로써 화자의 바람을 드러내고 있다.
③ 소재의 상징적 의미를 통해 시적 상황을 두드러지게 하고 있다.
④ 어순의 도치를 활용하여 상황의 긴박감을 강조하고 있다.
⑤ 상대에게 말을 건네는 방식을 통해 정서를 드러내고 있다.

14. 윗글과 <보기>의 공통점으로 가장 적절한 것은?[14]

───< 보 기 >───
마음이 어리석고 보니 하는 일이 다 어리석다
만중 운산(萬重雲山)에 어느 임 오랴마는
지는 잎 부는 바람에 행여 그인가 하노라
－ 서경덕

① 상징적 의미를 강조하기 위해 계절적 배경을 적절하게 이용하고 있다.
② 대상을 기다리는 화자의 간곡하고 절실한 마음을 드러내고 있다.
③ 결정론적인 운명에 순응하는 화자의 소극적인 태도를 부각하고 있다.
④ 이해타산(利害打算)에 따라 행동하는 사람들을 비판하고 있다.
⑤ 개인이 처한 문제 상황을 사회 전체의 문제로 확대하고 있다.

15. ㉠~㉤에 대한 설명으로 적절하지 않은 것은?[15]
① ㉠: 높이 떠서 세상을 훤하게 비추는 속성을 지니고 있다.
② ㉡: 더 높은 사회적 신분을 지향하는 화자의 욕망을 암시한다.
③ ㉢: 구체적 공간을 언급함으로써 임이 하는 일을 짐작

하게 해 준다.

④ ㉣ : 임이 위험에 빠질까 걱정하는 화자의 안타까운 마음이 드러난다.

⑤ ㉤ : 화자가 사랑하는 임에게 전하고 싶은 당부의 말이다.

16~18 다음 글을 읽고 물음에 답하시오.

(前腔)	내 님믈 그리ᄉᆞ와 우니다니
(中腔)	山(산) 졉동새 난 이슷ᄒᆞ요이다.
(後腔)	아니시며 거츠르신 둘 아으
(附葉)	㉠殘月曉星(잔월효성)이 아ᄅᆞ시리이다.
(大葉)	넉시라도 님은 ᄒᆞᆫ디 녀져라 아으
(附葉)	벼기더시니 뉘러시니잇가
(二葉)	過(과)도 허믈도 千萬(천만) 업소이다.
(三葉)	ᄆᆞᆯ힛마리신뎌
(四葉)	술읏븐뎌 아으
(附葉)	니미 나ᄅᆞᆯ ᄒᆞ마 니ᄌᆞ시니잇가
(五葉)	㉡아소 님하, 도람 드르샤 괴오쇼셔.

16. 이 노래의 화자에 대한 설명으로 적절하지 않은 것은?16)

① 화자는 자연물을 통해 자신의 정서를 효과적으로 드러내고 있다.

② 시적 청자인 상대방에게 자신의 소망을 분명하게 밝히고 있다.

③ 화자는 끝까지 임을 따르겠다며 일편단심을 다짐하고 있다.

④ 화자는 하늘의 달과 별을 걸고 자신의 결백을 호소하고 있다.

⑤ 화자는 자신에게 주어진 암울한 상황을 해학으로 극복하고 있다.

17. ㉠에 대한 <보기>의 의견에 대한 반론으로 가장 적절한 것은?17)

― < 보 기 > ―

'접동새'는 우리의 전통적인 시가(詩歌)에 많이 쓰인 새지만 주변에서 흔히 볼 수 있는 새가 아니잖아. '참새'나 '까치'로 바꾸어 쓰는 것이 좋겠어.

① 그렇게 바꾸면 화자의 고귀한 지위를 표현할 수 없게 돼.

② 그러면 화자의 성품이 너무 가볍게 느껴지는 경향이 있

어.

③ 주변에서 흔히 볼 수 있는 소재를 사용하면 너무 상투적이잖아.

④ 흔한 새로 하면 오히려 참신한 이미지를 얻을 수 없다고 생각해.

⑤ 그러면 한(恨)의 이미지가 사라져서 시 전체의 의미가 약화되잖아.

18. <보기>에서 밑줄 친 관점으로 이 작품을 감상한 것으로 적절한 것은?18)

― < 보 기 > ―

문학 작품을 감상하는 방법은 그 관점에 따라 여러 가지가 있다. 작가의 관점에 서는 표현론적 방법, 작품에서 반영하는 현실을 고려하는 반영론적 방법, 독자들이 무엇을 느끼는가에 주안점을 두는 효용론적 방법이 그것이다. 이와 같이 작품의 바깥에 존재하는 작가, 독자, 현실 세계를 고려하는 방법을 '외재적 비평'이라 한다. 이와 달리 작품에 사용된 언어라든가 작품의 구조 자체에만 주목해서 감상하는 방법도 있는데, 이것을 '내재적 비평'이라 한다.

① 장길산 : 이 작품의 작자가 왜 귀양을 가게 되었는지를 알아보면 작품에 대한 감상을 바르게 할 수 있을 것 같아.

② 박첨지 : 다시 부르겠다고 약속을 하고서도, 작자를 20여 년이나 귀양지에 방치한 의종도 참 인정이 없는 사람이라고 생각해.

③ 사정옥 : 정치권의 세계는 참으로 비정하다고 생각해. 어떻게 다른 사람에게 죄를 뒤집어 씌워서 귀양을 가게 할 수 있을까?

④ 국영수 : 달에게 자신의 결백함을 비는 것은, 우리나라 사람들이 달을 긍정적으로 인식하고 있었다는 증거라고 생각해. <정읍사>에서도 달에게 비는 모습이 나오잖아.

⑤ 어우동 : 비록 몸은 멀리 떨어져 있지만 넋이라도 임과 함께 하고 싶다는 소망을 나타낸 부분에는 화자의 애절한 심정이 참으로 잘 드러나 있어.

19~21 다음 글을 읽고 물음에 답하시오.

조선 시대의 시조에서 '사랑'은 매우 중요한 소재이면서 주제 가운데 하나였다. 그중 남성 사대부들이 사랑의 정감을 노래한 시조들은 당대의 정치 현실과 관련된 맥락에서 임금에 대한 태도를 읊은 것으로 해석되기도 한다.

(가)는 이조 판서, 우의정 등 요직을 역임하고 병자호란 때 왕족이 피란한 성의 함락을 막기 위해 화약에 불을 질러 순절한 김상용(金尙容)이 지은 시조이다.

(가) 사랑이 거짓말이 임 날 사랑 거짓말이
　　 꿈에 와 뵌단 말이 긔 더욱 거짓말이
　　 날같이 **잠 아니 오**면 어느 꿈에 뵈리오　　　- 김상용

그리고 (나)는 조선 후기에 노론(老論) 세력의 거두로서 정치적 부침(浮沈)이 심했던 인물인 송시열(宋時烈)이 지은 시조이다.

(나) 임이 혜오시매 나는 전혀 믿었더니
　　 날 사랑하던 정(情)을 **누구에게 옮기신고**
　　 처음에 믜시던 것이면 이다지도 설우랴　　　- 송시열

한편 (다)에서 알 수 있듯 조선 시대에는 기녀들도 사랑의 정한을 서정성 짙은 시조에 담곤 했는데, 여기에는 기녀들의 사랑이 현실적으로 지속되기 어려웠던 사회적 조건도 영향을 주었을 것으로 짐작된다.

(다) 남은 다 자는 밤에 내 어이 홀로 앉아
　　 전전불매(輾轉不寐)하고 **임 둔 임을 생각**는고
　　 차라리 내 먼저 싀어서 제 그리게 하리라　　　-송이

19. 윗글을 읽고 나눈 대화로 적절하지 <u>않은</u> 것은?[19]

① (가)에서 '잠 아니 오'는 것이 임에 대한 그리움 때문이라고 본다면 이를 나라와 임금에 대한 충절을 한시도 잊지 않는 작가의 태도와 관련지을 수도 있겠군.

② (나)의 '누구에게 옮기신고'를 통해 작가와 노론 세력이 정치적으로 쇠한 상황을 이 작품의 창작 배경으로 추정해 볼 수도 있겠군.

③ (나)에서 '처음에 믜시던' 것은 임금이 노론 세력을 배척하였다가 다시 불러들인 일을 가리킨다고 할 수 있겠군.

④ (다)에서 '임 둔 임을 생각'한다는 것은 기녀들의 사랑이 현실적으로 지속되기 어려웠던 상황과 관련이 있을 수 있겠군.

⑤ (다)의 '남은 다 자는 밤에' 화자만이 '홀로 앉아' 있다는 것은 임에 대한 그리움으로 잠을 이루지 못하는 화자의 심정을 드러내는 것으로 볼 수 있겠군.

20. (가)~(다)의 공통점으로 가장 적절한 것은?[20]

① 대상의 부재로 인한 슬픔을 극복하고 있다.

② 대상과의 관계에서 결핍을 느끼는 화자의 감정이 드러나 있다.

③ 자신의 과거 행적으로 인해 화자가 갖게 된 회한이 드러나 있다.

④ 자신을 잊고 살아가는 임을 원망하고 있다.

⑤ 이상과 현실의 괴리에 당혹감을 느꼈던 화자의 경험이 드러나 있다.

21. (가)~(다)의 표현상 특징에 대한 설명으로 적절한 것은?[21]

① (가)는 하강의 이미지를 통해 작품의 분위기를 조성한다.

② (가)는 연쇄법을 활용하여 시상을 전개하고 있다.

③ (나)는 반어적 표현을 통해 주제를 부각하고 있다.

④ (나)는 설의적 표현을 통해 대상에 대한 칭송의 자세를 보여주고 있다.

⑤ (다)는 의문형 표현을 활용하여 대상에 대한 의구심을 드러내고 있다.

22~26 다음 글을 읽고 물음에 답하시오.

(가)
방(房) 안에 켜 있는 촉(燭)불 눌과 이별하였기에
겉으로 눈물 지고 속 타는 줄 모르는고
저 촉(燭)불 날과 같아서 속 타는 줄 모르도다

　　　　　　　　　　　　- 이　개 -

(나)
꿈에 다니는 길이 자취가 남는다면
님의 집 창(窓) 밖에 석로(石路)라도 닳으리라
꿈길이 자취 없으니 그를 슬퍼하노라

　　　　　　　　　　　　- 이명한 -

(다)
님이 오마 하거늘 저녁밥을 일찍 지어 먹고
중문 나서 대문 나가 지방 위에 치달아 앉아 이수(以手)로 가액(加額)하고* 오는가 가는가 건넌 산 바라보니 거머횟들* 서 있거늘 저야 님이로다. 버선 벗어 품에 품고 신 벗어 손에 쥐고 곰븨님븨 님븨곰븨 천방지방 지방천방* 진 데 마른 데 가리지 말고 워렁충창* 건너가서 정(情)엣말 하려 하고 곁눈을 흘깃 보니 상년(上年) 칠월 사흘 날 갉아 벗긴 주추리 삼대* 살뜰이도 날 속였구나
모쳐라 밤일세망정 행여 낮이런들 남 웃길 뻔 하괘라

　　　　　　　　　　　　- 작자 미상 -

* 이수로 가액하고: 손을 들어 이마에 얹고.
* 거머횟들: 검은 듯 흰 듯한 것.
* 곰븨님븨 님븨곰븨 천방지방 지방천방: 엎치락뒤치락 허둥거리는 모양.
* 위렁충창: 우당탕퉁탕.
* 주추리 삼대: 밭머리에 모아 세워 둔 삼의 줄기.

22. (가)~(다)의 공통점에 대한 설명으로 가장 적절한 것은?22)

① 청각적 심상을 활용하여 애상적 분위기를 조성하고 있다.

② 영탄적 표현을 통해 시적 상황에 대한 화자의 정서를 부각하고 있다.

③ 자조적 어조를 통해 과거의 행동에 대한 화자의 자책감을 드러내고 있다.

④ 역설적 표현을 통해 부정적인 상황에 대한 화자의 극복 의지를 나타내고 있다.

⑤ 가정적 상황을 제시하여 현재에 비해 미래가 나아질 것이라는 기대감을 드러내고 있다.

23. (가), (나)에 대한 이해로 적절하지 않은 것은?23)

① (가)의 '겉으로 눈물 지고'에서 '눈물'은 촛농이 흘러내리는 모습을 비유한 것으로 화자의 슬픔을 형상화하고 있다.

② (가)의 '저 촉(燭)불 날과 같아서'에서 '촉(燭)불'은 화자와 동일시되는 대상이다.

③ (나)의 '꿈에 다니는 길'에서 '꿈'에는 화자의 소망이 투영되어 있다.

④ (나)의 '석로(石路)라도 닳으리라'에서 '닳으리라'는 임에 대한 화자의 간절한 그리움을 드러내고 있다.

⑤ (나)의 '그를 슬퍼하노라'에서 '슬퍼하노라'는 자신을 찾아 주지 않는 임에 대한 화자의 원망이 담겨 있다.

24. <보기>를 바탕으로 (다)를 감상한 내용으로 적절하지 않은 것은?24)

─── < 보 기 > ───

조선 후기에 등장한 사설시조는 형식 면에서 평시조와 달리 중장이 제한 없이 길어졌다. 내용 면에서는 실생활 소재들을 활용하여 일상에서 일어나는 문제를 주로 다루었는데 솔직함, 해학성, 애정을 서슴없이 표현하려는 대담성 등을 그 특징으로 하며 비유, 상징 등 다양한 표현 기법을 활용하여 대상을 생동감 있게 그려 냈다.

① '곰븨님븨', '천방지방' 같은 음성상징어를 활용하여 화자의 행동을 생동감 있게 표현하고 있군.

② 일상에서 흔히 볼 수 있는 '버선', '신'이라는 소재를 활용하여 임의 소중함을 상징하고 있군.

③ '주추리 삼대'를 임으로 착각하여 달려가는 화자의 우스꽝스러운 모습에서 해학성을 느낄 수 있군.

④ 임을 그리워하는 절실한 마음을 드러내기 위해 화자의 행동을 구체적으로 제시하다 보니 중장이 길어졌군.

⑤ '진 데 마른 데 가리지' 않고 임에게 가서 '정(情)엣말'을 하려는 모습에서 애정을 표현하려는 화자의 대담성을 엿볼 수 있군.

[25~28] 다음 글을 읽고 물음에 답하시오.

(가) 곡구롱(谷口哢) 우는 소리에 낮잠 깨어 일어나 보니
　작은아들 글 읽고 며늘아기 베 짜는데 어린 손자는 꽃놀이한다
　마초아 **지어미** 술 거르며 맛보라고 하더라 　 ―오경화

* 곡구롱 : 꾀꼬리가 우는 소리의 한자 표현.

(나) 청초(靑草) 우거진 골에 자느냐 누웠느냐
　홍안(紅顔)을 어디 두고 **백골(白骨)**만 묻혔느냐
　잔 잡아 권할 이 없으니 그를 슬퍼하노라
　　　　　　　　　　　　　　　　　　―임제

(다) 짚방석(方席) 내지 마라 낙엽(落葉)엔들 못 앉으랴
　솔불 켜지 마라 어제 진 **달** 돋아 온다
　아이야 **박주산채(薄酒山菜)**일망정 없다 말고 내어라
　　　　　　　　　　　　　　　　　　―한호

25. (가)~(다)의 서술상 특징으로 적절하지 않은 것은?25)

① (가)는 사람들의 모습을 나열하며 시상을 전개하고 있다.

② (나)는 의문형 표현을 활용하여 화자의 감정을 드러내고 있다.

③ (나)는 시각적 이미지와 색채 대비를 통해 화자의 그리움을 강조하고 있다.

④ (다)는 다른 대상과의 대화를 통해 시상을 전개하고 있다.

⑤ (다)는 설의적 표현을 사용하여 화자의 생각을 강조하고 있다.

26. <보기>를 참고하여 (가)~(다)를 감상한 내용으로 적절하지 않은 것은?26)

< 보 기 >

　　인간의 다양한 정황이나 관념을 드러내기 위해 쓰이는 시적 수단으로 소재의 인접성을 들 수 있다. 이 인접성은 연상 작용의 결과물인데, 이것은 두 대상이나 개념이 시간적, 공간적으로 서로 연관되거나 물리적인 관련을 맺고 있는 경우를 가리킨다. 또 사건의 원인과 결과 같은 논리적인 관련을 맺는 경우도 포함한다. 이러한 표현 방식은 인간의 구체적인 일상 경험에 인식의 뿌리를 두고 있으므로 인간의 사고나 태도의 의미를 밝히는 단서가 되기도 한다.

① (가)에서 '곡구롱 우는 소리'는 꾀꼬리가 울고 있는 평화로운 풍경을 보여주는 수단이 되고 있다.
② (나)에서 '잔'은 잡아 권할 이가 없다는 점에서 대상의 부재라는 원인으로부터 비롯되는 인생의 허무감이라는 관념을 담아내는 수단이 되고 있다.
③ (나)에서 '홍안'이 사라지고 '백골'만이 묻힌 상황은 시간적 흐름 속에 대상의 변화된 모습에서 영원히 존재를 남기는 인간의 특성에 대한 화자의 통찰을 드러내는 수단이 되고 있다.
④ (다)에서 '달'은 어제 지고 오늘 다시 돌아 오므로 주기를 두고 반복되는 시간적 인식 속에서 자연의 순환성을 드러내는 수단이 되고 있다.
⑤ (다)에서 '박주산채'는 화자가 쉽게 구할 수 있는 흔하고 거친 것으로 화자가 추구하는 소박한 삶을 나타낸다.

27. (가)에 대한 설명으로 적절하지 않은 것은?[27]
① 음성 상징어(꾀꼬리의 울음소리)를 활용하여 계절감과 현장감을 드러내고 있다.
② 가장인 화자가 식구들이 각자의 일에 충실하고 있는 모습을 묘사하고 있다.
③ '～이/가 ~을/를 ~하다'의 통사 구조가 반복되어 운율감을 얻고 있다.
④ 중장이 평시조의 기본 율격보다 길어져 사설시조(엇시조)가 되었다.
⑤ 사설시조의 주된 향수층인 서민의 가정에서 볼 수 있는 장면이 그려져 있다.

28. (나)와 (다)의 공통점으로 가장 적절한 것은?[28]
① 이미지를 대조하여 주제를 강조하고 있다.
② 대상을 부르는 표현을 통해 시상 전개의 흐름을 전환하고 있다.
③ 색채 이미지를 대비하여 이상적 공간에 대한 지향을 나타내고 있다.

④ 자연물에 인격적 속성을 부여하여 시적 정서를 드러내고 있다.
⑤ 대조적인 소재를 활용하여 자연에 대한 화자의 선호를 드러내고 있다.

29～33 다음 글을 읽고 물음에 답하시오.

(가)

　　산은 적적 월황혼(月黃昏)에 두견 울어도 임 생각이요 밤은 침침 야삼경(夜三更)에 접동이 울어도 임 생각이라
　　침상편시춘몽중하여 베개 위에 빌은 잠은 계명축시(鷄鳴丑時)에 놀라 깨니 임의 흔적은 간곳없고 다만 등불만이로다. 그러매로 식불감미(食不甘味)하여 밥 못 먹고 침불안석(寢不安席)하여 잠 못 자며 장장지야(長長之夜)를 허송하게 보내며 독대(獨對) 등촉(燈燭)으로 벗을 삼으니 뉘 탓을 삼으랴. 설분(雪憤)을 하잔 말가
　　주야장천(晝夜長天)에 믿을 곳 없어서 못 살겠구나
　　　　　　　　　　　　　　　- 작자 미상

(나)

　　창(窓) 내고쟈 창을 내고쟈 이내 가슴에 창 내고쟈
　　고모장지 셰살장지 들장지 열장지 암돌져귀 수돌져귀 비목걸새 크나큰 쟝도리로 쑥딱 바가 이내 가슴에 창 내고쟈
　　잇다감 하 답답홀 제면 여다져 볼가 ᄒ노라.
　　　　　　　　　　　　　　　-작자 미상

(다) **어이 못 오더냐 무슨 일로 못 오더냐**
　　너 오는 길 위에 무쇠로 **성(城)**을 쌓고 성 안에 **담** 쌓고 담 안에 **집**을 짓고 집 안에 **뒤주*** 놓고 뒤주 안에 **궤**를 놓고 궤 안에 **너**를 결박하여 놓고 쌍배목* 외걸새에 용거북 자물쇠로 깊이깊이 잠갔더냐 네 어이 그리 **아니 오더냐**
　　한 **달이 서른 날이어니 날 보러 올 하루 없으랴**
　　　　　　　　　　　　　　　-작자미상

* 뒤주 : 쌀 따위의 곡식을 담아 두는 세간의 하나.
* 쌍배목 : 쌍으로 된 문고리를 거는 쇠.

29. (가)와 (나)에 대한 설명으로 적절한 것은?[29]
① (가)와 (나)는 부재중인 임에 대한 그리움을 고백적 어조로 드러내고 있다.
② (가)와 (나)는 음성 상징어를 활용하여 생동감을 느끼게 하고 있다.

③ (가)와 (나)는 감정을 직접적으로 표출하여 대상에 대한 원망의 심정을 드러내고 있다.

④ (가)는 (나)와 달리 대상에 감정을 이입하여 화자의 정서를 심화하고 있다.

⑤ (나)는 (가)와 달리 일상적인 소재를 사용하여 화자의 소망을 구체화하고 있다.

30. (나)와 (다)의 공통점으로 적절하지 <u>않은</u> 것은?30)

① 추상적 대상을 주관적으로 변용하여 구체화하는 표현을 사용하고 있다.

② 드러난 화자와 청자가 나누는 대화로 시상을 전개하고 있다.

③ 계절적 배경을 환기하는 소재를 사용하여 시적 분위기를 조성하고 있다.

④ 같은 종결 표현을 반복하여 사용하여 화자의 정서를 드러내고 있다.

⑤ 명령적 어조를 통해 현실에 대한 비판 의식을 드러내고 있다.

31. (가)에 대한 설명으로 적절하지 <u>않은</u> 것은?31)

① 한자어나 한시구를 자유자재로 구사함으로써 작자층을 짐작하게 하고 있다.

② '월황혼', '야삼경', '계명축시' 등의 시어를 통해서 시간의 흐름에 따라 시상을 전개하고 있다.

③ '두견'과 '접동'의 울음소리를 통해 청각적 심상을 자아내고 있다.

④ 의문형 종결 표현(설의적 표현)으로 화자의 정서를 효과적으로 드러내고 있다.

⑤ 화자는 현재 상황의 근본 원인을 임이 신뢰를 깬 것으로 보고 임을 탓하고 있다.

32. <보기>를 참고하여 (나)의 중장이 길어진 이유를 추측할 때, 적절하지 <u>않은</u> 것은?32)

─── < 보 기 > ───

사설시조는 영·정조 시대 서민 문화 중흥기에 탄생한 문학 장르로서, 중인, 상민, 부녀자, 기생, 상인 등이 주된 작자층이었다. 이들 서민들은 생산 현장에서 일하면서 자신들의 땀과 눈물, 환희와 비애를 자세하게 사설시조에 담아냈다. 이들은 기성 규범에 부정적이었고, 재기발랄한 서민적 주변 문화에 관대하여 초장, 종장이 짧고, 중장이 기형적으로 긴, 파격적인 변형 장르를 만들어냈다.

① 사설시조의 글쓴이들은 생활 체험이 풍부한 여러 사연이 많았다.

② 사설시조의 글쓴이들은 자기 감정에 솔직하여 이를 여과 없이 드러냈다.

③ 사설시조의 글쓴이들은 정형시의 격식과 규범의 틀을 잘 따르지 않았다.

④ 사설시조의 글쓴이들은 생활 속의 소재들을 과감히 끌어와 시어로 삼았다.

⑤ 사설시조의 글쓴이들은 민요, 잡가 등의 기존 형식들과 차별화를 시도했다.

33. <보기>를 바탕으로 (다)를 이해한 내용으로 적절하지 <u>않은</u> 것은?33)

─── < 보 기 > ───

평시조는 초장과 중장, 종장이 각각 네 마디가 운율의 기본 단위를 이루고, 의미상으로는 대체로 두 개의 마디가 하나의 구(句)를 이루기 때문에 각 장(章)은 두 개의 구로 구성된다고 할 수 있다. 시조의 형식을 3장 6구라하는 것은 이 때문이다. 전체적으로 글자 수를 엄격하게 제한하지는 않지만, 종장의 첫째 마디를 3음절로 한 작품이 절대적으로 많다.

사설시조는 이러한 평시조와 형식적 차이를 보이는데, 이런 특성을 파격적 자유라 할 수 있다. 대체로 평시조의 규칙을 따르지만, 종장의 첫째 마디를 3음절로 하는 관습 외에는 특별한 제약이 없기 때문이다. 이런 특성은 조선 후기에 다양한 주제의 사설시조의 생산과 소비에 영향을 끼쳤다. 특히 형식적 파격은 해학성(諧謔性)을 두드러지게 가지는 사설시조가 여러 가지 사물이나 상황을 장황하게 열거하는 기법과 밀접하게 연관된다고 할 수 있다.

① '어이'는 첫째 마디를 3음절로 한다는 일반적인 규칙과 관계없다.

② '너 오는'으로 시작해 '아니 오더냐'로 끝나는 중장이 평시조와 달리 길어졌기 때문에 이 작품은 3장 6구라는 형식적 틀을 벗어나 있다.

③ '한 달이 서른 날이어니 날 보러 올 하루 없으랴'라는 종장은 평시조와 달리 두 개가 넘는 구(句)로 구성되어 있어 형식상의 파격을 보여 주고 있다.

④ '한 달이'는 이 작품이 다른 사설시조들과 공유하는 형식적 규칙성을 준수하고 있음을 보여 주고 있다.

⑤ '성', '담', '집'을 축조하고 '뒤주' 속의 '궤'에 '너'를 놓은 뒤 단단히 잠근다는 내용의 장황한 열거는 형식상의 파격적 자유와의 밀접한 관련성 속에서 시적 상황을 해학

적으로 제시한 예로 볼 수도 있다.

⑤ 자신의 뜻대로 모든 것을 이룰 수는 없으므로 겸허하게 기다려야 합니다.

34~38 다음 글을 읽고 물음에 답하시오.

(가)

나모도 바히돌도 업슨 뫼헤 매게 쪼친 가토리 안과,
大川(대천) 바다 한가온디 一千石(일천 석) 시른 비에,
노도 일코 닷도 일코 농총도 근코 돗대도 것고 치도 빠지고, 부람 부러 물결치고 안개 뒤섯계 즈자진 날에, 갈 길은 千里萬里(천리 만리) 나믄듸 四面(사면)이 거머어득 져뭇 天地寂寞(천지 적막) 가치노을 쩟눈듸, 水賊(수적) 만난 都沙工(도사공)의 안과,

엇그제 님 여읜 내 안히야 엇다가 ᄀᆞ을ᄒᆞ리오.

(나)

부룸도 쉬여 넘는 고기, 구름이라도 쉬여 넘는 고기
산진(山眞)이 수진(水眞)이 해동청(海東靑) 보ᄅ미도 다 쉬여 넘는 고봉(高峯) 장성령(長城嶺) 고기
그 너머 님이 왓다 ᄒᆞ면 나는 아니 ᄒᆞᆫ 번도 쉬여 넘어 가리라.

34. (가)와 (나)의 공통점으로 적절한 것은?[34]
① 화자가 처한 상황이 개선되리라는 기대가 나타나 있다.
② 대상의 부재로 인한 기다림과 그로 인한 원망의 감정이 드러나고 있다.
③ 일상적 소재를 위주로 하여 삶에 대한 성찰을 보여 주고 있다.
④ 부정적 현실에 대한 적극적이고 노골적인 태도를 보여 주고 있다.
⑤ 화자의 정서를 드러내기 위해 유사한 상황을 나열하고 비교하고 있다.

35. (나)의 화자가 (가)의 화자에게 할 수 있는 말로 적절한 것은?[35]
① 절망보다는 임과의 사랑에 대한 의지를 갖는 것이 중요합니다.
② 임에 대한 무조건적 비판보다 화해와 포용의 자세가 필요합니다.
③ 좌절과 슬픔에 빠져 있기보다 새로운 삶을 찾는 것이 나을 겁니다.
④ 떠나간 임에 대한 미련은 오히려 임의 앞길을 방해할 수도 있습니다.

36. <보기>를 바탕으로 (가)와 (나)를 감상할 때, 적절하지 않은 것은?[36]

─── < 보 기 > ───
사설시조는 조선 영·정조 이후에 주로 서민들이 지어 부른 시조를 말한다. 형식은 초장과 종장이 짧고, 중장이 대중없이 길다. 내용은 속세에 초연하면서 현실과 동떨어진 것을 고상하게 여기거나 관념적이지 않고 생활 주변의 상황이나 정서를 사실적으로 토로하는 것이 특징이다.

① 자신이 처한 상황을 있는 그대로 거침없이 서술하는 것에서 꾸밈없고 진솔한 서민들의 살아가는 모습을 볼 수 있다.
② 상황을 실감나게 묘사하여 독자나 청자에게 전달하기 위해서는 정형화(定型化)한 형식을 벗어날 수밖에 없었을 것이다.
③ 시조창을 부를 때 듣는 사람이 쉽게 이해할 수 있도록 상황을 자세하게 묘사한 것에서 소박한 정감을 느낄 수 있다.
④ 한자 성어를 쓰거나 세련된 표현 기법을 자연스럽게 구사한 것으로 보아 몰락한 양반들의 작품임을 확인할 수 있다.
⑤ 정서를 관념적으로 표현하기보다는 사실적이고 해학적으로 표현하였기 때문에 서민들의 낙천성을 엿볼 수 있다.

37. (가)의 시상 전개 과정을 <보기>와 같이 도식하여 설명하고자 할 때, 내용상 적절한 것은?[37]

─── < 보 기 > ───

㉮	㉯	㉰
가토리 안	도사공 안	내 안

① ㉮는 과거의 상황을, ㉯, ㉰는 현재의 상황을 묘사하고 있다.
② ㉮의 상황이 ㉯, ㉰의 상황보다 심각한 것으로 그려져 있다.
③ ㉮, ㉯는 내적 갈등의 원인인 반면, ㉰는 내적 갈등의 결과이다.
④ ㉮, ㉯, ㉰ 모두 화자가 부정적으로 생각하는 상황을 나

타내고 있다.

⑤ ㉮, ㉯에서 심화된 화자의 내적 갈등이 ㉰에 이르러 해소되고 있다.

38. (나)에 대한 설명으로 적절하지 않은 것은?38)

① 화자가 진솔하고 적극적인 자세로 강한 의지를 드러내고 있다.

② 임에 대한 그리움을 현실적이고 구체적인 행동으로 표출하고 있다.

③ 산문투와 일상어의 구사가 판소리 사설과 유사하다고 할 수 있다.

④ 자연물을 의인화함으로써 물아일체적(物我一體的) 태도를 드러내고 있다.

⑤ 장면과 어조에서 나오는 속도감은 조선 후기의 시대적 정서를 반영한다고 할 수 있다.

39~41 다음 글을 읽고 물음에 답하시오

(가) 江湖(강호)에 봄이 드니 미친 興(흥)이 절로 난다.
　㉠濁醪溪邊(탁료계변)에 錦鱗魚(금린어)] 안주로라.
　이 몸이 閒暇(한가)ㅎ옴도 亦君恩(역군은)이샷다.

(나) 江湖(강호)에 ㉡녀름이 드니 草堂(초당)에 일이 업다.
　有信(유신)훈 江波(강파)는 보내느니 부람이다.
　이 몸이 서눌ㅎ옴도 亦君恩(역군은)이샷다.

(다) 江湖(강호)에 ㄱ울이 드니 ㉢고기마다 술져 잇다.
　㉣小艇(소정)에 그물 시러 흘리 쯱여 더뎌 두고,
　이 몸이 消日(소일)ㅎ옴도 亦君恩(역군은)이샷다.

(라) 江湖(강호)에 겨월이 드니 눈 기픠 자히 남다.
　삿갓 빗기 쓰고 ㉤누역으로 오솔 삼아
　이 몸이 칩지 아니ㅎ옴도 亦君恩(역군은)이샷다.

---

39. 이 작품에 대한 감상 중, 작품에 접근하는 방법이 나머지와 다른 것은?39)

① (가)에서 살찐 고기와 (다)에서 흘러나는 대로 던져 둔 그물에서 풍성함과 한가함의 분위기를 느낄 수 있어.

② (가)에서 시냇가에 앉아 막걸리를 마시는 화자의 모습을 통해 조상들의 삶의 단면을 이해할 수 있어.

③ (라)를 잘 이해하기 위해서는 눈 덮인 자연의 겨울 경치

를 예찬한 다른 작품을 살펴봐야겠어.

④ 모든 연에서 임금의 은혜에 감사하는 화자의 모습으로 볼 때 작가는 유교적 사상을 가지고 있었을 것으로 추측할 수 있어.

⑤ 초당에서의 삶을 형상화한 (나)의 내용으로 보아 작가는 속세를 떠나 자연에 은거하던 사대부였을 것으로 추측할 수 있어.

40. 이 작품에 대한 모둠 토의 내용으로 적절하지 않은 것은?40)

① 자연에서 봄을 맞은 화자의 기쁨이 생생하게 느껴지는군.

② 화자는 초당에서 바람을 쐬며 시원하게 지내는 여름에 만족해하고 있어.

③ 가을에 그물을 치고 고기를 많이 잡을 수 있어 즐거워하는 어부의 건강한 삶이 느껴져.

④ 추운 겨울에도 화자가 삿갓과 누역만으로 만족하는 것은 안빈낙도의 정신을 드러낸 거야.

⑤ 풍류를 즐기면서도 임금의 은혜를 잊지 않는 것을 보니 유교적 충의 사상이 담긴 노래라고 볼 수 있어.

41. ㉠~㉤ 중, <보기>에서 드러나는 인물의 태도를 설명하기에 적절한 소재끼리 묶인 것은?41)

> ─── < 보 기 > ───
>
> "나물밥에 물을 마시고 팔을 베고 눕더라도 즐거움이 또한 그 속에 있으니, 떳떳하지 못한 부귀는 나에게 뜬 구름과 같다(飯疏食飲水, 曲肱而枕之, 樂亦在其中矣, 不義而富且貴, 於我如浮雲)."
>
> －『논어(論語)』「술이(述而)」편
>
> "어질다, 안회여. 한 그릇의 밥과 한 표주박의 음료로 누추한 시골에 있는 것을 다른 사람들은 그 근심을 견뎌 내지 못하는데, 안회는 그 즐거움을 바꾸지 않으니, 어질다, 안회여(賢哉回也. 一簞食一瓢飲, 在陋巷, 人不堪其憂, 回也不改其樂, 賢哉回也)."
>
> －『논어(論語)』「옹야(雍也)」편

① ㉠, ㉡, ㉣　　　② ㉠, ㉢, ㉤　　　③ ㉠, ㉣, ㉤

④ ㉡, ㉢, ㉤　　　⑤ ㉡, ㉣, ㉤

42~46 다음 글을 읽고 물음에 답하시오.

(가)

　우리나라의 노래는 음란스러워 말할 것이 못 된다. 「한림별곡」과 같은 노래는 방탕한 뜻이 있고 거만한데다가 외설스러워 숭상할 바가 아니다. 이별(李鼈)이 지은 노래가 세상에 널리 전하는데, 이것이 더 낫다고들 한다. 하지만 세상을 보는 데 공손한 뜻이 없는데다가 온유(溫柔)한 태도가 적어 애석하다. 요사이 나는 한가롭게 지내며 병을 고치는 틈틈이 마음에 감동된 것을 한시로 나타내곤 했다. 그런데 한시는 읊조릴 수는 있지만 노래가 되지는 않았다. 마음에 감동된 것을 노래로 부르려면 반드시 시속의 말로 엮어야 한다.

　그렇기에 내가 일찍이 이별의 노래를 모방하여 「도산육곡」을 두 개 지었다. 하나는 지(志)를 말하였고 하나는 학(學)을 말하였다. 아이들이 이 노래를 춤을 추고 부르면 어리석음과 인색함이 없어지고, 서로 호감을 가지고 마음이 즐겁게 통하는 바가 있어, 노래하는 자와 듣는 자가 서로 이익될 것이다.

　그런데, 나의 삶이 이 세속과 맞지 않기 때문에 이런 일로 문제를 일으킬 수 있으며 또 이것이 능히 강조(腔調)와 음절에 알맞을는지도 몰라, 아직 일 건(一件)을 써서 서협 속에 간직하였다가, 때때로 내어 완상(玩賞)하여 스스로 반성하고, 또 다른 날 이를 읽는 자의 반응을 기다리기로 한다.

　가정(嘉靖) 44년(1565) 을축년 3월 16일 도산 노인은 쓴다.　　－이황, '도산십이곡 발(跋)'

(나)

이런들 어떠하며 저런들 어떠하료
㉠초야우생(草野愚生)이 이렇다 어떠하료
하물며 천석고황(泉石膏肓)＊을 고쳐 므슴하료
　　　　　　　　　　　　　　　　　　＜제1수＞

연하(煙霞)로 집을 삼고 풍월(風月)로 벗을 삼아
태평성대(太平聖代)에 병(病)으로 늘어 가네
이 중에 바라는 것은 허물이나 없고자　＜제2수＞

순풍(淳風)이 죽다 하니 진실(眞實)로 거즈마리
인성(人性)이 어지다 하니 진실(眞實)로 올흔 말이
천하(天下)에 허다 영재(許多 英才)를 소겨 말솜홀가
　　　　　　　　　　　　　　　　　　＜제3곡＞

유란(幽蘭)이 재곡(在谷)하니 자연(自然)이 듯디 됴해

백설(白雪)이 재산(在山)하니 자연(自然)이 보디됴해
이 듕에 피미일인(彼美一人)을 더옥 닛디 몯하애.
　　　　　　　　　　　　　　　　　　＜제4곡＞

산전(山前)에　　　유대(有臺)하고　　　대하(臺下)에
유수(有水)로다
떼 많은 갈매기는 오명가명 하거든
어떻다 교교백구(皎皎白駒)는 멀리 마음 하는고.
　　　　　　　　　　　　　　　　　　＜제5곡＞

고인(古人)도 날 몯 보고 나도 고인(古人) 몯 뵈.
고인(古人)을 몯 뵈도 녀던 길 알퓌 잇니.
녀던 길 알퓌 잇거든 아니 녀고 엇덜고.　＜제9곡＞

당시(當時)예 녀든 길흘 몃 히를 버려 두고,
어듸가 돈니다가 이제아 도라온고.
이제아 도라오나니 년 듸 무움 마로리.　＜제10곡＞

청산(靑山)은 엇뎨하야 만고(萬古)애 프르르며,
유수(流水)는 엇뎨하야 주야(晝夜)애 긋디 아니는고.
우리도 그치디 마라 만고상청(萬古常靑)호리라.
　　　　　　　　　　　　　　　　　　＜제11곡＞

우부(愚夫)도 알며 하거니 긔 아니 쉬운가
성인(聖人)도 못다 하시니 긔 아니 어려운가
쉽거나 어렵거나 중에 늙는 주를 몰래라.　＜제12곡＞
　　　　　　　　　　　　　　　－이황, '도산십이곡'

42. (가)를 바탕으로 (나)를 감상한 것으로 적절한 것은?[42]

① '순풍'은 죽었고 '인성'은 어질다는 생각이 화자가 노래하려는 뜻이다.
② '유란'과 '백설'은 '피미일인'을 향한 화자의 뜻을 함축한 시어이다.
③ '교교백구'는 현재 화자와 뜻을 달리하는 선비를 일컫는 시어이다.
④ '고인'은 배움에 뜻이 없는 옛사람으로 화자가 멀리하는 대상이다.
⑤ '우부'는 학문에 뜻이 없고 '성인'은 학문을 이루지 못한 인물들이다.

43. (가)를 바탕으로 ＜제9곡＞과 ＜제11곡＞을 비교한 것으로 가장 적절한 것은?[43]

① ＜제9곡＞과 ＜제11곡＞ 모두 시간의 흐름에도 변함이 없는 대상을 내 세워 학문 수양에 부진한 자신을 반성하고

있다.

② <제9곡>은 대상에 대한 그리움이 <제11곡>은 대상을 완상하는 즐 거움이 학문 수양의 계기로 작용하고 있다.

③ <제9곡>과 <제11곡> 모두 대상과의 심리적 거리감에서 오는 화자 의 안타까움이 학문 수양의 난제로 작용하고 있다

④ <제9곡>은 홀로 가는 길을 <제11곡>은 타인과 함께 가는 길을 통해 학문 수양의 다양한 방도를 제시하고 있다.

⑤ <제9곡>과 <제11곡> 모두 화자가 본받고자 하는 대상들을 내세워 학문 수양에 대한 의지를 밝히고 있다.

44. (가)에서 드러나는 필자의 문학관과 가장 가까운 것은?⁴⁴⁾

① 문학은 인간들의 다양한 삶의 모습을 핍진하게 담아내어야 한다.

② 문학에는 시대적 상황이 구체적으로 반영되어 있어야 한다.

③ 문학은 인간 본연의 심정을 자연스럽게 드러낼 수 있어야 한다.

④ 문학은 인간이 자연과 교류하면서 생겨난 총체적인 결과물이어야 한다.

⑤ 문학은 인간이 바른 마음을 가지고 살아가도록 깨우쳐 줄 수 있어야 한다.

45. (나)의 표현상 특징으로 적절하지 않은 것은?⁴⁵⁾

① <제3곡>은 대조의 방법으로 풍속과 인성에 대한 화자의 관점을 밝히고 있다.

② <제4곡>은 유사한 통사 구조를 반복하여 자연에 대한 긍정적 태도 를 제시한다.

③ <제9곡>은 연쇄법을 사용하여 학문 수양에 전념하려는 의지를 표명 하고 있다.

④ <제10곡>은 의문형 표현을 통해 과거의 삶에 대한 성찰적 자세를 드러낸다.

⑤ <제12곡>은 반어적 표현으로 세속의 명예와 부귀에 눈이 먼 사람들 을 풍자하고 있다.

46. <보기>를 참고하여 (나)를 감상한 내용으로 적절하지 않은 것은?⁴⁶⁾

─── < 보 기 > ───

'언지(言志)' 6수와 '언학(言學)' 6수로 구성되어 있는 「도산십이곡」에는, 잠시 벼슬살이에 나섰다가 귀향한 작가가 추구하는 자연 친화적 삶의 모습이 잘 나타나 있다. '언지'에 해당되는 1~6수에서 화자는 자연을 수양의 공간이자 완상의 대상으로 삼아 감흥을 느끼거나 연군의

정을 표하고 있고, '언학'에 해당되는 7~12수에서는 그러한 자연 공간에서 취해야 할 학문 수양의 자세를 다양한 표현 방법으로 역설하고 있다.

① <제1수>의 '천석고황'은 자연에 살고 싶어 하는 화자의 뜻이 담긴 표현으로서, '고쳐 므슴하료'와 호응하여 그 뜻을 지켜 나가겠다는 화자의 태도를 부각한다고 볼 수 있겠군.

② <제2수>의 '연하'와 '풍월'로 표상된 자연은 친화의 대상으로서, '허물이나 없고자' 하는 화자의 바람을 실현하기 위해 선택한 곳으로도 볼 수 있겠군.

③ <제4수>의 '유란이 재곡하니'와 '백운이 재산하니'는 감흥을 주는 자연을 묘사한 것으로서, 여기에서 자연은 화자가 '피미일인'을 떠올리면서 연군의 정을 표하는 공간으로 볼 수 있겠군.

④ <제10수>의 '당시에 녀던 길'은 벼슬살이에 나서기 전의 학문 수양을 뜻하는 것으로서, '딴 데 마음 마로리'로 이어지면서 다시 학문 수양에 매진하고자 하는 의지를 부각한다고 볼 수 있겠군.

⑤ <제11수>의 '만고에 푸르른' '청산'과 '주야에 그치지 아니'하는 '유수'는 유한한 인간의 삶과 대비되는 것으로서, 학문 수양의 한계에 대한 자각을 촉구하기 위해 동원된 자연물로 볼 수 있겠군.

47~49 다음 글을 읽고 물음에 답하시오.

이 듕에 시름업스니 **어부(漁父)의 생애(生涯)**로다
일엽편주(一葉扁舟)를 만경파(萬頃波)애 띄워두고
인세(人世)를 다 니졋거니 날 가는 주를 알랴
<제1수>

구버는 천심녹수(千尋綠水) 도라보니 ㉠**만첩청산(萬疊青山)**
십장홍진(十丈紅塵)이 언매나 ᄀ렛ᄂᆞᆫ고
강호(江湖)애 월백(月白)ᄒᆞ거든 더옥 무심(無心)ᄒᆞ애라
<제2수>

청하(青荷)*애 바볼 ᄡᅡ고 녹류(綠柳)에 고기 ᄢᅦ여
노적화총(蘆荻花叢)*에 ᄇᆡ ᄆᆡ야두고
일반청의미(一般清意味)*를 어닉 부니 아르실가
<제3수>

산두(山頭)에 **한운(閑雲)**이 기(起)ᄒ고 수중(水中)에 **백구(白鷗)**ㅣ 비(飛)ᄒ라

무심(無心)코 다정(多情)ᄒ니 이 두 거시로다

일생(一生)애 시르믈 닛고 너를 조차 노로리라

<제4수>

장안(長安)을 도라보니 북궐(北闕)이 천리(千里)로다

어주(漁舟)*에 누어신들 **니즌 스치 이시랴**

두어라 **내 시룸** 아니라 제세현(濟世賢)*이 업스랴

<제5수>

– 이현보, 「어부 단가」 –

*청하: 푸른 연잎.
*노적화총: 갈대와 물억새의 덤불.
*일반청의미: 자연으로 인해 순수해진 내면.
*어주: 낚시질할 때 쓰는 조그만 배.
*제세현: 나라를 구제할 현명한 선비.

47. 윗글의 표현상 특징으로 적절하지 <u>않은</u> 것은?47)

① 대구와 반복의 방식을 통해 운율감을 조성하고 있다.
② 영탄의 어조를 통해 화자의 정서를 드러내고 있다.
③ 색채 이미지를 활용하여 공간의 성격을 나타내고 있다.
④ 설의적 표현을 사용하여 화자의 태도를 강조하고 있다.
⑤ 청각적 이미지를 활용하여 화자의 처지를 부각하고 있다.

48. <보기>를 참고하여 윗글을 감상할 때 적절하지 <u>않은</u> 것은?48)

< 보 기 >

농암(聾巖) 이현보(李賢輔)는 만년(晩年)에 혼탁한 정계(政界)에 싫증을 느껴 병을 핑계로 사직하고 고향에 돌아와 여생을 보냈다. 그는 자연을 즐기며 시작(詩作)에 힘썼으며, 고려 때부터 전해지던 「어부가(漁父歌)」를 「어부단가(漁父短歌)」로 개작하기도 하였다. 이현보는 이 작품을 통하여 유유자적(悠悠自適)하는 삶과 우국의 심정을 형상화하였다.

① '어부의 생애'는 귀향 후의 유유자적하는 삶을 가리키는 것으로 볼 수 있겠군.
② '십장홍진'은 혼탁한 정계를 상징하는 것으로 볼 수 있겠군.
③ '한운'과 '백구'는 작가가 즐기는 자연으로 볼 수 있겠군.
④ '니즌 스치 이시랴'는 사직한 후에도 우국의 심정을 지녔음을 밝힌 것으로 볼 수 있겠군.
⑤ '내 시룸'은 시작(詩作)에 따르는 괴로움을 의미하는 것

으로 볼 수 있겠군.

49. 윗글의 ㉠과 <보기>의 ㉮의 기능으로 가장 적절한 것은?49)

< 보 기 >

맑ᄀ의 외로온 솔 혼자 어이 싁싁ᄒ고
　비 믜여라 비 믜여라
㉮머흔 구름 혼(恨)티 마라 셰샹(世上)을 ᄀ리온다
　지국총(至匊悤) 지국총(至匊悤) 어ᄉ와(於思臥)
파랑셩(波浪聲)*을 염(厭)티 마라 딘훤(塵喧)*을 막ᄂ또다
－윤선도, '어부사시사'

*파랑셩: 물결 소리.
*딘훤: 속세의 시끄러움.

① ㉠과 ㉮는 모두 역동적인 느낌을 강화하고 있다.
② ㉠과 ㉮는 모두 화자가 도달해야 할 도덕적 가치를 상징하고 있다.
③ ㉠과 ㉮는 모두 화자가 부정적으로 인식하는 공간을 차단하고 있다.
④ ㉠은 감흥을 자아내고 있고, ㉮는 향수를 유발하고 있다.
⑤ ㉠은 공간적 배경을, ㉮는 계절적 배경을 알려주고 있다.

50~53 다음 글을 읽고 물음에 답하시오.

내 양ᄌ 하 험ᄒ니 비노 셩젹 아니 ᄒ니
분 ᄇ른 각시님네 다 웃고 둔니거든
엇쯰제 지나간 혼 분이 호자 곱다 ᄒ노라 <제2수>

게셔 有信(유신)ᄒ면 내 호자 無信(무신)홀가
百年(백년) 前(전)의란 둘이 다 밋사이다
世上(세상) 雲雨人情(운우인정)이야 비홀 주리 이시랴 <제3수>

㉠둘이 발근 제ᄂ 잔을 들고 싱각ᄒ고
時節(시절)이 됴흔 제ᄂ 景(경)을 보고 그리노라
샬음이 덜 괴운 타ᄉ로 니칠 저기 져거라 <제6수>

예셔 그리ᄂ 뜻을 제셔 아니 모로ᄂ가
므던히 고은 님 덧업시 녀희올 덧

하로밤 더 새고 간 후에 다시 볼가 ᄒ노라 <제8수>

方丈山(방장산) 기읅에서 神仙(신선)님네 만나신다
엇부시 보와든 내 말ᄉ 傳(전)ᄒ쇼셔
山中(산중)에 ᄐ시는 靑鶴(청학)을 나도 ᄐ다 엇더ᄒ리
                                        <제10수>
                            - 정훈, 「월곡답가(月谷答歌)」

50. 윗글에 대한 설명으로 적절하지 않은 것은?[50]

① <제2수>에서는 '나'에 대한 평가가 다른 '각시님'과 '엇ᄯ제 지나난 ᄒᆞᆫ 분'을 대조하고 있다.

② <제3수>에서는 '둘'이 서로 믿기 때문에 세상의 쉽사리 변하는 인정을 배우지 않는다고 하고 있다.

③ <제6수>에서는 언제나 대상을 '생각하고' '그리'워하는 마음을 대구(對句)를 써서 강조하고 있다.

④ <제8수>에서는 설의적 표현을 써서 화자의 일방적 그리움에 대한 안타까움을 표현하고 있다.

⑤ <제10수>에서는 화자가 그리워하는 대상이 신선이 되었을 것이라는 상상을 그리고 있다.

51. 윗글과 <보기>의 공통점으로 적절하지 않은 것은?[51]

> ─────────< 보 기 >─────────
> 비 개인 강둑에 풀빛이 짙었는데
> 남포에서 그대 보내니 슬픈 노래 울리네
> 대동강 물은 그 언제나 다할런가
> 해마다 이별의 눈물 푸른 물결에 더하거니
>   -정지상, '송인(送人)'

① 시적 대상에 대한 화자의 안타까운 정서를 노래하고 있다.

② 청각적 심상을 통해 화자의 심정을 부각하고 있다.

③ 의문형 문장을 통해 화자의 정서를 강조하고 있다.

④ 공간적 배경을 활용하여 통해 시적 대상에 태한 화자의 정서를 드러내고 있다.

⑤ 시적 대상의 부재로 인한 상실감을 노래하고 있다.

52. 다음 중 윗글에 드러나는 화자의 정서와 가장 거리가 먼 것은?[52]

① 이 몸이 주거 가셔 무어시 될꼬 ᄒ니 / 봉래산 제일봉에 낙락장송 되야 이셔 / 백설(白雪)이 만건곤ᄒᆞᆯ 제 독야청청(獨也靑靑)ᄒ리라

② ᄆᆞᄋᆞᆷ이 어린 후(後) l 니 ᄒ는 일이 다 어리다 / 만중운산(萬重雲山)에 어늬 님 오리마는 / 지는 닙 부는 바람에 힝여 권가 ᄒ노라

③ 님 그린 상사몽이 실솔의 넉시 되야 / 추야장(秋夜長) 깊픈 밤에 님의 방에 드럿다가 / 날 닛고 깁히 든 줌을 ᄭᅵ와 볼가 ᄒ노라

④ 묏버들 갈히 것거 보내노라 님의손더 / 자시는 창밧긔 심거 두고 보쇼셔 / 밤비예 새닙곳 나거든 날인가도 너기쇼셔

⑤ 어져 내일이야 그릴 줄을 모로ᄃ냐 / 이시라 ᄒ더면 가랴마는 제 구텨여 / 보니고 그리는 정은 나도 몰라 ᄒ노라

53. ㉠에 나타난 화자의 삶의 모습이 가장 잘 드러난 것은?[53]

① 짚방석 내지 마라 낙엽엔들 못 앉으랴
솔불 켜지 마라 어제 진 달 돋아온다
아이야, 박주산채(薄酒山菜)일망정 없다 말고 내어라.
                                        - 한호 -

② 이런들 어떠하며 저런들 어떠하리
만수산(萬壽山) 드렁칡이 얽어진들 그 어떠하리
우리도 이같이 얽어져 백 년(百年)까지 누리리라.
                                        - 이방원 -

③ 청산(靑山)은 어찌하야 만고(萬古)에 푸르르며
유수(流水)는 어찌하야 주야(晝夜)에 긏지 아니난고
우리도 그치지 말아 만고상청(萬古常靑)하리라.
                                        - 이황 -

④ 이 몸이 죽고 죽어 일백 번 고쳐 죽어
백골(白骨)이 진토(塵土) 되어 넋이라도 있고 없고
임 향한 일편단심(一片丹心)이야 가실 줄이 있으랴.
                                        - 정몽주 -

⑤ 국화(菊花)야, 너는 어이 삼월동풍(三月東風) 다 보내고
낙목한천(落木寒天)에 네 홀로 피었느냐
아마도 오상고절(傲霜孤節)은 너뿐인가 하노라.
                                        - 이정보 -

54~58 다음 글을 읽고 물음에 답하시오.

> 내 벗이 몇인가 하니 ㉠수석(水石)과 ㉡송죽(松竹)이라
> 동산에 ㉢달 오르니 그 더욱 반갑구나
> 두어라 이 다섯밖에 또 더하여 무엇하리 <제1수>
>
> 구름 빛이 깨끗다 하나 검기를 자주 한다
> 바람 소리 맑다 하나 그칠 적이 많노매라
> **깨끗고도 그칠 이 없기는 물뿐인가 하노라** <제2수>
>
> 꽃은 무슨 일로 피면서 쉬이 지고

풀은 어이하여 푸르는 듯 누르나니
아마도 변치 않을손 바위뿐인가 하노라 <제3수>

더우면 꽃 피고 추우면 잎 지거늘
솔아 너는 어찌 눈서리를 모르느냐
구천(九泉)*의 뿌리 곧은 줄을 그로 하여 아노라
<제4수>

나무도 아닌 것이 풀도 아닌 것이
곧기는 뉘 시키며 속은 어이 비었느냐
저렇게 사시에 푸르니 그를 좋아하노라 <제5수>

작은 것이 높이 떠서 만물을 다 비추니
밤중에 광명이 너만 한 이 또 있느냐
보고도 말 아니 하니 내 벗인가 하노라 <제6수>

　　　　　　　　　　　　- 윤선도, '오우가(五友歌)'

*구천: 죽은 뒤에 넋이 돌아가는 곳. 곧 땅속을 가리킴.

54. 윗글에 대한 설명으로 가장 적절한 것은?[54)

① 가정적 상황을 통해 대상의 부정적 속성을 드러내고 있다.
② 반어적 표현을 통해 시적 긴장감을 강하게 드러내고 있다.
③ 의문형 종결 표현을 사용하여 화자의 생각을 강조하고 있다.
④ 음성 상징어를 활용하여 경쾌하고 생동감 있는 분위기를 조성하고 있다.
⑤ 계절의 흐름이라는 자연의 순환에 따라 시상을 전개하고 있다.

55. 윗글의 표현상 특징으로 적절하지 않은 것은?[55)

① 제2수와 제3수에서는 초장과 중장이 대구와 통사 구조의 반복을 이루고 있다.
② 제2수와 제3수에서는 초·중장이 종장과 의미상 대립을 이루고 있다.
③ 제4수와 제5수에서는 초장 내에서 대구와 통사 구조 반복을 이루고 있다.
④ 제4수와 제6수에서는 시적 대상을 인칭 대명사로 불러 의인화하고 있다.
⑤ 제5수와 제6수에서는 어순을 도치하여 의미를 강조하고 형식의 변화를 주고 있다.

56. <보기>의 관점에서 윗글을 감상한 내용으로 적절하지 않은 것은?[56)

< 보 기 >

「오우가(五友歌)」, 「어부사시사(漁父四時詞)」, 「견회요(遣懷謠)」 등의 시조를 남긴 윤선도는 권력을 누리며 살 수 있었으나 자신의 유교적인 윤리관으로 볼 때 당대는 혼탁한 세상이었다. 그래서 당대 집권 세력인 서인(西人)과 타협 없는 투쟁을 하였고, 그 결과 윤선도는 거의 평생을 정치권에서 소외된 상태에서 보낼 수밖에 없었다. 하지만 그는 이에 굴하지 않고 자연 속에서 자신의 윤리관을 지켜 나갔으며, 자연을 단순한 도피처나 일시적인 피난처로 생각하지 않았다. 따라서 윤선도의 시조에 등장하는 자연물은 유교에 토대를 둔 화자의 삶과 관련지어 이해할 수 있다.

① '깨끗고도 그칠 이 없기는 물뿐인가 하노라'에서는 혼탁한 세상에 물들지 않고 청렴하게 살겠다는 의지를 엿볼 수 있군.
② '아마도 변치 않을손 바위뿐인가 하노라'에서는 어떠한 불의한 권력에도 흔들리지 않겠다는 자세를 엿볼 수 있군.
③ '솔아 너는 어찌 눈서리를 모르느냐'에서는 자신이 처한 시련이다 역경에도 굴복하지 않겠다는 의지를 엿볼 수 있군.
④ '곧기는 뉘 시키며 속은 어이 비었느냐'에서는 불의와 타협하지 않고 탐욕 없이 살아가겠다는 자세를 엿볼 수 있군.
⑤ '작은 것이 높이 떠서 만물을 다 비추니'에서는 현실 세계를 떠나 절대자에게 귀의하겠다는 자세를 엿볼 수 있군.

57. <보기>의 설명을 참조할 때, 윗글에 대한 감상으로 적절하지 않은 것은?[57)

< 보 기 >

정치인으로서의 윤선도(尹善道)는 30세 때 당대의 실력자를 탄핵하는 상소, 이른바 '병자소(丙子疏)'를 올렸다가 함경도 경원으로 유배를 가게 된다. 몇 년 후 유배에서 풀려 세자의 스승이 되지만, 그를 시기한 다른 신하가 유언비어를 퍼트려 모함하자 낙향하여 은거한다. 50세 되던 해에 병자호란의 와중에 정적(政敵)들의 상소로 다시 귀양길에 오른다. 3년 만에 풀려난 윤선도는 다시 고향으로 내려가 「오우가」를 포함한 「산중신곡」 18수를 짓는다.

① 제2수의 '구름'과 '바람', 제3수의 '꽃'과 '풀'은, 시류(時流)에 따라 변하는 정치인들을 상징하겠군.

② 제2수의 '물'과 제3수의 '바위'는, 은거 생활을 하는 시인 자신이 추구하는 이상적인 인간상을 함축하고 있겠군.

③ 제3수의 '바위'와 제5수의 '대나무'는 모두 일관된 신념이나 불굴의 의지를 지닌 인물을 상징하겠군.

④ 제4수에서는 자연의 섭리를 거스르는 정적들을 비판하고 있군.

⑤ 제6수에서 '달'이 과묵해서 좋다는 것은, 유언비어가 떠도는 정치 현실과 연관되겠군.

58. <보기>는 윗글을 자료로 한 수업의 일부이다. 학생들의 의견으로 적절하지 <u>않은</u> 것은?58)

─── < 보 기 > ───

선생님 : 같은 시라도 어떻게 보느냐에 따라 작품에 대한 이해가 조금씩 달라질 수 있습니다. 이 시 「오우가」를 다음과 같이 나눈다면 각 부분이 어떤 의미를 지닐지, 이를 바탕으로 감상해 보세요.

① ㉮는 ㉯와 ㉰에 등장하는 대상을 미리 언급했다는 점에서 시상 전개의 단서를 제시하는 역할을 하고 있어요.

② ㉯는 ㉰와 달리 모든 수에서 대상의 명칭을 직접적으로 언급 하며 명확하게 표현하고 있어요.

③ ㉰는 ㉯와 달리 화자와 수직적인 위치에 있는 대상을 다루고 있어요.

④ ㉯와 ㉰는 동일한 어미로 수를 마무리하여 리듬감을 자아내고 있어요.

⑤ ㉯와 ㉰는 ㉮와 달리 대상의 특징을 구체적으로 보여 주고 있어요.

59~62 다음 글을 읽고 물음에 답하시오.

세상(世上)의 버린 몸이 견무(畎畝)*의 늘거가니
ⓐ밧겻일 내 모르고 하는 일 무슨 일고
이 중(中)의 우국성심(憂國誠心)은 년풍을 원하노라

농인(農人)이 와 이로되 봄 왔네 밭에 가새
압집의 쇼 보잡고 뒷집의 따보* 내네
두어라 내 집부터 하랴 남하니 더욱 묘타

여름날 더운 적의 단따히 부리로다

밭고랑 매자 하니 땀 흘려 땅에 듯네
어사와 립립신고(粒粒辛苦)* 어느 분이 알아실고

가을희 ⓑ곡셕 보니 됴홀도 됴흘셰고
내힘이 닐운 거시 머거도 마시로다
이밧긔 천사만종(千駟萬鐘)*을 부러 무슴하리오

밤으란 사츨 꼬고 나죄란 뛰*를 부여
초가(草家)집 자바매고 농기(農器)졈 차려스라
내년희 봄온다 하거든 결의 종사(從事)하리라*

새배 빗나쟈 백설(百舌)*이 소리한다
일거라 아해들아 밭 보러 가쟈스라
밤사이 이슬 긔운에 얼마나 길었는고 하노라

보리밥 지어 담고 도트랏 갱*을 하여
배골는 농부(農夫)들을 진시(趁時)예 머겨스라
아해야 한 그릇 올녀라 친(親)히 맛봐 보내리라

서산(西山)에 해 지고 풀 긋테 이슬난다
호뮈는 둘너메고 달듸여 가쟈스라
이 중(中) 즐거운 뜻을 닐러 무슴하리오
　　　　　　　　　－이휘일, '전가팔곡(田家八曲)'

* 견무(畎畝) : 밭이랑 사이　* 따 : 따비(농기구)
* 립립신고(粒粒辛苦) : 곡식 한 알 한 알에 담긴 괴로움. 농사일의 고통
* 천사만종(千駟萬鐘) : 천 대의 마차와 만 섬의 곡식. 부귀영화
* 뛰 : 띠풀　* 종사하리라 : 힘을 쓰리라(시작하리라)
* 백설(百舌) : 온갖 새들　* 도트랏 갱 : 명아주 풀로 끓인 국

59. 윗글에 대한 설명 중, 적절하지 <u>않은</u> 것은?59)

① 사계절과 하루의 시간의 흐름이 작품 전개의 주요한 틀로 사용되고 있다.

② 화자는 직접 농사일을 하기도 하는 삶 속에서 농촌의 현실을 사실적으로 그려내고 있다.

③ 화자는 자신을 '세상의 버린 몸'으로 표현하여 자신이 처한 상황을 부정적으로 생각하고 있다.

④ 세상에서 '천사만종'을 누리는 사람을 우회적으로 비판함과 동시에 세속에 달관한 화자의 삶에 대한 자부심이 드러나고 있다.

⑤ 청유형 어미를 사용하여 농부들과 함께하는 동류의식도 있지만, 부지런히 일하는 농부들의 일상을 소개한다는 화자 자신의 입장을 간접적으로 나타내고 있다.

60. 윗글의 표현상 특징으로 가장 적절한 것은?60)

① 현재 화자가 처한 상황을 비현실적 상황에 빗대어 제시

하고 있다.

② 과거와 현재를 대비하여 화자의 삶의 태도를 제시하고 있다.

③ 동일한 시행을 반복하여 화자의 의도를 강조하여 제시하고 있다.

④ 설의적 표현을 활용하여 화자가 추구하는 삶의 태도를 제시하고 있다.

⑤ 대상에 감정을 이입하여 화자의 정서 변화를 우회적으로 제시하고 있다.

61. 윗글과 <보기>를 관련지어 이해한 내용으로 적절하지 않은 것은?61)

─────< 보 기 >─────

　'저곡전가팔곡'은 '저곡'이라는 고을의 농가에서 부르는 8곡의 노래라는 의미이다. 화자는 입신양명(立身揚名)을 위한 벼슬을 멀리하고 농촌에 귀의하여 농촌의 모습과 농민의 노고를 구체적이고 사실적으로 제시하고 있다. 특히 사계절의 농사 과정을 통해 노동의 소중함과 공동체적 삶의 중요성을 강조하고 있다는 점에서 그의 노동관을 짐작할 수 있다.

① 제1수에서 '세상'을 떠나 '견무'에 늙어가는 모습을 그리고 있는데 이것에서 농촌에 귀의한 화자의 모습을 떠올릴 수 있겠군.

② 제2수에서 '앞집', '뒷집'과 함께 농사일을 하는 모습에서 서로 도우며 살아가는 공동체적 삶의 중요성을 확인할 수 있겠군.

③ 제3수에서 여름에 땀 흘리며 '밭고랑'의 잡초를 뽑아내는 모습에서 농민들의 겪고 있는 노고를 떠올릴 수 있겠군.

④ 제4수에서, '내 힘이 닐운' 것이 맛이 좋다는 것은 자신이 이룬 노동의 소중함을 높게 평가하는 화자의 태도로 볼 수 있겠군.

⑤ 제5수에서, '초가집'의 지붕을 정비하고 '농기'를 관리하는 모습은 농사일을 준비하는 농촌의 봄 풍경을 드러내는 것으로 볼 수 있겠군.

62. ⓐ와 ⓑ에 대한 설명으로 적절한 것은?62)

① ⓐ와 ⓑ 모두 자연과 인간의 조화로움이 나타나 있는 대상이다.

② ⓐ와 ⓑ 모두 미래에 대한 화자의 긍정적인 전망을 유도하는 대상이다.

③ ⓐ와 ⓑ 모두 화자의 일상적 삶과 관련지을 수 있는 상징적 의미가 부여된 대상이다.

④ ⓐ는 화자가 관심을 두지 않는 대상이고, ⓑ는 화자에게 만족감을 주는 대상이다.

⑤ ⓐ는 화자가 세속적 공간으로 복귀하는 계기가 된 대상이고, ⓑ는 화자가 농가를 벗어나게 해 주는 대상이다.

63~68 다음 글을 읽고 물음에 답하시오.

(가)
밭고랑에서 이삭 줍는 시골 아이의 말이
하루 종일 동서로 다녀도 바구니가 안 찬다네.
올해에는 벼 베는 사람들도 교묘해져서
이삭 하나 남기지 않고 관가 창고에 바쳤다네.
　　　　　　　　　　　　　- 이달, '습수요(拾穗謠)'

(나)
㉠세상의 버린 몸이 시골에서 늙어 가니
㉡바깥 일 내 모르고 하는 일 무엇인고
이 중의 ㉢우국성심(憂國誠心)은 풍년을 원하노라
　　　　　　　　　　　　　　　　　　<제1곡>

농인이 와 이르되 봄 왔네 밭에 가세
앞집의 쟁기 잡고 뒷집의 따비 내네
두어라 내 집부터 하랴 남하니 더욱 좋다　　<제2곡>

㉣여름날 더운 적의 단 땅이 불이로다
밭고랑 매자 하니 땀 흘러 땅에 떨어지네
어사와 입립신고(粒粒辛苦)* 어느 분이 아실까
　　　　　　　　　　　　　　　　　　<제3곡>

가을에 곡식 보니 좋기도 좋을시고
㉤내 힘으로 이룬 것이 먹어도 맛이로다
이 밖에 천사만종(千駟萬鍾)*을 부러 무엇하리오
　　　　　　　　　　　　　　　　　　<제4곡>

밤에는 새끼를 꼬고 저녁엔 띠풀을 베어
초가집 잡아매고 농기(農器) 좀 손 보아라
내년에 봄 온다 하거든 결의 종사* 하리라　　<제5곡>
　　　　　　　　　-이휘일, '저곡전가팔곡(楮谷田家八曲)'

* 입립신고 : 낟알 하나하나에 어린 수고로움.
* 천사만종 : 많은 말이 끄는 수레, 높은 봉록.
* 결의 종사 : 그 참에 바삐 일함.

63. (가)와 (나)에 대한 설명으로 적절하지 않은 것은?63)

① (가)와 (나)는 모두 공간적 배경을 농촌으로 하고 있다.

② (가)와 (나)는 모두 형식적으로 정형시(定型詩)에 해당한다.

③ (가)와 (나)는 모두 화자가 농민에 대해 우호적인 태도를 보이고 있다.

④ (가)는 (나)와 달리 구어체의 형식으로 시상을 전개하고 있다.

⑤ (나)는 (가)와 달리 처한 현실을 긍정적으로 보고 즐기고 있다.

64. (가)의 화자가 (나)의 화자에게 할 수 있는 말로 가장 적절한 것은?[64)]

① 여름철에 농사일을 하는 모습을 보니 저와 같은 생활을 하는군요. 저도 무더운 날씨에 농사일을 할 때는 땀깨나 흘린답니다.

② 마을 사람들이 상부상조하는 모습을 보니 정말 부럽군요. 우리 마을은 서로를 배려하는 모습을 찾을 수 없을 정도로 인정이 메말라 갑니다.

③ 세상에 노력하지 않고 얻어지는 것이 어디 있습니까? 마음만으로 풍년을 원하고 농사일을 실천하지 않는 당신의 모순된 행태를 돌아보세요.

④ 입신양명을 버리고 초야에 묻힌 당신의 모습이 참으로 인상적입니다. 당신의 모습을 보며 저도 현실에서 벗어나 자연 속에서 살아가리라 생각했습니다.

⑤ 가을에 수확하는 즐거움을 맛보는 당신의 모습이 정말 부럽습니다. 우리 마을은 관리들의 수탈이 심해서 한 해 동안 열심히 일해도 가난을 면할 수가 없네요.

65. <보기>에서 (가)와 관련 있는 설명끼리 묶은 것은?[65)]

───── < 보 기 > ─────

ㄱ. 소박한 농촌의 모습과 순수한 아이들의 모습에 대해 예찬하고 있다.

ㄴ. 당대 사회가 안고 있는 모순에 대한 비판 의식이 담겨 있다.

ㄷ. 부정적 사회 현실이 작품을 창작한 계기로 작용하고 있다.

ㄹ. 현실 세계를 바라보는 관점이 부정적이고 비관적이라 할 수 있다.

ㅁ. 인간 세상에서 벌어지는 일을 자연계에 비유하여 주제를 구현하고 있다.

① ㄱ, ㄴ, ㄷ   ② ㄴ, ㄷ, ㄹ   ③ ㄷ, ㄹ, ㅁ

④ ㄱ, ㄹ, ㅁ   ⑤ ㄱ, ㄴ, ㅁ

66. <보기>에서 (나)에 대한 설명끼리 바르게 묶인 것은?[66)]

───── < 보 기 > ─────

ㄱ. 자연과 인간사를 대비하여 대상을 풍자하고 있다.

ㄴ. 자연물에 인격을 부여하여 생동감 있게 그려내고 있다.

ㄷ. 일을 하며 겪는 다양한 경험을 사실적으로 묘사하고 있다.

ㄹ. 계절의 변화에 따라 달라지는 상황을 순차적으로 거론하고 있다.

① ㄱ, ㄴ   ② ㄱ, ㄷ   ③ ㄴ, ㄷ

④ ㄴ, ㄹ   ⑤ ㄷ, ㄹ

67. <보기>의 내용을 바탕으로 (나)를 이해한 것으로 적절하지 않은 것은?[67)]

───── < 보 기 > ─────

선생님 : 이 시는 지은이가 45세 때인 1664년에 지은 총 8수의 연시조입니다. 작가는 이 글의 후기(後記)라 할 '서전가팔곡후(書田家八曲後)'에서 "나는 농사짓는 사람은 아니나, 전원에 오래 있어 농사일을 익히 알므로 본 것을 노래에 나타낸다. 비록 그 성향의 느리고 빠름이 절주와 격조에 다 맞지는 않지만, 마을의 음탕하고 태만한 소리에 비하면 나을 것이다. 그래서 곁에 있는 아이들로 하여금 익혀 노래하게 하고 수시로 들으며 스스로 즐기려 한다."라고 하여, 저작 동기를 밝히고 있습니다.

① 가빈 : <제1수>는 나라로부터 버림받은 자신의 처지를 표현한 거구나.

② 나빈 : <제2수>를 보면, 작가가 농사일에 대해 많은 애착을 가지고 있음을 알 수 있어.

③ 다빈 : <제2수>에는 서로 돕고 배려하는 농부들의 모습이 드러나 있어.

④ 라빈 : <제4수>에는 결실에 대한 만족감과 자급자족하는 삶에 대한 자부심이 나타나 있어.

⑤ 마빈 : <제4수>의 '천사만종'은 작가가 지향하는 삶과 상반된 것으로 이해할 수 있어.

68. ㉠~㉤에 대한 설명으로 적절하지 않은 것은?[68)]

① ㉠ : 세속을 떠나 초야에 묻혀 사는 화자의 처지가 드러나 있다.

② ㉡ : 세상 돌아가는 정세, 부귀영화에 관심을 갖는 일을 의미한다.

③ ㉢ : 화자가 정성스러운 마음으로 나라를 걱정하고 있음을 드러낸다.

④ ㉣ : 구체적인 계절적인 배경과 계절에 따른 농사일을 확인할 수 있다.

⑤ ㉤ : 화자가 자신의 처지에 대한 회의적인 태도를 드러낸다.

69~72 다음 글을 읽고 물음에 답하시오.

(가)
강호(江湖)에 봄이 드니 미친 흥(興)이 절로 난다
탁료(濁醪)* 계변(溪邊)에 금린어(錦鱗魚)가 안주로다
이 몸이 한가(閑暇)해옴도 역군은이샷다*
　　　　　　　　　　　　　　　　　　　　<춘사>

강호에 여름이 드니 초당(草堂)*에 일이 없다
유신(有信)한 강파(江波)는 보내나니 바람이로다
이 몸이 서늘해옴도 역군은이샷다
　　　　　　　　　　　　　　　　　　　　<하사>

　┌ 강호에 가을이 드니 고기마다 살져 있다
[A] 소정(小艇)에 그물 실어 흘리 띄워 던져 두고
　└ 이 몸이 소일(消日)해옴도 역군은이샷다　<추사>

강호에 겨울이 드니 눈 깊이 한 자 넘다
삿갓 빗기 쓰고 누역(縷繹)*으로 옷을 삼아
이 몸이 춥지 아니해옴도 역군은이샷다　<동사>
　　　　　　　　　　　　　　　　- 맹사성, '강호사시가(江湖四時歌)'

*탁료 : 막걸리.
*역군은이샷다 : 또한 임금의 은혜로다.
*초당 : 별채로 지은 초가집.
*누역 : 비나 눈을 막기 위해 볏짚 등으로 만들어 입는 도롱이.

(나)
　┌ **이 듕에 시름 업스니 어부(漁父)의 생애(生涯)이로다**
[B] 일엽편주(一葉扁舟)를 만경파(萬頃波)애 픠워 두고
　└ 인세(人世)를 니쳇거니 날 가는 주를 알랴
　　　　　　　　　　　　　　　　　　　　<제1수>

구버는 천심녹수(千尋綠水) 도라보니 만첩청산(萬疊靑山)
십장홍진(十丈紅塵)*이 언매나 フ렛는고

강호(江湖)애 월백(月白)ㅎ거든 더욱 무심(無心)ㅎ애라
　　　　　　　　　　　　　　　　　　　　<제2수>

청하(靑荷)*에 바불 쏘고 녹류(綠柳)*에 고기 쎄여
노적화총(蘆荻花叢)*에 비 미야 두고
일반청의미(一般淸意味)*를 어느 부니 아르실고
　　　　　　　　　　　　　　　　　　　　<제3수>

산두(山頭)에 한운(閒雲)이 기(起)ㅎ고 수중(水中)에 백구(白鷗)이 비(飛)이라
무심(無心)코 다정(多情)ㅎ니 이 두 거시로다
일생(一生)에 시르믈 닛고 너를 조차 노르리라
　　　　　　　　　　　　　　　　　　　　<제4수>

장안(長安)을 도라보니 북궐(北闕)이 천리(千里)로다
어주(漁舟)에 누어신둘 **니즌 스치 이시랴**
두어라 내 시롬 아니라 제세현(濟世賢)*이 업스랴
　　　　　　　　　　　　　　　　　　　　<제5수>
　　　　　　　　　　　　　- 이현보, '어부단가(漁夫短歌)'

* 십장홍진 : 열 길이나 되는 붉은 먼지. 번거롭고 속된 세상을 비유적으로 이르는 말.
* 청하 : 푸른 연잎.
* 녹류 : 푸른 버드나무.
* 노적화총 : 갈대꽃이 피어 있는 숲.
* 일반청의미 : 한결같이 맑은 뜻. 보통 자연의 참된 의미를 뜻함.
* 제세현 : 세상을 구할 어진 인재.

69. (가)와 (나)의 공통점으로 가장 적절한 것은?[69)]

① 색채 이미지를 활용하여 공간이 지닌 상징적 의미를 드러내고 있다.

② 설의적 표현을 통해 화자의 삶의 태도와 방법을 강조하고 있다.

③ 대구를 사용하여 유사한 상황을 병렬적으로 나열하고 있다.

④ 화자가 처해 있는 상황에 만족하지만 다른 상황도 염두에 두고 있다.

⑤ 앞말을 바로 뒤에 이어받아 제시함으로써 의미의 긴밀성을 보여 주고 있다.

70. [A]와 [B]를 비교한 내용으로 적절하지 않은 것은?[70)]

① [A]의 중장과 [B]의 중장은 자연을 즐기는 화자의 모습을 그리고 있다.

② [A]는 종장에서, [B]는 초장에서 현재의 상황에 대한 화자의 판단을 단적으로 드러내고 있다.

③ [A]와 [B] 모두 미래의 상황을 가정하여 화자의 지향을 드러내고 있다.

④ [B]와 달리 [A]에는 계절에 대한 언급이 구체적으로 나타나 있다.

⑤ [B]의 화자와 달리 [A]의 화자는 임금의 은혜를 언급하며 자연에서의 생활이 속세와 연결되어 있는 것임을 드러내고 있다.

71. <보기>를 참고하여 (가)를 감상한 내용으로 적절하지 않은 것은?71)

─── < 보 기 > ───

선생님 : 유교적 관점에서 보면 현실은 결코 극복의 대상으로 볼 수 없으며, 자연은 현실과 대립된 이상적 공간이 아닙니다. 자연은 인간의 현실적인 삶에 풍요를 안겨 주는 대상일 뿐이지요. 이는 인간 세계, 즉 속세와 자연의 단절을 통한 이분법적 관점을 보여 주는 도가(道家)의 관점과는 다른 것으로, 맹사성(孟思誠)의 '강호사시가(江湖四時歌)'는 이를 잘 보여 주고 있습니다.

① 각 연마다 반복되는 '강호(江湖)'는 화자가 현재 만족을 느끼며 살아가는 생활 공간에 해당하겠군.

② <춘사>의 '미친 흥(興)'은 자연이 화자에게 안겨 주는 풍요로운 삶의 흥취로 볼 수 있겠군.

③ <하사>의 '초당(草堂)에 일이 없다'에는 화자의 한가로운 현실적 삶이 직설적으로 나타나 있군.

④ <추사>의 '고기마다 살져 있다'에는 자연이 제공해 주는 현실 생활의 풍요가 나타나 있군.

⑤ <동사>의 '눈 깊이 자히 남다'에는 탈속(脫俗)의 공간으로서의 자연의 모습이 잘 드러나 있군.

72. <보기>를 참고하여 (나)를 이해한 내용으로 적절하지 않은 것은?72)

─── < 보 기 > ───

고려 말부터 전해지던 작자 미상의 노래를 이현보(李賢輔)가 개작한 작품이 「어부단가」이다. 조선 시대 양반들이 지닌, 전원으로 돌아가고자 하는 귀거래(歸去來)에 대한 소망을 드러내면서 강호 자연을 심성 수양의 매개로 인식하였음을 보여 주고 있다. 그리고 '강호'와 '세속'을 이분법적으로 파악하면서 타락한 세속을 부인하고 이와 단절된 강호의 세계로 돌아와 도덕적 이상을 지키고자 하는 태도를 보여 주고 있다.

① <제1수>의 '이 듕에 시름 업스니'를 통해 부정적인 현실과 대립된 자연의 의미를 강조하면서 귀거래(歸去來)의

모습을 드러내고 있다.

② <제2수>의 '강호'와 '십장홍진'은 자연과 속세를 대립적 공간으로 파악하면서, 부정적 공간으로서의 속세를 부인하고 이와의 단절을 꾀하고 있음을 보여 주고 있다.

③ <제2수>의 '월백', <제3수>의 '일반청의미' 등을 통해 사심(邪心) 없는 강호를 긍정하면서 그 속에서 무심(無心)함을 지니고자 하는 심성 수양의 자세를 암시하고 있다.

④ <제4수>의 '일생에 시르믈 닛고 너를 조차 노르리라'에서 자신의 도덕적 이상을 이해해 주는 존재가 나타나기를 바라는 소망을 부각하고 있다.

⑤ <제5수>의 '니즌 스치 이시랴'를 통해 자연에 머물러 있으면서도 임금에 대한 충(忠)이라는 도덕적 이상은 변하지 않고 있음을 강조하고 있다.

73~77 다음 글을 읽고 물음에 답하시오.

(가)

[A]
　新로 짜낸 무명이 눈결같이 고왔는데　棉布新治雪樣鮮
　이방 줄 돈이라고 황두가 뺏어 가네　黃頭來博吏房錢

누전 세금 독촉이 성화같이 급하구나　漏田督稅如星火
삼월 중순 세곡선(稅穀船)이 서울로 떠난다고
　　　　　　　　　　　　三月中旬道發船
　　　　　　　　　　　-정약용, '탐진촌요'

(나)

밭에서 이삭을 줍는 어린애들 말이　田間拾穗村童語
온종일 이리저리 주워야 ⊙소쿠리도 안 차요
　　　　　　　　　　　　盡日東西不滿筐

[B]
　올해는 **벼 베는** 이 솜씨 **하도 좋아**　今歲刈禾人亦巧
　한 톨도 남김없이 **관창***에다 바쳤답니다
　　　　　　　　　　　　盡收遺穗上官倉
　　　　　　　　　　　- 이달, '습수요'

*관창: 예전에, 관가의 창고를 이르던 말

(다)

말에서 내려와 사람 부르니	下馬問人居
부인이 문을 열고 나와 보고는	婦女出門看
초가집 안으로 맞아들이고	坐客茅屋下
나그네 위하여 밥상 내온다	爲客具飯餐
바깥어른은 어디 계시오	丈夫亦何在
아침에 쟁기 들고 산에 갔다오	扶犁朝上山
산밭은 너무나 갈기 어려워	山田苦難耕

해가 저물도록 못 오신다오	日晩猶未還
사방을 둘러봐도 이웃은 없고	四顧絶無鄰
개와 닭들 비탈에서 서성대누나	鷄犬依層巒
숲속에 사나운 호랑이가 많아서	中林多猛虎
나물을 캐도 ⓒ광주리에 못 차지요	采藿不盈盤
가련할손 이곳이 뭐가 좋아서	哀此獨何好
가파른 **산골짝에 사는** 게요	崎嶇山谷間
좋기야 하겠지요 **저 너머 평지**	樂哉彼平土
가려 해도 **고을 관리** 겁이 난다오	欲往畏縣官

― 김창협, '산민'

73. (가)~(다)의 공통된 창작 의도로 가장 적절한 것은?73)

① 부정적 현실을 고발하여 시대의 아픔을 공유하고자 한다.

② 세태의 흐름을 관찰하여 다양한 풍속을 전달하고자 한다.

③ 인물의 성격을 분석하여 바람직한 인간상을 제시하고자 한다.

④ 현실의 단면을 포착하여 내재된 미적 세계를 묘사하고자 한다.

⑤ 자연 속에서 살아가는 조화로운 인간의 모습을 부각시키고자 한다.

74. (가)와 (다)에 대한 설명으로 가장 적절한 것은?74)

① (가)는 (다)와 달리 묻고 답하는 방식으로 당부의 의사를 나타내고 있다.

② (다)는 (가)와 달리 과거와 현재 상황을 대비하여 문제점을 부각하고 있다.

③ (가)와 (다)는 모두 추상적 대상을 구체화하여 그 특성을 드러내고 있다.

④ (가)와 (다)는 모두 연쇄와 반복의 방식으로 시상을 전개하고 있다.

⑤ (가)와 (다)는 모두 화자가 타인에게 들은 말을 청자에게 전달하고 있다.

75. (나)와 (다)의 공통점으로 가장 적절한 것은?75)

① 시적 공간의 변화하는 양상을 제시하여 화자의 정서가 심화되는 모습을 보여 주고 있다.

② 일상생활의 도구인 소재를 활용하여 화자의 삶의 모습을 해학적으로 묘사하고 있다.

③ 시적 시간을 과거와 현재를 교차하게 하여 화자가 대상의 의미를 깨닫는 과정을 보여 주고 있다.

④ 소재로 쓰인 자연물을 여럿 나열하여 대상에 대한 화자의 긍정적인 태도를 부각하고 있다.

⑤ 시의 세계를 구성하는 인물의 말을 인용하는 방식을 써서 화자의 현실 인식을 드러내고 있다.

76. [A]와 [B]를 비교하여 설명한 것으로 가장 적절한 것은?76)

① [A]는 대상을 의인화하였고, [B]는 대상에 감정을 이입하였다.

② [A]는 풍자적인 어조로, [B]는 해학적인 어조로 서술하였다.

③ [A]는 반어적인 상황을, [B]는 역설적인 상황을 제시하였다.

④ [A]는 사실적인 묘사를, [B]는 조롱조의 표현을 활용하였다.

⑤ [A]는 설의적 표현을, [B]는 영탄적 표현을 사용하였다.

77. ⓐ과 ⓒ에 대한 설명으로 가장 적절한 것은?77)

① ⓐ과 ⓒ은 모두 과거의 삶에서 벗어나기 위한 인물의 의지를 보여 준다.

② ⓐ과 ⓒ은 모두 공간적 배경이 외부 세계로부터 고립된 곳임을 알려 준다.

③ ⓐ과 ⓒ은 모두 기대에 부응하지 못하는 결과로 인해 인물이 결핍을 느끼게 한다.

④ ⓒ은 ⓐ과 달리 타인의 행위를 비꼬는 인물의 의도를 담고 있다.

⑤ ⓐ은 ⓒ과 달리 모두 세상에 대한 인물의 인식이 긍정적으로 변화하게 된 계기와 관련이 있다.

78~80 다음 글을 읽고 물음에 답하시오.

[A]
```
이씨의 사촌이 되지 말고
민씨의 팔촌이 되려무나
아리랑 아리랑 아라리요
아리랑 배 띄여라 노다 가세        <제1연>
```

[B]
```
남산 밑에다 장충단을 짓고
군악대 장단에 받들어총만 한다
아리랑 아리랑 아라리요
아리랑 배 띄여라 노다 가세        <제2연>
```

[C]
```
아리랑 고개다 정거장 짓고
전기 차 오기만 기다린다
아리랑 아리랑 아라리요
```

└ 아리랑 배 띄여라 노다 가세   <제3연>

┌ 문전의 옥토는 어찌 되고
│ 쪽박의 신세가 웬 말인가
[D]
│ 아리랑 아리랑 아라리요
└ 아리랑 배 띄여라 노다 가세   <제4연>

┌ 밭은 헐려서 신작로 되고
│ 집은 헐려서 정거장 되네
[E]
│ 아리랑 아리랑 아라리요
└ 아리랑 배 띄여라 노다 가세   <제5연>

          -작자 미상, '아리랑 타령'

78. 윗글의 표현상의 특징에 대한 설명으로 가장 적절한 것은?78)

① 처음과 끝을 대응시켜 주제를 강조하고 형식을 안정감 있게 구성하고 있다.

② 대구의 방식과 통사 구조의 반복을 통해 운율감을 조성하고 있다.

③ 색채어를 활용하여 생동감과 함께 긴장감을 고조시키고 있다.

④ 감탄형 종결 어미를 활용한 영탄적 어조를 통해 화자의 의지를 드러내고 있다.

⑤ 직유법과 은유법 등을 사용하여 대상과의 친밀감을 나타내고 있다.

79. <보기>를 바탕으로 [A]~[E]를 이해한 것으로 적절하지 않은 것은?79)

< 보 기 >

「아리랑 타령」은 우리 민족에게 친숙한 민요인 '아리랑'의 형식을 빌려 구한말에서 일제 강점기에 이르는 우리 민족의 수난사를 표현한 노래이다. 외척인 민씨 세도 정권 때의 상황, 국민의 생활과는 거리가 먼 신식 문물의 등장, 일제의 수탈로 고통 받는 상황 등을 제재로 소박하고도 직접적인 언어를 사용하여 당대 현실의 모순을 날카롭게 풍자하고 있다.

① [A] : 왕족인 '이씨'보다 외척인 '민씨'에게 잘 보여야 출세할 수 있었던 당대의 혼란스럽고 모순된 정치 현실을 비판하고 있다.

② [B] : '군악대 장단'에 맞춰 '받들어총'만 하는 모습을 통해 본연의 의무와 무관하고 실속 없는 신식 군대의 훈련을 풍자하고 있다.

③ [C] : 고개를 넘기 힘들다고 '정거장'을 지어 달라는 민

중의 요구를 무시하는 정부의 개화 정책을 비판하고 있다.

④ [D] : '문전의 옥토'를 빼앗기고 '쪽박의 신세'가 된 현실을 통해 일제 강점기에 민중들이 맞닥뜨린 고달픈 처지를 드러내고 있다.

⑤ [E] : '신작로'와 '정거장'을 위해 헐린 '밭'과 '집'을 통해 삶의 터전을 빼앗는 식민지 근대화의 이면을 적나라하게 드러내고 있다.

80. <보기>는 윗글의 시대적 배경과 관련한 한국 근현대사 자료이다. 이를 바탕으로 윗글을 감상할 때, 적절하지 않은 것은?80)

< 보 기 >

• 여흥 민씨(閔氏) 세도 정치 : 고종이 친정(親政)을 시작한 1873년부터 외척(外戚)인, 명성황후 민씨의 일가들이 정계에 대거 진출하여 세력을 잡게 되었다.

• 별기군(別技軍) 창설 : 1881년(고종 18년)에 제국주의 세력의 침투가 심해지자 부국강병책의 일환으로 설치된 신식 군대 '별기군'을 창설했다.

• 전차 건설 및 운행 : 1898년 미국인 콜브란과 보스트윅이 한국 정부로부터 전기 사업 경영권을 얻은 후 주요 사업으로의 일환으로 전차 부설이 시작되어, 그해 12월 서대문~청량리 구간이 완공되었다. 철도 노선은 기존의 도시 구조와 주민들에 대한 편의 제공과는 상관 없이 외곽으로 결정되어 주로 일본인들이 거주하는 새로운 주거지에 정거장을 신설하고 역사(驛舍)를 만들었다.

• 동양 척식 주식 회사 설립 : 1908년 일제가 설립한 국책 회사로서, 토지를 사들이는 데 주력하여, 차지한 토지를 일본인 이민 농민에게 다시 불하해서 높은 소작료와 고리대를 받게 하여 조선 농민을 착취하게 하였다.

• 신작로 건설과 정거장 설치 : 경술국치(庚戌國恥) 이전에 일제는 식민지 수탈의 도구로 활용한 신작로 건설에 착수하여 호남 평야의 쌀을 수탈하기 위해 1908년 전주~군산 간 도로를 완성했다. 또한 일제는 철도 건설의 주된 목적은 대륙 침략을 위한 인프라 구축에 있었기 때문에, 물자 수급에 편리한 지역에 정거장을 만들었다.

① 전체적으로 보면 역사적으로 중요한 사건들을 소재로 삼아 노래하고 있는 작품이야.

② 제1연은 당시 고종의 비(妃)인 민씨 가문이 득세한 세도 정치를 풍자하고 있다고 볼 수 있군.

③ 제2연은 실전(實戰) 훈련보다 의식(儀式) 훈련만 하고 있는 군대의 유명무실(有名無實)함을 풍자하고 있는 거야.

④ 제3연은 백성들의 주거지가 멀리 떨어진 곳에 정거장을 만들어 오히려 불편을 초래한 정부 정책을 비판하고 있는 거야.

⑤ 제4, 5연은 신작로와 같은 새로운 문명의 건설이 오히려 조선의 전통적 가치를 훼손하는 상황을 문제점으로 지적하고 있어.

81~84 다음 글을 읽고 물음에 답하시오.

(가)

㉠신고산*이 우루루 함흥 차 가는 소리에
구고산* 큰애기 반봇짐만 싼다
　어랑어랑 어허야 어야 더야 내 사랑아

[A]┌가을바람 소슬하니 낙엽이 우수수 지고요
　│귀뚜라미 슬피 울어 남은 간장 다 썩이네
　└어랑어랑 어허야 어야 더야 내 사랑아

㉡휘늘어진 낙락장송 휘어 덥석 잡고요
애달픈 이내 진정 하소연이나 할까나
　어랑어랑 어허야 어야 더야 내 사랑아

㉢삼수갑산 머루 다래는 얽으러 섥으러졌는데
나는 언제 임을 얽으래 섥으러지느냐
　어랑어랑 어허야 어야 더야 내 사랑아

[B]┌상갯골 큰애기 정든 임 오기만 기다리고
　│삼천만 우리 동포 통일되기만 기다린다
　└어랑어랑 어허야 어야 더야 내 사랑아

가지 마라 잡은 손 야멸차게 떼치고
㉣갑사댕기 팔라당 후치령* 고개를 넘노다
　어랑어랑 어허야 어야 더야 내 사랑아

울적한 심회를 풀 길이 없어 나왔더니
㉤처량한 산새들은 비비배배 우노나
　어랑어랑 어허야 어야 더야 내 사랑아
　　　　　- 작자 미상, [원산 아리랑(신고산 타령)]

*신고산, 구고산: (지명) 서울과 원산을 잇는 철로인 경원선에 신고

산이라는 역이 생기면서, 그 역에서 멀지 않은 곳에 있던 고산은 구고 산이라 불리게 됨.
*후치령: 함경남도 풍산군과 북청군을 잇는 고개.

(나)

이씨의 사촌이 되지 말고
민씨의 팔촌이 되려무나.
　아리랑 아리랑 아라리요
　아리랑 배 띄여라 노다 가세.

[C]┌남산 밑에다 장충단을 짓고
　│군악대 장단에 받들어총만 한다.
　│　아리랑 아리랑 아라리요
　└　아리랑 배 띄여라 노다 가세.

아리랑 고개다 정거장 짓고
전기차 오기만 기다린다.
　아리랑 아리랑 아라리요
　아리랑 배 띄여라 노다 가세.

[D]┌문전의 옥토는 어찌 되고
　│쪽박의 신세가 웬 말인가.
　│　아리랑 아리랑 아라리요
　└　아리랑 배 띄여라 노다 가세.

[E]┌나를 버리고 가시는 님은
　│십 리도 못 가서 발병 난다
　│　아리랑 아리랑 아라리요
　└　아리랑 배 띄여라 노다 가세.
　　　　　　　　　-작자 미상, '아리랑 타령'

81. (가)와 (나)의 표현상 공통점으로 적절한 것은?[81]

① 계절감을 드러내는 소재를 활용하여 시간의 변화를 드러내고 있다.

② 관조적인 태도로 대상이 지닌 의미를 깊이 있게 탐구하고 있다.

③ 섬세하고 부드러운 어조로 긍정적 분위기를 고조시키고 있다.

④ 감각적 심상을 활용하여 시적 상황을 효과적으로 부각하고 있다.

⑤ 일상적 소재를 활용하여 대상의 의미를 긴장감 있게 제시하고 있다.

82. <보기>를 바탕으로 (가)와 (나)를 감상한 내용으로 적절하

지 않은 것은?[82]

< 보 기 >

민요(民謠)는 크게 고정 민요와 유행 민요로 구분할 수 있다. 고정 민요는 지역 고유의 특징을 반영하면서 특정 지역에서 전승되는 것이고, 유행 민요는 보편적인 정서를 담고 있어 지역적인 한계를 넘어서 널리 불리는 것이다. 우리나라의 대표적인 민요인 '아리랑'은 가창되는 지역에 따라 독자적인 노랫말과 후렴구를 지니고 있다는 점에서 고정 민요의 성격을 띠고 있지만, 남녀 간의 사랑이나 집단 차원의 공통된 소망을 노래하고 있다는 점에서 유행 민요의 성격도 지니고 있다. 또 고정 민요나 유행 민요는 구비문학적 속성을 지녀서 가사의 내용을 공동 차용하는 경우도 흔히 볼 수 있다.

① [A]와 [E]에서 모두 임에 대한 감정을 노래하는 것은 유행 민요의 성격에 해당하겠군.
② [B]에서 우리 민족의 통일에 대해 언급하는 것은 유행 민요의 성격에 해당하겠군.
③ [C]에서 '남산'이나 '장충단'과 같은 구체적 지명을 언급하는 것은 고정 민요의 성격에 해당하겠군.
④ [D]에서 '문전의 옥토'를 빼앗기고 '쪽박의 신세'가 되었다는 시대 인식은 유행 민요의 성격에 해당하겠군.
⑤ [A]~[E]에서 지역적 특색이 반영된 후렴구를 사용하는 것은 고정 민요의 성격에 해당하겠군.

83. (가)의 ㉠~㉤에 대한 이해로 적절한 것은?[83]

① ㉠: '함흥 차'는 임이 타고 떠나는 수단으로, 임과의 만남이 임박했음을 드러낸다.
② ㉡: '낙락장송'은 화자와 임을 매개하는 대상으로, 임의 소식을 알고 싶은 화자의 간절함을 나타낸다.
③ ㉢: '머루 다래'는 화자의 상황과 유사한 대상으로, 임과 헤어진 화자의 처지를 환기한다.
④ ㉣: '갑사댕기'는 임의 뒷모습과 관련된 장신구로, 화자를 떠나가는 임의 모습을 의미한다.
⑤ ㉤: '산새'는 화자의 감정과 대립되는 자연물로, 임을 그리워하는 화자의 정서를 나타낸다.

84. <보기>를 바탕으로 윗글에 대해 설명한 내용으로 적절하지 않은 것은?[84]

< 보 기 >

「아리랑 타령」은 우리 민족에게 친숙한 민요인 '아리랑'의 형식을 빌려 구한말에서 일제 강점기에 이르는 우리 민족의 수난사를 표현한 노래이다. 외척인 민씨 세도 정

권 때의 상황, 국민의 생활과는 거리가 먼 신식 문물의 등장, 일제의 수탈로 고통 받는 상황 등을 제재로 소박하고도 직접적인 언어를 사용하여 당대 현실의 모순을 날카롭게 풍자하고 있다.

① '민씨의 팔촌이 되려무나'를 통해 외척이 권력을 휘두르는 상황을 풍자하고 있다.
② '남산'에서 '아리랑 고개'로의 공간 이동을 통해 날카로운 풍자성을 획득하고 있다.
③ '정거장', '전기차', '신작로' 등의 소재를 통해 허울 좋은 근대화를 꼬집고 있다.
④ '옥토'와 '쪽박의 신세'를 대조하여 일제의 수탈로 인한 피폐한 삶을 강조하고 있다.
⑤ '아리랑 아리랑 아라리요'라는 후렴구를 빌려, 민족적 공감대를 형성하고 있다.

85~87 다음 글을 읽고 물음에 답하시오.

잠아 잠아 짙은 잠아 이 내 눈에 쌓인 잠아
염치 불구이내 잠아 검치 두덕* 이내 잠아
어제 간밤 오던 잠이 오늘 아침 다시 오네
잠아 잠아 무삼 잠고 가라 가라 멀리 가라
시상 사람 무수한데 구테 너난 간 데 없어
원치 않는 이 내 눈에 이렇다시 자심하뇨*
┌주야에 한가하여 월명 동창* 혼자 앉아
[A] 삼사경 깊은 밤을 허도이* 보내면서
└잠 못 들어 한하는데 그런 사람 있건마는
무상불청* 원망 소래 온 때마다 듣난고니
석반을 거두치고 황혼이 대듯마듯
낮에 못한 남은 일을 밤에 할랴 마음먹고
언하당* 황혼이라 섬섬옥수* 바삐 들어
등잔 앞에 고개 숙여 실 한 바람 불어 내어*
더문더문 질긋 바늘 두엇 뜸 뜨듯마듯
난데없는 이 내 잠이 소리없이 달려드네
┌눈썹 속에 숨었는가 눈 알로 솟아온가
[B] 이 눈 저 눈 왕래하며 무삼 요수* 피우든고
└맑고 맑은 이 내 눈이 절로절로 희미하다

　　　　　　　　　　　　　　　　　　　　- 작자 미상, '잠노래'

*검치 두덕: 욕심 언덕. 잠의 욕심이 언덕처럼 쌓였다는 뜻.
*자심(滋甚)하뇨: 점점 더 심해지느냐.
*월명 동창(月明東窓): 달이 밝게 비추는 동쪽의 창.
*허도(虛度)이: 헛되이.
*무상불청(無常不請): 덧없이 부탁하지 않음.

*언하당(言下當): 말이 끝나자마자 바로 (그런 생각을 하자마자 바로).
*섬섬옥수(纖纖玉手): 가냘프고 고운 여자의 손을 이르는 말.
*불어 내어: 풀어내어. 풀어서.
*무삼 요수: 무슨 요망한 수단.

85. 윗글에 대한 설명으로 적절한 것은?85)

① 하루 동안의 일어난 일을 시간의 흐름에 따라 전개하고 있다.
② 현실을 반어적으로 표현하여 주제 의식을 강조하고 있다.
③ 모순 형용의 역설적 표현을 통해 화자의 정서를 구체화하고 있다.
④ 자연물의 본래적 속성에 빗대어 화자의 내면을 드러내고 있다.
⑤ 독백적 어조를 사용하여 화자가 살아온 과거의 경험을 되돌아보고 있다.

86. <보기>를 참고하여 윗글을 감상한 내용으로 적절하지 않은 것은?86)

─────< 보 기 >─────

민요(民謠)는 문자 그대로 민중들 사이에 구전되어 온 노래이다. 글자를 모르는 서민들이 말로써 그려내는 진솔한 정서가 담겨 있으며, 노동이나 의식(儀式) 등 생활상의 필요에 의해 만들어지기도 하였다. 한편 지배층의 수탈에 항거하는 의지를 풍자적인 수법으로 표출한 민요도 적지 않다. 이 작품은 옛날 부녀자들이 쏟아지는 잠을 참아가며 밤새 바느질을 하면서 불렀던 노동요이다.

① '잠아 잠아 무삼 잠고 가라 가라 멀리 가라'에서는 암기하여 구전하기에 적합한 규칙적인 율격으로 이루어져 있음을 알 수 있어.
② '무상불청 원망 소래 온 때마다 듣난고니'를 통해 지배층에 대한 원망의 정서를 직접적으로 표현하고 있음을 알 수 있어.
③ '석반을 거두치고', '섬섬옥수 바삐 들어'라는 표현을 통해 이 노래가 부녀자들 사이에서 불리고 전승되었음을 알 수 있어.
④ '낮에 못한 남은 일을 밤에 할랴 마음먹고'에서 서민들의 일상생활에서 겪는 고달픔이 낮부터 밤까지 이어지고 있음을 알 수 있어.
⑤ '바늘 두엇 뜸 뜨듯마듯 난데없는 이 내 잠이 소리 없이 달려드네'를 통해 바느질하는 동안 잠을 깨우기 위해 불렀을 노동요임을 알 수 있어.

87. [A]와 [B]에 대한 설명으로 적절한 것은?87)

① [A]는 화자의 처지와 유사한 상황이다.
② [B]는 잠이 오는 상황을 해학적으로 표현했다.
③ [A]는 [B]를 결과로 이끌어내는 원인이 된다.
④ [B]는 [A]와 달리 현실을 극복하려는 화자의 적극적 의지가 담겨 있다.
⑤ [A]와 [B] 모두 잠에 대해 우호적이고 너그러운 태도를 보이고 있다.

88~90 다음 글을 읽고 물음에 답하시오.

화란춘성(花爛春城)하고 만화방창(萬化方暢)이라
때 좋다 벗님네야 **산천경개 구경** 가세
죽장망혜(竹杖芒鞋) 단표자(單瓢子)로 천리강산 들어가니
㉠만산홍록(滿山紅綠)들은 일년일도(一年一度) 다시 피어
춘색(春色)을 자랑노라 색색이 붉었는데
창송취죽(蒼松翠竹)은 창창울울(蒼蒼鬱鬱)한데 기화요초(琪花瑤草) 난만(爛漫) 중에
꽃 속에 잠든 나비 자취 없이 날아난다
유상앵비(柳上鶯飛)는 편편금(片片金)이요 화간접무(花間蝶舞)는 분분설(紛紛雪)이라
삼춘가절(三春佳節)이 좋을시고 도화만발점점홍(桃花滿發點點紅)이로구나
어주축수애삼춘*이라더니 무릉도원이 예 아니냐
양류세지사사록(楊柳細枝絲絲綠)한데 황산곡리당춘절(黃山谷裏當春節)*에 연명오류(淵明五柳)*가 예 아니냐
제비는 물을 차고 기러기 무리 지어
중천(中天)에 높이 떠 두 날개 훨씬 펄펄
백운간(白雲間)에 높이 떠 천리강산 머나먼 길에
어이 갈꼬 슬피 운다
원산 첩첩 태산 주춤 기암은 층층 장송은 낙락
응어리 구부러져 광풍에 흥을 겨워 우쭐 활활 춤을 춘다
층암절벽 상에 폭포수는 콸콸 수정렴(水晶簾) 드리운 듯
이 골 물이 주루룩 저 골 물이 솰솰
열의 열 골 물이 한데로 합수(合水)하여
천방져 지방져 소쿠라지고 펑퍼져
넌출지고 방울져 저 건너 병풍석으로
으르렁 콸콸 흐르는 물결이 은옥(銀玉)같이 흩어지니
소부(巢父) 허유(許由)* 문답하던 **기산 영수(箕山潁水)**

가 예 아니냐

　주곡제금(奏穀啼禽)은 천고절(千古節)이요 적다정조(積多鼎鳥)는 일년풍(一年豊)이라*

　일출낙조가 눈앞에 벌였으니 경개무궁(景槪無窮)이 좋을시고　　　　　　　　　　- 작자 미상, '유산가'

---

*어주축수애삼춘 : 당나라 시인 왕유가 지은 「도원행」의 한 구절 '어주축수애산춘(漁舟逐水愛山春, 고깃배가 물결 따라 오르내리며 산에 물든 봄빛을 사랑하네.)'의 오기인 듯함.

*양류세지사사록한데 황산곡리당춘절 : 버드나무 가는 가지가 실처럼 늘어져 푸른데 황산곡 속에 봄철을 만남.

*연명오류 : 무릉도원에 대한 이야기인 「도화원기(桃花源記)」를 쓴 진(晉)나라의 문인 도연명이 집 앞에 버드나무 다섯 그루를 심은 것을 가리킴.

*소부 허유 : 고대 중국 요임금 때 기산 영수에서 은거하던 이들의 이름.

*주곡제금은 천고절이요 적다정조는 일년풍이라 : 주걱새 우는 소리는 천고의 절개요 소쩍새가 우니 일 년 농사 풍년 들겠네.

---

88. 윗글에서 받은 인상을 바탕으로 그림을 그리려고 할 때, 적절하지 않은 것은?[88]

① 기러기가 남쪽으로 날아가는 모습을 그리되 처량한 느낌이 들도록 한다.

② 산의 전체적인 인상은 선경(仙境)을 연상시킬 수 있도록 아름답게 표현한다.

③ 그림 속의 인물들은 간편한 여행객 차림으로, 산 속으로 난 오솔길을 걸어가도록 한다.

④ 떨어져 내리는 폭포수와 계곡의 물줄기는 힘차면서도 역동적인 인상을 줄 수 있도록 그린다.

⑤ 버드나무 위로 날아오르는 꾀꼬리와 꽃 사이를 날아다니는 나비의 모습을 생동감 있게 그린다.

89. <보기>를 참고하여 윗글에 대해 추론한 내용으로 적절하지 않은 것은?[89]

< 보 기 >

　잡가는 정가(正歌)로 분류되는 가곡·가사·시조를 제외한, 전문 소리꾼들이 부르던 대부분의 노래를 가리키는 용어이다. 정가는 주로 중인 계층의 가객들이 부르던 것이지만, 잡가는 평민 가객이나 기층(基層)의 전문 소리꾼들이 부르던 것으로 정가의 상대적인 의미로 사용된 듯하다. 「유산가」는 인기 있는 열두 곡 중의 하나로 여겨질 만큼 유명한 잡가이다. 처음에는 도시의 신흥 상공인 계층이 잡가를 듣고 즐기다가 점차 서민과 상류 양반층으로까지 잡가의 향유층이 확대되면서 언어 사용 양상도 변화하였다. 형식의 측면에서 볼 때 잡가에는 시조, 가사, 판소리, 민요 등 다양한 갈래에서 그 뿌리를 찾을 수 있는 작품들이 있다. 예컨대 네 마디 율격이 연속되

는 잡가는 가사에 뿌리가 있는 것이고, '소춘향가'나 '형장가' 같은 작품은 판소리에 뿌리가 있는 것이다. 그리고 잡가는 대중적 흥미를 끌 수 있는 것이면 무엇이든 소재로 삼았기에, 내용이 매우 다양하며 전반적으로 세속적이고 쾌락적인 경향을 띤다고 할 수 있다.

① 자연이 심신을 수련하는 공간이 아니라 '산천경개 구경'의 대상으로 그려진 것은 잡가가 지닌 세속적이고 쾌락적인 경향과 관련이 있을 것 같아.

② 도시에서 가창된 노래이면서도 '죽장망혜 단표자로 천리강산 들어가니'처럼 깊은 산속의 상황을 소재로 삼은 것은 대중적 흥미를 고려한 선택이었을 것 같아.

③ '춘색을 자랑노라 색색이 붉었는데'에서 드러나는 율격이 전반적으로 유지되는 점을 통해 형식 면에서는 기존 갈래인 가사에 뿌리를 둔 작품임을 알 수 있을 것 같아.

④ '어주축수애삼춘이라더니'처럼 중국의 한시 구절을 인용한 것은 상류 양반층으로 확대된 향유층의 취향을 고려한 언어 사용 양상이 드러난 예로 볼 수 있을 것 같아.

⑤ '기산 영수가 예 아니냐'는 신분이 낮은 직업적 가객들이 도시의 유흥 공간에 주로 머물던 것이 반영된 표현으로 볼 수 있을 것 같아.

90. 윗글과 <보기>에서 ㉠과 ㉡의 기능으로 가장 적절한 것은?[90]

< 보 기 >

보슬보슬 ㉡봄비는 못에 내리고	春雨暗西池
찬바람이 장막 속 스며들 제	輕寒襲羅幕
뜬 시름 못내 겨워 병풍 기대니	愁依小屛風
송이송이 살구꽃 담 위에 지네.	墻頭杏花落

　　　　　　　　　　- 허난설헌, '봄비'

① ㉠은 봄의 흥취를, ㉡은 쓸쓸함의 정서를 환기하고 있다.

② ㉠은 임과의 사랑을, ㉡은 이별의 눈물을 상징하고 있다.

③ ㉠은 화자의 감성을, ㉡은 화자의 지적 호기심을 자극하고 있다.

④ ㉠은 임에 대한 그리움의 매개체가, ㉡은 임에 대한 회상의 계기가 되고 있다.

⑤ ㉠은 상승의 이미지를, ㉡은 하강의 이미지를 활용하여 현실 극복의 의지를 드러내고 있다.

91~93 다음 글을 읽고 물음에 답하시오.

저희마다 농사지어 부유하게 살던 것을
요사이 고공(雇工)*들은 생각이 아주 없어
밥사발 크나 작으나 동옷이 좋고 궂으나
마음을 다투는 듯 우두머리를 시기하는 듯
무슨 일 얽혀들어 흘깃할깃* 하는가
너희들 일 아니하고 시절(時節)조차 사나워
가뜩이나 내 살림살이가 줄어지게 되었는데
엊그제 화강도(火强盜)에 가산이 탕진하니
집은 불타 버리고 먹을 것이 전혀 없다
크나큰 살림살이를 어떻게 하여 일으키려는가
김가(金哥) 이가(李哥) 고공들아 새 마음 먹으려무나
너희는 젊다 하여 생각하려고 아니하느냐?
ⓐ한 솥에 밥 먹으면서 항상 다투기만 하면 되겠느냐?
한 마음 한 뜻으로 농사를 짓자꾸나.
한 집이 부유하게 되면 옷과 밥을 인색하게 하랴?
누구는 쟁기를 잡고 누구는 소를 모니,
밭 갈고 논 갈아서 벼를 심어 던져 두고,
날카로운 호미로 김매기를 하자꾸나.
산에 있는 밭도 잡초가 우거지고 무논에도 풀이 무성하다.
도롱이와 삿갓을 말뚝에 씌워서 허수아비를 만들어 벼 곁에 세워라.
칠월 칠석에 호미 씻고 기음을 다 맨 후에,
새끼는 누가 잘 꼬며, 섬은 누가 엮겠는가?
너희들의 재주를 헤아려 서로 서로 맡아라.
추수를 한 후에는 집 짓는 일을 아니하랴?
ⓑ집은 내가 지을 것이니 움은 네가 만들어라.
너희 재주를 내가 짐작하였노라.
너희도 먹고 살 일을 깊이 생각하려무나.
멍석에 벼를 넣어도 좋은 해 구름이 가리니 햇볕을 언제 보겠느냐?
방아를 못 찧는데 거칠고도 거친 올벼가,
옥같이 흰쌀이 될 줄을 누가 알아 보겠는가?
너희들 데리고 새 살림 살고자 하니,
ⓒ엊그제 왔던 도적이 멀리 달아나지 않았다고 하는데,
너희들은 귀와 눈이 없어서 그런 사실을 모르는 것인지,
ⓓ화살은 전혀 제쳐 놓고 옷과 밥만 가지고 다투느냐?
너희들을 데리고 행여 추운가 굶주리는가 염려하며,
죽조반 아침 저녁을 다 해다가 먹였는데,
은혜는 생각지 않고 제 일만 하려 하니,
ⓔ사려 깊은 새 머슴을 어느 때에 얻어서,

집안일을 맡기고 걱정을 잊을 수 있겠는가?
너희 일을 애달파하면서 새끼 한 사리를 다 꼬았도다.

- 허전, '고공가(雇工歌)'

91. 윗글에 대한 설명으로 적절한 것은?91)

① 독백적 어조로 화자의 주관적인 정서를 드러내고 있다.

② 의문문의 형식을 빈번하게 활용하여 시상을 전개하고 있다.

③ 역설적 표현을 통해 시적 상황에 긴장감을 부여하고 있다.

④ 시적 상황을 반전시킴으로써 주제 의식을 강조하고 있다.

⑤ 사물에 인격을 부여하여 주제의 전달 효과를 높이고 있다.

92. <보기>를 참고할 때, 윗글의 화자에 대한 설명으로 적절하지 <u>않은</u> 것은?92)

> < 보 기 >
>
> 이 작품은 임진왜란 직후 나라의 상황을 한 어른이 비 오는 날 새끼를 꼬면서 고공[머슴]들을 깨우치고 경계하는 내용을 담고 있다. 고공은 백관(百官)을, 한 어버이는 이태조(李太祖)를, 밥사발은 국록(國祿)을, 화강도(火强盜)는 왜적을, 농사는 나랏일에 각각 은유한 것이다.

① 나라를 걱정하는 입장에서 관리들에게 자신의 소임을 다 할 것을 촉구하고 있다.

② 임진왜란으로 인하여 피폐해진 나라의 살림살이에 대해 한탄하고 있다.

③ 힘을 합치지 않고 서로 이익만을 다투는 관리들의 행태를 비판하고 있다.

④ 나라의 번영을 위해 신분을 초월한 관리 등용의 필요성을 강조하고 있다.

⑤ 나라를 재건하기 위해서 솔선수범하려는 의지를 보이고 있다.

93. <보기>의 내용을 참조할 때, ⓐ~ⓔ에 대한 설명으로 적절하지 <u>않은</u> 것은?93)

> < 보 기 >
>
> 이 작품은 임진왜란 직후 허전(許㙉)이 지은 가사로, 왜적의 침략에 의해 국토가 폐허가 되고 유교적 이상이 깨어진 비참한 현실에 직면하여, 그러한 현실을 수습하려 들지 않는 신하들의 나태한 모습을 은유적 수법으로 형상화하였다. 국사(國事)를 한 집안의 농사일에 비유하여, 정사(政事)에 힘쓰지 않고 사리사욕(私利私慾)만을

추구하는 관리들에 대한 깨우침의 쓴 소리를 이 작품에 담았다.

① ⓐ : 국가의 안위는 돌보지 않고 권력을 얻기 위한 당파 싸움만 일삼는 관리들을 비유적으로 비판하고 있다.
② ⓑ : 조선 사회의 혼탁한 모습에 염증을 느낀 작가가 새로운 국가 창업의 의지를 드러내고 있다.
③ ⓒ : 작품이 지어진 시대적 배경을 나타내고 관리들의 무뎌진 경각심을 깨우려는 의도가 담겨 있다.
④ ⓓ : 관리들의 나태한 모습을 비판함과 아울러 유비무환(有備無患)의 자세를 촉구하고 있다.
⑤ ⓔ : 훌륭한 머슴과 같이 사려 깊고 국가 의식이 투철한 관리의 출현을 기대하고 있다.

94 ~ 98 다음 글을 읽고 물음에 답하시오.

어리고 ⓐ우활(迂闊)할산 이내 우해 더니 업다.
길흉 화복(吉凶禍福)을 하날긔 부쳐 두고,
누항(陋巷) 깁푼 곳의 초막(草幕)을 지어 두고
풍조우석(風朝雨夕)에 석은 딥히 셥히 되야,
셔 홉 밥 닷 홉 죽(粥)에 연기(煙氣)도 하도 할샤.
[A] 얼마 만에 받은 밥에 헐벗은 자식들은
장기 벌여 줄 밀듯 나아오니
인정천리(人情天理)에 차마 혼자 먹을런가
설 데인 숙냉(熟冷)애 뷘 배 쇡일 뿐이로다.
생애(生涯) 이러하다 장부(丈夫) 뜻을 옴길넌가.
안빈 일념(安貧一念)을 젹을망정 품고 이셔,
ⓑ수의(隨宜)로 살려 하니 날로조차 저어(齟齬)하다.
가알히 부족(不足)거든 봄이라 유여(有餘)하며,
주머니 뷔엿거든 병(甁)이라 담겨시랴.
[B] 다만 하나 빈 독 위에 어른 털 돋은 늙은 쥐는
탐욕스럽고 멋대로 구니 대낮의 강도(强盜)로다
겨우 얻은 것을 다 쥐구멍에 빼앗기고
석서삼장(碩鼠三章)을 시시(時時)로 음영(吟詠)하며
탄식(歎息) 무언(無言)하며 머리 긁을 뿐이로다
이 중(中)에 탐욕스런 악귀는 다 내 집에 모였구나
빈곤(貧困)한 인생(人生)이 천지간(天地間)의 나뿐이라.
ⓒ기한(飢寒)이 절신(切身)하다 일단심(一丹心)을 이질 난가.
분의 망신(奮義忘身)하야 죽어야 말녀 너겨,
우탁 우낭(于橐于囊)의 줌줌이 모아 녀코
병과(兵戈) 오재(五載)예 감사심(敢死心)을 가져 이셔,
이시섭혈(履尸涉血)하야 멋백 전(百戰)을 지내연고.

일신(一身)이 여가(餘暇) 잇사 일가(一家)를 도라보랴.
ⓓ일노장수(一奴長鬚)난 노주분(奴主分)을 이졋거든
고여춘급(告余春及)을 어내 사이 생각하리
경당문노(耕當問奴)인달 눌다려 물랄난고.
ⓔ궁경가색(躬耕稼穡)이 내 분(分)인 줄 알리로다.
신야경수(莘野耕叟)와 농상경옹(壟上耕翁)을 천(賤)타 하리 업것마난,
아므려 갈고젼달 어내 쇼로 갈로손고.
한기태심(旱旣太甚)하야 시절(時節)이 다 늦은 제,
서주(西疇) 놉흔 논애 잠깐 긴 녈비예,
도상(道上) 무원수(無源水)를 반만깐 대혀 두고,
쇼 한 적 듀마 하고 엄섬이 하는 말삼,
친절(親切)호라 너긴 집의 달 업슨 황혼(黃昏)의 허위허위 다라가셔,
구디 다단 문(門) 밧긔 어득히 혼자 서셔,
큰 기참 아함이를 양구(良久)토록 하온 후(後)에,
[C] 어화 긔 뉘신고 염치(廉恥) 업산 내옵니라.
초경(初更)도 거읜대 긔 엇지 와 겨신고.
연년(年年)에 이러하기 구차(苟且)한 줄 알건마난,
쇼 업산 궁가(窮家)애 혜염 만하 왓삽노라.
공하나나 갑시나 주엄즉도 하다마나,
다만 어제 밤의 거넨 집 져 사람이,
목 불근 수기치(雉)를 옥지읍(玉指泣)게 꾸어 내고,
간 이근 삼해주(三亥酒)를 취(醉)토록 권(勸)하거든,
이러한 은혜를 어이 아니 갑흘넌고.
내일(來日)로 주마 하고 큰 언약(言約) 하야거든,
실약(失約)이 미편(未便)하니 사셜이 어려왜라.
실위(實爲) 그러하면 혈마 어이홀고.
헌 먼덕 수기 스고 측 업슨 집신에 설피설피 물러오니
풍채(風采) 저근 형용(形容)애 개즈칠 뿐이로다.
와실(蝸室)에 드러간들 잠이 와사 누어시랴.
북창(北窓)을 비겨 안자 새배랄 기다리니,
무정(無情)한 대승(戴勝)은 이내 한(恨)을 도우나다.
종조추창(終朝惆悵)하며 먼 들흘 바라보니,
즐기난 농가(農歌)도 흥(興) 업서 들리나다.
세정(世情) 모란 한숨은 그칠 줄을 모라나다.
아까운 져 소뷔 난 벗보님도 됴할세고,
가시 엉귄 묵은 밧도 용이(容易)케 갈련마는
허당반벽(虛堂半壁)에 슬듸업시 걸려고야.
춘경(春耕)도 거의거다 후리쳐 더뎌 두쟈.
강호(江湖)한 꿈을 꾸언 지도 오래러니
구복(口腹)이 위루(爲累)하야 어지버 이져떠다.
첨피기욱(瞻彼淇薁)혼대 녹죽(綠竹)도 하도 할샤
유비군자(有斐君子)들아 낙디 하나 빌려사라.

노화(蘆花) 깁픈 곳애 명월청풍(明月淸風) 벗이 되야
님재 업산 풍월강산(風月江山)애 절로절로 늘그리라.
무심(無心)한 백구(白鷗)야 오라 하며 말라 하랴.
다토리 업슬산 다문 인가 너기로다.
무상(無狀)한 이 몸애 무산 지취(志趣) 이스리마난
두세 이렁 밧논를 다 무거 더져 두고
이시면 죽(粥)이오 업시면 굴물망정
남의 집 남의 거슨 전혀 부러 말렷노라.
내 빈천(貧賤) 슬히 너겨 손을 헤다 물러가며
남의 부귀(富貴) 불리 너겨 손을 치다 나아 오랴.
인간(人間) 어내 일이 명(命) 밧긔 삼겨시리.
빈이무원(貧而無怨)을 어렵다 하건마난
내 생애(生涯) 이러호대 설운 뜻은 업노왜라.
단사표음(簞食瓢飮)을 이도 족(足)히 너기로다.
평생(平生) 한 뜻이 온포(溫飽)애난 업노왜라.
태평천하(太平天下)애 충효(忠孝)를 일을 삼아
화형제(和兄弟) 信朋友(신붕우) 외다하리 뉘 이시리.
그 밧긔 남은 일이야 삼긴 대로 살렷노라.

94. <보기>를 참고하여 윗글이 '조선시대 후기의 가사'임을 알려주는 특징으로 적절한 것은?94)

― < 보 기 > ―

조선시대 전기의 가사는 사대부층에 의해 국문 시가의 전형적 양식으로 정립된다. 가사의 시적 형식은 전체적으로 4음 4보격의 안정된 율격을 비교적 온전히 지키고 있으며, 결구(結句)를 시조의 종장 형식으로 마감하는 형식의 완결성을 확보하고 있다. 가사는 시조의 경우와 마찬가지로 가창(歌唱)의 방식으로 향유될 수 있지만, 노래의 길이를 제한하지 않는 형식적 특성으로 인하여 음영(吟詠) 및 완독(玩讀)이라는 향유 방식을 동시에 갖게 되어 사대부들의 생활과 여흥에 수반되는 시가 양식으로 확대된다.

① 자연 속에 살면서 누리는 한가한 정취를 중심으로 서술한다.
② 현실 생활의 경험을 바탕으로 하여 사실적으로 표현한다.
③ 자연 속에서 인간의 존재적 가치가 무엇인지를 탐색한다.
④ 인간의 본질적인 존재 조건에 대한 탐구에 주목하는 내용을 담고 있다.
⑤ 사대부의 체면을 버리고 실질적인 가치를 찾아 행동하는 내용을 담는다.

95. 이 글의 화자에 대한 설명으로 적절한 것은?95)
① 관념적인 자연의 세계를 동경하며 현실에 대한 미련을 버리고 있다.
② 자신을 둘러싼 세계에 대해 관심과 애정을 적극적으로 표현하고 있다.
③ 선비로서의 꿈을 저버리게 한 현실에 대한 강한 비판 의식을 표현하고 있다.
④ 다른 대상에게 논과 밭을 빌려 생계를 유지하려 하고 있다.
⑤ 자신을 어리석고 세상물정 모른다고 생각하는 사람이다.

96. 쇼 와 낙디 를 중심으로 윗글을 감상한 내용으로 적절하지 않은 것은?96)
① 화자에게 '낙디'는 '명월청풍'의 벗이 되어 근심 없이 살고자 하는 태도와 관련된 것이다.
② 화자는 '세정 모른 한숨'을 쉬면서 고민한 끝에 '낙디'를 떠올리고 있다.
③ 화자가 '대승'이나 '농가'에 대해 보인 반응은 '쇼'를 빌리지 못해 봄 농사를 짓지 못한 데서 비롯된 것이다.
④ 화자에게 '쇼'와 '낙디'는 남에게 빌려야 하는 것으로, '강호 혼 꿈'을 실현하고자 하는 화자의 의지를 부각하는 소재이다.
⑤ 화자는 주인이 '목 불근 수기 치'를 언급하자 '혈마 어이 홀고'라고 하며 물러나는데, 이를 통해 '쇼'가 없는 화자의 안타까운 심정을 엿볼 수 있다.

97. <보기>를 참고하여 [A]에 [B]에 대한 이해로 가장 적절한 것은?97)

― < 보 기 > ―

고전문학은 운문이든 산문이든 작품마다 다양한 이본(異本, version)이 존재한다. 이것은 독자가 저본(底本, text)에 대한 자신의 의사를 적극적으로 드러낸 결과물이다. 주로 더하거나 빼고, 바꾸거나 고치는 방법을 쓰고, 개작 의사를 밝히기도 한다. 박인로(朴仁老)의 「누항사」도 필사되어 전하는 이본과 그의 문집에 실린 판각본과 차이를 보이는데, 윗글의 [A]와 [B]는 필사본에만 나온다.

① 필사본과 판각본 중 어느 것이 먼저 나온 것이냐에 따라 [A]와 [B]는 삭제 또는 첨가로 그 파생 방법이 달라진다.
② [A]에서는 화자가 직접 음식을 준비해 먹으려 하는데 '자식들' 때문에 혼자 못 먹겠다고 하는, 가장의 행위로 자연스럽지 않다.

③ 또 [B]에서는 화자가 자신의 빈곤한 처지를 언급하는 자리에 '늙은 쥐'나 '탐욕스런 악귀'를 등장시켜 앞뒤의 문맥을 부자연스럽게 한다.

④ 그런데 [A]는 가정의 문제, [B]는 향촌 사회에서 일어나는 문제를 각각 언급한 것으로 보아 작품의 주제 의식을 확장하는 의의를 가진다.

⑤ 따라서 [A]와 [B]에는 문맥상 부자연스러운 결합에도 불구하고 개작 의사를 드러내고 있으므로 파생 방법을 어느 하나로 규정하기 어렵다.

---

98. [C]를 통해 볼 때, 소 주인이 하고자 하는 말을 직설적으로 표현한 것은?98)

① 아무 대가도 없이 소를 빌려 줄 수는 없는 일입니다.

② 저희도 내일 논을 갈아야 하기 때문에 빌려 줄 수가 없겠네요.

③ 밤중에 찾아와서 불쑥 소를 빌려 달라니 정말 불쾌하기 짝이 없습니다.

④ 어려운 처지는 알지만, 먼저 빌려 주기로 한 집이 있어서 내일은 곤란합니다.

⑤ 그 동안 별로 왕래도 없이 지내다가 갑자기 어려운 부탁을 하시니 참 난감하군요.

---

99. ⓐ~ⓔ에 대한 설명으로 적절하지 <u>않은</u> 것은?99)

① ⓐ : '세상일에 초탈한'이란 뜻으로 안빈낙도의 정신을 보여준다.

② ⓑ : 이치대로 살려 하는 자신의 의지가 나날이 세상에 의해 좌절됨을 뜻한다.

③ ⓒ : 배고프고 춥다고 하여도 자신의 지조를 굽히지 않겠다는 의지를 밝히고 있다.

④ ⓓ : 양반임에도 가난한 자신의 처지 속에서 과감히 주종 관념을 버렸음을 말해 준다.

⑤ ⓔ : 가난한 생활 속에서 스스로 밭을 갈고 씨를 뿌리어 곡식을 거두어 사는 삶을 뜻하는 것으로 안빈낙도의 정신을 보여 준다.

`100~103` 다음 글을 읽고 물음에 답하시오.

니 됴혼 수령(守令)들 너흐느니* 백성(百姓)이요
톱 됴혼 변장(邊將)들 허위느니 군사(軍士)로다
재화(財貨)로 성(城)을 쓰니 만장(萬丈)을 뉘 너므며
고혈(膏血)로 힛지 푼니 천척(千尺)을 뉘 건너료
기라연(綺羅筵) 금수장(錦繡帳)의 추월춘풍(秋月春風)
수이 간다

히도 길것마는 병촉유(秉燭遊)*긔 엇덜고
주인(主人) 좁든 집의 문(門)은 어이 여럿느뇨
도적(盜賊)이 엿보거든 개는 어이 즛쟛는고
대양(大洋)을 브라보니 바다히 여위엿다
술이 씌더냐 병기(兵器)를 뉘 가디료
감사(監司)가 병사(兵使)가 목부사(牧府使) 만호(萬戶) 첨사(僉使)
산림(山林)이 비화던가* 수이곰 드러갈샤
어릴샤 김수(金晬)야 뷘 성(城)을 뉘 딕희료
우울샤 신립(申砬)아 배수진(背水陣)은 므스일고
양령(兩嶺)을 놉다ᄒ랴 한강(漢江)을 깁다 ᄒ랴
인모(人謀) 불장(不臧)ᄒ니* 하눌히라 엇디ᄒ료
하나 한 백관(百官)도 수 치올 뿐이랏다
㉠일석(一夕)에 분찬(奔竄)*ᄒ니 이 시름 뉘 맛들고
(중략)
질풍(疾風)이 아니 블면 경초(勁草)*롤 뉘 아더뇨
도홍(桃紅) 이백(李白)홀제* 버들조쳐 프르더니
일진(一陣) 서풍(西風)에 낙엽성(落葉聲) 뿐이로다
김해(金垓) 정의번(鄭宜藩) 유종개(柳宗介) 장사진(張士珍)*아
죽ᄂ니 만커니와 이 죽엄 한(恨)티 마라
김해성이 믈허지니 진주성을 뉘 지킈료
뇌남(雷南)* 장사(壯士)들이 ㉡일석(一夕)에 어듸 간고
녹빈(綠鬢)을 안듀 삼고 청수(淸水)롤 잔의 브어
충혼(忠魂) 의백(義魄)을 어듸 가 부르려는가
조종(祖宗) 구강(舊疆)*애 도적(盜賊)이 님재 도여*
뫼마다 죽기거니 골마다 더듬거니
원혈(冤血)*이 흘러나려 평육(平陸)이 성강(成江)ᄒ니
건곤(乾坤)도 비자올샤 피(避)홀 듸 전혀 업다
                                    – 최현, '용사음(龍蛇吟)'

*너흐느니: 깃씹느니.
*기라연 금수장: 호화로운 잔치.
*병촉유: 밤에 촛불을 밝혀 놓고 놀이를 즐김.
*비화던가: 비었던가.
*인모 불장ᄒ니: 사람으로서 할 수 있는 도리를 다하지 않으니. 여기서의 사람은 지배층을 의미한다고 볼 수 있음.
*분찬: 달아나 숨음.
*경초: 억센 풀. 백성을 의미함.
*도홍 이백홀제: 꽃이 피는 봄. 태평스런 시절을 의미함.
*김해 정의번 유종개 장사진: 임진왜란 때의 의병장.
*뇌남: 우리나라 최남단.
*조종 구강: 조상의 영토.
*님재 도여: 임자 되어.
*원혈: 원통한 피.

---

100. 윗글애 대한 설명으로 가장 적절한 것은?100)

① 대조의 방식을 사용하여 주제의 의미를 부각하고 있다.

② 활유의 방식을 사용하여 관념적 대상을 묘사하고 있다.

③ 풍자적 표현을 활용하여 주제의 양면성을 드러내고 있다.

④ 연쇄의 방식을 사용하여 상황의 심각성을 표현하고 있다.

⑤ 역설적 표현을 활용하여 세태의 혼란함을 강조하고 있다.

101. <보기>를 바탕으로 윗글을 감상한 내용으로 적절하지 **않은** 것은?101)

― < 보 기 > ―

「용사음」은 임진왜란을 배경으로 전쟁의 참상과 의병의 모습을 보여주고 있다. 일본이 조선을 침략했을 때 백성들은 자신들을 외면한 지배층에 대해 분노하며 의병으로 참전하였다. 이 작품에서는 이러한 의병들의 충성스러운 희생이 부각됨으로써 백성들의 강인함이 형상화되었다.

① '하나 한 백관도 수 치올 뿐이랏다'를 통해 일본에 대한 의병들의 분노를 짐작할 수 있겠군.

② '질풍이 아니 블면 경초롤 뉘 아더뇨'를 통해 임진왜란에서 드러난 백성들의 강인함을 짐작할 수 있겠군.

③ '충혼의백을 어듸 가 부르려는가'를 통해 의병들의 충성스러운 희생을 짐작할 수 있겠군.

④ '조종 구강애 도적이 님재 도여'를 통해 일본이 조선을 침략한 상황을 짐작할 수 있겠군.

⑤ '원혈이 흘러나려 평육이 성강ᄒ니'를 통해 임진왜란에 의해 벌어진 참상을 짐작할 수 있겠군.

102. <보기>를 바탕으로 윗글을 이해한 내용으로 적절하지 **않은** 것은?102)

― < 보 기 > ―

조선 후기 관리들 중에는, 백성을 위해 일해야 하며 그들을 보호해야 하는 공적 책무를 망각한 경우가 많았다. 이러한 관리들은 백성을 수탈하며 탐욕스러움을 드러내거나 백성을 가혹하게 대할 뿐만 아니라, 방탕하게 향락에 빠지기도 하였다. 백성에 대한 관리로서의 본분을 다하지 않는 무책임함과 현실 문제를 해결하지 못하는 무능력함은 백성의 빈곤과 국가의 혼란을 초래했다.

① '니 됴흔 수령들 너흐느니 백성이요'에서 백성에 대한 관리들의 가혹함을 엿볼 수 있다.

② '재화로 성을 쓰니 만장을 뉘 너모며'에서 백성들을 수탈하는 관리들의 탐욕스러움을 엿볼 수 있다.

③ '인모 불장ᄒ니 하눌히라 엇디ᄒ료'에서 백성에 대한 관

리들의 무책임함을 엿볼 수 있다.

④ '희도 길것마ᄂ 병촉유 긔 엇덜고'에서는 관리들의 방탕함을 엿볼 수 있다.

⑤ '죽ᄂ니 만커니와 이 죽엄 한티 마라'에서는 관리들이 초래한 백성의 빈곤함을 엿볼 수 있다.

103. ㉠과 ㉡에 대한 이해로 가장 적절한 것은?103)

① 현실의 혼란스러운 상황을 피하고자 하는 행위가 드러난다.

② 사회적으로 바람직한 가치를 추구하는 행위가 드러난다.

③ 개인과 사회의 공존을 고려하는 적극적인 행위가 드러난다.

④ 피지배자가 지배자의 자리에 오르기 위해 투쟁하는 행위가 드러난다.

⑤ 피지배자가 원하는 바를 충족시켜 문제를 해결하는 행위가 드러난다.

[104~107] 다음 글을 읽고 물음에 답하시오.

산악 같은 높은 물결 뱃머리를 둘러치네
크나큰 배 조리 젓듯 오장육부 다 나온다
천은 입어 남은 목숨 마자 진(盡)케 되겠고나
㉠초한건곤 한 영중에 장군 기신(紀信)* 되려니와
서풍낙일 멱라수에 굴삼려*는 불원(不願)이라
차역 천명(此亦天命)* 할 일 없다 일생일사(一生一死) 어찌하리
㉡출몰(出沒) 사생(死生)* 삼주야(三晝夜)에 노 지우고 낮을 지니
수로 천리 다 지내니 추자섬이 여기로다
도중으로 들어가니 적적하기 태심하다
사면으로 돌아보니 날 알 리 뉘 있으리
보이나니 바다히요 들리나니 물소리라
벽해상전(碧海桑田) 갈린 후에 모래 모여 섬이 되니
추자섬 생길 제는 천작 지옥이로다
해수(海水)로 성을 쌓고 운산(雲山)으로 문을 지어
㉢세상이 끈쳐시니 인간은 아니로다
풍도(酆都)* 섬이 어디메뇨 지옥이 여기로다
어디로 가잔 말고 뉘 집으로 가잔 말고
눈물이 가리우니 걸음마다 엎더진다
이 집에 가 의지하자 가난하다 핑게하고
저 집에 가 주인하자 연고 있다 칭탈하네
이 집 저 집 아모 덴들 적객 주인(謫客主人)* 뉘 좋달고

관력(官力)으로 핍박하고 세부득이(勢不得已)* 맡았으니

관채다려 못한 말을 만만할손 내가 듣네

세간 그릇 흩던지며 역정 내어 하는 말이

저 나그네 헤어 보소 주인 아니 불쌍한가

이 집 저 집 잘사는 집 한두 집이 아니어든

관인(官人)들은 인정받고 손님네는 혹언 들어

구타여 내 집으로 연분 있어 와 계신가

내 살이 담박한 줄 보시다야 아니 알가

앞뒤에 전답 없고 물속으로 생애하여

앞 언덕에 고기 낚아 웃녘에 장사 가니

삼망 얻어 보리 섬이 믿을 것이 아니로세

신겸처자 세 식구의 호구하기 어렵거든

양식 없는 나그네는 무엇 먹고 살려는고

집이라고 서 볼손가 기어 들고 기어 나며

방 한 간에 주인 들고 나그네는 잘 데 없네

뛰자리 한 잎 주어 담하에 거처하니

ⓔ냉지에 누습하고 즘생도 하도 할사

발 남은 구렁배암 뼘 넘운 천진의*라

좌우로 둘렀으니 무섭고도 증그럽다

[A]
┌ 서산에 일락하고 그믐밤 어두운데
│ 남북촌 두세 집에 솔불이 희미하다
│ 어디서 슬픈 소리 내 근심 더하는고
│ 별포에 배 떠나니 노 젓는 소리로다
│ 눈물로 밤을 새와 아침에 조반 드니
│ 덜 쓰른 보리밥에 무장떵이 한 종자라
│ 한술을 떠서 보고 큰 덩이 내어 놓고
└ 그도 저도 아조 없어 굴물 적이 간간이라

여름날 긴긴 날에 배고파 어려웨라

의복을 돌아보니 한숨이 절로 난다

ⓜ남방(南方) 염천(炎天)* 찌는 날에 빠지 못한 누비바지

땀이 배고 때가 올라 굴둑 막은 덕석인다

덥고 검기 다 바리고 내암새를 어이하리

                    - 안조원, '만언사(萬言詞)'

* 기신 : 한나라 유방이 초나라 항우에게 포위되었을 때 유방을 대
  신하여 목숨을 바친 장수.
* 굴삼려 : 억울함으로 인해 먹라수에 스스로 몸을 던졌던, 초나라
  의 충신 굴원.
* 차역 천명 : 이 일 역시 하늘의 명이라는 뜻으로, 여기에서는 작
  가가 추자도로 유배를 오게 된 일을 말함.
* 출몰 사생 : 삶과 죽음이 교차하는 고비를 만남.
* 풍도 : 도교에서 말하는 지옥.
* 적객 주인 : 유배 온 죄수를 관리하는 일을 맡은 사람.
* 세부득이 : 사정이 어쩔 수 없어.
* 청진의 : 지네의 일종. 푸른빛을 띠고 있음.
* 남방 염천 : 남쪽의 몹시 더운 날씨.

---

104. 윗글의 표현상 특징으로 적절하지 않은 것은? 104)

① 인간에게 위협적인 자연 현상을 과장하여 보여 주고 있
다.

② 주변에서 쉽게 볼 수 있는 사물을 활용하여 정서를 나
타내고 있다.

③ 반어적인 표현으로 화자가 당한 부정적인 처지를 강조
하고 있다.

④ 화자가 직접 겪은 일들을 시간의 흐름에 따라 서술하고
있다.

⑤ 대구적 표현을 반복적으로 사용하여 율동감을 드러내고
있다.

105. [A]에 나타난 화자의 모습에 대한 이해로 가장 적절한
것은? 105)

① 어두운 '그믐밤'의 평화로운 어촌 분위기에 위로를 얻고
있군.

② 아직 꺼지지 않은 '솔불'의 불빛에 희망을 떠올리고 있
군.

③ 떠나가는 배의 '노 젓는 소리'를 들으며 걱정이 심화되
고 있군.

④ 밤새 '눈물'을 흘리며 성찰의 시간을 보낸 뒤 새로운 삶
을 다짐하고 있군.

⑤ '보리밥'과 보잘것없는 반찬 때문에 입맛을 잃고 식사를
거부하고 있군.

106. <보기>를 참고하여 주인을 이해한 것으로 가장 적절한
것은? 106)

< 보 기 >

유배에 처해진 죄인, 즉 적객의 관리를 위해 해당 관청
에서는 지역민 가운데 관리자를 지정하여 죄인에게 일정
한 거처를 제공하고 감시하는 책임을 맡겼다. 그러나 해
당 지역의 형편이 어려운 경우 민간인인 관리자가 감수
해야 하는 경제적 부담이 적지 않았다. 「만언사」에 등장
하는 '주인'의 태도에도 이러한 사정이 반영되어 있다.

① 검소하고 부지런한 생활로 자신이 일구어 낸 성공을 과
시하고 있군.

② 자신과 비슷한 경험을 가진 화자에게 연민의 마음을 드
러내고 있군.

③ 화자를 제대로 감독하지 못하여 받을 수 있는 처벌을
염려하고 있군.

④ 자신의 의사와 무관하게 관리들이 내린 처분을 못마땅
하게 생각하고 있군.

⑤ 예기치 못한 상황에 가족들이 당황하지 않도록 화자에

게 주의를 당부하고 있군.

107. ㉠~㉤에 대한 설명으로 적절하지 **않은** 것은?107)

① ㉠ : 중국의 역사적 인물에 빗대어 자신의 결백을 호소하고 있다.

② ㉡ : 유배지인 '추자섬'으로 이동하는 과정의 험난함을 제시하고 있다.

③ ㉢ : 유배지에서 느끼는 극한적인 절망감을 드러내고 있다.

④ ㉣ : 쾌적하지 않고 위험한 거처에 대한 불만이 드러나고 있다.

⑤ ㉤ : 자신의 외양을 묘사하여 경제적 곤란을 보여 주고 있다.

108~111 다음 글을 읽고 물음에 답하시오.

새야 새야 울지 마라 새 보기도 부끄러워
내 팔자를 새겼더면 새 보기도 부끄럽잖지
처음에 당초에 친정 와서 서방님과 함께 죽어
저 새와 같이 자웅 되어 천만 년이나 살아볼걸
내 팔자를 내가 속아 기어이 한번 살아 볼라고
첫째 낭군은 추천(鞦韆)에 죽고 둘째 낭군은 괴질에 죽고
셋째 낭군은 물에 죽고 넷째 낭군은 불에 죽어
이내 한 번 못 잘 살고 내 신명이 그만일세
첫째 낭군 죽을 때에 나도 한 가지 죽었거나
살더라도 수절하고 다시 가지나 말았더라면
산을 보아도 부끄럽지 않고 저 새 보아도 무렴(無廉)찮지
살아 생전에 못된 사람 죽어서 귀신도 악귀로다
나도 수절만 하였다면 열녀각(烈女閣)은 못 세워도
남이라도 칭찬하고 불쌍하게나 생각할 걸
남이라도 욕할 게요 친정일가들 반겨할까
잔디밭에 물게 앉아 한바탕 실컷 울다 가니
모르는 한 노인 나오면서 어떤 사람이 슬피 우나
울음 그치고 말을 하게 사정이나 들어보세
내 설움을 못 이겨서 이곳에 와서 우나이다
무슨 설움인지 모르거니와 어찌 그리 설워하나
노인일랑 들어가오 내 설움 알아 쓸데없소
이런 인사를 못 차리고 땅을 헤비며 자꾸 우니
그 노인이 민망하여 곁에 앉아 하는 말이
간 곳마다 그러한가 이곳 와서 더 서러운가
간 곳마다 그러릿가 이곳에 오니 더 서럽소
저 터에 살던 임상찰이 지금에 어찌 사나이까

그 집이 벌써 결단 나고 지금 아무도 없나니라
더군다나 통곡하니 그 집을 어찌 알았던가
저 터에 살던 임상찰이 우리 집과 오촌이라
자세히 본들 알 수 있나 아무 형님이 아니신가
달려들어 두 손 잡고 통곡하며 설워하니
그 노인도 알지 못해 형님이란 말이 웬말인고
그러나 저러나 들어가세 손목 잡고 들어가니
㉠청삽사리 웡웡 짖어 난 모른다고 소리치고
큰 대문 안에 거위 한 쌍 게욱게욱 달려드네
안방으로 들어가니 늙으나 젊으나 알 수 있나
부끄러이 앉았다가 그 노인과 한데 자며
이전 이야기 대강하고 신명타령 다 못하네
엉송이 밤송이 다 쪄보고 세상의 별 고생 다 해봤네
살기도 억지로 못 하겠고 재물도 억지로 못 하겠데
고약한 신명도 못 고치고 고생할 팔자는 못 고치네
고약한 신명은 고약하고 고생할 팔자는 고생하지
과대로 할 지경엔 그른 사람이나 되지 말지
그른 사람 될 지경에는 옳은 사람이나 되지 그려
옳은 사람 되어 있어 남에게나 칭찬 듣지
청춘과부 가려 하면 양식 싸고 말리려네
고생팔자 타고 나면 열 번 가도 고생이네
이팔청춘 청상들아 내 말 듣고 가지 말게

108. 윗글에서 알 수 있는 내용으로 적절하지 **않은** 것은?108)

① 덴동 어미는 남편의 죽음으로 세 번 개가하였다.

② 덴동 어미는 '낭군'들이 죽은 것이 자신의 탓이라며 자책하였다.

③ 노인이 덴동 어미에게 먼저 다가가면서 둘의 대화가 시작되었다.

④ 덴동 어미는 '두견새'를 남편의 영혼으로 확신하고 있다.

⑤ 덴동 어미는 자신의 실패한 인생에 대한 친척들의 반응을 걱정하였다.

109. 윗글의 표현상 특징으로 적절하지 **않은** 것은?109)

① 대구법을 사용하여 시의 운율감을 더하고 있다.

② 반어법을 통해 대상에 대한 부정적인 인식을 드러내고 있다.

③ 설의법을 사용하여 화자의 표현 의도를 부각하고 있다.

④ 대화체를 활용하여 화자의 처지를 드러내고 있다.

⑤ 시적 상황을 가정하여 정서의 전달 효과를 높이고 있다.

110. ㉠의 기능으로 가장 적절한 것은?110)

① '덴동 어미'가 자신의 처지를 직시하는 기회를 제공한다.

② '노인'과 '덴동 어미'가 서로의 생각을 공유하게 한다.

③ '덴동 어미'가 느끼는 서글픔을 심화한다.

④ '덴동 어미'가 예전에 '노인'과 친분이 있었음을 암시한다.

⑤ '노인'이 '덴동 어미'의 삶에 대해 연민을 느끼는 계기가 된다.

111. <보기>를 참고하여 윗글을 감상한 내용으로 적절하지 **않은** 것은?[111]

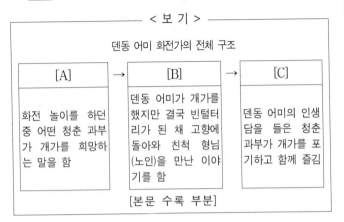

─ < 보 기 > ─

덴동 어미 화전가의 전체 구조

[A]	→	[B]	→	[C]
화전 놀이를 하던 중 어떤 청춘 과부가 개가를 희망하는 말을 함		덴동 어미가 개가를 했지만 결국 빈털터리가 된 채 고향에 돌아와 친척 형님(노인)을 만난 이야기를 함		덴동 어미의 인생담을 들은 청춘 과부가 개가를 포기하고 함께 즐김

[본문 수록 부분]

① [A], [C]는 외부 이야기, [B]는 내부 이야기라는 점에서 액자식 구성을 취하고 있군.

② 전체 사건을 일어난 순서대로 정리하면 [B] → [A] → [C]의 순으로 나열할 수 있군.

③ '덴동 어미'는 [A]의 '청춘 과부'에게 [C]의 깨달음을 전하고자 이야기를 꺼낸 것이로군.

④ [B]에서 '덴동 어미'는 개가를 후회하면서 자신의 운명을 체념하고 수용하고 있군.

⑤ [B]는 '덴동 어미'가 개가한 자신의 삶이 순탄치 않았음을 '청춘 과부'에게 하소연하는 내용이군.

112~116 다음 글을 읽고 물음에 답하시오.

㉠홍진(紅塵)에 묻힌 분네 이내 생애(生涯) 어떠한고
옛사람 풍류(風流)를 미칠까 못 미칠까
천지간(天地間) 남자(男子) 몸이 나만한 이 많건마는
산림(山林)에 묻혀 있어 지락(至樂)을 모를 것인가
수간모옥(數間茅屋)을 벽계수(碧溪水) 앞에 두고
송죽(松竹) 울울리(鬱鬱裏)에 풍월주인(風月主人) 되었어라
엊그제 겨울 지나 새봄이 돌아오니
도화행화(桃花杏花)는 석양리(夕陽裏)에 피어 있고
녹양방초(綠楊芳草)는 세우(細雨) 중에 푸르도다
칼로 마름질했는가 붓으로 그려 냈는가
조화신공(造化神功)이 ㉡물물(物物)마다 야단스럽다

─ 수풀에 우는 새는 춘기(春氣)를 못내 겨워
[A] 소리마다 교태(嬌態)로다
─ 물아일체(物我一體)어니 흥(興)이야 다를소냐
시비(柴扉)에 걸어 보고 **정자(亭子)**에 앉아 보니
소요음영(逍遙吟詠)하여 산일(山日)이 적적(寂寂)한데
한중진미(閑中眞味)를 알 이 없이 혼자로다
이봐 ㉢이웃들아 산수(山水) 구경 가자꾸나
답청(踏靑)은 오늘 하고 욕기(浴沂)는 내일(來日) 하세
아침에 채산(採山)하고 저녁에 조수(釣水)하세
갓 괴어 익은 술을 갈건(葛巾)으로 받아 놓고
꽃나무 가지 꺾어 수를 세며 먹으리라
화풍(和風)이 건듯 불어 녹수(綠水)를 건너오니
청향(淸香)은 잔에 지고 낙홍(落紅)은 옷에 진다
준중(樽中)이 비었거든 나에게 아뢰어라
소동(小童) 아이에게 주가(酒家)에 술을 물어
어른은 막대 짚고 아이는 술을 메고
미음완보(微吟緩步)하여 **시냇가**에 혼자 앉아
명사(明沙) 맑은 물에 잔 씻어 부어 들고
청류(淸流)를 굽어보니 떠오는 것이
도화(桃花)로다 무릉(武陵)이 가깝도다 저 들이 그것인가

송간 세로(松間細路)에 두견화(杜鵑花)를 잡아 들고
봉두(峰頭)에 급히 올라 구름 속에 앉아 보니
천촌만락(千村萬落)이 곳곳에 벌여 있네
연하일휘(煙霞日輝)는 금수(錦繡)를 펴 놓은 듯
엊그제 검은 들이 봄빛도 유여(有餘)할사
─ 공명(功名)도 날 꺼리고 부귀(富貴)도 날 꺼리니
[B] 청풍명월(淸風明月) 외(外)에 어떤 벗이 있을까
㉣단표누항(簞瓢陋巷)에 헛된 생각 아니 하네
아무튼 ㉤백년행락(百年行樂)이 이만한들 어찌하리
                         -정극인, '상춘곡(賞春曲)'

* 단표누항: 누항에서 먹는 한 그릇의 밥과 한 바가지의 물이라는 뜻으로, 선비의 청빈한 생활을 이르는 말.

112. 윗글의 화자에 대한 설명으로 가장 적절한 것은?[112]

① 타인의 삶을 이상적으로 여기며 그를 찬양하고 있다.

② 지금 여기에서 누리고 있는 삶에서 만족감을 찾고 있다.

③ 미래에 다가올 삶에 대한 기대감을 적극적으로 드러내고 있다.

④ 과거에 누리던 삶으로 회귀하고자 하는 의지를 드러내고 있다.

⑤ 현실적 한계를 넘어 숭고한 이념을 추구하려는 자세를 가다듬고 있다.

113. <보기>의 공간 이동을 바탕으로 윗글을 감상할 때, 적절하지 <u>않은</u> 것은?113)

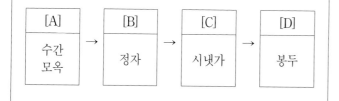

—————— <보 기> ——————

위 작품은 공간의 이동에 따라 시상을 전개하고 있는데, 이동하는 공간은 크게 네 곳으로 나눌 수 있다.

① 화자는 자신이 거처하는 공간인 [A]에서의 생활에 대해 자부심을 갖고 있군.
② 화자는 [B]에서 자연에 묻혀 사는 생활에 대한 만족감을 드러내고 있군.
③ 화자는 [C]에서 풍류를 즐기며 주변의 공간이 이상 세계와 유사하다고 여기고 있군.
④ 화자는 [D]에서 계절의 변화에 따라 들의 색깔이 바뀐 것을 인식하고 있군.
⑤ 화자는 [D]에서 인간과 자연의 속성을 대비하며 정신적인 여유를 추구하고 있군.

114. [A]와 [B]의 공통점에 대한 설명으로 가장 적절한 것은?114)
① 자연물에 인격을 부여하여 세태를 비판하고 있다.
② 설의적 표현을 통해 화자의 정서를 드러내고 있다.
③ 청각적 이미지를 사용하여 생동감을 전달하고 있다.
④ 시선의 이동을 통해 자연과의 일체감을 나타내고 있다.
⑤ 어순을 도치하는 방식으로 주제 의식을 강조하고 있다.

115. 윗글의 내용을 영상화할 때 필요 <u>없는</u> 장면은?115)
① 맑은 시냇물에 떠내려 오는 복숭아꽃을 바라보며 기뻐하는 장면
② 소나무 사잇길로 걸어 산봉우리에 올라 마을을 내려다보는 장면
③ 산나물을 캐거나 낚시로 소일하면서 자연 속에서 살아가는 장면
④ 봄 꽃이 만발한 산에서 한가롭게 술을 마시며 유유자적하는 장면
⑤ 세속의 사람들에게 자연으로 돌아와 함께 지낼 것을 호소하는 장면

116. <보기>를 참고하여 윗글의 ㉠~㉤을 이해할 때, 적절하지 <u>않은</u> 것은?116)

—————— <보 기> ——————

'강호가도'란 조선 시대에 자연을 벗 삼아 지내면서 안분지족의 삶을 누리는 즐거움을 노래하는 시가 창작의 한 경향이다. 정극인은 만년에 번잡한 정계에 싫증을 느껴 나이가 많음을 이유로 관직을 사양하고 귀향하여 고향의 문인들과 교류하고 후진을 가르치며 시가를 지었는데, 「상춘곡」은 이때 창작된 것으로 가사 갈래에서 '강호가도'를 형성하는 계기가 되는 작품으로 평가받고 있다.

① ㉠ : 번잡한 정계에 대한 화자의 부정적 판단을 드러낸 표현으로 볼 수 있다.
② ㉡ : 화자가 고향에서 벗 삼아 즐기는 여러 가지 자연물로 볼 수 있다.
③ ㉢ : 화자가 고향에서 양성하는 후진을 격려하는 표현으로 볼 수 있다.
④ ㉣ : 화자가 추구하는 삶의 방식을 압축적으로 드러내는 표현으로 볼 수 있다.
⑤ ㉤ : 화자가 귀향 후 남은 생애 동안 누리는 즐거움을 나타낸 것으로 볼 수 있다.

117~120 다음 글을 읽고 물음에 답하시오.

아마도 꿈이로다 일마다 꿈이로다
동냥도 꿈이로다 등짐도 꿈이로다
뒤에서 당기는 듯 앞에서 밀치는 듯
아무리 구브려도 자빠지니 어이 할꼬
멀지 않은 주인집을 천신만고(千辛萬苦) 찾아오니
존전(尊前)의 출입인가 한출첨배(汗出沾背)* 무슨 일고
저 주인의 거동 보쇼 코웃음에 비웃음에
[양반]도 하릴없다 동냥도 하시는고
귀인도 속절없네 등짐도 지시는고
[A] 밥 싼 노릇 하오시니 저녁밥은 많이 먹소
네 웃음도 듣기 싫고 많은 밥도 먹기 싫다
동냥도 한번이지 빌긴들 매양일까
평생에 처음이요 다시 못할 일이로다
차라리 굶을지언정 이 노릇은 못하리라
무슨 일을 하잔 말고 신 삼기나 하오리라
짚 한 단 추려놓고 신날부터 꼬아보니
종이노*도 못 꼬거든 짚신날을 어찌 꼬리
다만 한 발 못 꼬아서 **손가락**이 부르트니
하릴없이 내어놓고 자리노*를 배워 꼬니
천수만한(千愁萬恨)* 이 내 마음 노 꼬기에 부치리라

날이 가고 밤이 새니 어느 시절 되었는고
오동이 엽락(葉落)하고 금풍(金風)이 소슬(蕭瑟)하니
만산초목(萬山草木)이 잎잎이 추성(秋聲)이라
새벽서리 지는 달에 ㉠외기러기 슬피 울 제
잠 없는 내 먼저 듣고 임 생각이 새로워라
보고지고 보고지고 **임금** 보고지고
나래 돋친 **학(鶴)**이 되어 날아가서 보고지고
만리장천(萬里長天) 구름 되어 불려가서 보고지고
오동추야(梧桐秋夜) 달이 되어 비추나 보고지고
　　　　　　　　 – 안조원, 「만언사(萬言詞)」 –

* 한출첨배(汗出沾背) : 땀이 나와 등을 적심.
* 종이노 : 종이를 꼬아 만든 끈.
* 자리노 : 멍석 등을 만들기 위해 짚 등을 꼬는 것.
* 천수만한(千愁萬恨) : 이것저것 슬퍼하며 원망함.

117. 윗글에 대한 설명으로 적절하지 않은 것은?[117]

① 대구의 방법을 사용하여 운율감을 형성하고 있다.
② 영탄적 표현을 통해 고조된 감정을 드러내고 있다.
③ 감각적 이미지를 활용하여 계절감을 표현하고 있다.
④ 과거와 현재를 대비하여 그리움의 정서를 강조하고 있다.
⑤ 설의적 표현을 사용하여 화자가 처한 상황을 부각하고 있다.

※ 윗글과 <보기1>, <보기2>를 바탕으로 118번과 119번의 두 물음에 답하시오.

――――― <보 기 1> ―――――

　윗글은 화자의 독백과 특정 인물과의 ⓐ대화를 바탕으로 유배 생활을 사실적으로 묘사하고 있다. 화자는 구체적인 행위를 통해 유배지에서의 고충을 드러내기도 하고 자신의 처지를 원망하기도 하는 한편, 유배지에서 벗어나고자하는 소망을 드러내고 있다. <보기2>는 윗글에 대한 화답형식으로 지어진 작품으로, ⓑ윗글에서의 고통받는 화자를 청자로 설정하여 현실을 참고 견뎌야 한다는 점을 ⓒ대화 형식을 빌려 표현한 작품으로 평가된다.

――――― <보 기 2> ―――――

이보소 **손님**내야 **설운 말씀** 그만하고
광부(狂夫)의 말이라도 성인(聖人)이 가리시니
시골말이 무식하나 **나**의 말씀 들어보소
천지인간(天地人間) 큰 기틀에 존비귀천(尊卑貴賤) 짜여내어
하루 한 때 근심 없이 모두 즐거움이 뉘 있을꼬
하늘에도 **변화** 있어 일월식(日月蝕)을 되시옵고
바다에도 진퇴(進退) 있어 밀물과 썰물이 있사오니
춘하추동 사시절(四時節)에 한서온냉(寒暑溫冷) 돌아가니

부귀엔들 풀칠하여 몸에 붙여 두었으며
공명(功名)엔들 끈을 달아 옆에 채워 있을손가
손님 팔자 좋다 한들 한결같이 다 좋으며
번화(繁華)하다 **고생**한들 저런 고생 계속 할까
화려하게 치장한 경대부(卿大夫) 높은 신분 귀공자도
섬 고생 다 지내고 **천은(天恩)**입어 올라갔네
　　　　　　　　 – 안조원, 「만언사답(萬言詞答)」 –

118. <보기 1>을 참고하여 윗글과 <보기 2>를 감상한 내용으로 적절하지 않은 것은?[118]

① 윗글에서 '동냥'을 해야 하는 화자의 처지는 <보기2>의 '설운 말씀'의 내용에 포함된다고 할 수 있겠군.
② 윗글에서 '짚신날'을 꼬는 행위는 <보기2>의 '고생'을 구체적으로 나타낸 것이라고 볼 수 있겠군.
③ 윗글에서 '손가락'이 부르트도록 일하는 모습은 <보기2>의 '변화'를 겪은 화자가 삶의 의지를 드러낸 것으로 볼 수 있겠군.
④ 윗글에서 '임금'을 보고 싶은 마음은 <보기2>의 '천은(天恩)'을 통해 해소 될 수 있다고 볼 수 있겠군.
⑤ 윗글에서 '학'이 되어 날아가고자 함은 <보기2>의 '손님'이 가지고 있는 소망이라고 볼 수 있겠군.

119. <보기 1>의 ⓐ ~ ⓒ를 고려하여 [A]의 양반과 <보기 2> 나에 대해 이해한 내용으로 가장 적절한 것은?[119]

① 양반은 청자를 훈계하고 있고, 나는 청자의 힘겨운 상황을 이해하고 있다.
② 양반은 청자의 태도에 대한 반감을 드러내고 있고, 나는 청자를 위로하고 있다.
③ 양반은 청자를 설득하고 있고, 나는 청자에게 상황을 해소할 수 있는 해결책을 제시하고 있다.
④ 양반과 나 모두 미래의 상황을 언급하며 청자의 행동을 촉구하고 있다.
⑤ 양반과 나 모두 현학적 표현을 사용하여 청자의 언행에 대해 질책하고 있다.

120. ㉠에 대한 설명으로 가장 적절한 것은?[120]

① 화자에게 심리적 위안을 주는 기능을 한다.
② 화자의 부정적 인식을 완화하는 기능을 한다.
③ 특정 대상을 떠올리는 매개물의 기능을 한다.
④ 외부 대상과의 단절을 유발하는 기능을 한다.
⑤ 삶의 지향점을 집약적으로 제시하는 기능을 한다.

121~124 다음 글을 읽고 물음에 답하시오.

[A]
규방의 일이 업서 백화보(百花譜)를 펼쳐 보니
봉선화 이 일홈을 뉘라서 지어낸고
신선의 퉁소 소리 선경(仙境)으로 사라진 후에
규중의 남은 인연 일지화에 머무르니
  유약한 푸른 입흔 봉의 꼬리 넘노는듯
주약(自若)히 붉은 꼿촌 신선의 옷을 헤쳐는 듯

[B]
고운 섬돌 좋은 흙에 촘촘히 심어 내니
봄 삼월 지난 뒤에 향기 없다 웃지 마소.
취한 나비 미친 벌이 따라올까 두려워하네.
정숙한 기상을 나밖에 뉘 벗할까.
옥난간 기나긴 날에 보아도 다 못 보아,
창문을 반쯤 열고 아이를 불러 시켜,
다 핀 꽃을 캐어다가 상자 안에 가득 담고,
바느질을 끝낸 후에 안채에 밤이 들어
환한 촛불 아래 가깝게 다가앉아
흰 백반을 갈아 바수어 옥 같은 손 가운데 곱게곱게 개어내니
파사국(波斯國) 임금의 산호 궁전을 헤쳐 놓은 듯,
궁궐 붉은 도마뱀을 절구에 빻아 놓은 듯,
섬섬옥수 열 손가락을 수실로 감아 내니,
종이 위로 붉은 꽃물 미미하게 스미는 듯
미인의 옅은 뺨에 붉은 안개 끼이는 듯
단단히 묶은 모양 비단에 옥글씨로 쓴 편지를 왕모(王母)에게 부치는 듯.
봄잠을 늦게 깨어 차례로 풀어 놓고,
거울을 대하여 눈썹을 그리려니
난데없이 붉은 꽃이 가지에 붙어 있는 듯
손으로 잡으려 하니 어지럽게 흩어지고
입으로 불려 하니 안개가 섞여 가리는구나.
친구를 서로 불러 즐겁게 자랑하고,
쪽 앞에 나아가서 두 빛을 비교하니
쪽 잎에서 나온 푸른 물이 쪽빛보다 푸르단 말, 이 아니 옳겠는가

[C]
은근히 풀을 매고 돌아와 누웠더니
녹의홍상 한 여인이 표연히 앞에 와서
웃는 듯 찡그리는 듯 사례(謝禮)하는 듯 하직하는 듯.
어렴풋이 잠을 깨어 곰곰이 생각하니,
아마도 꽃귀신이 내게 와 하직한 듯.
창문을 급히 열고 꽃수풀을 살펴보니
땅 위에 붉은 꽃이 가득히 수놓았다.
암암이 슬퍼하고 낱낱이 주워담아 꽃에게 말 붙이

기를
그대는 한스러워 마소 해마다 꽃빛은 의구하니
하물며 그대 자취 내 손에 머물렀지
동산의 도리화는 잠깐의 봄을 자랑 마소.
이십 번 꽃바람에 적막히 떨어진들 뉘라서 슬퍼할까.
규중에 남은 인연 그대 한 몸뿐이로세.
봉선화 이 이름을 누가 지었는가, 이리하여 지었구나.
　　　　　　　　　　　　　- 작자 미상, 봉선화가 -

121. 윗글에 대한 설명으로 가장 적절한 것은?121)

① 일상적 소재를 활용하여 삶을 돌아보며 반성을 이끌어 내고 있다.
② 과거와 현재의 대비를 통해 상황에 대한 회의적 인식을 드러내고 있다.
③ 시간의 흐름에 따라 시상을 전개하며 화자의 정서를 드러내고 있다.
④ 감정을 절제한 표현을 활용하여 화자의 객관적 태도를 부각하고 있다.
⑤ 원경에서 근경으로 시선을 좁혀 가며 대상을 초점화하여 그 변화 과정을 표현하고 있다.

122. 윗글의 시상 전개 과정을 <보기>와 같이 정리할 때, [A]~[C]에 대한 설명으로 적절하지 <u>않은</u> 것은?122)

< 보 기 >

봉선화 꽃이 핌	→	봉선화 물을 들임	→	봉선화 꽃이 짐
[A]		[B]		[C]

① [A]에서 화자 자신이 지향하는 인간상을 드러내고 있다.
② [B]의 과정을 직유법과 열거법을 활용하여 실감 나게 드러내고 있다.
③ [B]에서 화자의 행동은 [A]에서 느꼈던 감흥을 지속시키기 위한 것이다.
④ [C]에서 화자가 느끼는 상실감의 이유를 자신의 잘못으로 돌리고 있다.
⑤ [A]에서 [C]에 이르는 과정을 통해 대상이 이름을 갖게 된 유래를 밝히고 있다.

123. 위 글과 <보기>에 공통적으로 나타나는 표현상 특징으로 볼 수 <u>없는</u> 것은?123)

< 보 기 >

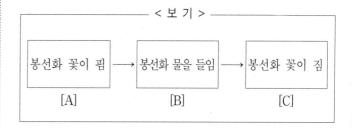

달빛 어린 저녁 이슬 규방에 맺히면　　金盆夕露凝紅房

예쁜 아씨 섬섬옥수 곱기도 해라.	佳人十指纖纖長
봉선화 꽃잎 찧어 숭채 잎에 말아	竹碾搗出捲菘葉
등잔 앞에서 꼭 매느라고 귀고리도 울려.	
	燈前勤護雙鳴璫
새벽에 일어나 주렴 걷어 올리며	粧樓曉起簾初捲
열 개 붉은 별 거울 비치고 혼자 웃어	喜看火星抛鏡面
풀잎에 손 닿으면 호랑나비 나는 듯	拾草疑飛紅蛺蝶
아쟁을 뜯으며 복사꽃 놀라 떨어지듯.	彈箏驚落桃花片
두 볼에 분 바르고 비단 머리 손질하면	徐勻粉頰整羅鬟
소상강 대나무 피눈물로 얼룩진 듯.	湘竹臨江淚血班
이따금 그림붓 잡아 반달눈썹 그리면	時把彩毫描却月
붉은 비가 봄 동산을 뿌리고 가듯.	只疑紅雨過春山

-허난설헌, '손가락에 봉선화 물들이는 노래(染指鳳仙花歌)'

① 공감각적 표현으로 다양한 감각을 환기하고 있다.
② 유사한 통사 구조를 병치하여 율격을 살리고 있다.
③ 동일한 색채어를 반복하여 정서를 고조시키고 있다.
④ 시간의 흐름에 따른 시상 전개 방식을 사용하고 있다.
⑤ 다양한 비유를 통하여 대상의 이미지를 부각하고 있다.

124. 윗글의 소통 구조를 이해한 것으로 알맞지 않은 것은?124)

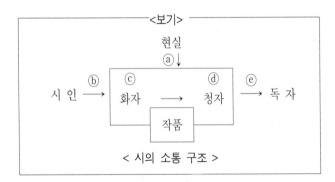

＜보기＞
현실
ⓐ↓
시 인 →ⓑ ⓒ 화자 → ⓓ 청자 →ⓔ 독 자
작품
< 시의 소통 구조 >

① ⓐ : '香閨(향규)의 일이 업셔'를 통해 당시 양반 부녀자들은 한가로운 생활을 했음을 알 수 있군.
② ⓑ : 작가와 화자를 일치시켜, 시의 내용이 작가 자신의 생각임을 드러내고 있군.
③ ⓒ : 화자는 '봉선화'를 통해 자신이 지키려고 하는 아름다움과 정숙한 기상을 노래하였군.
④ ⓓ : 상대에게 질문을 던지는 듯 하지만 청자가 구체적으로 설정되어 있지는 않았군.
⑤ ⓔ : 독자로 하여금 지나간 삶의 모습을 반성하고 새로운 의지를 가지도록 일깨우고 있군.

125~126 다음 글을 읽고 물음에 답하시오.

(가)

하오월 초칠일의 도강 날즈 정호여네.
방물을 점검호고 힝장을 슈습호여
압녹강변 다다르니 송객정이 여긔로다.
의쥬 부윤 나와 안고 다담상을 츠려 놋코,
삼 사신을 젼별홀시 쳐창키도 그지업다.
일비 일비 부일비는 셔로 안져 권고호고,
상수별곡 흔 곡조을 참아 듯기 어려워라.
장계을 봉흔 후의 썰더리고 이러나서,
거국지회 그음업셔 억졔호기 어려운 중
홍상의 궂눈물이 심회을 돕는도다.
뉵인교을 물녀 노니 장독교을 등티호고,
젼비 토인 호직호니 일산 좌견쑨만 잇고,
공형 급창 물너셔니 마두 셔즈쑨이로다.
일엽 소션 비을 져어 점점 멀이 쩌셔 가니,
[A] 푸른 봉은 쳡쳡호여 날을 보고 즐긔는 듯,
빅운은 요요호고 광식이 참담호다.
비치 못홀 이니 마음 오날이 무슴 날고,
츌셰흔 지 이십오 년 시흐의 즈라나서
평일의 이측호여 오리 쩌나 본 일 업다.
반 년이나 엇지호고, 이위졍이 어려우며,
경긔 지경 빅 니 밧긔 먼 길 단여 본 일 업다.
허박호고 약흔 긔질 말 이 힝역 걱정일세.
흔 줄기 압녹강의 양국지경 난화스니,
도라보고 도라보니 우리 나라 다시 보즈.

(나)

반찬이라 호는 거슨 돗히 기름 날파 나물,
큰 독의 담은 장은 소금물의 며쥬 너코,
날마다 갓금갓금 막디로 휘져흐니,
쥭 곳튼 된장물을 쟝이라고 쩌다 먹디.
호인의 풍속들이 즘싱치기 슝상호여,
쥰춍 곳튼 말들이며 범 갓튼 큰 노시을
굴네도 아니 쎄고 지갈도 아니 먹여
빅여 필식 압셰우고 흔 사람이 모라 가더
구류의 드러셔셔 달니는 것 못 보게고,
양이며 도야지를 슈빅 마리 쎄를 지어
조고마흔 아희놈이 흔둘이 모라 가더,
더가리을 흔더 모화 허여지지 아니호고,
[B] 집치 곳튼 황소라도 코 안 쑬코 잘 부리며,
조그마흔 당나귀도 밋돌질을 능히 호고,
디둙 당둙 오리 거육 개 긔쌋지 길으며,

발발이라 ᄒ는 기는 계집년들 품고 자니.
심지어 초롱 속의 온갓 시을 너허니시,
잉무시며 빅셜죠는 사롬의 말 능히 ᄒ다.

-홍순학, '연행가'

125. <보기>를 참고하여 윗글을 감상한 내용으로 적절하지 않은 것은?125)

— < 보 기 > —

사행 가사(使行歌辭)는 조선 후기의 지식인들이 사신 행차의 일원으로 외국을 여행하면서 체험한 것을 사실적으로 읊은 가사를 말한다. 사행 가사의 작가들은 여정과 풍경, 외국의 문물과 풍속 등을 세밀하게 관찰하면서 묘사하는데, 이때 객관적인 사실과 자신의 느낌이나 평가 등을 적절하게 섞어 전달하고 있다.

홍순학은 고종의 왕비를 책정한 일로 청나라에 사신을 보낼 때 공문서 작성이나 기록을 맡아보던 서장관(書狀官)으로 연경(燕京)에 다녀왔다. '연행가'는 이 일을 두고 지은 것으로, 조선 후기의 대표적인 사행 가사로 평가받고 있다.

① (가)에서는 송객정에서 전별하는 상황을 통해 화자가 사행(使行) 중임을 알 수 있군.

② (가)에서는 기생이 눈물을 흘리는 모습과 관련지어 화자의 심란한 느낌을 드러내고 있군.

③ (가)의 도강 날짜와 화자가 의주에서 압록강을 건너는 여정 등은 객관적인 사실이겠군.

④ (나)에서는 화자가 호인들의 반찬을 보며 문화적 친근감을 느껴 긍정적으로 평가하고 있군.

⑤ (나)에서는 화자가 호인들이 가축을 키우고 다루는 풍속을 세밀하게 관찰하여 묘사하고 있군.

126. [A]와 [B]의 표현상 특징으로 가장 적절한 것은?126)

① [B]와 달리 [A]는 자연물을 통해 복합적인 정서를 드러내고 있다.

② [A]와 달리 [B]는 과장된 표현을 통해 의지를 드러내고 있다.

③ [A]와 [B]는 모두 대조를 통해 시적인 긴장감을 고조하고 있다.

④ [A]와 [B]는 모두 색채어를 활용하여 감흥을 드러내고 있다.

⑤ [A]는 사실의 기술이, [B]는 관념의 표현이 부각되고 있다.

127~132 다음 글을 읽고 물음에 답하시오.

[A]
　조양문(朝陽門) 들어가니 북경 장안(長安) 동문이라
　고분성 삼층 문루 사층 포루 굉장하고
　길가의 여염들은 단청한 집 즐비하고
　네거리의 시전들은 도금한 집 무수하다
　안목이 당황하고 정신이 황홀한데

[B]
　옥하수(玉河水) 다리 건너 해동관(海東館) 들어가니
　상방 처소 지나서서 부방 처소 뒤에 있고
　그 뒤에 삼방 처소 다 각각 찾아드니
　구들 앞에 삿자리로 둘러막고 문을 내여
　방처럼 꾸며 놓고 백능화로 도배하여
　화문석을 깔아 두어 거처하기 깨끗하다

하유월 초육일의 오늘부터 며칠이냐
지리하고 심한 극열 이 고생 어찌하리
삼천 리 멀고 먼 길 몇 달 만에 득달하여
큰 병 없기는 천행이나 노독인들 없을쏘냐
사지는 나른하여 온 뼈가 아픔이라
더욱이 과음(過飮)으로 난처한 중 괴롭도다

[C]
　질통(疾痛)의 호부모(呼父母)는 인생(人生) 상(常)이어늘
　㉠만 리 타국 외로운 몸 집 생각도 끝이 없다
　태양산(太陽山) 흰 구름은 적인걸의 효성이오
　사가보월 청소립은 두자미의 회포로다
　옥화관(玉華館) 깊은 밤에 잠 없이 홀로 깨어
　푸른 하늘 쳐다보니 유유한 창천이며
　북두칠성 삼태성은 전에 보던 저 별이오
　명랑한 밝은 달은 옛날 보던 저 달이라
　우리 집 횐당 앞에 저 별 저 달 비추려니
　집에서도 바라보고 내 생각 하시리라
　별과 달은 명명하며 응당 소식 알리로다
　소식을 물어보자 장천이 아득하니

흐른 빛을 따라와서 몽혼(夢魂)이 어렴풋하다
예부 지휘 들어가서 표자문(表咨文) 올리고
예부에 나아가서 대청 위에 올라가매
예부상서 나와 서니 보석 증자 일품이오
예부시랑 나와 서니 산호 증자 이품이오
여덟 통관 갈라서니 사품은 수정 증자
육품은 옥 증자요 팔품은 금 증자라
모자는 위에다가 둥근 구슬 증자 달아
품수대로 칠해 놓아 증자로 표를 하고
공로 있는 사람들은 공작우를 달았으며
관복이라 하는 것은 검은 비단 소두루막이
오색으로 수논 흉배 앞과 뒤로 붙였더라

자문(咨文)을 받들어서 상서에게 바쳐 전하고
삼 사신 꿇어 앉아 아홉 번 고개 숙여
인사 마친 후 돌아오니 사신 할 일 다하였다.

　　　　　　　　　-홍순학, '연행가(燕行歌)'

127. 위 글에 대한 설명으로 적절하지 않은 것은?[127]

① 기행 과정에서의 화자가 겪는 여러 가지 고달픔이 드러나 있다.

② 화자는 한족과 우리 민족 이외는 모두 오랑캐라는 보수적인 의식을 지니고 있다

③ 북경(北京)에서의 여정(旅程)에 따라 보고 느낀 점을 담고 있다.

④ 형식은 운문이지만, 내용상으로는 산문에 어울리는 것을 담고 있다.

⑤ 주로 직접 경험한 내용을 사실적인 묘사와 표현을 사용하여 드러내고 있다.

128. [A] 부분에 대한 설명으로 적절하지 않은 것은?[128]

① 화자가 처음 북경에 도착하자마자 직접 본 것을 묘사하는 부분이다.

② 화자는 길가에 보이는 문루(門樓)의 웅장함과 화려함에 도취되고 있다.

③ 일반 서민의 집은 초라한 반면, 거리의 가게들은 화려하다.

④ 청(淸)나라의 문물에 대한 반감 의식은 드러나 있지 않다.

⑤ 화자의 시선이 외부에서 내부로 공간의 이동에 따르고 있다.

129. <보기>는 윗글의 다른 부분이다. [B]와 <보기>를 통해 알 수 있는 화자에 대한 설명으로 적절하지 않은 것은?[129]

───────< 보 기 >───────

처소라고 찾아가지 집 제도가 우습도다
오량각 두 칸 반에 벽돌을 곱게 깔고
반 칸씩 방을 지어 좌우로 방을 마주하니
방 모양이 어떠하냐, 방 제도를 못 보았으면
우리나라 부뚜막이 그와 거의 흡사하여
그 밑에 구들 놓아 불을 때게 만들고
그 위에 자리 펴고 밤이면 누워 자며
낮이면 손님 접대 걸터앉기 가장 좋고
기름 칠한 완자창과 석회 바른 벽돌담은
미천한 호인들이 집 꾸밈이 분수에 넘치는구나

① [B]와 <보기> 모두에서 화자는 처소의 실용성에 관심

을 두고 있다.

② [B]와 <보기> 모두에서 화자는 처소에 대해 주관적 평가를 내리고 있다.

③ [B]에서 화자는 <보기>에 비해 거처의 내부를 꾸민 것에 시선을 더 두고 있다.

④ <보기>에서 화자는 [B]에서와 달리 청나라 사람들을 무시하는 태도를 보여 준다.

⑤ <보기>에서 화자는 [B]에서와 달리 조선의 문물을 활용하여 방의 제도를 설명하고 있다.

130. [C] 부분에 대한 설명으로 적절하지 않은 것은?[130]

① 천상적(天上的) 이미지를 통해 화자의 그리움을 심화시키고 있다.

② 화자는 깊은 밤에 이국의 숙소에서 잠을 이루지 못하고 있다.

③ 화자는 자신의 처지와 심정을 한시의 한 구절을 인용하여 드러내고 있다.

④ 역사적 배경 앞에서 슬프고 분한 마음을 드러내, 화자의 비판적 정신을 엿볼 수 있다.

⑤ 화자가 고향에 계신 어버이를 그리워하는 마음을 느낄 수 있다.

131. ㉠과 관계 깊은 한자 성어는?[131]

① 망운지정(望雲之情)　　② 운우지정(雲雨之情)

③ 청운지지(靑雲之志)　　④ 망양지탄(亡羊之歎)

⑤ 망양지탄(望洋之嘆)

132. <보기>를 바탕으로 윗글을 이해한 내용으로 적절하지 않은 것은?[132]

───────< 보 기 >───────

'연행가'는 고종이 왕비를 맞이한 사실을 알리기 위한 청나라 사행(使行)의 과정을 가사(歌辭)의 형식으로 표현한 작품이다. 이 작품을 통해 사행 신하들의 외교적 업무와 청의 문화 및 문명을 알 수 있다는 점에서 이 작품은 외교와 문화·문명의 기록으로 볼 수 있다. 또한 이 작품은 사행의 여정 속에서 글쓴이의 생각이나 정서가 형상화된다는 점에서 기행 문학으로서의 가치를 지니고 있다.

① 청나라로 사행을 간 신하들의 사행 업무가 나타난다는 점에서 외교적 기록의 성격을 지닌다.

② 예부에서의 일을 통해 사행 신하로서의 자부심을 표출했다는 점에서 기행 문학적 성격이 엿보인다.

③ 여정 중에 고향에 대한 글쓴이의 그리움을 드러낸다는

점에서 기행 문학으로서의 가치가 드러난다.

④ 청나라 신하들의 관복에 대한 정보를 얻게 된다는 점에서 청나라의 문화에 대한 기록으로 볼 수 있다.

⑤ 장안 거리의 문화·문명을 알 수 있게 해 준다는 점에서 청나라 문화·문명에 대한 기록이라 할 수 있다.

133~137 다음 글을 읽고 물음에 답하시오.

주렴(珠簾)을 손수 걷고 옥계(玉階)에 내려가
오색구름 깊은 곳에 임 계신 데 바라보니
㉠안개문 구름창 천리만리 가렸구나
인연이 없지 않아 하늘이 아셨는가
외로운 청란(靑鸞)으로 광한궁(廣寒宮) 날아올라
듣고서 못 뵙던 임 첫낯에 잠깐 뵈니
내 임이 이뿐이라 반갑기를 가늠할까
이렇게 뵙고 다시 뵐 일 생각하니
삼천 명의 미인들 아침저녁으로 모시고   [A]
궁궐의 고운 여인 좌우에 벌였는데
수줍은 빛바랜 화장을 어디 가 자랑하며
탐탁지 않은 태도를 누구에게 자랑할까
난간에서 피눈물을 소매로 훔치며
옥경(玉京)을 떠나서 **하계(下界)**에 내려오니
인생 박명(薄命)이 이처럼 생겼던가
쓸쓸한 십 년 세월 그림자 벗을 삼고
아쉬운 마음에 혼자 하는 말이
임은 내 임이라 날을 어찌 버리시는가
㉡생각하시면 그 아니 불쌍한가
정조를 지키고 귀신께 맹세하여
좋은 때 돌아오면 다시 뵐까 하였더니
과연 내 임이 전혀 아니 버리시어
㉢삼천 리 약수(弱水)*에 청조사(靑鳥使)* 건너오니
임의 소식을 반가이 듣겠구나
여러 해 헝클어진 머리 틀어서 집어 꽂고
두 눈의 눈물 자국에 분도 아니 발라
먼 길 멀다 않고 허위허위 들어오니
그리던 얼굴을 본 듯 만 듯 하고 있어
심술궂은 시샘은 어찌하여 한단 말인가
㉣알록달록 무늬 짜서 고운 비단 만들듯이
옥돌 위 쉬파리가 온갖 허물 지어내니
내 몸에 쌓인 죄는 끝이 없거니와
하늘에 해가 있어 임이 짐작 안 하실까
하늘에 해가 있어 임이 짐작 안 하실까
그것일랑 던져두고 서러운 뜻 말하려니

백 년 인생에 이내 임 만나 보아
산과 바다에 맹세한 사랑의 첫 말씀 믿었더니
그사이 무슨 일로 이 맹세 버려두고
옥 같은 얼굴을 홀로 두고 그리는가
사랑이 싫증났던가 박복한 탓이런가
말하면 목이 메고 생각하면 가슴 끔찍
장문궁 지척(咫尺)이 얼마나 가렸건데
경박한 유랑(劉郎)은 꿈에도 아니 뵈며   [B]
소양궁의 풍악 소리 예 듣던 소리로되
장신궁 문을 굳게 닫고 아니 연다는 말인가
풍상(風霜)이 섞어 치고 뭇 꽃이 떨어지니
여러 떨기 국화는 누구 위하여 피었으며
천지가 얼어붙어 삭풍(朔風)이 몹시 부니
하루를 볕을 된들 열흘 추위 어찌할까
은침(銀鍼)을 빼내어 오색(五色)실 꿰어 놓고
임의 터진 옷을 깁고자 하건마는
천문구중(天門九重)에 갈 길이 아득하니
아녀자 깊은 정을 임이 언제 살피실까
음력 섣달 다 지나니 봄이면 늦으리
동짓날 자정이 지난밤에 돌아오니
집집마다 대문을 차례로 연다 하되
자물쇠를 굳게 잠가 침실을 닫았으니
눈 위의 서리는 얼마나 녹았으며
뜰가의 매화는 몇 봉오리 피었는가   [C]
간장(肝腸)이 다 썩어 넋조차 그쳤으니
천 줄기 눈물은 피 되어 솟아나고
반벽청등(半壁靑燈)은 빛조차 어두워라
황금이 많으면 매부(買賦)나 하련마는*
백일이 무정하니 뒤집힌 동이에 비칠쏘냐
평생토록 쌓은 죄는 다 나의 탓이로다
언어에 공교(工巧) 없고 눈치 몰라 다닌 일을
풀어서 헤아리고 다시금 생각하니
조물주의 처분을 누구에게 물으리오
창에 비친 매화 달에 가느다란 한숨 다시 짓고
아쟁을 꺼내어 원망의 노래 슬피 타니
거문고 줄 끊어져 다시 잇기 어려워라
차라리 **죽어서 자규(子規)의 넋이 되어**
밤마다 이화(梨花)의 피눈물 **울어 내어**
오경(五更)에 잔월(殘月)을 섞어 **임의 잠을 깨우리라**

― 조우인, 「자도사」

* 약수 : 신선이 사는 땅에 있다는 강으로, 길이가 삼천 리나 되며 기러기의 깃털도 가라앉을 정도로 물의 부력이 약하여 건널 수 없다고 함.
* 청조사 : 파랑새.
* 황금이 많으면 매부나 하련마는 : 중국 한나라 무제 때 황후 진

아교가 당시의 문장가인 사마상여에게 황금을 주고 부를 짓게 하여 자신에게 무심했던 무제의 마음을 돌려 총애를 받게 된 일을 가리킴.
* 거문고 줄 끊어져 : 자기를 알아주는 사람이 없음을 탄식하는 말로, 백아가 자신을 알아준 종자기가 죽자 이를 탄식하며 서문고 줄을 끊었다는 고사에서 연유함.

133. 윗글의 표현상 특징으로 적절하지 않은 것은?[133]

① 여성적 화자를 설정하여 화자의 심정을 효과적으로 표현하고 있다.

② 가정적 상황과 현실적 상황을 대응하여 현실에 대한 부정적 인식을 나타내고 있다.

③ 천상계와 지상계의 공간 이동에 따라 화자의 변하는 정서를 보여 주고 있다.

④ 의문형 문장을 활용하여 시적 대상에 대한 화자의 정서를 드러내고 있다.

⑤ 자연물을 활용하여 계절의 변화에 따른 화자의 인식 변화를 드러내고 있다.

134. <보기>를 참고하여 윗글을 감상한 내용으로 적절하지 않은 것은?[134]

─────── < 보 기 > ───────

조우인(曺友仁)의 「자도사」는 조선 시대에 창작된 여느 연군(戀君) 가사들과 천상계와 지상계의 이원적인 공간을 설정하여 전개된다는 점에서 공통적이다. 즉 이 작품은 천상계에서 지상계로 쫓겨난 여성 화자가 천상계의 임을 그리워하는 구조를 통하여 주제 의식을 드러낸다. 그런데 「자도사」의 화자는 임과의 재회를 소망하면서도 모함을 받은 자신의 억울한 심정을 몰라주는 임에 대한 원망을 드러내는가 하면, 죽어서라도 임을 찾아가 자신의 결백을 호소하겠다는 의지를 드러낸다는 점에서 다른 작품들과 구별된다.

① 화자가 '임 계신 데'를 '오색구름 깊은 곳'으로 표현한 것은 임을 천상계의 존재로 상정한 것이고, 화자가 돌아온 곳을 '하계'로 표현한 것은 자신은 지상계의 존재임을 드러내는군.

② '여러 해 헝클어진 머리 틀어서 집어 꽂고 / 두 눈의 눈물 자국에 분도 아니 발랐다는 것은, 지상에서 임과 재회한 순간 화자가 느낀 기쁨을 드러내는군.

③ '옥돌 위 쉬파리가 온갖 허물 지어'냈다고 표현한 것은, 화자가 천상계에서 간신들로부터 모함을 받아 죄를 입게 된 억울한 상황을 보여 주는군.

④ '아쟁을 꺼내어 원망의 노래'를 슬피 연주했다는 것은, 화자가 임에 대한 원망의 심정을 감추지 않고 드러내고

있음을 보여 주는군.

⑤ '죽어서 자규의 넋이 되어' '피눈물 울어 내'며 '오경'에 '임의 잠을 깨우'겠다고 표현한 것은, 죽어서라도 자신의 결백을 호소하겠다는 화자의 의지를 보여 주는군.

135. [A], [C]에 대한 이해로 적절하지 않은 것은?[135]

① [A]의 '광한궁'과 [C]의 '침실'은 모두 사랑하는 임과 함께하지 못한 화자가 현재 위치하고 있는 공간적 배경을 드러낸다.

② [A]의 '첫낮에 잠깐 뵈니'는 사랑하는 임과의 짧은 만남이 이루어진 상황을, [C]의 '천문구중에 갈 길이 아득하니'는 임과의 만남이 이루어지기 어려운 상황을 드러낸다.

③ [A]의 '피눈물을 소매로 훔치며'는 이별의 슬픔을 이겨 내려는 화자의 의지를, [C]의 '천 줄기 눈물은 피 되어 솟아나고'는 화자의 슬픔이 주변으로 확산되고 있음을 드러낸다.

④ [A]의 '인생 박명'과 [C]의 '조물주의 처분'은 모두 사랑하는 임에게 버림받은 화자의 기구한 운명과 관련된 표현이다.

⑤ [A]의 '빛바랜 화장'과 [C]의 '언어에 공교 없고'는 모두 화자가 임에게 사랑을 받지 못하는 이유와 관련된 표현이다.

136. <보기>를 바탕으로 한 [B]의 이해로 적절하지 않은 것은?[136]

─────── < 보 기 > ───────

* 장문궁(長門宮) : 중국 한(漢)나라 장안(長安)의 동북쪽에 있던 궁전으로, 한나라 무제(武帝) 때, 진 황후(陳皇后), 곧 진아교(陳阿嬌)가 황제의 총애를 잃은 뒤 폐위되어 유폐되었던 궁전이다.

* 유랑(劉郎) : 중국 한(漢)나라 제7대 황제 무제(武帝)를 가리키며, 그의 이름이 유철(劉徹)이다.

* 소양궁(昭陽宮) : 소양전(昭陽殿) : 본래 중국 한(漢)나라 무제(武帝)가 지은 궁궐이나 성종(成帝) 때 조비연(趙飛燕) 자매가 거처하던 전각이다.

* 장신궁(長信宮) : 중국 한대(漢代)의 궁녀인 반(班) 첩여(婕妤)가 성제(成帝)의 총애를 받아 궁중의 여자 벼슬인 첩여가 되었다가 후에 조비연이 총애를 받게 되자 참소당하여 물러나 태후를 모시게 된 궁전이다.

① 화자는 '장문궁'에 유폐된 '진아교', '장신궁'에 머무는 '반 첩여'라 할 수 있다.

② '유랑'은 한(漢)나 무제(武帝)로, 화자가 그리워하는 임이

다.
③ '소양궁'은 지난날 화자와 임이 함께 있던 공간이다.
④ '장문궁'이나 '장신궁' 중 한 곳이 화자가 현재 위치해 있는 공간이다.
⑤ 임과 화자를 멀어지도록 결정적 역할을 한 사람은 '조비연'이다.

137. ㉠~㉤에 대한 이해로 가장 적절한 것은?[137]

① ㉠ : 감각적 심상을 활용하여 대상과의 친밀한 관계임을 드러내고 있다.
② ㉡ : 의문형 종결 표현을 활용하여 자신의 처지에 대한 안타까움을 드러내고 있다.
③ ㉢ : 물리적 거리를 노출하여 화자의 고립된 상황이 지속될 것임을 암시하고 있다.
④ ㉣ : 음성 상징어를 활용하여 임을 위한 화자의 지극한 정성을 드러내고 있다.
⑤ ㉤ : 관습적 소재를 활용하여 임과의 관계가 소원해진 이유를 드러내고 있다.

138~143 다음 글을 읽고 물음에 답하시오.

(가)

집의 옷 밥을 얻고 빌어먹는 져 고공아,
우리집 기별을 아느냐 모르느냐.
비오는 날 일 없을 때 새끼 꼬면서 이르리라.
[A] ┌ 처음의 한어버이 살림살이하려 할 때,
  │ ㉠인심(仁心)을 많이 쓰니 사람이 저절로 모여,
  └ 풀 뽑고 터를 닦아 큰 집을 지어 내고,
서레 보습 쟁기 소로 논밭을 일구니
올벼심은 논 텃밭이 여드레 갈이로다.
㉡자손에 전하여 대대(代代)로 내려오니,
논밭도 좋거니와 고공(雇工)도 근검터라.
㉢저희마다 농사지어 풍족하게 살던 것을,
[B] ┌ 요사이 고공들은 생각이 어찌 아주 없어,
  └ 밥사발 크나 작으나 동옷이 좋으나 나쁘나,
마음을 다투는 듯 우두머리를 시기하는 듯,
무슨 일에 감겨들어 서로 미워하고 시기하는가.
너희네 일 아니하고 시절조차 사나워,
가뜩이나 내 세간이 줄어들게 되었는데,
엊그제 화강도(火强盜)에 가산(家産)이 탕진하니,
집 하나 불타 버리고 먹을 것이 전혀 업다.
[C] ┌ 크나큰 살림살이 어떻게 일으키려뇨.
  └ 김가(金哥) 이가(李哥) 고공들아 새 마음 먹자꾸나.

㉣너희네 젊다하고 헤아림 아니하는가.
한 솥에 밥 먹으며 매양의 회회(恢恢)하랴.
한 마음 한 뜻으로 농사를 짓자꾸나.
㉤한 집이 풍족하면 옷과 밥에 인색하랴.
[D] ┌ 누구는 쟁기 잡고 누구는 소를 모니,
  │ 밭 갈고 논 갈아 벼 심어 던져 두고,
  └ 날 좋은 호미로 김을 매자꾸나.
산전(山田)도 거칠어지고 무논도 거칠어진다.
사립피 말뚝에 씌워 벼 곁에 세워라.
칠석에 호미 씻고 김을 다 맨 후에,
새끼 꼬기 뉘 잘 하며 섬이란 뉘 엮으랴.
너희 재주 헤아려 서로서로 맡아 하라.
가을걷이 한 후에는 집짓기를 아니하랴.
집으란 내 지으마 움으란 네 묻어라.
너희 재주를 내 짐작하였노라.
너희도 먹을 일을 분별을 하려무나.
멍석에 벼를 넌들 좋은 해 구름 끼어 햇볕을 언제 보랴.
방아를 못 찧거든 거칠고 거친 올벼,
옥 같은 백미될 줄 누가 알 수 있겠느냐
너희네 데리고 새 살림 살자 하니,
엊그제 왔던 도적 아니 멀리 갔다 하되
너희네 귀 눈 없어 저런 줄 모르건대
화살을 제쳐 두고 옷 밥만 다투느냐.
너희네 데리고 추운가 굶주리는가.
죽조반 아침 저녁 더 많이 먹였거든
은혜란 생각 않고 제 일만 하려 하니,
[E] ┌ 생각 있는 새 일꾼 어느 때 얻어 있어
  └ 집 일을 마치고 시름을 잊겠는가
너희 일 애달파 하면서 새끼 한 사리 다 꼬았도다.

-허전, '고공가(雇工歌)'

(나)

크나큰 기운 집의 마누라 혼즈 안자
괴걸을 뉘 드라며 논의(論議)를 눌라 후고
낮 시름 밤 근심 혼자 맞다 계시거니
옥 곳튼 얼굴리 편호실 적 면 날이리
이 집 이리 되기 뉘 타시라 홀셔이고
혬 업는 종의 일은 뭇도 아니 후려니와
도로혀 혜여후니 마누라 타시로다
닉 항것외다 흑기 종의 죄 만컨마는
그러타 뉘을 보려 민망호야 숣느이다
숫 꼬기 마르시고 내 말숨 드로쇼셔
집일을 곳치거든 종들을 휘오시고
종들을 휘어거든 상벌(賞罰)을 불키시고

상벌(賞罰)을 발키거든 어른 종을 미드쇼셔
진실노 이리ᄒᆞ시면 가도(家道) 절노 닐니이다
　　　　　　　　- 이원익, '고공답주인가(雇工答主人歌)'

*마누라: 상전. *긔걸: 명령. *항것: 상전.
*뉘을 보려: 세상을 보려니까. *ᄉᆞᆯᄂᆞ이다: 사뢰나이다.

(다)

千世(천 세) 우희 미리 定(정)ᄒᆞ산 漢水(한수) 北(북)에,
累仁開國(누인개국)ᄒᆞ샤 卜年(복년)이 ᄀᆞᆺ업스시니,
　聖神(성신)*이 니ᅀᆞ샤도 敬天勤民(경천근민)*ᄒᆞ샤ᅀᅡ, 더
욱 구드시리이다.
　님금하, 아ᄅᆞ쇼셔. 洛水(낙수)예 山行(산행) 가 이셔 하
나빌 미드니잇가.　　　　-정인지 외, '용비어천가 제125장'

*성신 : 후대 임금
*경천근민 : 하늘을 공경하고 백성을 부지런히 다스림

138. (가)~(다)의 공통점으로 가장 적절한 것은?[138]
① 청자의 나태한 행실을 지적하며 질책하고 있다.
② 바람직한 행동을 제시하여 청자를 깨우치고 있다.
③ 바람직한 행동과 그렇지 못한 행동을 대비해 가며 청자를 설득하고 있다.
④ 교훈을 얻었던 자신의 경험을 덧붙임으로써 청자의 공감을 유도하고 있다.
⑤ 전범이 될 만한 사례를 제시하여 청자에게 반성의 계기를 마련해 주고 있다.

139. <보기>를 참고하여 (가)의 ㉠~㉤의 의미를 (다)와 관련 지어 볼 때, 적절하지 않은 것은?[139]

＜ 보 기 ＞

'고공가'는 집안의 황폐한 상황을 제시하며 고공들에게 새로운 마음으로 집안을 가꿀 것을 호소하는 형식으로 우국지정(憂國之情)의 심리를 표현한 가사이다. 나라를 잘 가꿀 것을 직접적으로 드러내는 (다)와 같은 작품도 있지만, '고공가'는 우회적인 표현을 통해 그 의미를 효과적으로 드러내고 있다.

① ㉠ : 累仁開國(누인개국), 곧 한 나라를 열 만큼 인덕을 쌓아야 한다는 것을 의미한다.
② ㉡ : 성신(聖神), 곧 후손이 왕업(王業)을 이어나가는 것을 의미한다.
③ ㉢ : 복년(卜年), 곧 하늘이 정해 주어 좋은 해가 끝이 없을 것임을 의미한다.
④ ㉣ : '낙수(洛水)'에 '산행(山行) 가 잇'던 우왕과 같은 어

리석음을 범하는 것을 의미한다.
⑤ ㉤ : 敬天勤民(경천근민), 곧 하늘을 공경하고 백성을 부지런히 다스리는 태도를 갖는 것을 의미한다.

140. (나)는 (가)에 대한 답변 형식으로 지어진 작품이다. (나)를 지을 때 작가가 고려했음 직한 사항으로 적절하지 않은 것은?[140]
① 윗글의 집안이 위태로운 상황이라는 설정은 그대로 활용해야지.
② 윗글에 언급되지 않은 집안을 일으키기 위한 해결 방법을 제시해야지.
③ 윗글과는 다르게 종에게는 잘못이 없고 주인의 책임이라는 점을 지적해야지.
④ 윗글과는 다르게 종이 주인의 외롭고 힘든 처지를 염려하는 태도를 드러내야지.
⑤ 윗글은 주인이 종에게 말하는 방식이지만, 내가 짓는 글은 종이 주인에게 말하는 방식으로 바꿔야지.

141. (가)의 표현상의 특징으로 적절하지 않은 것은?[141]
① 몸으로 하는 구체적인 노동을 통하여 인물의 성실함을 강조하고 있다.
② 시간의 역전을 통해 시상 전대 방식으로 시적 긴장감을 고조시키고 있다.
③ 음영(吟詠)을 위한 규칙적인 운율을 형성하여 음악성을 드러내고 있다.
④ 유사한 상황 몇몇을 나열하여 대상의 속성을 부각하고 있다.
⑤ 현실을 개탄하는 어조로 화자의 의도를 효과적으로 드러내고 있다.

142. <보기>를 참조하여 (가)의 [A]~[E]를 감상한 것으로 적절하지 않은 것은?[142]

＜ 보 기 ＞

이 작품은 임진왜란(壬辰倭亂) 직후에 허전(許㙉)이 지은 노래로 국가 정치를 한 집안의 농사일에 비유하여 표현하고 있다. 이 작품을 통해 우리는 임진왜란 직후의 관료 사회의 단면과 작가가 궁극적으로 지향하는 관료 사회의 이상을 이해할 수 있다.

① [A] : 임진왜란 직후의 국가 현실과 대조되는 개국 초기의 국가 모습을 표현하고 있군.
② [B] : 정사는 돌보지 않고 사리사욕을 채우기에 급급한 관료들의 행태를 비판하고 있군.
③ [C] : 이상적인 관료 사회로 나아가는 데에 특정한 신하

가 방해가 됨을 꼬집고 있군.

④ [D] : 현실을 타개하기 위해 관료들이 지녀야 할 바른 태도를 제시하고 있군.

⑤ [E] : 관료들의 행태에 대해 실망하면서 한편으로 바람직한 관료의 등장을 소망하고 있군.

143. (다)를 감상한 내용을 한자성어로 표현한 것으로 가장 적절한 것은?143)

① 사례를 통해 후대 왕들에게 타산지석(他山之石)의 교훈을 주고 있군.

② 전란으로 인해 고향을 떠나더라도 수구초심(首丘初心)의 마음을 잃지 말 것을 충고하고 있군.

③ 정쟁에서 벗어나 자연 속에서 안빈낙도(安貧樂道)의 자세를 가질 것을 권유하고 있군.

④ 민본 사상을 기초로 하여 백성들에게 솔선수범(率先垂範)하는 선비의 모습을 강조하고 있군.

⑤ 많은 백성들에게 석전경우(石田耕牛)와 같이 근면 성실한 마음을 갖도록 가르치고 있군.

144~149 다음 글을 읽고 물음에 답하시오.

(가)

ⓐ강호(江湖) 한 꿈을 꾸언 지 오래러니
먹고살 걱정으로 어지버 잊었도다
물가를 바라보니 녹죽(綠竹)도 하도 할샤
유비군자(有斐君子)들아 낙대 하나 빌려사라
갈대꽃 깊은 곳에 명월청풍(明月淸風) 벗이 되어
임자 없는 풍월강산(風月江山)에 절로절로 늙으리라
무심(無心)한 백구(白鷗)야 오라 하며 가라 하랴
다툴 이 없는 건 다만 이뿐인가 여기노라
이제야 소 빌리기 맹세(盟誓)코 다시 말자
무상(無狀)한 이 몸에 무슨 지취(志趣) 있으리마는
두세 이렁 밭논을 다 묵혀 던져 두고
㉠있으면 죽(粥)이요 없으면 굶을망정
남의 집 남의 것은 전혀 부러 말렸노라
　　┌ 내 빈천(貧賤) 슬히 여겨 손을 헤다 물러가며
　　│ 남의 부귀(富貴) 불이 여겨 손을 치다 나아오랴
　　│ 인간(人間) 어느 일이 명(命) 밖에 삼겼으리
　　│ 가난타 이제 죽으며 부유하다 백 년(百年) 살랴
　　│ 원헌(原憲)*이는 몇 날 살고 석숭(石崇)*이는 몇 해
[A]│ 산고
　　│ 빈이무원(貧而無怨)을 어렵다 하건마는
　　└ 내 생애(生涯) 이러하되 설온 뜻은 없노라

　　┌ 단사표음(簞食瓢飮)을 이도 족(足)히 여기노라
　　└ 평생(平生) 한 뜻이 온포(溫飽)에는 없노라
태평천하(太平天下)에 **충효(忠孝)를 일삼아**
화형제(和兄弟) 신붕우(信朋友) 외다 할 이 뉘 있으리
㉡그밖에 남은 일이야 삼긴 대로 살렸노라

　　　　　　　　　　　　　　- 박인로, '누항사'

(나) 내 팔자가 사는 대로 내 고생이 닫는 대로
㉢좋은 일도 그뿐이요 그른 일도 그뿐이라
춘삼월 호시절에 화전놀음 와서들랑
꽃빛일랑 곱게 보고 새소리는 좋게 듣고
밝은 달은 예사 보며 맑은 바람 시원하다
좋은 동무 좋은 놀음에 서로 웃고 놀아 보소
㉣사람 눈이 이상하여 제대로 보면 관계찮고
고운 꽃도 새겨 보면 눈이 캄캄 안 보이고
귀도 또한 별일이지 그대로 들으면 괜찮은걸
새소리도 고쳐 듣고 슬픈 마음 절로 나네
마음 심 자가 제일이라 단단하게 맘 잡으면
꽃은 절로 피는 거요 새는 예사 우는 거요
달은 매양 밝은 거요 바람은 일상 부는 거라
마음만 예사 태평하면 예사로 보고 예사로 듣지
보고 듣고 예사하면 고생될 일 별로 없소
앉아 울던 청춘과부 황연대각* 깨달아서
덴동어미 말 들으니 말씀마다 개개 옳아
이내 수심 풀어내어 이리저리 부쳐 보세
　┌ 이팔청춘 이내 마음 봄 춘 자로 부쳐 보고
　│ 화용월태* 이내 얼굴 꽃 화 자로 부쳐 두고
　│ 술술 나는 긴 한숨은 세류춘풍 부쳐 두고
[B]│ 밤이나 낮이나 숱한 수심 우는 새나 가져가게
　│ 일촌간장 쌓인 근심 도화유수로 씻어 볼가
　│ 천만 첩이나 쌓인 설움 웃음 끝에 하나 없네
　│ 구곡간장 깊은 설움 그 말끝에 슬슬 풀려
　└ 삼동설한 쌓인 눈이 봄 춘 자 만나 슬슬 녹네

　　　　　　　　　　　　- 작자 미상, '덴동어미화전가'

* 황연대각: 환하게 모두 깨달음.
* 화용월태: 아름다운 여인의 얼굴과 맵시를 이르는 말.

(다) 이런들 어떠하며 저런들 어떠하리
㉤초야우생*이 이렇다 어떠하리
하물며 ⓑ천석고황(泉石膏肓)을 고쳐 무엇 하리

고인(古人)도 날 못 보고 나도 고인 못 봬
고인을 못 봬도 가던 길 앞에 있네
가던 길 앞에 있거든 아니 가고 어찌할꼬

```
┌ 청산은 어찌하여 만고에 푸르르며
[C] 유수는 어찌하여 주야에 그치지 아니한고
└ 우리도 그치지 말아 만고상청(萬古常靑)하리라
                              -이황, '도산십이곡'
```

*초야우생 : 시골에 묻혀 사는 자신을 낮추어 이르는 말.

144. (가)~(다)의 공통점으로 가장 적절한 것은?[144]

① 학문에 대한 관점을 보여 주고 있다.

② 삶의 자세에 대한 견해를 드러내고 있다.

③ 대상과 합일하고자 하는 의지를 드러내고 있다.

④ 이상을 추구하면서 사회의 모순을 비판하고 있다.

⑤ 현실에서 벗어나고자 하는 심리를 보여 주고 있다.

145. (가)의 [A]에 나타나 있는 화자의 모습을 가장 잘 보여 주고 있는 것은?[145]

① 땀내와 사랑내 포근히 품긴 / 보내 주신 학비 봉투(學費封套)를 받아 대학(大學) 노트를 끼고 / 늙은 교수(敎授)의 강의(講義)를 들으러 간다.
                              -윤동주, '쉽게 씌어진 시'

② 자욱한 풀벌레 소리 발길로 차며 / 호올로 황량한 생각 버릴 곳 없어 / 허공에 띄우는 돌팔매 하나 / 기울어진 풍경의 장막 저쪽에 / 고독한 반원을 긋고 잠기어 간다.
                              -김광균, '추일 서정'

③ 가난이야 한낱 남루(襤褸)에 지나지 않는다. / 저 눈부신 햇빛 속에 갈매빛의 등성이를 드러내고 서 있는 / 여름산 같은 / 우리들의 타고난 살결 타고난 마음씨까지야 다 가릴 수 있으랴.   -서정주, '무등을 보며'

④ 삼수갑산이 어디뇨 내가 오고 내 못 가네 / 불귀(不歸)로다 내 고향 아하 새가 되면 떠 가리라 아하하 // 님 계신 곳 내 고향을 내 못가네 내 못가네
                              -김소월, '삼수갑산'

⑤ 수고로운 우리의 길이 다하는 어느 날, / 플라타너스, / 너를 맞아줄 검은 흙이 먼 곳에 따로이 있느냐? / 나는 길이 너를 지켜 네 이웃이 되고 싶을 뿐
                              -김현승, '플라타너스'

146. (나)의 인물에 대한 이해로 가장 적절한 것은?[146]

① 덴동 어미는 계획적인 삶이 중요하다고 생각하고 있군.

② 덴동 어미는 본격적으로 화전놀이를 떠날 채비를 하겠군.

③ 덴동 어미는 청춘과부에게 생명력을 불어넣는 역할을 하는군.

④ 청춘 과부는 자연의 변화에 무감각한 사람이 되어 버렸군.

⑤ 청춘 과부는 가난이 사람을 성숙하게 만드는 것이라고 믿게 되었군.

147. ⓐ와 ⓑ에 대한 이해로 가장 적절한 것은?[147]

① ⓐ와 ⓑ는 모두 화자가 당면한 문제를 해결하기 위해 선결해야 할 것이다.

② ⓐ와 ⓑ는 모두 화자가 절망감을 느끼고 좌절하게 된 상황을 나타낸 것이다.

③ ⓐ는 화자가 이루고자 했던 목표이고, ⓑ는 화자가 이미 이룬 목표이다.

④ ⓐ는 화자가 지향하는 이상적인 삶이고, ⓑ는 화자가 이상을 실현할 수 있게 하는 방법이다.

⑤ ⓐ는 화자가 자신의 운명을 깨닫게 된 계기이고, ⓑ는 화자가 운명을 거부하게 된 계기이다.

148. [B]와 [C]의 표현상 특징으로 적절한 것은?[148]

① [B]는 감정 이입을 통해 정적인 분위기를 만들어 내고 있다.

② [B]는 대화를 통하여 인물의 성격을 분명히 보여 주고 있다.

③ [C]는 자연물의 속성에 빗대어 화자의 의지를 드러내고 있다.

④ [C]는 의문형 어구를 반복하여 심리적 갈등을 드러내고 있다.

⑤ [B]와 [C] 모두 반어적 표현으로 주제 의식을 강조하고 있다.

149. ㉠~㉢에 대한 설명으로 적절한 것은?[149]

① ㉠은 '안빈낙도(安貧樂道)'의 태도로 살아가는 일이 힘듦을 의미한다.

② ㉡은 모든 세속적 가치에서 탈피하려는 화자의 의지를 의미한다.

③ ㉢은 마음이 상황에 따라 동요하지 않는다는 의미이다.

④ ㉣은 성숙한 인간이 가진 안목을 의미한다.

⑤ ㉤은 화자가 자신의 선택에 대해 회의하고 있음을 의미한다.

150~152 다음 글을 읽고 물음에 답하시오.

(가) 의관문물(衣冠文物)을 어제 본 듯하건마는
  예악과 현송(絃誦)*은 찾을 데 전혀 없다
  보후와 신백은 산악(山岳)도 아끼더니*
  ⓐ섬나라 오랑캐는 그 누가 낳았는가

호랑이와 큰 고래 산해(山海)를 흔들거늘
동서남북(東西南北)에 뭇 싸움 일어나니
밀치며 제치며 말도 많고 일도 많네
이 좋은 ⓑ수령(守令)들 물어뜯나니 백성(百姓)이요
톱 좋은 변방 장수 후벼 파나니 군사(軍士)로다
재화(財貨)로 성(城)을 쌓으니 만장(萬丈)을 뉘 넘으며
고혈(膏血)로 해자 파니 천 척(千尺)을 뉘 건너랴
호화로운 잔치에 추월춘풍 쉬이 간다
해도 길건마는 밤놀이는 그 어떨꼬
주인(主人) 잠든 집에 문(門)은 어이 열었느뇨
도적(盜賊)이 엿보거든 ⓒ개는 어이 안 짖는고
대양(大洋)을 바라보니 바다가 여위었다
술이 깨더냐 병기(兵器)를 뉘 가지리오
감사(監司) 병사(兵使) 목부사 만호첨사(萬戶僉使)
산림(山林)이 비었던가 수이곰 들어갈사
어리석을사 김수(金睟)야 빈 성을 뉘 지키랴
우스울사 신립(申砬)아 배수진(背水陣)은 무슨 일고
양령(兩嶺)을 높다 하랴 한강(漢江)을 깊다 하랴
대책이 어설프니 하늘인들 어찌하리
하고한 백관(百官)도 숫자 채울 뿐이렷다
일석 (一夕)에 달아나니 이 시름 뉘 맡을까
삼경(三京)이 복몰(覆沒)하고 열군(列郡)이 와해하니
고을 도처에 누릴샤 비릴샤*
관서(關西)를 돌아보니 압록강(鴨綠江)이 어드메요
ⓓ일월(日月)이 무광(無光)하니 갈 길을 모를노다
삼백이십 주(三百二十州)에 대장부 하나 없돗던가
스스로 무릎 꿇어 개돼지의 신하 되니
황금 띠 둘러매던 옛 재상(宰相) 아니런다
(중략)
온 들판 쑥밭 되니 어드메가 내 고향(故鄕)인고
백골이 산 이루니 어느 것이 내 골육(骨肉)인고
옛날의 번화(繁華)를 꿈같이 생각하니
산천(山川)은 옛 낯이요 인물(人物)은 아니로다
주인(周人) 서리가(黍離歌)*로 청사(靑史)에 눈물 나고
두릉(杜陵) 애강두(哀江頭)*를 오늘 다시 불러 보니
풍운(風雲)이 애처롭고 초목(草木)이 슬퍼한다
남아(男兒) 삼긴 뜻이 이렇기야 하랴마는
좀스런 무반(武班) 썩은 ⓔ선비 한 냥도 채 못 된다
청총마(靑驄馬) 적토마(赤兔馬) 울면서 구르거늘
막야검(莫耶劍) 용천검(龍泉劍) 흰 무지개 절로 선다
언제야 은하수 헤쳐 이 병진(兵塵)을 씻으려뇨
　　　　　　　　　-최현, '용사음(龍蛇吟)'

* 현송: 거문고를 타고 시를 읊음. 부지런히 학문을 닦고 교양을 쌓음을 비유적으로 이르는 말
* 보후와~아끼더니: 중국의 명신인 보후나 신백과 같은 훌륭한 인

물의 출생에는 하늘이 인색함
* 바다가 여위었다: 바다에 왜적의 배가 가득하다는 의미.
* 김수: 임진왜란 때 경상우감사로 있다가 왜적의 침략 소식을 듣고 도피한 문신.
* 누릴샤 비릴샤: 전란으로 인해 죽은 시신들이 가득함을 표현한 말
* 주인 서리가: 중국 주나라 평왕 때 한 관리가 옛 도읍지를 지나면서 세상의 무상함을 읊은 노래.
* 두릉 애강두: 중국 당나라 현종 때 두보가 옛날의 영화를 그리워하면서 곡강에서 지은 노래.

(나) 여름날 긴긴 날에 배고파 어려웨라
　　의복을 돌아보니 한숨이 절로 난다
　　남방 염천(南方炎天)* 찌는 날에 빨지 못한 누비바지
　　땀이 배고 때가 오르니 굴뚝 막은 덕석*인가
　　덥고 검기 다 버리고 냄새를 어찌하리
　　어와 내 일이야 가련(可憐)히도 되었고나
　　손잡고 반기는 집 내 아니 가옵더니
　　등 밀어 내치는 집 구차(苟且)히 빌어 있어
　　옥식진찬(玉食珍饌)* 어디 두고 맥반염장(麥飯鹽醬)* 무슨 일고
　　금의화복(錦衣華服)* 어디 두고 현순백결(懸鶉百結)* 되었는고
　　이 몸이 살았는가 죽어서 귀신인가
　　말하니 살았으나 모양은 귀신이라
　　한숨 끝에 눈물 나고 눈물 끝에 어이없어
　　도리어 웃음 나니 **미친 사람** 되겠구나
　　어와 보리가을 맥풍(麥風)이 서늘하다
　　전산(前山) 후산(後山)에 황금이 펼쳤으니
　　지게를 벗어 놓고 전간(田間)에 굼닐면서
　　한가히 베는 농부 묻노라 저 농부야
　　밥 위에 보리단술을 몇 그릇 먹었느냐
　　청풍(淸風)에 취한 얼굴 깨운들 무엇하리
　　연년(年年)이 풍년 드니 해마다 보리 베어
　　마당에 두드리고 방아에 쓸어 내어
　　일분(一分)은 밥쌀 하고 일분(一分)은 술쌀 하여
　　밥 먹어 배부르고 술 먹어 취한 후에
　　함포고복(含哺鼓腹)*하고 격양가(擊壤歌)*를 부르는가
　　농사의 좋은 흥미 저런 줄 알았더면
　　공명(功名)을 탐치 말고 농사를 힘쓸 것을
　　백운(白雲)이 즐거운 줄 청운(靑雲)이 알았으면
　　탐화봉접(探花蜂蝶)*이 그물에 걸렸으랴
　　어제는 옳던 일이 오늘이야 왼 줄 알고
　　뉘우쳐 하는 마음 없다야 하랴마는
　　범 물릴 줄 알았으면 깊은 뫼에 들어가며
　　떨어질 줄 알았으면 높은 나무에 올랐으랴
　　　　　　　　　-안도환, '만언사(萬言詞)'

* 남방염천 : 남쪽의 뜨거운 여름.
* 덕석 : 짚으로 엮은 멍석.
* 옥식진찬 : 진귀하고 맛이 좋은 음식.
* 맥반염장 : 보리밥과 소금, 간장의 반찬. 빈약한 음식.
* 금의화복 : 화려한 비단으로 만든 의복.
* 현순백결 : 옷이 해어져서 백 군데나 기웠다는 뜻으로, 누덕누덕 기워 짧아진 옷을 이르는 말.
* 함포고복 : 잔뜩 먹고 배를 두드린다는 뜻으로, 먹을 것이 풍족하여 즐겁게 지냄을 이르는 말.
* 격양가 : 풍년이 들어 농부가 태평한 세월을 즐기는 노래.
* 탐화봉접 : 꽃을 찾아다니는 벌과 나비.

150. (가)와 (나)에 대한 설명으로 가장 적절한 것은?[150]

① (가)와 (나) 모두 특정 시행을 반복하여 운율감을 조성하고 있다.

② (가)와 (나) 모두 감각적 이미지를 활용하여 시적 대상을 예찬하고 있다.

③ (가)와 (나) 모두 대상에 감정을 이입하여 화자의 현재 상황을 드러내고 있다.

④ (나)와 달리, (가)는 어조에 변화를 주어 시적 긴장감을 고조시키고 있다.

⑤ (가)와 달리, (나)는 청자에게 말을 건네는 방식으로 화자의 정서를 드러내고 있다.

151. ⓐ~ⓔ에 대한 설명으로 적절하지 않은 것은?[151]

① ⓐ : 부정적인 현실을 초래한 원흉으로, 화자의 적대감이 강하게 드러나 있다.

② ⓑ : 당면한 문제를 해결해야 하는 주체로, 노력에 비해 성과가 없는 안타까움을 내포하고 있다.

③ ⓒ : 예기치 않은 일이 일어날 때를 대비하는 존재로, 직무유기로 인한 위기감을 드러내고 있다.

④ ⓓ : 혼란스러운 상황을 해소하는 데 필요한 존재로, 결핍으로 인한 상황의 심각성을 부각하고 있다.

⑤ ⓔ : 공리공론만 추구하는 존재로, 실천적 행동이 절실하게 요청될 때에는 무용지물임을 강조하고 있다.

152. <보기>를 참고하여 (나)를 감상한 것으로 적절하지 않은 것은?[152]

─── < 보 기 > ───

조선 후기에 창작된 「만언사」는 정치적 사건과 무관하게 공무상의 개인 비리로 유배되었던 중인 출신의 작자가 지은 유배 가사이다. 이 작품에는 죄를 지어 유배되는 과정과 그 속에서 경험한 비참한 삶과 참담한 심정, 자신의 죄에 대한 뉘우침 등이 사실적으로 표현되어 있다. 이것은 조선 전기의 유배 가사와 결을 달리한다. 조선 전기의 유배 가사는 대개 정치적 사건에 연루된 상층부 양반들이 주로 임금에 대한 변함없는 충절이나 그리

움, 적대자에 대한 원망, 유배 오기 전으로 복귀하려는 욕망 등에 초점을 두고 있기 때문이다.

① '남방 염천 찌는 날'에도 '누비바지'를 입고 생활하는 모습에서 유배 생활에서 경험한 비참한 삶이 사실적으로 드러나 있군.

② '어와 내 일이야 가련히도 되었고나'에서 '내 일'은 비리로 인해 유배 생활을 하는 자신의 처지와 관련이 있군.

③ '모양은 귀신이라'와 '미친 사람'이 되겠다고 표현한 것에서 유배지에서의 작자의 괴로움을 짐작할 수 있군.

④ '탐화봉접이 그물에 걸렸으랴'에서 죄를 지은 자신의 어리석음에 대한 안타까움이 드러나 있군.

⑤ '어제는 옳던 일이 오늘이야 왼 줄 알고'에서 자신이 과거에 행했던 일에 당위성을 부여하여 스스로를 위로하고 있군.

153~155 다음 글을 읽고 물음에 답하시오.

(가)

꿈에 단니는 길히 자최곳 날쟉시면
님의 집 창(窓) 밧기 석로(石路)라도 달흐리라
꿈길히 자최 업스니 그를 슬허ᄒᆞ노라.

─ 이명한 ─

(나)

ᄇᆞ룸도 쉬여 넘는 고기, 구름이라도 쉬여 넘는 고기
산(山)진이* 수(水)진이* 해동청(海東靑) 보ᄅᆞ미*도 다 쉬여 넘는 ㉠고봉(高峰) 장성령(長城嶺) 고기,
그 너머 님이 왓다 ᄒᆞ면 ㉡나는 아니 ᄒᆞ 번도 쉬여 넘어 가리라.

─ 작자 미상 ─

(다)

나모도 바히돌도 업슨 뫼헤 ㉢매게 ᄡᅩ친 가토리 안과
대천(大川) 바다 한가온대 일천 석 시른 비에 ㉣노도 일코 닷도 일코 농총*도 근코 ᄃᆞᆺ대도 것고 치도 ᄲᅡ지고 ᄇᆞ람 부러 물결치고 안개 뒤섯계 ᄌᆞ자진 날에 갈 길은 천 리만리 나믄듸 사면이 거머 어득 천지(天地) 적막(寂寞) 가치노을* 쩟ᄂᆞᆫ듸 수적(水賊) 만난 도사공(都沙工)의 안과
엇그제 님 여읜 ㉤내 안ᄒᆡ야 엇다가 ᄀᆞ을ᄒᆞ리오.

─ 작자 미상 ─

* 산(山)진이: 산에서 자라 여러 해를 묵은 매.

* 수(水)진이: 사람의 손으로 길들인 매.
* 보르미: 새끼를 잡아 길들여서 사냥에 쓰는 매.
* 농총: 배의 돛을 올리거나 내리는 데 쓰는 줄.
* 가치노을: 석양을 받은 먼 바다의 수평선에서 번득거리는 노을.

153. (가)~(다)의 공통점에 대한 설명으로 가장 적절한 것은?153)

① 자연물에 의탁하여 현실의 고통에서 벗어나려 하고 있다.

② 과장된 상황을 설정하여 화자의 절실한 감정을 드러내고 있다.

③ 과거와는 다른 현재의 모습을 통해 자신의 삶을 한탄하고 있다.

④ 부정적 상황도 인식의 전환을 통해 긍정적으로 받아들이고 있다.

⑤ 시적 대상에 감정을 이입하여 이별로 인한 상실감을 나타내고 있다.

154. (가)와 <보기>를 비교하여 감상한 내용으로 적절하지 않은 것은?154)

─── < 보 기 > ───

요사이 안부를 묻노니 어떠하시나요?　近來安否問如何
달 비친 사창(紗窓)에 저의 한이 많습니다.
　　　　　　　　　　　　　月到紗窓妾恨多
꿈 속의 넋에게 자취를 남기게 한다면　若使夢魂行有跡
문 앞의 돌길이 반쯤은 모래가 되었을 걸.
　　　　　　　　　　　　　門前石路半成沙
　　　　　　　　　　　　　- 이옥봉, 「몽혼(夢魂)」

① (가)와 <보기>는 화자의 정서를 직접적으로 표현하고 있군.

② (가)와 <보기>는 상황을 가정하여 예상되는 결과를 말하고 있군.

③ (가)의 '자최'와 <보기>의 '자취'는 화자의 마음이 임에게 전달되지 못하는 안타까움을 드러내고 있군.

④ (가)의 '님의 집 창(窓)'과 <보기>의 '달 비친 사창(紗窓)'의 '창'은 임과의 만남을 돕는 기능을 한다고 볼 수 있군.

⑤ (가)의 '석로(石路)라도 달흐리라'와 <보기>의 '돌길이 반쯤은 모래가 되었을 걸.'에서 '길'의 상태가 변할 것이라는 표현을 통해 그리움의 정도를 나타내고 있군.

155. ㉠~㉤에 대한 이해로 적절하지 않은 것은?155)

① ㉠: 화자가 충분히 극복할 수 있는 대상으로 여기고 있다.

② ㉡: 임을 만나고자 하는 화자의 적극적 의지가 드러나 있다.

③ ㉢: 화자의 처지와 대조적인 소재로 화자의 슬픔을 부각하고 있다.

④ ㉣: 악화되는 상황의 열거를 통해 '도사공'의 심리적 압박이 고조되고 있음을 나타내고 있다.

⑤ ㉤: '가토리', '도사공'과의 비교를 통해 화자의 암담한 심경에 주목하게 하고 있다.

156~160 다음 글을 읽고 물음에 답하시오.

(가)

碧紗窓(벽사창)이 어른어른커늘 님만 너겨 나가 보니
님은 아니 오고 明月(명월)이 滿庭(만정)ᄒᆞ듸 碧梧桐(벽오동) 져즌 닙헤 ⓐ鳳凰(봉황)이 ᄂᆞ려와 짓 다듬는 그림재로다
모쳐라 밤일싀만졍 눔 우일 번ᄒᆞ괘라

(나)

님이 오마 ᄒᆞ거늘 져녁밥을 일 지어 먹고
중문 나셔 대문 나가 지방 우희 치ᄃᆞ라 안자 이수로 가액ᄒᆞ고* 오는가 가는가 건넌산 ᄇᆞ라보니 거머힛들 셔 잇거늘 져야 님이로다 보션 버서 품에 품고 신 버서 손에 쥐고 곰븨님븨 님븨곰븨 천방지방 지방천방 즌 듸 ᄆᆞ른 듸 굴희지 말고 워렁충창* 건너가셔 정(情)엣 말 ᄒᆞ려 ᄒᆞ고 겻눈을 흘긋 보니 상년칠월 열사흗날 ⓑ굵가 벅긴 주추리 삼대* 술드리도 날 소겨다
모쳐라 밤일싀만졍 힝혀 낫이런들 눔 우일 번ᄒᆞ괘라
　　　　　　　　　　　　　- 작자 미상

*이수로 가액ᄒᆞ고: 손을 이마에 대고.
*워렁충창: 급히 달리는 발소리.
*주추리 삼대: 씨를 받느라고 껍질을 벗겨 세워 둔 삼의 줄기.

(다)

나모도 바히 돌도 업슨 뫼헤 매게 ᄶᅩ친 ㉠가토리 안과
대천(大川) 바다 한가온대 일천 석 시른 비에 노도 일코 닷도 일코 농총*도 근코 돛대도 것고 치도 ᄲᅡ지고 ᄇᆞ람 부러 물결 치고 안개 뒤섯계 ᄌᆞ자진 날에 갈 길은 천리만리 나믄듸 사면이 거머어득 져믓 천지 적막 가치노을 ᄯᅥᆻᄂᆞᆫ듸 수적(水賊) 만난 ㉡도사공(都沙工)의 안과
엇그제 님 여흰 ㉢내 안히야 엇다가 ᄀᆞ을ᄒᆞ리오
　　　　　　　　　　　　　- 작자 미상

*농총: 돛 줄.

156. (가)~(다)의 공통점으로 가장 적절한 것은?[156)]

① 설의적 표현을 사용하여 화자의 부정적 처지를 강조하고 있다.

② 반어적 표현을 사용하여 화자의 현실 극복 의지를 표출하고 있다.

③ 열거법을 사용하여 화자의 감정이 고조되고 있음을 나타내고 있다.

④ 자연물을 소재로 써서 화자의 처한 부정적 상황을 그려내고 있다.

⑤ 자연물에 말을 건네는 방식으로 그에 대한 친밀감을 드러내고 있다.

157. (가)와 (나)를 비교하여 감상한 내용으로 적절하지 않은 것은?[157)]

① (가)와 (나)는 모두 시간적 배경을 '밤'으로 설정하여 화자의 착각이 자연스럽도록 하고 있다.

② (가)와 (나)는 모두 반어적 표현을 사용하여 누구나 가질 수 있는 성정의 자연스러움을 잘 드러내고 있다.

③ (가)는 (나)와 달리 비현실적인 상상의 소재를 활용하여 시적 상황을 전달하고 있다.

④ (나)는 (가)와 달리 임이 온다는 소식을 받은 후의 행동이라 착각의 가능성이 설득력을 가진다.

⑤ (나)는 (가)와 달리 다양한 음성 상징어를 활용하여 생동감을 주고 있다.

158. (나)와 (다)에 대한 설명으로 적절한 것은?[158)]

① (나)와 (다)는 모두 감탄사를 종장의 첫 음보에 사용함으로써 화자의 응축된 정서를 특정 대상을 향하도록 설정하고 있다.

② (나)와 (다) 모두 초장에서 구체적인 상황을 가정하고 그것이 이루어짐으로써 화자가 소망하는 이상적 상황에 도달할 것임을 제시하고 있다.

③ (다)는 (나)와 달리 초장과 중장에서 유사한 상황의 병렬 관계를 바탕으로 대상의 상실로부터 촉발된 화자의 정서를 강조하고 있다.

④ (다)는 (나)와 달리 초장에서 자연물의 속성을 시적 발상의 바탕으로 삼아 부정적 현실 상황에 대응하는 화자의 태도를 암시하고 있다.

⑤ (나)는 (다)와 달리 초장과 중장의 대조를 통해 화자의 처지가 부정적인 상황에서 긍정적 상황으로 전환됨을 나타내고 있다.

159. ⓐ와 ⓑ에 대한 설명으로 적절하지 않은 것은?[159)]

① ⓐ와 ⓑ는 모두 화자가 착각을 일으킨 대상이다.

② ⓐ와 ⓑ는 모두 화자에게 실망감을 준 대상이다.

③ ⓐ는 허구적인 대상이고, ⓑ는 현실적인 대상이다.

④ ⓐ는 대상이 세상에 없음을 의미하고, ⓑ는 대상이 세상에 있음을 의미한다.

⑤ ⓐ는 주변이 밝아야 제 기능을 할 수 있는 것이고, ⓑ는 주변이 어두워야 제 기능을 할 수 있는 것이다.

160. ㉠~㉢에 대한 설명으로 적절하지 않은 것은?[160)]

① ㉠은 목숨이 잃을 수도 있는 위태로운 상황에서 느끼는 절박감이 드러나고 있다.

② ㉡은 불운한 일이 연이어 발생하는 상황에서 느끼는 절망감이 드러나고 있다.

③ ㉢은 임과의 이별을 숙명적인 것으로 수용하는 태도로 표출되고 있다.

④ ㉠과 ㉡은 모두 해결책을 찾기 어려운 난감한 상황에서 느끼는 마음을 나타내고 있다.

⑤ ㉠, ㉡과 ㉢을 비교하기 어렵다는 인식을 통해 화자의 참담하고 안타까운 심정이 부각되고 있다.

161~166 다음 글을 읽고 물음에 답하시오.

(가)
내 님믈 그리ᅀᆞ와 우니다니
산(山) 졉동새 난 이슷ᄒᆞ요이다
아니시며 거츠르신 ᄃᆞᆯ 아으
㉠ 잔월효성(殘月曉星)이 아ᄅᆞ시리이다
넉시라도 님은 ᄒᆞᆫ디 녀져라 아으
벼기더시니* 뉘러시니ᅌᅵᆺ가
과(過)도 허믈도 천만(千萬) 업소이다
ᄆᆞᆯ힛마리신뎌*
ᄉᆞᆯ읏븐뎌* 아으
니미 나ᄅᆞᆯ ᄒᆞ마 니ᄌᆞ시니ᅌᅵᆺ가
아소 님하 도람 드르샤 괴오쇼셔

　　　　　　　　-정서, '정과정(鄭瓜亭)'

* 벼기더시니: 우기던 사람이.
* ᄆᆞᆯ힛마리신뎌: 뭇 사람의 헐뜯는 말이로다.
* ᄉᆞᆯ읏븐뎌: 슬프구나.

(나)
어이 못 오던가 무삼 일로 못 오던가
[A] 너 오는 길에 무쇠로 ㉡ 성을 쌓고 성 안에 담 쌓고 담 안에 집을 짓고 집 안에 뒤주 놓고 뒤주 안에 궤를 놓고 그 안에 너를 필자형(必字形)으로 결박하여 넣고 쌍배목(雙排目)* 걸쇠에 금거북 자물쇠로 수기수기 잠가 있

더냐 네 어이 그리 아니 오더냐

　한 해도 열두 달이오 한 달 서른 날에 ⓒ 날 와 볼 하루 없으랴　　　　　　　　-작자 미상의 시조

　* 쌍배목: 쌍으로 된 문고리를 거는 쇠.

(다)

　개야미 불개야미 준등 부러진 ⓐ불개야미, 압발에 정종 나고 뒷발에 종귀 난 불개야미,

　廣陵(광릉) 십재 너머 드러 가람의 허리를 그르 무러 추혀들고 北海(북해)를 건너닷 말이 이셔이다 님아 님아.

　온 놈이 온 말을 ᄒ여도 님이 짐작ᄒ쇼셔.

　　　　　　　　　　　　　　- 작자 미상

(라)

　의복을 돌아보니 한숨이 절로 난다

　남방염천(南方炎天) 찌는 날에 빨지 못한 누비바지

　땀이 배고 때 오르니 굴뚝 막는 덕석인가

　덥고 검기 다 버려도 내음새는 어찌하리

　어와 내 일이야 가련도 되었고나

　손잡고 반기는 집 내 아니 가웁더니

　등 밀어 내치는 집 구차하게 빌어 있어

　옥식진찬(玉食珍饌)* 어디 가고 맥반염장(麥飯鹽藏)* 되었으며

　금의화식(錦衣華飾)* 어디 가고 현순백결(懸鶉百結)* 되었는고

　이 몸이 살았는가 죽어서 귀신인가

　말하니 살았는가 모양은 귀신일다

　한숨 끝에 눈물 나고 눈물 끝에 어이없어

　도로혀 웃음 나니 미친 사람 되겠구나

　어와 보리가을 맥풍(麥風)이 서늘하다

　앞산 뒷산에 황금을 펼쳤으니

　지게를 벗어놓고 앞 산을 굽어보며

　ⓔ 한가히 베는 농부 묻노라 저 농부야

　밥 위에 보리 단술 몇 그릇 먹었느냐

　청풍에 취한 얼굴 깨본들 무엇하리

　연년(年年)이 풍년 드니 해마다 보리 베어

　마당에 두드리고 용정(舂精)*에 쓸어내니

　일분(一分)은 밥쌀하고 일분(一分)은 술쌀하여

　밥 먹어 배부르고 술 먹어 취한 후에

　함포고복(含哺鼓腹)하고 격양가(擊壤歌)를 부르는 양

　농가의 좋은 흥미 저런 줄 알았다면

　공명을 탐치 말고 농사에 힘쓸 것을

　ⓜ 백운(白雲)이 즐기는 줄 청운(靑雲)이 알 양이면 꽃 탐하는 벌나비 그물에 걸렸으랴

　　　　　　　　　　-안도환, '만언사(萬言詞)'

* 옥식진찬, 금의화식: 좋은 음식과 의복.
* 맥반염장, 현순백결: 빈약한 음식과 누더기 옷.
* 용정: 곡식을 찧음.

161. (가)~(라)에 공통적으로 나타나는 화자의 태도는?[161]

① 현실에 대해 냉소(冷笑)하며 조소(嘲笑)하고 있다.

② 상대방을 미워하며 원망(怨望)하고 있다.

③ 부당한 현실에 대해 항의하며 저항하고 있다.

④ 현재의 상황에 안타까워하며 불만스러워하고 있다.

⑤ 자신의 과거를 돌아보며 미래를 준비하고 있다.

162. <보기>는 (가)의 창작 배경에 대한 설명이다. 이를 참고하여 (가)를 감상한 내용으로 적절하지 **않은** 것은?[162]

< 보 기 >

　외척(外戚)과 혼인을 맺어 인종(仁宗)의 총애를 받아 내시랑중(內侍郎中)을 지낸 그는 1146년(의종 1) 의종(毅宗)의 동생을 왕에 세우려고 했다는 김존중(金存中) 일파의 모함 때문에 동래로 추방됐을 때, 의종이 그를 떠나 보내면서 이르기를, '오늘 가게 된 것은 조정의 의론에 물려서이다. 머지않아 소환하게 될 것이다.'라고 하였다. 이 말을 믿고 소환명령을 기다렸으나 끝내 소식이 없었다. 어느 날 그는 거문고를 타면서 노래를 지어 불렀는데 몹시 처량했다. 그가 지어 부른 노래를 후세 사람들이 그의 성(姓) '정(鄭)'과 호(號) '과정(瓜亭)'을 따서 '정과정'이라고 했다.

　　　　　　-『고려사(高麗史)』 권 97, 열전

① '님'은 화자가 그리워하는 대상으로 '의종(毅宗)'에 해당하겠군.

② 화자는 '잔월효성(殘月曉星)'이라는 자연물을 끌어와 자신이 결백함을 드러내고 있군.

③ '넉시라도 님은 ᄒ디 녀겨라'에서 화자가 임금에 대한 충성심을 유배지에서도 변함없이 지니고 있음을 확인할 수 있어.

④ '過(과)도 허믈도 千萬(천만) 업소이다'에서는 화자가 임금에게 자신의 억울함을 토로하며 임금에 대한 원망의 목소리를 내고 있군.

⑤ '도람 드르샤 괴오쇼셔'에서는 비록 유배지에 있으나 임금이 다시 자신을 불러서 사랑해 주기를 소망하는 충신 연주지사의 성격을 보이고 있군.

163. (나)의 [A]에 사용된 주된 시상 전개 방법과 그 효과로 가장 적절한 것은?[163]

① 한 문장이나 문단 안에서 같은 단어나 어구 또는 문장

을 반복함으로써 감정적 호소의 효과를 높이고 있다.

② 주로 감탄사를 사용하여 평상시보다 강하고, 깊고, 짙은 감정을 표현함으로써 문체적 효과를 높이고 있다.

③ 어떤 사건이나 사물을 묘사할 때 직접적으로 강조하는 것이 아니라 그에 반대되는 것, 또는 그 주위의 것을 묘사함으로써 상대적으로 묘사 대상을 돋보이게 하고 있다.

④ 글을 쓸 때 앞 구절의 끝 어구를 다음 구절의 첫머리에 이어받아 이미지나 심상을 강조하는 표현 방법으로 흥미의 연속성을 유지하며 표현하고자 하는 내용을 강조하고 있다.

⑤ 작고 약하고 좁은 것에서 크고 강하고 넓은 것으로 표현을 확대해 가는 기법을 사용하여, 말하고자 하는 내용의 비중이나 강조를 점차 높이거나 넓혀 그 뜻을 강조하고 있다.

164. (가)의 화자를 (A)라 하고, (다)의 화자를 (B)라 할 때, (A)와 (B)의 차이점을 바르게 지적한 것은?[164]

① (A)는 청각적 이미지를 통해서 말하고 있고, (B)는 시각적 이미지를 통해서 말하고 있다.

② (A)는 감정을 겉으로 드러내어 표현하고 있고, (B)는 감정을 안으로 숨기고 있다.

③ (A)는 사실적 진술을 통해서 말하고 있고, (B)는 과장된 진술을 통해서 말하고 있다.

④ (A)는 임이 홀로 생각하라고 요구하고 있고, (B)는 다른 것을 끌어들여 말하고 있다.

⑤ (A)는 억울함을 강조하고 있는 반면에, (B)는 자신이 결백함을 주장하고 있다.

165. (다)의 ⓐ와 <보기>의 ⓑ를 비교한 내용으로 가장 적절한 것은?[165]

< 보 기 >

개를 여라믄이나 기르되 요 ⓑ개ᄀᆞ치 얄믜오랴
뮈온 님 오며는 ᄭᅩ리를 홰홰 치며 치ᄭᅦ락 ᄂᆞ리ᄭᅦ락 반겨서 내닷고 고온 님 오며는 뒷발을 바동바동 므르락 나오락 캉캉 즛는 요 도리 암키
쉰밥이 그릇그릇 날진들 너 머길 줄이 이시랴
                   - 작자 미상

① ⓐ와 ⓑ는 모두 화자의 감정이 이입된 대상이다.

② ⓐ와 ⓑ은 모두 화자가 비판하고 풍자하는 대상이다.

③ ⓐ와 ⓑ은 모두 화자가 긍정적 지향성을 두고 있는 대상이다.

④ ⓐ는 화자가 시샘하는 대상이고, ⓑ은 화자가 부러워하는 대상이다.

⑤ ⓐ와는 화자와 동일시되는 대상이고, ⓑ은 화자가 원망하는 대상이다.

166. ㉠~㉤에 대한 설명으로 적절하지 않은 것은?[166]

① ㉠ : 화자의 결백과 심적 상황을 암시한다.

② ㉡ : 화자와 '너' 사이에 놓여 있는 장벽을 의미한다.

③ ㉢ : '너'에 대한 그리움과 가벼운 책망이 공존한다.

④ ㉣ : 정신적, 물질적인 여유를 지닌 대화 상대자이다.

⑤ ㉤ : 안타까움과 후회의 정서를 비유적으로 나타낸다.

167~171 다음 글을 읽고 물음에 답하시오.

(가)
꿈에 다니는 길이 자취가 남는다면
님의 집 창(窓) 밖에 석로(石路)라도 닳으리라
꿈길이 자취 없으니 그를 슬퍼하노라
                   -이명한-

(나)
近來安否問如何 요사이 안부를 묻노니 어떠하신지요?
月到紗窓妾恨多 달 비친 사창(紗窓)에 저의 한이 많습니다
若使夢魂行有跡 만일 꿈속의 넋에게 자취를 남기게 한다면
門前石路半成沙 임의 문 앞 돌길은 닳아서 반쯤 모래가 되었으리.   - 이옥봉, '몽혼(夢魂)'

(다)
聊那將月老訴冥府 월하노인 통해서 저승 세계에 하소연해서라도
來世夫妻易地爲 다음 세상에서는 부부의 지위를 바꾸어 놓으리라
我死君生千里外 나는 죽고 그대는 천 리 밖에 살아 있어
使君知有我此心悲 그대에게 이 내 비통한 심정을 알게 하리라.
                   - 김정희, '배소만처상(配所輓妻喪)'

167. (가)~(다)의 공통점으로 가장 적절한 것은?[167]

① 시간적 배경을 '밤'으로 설정하여 대상에 대한 원망의 감정을 나타내고 있다.

② 문장의 어순을 바꾸어 대상에 대한 사랑을 강조하고 있다.

③ 가정적 상황을 설정하여 화자의 그리움을 구체화하고 있

다.

④ 선경 후정의 구조로 화자의 상황과 정서를 효과적으로 드러내고 있다.

⑤ 그리움의 정서를 부재하는 대상에게 직접 고백하고 있다.

168. (나)와 (다)에 대한 설명으로 가장 적절한 것은?168)

① (나)는 (다)에 비해 계절적인 요소가 다양하게 드러난다.

② (다)는 (나)에 비해 시간과 공간이 구체적으로 드러난다.

③ (나)는 사물을 활용하여, (다)는 절대자를 통해 추상적인 정서를 구체화한다.

④ (나)와 (다) 모두 격정적 어조를 통해 역동적인 분위기를 드러낸다.

⑤ (나)와 (다) 모두 의인화된 자연물을 통해 화자의 처지를 생생하게 부각한다.

169. (가)의 '석로(石路)'와 (나)의 '돌길'(ㄱ), <보기>의 '돌길'(ㄴ)의 기능을 비교한 내용으로 가장 적절한 것은?169)

─── < 보 기 > ───
산촌(山村)에 눈이 오니 **돌길**이 무쳐세라.
시비(柴扉)룰 여지 마라 날 츠즈리 뉘 이시리
밤중만 일편명월(一片明月)이 긔 벗인가 ㅎ노라.
                              ─신흠, '방옹시여'

① ㄱ은 인위적인 힘으로 만들어진 것을, ㄴ은 자연 발생적으로 형성된 것을 의미하고 있다.

② ㄱ은 시간에 따라 발전하는 양상, ㄴ은 시간이 흘러도 변하지 않는 양상을 강조하고 있다.

③ ㄱ은 내부에서 외부로 뻗어 나가는 성질, ㄴ은 외부에서 내부로 향하는 성질을 드러내고 있다.

④ ㄱ은 단단한 속성을 통해 화자의 간절함, ㄴ은 연결의 속성을 통해 공간 간 단절을 부각하고 있다.

⑤ ㄱ은 자연 현상에 구애받지 않는 모습을, ㄴ은 자연 현상에 유연하게 대처하는 모습을 나타내고 있다.

170. (나)와 <보기>를 비교하여 설명한 내용으로 적절하지 않은 것은?170)

─── < 보 기 > ───
꿈에나 임을 보려 잠 이룰까 누웠더니,
  새벽달 지새도록 자규성(子規聲)*을 어이하리.
두어라 단장춘심(斷腸春心)*은 너나 나나 다르리.
                              ─호석균

*자규성(子規聲) : 두견새의 울음소리
*단장춘심(斷腸春心) : 창자를 끊는 듯한 봄의 정취. 임을 향한 마

음

① (나)는 <보기>와 달리 불가능한 상황이 설정되어 있다.

② (나)와 <보기> 모두 '꿈'을 활용하여 시상을 전개하고 있다.

③ (나)와 <보기> 모두 무정한 임에 대한 원망이 드러나고 있다.

④ (나)의 '달빛'과 <보기>의 '자규성'은 화자의 정서를 심화하고 있다.

⑤ (나)의 '한'과 <보기>의 '단장춘심'은 창작의 동기와 관련이 있다.

171. (다)의 화자와 <보기>의 화자를 비교한 내용으로 적절하지 않은 것은?171)

─── < 보 기 > ───
去年喪愛女　지난 해 사랑하는 딸을 잃었고
今年喪愛子　올해에는 사랑하는 아들을 잃었네.
哀哀廣陵土　슬프고 슬픈 광릉 땅이여
雙墳相對起　두 무덤이 마주 보고 있구나.
蕭蕭白楊風　백양나무에는 으스스 바람이 일어나고
鬼火明松楸　도깨비불은 숲속에서 번쩍인다.
紙錢招汝魂　지전으로 너의 혼을 부르고,
玄酒存汝丘　너희 무덤에 무술을 친다.
應知第兄魂　아아, 너희들 남매의 혼은
夜夜相追遊　밤마다 정겹게 어울려 놀으리.
縱有服中孩　비록 새 아기가 있다 한들
安可糞長成　어찌 그것이 자라기를 바라리오.
浪吟黃坮詞　하염없는 맘 황대사 외며
血泣悲呑聲　피눈물로 울다가 목이 메이도다.
                          ─허난설헌, '곡자(哭子)'

① (다)의 화자와 <보기>의 화자는 모두 현세의 삶 이후에 새로운 생애가 있을 거라는 인식을 바탕으로 자신과 죽은 이의 관계를 상상해 보고 있군.

② (다)의 화자는 자신이 아내의 처지가 되고자 하며 비통함에 젖은 모습이고, <보기>의 화자는 자식을 잃은 슬픔을 '피눈물로 울다가 목이 메이도'록 드러내고 있군.

③ (다)의 화자는 '천 리 밖'이라는 표현을 통해, <보기>의 화자는 '무덤'이라는 시어를 통해 삶과 죽음의 거리감을 형상화하고 있군.

④ (다)의 화자는 '겪어 보지 않으면 모른다.'라는 인식을 바탕으로, <보기>의 화자는 '지전으로' 혼을 부르며 회한을 고조시키고 가족을 잃은 슬픔을 드러내고 있군.

⑤ (다)의 화자는 절대자에 기대어 아내의 죽음으로 인한

슬픔을 극복하려는 데 비해, <보기>의 화자는 이웃의 위로와 공감에 기대어 현재의 슬픔을 극복하려고 하고 있군.

172~175 다음 글을 읽고 물음에 답하시오.

(가) 달하 높이곰 돋으샤
　어긔야 멀리곰 비취오시라.
　어긔야 어강됴리
　아으 다롱디리
　저자에 가 계신가요.
　어긔야 진 데를 디딜세라.
　어긔야 어강됴리
　어느이다 놓으시라.
　어긔야 내 가논 데 저물세라.
　어긔야 어강됴리
　아으 다롱디리　　　　-어느 행상의 아내, '정읍사'

(나) 잠아 잠아 짙은 잠아 이내 눈에 쌓인 잠아
　염치불구 이내 잠아 검치두덕 이내 잠아
　어제 간밤 오던 잠이 오늘 아침 다시 오네
　잠아 잠아 무삼 잠고 가라 가라 멀리 가라
　시상 사람 무수한데 구테 너난 간 데 없어
　원치 않는 이내 눈에 이렇다시 자심하뇨
　주야에 한가하여 월명동창 혼자 앉아
　삼사경 깊은 밤을 허도이 보내면서
　잠 못 들어 한하는데 그런 사람 있건마는
　무상 불청 원망 소래 온 때마다 듣난고니
　석반을 거두치고 황혼이 대듯마듯
　낮에 못 한 남은 일을 밤에 할랴 마음먹고
　언하당 황혼이라 섬섬옥수 바삐 들어
　등잔 앞에 고개 숙여 실 한 바람 불어 내어
　더문더문 질긋 바늘 두엇 뜸 뜨듯마듯
　난데없는 이내 잠이 소리없이 달려드네
　눈썹 속에 숨었는가 눈 알로 솟아온가
　이 눈 저 눈 왕래하며 무삼 요수 피우든고
　맑고 맑은 이내 눈이 절로절로 희미하다
　　　　　　　　　　　　-작자 미상, '잠노래'

(다) 옥난간(玉欄干) 긴긴 날에 보아도 다 못 보아
　사창(紗窓)을 반개(半開)하고 차환(叉鬟)을 불러내어
　다 핀 꽃을 캐어다가 수상자(繡箱子)에 담아 놓고
　여공(女工)을 그친 후의 중당(中堂)에 밤이 깊고

납촉(蠟燭)이 밝았을 제
나옴나옴 고쳐 앉아 흰 구슬을 갈아 바수어
빙옥(氷玉) 같은 손 가운데 난만(爛漫)이 개어 내어
파사국(波斯國) 저 제후(諸侯)의 홍산호를 헤쳤는 듯
심궁풍류(深宮風流) 절구에 홍수궁을 바순 듯
섬섬(纖纖)한 십지상(十指上)에 수실로 감아내니
종이 위에 붉은 물이 미미(微微)히 스미는 양
가인(佳人)의 얇은 뺨에 홍로(紅露)를 끼쳤는 듯
단단히 봉한 모양 춘라옥자(春羅玉字) 일봉서(一封書)를
왕모에게 부쳤는 듯.
　춘면(春眠)을 늦게 깨어 차례로 풀어 놓고
옥경대를 대하여서 팔자미(八字眉)를 그리려니
난데없는 붉은 꽃이 가지에 붙었는 듯
손으로 우희랴니 분분(紛紛)이 흩어지고
입으로 불려 하니 섞인 안개 가리웠다.
여반(女伴)을 서로 불러 낭랑(朗朗)이 자랑하고
꽃 앞에 나아가서 두 빛을 비교하니
쪽잎의 푸른 물이 쪽에서 푸르단 말
이 아니 옳을손가.　　　　-작자 미상, '봉선화가'

172. (가)~(다)에 대한 설명으로 가장 적절한 것은?[172]

① (가)와 (나)는 시간의 흐름에 따라 시상이 전개되고 있다.
② (가)와 (다)는 시상의 전개와 더불어 화자의 정서가 변하고 있다.
③ (나)와 (다)는 여성 화자의 목소리를 통해 내용이 전개되고 있다.
④ (가)~(다)는 의인화한 대상에게 말을 건네는 형식을 취하고 있다.
⑤ (가)~(다)는 화자의 고달픈 경험을 토대로 내용이 구성되어 있다.

173. (가)에 대한 자료로 <보기>를 제시할 때, 그에 대한 반응으로 적절하지 **않은** 것은?[173]

< 보 기 >

大同江(대동강) 아즐가 大同江(대동강) 너븐디 몰라서
　위 두어렁셩 두어렁셩 다링디리
빈내여 아즐가 빈내여 노흔다 샤공아.
　위 두어렁셩 두어렁셩 다링디리
네 가시 아즐가 네 가시 럼난디 몰라셔
　위 두어렁셩 두어렁셩 다링디리
널 빈예 아즐가 널 빈예 연즌다 샤공아
　위 두어렁셩 두어렁셩 다링디리
大同江(대동강) 아즐가 大同江(대동강) 건넌편 고즐여

위 두어렁성 두어렁성 다링디리
비 타들면 아즐가 비 타들면 것고리이다 나는
위 두어렁성 두어렁성 다링디리
　　　　　　　－작자 미상, '서경별곡' 제3연

① 여인의 바람과는 달리 남편의 방탕한 모습을 보니 여인의 기다림이 더욱 애처로워지는군.
② '진 데'는 '어두워서 위험한 곳'이라는 의미 외에도 '남편을 유혹하는 여자'로 해석할 수도 있겠군.
③ 여인이 달에게 '비춰오시라'고 한 것은 물리적인 달빛만이 아니라 달의 광명한 지혜까지 염두에 둔 말이로군.
④ <보기>의 공간적 배경인 '대동강 건넌편'은 남편의 직업과 관련된 '저자'와 유사한 의미를 지닌다고 할 수 있겠군.
⑤ 여인이 '저물세라'고 걱정하는 것은 남편이 돌아올 것이라는 희망이 점점 사라져 가고 있음을 드러낸 것이로군.

174. <보기>는 (나)와 (다)를 영상물로 제작하는 과정을 나타낸 것이다. 글의 내용과 관련지어 생각할 때, ㉠~㉤에 들어갈 내용으로 적절하지 <u>않은</u> 것은?174)

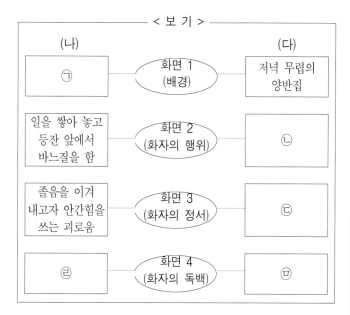

< 보 기 >

① ㉠ : '석반'과 '황혼'이라는 표현으로 보아 '저녁 무렵 어느 서민의 집'이 적절하다.
② ㉡ : 손톱에 꽃물을 들이려 하므로 '꽃밭에서 화자가 다 핀 봉선화꽃을 직접 따서 모음'이 적절하다.
③ ㉢ : '홍산호'나 '홍수궁'이라고 표현한 것으로 보아 '붉은색의 아름다움에 대한 감탄과 설렘'이 적절하다.
④ ㉣ : 화자는 잠이 와서 괴로워하고 있으므로 "쏟아지는 잠이 원수 같구나."가 적절하다.
⑤ ㉤ : 화자는 손톱과 봉선화의 빛깔을 비교하며 감탄하고 있으므로 "아, 손톱에 물든 붉은색이 진짜 꽃보다 더 아름

답구나!"가 적절하다.

175. (나)에 드러난 원망을 <보기 1>과 같이 나타낼 때, [A]에 알맞은 말을 아래 <보기 2>에서 골라 바르게 묶은 것은?175)

< 보기 1 >

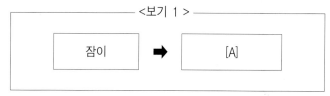

< 보기 2 >
ㄱ. 너무 자주 온다.
ㄴ. 일할 때만 온다.
ㄷ. 원하지도 않는데 온다.
ㄹ. 필요할 때는 오히려 오지 않는다.

① ㄱ, ㄴ   ② ㄱ, ㄷ   ③ ㄱ, ㄹ
④ ㄴ, ㄷ   ⑤ ㄷ, ㄹ

176~180 다음 글을 읽고 물음에 답하시오.

(가)
일반적으로 유배 문학에 나타나는 정서는 크게 두 가지로 생각해 볼 수 있다. 먼저 대다수의 작품에 보이는 ⓐ '연군(戀君)의 정서'를 들 수 있다. 여기에는 중세적 지배 질서를 부정할 수 없었던 상황에서 현실적 고통을 치유할 수 있는 유일한 방법이 임금의 총애를 회복하는 데 있다는 생각이 깔려 있다. 한편 이러한 연군의 정서 이면에는 당대 정치 현실에 대한 비판적 정서, 곧 ⓑ '발분(發憤)의 정서'가 자리잡고 있다. 왕권 자체에 대한 전면적 도전은 아닐지라도 어떤 형태로든 정치적 신념 차원에서의 비판적 정서를 표출할 수밖에 없었을 것이다. 앞의 것이 유배 가사의 주된 표면적 정서라면, 뒤의 것은 그 이면적 정서라 할 수 있다.

(나)
내 님믈 그리ᅀᆞ와 우니다니
산(山) 졉동새 난 이슷ᄒᆞ요이다
아니시며 거츠르신 ᄃᆞᆯ 아으
잔월효성(殘月曉星)이 아ᄅᆞ시리이다
넉시라도 님은 ᄒᆞᆫ디 녀져라 아으
벼기더시니* 뉘러시니잇가
과(過)도 허믈도 천만(千萬) 업소이다
ᄆᆞᆯ힛마리신뎌*

술읏븐뎌* 아으

니미 나롤 ᄒᆞ마 니ᄌᆞ시니잇가

아소 님하 도람 드르샤 괴오쇼셔

　　　　　　　　　　　- 정서, '정과정(鄭瓜亭)'

(다)

여불승의(如不勝衣) 약(弱)한 몸에 이십오(二十五) 근(斤) 칼을 쓰고

수쇄(手鎖) 족쇄(足鎖) 하온 후(後)에 사옥(司獄) 중(中)에 드단말가

나의 죄(罪)를 헤아리니 여산여해(如山如海) 하겠고야

아깝다 내 일이야 애닯다 내 일이야

평생(平生) 일심(一心) 원(願)하기를 충효 겸전(忠孝兼全) 하자더니

한 번 일을 그릇하고 불충불효(不忠不孝) 다 되겠다

회서자이막급(悔逝者而莫及)이라 뉘우친들 무삼하리

등잔(燈盞)불 치는 나비 저 죽을 줄 알았으면

어디서 식록지신(食祿之臣)이 죄(罪) 짓자 하랴마는

대액(大厄)이 당전(當前)하니 눈조차 어둡고나

마른 섶을 등에 지고 열화(烈火)에 듦이로다

재가 된들 뉘 탓이리 살 가망(可望) 없다마는

일명(一命)을 꾸이오셔 해도(海島)에 보내시니

어와 성은(聖恩)이야 가지록 망극(罔極)하다

<중략>

눈물로 밤을 새와 아침에 조반(朝飯) 드니

덜 쓰른 보리밥에 무장떵이 한 종자라

한 술 떠서 보고 큰 덩이 내어놓고

그도 저도 아조 없어 굶을 적이 간간이라

여름날 긴긴 날에 배고파 어려웨라

의복(衣服)을 돌아보니 한숨이 절로 난다

<중략>

[A]
연년(年年)이 풍년(豊年)드니 해마다 보리 베어

마당에 뚜드려서 방아에 쓸어내어

일분(一分)은 밥쌀 하고 일분(一分)은 술쌀 하여

밥 먹어 배부르고 술 먹어 취(醉)한 후(後)에

함포고복(含哺鼓腹)하여 격양가(擊壤歌)를 부르나니

농부(農夫)의 저런 흥미(興味) 이런 줄 알았더면

공명(功名)을 탐(貪)치 말고 농사(農事)에 힘쓸 것을

백운(白雲)이 즐거온 줄 청운(靑雲)이 알았으면

탐화봉접(探花蜂蝶)이 그물에 걸렸으랴

<중략>

그려도 설이로다 배부르니 설이로다

고향(故鄕)을 떠나온 지 어제로 알았더니

내 이별(離別) 내 고생(苦生)이 격년사(隔年事) 되었구나

어와 섭섭하다 정초(正初) 문안(問安) 섭섭하다

북당(北堂) 쌍친(雙親)이 백발(白髮)이 더 하시고

공규(空閨) 화조(花朝)는 얼마나 늦었는고

오 세(五歲)에 떠난 자식(子息) 육세아(六歲兒) 되었고나

내 아녀 임이라도 내 설움은 설다 하리

천리(千里) 일별(一別)에 해 벌써 바뀌도록

일자(一字) 가신(家信)을 꿈에나 들었을까

운산(雲山)이 막혔는 듯 하해(河海)가 가렸는 듯

의창전(依窓前) 한매(寒梅) 소식(消息) 물어볼 길 전혀 없네

바닷길 일천리(一千里)가 머다도 하려니와

약수 삼천리(三千里)에 청조(靑鳥)가 전신(傳信)하고

은하수(銀河水) 구만리(九萬里)에 오작(烏鵲)이 다리 놓고

북해상(北海上) 기러기는 상림원(上林苑)에 날아나니

내 가신(家信) 어이 하여 이다지 막혔는고

꿈에나 혼(魂)이 가서 고향(故鄕)을 보련마는

원수(怨讐)의 잠이 올 제 꿈인들 아니 꾸랴

　　　　　　　　　　　-안도환, '만언사'

176. (가)를 참조하여 (나)와 (다)를 감상한 내용으로 적절하지 않은 것은?[176]

① (나)에서는 화자 자신을 궁지로 몰아 유배 생활을 야기한 세력에 대한 불만과 울분을 토로한 데서 ⓑ가 뚜렷하게 표출된 것 같아.

② (나)에서는 임금의 사랑을 잃게 된 현재의 처지를 애통해하면서 그것의 회복을 간곡한 어조로 읍소하고 있다는 점에서 ⓐ를 짙게 드러낸 거야.

③ (다)에서는 연군적 서정성을 드러내고 있지만, 유배 생활에서 느끼는 내적 갈등과 슬픔 속에 이면적 정서로서의 ⓑ가 감추어졌다고 볼 수도 있지 않을까?

④ 유배지에서 겪는 현실적 고통을 구체적으로 드러낸 것이 임금에게 전해져 연민의 정을 유발할 수 있다는 점에서, (다)에서도 ⓐ의 흔적을 찾을 수 있지 않을까?

⑤ 누구의 잘잘못을 떠나 현재의 상황에까지 이르게 된 데 대한 자책과 반성의 어조가 담겨 있다는 점에서 (나), (다)의 화자 둘 다 전면적인 도전의 태도는 아닌 것 같아.

177. (나), (다)의 화자를 동일 인물로 상정하여 영상물을 제작한다고 할 때, 연출 방안으로 적절하지 않은 것은?[177]

① 벼슬하며 살던 서울에서 멀리 떨어진 외딴 섬을 작품의 공

간적 배경으로 설정한다.

② 벼슬길에 있던 당시의, 주인공을 둘러싼 정치적인 비화(秘話)를 내레이션 방식으로 들려준다.

③ 헤어져 있는 주인공과 그 가족들이 서로를 그리워하는 장면을 이중 화면으로 보여 준다.

④ 주인공의 일상을, 남루한 차림에 힘들게 농사일을 하며 근근이 끼니를 때우는 모습으로 그린다.

⑤ 자연물을 적절히 활용하여 주인공이 처해 있는 환경적 배경을 제시하거나 내면 세계를 투영해 보여 준다.

178. [A]의 상황을 <보기>와 같이 바꾸었다고 할 때, 이에 대한 평가로 적절하지 **않은** 것은?178)

─────< 보 기 >─────

새로 거른 막걸리 젖빛처럼 뿌옇고
큰 사발에 보리밥, 높기가 한 자로세
밥 먹자 도리깨 잡고 마당에 나서니
검게 탄 두 어깨 햇볕 받아 번쩍이네
옹헤야 소리 내며 발 맞추어 두드리니
삽시간에 보리 낟알 온 마당에 가득하네
주고 받는 노랫가락 점점 높아지는데
보이느니 지붕 위에 보리티끌뿐이로다
그 기색 살펴보니 즐겁기 짝이 없어
마음이 몸의 노예 되지 않았네
낙원이 먼 곳에 있는 게 아닌데
무엇하러 벼슬길에 헤매고 있으리요
　　　　　　　　　　-정약용, '타맥행(打麥行)'

① 웃통을 벗은 농부의 단단해 보이는 몸에서 육체적 건강과 함께 노동의 기쁨까지도 엿볼 수 있을 것 같은데.

② 일하는 사이 사이에 밥을 먹고 술도 마시는 농부들의 모습이 좀 더 구체적인 감각을 통해 묘사된 것 같은데.

③ 공동체적 삶의 즐거움을 영위하는 농부들과 동화되지 못하는 화자의 초라한 모습이 제대로 표현된 것 같은데.

④ 노랫가락에 보조를 맞춰 가며 보릿단을 두드리는 역동적인 모습에서 현장감이 훨씬 더 실감나게 느껴지는 것 같은데.

⑤ 세속적 욕망과는 거리가 먼 농민들의 평온하고 소박한 삶에 부러움을 느끼는 화자의 심정이 뚜렷하게 확인되는 것 같은데.

179. (가), (나)의 표현상의 특징을 바르게 설명한 것은?179)

① (가)는 대구와 대조를 통해 율동감을 높이고 있다.

② (가)는 설명적 진술을 통해 호소력을 높이고 있다.

③ (나)는 비유와 상징을 통해 다양한 의미를 암시하고 있

다.

④ (가), (나)는 자연물에 의탁하여 감정을 드러내고 있다.

⑤ (가), (나)는 의문문을 사용하여 말을 거는 듯한 효과를 내고 있다.

180. <보기>를 참조하여 (다)를 감상한 내용으로 적절하지 **않은** 것은?180)

─────< 보 기 >─────

　작품의 창작 및 향유 상황을 고려할 때, 유배가사를 단순히 유배지에서의 삶을 그린 가사로 보기는 어렵다. 유배가사는 작가가 유배지에서 풀려날 목적으로 임금에게 자신의 목소리가 전달되기를 기대하며 지은 것이 대부분이다. 따라서 이러한 목적 의식을 가지고 지었다고 가정했을 때, 작품에 대한 이해와 감상이 더욱 정교해지고 풍부해질 수 있다.

① 자신을 '벌나비'에 빗댄 것은 자신의 죄를 유혹에 약한 인간 본성의 탓으로 돌리려는 것이 아니었을까?

② 죄에 대한 벌을 충분히 받고 있다는 점을 드러내기 위해 유배지에서의 고난을 과장했을 가능성이 있겠군.

③ 자신을 '미친 사람'이라고 인식한 것은, 유배로 인한 심리적 고통을 전달하기 위한 것으로 볼 수 있지 않을까?

④ '그물에 걸렸다'는 표현을 사용한 것은 작가가 죄를 지으려는 의지가 없었다는 점을 강조하기 위한 전략일 수도 있겠군.

⑤ 공명(功名)에 대한 욕심이 사라졌다고 하는 것으로 보아, 작가가 유배에서 풀려나면 벼슬길에 다시는 나아가지 않겠군.

181~185 다음 글을 읽고 물음에 답하시오.

(가)
　거수(居水)에 이러커든 거산(居山)이라 우연(偶然)ᄒ랴
　산방(山房)의 추만(秋晩)커늘 유회(幽懷)를 둘 디 업서
[A]　운길산(雲吉山) 돌길히 막디 집고 쉬여 올나
　임의소요(任意逍遙)ᄒ며 원학(猿鶴)을 벗을 삼아
　교송(喬松)을 비기여 사우(四隅)로 도라 보니
　천공(天工)이 공교(工巧)ᄒ야 묏빗줄 꿈이는가
　흰구롬 말근 ᄂᆞᆫ는 편편(片片)이 ᄶᅥ여 나라
　노푸락 나지락 봉봉곡곡(峯峯谷谷)이 면면(面面)에

버럿쩌든

서리친 신남기 봄곳도곤 불거시니

[B]
　금수병풍(錦繡屛風)을 첩첩(疊疊)이 둘너는 듯
　천태만상(千態萬象)이 참람(僭濫)*ᄒ야 보이ᄂ다
　힘 세이 다토면 내 분에 올가마는
　금(禁)ᄒ리 업술시 나도 두고 즐기노라

[C]
　　ᄒ물며 남산(南山) ᄂ린 긋히 오곡(五穀)을 가초
심거
　먹고 못 남아도 긋지나 아니ᄒ면
　내 집의 내 밥이 그 맛시 엇더ᄒ뇨

채산조수(採山釣水)ᄒ니 수륙품(水陸品)도 잠깐 ᄀᆺ다*

[D]
　감지봉양(甘旨奉養)*을 족(足)다사 홀가마는
　오조함정(烏鳥含情)*을 볩고야 말녓노라

사정(私情)이 이러ᄒ야 아직 물러나와신들

[E]
　망극(罔極)ᄒᆫ 성은(聖恩)을 어니 각(刻)애 이질넌고
　견마미성(犬馬微誠)*은 백수(白首)에야 더옥 깁다
　시시(時時)로 머리 드러 북신(北辰)을 ᄇ라보니
　ᄂᆷ 모ᄅᆞᄂ 눈물이 두 사미예 다 젓ᄂ다

　　　　　　　　　　　　- 박인로, 「사제곡(莎堤曲)」 -

* 임의소요(任意逍遙) : 마음대로 거닐며 바람을 쏘임.
* 사우(四隅) : 사방.
* 참람(僭濫) : 제 분수를 넘어 방자스러움.
* ᄀᆺ다: 갖추다.
* 감지봉양(甘旨奉養) : 맛나는 음식으로 부모님을 봉양함.
* 오조함정(烏鳥含情) : 까마귀가 먹은 마음. 곧 부모님께 효도하는 마음.
* 견마미성(犬馬微誠) : 개와 말이 충성스레 사람을 섬기듯이 신하가 임금님을 섬기려는 작은 정성.

(나)

　곡구롱* 우는 소리에 낮잠 깨어 일어 보니

작은아들 글 읽고 며늘아기 베 짜는데 어린 손자는 꽃놀이한다

마초아 지어미 술 거르며 맛보라고 하더라.　-오경화

*곡구롱 : 꾀꼬리 우는 소리

(다)

[A]
　금셕산 지나가니 온정평이 여긔로다
　일셰가 황혼ᄒ니 혼돈ᄒ며 슉소ᄒᄌ
　삼 사신 ᄌᄂ 틴ᄂ 군막을 놉피 치고
　삿ᄌ리를 둘어 막아 가방처럼 ᄒ여스되
　역관이며 비장 방장 불상ᄒ여 못 보갯다
　ᄉ면 외풍 드러부니 밤 지니기 어렵도다
　군막이라 명식ᄒ미 무명 ᄒᆫ 겹 가려스니
　오히려 이번 길은 오뉴월 염천이라
　하로 밤 경과ᄒ기 과이 아니 어려오나

동지셧달 긴긴 밤의 풍셜이 드리칠 졔
　그 고성 웃더ᄒ랴 춤혹들 ᄒ다 ᄒ데
쳐쳐의 화토불은 ᄒ인 등이 둘너안고
밤 시도록 나발 소리 즘셩 올가 넘예로다
발씨을 기다려서 칙문으로 향ᄒᆡ 가니
목칙으로 울을 ᄒ고 문 ᄒ나을 여러 놋코
봉황성장 나와 안져 이마을 점검ᄒ며
ᄎ례로 드러오니 범문신칙 엄졀ᄒ다
녹창 쥬호 여염들은 오식이 영농ᄒ고
화ᄉ 치란 시졍들은 만물이 번화ᄒ다
집집이 호인들은 길의 나와 구경ᄒ니
의복기 괴려ᄒ여 처음 보기 놀납도다
머리는 압흘 깍가 뒤만 ᄯᅡᄒ 느리쳐서
당ᄉ실노 당긔ᄒ고 말익이을 눌너 쓰며
일 년 삼백육십 일에 양치 한 번 아니ᄒ여
이ᄉᆯ은 황금이오 손톱은 다섯 치라

　　　　　　　　　　　-홍순학, '연행가(燕行歌)'

181. (가)~(다)의 공통점으로 가장 적절한 것은?[181]

① 색채를 대비하여 표현 효과를 높이고 있다.
② 감각적 심상을 사용하여 생동감을 드러내고 있다.
③ 대상에 감정을 이입하여 친근감을 부여하고 있다.
④ 자연과 인간을 대비하여 주제의식을 드러내고 있다.
⑤ 의성어와 의태어를 활용하여 생동감을 자아내고 있다.

182. (가)와 (나)에 대한 설명으로 가장 적절한 것은?[182]

① (가)에는 자신의 삶에 대한 화자의 자족감이 드러나 있다.
② (나)에는 자신이 처한 상황이 개선되리라는 기대감이 드러나 있다.
③ (가)와 달리 (나)에는 자연으로부터 받은 감흥이 드러나 있다.
④ (나)와 달리 (가)에는 거스를 수 없는 자연의 섭리에 대한 경외심이 드러나 있다.
⑤ (가)와 (나)에는 모두 대상의 부재로 인한 안타까움이 드러나 있다.

183. <보기>를 참고하여 (가)를 감상한 내용으로 적절하지 않은 것은?[183]

―――――< 보 기 >―――――

「사제곡」은 박인로가 이덕형을 화자로 하여 그가 향촌인 '사제'에서 생활하는 모습을 작품화한 것이다. 박인로의 시가에서 강호는 향촌으로 돌아온 사족(士族)이 은거하는 공간인 동시에, 그들이 현실적인 생활을 영위하는 터전이다. 또한 성리학적 유자(儒者)에게 요구되는 자

세인 충과 효를 실천하는 공간이다.

① [A]는 화자가 '사제'를 유자적 자세를 다짐하는 공간으로 인식하고 있음을 보여 주는 것이라 할 수 있다.

② [B]는 화자가 '사제'에 은거하여 자연을 즐기며 살아가는 삶의 모습을 보여 주는 것이라 할 수 있다.

③ [C]는 화자가 '사제'에서 현실적인 삶을 영위하고 있음을 보여 주는 것이라 할 수 있다.

④ [D]는 화자가 '사제'에서 부모를 봉양하려는 마음을 지니고 있음을 보여 주는 것이라 할 수 있다.

⑤ [E]는 화자가 '사제'에서도 충을 실천하고자 함을 보여 주는 것이라 할 수 있다.

184. (나)에 대해 감상한 내용으로 적절하지 <u>않은</u> 것은?184)

① '곡구롱'이라 우는 새소리에 낮잠을 깬 화자가 가족 각자의 삶의 모습을 돌아보는 게 이 작품의 창작 동기가 되었다.

② 화자가 '낮잠'을 잘 수 있다거나 '지어미'가 '거르'는 '술'을 '맛보'는 것으로 보아 화자는 안락한 생활을 누릴 수 있는 형편임을 알 수 있다.

③ '작은아들', '어린 손자'가 함께 언급되는 것으로 보아 화자는 삼대가 함께 사는 대가족의 맨 위 세대임을 짐작할 수 있다.

④ 화자의 '며늘아기'는 '베 짜'기를 하고, '작은아들'은 '글 읽'기를 하는 것을 병치시켜 남녀의 성별에 따라 주어진 역할이 다름을 보여주고 있다.

⑤ 화자의 '어린 손자'가 '꽃놀이'를 하고 있는 것은 다른 가족 구성원들이 바쁘게 움직이는 것과 대비되어 화자의 주의를 환기하고 있다.

185. <보기>를 참고하여 [A]를 감상할 때, 적절하지 <u>않은</u> 것은?185)

> ─────< 보 기 >─────
>
> 조선 후기의 지식인들이 사신 행차의 일행으로 외국을 여행하면서 사행 중에 체험한 것을 바탕으로 창작한 가사를 사행 가사(使行歌辭)라 부른다. 김인겸(金仁謙)이 일본을 다녀와서 쓴 '일동장유가(日東壯遊歌)'와 홍순학(洪淳學)이 중국을 다녀와서 쓴 '연행가(燕行歌)'가 대표적인 사행 가사이다. 이 사행 가사의 작가들은 여정과 풍경, 외국의 문물과 풍속 등을 세밀하게 관찰하면서 묘사하는데, 이때 객관적인 사실과 주관적인 느낌이나 평가 등을 적절하게 섞어 전달하고 있다. '연행가'는 작자인 홍순학이 1866년 고종(高宗)의 왕비(훗날 명성황후) 책봉을 청(淸)나라에 주청(奏請)하기 위한 사신 일행의

서장관(書狀官)으로 연경(燕京)에 다녀왔는데, 이와 관련한 130여 일 동안의 여정과 견문을 그린 작품이다.

① 일종의 기행문이라 사행이 진행되는 구체적인 여정을 나타내고 있군.

② 절호의 기회를 얻은지라 사행에 임하는 지식인으로서의 사명감을 밝히고 있군.

③ 사행 중임을 알 수 있는 사신 일행의 구체적인 직책들이 언급되어 있군.

④ 아랫사람들이 겪는 고생에 대해 언급한 부분에 화자의 주관적인 느낌이 드러나 있군.

⑤ 사행 일행이 머무는 군막의 두께를 제시한 것은 객관적인 사실의 전달로 볼 수 있겠군.

186~189 다음 글을 읽고 물음에 답하시오.

(가)

[A]　靑鳥(청조)는 아니 오고 ㉠杜鵑(두견)이 슬피 울 제
　　　㉡旅館(여관) 寒燈(한등) 寂寞(적막)ᄒᆞᆫ듸 온 가슴에
　　　불이 난다

[B]　이 불을 뉘 쓰리오 님 아니면 홀 씰 업고
　　　이 병을 뉘 곳치리 님이라야 扁鵲(편작)이라

[C]　밋친 ᄆᆞᆷ 외사랑은 나는 점점 깁건ᄆᆞᄂᆞᆫ
　　　無心(무심)홀손 이 님이야 虛浪(허랑)코도 薄情(박정)ᄒᆞ다

　　三更(삼경)에 못 든 잠을 四更(사경)에 계오 드러
　　蝶馬(접마)를 놉히 달녀 녯 길흘 ᄎᆞ자 가니

[D]　月態花容(월태화용)을 반가이 만나보고
　　　千愁萬恨(천수만한)을 歷歷(역력)히 ᄒᆞ렷더니

　　窓前碧梧疎雨聲(창전벽오소우성)에 三魂(삼혼)이 훗터지니
　　㉢落月(낙월)이 蒼蒼(창창)ᄒᆞᆫ듸 三五小星(삼오소성)ᄲᅮᆫ이로다
　　어와 내 일이야 진실로 可笑(가소)로다
　　너도 ᄉᆡᆼ각ᄒᆞ면 뉘웃츰이 이시리라
　　皇玉京(황옥경)에 올나가셔 上帝(상제)ᄭᅴ 復命(복명)홀 제
　　이 말ᄉᆞᆷ 다 알외면 네 죄가 즁ᄒᆞ리라

[E]　다시곰 ᄉᆡᆼ각ᄒᆞ여 回心(회심)을 두온 후에
　　　三生宿緣(삼생숙연)을 져ᄇᆞ리지 말게 ᄒᆞ라

　　　　　　　　　　　　　－민우룡, '금루사(錦縷辭)'

(나)

녯 사룸 이젯 사룸 이목구비(耳目口鼻) ᄀᆞᆺ것마ᄂᆞᆫ
나 혼자 엇디 ᄒᆞ야 녯 사룸을 그리ᄂᆞᆫ고
이제도 녯 사룸 겨시니 긔 내 벗인가 ᄒᆞ노라　〈제1수〉

청송(靑松)으로 울흘 삼고 ⓒ백운(白雲)으로 장(帳) 두로고
초옥삼간(草屋三間)이 숨어 겨신 져 내 벗님
흉중(胸中)에 사념(邪念)이 업스니 그롤 ᄉᆞ랑ᄒᆞ노라
　　　　　　　　　　　　　　　　　　〈제4수〉

벗님 사ᄂᆞᆫ 땅을 싱각고 ᄇᆞ라보니
용추동(龍湫洞) 밧ᄭᅵ오 구름ᄃᆞ리 우희로다
밤마다 외로운 꿈만 호자 ᄃᆞ녀 오노라　〈제5수〉

ᄆᆡ는 첩첩(疊疊)ᄒᆞ고 구룸은 자자시니
고인(故人)의 집 ᄯᅡ ᄇᆞ라도 볼셩업다
ᄆᆞ음만 길 알아 두고 오락가락 ᄒᆞ노라　〈제7수〉

ⓓ상산(商山)의 영지(靈芝) 캐러 구태여 넷이 가리런가
좃츠 리 업슨듸 우리 둘이 가사이다
세상(世上)의 어즈러온 일들 듯도 보도 마사이다
　　　　　　　　　　　　　　　　　〈제9수〉

　　　　　　　　　　　－ 정훈, '월곡답가(月谷答歌)'

---

186. (가)와 (나)의 공통점으로 가장 적절한 것은?[186]

① 대상에게 흠모의 정을 느끼는 화자가 부재하는 대상을
　그리워하는 태도를 보이고 있다.
② 사랑하는 대상에게 외면당한 화자가 자신의 현실에 대
　해 체념하는 태도를 보이고 있다.
③ 세상 사람들에게 인정받지 못하는 화자가 세상에 대하
　여 냉소적인 태도를 보이고 있다.
④ 사모하는 대상을 지키지 못한 화자가 자신의 행동에 대
　해 후회하는 태도를 보이고 있다.
⑤ 인생의 덧없음을 느끼는 화자가 삶의 의미를 찾기 위해
　자신을 성찰하는 태도를 보이고 있다.

187. [A] ~ [E]에 대한 이해로 적절하지 않은 것은?[187]

① [A]: 감각적 이미지를 활용하여 화자가 느끼는 외로움
　의 정서를 표현하고 있다.
② [B]: 묻고 답하는 형식의 문장 구조를 반복하여 화자의
　정서를 고조시키고 있다.
③ [C]: 화자와 '님'의 처지를 대비하여 화자의 '님'에 대한
　사랑이 깊어감을 드러내고 있다.
④ [D]: 한자 성어를 통하여 '님'이 여성이라는 사실과 화

자의 의도를 짐작할 수 있다.
⑤ [E]: 마음을 돌린 화자가 '님'과의 인연이 지속되기를
　바라는 마음을 직설적으로 드러내고 있다.

188. 〈보기〉를 바탕으로 (나)를 감상한 내용으로 적절하지 않은 것은?[188]

> ─────── 〈 보 기 〉 ───────
> '우도(友道)'란 벗을 사귀는 데 중요한 덕목으로, 사대
> 부 시가에서 '우도'는 신의와 공경, 충효 등의 유교적 이
> 념이나 풍류와 은거 등의 친자연적 삶의 모습과 같이 작
> 가가 추구하는 가치를 드러내는 방식으로 활용되었다.
> 　이 작품에서 작가는 임진왜란 때 의병장이었던 월곡
> 우배선을 벗으로 설정하고 있다. 월곡은 자신들의 안위
> 를 위해 백성을 외면한 지배층과는 달리 왜적에 맞서 백
> 성들을 보살폈고, 전란 후에는 벼슬에 연연하지 않고 초
> 야에 은둔했던 삶을 살았다. 작가는 '우도'를 통해 월곡
> 을 추모하며 충의를 중시했던 월곡의 내면에 동조하려는
> 의식을 보이고 있다.

① 〈제1수〉에서 작가는 의병장이었던 '월곡'을 '벗'으로 지
　칭함으로써 '월곡'의 삶을 긍정적으로 바라보는 자신의
　인식을 드러내고 있군.
② 〈제4수〉에서 작가는 '초옥삼간'에서 '사념'이 없이 살고
　있는 벗을 사랑한다고 표현함으로써 벗이 지향하는 가치
　를 높이 평가하고 있음을 드러내고 있군.
③ 〈제5수〉에서 작가는 벗이 있는 공간인 '구름ᄃᆞ리' 위를
　'꿈'에서나마 다녀옴으로써 벗을 만나고 싶은 간절함을
　드러내고 있군.
④ 〈제7수〉에서 작가는 벗의 '집'을 'ᄆᆡ'와 '구름'에 묻혀
　있는 은거의 공간으로 설정함으로써 'ᄆᆡ'와 '구름'을 매개
　로 자신이 추구하는 친자연적 삶의 가치를 드러내고 있
　군.
⑤ 〈제9수〉에서 작가는 '우리'라는 시어를 통해 벗과의 동
　질감을 표현하며 '어즈러온 일'에 대한 경계를 나타냄으
　로써 현실에 대한 인식을 드러내고 있군.

189. ⓐ ~ ⓔ에 대한 이해로 가장 적절한 것은?[189]

① ⓐ: 화자의 감정을 이입하는 객관적 상관물이다.
② ⓑ: 화자가 나그네의 처지임을 드러내는 소재이다.
③ ⓒ: 임에 대한 화자의 정서를 심화시키는 자연물이다.
④ ⓓ: 화자와 임과의 만남을 방해하는 장애물이다.
⑤ ⓔ: 화자가 연모하는 임과 함께 지내는 공간이다.

190~196 다음 글을 읽고 물음에 답하시오.

(가)

강호(江湖)에 봄이 드니 미친 흥(興)이 절로 난다
탁료(濁醪) 계변(溪邊)에 금린어(錦鱗魚)가 안주로다
이 몸이 한가(閑暇)해옴도 역군은(亦君恩)이샷다
　　　　　　　　　　　　　　　　　　　<춘사>

강호에 여름이 드니 초당(草堂)에 일이 없다
유신(有信)한 강파(江波)는 보내나니 **바람**이로다
이 몸이 서늘해옴도 역군은이샷다　　　<하사>

강호에 가을이 드니 고기마다 살져 있다
소정(小艇)에 그물 실어 흘리 띄워 던져 두고
ⓐ이 몸이 소일(消日)해옴도 역군은이샷다　<추사>

강호에 겨울이 드니 눈 깊이 한 자 넘다
삿갓 빗기 쓰고 누역(縷繹)으로 옷을 삼아
이 몸이 춥지 아니해옴도 역군은이샷다
　　　　　　　　　　　　　　　<동사>
　　　　　　　　　　– 맹사성, '강호사시가(江湖四時歌)'

(나)

건곤이 얼어붙어 삭풍이 몹시 부니
하루 쬔다 한들 열흘 추위 어찌할꼬
은침을 빼내어 **오색실** 꿰어 놓고
임의 터진 옷을 깁고자 하건마는
천문구중(天門九重)에 갈 길이 아득하니
아녀자 깊은 정을 임이 언제 살피실꼬

[A]
ⓑ음력 섣달 거의로다 새봄이면 늦으리라
동짓날 자정이 지난밤에 돌아오니
만호천문(萬戶千門)이 차례로 연다 하되
자물쇠를 굳게 잠가 **동방(洞房)**을 닫았으니
눈 위에 **서리**는 얼마나 녹았으며
창가의 매화는 몇 송이 피었는고
ⓒ간장이 다 썩어 넋조차 그쳤으니
천 줄기 원루(怨淚)는 피 되어 솟아나고
반벽청등(半壁靑燈)은 빛조차 어두워라
황금이 많으면 매부(買賦)나 하련마는
ⓓ백일(白日)이 무정하니 뒤집힌 동이에 비칠쏘냐
평생에 쌓은 죄는 다 나의 탓이로되
언어에 **공교(工巧)** 없고 눈치 몰라 다닌 일을
풀어서 헤여 보고 다시금 생각거든
조물주의 처분을 누구에게 물으리오
사창 매화 달에 가는 한숨 다시 짓고

은쟁(銀箏)을 꺼내어 원곡(怨曲)을 슬피 타니
주현(朱絃) 끊어져 다시 잇기 어려워라
차라리 죽어서 자규의 넋이 되어
밤마다 이화에 피눈물 울어 내어
오경에 잔월(殘月)을 섞어 임의 잠을 깨우리라
　　　　　　　　　　　– 조우인, '자도사(自悼詞)'

(다)

春興(춘흥)이 이러커든 秋興(추흥)이라 져글넌가
金風(금풍)이 瑟瑟(슬슬)하야 庭畔(정반)에 지너 부니
머괴입 지는 소리 먹은 귀를 놀리느다
正値秋風(정치추풍)을 中心(중심)에 더욱 반겨
낙디을 둘러메고 紅蓼(홍료)을 헤혀 드러
小艇(소정)을 글러 노화 風帆浪楫(풍범낭즙)으로 가는
더로 더뎌 두니
流下前灘(유하전탄)하야 淺水邊(천수변)에 오도고야
夕陽(석양)이 거읜 적의 江風(강풍)이 짐즉 부러 歸帆
(귀범)을 보니는 듯
아득든 前山(전산)도 忽後山(홀후산)의 보이느다
須臾羽化(수유우화)하야 蓮葉舟(연엽주)에 올나는 듯
ⓔ東坡(동파) 赤壁遊(적벽유)ㄴ들 이내 興(흥)에 엇지
더며
張翰(장한) 江東去(강동거)ㄴ들 오늘 景(경)에 미출넌가
居水(거수)에 이러커든 居山(거산)이라 偶然(우연)하랴
山房(산방)의 秋晩(추만)커늘 幽懷(유회)를 둘 디 업서
雲吉山(운길산) 돌길히 막디 집고 쉬여 올나
任意逍遙(임의소요)하며 猿鶴(원학)을 벗을 삼아
喬松(교송)을 비기여 四隅(사우)로 도라 보니
天工(천공)이 工巧(공교)하야 묏빗출 꿈이는가
흰 구룸 말근 니는 片片(편편)이 써여 나라
노푸락 나지락 峰峰谷谷(봉봉곡곡)이 面面(면면)에 버럿
쩌든
서리 친 신남기 봄곳도곤 불거시니
錦繡屛風(금수병풍)을 疊疊(첩첩)이 둘너는 듯
千態萬狀(천태만상)이 僭濫(참람)하야 보이느다
힘세이 다토면 내 분에 올가마는
禁(금)하리 업슬식 **나도** 두고 즐기노라
　　　　　　　　　　　–박인로, '사제곡(莎堤曲)'

190. (가)~(다)의 공통점으로 가장 적절한 것은?[190]

① 자연과 인간의 대비를 통해 세태를 비판하고 있다.
② 어조의 변화를 통해 긴장감을 조성하고 있다.
③ 시간을 나타내는 표현을 활용하여 내용을 전개하고 있다.
④ 초월적 공간을 설정하여 고조된 감정을 드러내고 있다.

⑤ 대상과의 문답을 통해 주제 의식을 부각하고 있다.

191. (가)~(다)의 시어에 대한 이해로 가장 적절한 것은?[191]

① (가)의 '강호'는 밝고 즐거운 분위기의, (나)의 '동방'은 어둡고 우울한 분위기의 장소이다.

② (가)의 '바람'는 긍정적 기대감을 충족시키는, (다)의 '金風(금풍)'는 부정적 거부감을 표현하는 소재이다.

③ (가)의 '소정(小艇)'은 풍류(風流)를 즐기기 위한, (다)의 '小艇(소정)'은 강을 건너기 위한 도구이다.

④ (나)의 '서리'와 (다)의 '서리'는 둘 다 화자가 직면한 시련과 역경을 상징하는 소재이다.

⑤ (나)와 (다)의 '공교(工巧)'는 둘 다 조물주, 또는 하늘이 정하는 운명을 의미하는 말이다.

192. <보기>를 참고하여 (가)~(다)를 감상한 내용으로 적절하지 않은 것은?[192]

─── < 보 기 > ───

　시조나 가사에서 작가의 목소리를 대변하는 화자는 대개 1인칭으로 나타나므로 작가와 관련된 정보는 작품의 다양하고 풍부한 해석의 근거로 활용할 수 있다. 그런데 작중의 화자는 작가의 다른 모습으로 나타날 경우도 있지만, 이 경우에도 작가 정보는 여전히 유용하다. (가)는 작가가 벼슬에서 물러나 전원에서 생활하며 지은 시조라는 점, (나)는 작가가 임금에게 충언하는 시를 썼다는, 이른바 시화(詩禍)로 투옥되었을 때 지은 가사라는 점, (다)는 작가가 친분이 깊던 이덕형(李德馨)을 대신하여 쓴 가사라는 점을 고려하여 작품을 해석할 수 있다.

① (가)의 '이 몸'이 작가라면, 전체적으로 이 작품은 벼슬에서 물러난 작가가 느끼는 전원 생활의 흥취를 드러낸 것이겠군.

② (가)의 '이 몸'이 작가가 아니라면, 철마다 강호에서 즐기는 맛에 몰입하면서 그것이 '역군은이샷다'라 여기는 인물에 대한 심리적 거리감을 드러낸 것이겠군.

③ (나)의 '아녀자'가 작가라면, 이 작품은 '은침'과 '오색실'로 '임의 터진 옷'을 깁는 상황을 설정하여 임금에 대한 곧은 충심을 표현한 것이겠군.

④ (다)의 '나'가 작가라면, 이 작품은 '山房(산방)'의 주변에서 봄이나 가을에 펼쳐지는 자연의 아름다움을 누리는 개인적인 즐거움을 표현한 것이겠군.

⑤ (다)의 '나'가 작가 자신이 아니라면, 이 작품은 작가와 친분이 있던 이덕형의 경험을 객관적 시각으로 전달하여 독자들의 공감을 이끌어 내려 한 것이겠군.

193. <보기>에 따라 (가)~(다)의 ㉠~㉤을 이해한 내용으로 적절하지 않은 것은?[193]

─── < 보 기 > ───

선생님 : (가)의 제목에서 '강호', 곧 '자연'에서 '사시', 곧 사계절과 관련된 일과 감흥을 노래한다는 것을 알 수 있습니다. (나)의 제목에 쓰인 '자도(自悼)'는 '자신을 애도한다'는 뜻으로, 죽음에 견줄 만큼의 극단적인 슬픔을 드러낸 것입니다. (다)의 제목에서 '사제'는 지명으로 그곳의 아름다운 경치와 그것에 대한 감흥을 노래한다는 것을 알 수 있습니다. 이런 점에 주목하여 (가)~(다)를 읽어 봅시다.

① ㉠을 통해, 화자는 강호에서 하루하루를 보내는 일을 임금이 베풀어 준 은혜로 여기고 있어요.

② ㉡을 통해, 새봄을 맞이하여 이별의 슬픔을 극복하기 위해 마음을 다잡으려 노력하고 있음을 알 수 있어요.

③ ㉢을 통해, 임에 대한 그리움이 사무칠 정도로 커서 스스로를 애도할 수밖에 없는 상황임을 알 수 있어요.

④ ㉣을 통해, 무정한 임 때문에 자신의 불우한 처지가 바뀔 가능성이 없음을 깨닫고 좌절하고 있음을 알 수 있어요.

⑤ ㉤을 통해, 화자가 살고 있는 곳의 아름다운 경치와 그에 대한 감흥을 중국의 유명한 고사와 견주어 서술하고 있어요.

194. (가)에 대한 설명으로 적절하지 않은 것은?[194]

① 네 수가 동일한 구조의 표현으로 시작되고 있다는 점에서 작품의 형식적 통일성을 확인할 수 있다.

② <춘사>의 '계변'은 '미친 흥'이 나는 곳이라는 점에서 <추사>의 '소정'에 비해 더 가치 있는 공간으로 여기는 태도를 확인할 수 있다.

③ <춘사>와 <추사>의 '한가해옴'과 '소일해옴'은 의미가 유사하다는 점에서 화자가 영위하고 있는 강호에서의 생활이 일관성을 띰을 확인할 수 있다.

④ <하사>와 <동사>의 '서늘해옴'과 '춥지 아니해옴'은 표면적으로는 의미상 차이가 있지만 심층적으로는 편안하고 즐겁다는 의미를 공유하고 있음을 알 수 있다.

⑤ <동사>에서는 화자가 강호의 어떤 공간에 위치해 있는지를 명시하지 않았다는 점에서 나머지와는 다르게 시상을 전개하고 있음을 알 수 있다.

195. (나)의 [A]에 대한 설명으로 적절하지 않은 것은?[195]

① '눈 위의 서리'와 '뜰가의 매화'에서 계절의 변화라는 자연 현상을 제시하지만 현재의 상황에 대한 화자의 부정

적 인식이 변하지는 않았음을 보여 주고 있다.

② 벽 가운데의 푸르스름한 등인 '반벽청등'에서 달빛으로 창에 비친 '매화달'로 보아 시간적 배경이 '밤'임을 확인할 수 있다.

③ '황금이 많으면'이라는 가정적 상황이나, '뒤집힌 동이'에 '백일(白日)'이 '비칠소냐'라는 설의적 표현으로 현실에 대한 부정적 인식을 나타내고 있다.

④ '언어에 공교 없고 눈치 몰라 다닌 일'을 '조물주의 처분'이라고 여기면서 자신의 현실을 어찌할 수 없다면서 현실을 긍정적으로 받아들이고 있다.

⑤ '아쟁을 꺼내어' 노래를 하는 상황과 '거문고 줄 끊어져' 연주를 계속할 수 없는 상황을 병치하여 화자가 부정적 현실에서 벗어날 수 없음을 자각하고 있다.

196. (다)에서 화자의 秋興(추흥)에 대한 이해로 적절하지 않은 것은?196)

① 자연과 더불어 살아가는 삶에 만족하고 있다.
② 자연으로부터 삶의 교훈을 얻으려 하고 있다.
③ 자연의 아름다움을 구체적으로 묘사하고 있다.
④ 자연을 관찰한 여러 가지 체험을 기록하고 있다.
⑤ 자연물을 이용해서 화자의 내면을 드러내고 있다.

197~200 다음 글을 읽고 물음에 답하시오.

(가)

덴동이를 냅다 업고 본고향을 돌아오니
이전 강산 의구하나 인정물정 다 변했네
우리 집은 터만 남아 쑥대밭이 되었구나
아는 이는 하나 없고 모르는 이뿐이로다
그늘 맺던 은행나무 불개청음대아귀(不改淸陰待我歸)라
난데없는 두견새가 머리 위에 둥둥 떠서
불여귀 불여귀 슬피 우니 서방님 죽은 넋이로다
새야 새야 두견새야 내가 어찌 알고 올 줄
여기 와서 슬피 울어 내 설움을 불러내나
반가워서 울었던가 서러워서 울었던가
┌서방님의 넋이거든 내 앞으로 날아오고
│임의 넋이 아니거든 아주 멀리 날아가게
[A]두견새가 펄쩍 날아 내 어깨에 앉아 우네
│임의 넋이 분명하다 애고 탐탐 반가워라
└나는 살아 육신이 왔네 넋이라도 반가워라
근 오십 년 이곳에서 날 오기를 기다렸나
어이할꼬 어이할꼬 후회막급 어이할거나
새야 새야 울지 마라 새 보기도 부끄러워

내 팔자를 새겼더면 새 보기도 부끄럽잖지
처음에 당초에 친정 와서 서방님과 함께 죽어
저 새와 같이 자웅 되어 천만 년이나 살아볼걸
내 팔자를 내가 속아 기어이 한번 살아 볼라고
첫째 낭군은 추천(鞦韆)에 죽고 둘째 낭군은 괴질에 죽고
셋째 낭군은 물에 죽고 넷째 낭군은 불에 죽어
이내 한 번 못 잘 살고 내 신명이 그만일세
첫째 낭군 죽을 때에 나도 한 가지 죽었거나
살더라도 수절하고 다시 가지나 말았더라면
산을 보아도 부끄럽지 않고 저 새 보아도 무렴(無廉)찮지
살아 생전에 못된 사람 죽어서 귀신도 악귀로다
나도 수절만 하였다면 열녀각(烈女閣)은 못 세워도
남이라도 칭찬하고 불쌍하게나 생각할 걸
남이라도 욕할 게요 친정일가들 반겨할까

                -작자 미상, '덴동어미화전가'

(나)

어화, 저 낭자야 내 말씀 들어보소.
세상에 묻혔을 들 지난 인연을 잊을쏘냐.
낙포 선녀 보려 하면 전생의 그대 아닌가.
┌남관에서 베옷 입은 백면서생인 이 몸도 신선인 줄 뉘 알리오.
│봄빛 짙은 요지 잔치에서 반도를 도적질 한 것은
[B]너이건만
│그 반도를 내가 받았으니 두 사람의 죄 같으니 너와 내와 인간 세상 귀양을 옴이로다.
│아득한 중화 땅도 아홉 가닥 연기이고 삼성과 상성
└이 나뉘었으며
푸른 바다 한없이 넓고 넓어 일대가 은하수 되었구나.
너도 나를 보려 하면 여덟 봉우리 첩첩하고
나도 너를 보려 하면 세 산이 아득하다.
평생에 한이 되고 자나 깨나 원하더니
옥황상제 감동했는지 신선들이 보살폈는지
태을의 연잎배에 돛대를 높이 달아
자라수염에 배를 매고 영주산에 들어오니
아름다운 경치가 펼쳐졌으니 나무는 옥과 같고, 꽃은 기이하다.
풍경도 좋거니와 인연도 더욱 좋다.

                -민우룡, '금루사'

(다)

산은 적적 월황혼(月黃昏)에 두견 울어도 임 생각이요

밤은 침침 야삼경(夜三更)에 접등이 울어도 임 생각이라

　　침상편시춘몽중(枕上片時春夢中)*하여 베개 위에 빌은 잠은 계명축시(鷄鳴丑時)*에 놀라 깨니 임의 흔적은 간곳 없고 다만 등불만이로다. 그러매로 식불감미(食不甘味)*하여 밥 못 먹고 침불안석(寢不安席)*하여 잠 못 자며 장장지야(長長之夜)를 허송하게 보내며 독대(獨對) 등촉(燈燭)으로 벗을 삼으니 뉘 탓을 삼으랴. 설분(雪憤)을 하잔 말가

　　주야장천(晝夜長天)에 믿을 곳 없어서 못 살겠구나

　　　　　　　　　　　　　　　　　　　　　- 작자 미상

* 침상편시춘몽중 : 침상에서 잠시 봄꿈을 꾸는 중.
* 계명축시 : 닭 울음소리가 들리는 새벽 시간
* 식불감미 : 근심과 걱정으로 음식을 먹어도 맛이 없음.
* 침불안석 : 걱정이 많아서 잠을 편히 자지 못함

197. (가)~(다)에 대한 설명으로 적절하지 않은 것은?[197]

① 말 건네기 또는 대화 형식과 안타깝고 애달픈 정서라는 내용으로 이루어져 있다.

② 드러난 일인칭 화자 또는 짐작 가능한 일인칭 화자가 직접 시상을 이끌어 가고 있다.

③ 불특정한 다수, 또는 특정한 개인을 청자로 삼아 자신의 과거 또는 현재의 사연을 알리고 있다.

④ 현재 자신이 처한 상황을 구체적으로 묘사하여 실감나게 표현하고 있다.

⑤ 해학적인 문체를 사용하여 비극적 상황을 희극적으로 변모시키고 있다.

198. <보기>를 참고하여 (가)의 두견새와 (다)의 두견에 대해 해석한 내용으로 적절한 것은?[198]

───── < 보 기 > ─────

　　옛 중국의 촉(蜀)나라에 이름은 두우(杜宇), 제호(帝號)는 망제(望帝)라고 불린 왕이 있었다. 어느 날 망제가 문산(汶山)이라는 산 밑을 지날 때 산 밑을 흐르는 강에 빠져 죽은 시체 하나가 떠내려오더니 망제의 앞에서 눈을 뜨고 살아나는 것이었다. 망제가 이상히 생각하고 그에게 물으니 "저는 형주(荊州) 땅에 사는 별령(鱉靈)으로 강에 나왔다가 잘못해서 물에 빠졌는데 어찌해서 흐르는 물을 거슬러 여기까지 왔는지 모르겠습니다."라고 대답했다.

　　이 말을 듣고 그는 하늘이 자신에게 어진 사람을 보내준 것이라고 생각해 별령에게 집과 벼슬을 내리고 장가도 들게 해 주었다. 그는 아직 나이도 어리고 마음도 약했다. 정승자리에 오른 별령은 은연중 불측한 마음을 품고 대신과 하인들을 모두 자기 심복으로 만든 다음 정권을 마음대로 휘둘렀다.

　　때마침 별령에게는 천하절색인 딸이 있었는데, 그는 이 딸을 망제에게 바쳤다. 망제는 크게 기뻐하여 국사를 모두 장인인 별령에게 맡기고 밤낮으로 미인과 소일하며 나라를 돌보지 않았다. 이러는 사이 별령은 여러 대신과 짜고 망제를 나라 밖으로 몰아내고 자신이 왕위에 올랐다. 하루아침에 나라를 빼앗기고 타국으로 쫓겨난 망제는 촉나라로 돌아가지 못하는 자기 신세를 한탄하며 온종일 울기만 했다.

　　마침내 망제는 울다가 지쳐서 죽었는데, 한맺힌 그의 영혼은 두견이라는 새가 되어 밤마다 불여귀(不如歸: 돌아가고 싶다는 뜻)를 부르짖으며 목구멍에서 피가 나도록 울었다고 한다. 훗날 사람들은 이 두견새를 망제의 죽은 넋이 화해서 된 새라 하여 '촉혼(蜀魂)'이라 불렀으며, 원조(怨鳥)·두우(杜宇)·귀촉도(歸蜀途)·망제혼(望帝魂)이라고도 불렀다.

① 화자가 사별한 임이 새가 되어 현신한 것으로 간주한다.

② 화자가 느끼는 슬픔의 정서가 투영되어 나타나는 자연물이다.

③ 화자가 겉으로는 반가워하면서도 속으로는 수치심을 느끼는 대상이 된다.

④ 화자가 과거로 돌아가고 싶은 마음을 가지도록 만드는 계기가 되도록 한다.

⑤ 화자가 새로운 임을 만나는 소망을 갖도록 하는 매개체가 되고 있다.

199. [B]와 그 원문인 <보기>에 대한 설명으로 적절하지 않은 것은?[199]

───── < 보 기 > ─────

　　南關(남관) 布衣(포의) 白面生(백면생)도 仙客(선객)인 줄 뉘 알리오

　　蟠桃(반도) 春色(춘색) 瑤池宴(요지연)에 도적흔 이 네언마는

　　與受(여수)를 同罪(동죄)흐니 너와 나와 謫下(적하)로다

　　蒼茫(창망)흔 九點烟(구점연)에 參商(참상)이 난호이니

　　碧海水(벽해수) 洋洋(양양)흐야 一帶銀河(일대은하) 되어 잇다

① [A]와 달리 <보기>는 4음보의 정연한 가사체 형식의 글이다.

② <보기>와 달리 [A]는 겉으로 드러난 운율을 가지지 않

은 글이다.

③ <보기>를 [A]로 바꾸니 가사의 내용은 산문 형식에 잘 어울림을 알 수 있다.

④ [A]와 달리 <보기>를 보면 이 작품은 식자층의 전유물로서 음영의 대상임을 알 수 있다.

⑤ <보기>와 달리 [A]를 보면 이 작품은 향유층의 확대를 시도해봄 직한 대상임을 알 수 있다.

200. <보기>의 ⓐ와 ⓑ가 [A]에 대해 나눈 대화의 내용으로 적절하지 않은 것은?200)

─────< 보 기 >─────

옛날에 유생 세 사람이 과거 시험을 보러 가는데, 한 사람은 거울이 땅에 떨어지는 꿈을, 한 사람은 애부(艾夫)*가 문 위에 걸린 꿈을, 또 한 사람은 바람에 꽃이 떨어지는 꿈을 꾸었다. 세 사람이 ⓐ해몽하는 사람 집으로 갔는데, 해몽하는 사람은 집에 없고 ⓑ그의 아들만 있었다. 세 사람이 아들에게 꿈을 물으니 해몽하기를, "세 가지 모두 불길한 것들이니, 소원하는 바를 이루지 못할 것입니다."라고 했다. 조금 이따가 해몽하는 사람이 와서 그 아들을 꾸짖고 시를 지어 주었다.

애부는 사람들이 우러러보는 바요	艾夫人所望
거울이 떨어지면 어찌 소리가 없겠는가	鏡落豈無聲
꽃이 떨어지니 응당 열매가 있을 것이니	花落應有實
세 분이 함께 명성을 얻으리로다	三人共成名

세 사람이 과연 모두 과거에 급제하였다.

　　　　　　　　 - 성현 엮음, 「세 선비의 꿈」

* 애부 : 짚이나 헝겊 등으로 만든 인간 형상의 물체.

① ⓐ : 죽은 남편의 넋이 '두견새'로 날아와 어깨에 앉았다는 것은 꿈 같은 일이야.

② ⓑ : 꿈은 어떻게 해석하느냐에 따라 꿈을 꾼 사람의 운명이 달라질 수 있어요.

③ ⓐ : 그렇지. 죽은 남편의 넋이 살아 돌아왔다는 것은 좋은 일이 일어날 징조야.

④ ⓑ : 반드시 그렇지는 않을 수도 있어요. 안 좋은 일이 일어날 가능성도 있는 일이지요.

⑤ ⓐ : 그럴 수도 있겠지. 그러나 해몽은 언제나 긍정적인 방향으로 가는 게 좋아.

정답 및 해설

1) ④ [외적 준거에 따른 작품 감상] 월명사는 자연물의 이미지를 활용하는 수법의 작품을 창작하였으며, 달을 멈추게 한 월명사의 예술이 지닌 신비한 힘으로도 누이의 죽음을 막지 못한 결과는 인생의 무상함을 드러내는 것으로 볼 수 있다. 이 글과 <보기>를 참고하였을 때 종이돈이 날아가는 장면은 죽은 누이와의 재회에 대한 염원을 보여 준다고 해석할 수 있다.

2) ④ [구절의 의미 파악] '가는 곳을 모르온저'라는 구절에서 시적 대상인 '누이'의 행방을 알지 못하게 되었으므로 ④는 옳지 않다. [A]는 화자 자신과 누이가 한 부모에게서 태어났으나 죽음 이후를 알 수 없다는 점에 따른 감정을 비유적으로 표현한 것이므로, 이를 삶과 죽음에 따른 한계를 극복하려는 의지와 연결시키는 것은 근거 없는 해석이다. ① 자연물인 나뭇가지와 나뭇잎의 관계를 부모와 자식이라는 인간관계에 비유하였으므로 적절하다. ② '가는 곳 모르온저.'라는 표현은 인연의 덧없음을 드러내는 것이다. ③ '한 가지에 나고 / 가는 곳 모르온저.'라는 표현은 개별적 존재들이 태어남과 죽음에 이르는 과정을 보여 준 것이므로 적절하다. ⑤ 시어 '가을'로 시간적 배경을 제시하며, 누이를 잃고 상실감에 젖은 화자의 쓸쓸한 정서를 강조하는 분위기를 형성하므로 적절하다.

3) ⑤ [시어의 의미 파악] ⑩을 통해 대상을 언젠가 다시 만나리라고 화자가 언급하고 있으며, 누이와의 재회는 화자가 간절히 바라는 것이다. 대상과 이별한 후 종교에 귀의하여 속세와 단절되고자 하는 화자의 태도를 보여 준다는 것은 적절하지 않다. ③ 시어의 의미 파악. ⓒ은 대상과 화자 자신이 한 부모에게서 태어났다는 의미로 사용된 것으로, 적절하다. ① ㉠은 대상과 '나' 사이의 삶과 죽음의 갈림길을 뜻한다. ② ㉡은 '이른'에서 대상의 요절을 암시하고 있다. ④ ㉣은 대상과 '나'의 재회가 이루어지기를 바라는 공간이다.

4) ④ [작품의 종합적 이해] 시적 대상인 기파랑의 생전 모습을 떠올리고 그의 인물됨을 예찬하며 시상을 전개하고 있으므로 적절하다. ② 숭배의 대상인 기파랑의 인품을 자연물에 비유하고 있으나 의인화하지 않았으므로 적절하지 않다. ① 대상의 부재를 강조하고 있지 않으며, 예찬적인 내용이 주되게 드러난다. ③ 배경 설화를 알지 못하더라도 제목으로부터 기파랑의 인품을 예찬하는 내용임을 쉽게 짐작할 수 있다. ⑤ 작가는 승려이지만 화랑을 예찬하는 내용으로 불교적 색채가 드러나지는 않는다.

5) ③ [작품의 종합적 이해] (가)에서 계절을 나타내는 시어를 찾을 수 없으므로 ③은 옳지 않다. ① (가)의 '나리'는 냇물로, 대상을 비추는 맑은 속성을 지니고 있는 것이다. 화자는 냇물에 기파랑을 빗대어 맑은 인품을 형상화하였다. 반면 (나)에 따르면 '물가'는 화자가 서 있는 공간을 의미할 뿐이다. ② 김완진은 화자의 독백 형식으로 시상이 전개된다고 보았고, 양주동은 화자와 달의 문답 형식으로 시상이 전개된다고 봤다. 내용상으로는 기파랑을 찬양하는 내용은 같기 때문에 시상 전개 방식에 대한 해석에는 차이가 있지만, 기파랑을 찬양하는 주제 의식은 다르지 않다고 볼 수 있다. ④ (가)의 '지벽히'는 '조약돌'을 의미하는 것으로 기파랑의 원만한 품성을 상징하고 있다. 한편 (나)는 이를 '자갈 벌'로 해석하여 화자가 있는 공간을 의미한다고 보았다. ⑤ (가)는 1, 2구를 '구름 장막을 열치며 나타난 달이 떠가는 것 아니냐?'라고 해석하였으므로 달을 직접 보았다고 할 수 있지만, (나)는 달이 이미 지나가고 난 하늘을 보면서 달이 떠가는 모습을 상상한 것이라고 보았다.

6) ② [외적 준거에 따른 작품 감상] '구름'을 따라가는 '달'은 세속적인 유혹과 갈등하며 자신을 지키려는 임이 아니라 인격이 고매하고 고상한 임을 상징하며, 화자가 우러러보는 대상이고, 대상에 대한 그리움이 투영된 자연물이다. ① '흐느끼며 바라보매'에서 화자가 기파랑을 회상하며 슬퍼하는 심정이 드러나 있다. ③ '수풀'은 임을 떠올리게 하여 임이 부재하는 상황을 확인하게 되는 공간이다. ④ '일오(逸烏)내 자갈'은 원만하면서 강인한 임의 성격을 형상화한 소재이다. ⑤ '잣나무 가지'는 임의 고고한 인격과 곧은 절개를 비유하는 자연물이다.

7) ⑤ [화자와 청자의 관계 파악] 화자는 임이 자신을 떠난다는 사실에 실망하지만, 자신의 사랑을 되새기고 임이 다시 돌아와 주기를 기대

하고 있다. ① 임과 화자 이외의 타인은 이 글에서 등장하지 않는다. ② 꿈을 통한 호소는 이 글에서 드러나지 않았다. ③ 화자가 다른 사람을 만나는 모습은 이 글에서 확인할 수 없다. ④ 분노의 정서는 이 글에서 찾을 수 없다.

8) ① [외적 준거에 따른 작품 감상] <보기>에는 봄에 떠난 임이 가을에도 돌아오지 않아 외로움이 깊음을 드러내고 있다. 윗글에서 화자는 임과 헤어지면서 가시자마자 곧 돌아오라고 부탁했는데 반 년에 지나도록 오지 않아 그리움이 간절하다는 반응이 가장 적절하다. ② 임이 화자를 보기 싫다며 떠나지 않았다. ③ 가지 말라는 청을 뿌리치고 가신 임이라 하더라도 나를 생각하느라 애태우는지는 알 수 없다. ④ 화가 날 정도로 너무 붙잡은 것은 아니다. ⑤ 소식이 없는 임을 원망하는 마음은 드러나지 않는다.

9) ⑤ [구절의 의미 파악] ⑩에는 임을 떠나보내지 않으려는 화자의 의지가 담겨 있지 않다. 이 구절에는 떠나는 임이 돌아오기를 기다리는 화자의 태도가 드러나 있는 것으로 보는 것이 적절하다. ① 임이 가시는 것은 화자의 소망과 배치되는 행위이며, ㉠에서 임이 가시는 것을 거듭 확인하고 있다고 볼 수 있다. ② ㉡에는 임에게 버림받은 이후의 삶은 생의 의미를 찾기 어려울 것 같다는 마음이 담겨 있다. 따라서 임에게 버림받은 이후의 삶에 대해 두려워하는 화자의 심정이 나타나 있다고 볼 수 있다. ③ ㉢에는 화자가 임을 붙잡는다면 임이 다시는 화자에게 오지 않을까 봐 잡지 못하는 마음이 담겨 있다. ④ ㉣은 마치 화자가 임을 보내드리는 것처럼 표현되어 있지만 사실은 임이 스스로 화자를 떠나는 상황이라고 보는 것이 적절하다.

10) ① [작품에 대한 내재적 접근] 구체적인 이상 세계에 대한 모습은 드러나지 않으므로 적절하지 않다. ② '위 두어렁셩 두어렁셩 다링디리'와 같은 여음구를 반복적으로 사용하여 음악적 효과를 거두고 있다. ③ 매 행에 첫 시구가 반복되어 나타나고 있고 두 번째, 세 번째 연에서 대구의 표현이 나타나는데, 이는 화자가 말하고자 하는 의미를 강화하여 강조하는 효과를 거두고 있다. ④ 임과의 믿음을 이어가고 싶은 화자의 마음을 '끈'에 빗대어 표현하고 있으므로 적절하다. ⑤ '끊어지겠습니까'는 끊어지지 않을 것이라는 의미로 임과의 믿음이 끊어지지 않았으면 하는 화자의 갈망을 반영한 설의적 표현이다.

11) ⑤ [시적 화자의 태도 및 정서 추리] '길쌈 베'를 버리고라도 임을 좇겠다는 것이나 임과의 이별이 두려워 사공을 원망하는 태도를 통해 화자가 임과 이별하지 않겠다는 강한 의지를 지니고 있음을 짐작할 수 있다. ① 이 시의 화자는 임과 헤어지지 않겠다는 의지를 가지고 있는 인물로 새로운 인연에 대한 기대는 드러내고 있지 않다. ② '사공'에 대한 원망을 표현하여 사랑하는 임에 대한 원망을 간접적으로 표현했다고 볼 수 있으나 직접적으로 임에게 원망의 감정을 담아낸 표현은 찾을 수 없다. ③ 이 시의 화자는 자신의 사랑을 지키고자 하는 강한 의지를 지니고 있지 이를 인정하고 감내하려는 모습을 보이지는 않는다. ④ 과거 자신의 행위에 대한 언급도 없고 반성의 태도도 나타나지 않는다.

12) ④ [소재의 시적 의미 추리] '사공'은 임에게 화자의 사랑을 전달하는 존재가 아닌, 임에 대한 화자의 원망이 전이된 대상이므로 적절하지 않다. 사랑하는 임을 원망할 수 없기에 화자는 배를 통해 임을 떠날 수 있게 하는 '사공'에게 원망의 감정을 전이시키고 있다. ③ '천년'은 '아주 오랜 시간'을 뜻하는 것으로, 임에 대한 화자의 변치 않는 사랑을 보여 주는 조건의 의미를 갖는다. ① 임을 따라가기 위해 화자는 '길쌈 베'를 버리는 것을 감수하겠다고 말하고 있는데, 이는 곧 '길쌈 베'가 버리기 어려운 것, 즉 화자에게 중요한 가치를 갖는 대상임을 알 수 있다. ② 아래 구절을 참고하면 '끈'은 임에 대한 화자의 믿음을 나타내는 대상이다. ⑤ 강 건너편 '꽃'은 문맥상 '다른 여자'를 상징하는 것인데, 이는 임의 변심을 가져올 수 있는 존재로서 화자의 질투심을 유발하는 대상이다.

13) ④ [표현상 특징 파악] 이 글의 화자는 시장에 가 계시는 임(남편)을 떠올리며 임이 무사하기를 기원하고 있다. 첫 부분에서는 달님을 부르며 남편이 가는 길을 밝혀 줄 것을 부탁하고 있으며, 마지막 부분에서는 남편이 위험에 처하게 될까 봐 불안해하면서 남편과 자신의 앞날에 대한 의구심을 표출하고 있다. 그러나 화자의 마음을 토로하는 과정에서 문장 성분의 순서를 바꾸어 쓴 부분은 보이지 않는다.

또한 남편에 대해 염려하는 마음이 큰 것은 사실이나, 상황이 긴박하게 펼쳐지는 것은 아니다. ① '어기야 어강됴리', '아으 다롱디리'와 같은 여음구를 반복 적으로 사용하여 리듬감을 만들어 내고 있다. ② 첫 행에서 화자는 '둘하'와 같이 달님을 호명한 뒤 2행에서 자신이 소망하는 바를 기원하고 있다. 즉 자연물에 인격을 부여한 뒤 자신의 바람을 드러내는 것이다. ③ '둘', '즌 ᄃᆞ'와 같이 '광명'이나 '어둠(위험)'을 상징하는 소재를 활용하여 달이 뜬 밤, 시장에 나간 임이 위험을 피하기를 기원하는 화자의 상황을 드러내고 있다. ⑤ 화자는 하늘에 뜬 '둘'에게 높이 돋아 멀리 '비취오시라'하고 자신의 바람을 드러내고 있다. 또한 '드디욜셰라', '졈그룰셰라'와 같이 두려운 마음을 솔직하게 털어놓고 있다. 상대에게 말을 건네는 방식을 활용하여 화자의 정서를 드러내는 것이다.

14) ② [작품 간의 공통점, 차이점 파악] 제시된 작품과 <보기> 작품 사이의 공통점을 확인하는 문제이다. 작품 속에 제시된 타자의 삶을 이해하고 공통된 정서를 찾을 수 있는 힘을 기른다. 이 글의 화자와 <보기>의 화자는 모두 임과 떨어져 홀로 있는 상황이다. 이 글의 상황에서 화자는 시장에 간 임(남편)이 무사히 돌아오기를 기다리고 있으며, <보기>의 상황에서 화자는 헤어져 있는 임이 혹시나 올까 하며 기다리고 있다. 두 화자 모두 간절하게 임을 기다리고 있다는 점에서 유사하다. ① <보기>의 계절적 배경은 정확히 알 수 없으나, '지는 잎'으로 볼 때 늦가을로 추정할 수 있다. 그러나 이 글에서는 '달'이 뜬 밤이라는 시간적 배경만 알 수 있을 뿐, 계절적 배경은 제시되 지 않고 있다. ③ 이 글의 화자가 임의 안위를 떠올리며 불안해 한다면, <보기>의 화자는 언제 올지 모르는 임이 지금 당장이라도 나타나기를 애타게 바라고 있다. 임과 헤어져 있는 상황에서 심적으로 괴로워하고 있으므로 주어진 운명에 순응한다고 말하기 힘들다. ④ 이 글의 화자와 <보기>의 화자는 자신의 마음 상태와 임의 상황에 주된 관심을 두고 있다. 상황에 따라 행동이 달라지는 사람들의 모습은 두 시 모두에서 나타나지 않는다. ⑤ 이 글의 화자나 <보기>의 화자는 개인적 차원에서 자신의 상황을 토로하고 자신의 감정을 내보이고 있다. 두 시 모두 개인의 문제를 사회 전체의 문제로 확장하는 부분은 보이지 않는다.

15) ② [구절의 의미 파악] '노피곰 도두샤'는 화자가 달님에게 전하는 말이다. 화자는 달님이 높이 돋아 멀리까지 비추어 주기를, 그리하여 시장에 가 계신 임이 즌 곳(위험한 일)에 빠지지 않기를 기원하고 있다. ⓒ은 임의 안전을 간절하게 바라는 화자의 마음을 담은 구절로, 이 표현 속에서 화자가 신분 상승 욕구를 지니고 있는지는 확인할 수 없다. ① '둘'은 높이높이 떠올라 멀리멀리 비추어 주는 존재이다. 세상을 밝게 비추어 어두운 곳을 환하게 만든다는 점에서 광명이 나 빛, 혹은 삶의 행복 등을 상징하는 시어가 된다. ③ '겨재 녀러신고 요.'는 '시장에 가 계신가요?'와 같이 해석된다. 이 시에서 화자가 사랑하는 임(남편)은 대체로 시장에 가 물건을 파는 행상인으로 해석되는데, 그 근거가 바로 '겨재'이다. 남편이 하는 일을 짐작할 수 있는 시어이다. ④ 이 시에서 '즌 ᄃᆞ'는 질퍽한 곳이나 위험한 곳 등으로 해석 된다. 시장에 간 임이 위험에 빠질까 두려워하고 걱정하는 화자의 마음이 '-ㄹ셰라'와 같이 의심이나 두려움을 나타내는 의구형 어미를 통해 드러나 있다. ⑤ '노코시라'는 대체로 '놓고 계십시오'나 '놓으십시오'로 해석되는데, 행상 나간 임이 안전하게 돌아오기를 바라며, '어느 곳에나 (짐을) 다 놓고 (안전하게) 계십시오.'와 같이 남편에게 당부하는 말로 풀이된다. 따라서 ⓜ은 화자가 사랑하는 임에게 전하고 싶은 말로 볼 수 있다.

16) ⑤ [화자의 정서 파악] 화자는 자신이 결백하며 임에 대해 원망하지만 충성심은 변하지 않았음을 직설적으로, 또는 자연물을 통해 간접적으로 드러내고 있다. 따라서 자신이 처한 암울한 상황을 해학적으로 드러냈다는 설명은 적절하지 않다.

17) ⑤ [소재의 특성과 기능 파악] '접동새'는 주로 '한(恨)'을 노래하는 작품에 많이 쓰인다. 이 작품에서도 '접동새'는 '한(恨)'의 이미지를 담고 있다. 따라서, '접동새'를 '참새'나 '까치'로 바꾸면 '한(恨)'의 정서가 약화되는 결과를 초래한다.

18) ⑤ [작품 감상의 적절성 파악] <보기>의 밑줄 친 '내재적 비평'은 작품의 외부적 조건, 곧 작가나 독자, 현실 등과 무관하게 오로지 작품 자체만을 비평의 대상으로 삼는 방법이다. 따라서 작가에 관점에

서 있는 ①과 ②, 현실의 반영이란 관점의 ③과 ④는 외재적 비평이다. ⑤에서 '몸은 멀리 떨어져 있지만 넋이라도 임과 함께 하고 싶다'는 것은 작품 자체에서 도출한 내용이다.

19) ⑤ [외적 준거에 따른 작품 감상] '남은 다 자는 밤에' 화자만이 '홀로 앉아' 있다는 것은 임을 그리워하며 잠을 이루지 못하는 화자의 그리움이 드러나는 장면으로 가장 적절하다. ① (가)의 '임'을 임금으로 해석하면 '사랑'을 임금이나 나라에 대한 충절로 이해할 수 있을 것이다. 따라서 화자가 임에 대한 그리움 때문에 잠이 들지 못하고 있다고 본다면 그 마음은 나라와 임금에 대한 충절을 한시도 잊지 않는 작가의 태도와 연관 지을 수 있게 된다. ② (나)의 '누구에게 옮기신고'를 <보기>와 관련지으면 노론에 대한 임금의 지지가 다른 세력에게 옮겨 간 것으로 해석할 수 있으므로, 작가와 노론 세력이 정치적으로 쇠한 상황에서 이 작품이 지어졌으리라는 추론도 가능할 것이다. ③ (나)에서 '처음에 믜시던 것이면 이다지도 설우랴'는 처음부터 임이 자기를 미워하시던 것이라면 이토록 서럽지는 않을 것이라는 말이므로 임금이 노론 세력을 배척하였다가 다시 불러들였다는 설명은 적절하지 않다. 이를 <보기>와 관련지어 보면, 임금이 처음에 노론 세력을 억누르거나 홀대하던 것이 아닌데 이제 와서 다른 세력에게 힘을 실어 주시니 서러움을 느낀다는 것으로 해석할 수 있을 것이다. 그러므로 '처음에 믜시던'은 '애초부터 임금이 노론 세력을 억압했다면' 정도의 의미로 볼 수 있다. ④ (다)가 사랑의 정한을 노래한 기녀의 시조라고 할 때 <보기>에서 설명한, 기녀들의 사랑이 현실적으로 지속되기 어려웠던 사회적 조건은 '임 둔 임'이라는 상황, 즉 자신이 사랑하는 임에게 다른 임이 이미 있다는 상황과 관련지을 수 있을 것이다.

20) ② [작품 간의 공통점 차이점 파악] (가)에는 임의 사랑을 믿지 못하는 화자의 외로움과 그리움이, (나)에는 믿고 있던 임의 변심으로 인한 화자의 심리적 상처가, (다)에는 사랑하는 임에 대한 그리움으로 잠 못 드는 화자의 외로움이 드러나 있다. 따라서 (가)~(다)의 공통점으로 대상과의 관계에서 결핍을 느끼는 화자의 감정을 언급하는 것은 적절한 판단이다. ① (가)~(라) 모두 슬픔을 표현하고 있지만 극복하고 있지는 않으므로 적절하지 않다. ③ (가), (나)에는 화자의 과거 행적이 딱히 드러나지 않는다. ④ (가)에서 화자는 자신을 사랑한다는 임의 말이 거짓말이라며 임을 향한 원망의 감정이 드러난다고 볼 수 있으나 (나), (다)에서는 원망의 감정이 드러난다고 보기 어려우므로 네 작품의 공통점으로 적절하지 않다. ⑤ (가)~(다)는 임과의 만남이나 사랑이 원만히 이루어지지 않는 데서 느끼는 외로움이나 그리움 같은 감정을 노래한 작품이므로 화자가 당혹감을 느꼈다고 할 수 없다.

21) ⑤ [표현상의 특징 파악] (다)에서는 '임 둔 임을 생각는고'에서 의문형 표현을 활용하여 임의 변심에 대한 의구심을 드러내고 있다. ① (가)에서 하강의 이미지는 드러나지 않으므로 적절하지 않다. ② (가)에서는 연쇄법이 사용되지 않았다. ③ (나)는 반어적 표현을 통해 주제가 부각되지 않았다. ④ (나)에서는 '이다지도 설우랴'에서 설의적 표현을 활용하여 화자의 서러움과 대상에 대한 원망을 드러내고 있지만 이를 통해 대상에 대한 청송의 자세를 드러내는 것은 아니다.

22) ② [표현상의 공통점 파악하기] (가)~(다)는 영탄적 표현이 공통적으로 나타난다. (가)는 종장의 '모르도다'를 통해 임과 이별한 상황에 대한 화자의 슬픔을 부각한다. (나)는 중장의 '닳으리라'와 종장의 '슬퍼하노라'를 통해 임이 부재하는 상황에 대한 화자의 그리움과 슬픔을 부각한다. (다)는 중장의 '속였구나'와 종장의 '하괘라'를 통해 '주추리 삼대'를 사랑하는 '임'으로 착각한 상황에 대한 화자의 실망감과 겸연쩍음 등 복합적인 정서를 부각한다. ① (가), (나)에는 청각적 심상이 나타나지 않는다. (다)에는 '워렁충창'이라는 음성 상징어가 나타나지만 이를 통해 애상적 분위기를 조성하는 것이 아니라 해학적 분위기를 조성한다. ③ (가), (나)에는 자조적 어조가 나타나지 않는다. (다)에는 종장에서 자조적 어조가 나타나지만 이는 자신의 행동이 남을 웃길 뻔 했다고 인정하는 의미로 자조적인 것이지, 이를 통해 과거의 행동에 대해 자신을 꾸짖는 마음은 드러나지 않는다. ④ (가), (나), (다) 모두 역설적 표현이 나타나지 않는다. ⑤ (가), (다)에는 가정적 상황을 제시하지 않는다. (나)에는 초장에서 가정적 상황을 제시하지만 이를 통해 현재에 비해 미래가 나아질 것이라는 기대감이

드러나지는 않는다.

23) ⑤ [시어의 의미 파악] 작품에 나타난 시어의 의미가 무엇인지 파악한다. (나) 작품은 화자의 임에 대한 간절한 그리움을 나타낸 작품으로서 화자가 종장에서 슬퍼하는 까닭은 '꿈에 다니는 길'은 흔적이 남지 않기에 사랑하는 임이 화자의 마음을 알아주지 못할 것이라고 생각하기 때문이다. 따라서 임에 대한 원망의 정서로 보는 것은 적절하지 않다. ①, ② 화자는 촛불의 촛농이 떨어지는 모습을 보며 마치 촛불이 울고 있는 것처럼 느끼며 임과 이별한 자신의 슬픈 감정을 이입하고 있다. 이때 '촛불'은 감정이입의 대상으로 화자와 동일시되기에 '촛불'의 '눈물'은 화자의 눈물과 슬픔이기도 한 것이다. ③ 임과 떨어진 상황에서 임을 그리워하는 화자의 소망은 임과의 만남일 것이다. 화자는 '꿈'에서 '임의 집 창 밖'의 석로가 닳을 정도로 찾아가기에 이 '꿈'에는 임과 만나고 싶어 하는 화자의 소망이 투영되어 있다고 할 수 있을 것이다. ④ 화자가 임의 집을 찾아 간 횟수가 적다면 결코 돌로 만들어진 길은 닳을 수 없을 것이다. 이는 화자가 그만큼 님을 그리워하고 보고 싶기에 돌길이 닳을 정도로 찾아 간다는 의미이다. 따라서 이는 화자의 임에 대한 간절한 그리움을 드러낸다.

24) ② [외적 준거에 따른 작품 감상] 사설시조의 특징과 관련하여 (다) 작품을 감상하는 문제이다. '버선', '신'이라는 소재는 주변에서 흔히 볼 수 있는 소재는 맞지만 임의 소중함을 상징하고 있지는 않다. ① 음성 상징어는 의성어나 의태어를 가리킨다. 의성어나 의태어는 생동감을 드러내는 효과가 있는데 이를 나열함으로써 그 효과가 더욱 커지고 있다. ③ 화자는 주추리 삼대를 임으로 착각하여 급한 마음에 허둥거리며 달려간다. 주추리 삼대를 임으로 착각한 모습도 해학적이며 주추리 삼대에게 허둥거리며 달려가는 모습을 과장적으로 표현한 것도 해학적이라 볼 수 있다. ⑤ 질퍽한 곳과 마른 곳을 가리지 않고 뛰어가서 여성이 남성에게 먼저 가슴 속에 품은 애정 표현을 건네려고 하는 모습은 <보기> 내용 중 '애정을 서슴없이 표현하려는 대담성'과 연결이 되기에 화자의 대담성을 드러낸다고 볼 수 있다.

25) ④ [서술상의 특징 파악] (다)는 '아희야'에서 아이에게 말을 건네는 방식으로 시상을 전개하고 있는 것이지 대화를 통해 시상을 전개하고 있지 않다. ① '낙엽인들 못 안즈랴'에서 확인할 수 있다. ③ (나)의 '청초'와 '홍안', '홍안'과 '백골'은 색채 대비를 이루고 있으며 이를 통해 화자의 그리움을 강조하고 있다. ④ (나)에서는 '청초 우거진 골에 자는가 누엇는가'에서 죽은 황진이에 대한 안타까움을, <보기>에서는 '그릴 줄을 모로두냐'에서 임에 대한 그리움을 드러내고 있다. ⑤ (다)는 '작은 아들 글 읽고', '며늘아기 베 짜'고, '어린 손자는 꽃놀이'하는 상황을 나열하며 시상을 전개하고 있다.

26) ③ [외적 준거에 따른 작품 감상] (나)에서 여성의 젊고 아름다운 얼굴을 뜻하는 '홍안'이 사라지고 '백골'만 묻힌 상황은 시간의 흐름과 대상이 죽은 후 변화된 모습을 통해 인간의 유한성을 드러내는 것으로, 영원히 흔적을 남기는 인간의 특성을 보여주는 수단이라는 설명은 적절하지 않다. ① (가)에서 '곡구롱 우는 소리'는 꾀꼬리가 평화롭게 울고 있는 배경을 보여 주는 수단이 되므로 적절한 설명이다. ② (나)에서 화자는 '잔'을 잡아도 '권할 이 없'다고 말한다. 이는 대상의 부재에 따른 결과로서 공허감, 인생의 허무감을 담아내는 수단이 되고 있다. ④ (다)에서 '박주산채'는 맛이 좋지 못한 술과, 산나물을 뜻한다. 이는 '-일망정'으로부터 구하기 어렵지 않은 대상임을 쉽게 추리할 수 있다. 그런 만큼 화자가 추구하는 소박한 삶을 나타낸다고 할 수 있으므로 적절한 설명이다. ⑤ (가)에서 '달'은 매일 지고 돋는다는 측면에서 하루의 주기를 두고 반복된다는 시간적 인식을 갖게 하며 동시에 자연의 순환성을 드러내는 수단이 된다고 할 수 있다.

27) ⑤ [작품의 종합적 이해] 사설시조의 향수층이 서민들로 형성되기는 하지만, 양반 사대부들도 사설시조를 남겼으며, 이 작품은 서민 계층의 가정에서 일어날 수 있는 일이 아니다.

28) ① [작품 간의 공통점, 차이점 파악] (나)는 생명의 이미지(홍안)과 죽음의 이미지(백골)를 대조하여 무덤 앞에서 느끼는 인생무상이라는 주제를 강조하고 있고, (다)는 인공적 이미지(짚방석, 솔불)과 자연적 이미지(낙엽, 달)를 대조하여 자연 속에서의 풍류라는 주제를 강조하고 있으므로 적절하다. ② (다)에서는 '아이야'라는 특정 대상을 부르는 표현을 통해 시상 전개의 흐름을 전환하고 있으나, (나)에서는 이러한 표현이 나타나지 않는다. ③ (나)에는 '청초', '홍안', '백골' 등에

서 색채 이미지의 대비가 나타나지만 이를 통해 이상적 공간에 대한 지향을 나타내고 있지는 않고, (다)에는 색채 이미지의 대비가 나타나지 않는다. ④ (나)에서 '청초', (다)에서 '낙엽', '달'이라는 자연물이 드러나지만 인격적 속성을 부여하고 있지 않으므로 적절하지 않다. ⑤ (나)에는 화자의 자연에 대한 선호 의식이 나타나지 않는다. 이에 반해 (다)에는 '짚방석', '솔불' 등의 인공적인 소재와 '낙엽', '달'과 같은 자연적인 소재가 대조되고 있으며, 후자에 선호를 보이는 화자의 모습이 나타난다.

29) ④ [작품의 종합적 이해] (가)에는 '두견'과 '접동'이라는 객관적 상관물에 울고 싶은 화자의 정서를 이입하고 있지만, (나)에는 감정 이입으로 볼 근거를 찾을 수 없다. ① (가)는 부재중인 임에 대한 그리움을 노래하고 있지만 (나)는 가슴이 답답한 원인이 구체적으로 드러나 있지 않다. ② (나)에서는 '쑥닥'이라는 음성 상징어(의성어)를 사용하고 있으나 (가)에는 음성 상징어를 찾을 수 없다. ③ (가)는 대상에 대한 원망의 감정을 직접 표출하고 있지만, (나)는 감정을 직접 드러내기는 하지만 그것이 대상에 대한 원망은 아니다. ⑤ (나)는 일상적 소재를 사용하고 있지만, 그것이 가슴에 창을 내고자 하는 화자의 소망을 구체화하는 것은 아니다.

30) ④ [작품 간의 공통점 파악] (나)에는 감탄형 종결 표현인 '-고쟈', (다)에는 의문형 종결 표현인 '-냐'를 초장과 중장에서 반복하여 써서 화자의 정서를 드러내고 있다. (나)와 (다)가 형태는 서로 다르지만 같이 종결 표현을 통해서 화자의 정서를 드러낸다는 점에서 공통적이다. ①, ② (다)에만 '나'라는 화자와 '너'라는 청자가 드러나 있다.

31) ⑤ [작품의 종합적 이해] 화자는 믿을 수 없는 현실에 대한 원망은 하지만 '뉘 탓을 하랴'에서처럼 부재중인 임을 탓할 수는 없음을 밝히고 있다.

32) ⑤ [외적 준거에 따른 작품 감상] <보기>에 따르면, 사설시조의 작가들은 기존의 형식에 관대하다고 하였으므로 차별화를 시도했다는 설명은 적절하지 않다.

33) ③ [외적 준거에 따른 작품 감상] 중장은 '한 달이 서른 날이어니'와 '날 보러 올 하루 없으랴'라는 두 개의 구(句)로 구성되어 있기 때문에 <보기>에서 설명한 평시조의 규칙에서 벗어나는 예가 아니다. ① <보기>에서 '첫째 마디를 3음절로 한다는 일반적인 규칙'은 종장의 첫째 마디에 해당하는 것으로, '어이'는 초장의 첫째 마디이기 때문에 해당 규칙과 관계성이 없으므로 적절한 설명이다. ② 중장이 길어져서 두 개의 구로 한정되지 않음으로써 작품 전체가 3장 6구라는 형식에서 벗어나게 되었음을 알 수 있다. ④ 종장 첫째 마디인 '한 달이'는 3음절로 되어 있으며, 이는 <보기>에서 설명한 사설시조의 형식상 규칙을 준수한 것이라고 할 수 있다. ⑤ 중장은 '너'가 안 오는 이유에 대한 과정을 통해 시적 상황을 해학적으로 제시한 것으로 볼 수 있는데, 이를 <보기>의 설명과 연관 지어 보자면 평시조의 규칙을 깨며 상황을 장황하게 열거한 형식상의 파격과 밀접한 관련이 있다고 할 수 있다.

34) ⑤ [작품 간의 공통점 파악] (가)는 사랑하는 임과 이별한 화자가 매에게 쫓기는 까투리와 바다에서 풍랑을 만나 위험에 처한 도사공과의 비교를 통하여 자신의 정서를 드러내고 있다. (나)는 바람, 구름, 날짐승까지도 쉬어 넘어야 할 정도로 험준한 고개이지만, 화자는 사랑하는 임을 만나기 위해서는 단숨에 넘어가겠다고 하고 있다.

35) ① [화자의 상황 파악] (가)의 화자는 임을 여의고 절망감에 사로잡혀 있는 것에 반해, (나)의 화자는 사랑의 성취를 위한 의지를 보이고 있다. 따라서 (나)의 화자는 (가)의 화자에게 절망보다는 임과의 사랑에 대한 의지를 갖는 것이 중요하다고 충고해 줄 수 있을 것이다.

36) ④ [외적 준거에 따른 작품 감상] 일상생활 주변의 상황이나 정서를 대담하게 토로했다는 내용상의 특징에서 서민 문학임을 확인할 수는 있지만, 그 서민이 몰락한 양반인지 알 수 없고, <보기>에서는 세련된 표현 기법에 관한 언급도 나오지 않는다.

37) ④ [공간적 배경의 이해] 화자는 이별한 상황에서 느끼는 절망감을 ㉮, ㉯와 비교하여 드러내고 있다. 따라서 ㉮, ㉯, ㉰ 모두 화자가 부정적으로 인식하는 상황이라 할 수 있다. ① ㉰는 화자의 현재 상황을 나타내고, ㉮와 ㉯는 화자의 현재 상황을 강조하기 위한 비교 대

상이다. ② 화자는 ㉮, ㉯보다 ㉰의 상황이 더 절망적인 상황이라 생각하고 있다. ③ ㉮, ㉯는 화자의 절망적 상황을 나타내기 위한 비교 대상이다. ㉰는 화자가 임과 이별한 상황에서의 마음 상태이므로, 내적 갈등 중인 상황을 의미한다고 볼 수 있다. ⑤ 화자는 자신의 절망적 상황을 ㉮, ㉯와 비교하여 나타내고 있으므로 내적 갈등이 해소된다고 볼 수 없다.

38) ④ [작품의 종합적 이해] (나)에 나오는 자연물은 의인화된 대상이 아니라 자연 그대로의 존재로 기능하므로 화자의 물아일체적 태도와 무관하다.

39) ① [작품의 감상] 문학 작품의 감상 방법에는 작품의 외적 상황(작가), 시대, 독자 등과 관련하여 작품을 감상하는 외재적 감상과 작품의 내적 상황에 주목하여 작품을 감상하는 내재적 감상이 있다. ②~⑤는 작품의 외적 상황과 관련한 감상인 반면, ①은 작품 자체의 소재와 분위기에 주목한 내재적 감상이다.

40) ③ [작품의 종합적 이해] 이 작품의 화자는 진짜 어부가 아니라 사대부이다. (다)에서 소일거리로 고기잡이를 하며 가을의 풍성함을 즐기고 있는 화자의 모습으로 보아 ③은 잘못된 감상 내용이다.

41) ③ [외적 준거에 따른 작품 감상] <보기>에는 안분지족(安分知足)할 줄 아는 삶의 태도가 드러나 있다. 자신의 분수에 맞는 삶을 편안하게 여기고 만족할 줄 아는 태도를 의미한다. 이러한 삶의 태도를 드러내는 소재는 ㉠ '탁료계변', ㉢ '소정', ㉤ '누역' 등이다.

42) ③ [외적 준거에 따른 작품 감상] '교교백구'는 자연을 멀리하는 선비들을 일컫는 표현으로 화자와 태도를 달리하는 선비들이라 할 수 있다. ① 초장에서 '순풍'이 죽었다는 말은 거짓이라고 밝히고 있다. 따라서 '순풍'이 살아있다고 해야 옳다. ② '유란'과 '백설'은 자연을 비유적으로 표현한 것으로, '피미일인', 곧 '임금'을 향한 뜻과는 관련이 없다. ④ '고인'은 인격과 학문 수양의 본보기가 되는 옛 성인들을 일컫는 표현으로, 배에 뜻이 없고 화자가 멀리한다는 분석은 적절하지 않다. ⑤ 초장은 '우부도 배움의 뜻을 알고 인격과 학문을 수양한다'는 내용으로, '우부'가 학문에 뜻이 없다는 분석은 옳지 않다.

43) ⑤ [외적 준거에 따른 비교 감상] <제9곡>에서는 수양의 본보기로서 '고인'을 본받고자 하고, <제11곡>에서는 '청산'과 '유수'에서 변함없고 끊임없는 자세를 본받고자 한다. 그리고 <보기>에서도 제시되어 있듯이 이를 통해 '인격과 학문 수양'의 의지를 드러내고 있다. ① '녀던 길', '청산', '유수'를 변함이 없는 대상이라고 볼 수 있지만 이를 통해 인격과 학문 수양에 부진한 자신을 반성하고 있다는 설명은 적절하지 않다. ② '완상'은 '즐겨 구경함'이라는 의미로 <보기>를 고려할 때 '청산'과 '유수'는 완상의 대상이 아니다. ③ 화자와 심리적 거리를 보이는 대상은 나타나지 않는다. ④ <제9곡>과 <제11곡>의 내용을 학문 수양의 다양한 방도라고 보기는 어렵다.

44) ⑤ [작자의 문학관 파악] 필자는 음란하거나 거만한 노래를 비판하면서 문학 작품에 공손하고 온유한 태도가 들어 있어야 한다고 주장하면서, 자신이 지은 '도산 육 곡' 두 개를 통해 '어리석음과 인색함이 없어지고', '노래하는 자와 듣는 자 서로 이익될 것'임을 이야기하고 있다. 이로 보아 필자는 문학이 삶을 바른 길로 안내하는 역할을 해야 한다는 생각을 가지고 있다는 것을 알 수 있다.

45) ⑤ [작품의 표현상 특징] <제12곡>에는 반어적 표현이 사용되지 않았고, 풍자적인 내용도 없다. ① 초장과 중장을 대조하면서 순박한 풍속과 어진 인성에 대한 화자의 관점을 드러내고 있다. ② 초장과 중장에서 유사한 통사구조를 반복하고 있다. 그리고 이를 통해 세속을 떠나 자연에서 사는 즐거움을 노래하고 있다. ③ 초장에서 중장, 중장에서 종장으로 진행하면서 연쇄법을 사용하고 있다. 이 과정에서 '고인'을 직접 뵙진 못했지만 그분들의 뜻을 이어받아 '녀던 길'(학문과 인격 수양의 길)을 계속 가겠다는 다짐을 드러내고 있다. ④ 중장에서 의문형 표현을 사용하여 과거에 '녀던 길'에서 벗어났다가 이제야 돌아온 자신의 삶을 반성하고 있다.

46) ⑤ [외적 준거에 따른 작품 감상] <제11수>의 '만고에 푸르른' '청산'과 '주야에 그치지 아니'하는 '유수'는 유한한 인간의 삶과 대비되는 자연을 부각한 것이 아니라 '청산'과 '유수'의 변함없는 모습을 예찬한 것이라고 볼 수 있다. 또한 화자는 '청산'과 '유수'처럼 변함없이 꾸준하게 학문에 정진하겠다고 다짐하고 있다. 그러므로 '청산'과 '유

수'를 화자가 학문 수양의 한계에 대한 자각을 촉구하기 위해 동원된 자연물로 보는 것은 적절하지 않다. ① <제1수>의 '천석고황'은 자연에 살고 싶어 하는 화자의 뜻을 밝힌 것이라고 볼 수 있고, 자연에 살고 싶은 고질병을 고치지 않겠다는 시구와 호응하면서 그 뜻을 지켜 나가겠다는 화자의 태도를 부각한다고 볼 수 있다. ② <제2수>의 '연하'와 '풍월'로 표상된 자연은 친화의 대상이라고 볼 수 있는데, 이는 자연에 은거하면서 '허물이나 없고자' 하는 화자의 바람을 실현하고자 선택한 곳이라고도 볼 수 있다. ③ <제4수>의 '유란이 재곡하니'와 '백운이 재산하니'는 아름다운 자연을 묘사한 것인데, 이 아름다운 자연은 화자가 임금으로 추정되는 '피미일인'을 떠올리면서 연군의 정을 표하는 곳이라고 볼 수 있다. ④ <제10수>의 '당시에 녀던 길'은 화자가 벼슬살이에 나서기 전에 학문에 정진하던 상황을 표현한 것이라는 점에서 학문 수양을 뜻하는 것이라고 볼 수 있다. '딴 데 마음 마로리'는 학문에 정진하지 못했던 삶을 성찰하고 학문 수양의 자세를 이어 나가겠다는 의지를 드러내는 것이라고 볼 수 있다.

47) ⑤ [표현상 특징 파악] 이 작품에서는 청각적 이미지를 드러내는 표현은 쓰이지 않았다.

48) ⑤ [표현의 특징과 효과 이해] <제4수>에서 '내 시름'은 '장안'의 '북궐'에서 비롯된 근심을 말한다. '장안'의 '북궐'은 임금을 상징하며 여기에서 비롯된 시름은 나라에 대한 근심이다.

49) ③ [시어의 기능 비교] 이 작품의 '만첩청산'은 '천심녹수'와 함께 '십장홍진'을 차단하는 기능을 한다. <보기>의 '머흔 구름'과 '파랑성'도 세속적 공간인 '세상'과 '딘훤'을 차단하는 기능을 한다.

50) ④ [작품의 종합적 이해] '예셔 그리는 뜻을 져서 아니 모로는가'는 '여기서 그리워하는 뜻을 저기서도 알 것이다.'라는 의미의 설의적 표현인데, 이것은 화자가 그리워하는 만큼 상대방도 자신을 그리워할 것이라는 믿음이 담긴 것이지 안타까움을 표현한 것은 아니다.

51) ② [작품 간의 공통점 파악] 청각적 심상을 통해 화자의 심정을 부각하는 것은 <보기>에만 해당하는 설명이다. <보기>에서는 '슬픈 노래'라는 시어를 통해 '그대'와 이별하는 화자의 슬픈 심정을 부각하고 있다. ①, ⑤ 윗글의 '벗'이 세상을 떠난 것을, <보기>는 '그대'와 이별한 것에 대한 안타까운 정서를 노래하고 있으며, 이는 시적 대상의 부재로 인한 상실감을 노래한 것이라 볼 수 있다. ③ 윗글의 '그리는가', '갈 것인가', <보기>의 '다할런가'에서는 의문형 문장을 통해 화자의 정서를 강조하고 있다. ④ 윗글의 '용추동 밖', '구름 다리 위', <보기>의 '대동강'에서는 공간적 배경을 활용하여 시적 대상에 대한 화자의 안타깝고 슬픈 정서를 드러내고 있다.

52) ① [화자의 정서 파악] 윗글은 '벗'에 대한 화자의 그리움과 예찬의 정서가 드러난다. ①에는 절개를 지키고자 하는 화자의 올곧은 마음이 드러날 뿐, 그리움이나 예찬의 정서는 드러나지 않는다. 나머지 선지는 모두 시적 대상에 대한 화자의 그리움의 정서가 드러난다.

53) ④ [시적 화자의 태도 파악] ㉠에는 화자가 언제나 시적 대상을 사랑하고 그리워하는 모습이 드러난다. 이것은 임에 대한 일편단심(一片丹心)을 노래한 ④와 유사하다. ① 짚방석과 관솔불도 사치스럽다며, 낙엽에 앉아 달빛을 벗삼아 막걸리와 산나물로 흥을 돋우는 소박한 삶의 모습이 잘 드러난다. ②는 뜻을 함께 하기를 회유(懷柔)하고 있고, ③은 학문 수양의 의지를, ⑤는 선비의 굳은 절개를 각각 노래하고 있다.

54) ③ [표현상 특징 파악] '더하여 무엇하리', '눈서리를 모르느냐', '속은 어이 비었느냐', '너만 한 이 또 있느냐' 등에서 의문형 문장을 사용하였고, 이를 통해 대상에 대해 화자가 생각하고 있는 바를 강조하여 드러내고 있다. ① 봄과 가을, 그리고 겨울이라는 계절이 표현되었지만, 이것이 계절의 흐름에 따라 제시된 것은 아니다. ② 반어적 표현이 사용된 부분이 없다. ④ 음성 상징어가 사용된 부분이 없다. ⑤ 구름, 바람, 꽃, 풀 등에 대한 부정적 속성이 제시되어 있지만, 이것을 가정적 상황을 통해 드러낸 것은 아니다.

55) ⑤ [표현상 특징 파악] 시조는 정형시이므로 율격이 일정해야 한다. 이를 위해 어순을 도치하는 경우가 종종 있다. 그러나 이 시조에서는 어순을 도치한 구절이 없다. ① 제2수에서는 초장의 구름과 중장의 바람이, 제3수에서는 초장의 꽃과 중장의 풀이 대구 형식의 문장 속에서 제시되어 있다. ② 제2수의 구름과 바람은 물과 대립되는 이미

지로, 제3수의 꽃과 풀은 바위와 대립되는 이미지로 제시되어 있다. ③ 제4수와 제5수의 초장은 각각 두 마디씩 나누어지면서 대구를 형성하고 있다. ④ 제4수에서는 솔을, 제6수에서는 달을 각각 인칭 대명사인 '너'로 지칭하고 있다.

56) ⑤ [외적 준거에 따른 작품 감상] <보기>에 의하면 윤선도는 현실의 정치에서 소외되었지만 자연 속에서 자신의 윤리관을 지켜 나갔으며 자연을 도피처나 피난처로 생각하지 않았다. 따라서 윤선도가 현실 세계를 떠나거나 절대자에게 귀의하겠다는 자세를 엿볼 수 있다고 한 진술은 적절하지 않다. ① 윤선도는 자신이 처한 당대를 혼탁한 세상이라 생각하고 이에 물들지 않고 청렴한 자세를 유지하려 하였다. ② 윤선도는 권력에 흔들리지 않고 당대 집권 세력에 맞서 적극적으로 투쟁하였다. ③ 윤선도는 정치권에서 소외된 상태에서 지냈지만 이에 굴하지 않고 자신의 윤리관을 지켜 나갔다. ④ 윤선도는 당대 집권 세력인 서인과 타협 없는 투쟁을 하였다.

57) ④ [외적 준거에 따른 작품 감상] 곧을 뿐만 아니라 사시에 푸르기 때문에 대나무를 좋아한다는 고백이지, 정적들에 대한 비판은 전혀 나타나지 않는다. 그들이 자연의 섭리를 거스르는지 여부도 알 수 없다. 곧지 못한 인물들에 대한 우회적 비판으로 볼 수는 있다. ① 구름과 바람, 꽃과 풀은 모두 한결같지 않고 환경이나 조건에 따라 변화하는 속성을 지닌 사물들이다. 우의적으로 해석하면 시류에 따라 변하는 정치인들을 빗댄 것으로 볼 수 있다. ② 물이나 바위는 모두 시인 자신이 벗으로 삼을 정도로 특별한 자질을 가진 사물들이다. 따라서 그 자질은 곧 시인이 추구하는 인간상의 반영으로 볼 수 있다. ③ 바위도 변치 않는 점에서, 대나무도 사시에 변하지 않고 푸르다는 점에서 유사한 속성을 지닌 것으로 볼 수 있고, 그 불변성은 일관된 신념이나 불굴의 의지와 상통한다. ⑤ 달이 보고도 말을 하지 않기 때문에 좋다는 것은, 본 것조차도 제대로 전달하지 못하고 모함을 하기 위해 보거나 들은 바를 왜곡하는 인물을 간접적으로 비판하는 것으로 볼 수 있다.

58) ② [시상 전개 방식에 대한 이해] ㉹가 달의 명칭을 직접적으로 언급하지 않은 것은 맞다. 그러나 ㉹에서 물, 바위, 솔의 명칭은 직접적으로 언급하였으나, 대나무의 명칭에 대해서는 직접적으로 언급하지 않았다. ① <제1수>에서 물, 바위, 솔, 대, 달 등이 오우라고 언급하였고, <제2수>~<제6수>에서 이들 오우를 좋아하는 이유를 드러내고 있다. ③ <제2수>~<제5수>의 물, 바위, 솔, 대나무가 화자와 수평적인 위치에 있다면, <제6수>의 달은 화자와 수직적인 위치에 있다. ④ <제2수>~<제5수>와 <제6수>는 모두 '-노라'라는 어미를 사용하여 수를 마무리하고 있다. ⑤ <제1수>에서는 물, 바위, 솔, 대, 달을 언급하고 있을 뿐 그 특징을 보여 주지 않았다. 하지만 <제2수>~<제5수>에서는 물, 바위, 솔, 대나무의 특징을, <제6수>에서는 달의 특징을 구체적으로 보여 주고 있다.

59) ③ [작품의 종합적 이해] 화자가 자신을 '세상의 버린 몸'이라고 표현한 것은 속세를 떠난 화자의 처지를 겸손하게 표현한 것이다.

60) ④ [작품의 표현상 특징] 4수의 '무슴하리오', 8수의 '무슴하리오' 등에 설의적 표현이 사용되었다. 화자는 이를 통해 부귀영화를 부러워하지 않고 즐겁게 살고자 하는 태도, 즉 자신이 추구하는 삶의 태도를 드러내고 있다. ① 이 시에는 농가에서 일하는 화자의 상황이 나타나 있다. 그러나 이를 비현실적 상황에 빗대어 제시하고 있는 것은 아니다. ② 이 시에서 과거와 현재를 대비하여 화자의 삶의 태도를 제시하고 있는 부분은 찾을 수 없다. ③ 이 시에서 동일한 시행을 반복하여 화자의 의도를 제시하고 있는 부분은 찾을 수 없다. ⑤ 이 시에서 대상에 감정을 이입한 부분은 찾을 수 없다. 또한 화자의 정서가 변화하는 부분도 찾을 수 없다.

61) ⑤ [외적 준거에 따른 작품 감상] 5수에서, 초가집을 정비하고 농기를 관리하는 것은 농촌의 겨울 풍경을 드러낸 것으로 볼 수 있다. ① 1수에서, '세상'은 화자가 떠나 온 곳이다. 화자는 이 곳을 떠나 농촌에 귀의하였다. ② 2수에서, '압집'과 '뒷집'이 함께 농사일을 하는 모습에서 공동체적 삶을 떠올릴 수 있다. ③ 3수에서, 농민들이 땀 흘리며 일하는 모습에서 그들의 노고를 알 수 있다. ④ 4수에서, 화자는 자신의 힘으로 이룬 것이 맛이 좋다고 하였다. 이는 스스로 일 궈낸 일의 가치를 높게 평가한 것으로 볼 수 있다.

62) ④ [시어의 의미 파악] ⓐ는 바깥의 일이라는 의미로, 여기서는 세속의 일을 뜻한다. 그런데 화자는 이러한 바깥의 일에 관심을 두지 않고 농사일을 하며 늙어간다고 하였다. 따라서 ⓐ는 화자가 관심을 두지 않는 대상으로 볼 수 있다. ⓑ는 가을에 걷어 들인 곡식을 말한다. 화자는 이 곡식을 보고 좋고도 좋다고 하고 있다. 따라서 ⓑ는 화자에게 만족감을 주는 대상으로 볼 수 있다.

63) ④ [작품의 종합적 이해] (가)는 남의 이야기를 전하는 방식으로 전개되므로 구어체 형식이라 할 수 있다. 그런데 (나)도 화자가 청자에게 말을 건네는 형식으로 이루어져 있으므로 구어체 형식이라 해야 한다. ① (가)와 (나)는 모두 공간적 배경을 농촌으로 하고 있다. ② (가)는 칠언절구의 한시로 정해진 글자 수와 행의 수, 압운(押韻)을 반드시 따라야 한다. (나)도 반드시 3장 6구로 구성해야 하는 평시조이므로 정형시(定型詩)에 해당한다. ③ (가)와 (나)는 모두 화자가 농민에 대해 우호적인 태도를 보이고 있다. ⑤ (가)는 가렴주구(苛斂誅求)가 판을 치는 현실을 부정적으로 보고 있지만 (나)는 농촌 현실에 대해 긍정적 시각으로 바라보고 있다.

64) ⑤ [화자의 처지 파악] <제4수>에는 가을이 되어 곡식을 보고 그 결실에 대해 만족하는 화자의 모습이 드러난다. 그러나 <보기>는 힘겹게 농사를 지었지만 관리들이 모두 수탈해 가는 현실을 아이의 말을 인용하여 사실적으로 그리고 있다.

65) ② [작품의 특성 파악] 이 작품은 당대 사회가 안고 있는 모순(ㄴ), 부정적 사회 현실(ㄷ)을 부정적이고 비관적인 관점(ㄹ)에서 비판하고자 하는 의도에서 창작되었다. 소박한 농촌의 모습과 순수한 아이들의 모습에 대해 예찬하거나(ㄱ) 인간 세상에서 벌어지는 일을 자연계에 비유하여 주제를 구현하고 있는(ㅁ) 것은 아니다.

66) ⑤ [작품의 특성 파악] 이 작품에서는 계절(봄 → 여름 → 가을 → 겨울)과 시간(아침 → 낮 → 저녁)의 변화에 따라 달라지는 농가의 생활을 노래하고 있으며(ㄹ), 농사를 지은 경험을 사실적으로 묘사하고 있다(ㄷ). 대상을 풍자하는 의도를 발견할 수 없고, 자연과 인간사를 대비하는 수법도 사용되지 않았다(ㄱ). 자연물에 인격을 부여하는 수법, 즉 의인법은 사용되지 않았다(ㄴ).

67) ① [외적 준거에 따른 작품 감상] <제1수>는 세속으로부터 버림을 받은 것으로 해석되지만 이것은 세속을 떠난 화자가 자신의 처지를 겸손하게 표현한 것일 뿐이며, <보기>에서도 확인할 수 없는 내용이다.

68) ⑤ [구절의 의미 파악] (나)에서 화자는 농촌에서 농부들과 함께 살아간다는 것에 대해 큰 만족감을 자기고 있다. 따라서 화자가 회의적 태도를 가지고 있다는 설명은 적절하지 않다.

69) ④ [작품 간의 공통점 파악] (가)와 (나)의 화자는 자연에 머물러 있으면서 만족감을 가지지만 임금의 은혜나 임금이 있는 궁궐을 생각하고 있다는 공통점을 갖는다. ① (나)에서만 '월백'에는 흰색, '녹수', '청산'에는 푸른색, '십장홍진'에는 붉은색의 색채 이미지를 활용하여 공간의 의미를 드러내고 있다. ② '날 가는 주를 알랴', '제세현이 업스랴' 등의 설의적 표현을 사용한 문장을 통해 현실 정치를 잊고 강호에서 살아가고자 하는 화자의 태도를 강조하고 있다. ③ '구버논 천심녹수 도라보니 만첩청산', '청하에 바볼 반고 녹류에 고기 뻬여' 등에 비슷한 어조를 지닌 어구를 짝 짓는 대구법이 사용된 것은 (나)이고 (가)에는 대구법이 나타나지 않는다. ⑤ 앞말을 바로 뒤에 이어받아 제시하는 것은 연쇄법을 의미하는 것으로, 이 작품에는 연쇄법이 사용되지 않았다.

70) ③ [구절 간의 공통점, 차이점 파악] [B]에는 '이 듕'과 '인세'의 대립적인 공간 설정을 통해 현실에서의 시름을 잊고 자연에서 살아가는 화자의 만족감과 지향이 나타나는 것이지, 미래의 상황을 가정한 것은 아니다. [A] 역시 현재 자신의 상황 및 그에 대한 만족과 임금의 은혜에 감사하는 마음을 드러내면서 화자의 지향을 드러내고 있기에 미래의 상황 가정과는 관련이 없다. ① [A]의 중장과 [B]의 중장에는 흐르는 물에 배를 띄우고 걱정 없이 지내는 구체적인 삶의 모습이 그려져 있다. ② [A]의 종장에는 자연에서 한가롭게 지내는 현재의 삶이 임금의 은혜임을 '역군은이샷다'를 통해 드러내고 있고, [B]의 초장에는 시름없이 지내는 어부의 생애에 대한 만족감을 드러내고 있다. ④ [A]의 초장에 '가을'이라는 계절이 명시되어 있다. ⑤

[A]는 종장을 통해 알 수 있듯이, 자연 속에서의 삶이 임금의 덕분이라는 표현을 통해 강호 자연과 정치 현실이 임금의 은혜로 상징되는 안정된 질서 안에 속해 있는 것으로 그리고 있다. 반면 [B]는 '인세를 니젯거니'를 통해 알 수 있듯이 정치 현실을 부정적인 세계로 보고 있으며, 이에 대한 대립항으로 강호를 설정하고 있다.

71) ⑤ [외적 준거에 따른 작품 감상] <보기>를 참고할 때, '눈 깊이 자히 남다'는 자연이 인간에게 안겨 주는 아름다운 경정을 나타내고 있는 것으로 풍요의 의미를 지니고 있다. '탈속'은 세속적 욕망으로 오염된 세상을 벗어난다는 의미로, <보기>에 나타난 도가적 관점과 관련이 있다.

72) ④ [외적 준거에 따른 작품 감상] 현실 정치로 인한 좌절이 '시름'이라고 할 때, 이를 잊고 자연의 대상인 '백구'와 함께 놀겠다는 것은 자연에의 침잠과 친화의 자세를 보여 주는 것이다. 화자는 어지러운 현실을 잊고 아무 욕심이 없으면서도 다정한 존재인 갈매기와 함께 자연에서 자유롭게 지내고자 하는 것이다. 이때 갈매기가 자신의 도덕적 이상을 알아주는 존재는 아니기에 그러한 존재에 대한 소망이라는 서술은 적절하지 않다. ① 현실 정치로 인한 '시름'이 없는, 강호 자연에서의 삶을 보여주는 것으로, 관직을 그만두고 고향으로 돌아가는 귀거래의 모습을 드러낸다. ② 십장홍진과 거리를 둔 강호에서의 삶을 통해 '강호-속세'의 이분법적 대립을 보여 준다. ③ '월백'을 통해 순수하고 사심 없는 자연의 세계를, '일반청의미'를 통해 자연의 맑은 멋을 드러낸다. ⑤ 임금이 계신 북궐에 대한 생각을 잊은 적이 없다고 말함으로써 몸은 비록 강호에 와 있지만, 추구해 왔던 도덕적 이상으로서의 충이나 우국지정은 변함이 없음을 강조한다.

73) ① [작품 간의 공통점 파악] (가)~(다)는 현실의 삶을 사실적으로 제시하여 그 문제점을 부각하고 백성을 위한 정치를 할 것을 촉구하는 의도에서 창작되었다고 볼 수 있다.

74) ⑤ [표현상 특징 파악] (가)의 화자는 '삼월 중순 세곡선이 서울로 떠난다'는 관리의 말을, (다)의 화자는 산골의 아낙네에게 들은 말을 전달하고 있다.

75) ⑤ [작품 간의 공통점, 차이점 파악] (나)는 '밭에서 이삭을 줍는 어린애들 말'을 인용하여, (다)는 '산골짝'에 사는 '부인'의 말을 인용하여 관리들이 백성들을 수탈하는 현실을 고발하고 있다. ① (나)와 (다) 모두 풍경이 변화하는 양상을 제시하고 있지 않다. ② (나)에서는 '소쿠리', (다)에서는 '쟁기', '광주리' 등 일상에서 사용하는 소재가 제시되고 있다. 이를 통해 (나)에서는 벼 이삭도 주울 수 없고, (다)에서는 '나물'조차 캐기 어려운 백성들의 비극적인 처지를 드러내고 있다. ③ (나)에서는 '어린애들 말'을 통해 이삭을 줍기 힘든 '올해'의 상황이, (다)에서는 '가파른 산골짝'에 사는 '부인'의 현재 상황이 제시되고 있다. 과거와 현재를 교차하여 화자가 깨달음을 얻게 된 과정은 드러나지 않는다. ④ (나)에서 '벼'와 '이삭', (다)에서 산비탈을 서성대는 '개와 닭들'이 제시되고 있지만, 화자가 이에 대해 긍정적인 태도를 보이는 것은 아니다.

76) ④ [구절의 의미 파악] [A]는 부패한 하급 관리인 황두가 백성의 무명을 강제로 뺏어 가는 장면을 사실적으로 묘사하고 있다. [B]는 남김없이 관창에 바친 것을 벼 베는 솜씨가 좋아서 그랬다며 조롱하고 있다.

77) ③ [시어, 시구의 의미와 기능 파악] (나)의 ㉠은 '이삭'을 풍요롭게 줍기를 바라는 소망이 실현되지 못하고 있는 현실을 보여 준다. (다)의 ㉡은 '아침'부터 '해가 저물도록' 일해도 척박한 산밭의 환경 때문에 나물조차 풍족하게 얻지 못하는 현실을 드러낸다. 그러므로 ㉠과 ㉡은 모두 기대에 부응하지 못하는 결과로 인해 결핍을 느끼게 하는 소재로 볼 수 있다. ① ㉠과 ㉡은 모두 과거의 삶에서 벗어나기 위한 인물의 의지가 담겨 있지 않다. ② ㉠을 사용하는 곳은 밭으로, 이는 외부 세계로부터 고립된 공간임을 보여 주는 것과는 거리가 멀다. ③ ㉠과 ㉡에는 타인의 행위를 조롱하려는 인물의 의도가 담겨있지 않다. ⑤ (가)의 '올해는~관창에다 바쳤답니다'를 통해 '이삭'을 주워도 ㉠이 안 차는 '올해' 상황에 '어린애들'이 안타까움을 느끼고 있음을 알 수 있다. ㉡은 '산골짝'의 궁핍한 삶을 보여 주는 소재이다. ㉠과 ㉡ 모두 세상에 대한 인식이 긍정적으로 변화하게 된 계기와는 거리가 멀다.

78) ② [표현상의 특징 파악] '이 씨의 사촌이 되지 말고 / 민씨의 팔촌이 되려무나'와 같이 각 연의 첫째 행과 둘째 행이 동일한 운율 구조로 짝을 이루고 있다. ① 이 노래는 한 연에 4행이 반복되는 형식을 지니고 있으나, 첫 부분과 끝 부분은 대응 관계가 성립하지 않는다. ③ 이 노래에는 색채어의 사용이 보이지 않는다. ④ 이 노래에서 영탄적 어조를 발견하기 어렵고, 종결 어미를 통해 의지를 드러내지도 않는다. ⑤ 대상과의 친밀감을 표현한 구절이나 직유법과 관련한 표현을 찾을 수 없다.

79) ③ [외적 준거에 따른 작품 감상] 시대나 당대 현실과 관련하여 문학 작품의 내용을 심화하여 이해할 수 있는지를 확인하는 문제이다. [보기]의 내용을 참고하여 해당 연을 이해하면, 아리랑 고개에 지어진 '정거장'은 민중과 유리된 당대의 개화 정책을 상징하는 것이고 시의 내용상 정거장은 이미 지어 놓은 것이다. 이렇게 볼 때, 민중이 정거장을 지어 달라고 요구했다는 것이나 정부가 정거장을 지어 달라는 요구를 무시했다는 진술은 [보기]의 내용에 부합하는 것이 아니므로 ③과 같은 내용 이해는 적절하지 않다. ① 왕족인 '이씨'의 '사촌'보다 왕의 외척인 '민씨'의 '팔촌'이 되라고 말하는 것은 왕족보다 외척을 아는 것이 좀 더 유리함을 의미하는 것이고, 이는 곧 왕족보다 외척이 더 큰 권력을 휘둘렀던 당대의 부조리한 세태를 드러내는 것이라 할 수 있다. ② 군대는 전투와 전술 훈련이 주가 되어야 하는데도 불구하고 '군악대'장단에 맞춰 '받들어총'만 한다는 것은 신식 군대의 훈련이 실속 없이 이루어지고 있음을 보여 주는 것이다. ④ '문전의 옥토'를 가졌던 민중이 '쪽박의 신세'가 된 것은 일제의 식민지 수탈에 의한 것으로, 이를 통해 당대 민중들의 고달픈 처지를 짐작할 수 있다. ⑤ '신작로'와 '정거장'은 근대화를 상징하는 것이고, 이것들로 인해 민중의 삶의 터전인 '밭'과 '집'이 헐렸다는 것은 곧 식민지 근대화로 인해 민중의 삶의 터전이 상실되었음을 의미 한다.

80) ⑤ [감상의 적절성 평가] 4연에서는 일제의 가혹한 수탈로 인해 우리 민족의 삶이 황폐화된 것을, 5연에서는 문명화된 세계가 민족의 삶의 터전을 훼손하고 있음을 비판하고 있다. 새로운 문명이 계승되어 온 전통적 가치를 훼손한다는 판단은 윗글과 <보기>를 통해 이끌어 낼 수 없는 내용이므로, ⑤는 적절한 감상이 아니다. ① <보기>의 역사적 자료로 보아, 1연부터 5연까지의 서술 내용은 역사적 사건들을 소재로 삼았으며 시대적 순서에 때라 배열된 것임을 알 수 있다. ② 1연의 '민씨의 팔촌'이 되라는 것은 고종의 외척들인 민씨의 세도 정치에 의한 국정의 문란을 풍자한 것이다. ③ 2연에서는 제사를 지내는 장충단을 짓고 군악대 장단에 맞춰 의식 훈련만 하는 신식 군대를 비판한 것이다. ④ 3연은 백성의 편의를 무시한 채 진행되는 개발 정책을 풍자한 것이다.

81) ④ [표현상 특징 파악] (가)는 '함흥차 가는 소리', '귀뚜라미 슬피 울어', '비비배배 우노나'와 같은 청각적 심상을 활용하여 임에 대한 사랑의 감정을, (나)는 '군악대 장단에 받들어총만 한다'와 같은 청각적 심상을 활용하여 시대 인식에 뒤떨어진 사회 현상을 표현하고 있다. ① (가)의 '가을바람'과 '낙엽' 등이 계절과 관련된 소재에 해당하지만 시간의 변화와는 관련이 없고, (나)에는 계절감과 관련된 소재가 나타나지 않는다. ② (가)와 (나) 모두 관조적인 태도와는 무관하다.

82) ⑤ [외적 준거에 따른 작품 감상] [A], [B]의 후렴구와 [C]~[E]의 후렴구는 서로 다른데, 이것이 지역 고유의 특징이 반영된 것은 아니다. ① [A]는 임에 대한 그리움과 한을, [E]는 임에게 자신의 마음을 드러내지 못한 한을 표현하고 있다는 점에서 모두 남녀 간의 사랑이 노랫말에 반영된 것에 해당한다. ② [B]에서는 임에 대한 그리움과 관련이 없는 통일에 대해 언급하고 있는데, 이는 집단 차원의 소망과 관련된다는 점에서 유행 민요의 성격에 해당한다. ③ [C]에서 '남산'이나 '장충단' 같은 구체적 지명을 사용한 것은 고정 민요의 성격에 해당한다. ④ [D]에서 '문전의 옥토'를 빼앗기고 '쪽박의 신세'가 되었다는 것은 시대 인식이 들어 있어서 유행 민요에 해당한다.

83) ④ [구절의 의미 파악] '댕기'는 '길게 땋은 머리끝에 드리는 장식용 헝겊이나 끈'으로, 머리에 하는 장신구이다. 따라서 ㉣은 임이 '갑사댕기'를 나부끼며 화자를 떠나가는 모습에 해당한다. ① 화자는 임이 '함흥 차 가는 소리'를 듣고 봇짐을 싸고 있다고 말하고 있는데, 이는 임이 떠날 시간이 임박했음을 나타낸다. ② 화자는 '낙락장송'을 붙잡

고 애달픈 심정을 하소연하고 싶다고 말하고 있다. 따라서 '낙락장송'은 화자가 자신의 시름을 풀 수 있는 대상일 뿐, 화자와 임을 매개하는 대상과는 관련이 없다. ③ '머루 다래'는 줄기가 서로 얽히고설켜 있다는 점에서 임과 헤어져 혼자 있는 화자의 처지와 대비되는 자연물에 해당한다. ⑤ 화자는 '산새'가 처량하게 울고 있다고 말하고 있는데, 이는 임에 대한 그리움으로 슬픔에 빠져 있는 화자의 감정이 이입된 것으로 볼 수 있다.

84) ② [외적 준거에 따른 작품 감상] '남산'은 신식 군대가 있던 곳으로, 허울뿐인 신식 군대를 비판하기 위한 것이다. 또한 '아리랑 고개'는 정거장을 짓고 전기차를 기다리지만 오지 않는 상황을 그림으로써 문명개화 역시 서민들의 삶의 현실과는 유리되어 있음을 드러내는 것이다. 공간의 이동이 나타나지만, 이는 당대의 여러 문제를 드러내는 것으로 공간의 이동을 통해 풍자가 강화되는 것은 아니다. ① 왕가인 이씨보다 외척 세력인 민씨가 더욱 세도가 강했음을 나타내는 것이다. ③ '정거장', '전기차', '신작로'는 개화기 무렵 우리나라에 들어온 문명의 산물이지만, 그것들이 결국 서민들의 생활에 이로운 것이 되지 못함을 꼬집고 있다. ④ '옥토'는 과거에 가졌던 좋은 땅으로, 과거에는 비교적 풍족하게 살아왔음을 보여 주며, '쪽박의 신세'는 거지 신세가 되었음을 말하는 것으로, 일제의 수탈로 인해 과거와는 대조적으로 모든 것을 잃게 되었음을 보여 준다. ⑤ 후렴구인 '아리랑 아리랑 아라리요'는 이어져 오는 민요 가사를 차용한 것으로, 우리 민족 모두에게 익숙한 가사를 사용하여 민족적 공감대를 형성하고 있다.

85) ① [표현상 특징 파악] 자는 아침에 일어났어도 자꾸만 졸려서 잠 때문에 힘들어 하고 있다. 바쁜 낮의 일과를 보내고 난 후 저녁밥상을 치우고 황혼이 되자마자 낮에 못한 바느질을 하려는데 또 원치 않는 잠이 찾아온 난감한 상태를 표현했다. 시간의 경과에 따라 아침부터 저녁까지 화자를 따라다니는 잠에 대한 원망으로 시상을 전개하고 있다. ②, ③ 이 작품에서 반어적 또는 역설적 표현은 나타나 있지 않다. 잠에 대한 원망과 탄식을 솔직 담백하게 직접적으로 드러냄으로써 주제 의식과 화자의 내면을 표현하고 있다. ④ 자꾸만 찾아오는 잠을 의인화하여 화자의 원망과 답답함을 드러내고 있다. 하지만 자연물의 속성에 빗대어 표현하지는 않았다. ⑤ 잠을 작중 청자로 설정하여 야속하게도 자신에게만 찾아오는 잠을 원망하고 나무라는 어조를 사용하고 있다. 작품의 마지막 부분에서 바느질을 시작하자마자 달려드는 졸음에 힘들어하는 화자의 모습에서 독백적 어조가 부분적으로 나타나 있지만 과거의 삶을 되돌아보지는 않았다.

86) ② [외적 준거에 따른 새로운 가치 발견] '무상불청 원망 소래 온 때마다 듣난고니'에서 화자는 청하지도 않은 잠이 하필 내게 찾아와 욕을 먹는지 하소연하고 있다. 이는 지배층에 대한 원망의 정서와는 전혀 관계가 없다. ① 이 작품은 민요로 구전에 적합한 율격과 형식을 갖추고 있다. 즉 4·4조 4음보의 규칙적인 율격으로 리듬감을 조성하고 있다. 특히 '잠아 잠아 무삼 잠고 가라 가라 멀리 가라'에서는 유사 구절의 반복(a-a-b-a)이 잘 나타나 있다. ③ '석반을 거두치고', '섬섬옥수'등에서 이 노래가 부녀자들 사이에서 불렸음을 알 수 있다. ④ '낮에 못한 남은 일을 밤에 할랴 마음먹고'에서는 밤이라는 시간이 낮 동안 일에 지친 부녀자들에게 편안한 휴식의 시간이 되지 못함을 알 수 있다. 때마침 쏟아지는 잠을 꾹 참고 바느질을 해야 했던 서민들의 고달픈 삶의 애환이 느껴진다. ⑤ '바늘 두엇 뜸 뜨듯마듯 난데없는 이 내 잠이 소리없이 달려드네'에서 옛날 부녀자들이 쏟아지는 잠을 참고 밤새 바느질을 하기 위해 이 노래를 불렀음을 알 수 있다. 이런 점에서 실생활의 필요에 의해 창작된 노동요로 볼 수 있다.

87) ② [화자의 정서 및 태도] [B]는 바느질을 시작하자 난데없는 잠이 소리 없이 화자에게 달려든다는 의미로, 바느질을 하다가 잠이 와서 꾸벅꾸벅 졸고 있는 모습을 해학적으로 그리고 있다. 특히 잠을 의인화하여 여인들의 고달픈 생활상을 익살스럽게 표현한 것이다. ① [A]는 할 일은 없고 잠은 오지 않아서 고민하는 인물에 관한 내용이다. 전체적인 내용으로 볼 때, 화자와 대조적인 상황의 인물로서 화자의 처지를 부각하고 있다. ③ [A]와 [B]는 서로 대조적인 상황이므로 인과 관계로 볼 수 없다. ④ [A]와 [B] 모두 고달픈 현실을 극복하려는 화자의 의지는 나타나 있지 않다. ⑤ [A]와 [B] 모두 잠에 대한 너그러운 태도와는 거리가 멀다.

88) ① [작품의 구체적 내용 파악] 봄이 와서 떠나는 기러기는 겨울철 새이므로 '남쪽'으로 가는 게 아니라 '북쪽'으로 가야 자연스럽다. '어이 갈꼬 울음 운다'고 했으니 처량한 모습으로 그리는 것은 적절하다. ② '소부 허유 문답하던 기산 영수'는 세속을 멀리하려고 숨어 지내는 곳이므로 '선경(仙境)'이라 할 수 있다. ③ '죽장망혜 단표자'가 가장 간편한 행장(行裝)이다.

89) ⑤ [외적 준거에 따른 작품 감상] '기산 영수가 예 아니냐'라는 구절은 화자가 주위 풍경을 보며 그곳이 마치 옛날에 소부와 허유가 은거하던 공간 같다고 느끼는 만족감의 표현일 뿐 신분이 낮은 직업적 가객들이 머물던 도시의 유흥 공간과는 관련이 없다. ① 이 작품에서 자연은 도학자들의 노래에서 그려지듯 심신을 수양하는 공간이 아니라, '산천경개 구경'을 하는 대상이다. 이는 <보기>에서 설명한 대로 잡가가 지닌 세속적이고 쾌락적인 경향을 반영한 것이라고 추론할 수 있다. ② <보기>의 설명에 따르면 잡가의 가창은 도시에서 이루어졌는데, 이 작품에서 소재로 선택한 상황은 '죽장망혜 단표자로 천리강산 들어가니'처럼 깊은 산속에서 만나는 아름다운 경치를 예찬하는 것이어서 도시라는 공간에서 마주하는 상황과 상이하다. 이는 도시에서 이 작품을 향유할 대중의 흥미에 부합하는 소재였기 때문에 선택된 것이라는 추론이 가능할 것이다. ③ 작품의 율격적 특성을 고려하면 이 잡가의 형식이 어떤 갈래에 뿌리를 두고 있는지 파악할 수 있을 것이다. 이 작품은 '춘색을 자랑노라 색색이 붉었는데'에서 드러나는 네 마디 율격이 전체적으로 연속된다고 볼 수 있으므로, <보기>에서 설명한 바와 같이 기존 갈래인 가사에 뿌리를 둔 잡가임을 알 수 있다. ④ '어주축수애삼춘이라더니'는 중국 한시의 구절을 인용한 것이므로, 신분이 낮은 가객들보다는 상류 양반층이 즐겨 사용하는 언어의 양상과 더 관련이 깊을 것이라고 추론할 수 있다.

90) ① [시어의 기능 이해] ㉠은 쓸쓸한 분위기를 조성하여 화자의 정서를 심화시키는 기능을 하고 있다. 한편 ㉡은 화자가 봄 경치를 보고 즐거워할 수 있도록 그 흥취를 환기하는 기능을 하고 있다. ② (가)의 화자가 쓸쓸해하기는 하지만 ㉠을 화자의 눈물로 볼 수 있는 근거는 없다. 또한 (나)에서 ㉡이 화자의 사랑을 상징한다고 볼 수 있는 근거를 찾을 수 없다. ③ ㉠, ㉡은 모두 감성을 자극하고 있다고 할 수 있다. ④ ㉡은 산에 가득한 붉은 꽃과 푸른 잎들로, 봄을 맞이한 자연의 모습을 나타낸 것이다. 따라서 그리움의 매개체라는 설명은 옳지 않다. ⑤ ㉠이 하강의 이미지를 가지고 있는 것은 맞지만, ㉡은 상승의 이미지라고 단정하기는 어렵다. 더욱이 이 작품들은 화자의 현실 극복 의지를 드러내고 있지 않다.

91) ② [표현상의 특징 파악] '~하는가', '~일으키려는가', '~분별하랴', '~보랴' 등의 의문문의 형식을 활용하면서 시상이 전개되고 있다. ① '김가 이가 고공들아'로 청자를 구체적으로 설정하고 있고, '짓자꾸나', '매자꾸나' 등에서 청유형을, '세워라', '말아라' 등에서 명령형을 사용하고 있다는 점에서 청자에게 행동의 변화를 권유하는 설득적 어조를 보이고 있다고 할 수 있다. ③ 역설적 표현이 활용되지는 않았다. ④ 시적 상황이 반전되고 있는 부분은 없다. ⑤ 사물을 의인화하는 방법을 사용하지는 않았다.

92) ④ [외적 준거에 따른 작품 감상] 화자가 신분을 초월한 관리 등용의 필요성에 대해 언급한 부분은 나타나지 않았다. ① '너희 재주 헤아려 서로서로 맡아라'에서 화자가 나라를 걱정하는 입장에서 관리들에게 자신의 소임을 다 할 것을 촉구하고 있음을 알 수 있다. ② 임진왜란 직후의 상황을 배경으로 한 것을 근거로 할 때, '엊그제 화강도에 가산이 탕진하니 / 집은 불타 버리고 먹을 것이 전혀 없다'에서 왜적에 의해 피폐해진 나라 살림과 그에 대한 화자의 한탄을 엿볼 수 있다. ③ '밥사발 크나 작으나 동옷이 좋고 궂으나 / 마음을 다투는 듯 우두머리를 시기하는 듯 / 무슨 일 얽혀들어 흘깃할깃 하는가'에서 힘을 합치지 않고 서로 이익만을 다투는 관리들에 대한 비판을 확인할 수 있다. ⑤ '집은 내 지을 게니 움은 네 묻어라'에서 나라를 재건하기 위해서 솔선수범하려는 화자의 의지를 엿볼 수 있다.

93) ② [외적 준거에 따른 시구의 이해] <보기>의 창작 상황을 고려하면 이 글이 일종의 경세가(警世歌)임을 알 수 있다. 농부의 어려움을 국사(國事)에 비유하여 농가(農家)의 한 어른이 바르지 못한 머슴들의 행동을 나무라는 형식을 취해, 나라를 진심으로 걱정하는 마음에서 정사(政事)를 게을리 하는 조정의 벼슬아치들을 비판한 글이다.

따라서 ⓑ는 '내가 맡은 일은 알아서 할 테니 자신의 자리에서 제 역할을 잘 하라.'라는 의미이지 조선을 전복하고 새로운 왕조를 세우겠다는 의미는 아니다.

94) ② [외적 준거에 따른 작품 이해] '누항'에 사는 화자가 소를 빌리러 갔다가 무안을 당한 직접적 경험을 바탕에 두고 내용을 전개하고 있다. 자연 속에서 유유자적하는 모습을 담은 가사는 조선 전기 가사의 특징이다. ⑤ 실질적인 가치를 찾는다는 것은 맞지만 그렇다고 사대부의 체면을 버리려고는 하지 않는다.

95) ⑤ [화자의 성격 파악] '어리고 우활한 건 이내 위에 더는 없다'에서 확인할 수 있듯이 이 글의 화자는 자신을 어리석고 세상물정 모른다고 생각하고 있다.

96) ④ [배경 및 소재의 기능 파악] '쇼'는 이웃집 주인에게, '낙디'는 '유비군자'에게 빌려야 하는 대상이다. 화자는 농사를 짓기 위해 '쇼'를 빌리려 하지만 실패하고, 자연을 벗 삼아 욕심 없이 지내기 위해 '낙디'를 빌리려 하고 있다. '강호 흔 꿈'은 과거 화자가 가졌던 소망으로, 자연에서 평화롭고 한가하게 지내고자 하는 것이다. 화자는 전쟁이 끝나고 시골로 돌아와 궁핍하게 살면서 농사를 지으려 하지만, 그것마저도 '쇼'가 없어 불가능한 상황이다. 화자는 어쩔 수 없이 농사를 포기하고 한때 가졌던 강호 한정의 꿈을 떠올리며 자연을 벗 삼아 늘어 가고자 한다. '강호 흔 꿈'과 관련된 시어는 '낙디'에만 해당하므로, '쇼'와 '낙디'가 '강호 흔 꿈'을 실현하고자 하는 화자의 의지를 부각하는 소재라는 진술은 적절하지 않다. ① 화자는 '목 불근 수기 치'를 가져온 다른 사람에게 '쇼'를 빌려주기로 했다는 이웃집 주인의 말에 어쩔 수 없다 여기며 돌아선다. 이를 통해 '쇼'가 없는 화자의 안타까운 심정을 엿볼 수 있다. ② 봄에 밭 갈기를 재촉하는 새인 '대승'이 화자의 한을 돋우고, 평소에는 즐기던 '농가' 역시 흥 없게 들리는 상황은 농사를 지으려 해도 '쇼'가 없어 춘경을 포기할 수밖에 없는 화자의 처지를 드러내는 것이다. ③ '쇼' 빌리기에 실패한 화자는 밤새 탄식하다가 결국 춘경을 포기하고 '낙디'를 빌려 명월청풍을 벗 삼아 살고자 한다. 이는 그칠 줄 모르는 '한숨'으로 고민하던 화자가 결국 농사를 포기하고 강호 한정에의 꿈을 떠올리고 있음을 보여 주는 것이다. ⑤ 농사짓기를 포기할 수밖에 없는 화자는 '낙디'를 빌려 '명월청풍'의 벗이 되어 살고자 한다. 따라서 '낙디'는 자연 친화적 삶을 통해 근심 없이 살고자 하는 화자의 태도를 드러내는 것이다.

97) ④ [외적 준거에 따른 작품의 형성 과정 파악] [A]는 가정에서 있을 수 있는 문제, [B]는 향촌 사회에서 일어나는 문제를 각각 언급한 것으로 보는 것을 적절하지만, 앞뒤의 문맥이 부자연스러운데 이것이 있다고 하여 작품의 주제 의식이 확장된다는 것은 적절하지 않다. 더구나 [B]에서는 탐관오리의 수탈을 문제 삼는 내용이라 작품 전체와도 일정한 거리가 있다.

98) ① [구절의 의미 파악] 소 주인은 이웃집에서 자신을 후하게 대접했기 때문에 그 집에 소를 빌려 주어야 한다고 말하고 있지만 실제로는 대가 없이 소를 빌려 줄 수 없다는 점을 밝히고 있다.

99) ① [구절의 의미 파악] 문맥을 통해 구절을 파악하는 것이 문제 해결의 방법이다. ①은 세상 물정에 어둡다는 뜻으로, 사사로운 세상살이에 영악하지 못함을 뜻하는 말이다.

100) ① [표현상의 공통점 파악하기] (가)에서는 '하나 한~쑨이랏다'와 '충혼 의백을~부르려는가'를 통해, 무책임한 관리들과 희생적인 백성들을 대조하여 표현하고 있다.

101) ① [외적 준거를 바탕으로 작품 감상하기] '하나 한~쑨이랏다'는 수많은 관리들이 숫자만 채울 뿐이라는 의미로 전쟁이라는 현실에 제대로 대처하지 못하는 관리들의 모습을 나타낸 부분이므로 적절하지 않다. ② '질풍'은 임진왜란을, '경초'는 백성들을 비유한다고 볼 수 있다. 따라서 '질풍이 아니 블면 경초롤 뉘 아더뇨'는 임진왜란과 같은 전란이 아니라면 백성들의 강인함을 누가 알겠냐는 의미이므로 적절하다. ③ '충혼 의백을~부르려는가'는 의병들의 의로운 넋을 추모하고 있다는 의미이므로 적절하다. ④ '조종 구강애~남재 도여'는 조상의 영토에 도적이 임자가 되었다는 의미인데, 여기서 '도적'은 왜적을 뜻한다고 할 수 있으므로 적절하다. ⑤ '원혈이~성강흐니'는 원통한 피가 흘러내려 평지가 강이 되었다는 의미이므로 적절하다.

102) ⑤ [외적 준거를 바탕으로 작품 이해하기] (가)의 '죽느니~한티마라'는 전쟁 중에 죽는 사람들이 많은데 이 죽음을 한탄하지 말라는 의미이므로 적절하지 않다. ① '니 됴혼~백성이요'는 수령들이 이로 백성을 물어뜯고 있다는 의미이므로 적절하다. ② '재화로~너모며'는 재물로 쌓은 성이 매우 높다는 의미이므로 적절하다. ③ '인모 불장흐니~엇디흐료'는 지배층으로서 할 수 있는 도리를 다하지 않았다는 의미이므로 적절하다. ④ '흐도~엇덜고'는 낮도 좋지만 밤에 노는 것도 좋다는 의미이므로 적절하다.

103) ② [표현을 비교하여 이해하기] ㉠에는 '분찬흐니 이 시름 뉘 맛들고'를 통해 전쟁으로부터 달아나 숨은 행위가 드러나고, ㉡에는 수많은 장사들이 어디 숨어서 보이지 않는다고 하고 있다.

104) ③ [표현상 특징 파악] 반어는 자신의 속마음과 반대로 표현하는 기법이다. 이 글에서는 이와 같은 반어적 표현을 찾아볼 수 없다. ① 배를 위협하는 '산악 같은 높은 물결', '크나큰 배 조리 젓듯' 등의 표현에서 자연 현상을 과장하여 강조하는 모습을 볼 수 있다. ② '보이나니 바다히요 들리나니 물소리라'에서처럼 화자의 막막한 심정을 효과적으로 드러내기 위하여 주변의 대상들을 활용하고 있다. ④ 화자는 추자섬에 도착할 때부터 정착하게 될 때까지의 일들을 시간의 흐름을 따라 서술하고 있다. ⑤ '해수로 성을 싸고 운산으로 문을 지어', '풍도섬이 어디메뇨 지옥이 여기로다'와 같이 대구를 이루는 표현을 반복적으로 사용하고 있다.

105) ③ [화자의 정서 및 태도 파악] 화자는 어디선가 들리는 슬픈 소리 때문에 근심이 더해지고 있다고 하고, 곧이어 그 소리가 떠나는 배의 노 젓는 소리라고 말하고 있다. 노 젓는 소리가 화자의 걱정이 심화되는 분위기를 조성한다고 할 수 있다. ①, ② 이 부분에서 화자를 둘러싼 분위기는 어두움이다. 서산에 지는 해, 그믐밤, 솔불마저 희미해진 어두운 배경은 근심 많은 화자의 어두운 심리와 조응되는 것으로, 위로나 희망과는 거리가 멀다. ④ 화자가 밤새 눈물을 흘린 것은 근심이 가라앉지 않았기 때문이다. [A]에서 화자가 새로운 삶을 다짐하는 모습은 나타나지 않는다. ⑤ 화자는 거친 밥과 간장밖에 없는 식사이지만 그조차도 없어 굶는 날이 간간이 있다고 말하고 있다. 스스로 식사를 거부하는 모습이 아니다.

106) ④ [외적 준거에 따른 작품 감상] '주인'은 형편이 좋지 않은 자신에게 유배 온 사람을 맡긴 것이 부당하다고 생각하고 있다. 이에 대한 불만으로 살림살이를 집어 던지며 화를 내고 있다. ① '주인'이 자신의 형편이 매우 어렵다는 것을 강조하는 것으로 보아 성공을 과시한다고 할 수 없다. ②, ③ '주인'은 가난한 살림에 군식구를 맡게 되어 자신의 살림이 더 어려워질 것을 염려하고, 화자를 구박하고 있다. 이는 화자를 불쌍히 여기거나, 화자를 제대로 감독하지 못할 경우 받을 처벌을 걱정하는 모습과는 거리가 멀다. ⑤ '주인'이 자신의 식구들을 언급하고는 있으나, 이는 자기 식구들도 먹을 것이 넉넉하지 않을 정도로 형편이 어려움을 말하기 위함이다.

107) ① [작품의 내용 파악] '기신', '굴삼려' 등 스스로 생을 마친 역사적 인물들을 언급하고 있으나, 물에 빠져 죽기 싫다는 뜻을 드러내기 위한 것이지 자신의 결백을 말하기 위한 것은 아니다. ② 삶과 죽음이 교차하는 여정을 3일 밤낮이나 지냈다는 말에서 이동 과정의 험난함이 드러난다. ③ 도착한 유배지를 지옥으로 표현하는 데에서 깊은 절망감을 느낄 수 있다. ④ 습기가 많고, 평소에 보지 못한 징그러운 짐승들로 인해 화자는 불만을 느끼고 있다. ⑤ 남쪽의 더운 날씨에도 불구하고 겨울옷을 입고 있는 자신의 모습을 묘사하여 화자의 경제적 어려움을 드러내고 있다.

108) ② [내용의 일치 여부 파악] 뎐동 어미의 남편들이 모두 죽은 것은 맞지만 그것이 자신의 탓이라고 자책하는 모습은 드러나고 있지 않다.

109) ② [표현상의 특징 파악] 작품에 반어적 표현이 드러나지 않는다. 화자가 여러 번 개가한 자신의 기구한 상황의 심각성을 드러내고 있으나 이를 위해 반어법을 사용하지는 않았다.

110) ① [소재의 기능 파악] 오갈 데 없던 '뎐동 어미'가 '노인'의 집에 들어갈 때 '청삽사리'가 '뎐동 어미'를 보고 소리내어 짖어대는 상황이다. 이를 고려할 때 ㉠은 '뎐동 어미'가 자신의 초라한 처지에 대해 느끼는 서글픔을 심화하면서 그것을 부각하는 기능을 한다고 볼 수

있다.

111) ⑤ [외적 준거에 따른 작품 감상] B에서 '덴동 어미'가 이야기를 하는 대상은 '노인'이다.

112) ② [작품의 특징 파악] 이 글에서는 봄철의 아름다운 풍경을 보면서 느끼는 흥취와 만족감을 그려 내고 있다. ① 이상화된 타인의 삶을 형상화한 표현은 나타나지 않는다. ③ 미래에 대한 기대감이 나타난 표현은 없다. 뒷부분에 앞으로도 현재와 같은 행락을 누리고자 하는 소망이 드러나 있다. ④ 과거에 누리던 삶으로 회귀하고자 하는 의지가 나타나는 표현은 없다. ⑤ 숭고한 이념으로 볼 만한 윤리적 덕목이나 이상은 보이지 않는다.

113) ⑤ [외적 준거를 통한 작품의 감상] 화자는 봉두에 올라 인간과 자연의 속성을 대비하고 있는 것은 아니다. ① '풍월주인 되었어라' 등에서 확인할 수 있다. ② '한중진미를 알 이 없이 혼자로다'에서 확인할 수 있다. ③ '무릉이 가깝도다 저 들이 그것인가'에서 확인할 수 있다. ④ '엊그제 검은 들이 봄빛도 유여할사'에서 확인할 수 있다.

114) ② [세부 정보의 이해] [A]의 '흥이야 다를소냐', [B]의 '어떤 벗이 있을까'는 설의적 표현을 통해 화자의 흥취와 만족감을 드러낸 것이다. ① [A]와 [B]에서 의인화는 나타나지만 세태를 비판하는 것은 아니다. ③ [A]에만 해당한다. ④ [A]와 [B]에서 자연과의 일체감을 느낄 수는 있으나 시선의 이동은 나타나지 않는다. ⑤ [A]와 [B]에 어순의 도치는 나타나지 않는다.

115) ⑤ [작품의 내용 파악] 화자는 '홍진'에 묻혀 살아가는 사람들을 향해 자신의 삶의 모습이 어떠한가 질문을 던지고 있을 뿐 그들에게 자신과 함께 살아갈 것을 호소하고 있지는 않다.

116) ③ [외적 준거에 의한 시어나 시구의 이해] <보기>를 참고할 때 여기서의 '이웃들'은 화자가 교류하는 고향의 문인들을 가리키는 것으로 볼 수 있다. ① '홍진'은 속세를 비유적으로 이르는 말로, 번잡한 정계의 생활에 대한 화자의 부정적 판단을 드러낸 표현으로 볼 수 있다. ② '물물'은 여러 가지 자연물을 가리킨다. ④ '단표누항'은 자연 속에서 청빈한 생활을 추구하는 화자의 삶을 압축적으로 드러낸 것이다. ⑤ '백년행락'은 평생 동안 즐거움을 누리는 것을 말하는데, <보기>와 관련시키면 화자가 귀향 후 남은 생애 동안 누리는 즐거움을 나타낸 것으로 볼 수 있다.

117) ④ [표현상의 특징 파악하기] 과거의 일이 제시되어 있지 않으며, 과거와 현재를 대비하여 그리움을 강조하고 있지도 않다. ① '아마도 꿈이로다 일마다 꿈이로다 / 동냥도 꿈이로다 등짐도 꿈이로다' 등과 같이 앞 절과 뒷 절을 맞대응시키는 대구법을 활용하여 운율감을 형성하고 있다. ② '평생에 처음이요 다시 못할 일이로다'와 '차라리 굶을지언정 이 노릇은 못하리라'에서 화자는 영탄적 표현을 통해 동냥을 하고 사는 자신의 생활에 따른 고조된 감정을 드러내고 있다. ③ '만산초목(萬山草木)이 잎잎이 추성(秋聲)이라'에서 가을이라는 계절감을 '추성(秋聲)'이라는 청각적 심상을 통해 드러내고 있다. ⑤ '동냥도 한번이지 빌긴들 매양일까'에서 동냥을 더 이상 하기 싫다는 화자의 생각을 설의법을 사용하여 부각하고 있다.

118) ③ [외적 준거를 참고하여 작품 감상하기] 윗글의 '손가락'이 부르튼 것은 화자의 고통스러운 삶의 모습을 제시한 것으로, <보기2>에서 '변화'를 겪은 화자의 삶의 의지를 드러냈다고 할 수 없다. ① 윗글의 '동냥'은 유배 생활을 하는 화자의 처지를 드러낸 것으로, <보기2>에서 '손님'의 '설운 말씀'의 내용 중 일부라고 할 수 있다. ② 윗글의 '짚신날'을 꼬는 화자의 행위는 유배지에서 겪는 <보기2>의 '고생'의 내용을 구체적으로 드러냈다고 볼 수 있다. ④ 윗글의 화자는 '임금'을 보고 싶어 하고 있고, 이는 결국 <보기2>의 '천은(天恩)'이라는 임금의 은혜를 입어 현실에 복귀함으로써 해결될 수 있다. ⑤ 윗글의 화자는 <보기2>의 청자로 볼 때, '학'은 임금에게 가고 싶은 화자의 소망을 드러낸 소재로 <보기2>의 청자인 '손님'의 소망이라고 할 수 있다.

119) ② [화자의 말하기 방식] '만언사답'은 '만언사'에 대해 화답의 방식으로 지어진 작품이다. [A]의 양반은 '코웃음에 비웃음'을 보이는 '주인'의 행위에 대해 '네 웃음도 듣기 싫고 많은 밥도 먹기 싫다'와 같이 반감을 드러내고 있고, <보기2>의 나는 자연 현상 등의 예를 통해 청자의 상황을 위로하고 있다. ① 양반은 청자인 주인을 훈계하고 있지 않다. ③ 양반은 청자인 주인을 설득하고 있지 않는 반면 나는 청자에게 참고 견디면 좋은 날이 있을 것이라는 해결책을 제시하고 있다. ④ 양반은 미래의 상황을 언급하고 있지 않고, 행동을 촉구하지도 않는다. ⑤ 양반은 자신의 학식을 자랑하는 현학적인 표현을 사용하지 않는다.

120) ② [시어의 기능 파악하기] ㉠은 가을 날 새벽에 울면서 날고 있는 '외기러기'로, 화자는 이를 통해 '임'을 떠올린다. 결국 '임'이라는 특정한 대상을 떠올리게 하는 매개물의 역할을 하는 것으로 볼 수 있다.

121) ③ [작품의 개괄적 특징 파악] 이 글에서는 봉선화를 완상하다가 꽃을 직접 심고 그 꽃잎으로 손톱에 물을 들인 후 이를 통해 봉선화에 대한 각별한 정을 표현하는 시적 화자의 모습이 시간의 흐름을 따라 제시되고 있다. ① 봉선화 꽃을 비롯한 일상적 소재를 확인할 수 있으나 삶에 대한 반성과는 관련이 없다.

122) ④ [시상 전개 방식에 대한 이해] 이 작품의 시적 화자는 봉선화 꽃이 지자 마음이 상해서 슬퍼하고 있다. 하지만 그 상실감의 이유를 자신의 잘못으로 돌리고 있는 것은 아니다. '꽃에게 말 붙이기를 / 그대는 한스러워 마소 해마다 꽃빛은 의구하니 / 하물며 그대 자취 내 손에 머무르지 않는가' 하고 오히려 꽃을 위로하고 있다. ① '춘삼월 지난 후에 향기 없다'고 비웃지 말라고 한 후 '정정한 저 기상을 여자 외에 뉘 벗할까' 하며 노래하고 있기 때문에 화자가 지향하는 인간상을 드러내고 있다고 볼 수 있다. ② 봉선화 물을 들이는 과정을 직유와 열거를 활용하여 묘사하고 있다. ③ 봉선화 물을 들이는 행동은 봉선화의 아름다움을 자신 손톱에 물들이고 싶었기 때문이다. 따라서 감흥을 지속시키기 위한 행동으로 볼 수 있다. ⑤ 마지막 구절 '봉선화 이 이름을 누가 지었는가 이리하여 지었구나'로 보아 [A]에서 [C]에 이르는 과정을 통해 봉선화가 이름을 갖게 된 유래를 밝히고 있다고 볼 수 있다.

123) ① [표현상의 공통점 파악] 공감각적 표현은 한 감각을 다른 감각으로 전이(轉移)시킨 표현을 가리키는데, (나)와 <보기>는 모두 공감각적 표현이 사용되지 않았다. 참고로 <보기>의 '아쟁을 뜯으면 복사꽃 놀라 떨어지듯'은 복합 감각적 표현에 해당한다. 복합 감각적 표현은 두 가지 이상의 감각이 동원되지만, 공감각적 표현과는 달리 감각의 전이가 일어나지 않는 표현을 가리킨다. ② (나)와 <보기>는 각각 '~을(를) ~듯'과 '~면 ~듯'의 통사 구조를 병치하고 있다. 시에서 유사한 통사 구조를 병치하면 대구법이 되는데, 대구법은 반복을 통해 율격을 살리는 효과를 나타낸다. ③ (나)와 <보기>는 모두 붉은색 계열의 색채어를 반복하고 있는데, 이는 봉선화 꽃물을 들이고 꽃물이 든 손톱을 바라보면서 느끼는 화자의 설렘과 기쁨을 효과적으로 드러낸다. ④ (나)와 <보기>는 모두 손톱에 봉선화 꽃물을 들이는 과정과 다음날 봉선화 꽃물이 든 손톱의 아름다움을 노래하고 있다. 따라서 두 작품 모두 시간의 흐름에 따라 시상이 전개된다고 할 수 있다. ⑤ (나)에서 '홍산호(紅珊瑚)', '홍수궁(紅守宮)'은 백반과 함께 찧어 놓은 봉선화 꽃잎을, '홍로(紅露)'는 종이에 스며드는 붉은 물을, '춘라옥자(春羅玉字) 일봉서(一封書)'는 손가락에 수실을 감아 놓은 모습을, '붉은 꽃'은 빨갛게 물든 손톱을 비유한 것이다. 그리고 <보기>에서 '열 개 붉은 별', '호랑나비', '복사꽃', '피눈물', '붉은 비'는 빨갛게 물든 손톱을 비유한 것이다. 따라서 (나)와 <보기>는 모두 다양한 비유를 통하여 대상의 이미지를 부각하고 있다고 할 수 있다.

124) ⑤ [시의 소통구조 파악] 이 시는 봉선화를 통해 여인의 심정을 노래한 것이지 다른 사람을 계도하기 위해 지은 것은 아니다. 이런 면에서 독자로 하여금 지나간 삶의 모습을 반성하도록 일깨우려는 의도를 지녔다고 볼 수 없다. 다만 이 시를 읽은 독자들은 봉선화에 대한 새로운 정감을 가지게 될 것이므로 정서적 공감을 불러일으키기 위해 쓴 것이라고 할 수 있다.

125) ④ [외적 준거에 따른 작품 감상] 화자는 호인들의 반찬을 보며 신기하게 여기고 있을 뿐, 긍정적으로 평가하고 있는 것은 아니다. ① 의주 부윤이 송객정에서 전별하는 상황에서 '삼 사신(정사, 부사, 서장관)', '장계' 등의 용어가 나오는데, 이를 통해 화자가 사신 행차의 일원으로 여행 중임을 알 수 있다. ② '홍상의 꽃눈물이 심회를 돕는도다.'는 기생이 우는 모습과 관련지어 나라를 떠나는 화자의 심란한 느낌을 드러내는 것이다. ③ 도강 날짜인 '하 오월 초칠일', 의주에

서 압록강을 건너 청나라에 입국하는 여정은 객관적 사실이다. ⑤ (나)는 여러 가지 가축을 기르고 '말, 노새, 양, 돼지, 황소' 등의 가축을 잘 몰고 부리는 청나라 사람들의 풍속을 세밀하게 관찰하여 묘사하고 있다.

126) ① [표현상 특징 파악] '푸른 봉은 첩첩ᄒ여 날을 보고 즐긔는 듯'은 객체인 자연물(푸른 봉)이 주체인 '나(화자)'를 보는 것으로 주체와 객체를 바꾸어 화자의 즐거움을 드러낸 것이고, '빅운은 요요ᄒ고 광식이 참담ᄒ다.'는 자연물을 통해 화자의 쓸쓸함을 드러낸 것이다. 즉 [A]는 자연물을 통해 복합적인 정서를 드러내고 있다. ② [B]의 '집치 ᄀᆞ튼 황소'는 과장법으로 볼 수 있으나 그것을 통해 화자의 의지를 드러내는 것은 아니다. ③ [B]의 '집치 ᄀᆞ튼 황소'와 '조고마혼 당나귀'를 대조로 볼 수 있으나, 시적인 긴장감을 고조하는 것은 아니다. ④ [A]에만 '푸른', '빅운' 같은 색채어가 나타난다. ⑤ [A]는 '거국지회'라는 관념적 측면에, [B]는 청나라에서 목격한 사실적 측면에 초점을 맞추고 있다.

127) ② [작품의 종합적 감상] 윗글에 제시된 내용에서는 화자의 견문에 대한 감상에서 반청 의식(反淸意識)이 드러난 부분이 없다. 숭명(崇明) 반청(反淸)하는 의식은 전혀 볼 수 없다. 오히려 북경에 처음 도착해서 본 거리 풍경에 대해 당황스럽고 황홀하다고 반응하고 있다. 그리고 숙소에 들어가서는 깨끗하다는 느낌을 갖고 있어 부정적 견해를 보이는 부분이 없다. 청나라 관리들의 차림새를 언급하는 부분에서도 그들에 대한 반감 의식은 보이지 않는다. 따라서 한족(명나라)과 우리 민족에 대한 우월 의식은 엿볼 수 없다.

128) ③ [구절의 의미 파악] 길가의 여염(백성의 살림집이 많이 모여 있는 곳)들은 단청(옛날식 집의 벽, 기둥, 천장 따위에 여러 가지 빛깔로 그림이나 무늬를 그림. 또는 그 그림이나 무늬.)한 집들이 즐비하게 늘어서 있다고 한 것으로 보아, 서민의 집 초라하다고 언급하는 것은 [A]부분에 맞지 않는 내용이다.

129) ① [외적 준거에 따른 비교] <보기>에서는 처소나 낮에는 손님 접대 걸터앉기 가장 좋다고 하여 실용성 측면에도 관심을 두고 있음을 보여 준다. 하지만 [B]에서 처소의 내부를 사실적으로 서술하고 있고, 방의 실용성에 대한 언급은 없다. ② [B]에서 화자는 처소가 깨끗하다고 하면서 자신의 주관적 평가를 내리고 있다. <보기>에서는 처소라고 찾아간 집 제도가 우습다고 하면서 자신의 주관적 평가를 내리고 있다. ③ [B]에서 화자는 거처의 내부가 백능화로 도배되어 있고, 화문석이 깔려 있다고 했다. 이것은 내부의 꾸밈을 서술한 것이다. 반면에 <보기>에서는 완자창과 석회 바른 벽돌담으로 집의 겉모습을 꾸민 것에 대해 서술하고 있다. ④ [B]에서 청나라 사람들에 대한 태도가 나타나지 않으나, <보기>에서는 '미천한 호인들이 집 꾸밈이 분수에 넘치는구나'라고 하면서 청나라 사람들을 무시하는 태도를 보여 준다. ⑤ <보기>에서는 방의 제도를 우리나라 부뚜막과 관련지어 설명하고 있고, [B]에서는 처소를 조선의 문물과 관련지어 설명하고 있다.

130) ④ [구절의 의미 파악] [B]에서는 타국에서의 외로움과 고국의 집에 대한 그리움의 정서로 잠을 이루지 못하고 있는 화자의 상황이 주된 내용으로 다루어지고 있다. 슬프고 분한 마음은 물론이고, 청(淸)에 대한 비판적 태도 또한 드러나지 않았다.

131) ① [고사 성어의 이해] 적인걸이 태행산에 올라 고향 쪽 하늘의 구름을 보며 부모를 그리워했다 하여, '망운지정(望雲之情)'의 성어가 만들어졌다 한다.

132) ② [외적 준거에 따른 작품 감상] <보기>를 통해서, 기행 문학으로서의 '연행가'의 가치는 여정 속에서 글쓴이의 생각이나 정서가 형상화된다는 것에 있음을 알 수 있다. 자부심이 표출된다는 점에서 기행 문학적 성격이 있다고 할 수는 있다. 그러나 글쓴이는 예부에서 있었던 일을 객관적으로 기록하고 있을 뿐 사행 신하로서의 자부심을 드러내지는 않는다.

133) ⑤ [작품의 표현상 특징 파악] '산', '바다', '국화', '서리', '매화', '자규'와 같은 자연물을 활용하여 계절의 변화를 표현하지만 화자의 임을 향한 인식이 바뀌는 것은 아니다. ① '빛바랜 화장', '분'과 같은 시어가 화자가 여성임을 알 수 있게 하며, 이를 통해 화자가 임에 대한 그리움을 효과적으로 표현하고 있다. ② '황금이 많으면'이라는 가정

적 상황과 '뒤집힌 동이'에 해가 비치는 현실의 상황을 대응하여 현실에 대한 부정적 인식을 나타내고 있다. ③ 임이 계신 '광한궁'과 같은 천상계와, 화자가 있는 '하계'와 같은 지상계를 설정하여 임과 이별한 화자의 정서 변화를 보여 주고 있다. ④ '내 임이 이뿐이라 반갑기를 가늠할까', '임은 내 임이라 날을 어찌 버리시는가' 등 의문형 표현을 사용하여 임에 대한 화자의 정서를 드러내고 있다.

134) ② [외적 준거를 통한 작품 감상] '여러 해 헝클어진 머리 틀어서 집어 꽂고'와 '두 눈의 눈물 자국에 분모 아니 발라'는 '파랑새'를 통해 임의 소식을 들을 수 있을 것이라는 기대감을 표현한 것이다. ① '임 계신 데'를 '오색구름 깊은 곳'으로 표현한 것은 임이 있는 곳을 천상계로 상정하고 있음을, 화자가 돌아온 곳을 '하계'라고 한 것은 화자가 있는 곳을 지상계로 상정하고 있음을 보여 준다. ③ '옥돌 위 쉬파리'가 '온갖 허물'을 지어냈다고 한 것은, 화자가 '옥돌 위 쉬파리'가 표상하는 간신들로부터 모함을 받아 죄를 입게 된 억울한 상황을 보여 준다. ④ '아쟁을 꺼내어 원망의 노래'를 슬피 연주했다는 것은, 화자가 원망의 심정을 감추지 않고 노래에 담아 드러내고 있음을 보여 준다. ⑤ '죽어서 자규의 넋이 되어' '피눈물 울어 내'며 '오경에' '임의 잠을 깨우'겠다고 한 것은, 죽어서라도 임을 찾아가 자신의 결백을 호소함으로써 억울함을 풀겠다는 의지를 보여 준다.

135) ③ [시어 및 시구의 비교 이해] [A]에서 '피눈물을 소매로 훔치며'는 이별의 슬픔을 이겨내려는 화자의 의지를 나타낸다기보다 화자가 느끼는 이별의 슬픔을 드러낸 것이다. [B]에서 '천 줄기 눈물은 피 되어 솟아나고' 역시 화자의 슬픔을 보여 줄 뿐 화자의 슬픔이 주변으로 확산되고 있음을 보여 주는 것은 아니다. ① [A]에서 '광한궁'은 화자가 임을 만난 공간적 배경을, [B]에서 '침실'은 화자가 임을 그리워하며 홀로 외로워하는 공간적 배경을 드러낸다. ② [A]에서 '첫낯에 잠깐 뵈니'는 임과의 짧은 만남이 이루어진 상황을 보여 주고, [B]에서 '천문구중에 갈 길이 아득하니'는 다시는 임과 만나기 어렵게 된 상황을 나타낸다. ④ [A]의 '인생 박명'은 화자의 인생이 복이 없고 팔자가 사나움을 나타낸 표현이며, [B]의 '조물주의 처분'은 자신의 처지를 운명적으로 받아들인 표현이다. ⑤ [A]의 '빛바랜 화장'은 '삼천 명의 미인들', '고운 여인'과 대비되는 화자의 용모를 나타낸 표현이며, [B]의 '언어에 공교 없는'은 화자가 말에 솜씨가 없음을 나타낸 표현이다.

136) ④ 화자가 임과 헤어지게 된 과정을 중국 궁중에서 일어난 사건과 연관지었다. 임은 '유랑'이고(②), 그의 총애를 잃고 박행(薄行)을 미워하고 있는 '진아교'를 화자라 할 수 있으며(①), 그는 장문궁에 기거하고 있다(①). 소양궁은 성제와 '반 첩여'와 연관되지만, '성제'는 '무제'와 같은 대상으로 비유되어 있다고 할 수 있어서 반 첩여는 '조비연' 때문에(⑤) 장신궁으로 옮겨가게 된 것이다(①). 따라서 현재 화자가 위치하고 있는 공간은 장신궁이기도 하고 장문궁이기도 하다.

137) ② [표현상 특징 파악] '생각하시면 그 아니 불쌍한가'는 의문형 표현을 통해 임에게 버림받은 자신의 처지에 대한 안타까움을 드러낸 것이다. ① ㉠이 시각적인 심상을 사용한 것은 맞지만, 임 계신 데가 '천리만리 가렸'다고 한 것으로 보아 대상과의 친밀감을 드러낸 것으로 보기는 어렵다. ③ ㉡은 '삼천 리'라는 물리적 거리를 노출하고 있다. 그렇지만 이것은 화자의 고립된 상황이 지속될 것임을 암시하는 것이 아니라, 그 먼 곳에서 임의 소식을 가지고 '파랑새'가 건너왔다는 것을 의미한다. ④ ㉢은 '알록달록'이라는 음성 상징어를 사용하였지만, 이것은 임을 위한 화자의 정성이 아니라 '옥돌 위 쉬파리가 온갖 허물 지어내니'와 연결되어 부정적 의미를 나타내고 있다. ⑤ ㉣은 관습적 소재를 사용해 자신을 알아줄 이가 없음을 나타낸 것이지, 임과의 관계가 소원해진 이유를 드러낸 것은 아니다.

138) ② [작품 간의 공통점 파악] (가), (나), (다) 모두 시적 청자에게 바람직한 행동을 제시하여 따라 주기를 권계하는 글이다. ① (가)~(다) 모두 나태함을 드러내어 지적하는 것은 아니다. ③ (가)~(다) 모두 바람직한 행동을 제시하고는 있지만 그와 대비되는 것을 제시하지는 않았다. ④, ⑤ (다)에만 해당하는 것이다.

139) ⑤ [외적 준거에 따른 작품 감상] (다)로 미루어 보면 (가)의 '한 집이 풍족하면 옷과 밥에 인색하랴 / 누구는 쟁기 잡고 누구는 소를 모니'에 담긴 의미는 경천근민하는 태도를 갖는 것을 말하는 것이 아니다. 이는 내 것 네 것 나누지 말고 서로 협동하며 살아가는 태도가

필요하다는 것을 주장하는 공통점이 있다. 한 쪽이 넉넉하면 다른 쪽을 외면하지 않는다는 의미인 것이다. ① '인심(仁心)을 많이 쓰니 사람이 저절로 모였'다는 것은 (다)의 임금이 '나라를 열 만큼 인덕을 쌓은 것'을 의미한다. ② 땅이 자손에게 전해지면서 내려온다는 것은 끊임없이 성신이 대를 잇고 있다는 것을 의미한다. ③ '저희마다 농사 지어 풍족하게 살던 것'에 담긴 의미는 복된 세월이 지속되었음을 의미한다. ④ '너희네 젊다하고 헤아림 아니하는가'에는 생각을 깊이하라는 충고가 들어가 있다. 이는 젊다고, 혹은 자신이 좋아한다고 임무를 소홀히 할 수밖에 없도록 방탕하게 생활하지 말고 열심히 늘 경계하는 마음을 지니라는 것이다.

140) ③ [작품 간의 공통점 파악] (나)의 '니 항것 외다 흐기 종의 죄 만컨마는'으로 볼 때 (나)의 화자도 종(신하)의 잘못은 인정하고 있는 것이다. (나)는 어른 종(영의정)의 입장에서 종들을 나무라고 상전(임금)의 잘못도 경계하려는 것이다. ① (가)의 '엇그지 江강도이'~'큰나 큰 셰스을 엇지흐여 니로려료', (나)의 '큰나큰 기운 집'에서 확인할 수 있다. ② (나)의 '집일을 곳치거든 종들을 휘오시고 / 종들을 휘어거든 상벌을 볼키시고 / 상벌을 발키거든 어른 종을 미드쇼셔'에서 확인할 수 있다. ④ (나)의 '낫 시름 밤 근심 혼자 맛다 계시거니 / 옥 곳튼 얼굴리 편호실 적 면 날이리'에서 확인할 수 있다. ⑤ (가)는 주인이 종에게 훈계하는 방식이고, (나)는 어른종의 입장에서 주인에게 말을 건네는 방식이다.

141) ② [표현상의 특징 파악] 이 글은 고공들에 대한 불만을 드러내고 있지만, 실제로는 나라의 관리들에 대한 비판을 비유적으로 담아내고 있는 가사 작품이다. 하지만 이 글에서 시간의 역전이 드러나 긴장감(시의 내용에 집중하게 하거나 관심을 끄는 요소)을 조성하는 부분은 제시되지 않고 있다. 화자가 지난 일들을 끄집어내면서 고공들에게 지난 행동들에 대해 반성할 것과 앞으로 부정적인 면들을 개선해 나가야 한다는 점을 강조하고 있는 것이다.

142) ③ [시구의 의미 파악] [C]는 화자가 집안 사정이 어려움에도 불구하고 서로 반목하는 고등들의 행태에 답답함을 토로하는 부분으로 서로 당파로 나뉘어 분열하는 관료들의 모습을 연상할 수 있다. '김가', '이 가'로 표현된 고공(머슴)은 특정 신하가 아니라 당파로 쪼개진 신하들의 분열된 모습을 현실감 있게 보여 주는 것이다.

143) ① [작품의 의미 파악] 125장은 조상의 어진 덕으로 개국한 나라의 운명은 영원하리라는 국운의 송축에 이어 왕조의 무궁한 발전과 번창의 조건이 제시되어 있다. 즉 후대의 왕들이 왕조의 기반을 굳건히 하기 위해서는 하늘을 공경하고 백성을 다스리는 것에 게을리 하지 말아야 할 것임을 강조하면서, 하나라 태강왕의 고사를 타산지석(他山之石)의 예로 들어 보이고 있다.

144) ③ [작품의 공통점 파악] (가)에서는 자연에서 살고자 하는 꿈을 이루고 유교적 윤리에 따라 살아가는 자세를, (나)에서는 수심과 슬픔에서 벗어나 즐길 수 있을 때 즐기며 살아가는 자세를, (다)에서는 자연 친화와 학문 수양을 추구하는 자세를 드러내고 있다. 즉, 세 작품은 모두 화자의 삶의 자세에 대한 견해를 드러내고 있다. ① 학문에 대한 관점은 부단한 학문 수양의 의지를 드러낸 (다)에만 나타난다. ③ 대상과 하나가 되려는 의지는 (가)~(다) 어디에서도 찾을 수 없다. ④ (다)는 자연애와 학문 수양을 아우르는 화자의 이상을 추구한다고 볼 수 있으나, (가)~(다) 어디에서도 사회의 모순을 비판하는 내용은 찾을 수 없다. ⑤(가)~(다)는 모두 현실을 기반으로 한 삶의 자세를 드러내는 작품으로, 현실에서 벗어나려는 심리는 찾을 수 없다.

145) ③ [화자의 정서와 태도 파악] (가)의 [A]에서 화자는 굶어죽을망정 남의 것을 부러워하지 않으며, 유교적 삶의 원리를 어그러뜨리지 않겠다는 자세를 보여 주고 있다. 이것은 가난이 그의 본성에까지 영향을 미치지 않는다는 점을 강조하는 말이다. ① 부모의 사랑이 담긴 학비를 내면서 늙은 교수의 낡은 지식을 배워야 하는 자책감을 가지고 있다. ② 홀로 외로움을 이기기 힘들어 돌팔매질을 하는 화자의 모습을 볼 수 있다. ④ 고향에 돌아가고 싶지만 뜻대로 되지 않은 화자의 애상감이 드러나 있다. ⑤ 대상과 일체감을 가지고 서로 의지하는 벗이 되고자 하는 생각이 담겨 있다.

146) ③ [시적 대상의 이해] 윗글에서 덴동어미는 수심에 차 앉아서 슬

피 우는 청춘과부에게 깨달음을 주어 수심과 슬픔에서 벗어나 화전놀이를 즐기게 만들고 있다. 이는 청춘과부에게 삶의 활력을 주는 행위이다. ① 덴동어미가 계획성 있는 삶을 추구하거나 중시하는 내용은 나타나지 않는다. ② '이팔청춘 이내 마음 봄 춘 자로 부쳐 보고 / 화용월태 이내 얼굴 꽃 화 자로 부쳐 두고 / 술술 나는 긴 한숨은 세류춘풍 부쳐 두고'롤 볼 때 덴동어미와 일행들은 이미 화전놀이를 하고 있는 것이다. ④ 청춘과부가 자연의 변화에 관심이 없고 무감각해졌다는 내용은 찾을 수 없다. ⑤ 청춘과부는 덴동어미의 충고를 듣고 깨달음을 얻어 인식을 바꾸는 것이지, 가난이 내적 성숙의 계기가 된다고 믿게 된 것은 아니다.

147) ③ [작품의 맥락 이해] 화자는 '강호 한 꿈을 꾸'었다고 했으므로, ⓐ는 화자가 이루고자 했던 목표라고 볼 수 있다. 한편 '고쳐 무엇 하겠는가'라고 했으므로 ⓑ는 화자가 이미 이룬 목표라 할 수 있다. ① ⓐ는 화자가 해결하고자 하는 문제라고 볼 수 있지만 ⓑ는 화자가 당면한 문제를 해결하기 위해 선결해야 하는 것과는 관련이 없다. ② ⓐ와 ⓑ 모두 화자가 절망감을 느끼고 좌절하게 된 상황을 나타낸다고 보는 것은 적절하지 않다. ④ ⓐ는 화자가 지향하는 이상적인 삶을 나타낸다고 볼 수 있지만 ⓑ를 이상을 실현할 수 있게 하는 방법이라고 볼 수는 없다. ⑤ '강호 한 꿈'을 계기로 운명을 깨닫게 되었다는 내용은 나타나지 않는다. ⓑ를 운명을 거부하게 된 계기로 볼 수는 없다.

148) ③ [표현상의 특징 파악] [C]의 초장에서는 영원히 푸르름을 간직하는 '청산'을 예찬했고, 중장에서는 이와 대구를 이루어 밤낮으로 쉴 새 없이 흐르는 '유수'의 영원성을 예찬했다. 그리고 종장에서 '청산'과 '유수'라는 자연물의 영원성과 불변성에 빗대어 끊임없이 학문을 수양하겠다는 화자의 의지를 '만고상청(萬古常青)하리라'라는 구절을 통해 표현하고 있다. ① [B]는 전반적으로 동적인 분위기를 만들어 내고 있다. ② [B]는 인물의 독백에 해당하는 것으로 대화는 찾을 수 없다. ④ [C]에 '그치지 아니한고'라는 의문형 어구가 나타나지만 반복은 아니며, 화자도 의지를 나타내는 것이지 심리적 갈등을 드러내는 것은 아니다. ⑤ [B]와 [C]에는 반어적 표현이 사용되지 않았다.

149) ③ [세부 정보의 이해] ⓒ은 덴동어미가 창춘과부에게 좋은 일, 나쁜 일을 따져 팔자를 한탄하지 말고 운명에 순응하라고 충고하는 말로, 상황에 따라 마음이 흔들릴 필요가 없음을 나타낸 것이다. ① ⓐ은 안빈낙도(安貧樂道)하며 살아가고자 하는 생각을 피력한 것이지, 그렇게 살아가는 일이 힘들다는 것을 뜻하는 말이 아니다. ② ⓑ은 화자가 충, 효, 화형제, 신붕우와 같은 인간의 도리를 다하겠다고 다짐하며 그 밖의 남은 일은 중요하지 않음을 표현한 것이다. 즉 모든 세속적 삶의 가치로부터 탈피하려는 의지의 표현이 아니라 사사로운 일들은 인간으로서 해야 할 도리보다 중시하지 않겠다는 것이다. ④ '사람 눈'은 상황에 따라 달라지는 것이어서 덴동어미는 '마음 심 자가 제일이라 단단하게 맘 잡으면'이라고 충고하고 있다. 그러므로 여기서의 '사람 눈'은 성숙한 인간의 안목이 아니라 평범한 인간의 안목으로 보아야 한다. ⑤ (다)의 화자는 천석고황(자연의 아름다운 경치를 몹시 사랑하고 즐기는 성벽)에 빠진 채 자연 속에 묻혀 달관한 삶의 모습을 보이며 만족하고 있는 것이지, 자신의 선택에 대해 회의적인 태도를 보이는 것은 아니다.

150) ⑤ [작품들 간의 공통점 파악] (나)의 화자는 한가롭게 곡식을 베는 농부에게 말을 건네고 있는데, 화자는 농부에게 말을 건넨 후 소박한 삶에 만족하며 정신적 풍요를 누리는 농부의 모습을 부러워하면서 부귀공명을 추구하던 자신의 지난날의 삶에 대해 후회하고 있다. ① (가), (나) 모두 특정 시행을 반복하고 있지 않다. ② (가)에는 감각적 이미지가 드러나 있지 않고, (나)에는 시각적 이미지와 후각적 이미지, 청각적 이미지가 드러나 있지만, 두 작품 모두 시적 대상을 예찬하고 있지는 않다. ③ (가)에는 '풍운이 애처롭고 초목이 슬퍼한다'에 감정 이입이 나타나 있으나 (나)에는 대상에 감정을 이입하고 있지 않다. ④ (가)의 화자는 현실 상황에 대한 안타까움을 느끼고 비분강개하는 어조가 유지되고 있으며 어조에 변화를 주고 있지 않다.

151) ② [소재의 기능 파악] '수령'은 '동서남북(東西南北)에 뭇 싸움 일어나니 / 밀치며 제치며 말도 많고 일도 많은 사람들 중의 하나로 백성들을 못 살게 구는 부정적 존재로 그려져 있다. ① '섬나라 오랑

캐'는 임진왜란을 일으킨 원흉으로 화자가 강한 적대감을 드러내는 대상이다. ③ 화자는 '일월'이 '무광하'여 '갈 길'을 모르겠다고 토로하고 있어서 '일월'은 혼란스러운 상황을 해소하는 데 필요한 존재이지만, 그 역할을 못 해 상황의 심각성을 부각하는 역할을 한다고 볼 수 있다.

152) ⑤ [외적 준거에 따른 작품의 감상] (나)의 작자는 공무상의 개인 비리로 인해 유배되는데, (나)를 통해 유배 과정에서 경험한 비참한 삶과 참담한 심정, 자신의 죄에 대한 뉘우침을 확인할 수 있다. '어제는 옳던 일이 오늘이야 왼 줄 알고'는 화자가 과거에 저질렀던 일이 오늘에 와서 생각해 보니 잘못된 것임을 깨닫게 되었다는 것으로, 작자가 과거에 저지른 잘못에 대해 후회하고 있음을 알 수 있다. 따라서 ⑤의 감상은 적절하지 않다. ① 유배 올 당시 겨울에 입었던 의복을 무더운 여름이 왔는데도 갈아입지 못하고 있다는 것에서 유배 생활의 비참한 삶을 짐작할 수 있다. ③ 화자 자신의 모습을 '귀신', '미친 사람'에 빗대어 초라한 행색에 대한 자조적인 인식을 드러내고 있다. 이를 통해 유배지에서 작자가 겪는 괴로움을 짐작할 수 있다. ④ '탐화봉접'은 '꽃을 찾는 벌과 나비'로, 공명을 추구했던 작자를 비유한 표현이다. 자신이 그물에 걸렸다는 표현을 통해 자신의 어리석음에 대한 안타까움을 짐작할 수 있다.

153) ② [작품의 표현상의 특징 파악하기] (가)에서는 '꿈'에서 화자가 임에게 다니는 길이 자취가 남는다면 돌길도 닳을 것이라 과장하여 그리운 마음을 드러내고 있고, (나)에서는 'ᄇᆞ롬도', '구름', 매도 쉽게 넘지 못한다며 고개가 험난함을 과장하지만 임이 오신다면 이 고개를 단숨에 넘어갈 것이라 하며 만남의 의지를 강조한다. (다)에서는 '가토리'와 '도사공'이 처해 있는 상황을 과장하며 드러내고 화자는 이들이 처한 상황보다 자신의 이별 상황이 더 절박함을 말하고 있다. ① 자연물에 의탁하고 있지 않다. ③ 과거와 다른 현재의 모습을 대비하고 있지 않다. ④ 부정적 상황을 긍정적으로 받아들이고 있지 않다. ⑤ 감정 이입의 표현이 없고, (가), (나)는 이별로 인한 상실감이 드러나지 않는다.

154) ④ [작품 간의 공통점, 차이점 파악하기] (가)의 '님의 집 창(窓)'은 화자가 꿈에서라도 닿고 싶은 공간이다. <보기>의 '달 비친 사창(紗窓)'은 임이 부재하는 공간이다. 따라서, 창이 임과의 만남을 돕는 기능을 한다는 것은 적절하지 않다. ① '쑴길히 자최 업스니 그를 슬허ᄒᆞ노라.', '저의 한이 많습니다' 등의 표현으로 안타까운 심정을 직접적으로 표현하고 있다. ② '자최곳 낙ᄌᆞ시면', '자취를 남기게 한다면' 등의 가정을 통해 예상되는 결과를 말하고 있다. ③ (가)의 '자최'와 (나)의 '자취'는 남겨지지 않는 것으로 화자의 마음이 전달되지 못하는 안타까움을 드러낼 수 있다. ⑤ '석로(石路)라도 닳흐리라', '돌길이 반쯤은 모래가 되었을 걸'은 길의 상태 변화를 통해 임을 향한 화자의 그리움의 깊이를 드러낸 것이다.

155) ③ [작품의 내용 파악하기] '매게 ᄶᆞ친 가토리'는 화자와 비슷한 처지의 대상이다. ① ㉠은 화자에게 장애물이 될 수 없다는 것을 드러내는 대상이다. ② ㉡의 '가리라'를 통해 화자의 적극적인 의지를 드러내고 있다. ④ ㉣은 계속 악화되는 상황의 열거를 통해 '도사공'의 암담함과 절망감이 고조되고 있다. ⑤ '가토리'와 '도사공'의 상황과 화자의 심리를 견주어 화자의 암담함이 드러나 있다.

156) ④ [작품 간의 공통점 파악] (가)는 벽오동나무에 앉은 봉황의 그림자, (나)는 주추리 삼대, (다)는 매 등 모두 자연물을 소재로 써서 화자가 처한 부정적 상황을 그려내고 있다. ① 설의적 표현은 (다)에만 쓰였다. ② 반어적 표현은 (나)에만 쓰였다. ③ 열거법은 (나)와 (다)에만 쓰였다. ⑤ (가)~(다) 모두 자연물에 말을 건네는 방식을 쓰고 있지 않다.

157) ② [작품 간의 비교 감상] (나)의 '주추리 삼대 술드리도 날 소겨다'에서 '술드리도'는 '살뜰히도'의 뜻이고, 이 말은 긍정적 의미를 가지는데, 허탈해하는 화자의 처지와는 반대로 표현한 것이라 반어적이라 할 수 있지만 (가)에는 이런 표현을 사용하지 않았다. ① (가)와 (나)는 '밤'이라는 시간적 배경 때문에 착각 모티프가 자연스러울 수 있다. ③ (가)에 등장하는 '봉황'은 상상의 동물이다. ④ (나)에는 '님이 오마 ᄒᆞ거늘'이란 구절로 임이 오는 줄 알고 있어서 착각할 가능성이 (가)보다 높을 수 있다. ⑤ (나)의 중장에서 음성 상징어로 볼 수 있는 어휘가 사용되어 실제로 눈에 보이듯 귀에 들리듯 생동감을

주고 있다. (가)의 '어른어른커늘'에서 '어른어른'은 음성 상징어에서 파생된 동사이므로 음성 상징어로 보기 어렵다.

158) ③ [작품의 종합적 이해] (나)는 초장과 중장에서 임이 온다는 소식에 급박해진 마음에 부산스럽게 여러 행동을 하는 화자의 모습을 이어 제시하고 있다. 이러한 화자의 모습은 대상의 상실로부터 촉발된 정서가 아니라, 대상과의 만남을 기대하는 마음을 보여 준다. 반면에 (다)의 초장과 중장은 유사하지만 다른 상황을 병렬적으로 제시하고 있다. 초장은 '매'에게 쫓기는 '가토리'의 처지를, 중장은 '대천 바다 한가온대'에서 설상가상의 상황에 놓인 '도사공'의 처지를 제시함으로써 '님'을 '여읜' 상황으로부터 촉발된 정서를 강조하고 있다. ① (다)는 종장을 '엇그제'로 시작하고 있다. 이것은 감탄사가 아니다. ② (나)의 초장은 임이 오는 것으로 착각한 상황을 제시하고 있을 뿐 이상적 상황을 가정해 제시하고 있지 않다. (다)의 초장은 구체적인 상황을 제시하고 있을 뿐 가정의 상황은 아니다. ④ (다)의 초장에는 자연물이라고 할 수 있는 '가토리'가 제시되어 있다. 그러나 '가토리'는 화자의 처지를 부각하는 데 사용된 소재일 뿐 그것의 속성을 통해 부정적 현실 상황에 대응하는 화자의 태도를 암시하는 것은 아니다. ⑤ (나)의 초장에서는 임이 온다는 소식에 저녁밥을 일찍 지어 먹은 상황을 제시하고 있으며, 중장에서는 다급하게 '님' 가까이 갔다가 자신이 착각했음을 깨닫는 상황을 제시하고 있다. 초장과 중장이 대조되고 있지 않다.

159) ④ [소재의 의미 파악] ⓐ는 '봉황'이라는 가상의 동물을 소재로 사용했지만 이것이 대상이 세상에 없다는 것을 의미하지는 않는다. ①, ② ⓐ와 ⓑ는 모두 화자로 하여금 착각하게 하여 실망감을 주는 대상이다. ③ '봉황'은 허구적 대상이지만 '주추리 삼대'는 현실에 존재하는 대상이다. ⑤ ⓐ의 '그림자'는 '달'이 밝기 때문에 생긴 것이고, ⓑ의 '주추리 삼대'는 어두워야 착각을 일으킬 수 있는 것이다.

160) ③ [시어, 시구의 의미와 기능 파악] (나)의 화자는 자신의 처지를 한탄하면서 시상을 종결하고 있다. 임을 여읜 것을 숙명적인 것으로 수용하는 태도가 드러나고 있다고 이해하는 것은 적절하지 않다. ① '가토리'는 '매'에게 쫓겨 목숨이 위태로운 상황에 처해 있다. ② '도사공'은 '노도 일코 닷도 일코 농총도 근코 돗대도 것고 치도 ᄲᆞ지'는 상황에 처해 있는데, 날씨도 안 좋은 상황에서 '수적'까지 만나고 있다. 이처럼 불운한 일이 잇따라 일어나는 처지에서 '도사공'은 절망감을 느낄 수밖에 없었을 것이다. ④ '가토리'와 '도사공' 모두 해결 방도를 찾기 어려운 상황에 처해 있다. ⑤ 화자는 '가토리', '도사공'보다 자신의 처지가 더 비극적이라고 여기고 있다.

161) ④ [화자의 공통된 태도 파악] (가)의 화자는 자신의 결백함을 하소연하며 임에 대한 변함없는 마음을 노래하고, (나)의 화자는 오지 않는 임에 대한 원망을 토로하며, (다)의 화자는 공명을 탐하다가 화를 당하고 있는 현실을 한탄하고 있다. 따라서 (가)~(다)의 화자들은 자신의 현재 상황에 만족하지 못하고 있음을 알 수 있다. ① 모두 해당되지 않는다. ② (다)에는 원망이 드러나지 않는다. ③ (나)와 (다)에는 항의하며 저항하는 모습이 드러나지 않는다. ⑤ (가)와 (나)에는 자신의 과거의 모습이 드러나지 않는다.

162) ④ [외적 준거에 따른 작품 감상] '과(過)도 허믈도 천만(千萬) 업소이다'에서는 화자가 잘못도 허물도 없다는 화자의 결백을 호소하고, 다시 사랑해 달라고 하므로 임금에 대한 원망의 감정은 드러나 있지 않다.

163) ⑤ [시상 전개 방식의 효과] (가)의 초장에서 허허벌판에서 매에 쫓기는 까투리의 마음을 제시하고, 중장에서는 모든 상상할 수 있는 극한적 상황을 나열하는 점층적 구성으로 절박감을 더해 주고 있다. 그리고 종장에서는 엊그제 임을 여읜 자기 마음을 토로하고 있다. 자신의 절실한 마음을 드러내기 위해 점점 악화되어 가는 설상가상의 상황을 제시하여 시상을 전개하고 있는 것이다. 따라서 작고 약하고 좁은 것에서 크고 강한 것으로 표현을 확대해 가는 점층법에 대한 설명과 효과를 설명하고 있는 ⑤가 가장 적절하다. ① 반복법, ② 영탄법, ③ 대조법, ④ 연쇄법에 대한 설명이다.

164) ④ [화자의 태도 추리] (A)는 남이 어떤 말을 해도 임이 알아서 판단하라고 말함으로써 임에게 직접 생각을 요구하고 있다. 하지만 (B)는 자신의 결백을 잔월효성, 즉 천지신명이 알아줄 것이라고 말하

고 있다. 이는 임에게 자신의 결백을 직접 진술하는 것이 아니라 다른 것을 끌어들여 간접적으로 말하고 있는 것이다. ① (A)와 (B)는 모두 억울함을 강조하고 있다. ② (A)와 (B) 모두 감정을 겉으로 드러내고 있지 않다. ③ (A)가 과장된 진술을 통해 말하고 있다. ⑤ (A)와 (B) 모두 시각적 이미지를 통해서 말하고 있다.

165) ⑤ [소재의 기능 비교] (가)에서 화자는 병약한 개미가 호랑이를 물고 북해를 건넌다는 허무맹랑한 이야기를 통해 자신을 향한 말들이 근거 없는 참언임을 우회적으로 드러내고 있다. 따라서 이 시의 ㉠은 화자와 동일시되는 대상으로 볼 수 있다. 한편 <보기>에서 화자는 임이 오면 짖는 개 때문에 기다리는 임이 오지 않는다고 함으로써 임을 간절히 기다리는 마음을 드러내고 있다. 즉 <보기>의 ㉡은 화자가 원망하는 대상이다.

166) ④ [구절의 의미 파악] ㉣의 벼 베는 농부는 화자의 대화 상대자가 아니라 작가의 눈에 비친 배경의 일부이다. 또한 이 농부는 자신의 생업인 농사일을 힘겹게 하고 있을 뿐, 정신적으로나 물질적으로 풍족함을 누릴 형편이 되지 못한다.

167) ③ [작품 간의 공통점 파악] (가)~(다)는 모두 가정적 상황을 설정하여 화자의 그리움을 구체화하고 있다. (다)의 경우에도 현실적으로 불가능한 상황이므로 '월하노인을 통해서 저승 세계에 하소연할 수 있다면'이라 가정이 전제되어 있다고 보아야 한다. ① (가)와 (나)는 '밤'이지만 (다)에서는 시간적 배경이 드러나지 않는다. ② (가)~(다) 모두 어순을 바꾼 문장은 쓰이지 않았다. ④ (가)~(다) 모두 선경 후정의 구조가 아니다. ⑤ 부재하는 대상에 대한 그리움의 정서를 직접 고백하는 것이 아니라 독백으로 표현하고 있다.

168) ③ [표현상 특징 파악] (나)에는 임을 그리워하는 화자가 꿈속에서 임의 문 앞을 서성인다는 내용이 드러나고 있다. 특히 꿈속의 화자가 임의 문 앞을 자주 오가는 바람에 임의 문 앞에 있는 돌길이 모래가 될 정도라는 표현을 통해 임에 대한 화자의 간절한 그리움을 효과적으로 표현하고 있다. 한편 (다)는 죽은 아내와 살아 있는 자신의 처지를 뒤바뀌게 할 수 있는 존재인 '월하노인'을 통하여 현재 자신이 느끼는 지극한 슬픔을 아내에게 알려 주고 싶다는 내용을 제시함으로써 아내를 잃은 남편의 슬픔을 효과적으로 표현하고 있다. ① (나)와 (다)에는 특별한 계절적 요소가 드러나지 않는다. ② (나)는 '달'로 인해 밤이라는 시간적 배경이, '사창'으로 인해 공간적 배경이 드러나지만, (다)에는 구체적인 시간적, 공간적 배경이 드러나지 않는다. ④ (나), (다) 모두 애잔한 어조가 드러나 있을 뿐, 역동적 분위기는 드러나지 않는다. ⑤ (나), (다) 모두 의인화된 자연물을 활용하고 있지 않다.

169) ④ [소재의 기능 파악] (가)의 '돌길'은 단단한 돌로 만든 길을 가리키는 것으로, 이런 단단한 돌로 만든 길이 모래가 될 정도로 화자가 문 앞을 서성이며 임을 그리워했다는 것을 강조하고 있다. 그리고 <보기>의 '돌길'은 서로 다른 공간을 이어주던 길이었는데 눈으로 인해 제 구실을 못하게 됨으로써 오히려 단절을 의미하는 시어로 사용되고 있다.

170) ③ [유사한 작품과의 비교를 통한 이해] (나)와 <보기> 모두 무정한 임에 대하여 원망하는 태도는 나타나 있지 않으므로 ③은 적절하지 않다. ① (나)는 <보기>와 달리, 불가능한 상황(오가는 꿈길에 자취 남기게 했다면, / 임의 집 앞 돌길이 반은 모래 되었으리.)이 설정되어 있다. ② (나)와 <보기> 모두 임을 만날 수 있는 수단으로 '꿈'을 활용하고 있다. ④ (나)의 '달빛'과 <보기>의 '자규성'은 화자에게 그리움의 정서를 더욱 심화하는 소재이다. ⑤ (나)는 임에 대한 그리움으로 '한'이 깊어져서 지은 노래이고, <보기>는 봄밤에 임에 대한 그리움으로 '단장 춘심(창자를 끊는 듯한 봄의 정취 → 임에 대한 생각)'을 느끼면서 지은 노래라고 할 수 있다.

171) ⑤ [작가의 세계관, 주제 의식 파악] (다)에는 아내의 죽음을 접하고, 그에 대해 비통함을 느끼고 있는 남편의 정서가 잘 묻어난다. 그러나 (다)가 절대자에 기대어 아내의 죽음으로 인한 슬픔을 극복하려는 것은 아니다. 월하노인이 등장한 것은 그가 부부의 인연과 관련된 존재이기 때문이다. <보기>의 화자는 이웃의 위로와 공감에 기대어 슬픔을 극복하려는 태도를 보이고 있지 않다. ① (다)의 화자는 '다음 세상'이라는 말로, <보기>의 화자는 죽은 두 아이가 함께 지내고 있

을 것이라 생각고 있음을 통해 현세의 삶 이후에 새로운 생애가 있을 것임을 상기하며 각각 죽은 아내와 자식의 관계를 생각해 보고 있다. ② (다)의 화자는 자신이 아내의 자리를 대신하고 하며 비통함을 드러내는 데 초점을 맞추고 있고, <보기>의 화자는 슬픔을 울면서 드러내고 있다. ③ (다)에서는 '천 리 밖'을 통해 살아 있는 화자와 죽은 아내의 거리를 표현하고 있고, <보기>에서는 '무덤'을 통해 이승과 저승의 거리감을 표현하고 있다. ④ (다)의 화자는 '겪어 보지 않으면 모른다.'라는 인식을 바탕으로 아내와 자신의 입장을 바꿈으로써 자신의 슬픔이 얼마나 지극한 것인지 아내에게 전해주고자 하는 마음을 드러낸다. <보기>의 화자는 지전으로 영혼을 부르며 회한에 젖음으로써 각각 아내와 자식을 잃은 슬픔을 드러내고 있다.

172) ③ [작품 간의 공통점 파악] (가)의 화자는 임을 기다리며 달에게 무사귀환을 소망하고 있으나, 작품 자체만으로는 여성 화자라고 단정할 수 있는 근거가 없다. 그러나 (나)는 '바느질' 등의 제재 통해 여성 화자임을 알 수 있고, (다)에는 '꽃물들이기' 뿐만 아니라 '여공(바느질)' 등에 대한 언급이 있으므로 여성 화자라고 할 수 있다. 그러므로 (나)와 (다) 두 작품은 여성 화자의 목소리를 통해 내용을 전개하고 있다고 할 수 있다. ② (가)에서는 변함없는 마음으로 남편의 무사귀환을 바라고 있으며, (나)에서는 잠에 대한 원망이 일관적으로 드러나고 있으며, (다) 역시 경쾌한 정서가 유지되고 있다. ④ (가)와 (나)의 경우에는 시적 대상('달', '잠')에 인격을 부여하고 있지만, (다)에는 의인화의 기법이 드러나지 않는다. ⑤ 옛날 여인들의 삶의 애환이 담긴 (나)에만 해당하는 설명이다.

173) ⑤ [자료의 해석과 감상의 적절성 파악] '진 데'는 원래 '질척질척한 곳'이라는 의미이지만, 남편이 돌아오는 길에 생길 수 있는 여러 가지 위험한 일들을 상징하고 있다. 흔히 낭떠러지라든지, 위험한 물리적 사물을 '진 데'라고 보지만, <보기>에서는 강 건너의 '꽃'이 비유하는 '다른 여자(기생)'가 남편에게 닥쳐올 위험일 수 있다는 것을 보여 주고 있다. 그러나 '저물세라'는 남편이 돌아올 것이라는 희망이 사라지는 것이 아니라, 남편이 무사히 돌아올 수 있는지에 대한 불안감을 드러내고 있는 것이다. 특히 '다른 여자(기생)의 유혹'으로 인해 남편이 번 돈을 모두 탕진하거나 방탕하게 지낼 것을 두려워한 것이라고 보아야 한다.

174) ② [작품의 내용 파악 및 다른 장르로의 변환] (나)는 잠에 대한 원망을 쏟아 내는 내용으로, 특히 낮에 못한 집안일을 해야 하는데 해가 저물 무렵 쏟아지는 잠 때문에 정신없어 하는 화자의 모습과 심정이 잘 드러나 있다. 따라서, 화자는 이런 잠에서 벗어나고자 안간힘을 쓰면서 지속적으로 '잠'을 원망할 것이다. (다)는 봉선화 꽃물을 들이는 과정을 드러내고 있는데, '차환'이라는 심부름하는 아이를 일컫는 말이 나오고, 꽃을 따는 행위도 화자가 직접 하는 것이 아니라 '차환'을 시켜서 하는 모습이 나오므로 화자는 양반집 여자일 것으로 추측할 수 있다. 그러므로 화자가 직접 화단에서 꽃을 골라서 딴다는 내용은 적절하지 않다. (나)의 배경은 화자가 등잔 앞에서 바느질을 하므로 저녁 무렵으로 보는 것이 적절하다. ③ (다)에는 붉은색에 감탄하는 화자의 정서가 드러난다. ④ (나)는 잠을 이기지 못하는 화자의 모습을 드러내고 있다. ⑤ (다)의 화자는 진짜 꽃보다 손톱의 꽃물이 더 아름답다고 생각하고 있다.

175) ② [작품의 내용 및 인과 관계의 파악] (나)의 화자는 시도 때도 없이 자신을 찾아옴으로써 자신이 일도 못하게 만드는 잠에 대해 원망하고 있다. 특히 아침이 되었을 때도 계속 졸리다는 내용을 통해 잠이 너무 자주 오는 것에 대한 불만을 강하게 드러내고 있다(ㄱ). 그리고 잠을 원하는 사람들도 많을 텐데 굳이 나처럼 바쁘게 일해야 하는 사람에게 찾아오는 것에 대해 불만을 표출한다(ㄷ). 즉 원하지도 않는데 온다는 것이다. 그러므로 이런 화자의 불만을 잘 정리한 것은 ②이다. ㄴ. 잠이 반드시 일할 때만 오는 것은 아니다. 일을 하려고 할 때 잠이 쏟아진다는 상황은 제시되어 있지만, 자고 일어난 후인 아침에도 잠이 쏟아진다는 것은, 잠이 아무런 조건 없이 너무 자주 찾아온다는 것을 의미한다.

176) ⑤ [외적 준거에의 적용] ⑤는, 굶주림과 추위에 시달리며 자신이 지은 죄를 눈물로 회개하는 [나]의 화자에게는 맞을 수 있지만, 임금에게 거듭 자신의 결백함을 하소연하고 있는 [가]의 화자에 대해서는 '현재의 상황에까지 이르게 된 데 대한 자책과 반성의 어조'라는 내용

이 부합하지 않는다. ①, ② 화자는 임금에 대한 그리움의 심정을 드러내면서, 죄없는 자신을 모함한 무리들에 대한 원망과 함께 자신에게는 아무 잘못도 없다는 말로 임금의 선처를 호소하고 있다. ③, ④ 임금에 대한 그리움의 정서를 표명하는 한편, 유배 생활에서의 견디기 힘든 고통을 토로하고 있다는 점에서 <보기>에서 전제하고 있는 '고통스러운 유배 생활에 자체에 대한 발분(發憤)의 정서'와의 관련성을 찾을 수 있다.

177) ④ [구체적 장면의 추리] [가]는 억울하게 누명을 쓰고 귀양을 가게 된 화자가 임금에게 자신의 억울하고 비통한 심정을 하소연하는 내용이다. [나]는 유배 가사의 하나로, 작자가 추자도로 귀양가서 자신의 과거사를 회상하는 한편, 물과 더위로 인한 고초와 보리밥과 소금과 장으로 연명하는 굶주림 등에 대해 한탄하는 내용이다. 그리고 풍년들어 함포고복하는 농부의 삶을 부러워하는 내용도 들어 있다. 따라서 ④는 [가], [나] 어느 내용과도 연관성을 찾을 수 없다. ①, ③ 각각 귀양을 간 두 작품의 화자가 처한 처지와 부합한다. 특히 부모와 처자식에 대한 그리움을 드러내고 있는 [나]의 화자의 태도와 잘 어울린다. ② 두 작품의 화자가 귀양을 갈 수밖에 없었던 상황과 연관되는 부분이다. 특히 [나]의 화자의 경우 자신의 잘못을 크게 뉘우치고 있어서 그 배경과 관련한 궁금증을 해소해 줄 수 있다. ⑤ '운산이 막혔는 듯 하해가 가렸는 듯', '바닷길 일천 리' 등의 표현에서 화자가 처한 공간의 궁벽함이 나타나며, '남방 염천 찌는 날' 등이 화자의 어려운 처지와 관련하여 주목할 요소이다.

178) ③ [상황의 추리 및 적용] [A] 부분에서는 보리를 베는 때에 일반적으로 행하는 노동 행위('보리 베어 마당에 뚜드려서 방아에 쓸어내어')를 나타내고 있는데, <보기>에서는 그것이 훨씬 구체적이고 역동적으로 묘사되어 생동감을 준다. 그리고 9~12행에서는 벼슬길에서 헤매는 자신의 삶에 대한 반성의 자세와 함께 농부의 삶에 대한 부러움의 태도도 직접적으로 드러난다. 그러나 <보기>의 화자는 신분상 농부들과 함께 할 수 없는 것이지 '초라한 모습'과는 거리가 멀다.

179) ⑤ [표현 방법의 파악] (가)의 '벼기더시니 뉘러시니잇가', '니미 ᄒ마 나ᄅᆞᆯ 니즈시니잇가'에서 의문형 문장을 사용하고, (나)에도 '어이 못 오던가 무삼 일로 못 오던가', '네 어이 그리 아니오더냐'에서 의문문을 사용하여 말을 거는 듯한 효과를 내고 있다. ①, ② 대구와 대조, 설명적 진술이 쓰이지 않았다. ③ 비유와 상징이 쓰이지 않았다. ④ (가)에는 '접동새'에 감정 이입이 되어 있으나, (나)에는 쓰이지 않았다.

180) ⑤ [작품의 이해와 감상] <보기>를 통해 유배가사는 작가가 유배지에서 풀려날 목적으로 임금에게 자신의 목소리가 전달되기를 기대하며 지었다는 사실을 알 수 있다. ①~④는 본문의 내용으로 보아 적절한 설명이지만, ⑤에서는 작가가 유배에서 풀려나면 다시는 벼슬길에 나아가지 않을 것이라고 볼 근거가 없다. 본문에서 '농가의 좋은 흥미'를 부러워하고 있지만 그것 역시 풀려날 목적으로 하는 말이기 때문이다.

181) ② [작품 간 공통점 파악] (가)~(다)는 시각이나 청각의 감각적 이미지를 사용하여 생동감을 드러내고 있다. ① (가)는 '흰구룸'과 '불거시니'를 통해 색채 대비를 확인할 수 있다. ③ 세 작품 모두 대상에 감정을 이입하는 표현은 드러나지 않으므로 적절하지 않다. ④ 세 작품 모두 감정의 이입한 표현은 쓰고 있지 않다. ⑤ 음성 상징어를 사용하고 있는 것은 (나)의 '곡교룽'밖에 없다.

182) ① [화자의 정서와 태도 파악하기] (가)의 '힘 세이 다토면 내 분에 올가마ᄂᆞᆫ / 금(禁)ᄒᆞ리 업슬ᄉᆡ 나도 두고 즐기노라'와 'ᄒᆞ믈며 남산(南山) 느린 긋ᄒᆡ 오곡(五穀)을 가초 싱거 / 먹고 못 남아도 긋ᄌᆞ나 아니ᄒᆞ면 / 내 집의 내 밥이 그 맛시 엇더ᄒᆞ뇨'에서 자신의 삶에 대한 화자의 자족감을 확인할 수 있으므로 적절하다. ② (나)는 자신이 처한 상황이 개선되리라는 기대감이 드러나지 않으므로 적절하지 않다. ③ (가)의 '천공(天工)이 공교(工巧)ᄒᆞ야 묏빗출 ᄭᅮ몃ᄂᆞᆫ가' 등을 통해 자연으로부터 받은 감흥을 확인할 수 있으므로 적절하지 않다. ④ (가)는 거스를 수 없는 자연의 섭리에 대한 경외심이 드러나지 않으므로 적절하지 않다. ⑤ (가)의 '시시(時時)로 머리 드러 북신(北辰)을 ᄇᆞ라보니 / 눔 모ᄅᆞᄂᆞᆫ 눈물이 두 사미예 다 졋ᄂᆞ다'를 통해 임금 곁에 있지 못한 것에 대한 안타까움이 드러나 있다 할 수도 있지만, (나)는 대상의 부재로 인한 안타까움이 드러나지 않으므로 적절하지 않

다.

183) ① [외적 준거를 바탕으로 작품 감상하기] [A]는 화자가 '운길산'에 올라 '사제'의 경치를 바라보고 그 감흥을 드러내는 부분이므로, 화자가 '사제'를 유자적 지세를 다짐하는 공간으로 인식하고 있음을 보여준다는 진술은 적절하지 않다. ② [B]는 화자가 '사제' 주변의 경치에 대한 감흥을 드러내면서 자연을 즐기며 살겠다는 자세를 드러내는 부분이므로 적절하다. ③ [C]는 화자가 '오곡(五穀)'을 심고 '채산조수(採山釣水)'함을 드러내는 부분이므로 적절하다. ④ [D]는 맛난 음식으로 부모님을 봉양하기에 넉넉하다 할 수는 없지만 부모에게 효도하는 마음을 베풀고야 말겠다는 마음을 드러내는 부분이므로 적절하다. ⑤ [E]는 임금을 향한 마음이 더욱 깊어지는 화자의 모습을 드러내는 부분이므로 적절하다.

184) ⑤ [작품의 내용 파악] 가족의 일원인 '어린 손자'가 하고 있는 꽃놀이는 아들, 며느리, 아내의 행위와 조화를 이루어 단란한 가족의 평화로운 모습을 보여 주는 데 기여하고 있을 뿐 다른 가족 구성원들의 분주한 모습과 대비를 이루어 화자의 주의를 환기하는 것은 아니다. ① '곡구롱 우는 소리'로 인해 화자는 낮잠을 깨게 되었으며 이를 계기로 가족 구성원들의 삶을 응시하게 된다. ② 화자는 '낮잠'을 자다가 꾀꼬리 우는 소리를 듣고 일어났고, 아내의 술을 거르다 맛을 보게 한다. 이를 통해 화자는 육체나 정신의 어려움이 없는 상황에서 평안함을 누리고 있음을 알 수 있다. ③ '작은아들', '어린 손자'가 언급되는 것에서 화자를 포함하여 삼대가 함께하는 대가족의 삶임을 짐작할 수 있다. ④ '며느아기'의 베 짜기는 가정 안에서 여성의 일반적인 노동 행위를, '작은아들'의 글 읽기는 양반가 남성의 일반적인 행위로 볼 수 있다. 이 둘은 나란히 배치되어 성별에 따른 행위의 전형성을 보여 주고 있다.

185) ② [외적 준거에 의한 작품 감상] [A]는 '온정평'에서 하룻밤을 자면서 겪는 상황에 대한 감상을 드러내는 부분으로, 사행에 임하는 지식인으로서의 사명감은 나타나지 않는다. ① '금석산 지나가니 온정평이 여기로다'에서 확인할 수 있다. ③ '삼 사신', '역관이며 비장 방장' 등에서 확인할 수 있다. ④ '불상ᄒᆞ여 못 보갯다'에서 확인할 수 있다. ⑤ '군막이라 명식ᄒᆞ미 무명 혼 겹 가려스니'에서 확인할 수 있다.

186) ① [작품 간의 공통점 파악] (가)에서는 흠모하는 임과 이별한 화자가 부재하는 임을 그리워하는 태도가, (나)에서는 흠모하는 벗을 만날 수 없는 화자가 부재하는 벗을 그리워하는 태도가 드러나고 있다. ③ (가), (나) 모두 화자가 세상 사람들에게 인정받지 못한 모습이 제시되어 있지 않으며, 세상에 대한 화자의 냉소적인 태도도 드러나지 않는다. ④, ⑤ (가), (나) 모두 화자가 사모하는 대상을 지키지 못한 모습과 인생의 덧없음을 느끼는 모습이 제시되어 있지 않으며, 자신의 행동에 대해 후회하는 태도와 자신을 성찰하는 태도도 드러나지 않는다.

187) ⑤ [표현상의 특징 이해] [E]에서 마음을 돌리는 것은 화자가 아니라 '임'이다. 화자는 임에게 마음을 돌려 삼생의 숙연을 져버리지 않기를 바라는 마음을 드러내고 있다. ①[A]에는 '두견'의 울음소리라는 청각적 이미지를 통하여 화자의 외로움을 드러내고 있다. ② [B]에는 묻고 답하는 형식의 문장 구조를 반복하여 화자의 정서를 고조시키고 있다. ③ [C]에는 화자와 '님'의 처지를 대비하여 화자의 '님'에 대한 사랑이 깊어 감을 드러내고 있다. ④ [D]에는 월태화용(月態花容)이라는 한자 성어를 통하여 '님'이 여성임을 알 수 있고, '천수만한(千愁萬恨)'을 통하여 화자가 근심스럽고 한스러운 일상을 드러내고 있다.

188) ④ [외적 준거에 따른 작품 감상] '미', '구름'은 작가가 벗을 찾아갈 수 없게 만드는 장애물로서의 역할을 하고 있다. 따라서 '미'와 '구름'을 매개로 작가가 추구하는 친자연적 삶의 가치를 드러낸 것은 아니다. ① 작가는 '월곡'을 '벗'으로 설정하여 그의 충의적 삶과 친자연적인 삶을 긍정적으로 바라보는 인식을 드러내고 있다. ② 작가는 자연 속에서 '사념' 없이 살아가는 벗의 맑고 깨끗한 삶의 가치를 높이 평가하고 있다. ③ 작가는 현실적으로는 갈 수 없는 '구룸ᄃᆞ리' 위를 '꿈' 속에서나마 다녀옴으로써 만날 수 없는 벗을 보고 싶은 간절함을 드러내고 있다. ⑤ 작가는 '나'와 '벗'을 '우리'라는 시어로 표현함으로써 같은 삶을 추구하는 사람으로서의 동질감을 드러내며, '어즈러온 일'은 듣지도 보지도 말자고 함으로써 혼탁한 현실을 경계하는 인식

을 드러내고 있다.

189) ③ [시어의 의미 파악] 훤하게 밝은 '낙월(落月)'은 화자의 처지와 대조적으로 설정되어 임과 만나고자 하는 화자의 정서를 더욱 심화시키는 자연물로 볼 수 있다. ①㉠의 울고 있는 '두견'은 화자와 동일한 감정을 지닌 자연물로, 객관적 상관물이라 할 수 있다. ②㉡은 '여관의 차가운 등불'이란 뜻으로, 임을 만나기 위해 임이 있는 곳에 갔지만 그 뜻을 이루지 못한 화자의 처지를 드러내는 소재이다. ④㉢은 임과의 만남을 방해하는 장애물이 아니라 속세에서 벗어나 은둔하는 삶을 사는 벗의 친자연적 삶을 드러내는 소재이다. ⑤㉣은 연모하는 임과 함께 지내는 공간이 아니라 화자가 벗과 함께 있고 싶은 공간이다.

190) ③ [작품 간의 공통점 파악] (가)는 사계절의 변화에 따라 시상이 전개되고, (나)는 '밤'을 시간적 배경으로 하여 그것이 화자의 정서와 긴밀하게 이어질 수 있도록 하였다. (다)는 가을이라는 계절적 특성이 화자가 위치하고 있는 공간에 어떤 의미를 부여하고 있는지 그리고 있다.

191) ① [시어의 의미 파악] (가)의 '강호'는 화자가 일 년 동안 철에 어울리는 삶을 누리도록 하는, 밝고 즐거운 공간이지만, (나)의 '동방'은 자물쇠로 굳게 잠긴 어둡고 우울한 공간이다. ② (다)의 '金風(금풍)'은 가을바람으로, 화자가 추흥(秋興)을 자아내도록 하는 긍정적 기능을 한다. ③ '소정(小艇)', 즉 작은 배는 (가)와 (다)에서 화자가 풍류를 즐기도록 하는 기능을 한다. ④ (나)의 '서리'는 화자가 직면한 시련과 역경을 상징하지만 (다)의 '서리'는 단풍이 들어 경치를 아름답게 만드는 기능을 하고 있다. ⑤ (나)의 '공교(工巧)'는 화자의 말솜씨를 뜻하고, (다)의 '工巧(공교)'는 하늘이 자연을 아름답게 꾸미는 능력을 의미한다.

192) ② [외적 준거에 따른 작품 감상] 조선 시대의 사대부는 누구나 출세하여 벼슬하는 것이나 자연에 은거하는 것이다 모두 임금의 은혜라 여기므로 '이 몸'이 작가든 아니든 '역군은이샷다'라 할 것이므로 심리적 거리감을 가진다는 것은 적절하지 않다.

193) ② [외적 준거에 따른 작품 감상] ㉡에서 화자가 임의 떨어진 옷을 기워 드리려고 하나 추운 겨울이 거의 지나가고 따뜻한 봄날이 되면 허사가 될 것임을 안타까워하고 있음을 표현한 것이다. 따라서 이것이 새봄을 맞이하여 슬픔을 극복하기 위해 마음을 다잡으려고 노력하고 있다고 본 것은 적절하지 않다.

194) ② [시상 전개 방식 파악] <춘사>의 '계변'에서 '미친 흥'을 느끼고 있다는 진술이 있기는 하지만, 화자는 네 계절의 흥취를 골고루 드러내고 있을 뿐 비교를 통해 우열을 구별하고 있는 것은 아니다. 따라서 화자가 '소정'에 비해 '계변'을 더 가치 있게 여긴다는 진술은 옳지 않다. ① 각 수가 '강호에 [계절]이 드니'로 시작되고 있어 네 수의 형식적 통일성을 높이고 있다. ③ '한가해옴'과 '소일해옴'은 유사한 의미의 단어로서, 봄이나 가을이나 비슷한 일상이 유지되고 있음을 보여 주고 있으며, 이를 통해 그 생활의 일관성을 짐작할 수 있다. ④ 여름에도 서늘하다는 것은 덥지 않게 지내는 생활을 뜻하고, 이는 겨울에도 춥지 않게 지내는 생활과 의미상으로는 짝이 된다. 서늘하게 지내는 여름과 춥지 않게 지내는 겨울은 전체적으로 안락한 생활이라는 의미로 수렴된다. ⑤ 봄철에는 계변, 여름철에는 초당, 가을철에는 강물에 떠 있는 소정이 화자가 위치한 공간으로 제시되어 있지만, 겨울철에는 공간이 명시적으로 특정되지 않았다. 이를 통해 <동사>는 나머지 세 수와 다르게 시상을 전개하고 있음을 알 수 있다.

195) ④ [표현상의 특징 파악] 화자는 '언어에 공교 없고 눈치 몰라 다닌 일'과 같은 자신의 상황이 모두 '조물주의 처분'이라고 하면서 이를 누구에게도 물을 수 없다고 말하고 있다. 이는 화자가 현실에서의 자신의 처지를 어찌할 수 없는 것으로 여겨 안타까워하고 있음을 알 수 있다. ① '눈 위의 서리'가 녹고 '뜰가의 매화'가 피는 것은 겨울이 지나고 봄이 왔음을 의미하지만, 임을 볼 수 없는 현실을 부정적으로 바라보는 화자의 인식은 변하지 않았다. ② '반벽청등'과 '창에 비친 매화 달'은 모두 시간적 배경이 밤이라는 것을 나타낸다. ③ '황금이 많으면'은 가정적 상황이고, '백일이 무정하나 뒤집힌 동이에 비칠쏘냐'라는 구절은 설의적 표현으로 현실의 상황을 부정적으로 이해하고 있다. ⑤ 화자는 자신을 찾지 않는 임에 대한 원망을 '아쟁을 꺼내어'

노래로 불러 보지만 '거문고 줄'이 끊어져 노래마저 계속할 수 없게 된다. 이러한 상황은 화자가 부정적 상황에서 벗어나는 것이 어렵다는 점을 의미한다.

196) ② [시어의 의미 파악] 화자는 '사제'에서 가을에 볼 수 있는 경치와 그것에 대한 감흥을 노래하고 있는데, 여기서 자연을 통해 교훈을 발견하려는 것을 찾기는 어렵다. 화자는 자연을 관찰한 여러 가지 체험(④)을 통해 얻은 자연의 아름다움을 구체적으로 묘사(③)하고, 그런 자연과 더불어 살아가는 삶에 만족(①)하는 내면을 드러내고 있다(⑤).

197) ⑤ [작품의 종합적 이해] (가)는 '덴동어미'가 자신이 살아온 이야기를 특정 개인 또는 불특정 다수에게 전하고 있고, (나)는 구체적 청자인 '낭자'에게 오랫동안 그리워하다가 만나기 위해 왔다는 사연을 전하고 있으며, (다)는 임을 그리워하며 잠을 이루지 못하고 있는 화자의 안타까움을 독백으로 전하고 있다. (가)~(다)가 비극적인 내용일 수는 있어도 그것이 해학적인 문체로 이루어진 것은 아니다.

198) ② [외적 준거에 따른 감상] (가)에서 '두견새'가 '슬피 우니'에서 화자가 느끼는 슬픔의 정서가 투영되어 나타남을 알 수 있고, (나)에서 '두견'이 '울어도 임의 생각'이라 하여 부재중인 임을 떠올리며 슬퍼하고 있음을 알 수 있다. ① '서방님 죽은 넋이로다'에서 화자가 두견새를 사별한 임의 현신으로 간주하고 있는 것은 (가)에만 해당한다. ③ (가)에서 '두견새'를 보고 죽은 남편의 현신이라 여기고 반가워하면서도 자신이 지나온 거듭된 개가의 삶을 떠올리며 부끄러워하지만 (나)의 '두견'과는 무관하다. ④ 화자는 '두견새'로 인해 자신이 여러 번 개가하며 살았던 과거의 삶을 회상하게 되고 과거의 선택을 후회하게 되므로 과거로 돌아가고 싶다는 말은 적절하지 않다. ⑤ (가)의 '두견새'나 (나)의 '두견' 둘 다 화자가 새로운 임을 만나는 소망을 갖도록 하는 매개체가 되고 있다는 설명은 적절하지 않다.

199) ⑤ [작품 간의 비교] <보기>의 원문이 한자어와 고사를 사용하여 4음보 율격을 지키고 있어서 가사 장르의 특징을 유지하고 있지만, [A]처럼 뜻을 파악하기 위하야 현대어로 풀어 버리면 가사 고유의 형식이 사라지고 만다. 따라서 [A]를 향유층의 확대를 위해 시도해봄직한 것으로 파악하는 일은 적절하지 않다.

200) ⑤ [외적 준거에 따른 구절의 의미 파악] <보기>의 ⓐ와 ⓑ가 대화를 나눈다는 것은 꿈을 어떻게 풀 것이냐 하는 일에 초점이 맞추어진다. 같은 꿈을 ⓐ는 긍정적으로 해석하고 ⓑ는 부정적으로 해석하였다. ⓑ의 부정적인 해석을 꾸짖은 ⓐ가 '그럴 수도 있'다고 인정하는 말은 나오기 어렵다. ① [A]가 현실의 사건으로 서술되어 있지만 비현실적인 것이므로 그것을 꿈을 해몽하는 사람이라면 꿈이라고 할 수 있을 것이다. ② <보기>의 내용으로 보아 짐작할 수 있다. ③ <보기>로 보아 ⓐ는 긍정적으로 해몽할 것이므로 적절하다. ④ <보기>로 보아 ⓑ는 부정적으로 해몽할 것이므로 적절하다.